KB271158

송완식과 동양대학당

지은이

송완식 宋完植, Song Wan-sik

1893년 1월 서울에서 태어났다. 관립 재동소학교와 조선어강습원 고등과에서 수학한 뒤 보성전문학교 상과를 졸업했다. 1920년대 편집자 겸 출판인으로 소설을 비롯한 문예물과 시사 문제를 다룬 다방면의 저술을 펴냈다. 1927년 동양대학당과 문화사를 설립하여 본격적인 신어사전 『최신 백과 신사전』을 독자적으로 편찬했다. 1930년대 타블로이드판 『신문화』를 발행하고, 『일선 대자전』, 『일한선 대사전』, 『선화 대사전』 편찬에 주력했다. 1940년대 초반 일선에서 물러나 1950년대 중반까지 퇴계원에서 야학을 운영했다. 1965년 12월 서울에서 타계했다.

엮은이

박진영 朴珍英, Park Jin-young

연세대학교 국어국문학과 박사. 성균관대학교 국어국문학과 교수. 주요 논저 『한국의 번안소설』(전 10권, 2007~2008), 『번안소설어 사전』(2008), 『신문관 번역소설 전집』(2010), 『번역과 번안의 시대』(2011), 『책의 탄생과 이야기의 운명』(2013), 『탐정의 탄생』(2018), 『번역가의 탄생과 동아시아 세계문학』(2019), 『번역가의 머리말』(2022), 『근대 일본의 번역론』(2025). bookgram@skku.edu

송기정 宋起貞, Song Ki-jeong

이화여자대학교 불어불문학과 졸업. 파리 3대학 박사. 이화여자대학교 명예교수. 이화인문과학원장, 한국불어불문학회장, 한국프랑스학회장, 한국기호학회장 역임. 저서 『신화적 상상력과 문화』(2008), 『광기, 본성인가 마성인가』(2011), 『스크린 위의 소설들』(2013), 『오노레 드 발자크, 세기의 창조자』(2021), 역서 『루이 랑베르』(2010), 『여명』(2010), 『폭풍우』(2017), 『빛나』(2018), 『13인당 이야기』(2018), 『브르타뉴의 노래 · 아이와 전쟁』(2023), 『결혼 계약』(2024). song@ewha.ac.kr

송완식과 동양대학당

초판발행   2025년 12월 15일

지은이   송완식
엮은이   박진영·송기정

펴낸이   박성모
펴낸곳   소명출판
출판등록   제1998—000017호
주소   서울시 서초구 사임당로14길 15 서광빌딩 2층
전화   02-585-7840
팩스   02-585-7848
이메일   somyungbooks@daum.net
홈페이지   www.somyong.co.kr

ISBN   979-11-7549-019-2 03810
정가   69,000원

ⓒ 소명출판, 2025

잘못된 책은 구입처에서 바꾸어드립니다.
이 책은 저작권법의 보호를 받는 저작물이므로 무단전재와 복제를 금하며,
이 책의 전부 또는 일부를 이용하려면 반드시 사전에 소명출판의 동의를 받아야 합니다.

〈사진 1〉▶
송완식 보성전문학교 상과
제5회 졸업사진(1917)

◀〈사진 2〉
송완식, 『최신 백과 신사전』
권두 사진(1927)

〈사진 3〉
송완식 배달말글몯음 둘째 보람 기념사진(1914, 앞줄 왼쪽 첫 번째)

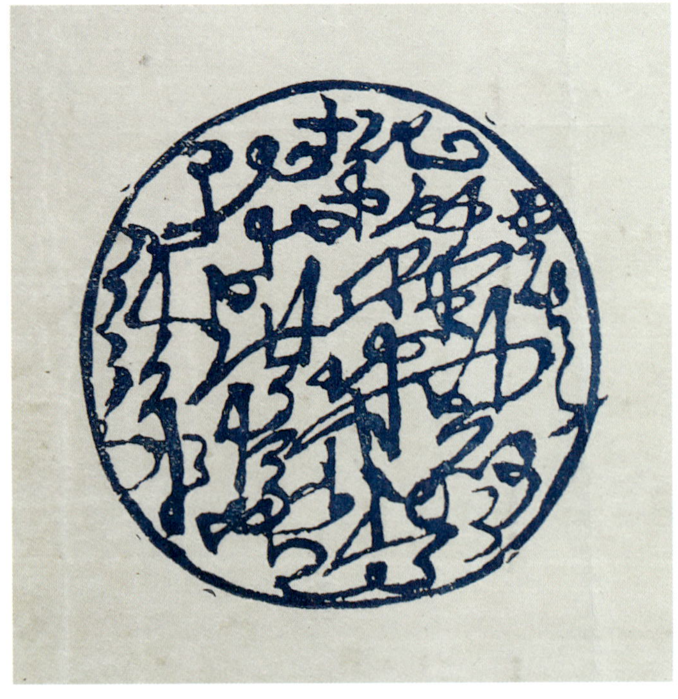

〈사진 4·5〉
동양대학당 로고

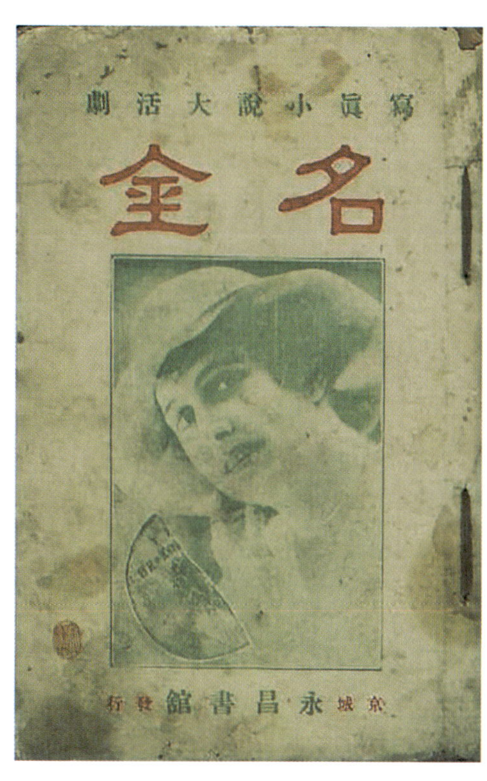

◀〈사진 6〉
『명금』(1921), 국립중앙도서관 소장

▼〈사진 7〉
『명금』(1921) 권두 화보

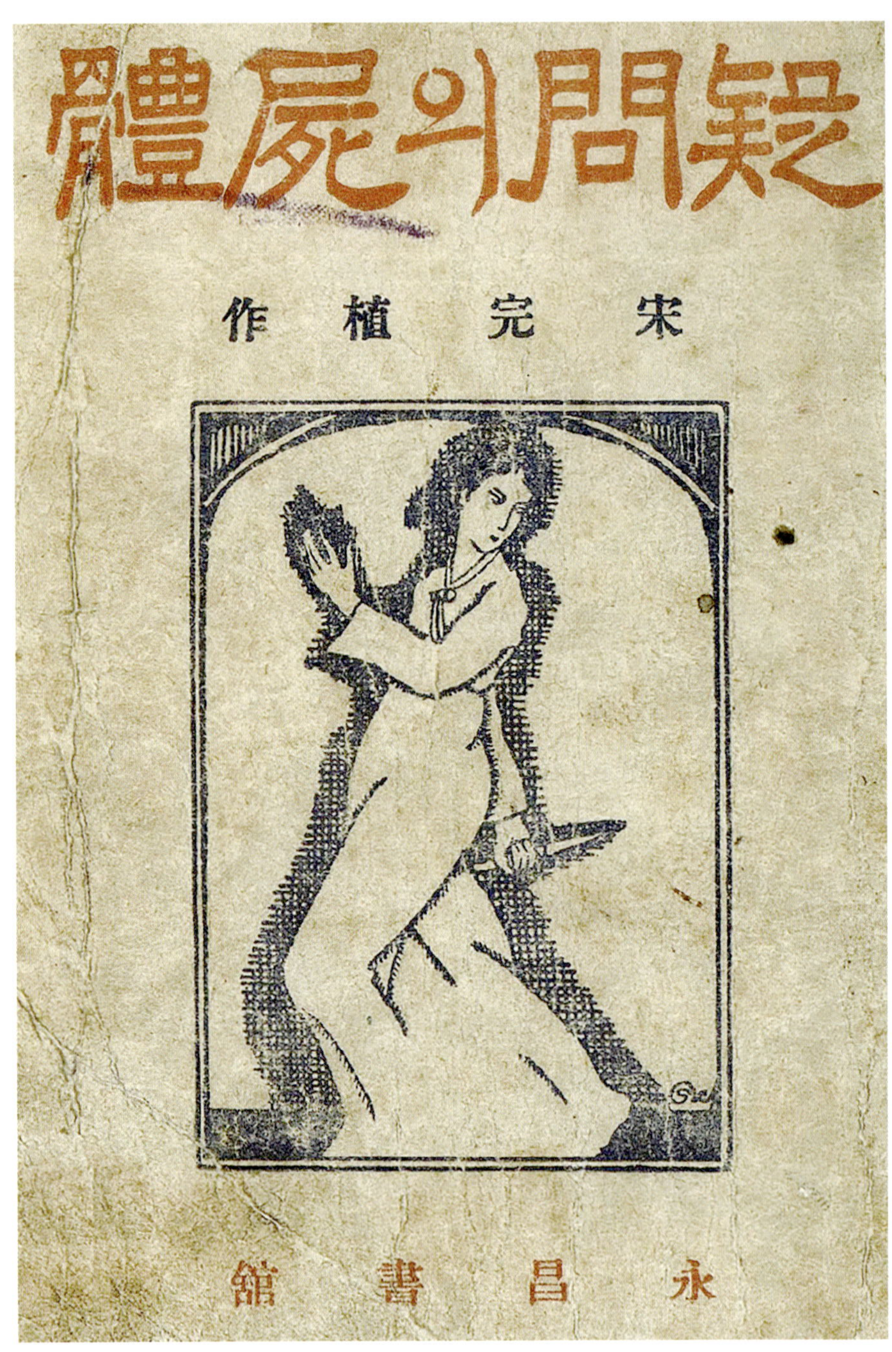

⟨사진 8⟩
『의문의 시체』(1924), 국립중앙도서관 소장

〈사진 9〉
『의문의 시체』(1924) 권두 그림, 국립중앙도서관 소장

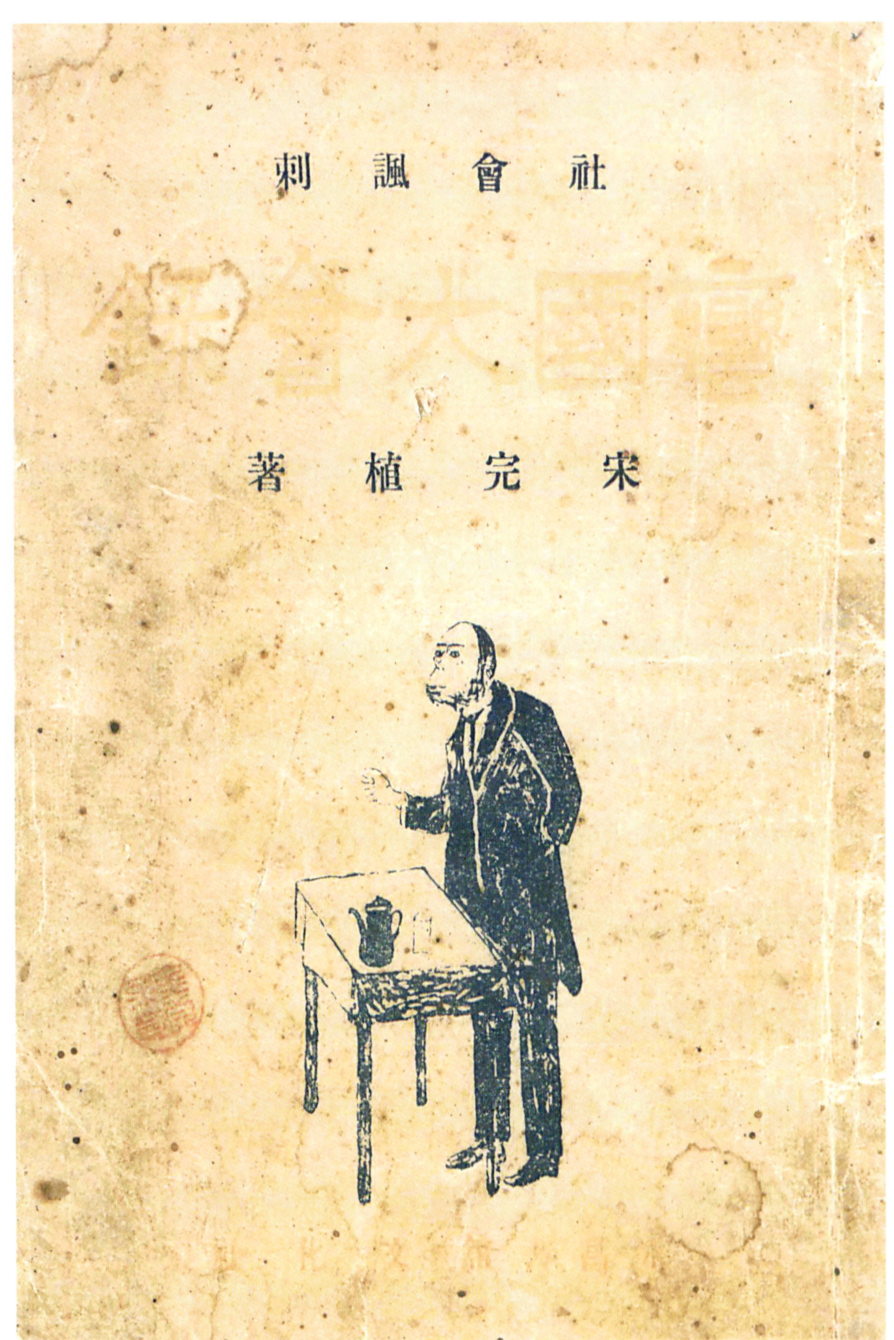

〈사진 10〉
『만국대회록』(1926), 현담문고 소장

〈사진 11〉
『만국대회록』(1926), 한국근대문학관 소장

〈사진 12〉
『익살 주머니』(1921, 초판), 연세대학교 소장

⟨사진 13⟩
『익살 주머니』(1925, 재판), 서울대학교 소장

〈사진 14〉
『카이저 실기』(1920), 한국학중앙연구원 소장

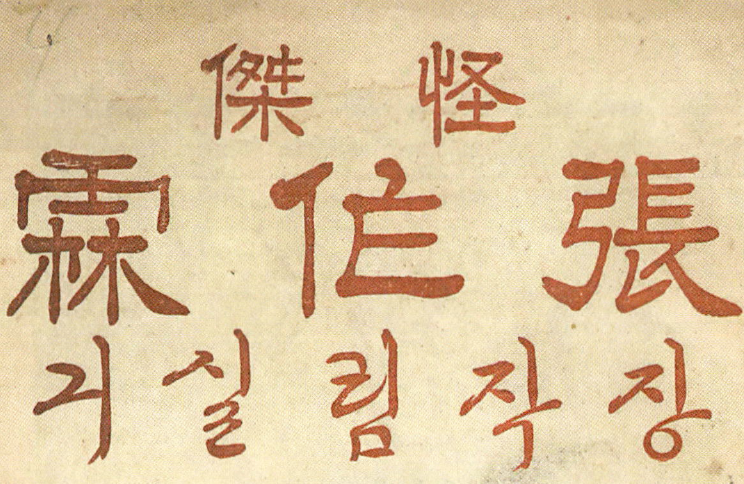

〈사진 15〉
『장작림 실기』(1929), 현담문고 소장

951.04092
1933

〈사진 16〉
『손일선 실기』(1933), 고려대학교 소장

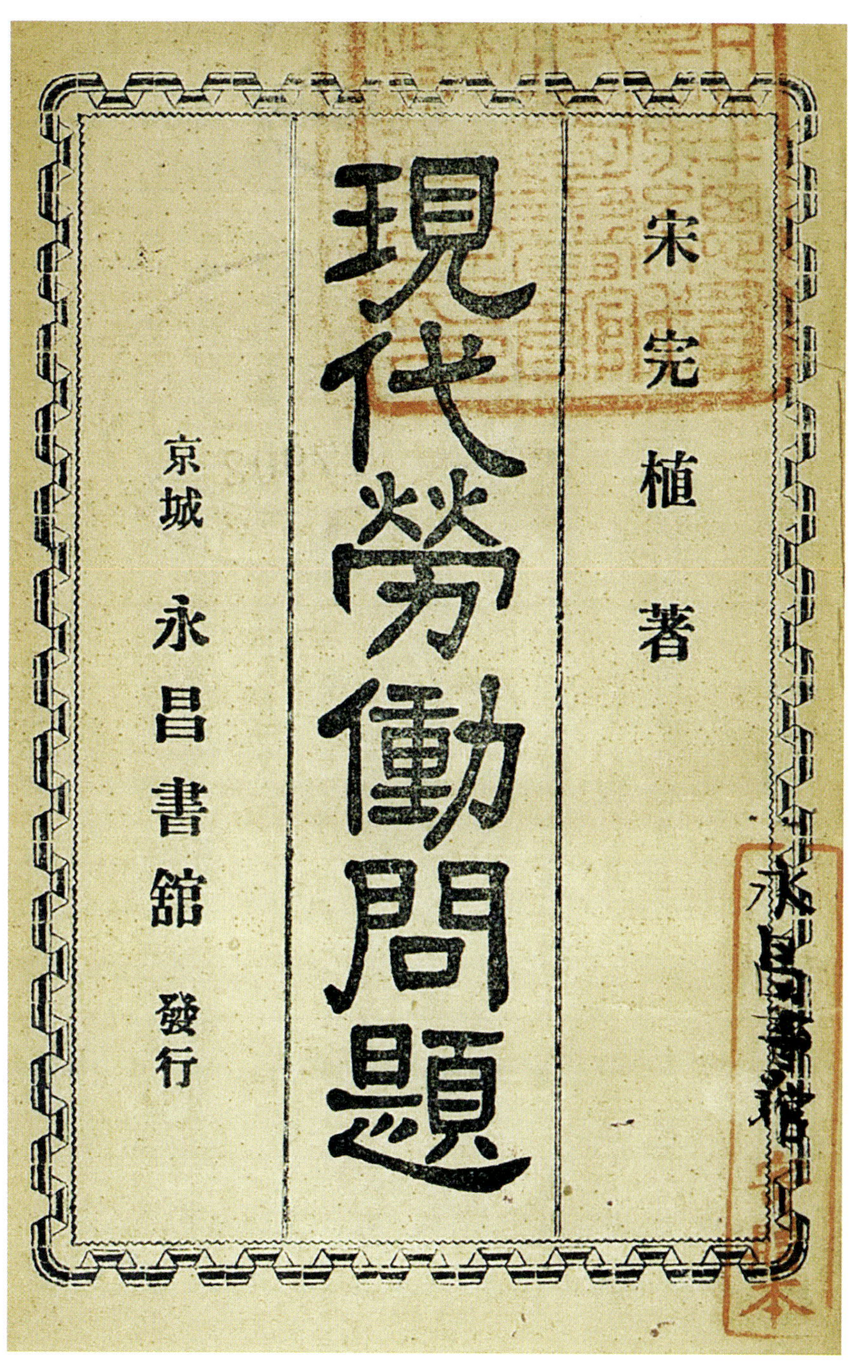

〈사진 17〉
『현대 노동 문제』(1922), 국립중앙도서관 소장

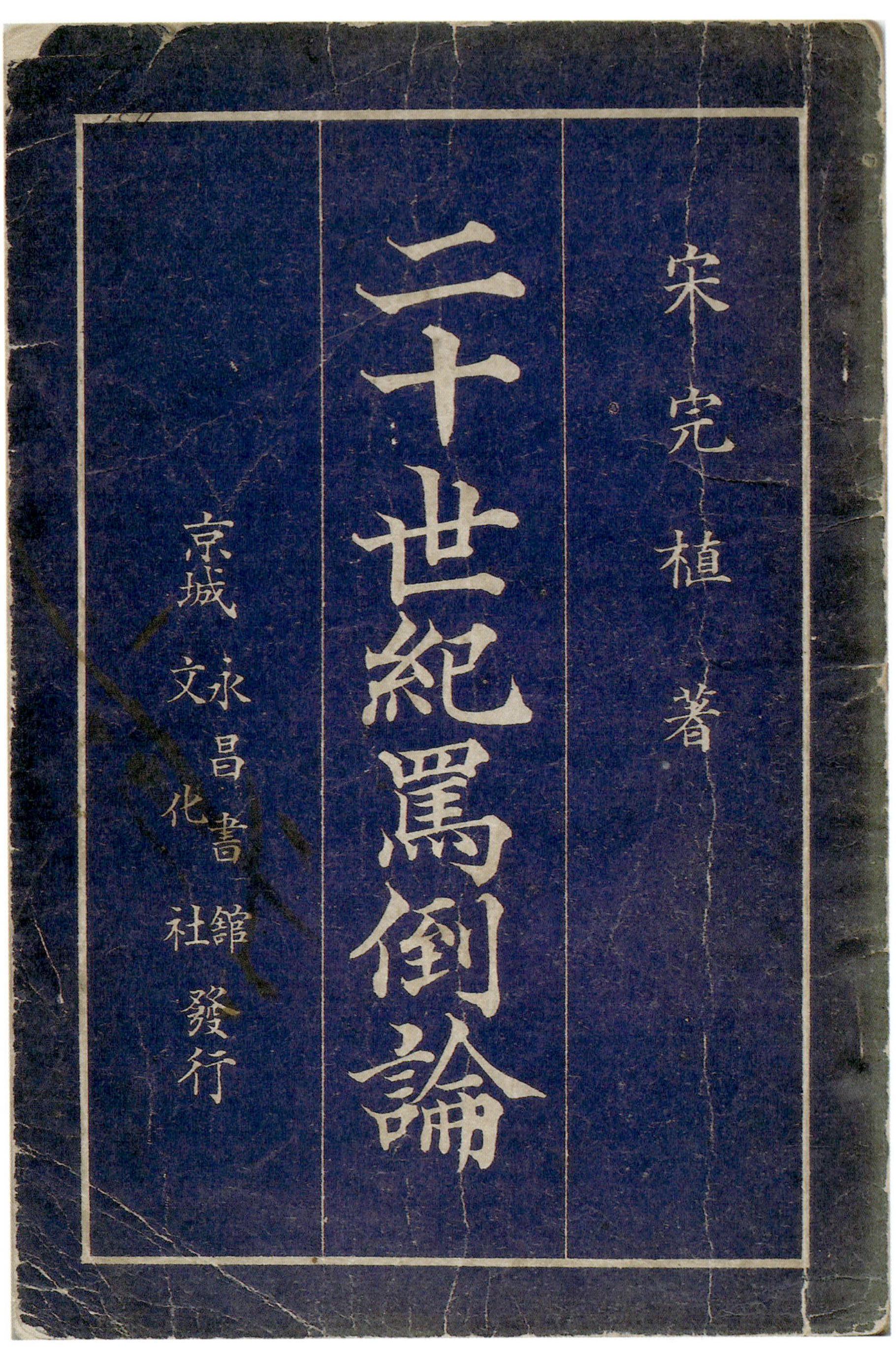

〈사진 18〉
『이십 세기 매도론』(1926), 송기정 소장

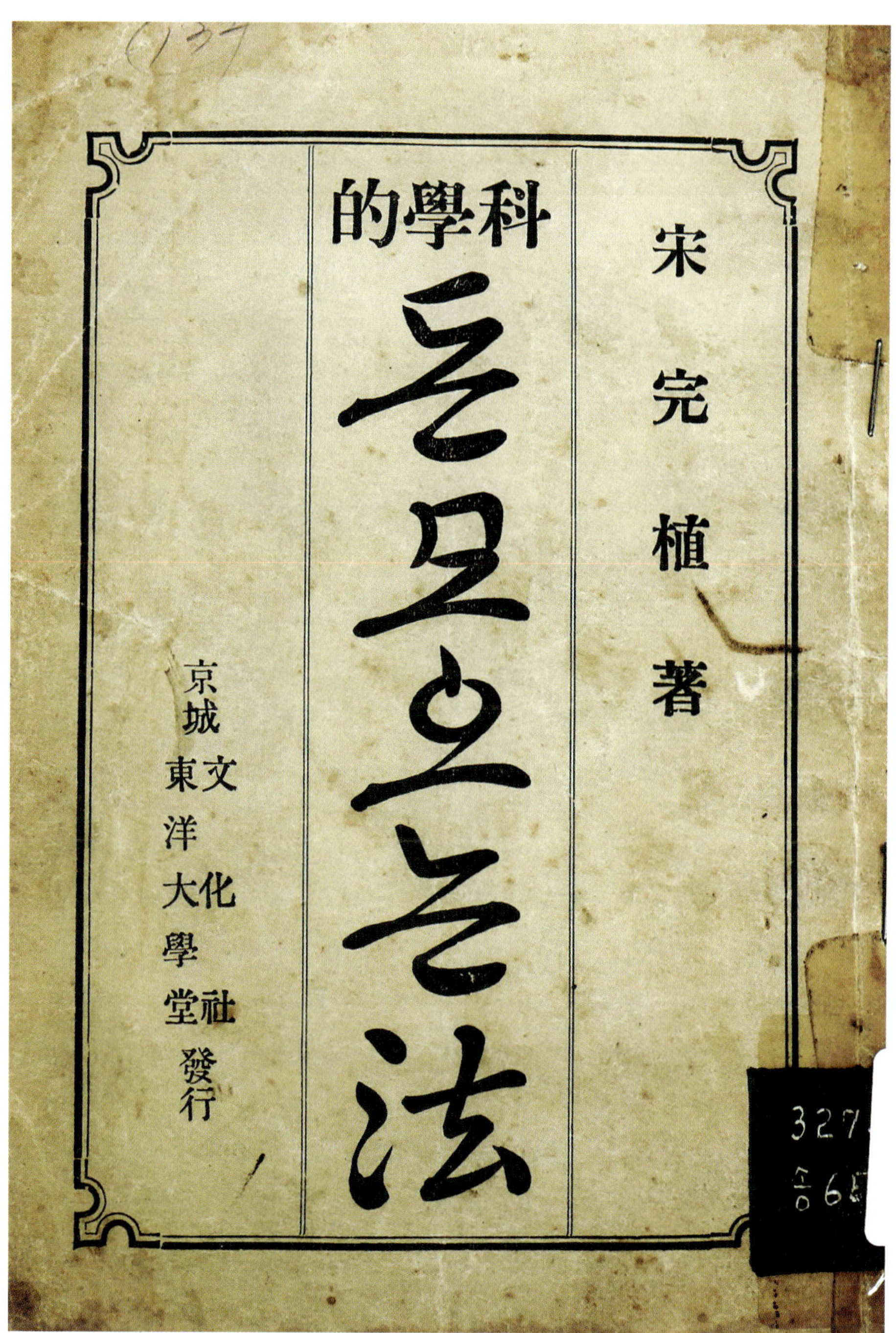

〈사진 19〉
『과학적 돈 모으는 법』(1927), 한국학중앙연구원 소장

◀〈사진 20〉
『최신 백과 신사전』(1927),
국립한글박물관 소장

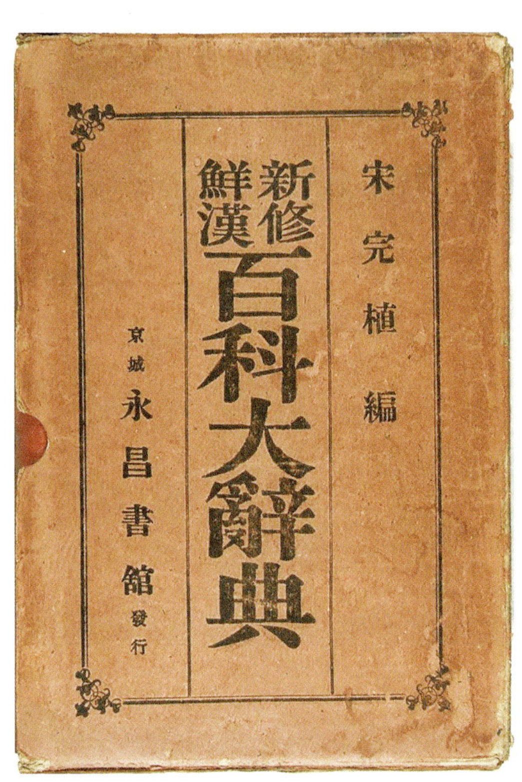

〈사진 21〉▶
『신수 선한 백과 대사전』(1937),
화봉문고 소장

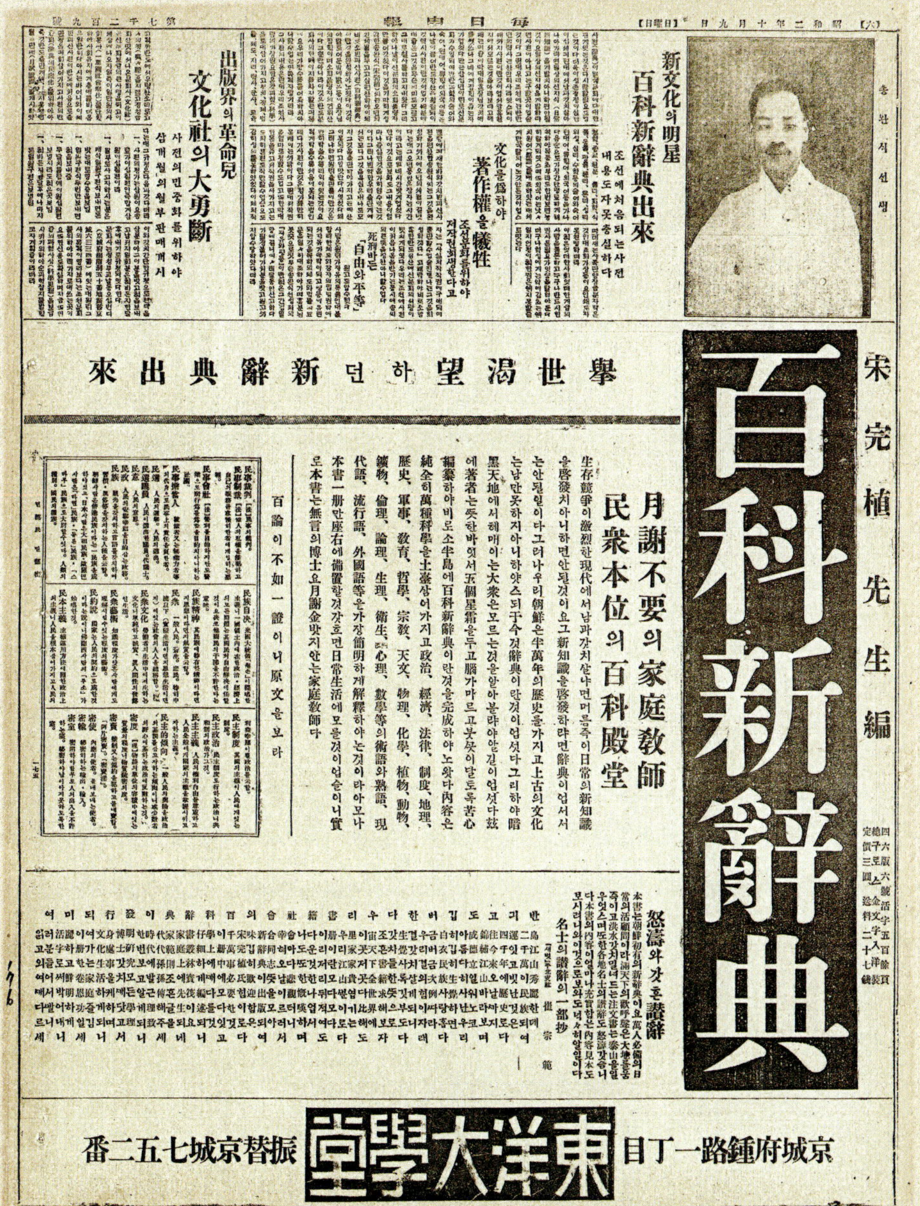

〈사진 22〉

『최신 백과 신사전』 광고(1927), 『매일신보』

솔한사과 동양대학당당 | 20

〈사진 23〉
영창서관 3대 사전 광고(1938), 『동아일보』

한국연구원
동 아 시 아
메 모 리 아
3
EAM 003

Song Wan-sik and
Dongyang Daehakdang

송완식과 동양대학당

송완식 지음
박진영 · 송기정 엮음

일러두기

1. 이 책은 처음 출간된 당시의 원문을 최대한 충실하게 유지하면서 표기와 어법을 오늘날 규정에 맞게 바로잡았다. 본문에 포함된 삽화와 사진은 편의상 수록하지 않았다.

2. 행갈이와 단락 구분은 원문에 따르는 것을 원칙으로 삼았으나 문맥을 고려하여 적절히 조정했다. 특히 등장인물의 대화를 일관성 있게 표시하고, 지나치게 긴 단락은 내용에 걸맞게 나누었다.

3. 마침표, 쉼표, 물음표 등의 문장 부호는 의미에 따라 적절하게 조정했다. 불필요하게 남용된 말줄임표, 줄표 등의 문장 부호는 삭제했다.

4. 한자는 처음 나올 때 괄호 안에 표시하고, 필요한 경우에는 다시 밝혔다. 다만 『카이저 실기』는 국한문 혼용 문장에 한자를 훈독하는 방식을 취했기 때문에 번잡함을 무릅쓰고 한글과 한자 표기가 다른 부분을 일일이 드러냈다.

5. 외국 고유명사와 외래어는 모두 지금의 규정에 맞게 바로잡았다. 특히 인명과 지명을 음역한 말은 처음 나올 때 괄호 안에 한자와 함께 지금의 표기를 밝혔다. 다만 『장작림 실기』와 『손일선 실기』에서 중국과 일본의 인명 및 지명은 당시의 관례에 따라 한자 독음대로 표기했다.

6. 원문에서 검열로 인해 복자(覆字)로 표시된 ○는 글자 수만큼 그대로 표시했다.

7. 뜻풀이가 필요한 경우에는 처음 나올 때 각주에서 설명했다. 번잡함을 줄이기 위해 괄호 안의 한자로 의미를 알 수 있는 경우에는 뜻풀이를 생략했다.

　편집자는 자기 이름을 뒤로 감춘 채 목소리를 내며, 출판사는 책으로만 자신을 드러낼 수 있다. 시대 한복판에 뛰어들어 분투하지만 빛나지 않는 길이며, 독자의 심금을 울리는 짜임새를 빚어내고도 기억되지 않는 운명이다. 100년 전 송완식과 동양대학당도 그런 숨은 주역이다. 명성을 떨치지도 기념비를 남기지도 못했으되 묵묵히 시대를 헤쳐 나가며 편집과 출판의 소임을 다했다.

　송완식은 식민지의 계몽 지식인으로 입신해 책을 짓고 엮는 일에 뛰어든 저술가 겸 편집자다. 동양대학당은 영세한 밑천으로 사전 편찬이라는 독자적인 영역을 일구며 자생한 출판사다. 송완식은 문단과 멀었고, 동양대학당은 출판계에서 비켜났다. 여류餘流의 송완식과 동양대학당은 한갓 책이라는 상품을 꾸며 파는 업자나 업체에 머물지 않고 일상의 삶을 바라보고 즐기며 내일을 꿈꾸고 바꾸는 책의 세계를 펼쳤다. 한 세기가 지난 오늘날 송완식과 동양대학당을 되돌아보는 이유다.

　이 책은 송완식과 동양대학당이 쓰고著 짓고作 옮기고譯 펴낸編 10권의 단행본을 한데 모아 가다듬었다. 지금까지 제대로 알아주지 않거나 아예 알려지지 못한 책들이다. 소설과 문예, 인물과 시대, 시사와 생활, 사전에 이르기까지 송완식과 동양대학당이 내놓은 책의 면면은 다채롭다. 제1부 소설과 문예는 당대에 큰 인기를 누린 할리우드 영화소설, 연쇄 살인 사건을 다룬 추리소설, 동물의 입을 빌린 우화, 짤막한 우스개 이야기들을 묶었다. 제2부 인물과 시대는 세계사를 뒤바꾼 독일의 빌헬름 2세, 대륙을 손아귀에 넣으려 한 만주 군벌 장쭤린, 청나라를 무너뜨린 공화 혁명가이자 중국의 국부 쑨원의 일대기를 담았다. 제3부 시사와 생활은 새로운 세기의 주연으로 등장한 노동 계급과 자본주의 문제, 병들고 썩어 거꾸로 선 세태에 대한 비판, 가난에 찌든 삶을 벗어던지고 성공하기 위한 마음가짐과 구체적인 방도에 이르기까지 폭넓게 걸쳐 있다. 제4부 사전과 기타는 시대와 현실의 언어를 담아낸 신어사전의 머리말과 광고, 동양대학당 관련 기사, 그 밖의 기록을 실었다.

얼핏 거칠고 성글게 보일 법하지만 송완식과 동양대학당은 시종일관 동시대의 삶과 사회를 눈여겨보며 생각과 실천을 중심에 두었다. 비록 열악한 조건과 안팎의 압력을 견디다 못해 때 이르게 막을 내려야 했으나 무명의 편집자와 영세 출판 활동이 오래 기억되어야 마땅한 것은 그런 까닭에서다. 짐작건대 오늘날 저술과 출판도 마찬가지이며, 독자가 책을 대하는 태도 역시 다르지 않을 터다. 유명 작가와 대형 자본이 유행을 선도하는 것이 아니라 저마다의 생각과 제각각의 실천을 독자와 자유롭고 평등하고 민주적으로 나누는 것이야말로 책의 세계라 믿기 때문이다.

송완식과 동양대학당에 흥미를 갖고 연구를 시작한 것은 2015년 가을 무렵이다. 자료 조사와 수집에 오래 매달려야 할 만큼 아무것도 정리된 바가 없는 형편이었다. 그때만 해도 독특한 편집자의 이력과 식민지 출판계의 풍경을 재조명하는 논문 한두 편으로 마무리할 참이었다. 이 책을 구상하기 시작한 것은 뜻밖에도 송완식을 생생하게 추억하고 있는 후손을 만나면서였다. 지금 돌이켜 보더라도 마침맞은 인연이 아닐 수 없다. 풀리지 않는 몇몇 의문이 가셨고, 군데군데 빈자리를 메울 수 있었다.

한두 해 만에 이 책을 충분히 펴낼 수 있었건만 몇 년을 묵히고 만 것은 오로지 편자인 나의 잘못이다. 이런저런 사정과 게으름으로 출간을 미루면서 몇 년을 흘려보내고 나니 처음 송완식과 동양대학당을 마주한 지 어느새 10년 가까이 시간이 지났다. 그동안 공동 편자의 마음을 애타게 했고, 진작 이 책을 약속한 출판사를 기다리게 했다. 근대 출판인과 출판 문화에 대한 새로운 시각을 기대한 분들께도 빚을 남겼다. 그사이 몇 군데 허술한 데를 깁고 소소한 오류를 바로잡은 것을 뒤늦은 변명으로 삼는다.

편집자와 출판사의 이름을 내건 이 책을 우리 시대의 책으로 마련해 준 소명출판에 새삼 인사를 전한다. 공동 편자와 한뜻으로 흔쾌히 출간에 나선 박성모 대표와 편집을 맡아 주신 이희선 편집자께 감사드린다. 이 책을 펴내는 취지를 우리 시대의 편집자와 출판인이 함께해 주니 더없는 보람이다.

송완식 선생 60주기를 앞두고

2025년 12월

엮은이 박진영

차례

제1부

소설과 문예

제1장

명금

1. 소설의 재료를 구하려고 3년 동안을 찾았다는 말이 이상하다

불한불열不寒不熱한 늦은 봄 청쾌한 아침 자동차로 몰아 미국 가제트 신문사를 방문하는 한 미인이 있으니, 이 여자는 미국 뉴욕 사는 여류 소설가 키티 그레이라. 하인이 공순히 맞은 후에 성함을 물은즉 그 미인은 빙그레 웃으며

"나는 키티 그레이라 하는 여자인데, 어제 귀사에서 보내신 편지를 받아 보고 왔으니 사장께 아뢰라" 하거늘 명함을 받아 든 하인은 곧 2층 편집국으로 올라가더니 되짚어 내려와서 응접실로 그 미인을 인도하였더라.

명함을 받아 본 사장은 보던 일을 다 제치고 곧 내려와서 악수로 맞은 후에 겸사의 말로

"바쁘신 양반을 이같이 거만히 여쭈어서 대단히 죄송하외다" 하니, 키티는 원래 여류 소설가로 명망이 있고 상당한 학식이 있는 여자라 너그러운 태도와 아리따운 목소리로

"천만의 말씀이올시다. 그러나 일은 무슨 사건입니까."

"예, 일인즉 다름 아니오라 이번에 우리 신문 지상에 당신의 소설을 하나 게재코자 생각하오니, 보수의 다소는 조금도 염려 마시고 무슨 신기하고 가장 재미있는 소설이 없겠습니까. 근래는 벌써 연애소설 같은 것은 매우 환영치 않는 모양이오니, 청컨댄 우리 가제트 신문의 백만의 애독자

로 하여금 가히 미칠 만한 대대적 탐정소설을 감히 바라는 바올시다" 하니, 활발한 키티는 곧 쾌락하고

"이만 사람에게 그다지 중대한 일을 의뢰하시니 일생의 혈심을 다하여 백만의 독자로 하여금 이목이 쏠리도록 지어 보겠사오나 그 재료를 장만하여야 할 터이오니" 그동안을 한 2주일간만 지체하기로 약속을 단단히 한 후 작별의 인사로 악수를 하고, 사장은

"그럼 당신의 처분만 바라나이다" 하고 작별하였더라.

이와 같이 중대한 약속을 받은 키티는 곧 자동차로 집에 돌아왔으나 이때까지 비극의 연애소설로 만천하 여자의 눈물은 많이 짜게 하였으나 이번 소설은 기상에 주안을 두는 장절쾌절壯絕快絕의 탐정소설이므로 키티도 그 기발한 재료를 수집하기에 대단히 곤란이다. 다만 서재에 들어앉아서는 도저히 백만의 애독자에게 대갈채를 받을 수 없으므로 그 후부터는 매일 뉴욕 시내를 배회할새 어느 때는 이상스러운 술집도 들어가고 혹시는 보행객줏집도 들어 보고 또 혹시는 걸인 복색을 하고 거지 움에도 들어 보았으나 도무지 상당한 재료는 눈에 띄지 못하였더라.

이같이 뉴욕 시내를 배회할 동안에 덧없는 세월은 살같이 달아나서 가제트 신문사와 약속한 2주간의 기한이 임박하였더라. 하루는 '무슨 신기한 재료가 없단 말이냐' 하고 사방으로 돌아다니다가 한 곳에 다다르니 여러 가지 잡종물을 벌여 놓은 고물건 상점에 녹이 케케 슨 금전 반쪽이 눈에 띄었더라. 키티는 문득 이상한 생각이 나서 금전을 집어 보니 그 위에 라틴말羅甸語로 가늘게 무엇이라 새겼더라. 키티는 더욱더욱 이상하여 고개를 외로 꼬고 입맛만 들이마시니, 상점 주인은 행여나 사 갈까 하고 팔 것이 아니라고 거절을 한다. 팔지 않을 것을 상점에 벌여 놓음이 더욱 이상하여 키티는 기어이 사고자 결심하였더라.

"팔지 않을 것을 왜 내놓았소."

"아니, 그것은 시방 살 사람이 있었는데, 마침 그 사람이 가진 돈이 없어서 집으로 가지러 간 중이올시다."

"그러면 약속금을 받았소."

"별로 받은 것은 없사오나……. 그 사람이 이것을 찾느라고 3년 동안이나 애를 썼다 하므로 다른 사람에게 팔 수가 없습니다."

이때 키티는 더욱 의심이 났다. 물건이 그다지 값나갈 것이 아니요 다만 금화의 깨진 조각이라. 이것을 찾느라고 금 같은 세월을 3년이나 허송하였다니 필연 무슨 곡절이 있는 것 같다. 그러나 다만 알지 못할 것은 라틴말로 쓴 글자다. 이것을 알아야 무슨 기괴한 비밀이 포함됨을 알 일이다. 그러므로 키티는 억지로 고물상을 달래서 먼저 사자던 사람의 정한 값보다 얼마 더 주고 뺏어 가지고 의문의 라틴말이 좀이 쑤셔서 자전을 펴 보려고 급히 집으로 향하니라.

키티가 반 마장도 못다 가자 고물 상점에 한 사나이가 급히 뛰어와서

"돈 가져왔으니 아까 그 금화를 내라" 한다. 주인이 미안한 낯으로

"당신이 늦게 오신 까닭에 그 금화는 다른 사람에게 팔았노라" 하니, 생기가 발발하게 뛰어오던 사람은 고만 이 말 한마디 낙심천만하여

"그 손님의 간 곳을 가르쳐 달라" 하거늘, 주인 왈

"저기 가는 저 부인이니 속히 쫓아가서 사정의 말씀을 하여 보시오."

멀리 손가락질을 할새 낙심하였던 사람은 다시 용맹을 내어 두 주먹을 불끈 쥐고 키티의 뒤를 쫓아가는 자는 3년 전부터 이 금화의 반쪽을 수색하라고 프레더릭 백작에게 비밀의 명령을 받은 쾌한快漢 롤로러라.

2. 대비밀을 포함한 라틴말 꼭 나한테 파시오

뜻밖의 매득買得을 얻은 키티는 쾌한 롤로가 뒤쫓아 오는 줄도 모르고
집에 돌아와서 서재 문을 닫고 위선爲先 궁금함을 참지 못하여 라틴말 자
전을 펼쳐 놓고 깨진 금화의 글자를 찾아보니 '그레츠호펜국 북방 그레
츠톤이라 하는 포석 밑에 막대한 보패寶貝가 파묻혔다' 하는 괴상한 글자
러라. 이 같은 글을 보고 누가 아니 놀라리오. 키티는 맥이 풀어져서 멀거
니 금화만 노려본다. 그러나 가석한 일은 반쪽뿐이므로 그레츠호펜 북방
어느 곳인 줄을 알 수가 없으니 참으로 답답하다. 대관절 반쪽을 마저 찾
아야 무슨 수단을 부려 볼 터인데 도무지 반쪽 마저 찾을 일이 망연하므
로 마음이 허공에 떠서 소설 지을 생각은 벌써 다 없어지고 어떻게 하든
지 그 금화의 반쪽을 마저 찾아보려고 결심하였더라.

이때 마침 문을 두드리는 사람이 있어 하인이 나가 보니 골격이 장대
한 활남자라. 명함을 내어 주며 이르는 말이

"별로 친한 사람은 아니나 불가불 뵈옵고자 한다고 여쭈라" 하거늘 하
인이 명함을 받아 가지고 이와 같이 아뢰니, 키티 왈

"그 무슨 일이냐. 꼭 나를 보잔다니. 어디, 응접실로 모셔라" 명하고 즉
시 보던 책을 집어치우고 금화 조각은 몸속에 깊이 감추고 응접실로 행
하였더라.

고물 상점에서부터 키티의 뒤를 밟아 온 롤로는 어떠한 수단으로든지
'명금名金 금화 조각'만 찾아가려고 고개를 푹 숙이고 그 방법을 연구하며
키티 나오기를 고대하고 있었더라. 키티는 응접실로 선뜻 들어서며

"내가 키티 그레이라 하는 사람이오. 무슨 사事로 오셨습니까."

롤로가 공순히 인사한 후

"다름 아니오라 이상한 일이 있어서 댁을 방문하였습니다. 아까 당신께서 아무 고물 상점에서 이상한 금화 조각을 사신 일이 있습니까" 하니, 키티가 물끄러미 롤로를 노려보다가 선뜻

"네, 하도 이상하길래 내가 샀소."

롤로가 간청의 말로

"일인즉 그 일로 왔사온데, 그것은 당신의 수중에 두시면 무용의 물건이 되오나 나는 꼭 쓸 곳이 있사오니, 청컨대 그것을 나에게 파시기를 원하나이다" 하고 애걸할새 키티 빙그레 웃으며 왈

"모처럼 청하시나 그것은 팔 수 없습니다" 하니, 롤로 노하여 왈

"그 금화는 내가 먼저 약속한 것을 당신이 강제로 사 오셨으니, 그럼 본디 사신 값보다 갑절을 드릴 터이니 나를 달라"고 애걸을 하니, 키티 냉소 왈

"아무리 애걸을 하여도 소용이 없소. 나는 돈을 그리 대단히 아는 사람이 아니니깐 백만 원을 준대도 팔지 않겠소" 하고 벌떡 일어서니, 이 같은 냉대를 받은 롤로는 여러 말 하여야 입만 아플 터이므로 교의交椅를 일어나 던지고 키티를 집어삼킬 것같이 노려보며

'응, 고만두어라. 네가 이렇게 사람을 냉대를 하면 나도 또한 생각이 있다. 응, 그러나 무슨 일이 있더라도 과도히 놀라지나 말아라. 그때는 후회막급일라' 하고 속치부를 단단히 하고 돌아갔더라.

3. 경대에 비치는 악한의 얼굴 그러나 그것은 가짜다

키티는 쾌한 롤로가 어째서 금화 조각에 목이 말랐는지 직접으로 듣지는 못하였으나 고물 상점 주인에게 3년 전부터 찾았다는 말을 듣고 '아마 이놈이 라틴말을 아나 보다' 하고 이후부터는 단단히 주의를 하였더니, 과연 그 후 롤로는 키티의 금화를 빼앗고자 불분주야不分晝夜하고 키티 집 근처에서 그 동정을 정탐할새 약삭빠른 키티는 벌써 눈치를 채고 한 가지 계교를 생각하여 그 금화와 똑같은 가짜 금화를 하나 만들어 가지고 일없이 라틴말을 새겼으나 말은 아무 말도 아니 되었더라.

각설, 키티는 이와 같이 만든 후에 즉시 행장을 수습하고 기선을 타고 남구라파南歐羅巴, 남유럽의 소왕국 그레츠호펜 지방으로 행하니, 이는 그 명금의 반쪽을 마저 찾아 가지고 막대한 보패를 발견코자 함일러라.

이때껏 키티의 거동을 탐정하던 롤로는 즉시 그 뒤를 쫓아 한 기선을 타니, 귀신같은 키티는 벌써 눈치를 채고 일부러 모든 일을 주의치 아니하는 체하고 자기의 선실에 들어가서 경대를 버티어 놓고 쇠털 같은 노랑머리를 빗을새 문득 거울에 이상한 그림자가 얼른 비치거늘, 키티 가만히 노려보니 과연 롤로가 창문 밖에서 엿보는 모양이라. 이것을 본 키티는 더욱 흘게[1] 빠진 체하느라고 치마를 엉덩이에 걸고 머리를 빗다 말고 아무렇게 틀어 얹고

"애고, 답답하니 해상의 경치나 구경하겠다" 하고 망원경을 꺼내 들고 슬며시 가짜 명금을 방바닥에 떨어트리고 문을 열고 나와서 원경遠景을 구경하는 체하니, 이때껏 노리고 있던 롤로는

---

1   매듭, 사개, 고동, 사북 따위를 단단하게 조인 정도나 어떤 것을 맞추어서 짠 자리.

"애, 요 동안이야말로 하늘이 주심이라" 하고 창을 넘어 들어와서 얼른 그 명금을 집어 가지고 뛰어나왔다가 기선이 그레츠호펜국에 상륙하자 롤로는 뒤도 아니 돌아보고 두 주먹을 불끈 쥐고 프레더릭 백작의 집으로 도망하니라.

프레더릭 백작은 원래 야심이 많은 사람이라. 어떠한 고서 중에서 '그레츠호펜국 ○○ 곳에 막대한 금이 파묻혔는지라. 이곳을 알고자 할진댄 라틴말 새긴 금화를 찾으라'고 하였으므로 자기도 찾아보고 롤로에게도 부탁하였더니, 그간 프레더릭 백작이 깨진 조각 하나를 발견하였더라. 그러나 다만 반쪽으로는 아무 소용이 없으므로 다시 롤로는 프레더릭 백작의 명령을 받아 가지고 명금 반쪽을 찾아다닌 지 우금于今[2] 3년에 겨우 이제야 키티의 것을 뺏은 바가 되었으므로 기선이 상륙하자 즉시 프레더릭 백작은 희열이 만안滿顔한 롤로를 보고 첫대[3] 인사가

"명금을 찾았느냐" 물으니, 기꺼움에 마음이 뜬 롤로는 입이 함박같이 벌어져서

"영감, 정성이 지극하면 지성이 감천이올시다. 영감을 위하여 3년간 쌓은 고생은 오늘에야 열매를 이루었습니다" 하고 새빨간 거짓 명금을 내어놓았더라. 이것을 받아 본 프레더릭 백작의 기쁨이야 말 아니 하여도 여러분은 상상하실 바이라. 위선 롤로에게 수고한 바를 치하하고 왈

"자, 이제는 대성공을 하였네. 금시발복今時發福[4]이기로 이에서 더한 일이 있나" 하고 자기가 감춘바 명금 반쪽을 꺼내 가지고 맞대어 보니 형상은 같으나 진위가 판연判然한지라. 백작이 대로하여

---

2   지금까지.
3   첫째로. 무엇보다 먼저.
4   어떤 일을 한 뒤에 이내 복이 돌아와 부귀를 누리게 됨.

"아, 이것이 무엇이냐. 너나 줄게 가져가거라" 하고 후려치며 하는 말이

"부탁한 내가 그르지. 남 나무라서 무엇 하랴. 필경 이놈, 네가 내 돈을 뺏어 먹으려고 가짜를 만들어 가지고 왔다" 하며 롤로의 말은 조금도 듣지 아니하니, 이때껏 3년 동안을 수고한 롤로는 억울함을 호소할 곳이 없었더라. 그러나 분이 털끝까지 오른 롤로는 눈에 보이는 것이 없게 되어 백작의 고작[5]을 쥐고

"이놈, 내가 언제 네 돈을 뺏어 먹었느냐. 네 일로 말미암아 풍한서습風寒暑濕을 불계하고 금 같은 세월을 3년 동안을 허송하였거늘 오늘날 와서 나를 도적으로 보니. 어디, 이놈, 하나 받아 보아라" 하니, 수십 명의 하인이 쏟아져 나와서

"이놈이 웬 놈이냐. 영감께 이러한 무례한 놈이 있느냐" 하고 뭇매가 들어오니, 아무리 기력이 초중한 쾌한 롤로라도 여러 놈을 혼자 당할 수 없어 실컷 얻어맞고 죽게 되어 문밖으로 뛰어나왔더라.

4. 깜짝 놀라 자동차를 내림도 우연이 아니다
오늘부터 충복忠僕이 되겠다고

가짜 명금을 만들어 롤로를 속인 키티는 기선에서 내려 자동차를 타고 그레츠호펜국 제일 되는 여관으로 행할새 길가의 장려壯麗한 집은 프레더릭 백작의 집일러라. 날은 저물어 황혼이 되어 안개는 사방에 자욱하고 자동차 바퀴에서 일으키는 먼지는 앞을 가리어 참으로 지척을 분변키 희

---

5 상투.

미한데, 별안간 키티는 깜짝 놀라며

"정거하라" 하는 소리에 운전수는 '무슨 큰일이 났나 보다' 하고 급히 자동차를 멈추고 키티를 따라 내려보니, 전신이 피투성이가 된 사람 하나가 길가에 드러누웠는데 명재경각命在頃刻이러라. 키티는 여자의 마음이라 허둥지둥하면서

"애고, 가엾어라. 이게 어쩐 일인고. 대관절 죽지나 아니하였나 보라" 하니 운전수가 입에 손을 대어 보고

"아직 죽지는 아니하였으나 필경 이 사람이 싸움을 하다 맞은 사람이오니 만약 이 사람을 구원하였다가 남의 죄에 주저앉을는지도 알 수 없으니, 청컨대 아씨는 후환을 생각하시고 그냥 가심이 어떠하오니까" 하는데, 키티 노하여 왈

"사람은 의리의 동물이라. 도척盜跖이 아니거든 어찌 사람의 목숨이 경각에 있음을 보고 그냥 가리오. 나는 원래 이 사람을 아는 바도 아니나 목전에 참혹한 정상을 보니 목석이 아니고는 구원치 아니할 수 없으니, 운전수에 대하여는 대단히 수고가 되나 잔약한 여자의 힘으로라도 도와줄 터이니, 우리 둘이 들어다가 자동차에 얹어 가지고 여관까지 같이 감이 어떠하뇨" 하니 운전수는 울며 겨자 먹기로 이마를 잔뜩 찡그리고

"피 묻으니 아씨는 저리 가시오" 하고 번쩍 들어다 자동차에 담아 가지고 키티의 가리키는 여관에 대었더라. 키티는 즉시 주인을 불러

"의사를 청하여 오라" 명하고 운전수를 명하여 롤로를 방으로 들여온 후 자기의 의복을 갈아입히고 잠깐 나와 볼일을 보고 들어간즉 벌써 의사도 다녀가고 병상에는 다만 끙끙 앓는 롤로뿐일러라. 키티는 다정한 목소리로 병상에 가까이 가서

"좀 어떻소. 정신을 좀 차리겠소" 하고 간절히 묻는다. 롤로가 눈을 번

쩍 뜨고

"누구십니까. 이렇게 활인活人을 하시니. 그 은혜 백골난망이외다"

이와 같은 치하를 받은 키티는 별안간 "악" 소리를 지르고 뛰어나가니 여자의 몸이 된 키티는 그와 같이 놀라기도 괴이치 않다. 키티로 말하면 자기의 명금을 뺏고자 하는 롤로요 또 롤로로 말하자면 키티가 가짜 명금을 쥐어 주었기 때문에 프레더릭 백작에게 욕을 보고 오늘날 목숨이 경각에 있게 된 처지다. 그러나 원수를 모르고 구원하였고 원수에게 구조를 입은 두 사람은 괴상한 연분으로 주종의 관계를 맺어 가지고 생사를 같이하였나니 세상에 원수가 은인 된다 함이 곧 이것이로다.

키티는 다시 돌이켜 서서 롤로를 흘겨보더니 새파란 눈을 굴리며 주머니에서 육혈포를 꺼내 가지고

"나는 너를 뉜 줄 모르고 구원하였다. 너 같은 악한을 살려 두었다가는 나에게 후환이 있을 터이니 너는 반드시 이 자리에서 목숨을 바치라" 어르니, 롤로 대경실색하여 손이 발이 되도록 빌며

"참으시옵소서, 키티 낭娘이여, 잠깐 참으시고 내 말씀을 들으시오. 원래 당신의 명금을 뺏고자 함은 사정이 있음이니, 그 비밀을 토설하겠사오니 목숨만 살려 주심을 바라나이다" 하고 애걸할새 키티 왈

"네가 이 지경에 이르러서 살기를 원함은 떫은 일이다. 너도 쾌한 롤로가 아니냐. 이왕에 죽을 일을 선뜻 죽지 더럽고 구구하게 살려 달라고 애걸을 한단 말이냐. 이건 졸장부의 일이다" 하니, 롤로 왈

"결단코 죽기를 두려워함이 아니라. 일이 아깝고 또 나를 죽이면 당신에게 큰 불이익이 될 터이니, 내가 어째서 그 명금을 빼앗으려고 고심을 하였으며 또 누구의 부탁을 받아 가지고 3년 동안을 찾으러 다녔는지 들어 보시오" 하니, 금방 놓으려고 하던 키티는 육혈포를 집어넣고 왈

"나도 전정前程이 수만 리 같은 청춘으로 구태여 인명을 살해할 필요가 없다. 그러면 너를 살려 줄 터이니, 그 대신에 이후부터는 나의 명령이면 무슨 일이든지 복종할까?"

"물론이올시다. 프레더릭 백작에게 맞아 죽게 된 몸을 인정이 많으신 키티 아씨의 구원을 받아 살아난 롤로가 아니오니까. 금일부터는 아씨를 주인으로 받들고 견마의 노犬馬之勞라도 사양치 않겠습니다" 하니, 키티 왈 "오, 그러면 나도 안심하겠다. 자, 모든 일은 각설하고, 롤로야, 너는 어쩐 일로 명금을 찾으러 다녔더냐. 그 비밀이나 좀 이야기하여라" 하고 롤로의 병상 앞으로 교의를 바싹 잡아당기니라.

5. 키티와 롤로가 포박을 당함 명금도 뺏기다

화설, 롤로는 목숨만 살려 줌을 고맙게 여겨 키티의 묻는 대로 억울한 사정을 이야기한다.

나에 대하여는 주인이라고도 할 만한 프레더릭 백작은 고서에서 그레츠호펜국 모처에 막대한 보패가 묻혔나니 그 진부를 알려거든 암호 새긴 금화를 찾으라는 글을 보고 그간 여러 해 동안 고심 수색한 결과 연전에 금화 반쪽을 얻었는데, 공교히 그 보패의 파묻힌 곳을 새긴 쪽이 없으므로 백작은 결심하되 '나에게 이것 반쪽이 있을진댄 반드시 또 한쪽이 마저 이 세상에 어디든지 있으리라' 하고 3년 전부터 나를 뉴욕에 파송하여 명금을 수색하게 하였으나 도저히 눈에 띄지 않더니, 일전에 어느 곳을 지니다가 고물 상점에서 금화의 깨진 쪽을 보고 곧 사려 하였으나 마침 가진 돈이 없었으므로 여관에 가서 돈을 가지고 급히 돌아오니 벌써 그 금화를 다른 사람에게 팔았다 하므로, 누구냐 물으니 저기 가는 저 부인이라 가리키기로 즉시 뒤를 쫓아가서 기티를 찾아보고 금화를 넘겨 팔라 하였으나 승낙을 아니 하므로 '이제는 암만하여도 뺏을 수밖에는 다른 수단이 없다' 하고 기티의 거취를 엿보다가 기선 속에서 가짜 명금인 줄은 모르고 집어 가지고 속히 백작의 집으로 도망하여 백작을 보았더니, 희열이 만안한 프레더릭 백작은 전일에 비장秘藏하였던 자기의 명금과 맞추어 보더니 가짜 됨을 알고 롤로더러 도적놈이라 하며 반생반사가 되도록 때려 주어 이와 같은 참혹한 정상을 당하였다가 오늘날 기티에게 뜻밖의 구원을 입은 일까지 일장설화를 한 후에

"프레더릭 같은 놈은 은혜도 모르고 의리도 없는 놈이니, 나는 오늘부터 키티 아씨의 부하가 되어 저놈의 명금을 뺏고자 도모하오리니 아씨는 조금도 의심치 마시옵소서."

키티의 마음이 얼마큼 자득自得되어

"그러면 네가 협력을 하여 줄 터이냐" 물으니 롤로 감격한 대답으로 왈

"도척 같은 프레더릭 백작에게 맞아 죽게 된 몸을 아씨가 구원하여 목숨을 보전한 롤로가 아니오니까. 어떠한 간난신고라도 불계하고 일생의 혈심을 다하여 반드시 저놈의 명금을 탈취하고야 말 터이오이다" 하니, 키티 마음에 자득하여 왈

"네가 그러한 결심이 있을 것 같으면 나는 지금 곧 나가서 활동코자 하니 어떠할꼬. 오늘 밤은 도저히 안 되겠지" 하고 재우쳐 물으니, 쾌한 롤로라 옛날에 하던 장식이 있어 와상臥床을 차 던지고 벌떡 일어나며

"관계치 않습니다. 인제는 다 나았습니다" 하고 행장을 수습하였더라.

그믐칠야 깊은 밤에 별만 홀로 반짝거리는데 프레더릭 백작의 집에 가까이 온 사람은 쾌한 롤로와 키티러라. 롤로는 3년 전부터 프레더릭 백작

의 집을 출입하여 속이 환하나 벽돌담을 높이 쌓았으므로 도저히 앞으로 들어갈 수 없어 키티를 데리고 뒤로 돌아가서, 원래 이러한 일에 한숙嫻熟한 롤로는 잔나비같이 돌담을 기어 올라가서 키티를 붙들어 올려 가지고 탄평坦平히 집 안으로 들어가서 불 켠 창 앞을 엿들으니 아무 기척이 없는지라. 두 사람은 말없이 문을 열고 들어가서 이 방 저 방 돌아다니다가 백작의 서재를 찾았다. 문에다 귀를 대고 동정을 엿들어 보니 백작은 이미 잠이 깊이 들어 숨소리도 없는 모양 같더라. 준비하였던 맞자물쇠로 문을 열고 두 사람이 한 발씩 들여놓으니, 문갑 뒤에도 한 사람이 숨었고 책상 밑에도 한 사람이 숨어 있는지라. 키티는 고만 얼굴이 파래져서 도망코자 하였으나 벌써 뒤에서 한패가 풍우같이 달려 들어오니 이제는 진퇴유곡이라. 간신히 살아난 롤로는 이사위한以死爲限하고 분전역투奮戰力鬪를 하였으나 중과부적衆寡不敵이라. 마침내 그 자리에 꺼꾸러져 키티와 같이 포박의 욕을 면치 못하였더라. 이때에 항내 나는 여송연을 물고 완보緩步로 나오는 사람은 이 집의 주인공 되는 프레더릭 백작이라. 백작은 두 사람을 노려보고

"아, 이것 너무 불안하구먼. 필경 이러한 일이 날 줄은 알았다. 그래서 일전부터 나도 거미줄을 늘렸었다. 그러나 이 밤에 먼 데서 온 손님의 대접을 범연히 하여서야 되겠느냐. 모두 풍뎅이 모가지를 만들 수밖에 없다. 그러나 너희도 아마 이러한 대접은 처음 겸 마지막 될라. 키티야, 위선 너의 가진 명금부터 바쳐라."

고만 키티의 명금은 프레더릭 백작의 수중으로 들어가니라.

6. 불같은 사막 지옥의 산송장 인명이 재천이라 뜻밖의 구원

이튿날 새벽에 백작의 집에서 자동차 한 채가 나오더니 아침 안개에 오리 운무 중으로 "뺑" 소리만 지르고 전속력으로 운전을 재촉하여 국경 로키산 고개를 넘어가서 수 시간 후에 겨우 목적지를 도착하였더라. 이곳은 큰 사막인데, 망망한 대야에 그늘 볼 나무 한 주 없고 물 한 방울도 구경할 수 없고, 다만 태양의 열이 내리쬐어 불같이 뜨거운 이승 지옥이라. 이같이 궁벽하고 무서운 곳을 프레더릭 백작은 무슨 일로 운무를 무릅쓰고 자동차로 몰아왔노. 이는 다름 아니라 어젯밤에 자기 집에 들어왔던 키티와 롤로를 산송장을 만들고자 함이라. 산송장이 무엇이냐 하면 지금 자동차에서 내리는 두 사람의 현상을 볼 것 같으면 아무라도 눈물을 흘리고 짐작하리라. 운전수는 독사같이 몸에 감긴 포승을 끌고

"자, 내려라" 하고 무정히 떼밀어 불같이 뜨거운 모래 위에 자빠트리고 호령 왈

"너희 연놈을 이때까지 살려 둠은 우리 백작의 자비하신 마음이니 너희는 반드시 고맙게 알아라" 하고 악마 같은 호송자는 오던 길로 자동차를 돌렸으니, 두 사람의 정상이야 참으로 가련하도다.

롤로는 분함을 이기지 못하여 이를 악물고 드러누워서 자동차 가는 곳만 바라보니, 무정한 자동차는 점점 간 곳이 희미하여지고 롤로의 눈에는 비참한 눈물만 가득하였더라. 이때 키티는 비록 여자일망정 조금도 굴하는 기색이 없이 롤로를 위로 왈

"롤로야, 너는 과도히 슬퍼 마라. 우리가 아직까지 목숨 붙은 것만 행복이다. 나는 여자의 마음이라도 프레더릭 백작에게 뺏긴 명금을 도로 찾고야 말 터인데, 그리하자면 첫째 이곳을 벗어나야만 하겠다"는 키티의 백

절불요百折不撓의 말 한마디가 롤로의 용맹을 충동시켰더라. 롤로는 눈을 번쩍 뜨고 키티 앞으로 기어 와서 죽을힘을 다하여 포승을 입으로 끊어 주니 키티 또한 롤로를 끌러 주어 이제야 두 사람은 간신히 자유의 몸이 되었으나, 사람은 생물이라 먹어야 살지 곰이라 발바닥 못 핥고 불같은 태양은 내리쪼여 사람이 수족을 댈 수 없는 모래 위에 기운이 시진澌盡하여 다 죽게 된 모양인데, 이와 같은 몸으로 홍일염천紅日炎天이 혹서에 어떻게 하면 이 사막을 무사히 벗어날꼬. 두 사람은 목이 말라도 물 한 방울 못 얻어먹고 필경에 꺼꾸러져 기절된 모양이러라.

이와 같이 몇 시간을 지냈는지 몇 날을 지냈는지 알 수가 없는데, 누군지 자주 나를 부르는 소리에 키티는 깜짝 놀라 정신을 차려 보니, 뜨겁게 내리쪼이던 볕은 다 어디 가고 차일遮日 친 집 안에서 의원이니 약이니 하고 병구완이 대단하다. 꿈인지 생시인지 모르는 키티는 간호하는 사람더러 물어보았다.

"다 죽게 된 이 목숨을 살려 주신 양반은 당신이십니까."

"아니올시다, 그 양반은 사치오 백작이라 하는 양반이올시다."

"사치오 백작? 그 성함은 이미 들었사오나 이때까지 한 번도 뵈온 일은 없으니 시방 그 양반이 어디 계십니까. 치하나 하고자 하나이다."

"잠깐 가만히 계십시오" 하고 급히 나가더니 조금 있다 차일 안으로 들어오는 사람은 사치오 백작이더라.

"키티 낭, 매우 정신을 차렸구려."

키티 일어나 공순히 예한 후 아리따운 목소리로

"영감 성함은 이위 듣자왔으나 이미 죽게 된 목숨을 살려 주시니 그 은혜 백골난망이올시다" 하고 활인한 홍은鴻恩[6]을 대단히 치하하였더라.

7. 나는 너한테 반하였다 사막에서 든 정

키티는 무인지경 사막 중에서 위태한 생명을 구원됨이 도무지 꿈같다. 그러나 키티에게 대하여 은인이라 할 만한 사치오 백작은 어떠한 자인가? 사치오 백작은 그라호펜 왕국의 참모장인데, 그 위인이 자기에게 이익만 되면 왕이거니 나라거니 함부로 팔아먹으려 하는 위험한 인물이므로 그자도 역시 명금을 찾느라고 눈이 빨간 모양이더라. 그런데 어찌하여 사치오 백작이 무인지경 대사막을 가서 키티의 위태한 생명을 구원하였느냐 하면 '그레츠호펜국 왕이 혹 명금을 가졌을까' 하고 군사 한 소대를 거느리고 인국隣國의 동정을 정탐코자 이 사막을 건너다가 불같은 모래에 꽃 같은 얼굴을 파묻고 기절한 젊은 여자를 발견하였더라.

원래 도척 같은 사치오 백작은 사람이 죽거니 살거니 도무지 상관할 이유가 없지만도 볕에 익은 선앵두 빛 같은 고운 얼굴을 보니 한 가지 음탐의 야심이 생겼으므로 뒷날의 야심을 품고 즉시 병졸을 명하여 노영露營 차일 안에 메어다 놓고 보니, 이전부터 한번 보려고 그리던 키티러라. 백작은 자득하여 '이야말로 하늘이 나에게 미인을 주심이라' 하고 특별히 병구완을 잘하였더라. 그러나 사치오 백작은 키티를 아나 키티는 백작과 금시초면이요 또한 죽었던 목숨을 살려 준 은인이므로 이와 같이 감사한 인사를 공순히 하였더라. 내숭스러운 백작 사치오는 앞으로 바싹 들어앉으며

"인제는 아주 쾌차하시구려. 어쨌든 다행이오."

"모두 영감의 은혜올시다" 하고 키티는 은근히 묻는다.

---

6   넓고 큰 은혜.

"그러나 저는 롤로라 하는 하인과 같이 있었을 터인데, 대감께서 혹 롤로도 구원하셨는지요?"

"롤로? 그런 사람을 못 보았는데. 흥, 세상인심이 모두 이러하단 말이야. 물에 빠진 사람 건져 주면 보퉁이 찾는단 말이 꼭 옳구먼."

"아니올시다, 너무 과도히 말씀치 마시옵소서. 죽게 된 인생을 구제하셨길래 혹 저와 같이 있던 롤로까지도 함께 구조를 하셨나 여쭈어봄이지 조금도 대감을 의심함은 아니올시다."

"고만, 그 이야기는 고만둡시다. 그런데 키티, 여보, 내가 한마디 청할 말이 있는데 좀 듣겠소. 그만하면 대강 짐작할 터이지" 하고 점점 넉장을 뽑을새[7] 키티 몸을 살짝 돌리며

"나는 여자라도 은근한 일은 싫으니 분명히 말씀하시오."

"물론이지, 이왕 이렇게 된 바에야 말 못 할 것 무엇 있나. 여보, 키티, 내가 전일부터 그대에게 마음이 있던 바이니, 이제 키티가 나를 생명을 구조한 은인으로 생각거든 나의 부인이 됨이 어떠하오" 하고 옥 같은 키티의 손목을 잡으려 하였더니 키티 홱 뿌리치며

"점잖은 양반이 이게 무슨 짓이오. 나는 당신을 은인으로 생각거든 오늘날 여자의 만고의 꽃이 될 절개를 헐고자 하니 나는 맹세코 듣지 못하겠노라" 하고 거절하였더라.

그러나 사치오 백작은 그렇게 자라 모가지 될 사람이 아니라 다시 하는 말이

"나는 명예 있는 그라호펜 왕국의 참모장이다. 너무 그렇게 야멸치게 말고 내 말에 복종하는 것이 키티에게도 영광이오" 하고 또 손목을 쥐고

---

7 투전에서 석 장 뽑을 것을 어름어름하여 넉 장을 뽑음. 일이나 행동을 할 때 태도가 분명하지 못하고 어물어물 얼버무림.

자 하였으나 키티는 또다시 뿌리치고

"이건 대감이 실수요. 여자라고 너무 업수이 여겨서는 하늘이 용서치 아니할걸."

"무엇이야?" 사치오 백작은 얼굴이 대춧빛이 되었다.

"응, 그래, 네가 나한테 복종치 않는다?"

"나는 결단코 당신 같은 더러운 남자에게는 꽃 같은 이내 몸을 허신치 않겠소. 지위가 그만하면 지각도 있지, 그래, 목숨을 구원하여 준 값으로 여자의 가장 존중한 절개를 헐고자 함은 신사의 행위로 부끄럽지도 않소. 이후부터는 좀 조심함이 신상에 좋을 줄로 생각합니다."

"애, 애, 그래, 네가 나의 명령을 복종치 않겠단 말이냐. 어디, 얼마큼 네 마음대로 하여 보아라. 네가 암만 항거하여도 나는 어디까지든지 내 마음대로 하고야 말겠다" 하고 우물쭈물하다가 키티를 욕을 보이려고

"이렇게 하면 어찌할 터이냐" 하고 와락 덤비자 별안간

"이놈, 키티에게 무슨 짓이냐" 하고 풍우같이 달려들어 사치오 백작을 메다치는 사람은 키티가 주야로 근심하던 롤로러라. 키티 깜짝 놀라

"오, 롤로냐, 죽지 않고 살았더냐. 마침 잘 만났다."

롤로 왈 "청컨대 아씨는 아무 염려 마시옵소서. 이제는 아무 일 없습니다" 하고 키티를 옹호하고 떡 버티고 사치오 백작을 집어삼킬 듯이 노려보며

"어디 이놈아, 해볼 테거든 해보자. 나의 철퇴 같은 주먹이 부서지나 너의 해골이 콩가루가 되나 둘 중의 하나다" 하니, 사치오 백작은 눈을 부릅뜨고

"말이야 잘한다. 가만있거라. 이제 보복을 할 터이니" 하고 밖으로 달아나더니 자기의 영솔한 병졸을 명하여 총과 칼을 가지고 롤로를 죽이려 덤비니, 원래 죽기를 위한爲限한 롤로는 무엇을 두려워하리오. 활발히 적

군 중에 들어가 용맹을 다하여 닥치는 대로 집어치우니 적은 비록 롤로 한 사람이나 결사의 용맹으로 분투를 하는 사람이요 사치오 백작의 부하 군사는 수십 명이나 다 각각 제 일이 아니므로 '상관의 명령도 두었다 보자' 하고 다 도망하니, 사치오 백작은 대로하여

"일이 이 지경이 되었으니 다른 구원을 받을 수밖에 없다" 하고 손을 들어 무엇이라고 군호軍號하니 별안간에 풍우같이 몰아 들어오는 것은 항상 사막으로 돌아다니는 그라호펜 도적의 떼러라. 이때껏 수십 명의 병졸과 적수공권赤手空拳으로 분투 승리한 롤로는 간신히 기운을 차리자 별안간 그라호펜 도적의 떼가 창을 두르고 달려드니 용맹이 다하고 기운이 시진한 롤로는 도저히 대적할 수 없어 가련히 키티와 롤로는 잡혀가니 이것이 설상에 가상이다. 그러나 기괴한 일은 구원을 받으려고 군호한 사치오 백작도 잡혀감이니, 아마 이것이 화약을 지고 불로나 안 들어갔는지 모르겠도다.

8. 더러운 사치오 백작　내숭한 마음으로 상금을 많이 주다

돌연히 달려들던 그라호펜 도적 떼는 사치오 백작과 키티, 롤로의 세 사람을 잡아 가지고 가서 위선 키티와 롤로를 딴 칸에 가두고, 백작은 대장과 면회하고 무슨 비밀한 이야기를 하더니

"아, 수고하였네. 아마 인제야 병졸들이 다 돌아왔을걸. 어서 포승이나 좀 끌러 주게."

그라호펜 대장은 사치오 백작의 명령대로 포승을 끄르며

"매우 고통을 당하였습니다그려. 그러나 이것은 영감의 청이니깐 수원

수구誰怨誰仇[8]할 수 없습니다.”

“아참, 그레츠호펜국 왕께 군사를 보냈나?”

“벌써 도착하였을걸요. 그러나 미리 약속도 있거니와 이번 상금은 땡 뜰 만합니까?”

“이를 말인가.”

“아니, 영감, 약속을 잊어버리면 안 되겠소” 하고 이 일을 누가 알랴 하고 백작과 적장은 술을 먹는데, 약삭빠른 키티는 칸 속에서 이 광경을 다 보았더라.

각설, 이때 키티는 사치오 백작이 거짓 잡혀 와서 탄평 무사히 술 먹는 것을 보고 필경 무슨 속배포가 있음을 알고

‘롤로와 나의 위험은 탈옥 도주해야만 면할 수밖에 없는데 적의 간수가 심히 엄중하여 도저히 성공이 난망이라. 그러나 다시 생각하니 우리 두 사람은 그라호펜 도적과는 아무 흑백이 없는 터이니 대장에게 이와 같은 정상이나 애원을 하여 보리라’ 하고 간수를 불러 대장의 면회를 청하였더니, 대장은 무슨 일인지 모르고 키티의 칸 앞으로 와서 가장 뽐내며 왈

“네가 무슨 일이 있어 나를 청하였느냐” 물으니, 키티 애걸 왈

“복원伏願,[9] 대장은 무죄한 사람을 출옥하여 주심을 바라나이다.”

“응, 나도 너와 아무 원수는 없다. 그러나 사치오 백작에게 부탁을 받았으니깐 백작이 허하거든 내놓아 주마. 그런데 롤로는 우리 병졸에게 대항을 하였으므로 그놈은 용서할 수 없다. 내 지금 백작과 의논을 하여 볼 터이니 가만히 있거라” 하고 대장은 곧 돌아와서 키티의 원하는 바를 백작

---

8   남을 원망하거나 탓할 것 없음.
9   엎드려 바라옵건대.

과 의논하는데, 백작은 원래 키티를 그리고 그리던 터이라 혜살꾼 롤로만 용서치 않고 키티는 자기가 데리고 가겠다고 쾌락하여 키티만 옥을 벗어나고 이때껏 고생을 같이하던 롤로는 건져 내지 못하니 키티의 가슴에는 못이 박혀 가만히 옥문 앞에 가서 롤로를 불러 가지고

"나는 간신히 옥중을 면하였으나 도저히 너까지는 구원할 도리가 없으니 아무쪼록 네 수단껏 옥문만 벗어나라"고 이르니, 롤로 용기가 팽창하여 활발한 소리로 대답하여 왈

"염려 마시오. 아씨 가신 지 3일 내로 반드시 파옥도주를 할 터이니 아무 근심 마시옵소서."

"그러면 나는 백작의 상금 올 때까지는 너와는 이별이니 참으로 가슴에 못을 박는 것 같다."

"소인의 일은 조금도 염려 마옵시고, 저 백작 놈이 고약한 놈이오니 청컨대 아씨는 조심하심을 바라나이다."

이와 같이 두 사람은 비밀한 이야기를 하노라니 남의 눈에 띨까 염려가 되어 은은한 회포를 다 말하지 못하고 고만 후일을 기약하고 키티는 돌아오니, 마침 마이클 국왕의 후한 상금이 왔으므로 사치오 백작은 대장에게 롤로는 극형을 주라고 신신부탁을 하고 키티를 데리고 그라호펜 땅을 떠나 그레츠호펜국에 이르러 마이클 왕을 알현하고 상금 보낸 치하를 한 후 키티를 소개하되 제 여자같이 자득하여 숙녀니 열녀니 하고 한껏 칭찬을 하였더라.

9. 국왕에게 명금을 바치다 두 번째 키티의 손에

각설, 이때 프레더릭 백작은 키티와 롤로를 불같이 뜨거운 사막 중에 묶어 버린 후 의외에 얻은 명금 조각과 이미 비장하였던 자기의 명금과 맞대 보니 아무리 보아도 다른지라. 키티에게 뺏은 것을 진짜라 하면 자기 것이 가짜요 자기 것을 진짜라 하면 키티의 것이 가짜라 하겠도다. 첫대 이 두 쪽을 맞대어 본즉 다른 것은 다 맞는데 금이 파묻힌 지명이 분명치 못하므로 프레더릭 백작은 마이클 왕이 전부터 명금을 가졌단 말을 들었었으므로 혹 그것이 진짜나 아닌가 생각하고 키티에게서 뺏었던 명금 쪽을 가지고 그날 밤 연회 되기 전에 급히 궁전에 다다르니라.

키티는 사막에서 죽게 되었던 목숨을 간신히 보존하여 가지고 사치오 백작을 따라 마이클 궁까지 왔던바 언뜻 보니 프레더릭 백작이 들어오거늘 키티 급히 왕 전에 나가

"전하께서는 오늘밤 연회에 프레더릭 백작을 청하셨습니까?"

"오, 프레더릭 백작은 문벌이 좋으므로 제1세 때부터 주종의 관계가 있더니라. 왜, 백작이 어때 그러노."

"프레더릭은 원래 야심이 많은 사람이오니 원컨대 전하는 매사를 삼가시옵소서."

"그는 짐도 아는 바나, 그러나 짐의 왕위를 참하려 한다든지 혹은 보패를 약탈코자 함은 프레더릭뿐 아니라 너를 사막에서 구조하여 가지고 온 사치오 백작도 일반이니라. 그러나 저 사람은 그라호펜 왕국에서 온 사람이니깐 더욱이 조심을 할 일이다."

"소녀는 프레더릭과 못 볼 일이 있사오니 이웃 방으로 가 있겠습니다."

키티가 왕 전을 물러나자 시종의 안내로 프레더릭 백작은 당상에 올라

가 황송한 모양으로 국왕 앞에 나와 문후問候하니, 왕이 반가이 맞아 왈

"금야에 연회가 있어 청코자 하던 중이러니 대단히 반갑도다" 하고 시녀를 명하여 주효를 배설하고 황금색 소파 준樽에 방순주芳醇酒를 가득 부어 왕이 친히 권할새 이때에 프레더릭 백작의 기쁨이야 무엇이라 측량할 수 없더라. 일배一杯, 일배, 부 일배로 백작은 만취가 되나 마이클 왕은 키티의 부탁을 잊지 않고 백작 보는 데는 마시는 체하고 모두 수건에 따라 버렸더라. 이것을 모르고 입이 함박만 한 백작은 국왕의 환심만 사고자 명금의 이야기를 꺼내고 중언부언하다가 키티에게 뺏은 명금을 맡길새 국왕은 시치미 뚝 떼고 이야기를 처음 듣는 것같이

"아, 그것참, 이상한 일이로군. 그래, 금화 조각에 비밀한 라틴말이 새겨 있단 말이람. 에, 어쨌든 짐이 잠시 맡아 있지" 하고 프레더릭 백작에게 명금을 받은 후 미구에 성대한 야연은 시작이 되었더라.

연회에는 국왕은 물론이요 키티도 참석하였으나 취흥이 머리끝까지 오른 프레더릭 백작은 신이 나서 무도를 하느라고 정신이 없을 새에 국왕은 슬며시 키티를 불러 비밀히 귓속을 하고 명금을 주니라. 의외에 명금을 다시 손에 넣은 키티의 기쁨이야 죽었던 부모를 다시 만나 본 것 같다. 그러나 세상에는 비밀한 일이 없는 법이라. 이 일을 누가 알리오. 알 사람은 국왕과 키티의 단 두 사람이나 한 겹 차일 뒤에 숨어서 두 사람의 비밀한 이야기를 귀를 기울이고 듣는 사람은 사치오 백작이더라.

성대한 연회가 파연이 된 후 국왕은 침실로 들어가고 프레더릭 백작은 아까 맡긴 명금을 가짜 명금과 바꾸어 가지고 가려고 금고 속을 뒤져보니 명금은 그림자도 없더라. 이때 프레더릭 백작은 무르팍을 탁 치며

"아차, 이것 되속았구나" 하고 탄식을 하였으나 후회막급이더라.

10. 악한 아파치 잘 뺏었다

화설, 이때 사치오 백작과 기맥을 통하던 아파치라 하는 악한이 있는데, 이날은 여러 악한이 모두 회집하여 요리를 배설하고 술을 먹는데 문득 한 사람이 와서 아파치 씨를 찾거늘 아파치 급히 나와 보니 하인이 편지 한 장을 올리거늘 활발히 떼어 보니 사치오 백작의 부탁이라. 별안간 입이 찢어질 듯 벌어지며

"여보아라, 애, 곧 댁으로 방문하겠습니다고 여쭈어라" 하고 여러 동무에게 고하여 왈

"나는 지금 긴급한 사고가 생겨서 실례를 하오니 여러분은 사양치 말고 유쾌히 노심을 바라노라" 하고 아파치는 모자를 손에 들고 급히 나가더니 두 시간이나 지난 뒤에 돌아와서 기쁨을 이기지 못하더라.

악한 아파치가 사치오 백작에게 받은 부탁은 무엇인고? 가장 비밀의 비밀로 동무에게도 알리지 않고 밤들기를 고대하였다가 슬며시 나와 어느 결에 뛰어 들어간 집은 키티의 유寓하는 집일러라. 절도, 강도, 살인, 기타 모든 고약한 짓에 상습이 된 아파치는 조금도 기탄이 없이 창문을 비틀어 열고 실내에 들어가니, 키티는 어젯밤 연회에 참여하였다가 오늘 아침에야 나와서 그라호펜 도적의 옥중에 홀로 떨어져 고초를 받는 롤로를 구코자 여러 가지로 궁리를 하다가 밤은 이미 깊어지고 심신은 고단하여 어언간 잠이 들었는데, 베개 곁에서 버석하고 괴상한 인기척이 나는지라 깜짝 놀라 일어나 보니 어떤 도적놈이 막 금고를 깨트리고 명금을 꺼내려 하는지라. 키티는 담대하게 뒤로 가서

"이놈, 네가 이따위 짓 하다가는 명 재촉을 하리라" 하니, 악한 아파치는 키티를 메다치고 한 손으로는 육혈포를 꺼내 들고 딱 으르며 한 손으로는

명금을 꺼내 들고 문칫문칫 뒷걸음을 쳐서 창문으로 뛰어 달아나니라.

명금을 빼앗긴 키티는 눈에 보이는 것이 없어 죽을지 살지를 모르고 악한의 뒤를 쫓아 나가니, 캄캄한 그믐밤은 지척을 분변키 어려운데 적막한 깊은 밤에 나뭇잎의 바람 소리뿐이요 악한의 자취는 벌써 없어졌더라. 그러나 키티는 이때에 다시금 생각한다.

'전일에 한번 프레더릭 백작에게 뺏겼던 것을 마이클 국왕이 간신히 찾아 주었는데 이것을 오늘날 또 잃어버려서는 큰일 났다' 하고 캄캄한 그믐밤에 수풀 속을 헤치고 얼마큼 쫓아 나가 보니 멀리 사람 하나가 달아나는 형적形跡이 있는지라. 키티는 더욱 용맹이 나서 '저놈이 필경 악한이로구나' 하고 죽을힘을 다하여 어디까지 쫓아가니라.

이와 같이 정신없이 악한만 쫓아가는 키티의 뒤를 밟으며

"얘, 요년 보아라. 조년이 그 뜨거운 사막에서 어떻게 살아왔노. 그러나 앞서 달아나는 놈은 음악陰惡한 아파치 놈인데 이것 참 이상한 일이다" 하고 목이 말라 두 사람의 뒤를 쫓는 사람은 키티와 롤로를 산송장을 만들던 프레더릭 백작이더라.

화설, 이때 아파치는 목적을 도달하여 성공을 하였으므로 여러 악한 동무들과 술을 먹고 기뻐할새 키티 술 취하기를 고대하였다가 담대히 뛰어 들어가니, 아파치는 원래 못된 지식에 능란한 놈이라 곧 쫓아 나와 달려드니 명금 하나에 두 사람이 죽기를 기약하고 싸울새 뜻밖에 프레더릭 백작이 별같이 달려들어 가로차려 하니, 이제는 적이 두 사람이라 아파치 혼자는 도저히 당할 수 없으므로

"얘, 아무도 없느냐. 속히 나오너라" 소리를 고성으로 지르니 개미 떼 같은 악한 떼는 곧 뛰어나와 두 사람을 손 붙들리 발 붙들리 한다. 약삭빠른 키티는 어느 틈에 프레더릭 백작이 떨어트린 명금을 얼핏 집어 깊이

감추었더라. 이때 아파치는 간신히 숨을 돌려 가지고 키티를 꾸짖는다.

"요년, 너는 목통[10]이요 부라퀴[11]다. 그래, 이년아, 전고에 도적놈의 집으로 도적질하러 들어오는 년이 있단 말이냐. 도무지 너 같은 불여우하고는 말하기도 재미없으니 지금 훔친 명금이나 내어놓아라."

"나는 결단코 갖지 아니하였소. 분란 중에 알 수는 없으나 아마 프레더릭 백작이 가진 듯하니 그놈을 족치시오" 하고 악한의 틈을 타서 도망하니 마침 문 앞에 말 한 필이 매여 있는데 별안간 고성으로

"키티 아씨요" 하고 소리를 치는 사람은 롤로러라.

"에그, 롤로냐, 너 어떻게 살아왔느냐."

"간신히 살아왔습니다. 어서 말 타시오" 하고 키티와 말을 같이 타고 채찍질을 더 하여 달리니 문밖까지 쫓아 나왔던 악한들은 그 신속한 꾀를 탄복하고 하품만 하니라.

11. 프레더릭 백작만 잡혔다 저놈이 사람인가, 무엇인가

키티는 롤로의 말을 타고 도망하고 프레더릭 백작은 악한에게 잡혀서 지하실에 갇히니라. 이때 아파치는 독이 털끝까지 나서 프레더릭 백작을 노려보고 호령 왈

"명금을 훔친 놈은 네놈이니 빨리 내어놓아라. 만약 고집 세우다가는 목을 벨 터이니 빨리 내어놓아라" 하고 서리같이 으르나 프레더릭 백작은 조금도 기탄없이

10   욕심 많은 사람.
11   몹시 야물고 암팡스러운 사람.

"가만히 있거라. 우선 담배나 하나 다오. 아까부터 먹고 싶었으나 분쟁통에 먹을 겨를이 없었다" 하니 아파치는 프레더릭 백작의 담대함을 탄복하고 슬며시 독약 넣은 권연초 하나를 주니 프레더릭 백작은 그것을 받아 들고 맛있게 펄썩펄썩 태우면서

"그래, 나더러 명금을 집었다 하느냐. 그러나 나는 결단코 안 집었다. 너희가 아무리 약아도 그 여자한테 속았다. 명금인즉 벌써 키티가 집어 가지고 도망하였다. 만약에 너희들이 나를 믿지 못하거든 내 몸을 조사하여 보아라" 하고 호언을 하니 아마 독약 넣은 권연초를 먹고도 조금도 중독이 안 된 모양이더라.

아파치는 고개를 외로 꼬고 이상히 생각한다.

'아, 저놈이 사람인가, 무엇인가. 저 독한 담배를 먹고도 조금도 까딱이 없으니 참 괴상한 놈이로다' 하고 멀거니 노려보니, 프레더릭 백작은 대소 왈

"무엇을 그렇게 넋을 잃고 보느냐. 이 담배에 독약을 넣은 것은 나도 안다. 그러므로 나는 흡연을 아니 하고 입으로만 연기를 토하였다."

이 광경을 본 아파치는 혀를 차며

"놈, 참 엔간하다. 참 명금은 키티가 집어 갔나 보다. 그런즉 인제는 우리 명금 이야기는 각설하고 내 말을 들어라. 내 입때껏 너같이 담대한 놈은 처음 보았으니 오늘부터는 내 부하가 됨이 어떠하뇨."

프레더릭 백작이 대소 왈

"아무리 악한 놈이라도 눈이 있지, 그래, 이놈아, 나더러 너의 부하가 되란 말이냐."

"흥, 이놈 보아라. 그래도 입만 살아서 나더러 악한이라고. 또 할 말 있거든 어디 더 하여 보아라. 네까짓 놈의 모가지는 풍뎅이 모가지 돌리듯

할 터이니. 아, 그놈, 점잖은 놈이 말본새가 아주 고약하지 아니한가. 아, 그놈이 프레더릭이 아니라 후레자식이로군. 아, 그놈이 백작이 아니라 백장[12]이로군” 하고 갖은 입에 못 담을 욕을 한다.

그러나 프레더릭 백작은 더욱 탄평으로

“마음대로 하여 보아라. 양반이 죽는 것을 두려워하랴. 한 살에 죽으나 여든에 죽으나 죽기는 일반이라” 하고 아주 태연이더라.

12. 뜻밖의 구원병 국왕의 비서

각설, 이때 키티는 의외에 롤로의 구조로 위급한 지경을 벗어나서 얼마큼 도망한 후

“자, 이만하면 인제는 살았다. 대관절 롤로야, 너는 어떻게 무사히 살아왔느냐. 뒷일이 궁금하니 위선 이야기나 좀 하여라.”

“아씨와 작별한 후 홀로 곤란히 지냄이야 다 어찌 말하리까. 그라호펜 도적들은 사치오 백작이 돈을 먹였으므로 나를 죽이려 할새 나는 생명이 위태함을 생각하고 깊은 밤을 틈타 파옥을 하고 적의 말을 훔쳐 타고 도망하여 간신히 이곳에 득달한 후 첫대 여관을 찾아가니 아씨의 그림자도 없으므로 ‘이것 큰일 났다’ 하고 이곳저곳 찾아다니다가 아파치의 집에서 아씨의 목소리가 나므로 곧 뛰어 들어가고자 하던 차에 마침 아씨가 달려 나오시므로 이와 같이 만났사오니, 이는 하늘이 도움이로소이다.”

키티 왈 “생명이 위태하여 갈 바를 모르던 차에 의외에 너를 만났으니

12　소나 개, 돼지 따위를 잡는 일을 직업으로 하는 사람. 백정.

참으로 하늘이 도움이로다. 그러나 모든 일은 각설하고 급히 의논할 일이 있도다. 저 프레더릭 백작은 우리 두 사람의 원수라 오늘날 아파치에게 잡혀 죽음이 우리에게는 대단히 상쾌하겠으나, 그러나 그리하여서는 명금 반쪽 찾을 길이 망연하니 내 생각에는 프레더릭 백작을 살려 줌이 도리어 우리에게 이익이 될까 하노니, 롤로야, 너도 그 의견을 바로 말하여라."

롤로는 키티의 말을 듣고 넋을 잃고 앉아서 한참 동안 가만히 생각하더니

"참, 아씨의 계교가 묘한 꾀올시다. 프레더릭 백작을 그대로 두었다가는 아파치에게 죽을 터이니 우리가 그 죽게 된 생명을 구원하여 줄 것 같으면 저도 목석이 아니거든 옛날 일을 다 잊어버리고 우리를 도울 것이니, 원수가 은인 된다는 옛말은 참 이것을 가리킴이올시다. 그러나 아파치는 다수한 부하가 있사오니 우리 두 사람의 힘으로는 도저히 이길 수 없을까 하나이다."

키티 이 말을 듣고 묵연히 생각하더니 문득 한 계교를 안출하고 무릎을 탁 치며 왈

"좋은 도리 있도다. 이 일은 반드시 마이클 왕에게 원서願書를 올려 구원병을 얻음이 어떠하뇨. 아마 이것이 상책일까 하노라."

롤로 왈 "참, 아씨의 계교가 상책이오니 그러면 급히 원서를 쓰시옵소서."

키티는 섬섬옥수로 붓을 잡고 마이클 왕에게 원서를 쓰니, 그 글에 왈

원서

존엄하옵신 마이클 국왕이시여. 지금 프레더릭 백작은 악한 아파치에게 잡혀 그 생명이 풍전의 등화 같사오니, 복원, 대왕은 급히 구원병 300명만 하사

하옵심을 천만 갈망하옵나이다.

모년 모월 모일

키티 상소

라 하였더라. 원서를 받아 가진 롤로는 급히 말을 타고 왕궁에 들어가 원서를 마이클 왕께 드리니, 국왕은 원서를 떼어 보고 곧 군사를 내리시니 수백의 병졸은 악한 아파치 집으로 향하였더라.

이때 아파치는 부하를 시켜 프레더릭 백작과 서로 싸울새 독이 잔뜩 난 백작은

"죽으나 사나 어쨌든 단파방[13]이다. 그러나 금수 같은 악한 놈들에게 맞아 죽어서야 되겠느냐" 하고 교의를 들어 휘두르며 맨주먹으로 싸울 즈음에 별안간 다수한 사람의 소리가 나며

"야단 마라, 이놈들, 약은 짓 하면 총알 맛본다" 하고 막 몰아 들어오는 병정들은 악한에게 육혈포를 들이대고 위협을 하니, 뜻밖의 구원을 입은 프레더릭 백작은 별안간 새 기운이 양양하여 악한 한 놈을 메다치고 그 육혈포를 뺏어 들고 한번 호령을 한다.

"이놈, 그래도 나하고 싸울 놈이 있느냐" 하며 아파치에게 육혈포를 대고 슬금슬금 뒷걸음을 쳐서 문을 열고 도망하고, 구원병과 악한은 무섭게 싸우나 아무리 악한이라도 수백 명의 병졸을 대항키 어려우므로 필경은 다 잡히고, 다만 괴수 아파치만 부하 이삼 명을 데리고 창문을 깨트리고 도망하였으니 악운이 강대한 아파치는 이후에 어떠한 복수를 할는지. 또 그레츠호펜국 왕위를 참코자 하는 사치오 백작도 그대로 그라호펜국으

---

13 단판.

로 도망하여 갈 리가 만무하도다. 그러므로 파란은 더욱더욱 파란을 일으키니라.

13. 나를 살린 신령은 어디 계신고 키티에게 감사하여라

악한 아파치에게 잡혀 죽게 되었던 프레더릭 백작은 마이클 왕의 구원병의 힘을 입어 간신히 죽을 지경을 면하고 살아났으나 가만히 생각하니 모든 일이 꿈같고 이상하다. 마이클이 어떻게 내 일을 알고 군사를 보냈는지 심중에 대단히 이상하여 즉시 사과코자 자동차를 타고 왕궁으로 향하니, 국왕이 반가이 맞아 왈

"아, 프레더릭 백작인가. 무사히 돌아오니 대단히 반갑도다."

백작이 공순히 예하고 치하 왈 "못된 악한에게 잡혀 죽게 된 목숨을 전하의 후의로 살아났사오니 그 은혜 백골난망이올시다. 그러하오나 전하께서는 신이 악한에게 잡힌 일을 어찌 아셨는지 알고자 하나이다."

왕이 미소 왈 "경도 이상히 생각하리로다."

백작 왈 "신이 악한에게 잡힌 지 겨우 두 시간밖에 아니 되었사오니 그것이 더욱 의심되는 바로소이다."

왕이 대소 왈 "그것은 이상할 것도 없고 또는 우연한 일도 아니로다. 지금 짐이 경에게 한 가지 보일 것이 있으니 그것을 보면 아마 짐 이외에 감사할 자가 나오리라" 하고 한 장 편지를 내어 보이니, 프레더릭 백작은 눈이 둥그레서 어전에 가까이 나가 서한을 공순히 받아 보니 의외에 키티의 글일러라. 속마음에 기쁨을 금치 못하고 묵연히 고개만 끄떡끄떡하니, 왕 왈

"짐은 키티에게 서신까지 보았으나 아직 본인을 만나 본 일도 없지만 도 경이 악한 아파치에게 잡힌 것을 그 여자가 어찌 알았노."

백작 왈 "그는 신도 알지 못하는 바올시다. 그러하오나 오늘날 키티에게 구조를 받은 이상은 이후에 그 여자의 신상에 무슨 위태한 경우가 있을 때에는 신도 또한 구조코자 하나이다."

왕 왈 "그는 어찌함인고."

백작 왈 "아뢰기 황송하오나 어느 때든지 아실 터이올시다" 하고 비밀한 것같이 대답지 아니하며 "오늘 밤은 매우 깊었사오니 그만 물러가겠삽나이다."

왕 왈 "곤란을 겪느라고 매우 고단할 터이니 어서 돌아가서 몸조리나 잘하기를 바라노라" 하니, 백작은 공순히 어전을 물러 나와 두어 간쯤 나오다가 문에 이상한 그림자를 보고 깜짝 놀라 소리를 지르니 그림자는 간 곳 없더라. 국왕은 깜짝 놀라 친히 나와 물으니, 백작 왈

"아무 일도 없삽나이다. 홀연히 소리가 나와 질렀사오니, 복원, 대왕은 용서하시옵소서" 하고 돌아 나가나, 그러나 백작이 본바 이상한 그림자는 눈에 얼보인 것도 아니요 도깨비도 아니라. 문 뒤에 서서 국왕과 프레더릭 백작의 이야기를 엿듣고 섰던 적국의 간자^{間者}[14] 사치오 백작이러라.

사치오 백작은 프레더릭 백작보다 먼저 국왕을 알현코자 옆의 방까지 들어왔었으나 자기보다 먼저 누가 국왕과 이야기하는 자가 있으므로 혹 군기상 비밀이나 있나 하고 가만히 엿듣던 사치오 백작은 뒷문으로 나가서 아파치를 꾸짖는다.

"내가 그만큼 부탁을 하였는데 키티와 프레더릭을 놓쳤을 때는 명금도

---

14   간첩.

못 뺏었나 보다”하고 혼잣말로 꾸짖으며 얼마큼을 나가니, 캄캄한 그믐 밤에 저 먼 곳에서 총알같이 달려오는 자가 있어 가까이 와서 묻는다.

“당신, 사치오 백작이 아니십니까”한다. 하도 이상하여 잠깐 주저타가

“내 이름을 부르는 사람이 누구요.”

“아파치올시다”하며 숨이 차서 헐떡거리면서

“영감께서 부탁하신 것은 빼앗기는 한 번 뺏었었으나 도로 빼앗기고 하마터면 잡혀서 아파치의 성명^{姓命}도 없어질 것을 간신히 면하고 달아나 왔습니다.”

사치오 백작 어안이 막막하여

“할 수 없다. 그러나 의논할 일이 있으니 내 여관으로 같이 가자”하고 사치오 백작은 아파치를 데리고 자기의 여관으로는 아니 가고 무슨 딴생각이 있던지 급히 길을 바꾸어 프레더릭 백작의 집으로 향하니라.

14. 전기 작용의 단추 네 개의 육혈포

마이클 국왕에게 원서를 제출한 키티는 롤로가 다녀오기를 고대하다가 문간에 나와 섰노라니, 롤로는 말을 타고 달려오거늘 키티 반가이 여겨

“롤로냐, 어서 오너라. 나는 이때껏 너 오기를 고대하였다. 명금이 필경 프레더릭 백작의 집에 있을 터이니 이때를 잃지 말고 속히 가서 우리의 수중에 넣음이 어떠하뇨.”

“글쎄, 아씨 말씀도 유리하니 그러면 속히 가십시다. 아마 두서너 시간 후면 프레더릭 백작은 구원병의 힘을 입어 살아올 것 같습니다”하고 두 사람은 의견이 일치하여, 그믐칠야 깊은 밤에 인적은 고요하고 별만 홀로

반짝거리는데 남 보기에는 동부인同夫人이나 한 것 같은 두 사람은 프레더릭 백작의 집으로 향하였더라. 때는 벌써 밝게 되어 별빛은 점점 희미하여지고 사면은 더욱 고요한데, 부라퀴 같은 키티는 롤로에게 이른다.

"오늘은 백작이 외출하여 어느 때 돌아올는지 알 수 없으니, 너는 밖에 서서 파수를 보다가 만일 백작이 오거든 나에게 알게 하여라."

"그러나 아씨 혼자는 좀 위태하니 저와 함께 들어감이 어떠하오니까."

"염려 말고 망이나 잘 보면 내가 곧 찾아 가지고 나오겠다" 하고 험한 돌담을 넘어 들어가 문을 열고 실내로 들어가니, 주인은 없으나 하인이 많이 있으므로 숨도 크게 못 쉬고 차츰차츰 들어가니 최후에 들어간 곳은 비밀실이라 하는 곳일러라. 간신히 이곳까지 들어온 키티는 이때껏 남의 눈에 띄지 아니하였으므로 마음을 턱 놓고 명금을 찾는다. 책상, 금고, 문갑, 돈궤, 구석구석이 찾아보아도 명금 같은 것은 도무지 눈에 띄지 아니하였더라. 키티는 고만 욕망이 허사가 되매 낙심천만하여 고개를 외로 꼬고 남 못 듣는 속말로

'롤로의 말 같아서는 이놈이 꼭 가졌다는데, 그만큼 찾아도 없으니 단념할 수밖에는 없다' 하고 입맛만 다시고 있는데, 방장房帳 그림자에 여자의 머리가 나타났다. 이것을 본 키티는 생각하되 '백작의 집에는 남자뿐이요 여자는 없는데 이게 필경 도깨비인가 보다' 하고 깜짝 놀랐었으나 그 여자는 얼른 들어갔다. 담대한 키티는 가만히 방장을 들고 보니 벌써 그 여자는 간 곳이 없더라. 키티는 홀로 생각하되

'혹 도깨비에게 홀렸던가' 하며 '어쨌든 나선 길이니 명금이나 찾아보자' 하고 이 구석 저 구석 찾아보다가 언뜻 발끝에 흰 단추 같은 것이 떨어져 있음을 발견하고 시험차로 한번 밟아 보니 뜻밖에 담벼락이 슬며시 열리며 서랍이 나오거늘 키티 하도 희한하여

'애, 이것 보아라' 하고 발끝을 드니 담벼락은 부전조개[15] 이 맞듯이 감쪽같이 도로 닫혀지는지라. 하도 신통하여 다시 한번 밟아 보니 여전하거늘 두 번 세 번 수없이 하여 보아도 여전한지라. 키티 입맛을 다시며

'이러할 줄 알았다면 롤로를 데리고 왔을 것을' 하고 자탄을 하고 있다가 자탄 끝에 한 계교가 났다. 한편 구석에 있던 와상을 집어다가 그 발로 단추를 눌러 놓은즉 여전히 담벼락이 열리며 서랍이 나오는지라. 키티 빨리 들어가 서랍 속에 손을 넣어 둘러보니 과연 목적한바 명금이 나타나 키티의 눈에는 새 광채가 번쩍하였더라.

이와 같이 희한한 비밀을 포함한 명금 두 쪽을 모두 수중에 넣은 키티는 반갑고 기쁨을 이기지 못하고 어찌나 마음이 가렵던지 그 자리에서 두 쪽을 맞추어 보려고 할 때에 별안간 장막 뒤에서 육혈포 한 개가 쑥 나왔다. 희열의 꽃을 피우던 키티의 얼굴에는 별안간 우박이 왔고 오뚝한 콧등에는 석류 속 같은 식은땀이 솟았다. 뒤를 돌아보니 전후좌우가 육혈포 세계가 되었더라.

15. 명금은 뉘 손에 갈꼬 작일 원수, 금일 동무

천신만고한 결과로 간신히 명금을 수중에 넣은 키티는 조물이 시기함인지 뜻밖에 육혈포에 에워싸여 자기의 생명은 풍전의 등화 같으나, 그러나 백절불요의 기상과 담대한 키티는 이 중에도 살 계교를 생각한다.

'명금을 가지고 도망을 하자니 네 개의 육혈포가 일시에 방아쇠를 젖

15　모시조개 따위의 껍데기 두 짝을 서로 맞추어서 온갖 빛깔의 헝겊으로 알록달록하게 바르고 끈을 달아 허리띠 같은 곳에 차는 여자아이들 노리개.

히는 날에는 단 10보를 못 가서 황천객이 될 터이요 그렇다고 명금을 버리자니 이때껏 고생한 일이 십년공부 나무아미타불이 될 터이니 앞일을 생각하면 진실로 죽을지언정 명금은 버릴 수 없다.'

생사의 결점에 선 키티는 어안이 막막하여 다만 육혈포와 명금을 노려볼 뿐인데, 별안간 들창으로 뛰어 들어오는 괴물은 키티의 충복 롤로러라.

사면에 육혈포로 싸여 촌보를 옮기지 못하던 키티가 전보나 전화로 부른 바도 아니요 생명이 경각에 있거늘 어느 틈에 전인專人할 바도 아니나, 사람은 심령이 있으므로 롤로는 키티의 명령을 받아 담 밖에서 망을 보고 있었으나 너무 오래 소식이 없으므로 무슨 일이 난 줄 알고 키티를 찾아 차츰차츰 들어오니, 과연 키티는 명금을 수색하여 수중에 넣은 모양인데 사방에 육혈포로 에워싸여 꼼짝을 못 하는 모양이더라. 이 모양을 엿본 롤로는 제 몸의 위험을 돌아보지 아니하고 곧 창으로 넘어 들어가 그 억세고 굳센 주먹으로 육혈포 하나를 후려치니 겨울날 고드름 떨어지듯이 제꺽 떨어지거늘 재우쳐 또 하나를 쳐 뺏으니, 최초에 키티의 눈에 도깨비같이 보이던 여자의 인도로 사치오 백작이 악한 아파치를 데리고 들어오니 새로 들어온 네 눈은 키티가 가진 명금을 노려보나 키티는 쾌한 롤로가 있으므로 좀처럼 손멜 수 없더라.

이와 같이 살기가 늠름하여 서로 노리는 판에 프레더릭 백작은 궁궐에서 돌아와 본즉 자기의 집 안은 이같이 무서운 광경을 연출하였더라. 그러나 프레더릭 백작은 벌써 이 일이 난 까닭을 알고 사치오 백작과 악한 아파치는 보지도 아니하며 키티에게 사과를 한다.

"나는 당신의 후의를 감사합니다. 당신의 은택으로 무사히 돌아왔습니다."

키티 답 왈 "저야말로 안 계신 중에 함부로 들어와서 실로 미안하외다."

이때 키티는 이에서 더한 인사는 할 수 없었다.

프레더릭 백작은 너그러운 태도로 연해 치하를 한다.

"천만의 말씀이오. 사람의 생명보다 더 중한 보패가 어디 있겠소. 만일 당신이 그다지 희망하실진댄 명금 조각은 오늘이라도 곧 드릴 터이니 사양 마시고 곧 가지고 가시오."

"말씀에 거짓 말씀은 없으신가요."

"이를 말씀이오."

키티와 롤로는 별안간 입이 벌어져서 입에 침이 없이 위로를 한다. 그러나 여러분은 웃지 마시오. 세상인심이 모두 그런 것이올시다.

각설, 사치오 백작은 명금을 탈취코자 하는 야심이 만복滿腹된 남자라 가만히 생각하니 오늘은 프레더릭 백작 편으로 붙어야만 이익이 될 듯하므로 아파치에게 눈짓을 하니, 눈치 빠른 아파치는 벌써 알아듣고 곧 키티에게로 달려드니 키티와 롤로도 이제는 기 들고 북치기다. 그러나 어떻든지 이곳을 벗어나야만 하겠으므로 롤로는 심혈을 다하여 프레더릭 백작을 밀어 던지고 아파치를 메다 동댕이를 치고 키티를 데리고 도망하니, 사치오 백작과 아파치는 쫓아 나오고 주인공 되는 프레더릭 백작만 홀로 남아 있다가 언뜻 발끝에 채는 것이 있어 집어 보니 정말 명금은 두 쪽 다 떨어트리고 갔더라. 그러나 하나는 가짜다. 이것을 좌이득지坐而得志한 프레더릭 백작은 대소 왈

"그것들, 한바탕 북새기를 치더니 정말 알짬[16]은 나를 주고 갔구나" 하고 대단히 기뻐하더라.

---

16   여럿 가운데 가장 중요한 내용. 알짜.

16. 친절한 노인 십년공부 나무아미타불

롤로는 중인을 대적하고 키티와 같이 도망하였으나 사치오 백작과 아파치는 억센 행보로 쫓아와서 불과 상거가 활 한 바탕[17]이 못 되는데, 롤로는 먼저 여러 사람을 대적하느라고 몹시 경을 쳐서 고만 맥이 풀어져서 촌보를 못 옮기고

"아이고, 죽겠다" 하고 꺼꾸러지니

"롤로야, 날 살려라, 날 살려라" 하는 키티의 애걸하는 소리는 롤로의 눈에 뜨거운 눈물만 더할 뿐이요 슬피 부르짖는 키티의 목소리는 점점 멀리 들리는데, 새벽 서리 찬바람에 울고 가는 기러기는 참으로 이 광경을 키티의 고향 되는 뉴욕으로 전하러 가는 것 같더라. 날이 점점 밝아 아침이 되어 오니 왕래하는 남녀노소가 좌우에 진 친 것같이 둘러쌌더라. 롤로는 꿈꾸다 깬 사람 모양으로 눈을 떠 사방을 둘러보며 소리를 지른다.

"키티 아씨, 우리 키티 아씨 어디 가셨소" 하고 소리를 지르니 산같이 모여 섰던 구경꾼이 쫙 헤어지며

"아, 미친 사람이다. 섣불리 닿치면 큰일 난다" 하고 서로 경계를 하더라. 이때 롤로는 자기가 미친 사람 아님을 얼마큼 변명하나 구경꾼은 더욱더욱 모여들더라. 사람은 자고로 늙어야 쓴다고 그중에 한 노인이 있어 가만히 보니 별로 미친 사람이 아니므로 한번 물어보았다.

"그대는 누구를 찾소" 하니 롤로 반가이 여겨

"예, 우리 주인 키티를 찾습니다."

"키티, 그 이름이 여자의 이름 같구려."

17　활을 쏘아 살이 미치는 거리 정도의 길이.

"예, 그렇습니다. 뉴욕의 유명한 여류 소설가로 요전에 바다를 건너 북미 그레츠호펜국에 왔다가 어젯밤에 악한에게 쫓겨 온 키티 그레이올시다."

"응, 그래, 그 여자면 내가 아까 저기서 보았소. 나는 오늘 아침 로키산 근처에 볼일이 있어 가다가 그라호펜 왕국 사치오 백작이 웬 젊은 여자를 자동차에 태워 가지고 가는 것을 보았는데, 아마 그가 당신 찾는 주인이 아니오."

이 말을 들은 롤로 깜짝 놀라

"무엇이오, 사치오 백작이" 하면서 노인의 손목을 붙잡고

"과연 그가 우리 주인이올시다. 그래, 사치오 백작이 로키산을 넘어갑디까."

"자세한 일은 알 수 없으나 운전수더러 그라호펜국으로 가자고 명령합디다."

죽을 고비를 간신히 면하고 여기까지 데리고 왔던 키티를 또다시 잃은 롤로는 그 노인에게 백배사례하고, 즉시 승합자동차를 타고 로키산을 향한 후 롤로는 사오일 간 종적을 감추었더라.

화설, 이때 그라호펜국 궁궐 앞에 어떠한 걸인이 바이올린^{서양 악기}을 타면서 들어가려 하다가 시위 병정에게 구축^{驅逐}을 당하나 탄평히 궁성 가로 방황하는데, 황혼 때는 형적이 없다가 밤이 되면 낮보다 훌륭한 단장을 하고 나오는데 이것은 아무가 보아도 이상히 알 것이다. 그러나 이 사람을 아는 자가 드물더라. 보기에는 미친 놈 같으나 실상은 입지가 단단한 키티의 충복 롤로가 자기의 주인을 구조코자 이와 같이 변장을 하였더라. 롤로는 이 같은 흉계를 꾸며 가지고 그라호펜 왕국에 들어가서 키티의 있는 곳을 찾은바 분명히 궁궐 안 옥중에 있음을 알고 깊은 밤의 틈을 타서 키티를 구하여 내고자 결심하였으나 그라호펜국에는 롤로의 대

적 되는 사치오 백작이 있더라.

사치오 백작이 키티를 잡아 옴은 정욕과 물욕의 두 가지인데, 위선 그 명금은 자기의 수중에 들어왔으나 물욕을 채운 사치오 백작은 의기가 양양하여 또한 키티를 옥에 가두고

"못살게 굴면 제아무리 고집 세고 꼿꼿한 여자일지라도 내 슬하에 굴복할 날이 있을 터이니 그때는 내가 연연히 그리던 회포를 풀리라. 그러나 키티에게는 롤로라는 충복 놈이 있으니 그놈에게는 키티의 있는 곳을 알려서는 큰일 난다" 하고 파수 병정에게 엄중히 경계하였더니 하루는 시위병의 보고에 왈

"금일에 인국 걸인이 괴상한 단장을 하고 들어온 자가 있삽나이다" 하였으므로 사치오 백작은 가만히 숨어서 엿보니 과연 그놈이 롤로러라. 사치오 백작이 급히 시위병을 소집하여 명령 왈

"금야에는 필경 그 걸인이 궁궐로 들어오리니 너희들은 파수 문을 일부러 등한히 하여 잡으라" 하였더라. 적에게 이러한 계책이 있는 줄 모르는 롤로는 이게 웬 떡이냐 하고 궁궐 안으로 들어서니, 별안간 총성 한 방에 롤로의 왼팔이 맞으며 이 구석 저 구석에서 쏟아져 나오는 병졸들은 다짜고짜 하고 롤로를 잡아다가 키티 있는 옥중에 한데 넣으니 롤로의 팔을 붙들고 느껴 우는 키티의 정상은 목불인견이더라.

17. 옥중화 음흉한 사치오 백작은 입을 맞추려고

사치오 백작의 꾐에 빠져 감옥에 갇힌 키티는 어언간 두 주일이 지났다. 처음 수일 동안은 분함을 이기지 못하여 눈물로 세월을 보내고 간

밥[18]을 입에도 대지 아니하였으나 여러 날을 굶으니 기자감식飢者甘食으로 이제는 막말 똥이라도 구수하게 되었더라. 옥중 생활로 간밥이 달게 된 키티의 눈에는 날마다 흐르는 눈물이 샘솟듯 한다. 그러나 이제는 하릴없어 다만 하나님께 살기를 구할 수밖에 없으므로 모든 수심을 걷어 가지고 제 마음을 제가 위로코자 노래 한마디를 부르니 위 칸에 갇혀 있던 롤로는 앙천대경仰天大驚하여 벽을 두드리며 키티 아씨를 부른다. 이 소리를 들은 키티는 꿈인지 생시인지 괴이할 길 이를 곳 없어

"네가 롤로가 아니냐."

"과연 그렇습니다. 아씨가 못된 사치오 백작의 꾐에 빠진 줄 알고 그라호펜 왕국까지 아씨를 구원코자 오다가 뜻밖에 적의 손에 잡혀 옥중에 갇혀 이 같은 고생을 하는 중이올시다. 그러나 아씨는 조금도 슬프게 생각지 마시고 아무쪼록 마음을 위로하고 계시면 롤로 비록 옥중에 갇혔을 망정 하나님께 맹세하고 아씨를 구원하리니 며칠 동안 더 고생하시오."
소리가 떨어지자 옥간 근처에서 인기척이 나매 키티 깜짝 놀라

"누가 온 듯하니 잠깐 가만히 있으라" 군호하고 있을새 문득 쇳소리 나며 키티 갇힌 옥문을 열고 사치오 백작이 들어오며

"아, 키티, 무사한가. 아마 꽤 적적하였지" 하고 엉너리[19]를 피우니, 키티 백작을 흘긋 쳐다보고

"아뇨, 별고 없소이다."

사치오 백작은 연해 눙치는 수작으로 "하하하, 내가 찾아왔기로 그렇게 냉대할 것 무엇 있소. 아마 키티는 이때껏 나를 원수같이 생각하나 보다. 만일 과연 그러할진댄 그는 키티가 대단히 오해요."

---

18 쉰밥. 감옥에서 죄수가 먹는 밥.
19 남의 환심을 사기 위해 어벌쩡하게 서두르는 짓.

"오해면 어찌할 터이오."

키티는 더욱 악이 났다.

"오늘은 키티의 오해를 풀어 주자고 왔소. 그대는 어찌 생각할는지 알수 없으나 나는 그대를 한번 보고자 생명을 아깝게 여기지 않소. 세상에 또 우리 같은 일이 있는지는 모르나 그대를 한번 보고자 그리고 그리는 마음은 아마 세계에 없으리라고 생각하오. 또 키티로 할지라도 남자에게 이만큼 사랑을 받는 것은 실로 행복의 행복이오. 키티로 말하면 그만 경우는 알 터이니 목석이 아니거든 따뜻한 사랑을 같이하여 봄이 어떻겠소. 세상에 싱겁고 어울리지 않는 것은 짝사랑입니다. 지금 내가 토파한 본심을 그래도 모르겠소" 하고 사치오 백작은 버썩 다가앉으니, 키티 흘긋 쳐다보며

"그따위 실례의 짓 마시오. 나는 매국적 같은 것하고 사랑 둘 여자가 아니오."

키티는 이와 같이 욕을 보이면 사치오 백작이 노할 줄로 생각하였더니 조금도 노염의 기색이 없고 연해 덤비는 말로

"왜 그렇게 고집을 세워. 그만큼 사양을 하였으면 고만이지" 하고 버썩 다가앉으며 뺨을 좀 대려고 한다. 키티 홱 뿌리치며

"이건 점잖은 이가 무슨 무례한 짓이오. 여자의 사람이라고 업수이 여겨. 나도 생각이 있소."

"생각이 무슨 생각이오. 그저 내 말대로 하면 피차에 좋을 터이야."

"나는 언제든지 죽기로 결심한 사람이오. 당신은 여자의 가장 존중한 정조를 모르시오."

"그저 그런 말은 고만두고 내 말을 좀 들어. 세상에 사람이 남에게 미움을 받아서는 못쓰는 것이야" 하고 연해 달래는 판에 옥문을 열고 들어오

는 사람은 구라호펜국 시위병이라.

"백작, 국왕께옵서 시방 급히 부르시니 키티를 데리고 가시옵소서" 하였더라.

18. 국빈의 대우는 웬일이냐 롤로는 탈옥 도주하였다

사치오 백작은 국왕이 부르신단 말을 듣고 이마에 내 천(川) 자를 썼다.

"아, 정말이냐."

"예, 곧 오시옵소서."

국왕의 부르심이니 거역할 수 없어 사치오 백작은 속이 쓰리나 주저할 수 없으므로 부득이 키티를 데리고 어전에 문후하니 필립 왕은 옥좌에 앉아서 두 사람을 맞으며 왈

"그 부인이 키티라 하는 사람이뇨" 물으니, 백작이 공순히 국왕께 읍하고 왕께 상주 왈

"그 여자가 뉴욕의 유명한 키티 그레이라 하는 여류 소설가로소이다."

왕이 자세히 키티를 살펴보더니 다시 사치오 백작을 보고

"그래, 무슨 죄로 키티를 옥에 가두었노. 어느 나라든지 문학이라는 것은 국가의 정화(精華)인데, 대단한 죄가 아니거든 출옥시켜 자유의 몸이 되게 함이 좋지 않을까."

"아니, 폐하, 이 부인은……."

"고만두소. 무슨 중언부언할 것 있소. 보아한즉 얌전한 부인인데 꽃 같은 청춘 여자를 옥중의 고생을 시킴은 대단히 민망한 일이요 겸하여 멀리 해외에서 온 여류 소설가이므로 짐의 말벗도 될 듯하니 오늘부터 신

하에 열석列席케 하라." 아무 내평[20] 모르는 국왕은 이같이 쉬운 말을 하였다. 사치오 백작은 이맛살을 잔뜩 찡그리고

"폐하의 말씀도 괴이치 아니하오나 속 모르는 남의 나라 계집으로 하여금 신하를 삼으심은 좀 경솔하심으로 생각하옵나이다" 하고 수차 국왕께 상주하였으나 국왕은 아주 거절의 말로

"아니, 무엇, 경들같이 국가의 대사를 간섭할 것이 아니요 또 혹 무슨 일이 있더라도 여자의 소위일 터이니 그것은 조금도 염려 없다" 하고 사치오 백작의 말은 청이불문聽而不聞하고 키티에게만 동정을 하여 왈

"여, 키티, 오늘부터 짐이 그대를 신하에 열석시키고자 하니 그대는 오늘부터 그라호펜국에서 짐을 섬김이 어떠하뇨."

키티는 꿈인지 생시인지를 분변치 못하며 또 국왕의 사랑하심이 무엇을 뜻함인지를 알지 못하여 한편으로는 의심도 나나 어쨌든 고마운 마음은 측량할 수 없어 왕의 슬하에 꿇어앉아

"대단히 황송하외다."

"어, 그같이 승낙하니 짐의 마음에 대단히 기껍다. 그러나 곧 신하에 열석케 하면 혹 세평이 있을까 염려가 되니 오늘부터 3일간은 국빈으로 대우할 터이니 그리 알고, 이것은 예물로 주는 것이니 물건은 소중치 않으나 고물이기로 혹 문학상 참고가 될까 하노라" 하고 돈 조각 하나를 하사하시니, 키티 대희大喜하여 감사함을 사례한 후 공순히 받아 보니 전일 사치오 백작에게 뺏기었던 명금 조각이러라.

세상에 알지 못할 일은 사람의 운명이라. 이때껏 옥중에 갇혀 온갖 고초를 받던 키티는 어찌하여 국왕의 뜻에 맞았던지 일조에 그라호펜 왕국

---

20   겉으로 드러나지 아니한 속마음이나 일의 내막.

의 국빈이 되고 또한 잃었던 명금을 다시 내 수중에 넣을 줄 누가 알았으리오. 그러나 사람의 욕심은 한정이 없다. 옥중에 갇혔던 죄수로 국빈의 대우를 받는 키티는 또 한 가지 욕심이 생겼다.

'하늘이 도우사 명금 조각을 찾았으니 이제는 나의 목적을 도달하리라' 하고 여러 가지로 장난하여 내쫓기기를 희망한다. 왕의 면류관도 집어 쓰고, 군도를 차고 산보도 하여 보며, 옥좌에도 걸어앉아도 보고, 시위병의 겨드랑이도 간질이며, 여러 가지로 여자답지 못한 짓을 하여 보이나 키티는 국빈의 대우를 받으므로 이제는 사치오 백작도 입을 못 벌리는 터이라.

각설, 롤로는 키티가 국왕에게 불려 백작과 같이 간 후 수일이 되어도 돌아오지 아니하므로 '혹 사형에나 처하지 아니하였나' 하고 주야 걱정에 좀이 쑤시어 편안히 옥중에 있을 수 없으므로 쾌한 롤로는 이에 '탈옥 도주하여 키티의 송장이라도 찾아오리라' 결심하고 기회만 기다리던 차에 하루는 간수가 밥을 가지고 시위병이 엄중히 파수를 보고 있을새 롤로는 찻종을 집어 들고 이놈 저놈의 눈치를 보다가 억센 팔뚝으로 파수병의 눈퉁이를 후려치고 살같이 달아나니, 간수와 파수병은 "잡아라, 잡아라, 놓칠라" 하고 롤로의 뒤를 쫓으나 비호같이 달아나는 롤로는 벌써 간 곳이 없어졌더라.

19. 키티를 구원함은 너의 책임이다 비밀 전보를 띄웠다

마이클 국왕은 키티, 롤로가 그라호펜국에 잡혀 옥중에 갇혔단 소문을 듣고 곧 프레더릭 백작을 부르니, 프레더릭 백작은 돌연히 무슨 일인지도 모르고 급히 예궐하니 왕이 기꺼이 맞아 왈

"들은즉 키티가 인국에 잡혀 옥중 생활을 한다 하니 그게 웬 소리뇨" 물으니, 프레더릭 백작은 가장 처음 듣는 듯이 깜짝 놀라며

"아, 그게 무슨 말씀이오니까. 폐하는 그 소문을 어디서 들으셨습니까. 신도 근일에는 키티를 만나 본 지 오래이옵기로 혹 지방에 여행이나 하지 아니하였나 하고 속마음으로 매우 궁금히 생각하는 터이올시다."

왕 왈 "경이 모르는 일을 짐이 어찌 알리오마는 키티에게서 비밀의 서신이 왔는데 그 편지로 볼진댄 그곳에 롤로도 또한 옥중에 갇힌 듯하니, 그대는 일찍이 키티에게 구원을 입은 일이 있으니 이번에는 키티와 롤로의 환란을 구원함이 그대의 책임으로 생각하노라."

프레더릭 백작은 이미 키티, 롤로 두 사람이 인국에 잡혀갔음을 알고 사치오 백작의 손에 죽기를 바랐었으나 국왕의 명령이라 거절할 수 없어 형식으로만 왕을 위로 왈

"복원, 대왕은 염려치 마시옵소서. 어찌 감히 군명을 시각인들 거역하오리까" 하고 왕께 하직하고 궁궐을 떠나 자기 집으로 돌아가니라.

프레더릭 백작은 궁궐을 떠나 길로 가면서 여러 가지 생각이 나서 갈피를 잡지 못한다.

"키티가 마이클 왕에게 비밀 서신을 보냈다니 참 괴상한 일이다. 나는 고년이 꼭 죽은 줄로 생각을 하는데 비밀 편지가 왔다니 뉘 말이 정말인지 알 수 없다. 옳지, 거번 밤에 빼앗은 명금 두 쪽은 하나는 가짜인데 그것의 진짜는 필경 키티나 사치오 백작이 가졌을 터이니, 이번에 키티를 살려 가지고 마저 뺏을 수밖에 없다. 빨리 가서 키티의 환란을 구원하자" 고 혼잣말로 "옳다, 옳다" 하고 고개를 끄떡끄떡하였다.

이와 같이 길로 가며 중절거리는 프레더릭 백작의 속 공론을 엿듣고 뒤밟아오는 사람은 사치오 백작의 부하로 그레츠호펜국에 비밀 탐정으

로 들어왔던 악한 존이라.

"옳아, 이놈 보아라. 이것 참 큰일 났다. 속히 사치오 백작에게 알려야 하겠다" 하고 급히 우편국으로 들어가서 전보를 띄웠더라.

사치오 백작은 존에게서 온 비밀 전보를 받아보니 '시방 그레츠호펜국에서 키티를 구조하려고 구원병을 보낸다' 하였거늘 백작이 대경하여 급히 자동차로 예궐하여 국왕을 사후伺候[21] 하니라.

20. 나의 소원은 이것이 아니오 담요 속에서 두 손이 나온다

이와 같이 국난이 생길 줄 모르는 그라호펜 국왕은 키티를 옥좌 곁에 불러 앉히고 왈

"3일 전에 약속한 국빈 대우는 금일로써 마쳤으니 그대의 생각이 어떠하뇨. 우리나라에 영구히 있어 짐을 섬길 생각이 있느뇨" 물으니, 키티 서슴지 않고 답 왈

"아직 생각하는 중이로소이다."

왕 왈 "3일 동안이나 생각을 하였으면 고만 결심할 때도 되었을 터이며 또 우리 그라호펜 왕국을 위하여 진충보국할진대 지위도 마음대로 될 터이요 금전도 욕심대로 취할 것인데 또 무슨 생각을 할 게 있으리오."

키티 왈 "소녀는 참왕僭王의 위位도 바라는 바 아니요 인도를 파괴하는 금전을 욕심냄도 아니로소이다."

왕 왈 "그러면 무엇이 소원이뇨."

---

21   웃어른의 분부를 기다림.

"소녀의 소원은 일정한 목적을 관철하기 위하여 하는 것이 제일 소원이올시다. 모처럼 대왕의 홍은을 입사와 죽게 된 몸이 살아났음은 황송 무지이오나 원컨대 대왕은 섭섭히 생각지 마시옵소서" 하고 어전을 물러나와 오늘은 반드시 도주할 결심으로 거반 궁성문을 다다르니 마침 사치오 백작이 들어오는지라. 키티 슬며시 산보하는 체하고 후원으로 들어갔다가 옆문으로 파수병 몰래 빠져나와 보니 마침 궁궐 문 앞에 빈 자동차 한 채가 있는지라.

"애, 인제는 살았다" 하고 자동차를 잡아탈 때 야청[22] 하늘에 새같이 날아오는 것은 비행기라. 키티는 벌써 마이클 왕에게서 보낸 것인 줄 알았더라.

각설, 이때 국왕과 사치오 백작은 즉시 군사를 풀어 키티를 잡으라는 명령이 서리 같을 때 궁궐 중천에는 마이클 국 비행선이 습격하고 키티는 전속력으로 도주할새 기병의 일대는 키티의 자동차를 추격하고 포대에서는 비행선에 속사포질을 연방 하니 물같이 잔잔하던 그라호펜 왕국은 일개 여자로 말미암아 대풍파가 일어났다. 몽몽한 포연에 싸인 키티는 전력을 다하여 자동차 고동을 트느라고 가는지 뛰는지 정신이 없을 즈음에 발밑에 놓인 담요가 움직한다. 키티는 놀라다 못하여 소름이 쪽 끼치며 눈이 만경萬頃[23]이 되어 가만히 노려보니 문득 그 담요 속에서 두 손이 슬며시 나왔다.

대관절 이것이 무엇이냐. 키티의 경우로 말하면 다만 생사를 판단하는 두 길뿐인데 중로에서 이 일이 났으니 이게 과연 키티를 해할 악한인가, 혹은 풍전의 등화 같은 생명을 구조할 은인인지 다음 장을 보아야 깨치리라.

---

22 검은빛을 띤 푸른빛. 아청. 왜청.
23 아주 많은 이랑. 지면이나 수면이 아주 넓음.

21. 저는 충복 롤로올시다 위험한 재주

키티는 고만 "악" 소리를 치고 뛰어내리니 이때 담요를 젖히고 나오는 사람은 꿈에도 생각지 못한 충복 롤로라.

"아씨, 놀라지 마시오. 소인은 롤로올시다."

키티는 이때껏 목숨 도망을 하느라고 눈에 보이는 것이 없다가 이제 이 일을 당하니 꿈인지 생시인지를 분변할 수 없고 무서운지 기꺼운지 무엇이라 형용할 수 없다.

"아, 네가 롤로냐. 어찌 이곳을 왔더냐. 나는 네가 탈옥 도주하였을 줄은 알았으나 그간 소식이 돈절頓絕[24]하여 주야 걱정으로 지내었다."

"소인도 아씨의 일이 마음에 걸려 간신히 탈옥 도주하여 파수실 마루 밑에 숨어서 아씨 구원할 계책을 하고 있을 즈음에 사치오 백작이 자동차를 타고 오기로 그 거취를 탐지하고 있는 중에 흘긋 아씨의 형적이 보이기로 필경 아씨가 도주하시려는 야심이 있음을 알고 앞서 자동차 담요 밑에 숨어 있었습니다. 일인즉 묘하게 되었으니 어서 도망하십시다" 하고 키티를 자동차에 다시 태워 가지고 롤로가 운전수가 되어 전속력으로 달아나니라.

키티는 어찌 몹시 놀랐던지 정신이 다 나가서 말없이 자동차를 타고 가다가 말굽 소리에 깜짝 놀라

"롤로야 큰일 났다. 빨리 틀어라."

"이제는 조금도 염려 마시옵소서. 롤로가 있고야 설마 무슨 일이 있겠습니까" 하고 롤로는 더욱 분발하여

---

24 소식이나 편지가 딱 끊어짐.

"오너라, 천적 만마야" 하며 고동을 버썩 트니 자동차는 주먹 같은 돌맹이를 풀풀 날리며 살같이 달아날새 사치오 백작이 영솔한 기병의 일대는 죽을힘을 다하여 채찍질을 하여 가며 간단없이 쫓아가니, 이로부터 자동차와 기마는 일대 경주를 시작하였더라. 자동차의 속력도 속하지만도 일상의 조련 받은 기마의 속력도 자동차의 속력만 못하지 아니하여 들을 달리고 산을 넘어 수풀이거니 내거니 함부로 쫓겨 가는 자동차는 고만 휘발유가 시진하여 점점 속력이 줄어 가는데, 적의 힘은 더욱 강하여 점점 가까이 쫓는지라. 아무리 하여도 이렇게 하다가는 총알 맛보기가 쉽겠으므로 키티는 롤로더러 일러 왈

"이제는 우리가 살려면 저기 오는 저 기차를 잡아타야만 살 터인데, 너는 모름지기 그 기차가 여기 당도하거든 뛰어오르라. 나도 곧 쫓아 오를 터이다."

롤로 왈 "옳소이다. 죽든지 살든지 인명이 재천이니 어디까지든지 하여 봅시다" 하고 담대한 롤로는 자동차의 방향을 기차 오는 쪽으로 돌려 가지고 거반 기차와 충돌이 될락 말락 할 때 롤로는 벌떡 일어서 하나, 둘, 셋에 기차로 뛰어오르고 키티도 뛰어올랐으나 키티는 잔약한 여자라 겁결에 붙잡았던 손을 놓쳐서 하마터면 기차 바퀴의 밥이 될 것을 롤로가 즉시 멱살을 잡아 끌어올렸으므로 간신히 죽음을 면하고 만세를 세 번 부르며

"이것도 롤로야, 네 덕이다. 그러나 적병은 어찌 되었느냐."

"아씨, 저 건너 쪽을 바라보시오. 우리들을 기어이 잡고야 말려고 앞 정거장으로 먼저 질러갑니다. 그러나 그까짓 것 아무 염려 없습니다. 이만큼 되었으면 나중 일도 펴일 도리가 있겠지요."

이같이 주종의 두 사람은 앞길이 망연하여 한숨만 땅이 꺼지도록 쉬고

있을 즈음에 창문 옆에서 이 두 사람의 이야기를 엿듣다가 자취 없이 옆에 와 앉더니 다짜고짜 하고

"애, 네가 키티냐" 하며 멱살을 잡으니 아무리 담대한 키티라도 한번 놀란 가슴이라 정신이 황홀하여

"당신은 누구신데, 왜 그러오."

"누구, 흥, 나를 잊어버렸을까."

키티 정신을 가다듬은 후 자세히 보더니

"응, 응, 프레더릭 백작이로군."

"그래, 나는 프레더릭 백작이다. 그러하니 너 가진 명금 조각을 내어놓아라" 하며 키티의 몸을 뒤지고자 하니라.

22. 적의 말을 뺏어 타고 도망 아아, 독에 든 쥐 몸

이것을 보고 있던 롤로는 벌떡 일어나며 프레더릭 백작에게 달려드니 백작이 꾸짖어 왈

"예끼 놈, 네가 나를 대항하려느냐."

롤로 더욱 분발하여 왈

"대항하면 어찌할 터이냐. 전일에는 너의 신세도 입었지만 오늘날은 몸이 키티의 충복이 된 롤로로서 주인의 위급함을 보고 어찌 가만히 있으리오. 나의 주인을 해하는 놈은 용서 없이 때려죽일 터이다."

"에, 고얀 놈, 건방진 말 말아라. 되잖은 주둥이 놀리다가는 너 먼저 풍뎅이 모가지를 만들겠다" 하고 프레더릭 백작은 키티를 내던지고 롤로에게로 달려드니, 맹호 같은 롤로 대로하여 백작의 다리를 들어 넘기려 하

니 백작은 롤로를 기차 창밖으로 팽개치고 키티의 명금을 빼앗고자 죽을 힘을 다 들이므로 두 사람의 격투는 실로 장관이러라.

이와 같은 대활극을 연출하는 이 세 사람의 탄 기차는 어느 결에 벌써 정거장에 도착하게 되었는데, 바라보니 사치오 백작이 영솔한 기병의 일대는 벌써 가까운 길로 질러와서 정거장을 에워싸고 하차하기를 고대하는 모양이더라.

키티 정신이 황홀하여 프레더릭 백작을 권고하여 왈

"여보시오, 백작이든지 롤로든지 우리가 다 그레츠호펜국을 위하여 일하기는 일반이나 단지 명금을 내 손에 넣자는 야심으로 피차 구수仇讐같이 봄이니 그는 뒷날 서로 교섭함이 좋을 줄로 생각하오. 만일 우리가 이와 같이 싸움만 하다가 기차가 정거장에 도착할 지경이면 우리 세 사람은 적의 손에 다 잡히거나 그렇지 아니하면 총살을 당할 터이니, 우리는 반드시 협력하여 미리 도망할 수단을 취할 수밖에 없으니 백작의 의견은 어떠하시오."

백작이 가만히 생각하더니 딴은 키티의 말이 유리한지라.

"얘, 롤로야, 너도 지금 너의 아씨의 말씀을 들었지. 우리가 서로 죽기를 결단하고 싸우다가 적의 손에 잡히면 그같이 어리석을 일이 세상에 또 있겠느냐. 한즉 우리는 이로부터 싸움을 중지하자" 하고 두 사람이 헤지니, 이때 기차는 정거장이 가까웠으므로 그 속력은 점점 완행이 되거늘 세 사람은 적의 눈에 띄지 않도록 주의를 단단히 하고 기차에서 뛰어내리니라. 중로에서 이런 일 있을 줄 모르는 적의 기병은 정거장 밖에 말을 매어 놓고 마침 준비하였다가 기차가 도착하자 성큼성큼 올라가서 이곳저곳을 찾아보아도 종적이 없으므로

"얘, 이것 참 이상하다. 정녕히 이 기차를 탔었는데 키티, 롤로의 형적

이 없으니 이것 참 괴상하다" 할 즈음에

"도적이야, 말 도적이야!" 소리에 깜짝 놀라 돌아보니 정거장 밖에 매어 놓은 말 세 필을 잡아타고 달아나는 도적이 있더라. "잡아라" 소리를 치고 쫓아 나오니 프레더릭 백작과 키티, 롤로의 세 사람은 말에게 채찍질을 더 하며 국경 로키산으로 향하였더라.

사치오 백작은 대로하여

"저런 죽일 연놈 보아라" 하고 잡으라는 명령이 서리 같으므로 기병들은 다시 말을 타고 쫓아가며 총질을 막 하니, 몽몽한 포연에 싸인 세 사람은 말을 달려 로키산 밑까지 도주하였으나 이때껏 달려온 말은 고만 기운이 시진하여 일보를 더 옮기지 못하므로 이제는 하릴없이 걸어갈 수밖에 없어 프레더릭 백작이 앞서고 키티, 롤로가 뒤서서 산속으로 기어들어가니, 적병은 벌써 산 밑에 당도하여 일제히 사격을 시작할새 세 사람은 '바위야, 날 살려라' 할 뿐이요 맹렬한 탄환은 우박 오듯 하였더라.

23. 키티, 적의 에움을 타파함 잡혔느냐, 죽었느냐

세 사람의 피난처 되는 험악한 바위 밑은 지리상의 승리지가 되어 도저히 항거키 어려우므로 사치오 백작은 하릴없어 즉시 국왕에게 급보를 띄우니, 프레더릭 백작과 키티, 롤로의 세 사람의 적을 당치 못하고 패하였단 글을 본 폐하는 노발怒髮이 충관衝冠하여

"흥, 하잘것없는 인물이로군" 하며 친히 일대의 병졸을 거느리고 곧 로키산으로 발정發程하니라.

천우신조하여 로키산의 천연 험악으로 무사히 생명을 보존하고 도리

어 적으로 하여금 곤핍을 입게 하던 세 사람은 필경 사방으로 에워싸이매 이제는 항복지 아니치 못할 지경에 이르렀더라. 프레더릭 백작은 총을 내던지며

"얘, 롤로야, 인제는 할 수 없다. 적의 대군은 벌써 사방을 둘러쌌으니 도망할 수 없고 다만 이제는 잡혀가든지 죽든지 두 가지 수단밖에 없노라" 하니, 롤로 살기충천하여 답 왈

"그라호펜국의 구더기 같은 것한테 지다니, 만일 우리가 이곳에서 죽을진댄 그는 개죽음이니 어디까지든지 방전防戰하여 봄이 상책이라" 하고 탄환 대신에 돌을 던지며 위로 왈

"원래 우리가 전사는 예측한 바나, 그러나 이대로 있다가는 필경 전멸을 당하고 말 터이니 우리 세 사람 중에 누구든지 한 사람이 적진을 벗어나가 본국에 가서 마이클 폐하께 구원병을 청함이 좋을까 하노라. 그러나 남자가 갔다가는 이곳에서 적을 대항할 수가 없으니 아씨가 갔다 오심이 좋을까 하나이다" 하니 키티 쾌락하고 발정을 독촉할새 백작과 롤로는 키티의 무사히 돌아오기를 천만 부탁하니, 키티 위로 왈

"아무리 고생이 될지라도 마이클 왕에게서 구원병이 올 때까지 백적을 보시고 잘 방비하라" 천만 부탁하고 가시 같은 적진으로 향하여 떠날새 생사를 판단하는 이 마당에 키티를 이별하는 롤로는 눈물을 금치 못하며 흑흑 느껴 가며 왈

"아씨, 이제는 소인과 마지막 이별이 될는지도 모르겠습니다."

키티는 눈물로 목이 메어 아무 말을 못 하며 다만 최후의 인사로

"롤로야, 염려 마라" 하고 악수한 손을 뿌리치고 육혈포를 난발하며 구름 같은 적진을 뚫고 나가니

"잡아라, 키티 잡아라" 소리에 수천의 적병은 풍우같이 달려들새 키티

육혈포로 선봉을 놓으니 추풍에 낙엽 지듯 하는지라. 즉시 그 말을 뺏어 타고 살같이 달아나니 다만 두서너 군데의 상처가 있을 뿐이요 생명은 무사히 마이클 왕궁에 득달하였더라.

이때 마이클 왕은 깜짝 놀라

"그대가 키티가 아니오. 그래, 무사히 귀국하였소" 하고 반가이 맞으시니, 키티 왈

"대왕의 홍은을 입사와 죽었던 목숨이 다시 살아왔습니다. 그러나 프레더릭 백작과 롤로는 방금 로키산에서 적에게 싸여 육력戮力[25] 방전 중이오나 수천의 적병에게 필경은 생명이 위태하오니, 복원, 대왕은 속히 구원병을 보내 주시옵기를 천만 복망伏望하나이다" 하니 왕이 즉시 허락하시고 가장 정련한 근위 기병 일대를 로키산으로 파송하시고 우악優渥[26]한 말씀으로

"그대는 보니 적진을 헤치고 나오느라고 몸에 총상한 곳이 많이 있으니 아직 궁궐에서 치료나 하고 있으라. 짐이 반드시 선봉이 되어 승전하고 돌아오리라" 하고 엄숙한 무장에 백마 은안銀鞍[27]에 오르니 참으로 그 위풍이 적을 위협할 만하더라.

25　서로 힘을 모음.
26　은혜가 매우 넓고 두터움.
27　은으로 장식한 안장.

24. 롤로의 생사는 불명 신령께 비나니 롤로를 살려 주소서

프레더릭 백작과 롤로가 로키산에서 위험을 당한다는 소식을 들은 마이클 왕은 근위 기병 일대를 인솔하고 로키산에 당도하니 이로부터 양군의 대전은 시작되었으나 어찌 적병이 마이클 왕 군을 대항할 수 있으리오. 필경 적병이 대패하고 돌아가니 마이클 군은 산상까지 돌격하고 의기가 양양한 마이클 왕은 개선가를 부르고 돌아오니라.

마이클 국 구원병의 힘으로 프레더릭 백작은 구원하였으나 한참 동안 접전 중에 롤로는 생사가 불분명이 되니 마이클 왕은 사면팔방으로 군사를 늘어놓고 롤로의 간 곳을 수색하나 도저히 간 곳을 알 수 없더라. 롤로를 잃은 키티는 낙심천만되겠지만도 프레더릭 백작은 그만큼 좋을 일이 다시없게 되었다. 그래서 백작은 열심으로 마이클 왕을 간한다.

"진실로 유감이 됩니다마는 롤로의 간 곳은 여러 날을 수색하여 보아도 도무지 알 수 없사오며 또한 여러 날 이곳에 있다가 적의 복수전을 당할는지도 알 수 없사오니, 복원, 대왕은 철병 귀국하신 후 다시 기회를 기다리심이 좋을까 하나이다."

왕 왈 "경의 말도 괴이치 아니하나 키티가 대단히 섭섭히 생각할 듯하도다" 하고 이에 군사를 거두어 가지고 의기양양하게 개선가를 부르며 귀국하니라.

각설, 그라호펜국 필립 왕은 로키산에 있는 키티, 롤로, 프레더릭 백작의 세 사람을 잡고자 멀리 출정까지 하였다가 용맹한 키티의 파진破陣 도주로 말미암아 마이클 왕 군에게 패배하고 고만 시름없이 본국으로 돌아오니 그 분한 마음은 백골이 되기 전에는 못 잊게 되매 하루는 사치오 백작을 어전에 부르시고 전패의 절치부심함을 설화하여 왈

"조물이 시기하고 하늘이 밉게 보심인지 경에게 받은 명금 조각도 키티가 가져갔고 또한 싸움에도 패하였으니 국민에 대하여도 대단한 수치라. 청컨대 경은 그 적의 무리를 사로잡을 도리가 없느뇨" 하시니 백작이 돌연히 살기가 등창하여 왈

"신이 자동차로 그레츠호펜국에 들어가서 마이클 왕의 동정을 탐지하겠사오며, 또한 신의 생각에는 로키산 접전 중에 롤로나 프레더릭 중의 한 사람은 필경 잃어버렸을 줄로 추량推量하옵는데 지금은 거의 적병도 다 철퇴하였을 듯하오니, 복원, 대왕은 다시 군사를 로키산으로 출정케 하여 엄밀한 수색을 하여 가지고 두 놈 중의 한 놈을 잡아 옴이 좋을까 하나이다."

왕이 대희하여 왈

"과연 경의 말이 유리하도다. 그러면 곧 로키산으로 군대를 파견할 터이니 그대는 그레츠호펜국에 간자로 들어가서 매사를 조심 침착하여 아무쪼록 성공하기를 바라노라" 하고 곧 정병 10여 명을 뽑아 로키산으로 출발시키니 프레더릭 백작과 마이클 대왕은 이미 본국으로 돌아갔으므로 잡힐 염려는 조금도 없으나 생사 불명된 롤로의 운명은 실로 위급하게 되었더라.

25. 비밀의 지하실 괴상한 사람의 해골

로키산 싸움에 승전한 마이클 왕은 기쁨을 이기지 못하여 그날 밤에 성대한 개선 축하회를 열었더라. 그러나 그 연회에 한 가지 유감되는 일은 롤로의 생사 불명이라. 프레더릭 백작과 키티는 주인으로 열석하였으

나 키티는 적의 진을 뚫고 도주할 때에 총상한 곳이 아직도 쾌상치 못하므로 오랫동안 연회에 열석지 못하고 한참 맛있는 판에 병실로 돌아가니라. 병실에 누운 키티는 롤로의 생사를 알지 못하여 전전반측 잠을 못 이룬다.

"한번 빼앗겼던 명금 반쪽은 다시 내 손에 들어왔으나 나머지 반쪽을 마저 찾지 못하면 이 반쪽도 소용이 없구나. 내가 이 때문에 프레더릭 백작의 집에도 들어가 보았으나 거기 있는 것은 아무리 하여도 가짜 같으니 진짜 반쪽은 누가 가졌노. 풍설에는 마이클 왕이 가졌다니 오늘 밤 연회를 틈타 왕실에 들어가 찾아봄이 좋겠다" 결심하고 비밀히 병실에서 나와 왕실로 들어가 사방을 수색하나 명금 있는 곳은 도저히 알 수 없으므로 차츰차츰 들어가서 이 방 저 방을 찾아가다가 한 곳에 다다르니 철갑문이 있는데, 그 철갑문은 눌러도 열리지 않고 떼밀어도 열리지 아니하므로 부득이 돌아가려 할 때 문 옆에 단추 같은 것이 흘긋 눈에 띄었다.

"옳다, 이것이 무엇이냐" 하고 꼭 눌러 보니 굳게 닫혔던 철갑문이 슬며시 열리는지라. 키티 더욱 이상하여 내친걸음에 용맹한 마음을 먹고 으쓱 들어서니 철갑문은 슬며시 닫혀지고 그 안에 또 이와 같은 철갑문이 몇 겹이 있는지라. 이제는 아주 이력이 나서 단추 같은 것만 찾아서 꼭 누른다. 차츰차츰 들어가니 이곳은 지하실이라. 그런데 아마 이 지하실은 몇 해 동안 사람의 출입이 없었던 모양이더라. 코를 찌르는 냄새는 혹 곰팡이 냄새도 같은 고약한 악취가 나는데, 컴컴한 지하실에 서 있는 키티는 한참 동안 지척을 분별치 못하고 눈을 감고 멀거니 섰다가 다시 눈을 뜨고 사방을 둘러보니, 마주 보이는 곳에 이상한 것이 선 것 같은데 암만 보아도 사람 같으므로 키티 용맹을 더하여 가까이 가 보니 하얀 사람의 뼈다귀라. 키티 다시 생각하되 필경 내가 겁을 집어먹어 도깨비에게 홀렸는지 그 해골이 자기를 보고 웃는 것 같다. 해골이 웃다니 아무리 담대한 키티라도 겁이 안 날 수 없어 "악" 소리를 지르고 문칫문칫 물러나니 또한 그 해골은 쫓아오며

"아가씨, 손목이나 좀 만져 봅시다" 하고 손을 내밀고 달려들거늘 키티 기절하여 엎드러지니라. 그러나 대관절 이 괴상한 해골은 무엇이뇨. 그 비밀을 아는 자는 마이클 왕과 또 한 사람이 있을 터이라.

각설, 개선 축하 연회에서 키티가 몸이 괴로워 병실로 돌아감을 본 프레더릭 백작은 즉시 연회의 틈을 타서 키티의 병실을 찾아가 보니 키티의 형적이 없는지라. 백작이 의심이 덜컥 나서 시녀를 불러 물어보니 시녀도 자세히 모르는 대답이라. 다시 물러 나와 키티의 뒤를 쫓아 어전까지 가 보았으나 그곳에는 물어볼 사람도 없었더라. 그러나 한 가지 이상한 일은 이웃 방의 문이 열려 있음이라. 백작이 문득 생각이 나서

"하하, 옳지, 키티가 명금 반쪽을 찾으려고 필경 이리 들어갔나 보다" 하고 차츰차츰 쫓아 들어가 최후의 지하실을 다다르니 발 앞에 계집이 엎드러졌거늘 깜짝 놀라 안아 일으켜 보니 과연 키티러라. 간신히 숨을 돌린 키티는 백작에게 몸을 턱 실리며

"저게 무엇이오, 저게 무엇이오" 하고 손짓을 자주 하니 백작은 어쩐 영문을 모르고

"무엇 말이오" 하고 흘긋 돌아보는 백작은 우연히 눈에서 눈물이 샘솟듯 한다.

"응, 저것은 해골이오."

"백작은 저 해골을 아십니까. 지금 저것이 나더러 손목을 만져 보자고 하는구려."

"무엇, 손목을……"

“그래서 나는 기절을 하였소.”

“하하하, 에, 사람 못도 났군. 그것은 당신이 겁을 집어먹어서 신경의 작용이오” 하고 해골이 무엇이란 말은 입에도 내지 아니하였더라.

26. 포로로 잡혀 옥중에　비분한 눈물

로키산에서 프레더릭 백작과 같이 수천의 적병을 대항하던 쾌한 롤로는 키티의 주선으로 마이클 왕의 구원병이 도착하였을 때에 적병의 총을 맞아 중상하매 도저히 싸움을 계속할 수 없어 간신히 몸을 끌고 어느 바위 밑에 은거하여 잠깐 몸을 쉴 동안에 기색氣塞이 되어 꺼꾸러졌다가 몇 시간 만에 깨어 보니, 때는 이미 어두운 밤인데 사면이 고요하여 휴전된 것 같으므로

“옳다, 어느 편에서 졌는지는 알 수 없으나 이 틈을 타서 어서 도주하여야 하겠다” 하고 발을 절면서 바위 밑을 벗어나 오는데, 저쪽에서 뚜벅뚜벅 걸어오는 사람은 필립 왕이 파견한 적병이러라. 적병은 즉시

“거기 있는 사람이 누구냐”고 외치니 적병인지 누군지 모르는 롤로는 선뜻 대답을 못 하고 주저하니, 적병은 교묘한 수단으로

“우리들은 마이클 왕의 구원병이다. 너는 우리 편이냐. 만일 적병이면 총살하겠다” 하니, 마이클 왕의 구원병이라는 말을 들은 롤로는 대단히 반기며

“나는 롤로요. 키티의 충복이오” 하니, 이같이 수단을 부린 적병은

“잠깐 가만히 있거라. 곧 구원하리라” 하고 사방으로 에워싸고 함부로 얽어매니, 롤로 기가 막혀

"여보, 나는 롤로요. 집안끼리 포승이 웬일이냐."

"이놈아, 잠자코 있거라. 우리는 그라호펜 왕국의 병졸인데 너를 잡으러 여기를 왔다."

고만 롤로는 분기충천하고 눈이 뒤집혀서 한번 용맹을 써서 뿌리치고

"이놈, 덤벼라" 소리를 지르며 잡히는 대로 집어치워 세 사람을 쓰러트리고 고만 기운이 시진하여 부득이 포승을 지고 적에게 끌려가는 롤로는

"이놈들아, 어디로 가자느냐. 죽일 터이면 죽이고 벌을 줄 터이면 벌을 다오."

"아니다, 너를 여기서 죽일 것이 아니라 우리 대왕 전에 잡아다가 중형을 줄 터이니 우리 대왕의 홍은을 감사히 생각하여라."

롤로 대로하여 "이놈아, 홍은이 빨간 은이냐. 가기는 어디를 가자니" 하고 다시 용맹을 내어 덤비니 무지한 적병은 총개머리로 시냇가에 빨래하듯 퍽퍽 막 패어 기지사경幾至死境에 이르니, 아무리 용맹 있는 롤로라도 이제는 하릴없어 눈물을 머금고 적에게 잡혀 그라호펜국으로 잡혀가서 전일에 갇혔던 인연 있는 감옥에 가두고 엄중한 경계를 하니라.

슬프다, 롤로의 운명이여. 키티와 프레더릭 백작은 무사히 귀국하였는데, 불행한 롤로는 또다시 포로가 되어 옥중의 죄수가 되니 이제는 귀신이 아니고는 탈옥할 수가 없게 되었더라.

27. 주머니 거울의 사진 입 맞추는 뜻

궁궐 지하실에서 키티가 해골에 홀려 기색하던 이튿날 키티의 집에 한 신사가 자동차를 타고 와서 하인을 불러 "아씨 계시냐" 물은즉

"시방 나들이 가시고 안 계십니다. 무슨 볼일이 계십니까."

"긴급한 사고가 있는데, 곧 돌아오실까."

"예, 나가실 때에 곧 돌아오신다고 하셨습니다."

"응, 그래. 그러면 나를 아씨 방으로 좀 인도하여라" 하고 연해 하인을 감언이설로 달래니 무식한 하인은 곧 응하고 키티의 방으로 인도한 후

"소인은 일이 바빠 잠깐 나가 보겠사오니 용서하옵소서."

"응, 그래라. 저, 그러면 아씨 오시거든 곧 알게 하여라."

하인이 나간 뒤에 문을 닫고 안으로 자물쇠를 채우고

"이만하면 다 되었다" 하는 신사는 프레더릭 백작이러라. 프레더릭 백작은 키티 없는 틈을 타서 명금을 도적코자 왔었던 터이므로 사방 문에 자물쇠를 채우고 위선 서랍을 열어 보니 소설 원고지 몇 장뿐이요 명금 같은 것은 도무지 눈에 띄지 아니하니 별생각을 다 한다.

"혹 몸에 지니고 가지나 아니하였나. 그럴 리 없지. 조심성 많은 계집이니깐 필경 얻다 두고 나갔을 터이라" 하고 구석구석이 찾아보나 도무지 명금은 그림자도 보이지 아니한다. 고만 프레더릭 백작은 넋이 풀어져서 멀거니 섰다가 흘긋 보니 경대 하나가 있는지라. 백작이 대희하여

"옳다, 여기서 냄새가 난다" 하고 부리나케 경대 서랍을 열어 보니 명금 조각은 손에 안 잡히고 조그마한 거울 한 개가 눈에 띄었다. 하도 이상하여 얼른 집어 보니 뒷등에 어여쁜 계집의 사진이 붙었는지라.

"옳다, 이것이 키티의 사진이로구나" 하고 멀거니 노려보고 섰다. 프레더릭 백작과 키티는 적이고도 적이 아니며 동무고도 동무가 아닌, 무엇이라 형언할 수 없는 사이다.

키티에게 반한 프레더릭 백작은 지금 아무도 없는 키티 방에서 키티의 사진만 노려보고 공연히 가슴이 두근거려진다.

"참, 그림 같구나. 네가 내 간장을 다 녹이는 너로구나. 일상에 그리던 회포나 풀게 어디 입이라도 한번 맞추자" 하고 사진에다 입을 맞추고 보니 이것이 정말 그림의 떡이다.

"에라, 입만 맞추어 가지고는 만족지 못하니 기념으로 가지고 가겠다" 하고 거울을 주머니에 깊이 집어넣고, 탁상 위에 장미화 한 가지를 꺾어 가슴에 꽂고 문을 열고 나와서 하인을 불러 가지고

"이때껏 기다려도 아씨가 아니 오시니 아마 곧 돌아오실 것 같지 않은 모양이다. 나는 바빠 고만 돌아가겠으니 아씨 돌아오시거든 자세한 말씀 여쭈어라."

"대단히 미안하외다. 영감 성함은 누구십니까."

"내 이름, 무엇, 알 것 없다. 이따 또 올 터이니" 하고 뒤도 안 돌아다보고 줄행랑 하니라.

프레더릭 백작이 나간 지 불과 5분이 못 되자 키티는 자동차를 타고 와서 운전수를 기다려 두고 자기 방으로 들어가서 '혹 롤로나 살아왔나' 하고 하인을 불러

"나 없는 동안에 누가 왔더냐" 물으니

"어떠한 신사 한 분이 찾아오셔서 이때껏 기다리시다가 지금 막 돌아가셨습니다. 성함을 묻자온즉 이따가 또 오겠다 하십디다" 하거늘 키티 괴이히 생각하고 실내를 살펴보니 별로 잃어버린 물건은 없으므로 혼잣말로

"이상타, 그 누구런고" 하고 하인을 꾸짖는다.

"그래, 성명도 모르는 사람을 실내까지 인도하였단 말이냐. 이다음부터 는 조심하여라" 하고 이른 후

"어디서 편지 온 것 없느냐" 물은즉

“아무것도 없습니다.”

키티 입맛을 다시며 속말로

‘이것 큰일 났구나. 필경 롤로는 죽었나 보다. 어디, 프레더릭 백작이나 찾아가 보고 로키산 어느 곳에서 롤로를 잃었나 자세히 알아보리라’ 하고 다시 자동차를 타고 나오니라.

28. 적과 적의 충돌 총소리 한 방

키티가 자동차를 타러 나올 때에 담 밑에 숨어 서서 귀에다 대고 비밀한 말로

“필경 명금 조각이 키티 방에 있을 터이니 요 틈을 타서 들어가자”고 소곤거리는 두 사람은 악한 아파치와 그 부하의 한 사람이라.

“영좌領座[28]님, 저도 들어갑니까.”

“아무렴, 나만 쫓아 들어오너라.”

“영좌님, 대낮에 도적질을 하여도 관계치 않습니까.”

“이런 못생긴 사람의 말 보았나. 영좌님이 계신데 무슨 걱정이냐” 하고 아파치는 부하를 데리고 키티 방으로 가면서

“여차하거든 이놈 저놈 용서할 것 없이 육혈포 팥밥을 먹이자” 하고 육혈포를 쑥 꺼내 들고 들어가니라. 이 일을 전혀 모르는 사치오 백작은 궁궐서부터 키티의 뒤를 밟아 왔다가 키티가 다시 나가는 것을 보고 아파치와 똑같은 목적으로 부하 존을 명하여 키티의 방으로 들여보내니라.

---

28 우두머리.

아파치가 들어가자 또 존이 키티의 방에 가까이 오니, 아파치와 그 부하는 책상 서랍을 뒤지다가 가는 목소리로 벌벌 떨면서

"영좌님, 영좌님, 문밖에서 발자취가 납니다."

아파치 노란 눈을 떼굴떼굴 굴리면서

"숨어라, 숨어. 문 뒤에 숨었다가 들어오거든 목을 얽어 개장 개 잡듯 하자" 하고 두 놈이 좌우 문 뒤에 숨어 있을새 아무 연고 모르는 존은 문을 열고 들어오니, 아파치 돌연히 달려들어

"이놈, 받아라" 할 때에 존은 고만 혼비백산하여 달아나려 하였으나 그 부하에게 발을 잡혀 고만 사선상에 거꾸로 매달아 놓을 제 하인들은 쿵쾅 소리에 깜짝 놀라 키티의 방으로 와 보니 총소리 한 방이 탕 하더니

"이것, 큰일 났다" 하고 한쪽으로는 도망하는 빛에 한쪽으로는 경찰서로 전화하는 빛에 조용하던 집 안이 물 끓듯 하니 아파치도 이제는 명금보다 더 중한 목숨이 도망하여야 하겠다 하고 창을 부수고 담을 넘어 부하를 데리고 달아나다가 사치오 백작을 만났다.

"애, 네가 아파치가 아니냐."

아파치는 뒤도 아니 돌아다보고 줄행랑을 한다.

사치오 백작은 이상히 생각하고 고성으로 부르짖으며 쫓아가려 하였으나 지금 키티 집에다 존을 들여보내고 망을 보고 있는 터이므로 조금도 떠날 수 없어 내버려두고 담에 숨어 섰노라니 별안간 경관이 떼를 지어 오는지라. 이것을 보고야 비로소 총소리도 알고 또 아파치의 도망한 까닭도 알았다. 그러나 다시 생각하니 암만하여도 여기 있다가는 큰코다치겠으므로 '존의 생사는 어찌 되었든지 내 발등에 불이나 먼저 끄겠다' 하고 담을 넘어 몸을 감추니라.

29. 명금이 중하냐, 생명이 중하냐 죽기를 바랄진댄

프레더릭 백작의 집을 거침없이 들어와서 가장 무엇이나 잃어버린 듯이 사방을 수색하는 한 여자가 있으니, 이는 키티가 아니라 마이클 왕의 애첩 엘로이즈라 하는 계집인데, 이전에도 한번 프레더릭 백작의 집에 들어와서 명금을 찾아본 일이 있었던 터이라. 그 후 엘로이즈는 아무리 생각하여도 명금은 프레더릭 백작밖에 가졌을 사람이 없으므로 또 한 번 자세히 찾아보려고 백작의 외출을 틈타 들어왔더라. 이때 키티는 롤로의 일이 하도 궁금하여 프레더릭 백작의 집을 찾아오니 마침 출입하였다 하기로 돌이켜 나오다가 문득 딴생각이 났다.

"요전에도 명금을 찾으려고 궁궐 지하실까지 들어가 보았지만 도무지 알 수가 없으니 이왕 내친걸음에 이놈의 집이나 또 한 번 찾아보리라" 하고 몸을 돌이켜 다시 들어가니, 실내에서 숨도 크게 못 쉬고 키티의 거동만 엿보던 엘로이즈는 얼른 몸을 감추었더라. 키티 문을 가만히 열고 들어가서 이 구석 저 구석 남기지 않고 찾아보아도 명금은 그림자도 없고 다만 책상 위에 조그마한 양철통 하나가 놓였는지라. 키티 이상히 생각하여

"혹 담뱃갑이나 아닌가" 하고 흔들어 보니 무슨 쇳소리가 딸락딸락 나거늘 키티 두 눈이 똥그래지며

"옳다, 이것이 명금인가 보다" 하고 뚜껑을 열고 거꾸로 쏟아 보니 진부는 알 수 없으나 명금은 분명하다.

"옳다, 여기 있구나" 하고 희열이 만면하여 가만히 들고 볼 때에 별안간 장막 뒤에서 육혈포 하나가 쑥 나오며

"키티야, 명금은 이리 내어라" 한다. 키티 깜짝 놀라 멀거니 서서 육혈

포만 노려보나 맨주먹으로 어찌할 수 없는지라. 그러나 계집의 마음이라 안차고 다라져서[29] 그중에도 지난 일을 곰곰히 생각한다. 이때껏 고심하다가 간신히 찾은 명금을 아직 진부도 모르고 적에게 빼앗김은 전공이 가석하고 참으로 원통하여 내놓을 수 없으므로 손에서 땀이 나도록 명금을 꼭 쥐고

“이것을 아니 주면 어찌할 터이냐.”

“안 주면 별수 있나. 모가지째 함께 빼앗지.”

키티가 기막혀 한숨을 휘 쉬며

“조물이 시기하니 어쩔 수 없다” 하고 명금으로 종아리를 후려치며

“옛다, 맡아 두어라.”

“흥, 맡기는 무엇 하나, 아주 주지” 하고 엘로이즈는 명금 쪽을 집어 가지고

“이제는 볼일 다 보았으니 어서 너 갈 데로 가거라.”

키티 기가 막혀

“오냐, 잘 맡아 두어라” 하고 두서너 발 걸어 나올 때에 장막 뒤에서 손 하나가 쑥 나와서 엘로이즈의 육혈포를 꼭 쥐는 사람은 프레더릭 주인이라.

엘로이즈는 “누구냐” 소리를 지르며 뿌리칠 동안에 육혈포는 벌써 뺏기었다.

“누구는 알아 무엇 하니. 어서 명금이나 내어라” 하고 육혈포를 대니 엘로이즈는 이를 악물고 앙탈을 암만하여도 이제는 육혈포를 뺏기었으므로 하릴없어 명금을 팽개치고 창을 뛰어 달아나니, 키티도 그 뒤를 따라

---

29 겁이 없고 야무지다.

달아날새 백작은 문을 막고

"키티, 가만히 있소. 잠깐 볼일이 있소" 하니 키티

"급한 일이 있어 지체할 수 없다" 사양하고 문을 열고 도망할새 돌연히 좌우로 쇠창살이 막혀 키티는 고만 칸에 갇히게 되매 키티는 악이 나서

"영감이 나를 가두면 어찌할 터이오."

백작은 "가만히 있소" 하고 쇠창살 앞에 가까이 교의를 타고 앉아 양복 주머니에서 무엇인지 꺼내었다.

30. 단지 사형만 하여서는 재미가 없다 죽은 마와 악수

로키산에서 적병에게 잡혀 그라호펜국 옥에 갇힌 롤로는 그 이튿날 아침에 필립 왕 앞에 불려 나오매 왕이 대로하여

"저놈이 키티를 도망시키고 또 프레더릭 백작과 같이 로키산에서 우리를 대항하던 놈이냐" 하문하니, 롤로 교만한 낯으로

"나는 적국 사람이라 너희에게 대항함은 당연한 일이지. 그로 말미암아 노하는 너는 국왕의 가치가 없다"고 막말하니 좌우 나졸이 질책 왈

"이놈, 이 죽일 놈아, 어전에서 이게 무슨 무례한 짓이냐."

"아무 때 죽어도 한번 죽지. 사람이 죽기를 두려워하고 어찌 살겠느냐."

"그럼 너는 죽기를 바라느냐. 그러면 네 소원대로 극형에 처하여 주마" 하고 왕이 투우장에 넣으라 명하시니, 롤로 대로하여 용맹을 내어 발길로 공 차듯 하고 손에 잡히는 대로 둘러메치고 나는 새같이 달아나니, 국왕이 대경하여 옥좌에서 발을 구르며

"잡아라, 놓칠라" 하시니 사방에 헤어진 근위병의 일대는 구보를 하여

쫓아갈새 롤로는 몸 빠진 것만 요행으로 생각하고 방향 없이 달아나다가 칼 같은 층암절벽을 당도하니, 고만 하릴없어 원숭이같이 기어오를 때에 적병은 절벽으로 먼저 돌아와서 총을 대고 "사로잡자" 하는 소리에 쳐다보니 적병은 벌써 앞서 왔거늘

"죽든지 살든지 내리뛰어나 볼까" 하고 내려다보니 거기도 또한 적병이 있으니 롤로의 신세는 진퇴유곡이다. 롤로는 이를 딱 악물고

"아, 하늘이 밉게 여기심이니 너희 마음대로 하여라" 하니 적병들은 총부리를 맞대고 달려들어 롤로를 포박하여 잡아 오니, 국왕이 대로 왈

"그놈을 사형에 처하되 투우장에 잡아넣어라" 명하니 몸에 촌철 없는 롤로가 투우장에 들어간다 하니 국왕 이하 문무백관과 기타 수만의 시민 관객들은 송곳같이 서서 롤로를 욕하는 소리 물 끓듯 하니, 가련한 롤로의 신세는 앞길이 막막하다. 그러나 죽기를 결단한 롤로는 도리어 관객을 욕하며 맹우猛牛를 적을 삼아 싸우게 되니 이번 싸움은 사람과 달라 황소를 대적하므로 한번 그 뿔에 받히면 아무리 항우 같은 장수라도 황천객이 되는 터인데, 마지막 기 쓰는 롤로는 두 손에 침을 턱 뱉고 투우장 한복판에 썩 나서니 그 용감한 기상은 능히 황소를 쓰러트리고 통쾌한 대활극을 연출할 것 같으나 자고로 투우장에 들어와서 살아 나간 사람을 못 보았으니, 롤로가 아무리 협태산이초북해挾泰山以超北海[30] 할 힘이 있을지라도 도저히 생명을 보존하기가 어려우리라. 설령 황소 한 마리는 능히 때려죽인다 할지라도 자꾸 연하여 나오는 것을 다 어찌 막아 내리오. 슬프다, 투우장에 들어선 롤로의 형상은 칠성판을 보따리 지고 황천길로 떠남과 흡사하도다.

---

[30] 태산을 옆에 끼고 북해를 넘음.

31. 롤로, 황소와 싸움 수만의 관객은 받아라, 받아라

화설, 이때 투우장에 큰 황소 한 마리를 끌어내니 수만의 관객은 "와" 소리 물 끓듯 하며 박수갈채를 한다. 그러나 그 황소를 곧 롤로에게 격투를 붙임이 아니라 투우술에 노련한 사람 수 명이 먼저 나와서 창을 가지고 싸워 독을 잔뜩 내어 가지고 롤로와 싸움을 붙일 작정이라.

한참 동안 노련가 수 명이 사방에서 창으로 찌르매 고만 독이 잔뜩 난 황소는 사람이라면 받으려고 뿔을 두르고 돌아다니는 거동은 구경하는 관객들도 소름이 쪽 끼쳤다. 이때 롤로는 안반[31] 같은 손을 떡 벌리고 달려드니 눈이 뒤집힌 황소는 다짜고짜 하고 뿔로 받으려 덤빌새 롤로 몸을 훌쩍 피하여 두 뿔을 덥석 잡으니 아무리 황소라도 고만 옴나위를 할 수 없었더라. 이때 관객은 "받아라. 받아라" 소리에 하늘이 무너질 듯한데, 롤로를 역성드는 사람은 하나도 없더라. 롤로 다시 몸을 빼쳐 황소의 허구리를 한번 차니 픽 쓰러졌다가 다시 일어나 받으려 할 제 롤로는 발로 밟으려 하다가 손을 놓치며 황소는 용기를 내고 달려드니, 만장의 관객은 일제히 박수를 하며 "받아라" 소리를 지르니, 세궁역진勢窮力盡한 롤로는 몇 번 목책 가까지 쫓겨 갔다가 다시 용맹을 내어 황소를 어르다가 황소가 덤비려 할 제 롤로의 형적은 간 곳이 없더라.

국왕은 대로하여 "잡아라" 소리를 서리같이 지르나 수만 명 사람 중에 들어간 롤로는 물에 물 탄 것 같고 술에 술 탄 것 같아 도저히 찾을 수 없더라. 구사일생을 얻은 롤로는 투우장에서 어디로 도망하였노. 오동추야 명월야에 프레더릭 백작의 집 뜰에 그림자를 비친 자는 롤로다. 땅에서

31　떡을 칠 때 쓰는 두껍고 넓은 나무판. 떡판.

솟았느냐, 하늘에서 떨어졌느냐.

롤로는 가만히 창을 넘어 들어가서 서재를 엿보니, 백작이 키티를 철책 속에 가두어 놓고 양복 주머니 속에서 조그마한 거울 한 개를 꺼내 들고 입을 맞출새 키티 대경하여

"영감, 그 거울이 내 것이 아니오. 점잖은 이 그게 무슨 행위요. 이리 내시오" 하고 손을 내미니 음흉한 프레더릭 백작은 손을 덥석 쥐고

"여보, 키티, 거울이 그다지 대단하오. 그보다도 이 철책 밖으로 나갈 생각은 안 하오."

"그는 물어볼 것도 없소. 그런데 영감은 무슨 까닭에 나를 잡아 가두었소."

키티는 독이 나서 소리를 빽 지르니라.

32. 내 말을 좀 들어라 물론 거절이오

프레더릭 백작은 안 나오는 웃음을 억지로 웃으며

"여보, 키티, 철책에 가둔 몸을 내놓아 달라면 그는 얼른 대답하겠소. 그러나 한 가지 청할 일이 있으니 듣겠소" 하고 연해 얼레발을 친다.

"청이 무슨 청이오. 나는 별로 당신에게 청 받을 일도 없고 또 당신의 청을 내가 받을 까닭도 없소. 그러나 말씀이나 분명히 하시오."

"일상 키티는 그게 안되었단 말이야. 꼭 들어야만 할 터인데."

"이건 영감이 억지요. 남자에게 청을 받는 여자는 응할 것도 있고 응치 못할 것도 있겠는데 덮어놓고 듣기만 하라니 세상에 그런 일이 어디 있소."

"무엇, 그렇게 억지라 할 것 없이 내 말 한마디를 들어 보소" 하고 프레더릭 백작은 키티의 손목을 점점 꼭 쥐면서

"이때껏 이런 말은 한 번도 아니 하였지만도 나는 항상 그대를 마음에 두고 매우 그리는 터이니 오늘부터 나의 부인이 됨이 어떻소."

키티 대로하여 손을 홱 뿌리치며

"이건 점잖은 이 무슨 체신 없는 말씀이오. 나는 오늘날까지 당당한 미국의 여류 소설가로 문학에 사상이 있는 계집이므로 남의 아내 되기를 원치 않소" 하고 냉과리[32]같이 잡아떼니, 백작은 고만 코를 떼이고 얼굴이 주취광이가 되어

"그저 그런 말은 모두 잘못 생각이오. 하늘이 남녀를 내실 때에는 부부의 배필을 삼고자 하심이거늘 여류 소설가라고 남의 아내가 못 된단 말이오. 아마 필경은 나를 싫어하는 모양인가 보오. 그러나 너무 남에게 적악을 하지 마오."

"적악이 무슨 적악이오."

"사람을 죽여야만 적악이 아니야. 이런 것도 적악이요 그뿐 아니라 국가에도 죄인이지."

"국가의 죄인이 무슨 죄인이오. 나는 아무 법률에 저촉된 일은 한 일 없소."

"하, 이런 말 보았나. 국민 된 자는 반드시 남녀가 배우가 되어 아들딸을 많이 낳아 바침이 큰 의무요 또한 이것이 국가의 생명인데, 우리나라 모든 여자가 키티같이 모두 배우 되기를 싫어할진댄 우리나라의 생명은 고만일지니 어찌 국가의 죄인이 안 되겠소."

---

32   몹시 매정하고 쌀쌀한 태도. 냉갈령.

"그건 영감이 너무 억설이오."

"그럼 내가 눈에 차지 않소."

"영감뿐 아니라 나는 남의 계집 되기를 싫어합니다."

"무슨 까닭으로 그러오. 그 까닭이나 좀 들어 봅시다."

"나는 원래 큰 희망이 있어요. 그런 고로 그 희망을 위하여 사는 여자에게는 남편의 필요는 없습니다."

"흥, 희망! 희망이라니, 명금을 두 손에 넣고자 하는 희망이오. 아, 그럴 것 같으면 더욱 나하고 결혼할 필요가 있지. 여보, 키티, 나의 아내만 되면 소원은 곧 성취할 터이니 공연히 서로 원수를 맺을 것 없이 우리 둘이 협력하여 해 보는 것이 도리어 이익이 될 듯하오."

"아뇨, 나는 남의 힘을 빌리기를 싫어하오. 어디까지든지 나의 힘으로 하여 봄을 유쾌히 생각하므로 아무리 하여도 당신의 요구는 응할 수 없소" 하고 손을 뿌리치니 백작은 고만 실심하여 혀를 차며

"아참, 고집도 세다. 어디, 고집을 세워 보아라. 어느 때까지든지 철책 밖은 못 나오리라" 하고 키티의 마음을 상코자 "하하하" 웃으며

"무어, 그렇게 고집 세울 것 아닌걸. 응, 어디 보자. 항복할 날이 있을 터이니" 하고 벌떡 일어날 때

"조금만 가만히 있거라" 소리를 치며 창을 넘어 들어오는 사람은 키티의 충복 롤로러라.

키티가 부른 것같이 생각하는 프레더릭 백작은 몸을 돌려 좋지 못한 기상으로 이마에 내 천 자를 쓰고 롤로를 노려보니, 롤로 성큼성큼 들어와서

"영감, 우리가 로키산에서 한 당파가 되기로 맹세한 일이 있지 않소. 그런데 그때 일은 모두 잊어버렸던 말씀이오. 어째 오늘날 우리 아씨를 이렇게 몹시 고초를 주니 만일 영감이 정 그럴진댄 롤로도 생각이 있소" 하

고 버썩 달려드니, 오매불망 그리던 회포를 한번 풀어 보려고 세상에 다시없는 키티를 만나 가지고 강제의 요구를 하던 프레더릭 백작은 뜻밖에 롤로를 만나 십년공부 나무아미타불이 되매 백작은 고만 개골[33]이 나서

"하릴없다. 키티를 살려 줄 수밖에 없다" 하고 자물쇠를 내던지니 키티는 철책 문을 열고 나와 롤로를 덥석 얼싸안고

"아, 롤로냐. 어떻게 무사히 돌아왔느냐" 하고 죽은 부모나 만나 본 듯이 반가워하더라.

33. 지하실에서 대격투 아차, 가짜가 보다

키티의 집에 부하 존을 들여보냈다가 실패한 사치오 백작은 담 밖에서 악한 아파치를 만났었으나 두 사람이 다 악한이므로 곧 배가 맞았더라.

사치오 백작과 아파치는 그 목적이 명금 조각을 찾고자 함이므로 이로부터 서로 협력하여 돈을 좀 벌어 보려고 마이클 왕국에 들어가기를 상약相約할새 아파치는 궁궐 형편을 자세히 모르고 사치오 백작은 늘 궁궐을 출입하여 대강 어림은 있으므로 이삼일 후에 두 사람은 궁궐로 향한다. 그런데 로키산 싸움이 끝난 지 불과 며칠이 못 되므로 만일 마이클 왕에게 적국의 간자로 보였다가는 생명이 위태하리라 하고 두 사람은 시위병의 틈을 타 비밀히 지하실로 들어가서 사방을 둘러보니 캄캄한 지하실 새 틈으로 비치는 햇빛에 이상히 반작거리는 것이 있다. 명금을 찾다가 시진한 싯치오 백작은 언뜻 눈이 뜨여 집어 보니 과연 의외의 명금 조각

---

33 까닭 없이 내는 성.

이더라.

사치오 백작은 기쁨을 이기지 못하여 황망히 "여기 있다, 여기 있다" 소리를 지르니, 아파치 깜짝 놀라 쫓아와서 "어디 있습니까" 하며 두 사람은 캄캄한 지하실에서 반갑게 명금 조각을 얻어 들고 한 가지 의심이 생겼다.

"그것참, 괴상하군. 중대한 명금을 이렇게 내버려두었을 리는 만무한데 필경 우리가 도깨비에게 홀렸나 보다."

"아니, 영감, 아마 마이클 왕이 비밀히 감추려다가 떨어트린 모양이올시다. 그렇지 아니하면 귀중한 물건이 여기 떨어질 이치가 있습니까."

백작 왈 "네 말도 그럴듯하다. 무엇, 중언부언할 것 있느냐. 어떻든지 우리 손에 들어왔으니 그것만 다행이다. 그러나 남의 눈에 띄기 전에 어서 줄행랑이 상책이라" 하고 두 사람이 지하실 문밖을 나서려 할 때 돌연히 "게 있거라" 소리를 치는 사람은 프레더릭 백작이라. 아파치는 깜짝 놀라 몸을 돌이켜 보니 프레더릭 백작 왈

"너희들은 무슨 일로 지하실에 들어왔느냐. 그 대답을 못 하면 놓을 수가 없다."

아파치는 불행히 고약한 놈을 만나 기가 막혀 눙치며 웃어 왈

"나는 마이클 왕의 허가를 얻어 가지고 하인과 같이 지하실 구경을 왔노라."

프레더릭 백작이 대로 왈

"잠자코 있거라. 사람을 속이려거든 웬만치 속여라. 너희들이 명금을 집으러 온 것을 내가 알며 또 그 명금은 벌써 너희 수중에 들어갔을 터이니 생명을 아끼려거든 명금을 바쳐라" 하니, 사치오 백작은 아파치만 믿고

"우리 둘이서 설마 저깟 놈 한 놈이야 못 당하랴" 결심하고 달려들어 서로 싸우다가 필경 프레더릭 백작을 옥에 가두고 사치오 백작과 아파치는

도망한 뒤에 들어오는 한 여자는 키티러라.

"아, 영감, 웬일이십니까. 전일에는 첩을 철책에 가두시더니 금일에는 영감이 옥에 갇히셨구려."

"적에게 잡혀 갇혔는데 명금 조각을 빼앗겼으니 큰일 났소."

키티 아연 변색하여 왈

"그 귀중한 명금을 어쩌다 잃었습니까."

백작은 빙그레 웃으며

"명금에도 진짜 가짜가 있지."

"그러면 가짜를 잃었습니까."

"그것은 무엇이라 말할는지 키티에게는 아직도 그러한 비밀을 말할 수 없소."

"그러나 영감, 그것은 각설하고, 이같이 유벽幽僻[34]한 곳에 갇혀 계신 걸 보니 마음에 대단히 가엾은즉 전일에 롤로의 말을 들어준 일을 생각하고 오늘 첩이 영감을 구원하리다" 하니 백작이 거절 왈

"무엇, 이까짓 일로 남의 수고를 입을 것이 없소" 하며 철갑문을 슬며시 열고 완보로 나오더니

"나는 이 옥의 비밀을 알므로 남의 손을 빌리지 않더라도 자유로 출입을 할 수가 있으니 키티는 조금도 염려치 마시오. 만약 그와 같은 친절한 생각이 있거든 전일에 간청하던 바나 들어주시오. 나는 키티만 보면 공연히 입에서 약이 흐르더라."

키티는 독이 발끈 나서

"또 그따위 소리를 하는군" 하고 달다 쓰다 말없이 홱 가 버렸다.

---

[34] 한적하고 외짐.

34. 전쟁의 기념 로키산 아파치의 실패

이튿날 아침에 키티 눈을 떠 보니 베개 옆에 편지 한 장이 놓였거늘 이상히 생각하고 집어 보니 마이클 왕에게서 온 편지러라. 반가이 뜯어 보니 '…… 짐이 귀낭貴娘과 같이 과일過日의 전적지 되는 로키산을 한번 시찰코자 하니 속히 참례하기를 천만 바라노라' 하였거늘 키티 단장을 재촉하고 조반 후에 롤로의 있는 곳을 찾아가니, 롤로는 요사이 사오일 동안 잠잘 겨를이 없이 일을 보았었으므로 대단히 피곤하여 이때껏 자는 모양이라. 키티 깨우려다가 고단할 생각을 하고 그냥 다녀오리라 하고 가만히 나와 자동차를 타고 궁궐로 향하니, 고대하는 마이클 왕은 벌써 만단의 준비를 하여 놓았더라. 국왕 전용의 자동차를 타고 두 사람은 로키산으로 향할새 이 거동을 엿본 악한 아파치는 키티의 어여쁜 태도를 보고 한 가지 이상한 욕심이 더 생겼더라.

아파치는 혼잣말로

"참, 키티는 절세의 미인이다. 에라, 세상에 사람이 남자로 나서 한번 저러한 미인을 못 보고 무엇 하랴" 하고 정욕이 불끈 나서

"그까짓 명금은 다 무엇이냐. 오늘은 다행히 롤로가 따르지 아니하고 다만 마이클 왕뿐이니 내 한번 쫓아가서 키티를 뺏어다가 마누라나 삼겠다" 하고 즉시 자동차를 타고 쫓아간다. 이때 아파치의 거동을 엿본 사람은 프레더릭 백작이라.

"애, 이 아파치 놈 보아라. 내가 넘성거리는³⁵ 키티를 네가 뺏으려고 해. 이것 큰일 났다" 하고 자동차를 잡아타고 아파치 뒤를 쫓아가니라.

---

35 자꾸 넘어다보다. 남의 것을 탐내어 가지려고 자꾸 기회를 엿보다.

화설, 이때 마이클 왕과 키티는 로키산으로 향하고 아파치는 만일의 염려가 있을까 하여 완전한 준비를 하고자 중로에서 내려 자기 집으로 들어갈새 프레더릭 백작은 얼른 자동차에서 내려 시치미 딱 떼고 아파치의 자동차에 가까이 가서 운전수더러 왈

"나는 사치오 백작 심부름으로 온 사람인데 아파치 댁이 어디뇨" 물으니 프레더릭 백작인 줄 모르는 운전수는 친절한 대답으로

"여기올시다. 무슨 연고가 계시오."

백작 왈 "긴급 사고가 있으니 잠깐 뵈옵게 하여 달라"고 청하니, 운전수 자동차를 내리려 할 때 뒤로 덤벼 마수약魔睡藥이라는 약을 코에다 대니 운전수는 끽소리도 못 하고 곧 거꾸러질새 얼른 끌어다가 사람 못 보는 곳에 감추어 두고 그 옷은 함빡 벗겨 입고 자동차 한도 앞에 떡 앉았더니, 문득 아파치 나와 속히 로키산으로 가자고 명령하는지라. 변장한 운전수는 대답하다가 행여나 비밀이 탄로될까 염려되어 고개만 끄떡하고 전속력으로 자동차를 달리니라.

전적지를 시찰하는 마이클 왕과 키티는 로키산 밑에서 자동차를 머무르고 언덕 위에 서서 이야기를 하노라니 돌연히 "게 있거라" 소리를 지르고 자동차 한 채가 달려들거늘 깜짝 놀라 돌아보니 자동차에서 뛰어내리는 사람은 악한 아파치라. 국왕은 좋지 않은 기색으로

"너는 누구냐."

"이건 웬 되잖은 소리냐. 응, 너는 마이클 왕이라지. 나는 아파치라 하는 악한이다. 그런데 너에게 무슨 일이 있는 것이 아니라. 그 여자를 내놓아라. 나도 계집 맛 좀 보겠다."

국왕이 대로하여 패검에 손을 대고

"이놈, 무례한 말 함부로 하면 용서치 않겠노라" 하시니, 아파치 왈

“그까짓 칼을 겁낼 내가 아니다. 옛다, 껌정콩알 하나 맛보아라” 하고 육혈포를 빼낼 때 슬며시 뒤에서 팔을 비트는 사람은 변장한 운전수 프레더릭 백작이라.

프레더릭 백작은 아파치의 육혈포를 뺏어 가지고

“이놈, 꼼짝을 하였단 보아라. 한 방에 물고가 날 터이니” 하고 딱 으르고 왼손으로 국왕과 키티는 어서 돌아가시라고 손짓을 할 사이에 아파치는 ‘주먹아, 날 살려라’ 하고 그라호펜국으로 똥줄을 빼니라.

35. 악전고투 필경 패하였다

마이클 왕의 궁궐에 들어가서 거짓 명금을 집어 가지고 나온 사치오 백작은 의기양양하여 그라호펜국에 돌아와서 필립 왕 전에 바치고 왈

“이제야 우리 그라호펜국의 국운이 바로 들어 명금까지 찾아왔으니, 복원, 대왕은 속히 군사를 그레츠호펜국으로 출병을 시켜 전일의 복수를 함이 좋을 듯하외다.”

왕이 대희하사 곧 군사를 소집하니 비상소집에 응모된 수천의 군사는 여러 군데로 나누어 로키산 험로를 넘어 물밀듯 그레츠호펜국을 침입하니, 마이클 왕은 적군이 로키산으로 넘어온 줄은 모르고 역습을 하고자 키티의 계획으로 곧 병비를 정돈하여 평시의 시종무관이던 프레더릭 백작은 프록코트를 벗어 버리고 별안간 근위 연대장 복장을 하고 키티는 부장이 되어 정병 일천을 거느리고 선봉이 되매 마이클 왕은 스스로 또 수천의 군대를 통솔하고 전장으로 향할새 삼림 중에서 충돌된 두 군사는 이에 가장 장쾌한 전쟁이 시작되어 포성은 은은하고 총검은 뒤날리는데,

수천 명 군사는 시체로 성을 쌓고 성혈腥血로 내를 이루었건만도 용이히 승부를 결치 못하고 밤에도 오히려 그치지 않는 모양이더라.

마이클 왕 군은 적군에 비교하면 거의 3분지 1밖에 못 되나 군략軍略이 교묘하여 한번은 적을 국경까지 격퇴하였었으나 중과부적으로 밤에 들어서는 점점 적에게 압박을 받아 쫓겨 나올새 이때 필립 왕은 조그마한 언덕 위에서 참모총장 사치오 백작과 같이 관전하다가 마이클 왕 군의 쫓기는 형세를 보고 "쫓아라" 소리를 높이 부르니 적군의 용맹은 더욱 양양하여 돌격을 계속하니 낮 싸움에 시진한 마이클 군은 점점 쫓겨 달아나매 필립 왕 군은 용기백배하여 필경 그레츠호펜국 왕성을 에워싸니라.

프레더릭 백작과 키티가 거느린 연대는 삼림 중에 복병을 시켜 놓고 여러 번 적병을 고초를 주었었으나 의외에 총돌격을 당하니 이제는 고립의 운명에 빠져 앞길이 막막하게 되매 '이리하다가는 큰일 났다' 하고 방전의 계책을 연구하여 남아 있는 군사로 일대를 만들어 가지고 프레더릭 백작은 키티와 함께 적군의 진을 뚫고 왕성으로 향하니 이미 적군에게 둘러싸여 도저히 들어가기 어렵더라. 죽을힘을 다하여 간신히 왕성을 들어가니 이때 마이클 왕은 적의 권항사勸降使에게 항복을 독촉받는 즈음이더라.

이때 마이클 왕은 무한 원한을 품고 두 주먹을 불끈 쥐고 앙천통곡하며 항복을 선언하려 할 때에 황망히 들어오는 한 무관은

"폐하, 잠깐만 고정하시옵소서. 지금 프레더릭 백작과 키티의 연대가 적군의 진을 뚫고 돌아왔사오니 아직 항복지 마시옵소서."

항복하려 하던 마이클 왕은 용맹이 백출하여 권항사에게 고성으로

"우리 그레츠호펜국이 멸망하여 쑥밭이 될지라도 너희에게 항복은 못 하겠으니 속히 물러가라"고 호령을 톡톡히 하시니라.

36. 기교 묘계 적군은 물에 빠진 생쥐가 되었다

한번 적에게 항복을 거절한 마이클 왕은 권항사가 돌아갈 때 눈도 떠보지 아니하니라. 프레더릭 백작은 권항사가 갔단 말을 듣고 마이클 왕 전에 나와 위로 왈

"폐하는 조금도 염려 마시옵소서. 만약에 필립 왕에게 항복만 하게 되면 우리나라는 영영 암흑한 천지가 될 터이오니 어떠한 간난신고를 맛볼지라도 육력 방전할지요 만일 불여의할 시는 칠성판 지고 토사할 터이올시다."

키티 또 아뢰어 왈

"복원, 대왕은 과도히 염려치 마시옵소서. 첩은 비록 계집일망정 그만한 결심은 있삽나이다. 아무리 적에게 공격을 당할지라도 결단코 낙담치 마시옵소서. 일승일패는 전쟁의 이치로소이다."

왕이 대희하여 가장 용맹한 기상으로

"짐은 최후의 한 사람이 남을 때까지 싸워 보겠다"고 늠연히 말씀하시니라.

이와 같이 최종의 결심을 평의하는 중에 필립 왕의 대군은 적왕 마이클이 권항사를 욕보였다고 대로하여 성문을 깨트리고 왕성을 침입할새 백절불요하는 프레더릭 백작은 부장 키티와 함께 남은 군사를 몰아 가지고 총탄이 다할 때까지 방전을 하나 구름같이 몰아드는 적군을 어찌 막을 수 있으리오. 왕성 안을 침입한 필립 군은 사치오 참모장의 지휘를 받아 다대한 상금을 맛보려고 국왕 이하 프레더릭 백작과 키티를 사로잡으려고 눈이 빨갛더라.

마이클 왕은 그만 하릴없어 이제는 자살하여 생금生擒의 욕을 면코자

깊은 곳을 찾아갈 때 살같이 달려드는 사람은 키티더라.

"폐하, 무슨 일이십니까" 물으니 왕이 비통한 말씀으로

"아, 키티인가. 그대에게 여러 가지 고로苦勞를 많이 끼쳤으나, 그러나 이제는 우리 그레츠호펜국은 고만 멸망의 비운을 당하였은즉 나라 없는 인군人君을 무엇 하리오. 차라리 짐도 죽을진저."

"대왕은 조금도 그리 생각지 마옵소서. 첩이 한 묘책이 있사오니 같이 행차하심을 바라나이다" 하고 간절히 위로하니, 왕 왈

"적세가 성치星馳36하여 이미 사방을 에워쌌으니 가기를 어디로 가리오. 차라리 여기서 조출히 죽음이 마땅하도다."

키티 다시 위로 왈

"복원, 대왕은 그다지 낙담치 마시옵고 첩만 따라오시면 프레더릭 백작도 만나 보시리다" 하니, 왕은 이 말에 조금 위안이 되어

"백작이 어디 있단 말이냐. 지하실에 있어."

키티는 억지로 마이클 왕을 모시고 비밀의 지하실로 간다. 이 지하실은 전일 키티가 이상한 해골에게 놀라던 곳이라. 유벽한 지하실에는 다만 프레더릭 백작과 남은 군사 몇 명뿐이라. 사치오 참모장은 마이클 왕이 지하실로 도망함을 알고 전군을 집중하여 공격의 공격을 마음대로 하나 유착한 철벽과 철갑문은 용이히 파괴가 안 되므로 사치오 백작은 대로하여

"똥물에 튀길 놈들아. 그까짓 문도 못 부수고 어찌하느냐. 용서 말고 대포를 놓으라"고 고성을 지를 때에 지하실에 있는 여러 생명은 철갑문 한 겹에 생사가 달렸을 최종에 프레더릭 백작과 키티의 고심은 진실로 형용할 수 없더라. 그러나 사람의 살 곳은 간 곳마다 있다고 마이클 왕은 아직

36　별똥이 떨어지듯이 매우 빨리 달림.

죽을 운명은 닥치지 아니하였더라.

적의 불똥이 발등에 떨어지니 키티는 황망하여 앞으로 살길을 찾으려고 침침한 지하실에서 사방을 둘러보다가 한 모퉁이에 이상한 나사를 발견하였다.

"폐하, 이 나사는 무엇 하는 것이오니까."

"그것은 수도의 나사다. 옛적에는 지하실 목욕탕이 있었나니 곧 지금 적병 있는 다음 실이더니라."

키티 "옳다, 살았구나" 하고 곧 그 나사를 트니, 여러 해 동안 쓰지 않던 수도라 녹이 잔뜩 나서 용이히 틀리지 아니하므로 죽을힘을 다하여 간신히 트니 별안간 "쐐" 소리가 나며 만곡萬斛37의 물이 일시에 적의 머리를 넘어 모두 물에 빠진 생쥐가 되니, 이제는 하릴없어 항복의 소리가 비친다. 용기 충천하여 호통을 천지가 진동하도록 하던 사치오 참모장도 용궁 맛을 본 뒤는 용맹이 꺾어져서 숨도 크게 못 쉬고 필경은 마이클 왕에게 항복을 하니라.

37. 성 터진 틈의 비밀서 이런 귀신이 곡할 일 보았나

키티의 공로는 실로 막대하도다. 이미 멸망한 그레츠호펜국을 구원하였을 뿐 아니라 패잔한 마이클 왕으로 하여금 개선의 영관榮冠을 씌우니, 마이클 왕 군의 의기는 하늘을 찌를 듯하고 가련한 필립 왕 군의 기상은 차마 눈으로 볼 수 없더라. 슬프다, 세상의 흥망성쇠는 순환 무쌍이로다.

37　아주 많은 분량.

어찌 한때의 성함만 믿고 남의 나라를 압박하리오. 이때껏 연전연승하여 궁궐을 침입하고 지하실까지 습격하여서 철문을 부수고 항복을 받으려 하던 필립 왕 군은 키티의 수도 발견으로 말미암아 필경 백기를 달고 항복을 한 후 마이클 왕의 자비심으로 날이 밝기를 기다려 본국으로 돌아가니라.

사치오 백작은 본국으로 돌아가다가 전쟁에 패함이 비분하고 절통하여 성에 걸어앉아서 이를 잔뜩 악물고 기어이 복수전을 하여 보려고 군대가 다 철폐할 때까지 남아 있다가 문득 성 무너진 틈에 무슨 흰 종이가 바람에 날리는 것을 보고 허리를 굽혀 꺼내 보니

'그레츠호펜 국왕 제1세 마이클 왕은 프레더릭 백작 제1세를 학살하고 황태자를 쫓아낸 후 농가의 자손을 들여 왕관을 씌우니 지금 국왕이 곧 그라' 하였더라.

사치오 백작은 희열이 만안하여 기쁨을 이기지 못한다.

"옳다. 수 났다. 혹 누가 엿보는 자는 없을까" 하고 사방을 돌라보아도 어리친 개새끼도 없으므로 본국으로 돌아가려고 몇 발자국을 떼어 놓으니, 별안간 성 밑에서 머리를 쑥 내밀고 쫓아 서는 자는 쾌한 롤로다. 롤로는 이때껏 사치오 백작의 거동을 엿보다가 무슨 종잇장 얻는 것을 보았는데 그것이 무엇인지 자세히 알 수 없으나, 그러나 다만 수 났다는 소리를 들었으므로 그것을 빼앗고자 뒤를 밟아 쫓아갈새 뒤통수에 눈 없는 사치오 백작은 롤로가 뒤쫓는 줄도 모르고 본국으로 급히 돌아가다가 냇가에서 실수하여 또 한 번 물에 빠진 생쥐가 되었더라. 아무리 패군지장敗軍之將이라도 이 모양으로야 돌아갈 수가 없으므로 볕 바른 산으로 올라가서 옷을 벗어 널고 산보하며 옷 마르기를 고대할 동안에 롤로는 양복 주머니 속에 넣은 괴상한 종이쪽을 꺼내 가지고 달아나니라.

사치오 백작이 수 났단 소리에 도적심이 생긴 롤로는 그 종이에 무엇이 쓰였는지 좀이 쑤시어 한 5리쯤 달아나서 가장 안전할 곳을 찾아 큰 나무 위로 올라가서 이제야 무슨 일이 있으랴 하고 종이쪽을 꺼내 보니라.

설마 그것이야 누가 꺼내 가랴 안심한 사치오 백작은 산보하고 돌아와 본즉 벌써 옷은 다 말랐더라. '그만하면 입지' 하고 집어 들고 주머니 속에 손을 넣어 보니 종이쪽이 없는지라. 백작은 대경실색하여 사방을 돌라보아도 아무 흔적이 없더라. 이때 필립 왕께서 사치오 백작이 지체됨을 염려하여 파견한 영접병 8명이 와서

"폐하의 염려 적지 아니하옵시니 속히 돌아가시옵소서."

"황은은 감사하나 나는 지금 중대한 비밀 서류를 잃었으니 너희들은 모름지기 속히 찾아보라" 명령이 서리 같으므로 병졸들은 눈이 빨개서 찾아다닌다. 그러나 용이히 발견할 수 없더라. 이때 한 병정이

"저기 큰 소나무 위에 이상한 놈이 숨어 있으니 필경 그놈이 가져간 것 같습니다" 하니 백작은 귀가 번적 띄어 곧 병졸을 거느리고 같이 가 보니라. 과연 이상한 놈 하나가 나무 위에 숨어 앉아서 무엇을 정신없이 보는 모양이라. 백작은 살기충천하여

"이놈, 이 죽일 놈, 그 비밀 서류 이리 내라"고 고성대질高聲大叱하고 병졸의 총부리를 일제히 나무 위로 대었다. 그러나 워낙 담대한 롤로는 '그 누구냐' 하고 내려다보니 염라대왕이 저의 조부라도 살기는 어려운 모양이었더라.

38. 물 먹은 답례로 그물에 걸린 얻은 물건

화설, 이때 마이클 왕궁에서는 성대한 전첩戰捷 축하회를 개설하고 정면에 마이클 왕이 앉고 좌편에 키티, 우편에 프레더릭 백작이 앉은 후 장교, 병졸이 열진列陣하여 만세삼창에 술잔을 나눌새 전쟁에 시달린 키티는 몸이 대단히 곤하여 연회 중간에 국왕께 아뢰고 프레더릭 백작과 고별한 후 궁궐을 떠나 집으로 돌아갈새 길로 가느니보다 뒷산을 넘어감이 매우 가까울 듯하여 산을 타고 큰 수풀 속으로 얼마쯤 들어가니 문득 왁자지껄하고 사람의 소리가 들리는지라. 무슨 연고가 있나 하고 사람의 소리 나는 곳을 찾아가 보니 롤로가 올라앉은 큰 소나무를 잔뜩 에워싸고 사치오 백작의 지휘하에 여덟 명의 병졸은 총을 그리 대고 있거늘 키티 아연 변색하여

'내가 믿는 롤로거늘 어찌 적에게 잡혀가게 할 수 있느냐. 내 반드시 위험을 무릅쓰고 구원하리라' 하고 가만히 그 거동을 보니 나무 위에 있는 롤로는 탄평한 기상으로 앉았는데 비밀 서류는 벌써 깊이 감춘 모양이더라.

나무 밑에 있는 사치오 백작은 발을 구르며

"이놈, 롤로야, 어서 내려오라"고 호령을 톡톡히 하며 왈

"만약 이놈, 고집 세우면 총살하겠다"고 딱 으른다.

롤로 기가 막혀 대소 왈

"총살이라니, 무슨 이유로 총살을 한단 말이냐. 내려오지 말래도 언제까지 여기 있을 내가 아니다. 아무 때 내려가도 내려갈 것이다" 하고 성큼성큼 내려오니 8명의 병졸은 롤로를 에워싸고

"이놈, 시방 보던 종이가 무엇이냐."

"보기는 무엇을 보아. 설령 보았다 하더라도 너한테 고할 필요가 없다."

"이놈, 그래도 바로 못 대겠니. 지금 보던 것이 내 주머니에서 꺼내 간 비밀 서류가 아니냐."

"없다, 나는 그런 일 없다."

사치오 백작 또 한 번 호령을 서리같이 하고 "때려라" 소리를 지르니 여덟 명의 병졸들은 좌우로 달려들어 롤로의 두 손을 잡아 비틀고

"이놈, 바로 대라" 하고 사치오 백작은 롤로의 몸에 손을 깊이 넣어 비밀 서류를 찾아내었다.

"이놈, 보아라. 이것이 무엇이냐."

"응, 그것 말이냐. 그럼 얼른 알기 쉽게 종이쪽이라 하지 비밀 서류라고 떠벌리기에 나는 또 무엇인가 하였구나. 그것은 아까 바람에 불려 온 것을 뒤지나 하려고 집어넣었다."

"이놈, 거짓말 마라. 아까 네가 이것을 보았지."

"나는 못 보았다."

이 말에 사치오 백작은 분이 나서 롤로를 주먹뺨을 붙이려 드니, 롤로 참다못하여

"에라, 기 들고 북 치기다. 덤벼라" 소리를 지르고 두 팔을 뿌리치고 와락 덤비니, 병졸들이 또 달려들어 뭇매질을 한다.

이때 나무 뒤에 숨어 서서 그 거동만 엿보던 키티는 내 몸을 돌아보지 않고 일편단심으로 롤로를 구원코자 쫓아오니, 사치오 백작은 키티도 잡으라고 명령하니 몇 명의 병졸은 키티를 에워싸고 꽃 같은 얼굴에 총부리를 대고

"왜 이리 애를 쓰니. 화약을 지고 불로 들어가거라."

"너희들이 롤로와 나를 잡아다가 어찌할 터이냐."

"어쩌기야 어쩌겠니. 우리나라로 잡아다가 전일 패전의 답례나 하겠다."

생명이 풍전의 등화 같은 것을 키티의 간고로 마이클 왕의 용서를 받아 살아난 사치오 백작은 패전의 답례를 한다니 필경 저 금수 같은 것들이 온당한 답례를 할 리는 만무하다. 그러나 키티의 형상은 옴치고 뛸 수 없는 처지이므로

"기껏하여야 우리 두 사람을 학살밖에 더 하겠느냐. 잡혀가도 롤로가 있으니 너희 마음대로 하여 보아라."

39. 참인慘忍한 웃음에 의미가 깊다 선물 세 가지

필립 왕은 물에 시진하여 필경 항복을 하고 간신히 본국으로 돌아오니 아직도 사치오 참모장이 돌아오지 아니하였으므로 대단히 염려하던 차에 사치오 백작은 의기 만안하여 왕께 사후하니 왕이 대희하여 왈

"짐은 경의 귀국이 지체됨을 대단히 염려하였노라."

백작 왈 "신은 작일 패전한 삯으로 대거리를 얻어 가지고 오느라고 자연히 지체가 되었사오니 황송 만만이외다."

왕이 귀가 번쩍 뜨여

"대거리 물건이 무엇이뇨."

"아마 폐하께서 보시면 가장 만족하실 것으로 생각합니다" 하고 손짓을 하니 병졸들이 롤로, 키티를 데리고 들어오는지라. 왕이 대희하여

"아, 이것 참 훌륭한 물건이로구나" 하고 곧 병졸을 명하여 옥에 가두게 하고 필립 왕과 사치오 백작은 은근한 의논이 자자하다.

"…… 죽여 ……. 그것이 제일일까. 그럼 경은 전일의 운수를 갚고자 하나."

“물론이올시다. 그러나 저 연놈을 그저 죽여 버려서는 흥미가 적을 것 같습니다.”

“글쎄, 짐의 생각도 그렇소. 폐일언하고 모든 일은 경에게 맡기니 알아 하소.”

사치오 백작은 의기양양하여

“폐하께 또 한 가지 보일 것이 있습니다” 하고 비밀 서류를 꺼내 드리니, 필립 왕은 눈이 둥그레서

“그게 무슨 서류뇨” 하고 받아 보니 과연 그레츠호펜국의 대비밀이라. 왕이 기쁨을 이기지 못하여 칭찬 왈

“경의 공로야말로 조정의 원훈元勳이로다” 하고 그 공로를 칭찬키 마지 않더라.

참모총장의 신분으로 패전의 국욕國辱을 입힌 사치오 백작은 한마디 견책도 안 듣고 도리어 국왕의 칭찬에 무쌍한 광영을 받고 어전을 물러날새

“그럼 저 연놈을 가장 참혹한 형벌을 주오리까.”

“어, 그는 명일에 경이 알아 하소.”

모든 일을 살인의 괴수가 될 사치오 백작에 일임을 하고 마니, 키티와 롤로의 생명은 실로 위태하도다.

40. 아아, 참혹한 말로 비참한 바람에 파도만 인다

전쟁이 끝난 뒤에 프레더릭 백작은 키티의 집을 방문하니 하인이 가장 걱정되는 낯으로

“그저께 나가셔서 입때껏 안 돌아오시니 혹 전쟁에 돌아가시지나 아니

하셨는지 염려 적지 않삽나이다.”

“롤로는 어디 갔느냐.”

“롤로도 어제 나가서 이때껏 소식이 없삽나이다.”

백작은 단장만 휘휘 두르면서 한참 생각하다가 혼잣말로

“그럼 사치오 백작에게 잡히지나 아니하였을까” 하니 하인이 바싹 달려들며 재우쳐 묻는다.

“예, 무엇이에요.”

“아니다, 무엇, 이삼일쯤 안 돌아오셨다고 그다지 염려할 것 없다” 하고 하인을 위로하고 백작은 즉시 자기의 집으로 돌아와서 곰곰이 생각하니 도무지 키티, 롤로의 안 돌아옴이 염려스러워 가만히 있을 수 없으므로 곧 부하 두 사람을 명하여 혹 키티와 롤로가 그라호펜국에 잡혀가지나 아니하였나 빨리 수색을 하라고 명하니, 두 사람의 부하는 즉시 상인으로 변복하고 그라호펜국에 들어가서 왕궁의 형편을 세세히 정탐하나 감옥에 출입하는 사람은 하나도 못 만나 보았더라. 그러나 한 가지 이상한 일은 필립 왕과 사치오 백작이 함께 나감이다. 두 탐정은 즉시 그 종적을 추격하여 간신히 이튿날 아침에야 찾아보니 이곳은 어느 해변 기선 회사 앞이더라.

변복한 필립 왕을 문전에 기다려 두고 사치오 백작은 기선 회사 사무원더러 ‘구인호’ 배 떠나는 시간을 묻더라. 이때 두 사람의 탐정은 즉시 하나는 전보국으로 가서 프레더릭 백작에게 전보를 띄우고 한 사람은 파수를 보고 있을새 사치오 백작은 다시 나와 필립 왕과 무슨 귓속을 하고 캄캄한 창고 속으로 들어가더니 무슨 괴상한 부대 뭉치 두 개를 구름보흑

인종[38]가 차에서 내려 가지고 오더라. 이상코 이상타. 그 부대 뭉치 두 개는 정녕 사람 같다. 만약 사람일 것 같으면 롤로와 키티가 분명할지라.

이때껏 탐정한 프레더릭 백작의 부하는 그 부대 뭉치를 배에 실으려 할 때

"가만있거라" 소리를 치고 육혈포를 구름보에게 대니 구름보는 깜짝 놀라 주춤할새 살같이 달려드는 사치오 백작은 주먹으로 육혈포를 쳐 떨어트리고

"이놈, 꿈쩍 마라" 하고 번쩍 들어 둘러메치니, 프레더릭 백작의 부하는 풍덩 하더니 물방울만 질 뿐이요 고만 고기밥이 되었더라.

---

38 흑인을 가리키는 일본말.

제2장

의문의 시체

1. 전실 처남 새 친구 오라버니, 어쩌려오?

때는 구십춘광九十春光을 자랑하는 삼춘화절三春花節이다. 쓸쓸하던 산골은 분홍 저고리 청치마로 단장을 하고 온화한 바람은 사람의 마음을 놀려낸다. 창경원의 사쿠라[1]는 장차 피려고 봉오리가 불긋불긋하고 장춘단 공원의 신이화辛夷花는 만발하였는데 꽃놀이와 운동회는 처처에 야단이다.

오늘은 제삼 일요일이다. 각 상점, 회사가 모두 노는 날이라 사람은 평일보다 몇 배 더 나왔다. 아침에는 쪽물 들인 것같이 맑던 날이 별안간 구름 한 장이 떠돌더니 소나기 비슷하게 비가 온다. 봄비라 대단히 알지 아니하였더니 점점 더 들이퍼부어 눈을 뜰 수가 없다. 졸지에 비를 만난 사람들은 급한 대로 추녀 밑 찾느라고 분주하다.

이때에 그 비를 무릅쓰고 인력거 한 채에 맞패를 질러 가지고 서대문 밖 미나리골로 향하여 가는 사람은 태준식太俊植이라 하는 청년 실업가로 명성이 자자한 서울은행 취체역取締役[2]인데, 원래 이 사람은 교제 수단이 능란하여 그 은행 창립 때부터 중역으로 있다. 그런데 이번에 인천에 지점을 개설코자 한 달 동안이나 출장하였다가 이제 막 돌아오는 길이다.

"나리 마님 돌아오셨습니다" 하는 인력거꾼의 소리를 듣고 중문까지

---

1   벚꽃의 일본말.
2   주식회사의 이사.

맞으러 나오는 사람은 이십사오 세의 하이칼라 부인과 돌이 지날락 말락한 어린아이를 안은 유모와 하인으로 있는 고대성高大成의 네 사람이었다.

"객지에서 얼마나 고생이 되셨소?"

"괜찮았소. 그간 집안에 별고 없었소?"

"예, 아무 일 없었어요."

"그런데 규필이는 어디 갔소?"

"예, 아침에 나가셔서 아직 아니 돌아오셨어요. 왜, 규필 씨 일이 귀정되었소?"

"응, 거반 다 되었는데 이제는 본인이 승낙만 하면 곧 될 터이지."

"그것참, 잘되었구려" 하고 시름없이 말하는 부인 임국자任菊子의 눈 속에는 무서운 전광이 빛났다.

"겸식이가 와서 자빠졌으니 아마 또 돈 달래러 왔지."

"하하하, 아이고, 그런 말씀 마시오. 그 아주버니도 밤낮 주책없이 돈만 달래러 다니지는 않는다오. 봉룡鳳龍이가 종기가 나서 병원에 데리고 가시려고 오셨다오."

"응, 응, 그래, 나는 그 녀석만 보면 돈 뺏으러 온 것같이 마음이 들어가."

김규필金圭馝이는 태준식의 전실前室 처남이요 겸하여 이 세상에 둘도 없는 친구다. 일찍이 보성전문학교를 마치고 동경에 건너가 조도전早稻田 대학 법률과를 졸업하고 변호사 시험에 합격이 되어 변호사의 자격도 있는 사람인데, 아직 독신 생활을 하고 있으므로 준식의 권고로 현처賢妻를 맞기까지 준식의 집에 부쳐 있게 되었다. 그러나 규필은 결단코 준식의 집 문객은 아니다. 한편으로는 이전 매부의 집이요 또 한편으로는 오누이의 집이며, 또한 주인에게 경애를 받는 친구요 세상에서도 상당한 신사로 대접받는 사람이다. 그리하여 국자 부인은 규필을 오라버니라고 부른다.

불 켤 때쯤 되어 규필이가 돌아오자 은행에서 전화가 왔다. 준식은 은행에서 만찬을 먹고 어디로 나가는 길에 규필 씨에게 오늘 밤에 긴급한 사고가 없거든 집에 좀 있어 달라는 말이다.

전화로 가장의 부탁을 받은 국자 부인은 즉시 규필이가 유숙留宿하는 안사랑으로 나가서

"오라버니, 저녁……."

"예, 문안서 먹고 왔습니다. 준식이는 어디 갔습니까?"

"저, 지금 은행에서 전화를 하셨는데요, 긴관사緊關事가 있어서 잠깐 어디를 다녀오실 터이니 오라버니께 급한 일 없으시거든 집에 좀 계셔 달라고 하셔요."

"예, 그렇습니까? 별일 없으니 집에 있지요."

"어디 갔다 오셨어요, 오라버니."

"문안 좀 다녀왔습니다. 어서 들어가십시오."

규필은 눈을 내리뜨고 점잖은 태도로 국자 부인을 어서 들어가라고 권하였다. 그러나 국자 부인은 쓸데없는 이야기를 늘어놓고 규필의 옆으로 바싹 들어앉으며 책상 위에 한 팔을 얹고 왼손을 들어 나팔나팔하는 앞머리를 집어 올릴 때에 전등에 비치는 아리따운 얼굴은 공연히 붉으락푸르락하고 규필의 가슴은 까닭 없이 두근두근하여 말소리조차 틀려진다.

"어서 들어가시오."

"왜 이렇게 오라버니는 사람을 축객逐客을 하오."

규필은 공연히 없는 죄가 있는 것 같아서 못 견딜 지경이다. 들어가래도 들어가지도 않고 진대를 붙이니 이야깃거리도 없고 어찌하면 좋을까 곰곰 생각다가

"준식이가 인천 지점장을 권고하는데 내가 싫다면 대접이 아니요 또

이때까지 법률학을 닦아 변호사의 면허까지 받아 가지고 실업계에다가 몸을 던지자는 것도 딱한 일인데” 하고 혼잣말로 하였다.

국자 부인은 이 말에 귀가 번쩍 뜨여 금강석 반지 낀 손을 가볍게 들어다가 규필의 무릎 위에 놓고

“그래, 참, 말이 났으니 말이지 어찌하실 터이오? 인천으로 가시려오?”

규필은 떨리는 손으로 무릎 위에 놓인 국자의 손을 슬며시 밀며

“아서우……” 할 때에 국자는 그 손목을 꽉 붙잡았다.

“오라버니, 어쩌려오…….”

“새댁 나리, 전화 왔습니다” 하는 하인의 소리에 잡았던 손목은 슬며시 놓였다.

“오냐.”

“어디서 왔니” 하고 국자는 재우쳐 물었다.

2. 술이 원수다 눈 뜨고 절명하였다

밤 9시쯤 되어 준식은 돌아왔다. 거의 만경[3]이 된 모양이다. 그러나 말하는 것은 그다지 만경된 사람의 말은 아니다. 처남이라면 처남이요 친구라면 친구인 규필을 위하여 지금 세상은 금전 시대인즉 법률가가 되느니보다는 실업가가 되어 천하에 이름을 날리고 일생을 안전히 사는 것이 제일 상책이란 말을 재삼 되풀이하였다. 규필은 원래 법률을 공부하여 법조계에 서서 민권을 옹호하고자 하던 사람이라 실업계에 몸을 던지는 것

---

3   만취.

이 그다지 반갑지 아니하나 준식의 친절한 권고를 거절할 수도 없는 일이요 또한 지금은 준식이가 술이 매우 취한 모양이므로 내일 천천히 이야기하는 것이 좋겠다 하고 승낙은 아니 하였다. 국자 부인은 옆에 앉아서 규필의 하는 말을 일언척구一言隻句를 주의 아니 하지 아니하였다.

함박꽃 같은 국자의 얼굴은 마주 앉은 준식의 술기운이 반사가 되었던지 불그레한 자태는 익어 가는 앵두에 물오르는 것같이 흐무러진데 늦은 봄 찬바람은 가볍게 앞머리 몇 알을 포르르 날리었다. 국자는

"밤이 되더니 바람이 꽤 차구려" 하고 금강석 반지 낀 왼손으로 머리를 끌어 올릴 때에 전등에 비치어 번쩍하였다. 규필은

"참, 꽃샘이 되어서 꽤 추운데요" 하였다. 준식은

"문 닫읍시다. 감기 들겠소" 하고 문을 닫았다.

국자는 섬섬옥수로 양도洋刀를 들고 사과를 벗기어 권한다. 준식은 취중이라 구갈口渴이 심하므로 자꾸 집어먹었다. 규필이도 먹고 국자도 몇 쪽 먹었다. 그런데 별안간 준식의 기동은 이상하여져서 몹시 고통을 한다. 국자는 황망하여 등을 문지르고 규필은 하인을 불러 의사를 청하러 보냈다.

그런데 의사는 곧 오지 않고 준식은 더욱더욱 심하여져서 필경은 토혈을 하여 자리에는 선혈이 낭자하고 간호하던 국자는 말할 것도 없고 규필까지 피투성이가 되었다. 이때야 의사는 와서 진찰을 하였으나 원인은 확실히 모르겠고 아마 술을 많이 먹은 까닭으로 토혈을 하였나 보다고 하고 약을 먹이더니 잠깐 진정이 되었다. 그러나 아주 까부라져서 노곤하게 잠을 잔다. 의사는 그만하면 급한 것은 돌리었다고 또 한 번 먹을 약을 만들어 주고 갔다. 때는 12시 50분이다.

준식은 혼몽하게 잠이 들었으나 집 안은 물 끓듯 한다. 규필은 국자 부

인더러 야심도 하고 준식이도 이제는 좀 돌렸으니 일가 집까지 통지할 필요는 없으되 겸식이한테는 기별 아니 할 수 없다 한즉 국자도 그 말이 옳다 하여 곧 하인을 보내었다.

겸식은 낮에 와서 봉룡의 태독胎毒에 바를 고약을 갖다 놓고 형수 되는 국자 부인더러 "이 약은 비상이 섞였으니 약 바른 손으로 음식을 먹거나 입에 대지 말라"고 주의를 시키고 나갔었다.

겸식은 원래 방탕한 사람이라 주머니만 불룩하면 집 안에 들어 있지 않고 청루에 단꿈을 취하러 다니는 까닭에 이날도 역시 밤 새로 1시가 되도록 돌아오지 아니하였다. 그래서 국자가 보낸 하인도 헛걸음만 걷고 왔다.

아우 되는 겸식은 청루에서 흥청거리기에 그림자도 볼 수 없고 주인은 사과 먹다가 별안간 엎드러져서 세상을 모르고 하인들은 늦잠이 모두 들었는데 베개 옆에 우두커니 앉아서 간호하는 사람은 부인 국자와 규필이였었다.

겸식은 늦도록 흥청거리다가 집으로 돌아온즉 형의 집에서 급보가 왔다 한다. 취중에도 깜짝 놀라 인력거를 되짚어 타고 형의 집을 와서 본즉 때는 상오 5시를 막 치려고 하는 때인데, 밝기를 재촉하는 닭은 사방에서 꼬끼오 꼬끼오 하고 동쪽은 점점 밝아 오는데, 국자와 규필은 멀거니 앉아서 병인의 간호를 하고 있다. 겸식은 취중에도 미안한 생각이 있던지 비틀비틀거리며 방으로 들어와서

"아, 참, 너무 미안합니다" 하고 사과를 하였다.

국자는 옥 같은 손을 산들산들 흔들며

"가만가만히 말씀하셔요. 이제야 겨우 잠이 드셨으니."

"대관절 형님이 별안간 웬일이셔요."

"약주를 너무 잡수셔서 그렇대요. 하마터면 큰일 날 뻔하였어요. 아까

는 토혈까지 하셨어요. 의사가 지금 와서 진찰을 하고 갔지요. 그래, 그 약을 잡수시고서 조금 주무시지요."

겸식은 형의 병세를 들으면서 이불을 들고 머리도 만져 보고 수족도 만져 보았다. 그러나 병자는 아주 몹시 까부라져서 알지를 못하는 모양이다.

겸식은 취중에도 이면은 멀쩡하였던지 형수와 규필의 밤새우는 것이 불안하여서

"형수씨, 좀 건너가 주무십시오. 규필 씨도 좀 나가 주무시지요. 매우 고단들 하시겠지요. 이제는 내가 간병을 할 터이니 돌려 주무십시다."

국자는 이 말을 듣고

"다 밝았는데 자기는 무엇을 자요" 하고 규필을 쳐다보고

"이제는 아주버니도 오시고 하였으니 오라버니, 나가 주무시지요."

"그럼, 잠깐 눈 좀 붙여 볼까" 하고 규필은 안사랑으로 나갔다.

규필이가 나간 지 20분쯤 되어서 국자는 세수하러 잠깐 밖으로 나갔다. 겸식은 형의 베개 옆에서 졸림과 취함을 못 이기어 코방아를 자꾸 찧더니 나중에는 코를 골다가 발자취 소리에 깜짝 놀라 눈을 떠 본즉 형수가 세수를 하고 수건질을 하면서 들어온다.

국자가 세수하러 나갔다가 들어온 동안은 오륙 분 동안밖에 아니 된다. 이 오륙 분 동안이란 시간은 참으로 이상스러운 마시魔時다. 고 동안에 혼몽하게 까부라졌던 준식의 몸뚱이가 간 곳이 없다. 이것이 웬일이냐. 승천입지昇天入地를 하였단 말이냐, 우화이등선羽化而登仙을 하였단 말이냐. 밤새도록 까부라졌던 사람이 별안간 일어나서 나갔을 리도 만무하고 설령 졸고는 앉았었을망정 발자취 소리에 눈을 뜨는 겸식이가 간호를 하고 있었는데 겸식이도 알지 못하게 병석에서 어디로 갔다 함은 이상도 한 일이다. 이상할 뿐만 아니라 당장에 병인이 없으니 괴상한 일이다. 혹 뒷간

에나 아니 갔나 하고 온 집안을 다 찾아보아도 준식의 간 곳은 묘연하다.

준식의 집 안은 물 끓듯 한다. 겸식은 제가 간호를 하다가 형을 잃었으니 무어라고 할 말이 없다. 울어도 할 수 없고 미쳐도 할 수 없다. 규필은 이 일을 친척, 지기에게 고하고 협의한 결과 위선 경찰서에 수색 청원을 하기로 하였다.

단지 오륙 분 동안에 일어난 이 괴변에 누구나 눈살 찌푸리지 아니할 사람은 없으되 국자 부인은 여광여취如狂如醉하여 몸부림을 땅땅 친다. 이때는 4월 15일이니 화란춘성하고 만화방창하여 송풍에 장단을 맞추어 꾀꼬리 노래하고 범나비 춤추던 삼춘이었다.

3. 천연정 연못에 도깨비불 어떤 연놈이 몹쓸 짓도 했다

태준식은 서울은행 중역이요 또한 사교가로 실업계에서 엄지손 꼽던 사람이라 이 사람이 4월 15일 밤까지 은행의 일을 보았는데 그 이튿날 아침 오륙 분 동안이라는 짧은 시간 사이에 간 곳이 없어 생사를 알지 못하므로 세상의 평판은 여러 가지로 전하였었다. 혹은 근일의 실업가는 모두 횡령가이니깐 필유곡절이니 또는 서울은행은 뒤가 터졌느니 하여 일시는 예금이라고는 엽전 한 푼도 안 들어오고 모두 찾아가는 사람뿐이었었다.

그러나 서울은행은 꿋꿋하게 달라는 대로 조금도 지체 없이 예금을 내주고 또한 다른 일도 조금도 의심할 점이 없었었다. 남의 말 하기 좋아하는 사람들도 한 60여 일이나 지나니 다 잊어버리게 되고, 때는 녹음이 한창 무르녹을 유월 그믐께다.

자연의 절기란 속일 수 없는 것이다. 장마철이 되어 날마다 음우陰雨가 몽롱한데 연못의 물은 점점 늘어져서 홀로 부평초만 때 만난 것같이 청청한 빛을 자랑하고 맹꽁이들은 어린 자식 재롱 보느라고 나막신짝 거루 삼아 타고 곤지곤지 짝짜꿍 길 나라비[4]를 가르치며 연잎 위에서 궁굴리기에 세월 가는 줄 모르는 판이다.

서대문 밖 천영정 앞에 있는 연못도 물이 파랗도록 연잎이 깔렸는데 점점의 이슬은 백옥이 되어 바람에 흔들릴 때마다 요리 구르고 조리 구르는 것은 보는 사람으로 하여금 행여나 떨어질까 몸이 다 쏠릴 지경이다.

이때 그 연못에서 밤이면 도깨비불이 나오느니 돌멩이질을 하느니 하여 해만 지면 구경꾼이 장꾼 모이듯 한다. 나날이 느는 구경꾼은 교남동 큰길까지 늘어서게 되어 교통에 장애가 되므로 서대문 경찰서에서는 가만히 둘 수가 없게 되었다. 20세기 과학 시대에서 도깨비가 있다고 구경을 다니는 그러한 어리석은 사람이 어디 있느냐고 순사를 출장하여 헤치게 하였다. 그러나 헤치러 간 순사의 눈에도 도깨비불은 보인다.

시름없이 오는 비는 밤이 되어도 그치지 않고 길가의 전등 빛도 안개에 싸이어서 어둠침침한데 때때로 번쩍거리는 번갯불은 무섭게도 빛난다. 강 경부와 정 형사는 실지를 검시檢視코자 천연정 연못을 찾아갔다. 딴은 연못부터 어쩐지 재미가 적다. 주위가 100여 간이나 되는 큰 연못에 한가운데 큰 나무가 서서 침침하기 짝이 없고 연잎이 무성하여 밤에 보기에는 새파란 풀밭이지 물 있는 것같이는 보이지 않는데 다만 맹꽁이가 여기는 연못이라고 맹꽁맹꽁하니깐 연못같이 보인다.

강 경부와 정 형사는 연못의 주위를 한번 돌아와서 그 앞집 사는 강 서

4　　늘어선 모양이나 줄을 가리키는 일본말.

방을 찾아 가지고 도깨비불의 사실을 물어보았다. 강 서방은 이전부터 정 형사와 가까운 사람이다. 도깨비불이 일어나는 곳과 간혹 돌멩이질을 하여 자기 집 장독 깨어진 이야기까지 세세히 하였다. 딴은 자세히 본즉 새파란 불이 왔다 갔다 한다. 바람결에 맡히는 냄새가 난다. 경부는 과학적으로 이것을 해석하여 연못 속에서 발생하는 탄산와사炭酸瓦斯[5]의 기운이 바람에 불리어 흔들리는 연잎이 마주 비벼지는 작용으로 불이 일어나는 것이요 그 화광이 새파란 것은 즉 탄산와사의 본질을 나타내는 것으로 감정하였다. 그러나 정 형사는 그 말을 좇지 않는다. 불빛으로 보든지 왔다 갔다 하는 것으로 보든지 아무리 하여도 와사의 작용은 아니요 인화燐火 같다. 더구나 냄새나는 것이 암만하여도 무슨 동물이 썩는 것 같다고 주장하였다. 그리하여 명일에 대수색을 하여 보자고 경부에게 청하였다.

이튿날 아침에 정 형사의 지휘로 거루 한 척을 연못에 띄우고 수색을 시작하였다. 검푸르게 덮어 놓은 연잎을 헤치고 도깨비불 일어나던 곳을 장대로 휘저은즉 고약한 냄새는 코를 찌르고 물 위에는 기름을 엎지른 것같이 숭얼숭얼 기름이 뜬다. 그러나 이것은 기름 많은 짐승이나 고기의 사체는 아니다. 그 속에 천만의외에 비밀이 감추어 있는 것을 하늘이 아니고야 뉘 알랴? 사공들은 냄새가 난다고 고개를 돌리는 것을 동독董督[6]하여 수색을 자꾸 하였다. 그러나 연잎 밑에서는 아무것도 아니 나온다. 정 형사는 사공 놈의 꾀피우는 것을 알고 장대를 깊이 쑤시라고 호령을 하였다. 과연 장대를 깊이 쑤시어 본즉 냄새는 점점 더 난다.

"옳다, 흙 속에 있다. 이 냄새 보아라" 하고 정 형사는 수건으로 코를 막고 눈도 깜작거리지 않고 들여다보고 있다. 사공들도 수건으로 코를 처매

---

5   탄산 가스.
6   감시하며 독촉하고 격려함.

고 흙 속을 들이쑤시었다.

"나리, 예 있습니다."

"무엇이 닿니."

"꼭 있기는 여기 있습니다. 기름 뜨는 것 보십시오" 한즉 정 형사는 물방울 올라오는 곳을 "장대 인내라" 하고 자기가 쑤셔 본즉 짜장 큼직한 것 무엇 하나가 닿는데, 닿는 것이 무엇인지 매우 흐늑흐늑한 것이 이상도 하다. 이것이 무엇인가 하고 장대를 이리저리 쑤셔 본즉 한쪽은 딱딱하게 맞걸린다. 그러나 그것은 그리 크지는 않다. 이게 또 무엇인가 하고 장대를 한번 휘휘 저어 보았더니 무슨 끄나풀 같은 것이 걸리었다. 이때 정 형사의 가슴에는 문득 태준식의 수색 청원 받은 것이 생각났다. 태준식의 집에서 가까운 곳이요 또한 딴딴한 것과 끄나풀 걸리는 것이 필경 이것이 사람이지 하고 넋 없이 앉아서 생각을 한다. 사공들이 쇠갈고리를 가지고 휘휘 젓더니 별안간 물방울이 부글부글 솟고 무슨 커단 것이 불끈 솟았다.

"아, 아, 이무기 나왔다" 하고 사공은 놀랐다. 정 형사는 웃으며

"아니다, 빠트릴라, 애들 썼다" 하는 소리에 사공들은 눈이 둥그렜다.

"빨가숭이올시다그려, 나으리. 어느 연놈이 몹쓸 짓도 하였구먼."

"빨가숭이는 어쨌든지 이것이 목이 없으니 웬일이냐."

"참……."

"어쨌든지 끌어내어라."

"에구, 냄새야" 하고 사공들은 주저한다.

"술 사 줄게 어서 끌어내어라."

술 사 준다는 바람에 사공들은 "예" 하고 고개를 돌리고 벌벌 떨면서 흐늑흐늑하는 송장을 연못가로 끌어내었다.

도깨비 잡았다는 소문을 듣고 장안이 뒤끓어 나오는 구경꾼은 어찌도 많았던지 의주통과 서대문 간의 전차까지 일시는 운전을 못 하였었다.

이 보고를 접한 서대문 경찰서에서는 서장이 발견자 정 형사와 촉탁의囑託醫 손종춘孫宗春을 데리고 출장하고 재판소에서는 옥玉 검사, 경찰부에서는 김 경부가 경찰의警察醫 추정환秋正煥을 데리고 출장하여 임검臨檢을 마치었으나 시체가 너무 썩어 문드러져서 만질 수가 없으므로 대단히 힘이 든다. 의사의 감정으로 보면 죽은 뒤에 즉시 물속에 집어넣은 것인데, 죽은 지는 근 100여 일 되는 남자의 시체요 죽은 원인은 타살이라 한다.

그러나 그것만으로는 확실한 원인을 알 수 없다 하여 다 썩어 헌솜 같은 송장을 또 해부하기로 결정하였다.

4. 썩은 송장에서 독약 발견 목 없는 송장은 과연 누구?

정 형사는 추 경찰의의 집을 방문하였다. 추 경찰의는 밥 먹다 나왔다.

"진지 잡수시는데 와서 대단히 실례올시다."

"천만에, 다 먹었소."

"다름 아니라 해부한 결과를 좀 알고자 하여 왔습니다."

"그것은 이제 본부로 보고도 하겠소마는 대개 이 몇 가지에 지나지 않소" 하고 인찰지印札紙에 쓴 것을 보인다. 정 형사는 반갑게 받아 들고 보니

　　ー 목 없는 남자의 시체는 비상 먹고 죽은 것.

　　ー 먹은 비상의 분량은 그다지 많지 아니하여 건강한 사람은 먹어도 죽지
　　　　않을 것이요 몸이 쇠약한 사람은 곧 죽을 만한 것(그런데 이 시체는 죽은 지가

근 100여 일이나 된 것이므로 아주 몹시 썩어서 확실한 말을 할 수 없으나 혹은 병석에 누워 쇠약한 자가 비상을 먹고 죽은 듯함).

- 시체의 목은 죽은 뒤에 벤 것.
- 배와 가슴과 수족과 등골에는 별일이 없음.
- 시체의 살점에는 피 맺힌 것을 볼 수 없으되 다만 허리 동아리를 무엇으로 매었던 형적이 있음.

이 다섯 가지의 진단만으로는 유력한 참고가 못 되겠다. 정 형사는 조금 실망하는 모양이다. 추 경찰의는 그 거동을 보고

"암만하여도 죽은 지가 근 100여 일이나 되는 송장이므로 해부하기에도 여간 곤란이 아니었었소. 또 그것이 물속 흙 밑에 있던 것이기에 그래도 그만하지 만약 공기 받는 곳에 있었다면 도저히 해부도 할 수 없었소."

"그렇습니까? 또 그 외에는 별로 우리들에게 유력한 참고될 것이 없겠습니까?"

"글쎄, 워낙 몹시 썩어서 건드릴 수가 있어야지요. 암만 약을 뿌리어도 냄새만 코를 찌르고……. 그런데 비상을 먹었다고 단정하는 것은 창자 속에서 비상과 안티모니를 발견한 까닭이오."

정 형사는 고개만 외로 꼬고 "예, 예" 하다가

"그러면 죽은 원인은 자살이 아니지요" 하고 바싹 재우쳐 물었다.

"글쎄, 그것을 확실히 대답을 할 수 없소. 그러나 죽은 뒤에 목을 베인 것은 확실하오. 시체의 목을 베어 연못 속에다 파묻었을 때는 무슨 비밀이든지 감추어 있을 터이요 그러고 보면 아마 자살은 아니겠지요. 그러니깐 말하자면 병든 사람을 독약을 먹이어 죽인 것 같은데 조금 일찍이 발견이 되었다면 병든 사람이던지 건강한 사람이던지를 넉넉히 알 수가 있

겠는데 인제는 너무 몹시 썩어서 정확히 알 수가 없구려."

해부한 결과를 자세히 들은 정 형사는 이때까지 주목하던 서울은행 중역 태준식의 일과는 아주 딴것으로 생각하였다. 준식은 없어지기 전날까지도 은행을 위하여 활동하였으니 결단코 신체가 쇠약한 병인이 아니며 또 은행에서든지 세상에서든지 그 사람을 다 청렴결백한 사람이라 일컫고, 또한 그 사람의 집안도 일상 화락하여 부부간의 금슬도 좋고 더구나 후취 국자하고는 세 살 적에 못 만난 것을 한탄하는 터이며, 방탕한 아우 겸식이 있으되 그 사람 역시 주색을 좋아할 뿐이지 형제간의 우애는 가히 모범할 만한 사람이며, 또 그 집에 있는 김규필은 준실의 전실 처남인데 상당한 신사요 겸하여 변호사의 자격까지 가지고 있는 사람이며, 또한 준식의 거처 모르는 지는 한 60여 일밖에 아니 되는데 이것은 죽은 지가 근 100여 일이라 하니 아무리 하여도 그것은 아니다. 부득이 그것을 준식의 일이라고 가정할 것 같으면 이로부터 준식의 집안을 주목할 수밖에 없다 하고 단념하였다.

그러면 연못 속에서 발견한 송장은 누구냐? 또 오륙 분 동안에 간 곳을 모르는 태준식은 60여 일 지나도록 어디 가서 있기에 돌아올 줄 모른단 말이냐?

5. 준식의 집 친족 회의 형수씨, 어떠하십니까

가장의 생사를 모르는 부인 국자는 밤낮으로 노심초사하여 거의 미칠 지경이다. 가족들도 괴상하게만 알 뿐이다. 규필은 젊은 부인 홀로 있는 집 지키고 있는 것이 남의 눈에 거칠까 하여 준식의 집 문 앞집을 사 가지고 아내를 맞고 변호사업을 시작하였다. 그러나 준식의 집 일이라면 열심으로 보아주었다. 그리고 준식의 아우 겸식과 국자의 친아버지 되는 임항재任恒宰라는 60여 세의 노인을 불러들여다가 젊은 과수를 돕게 하려 하였으나 그들은 모두 사양하고 들어오지 않고 국자의 어머니가 과부 자식 불쌍하다고 들어왔다.

경각간에 잃어버린 가장을 찾고자 재산을 탕진하여 가며 별별 짓을 다 하여도 도무지 소식이 묘연하다. 그리하여 친족 회의를 열었다. 준식의 친척과 국자의 친척은 모두 모이었다. 물론 준식의 장남 봉룡에게 가독家督 상속을 시키게 된다. 그러나 한 가지 문제 되는 것은 후견인 문제다. 회의에 참석하였던 규필은 입을 열어

"봉룡이를 상속시키는 것은 당연한 일이니깐 어느 분이시든지 이의는 안 계시겠지만도 그것의 필요조건 되는 후견인을 선정하여야 하겠는데 아까도 말씀함과 같이 나의 생각에는 누구누구 할 것 없이 부인 국자 씨나 그렇지 아니하면 계씨 되는 겸식 군으로 정하시는 것이 차서次序로 압니다" 하였다. 그 말이 끝나자 겸식은 일어서서

"규필 씨의 말씀은 지당한 말씀이오. 그러나 이렇게 말하면 형수씨는 너무 박정하게 아시겠지만도 청춘의 홀몸으로 봉룡의 후견인이 되어 반생을 과부로 늙으시라고는 나는 차마 말씀할 수 없소. 정절이니 의절이니 하는 것은 형수씨도 이미 많이 아시는 바요 부덕을 잘 지키실 굳센 뜻이 계신 것은 나도 이미 다 아는 바나 그래도 젊은 과부로 늙히는 것은 참으로 애석한 일이오. 그러면 내가 후견인이 되는 것이 마땅한 일이나 나는 여러 일가가 다 아시는 바와 같이 탐탁지가 못한 사람이라 도저히 후견인 될 가치가 없는 사람이오. 만약 내가 조금이라도 형님의 재산이 탐이 나서 어린 조카를 빨아먹고자 하여 형수씨의 후견을 배척한다 할 것 같

으면이려니와 그렇지 아니하면 결단코 후견인 되기를 원치 않습니다. 그러면 태가의 집을 위하여 어린 봉룡이와 젊은 형수를 잘 후견할 인물을 변변치 못한 이 사람이 항상 내가 공경하고 믿는, 또한 만일에 뒷날 형님이 생존하여서 들을지라도 결단코 불만족하게 생각지 아니할 위대한 인물을 천거하고자 합니다” 하고 얼굴이 빨갛도록 지껄였다.

좌중 족속들도 그 형수에게 동정 붙이어 형수의 후견인 됨을 반대하고 또한 자기도 그것을 사양하는 맑은 마음을 통찰하고, 어떤 친족 한 사람이 기침을 캑캑하더니

“겸식 씨의 말씀은 나도 탄복하오. 그러면 천거할 양반을 말씀하시오. 문중이 협의하여 봅시다.”

“예, 내가 천거하고자 하는 양반은 다른 양반이 아니요 형의 거처를 모른 이후로 우리 태가 집의 주석이 되어 진력하시는 규필 씨올시다” 한즉 좌중도 뜻밖의 후견인 천거를 깜짝 놀랐으나 겸식의 의견은 진실로 공명정대하다. 규필일 것 같으면 학식도 고상하고 품행도 얌전하며 세상에서 법률가로 명망이 있는 사람이요 또한 자기의 재산도 있으므로 태가의 집 후견인 되기에는 부끄러울 것이 없다. 이때까지 머리를 폭 숙이고 귀한 자식의 후견인이 누가 될까 하고 마음으로 졸이던 국자는 이 말을 듣고 슬며시 고개를 들어 몰래 보는 눈에 규필의 눈도 마주쳤다.

“형수씨, 어떠하십니까? 의견이 계시거든 사양 말고 말씀하십시오. 이 일이 여간 큰일이 아니요 태가의 집 이해휴척利害休戚[7]이 달린 것이오” 하고 겸식은 주의시킨다. 이날은 겸식의 하는 일이 이전 겸식이와는 아주 딴판이었었다.

---

7   이익과 손해, 편안함과 근심.

"아주버니께서 알아 하실 일이지요. 별수 있습니까. 그러나 귀찮으시지만도 오라버니께서 승낙을 하여 주셨으면 봉룡의 장래를 위하여 행복일까 합니다."

"그러면 형수씨도 좋단 말씀이지요" 하고 겸식은 희색이 만연하였다.

이때까지 잠자코 있던 규필은 이제는 잠자코 있을 수가 없게 되었다.

"지금 겸식 군의 의견이라든지 국자 부인의 말씀은 매우 옳지 못한 줄로 생각합니다. 나는 이 집의 주인 되는 준식과는 이전에는 남매간이었었으나 누이가 세상을 떠난 이후로는 다만 친구 간밖에 안 되는데, 친구를 위하여 쇄골분신이 될지라도 이 집 일이라면 결단코 사양은 아니 하겠습니다마는 당당한 친척이 많이 계신데 얼토당토아니한 이 변변치 못한 김규필이가 후견인이란 무거운 책임을 지는 것은 만만부당한 일이 아닙니까? 이후로 태씨의 집을 위하여 맹세코 진력하겠고 만사를 의논도 하겠지만도 후견인은 진정으로 못 되겠습니다. 여러분께서도 봉룡의 후견인을 정하시려거든 반드시 겸식 군으로 정하시는 것이 가장 온당한 일이올시다" 하고 정당한 후견인의 순서를 말하였다.

그러나 좌중이 모두 규필이를 천거코자 하고 국자 부인도 성화같이 조르고 겸식이도 자꾸 조른다. 중망衆望이 규필에게로 쏠리고 보니 이제는 규필이도 어떻게 더 사양할 수 없어 봉룡의 후견인 됨을 승낙하였다.

이때는 준식의 거처를 모른 지 1년 남짓한 사월 그믐께였었다.

6. 부 협의원 선거 경쟁 당초부터 내가 무어랬소

금년 11월 21일은 경성부 협의원協議員의 개선기改選期라 사환仕宦의 열이 아직도 뜨거운 조선 사람들은 ○○ 자순諮詢[8] 기관으로 부에는 부 협의원을 두게 된 것이다.

각처에 부 협의원 후보자 추천의 경쟁은 매우 심하였다. 운동원들은 인력거, 자동차로 동분서주하며 모든 수단을 다 부리어 유권자를 꾄다. 거리거리에 아무개를 추천한다는 광고를 붙이었다. 어떤 운동자는 전선주에다 후보자 추천 광고를 붙이었다가 코가 납작하게 물려 데고 벌금까지 물었다 한다.

부 협의원을 하면 별안간 부자가 되는 것도 아니요 또한 운동하는 그자들이 특별히 출중한 지식이 있어 가히 부정府政을 좌우한다든지 또는 부정 쇄신의 유익될 의견 한마디라도 함 직한 자격이 있어서 부민을 위하여 그와 같이 경쟁을 맹렬히 하느냐 하면 결단코 그런 것이 아니라 다만 부 협의원이란 이름 하나 얻자는 허영으로 막대한 금전을 낭비하여 가면서 운동하는 무리들이다.

규필이는 원래 협의원 같은 것을 즐기지 않는데 은행단銀行團에서 추천을 하여 후보자로 이름이 올랐다. 그런데 이번의 정원은 열두 사람인데 후보자는 한 사람이 늘었다. 서대문 밖에서는 최 박사가 명망이 있어 물론 당선이 될 터이요 실업단에서는 오태정吳太正을 후보자로 세워 가지고 운동이 맹렬하다. 규필은 아무리 은행단이 후원일지라도 경성에서 그리

---

8 윗사람이 아랫사람에게 의견을 물어 의논함.

듣지도 못하던 새사람이라 운동이 곤란할 것은 한두 가지가 아니다. 겸식이도 은인을 위하여 힘쓸 때는 정히 이때라고 눈이 빨개서 날뛰고 준식의 친족들도 열심으로 운동을 하고 국자도 인력거를 타고 자기 친척을 찾아다니며 후원을 애걸하였다.

물같이 흐르는 세월은 선거 날짜가 사흘밖에 안 남았다. 운동원들은 거의 미칠 지경이다. 각 유권자에게는 청촉請囑이 오륙 인씩 된다. 광면廣面한 유권자는 열 곳의 청촉이 있었다 한다. 미나리골 김규필의 집은 수일 내로 출입이 훨씬 빈번하여져서 일상 문 앞에 인력거 두세 채씩은 떠나지 않는다. 사랑에는 운동원이라는 기생충들이 가득한데, 돈 안 들이고 먹는 것이니깐 브랜디니 약주니 물 마시듯 막 먹고 취하여 자는 자도 있고 앉아서 코방아 찧는 자도 있다. 인력거 한 채가 쏜살같이 달려오더니 채 인력거에서 내리기도 전부터

"일룡이 있나, 손일룡孫一龍" 한다.

"어, 길창吉蒼이, 인제 오나. 그래, 저 패들은 어떠하던가. 지금 겸식 씨가 문안을 시찰하러 들어갔는데 실업단의 운동이 꽤 장하다는걸."

"그런 줄 알면서 너는 술만 먹고 낮잠만 자면 어찌하잔 말이냐."

"그까짓 것 다 우스워. 네가 영웅의 흉중을 알겠느냐. 다 벌써 일 만들어 놓았다."

"흥, 놈 말은 아주 영웅 같으이. 애, 손가야, 오태정 패가 썩 맹렬하더라."

"제까짓 것들이 암만 그러면 소용 있나. 참모총장의 손일룡이가 있는데. 가만히 있게. 겸식 씨 다녀오시거든 형편 보아 가지고 일을 꾸며도 늦지 않으이" 하고 탄평이다. 길창이는 그 거동을 이상히 생각하였으나 사람의 일을 알 수가 없어 잠깐 쉴 동안에 겸식이가 돌아왔다.

"일룡이, 실업단의 운동이 대단하데. 암만하여도 우리가 성공을 할는

지? 지금 뉘게 들은즉 120표나 되어야 당선이 되리라 하니 여간하여 가지고 되겠나" 하고 낙심을 한다. 뽐내던 손일룡이도 쥐 죽은 듯하다.

"규필 씨가 당선이 될는지? 만약에 못 되고 보면 이런 모양 흉할 데가 어디 있어."

"가만히 있소. 성사는 재천이요 모사는 재인이라니 어디 한번 하여나 봅시다" 하고 뻘떡 일어나서 찬술 한 사발을 냉수 마시듯 하고

"태 주사, 집에 좀 계십시오. 그래, 일을 하려다가 못 하고 만단 말이오. 여보게, 길창이, 나가세" 하고 돈 안 드는 인력거를 턱 탔다.

송일룡이와 길창이가 나간 뒤에 국자는 궁금하여 규필의 집으로 왔다.

규필과 겸식과 국자의 세 사람이 솥발같이 늘어앉아서 선거 경쟁의 격심한 것을 이야기하고, 오태정 패에서는 선물을 막 안기고 운동을 하여서 그쪽의 부탁받은 사람들은 아무리 청을 하여도 모두 시골을 가느니 미리 승낙을 하였느니 하고 응치 않더라 하고, 혹 실패나 아니 할까 겸식은 걱정을 한다. 규필은 입맛을 쩍 하고 다시더니

"당초부터 내가 무엇이랬소? 무슨 우리가 부 협의원을 하면 정정당당한 주견을 주장할 수가 있는 것이오? 단지 허영배들이 할 것이니 고만두라고 하였지" 하고 애먼 담배만 뻑뻑 빤다.

국자는 어찌하면 당선이 될까 하고 애를 몹시 쓰고 앉았다.

7. 황혼 때의 총소리 30년 형사에 이런 일은 처음

서대문 밖의 최 박사는 원래 명망도 있고 교육계에서 응원이 많으므로 염려가 없으되 실업단의 두목인 오태정은 일찍이 신분에 관계되는 일이

있어서 여간 도저히 운동을 아니 하여 가지고는 당선되기가 어려우므로 그 패의 운동이 제일 맹렬하였다. 그리하여 막대한 금전을 들이어 유권자에게 선물을 바치어 가면서 점점 서진하여 서대문 밖까지 습격한다.

최 박사 패의 운동원들은 오태정 패의 운동이 맹렬한 것을 보고 만일을 염려하여 그 패를 누르고자 여러 가지로 방해하려 하였으되 김규필 패의 운동은 그다지 중시하지 아니하였었다. 그러나 규필 패의 운동도 홀저히 볼 것은 아니었었다. 그리하여 부 협의원 선거의 싸움은 이 세 패의 운동이 그중 격심하였으므로 일시는 종로에서 크게 싸운 일도 있었다.

경찰도 가만히 둘 수 없어 취체取締[9]를 더욱 엄중히 하였다. 그러나 오태정 패의 운동원들은 폭행이 날로 더하여 가고 유권자들은 날마다 성이 가서서 피하는 사람까지 있었다. 이와 같이 험악한 선거 운동이 도저히 무사히 마치리라고는 기필期必할 수 없었다.

오태정은 이 기회를 놓쳐서는 아니 되겠다 하고 청년회에 부정 쇄신의 연설회를 열고 부정에 관한 쇄신점을 열렬히 토하였었다. 그리하고 돌아가는 길에 모모 유력자를 데리고 세심관洗心館에 가서 다과를 먹고 황혼때에 안동 자기 집으로 돌아가는 중에 보성학교 문 앞쯤 가자 각황사覺皇寺 담 뒤에 숨었던 한 신사가 인력거 앞으로 달려들더니 총소리 한 방이 쾅하고 오태정의 가슴을 쏘았다.

"악" 소리를 지르고 오태정은 손으로 가슴을 붙잡았다. 차부는 깜짝 놀라 인력거를 탁 놓았다. 태정이 썼던 중산모[10]는 차부의 머리를 넘어 떨어질 때 재우쳐 한 방이 쾅 하고 목을 들이쏘았다. 태정은 인력거에서 떨어지고 차부는 황망하여 소리를 크게 지를 때에 괴상한 신사는 몸을 감추었다.

---

9   규칙, 법령, 명령 따위를 지키도록 통제함. 단속.
10   꼭대기가 둥글고 높은 서양 모자.

오태정은 곧 들것에 담아 병원으로 가져가고 선혈이 임리淋漓한 현장에
는 경관이 시꺼멓게 거미줄을 치고 오고 가는 행인이며 박동 일판을 모
조리 수색을 하였다. 그러고 최 박사 패의 운동원들과 김규필 패의 운동
원들을 모두 잡아 가두었다. 그러나 모두 진범인이 아니다. 오태정이가
총 맞던 시간에는 다 각각 집에 있었음이 판명되므로 모두 방송시키었다.
경찰은 아무리 하여도 범인을 잡을 수 없으므로 경기도 경찰부에서는 경
찰 회의를 열고 여러 가지로 협의한 결과 필경 서대문서에 있는 노련한
형사 정희춘에게로 특별 탐정을 명하였다. 정 형사는 중대한 임명을 띠고
열심으로 탐정을 하나 아무리 하여도 사건의 단서를 잡을 수가 없다. 그
리하여 하루는 홀로 앉아 탄식을 하였다.

"30여 년 동안 형사를 다녀도 남에게 내가 져 본 일이 없었는데, 이번
에 목 없는 시체 사건이라든지 또는 오태정의 총살 사건같이 괴상한 일
은 없도다. 나도 그다지 둔재는 아닌데……. 지식이 발달이 되어 범죄 행
위가 교묘하여짐인가 내 눈이 멀었나. 그러나 경찰부의 특별 임명을 입었
으니 어디까지 전력하여 진범인을 잡고야 말겠다" 할 제 그의 눈에서는
새파란 광채가 빛났다.

8. 당선 축하연 겸식이, 잠깐만 봅시다

선거일은 당도하였다. 이날은 아침부터 자동차, 인력거가 유권자의 집
문 앞마다 즐비하였었다. 유권자는 어떤 것을 타야 옳을지 모르게 되었
다. 불가불 어디서 온 차냐고 묻고야 타게 되었다. 이날이야말로 자본주
의의 특색이 보이었다. 유권자란 귀동자 한 분을 세 군데 네 군데에서 모

시러 오는 영광은 돈 없고야 어찌 입을 수 있을쏘냐.

아침 9시부터 자동차, 인력거로 모셔 온 유권자는 정각이 되니 선거장이 빽빽하게 찼다. 선거장 어귀에서는 어린아이 글 가르치듯 투표용지의 쓰는 법을 일일이 가르쳐 준다. 그리하여도 어떤 둔재는 세 번 네 번 물어보았다 한다. 그중에도 어떤 장난꾼은 남의 인력거, 자동차 막 타고 와서 정작 투표할 때에는 "○○○○"라고 써서 넣은 사람도 있고 "○○○○"이라고 써서 넣은 사람도 있으며 또 어떤 사람은 투표용지 한 장에다 자기가 청촉 받은 사람은 모두 써서 넣은 사람도 있었다 한다.

일시 위태하던 김규필은 오태정이 총살당했기 때문에 어부의 이漁父之利를 얻어서 112표로 당선이 되어 경성부 협의원이란 영광을 얻었다.

규필은 그날 밤으로 명월관明月館에다 당선 축하연을 베풀고 선거에 진력한 여러 사람을 청하여 감사의 뜻을 표하게 되었다. 주객이 흥 있게 먹을 만하자 문간에서 "보이" 하고 부르는 사람은 정 형사다.

"얘, 김규필 씨 축하연에 태겸식이란 사람이 와 있을 터이니 나란 말 말고 잠깐 불러라."

보이는 거절할 수 없었다. 다른 사람과 달라 형사이니까……

"예, 잠깐 기다리십시오" 하고 곧 위층으로 올라가서

"태 주사 나리, 잠깐만……"

"누가 나를 보자고……" 하면서 2층 위에서 내려왔다.

"겸식 씨, 나요" 하고 정 형사는 빙그레 웃었다.

"아, 정 형사시오. 올라가십시다."

"천만의 말씀이오. 그래, 규필 씨가 당선되셨다니 얼마나 기쁘시오. 애쓰신 보람 있게 되었구려. 그러나 재미있게 노시는데 훼방 놓는 것 같아서 대단히 미안하오마는 잠깐 경찰서로 같이 가십시다. 서장이 잠깐 보자

고 하시니" 하고 정답게 말을 붙인다. 겸식이도 이전부터 정 형사하고 숙친한 터이므로 조금도 의심 없이

"그럼 같이 가십시다" 하고 그대로 갔다.

겸식을 경찰서 응접실로 인도한다. 정 형사가 나가자 순사가 들어온다. 그 거동이 자기를 호위하는 것 같다. 조금 있다가 양梁 경부와 정 형사가 들어오더니 순사는 밖으로 나가서 문을 지킨다.

"당신이 태겸식 씨요? 조금 물어볼 일이 있어서 오시라고 하였는데 멀리 오셔서 아니 되었소" 하고 양 경부는 공순히 말을 내었다.

"천만의 말씀이올시다" 하고 겸식이가 고개를 숙일 때에 정 형사는 눈이 뚫어지도록 노려보았다.

"겸식 씨는 이번 부 협의회원 선거 경쟁에 김규필 씨를 위하여 진력하셨다는구려."

"예, 김규필 씨는 내가 경애하는 신사요 또한 나의 백 씨 댁을 위하여 여러 가지로 도와주시는 사람인 고로 의리상 아니 할 수 없이 활동은 하였습니다. 그러나 조금이라도 법률에 저촉되는 일은 한 일이 없습니다."

"그렇소. 당신 말도 옳은 말이오. 그런데 11월 19일 하오 5시 반부터 6시까지는 어디 계셨었소. 잠깐 알 일이 있어서 그러는 것이오. 지금 당신이 변명함같이 원래 법률에 저촉되는 운동은 아니 하신 당신이시니깐 단지 30분 동안의 일만 알고자 하오" 하고 경부는 공순히 말하였다. 정 형사는 눈을 굴리며 겸식의 옆으로 버썩 가까이 들어앉는다. 그러나 겸식은 윈편 눈도 깜작거리지 않는다.

"글쎄요, 그때는 아마 내가 집으로 돌아올 때올시다. 아시는 바와 같이 오태정의 연설을 듣고 재동을 다녀 집으로 나오던 때올시다."

"그러면 박동으로 지나왔겠지요" 하고 정 형사는 말 참섭을 하였다. 겸

식은 탄평히

"아니요, 박동으로는 아니 왔소."

경부는 겸식의 거동을 노려보면서 입짓을 한즉 정 형사는 벌떡 일어나서 밖으로 나가더니 신문지에 싼 것을 가지고 와서 경부 앞에 공순히 놓고 신문지를 벗긴다.

"겸식이, 이것이 그대의 것이지? 아니라고는 못 하겠지?" 하고 딱 으른다. 이때까지 공순하던 경부는 단박에 변하였다. 겸식은

"어디 좀……" 하고 손을 내밀었더니

"어따 손을 대어" 하고 경부는 소리를 꽥 질렀다.

9. 잃어버린 육혈포 두 방은 박동서 놓았지?

겸식은 뜻밖의 물건을 보고 깜짝 놀랐다.

양 경부와 정 형사는 겸식을 잔뜩 노려보며

"그래, 이 미국제 4번형 육혈포가 겸식의 것이 아니란 말이오? 총 갑에 당신의 이름이 씌어 있는데 아니란 말이야?"

겸식은 고개를 길게 뽑아 넘겨다보고

"예, 과연 그것은 내 것이올시다. 그런데 그것이 어찌하여 경찰서로 왔습니까?"

"어째 왔든지 그것은 알 것 무엇 있나. 이렇게 확실한 증거가 있는데도 바로 불지 못할까?"

"딱한 말씀이오. 나는 경관에게 손톱 끝만치라도 속이는 일은 없습니다. 나는 본래 방탕하기는 하여서 형에게나 형수에게는 가끔가끔 괴로움

을 끼친 일은 있었소. 그러나 결단코 법률상 범죄 행위는 한 일이 없는데 자백을 하라니 자백이 무슨 자백이오. 대관절 그 육혈포가 어찌하여 경찰서로 온 이유를 알고자 합니다" 하고 분한 낯빛으로 벌떡 일어났다.

양 경부는 빙그레 웃고 능치며

"이것은 정 형사가 명월관 앞에서 얻은 것인데, 겸식의 것인 줄 알고 경찰서에서도 뜻밖의 일이 생겨서 곧 당신을 좀 오라고 불렀소. 이제는 겸식의 것이 분명하니깐 증거품으로 압수치 아니할 수 없소."

"또 이 총은 6연발 육혈포인데, 탄환실에는 네 개의 탄환밖에 없고 두 개의 빈 구멍이 있은즉 반드시 두 방을 놓았던 것이 분명하오. 감추지 말고 바로 말하오. 어디서 놓았소. 인제 일이 다 발각된 뒤에 감추는 것은 사나이의 일이 아니야."

겸식은 호신용의 육혈포를 언다가 떨어트린 일도 없고 또는 그것을 놓은 일도 없는데, 물건이 제 것이요 탄환이 두 방이나 나갔으니 아무리 생각하여도 알 수가 없는 일이다. 그러나 서투른 대답을 하였다가는 더욱더욱 치의致疑를 받을 터이니깐 잠자코 있다.

정 형사는 그 거동을 잔뜩 노려보고 있다가 앞으로 가까이 와서

"겸식 씨, 두 방은 박동서 놓았지. 오태정이를 쏘았지. 감출 것 없소. 바로 말하여야 죄가 없어지오" 하고 어린 중 젓국 먹이듯이 달래다가 눈을 딱 부릅뜨고 "아무리 그래도 경찰의 증거는 충분하니깐" 하고 위엄으로 압복壓伏을 시키려 하였다. 그러나 겸식은 그 꾀에 넘어가지 않는다.

"글쎄, 육혈포가 여기 와 있는 것은 괴상한 일이오마는 나는 결단코 그것을 이때까지 한 번도 놓아 본 일이 없습니다. 단지 경관은 탄환 두 개 나간 것으로 주목을 하시되 나는 오태정을 쏜 일이 없습니다. 부 협의원 선거 경쟁에 그 사람을 대항코자 운동한 일은 있으되 사람을 죽이는 비

열한 일은 결단코 한 일이 없으니 그것은 나의 평소의 품행을 살피어 주시기를 바랍니다."

"잠자코 있거라. 경관은 그렇게 어리석은 것이 아니다" 하고 정 형사는 눈을 굴린다.

"그러면 박동서 총 놓은 놈을 나라고 하십니까?" 하고 겸식은 눈이 뒤집혀서 고성으로 물었다. 정 형사는 다시 눅이는 말로 가만히

"이렇게 증거가 확실한데 어쩔 수 있나. 꼼짝 못 하지."

겸식은 분함을 못 이기어 또 이렇게 물었다.

"그러면 경관은 칼로 사람을 죽인 놈이 있다 하면 다림방[11]에 칼이 놓였다고 곧 고기 장수를 범인으로 잡겠습니까? 또는 지팡이로 사람을 때려 죽인 놈이 있다 하면 곧 단장 짚은 신사를 범인으로 잡겠습니까? 나의 육혈포에 탄환 두 개가 없다고 나더러 오태정이를 죽였다고 하는 것은 너무나 심한 오해가 아닙니까?" 하고 손짓을 하였더니 경부는

"잠자코 있거라" 하고 소리를 꽥 지른다.

이미 경찰이 범인으로 인정한 이상이니깐 겸식은 할 수 없이 유치장으로 들어갔다. 김규필은 경찰서로 와서 극력 변명을 하고 다른 사람들로 겸식을 위하여 백방으로 변명을 하였다. 그러나 경찰은 조금도 변명은 듣지 않고 결국 검사국으로 넘기었다.

11　푸줏간.

10. 국자 집의 대감놀이 과부의 병에는 굿이 득효

국자의 집에서는 오륙 분 동안에 주인을 잃고 지금까지 그 종적을 모른다. 이웃 소문에는 천연정 연못에서 건져 낸 목 없는 송장이 준식인가 보다는 말도 있었으나 확실히 모르는 남의 말을 할 필요가 없어서 말하기들을 즐겨 아니한다. 남편을 경각간에 잃은 국자는 날마다 우수사려에 싸이어서 그 좋던 얼굴이 말 못되었다. 그래서 일상 좋아하던 방석머리도 틀어 얹지 않고 조선쪽을 쪽 찐다. 그러나 단장은 날마다 여전히 하는데 남편 생각으로 상사병인지 무슨 딴 근심 병인지 날마다 아프다기만 하고 약도 아니 먹는다. 이웃 사람들은 짝 잃은 외기러기처럼 홀로 뇌심惱心하는 것을 모두 불쌍히 생각한다.

원래 국자는 신진 여자요 교육도 상당히 받은 여자라 조금도 미신을 숭상치 아니하므로 가장을 경각간에 잃고도 무꾸리[12] 한 번을 아니 하였었다. 그런데 근일에 와서는 병세가 하도 이상하다고 무당을 불러 물어보았다. 묻기가 불찰이지 물론 대감놀이[13]를 하여야 쾌차하리라 한다. 그리하여 무당이 무슨 대감 무슨 장군에게 적적이 빌어 놓고 치성 날짜를 정하고 문간에 황토를 펴 놓았다. 국자의 병은 그때부터 조금 마음에 나은 것 같다. 동리 사람들은 과부의 집에서 굿한다고 평판이 많다. 과부의 병에는 굿이 득효니, 어, 이것 병났군, 굿하면 병난 일이지, 아마 주인의 지노기새남[14]을 하나 보다, 성주[15]를 받나 보다, 대감놀이를 하나 보다 하고

---

12 무당이나 판수에게 길흉을 점침.
13 터줏대감을 모시는 굿.
14 죽은 사람의 넋을 극락으로 인도하는 굿.
15 집에서 모시는 신.

굿 날짜를 고대한다.

봉룡의 후견인 김규필이도 집 안에서 굿 같은 것을 하는 것이 어리석은 일이요 또한 창피한 일을 생각하고 아니 하려 하였었으나 국자 부인이 하고자 하는 바요 친척 간에서 자꾸 권고를 하므로 막을 수 없어 반대는 아니 하였다.

규필은 봉룡의 후견인이 된 뒤부터는 큰 집에 과수 홀로 있는 것이 호젓하다 하여 날마다 밤 12시까지 국자 부인 앞에서 이야기책을 보아주고 나왔었다. 국자보다도 이웃 사람들이 더 고대하던 굿 날은 다다랐다. 구경꾼들은 저녁도 아니 먹고 모여든다. 규필은 창피하여 이날은 낮부터 자기 집에서 꼼짝을 아니 하였고 해는 졌다. 장구 소리가 나고 피리 소리가 난다. 굿은 시작되었다. 안방, 건넌방에는 국자의 지기, 친척이 꼭 찼고 마당에서부터 대문간까지는 구경꾼이 꼭 찼다. 구경꾼 중에도 술 취한 사람은 마당에서 춤을 덩실덩실 춘다. 이 구석 저 구석에서 만신 소리가 빗발치듯 하더니 함부로 마루 위로 올라와서 춤을 춘다. 국자는 유모를 불러 새댁 나리 여쭈어 오라고 야단이다. 규필은 유모에게 불려와 본즉 참 구경꾼이 어지간하다. 그러나 본즉 모두 노동자다. 첫대 말부터 붙이기가 얼떠서 무엇이라고 하여야 좋을지 모른다. 수수하게

"여보시오, 구경만 하지. 너무 그러하질랑 마오."

"아니요, 만신에게 노랫가락 한마디 청하겠소" 한다.

규필은 속이 상하여서 사랑으로 나가서 애먼 담배만 뻑뻑 태운다.

시간은 벌써 12시가 되었는데 구경꾼의 흑작질[16]로 도무지 굿을 하는 수가 없다. 그중 늙은 무당 하나가 곰곰 생각하다가

---

16 교활한 수단을 써서 남의 일을 방해하는 일. 흑책질.

"애, 암만하여도 무엇 한마디 어서 하여야지 그렇지 않고는 굿을 못 하겠으니 어서 한마디 하여라" 하였더니 구경꾼들은 "할머니 말이 옳소" 하고 야단이다.

"만신 노랫가락 한마디 청합시다."

"꼭 한마디만 할 터이니 가만히들 계시오."

"예, 쥐 죽은 듯하리다."

"아니야, 그래도 돈은 주어야 할 터이오."

"아무렴, 돈 주지."

"돈이야! 돈이야!"

그리하여 굿은 국자의 집 대감놀이가 아니라 구경꾼의 놀이터가 되었다.

돈이야 소리에 흥이 난 젊은 무당은 고운 목소리로 노랫가락을 내었다.

> 좌중에 초면이요 뵌 적 없이 태평하소
>
> 하든지 못 하든지 시시조삼장 내고 갈까
>
> 꼭 꺾어 머리에 꽂고 산에 올라 들 구경 가니
>
> 길가는 행인들이 길 아니 가고 나만 본다
>
> 아마도 산중 귀물이 나뿐인가
>
> 초산에 저 목동들아 나무 베다 대 다칠라
>
> 그대를 곱게 길러 하오리라 낚싯대를
>
> 우리도 그런 줄 알고 낙엽만 슬슬
>
> 호접접 범나비 쌍쌍 양류청산 꾀꼬리 쌍쌍
>
> 날짐승 길 버러지도 쌍을 지어 앉건마는
>
> 우리도 언제나 정든 임 만나 쇠 물고 놀까
>
> 얼씨구, 돈이야! 돈이야! 수고 많이 하였소.

닭이 자주 울더니 날이 밝았다. 구경꾼들은 벌이하러 가느라고 차차 수효가 줄어 간다. 굿도 흐지부지 그럭저럭 다 마치었다.

11. 하인의 행랑 뜰 회의 양반은 그것 모른다더냐

굿을 하여도 국자의 병은 낫지 않는다. 점점 중하여 마당출입도 못 한다. 그러나 병석에 누운 것은 아니라 가만히 들어앉아 있을 뿐이다.

어느 날 저녁때 국자는 뒤보러 나왔다가 밖에서 봉룡이 우는 소리가 들리기에 중문간을 내다보았더니 행랑 뜰에서 유모와 옥희와 순이 어멈이 모여 서서

"아씨는 무슨 병이오. 밤낮 방 속에만 들어앉으셨으니" 하는 소리가 들린다. 국자는 얼른 몸을 중문 뒤에 감추고 엿들었다.

중문 뒤에서 엿듣는 줄 모르고 유모는 옥희더러

"이년, 너도 조심하여라. 공연히 함부로 허둥지둥하다가는 고갱이 들라."

"예끼, 할머니도……."

"왜, 이년, 내가 정말이지."

"아씨는 우리네보다 다르지 않소. 양반의 부인이 남편 없이 배가 불러 온다니 말이 되오" 한다. 이 말을 들은 국자는 깜짝 놀라 그 자리에서 엎드러질 뻔하였다. 몸이 벌벌 떨린다.

"너는 아직 아이를 못 낳아 보았으니간 모른다마는 아이 배고 안 밴 것은 한번 보면 곧 알지."

"그래, 할머니, 양반의 부인도 그런 일 있소."

"양반의 부인은 그것도 모른다더냐. 세상에 알지 못할 것은 그것이란

다. 너도 지금부터가 한창이다. 요사이 너도 이마 털을 오정 때까지 뽑고 분을 칠 푼 두 개씩 올리고 다닐 젠 아마 너도 병났나 보다. 얻다가 영감을 또 얻었니. 아이고, 나도 좀 젊어 보았으면 좋겠다.”

“예끼, 할머니도 그 모양이오” 하고 옥희는 달아났다.

국자는 그길로 들어와서 분함을 이기지 못하고 한숨만 땅이 꺼지도록 쉬고 전화로 자기 아버지와 규필이를 청하였다. 세 사람이 한 방에 솥발같이 늘어앉았다. 국자는 자기 아버지더러

“암만하여도 몸이 좀 지뜻하여 살 수가 없은즉 성북동 정자로 나가서 좋은 바람이나 쏘이고 조섭이나 좀 하여 볼까 보아요” 하고 말을 하였다. 규필은 그 말에 얼른

“그게 심화병이지요. 성북동 같은 한적한 곳에 가서 조섭하시는 것도 좋지요. 그러나 대관절 집이 비어서 어찌하나요.”

“어머니 또 좀 오셔서 계시라지요.”

“그러지. 나도 와 있고 할 터이니깐 대관절 네 병이나 좀 나으면 좋겠다. 봉룡이는 어찌하니.”

“혼자 적적한데 내가 데리고 갈 터이어요. 그리고 할멈은 이제 할 일 없으니 내보내지요.”

“할멈 없이 어찌 지내나요. 또 여러 십 년 부리던 것을” 하면서 규필은 이맛살을 잔뜩 찌푸린다.

“그렇지만 주인도 없는 집에 하인만 여럿 두면 무엇 해요.”

“그도 그렇지요. 그러면 보내지요” 하고 규필의 마음은 금방 변하였다.

이튿날 아침 후에 유모는 내보내고 점심을 마친 후에 국자는 봉룡이와 자기 어머니와 옥희 아범을 데리고 성북동 정자로 떠났다.

12. 약 먹어 나을 병인가 설사 한 번에 병이 나았다

"아씨, 좀 어떠십니까. 소인네들이 말씀 안 여쭈어도 어련하실 것은 아옵지요마는 그래도 의원을 좀 불러다 보셨으면 좋겠습니다" 하고 정자지기 할아범은 간곡히 말하였다. 그러나 국자는 그 말을 반갑게 여기지 않는다. 의사를 볼 병 같으면 집에서 보았겠지 성북동 먼 곳까지 피접[17] 올리가 만무한 것이다.

"할아범, 너무나 고마우이. 과히 걱정 말게. 나의 병은 의사를 본다고 나을 것도 아니요 약을 먹는다고도 나을 것이 아닐세. 할아범 내외가 그만큼 애들을 쓰니깐 좀 더 있으면 낫겠지, 허허허. 내 병이 좀처럼 나을 병인가. 더하지나 아니하면 고만이지" 하고 한숨을 휘 쉰다.

청춘과부의 한숨 소리는 땅이 꺼질 것 같다.

"예, 참, 아씨가 말씀 아니 하셔도 소인네도 다 압니다. 그러기에 예전부터 그 병에는 생초목에 불이 붙는다고 아니 하였습니까."

"여보게, 댁 나리의 생사 모르는 지가 벌써 얼마인가. 제명에 죽어도 원통타는데 이건 눈뜨고 절명이지. 병자를 간호하다가 잃어버렸으니 사람이 살 수 있는 일인가. 휘, 암만하여도 이러다가는 나도 마저 말라 죽겠네."

"이를 말씀이십니까. 그래도 아씨께서는 도련님을 생각하시고 일만 근심을 다스려 버리셔야지 그렇다고 같이 돌아가십니까."

정자지기 할아범 내외는 청춘과부를 불쌍히 생각하고 지성껏 주인아씨를 받들어 왔다. 그렁저렁 가는 세월은 한 달 동안 되었다. 국자의 몸은 점점 무거워진다. 어느 날은 별안간 배가 아프다고 이전에는 밤 10시 안에

17　앓는 사람이 다른 곳으로 자리를 옮겨 요양함. 비접.

는 자지 않던 국자는 8시 조금 지나서 이불을 쓰고 누웠다. 정자지기는 근심이 되어 의사를 불러오려고 하였으나 국자는 제발 고만두라고 말린다.

"본병이니깐 걱정할 것 없네. 두 달 만에 한 번씩은 으레 있는 일이야. 아까보다는 매우 나아" 하고 말은 뻔지르르하게 하나 때때 아파서 얼굴을 찌푸린다. 그러더니 10시쯤 되어서는 잠이 들었다. 정자지기 할멈도 안심하고 나와 잤다.

할멈이 나간 뒤에 한참 있다가 국자는 가만히 일어나서 뒷간에를 갔다. 뒤보고 나온 동안은 한참 되었었다. 그리고 나올 때는 술 취한 사람 모양으로 비틀비틀 걸어 나와서 간신히 마루 끝까지 와서는 펄떡 주저앉았었다. 그런데 무엇인지 걸레 조각에 싼 것을 가졌었다. 정자지기 내외는 늦게야 잠이 들어서 굿을 하여도 모를 지경이니깐 아무도 본 사람은 없었다. 다만 반공에 높이 걸린 달만 내려다보았었다.

걸레 조각을 마루 밑 구멍에 집어넣고 까부라지는 몸을 요 위에 턱 던지고 모로 드러누워서 휘 하고 한숨을 쉬었다. 그것이 보기에 '이제는 마음 놓인다' 하는 것 같았다. 드러누워도 잠은 아니 온다. 그러나 쥐 죽은 듯이 가만히 눈을 감고 있다 다 밝게야 늦잠이 들었다. 그러나 마음이 졸여서 쥐만 바스락하여도 잠이 깬다. 덧문 여는 소리에 깜짝 놀라 눈을 떠본즉 할멈이 덧문을 열고 영창으로 들여다본다. 그러나 고약한 마음을 가지고 주인을 해치고자 하는 것이 아니라 주인의 신병을 염려하여 밤새 문안을 알고자 하는 것이므로 국자는 다 죽어 가는 목소리로

"할멈인가. 아침은 아니 먹을 터이니 짓지 말게."

"벌써 기침하셨어요, 아씨. 밤새 좀 어떠하십니까. 왜 진지 아니 잡수시겠대요."

"응, 밤에 배가 아프더니 설사가 났어. 아침이나 한 끼 굶어 보면 낫겠지."

"그래도 아주 굶으실 수야 있습니까. 미음이라도 좀 잡수시지요."

"고만두어. 천천히 먹지. 우유나 데워서 아기 먹여 주게."

"예, 아기 걱정은 마십시오. 다 알아 할 터이오니."

"날랑은 아무 염려 말아."

그 후 이틀 동안 누웠다 일어났다 하더니 얼굴이 푸석푸석하고 몸도 홀쭉하여지고 기거동작이 전보다 매우 낫다.

정자지기 만보는 눈살을 찌푸리되 할멈은 탄평이다. 아씨는 요새로 퍽 파리하셨어, 그러나 병환은 꽤 쾌차하시니 매우 좋다고 자랑을 다닌다. 옳다, 할멈의 말이 꼭 옳은 말이다. 국자는 점점 원기가 회복되어 얼굴은 살이 찌고 배는 살이 내렸다. 딴은 이 정자가 피접 나올 만한 복가福家다.

이제는 규필이도 자주 문병을 나오고, 국자는 봉룡이를 데리고 냇가로 산보도 다닌다.

13. 폭풍우 중의 송 형사 이게 웬일일까, 꼭 이 집인데

이때는 먼 산에 아지랑이 끼고 불탄 잔디 속잎 나서 수소는 뜀뛰고 암소는 맴돌던 삼춘화절이다. 국자도 원기가 회복되어 펄펄 뛴다. 요사이는 봉룡이를 데리고 재롱도 보고 가끔 빨래하는 구경도 다닌다.

3월 14일은 아침부터 비가 오고 몹시 추웠다. 저녁때부터는 비가 막 퍼부어서 왕래하는 사람도 없었다. 이날 밤에는 일찍이 자자고 국자도 봉룡이를 누이고 자기도 이불 속으로 들어갔다. 정자지기도 문을 단단히 걸고 잤다. 비는 더욱더욱 퍼붓는데 뇌성까지 몹시 한다. 번개가 번적번적한다. 죄 없는 사람들도 무서워서 이불을 뒤집어쓴다. 삼월에 뇌성은 웬일이며 비는 이것이 무슨 비냐고 모두 이상하게 여긴다.

밤이 깊자 비는 차차 그쳐지고 뇌성 소리도 없고 이슬비만 부슬부슬 온다.

"에, 참, 날도 이상하군. 그게 무슨 비야. 뇌성인들 그게 무슨 뇌성이람. 인제는 들었나 보다. 내일은 들겠지" 하고 정자지기 내외는 중얼중얼거리다가 잠이 또 들었다. 조금 있다가 봉룡이가 꼬집는 것같이 "아" 소리를 지르고 운다. 그 소리에 만보는 잠이 깨었다.

"아기가 왜 저리 우나. 아씨가 잠이 깊이 드셨나 보다. 여보, 마누라, 좀 들어가 보오" 하고 할멈을 깨웠다. 할멈은 눈을 비비고 머리 쪽을 끌어올릴 때 잠에 취한 목소리로

"왜, 왜, 오, 울지 마라. 고만두어, 고만두어" 하고 달래는 국자의 소리가 나고 봉룡의 우는 소리도 그치어 조용한데, 벽에 걸린 시계 소리만 재깍재깍 들린다.

조금 있더니 대문 흔드는 소리가 난다.

"누가 왔나."

"오기는 지금 누가 오우. 바람 소린 게지."

"아니야, 문 흔드는 소리야. 누가 온 거로군" 하고 만보는 나가 보려고 한다.

"여보, 문 먼저 열질랑 마우. 도적놈인지도 모르니."

"글쎄, 그도 그래. 대관절 좀 나가 보고" 하고 만보는 가만가만 나간다. 문은 자꾸 흔든다.

"그 누구요, 깊은 밤에. 무슨 일 있거든 내일 오구려."

"만본가. 나는 송 순사일세. 동대문 경찰서에 있는 송 순사야."

"아, 나리, 어두운 밤에 웬일입시오" 하고 만보는 빗장을 빼고 문을 열

었다. 송 형사는 쑥 들어서며

"아씨는 어디 계신가" 하고 휘휘 둘러본다. 만보는 무슨 일이 난 줄 알고 눈살을 잔뜩 찌푸리고

"아씨는 주무셔요."

"응, 응" 하고 고개를 끄덕끄덕하며 속말로 '꼭 이 집인데. 남복을 하였지만도 암만하여도 여자야. 계집이란 것은 따라져서 담대한 짓을 곧잘 하는데, 더군다나 요사이 신진 여자라는 것들은 남녀평등이니 어쩌니 주절거리고 별별 고약한 짓을 다 하는데. 어쨌든 한번 면회나 하여 보자' 하고 만보에게 내가 좀 물어볼 일이 있단다고 이르라고 하였다. 국자는 자다가 치마도 못 입고 두루마기만 덧입고 마루로 나왔다.

"왜 보자시오? 심야에……."

"예, 심야에 안되었습니다. 잠깐 여쭈어볼 말씀이 있어서 그랬어요. 주무시는 양반을 깨워서 대단히 미안합니다" 하고 인사부터 늘어놓았다.

"무슨 말씀이어요?"

"저, 오늘 밤에 어디 나갔다 오셨나요?"

"아, 오늘같이 비 오는 밤에 가기는 어디를 가요?"

"초저녁부터 주무신 것은 할멈 할아범도 다 아는 일이올시다" 하고 만보는 말곁[18]을 달았다.

그러나 송 형사가 심야에 국자를 찾아온 것은 무슨 비밀이 있다. 그러나 그 비밀을 알 사람은 아무도 없다.

"지금 오신 것은 무슨 일이 있어 오셨나요?" 하고 국자는 되물었다. 그러나 직무상 비밀의 일이니깐 말은 않고

---

18   남이 말하는 옆에서 덩달아 참견하는 말.

"예, 그것 좀 알려고 그랬어요" 하고 국자만 노려보더니

"잠깐만 볼일이 있으니 내실과 뒤뜰을 좀 보게 하여 주시오" 하고 움푹한 눈을 떼굴떼굴 굴린다. 국자는 깊은 밤에 남의 집 내실 보자는 것이 비위가 상하여서 성이 발칵 났다.

"직권으로 보자시면 거절할 수 없소. 그렇지만도 가택 수색을 하시려거든 상당한 수속을 하지 않고는 못 보시지요" 하고 팩 쏘았다.

"아니, 그런 것은 아니야요. 실례지만도 잠깐만 보기만 할 터이야요" 하고 송 형사는 눙쳤다.

"볼 테거든 보시오. 나 자는 방은 여기요" 하고 국자는 자기의 방을 인도하였다. 송 형사는 창경窓鏡으로 들여다만 보았다. 그리하고 등에 불을 켜 가지고 마루 뒷문으로 나가서 동산 뒷문을 열어 보고 속말로 '이게 웬일일까, 틀림없는데.'

"암만하여도 여기 발자국이 있는데……" 할 때에 국자는 몸에 소름이 쪽 끼쳤었다. 그러나 태도는 조금도 변치 않고

"무엇이 이상한 형적이 있어요?" 하였다.

"……."

14. 성북동 수색 이것, 꽤 맹랑한 일이다

송 형사가 깊은 밤에 국자의 내실을 뒤진 일은 무슨 까닭이며, 뒷문의 발자국은 누구의 발자국이뇨? 송 형사는 경찰서로 돌아와서도 그것이 마음이 간지러워서 죽겠다. 별생각을 다 하여도 알 수가 없다. '에라, 고만두고 어서 잠이나 자자' 하고 형사실에서 드러누웠다. 문틈으로 솔솔 들어

오는 찬바람은 겨울보다 더 춥다. 암만 잠을 청하여도 눈은 점점 말똥말똥하여 온다. 그러고 성북동에서 놓친 검은 사람이 눈에 자꾸 보인다.

"아, 참, 이상도 하군. 아마 그때가 밤 1시는 되었을 때인데, 더구나 폭풍우가 심하였고 뇌성 번개가 무서웠었는데. 통히 왕래가 끊기고 나 하나밖에 지난 사람이 없었는데, 냇가로 뚜벅뚜벅 지나가던 사람은 남복은 하였지만도 손이 슬쩍 닿을 적에 그 손길이 곱던데. 잘못하였어, 그때 그 손목을 덥석 잡았다면 좋을 것을. 암만하여도 그것은 정녕 여자야. 여자라도 상일 않는 귀부인이야. 잘못하였거든, 거동이 수상하여 곧 꿰들려다가 고만두었거든. 응, 잘못하였어. 내 눈이 어려서 도깨비에게 홀렸었나. 다시 뒤를 쫓아갈 제 꼭 태준식의 정자 앞에서 형적이 없어졌는데, 발자국도 뒷문 앞까지는 있으되 그다음 일을 알 수가 없으니 괴상한 일이 아닌가. 그러나 아무 증거가 없고 또 정자지기 내외도 아씨는 초저녁부터 아기 데리고 주무셨다고 증명하니 그는 아닌 모양이요 또 나의 상식으로 판단을 할지라도 그 부인이 설마……. 그렇지만도 남자는 아니야. 여자는 꼭 여자지. 설령 발자국을 조사하여 형적이 있다 할지라도 그것으로 증거를 삼을 일거리가 있어야지" 하고 혼자 누워서 묻기도 하고 대답도 하여 가며 밤을 꼭 밝히었다.

오늘은 번 나는 날이다. 경찰서에서 나오는 길에 밥상을 받고 앉아서 어젯밤 일이 분하기도 하고 이상도 하여 밥을 먹으면서 곰곰 생각을 하다가 '에라, 성북동 큰 냇가에 무슨 비밀이든지 있을 터이니 어디 한번 다시 나가서 보겠다' 하고 부리나케 나갔다. 단장을 짚고 어젯밤에 지나던 근처를 남 보기에는 한가한 사람 모양으로 오르락내리락한다. 내는 그리 깊지 않다. 그러나 한 곳은 큰 바위가 우뚝 솟아 있고 그 밑은 폭포 비슷하게 물이 떨어져 흐르는 곳이 있는데 그곳은 좀 깊다. 깊대야 한 길은 못 되고 반 길은 단단하여 보인다. 그런데 그곳에서 무엇 하나가 물결에 흔들리어 너울너울한다. 이것이 무엇인가 하고 가까이 가 본즉 무슨 헝겊 조각 같다. 송 형사는 발을 빼고 바지를 넓적다리 위까지 걷고 들어서 보았다. 차츰차츰 들어가니 물이 무릎을 넘는다. 바지가 온통 젖었다. 물이 차기도 어지간하다. "에구, 그만두어야 하겠다. 옷 죄다 버리고 잘못하다가는 얼어 죽겠다" 하고 나왔다. 그래도 그렇지 못하여 "아, 그놈의 것이 무엇일까" 하고 단장을 들고 또 들어가서 헝겊 있는 곳을 꾹꾹 찔러 보았더니 무엇이 닿는다. "이것 보아라. 맹랑한 일이다. 암만하여도 사람을 하나 사는 수밖에 없군" 하고 다시 나와서 사람 하나를 사 가지고 그것을 건지게 하였다. 인부는 "찬물에 들어갈 수가 있나요" 하고 삯전부터 정하자 한다. 삯전은 교계較計 아니 할 터이니 건져만 내라고 간절히 권하였다. 인부는 돈 많이 준다는 김에 훌훌 벗고 들어섰다. 차기는 어지간히 차다. "아이고, 추워. 이것 말씀이야요" 하고 걸레 뭉치 하나를 끄집어내었다. 고약한 냄새 나는 보퉁이 속에는 어린아이의 송장이 들었다.

그러나 송 형사가 보기에는 그것이 물속에 여러 날 있던 것은 아닌 것 같다. 그런데 아이는 벌써 다 썩었으니 무슨 비밀이 있다 하고 곧 서署로 보고하고 검시를 하였다. 의사의 감정은 수태한 지 팔구 삭 된 아이를 떨어트린 것이요 떨어트린 지는 한 4주일 동안이나 되는데, 얻다 감추었다가 썩는 냄새가 몹시 나니간 물속에 넣은 것 같고 물속에 집어넣은 동안은 여덟 시간이나 열 시간가량밖에 아니 된다고 한다.

의사의 말과 걸레 조각이 물에 젖은 것을 보니 그 말이 어슷하고 그 시간이 어젯밤 캄캄한 중에 이상한 사람 만나던 그 시간과 같다. '그것이 여잘까? 여자기로 설마 태준식의 부인일라고. 뒷문까지의 발자국은 웬일일까. 그렇지만도 인격으로 보더라도 그 부인을 혐의할 수야 있나. 정자지

기 내외가 증명한 말이 있는데……. 어떤 년의 소위란 말이냐' 하고 진범인을 잡고자 성북동 일판을 모조리 수색을 하고, 엇비뚜름한 여자는 모두 잡아다가 힐문하였었다. 그러나 도무지 진범인은 알지 못하였었다.

송 형사는 어느 날 평양 출장을 갔다가 황금정에서 싸전 하는 조병일曹秉—이라 하는 처남의 집을 들렀더니, 그 집에 온 늙수그레한 마나님과 처남의 댁이 이야기를 재미있게 하는데 언뜻 들리는 말이 태준식이란 말 같다. 송 형사는 처남과 이야기하다가 눈을 딱 감고 귀를 기울였다.

15. 아이를 뱄던가요 아마 상사병인 게지요?

눈 감고 귀를 기울이던 송 형사는 그 태준식이란 사람이 누구인지를 알아보기로 결정을 하였다. 그러나 처남의 집에 와서 직무상 비밀을 말할 필요가 없으므로 이무기가 다 된 수단을 부린다.

"여보게, 밖에 보지 못하던 마나님이 있네그려."

"응, 그는 우리 마누라와 한 고향 사람인데 가세가 빈한하여 서울 가서 유모 노릇을 하다가 불행히 그 집주인이 죽고 집안이 어지러우니깐 나왔다는데, 시방 이곳에 어디 좋은 곳을 천거하여 달라고 삼사일 전부터 우리 집에 와서 묵고 있지."

"서울 뉘 집에 있었다나. 우리 서장 집에서 아이 보아줄 늙수그레한 마누라 하나를 구하는데 가 보려나 좀 물어보게."

"그것참, 잘되었군. 당자도 매우 좋아할걸" 하고 병일이는 아내를 불러

"지금 매부가 저 마나님을 서울 뉘 집 아이 보아줄 유모로 천거하겠다 하시니 가려나 물어보우."

"그럼 이리로 청하리까" 하고 마누라를 불러다가

"이 양반은 우리 시누이댁이신데 마나님 이야기를 하였더니 어디 좋은 곳이 있다고 하시니 가 보시려오?"

"예, 가지요. 대단히 고맙습니다. 이렇게 외로운 사람을 구제하여 주시니."

송 형사는 빙그레 웃으며

"천만의 말씀이시지요. 내 올라가는 길로 물어보아 가지고 곧 편지를 하여 드리리다. 그런데 이때껏 서울 계셨다니 어디서 사셨나요."

"저 서대문 밖 미나리골 서울은행장 태 씨 댁에 있었어요."

"아하, 그러면 연전에 간 곳을 모르는 태준식의 집에 계셨구려."

"어떻게 그리 자세히 아셔요. 그렇습니다."

"그러면 지금 그 부인은 성북동 정자에 나와서 있지요."

"예, 그 부인이오. 그렇지요" 하는 소리가 무슨 불평이 있는 것같이 보인다. 송 형사는 '옳다. 이 마누라를 잘 삶으면 알 일이 있겠다' 하고

"왜, 그 부인하고 무슨 틀린 일이 있어서 나오셨나요?"

"아뇨, 남의 집 고공雇工 사는 사람이 틀림이 왜 있어요, 하하하."

송 형사는 말머리를 돌리어

"그 부인은 신병이 있다고 성북동 나와 있다는데 대관절 그 병이 무슨 병인가요. 속병일까요, 상사병일까요. 요새는 매우 나은 모양인데 몸이 몹시 파리하였다오" 하고 묻지 않는 말을 자꾸 하여 노파의 대답을 듣고자 하였다. 형사의 탐정 수단인 줄 모르는 노파는 갈 곳 얻어 준다는 말에 입맛이 붙어서

"아, 그렇게 파리하셨어요? 나 있을 때는 애 밴 사람같이 몸이 뚱뚱하였는데" 하고 퍽 이상히 생각하는 모양이다. 송 형사는 인제야 바로 들어섰다 하고 이전 날의 비밀이 더욱더욱 의혹이 난다.

"그래, 애를 뱄던가요"하고 등을 쳤더니 노파는 잠자코 있다 한참 있더니
"아마 남편을 잃고 상사병이 든 게지요. 남편 없이 애가 어찌 듭니까"
하고 우물쭈물한다. 송 형사는 처남의 집인 까닭에 더 자세히 묻지 않고
고만두었다. 그러나 이전에 뚱뚱하던 몸이 성북동 와서 파리하여졌다는
말은 국자의 거동이 수상한데 그것을 조사할 증거가 없고, 또 그 여자가
상당한 여자가 아닐 것 같으면 잠깐 불러다가 한맛 치내렸으면 좋겠지만
도 그 여자는 재산가의 부인이요 상당한 교육을 받은 사람이며 또한 태
가의 일가도 번다하고, 그뿐 아니라 변호사의 김규필이가 있으니 함부로
다루다가는 큰코다칠 터이니깐 확실한 증거를 잡기 전에는 섣불리 손을
댈 수가 없다 하고 다만 그의 품행만 감시하였다.

국자는 요사이 썩 공명정대하다. 간혹 규필이도 찾아온다. 그러나 아침
에 나오면 낮에 들어가고 낮에 나오면 저녁때 들어간다. 인사나 오는 사
람은 모두 여자다. 아무리 주목을 하여도 알 길이 망연하고 눈에 보이는
것은 다만 봉룡이 사랑하는 것밖에 아니 보인다.

'아, 내 눈이 멀었느냐, 국자의 꾀가 교묘하냐' 하고 송 형사는 한숨을
쉬었다.

16. 겸식의 무죄 백방 나는 태가의 친족이 아니오

만산편야滿山遍野는 수놓은 것 같은데 준식의 집 대청 앞도 꽃단장을 하
였다. 부질없는 광풍은 심사도 사납게 뒤흔들어서 낙화는 뜰을 덮었다.
주인 없는 국자의 집은 아주 사람이 없는 것 같다. 꽃이 지고 잎이 피도
록 가장의 소식을 모르는 국자는 이제는 아주 죽었나 보다고 단념할 수

밖에 없었다.

그뿐 아니라 겸식이도 철장 속에서 예심에 부쳐 있으니 공판이 되는 날에는 변호도 하여야 하겠고 또한 공판을 한다고 꼭 무죄 되어 나올 증거도 원래 충분치 못하다.

그러나 규필은 흥분된 낯빛으로 어디 공판 날 보자, 무고한 양민을 혐의자라고 막 잡아다가 몇 달씩 옥중에 가두어 자유를 속박하는 것은 인권 유린이니깐 어디까지든지 이 악폐를 타파치 아니하면 안 되겠다고 두 주먹을 불끈 쥐었다.

놀려내는 봄바람과 화향花香에 취한 만도의 인사는 야유회니 운동회니 하고 날마다 야단법석이어서 경관은 교통을 주의시키기에 골몰이다. 이 때에 철창 속에도 꽃이 피었던지 태겸식의 공판도 열리었다. 김규필은 겸식을 위하여 검사와 논쟁을 여러 번 하였다. 그러나 검사는 겸식의 육혈포에 탄환 두 개 없는 것으로 증거를 삼아 가지고 조금도 지지 아니하려 하였다. 그런데 겸식의 육혈포는 4번형이요 박동서 오태정이가 맞은 육혈포의 탄환은 3번형이었었다. 이것이 피고 되는 겸식이에게는 유일의 설원雪冤 거리가 되어서 증거 불충분이라는 명목하에 겸식은 무죄 백방이 되었다.

이승 지옥이라는 철창 속에서 100여 일을 지낸 겸식은 길고 긴 날을 여러 가지 망상으로 지냈고 또 형의 종적을 몰라서 속이 여간 탄 것이 아니다. 태씨 문중에서도 어느 때까지 한없이 주인 없이 세월을 허송하는 것은 조금 재미가 없으니 태가의 집 기초를 튼튼히 할 방법을 정하는 것이 좋다 하여 여러 가지로 말이 있다가 마침 겸식이가 무죄 백방이 된즉 그 의논은 더욱 긴장하였다.

그래서 겸식이 나온 지 사흘 만에 친족 회의를 또 열었다. 규필은 원래

친족이 아니므로 또 사양을 하고 아니 온다. 겸식과 국자는 부디 참석하여 달라고 간권懇勸하나 규필은

"나는 준식의 친구요 태가의 친족이 아니니깐 중대한 회의에 참석하는 것은 월권이므로 참석지 못하겠소. 그러나 준식의 친구 되는 규필이는 성심성의로 태씨 집을 위하여 힘은 쓸 터이니 염려 마시오" 하고 웅치 않는다.

이때 국자도 조금 불평의 느낌이 있었지만도 평시에 하던 일을 생각하고 규필의 말이 이치는 있다 하고 강권치 않고 겸식이도 잠자코 있더니

"그러면 우리 집의 일은 의논하여 주시겠지요."

"그야 언제든지 나의 의견이 있으면 겸식 군이나 부인 앞에 속임 없이 말할 터이니깐."

국자는 겸식을 돌아보며

"그럼 아주버니, 오라버니는 댁으로 돌아가시라지요. 또 무슨 일 있으면 전화로 여쭈더라도."

"그럼 그러시지요."

"아무쪼록 이의 없이 잘 협의들 하십시오" 하고 규필은 자기 집으로 돌아갔다.

해는 그럭저럭 오정이 되었다. 친족 회의는 열리었다. 첫 번에 젊은 신사 한 사람이 입을 열어

"회의 시작되기 전에 여러 친척에게 한마디 말씀하고자 합니다. 이 회의에 우리 태가를 위하여 진력하시던 김규필 씨가 참석지 아니하시는 것은 매우 섭섭한 일이올시다. 시방 잠깐 듣건대 규필 씨는 태가의 친척이 아니니깐 회의에 참석지 못하겠다고 사양하시나 나는 생각건대 그 양반이 태가의 집에는 친척 이상의 진력자로 압니다. 또한 그 양반은 고명한

법학자시니깐 이러한 회의에 참석하시는 것이 가장 필요한 줄로 믿사오니 우리 친척 일동의 이름으로 또 한 번 청할 것 같으면 결단코 거절하실 리는 만무할 것 같습니다" 하는 사람은 준식의 종제從弟 되는 군인의 창식昌植이다. 친척 일동도 그 의견에 동의하였다. 더욱 국자는 말할 수 없는 기쁨을 띠더니 얼른 정신을 차리고 침착한 태도를 보인다.

"그럼 전화를 걸까" 하고 겸식이가 일어나는 것을 임항재 노인이 말리며

"아니야, 전화로 청하는 것보다는 모시러 가는 것이 옳지" 하는 것은 경력 많은 노인의 말이다.

"참, 사장査丈 말씀이 옳습니다. 그러면 총대로 내가 갔다 오겠습니다" 하고 창식은 벌떡 일어났다.

"그럼 아주버니도 좀 같이 가시지요" 하고 국자는 입을 열었다.

"예, 같이 가십시다" 하고 겸식이도 일어났다.

17. 봉룡의 가독 상속 청춘과부를 거저 늙혀

친족 일동 대표로 간 창식은 어떻게 간청을 하였던지 규필이도 어찌할 수 없이 출석을 하였다.

친족 회의 열린 대청 앞뜰에는 화초가 가득한데, 다 썩어 등걸만 남은 수양버들 한 주는 청청한 가지를 청승스럽게 드리워 초록장 늘인 것 같은데 바람이 부는 대로 화향을 몰아다가 대청 위로 끼얹는다. 열석한 사람 중에 나이 많은 사람은 국자의 아버지 임항재요 말마디나 하는 사람은 창식이며, 여러 사람에게 가장 존경을 받는 사람은 규필이다.

태가의 집 장래를 위하여는 유아 봉룡에게 가독 상속을 시키고 후견인

을 두어 안전히 가문을 영화롭게 보존코자 함은 말은 아니 하여도 일반이다. 그러나 서로 얼굴만 보고들 앉았지 딱 끊어 말하는 사람이 없으므로 창식은

"오늘 이 회의는 이 집에 중대한 사건이니 이 좌석에서 그중 연장 되시는 임 노인께 먼저 의견을 말씀하시도록 하는 것이 어떻습니까" 한즉 임 씨는 곧 대답하되

"아니요, 나는 봉룡의 외척이니 다른 친척 되시는 이가 말씀하는 것이 좋겠소" 한다. 그 말도 지당한 말이다. 또 한 사람이 입을 열어

"지금 임 노인의 말씀도 옳은 말씀이니 누구, 누구 하고 서로 밀 것 없이 창식 씨가 먼저 말씀하시는 것이 좋겠소" 한다. 좌중이 좋소, 좋소 한다. 창식은 한번 사양하였으나 모두 권하므로 마지못하여 발론發論을 한다.

"나 같은 사람이 발론을 하는 것은 좀 참월僭越[19]이오나 종중 여러분은 용서하시고 창식의 의견을 들어 주시기를 바랍니다. 우리 태가의 불행은 이제 새삼스럽게 말씀할 필요도 없지만도 주인의 종적을 모른 지 벌써 3년 동안이 되도록 아직도 그 소식이 묘연한 것은 실로 기괴한 일이올시다. 그러나 종적 없는 주인만 어느 때까지든지 기다리고 있는 것은 너무도 허황한 일인즉 어릴망정 그 혈통을 이을 봉룡이가 있으니 그 아이로 가독 상속을 시키고 겸식이나 부인이 그 후견인이 되도록 하는 수밖에 다른 도리가 없을 줄로 생각합니다. 가령 주인이 살아 있어서 내일이라도 돌아온다 할지라도 이 일에 대하여는 조금도 불평은 품지 아니할 줄로 믿습니다" 하였다. 좌중이 모두 찬성이다.

"옳은 말씀이오. 우리도 그 외에는 다른 도리가 없을 줄로 아오" 하고

---

19 분수에 넘쳐 너무 지나침.

규필이도 나중에 옳은 말씀이오 하였다.

겸식은 잠자코 고개만 푹 숙이고 있더니 무슨 의견이 있는 것같이 고개를 번쩍 들고

"나는 좀 다른 의견이 있소. 그러나 이 말은 여러분 앞에서 말씀 여쭙기가……" 하고 우물쭈물한다. 어떠한 의견이든지 말은 하여야지 말씀을 아니 하여서야 알 수가 있느냐고 규필과 임 노인은 자꾸 권한다.

"예, 좀, 말씀하기가 어렵고 실례라고도 하실는지 모르나……. 봉룡이로 가독 상속을 시키고 후견인을 두는 것은 우리 집의 안태安殆를 돕고자 하는 것이니깐 조금도 이의는 없습니다. 그러나 후견인을 상당한 사람을 두어야 되겠는데 나는 물론 그 자격이 없습니다. 또 형수씨를 후견인으로 정하는 것도 나는 좀 생각하는 바올시다. 청춘과부를 후견인이라는 이름으로 붙들어 매는 것은 좀 딱한 일이올시다. 내가 이렇게 말씀하면 혹 형수를 배척하는 줄로 아실 이도 계시겠지만도 나는 결단코 그러한 고약한 마음은 없소. 나는 오늘날까지 형수씨를 공경하기를 형님 이상 하였소. 또 나는 여러 종중이 다 아시는 바와 같이 방탕한 사람이요 그래서 형에게 눈총도 많이 맞았소. 그럴 적마다 형수씨에게 근심도 많이 끼쳤고 애호도 많이 받은 바요. 또한 그 양반의 평소의 품행도 내가 모르는 바가 아니나 내 집안일 생각만 하고 남의 생애를 속박하는 것은 좀 욕심 과한 일인즉 다른 사람으로 학문과 명망과 지위가 겸비한 사람을 구하여야 될 줄로 생각합니다" 한다.

일동은 모두 겸식을 쳐다보고 속말로 '제법이다', '감옥이 대학교란 말이 옳군' 한다. 하여간 그 태도가 조금도 가식이 아니고 진정이다. 창식은 한참 생각하다가

"그 말씀도 옳은 말씀이오. 그러면 어떠한 사람으로 후견인을 정하려나."

"예, 나는 우리 집에 인연 깊은 규필 씨를 천거코자 합니다. 아마 형수 씨도 반대는 아니 하시겠지요."

담뱃대를 물고 정신없이 듣던 임 노인도 감복하였고 다른 사람들도 다 찬성이다. 이맛살을 잔뜩 찌푸리고 앉았던 국자도 주름살을 펴고 입이 조금 벌어진다.

규필은 재삼 사양하였으나 문중이 모두 간청을 하므로 어쩔 수 없이 봉룡의 후견인이 되었다.

18. 국자의 개가 문제 꽃 같은 청춘을 허송한담멘

임 노인은 잠깐 눈을 감고 앉았더니 담뱃대를 탁탁 떨며

"이제는 규필 씨가 승낙을 하셨으니깐 아무 걱정 없이 잘 지낼 터이요 나도 마음에 매우 좋소. 그런데 일이 그리되고 보면 우리 딸은 이 집에 소용없는 인물이 되고 말까 보오. 봉룡이도 어릴망정 나이 다섯 살이니 이제는 어미를 떨어져서도 살 터이요 또 후견인이 있는 이상에는 볼일이 없을 터이니깐 형편 보아서 국자는 내가 데려갈까 보오" 하고 느럭느럭 말을 마치었다. 그 말끝에 겸식은

"사장, 여봅시오. 제가 아까 형수의 이야기를 하였다고 그러십니까. 매우 미안합니다그려. 나는 결단코 형수를 해코자 하는 사람은 아니올시다. 아무쪼록은 그의 장래를 염려하여 그런 것입지요."

"예, 우리 딸의 장래를 염려하셔서······. 대단히 고맙소. 그러면 그 장래를 어떻게 염려하시는지 말씀하오."

"나는 형수씨에게 의견을 들어 가지고 다행히 승낙을 하실 것 같으면

생명을 돌보지 않고 그의 장래의 행복을 돕고자 합니다. 나는 양친을 일찍 여의고 엄형 밑에서 자라났으므로 부모의 따뜻한 정도 모르고 형의 사랑도 못 받았소. 그래서 일상에 형과는 반목으로 지냈소. 그 까닭에 필경 나는 이렇게 방탕한 사람이 되고 말았습니다. 그러나 형수씨가 우리 집에 들어오신 이후로는 나를 불쌍히 여기셔서 여러 가지로 형을 권고하고 나를 위로하여 그래서 우리 형제간에도 얼마큼 우애가 있었습니다. 이것이 모두 누구의 힘이냐 하면 형수씨의 감화력이요 내가 오늘날 사람답게 이 자리에서 떠드는 것도 형수씨의 감화올시다. 한즉 목석이 아닌 겸식이도 그 은혜야 모르겠습니까. 그러므로 나는 내 집의 형편만 고집하지 않고 형수씨의 앞길을 염려하는 바이니깐 어떠한 일이든지 형수씨를 위하여 하는 것은 나의 당연히 행할 의무로 압니다" 할 때에는 거짓말 아닌 진정이 얼굴에 나타났었다.

"아주버니가 그렇게까지 말씀하시는 것은 고맙소" 하고 국자는 고개를 폭 숙이고 앉아서 자탄을 한다. '세상에 여자란 성명性命이 없는 물건이로구나. 내 마음을 어찌 알고 자식까지 있는 사람을 내보낼 뜻을 두노. 과부는 으레 개가하는 법인가? 필부필부가 만나 한 가정을 조직하였다 할 것 같으면 남녀가 똑같은 권리가 있어야 할 터인데, 여자는 남자의 노리개가 되어 일생을 딸려 지내고 또한 부부가 살다가 남편이 죽으면 자식에게는 상속을 시키되 계집에게는 그것을 아니 하니 이런 망한 놈의 제도가 있나' 하고 세상까지 원망을 하고, 임 노인은 다 벗어진 대머리를 쓰다듬으면서

"나는 거기 대하여 무엇이라고 말할 수 없소. 자식의 일일지라도 그 속은 알 수 없으니깐 차차 당자의 의견을 들어 가지고 처치하기로 합시다. 정 할 수 없는 경우에는 내가 데려갈 터이니."

"영감께서도 깊이 생각하십시오. 겸식이도 무슨 다른 욕심이 있어서 형

수를 내쫓고자 하는 것이 아니라 꽃 같은 청춘을 그대로 늙히기가 가엾어서 그러는 말이니깐 또 문중이 의논하여 가지고 좋도록 조처할 것이올시다” 하고 규필이도 말하였다.

“규필 씨의 말씀과 같이 겸식이는 무슨 악의로 그런 말을 하는 것이 아니라 진정으로 동정을 표하는 것이올시다” 하고 창식이도 입을 열고 친척 중에서도 “과부의 전정을 위하는 말이지 딴 사정이야 무엇 있소” 하고 벅적벅적한다.

죽은 놈의 신짝같이 천대를 받는 국자는 ‘고만 태가의 집에는 무용의 것이 되었구나! 나에게 대하여 일어날 문제는 개가 문제인데, 과연 그렇게 되면 무엇이라고 대답을 하여야 좋을꼬. 열녀는 불경이부라고 주장할까, 나가라고 자꾸 떼미는 것을. 아직도 내가 그리 썩지는 아니하였는데 눈총을 맞아 가며 진대를 붙일 것이야 무엇 있나’ 하고 곰곰이 생각하는 것같이 보인다.

“형수씨, 무어, 그렇게 걱정하실 것 없습니다. 나는 결단코 형수씨의 말씀을 거역지 아니할 터이니 안심하십시오” 하고 위로한다.

국자도 가만히 다시 생각하니 한편으로는 고맙고 또 한편으로는 너무도 야속하다. 국자의 아버지는 더할 것 없다. 좌중도 모두 “그렇지, 그 말이 옳지. 정절은 다 무엇이야. 꽃 같은 청춘을 공연히 홀로 늙힌담엔. 겸식의 말이 지당한 말이야” 하고 겸식의 칭찬이 대단하다. 이날은 겸식이가 가장 쓸 만한 사람이었었다.

19. 국자의 자살 미수 나는 간다, 잘 있거라!

밤은 깊었다. 사람은 헤어지고 준식의 집은 적막하다. 국자는 자기 방에서 자지도 않고 앉아서 봉룡이의 자는 것을 멀거니 내려다보고 친족회의 일을 다시 생각하고 '이런 년의 신세가 살아 무엇 하노' 하고 자탄을 하였다. '시아주버니의 말눈치가 나를 어느 때까지 봉룡의 어미로는 두지 않을 모양이요 어디로 시집을 보낼 작정인데, 그가 내 속을 유리 대고 들여다본 것은 아닌데 어떻게 내 속을 그리 알고 개가를 하라고 권하노. 팔자를 고칠지라도 내 마음에 드는 사람을 얻을 터이겠고 또 그 말은 내가 먼저 낼 말인데, 내 입에서 그런 말 나기 전부터 시아주버니가 먼저 발론을 하는 것은 나를 끈 떨어진 망석동이로 알고 어서 딱지 시키고자 하는 말이요 또는 내 마음을 흘러보려 하는 것이니깐 그 꾀에 넘어가지 말고 나는 어디까지든지 정절을 지키겠다고 거절할 수밖에 없다. 설령 태가의 집을 버리고 간다 할지라도 봉룡이는 나의 자식이니깐 천하에 모자의 정리를 끊을 사람은 없을 것이요 또한 봉룡의 후견인이 저 양반인데 그야 설마 나를 배척할라고. 더구나 사리에 밝은 법률학자요 훌륭한 신사며 또 개인의 이해관계로도 나를 배척할 일은 만무하겠지. 그러나 나를 자꾸 시집보내려고 하는 것이 큰 걱정이다. 내가 싫다면 고만이겠지만도 나를 자꾸 딱지시키려 하는 것이 분하고 슬퍼서 못 견디겠다. 세상에 이럴 도리가 있을까. 자식까지 있는 사람을 내쫓으려 한담메. 이런 년의 신세가 살아 무엇 하노' 하고 훌쩍훌쩍하다가 다시 정신을 차려 눈물을 씻고 자는 봉룡의 얼굴에 뺨을 대더니 벌떡 일어나서 의걸이 서랍을 열고 날이 새파란 단도 하나를 꺼내 놓았다. 괘종은 12시를 치는데 바람이 어찌 몹시 부는지 풍경 소리가 요란하다. 광풍에 휘날리는 꽃 조각은 불빛에 보기에는 흡사히 눈 날리는 것 같다. 바람 소리에 놀라 깬 겸식은 무슨 인기척이 나는 것 같다 하고 순행을 돌다가 안방 근처를 갔더니 훌쩍훌쩍하고 우는 소리가 난다. 겸식은 깜짝 놀라 발을 멈추고 숨소리도 없이 서서 손가락에다 침칠을 하여 가지고 문구멍을 뚫고 가만히 엿본즉 국자가 단도를 옆에 놓고 봉룡이를 내려다보고 훌쩍훌쩍한다. 겸식의 가슴은 두근두근한다. 서툴리 하다가는 사람을 잡겠다, 그런데 여기서 인기척을 내었다가는 안 될 일이고 어떻게 하든지 방 안으로 사뿟 뛰어 들어가서 단도 먼저 뺏어야 하겠는데 하고 곰곰 생각할 때에 국자는 시름없이 일어나서 몸에 지닌 물건을 다 꺼내 놓고 봉룡의 머리맡으로 앉더니 섬섬옥수로 이불자락을 쥐고 한 손으로는 봉룡의 머리를 어루만지며 땅이 꺼지도록 한숨한 번을 휘 쉬더니 처량한 목소리로

"봉룡아, 아무쪼록 말 잘 듣고 새집 아저씨나 작은아버지의 가르치시는대로 잘 준행하여라. 너의 엄마는 오늘밤까지다" 하고 흑흑 흐느끼며 봉룡에게 뺨을 댄다.

'아, 내가 형수의 장래를 위하여 낮에 말씀을 하였더니 아마 불경이부라는 굳은 결심을 가지고 자살을 하려고 하나 보다. 이것은 내 손으로 죽이지 아니하였다 할지라도 내가 형수를 죽이는 것이나 일반이니깐 내 몸이 두 쪽이 나더라도 우리 형수를 구원하고 장래에 행복을 누리게 하여야 하겠다' 하고 겸식은 숨도 아니 쉬고 문구멍만 들여다보고 있다.

방 안에 있는 국자는 자살을 결단하고 황천으로 가려 하나 사랑하는 자식이 거리끼어서 가슴이 찢어질 듯한 한숨만 쉬고 주저하더니 '에라, 가는 년이 자식을 알 바가 있느냐' 하고 덥석 단도를 쥐고 다시 한번 봉룡에게 뺨을 대고

"봉룡아, 나는 간다. 엄마는 아주 간다. 잘 있거라" 아, 하, 흑흑하고 칼

을 번쩍 들 때 밖에서 노리고 있던 겸식은 미닫이를 잡아 젖히고 한걸음에 뛰어들어 오른손을 꽉 붙잡고

"형수씨! 웬일이셔요. 봉룡이가 불쌍치 않습니까. 어쩌자고 마음을 이와 같이 결심하셨습니까" 하고 단도를 뺏었다.

국자는 고만 그 자리에 푹 엎드러졌다.

"형수씨, 이것은 잘못 생각이올시다. 내가 낮에 말씀한 것을 오해하셨나 보오이다마는 이것은 너무 조급한 일이올시다. 지금 만약 형수씨가 어떻다 하는 날에는 봉룡이를 어찌하잔 말이오. 내가 말씀한 것을 깊이 생각하여 보셔요. 조끔이라도 재산에 욕심을 두거나 형수씨를 해치고자 하는 말은 아니야요. 나는 당신을 위하여 그러한 것이올시다" 하고 사리를 변명하나 국자는 아무 말 없이 엎드려서 머리를 산발하고 "에구, 에구" 할 뿐이다.

20. 정절은 다 무엇이오 여자는 절개가 제일이라는데요

국자는 차차 머리를 든다. 수건으로 눈물을 말짱히 씻고 정신을 가다듬더니

"아주버니, 용서하셔요. 여자의 좁은 소견에 옹색된 심사를 풀지 못하고 뜻밖에 걱정을 끼쳐 드려서 매우 미안합니다. 다시는 지금 같은 미친 짓을 아니 할 터이니 안심하셔요."

"하마터면 큰일 날 뻔하였어요. 형수씨가 잘못 생각이지요."

국자는 또다시 흑흑 느끼며

"나는 내 신세를 한탄하고 그런 것이어요. 의탁할 곳 없는 몸뚱이가 살

면은 무엇 하여요."

"그러게 내가 아까도 형수씨의 장래를 위하여 한 말이 아닙니까."

"나의 장래를 행복되게 하신다는 것은 어쩐 말씀이어요."

"아, 그것은 내가 변변치 못한 사람이지만도 상당히 연구하여 가지고 한 말인데 형수씨의 뜻에 합할는지는 모르나 합하고만 보면 형수씨도 이로부터 반생을 인생다운 행복을 누릴 것이요 또한 봉룡에게도 매우 유조 有助하지요."

"나는 자식을 위하여 유조한 일이면 형님의 간 곳을 알 때까지 머리를 깎고 승 노릇이라도 하겠소."

"그런데 말하기가 좀 어렵습니다. 나는 진정으로 말을 하지만도 형수씨가 잘못 들으실까 염려가 되어요."

"말씀이야 못 할 것 무엇 있어요."

"예, 정 그러시면 말씀을 하겠습니다. 그러나 이것은 의논이지 결단코 형수씨를 배척하는 뜻은 아니오니 혹 나의 말이 뜻에 맞지 않더라도 조금도 노염은 품지 마셔요."

"괜찮아요. 말씀하셔요."

"다른 말 아니라 개가 문제올시다. 꽃 같은 청춘을 외로이 지낸다는 것은 의문이요 또한 아까운 반생을 무슨 까닭에 홀로 지낼 필요가 무엇 있어요. 옛적 같으면 절개니 무엇이니 하고 예의에 꺼리어서 생으로 늙지만도 이제는 그따위 인습은 타파할 때요 또 한국 시대에 고종 황제께서도 칙령으로 과부의 개가를 허하셨으며, 또한 20세기 평등 시대에 남녀가 평등이요 연애가 자유인데 하필 여자의 개가만 이 품행에 관계될 리가 있어요."

"에구머니나, 그래, 나더러 개가를 하란 말씀이오? 내가 어찌 그리 잡년인 줄 아셔요?"

"아니, 그렇게 말씀하실 것이 아니어요. 나는 결단코 여자의 개가를 책하지 않습니다. 형수씨도 생각을 하여 보셔요. 인생 되기는 남자나 여자나 다 일반인데 어째서 남자는 몇 번 장가를 들어도 무관하고 여자는 개가하는 것이 흉이라 합니까. 이것은 단지 인습에 지나지 못하는 일이요 결단코 이것으로써 가문에 관계될 일은 없으리라고 생각합니다. 더구나 형수씨로 말하면 현대 여자 사회에서는 신진이요 또한 모든 인습을 타파할 제일 전선에 선 이가 아니셔요. 이따위 개가 같은 일을 인습에 눌려서 못 하신다 하면 참으로 현대 여자계를 위하여 가석한 일입니다."

"그런가요. 정절은 여자의 제일 되는 것이라는데요."

"정조가 여자의 제일이라 하는 말은 유부녀에게 하는 말이지요. 하늘이 남녀를 내실 때는 반드시 짝을 지어 살게 하신 것이 아니어요. 정조가 제일이라고 모두 홀로 지낼 것 같으면 도저히 국민의 수효가 늘 수 있습니까."

겸식은 여러 가지로 과부의 정절 지키는 것이 옳지 못한 점을 들어 말하였다. 국자도 겸식의 말이 이치 있음을 깨달았다.

"아주버니 말씀도 이치는 있는 말씀이오. 내 정상을 그만치 염려하여 주시니 대단 감사합니다. 그러나 내가 개가하는데 봉룡에게까지 유조할 일이 무엇 있습니까. 만약에 내가 팔자를 고치는 날에는 그 자식은 데리고 갈 수는 없는데요."

"있지요. 좋은 수 있어요."

"나는 개가하는 날에는 결단코 봉룡이는 데리고 갈 수 없어요. 지금 세상이 어떻게 각박한 세상이어요. 일전 신문에 못 보셨소. 충청도 음성에서 어떤 놈이 의붓자식 두 살 먹은 것을 바늘로 쑤시어 말려 죽였단 말 좀 보셔요. 그것 데리고 가는 날이면 나까지 말라 죽게요."

"예, 그것은 우리 집 형세가 아직 밥은 아니 굶는 터이니깐 데리고 가지 못할 곳이면 내가 먼저 못 데리고 가시도록 할 것이지요마는 이곳은 아주 참한 곳이니깐 그런 염려는 조금도 없습니다."

"그럼 아주 참한 곳을 정해 놓았단 말씀이오?"

"예, 한 군데 참한 곳이 있어요."

"가든 아니 가든 말씀이나 하셔요."

"철석같은 형수씨의 정조를 알면서도 이런 일을 권하는 것은 내가 죄지을 놈이오. 그러나 사리에 옳은 일은 주저 말고 행하여야지 그까짓 인습에 끌리어 주저할 것은 아니야요. 그런데 누구라고 말하기가……" 하고 겸식은 머리를 긁적긁적하며 국자의 얼굴을 쳐다본다. 국자는

"어려우실 것 없어요" 하고 재촉을 한다.

"저, 규필 씨가 작년 겨울에 상배喪配를 아니 하셨습니까."

"그래, 그 집으로 나를 가란 말씀이오?" 하고 국자는 성이 발칵 나서 별안간 상혈上血이 되고 고개를 폭 숙인다.

"예, 그 양반 말씀이어요. 무어, 다른 곳으로 고를 것 없습니다. 사람도 얌전하고 지식도 많고 지위도 상당하고, 또한 한집에서 여러 해 같이 계셔서 피차 아는 흉 모르는 흉 다 없고, 눌러서 봉룡의 후견인이니깐 봉룡에게도 다시 더할 말 없이 유조한 사람이지요. 이 겸식의 말이 조금도 거짓말은 없사오니 한마디 대답만 하셔요" 하고 자꾸 조른다. 국자는 뜻밖에 규필이란 말을 듣고 공연히 죄지은 사람 모양으로 얼굴이 빨개지고 몹시 부끄러워하는 모양이다. 잠자코 고개를 폭 숙이고 한참 앉았더니

"그것은 아주버니가 잘못이시지요. 말로라도 오늘날까지 오라버니라고 부르는 이를 남편을 삼으란 말씀이오? 나는 도무지 아주버니의 말씀을 알 수가 없소" 하고 톡 쏘았다.

“아, 그것이야, 무어, 사해가 모두 동포 형제자매인데 친족 관계없이 오
라버니 누님 하기야 무슨 관계가 있소.”

“그러면 세상에 의리라는 것은 없게요. 에에, 그런 말씀 마시오. 공연히
그 양반이 아시면 모양 흉하시리다” 하고 국자는 한숨을 쉰다. 그러나 그
어조가 그다지 거절은 않는 모양 같다. 겸식은 쇠뿔도 단결에 빼야 한다
하고 버쩍 족친다.

“형수씨, 어쨌든 봉룡이만 잘될 일이면 승낙하시겠지요.”

“그야 다시 말씀할 것 없지요. 그러나 자식 데리고는 나는 못 가겠소.”

“예, 나도 압니다. 섣불리 형수씨의 정조를 더레고자 하는 내가 아니니
깐 염려 마셔요.”

“나는 밤낮 간 곳 모르는 가장의 걱정뿐이지 아직 개가하고 싶은 생각
은 손톱 끝만치도 없어요. 아주버니도 단념하시지요.”

“아, 그야 형수씨의 부덕을 내가 모르는 바가 아니올시다. 그러나 형수
씨의 사정이 하도 딱하여서 그러는 것이어요. 그런즉 어쨌든지 한번 규필
씨의 의견이나 들어 봅시다그려.”

“아서요, 공연히 그러시다 모양이나 흉하시지요.”

“예, 겸식이도 사나이랍니다. 다 눈치 있게 거들어 볼 터이니 그것은 아
무 염려 마셔요.”

밤은 깊다 못하여 밝게 되었다. 사면에 닭 우는 소리만 요란한데 겸식
은 사랑으로 나간다. 마루 끝까지 나와서 전송을 하는 국자는 말은 아니
하여도 기쁨이 얼굴에 가득하여 공연히 입이 자꾸 벌어지려고 하였다.

21. 의외의 혼인설 학생 때부터 다리 길을 썼어요

꽃은 다 떨어지고 녹음이 한창 성할 때다. 국자는 요사이 심사가 좋지 못하다고 방 안에 꼭 들어앉아서 한숨만 쉬고 있다. 마치 시앗 본 사람 같다.

오늘 아침에는 영창을 열어젖히고 뜰에서 봉룡이가 풍뎅이를 잡아 가지고 잣나무 풍풍 버드나무 풍풍 하는 것을 넋을 잃고 내다보고 있다. 어찌 정신 잃고 보았던지 겸식이 오는 것도 모른다.

"형수씨, 무엇을 그리 정신없이 보십니까" 하는 소리에 사람 온 것을 알았다.

"네, 이제 오셔요."

"그런데 나는 엊저녁에 의외의 이야기를 들었는데, 혹시 형수씨도 들으셨는지 알고자 왔습니다."

"그게 무슨 말씀이어요. 무엇이 무슨 의외의 이야기여요."

"저, 규필 씨가 장가를 든다는 소문을 들었어요."

"참, 그것 잘되었습디다. 황은식黃殷植 씨의 소개로 석인택石仁澤 씨의 딸과 한다지요" 하고 겉으로는 좋게 말을 하나 속으로는 조금 비위가 상하는 것 같다.

"형수씨는 벌써 다 아십니다그려" 하고 겸식은 눈치만 보고 있다. 국자는 잠자코 앉아서 아랫입술만 윗니로 물어뜯더니

"저 진명학교 출신인 석애라石愛羅라지요. 애라는 침선도 얌전하고 학식도 많으니깐 규필 씨도 매우 좋아하시겠군……" 하고 길게 잡아당긴다. 그리고 실망의 탄식을 쉬려다가 억지로 참느라고 얼굴이 새빨개졌다.

"아직 확정은 아니 되었지요. 나도 규필 씨에게 듣지는 못하였으니깐."

"벌써 선까지 다 보고 신붓집에서도 매우 좋아하고, 중매하는 양반도

열심으로 주선을 하고, 규필 씨도 승낙을 하여서 아마 일간 혼인을 하기로 택일까지 하였다지요. 그런데 남의 말 할 것은 아니지만도 그 양반이 아무리 재취일망정 어디 규수가 없어 그리로 하는지 몰라요.”

“왜요?”

“소문에는 학생 때에 아이까지 낳았다고 하였지요. 그렇지만 그 양반이 그런 일 모르고 하셨겠소.”

“아, 그래, 학생 때부터 다리 길을 썼어요? 이것 아니 되겠군. 내가 규필 씨에게 충고하여 그따위 여자는 배척하도록 하여야 하겠군.”

“에구, 아주버니, 고만두셔요. 남의 경사에 큰 마魔올시다. 왜 남에 못할 일을 하셔요. 또 아주버니가 그 말씀을 하시면 내게 그 재액이 올 것이니 제발 고만두셔요.”

“아니어요, 걱정 마셔요. 형수씨한테 들은 양으로는 말 아니 할 터이어요. 그따위 계집을 얻으려면 헌계집을 얻지 점잖은 집안에 그것이 되었나. 어떻든 형수씨는 잠자코 계셔요. 내가 어떻게 하든지 그 혼인을 파혼시키고 말 터이니” 하고 겸식은 무슨 큰일이나 난 것같이 국자의 말림도 듣지 않고 급히 나갔다.

겸식은 집으로 돌아와 보니 때는 오정 조금 전이다. 점심에 반주로 맥주병이나 먹었더니 좀 취하였다. 취한 김에 식곤이 나서 잠깐 눈을 붙였다.

“나리, 전화 왔습니다” 하고 하인이 깨운다. 깜짝 놀라 머리를 들고

“어디서 왔니.”

“경성신보사 조기천趙基千 씨래요.”

“응, 경성신보사야” 하고 벌떡 일어나 전화를 받고 곧 급한 일이 생긴 것같이 밖으로 나갔다.

22. 신혼여행의 예비 연습 요새 계집애들 하나 성한 것 있나

야주개 전차 정류장에서 전차 오기를 기다리고 섰으려니깐 고장이 생겼는지 도무지 오지 않는다. 한 10분 동안이나 기다린즉 승객은 하나씩 둘씩 늘어서 10여 인이나 모이었다. 그래도 전차는 아니 온다. '에라, 인력거 타는 수밖에 없다' 하고 한 10여 보 걸어가려니깐 뒤에서 "하이, 하이" 하고 종을 친다. 겸식은 깜짝 놀라 비켜서려 할 때 소매를 툭 치고 지나가는 두 채의 인력거 둘 다 우비를 씌워서 자세히 보지는 못하였으되 앞에 탄 사람은 젊은 남자 같고 뒤에 탄 사람은 분명히 애라 같다. '규필이와 일간 결혼할 색시가 이상도 하다. 젊은 남자와 인력거를 타고 다닌다니. 정말 이 계집아이가 다리 길 낱이나 쓰나 보다. 어디, 내 좀 따라가서 탐정을 하여 가지고 규필 씨와 혼인을 파하게 하여 보겠다' 하고 곧 인력거 한 채를 잡아타고 그 뒤를 쫓는다. 삯도 정치 않고 앞선 인력거만 쫓으라니깐 인력거꾼은 '애, 이번에는 땡 떴다' 하고 신이 나서 쫓아간다.

인력거는 남대문 밖으로 나가 경성역으로 들어간다. 겸식이도 내렸다. '기차는 아직 떠나지 아니하였으니깐 대합실에 있을 터인데, 젊은 남자는 누구며 애라의 태도는 어떠한가. 그 거동만 보면 알 수 있으니깐 몰래 정탐을 하여 보리라' 하고 삼등 대합소로 들어가서 눈을 매방울 두르듯 하여도 그림자도 아니 보인다. '그렇지, 그러한 하이칼라들이 삼등 탈 리가 있나' 하고 다시 나와서 일이등 대합소를 들여다본즉 애라는 거울을 들고 옷깃을 바로잡고 젊은 남자는 벌떡 일어나서 차표를 사러 나오는 모양이다. 겸식은 얼른 몸을 사람 틈으로 감추었다.

때는 1시 10분이니 경원선 차가 떠나기 10분 전이다. 요령을 흔들고 "겐산, 겐산"[20] 외치는 소리가 나더니 정거장 안이 물 끓듯 하고 행렬이 좍

지어진다. 젊은 남자와 애라도 그 혼잡 속에 들어서서 표를 찍더니 어느 결에 차를 탔는지 보이지 않는다. 옳다, 너희들이 석왕사釋王寺를 가는구나 하고 겸식은 돌아서서 전차를 타고 조기천이를 방문하였다.

신문사 응접실에는 둥그런 테이블 하나가 놓였는데, 겸식이 알 낯의 사람이 둘러앉았다. 그중에 한 사람은 외교부의 주임이라는데 20여 년간을 외교 기자 노릇을 하여 동업자 중에서도 엄지손 꼽는 구태민具泰敏이라 한다.

"여보게, 태민이, 그 일은 자네가 잘 알지. 겸식 군에게 이야기 좀 하게" 하고 조기천이가 말을 낸다. 그 말끝에 겸식이는

"매우 수고는 스러웠네마는 어째 말눈치가 숙녀 가치는 못 되는 모양인가 보이그려."

"아, 그렇게 말씀할 것은 아니오. 기천이도 소개를 하고 자네도 그 비밀을 알려고 하니 내가 이전에 탐정하여 둔 사실을 이야기함세" 하고 양복 주머니 속에서 조그마한 수첩 한 개를 꺼내더니 연필로 쓴 글자가 다 지워진 것을 내보이면서

"그 계집아이가 스물하나나 둘밖에는 더 되어 보이지 아니하나 나인즉 스물여섯 살일세. 품행은 어떠한고 하니 스물네 살 때에 하나 지웠지流産. 그런데 그때는 어찌 교묘하게 하였던지 세상에서 전혀 몰랐었소. 그 후 관계자 한 사람이 만족지 못한 일이 있어 그 비밀을 잠깐 드러내었더니 그 아버지가 돈 200원으로 입을 막은 사실이 역력하오. 만약 자네가 필요한 일이 있을 것 같으면 내가 그 확실한 증거를 줌세."

"아, 저런, 품행이 그따위야" 하고 조기천이는 말 참섭을 하였다.

"근일의 여학생이니 숙녀니 하는 것들은 모두 그따위지. 하나 성한 것

---

20 원산(元山)의 일본식 이름.

있나, 하하하.”

“아, 그래, 부모가 그것을 알고도 모른 체한담메” 하고 겸식은 입을 딱 벌리었다.

“알면은 어쩌나. 자유연애라고 막 들이세우는 데는 할 수 없지. 흥, 제 것 가지고 제 마음대로 한다는데야 어찌해” 하고 구태민이는 웃으면서 여송연을 피운다. 겸식은 정신없이 구태민을 쳐다보며

“나는 그런 줄은 몰랐구려” 하면서도 속마음으로는 형수의 말이 옳구나 하였다.

“그런데 요새 소문에 어떤 변호사하고 혼약이 되었다데” 한다. 그 말은 사실이다.

겸식은 아까 뒤밟던 일이 거듭 생각이 나서 아마 그러면 석왕사로 신혼여행의 예비 연습을 하러 갔나 보다 하였다.

23. 애인을 빼앗긴 사강준 신정도 좋거니와 구정도 생각해라

겸식은 규필에게 재삼 간권하였으나 그 효험은 조금도 없고 애라와 혼인은 확정이 되어 이미 봉치[21]까지 갔다.

애라는 당세의 하이칼라요 교제가 능란한 여자인데, 여자끼리보다도 남자하고 교제가 썩 능란하다. 키는 조금 커서 장대란 별명을 듣고 미인의 결점이 되지만도 간특한 수단에는 장부의 간장이 다 녹는다.

애라가 규필이와 교제를 한 후로 지금까지 그와 친친히 교제하는 남자

21　혼인 전에 신랑집에서 신붓집으로 보내는 채단(采緞)과 예장(禮狀).

는 없다. 꽃 속 녹음 밑에서 꿀 같은 이야기로 흥 치던 벗님네는 헌신 버리듯 다 집어 버리고 돌아보지 아니하였다. 그러나 애라의 교제술은 친소親疏에 대하여 표정을 달리 아니하는 것이 특색이었다. 청혼이 있기도 수십 차 있었지만도 모두 퇴박은 하되 조금도 감정은 사지 아니하였다. 이것이 그의 교묘한 교제술이다. 그러나 규필이와 교제가 점점 익어 간 뒤로는 이전에 부리던 수단은 다 집어 버리고 전력을 다하여 규필에게만 정을 쏟았다.

이 통에 자빠진 경도京都 대학 출신의 공학사 사강준史岡峻이는 그 누이 순애順愛와 동창생이라는 인연으로 애라와는 더욱 친친한 교제를 하고 지낸다. 그 일에는 순애 몰래 둘이서 교외 산보도 다니므로 남들이 모두 부부로 안다. 더욱 인력거꾼들은 두 사람의 그림자만 보아도 익히 양주 분이 또 산보 나오셨다고 한다. 강준이도 여러 번 청혼을 하였으나 그다지 거절도 아니 하고 쾌락도 아니 하므로 강준은 감질 병이 나게 되었다. 그리하여 하루는 애라의 아버지에게 직접으로 교섭을 하여 보았으나 이때는 벌써 애라가 새 낭군 김규필을 만나 가지고 죽을지 살지를 모르는 판이고 규필이보다도 애라가 더 규필의 부인 되기를 원하는 판이므로 이전과 같이 이도 좋다 저도 좋다 하지는 않는다. 그래서 강준의 청혼은 아주 거절을 하였다. 강준은 고만 실망하여 분함을 이기지 못하고 날마다 그를 경칠 년이니 고약한 년이니 하고 욕을 하기는 하되 그 봄날같이 따뜻한 말과 꽃같이 고운 얼굴을 대하기만 하면 공연히 입이 벌어지고 옛날과 같다.

강준이는 이와 같이 미쳤으되 애라는 겉으로만 교묘하게 농락을 하고 충심에는 손톱 끝만치도 사랑이 없이 규필에게 미쳐서 날뛴다. 그 꼴은 마치 갈보나 다름이 없다. 사랑을 빼앗긴 강준이도 어지간히 미쳤었다.

'나도 사나이다. 가령 조그마한 계집의 일일지라도 내 모양이 꼴이 못된 이상에는 생명을 돌보지 않고 결딴을 내고 말 터이다. 나를 만약에 미친 놈이라고 웃을 사람이 있거든 웃어라' 하고 분에 못 견뎌서 몸을 부르르 떤다. 친구들도 말리고 친척들도 말리었으나 연애에 미친 강준은 눈이 벌컥 뒤집혔다. 그래서 이년을 잠깐만 만나 보았으면 좋겠다고 벼른다. 그 말이 매우 수상하였다.

강준은 화가 난다고 술만 먹으나 술을 먹을수록 화는 점점 더하여 눈에 보이는 것이 모두 애라 뺏어 간 놈같이 보인다. 술이 깰 때면 마음을 안정하고 고만두자고 제 마음을 천번 만번 달래어도 도무지 안정이 아니 된다. '에라, 화나는데 산보나 가겠다' 하고 나올 때에 육혈포를 양복 주머니 속에 넣고 나왔다. 정처 없이 나와서 발길 가는 곳으로 가고 보니 남산 누에머리를 다다랐다.

해는 서산에 걸리었는데 남산의 솔잎은 넘어가는 햇발이 비치어 황금가루 뿌린 것 같다. 차츰차츰 올라가니 국사당國師堂 앞 넓은 뜰 큰 나무 밑에 조그마하게 차일을 치고 권연초 나부랭이, 과자 낱에 맥주, 사이다, 라무네[22] 병들을 즐비하게 늘어놓고 과실 나부랭이도 벌여 놓았다. 그런데 해도 지기 전에 차일을 걷는다. 사람은 하나둘 내려들 가는 사람뿐이요 올라오는 사람은 아주 희소하다. 다시 한번 국사당을 돌아 가지고 한 10여 보 동쪽으로 나가려니깐 별안간에 나무숲으로 뛰어 들어가는 사람이 있다. 그런데 어찌 빨리 뛰어갔는지 그것이 사나인지 계집인지 알지 못하였다.

언덕 아래를 내려다본즉 청춘 남녀 두 사람이 손목을 맞붙잡고 산보하는 것이 보인다. 아마 그 사람들도 그따윈가 보다 하며 이전에 애라하고

22　레모네이드. 일본 탄산음료.

산보 다니던 생각이 새삼스럽게 솟아난다. 그리하여 어제 일을 생각하고 '엥, 깍쟁이 년, 재리가 차갈 년 같으니' 하고 이를 악물고 육혈포를 꽉 쥐었다.

그 사람이 점점 가까이 올수록 강준의 눈은 벌컥 뒤집힌다. 손은 벌벌 떨린다. 그러나 두 사람은 깨가 쏟아지게 재미있는 이야기를 하며 점점 강준의 앞으로 가까이 온다. 강준은 장승 모양으로 딱 서서 살기가 가득한 눈을 똑바로 노리고 섰는데, 육혈포 쥔 손은 더욱더욱 떨린다. 아랫입술을 꼭 물고 진정을 하려 하는데, 이전에 많이 듣던 귀에 익은 꿀같이 단 웃음소리가 "하하하" 하고 귀청을 울린다.

24. 남산 봉수 "정사다! 강제 정사다!"

때아닌 총소리는 산중을 울리어 근처 사람을 놀래었다. 그런데 그 총소리는 한두 번이 아니라 세 번이나 났다. 이웃 사람들은 사방에서 모여든다. 어떤 사람은 저녁을 먹다가 밥숟가락 든 채로 나온 사람도 있다.

"아마 봉순가 보다. 육혈포 소리가 분명하였는데."

"여기서 총소리가 웬일일까. 참, 변이로군" 하고 국사당 근처를 에워싸고 요전에도 강도가 들었다더니 또 무슨 일이 났나 보다 하고 모두 국사당으로 몰려든다. 그러나 그 집에는 아무 일이 없는 모양이다. 그런데 해가 져서 컴컴한 까닭에 더욱 자세히 무엇이 보이지 않는다. 구경꾼들은 "웬일일까", "웬일일까" 하고 지껄지껄한다. 정녕 이곳에서 났는데 아무 형적이 없으니 웬일일까 하고 한 사람이 저편 길로 가더니

"옳다, 여기 있다" 하고 소리를 외쳤다. 구경꾼들은 구름같이 몰려들었

다. 과연 한 사람이 쓰러졌는데 한 손에는 육혈포를 들었다. 이게 웬일이냐 하고 사방을 살펴본즉 한 10여 간이나 격한 곳에 하이칼라 아씨가 서편을 향하고 꺼꾸러져서 피를 무섭게도 흘리었다.

"정사情死다! 강제 정사다!" 하고 떠드는 판에 총소리를 들은 경관은 달려와서 위선 본정本町 경찰서로 급보를 하고, 경찰서에서는 경찰부로 보고를 하고, 경찰부에서는 검사국으로 전화를 하여 경관과 검사가 현장에 출장을 하니, 고요하던 남산 봉수는 야시장 보는 듯이 벅적벅적하였다. 구경에 팔린 사람들은 저녁도 굶고 갈 줄 모르다가 수사나운 사람 몇 명은 혐의자라고 꿰들려 갔다.

남자는 가까운 병원으로 응급 치료를 하러 보내고 여자는 이미 절명된 것을 가족을 찾아 주고 나니 시간은 11시 반이 되었었다. 병원으로 담아 간 남자는 응급 치료를 한 후 즉시 가예심假豫審을 시작하였다. 서대문서에 있던 정 형사는 지난달부터 본정서로 전근이 되었다. 이무기가 다 된 정 형사는 형사실에서 담배를 피우고 있는데 경부가 들어오더니

"정 형사, 어찌 되었소."

"예, 아직 충분히 알 수는 없습니다마는 피해자 석애라는 고등교육 있는 여자로되 품행이 곱지 못하였으니깐 사강준이하고 관계가 있었던 모양이어요. 그런데 무슨 연고로 애인을 죽였는지 도무지 알 수가 있어야지요. 시방 가예심한 것으로 볼 것 같으면 강준이는 애라가 어떤 정부와 손목을 맞붙잡고 흥 치는 것을 보고 분이 나서 살기가 생긴 모양인데 현장의 광경으로 보면 애라의 맞은 총알은 반대 방향에서 쏜 것이 분명한즉 필경 다른 방조자가 있음이 분명합니다. 그러고 강준이가 맞은 총알도 애라에게로 마주 쏘다가 방조자의 총알이 강준이를 맞힌 것 같습니다. 그것은 강준의 육혈포가 증명하는 바올시다. 강준의 총알은 한 방밖에 아니

나갔는데 총소리는 세 번이나 났다니 그렇지 않습니까. 또 애라의 죽은 거동을 보면 흉기를 가지고 서로 쏜 것은 결단코 아닌 것 같습니다.”

경부는 정 형사의 이야기를 정신없이 한참 듣다가

“그도 그래. 그러면 방조자가 따로 있었을까? 그래서 방조자의 총알에 스쳐서 강준이가 맞았을까?”

“글쎄, 그것이 의문이올시다. 애라는 보신 바와 같이 왼편 가슴을 맞고 그대로 엎드러진 것은 사실이 아니오니까. 그런데 강준의 자백으로 보면 애라는 서쪽으로 향하여 갔었다고. 총 맞은 자리도 왼편 가슴인즉 강준의 총알을 맞은 것이 아니라 그 건너편에 방조자가 있어 가지고 좌우에서 애라에게로 마주 쏜 것 같으나 그럴 것 같으면 총소리는 두 방밖에 아니 날 터인데 강준이를 쏜 탄환 한 방은 어디서 난 것인지 알 수가 없습니다그려. 그 사실을 미루어 볼 것 같으면 애라를 데리고 가던 정부가 정당 방위로 쏜 것 같으나 산보 나온 사람이 그러한 일이 미리 있을 줄 알고 육혈포 같은 것을 가지고 나왔을는지가 의문이올시다. 하여간 같이 갔던 사람은 애라가 총에 맞아 엎드러지는 것을 보고 놀라서 무정하게도 자기만 도망한 것은 사실이올시다.”

“흥. 글쎄, 그도 그럴듯하나……. 대관절 데리고 가던 사람을 찾아볼 필요가 있는데, 그때 강준이는 계집에게만 눈이 뒤집혀서 같이 가던 남자는 자세히 못 보았다니 이를 어찌하누.”

“그것 찾기는 별로 어려울 것 없습니다. 그러나 이 사건이 맹랑하여 중대한 문제가 되는지도 알 수 없습니다.”

“아마 정 형사는 무슨 기미를 아나 보구먼.”

“꿰들기 전에야 아직 알 수 있습니까?” 하고 정 형사는 빙그레 웃었다.

25. 방물장수 마누라 아씨! 봉수에서 사람을 죽였대요

오늘은 출번 날인데 어제 일로 말미암아 놀 수가 없이 되었다. 정 형사는 잠깐 집에 다녀오려고 하였으나 밤을 꼭 새운 까닭에 졸음이 퍼부어서 견딜 수가 없으므로 잠깐 눈을 붙였다. 형사의 내막을 들어 볼 것 같으면 이까짓 일은 다 무엇이랴, 웬만한 일은 모두 끄나풀 시키고 자기는 낮잠 아니면 갈보 집 가서 자빠져 희롱 치는 것이다. 아침에 들어가서 도장만 찍으면 고만이지. 그러나 정 형사는 결단코 그와 같은 형사가 아니다. 부득이하여 잠깐 눈을 붙여 본 것이다.

낮잠이란 원래 그렇게 쉽게 오는 것이 아니다. 억지로 잠을 청하여 막 눈이 붙을 만할 때 중문 여는 소리가 삐걱 나더니

"바늘이나 실 삽시오. 물분도 있고 향수도 있습니다. 비누도 있고 밀기름도 있습니다."

"왜 그렇게 여러 날 아니 왔어. 나는 외상값 아주 아니 받아 가는 줄 알았지."

"아씨! 어젯밤에 남산 봉수에서 어여쁜 아가씨를 총을 놓아 죽였대요" 하고 총살당한 애라의 이야기를 거침없이 한다. 정 형사는 벌써 잠 다 잤다. 뻘떡 일어앉아서 시치미 딱 떼고

"방물장수 마나님 오셨소. 어디서 사람을 죽였어요?" 하고 채우쳐 물었더니

"예, 아이고, 나리가 계셔" 하고 우물쭈물한다.

"참, 마나님은 애라의 집도 자주 다니니깐 자세히 알겠지. 내가 묻는다고 그렇게 시치미 뗄 것이야 무엇 있소" 하고 얼러맞췄다.

"에구머니나, 나리 앞에서는 무슨 말을 하는 수가 없습니다그려."

"세상이 다 아는 일을 감출 것이야 무엇 있소. 그런데 그 아가씨가 시집을 간다고 하는 소문이 있었으니 정말이오?"

"그럼은입쇼, 봉치 받던 날 나도 가 보았는데요. 그런데 혼인 날짜가 며칠 안 남은 것을……. 에구, 가엾어라. 무슨 일로 그랬을까. 오늘 아침에 그 소문을 듣고 깜짝 놀랐어요."

"참 가엾소. 신랑은 누구던고."

"미나리골 사는 변호사라나 보아요."

"흥, 그러면 왜장녀[23]가 만나기도 잘 만나는 걸 그랬네" 하고 정 형사는 선웃음을 가끔가끔 치면서 뱀을 뽑았다. 방물장수는 마나님이라고 올려 앉히는 바람에 정신없이 속을 뽑힌다.

"참, 그래요. 점잖은 집 아가씨가 너무도 난잡해요. 혼약은 이제야 거짓말이라고는 할 수 없지만도 그것도 또 모를 뻔하였지요. 그동안에 몇 번이라고요. 일 년에도 몇 번씩 남편 될 양반이라고 같이 놀고 서로 찾으며 산보도 다니고 희롱도 하였다고요. 세상이 개화를 하여서 그런지요. 우리 젊어서만 하여도 어디서 처녀가 남의 집 사나이하고 희롱을 하며 같이 다닐 수가 있나요. 만약 그따위 짓을 하였다가는 시집은 다 갔지요."

"아, 그렇게 난잡해. 집안에서 부모는 그런 줄 모르나."

"집안에서야 그따위 짓을 하나요. 가끔 그 어머니 되는 이가 바가지를 긁으면 무엇 자유라나요, 무엇이라나요 하고 막 들이대지요. 한 번은 내가 기막힌 꼴을 보았어요. 어디서 어머니에게로 청혼이 온 모양인데 마음에 가합하여 애라를 불러 가지고 물어보았더니 연애는 자유이니깐 나의 남편은 내가 마음에 맞는 대로 골라 삼을 것이지 개짐승에 흘레붙이듯이

---

23 몸이 크고 부끄럼이 없는 여자.

어머니나 아버지가 강제로 시키지는 못한다고 닦아세웁디다그려. 그래,
골라 삼는다니 마치 갈보의 말투가 아니어요, 하하하.”

"참, 말할 수 없는 말괄량이로군. 그런데 그 변호사의 성명이 무엇이래?”

"글쎄요, 내 누구한테 한번 들었는데. 에구, 무엇이라더라, 무슨 필이라
나요.”

"성도 몰라?”

"성은 김가라지요.”

"김규필이라고 아니 합디까?”

"참, 그래요, 나리는 다 아시면서도 그러십니다그려.”

"아냐, 변호사의 성은 김가요 이름은 필이니깐 변호사에는 김규필이밖
에 딴사람이 없거든” 하고 얼러맞출 때에 그의 흉중에는 여러 가지 생각
이 솟아 나온다. 김규필이란 이름은 천연동 연못에서 목 없는 송장 사건
으로부터 항상 뇌에 박히어 떠나지 않는 이름이다. 그러나 마음은 매우
기쁜 모양으로 담뱃대를 딱딱 떨었다.

26. 규필은 개성 갔다 어제 저녁차에 떠나셨어요

남산 봉수에서 선혈이 낭자하게 미인을 죽인 것은 사랑에 미친 사강준
인데 그 방조자는 도무지 말하지 않는다. 강준은 공모자가 없다고 어디까
지 주장을 하나 애라가 탄환 맞은 곳은 강준이 있던 곳과는 정반대 방향
인 것이 의심이 난다. 그래서 그것을 알려면 같이 가던 자를 알 필요가 있
다. 같이 산보를 하다가 사랑하는 계집이 죽는 것을 보고 몸을 감추는 것
은 너무도 박정한 사람이다. 하여간 이자를 찾을 것 같으면 혹 현장의 광

경을 알 수 있으리라 하고 정 형사는 열심으로 탐정을 하였다. 그 결과 애라와 근근 결혼을 한다는 김규필이가 꿀 같은 사랑을 주는 것을 알았다. 규필은 점잖은 신사요 경성부 협의원이며 태준식의 집 후견인이다. 그러한 사람이 그따위 짓을 하였을는지 의심이 든다. 그러나 혹 또 알 수 없어 '점잖은 개 부뚜막에 더 잘 올라간다는데' 하고 더욱더욱 의심이 나서 끄나풀을 시키어 김규필의 거동을 탐정케 하였다.

끄나풀은 날마다 규필의 집 문전에서 배회를 하나 도무지 알 수가 없다. 하루는 변복을 하고 인력거를 타고 사랑으로 들어갔다.

사무원은 신문을 재미있게 보다가 마루로 걸어 나왔다.

"영감 계십니까? 잠깐 뵈러 왔습니다" 하고 명함을 내주었다. 물론 변명한 명함이다. 사무원은 고개를 외로 꼬고

"무슨 일이십니까?"

"예, 조그마한 소송 사건이 있어서 잠깐 감정하여 줍시사고 왔습니다."

"그렇습니까? 오늘은 아니 계십니다. 무슨 사건인지 올라오셔서 말씀하시면 다른 법률가도 계십니다."

"예, 아니 계셔요. 그것 아니 되었다. 어디 먼 곳을 가셨습니까?"

"예, 개성 가셨습니다."

"아, 일전에 박연 가신다더니. 언제 떠나셨어요? 내가 어제까지도 박연 있었는데 길이 어긋났군. 응, 안되었다" 하고 외수外數[24]를 붙여 사무원의 말을 들어 보려고 하였다. 공교히 외수가 잘 들어맞았다. 이 말에 사무원은 주인과 친분 있는 사람인 줄 알고 공순한 태도로

"좀 올라오십시오그려. 주인 영감하고는 매우 친하신가 본데 제가 매우

24　남을 속이는 짓. 속임수.

실례하였습니다" 하고 허리를 굽혀 예를 한다.

"천만의 말씀이오. 아니 계시면 요다음 또 오겠습니다. 언제 떠나셨나요?"

"어제 저녁차에 떠나셨어요. 아마 개성 사무소에 다녀가실 터이니깐 오늘 아침에나 박연으로 들어가실걸요."

끄나풀은 어제 저녁차에 떠났단 말에 실망을 하였다. '봉수 위에서 야단이 엊저녁에 났는데 애라와 같이 갔던 사람이라고야 어찌할꼬. 어쨌든 이대로 정 형사에게 고할 것 같으면 그는 무슨 생각이 있겠지. 그러나 그인들 별수 있나. 사무원의 대답이 조금도 거짓말은 없는 모양이니 아마 헛애 썼나 보다' 하고 돌아왔다.

"어때, 놈생이가 아마 마음 턱 놓고 집에 자빠졌지" 하고 정 형사는 득의양양하게 물었다.

"웬걸, 정 형사의 추측은 틀렸소. 규필이는 어제 저녁차에 개성을 떠나 오늘 아침에는 박연으로 간다는데."

"무얼 어째, 놈생이가 어젯밤에 개성을 갔어. 흥, 멋있는걸. 내 눈이 그리 어둡지는 않은데" 하고 곧 개성 사무소로 전화를 걸었다.

개성 사무소에서는 규필을 형사가 쫓는 줄이야 모르고 서울서 온 전화라니깐 사실대로 어젯밤 11시에 도착하였다가 자고 오늘 아침 8시에 박연으로 들어갔다고 대답을 한다.

"11시에 개성을 도착하였다면 그 야단난 뒤로 즉시 차를 타고 달아난 것이 분명하다. 내 말이 한데 나겠니" 하고 정 형사는 빙그레 웃었다. 담배 한 개를 꺼내 끄나풀을 주고 자기도 불을 붙이더니

"여보게, 자네는 서울서 경계를 하게."

"왜, 출장 가시려오."

"아, 어쨌든……" 하고 정 형사는 눈을 감고 잠깐 앉았더니 뻘떡 일어

나면서

"그러면 서울 일은 자네만 믿네" 하고 흉중에 무슨 성책成策이 있는 것 같이 눈을 떼굴떼굴 굴린다.

27. 박연 여관의 두 사람 오누이를 데리고 살란 말이야

천마산天摩山과 성거산聖居山 사이에 있는 50여 길이나 되는 흰 무지개 같은 폭포는 먼 곳에서 바라보기에는 피륙 통이나 풀어 늘인 것 같다. 옛적에 박 진사란 사람이 이 연못가에서 퉁소를 불다가 용녀가 그 소리를 듣고 반하여 박 진사를 남편으로 삼아 갔다는 전설 있는 곳이다. 그래서 그 폭포의 이름을 박연朴淵 폭포라 한다. 하여간 개성의 명승지다. 더욱 만산의 단풍은 가을이 더 좋을 것 같다. 박연 폭포를 한 마장쯤 남겨 놓고 박연 여관이라는 여관이 있다. 이 여관 뒷방을 치우고 있는 두 사람의 신사가 있다.

그 한 사람은 김규필이요 또 한 사람은 태겸식이다. 규필이는 드러누웠고 겸식이는 책상 앞에 기대앉아서 신문을 마지못하여 보는 것같이 보인다. 규필이 벌떡 일어앉았더니

"겸식 군, 요전에 권고하던 일은 아주 단념하오. 제일 듣기 싫은 것은 남의 말이오. 지금에 가령 그런 소문이 나고 보면 규필은 준식의 간 곳 모른 뒤로 부인과 추한 관계가 있었나 보다고 소문이 왁자할 터이니 그런 창피한 일이 어디 있소. 내 죄가 없으면 남이 아무 말을 할지라도 관계는 없지만도 품행이 고결하신 부인에게야 그런 가엾은 일이 어디 있소. 그뿐만 아니라 친구의 아내요 또는 오누이 되는 이를 아내를 삼는다는 것은

윤리상 양심이 부끄러워서 못 하겠소" 하고 규필은 말을 내었다. 겸식은 신문을 놓고 바로 앉더니

"선생의 의견은 잘 알겠습니다. 선생의 청렴결백은 천하가 다 아는 바요 나도 선생이 의리를 중히 여기시는 것을 압니다. 그러나 지이불행知而不行으로 알면서도 이 말을 하는 것은 혹 윗사람에게 대하여 실례라고 할는지 모르겠고 또 상배하신 지 얼마 아니 되시는 이에게 내가 형수를 천거코 자 함도 예는 아니올시다. 그러나 나는 태가의 집을 생각하고 어린 조카 자식의 장래를 위하여 그리하는 것이오니 다행히 선생이 승낙만 하시면 태가의 집안에는 이러한 행복이 다시없을 줄로 믿습니다" 하고 열성으로 애걸한다.

"허허허, 겸식 군은 나를 태씨 집의 희생을 삼고자 하는구면. 과연 책사 인데" 하고 껄껄 웃었다.

"옳은 말씀이오. 그러나 나의 욕심만 채우고 선생의 만족을 없게 하고 자 함도 아니올시다. 재취일망정 선생의 부인 됨에는 조금도 부끄러울 점이 없을 줄로 믿습니다. 또 애라하고는 정식으로 봉치는 아니 보낸 모 양……. 아니, 이것은 실언하였습니다" 하고 겸식은 의외에 말이 헛나가 서 혹 규필의 감정을 일으키게나 아니 될까 하고 얼른 사과를 하였다. 그 러나 규필은 그런 말을 조금도 혐의치 않는다.

"실언이라고 사과할 필요는 없지. 겸식 군의 말과 같이 정식으로 봉치 보낸 일도 없고 자꾸 아내를 삼아 달라기에 그러라고 하였을 뿐인데 추 후에 알고 본즉 그 여자의 품행이 단정치 못한 모양이길래 머뭇머뭇하고 이때까지 끌어왔었는데, 오늘날 겸식 군이 어떤 의사를 가지고 권하는지 는 알 수 없으나 형수 되는 이를 나에게로 자꾸 보내려 하는 것은 참 딱한 일이오. 나도 진정 말이지 부인으로는 그 양반을 싫어하는 것은 아니오.

그러나 이 일은 그렇게 경솔히 할 일이 아니라 훨씬 생각할 일인데, 허허허” 하고 손깍지를 끼어 머리 뒤를 누르고 천정만 쳐다보고 한참 잠자코 있더니

“겸식이, 좋은 도리가 있소” 하고 입을 열었다. 겸식은 무슨 별수가 있나 하고

“무슨 도리입니까?” 하고 물었다.

“겸식이가 그를 아내를 삼으소.”

“선생, 그게 무슨 말씀이오. 형수 데리고 사는 놈이 천하에 어디 있습니까.”

“모르는 말이지. 일본 사람은 형수 데리고 사는 것이 흉이 아니요 또 조선에서도 연전에 강원도 어느 곳에서 형수 데리고 산다고 손도損徒[25]를 질렀더니 그 사람이 헌병 분견소에 호소를 하여 곧 면장을 잡아다가 큰 김 서방의 아내를 작은 김 서방이 데리고 살기로 무슨 일이 있느냐고 호령을 땅방울[26]같이 하고 손해금 60원을 물어주라 하여 형수 데리고 살고 돈 60원 상 탄 일도 있소.”

“선생은 법률가시니깐 그런 일은 자세히 아십니다그려.”

“아냐, 법률로만 말이 아니라 이전 역사를 보더라도 부여 시대에는 흉노의 풍속을 따라 형이 죽으면 그 아우가 형수를 데리고 살았소. 또 그뿐 아니라 남녀평등을 주창하는 이때에 남녀평등의 이론상으로 볼지라도 형수 데리고 사는 것이 욕될 것은 없소. 가령 부부가 살다가 처가 죽으면 그 처제를 취하는 일이 있지 않소. 그래도 이것은 욕이 아니지요. 그러면 형을 데리고 살다가 상배한 여자가 그 아우 되는 시아주버니를 데리고 살기로 욕될 것이야 무엇 있소. 이치는 다 마찬가지지. 그저 모두 남존여

---

25 도덕적으로 잘못한 사람을 그 지역에서 내쫓음.
26 쇠사슬에 둥근 쇳덩이를 달아서 죄인의 발에 채워 두는 형구(刑具).

비에서 생긴 일이오."

"나는 일본 사람도 아니고 부여 사람도 아니요 또 무식하여서 남녀평등의 이론도 캘 줄 모릅니다. 그러나저러나 나는 아내가 있지 않습니까."

"옳아, 나는 홀아비니깐 얻어라. 겸식이, 내가 지금 한 말을 어찌 알지 마오."

"천만의 말씀이시지요."

"대관절 형수씨의 의향은 어떠하신고. 공연히 나만 조르면 무엇 하노. 나중에 그 양반이 도리질을 하는 날에는 큰코다칠 일이 아니야? 암만하여도 알 수 없는 일인데. 그 양반 성미에 얼른 좋다고 응할 리가 만무하지."

"예, 선생님이 그와 같이 말씀하시면 나는 전후사를 감춤 없이 말씀할 터이니 선생도 분명한 대답을 하여 주시기를 바랍니다. 그 대답 여하를 따라 태겸식은 생사를 돌보지 아니할 터이올시다."

"겸식이, 너무 협박은 하지 마오. 승낙을 아니 하면 나를 죽인단 말이오."

"아니올시다. 말을 할 줄 몰라서 그렇지요. 우리 집의 은인을 결단코 죽인다고 하는 말이 아니올시다. 만약에 형수씨의 승낙을 못 받으면 내가 배를 갈라 죽겠다는 말이올시다" 하고 아주 결심한 것 같다. 규필은 마음이 모질지 못한 사람이라 겸식의 결심에 혼이 나서 곧 승낙할 뻔하였다. 그러나 지각은 있어서 경솔히 승낙지는 않고

"겸식 군, 그만하면 알겠으니 이 문제는 잠깐 생각을 더 하도록 합시다. 나도 그 대신에 다른 곳에 규수가 있다 할지라도 이 일이 끝나기까지는 맹세코 응치 아니할 터이니."

"선생이 그같이 말씀하시는 것을 더 내가 졸라서는 도리어 실례가 될 터이니깐 다시 말씀 더 아니 하고 그때까지 기다리겠습니다" 하고 빙그레 웃으며 규필의 거동만 엿보고 십중팔구나 성공한 듯 기뻐하였다.

28. 폭풍우 중의 격투 시국이 요란한데 만세는 왜 불러

녹음을 내리쪼이던 저녁 해는 구름에 싸여서 소나기 한바탕 내리부을 듯하다.

구름장이 풀풀 날리고 바람에 나뭇잎이 흔들리는 소리가 요란한데 폭포 소리는 바람 소리와 합하여 더욱 소요하다. 암만하여도 폭풍우가 일 것 같다고 모두 걱정들이다. 번개가 자주 번쩍거리더니 뇌성이 우르를 하고 주먹 덩이 같은 빗방울이 뚝뚝 떨어진다.

"기어이 소나기가 오고 마는구나. 오늘밤에는 윗방에서 유성기도 안 틀겠구먼" 하고 규필은 말하였다.

"날마다 비나 와서 우리를 꼭 가두어 놓아라. 구경 온 것이 아니라 귀양 온 셈이게" 하고 겸식은 창을 열고 하늘을 쳐다보았다.

비는 점점 더 퍼붓고 바람은 지동地動 치듯 한다. 번개는 무섭게 번쩍거리고 뇌성이 산악을 울린다. 아마 천지개벽을 하나 보다.

"선생님, 오늘밤 고요하여 좋습니다그려. 한 켜나 두어 보시려오" 하고 겸식은 바둑을 청하였다.

"글쎄, 심심한데 그걸로 소견消遣이나 할까. 무르면 안 되오."

"무를 리야 있습니까, 다시는 놓을지언정. 그렇지만 오늘 저녁에는 꼭 선생을 이기고 말걸요."

"그러면 내기 둡시다."

"아, 그것 좋지요. 별 내기 없습니다. 지는 사람이 이긴 사람의 명령을 복종하기로 합시다" 하고 겸식은 버쩍 재우쳤다.

"떼는 쓰지 마오."

"언제는 내가 떼쓴 일 있습니까."

"그럼 단판이오, 삼판 양승이오."

"내가 수가 부치니 삼판 양승으로 하지요."

"그래도 뒤는 나남."

"매사는 튼튼히 하여야지요. 그런데 치선置先[27]은 놓아 주셔야 하겠소."

"그럼 내가 지게, 허허허, 그럽시다."

겸식은 치선을 놓고는 아무리 하여도 자기가 질 것 같지는 않다. 그래서 이긴 뒤에는 어떠한 명령을 하느냐 하면 자기 형수와 결혼을 명령할 작정이다. 그러므로 바둑 한 점을 홀저히 놓지 않는다. 눈을 홉뜨고 차근차근 놓았다. 그리하여 첫판은 규필이가 졌다. 둘째 판에는 규필이도 주의를 하여 겸식이가 졌다. 자, 이번이 대마루[28]다. 겸식은 더욱더욱 주의를 하여 바둑만 주무르고 용이히 놓지를 않는다. 풍우는 더욱 맹렬하고 번개는 부싯깃[29] 치듯 하며 뇌성은 어디 벼락을 치는지 재끈재끈한다.

바둑 소리만 짜락짜락 나는 고요한 밤에 두 사람은 서로 바둑판만 노려보고 옆에서 불한당이 들어와도 모를 지경이다. 대마루판에 겸식이가 한 집이 더하여 규필이가 졌다. 겸식은 기쁨을 이기지 못하여 만세를 불렀다. 그때 창밖에서 이상스러운 인기척이 났다. 규필은 눈이 뚱그레서

"겸식이, 웬 놈이 창으로 들여다보네" 하였다. 겸식은 창을 열고 내다볼 때에 번개가 번쩍하여 이상한 놈이 웅크리고 앉은 것을 보았다.

"선생님, 저 모퉁이에 이상한 놈 하나가 웅크리고 앉았습니다그려. 이 비 오고 바람 부는 날 도적질하러 들어온 듯하니 잡아 봅시다."

"여보, 그렇지 않소. 시국이 이상한 때이니깐 우리가 만세 부른 소리를

---

27 바둑에서 배꼽점에 먼저 치중(置中)한 사람이 먼저 둠.
28 일이 되고 못 되는 것, 또는 이기고 지는 것이 결정되는 마지막 끝판.
29 부시를 칠 때 불똥이 박혀서 불이 붙도록 부싯돌에 대는 물건.

들고 혹 독립 만세나 부르지 아니하였나 하고 형사가 탐정을 하러 왔는지 모르니 고만두오."

"그러면 대수요. 아무리 형사라도 취조할 일이 있으면 상당히 취조를 할 일이지 공연히 비를 맞고 웅크리고 앉았단 말씀이오. 암만하여도 그놈의 거동이 도적놈이어요" 하고 마당으로 뛰어나가려고 한다. 규필은

"공연히 이러다가 다치려고 왜 이래" 하고 천만 간권하였으나 겸식은 고집을 세우고 듣지 않고 비를 맞으면서 단장을 들고 쫓아 나갔다.

겸식은 뒤꼍으로 들어가서 자기 방 근처를 가려니깐 웬 험수룩한 놈이 자기 방을 또 들여다본다. "이놈아!" 소리를 치고 뒤로 뛰어올라 고작을 잡아 낚아챘더니 뒤집어썼던 포대기를 집어던지고 달아나려고 한다. 겸식은 큰소리로 "도적이야!" 소리를 치고 또 뒤로 덤벼들어 서로 얼러붙었을 때 규필이가 쫓아 나왔다.

"겸식이, 지나" 하고 도적놈의 팔을 비틀었다. 그러나 그렇게 호락호락히 팔이 비틀리지 않는다. 한번 휘두르는 바람에 규필은 자빠지고 겸식은 엎드러졌다. 그동안에 도적놈은 간 곳이 없다.

"아, 놓쳤다, 놓쳤다" 하고 겸식은 분하여 날뛰는데 비만 억수같이 퍼붓는다.

29. 혼인의 강제 집행 구두 계약은 계약 아니오?

밤새도록 바람이 지동 치듯 하더니 날은 개었다. 어젯밤 폭풍우는 잊어버린 것같이 말쑥하다. 바람에 쓰러졌던 나뭇가지들도 맑은 이슬에 새 정신이 나서 생생한데, 규필은 어젯밤 일이 궁금하여 일찍이 일어나서 '그놈

이 웬 놈인가. 암만하여도 알 수 없는 놈이던걸’ 하고 창을 열고 내다본즉 겸식이와 툭탁거리던 발자국이 완연하고 앵두나무 가지 낱도 부러졌다. 그 흔적을 자세히 살펴본즉 암만하여도 그놈이 절도는 아닌 모양 같다. ‘그럼 강도던가. 강도 같으면 무슨 흉기를 가졌을 터이지 맨주먹으로 들어와서 그렇게 싱겁게 달아날 리가 있나’ 하고 혼자 이상히 생각을 하며 마당만 노려다 보다가 잔디밭 속에 지갑 같은 것을 발견하고 곧 뒤뜰로 나갔다.

다른 날 같으면 벌써 손들이 일어나서 뒷동산으로 아침 공기 마시러 나오는 사람이 많을 터이지만도 이날은 어젯밤 소요에 잠들을 못 잔 까닭에 새벽잠이 모두 깊이 들었다. 남의 눈에 띄기 전에 규필은 얼른 뒤뜰로 나가서 천천히 산보를 하다가 그 물건을 집어 본즉 과연 틀림없는 지갑이다. 누렁 가죽이 비에 젖어서 검어졌는데, 그 속에는 잔돈푼도 있고 연필, 만년필 꽂는 곳도 있고 한편에는 명함 넣는 곳이 있다. 명함을 꺼내 본즉 물에 젖어 흐늑흐늑한 것이 여러 장 나온다. 규필은 명함을 꺼내 보고 별안간 얼굴빛이 변하였다.

“어쩐지 그놈의 거동이 수상하더라니. 이놈이 그래, 응, 어디까지 네가 해볼 작정이로구나. 어디 보자. 3원이나 5원이란 상여금에 목이 말라서 위험한 짓을 한단 말이냐. 참 불쌍한 인물이다. 아니지, 그 이무기 같은 놈이 3원이나 5원이란 상여금에 눈이 어두운 것이 아니지. 필경 무슨 까닭이 있는 게지. 흥, 놈이 극성스럽게도 쫓는데” 하고 코웃음을 웃었다.

규필은 그 지갑을 집어 감추고 풀밭으로 왔다 갔다 하다가 자기 방을 들여다본즉 겸식이는 이제야 잠을 깨고 이부자리 속에 엎드려서 담배를 먹는다.

“겸식이, 인제야 일어나오” 하고 조롱을 하였다.

“선생님, 오늘 웬일이십니까. 매우 일찍 일어나셨습니다그려.”

"이르긴 무엇이 일러. 벌써 일고삼장日高三丈인데, 허허허."

겸식은 그다지 늦었나 하고 머리맡에 끌러 놓았던 시계를 집어 본즉 6시 5분 전이다.

"선생님도 거짓말하시는군. 나는 정말인 줄 알고 깜짝 놀랐지. 암만하여도 오늘부터는 나의 명령을 복종치 아니하시면 아니 되오. 아무리 구두 계약이라도 신사가 한번 말씀하신 이상에는 어기지 못하지요."

"그게 무슨 소리야. 이때까지 잠꼬대하는구먼. 세수나 하게."

"그렇게 속을 줄 아시오. 오늘은 꼭 선생을 복종시키고야 말걸."

"그러면 내가 기생이나 하나 불러 줄 줄 아남."

"그렇게만 아시우. 겸식이도 사나이라오. 한번 뜻한 것이 있으면 기어코 끝을 내고 말지요" 하고 이불 속에서 매우 기뻐한다. 규필은 장난으로 둔 바둑이라고 거절할 수도 없게 되었다.

"겸식이, 그렇게 큰 문제를 실없는 희담戱談으로 결정코자 함은 도저히 안 될 일이오."

"나중에 보아야 알지요" 하고 기어이 목적을 달하려고 한다. 규필이도 그다지 말리지 않고, 뒤를 보고 들어와 본즉 겸식은 전보용지를 펴 놓고 글자 수효를 세어 본다.

"어디다 전보를 놓으려오."

"서울 형수를 불러내려 가지고 우리 세 사람이 앉아서 혼약을 합시다."

규필은 깜짝 놀랐다. 무슨 일이든지 그렇게 조급히는 못 하는 것이요 또 이 일은 남이 알면 좋지 못한 일이라고 알아들을 만큼 간권하였으나 겸식은 듣지 않는다.

한 사람은 그 집 후견인이요 한 사람은 시아주버니다. 후견인이나 시아주버니 있는 곳에 국자가 오기로 남이 이상하게 알 것이야 무엇 있으랴.

필경 전보를 놓아 국자를 불렀다. 그러나 규필의 태도는 처음보다 매우
유순하여진 모양이다.

30. 원수 갚을 밀약 경칠 녀석, 극성스럽게도 쫓네

"이리 들어오십시오" 하고 겸식이가 들어왔다. 드러누워서 신문을 보
던 규필이도 일어났다.

"아이고, 어떻게 찾아오셨어요. 봉룡이도 왔구먼."

"예, 간신히 찾아왔어요. 객지에서 별고들 없으셨어요."

"예, 염려 덕택에 아무 연고 없었습니다."

"날이 꽤 더운걸요. 봉룡아, 아저씨께 절하여라. 또 작은아버지한테도."

"옳지, 참 잘한다. 그동안에 꽤 자랐구나. 어머니하고 기차 타고 오니깐
좋던."

"이리로 앉으십시오."

"형수씨, 이쪽이 시원합니다."

"예, 여기도 꽤 시원한데요. 어제 곧 떠나오려다가 차 시간을 보니깐 밤
에나 도착이 되겠고 또 아버님이 염려를 하시기에 아침 차를 탔지요" 하
고 국자는 규필의 얼굴을 곁눈으로 흘긋 보고 무안한 것같이 수건으로
뺨을 가린다.

"아무 일도 없는데 겸식 군이 전보를 놓아서 아마 좀 놀라셨지요" 하고
규필은 빙그레 웃었다. 겸식은 말깃[30]을 달아

---

30 남이 말하는 옆에서 덩달아 참견하는 말. 말결.

"일인즉 큰일이지요. 형수씨도 경사고 나도 큰 성공이지요" 하고 껄껄 웃는다.

"그게 무슨 소리야. 공연히 혼자만 좋아서 웃고 그래" 하고 규필은 시치미 딱 떼었다.

국자는 벌써 눈치를 채고 부끄러워서 귓바퀴까지 빨개졌다.

"형수씨, 나는 선생에게 어떠한 명령을 하든지 그가 꼭 복종하는 큰 권리를 가졌습니다. 그래서 항상 형수씨의 처지를 가엾이 여기던 나는 그 권리로 두 분의 배필을 명령코자 전보로 청한 것이오니 형수씨도 전정을 생각하시고 과도히 사양이나 마시기를 바랍니다."

국자는 아주 부끄러워서 고개만 폭 숙인다. 규필이도 매우 딱하게 여긴다.

"겸식 군, 무슨 일을 그리 조급하게 하오. 시방 막 오신 양반을 천천히 이야기라도 하고 나중에 말씀하여도 좋을 것을 어두운 밤에 홍두깨 내밀듯이 채 사람이 자리도 잡기 전에 그 말부터 쑥 내미니 그 양반이 오죽 부끄러우시겠소."

"나도 그런 줄은 다 안다오. 집안 내에서 무엇이 그리 부끄러울 것이 있어요. 그저 쇠뿔도 단결에 빼야지요. 형수씨, 그렇지 않습니까. 부끄러울 것 없지요" 하고 국자의 얼굴을 쳐다본다. 국자는 얼굴빛이 홍당무 빛이 되었다. 그러나 내친걸음이다.

"아주버니께서 너무도 내 일에 애를 써 주셔서 대단히 고맙습니다. 나도 전일에 말씀한 바와 같이 자식에게만 유조한 일이면 이 몸뚱이 하나 희생하기는 싫어 아니합니다. 그러나 나 따위를 데려가시는 양반……" 하고 부끄러움을 못 이기어 말을 않는다. 겸식은

"그리 부끄러우실 거 없어요. 말씀을 분명히 하셔요."

"이 변변치 못한 몸뚱이라도 가합다 하시면 나도 딴말씀 없습니다" 하고 홱 쏟았다. 겸식은 희색이 만면하여

"선생은 기위既爲[31] 나한테 명령을 복종할 의무가 있으니깐 딴말씀 없겠지요, 허허허."

"나는 일상에 걱정이 세상에 소문 새가 언짢을까 봐 걱정이지 딴생각은 없소."

"그것은 내가 중매한 바이니깐 아무 염려 없겠지요" 하고 마치 무슨 큰일이나 성공한 듯이 '만세'를 불렀다.

국자와 규필이는 마주 보고 웃었다.

철모르는 봉룡이는 그것을 보고 고사리 같은 손을 들고 "만세!" 하였다. 좌중이 손뼉을 치고 웃었다. 국자는 봉룡이를 무릎 위에 앉히고 능금 같은 뺨을 대었다.

겸식은 잠깐 뒤를 보고 오겠다고 밖으로 나갔다. 규필은 일전에 뒤뜰에서 주운 명함을 국자를 내보이고

"이놈이 우리 뒤를 극성스럽게 쫓는데, 이 경칠 놈을 어찌할까."

"아, 저것 보아. 그놈이 그래, 여기까지 쫓아왔더란 말이오."

"이놈이 아직도 이 근방에 있을 터인데 임자가 또 내려왔으니 이것을 어찌한단 말이오. 인제는 증이파의甑已破矣[32]니깐 어디로 숨는다든지 혼자 올라가서는 도리어 저놈에게 수상한 눈치를 보이게 될 터이니 이삼일 더 묵다가 겸식이와 같이 올라갑시다" 하고 규필은 주의를 시키었다.

"경칠 녀석" 하고 국자는 눈살을 잔뜩 찌푸리더니

"그 일을 탄로시켜 가지고 형사를 떨어트리는 것이 어떨까요."

---

31   이미.

32   시루가 이미 깨어짐. 그릇된 일을 뉘우쳐도 소용이 없음.

"글쎄, 나도 그 생각도 나나 여간 교묘하게 아니하여 가지고는 안 될걸"
하고 팔짱을 낄 때에 겸식이가 들어왔다. 두 사람의 이야기는 책장 덮었다.

"형수씨, 장국이나 한 그릇 차리랄까요."

"예, 천천히 먹지요."

31. 정 형사의 횡액 개도 돈만 있으면 멍첨지다

정 형사는 형사 사회의 별물이다. 가장 진정으로 청백한 형사다. 뇌물
이나 선물을 결단코 받지 않는다. 그래서 동료 중에서도 돌려내고 동리
사람들도 색시 형사라고 칭찬이 자자하다.

어느 날 쓰리[33] 한 놈이 정거장에서 외국 영사의 금시계 한 개를 훔쳐
간 일이 있어 각 경찰서에서는 대활동을 개시하고 범인 잡기에 눈이 빨

---

33 소매치기의 일본말.

간 판에 어떤 자가 검사국에 밀소密訴한 일이 있어서 황금정黃金町 3정목에서 고물상 하는 김구연金求然이란 사람이 잡혀갔다.

김구연은 황금정에서 고물상 하는 상당한 재산가인데 자본주의의 은택으로 김 참봉이라는 존대를 받고 지내는 작자다. 자본주의 국가에서는 개라도 돈만 있으면 명첨지라는 존대를 받는 터이니깐 김 참봉이란 말이 그다지 이상할 것은 없다.

그러나 김 참봉은 능참봉이 아니라 쓰리 도적의 참봉이다. 이자는 50여 명의 쓰리 부하를 두고 외면으로는 고물상 간판을 붙이고 앉아서 능라주의綾羅紬衣에 주지육림酒池肉林 속에서 하이칼라 첩 일곱을 데리고 흥청거리되 돈냥이나 있는 연고로 김 참봉, 김 참봉 하였다.

그러나 지공무사하신 하나님은 어느 때까지 이따위 악한을 그냥 두실 리가 없었다. 청천백일에 벽력이 내리어 참봉은 잡혀가고 가택 수색까지 하였다.

그 불똥은 뜻밖에 형사 여덟 사람에게 튀어 갔다. 그래서 청백미淸白米 같은 정 형사도 그중에 몰려들어서 여러 해 동안의 신용과 적공이 모두 물거품이 되었다. 아, 가련한 그의 신세, 어제까지 범인을 잡던 몸이 용수를 쓰고 쇠토시를 끼게 되니 이것이 횡액일까 사실일까?

그는 어디까지 그런 일이 없다고 예심정에서 부인하였으나 김구연의 치부책에 이름이 자재自在하고 김구연이도 섣달에 세찬歲饌으로 돈 20원을 주었다고 주장을 하므로 아무리 앙탈을 하여도 조금도 그 효험이 없이 뇌물 먹은 형사라는 누명을 쓰게 되었다.

정희춘은 공판정에서 일곱 사람의 피고와 함께 엄정한 판사의 취조를 받았다. 피고 일동은 모두 그런 일이 없다고 하였으나 역력한 증거가 있으므로 코가 맥맥하였다. 그중에 특별히 정희춘의 답변은 가장 순서가 있고 증거는 다만 치부책에 이름만 올랐다 뿐이지 그 대답이 쪼끔도 거침없이 유창하다. 검사도 귀를 기울이고 재판장도 그 정상을 듣고 동정하였으며 또한 서대문 경찰서장은 정희춘의 무죄함을 증명한다는 증명서까지 제출하였으므로 이것이 재판장의 큰 주목을 끌어 김구연을 증인으로 법정에 세우고 뇌물 준 절차를 엄중히 취조를 하여 보고 필경 김구연이가 그 부하가 정희춘의 손에 여러 번 잡혀간 것을 혐의하여 섣달그믐께 몰래 먹인 모양인데 돈인즉 확실히 김구연에게서 나갔고 정희춘이는 받은 일이 없다. 그리고 본즉 김구연이가 직접으로 준 것이 아닌 것은 분명하다.

그런즉 돈은 중간에서 없어진 모양이다. 그리하여 정희춘이는 무죄 백방이 되었다. 철창 속에서 50여 일을 썩다가 세상에를 나오고 보니 땅이 노랗고 눈이 아물아물하다. 월급 생활하던 사람이 50여 일이나 놀았으니 집안은 말 아니다. 세간 낱, 옷가지 다 잡혀 먹고 이제는 잡히려 잡힐 것이 없고 팔래야 팔 것도 없다. 직업이 원래 나쁜 직업이기 때문에 이웃 간에서도 밥 한술 아니 준다.

그 부인 김씨는 어린 자식 문길ㅊ흠이를 낯을 씻겨 놓고 가슴이 메어서 닭의똥 같은 눈물을 뚝뚝 떨어트리며 흑흑 느끼다가 떨리는 목소리로

"오냐, 인제는 아버지가 나오셨으니깐 내일부터야 설마 밥 굶겠느냐. 아버지가 횡액에 걸려서 죽을 고생을 하시고 월급을 못 탄 까닭에 너까지 굶기게 되었지. 에구, 가엾어라."

32. 각박한 세상인심 셋돈 못 내겠거든 집 내놓으오

"정 형사, 그간 얼마나 고생을 하셨소. 무사하셨으니 다행이오" 하고 들어오는 사람은 집세 받으러 다니는 권중만權重萬이다. 오는 길로 사방을 돌라보는 태도가 대단히 무섭다. 정희춘도 그 꼴을 보고 비위가 상하였다. '횡액에 걸려서 집세 돈이 몇 달 치 밀리었다. 사글세 돈 이삼 삭 아니 내는 것은 보통의 일이다. 이때까지 잘 내다가 한두 달 궐하였기로 저렇게 할 수야 있나' 하고

"애고, 권 서방이오. 나는 그간 횡액에 걸리어서 오랫동안 벌이를 못 한 까닭에 집세를 몇 달 궐하여서 매우 미안하오. 이로부터는 잘 내어 갈 터이니 아무 염려 마시오."

"예, 간 곳마다 재난을 만났느니 올 돈이 틀어졌느니들 하니 나도 이것이 벌이인데 주인에게 무엇이라고 말을 한단 말이오. 이때까지 당신 나오시면 내겠다고 하여 왔으니 어서 내시오. 못 내겠거든 집 내놓으오."

"글쎄, 내가 나온 지가 며칠이나 되오. 어제 막 나왔으니깐 장차 나도 활동을 하여야 아니 하오" 하고 정희춘은 얼굴이 상기가 되었다. 그 거동을 곁눈질하여 본 권중만은

"아니, 그래도 그 티가 좀 남았어? 이전에는 등도 처먹고 뇌물도 받아먹었지만 인제는 아마 좀 없을걸. 보증금이나 건 것 같으면 한두 달 참아라도 주겠지만도 당신은 형사라는 이름 자랑으로 보증금 한 푼 안 걸었지요. 이제는 당신도 파면당하였으니깐 남과 같이 보증금 석 달 치를 걸지 아니하면 나도 딴사람을 들일 터이니 만약에 눌러 있고 싶거든 석 달 치 보증금을 걸고 그렇지 못하겠거든 사흘 동안만 참아 줄 터이니 그동안에 집을 얻어 나가시오" 하고 갔다.

정희춘은 한숨을 휘 쉬고 속상한 것을 꿀떡 참았다. 더 사정을 말하려다가 원래 고리대금업자의 차인差人이라 우이송경牛耳誦經이겠기로 고만두었다. 그러나 이 일을 어쩌하노. 50여 일이나 철창 속에서 썩다가 세상을 나오고 보니 몸은 피폐하여 노동할 힘이 없고 집안은 치패致敗하여 기갈이 임박한데 돈으로 바꿀 만한 물건은 낱낱이 다 잡혀 먹고 없다. 돈냥이나 취할 곳이 없을까 하고 취할 만한 곳을 가만히 생각하는 것을 그 아내가 보고

"문길아, 아버지하고 집에 있거라. 내 잠깐 다녀올게" 하고 방귀만 크게 뀌어도 찢어질 다 낡은 옥양목 치마를 갈아입고 정처 없이 나왔다. 문길이는 아비의 걱정하는 것을 쳐다보고 위로한다.

"아버지, 왜 그러시우."

"아니다, 지금도 학교에 다니느냐."

문길이는 곧 울 것같이 상을 찌푸리고 대답을 않는다. 나중에는 흑흑 느끼며 눈물을 떨어트린다. 정희춘이는 '아마 학교를 못 다니나 보다. 집안이 이 모양이니 학교엔들 다닐 수가 있었겠니' 하고

"응, 학교에도 못 다녔구나."

"저, 아버지가 안 계시니깐 학교 동무들이 같이 안 놀아. 너의 아범은 도적놈이다, 도적놈의 자식하고 같이 놀면은 도적놈이 된다고……."

"무얼 어째, 너의 아범이 도적놈이라고?" 하고 그는 문길의 얼굴을 노려다 보며 고개를 끄떡끄떡하고 '세상 인정이 이렇게도 야박하구나. 나는 손톱 끝만치도 허물이 없이 일시 횡액에 걸려서 검사국으로 넘어갔었는데 그 결말도 보지 않고 단박에 도적놈이라고 단정하니 이런 한심할 데가 어디 있느냐'고 한숨을 땅이 꺼지도록 쉬었다. 문길이도 한참 끌꺽끌꺽하더니

"아, 아버지, 아버지는 도적놈 아니지, 도적놈 잡는 사람이지."

"흥, 너의 아범이 도적질이야 하겠니. 고만두어라. 내 학교 선생을 찾아보고 너 놀려 먹던 놈들 종아리 맞히마."

"그럼 뭘 해. 나는 벌써 학교를 나왔는데."

"또다시 들어가지. 글 배워야 한다. 네 이름을 문길이라고 지은 뜻은 글 잘하라고 지은 것이다."

"내 글 잘 배울게. 아버지, 어디 가지 마라" 하고 두 손을 아비 무릎 위에 얹고 눈물 고인 얼굴로 쳐다본다. 이 거동을 보는 아비의 마음이야 얼마나 아팠으랴. 제 죄가 있어서 그랬다면 회개할 마음이나 있겠지만도 횡액에 걸리어서 몸을 망하고 처자에게 슬픔을 끼친 것이 분하여 죽겠다. 어찌하면 처자를 위로하고 세상에 나서서 신용을 회복할까 하고 왼손으로 턱을 괴고 멀거니 앉았다.

33. 가련한 처자의 탄식 "에구, 어쩌나! 에구, 분해."

불 켤 때쯤 되어서 돌아온 그의 아내는 눈에 눈물이 홍건하다. 정희춘은 그 거동이 심상치 아니한 것을 보고

"왜 그리오. 매우 심사가 좋지 못한 모양이구려. 나도 이제는 무사히 나오고 하였는데 무슨 걱정을 그리하오. 너무 걱정 마오. 지내는 대로 지내지. 그동안 너무도 걱정을 시켜서 매우 미안하오" 하고 위로하였다. 그 아내는 가슴이 찢어질 듯한 설움을 참다못하여 필경 "아, 하, 하하" 하고 울었다.

"왜 이래, 소요하게 울기는. 어린아인가. 고만두어."

"에구, 어쩌나. 아, 에구" 하며 아랫입술을 악물고 부르르 떤다.

"무엇을 어째. 말도 않고 어쩌나, 어쩌나 하면 알 수가 있나. 대관절 말이나 하게" 하고 달래나 자기도 속마음으로는 대강 짐작은 하였다. '내가 횡액에 걸리어서 수삭 동안 누명을 쓴 동안에 세상 사람은 벌써 나를 나쁘게 보고 도적놈이니 대적놈이니 하여 필경은 천진난만한 어린 자식까지 이로 말미암아 학교도 못 다니게 되었다. 이것은 세상을 원망하여야 옳을는지 나의 직업을 원망하여야 옳을는지 알 수 없는 일이다. 그러나 나는 고개를 들고 세상에 나가기가 결단코 부끄러울 것이 없다. 운수가 비색하여 한번 횡액에 걸렸을지라도 오늘날은 그 억울함이 판명되어 청천백일의 몸이 된 이상 무엇이 부끄러움이 있으랴. 세상이 모두 장님의 세상이다. 만약 눈뜬 사람이 있을 것 같으면 그럴 리가 있나. 남의 신분에 큰 관계되는 말을 사실의 진부도 모르고 공연히 씩둑꺽둑하여 어린아이에게까지 전파가 된 게지. 그러나 어느 날이든지 그것은 설원할 날이 있을 터이니깐 어려울 것은 없으나 처자에게 고생시킨 것이 애처로워 죽겠다' 하고 고개를 숙이고 곁눈으로 아내를 본즉 아직도 훌쩍훌쩍한다.

"아마 이웃 사람들이 나를 도적놈이라고 흉을 보지? 그까짓 말은 탄할 것 없어. 도적놈이면 나왔을까. 남이 암만 그래도 내 죄만 없으면 고만이야. 납과 은을 한데 섞어 두어도 어느 때든지 은을 알 날이 있을 터이지. 값 많은 은이 납에 섞여서 성명이 없어질 리가 있어" 하고 아내를 훨씬 위로하였다. 아내도 눈물을 씻으며 흑 소리가 차차 줄어들어 가고 말문이 열린다.

"속 모르는 남의 소문은 이 씻어 울 것도 없지만도 당장에 형님까지 도적놈의 대우를 하니 사람이 설워서 살 수가 있소. 말 좀 들어 보시려우. 속이 상하여 못 듣겠으니. 그저 막 대놓고 도적놈의 집하고는 상종하기 싫다고 하겠소” 하며 몸을 부르르 떤다.

“노, 무엇을 얻으러 갔던 게지.”

“웬, 한 번이라도 갔었으면 모르겠소. 오늘은 임자도 무사히 나오셨으니깐 통지나 할 겸 갔더니 그따위 말을 하겠소. 다시는 내가 형이라고 할 년도 없고, 이를 깨물어 가며 살아 가지고 언제든지 이 말을 하여 볼걸.”

“그러면 소용 있나. 고만두오. 내 죄만 없으면 고만이지” 할 때 밖에서 문길이가 어떤 아이를 쫓아가며

“이놈아, 우리 아버지가 도적놈이야. 이놈의 자식아, 너희들 또 그따위 말 하면 우리 아버지가 잡아다가 전중이[34] 만든다” 하고 소리를 친다. 정희춘의 내외는 그 소리를 듣고 한숨을 쉬고

“문길아, 왜 그런 소리를 하느냐. 들어오너라” 하고 그 어머니는 소리를 질렀다.

정희춘이 무사히 백방된 것을 기뻐하는 사람은 그의 아내와 문길이뿐이요 이웃 사람들은 눈을 흘기고 숙설숙설 비웃는다.

아무리 건강한 사람이라도 간밥을 먹으면 병이 생긴다. 다행히 죄를 벗고 나와 제집에 편안히 누우면 단박에 착 까부라지는 고로 눕기만 하면 잠이 퍼붓는다.

집세 받는 권중만은 돈에만 눈이 뻘게서 자비란 정의는 털끝만치도 없다. 날마다 성화같이 집 내놓으라고 야단을 치므로 도무지 일각을 머무를 수가 없다. 그래서 필경에는 남이동南二洞 구석 일갓집 방 한 칸을 얻어 가지고 떠났다. 아내는 밤을 새워 가며 바느질 가지, 빨래 가지 하여 주고 간신히 죽물을 흘려 간다. 절기 찾는 가을바람은 무정하게 내리 불어 문

---

34   징역살이하는 사람.

틈으로 들어오는 찬바람은 아픈 몸의 살점을 에어 내는 것 같다.

34. 결혼 피로 원유회 굿이나 보고 떡이나 먹지

야청 물들여 놓은 듯한 하늘에는 구름 한 점 얻어 보랴 볼 수 없고 잠자리만 떼를 지어 머리 위로 날아다니는데 장충단 공원 가는 길은 자동차, 인력거로 어찌 몹시 혼잡을 이루었는지 발 떼어 놓을 수가 없다. 프록코트 입은 신사도 있고 흰옷 입은 귀부인도 많았다. 이날은 규필과 국자가 혼인한 원유회 날이다.

공원 안에는 처처에 다과점, 주점이 있고 문 어귀에는 변호사 김규필이가 서서 일일이 오는 손님을 맞고 국자는 부인 손님을 맞아들인다. 연못가에는 분수와 금붕어 구경하느라고 구경꾼이 삼지위겹[35]하였다. 가을을 알리는 나뭇잎은 사람의 머리 위로 하나둘 떨어진다.

의기 늠름하게 육군 중위의 복장을 입은 창식은 두 사람의 신사를 데리고 언덕 위 모의점模擬店[36]으로 들어가서 다리를 쉬었다.

"여보게, 창식이, 자네가 중매하였다데그려. 어찌하여서 김규필은 그 부인을 맞았노? 소문이 좀 좋지 못하던걸."

"그렇겠지. 김규필이도 그것은 미리 아는 바요 나는 그 사정을 알 수 없으니깐."

"여보게, 국자 부인은 원래 태준식의 내상內相이 아닌가. 그런데 아직도 남편의 생사를 확실히 알지 못하고 남편의 친구커녕 오라버니라던 사람

---

35 여러 겹으로 둘러쌈.
36 일시적으로 모인 손님을 대접하기 위하여 실제의 가게처럼 꾸민 음식점.

과 혼인을 하는 것은 수상한데."

그 말끝에 옆에 있던 사람은

"남의 경사에 쓸데없는 말들 말게. 굿이나 보고 떡이나 먹지 남의 흥을 왜 그리 보아" 하고 나무랐다. 창식이도 그 말에는 얼굴이 붉었다.

"자네들 말도 괴이치 아니하건마는 당자를 보고 책을 하여야지 나더러 그러는 것은 건넛산 꾸짖기가 아닌가. 아마 이 일은 당자보다도 겸식이가 더 우겨서 규필이도 부득이 승낙을 한 모양인가 보데. 난들 그 세세한 사정이야 다 알 수 있나. 어쨌든 오늘은 인륜의 대사요 백복의 근원을 맺는 날이니 아무쪼록 우리는 그의 부부를 위하여 술이나 많이 먹세그려."

"자네가 그같이 권고를 하니 이따가 흠씬 먹겠네, 하하하."

"위선 여기서 한잔 사 먹고 가세. 내빈이 수천 명인데 이따가 변변히 먹을 수 있나. 하여간 미인은 미인인데. 남의 신부 보고 이따위 소리 하는 것도 죄지."

"결혼 피로 연회니깐 아무래도 관계치 않아" 하고 깔깔 웃었다. "하하하" 하고 웃는 소리를 듣고 쫓아 나온 두세 사람

"이게 무슨 짓들이야. 어서 내려갑시다."

"손님들 다 오셨나. 배는 고프고 언제까지 기다리고 있을 수가 있어야지."

"다 오고말고. 어서 내려갑시다" 하고 손목을 끈다.

"아, 가만히 있어. 채 일어나야지."

세 사람은 큰 차일 친 속으로 끌려 내려왔다. 배반杯盤이 낭자하다. 기생도 많이 있다. 위선 기생 먼저 붙잡아 가지고 희롱을 치다가 창식은 겸식을 만났다.

"여보게, 겸식이."

"아, 형님, 언제 오셨소. 형님도 기생을 가까이하시는 줄은 몰랐구려."

“조롱 말게, 이 사람.”

“나리, 왔지요. 보셨소” 하고 한 기생이 겸식을 보고 물었다. 겸식은 “응” 하고 우물쭈물하였다.

“오, 내 들었다. 누구냐, 말하여라. 저 나리의 장래 아씨의 이름이 무엇 이냐. 말하여야 간다” 하고 창식은 웃으면서 기생을 꼭 껴안았다.

“그렇게 마누라가 쉬 되오. 형님도 딱하오” 하고 겸식은 다른 자리로 가 려고 하였다. 창식은 실없이

“애, 저 나리 못 달아나시게 하여라” 한즉 기생들은 장난으로 겸식이를 붙잡았다. 이렇게 회롱 칠 때 한 기생이 뛰어와서

“나리, 여기 와 계셔요. 저기서 기다리는데.”

“애, 소춘小春이더러 태 주사를 모셔 가려거든 이리로 모시러 오라고 하 여라” 하고 기생들이 조롱을 하였다.

35. 말에게 차인 호떡 장수 형사 다니는 정희춘이란 이를 알겠니

해는 서산에 비끼었는데 원유회는 마치었다. 내빈의 웃음소리와 축배 도 장하였었다. 만경이 되어 인력거 타고 돌아가는 사람도 있고 자동차로 동부인하여 가는 사람도 있고 비틀비틀거리고 걸어가는 사람도 있었다. 규필과 국자는 손님을 다 전송하였다.

마차가 막 나가려고 할 때에 자동차가 뿡 소리를 몹시 질러서 말이 놀 라 뛰었다. 아무리 고삐를 채쳐도 무가내요 달래도 무가내다. 이리 뛰고 저리 뛰고 발광을 하더니 필경은 뛰어나가서 열두어 살 된 호떡 장수 아 이를 찼다. 그래서 호떡이 처처에 흩어지고 호떡 장수 아이도 엎드러졌

다. 구경꾼들은 "와, 아이가 차여 죽었다"고 몰려들었다. 원유회의 간사들도 쫓아갔다.

"누구든지 의사 좀 불러 주오. 의사 좀, 의사!" 하고 소리가 났다. 구경꾼들은 자꾸 달려든다. 이때 박꽃같이 소복한 귀부인이 구경꾼 틈으로 비비고 들어오더니 거지꼴 같은 호떡 장수 아이를 일으켜 안고 차일 친 속으로 들어갔다. 구경꾼들은 눈을 홰홰 두르며

"그, 누구요. 그런 귀부인이 거지 같은 아이를 안고 가니. 대단히 인자한 부인이로군."

"자네, 그 부인 모르나."

"알 수 있나. 자네는 아나."

"그럼, 몰라? 그 부인은 오늘 원유회를 베푼 변호사 김규필의 신부인일세."

"응, 그 부인이야. 그럼 장가 잘 갔네그려. 꽤 어여쁜데 마음도 착하구먼. 여간하여 가지고 그런 자선심이 나올 수 있나. 장한 부인일세" 하고 벅적벅적거린다.

국자는 호떡 장수 아이 하나 안고 간 것으로 인하여 여러 사람에게 주의를 끌었다.

호떡 장수 아이는 그다지 몹시 다치지는 아니하였다. 그러나 어린아이가 말에게 차였으니깐 놀라기는 몹시 놀랐다. 호떡 목판도 깻박을 쳐서 엎어지고 호떡도 사방으로 굴러갔다. 의사는 왔으나 별로 무슨 약도 아니 먹이고 두서너 군데 고약을 발라 주고 붕대로 처매 주고 갔다.

국자는 그것이 측은하여서 호떡 장수 아이를 위로하여 준다. 아이는 처음 보는 귀부인에게 정성스러운 간호를 받는 것이 어린 마음에도 황송한 모양으로 고개만 숙인다.

"과히 아프지나 아니하냐. 이제는 약 붙였으니깐 난다. 이름이 무엇이냐."

"문길이야요."

"성은."

"정가여요."

"나이는."

"열두 살이어요."

"집은 어디냐."

"남이동이어요" 한다. 아무리 보아도 호떡 장수의 거동이 막치기의 자식은 아닌 것 같다. 더구나 성이 정가라고 하는 데 이상한 생각이 나서

"애, 너의 집이 원래 남이동이냐" 하고 물었다.

"아니어요. 사동서 살다가 새로 떠나온 지 얼마 아니 되어요."

국자는 '필경 그것이지' 하는 듯이

"응, 그래" 하고 고개를 끄떡끄떡하였다. '어디 한번 물어나 볼까. 대수일라고. 인제는 제가 끈 떨어진 망석동이요 뭍에 난 고기지.'

"네 성이 정가면 형사 다니는 정희춘이라는 이를 알겠니" 하고 국자는 친절히 물었다.

"어찌 아셔요. 우리 아버지셔요" 하고 거침없이 대답을 한다.

"나는 뵌 적은 없다마는 형사 중에는 제일 얌전한 이라는 소문을 들었기에 말이다. 그래, 지금도 형사 다니시니."

"아니요, 아버지는 병환이 드셔서 누워 계셔요. 그래, 살 수가 없어서 제가 호떡 장사를 나왔어요. 그런데 호떡 목판하고 호떡 나머지는 다 어디로 갔습니까. 이제는 조금 덜 아프니깐 어서 또 좀 팔아야 저녁거리나 팔아 가지고 가야지요. 어머니가 기다리실걸요" 하고 어린 마음에도 매우 걱정이 되는 모양이다.

“오냐, 걱정 마라. 목판도 잘 두었고 나머지 호떡도 내가 죄다 살 터이니.”

“예, 대단히 고맙습니다” 하고 문길은 매우 기뻐하였다.

국자는 손가방을 열고 지폐 몇 장을 종이에 싸서 깨진 목판하고 한데 주었다. 문길이는 매우 좋아서 절하고 갔다.

36. 생긴 돈도 걱정하는 부모 대관절 이 돈이 어디서 났느냐

조산造山을 헐어 놓은 남이동은 근일에 새로 생긴 빈민굴이다. 다섯 채를 연복하여 지은 집 끝 방에서 이부자리 하나 없이 새우 모양으로 잔뜩 꼬부리고 누운 정희춘은 아픈 것은 차치하고 처자 실릴 생각에 가슴이 탄다. 아내 김씨는 남의 집 바느질 가지, 빨래 가지 품삯을 팔고 아들 문길이는 호떡 장사를 하여 간신히 죽물을 흘려 가는 고로 약 한 첩 먹어 볼 수 없고 병이 낫기도 바랄 수 없다.

“어머니, 오늘은 일찍 팔았소” 하고 문길이는 뛰어 들어온다. 김씨는 바느질을 하다가 문을 열고 내다보며

“오늘은 퍽 일찍 오는구나. 벌써 다 팔았니.”

“오늘은 돈이 많이 생겼소. 아버지 반찬 좀 해서 드리시오” 하고 흰 종이에 싼 것을 주었다. 김씨는 일하던 것을 놓고 펴 본즉 한 번도 접어 본 적 없는 1원짜리 지전 석 장이 들었다.

“이것 보시오. 1원짜리 지전 석 장이 들었구려” 하고 의혹이 드는 듯이 남편의 얼굴을 쳐다본다. 정희춘은

“무어, 3원이 들었어” 하고 문길의 거동을 노려보다가 왼편 다리에 붕대 감은 것을 보았다.

"얘, 너 다리는 어째 그랬느냐. 어디서 다쳤니" 하고 가엾이 물었다.

"에구, 저런, 어쩌다 다쳤니. 이 돈이 약값이냐" 하고 문길의 어머니도 걱정을 하였다. 그러나 문길은 탄평이다.

"다치기는 무얼 다쳐요. 조금 허물이 벗겨진 것을 어떤 이가 싫대도 자꾸 약을 바르고 처매 주었다우."

"그래, 대관절 어디서 돈이 났느냐. 바로 말하여라. 남에게 아무 일 없이 돈을 받아서는 못쓰는 것이다" 하고 문길의 어머니는 달래어 물었다. 문길은 조금도 거침없이

"나는 돈 받으면 아버지께 꾸지람 받는다고 싫다고 하여도 어떤 양반의 부인이 자꾸 주면서 만약 꾸지람하면 내가 말할 터이니 갖다가 어머니 드리라고 하셔요" 하고 주젓주젓한다.

"어디서 어떤 부인이 주셨단 말이냐. 거짓말하면 못쓴다. 바로 말하여라" 하고 문길의 어머니는 살살 달랬더니 문길은 성을 팩 내며

"거짓말을 왜 해요. 어머니는 그런 말씀 마셔요. 나는 오늘 장충단 공원 원유회가 있다기에 그곳으로 호떡을 팔러 갔다가 말이 지랄을 쳐서 말에게 차여 목판까지 깨트리고 넘어졌었다우. 그랬더니 하얗게 고운 옷 입은 양반의 부인이 차일 친 속으로 나를 안아다 놓고 의사까지 불러다가 이렇게 약을 발라 주고 우리 집과 아버지의 성명을 묻더니 이 돈을 주셨어요."

"어느 부인인지 감사한 양반이로구나. 거지 같은 것을 안아다가 약까지 발라 주다니" 하고 문길의 어머니는 자기 자식을 위하여 그만큼 한 것을 매우 감사하였다.

"그래, 정말 그러냐. 만일 거짓말하면 아버지에게 매 맞는다."

"아버지는 그래도 그러시네. 가 물어보시구려" 하고 문길은 골을 잔뜩

낸다.

"그래, 정말이냐. 그러면 돈 주던 양반의 성명이나 알아보았니."

"내가 물어보았더니 그이가 웃기만 하고 말을 않겠지."

"그것 되었느냐. 여보, 잠깐 가서 물어보고 오우" 하고 아내 김씨를 시켰다.

"예, 입때 누가 있을까요. 빨리 건너가 볼까" 하고 김씨는 부리나케 나갔다.

한참 있다가 김씨는 보자기에 무엇을 싸 가지고 돌아왔다.

"누굽디까? 알았소?"

"예, 알았어요. 오늘 놀이는 변호사 김 무엇이란 사람의 혼인 잔치라는구려."

"무엇, 김 변호사야?" 하고 정희춘은 주먹을 쥐고 어깨통만 올라갔다 내려갔다 한다.

"왜, 임자 아시는 양반이오?" 하고 김씨는 물었다.

"그래, 돈 준 사람은 누구란 말이오?"

"그는 그 부인이라는데 벌써 다 파하고 뒷일 보는 사람 몇만 남아 있습디다. 그런데 대단히 가엾다고 이 떡을 또 줍디다" 한다. 정희춘은 잠자코 눈을 딱 감았다.

37. 연회에 뛰어든 괴한 성북동 왜 갔던가 물어보아라

원유회는 무사히 마치었다. 위로연은 사흘 되던 날 저녁에 국일관國一館에 열었다. 그날의 손님은 규필의 혼인에 진력한 사람만 청하였다. 배반이 다 된 뒤에 규필은 일어서서 여러분의 수고하신 감사를 말한 후 권커니 받거니 하고 재미있게 노는 판에 한 사람이 국일관으로 들어왔다. 얼른 보기에 위로연에 참석할 인물 같지 않다. 보이도 어쩐지 모르고 드렁조[37]로 "안녕하십시오" 하였다. 그자는 눈을 매방울 두르듯 하며 거침없이 쑥 들어간다. 보이는 공순한 태도로

"방이 없습니다. 대단히 미안합니다" 하였다. 그자는 버썩 달려들며

"왜, 나는 못 들어갈 사람이냐."

"아니올시다, 오늘은 큰 연회가 들어서 방이 좀 쨉니다그려."

"보이! 보기에 추저분하니깐 경멸히 보고 그러지? 나는 볼 사람이 있어서 그래. 저, 김규필 씨의 연회석이 어디냐?" 보이는 얼른 허리를 굽혀 예하고

"예, 잠깐 가만히 계십시오" 하고 휑하게 위층으로 올라가서 고하였다. 규필은

"그 누군가. 올라오시래라" 하였다. 겸식이 쑥 나오며

"가만있거라. 누군지도 모르고 함부로 올라오란단 말이오. 내가 내려가 보리다" 하고 내려가 본즉 부랑자 같은 자가 와서 공연히 흑작질이다.

"노형이 규필 씨를 보러 오셨소? 나는 태겸식이오. 규필 씨한테 할 말씀 있거든 내게 하시오. 만약 꼭 그 양반을 보시려거든 그 댁으로 찾아오시오."

"딴은 그래. 당신 말씀도 그럴듯하오. 그럼 내 보러 온 이야기나 해 볼까" 하고 곁에 있는 보이를 꺼리는 모양이다. 겸식은 옆방 조용한 곳으로 끌고 간즉 그는 매우 은근한 태도로

---

37   건성으로 말하거나 듣는 태도.

"나는 태준식 댁의 유모로 있던 할멈의 오라범 되는 신금동申金童이오. 그런데 그 아씨가 김규필 씨와 혼인을 하셨다기에 매우 경사스러워서, 하하하."

"그래, 아씨와 그 양반과 혼인한 것이 네 마음에는 어떻단 말이냐. 매우 경사스러우니 어쩌니 하니 남의 일에 네가 주제넘게 어쨌단 말이야" 하고 겸식은 유모의 오라범이란 말을 듣고 댓바람 해라를 하였다.

"당신도 꽤 뻔뻔하구려. 형수 시집보낸 것이 그리도 좋아? 내가 한마디만 하면 모두 어디로 갈지 모를 것들이다, 알아?"

"이놈아, 아무리 세상이 망했기로 뉘게다 이따위 말버릇을 하니" 하고 겸식은 허리띠를 졸라맨다.

"얼씨구, 누구를 쳐 볼 터인가. 왜 이래. 아무리 그래도 왼편 눈도 깜작거리지 않을 금동이야. 너 따위가 다 알겠니. 술이나 먹고 갈보 집이나 다니지. 증거가 역력해. 왜 이래."

"이놈아, 말하여라. 너 따위 놈한테 내가 욕을 보고 만단 말이냐. 순사라도 불러 주고 말겠다."

"얼씨구, 이따위 보게. 순사가 그리 무서우냐. 너희들이나 무서워하지 나는 순사 무서울 것 없다. 애, 네 형수더러 성북동 왜 갔던가 물어보아라. 너 따위 구상유취口尙乳臭가 그 일을 알겠니. 규필이 불러라. 규필이는 자세히 안다" 하고 벌떡 일어나 2층 위로 올라가려고 한다. 겸식은 화가 벌컥 나서 소리를 지르고

"이 멀쩡한 놈 같으니. 용서치 못하겠다" 하고 금동의 멱살을 잡아 낚아챘다.

38. 겸식과 금동의 싸움 _{오냐, 죽일 터건 죽여라}

겸식에게 낚아채진 금동은 마룻바닥에 네 갈래를 떡 벌리고 자빠져서

"오냐, 죽일 터건 죽이고 때릴 터건 때려라. 구상유취야, 왜 주저주저하니. 어디 좀 더 때려 보아."

"이놈아, 너 같은 놈에게 속아서 돈 내놓을 내가 아니다" 하고 소리를 지르며 보이를 보고 집어내라고 할 때 국일관 주인이 나와서 겸식을 간신히 말리고

"나한테 맡기시면 주인이 알아 할 터이니 용서하시고 올라가십시오" 하였다. 그러고 금동을 붙잡고

"여보, 당신은 누구신지 남의 영업처에 와서 이와 같이 하시면 영업의 방해가 아니오."

"예, 대단히 안되었소. 이놈들, 어디 보자. 성북동서 아이 지운 사건을 밀소할 것 같으면 너희 놈들은 모두 구슬 꿰듯이 엮여 갈 터이다" 하고 말을 함부로 하였다. 그러나 주인은 무슨 말인지 모른다. 덮어놓고 고만두라고만 할 뿐이다.

규필은 겸식이가 누구 보러 나가서 오랫동안 안 들어오고 아래층에서 시끄러운 소리 나는 것을 듣고 혹 싸움이나 아니 하나 하고 아래층으로 내려와 본즉 웬 사람 하나는 벌떡 나자빠졌고 겸식은 노기가 충천하여 날뛰며 주인과 보이는 그 사이에서 싸움 말리느라고 죽을 지경이다. 규필이도 그것을 보고야 잠자코 있을 수 없어

"이게 무슨 짓이야, 겸식이. 모양이 창피하게, 그만두어. 주인, 이것 너무 불안하오. 저 양반이 나 보러 왔던 양반이오?" 하고 점잖게 물었다. 겸식은 더 펄펄 뛰면서 발길질을 하는 것을 간신히 말리었다.

"저희들이 잘못하여 손님께 걱정을 끼쳐서 대단히 미안합니다" 하고 주인은 사과를 하였다.

"잘못될 때는 할 수 없지요. 나 보러 온 사람이 이 모양으로 소요를 일으켜서 도리어 주인 보기가 부끄럽소. 금동이란 양반, 여보, 내가 김규필이니 무슨 일인지 다시 말씀하시오. 오늘 밤에 우리에게 대하여 한 짓은 나도 생각이 있으니깐. 또 시방 들은즉 성북동에서 어쩌고 어쩌고 하니 그게 웬 소리요? 그까짓 수작은 어따 해? 나도 법률로 밥 먹는 사람인데 법률상 죄지을 일이야 하였을 리가 있나" 하고 선웃음을 치며 슬쩍 눙쳤다. 금동이도 규필이를 만나고 보니 말수작부터 틀린지라. '에라, 어찌 되었든지 돈냥이나 얻어 가지고 가면 고만이지. 가시가 센 체하면 무엇 하며, 남이 상피를 붙거니 아비를 죽이거니 알 것 무엇 있나' 하고 벌떡 일어나서 무릎을 꿇고

"아, 참, 영감이십니까, 허허허. 술김에 들어와서 실례가 적지 않습니다. 용서하십시오" 하고 급자기 태도가 변한다.

"그렇게 사과할 것이 아니라 나를 보잤다니 무슨 일이야. 사양 말고 할 말 있거든 하지."

"선생, 그까짓 놈의 말을 무엇을 들으신단 말씀이오. 내쫓아 버립시다" 하고 겸식은 분한 낯빛으로 말하였다.

"아냐, 너무 그래서는 못써. 금동이, 여러 사람 앞에서 말하기가 어려워서 그러나" 하고 규필은 곁에 사람을 하나도 없이 다 치웠다.

"인제는 아무도 없으니."

"헤헤헤, 다름 아니라 영감께 좀 기대러 온 것이지 나도 그런 일을 크게 떠들고 싶지는 않습니다. 오늘 술잔이나 먹은 김에 영감께 죄를 많이 지은 모양이니 살려 줍시오."

"알겠소. 그러면 조용히 할 일이지 그렇게 누구를 으르딱딱거려서야 되겠나, 허허허. 딱한 사람이로군."

"예, 그저 용서하십시오" 하고 금동은 가렵지도 아니한 머리를 자꾸 긁으면서 종이에 싼 것을 받아 주머니 속에 넣고 코가 납작하도록 절을 한 번 하고 나와서 다시 한번 뒤를 돌아보고 혀를 홰홰 내둘렀다.

39. 송 형사와 정희춘의 밀의 싸고 싼 향내도 나는데 될 말이오

"여보게, 금동이, 매우 입이 벌어졌네그려" 하고 뒤에서 어깨를 탁 치는 사람이 있다. 깜짝 놀라 돌아다본즉 동대문 경찰서에 있는 송 형사다.

"야, 송 형사시우. 나는 깜짝 놀랐구려. 무슨 수가 있소. 내 거들게."

"수가 무슨 수야, 옥수수?"

"아니, 그러지 마시고. 댁이 어디시오. 오늘 밤이라도 찾아갈 터이니."

"경찰서로만 오려무나. 집은 알 것 무엇 있니. 그런데 지금 국일관에 들어가서 김규필이를 을러대고 얼마나 빨아 세웠니. 바로 말하여라. 내 다 보았다" 한다. 금동은 손으로 이마만 문지르면서

"쓸데없는 소리 마시오. 그럴 리가 있나요, 하하하."

"이게 무슨 소리야. 내가 눈먼 장님으로 아니."

"에구, 모르겠소. 그럼 그렇다고 하시구려" 하고 금동은 뺑소니만 주려고 하는 것을 송 형사가 다시 불러 가지고

"얘, 이것 어째 점점 모주[38]가 되고 이 모양이냐. 너, 저 서대문 경찰서에

---

38   술을 늘 대중없이 많이 마시는 사람.

있던 정 형사의 집 알겠니? 모르거든 좀 찾아보아라.”

“예, 그러시오. 곧 찾아보지요. 왜, 그 사건이오? 그러면 나도 한몫 넣어 주어야 하오.”

“쓸데없는 소리 말고 찾거든 나한테 알게 하여라” 하고 명함을 한 장 내준다. 금동은 빙그레 웃으며 ‘오늘은 재수가 좋다. 이 일도 성사하면 나도 땡 뜨리라’ 하고 속마음으로 매우 기뻐하였다.

수가 날 터이니깐 위선 한잔 먹어야 가겠다고 초전골 네거리 술집에 들어가서 몇 잔 먹고 콧노래를 불러 가면서 언청다리께를 넘어서니깐 개가 멍멍 짖는다.

“이놈의 개! 눈깔이 있거든 자세히 보아라. 나도 작은 형사인데 나를 보고 짖어” 하고 소리를 지르며 발을 구르더니 다 쓰러져 가는 오막살이집 문을 왈각왈각 흔들면서

“문 열어라, 문 열어.”

“예, 나가요. 또 취하였군” 하면서 문 여는 사람은 나이 30 내외 되는 똥똥한 여자다.

“이때까지 무엇 하러 돌아다니우. 어서 드러누우.”

“아냐, 나는 잘 새 없어. 동대문서에 촉탁받은 일이 있으니깐.”

“무슨 월급 자리를 얻어 하였소.”

“아냐, 왜 송 형사라고 모르나.”

이 소리에 그 누이는 놀라 깨었다.

“무엇 하게 그리 늦게 들어왔어.”

“아, 누님, 지금 나는 송 형사를 만나 보았소.”

“저런, 어디서.”

“그래, 그 일을 내게다 부탁하겠지.”

“응, 응.”

“그런데 정 형사의 집을 찾아 달라니 그이 집이 어디오.”

“왜, 요 아래 남이동 아래 모퉁이 집이야.”

“바로 요 아래께요.”

“그럼, 그런데 그 양반이 병으로 앓는다는데 그동안 좀 낫는지 모르겠어.”

“어쨌든 집만 가르쳐 주면 고만이지요.”

“아마 그 일이 기어코 탄로가 되었나 보구먼.”

“그럼, 그게 될 일이오. 싸고 싼 향내도 나는데.”

“너무 떠들지 말고 고만 자게.”

금동은 무슨 큰일이나 성공한 듯이 좋아서 혼자 한참 지껄이다가 잤다. 이튿날 아침에 일찍이 나가서 송 형사를 데리고 왔다. 남이동 다 쓰러져 가는 집 모퉁이에다 송 형사를 세워 놓고

“잠깐만 기다리십시오. 내가 먼저 통지할 터이니” 하고 금동은 먼저 들어가서 정 형사를 보고 병 인사를 넌출지게 늘어놓은 후 송 형사가 찾아온 일을 말하였다. 정희춘은 병중에 찾아온 것이 반가워서 발바닥으로 나왔다.

“아, 이거 얼마 만인가.”

“이렇게 찾아와 주니 대단히 감사하이. 누추하나마 좀 들어오게.”

“불가불 긴히 의논할 일이 있으니깐 좀 들어가겠네” 하고 들어갔다.

송 형사와 정희춘은 방으로 들어가서 속살속살거리기를 한 시 동안이나 하더니 작별을 하는 모양인데 송 형사는

“염려 마오. 안심하오” 하고 갔다.

40. 겸식은 과연 미쳤을까? 정든 놈 있으면 본남편도 죽이는데

겸식은 금동에게 '성북동에서 아이 지운 일을 아니, 구상유치야' 하는 소리에 불현듯 무슨 생각이 났다. 이로부터 겸식은 또다시 술 먹기와 기생집 다니기로 종사를 삼는다. 어떤 때는 혹 미친 짓도 한다. 원래 주색에 빠져서 방탕하던 사람이지만도 진실로 그가 형수의 개가를 중매할 바보냐 하면 결단코 그런 것은 아니다. 경각간에 형을 잃고 부끄러워 얻다 말할 곳이 없다. 그러나 그 일은 자기가 눈뜨고 절명한 일이니깐 누구를 원망할 수 없는 일인데 그래도 항상 마음에 의심이 들기는 든다. 그래서 어찌하면 확실히 이 일을 발각할까 하고 백 가지 천 가지로 생각한 끝에 '에라, 어디 이렇게 수단이나 한번 써 보아서 맞으면 다행이요 그렇지 못하면 고만이라'고 결심하고 형수를 김규필에게다 시집보낸 것이다.

처음에는 사양도 하고 또한 아씨는 자살까지 하려 하여 겸식은 불알이 간질간질하였더니 나중에는 아주 딴판이다. 그래서 날마다 공연히 화난다고 술이나 먹고 소춘의 집에만 가서 파묻혔다.

원래 화류계 계집이란 특별히 정들고 안 듦이 없다. 단지 돈 잘 써야 정도 붙고 의도 생기는 법이다. 맨손으로 날마다 찾아만 가니 괄대가 말 아니다. 겸식은 화가 나서 자꾸 찾아가거니와 소춘이야 아무 득실 없이 공연히 같이 미칠 리가 없었다. 그래서 겸식이가 오면 그저 우물우물하여 날리려고만 한다. 겸식은 더욱 실망하여 필경은 길로 소리를 지르고 뛰어다니므로 정신병원에 입원을 시켰다. 규필과 국자는 날마다 문병을 온다. 국자는 겸식을 위로하는 말로

"화류계 계집이란 그런 것이어요. 공연히 외쪽사랑을 하실 것이 아니니 아주 그까짓 년은 생각 마시고 속히 병이 나아서 나가시도록 하셔요" 하

였더니 겸식은 눈을 크게 뜨고

"고 배라먹을 년을 칼로 찔러 죽이고 말겠소."

"아예 그리 생각 마셔요. 내 어여쁜 하이칼라 하나 천거하리다" 겸식은 이 말에 껄껄 웃으며

"나는 형수씨를 중매하고 형수씨는 나를 중매하신다?" 하고 눙쳤다.

"정말이어요. 그까짓 소춘이가 다 무엇이오."

"아이고, 다 고만두시오. 계집은 다 일반이지요. 정든 놈 있으면 본남편 도 죽이는데" 하였다.

국자는 이 말에 별안간 얼굴이 새파랗게 질리며

"그런 년이 어디 있단 말씀이오" 하였다. 그러고 몇 마디 이야기를 또 하다가 저녁때가 되었다고 돌아갔다.

막 집에 돌아와 옷을 갈아입고 앉으려니깐 규필이가 재판소에 다녀온 다. 부부가 서재로 들어가서 사선상을 마주 안고 앉았다. 규필은

"어때, 좀 납디까?" 하고 물었다. 국자는 고갯짓을 하면서

"오늘은 아침부터 발광을 하였다는데, 지금은 매우 납디다."

"하, 저런, 그래도 완인完人이 되어 볼까?"

"여보, 완인이 되어 보는 게 다 무엇이오. 요새 겸식의 거동은 가만히 볼 수 없는 일이 많소. 암만하여도 거짓 양광佯狂[39]인가 보아요."

"양광이 무슨 양광이야. 의사도 미쳤다는데."

"암만하여도 요새 화난다고 술 먹는 것이 무슨 까닭이 있는 것 같소. 요 전에 국일관에서 금동이란 녀석이 무엇이라고 하여서 알았는지 알 수가 없어요. 어떻게 이 일을 방비하여야지 안 되겠어요" 하고 규필의 얼굴을

---

39   거짓으로 미친 체함.

쳐다보았다. 규필은 궐련을 꺼내 불을 붙이고 한 모금 빨아 흡연을 한 후

"그럼 어떻게 하나" 하고 국자를 멀거니 본다. 국자도 마주 보았다. 규필은 궐련을 몇 모금 연해 빨더니

"또 한 가지 성가신 일 났는걸" 한다. 국자는 눈이 뚱그레서

"무슨 일이어요" 하고 재우쳐 물었다.

"요전에 한잔 먹인 놈이 또 복직을 하였다는걸."

"누구 말씀이오."

"아, 정가 말이야. 동대문서에 있는 형사가 천거하였다는걸."

국자는 눈이 뚱그레서

"정가 녀석이 또 형사를 들어갔어요? 동대문서에 형사라니, 송가랍디까?"

"글쎄, 아마 송가라지."

"송가 녀석은 성북동 있을 때 밤에 들어와서 개지랄을 치고 간 녀석인데."

"응, 그럼 송가가 정가 천거한 까닭이 있는 게로구면" 하고 규필은 담배만 자꾸 피운다.

안차고 다라진 국자는 그래도 탄평이다. 규필의 걱정하는 것을 보고

"무슨 일 있소. 벌써 몇 해 전 일인데."

41. 겸식의 발광 미친놈의 겸식이도 사람 노릇 하지요

겸식은 병원에서 하루 세 차례씩 의사의 진단을 받는다. 그러나 조금도 차도가 없는 모양이다.

남은 미쳤다고 하여도 속심은 딴딴하다. 병중에도 눈만 감으면 형이 보인다. 보일 때마다 내 원수 갚아 달라고 한다. 그리하여 겸식의 병은 점점

더 골수에 깊어 간다. 그래서 어느 날은 뛰어나왔다.

아무나 보고 "이년! 이놈! 네가 내 원수다" 소리를 지른다. 지각없는 아이들은 미친놈 보라고 떼를 지어 쫓아다닌다. 참으로 성한 사람도 미칠 지경이다. 간다 간다 하는 것이 소춘의 집으로 갔다. 다짜고짜 하고 칼을 들고

"이년, 너 때문이니 너하고 나하고 같이 죽자" 하였다. 소춘은 깜짝 놀라 어찌할 줄 모르고 집안사람들은 혼이 나서 순사를 불러왔다.

순사는 겸식을 잡아다가 다시 병원으로 보냈다. 이 소문을 듣고 겸식의 집안과 규필의 내외는 병원으로 찾아왔다. 규필은 한심한 태도로

"겸식이, 어쩌자고 그러나. 장부가 그까짓 계집에게 반하여서 정신까지 잃는단 말인가. 정 그러면 내 소춘이를 떼어 들여 줄 터이니 안심하게" 하고 마음을 훨씬 눅였다.

"선생, 대단히 고맙소. 그러나 내 병은 아마 그것만으로 낫지 못할까 보오" 하고 부르르 떤다.

국자는 눈이 똥그래서

"에구머니, 또 저 증이 나네" 하고 섬섬옥수로 겸식의 이마를 누르고 겸식의 아내 강 씨는 뒤로 꼭 껴안았다.

"아주버니, 어쩌자고 이리하오. 아무쪼록 정신을 차려 가지고 속히 완인이 되셔야 않겠소."

"예, 염려 마시오. 미친놈의 겸식이도 사람 노릇 하고 죽을 터이니."

"그래, 겸식이, 아무쪼록 마음을 안정하고 의사의 이르는 대로만 잘 조섭을 하게. 아예 밖에 나가지 말고" 하고 규필은 일렀다.

규필의 내외는 집에 돌아와서 또 의논이 분분하다. 국자는 눈을 크게 뜨고

"그것 보시오. 그 사람이 미친 사람이오?"

"글쎄, 간간이 그게 무슨 소리야."

"암만하여도 걱정거리가 될까 보오."

"걱정이야 무슨 걱정이람. 아무리 제가 무엇이라고 할지라도 남이 알기를 다 미친놈으로 아는데. 누가 그 미친 사람의 말을 종잡을 리가 있나."

"그거 알 수 있어요? 세상에 별별 일이 다 많으니깐."

"그래, 제가 알았을까?"

"글쎄, 그 일은 하여간 국일관에서 금동이 녀석이 중언부언하여서 그때부터 눈치가 달라요."

"걱정은 걱정이야. 정가 놈이 또 형사를 들어가고."

"정가 녀석, 어떻게 또 한 번 떨어트릴 수 없을까요."

"또 무슨 흔단釁端40을 잡아야 할 터이니 그것이 어디 용이한가."

"고 배라먹을 녀석, 약사발이라도 안겼으면."

"어째 일이 모두 어긋나" 하고 규필은 입맛을 다시고 사랑으로 나갔다.

겸식은 그간 매우 병이 나았다. 의사도 기뻐하고 간호부들도 마음을 놓았다. 의사의 말이 이렇게 2주일만 지내면 아주 전치되리라고 한다.

겸식은 병상에 누워서 가만히 생각하니 기가 막히다. 아무리 원수 갚을 단서를 잡으려 하여도 얼른 잡히지는 않고 의혹은 연놈에게밖에 더 아니 난다. '에라, 경칠 연놈이 내 형의 집 속에서 거드럭거리고 사는 것 보기 싫다' 하고 깊은 밤에 또 뛰어나왔다.

---

40   서로 사이가 벌어져서 틈이 생기게 되는 실마리.

42. 야반의 불종 소리에 영감님은 곧기도 퍽 곧소

밤은 깊어 새로 한 점을 치려고 할 때 땡땡…… 땡땡…… 하고 불종을 친다.

이웃집에서는 "불이야! 불이야!" 소리를 치고 발바닥으로 나오는 사람, 속곳 바람으로 나오는 사람, 물동이 들고 날치는 사람, 지붕 위에서 속곳을 두르는 사람, 소방수, 순사, 벅적벅적한다. 불난 집은 국자의 집이요 불은 겸식이가 놓았다 한다. 그래서 겸식은 그 자리에서 곧 잡아갔다. 그러나 미친 사람인 고로 도로 병원으로 보냈다.

증기 무자위[41] 다섯 채가 무지개 뻗듯이 들이퍼부어도 불길은 조금도 죽지 않고 더욱더욱 맹렬하여 필경은 다 태워 버리고 남은 것은 주추밖에 없다. 사랑 뜰에 섰던 능수버들은 등걸만 남았고 뒤뜰의 감나무, 밤나무는 부지깽이 꽂아 놓은 것 같다. 소방수는 죽을힘을 다하여 불을 껐으되 바람이 몹시 불어서 걷잡을 새가 없었다.

예로부터 물 간 자리는 없어도 불탄 자리는 있다지만도 순식간에 고래 등 같은 집이 초토가 되어 다 탄 등걸에서 흰 연기만 뭉게뭉게 올라오는 것은 보기에 매우 처참하였다. 불행 중 다행은 이웃집에 연소 안 된 것이다.

국자의 집이 불에 탄 후로는 규필의 집으로 한데 합쳤다. 이때까지 규필의 집은 법률 사무소로만 쓰고 국자의 집에서 살림을 하여 왔었으나 이제 국자의 집이 온통 초토가 된 이상에는 불가불 규필의 집으로 안 들어갈 수가 없이 되었다.

그 이튿날 아침 후에 천보千甫란 사람은 불탄 재목과 석재 나부랭이를

---

41   물을 높은 곳으로 퍼 올리는 기계.

추리려고 모군꾼 하나를 얻어 가지고 곡괭이를 들고 나섰다. 천보는 여러 해 태준식의 집 행랑에 들어 있어서 주인과도 친친하고 또한 사람이 정직하고 얌전하여 국자도 놓지 않고 규필이도 매우 신용하는 사람이다. 더욱 이런 일에는 다시 말할 것 없다.

"영감님, 어젯밤에 얼마나 놀라셨어요. 그래, 세간 낱이나 꺼내셨어요."

"꺼내는 게 다 무엇이오. 목숨 죽지 않은 것만 다행이지."

"아참, 이렇게 큰 집이 그렇게 다 탄담메."

"그러게 말이지. 소방수가 그리 많이 왔건마는 종잇장 타듯 하겠지" 하면서 곡괭이질을 콱콱 하다가 곡괭이 끝에 무엇이 닿았다. 천보는 고개를 외로 꼬고

"여보게, 여기서 무엇인지 이상한 것이 곡괭이 끝에 닿네."

"무어요, 여기가 안대청인가 본데 금 독이나 하나 나오려나" 하고 곡괭이로 한번 콱 찍었다. 역시 무슨 소리가 난다.

"이것 보아라, 딴은?"

"여보게, 어디 파 보게, 무엇이든지."

"영감님, 그러면 우리 반씩 나누려오."

"예끼, 이 사람, 주인의 것을 몰래 우리 둘이 나눠서야 쓰겠나. 여보게, 무엇인지 꺼내기만 하면 내 해롭지 않게 하여 줌세."

"영감님도 곧기는 픽도 곧소. 그러니깐 밤낮 남의 집 행랑을 면치 못하지요. 어떻든 꺼내기는 내가 꺼낼게 내 말대로만 하십시다" 하고 삽으로 푸고 곡괭이로 젖히더니 반쯤 탄 가죽 가방 하나를 꺼내었다.

"자, 나왔다. 가방이 나왔소. 아, 이것, 지전이나 들지 아니하였을까? 그러면 다 탔겠지, 응."

"이 사람, 쓸데없는 욕심 부리지 말게. 지전이면 무엇 하나. 주인 양반이

변호사신데 잘못하다가는 먹지도 못하고 콩밥 먹네. 우리가 정직하게만 하면 주인도 생각이 있을 것이 아닌가.”

“대관절 우리 좀 열어 보십시다. 먹지 않으면 고만이지 보았다고야 잡아가겠소.”

“그는 그리하게. 보는 데야 무슨 일 있겠나. 눈요기나 하세” 하고 천보는 곡괭이로 가방 주둥이를 탁탁 쳤더니 반쯤 탄 쪽이 부스스 떨어지고 무엇이 삐죽이 나왔다. 모군꾼은 곡괭이를 내던지고

“에구머니” 소리를 질렀다. 천보는

“왜 그래” 하고 들여다본즉 하얀 해골이 하나 나왔다. 그래서 즉시 경계하던 순사가 서대문 경찰서로 가져갔다.

43. 정희춘의 복직 그렇지, 내 눈이 멀었을 리가 있나

국자의 집 불탄 자리에서 해골 한 개가 나왔다는 소문이 팽 돌았다.

반년 동안이나 병석에 누워서 갖은 고생을 다 겪고 귀여운 자식을 호떡 장사까지 시켜 가며 잔명을 부지하여 오던 정희춘은 천우신조하여 간신히 병을 놓고 일어나서 송 형사의 천거로 다시 경찰부 형사로 복직되었다.

정희춘은 취직하던 날부터 인연 깊은 천연동 연못의 목 없는 시체 사건을 기어코 탐정하여 보려고 비밀히 활동을 시작하였다. 이전에는 혼자 애를 썼지만도 이제는 송 형사란 짝패를 만났다. 송 형사는 성북동에서 국자의 수상한 거동을 본 일이 있고, 금동이 누이 되는 노파는 이전에 그 집에서 유모 노릇 할 때 국자의 배부른 것 안 일이 있다니 그때 성북동으

로 피접 온 것이 심상한 병은 아닌 것이 확실하고, 병은 나았다고 할 때의 국자의 얼굴은 푸석푸석하고 배는 착 까부라졌으며, 폭풍우 불던 날 깊은 밤에 뒷문 앞까지 발자국이 있었다던 일과 앞내에서 낙태한 아이 건져 냈다는 일을 모두 모아 놓고 보니 의문은 의문이다.

더욱이 목 없는 송장의 등골 속에는 독약의 흔적이 있었으므로 일시는 세상을 꽤 시끄럽게 하였으나 범인을 수색할 수가 없이 목을 베었으므로 누군지를 알 수가 없었다. 여러 사람의 의심은 태준식이가 오륙 분 동안에 간 곳을 모른다고 의논이 백출하여 그 송장을 준식인가 보다고 하는 사람도 많았지만도 증거가 없는 데야 어찌하리오. 다만 그렇지나 아니할까 할 뿐이었었다.

정 형사는 이 사건에 대하여 뇌를 여간 썩이지 아니하였지만도 도무지 사실의 단서를 잡을 수가 없어 몇 해 동안을 허송하고 오늘날까지도 그 범인 찾기를 게을리 아니하였더니 우연히 국자의 집에 불이 나서 천보가 화목 나부랭이를 치우다가 가방 한 개를 얻었는데 그 가방 속에 사람의 해골 한 개가 들어서 그것이 유일의 증거가 되었다.

과연 범인은 추측하던 바와 같은 인물이다. 처음에 감정한 바와 같이 독약을 먹여 죽여 가지고 남이 알지 못하게 하느라고 목을 벤 것이 분명하다.

정 형사는 자기 추측이 틀림없이 들어맞는 것이 하도 신통하여 마음이 간지러워서 죽을 지경이다. '옳다, 그러면 그렇지. 내 눈이 멀었을 리가 있나' 하고 집으로 돌아왔다.

"정 형사 계십시오" 하고 찾는 사람은 언청다리 사는 신금동이다.

"누구요, 금동인가. 마침 잘 왔네. 좀 들어오게."

"무슨 수가 있습니까."

"수가 무슨 수야. 물어볼 말이 있어서 그러네. 저, 자네 누이가 태씨 집에 언제까지 있었나."

"글쎄, 나도 자세히 알 수 없습니다마는 아마 야단나기 전까지라지요."

"여보게, 미안하지만도 잠깐 부를 수 없을까."

"천만의 말씀 맙시오. 곧 데리고 오지요"하고 금동은 자기 누이를 데리고 왔다.

"마나님, 먼 데까지 오래서 안되었소."

"원, 천만의 말씀이시지요."

"저, 태씨 댁 있을 때에 그 주인 양반이 간 곳 없었지."

"예, 그렇지요. 야단법석할 때 할멈도 이틀 밤을 꼭 새웠었지요."

"그때 인력거꾼이 있었다는데."

"예, 있었지요. 아주 아씨한테 일간—緊[42]이지요. 그게 홀아비로 들어와서 있는 것을 아씨가 장가를 들여 주었다고 조상같이 알지요."

"그런데 왜 그 사람을 내보냈어."

"자세한 일은 알 수 없으나 나리가 안 계신 후에 소용이 없으니깐 내보냈지요. 할멈 있을 때도 가끔가끔 찾아와서 이삼일씩 묵고 갔지요."

"집이 어딘고."

"고향은 갑산이라는데 누구한테 들으니깐 요새 남대문 밖 봉래정蓬萊町에서 황화방荒貨房[43]을 한대요."

"응, 응, 그래, 이름은 무엇이라누."

"이런 년의 정신 보아라. 에구, 무엇이라더라. 입에서 뱅뱅 돌고 아니 나오네. 옳아, 고대성이라지요."

---

42   가장 긴요한 사람이나 물건.
43   자질구레한 일용 잡화를 벌여 놓고 파는 가게. 황아전.

"공연히 너무 여러 말을 물어서 안되었소" 하고 정 형사는 돈 20전을 내어 자기 아내를 주며

"떡이나 좀 사다 대접하오" 하였다.

"고만두셔요. 떡은 무슨 떡이어요."

44. 객을 의심하는 사무원 나 혼자만 …… 죽어도 같이 죽지

"상오相五, 어째 요새는 이리 바쁜가."

"글쎄, 사무가 바쁘면 우리에게도 돈냥이나 생기니깐 할 수 없는 일이지만도 조금도 공부할 틈이 없어 걱정일세."

"무어, 공부를 해. 말은 좋으이그려."

"이 사람아, 난들 밤낮 변호사 집 사무원으로 늙는단 말인가. 한번 변호사가 되어 가지고 법정에 들어가서 판사와 싸워 보아야지."

"애, 그것은 한번 제법이다. 암, 그래야지. 그런데 요새 웬일인가."

"바쁜 것은 관계없지만도 요새는 식소사번食少事煩[44]이니깐 결딴일세. 원, 그렇게들 드나들어야 한 녀석 일감 맡기는 녀석 없고 모두 감정만 하고 가."

"글쎄, 말이 났으니 말이지 오는 녀석마다 모두 시골 녀석들인지 무엇을 그리 둘러보고들 가나."

"참, 그러게 말일세" 하고 사무소에서는 사무원들이 주거니 받거니 하는 이야기를 규필이가 듣고 무슨 생각이 났다. 그래서 그날부터 규필은

---

[44] 먹는 것은 적은데 하는 일은 많음.

객을 보지 않고 내실에 들어가 누워서 병탈을 하고 사무원을 시켜서 오는 손님의 말받이를 하게 하였다. 규필은 아프다고 누웠는데, 국자는 모든 서류를 조사하기 시작하여 편지 한 장 거저 두지 않고 일일이 펴 보고 어떤 것은 노끈으로 묶고 어떤 것은 책장에다 넣는다. 그리하더니 한 뭉치는 가지고 나와서 뒤뜰에서 불을 질러 태워 버리고 인제는 아무 일 없겠지 하는 듯이 쌩끗 웃었다.

규필은 사무원이 들여온 편지를 뜯어보다가 얼른 국자를 불러 가지고 편지를 보이며 대성이 부부가 잡혀갔단 말과 사무원들이 자기 없는 동안에 하던 이야기를 말하고

"암만하여도 걱정이야" 하고 이맛살을 잔뜩 찌푸렸다.

"글쎄요, 만일……" 하고 국자는 한숨을 휘 쉬었다.

"아직 어찌 될지 모르는데 왜 이리 낙심을 해. 일을 당할 때 당하더라도 그래서야 쓰나. 그렇지만도 우리 할 일은 다하여야 할 터이니 자네는 여기 있을 것 없이 석왕사로 몸을 피하게."

"나 혼자만? 죽어도 같이 죽지."

"내 걱정은 말고 봉룡이도 두고 혼자 떠나."

"혼자야 어찌 가오."

"그래도 혼자 가야지."

"옥희 한 년이나 데리고 갈까."

"그러구려. 심부름이나 시키고 하게. 내려가서는 꼭 들어앉았소. 소문 나리다."

"염려 마셔요."

"옥희야, 너 석왕사 가 보려느냐."

"왜, 아씨 가셔요. 같이 가셔요" 하고 옥희는 석왕사 구경 가는 것이 좋

아서 날뛴다.

"이년아, 왜 이리 떠드니. 조용히 있거라. 내일 아침 8시 10분 차로 떠나자."

"그럼, 아씨, 행장을 차려 두어야지요."

"행장 차릴 것 없다. 가방이나 가지고 가자."

옥희는 잠 안 자고 드나들다가 날이 밝았다. 새벽밥을 하여 먹고 부리나케 경성역을 나오니 시간은 8시를 막 친다. 사람은 물 끓듯 하는데 종을 흔들며 "겐산, 겐산" 한다. 창황히 이등 표 두 장을 사 가지고 몸을 기차에 턱 실었다. 기차는 기적 소리 한마디를 "뛰" 하고 지르더니 바퀴가 슬슬 구른다. 국자는 자기 집을 향하고 한숨을 휘 쉬었다.

45. 정 형사의 밥받이 목을 베기는 베었으나 감춘 것은 몰라요

그간 정 형사는 도로 서대문 경찰서로 전근이 되었다. 전근된 지 사흘 되던 날 봉래정에서 황화방 하는 고대성이를 꿰들어다가 한맛 치내렸다. 그러나 도무지 얼른 그랬다고 불지를 않는다. 그래서 사오일 동안을 정 형사가 손수 땀을 흘려 가며 밥받이[45]를 하여 간신히 아귀를 텄다.

이때부터 모든 형구를 다 집어치우고 어린 중 젓국 먹이듯이 살살 달래 가며 심문을 하였다.

"글쎄, 이 사람아, 진작 말을 하였으면 그렇게 매를 맞지 않지. 다 아는 일을 왜 그리 감추고 말을 아니 해. 말만 잘하면 너는 죄 없이 내보낼 터

45　죄인에게 형벌을 주어 자백을 받아 냄.

이다."

"에구, 응, 에구, 응."

"그래, 목을 베어서 얻다 감추었니."

"그것은 자세히 몰라요."

"그래도 그래. 가방 속에 넣어서 얻다 감추었어."

"저는 그것은 자세히 모릅니다. 다만 송장만 메어다가 연못 속에 넣었을 뿐입니다."

"그래, 목을 네가 베기만 하였느냐."

"베기는 베었어요. 그렇지만도 바삐 수습을 하느라고 어서어서 하고 몰아치는 바람에 목은 얻다가 어쨌는지 모르겠습니다."

"바로 말하여라. 공연히 매 맞고서 말하지 말고."

"정말 그것은 모릅니다."

"그럼 돈은 얼마나 받았느냐."

"그때는 한 푼도 받지 아니하였습니다."

"그래, 그 후에도 받은 일이 없어."

"그 후 고향으로 내려갈 때 돈 200원 주길래 받아 가지고 나왔어요."

"그 돈은 누가 주더냐."

"아씨가 주었어요."

정 형사는 별짓을 다 하여 밥을 내어놓고 그 이튿날 아침에 일찍이 겸식이 있는 병원을 찾아갔다.

겸식은 그간 두서너 차나 뛰어나와서 못된 짓을 하였다고 병원에서 죄수 이상 감시를 하고 있다.

겸식은 불 놓은 뒤로 더 미쳐서 병실에서 날마다 만세만 부르고 있다. 시국이 이상한 때이므로 만세 부르는 것이 경관 듣기에는 이상하게 들린다. 그래서 간호부들은 자꾸 그러지 말라고 이르나 겸식은 속셈이 있어서 자꾸 부른다.

정 형사는 병원장을 찾아가 보고 직무상 잠깐 면회할 일이 있으니 잠간만 면회를 하여 달라고 청하였더니 병원장은 코웃음을 하며

"정신병자에게 무엇을 물어보려고 그러시오" 한다. 정 형사는 부득이 면회를 좀 하여야만 하겠다고 간청을 하였더니 간호부를 불러 안내케 한다.

간호부는 이리저리로 한참 가더니 만세 부르는 방으로 안내한다. 문을 열고 정 형사가 들어간즉 겸식은 정신을 차리고 손목을 턱 잡으며

"아, 정 형사요" 한다. 정 형사는 빙그레 웃으며

"나를 알아보시오" 한즉 겸식은 옷깃을 정제하고 앉아서

"내가 미쳤다니깐 정말로 아시오" 하고 껄껄 웃는다.

"그래, 병원에서 얼마나 갑갑하시오" 하고 정 형사는 위문을 하였다.

"예, 괜찮습니다. 내 죄는 불 놓은 죄밖에 없으니 잡아가시려거든 잡아가시오."

"아무렴, 잡아갈 일이면 잡아가야지" 하고 정 형사는 껄껄 웃었다.

"그래, 나를 잡아가려고 오셨소."

"그런데 불탄 자리에서 사람의 해골이 하나 나왔으니 웬일이오" 한즉 겸식은

"무엇이오" 하고 정 형사의 손목을 꽉 붙잡고 눈물을 줄줄 흘리며

"여보, 정 형사, 내 원수 좀 갚아 주오" 하고 대성통곡을 한다. 정 형사는 잠깐 경찰서로 같이 가겠느냐고 물은즉 겸식은 어디든지 사양치 않겠노라고 한다. 정 형사는 병원장에게 그 뜻을 말하고 겸식을 데리고 같이 왔다.

금동이와 금동이 누이도 잠깐 물어볼 말 있다고 불려 가고 천보와 모군꾼도 불려 갔다.

46. 운 지난 김규필 변호사 좋지! 잔소리 말고 받아라

규필의 집에 밀거니 켜거니 드나들던 객은 별안간 뚝 끊기고 요새는 가끔가끔 수상한 자가 몰래 들어와서 집안사람들을 놀랜다. 그래서 규필은 출입할 때면 혹 무슨 일이 있을까 염려하여 인력거를 맞패를 붙여 가지고 다닌다. 타지 않고 걸어 다닐 때는 반드시 집안사람이나 하인을 하나둘씩 데리고 다닌다. 밤중에 쥐만 바스락하여도 무엇이 들어왔다고 야단법석이다.

너무도 주의하는 것이 이상하다고 사무원과 하인들은 구석구석이 이야기다. 덧없는 세월은 흐르고 흘러 삼월 스무닷새날이 되어 경성부 협의회는 열리었다. 규필은 한동안 협의회에 참석하기를 주저하였었으나 세상의 평판이 많으므로 어쩔 수 없이 참석하였다.

조선 사람 협의원, 일본 사람 협의원 합하여 20여 명이 열석하여 된 소리 안된 소리로 몇 시간 지껄이다가 폐회가 되었다. 규필은 볼일 있는 사람같이 바삐 나와 인력거를 타려고 할 때

"김규필 씨" 하고 뒤에서 소리 지르는 사람이 있다. 누군가 하고 돌아본즉 정 형사다. 다짜고짜 하고 규필의 손을 잡고 수갑을 지우려고 한다. 규필은 눈을 부릅뜨고

"뉘게다 수갑을 질러?" 하고 소리를 질렀다. 정 형사는 다시 한번 쳐다보고

"누구는 누구야. 네가 김규필이지. 잠자코 있거라" 한즉 규필은 더욱 소리를 지르며

"나는 변호사야!" 하고 뿌리치려 한다. 정 형사는 빙그레 웃으며

"변호사 좋지. 공연히 그러지 말고 할 말 있거든 우리 가서 하자. 나도

검사국의 영장을 가지고 너를 잡는 것이다."

규필은 할 수 없이 인력거꾼 부끄럽게 수갑을 받고 서대문 경찰서로 잡혀갔다. 하루 동안 취조를 받고 곧 재판소로 넘겼다. 규필의 죄상은 하고많고, 또한 세상 사람의 이야기가 어찌 많은지 그 진상을 알 수가 없었다. 하여간 변호사니 협의원이니 하고 가장 저 혼자인 것같이 고갯짓하던 김규필은 단박에 빛 좋은 개살구가 되었다. 그래서 잡혀가던 이튿날로 협의원도 떨리고 변호사회에서도 이름을 지웠다. 그리하여 한참 동안은 신문에 맨 규필의 이야기로 판을 막았다.

규필이를 잡아 놓고 국자의 간 곳을 곧 수색하였으나 어디 가서 파묻혔는지 도무지 알 수가 없다. 규필이도 모른다고 대답을 않는다. 아무리 엄중히 수색을 하여도 알 수가 없다

예심 결정서가 공포되기는 사월 그믐께였었다. 그 결정서는 각 신문에 다투어 가며 내어서 김규필과 국자의 죄악을 비로소 알게 되었다. 세상 사람들은 눈을 크게 뜨고 "이런, 세상 보아라. 정말 그랬을까" 하고 집집이 이야기다. 참으로 국자는 독부毒婦요 규필은 악한이다. 그것들은 윤리를 모르는 금수요 비단보에 싼 똥 덩이다.

규필의 공판은 열리었다. 만도滿都의 인사는 새벽부터 밥도 아니 먹고 그의 얼굴을 보려고 모여든다. 법정에는 송곳 박을 여지없이 방청객이 꼭 찼다. 문밖에 서 있는 사람도 많이 있었다. 조금 있다가 간수가 용수 쓴 죄수를 데리고 들어왔다. 그는 규필이다. 그런데 규필의 안색은 태연자약 조금도 다름이 없다. 뻣뻣이 서서 예심의 자백을 모두 부인한다. 재판장은 소리를 꽥 지르며

"너는 고등교육도 있고 법률가가 아니냐. 어리석게 이제 그 죄상을 감추는 것은 사나이가 아니다" 하고 일렀더니 규필은 빙그레 웃으며

"피고는 피고의 권리를 보존하기 위하여 법관의 명령을 복종할 수 없소" 하고 딱 버틴다.

그 기상이 매우 늠름하였었다. 재판장도 가만히 노려보고만 있었고 방청인들도 눈이 뚱그랬었다.

47. 규필과 국자의 말로 미친년이다! 집어내어라!

별안간 방청석이 벅적하며 모두 일어난다. 순사와 간수는 "앉으우, 앉으시오" 하고 진정을 시키고 재판장도 피고의 취조를 중지하고 방청석을 바라보았다.

"미친년이다, 미친년이다. 집어내라" 하고 외치는 사람이 있다.

딴은 한 미인이 눈이 벌컥 뒤집혀서 법정 안으로 뛰어 들어온다. 순사는 "웬 년이냐, 가만 있거라" 하고 억제를 하였으나 재판장한테 할 말이 있다고 막 뛰어 들어와서 재판장 앞에다 무슨 글씨 쓴 종이 한 장을 내던졌다.

순사와 간수는 "이년, 이년" 하고 쫓아가서 막 잡으려 할 때에

"국자의 최후를 보아라" 하고 품에 품었던 단도로 목을 콱 찌르고 푹 엎드러졌다.

국자란 말에 모두 덤벼서 칼을 빼려 하였으나 벌써 목을 찔러서 선혈이 낭자하고 가슴만 발랑발랑한다. 붙잡았던 순사와 간수는 피투성이가 되었다.

뜻밖의 일이 생겨서 별안간 의사를 청하여 오고 이날은 재판을 중지하였다. 법정 안은 피가 내같이 흐르고 비린내가 코를 찌른다. 의사는 곧 와서 보더니 암만하여도 살지는 못하겠다고 병원으로 담아 오라 한다.

공판은 그 이튿날 또다시 열리었다. 이날은 어제보다도 방청객이 더 많았다.

국자의 자백서에는 조금도 감춤이 없이 남편인 태준식을 사과에 독약을 넣어 먹여 죽인 일과 목을 베고 몸뚱이만 내다 버린 일과 규필과 관계가 있어 아이가 든 것을 성북동 나가서 지운 일과 성화같이 뒤를 쫓는 정 형사가 보기 싫어서 뇌물 받았다는 누명을 씌워 떨어트린 일과 석애라를 고대성이를 시켜 총살한 일까지 일일이 자백하였다. 그리고 최후에 한마디 붙인 말은 모든 일은 국자가 주범자인즉 규필은 살려 주라고 하였다.

재판장은 입을 딱 벌리고 "천하에 이렇게 악독한 년이 있단 말이냐" 하였다. 닷새 후에 공판은 다시 열렸다. 역시 방청석은 만원이다. 재판장은 규필이더러

"이제도 사실을 부인할 터이냐. 국자의 자백서가 분명한데" 하고 자백서의 대강을 읽어 들리었다. 이때 방청석에서는 하도 악독하여 눈들만 뚱그렇게 떴었다. 규필은 눈물을 흘리며

"국자의 자백서는 털끝만치도 거짓말이 없습니다. 그런데 석애라 죽인 일은 피고도 오늘날까지 모르는 바올시다. 그 외의 일은 국자가 주범자라고 하였사오나 원래 국자 혼자 한 일은 아니온즉 명철하신 법관은 죽여 주시옵소서. 물론 규필은 공범자올시다. 도리어 주동자라고도 할 만합니다. 이전에 사실을 부인한 것은 모두 규필의 잘못이오니 죽여 주십시오" 한다. 재판장은 한참 규필을 노려보더니

"오, 그러면 국자의 최후를 보고 회개한 모양이로구나."

"예, 어쨌든 이 사건으로 말미암아 규필은 사형 선고 받을 줄은 처음부터 안 일이올시다. 이같이 결심하고도 누추하게 죄상을 감춘 것은 사랑이라는 끌림이 있어서 국자를 보호코자 함이요 다른 일은 조금도 없습니다."

"너는 당당한 변호사가 아니냐. 증거가 역력한 것을 감추면 어쩌잔 말이냐"하고 재판장은 꾸짖었다.

"예, 황송합니다. 그것이 정情의 약점이올시다. 이제는 공명하신 재단만 바랍니다"하고 규필은 씩씩하게 사실을 말하여 공판은 잘 진행하였다. 그래서 김규필은 사형을 선고하고, 인력거꾼 고대성은 살인 방조자라 하겠지만도 그 일이 한 번뿐이 아니라 태준식, 석애라의 두 사람이나 죽였다는 죄목하에서 역시 사형을 선고하였다.

규필은 고개를 푹 숙이고 잠자코 있고, 고대성은 대성통곡을 하며 "석애라 죽인 말이나 말았다면 사형은 안 될걸, 에구"하였다.

국자는 법정을 피투성이를 만들고 병원에 간 지 얼마 못 되어서 죽었다.

정 형사의 고심은 이로써 결과를 맺어 그 이름이 더욱 나타났고, 미친 놈 소리 듣던 겸식은 형의 원수를 유감없이 갚은 후 조카 봉룡이를 데리고 인천으로 내려갔고, 김규필과 임국자는 유취만년遺臭萬年의 썩지 않을 누명을 썼다. 태준식의 집 불탄 자리는 춘초春草가 망망하여 개 발자국 하나 없는데, 봄바람 가을비에 밤이면 괴곡성 소리만 획획 나더라.

제3장

만국대회록

1. 머리말

때는 어느 해 음력 섣달그믐께다. 새해가 되면 사람들이 모두 죽거나 모든 거래를 영영 끊어 버리는 것은 아니로되 예로부터 으레 이때는 묵은셈 닦느라고 있는 사람이나 없는 사람이나 모두 바쁜 터이다. 그래도 이전 시절 같으면 인정과 덕의라는 것이 있어서 얼마큼 너그러웠지만도 지금 세상은 말할 수 없이 각박하여 조끔도 용서가 없다. 나는 이 바쁜 중에 우연히 병마에 걸리어 자리에 누워 신음하는 중 어느 날은 뒷집에서 큰 싸움이 났다. 그 싸움은 다른 싸움이 아니라 숙질간에 재산 싸움이라 한다. 나는 이 말을 듣고 혼잣말로 "흥, 돈에는 골육상쟁이로구나" 하고 한숨을 휘 쉴 때 마침 석양에 먹을 것을 구하러 가는 까마귀는 나의 집 위에서 "까옥까옥" 하였다. 미신에 젖은 나의 어머니는 그 소리가 몹시 듣기 싫어서 "이놈의 까마귀, 너나 가거라" 하고 원망을 하신다.

가만히 생각하니 사람이 금수만 못한 점이 적지 않도다. 까마귀는 부모의 주린 것을 보면 먹은 것을 토하여 먹이고, 양은 젖을 먹을 때에 두 무릎을 공순히 꿇고 먹는다니 효도가 지극하며, 기러기는 짝이 죽으면 다시는 다른 것을 좇지 않는다니 정조를 아는 것이며, 원앙은 속칭 녹수綠水에도 쌍쌍이라니 부화부순夫和婦順을 능히 아는 것이며, 개미와 벌도 분명히 사회를 조직하고 봉왕蜂王 의벽蟻辟이란 임금까지 있다니 군신지의를 능히

알거늘 어찌하여 우리 인류 사회에는 갈수록 도덕이 쇠퇴하고 윤리가 인
멸되며 인심이 각박하여지노 하고 무수히 탄식다가 병곤病困을 못 견디어
잠깐 눈을 붙이니, 유유일몽悠悠一夢이 표표후후飄飄詡詡하여 죽장망혜로 녹
수를 따라 청산을 찾아 한 곳에 다다르니 청산은 아이峩峩하고 녹수는 잔
잔한데 사면에 기화요초는 우거졌고 인적이 고요한 별유천지 흰 구름 푸
른 수풀 사이에 녹문綠門을 세우고 현판을 달았는지라. 자세히 보니 '만국
대회장蠻國大會場'이라고 써 붙였고 녹문을 들어가서 회장 어귀에 게시판을
세웠는데 그 게시판에는

대회 순서
- 개회사
- 주악
- 독창, 합창
- 인류 성토 연설
  연제와 언론은 자유
  방청 환영
- 폐회

라 하였는데, 그곳에 모인 물건은 길짐승, 날버러지, 물고기 등물이 자못
정제히 좌석을 정하고 앉았고 입장구에는 토끼가 서서 안내를 한다. 방
청을 환영한다니 어디 좀 들어가 보리라 하고 들어선즉 토 선생이 이상
히 보고 "회장께 고하여 볼 터이니 잠깐만 기다리라"고 한다. 그도 그럴듯
하여 발을 멈추고 섰으려니까 프록코트 입은 원숭이가 나오더니 모자를
벗고 악수를 하며 멀리 온 것을 치하하고 연단 위로 안내를 한다. 비린내,

노린내가 코를 찌르는 회장으로 들어가 연단 위 의자에 피곤한 몸을 신고 가만히 내려다보니 어지간히 넓은 회장은 송곳을 박을 여지없이 빽빽하게 찼는데 자못 정숙하게 질서를 지키고 앉았다.

20세기 구주歐洲 대전쟁이 끝난 후 우리 인류 사회에는 이전보다 사상계가 훨씬 진보되어 자유니 평등이니 데모크라시니 개조니 해방이니 부르짖지만도 금수 사회에도 그 바람이 불어 갔는지 기가 막히게 언론 집회를 하고 또한 만물의 영靈 되는 인류 사회를 성토한다니 흥미도 있고 괴상도 하고 부끄럽기도 하고 절통하기도 하여 잠깐 동안은 정신을 진정치 못하고 멀거니 앉았었다. 장차 개회를 하려는지 흉내 잘 내는 원숭이 영감이 기침을 몇 번 캑캑하고 연단에 올라서서 공순히 읍한 후 엄숙한 태도로 개회사를 베푼다.

2. 개회사 원숭이

"여러분, 수륙 머나먼 곳에서 이와 같이 정성껏 왕림하여 주심은 대단히 감사합니다. 또한 인류 사회에서도 특별히 한 분 참석하여 주셨으니 더욱 감사합니다. 오늘날 우리 동물이 만고에 없던 이 대회를 열 때에 한 마디의 개회사가 없을 수 없사오니 조용히 들어 주시기를 바랍니다" 하고 차 한 잔을 따라 마시더니

"우리가 사는 이 지구에는 당초부터 생물이 있던 것이 아니올시다. 최초에는 지구도 태양과 같이 뜨겁던 것이 차차 식어져서 땅덩이가 된 것이올시다. 그러면 그 땅덩이가 처음 생길 때까지는 생물이 없었습니다. 진화론상으로 말하면 제일 먼저 생긴 것이 바닷속에서 버러지가 생겼고

그다음에 조개 등물이 생겼으며 또 그것이 점점 발달되어 새우 등물이 되고 또 그것이 점점 발달하여 비로소 등골 있는 고기가 생겼습니다. 이 때부터야 비로소 식물이 생겼습니다. 그래 가지고 등골 있는 고기가 차차 발달이 되어 수족이 생겨 가지고 도마뱀 등물이 되었습니다. 또 이것들이 차차 육지로 기어 올라와서 점점 형체가 커지고 변화하여 새가 되었습니다. 그래 가지고 그것이 차차 발달되어 쥐 같은 물건이 생겨났습니다. 이것이 포유동물의 시초올시다. 포유동물들이 여러 가지로 생겨 가지고 싸워 오다가 원숭이의 선조가 생겼고 원숭이가 차차 발달이 되어 가지고 사람이 되었습니다. 그러면 우리 동물들은 인류의 선조라고 하여도 결코 망발은 아니올시다.

그런데 오늘날 인류 사회에서 우리 동물을 어떻게 학대를 합니까? 으레 동물은 사람을 위하여 생긴 것으로 알고 살육을 마음대로 하지 않습니까? 하늘이 생물을 내실 때는 똑같은 생명을 주신 것이겠는데 어찌하여 사람이라는 자에게 우리는 어육이 되고 만단 말입니까? 사람은 언필칭言必稱[1] 만물의 영장이라고 합디다. 그러면 그네들의 일상 하는 행위가 얼마나 우리 동물보다 낫습니까? 갖은 악독한 짓은 모두 사람이 하는 것이올시다. 입으로만은 정의니 인도니 도덕이니 자선이니 충성이니 애국이니 효도니 박애니 민족애니 정조니 우의니 무엇이니 무엇이니 할 뿐이지 실상 그 행하는 바를 보면 모두 금전의 노예물들이올시다. 그저 돈만 생긴다면 나라도 팔아먹고 동포도 구덩이에 넣으며 인군人君도 죽이고 부모도 죽입니다. 자식새끼 팔아먹기를 돼지 새끼 팔아먹듯 하고 마음에 맞는 놈만 있으면 본부本夫도 약사발을 안깁니다. 정조를 말하는 계집이 아

---

1   말할 때마다 반드시. 말할 때마다 이르기를.

침에는 이가하고 좋아지내다가 저녁에는 김가하고 배를 맞추고 우의를 말하는 자는 사기로써 일을 삼으며 도덕 자선을 말하는 자는 사리私利를 도모하기에 눈이 빨갛습니다. 이것이 현대 인류 사회의 사회상이올시다.

우리들은 비록 동물일망정 개미와 벌은 엄정한 사회를 조직하고, 봉왕의벽의 임금이 있고, 까마귀 같은 효자가 있으며, 고래鯨의 자애와 해조海鳥의 우의와 기러기의 정조 같은 것은 진실로 사람도 부끄러워할 것이올시다. 우리 24대조 할아버지께서는 당나라 소종昭宗 황제 때에 벼슬을 살다가 당나라가 망하고 주전충朱全忠이 참왕僭王이 될새 당조 백관이 모두 주전충을 섬겼으되 우리 할아버지는 홀로 그 역적 됨을 분히 여겨 입었던 관복을 찢어 버리고 주전충을 힘껏 두드려 주었습니다. 그 충성됨이 어떠합니까? 충신은 불사이군이라니 어찌 역적을 임금으로 섬기겠습니까? 그러나 오장五臟 없는 사람은 돈만 생기면 백군百君이라도 섬깁니다. 우리의 행실이 이와 같이 사람보다 나은 점이 적지 아니한데 어째서 오늘날 우리는 그것들에게 학대를 받고 또한 그것들의 소용품 노릇을 합니까? (주먹으로 연상을 꽝 친다.)

우리는 이때에 깊이 생각지 아니하면 안 됩니다. 다만 우리는 숙시주의熟柿主義로 역천자逆天者는 망하고 순천자順天者는 흥한다는 우주의 대법칙만 믿고 '오냐, 우리는 어디까지든지 천리만 좇자' 하고 있는 것은 너무나 소극적이올시다. (옳소……. 박수 소리 잘깍잘깍.) 또한 근자에 우리 동물도 크게 진보하여 인류 사회를 도와줌이 한두 가지가 아니올시다. 몇 가지 예를 들 것 같으면 소와 말은 큰 교통 기관이요 전서구傳書鳩 같은 비둘기는 구주 전쟁 때에 통신 기관으로 큰 공을 이루었으며, 개는 북극 눈 나라에서 썰매 끄는 데 큰 공이 있고, 그뿐만 아니라 경찰견이라는 탐정 관리까지 있으며, 미국 같은 나라에는 우리 원숭이의 자동차 운전수까지 있습니다. 그러면 우리는 이와 같이 각 방면으로 정신적 노동 혹은 육체적 노동으로 인류 사회를 돕고 또한 육신과 생명을 희생하여 도울 필요가 어디 있습니까? (없소……) 만일에 하늘이 우리로 하여금 인간을 돕기 위하여 내셨다 하면 다시 말할 것 없지만도 그렇지 아니하신 이상에는 도저히 가만히 있을 수 없는 일이올시다. (옳소……)

그러므로 오늘 이 대회는 인류의 비행非行을 성토하고 우리도 이로부터 단합하여 적극적으로 우리의 살길을 강구치 아니하면 필경은 우리의 종족은 인류에게 섬멸을 당하고 말 것이오니 여러분은 깊이 생각하시고 힘껏 성토하여 주시기를 바랍니다" 하고 고개를 까딱한다. (박수 소리 회장이 떠나갈 듯.)

원숭이 회장이 다시 차 한 잔을 마시더니

"그러면 순서에 의지하여 주악이 있겠습니다. 원래 우리는 사람과 같이 과학 지식이 없기 때문에 모든 것이 천연 그대로올시다. 비록 악기는 없을망정 사람만 못하게 아니할 터이니 조용히 들어 주십시오" 하고 고개를 까딱이더니 곤충들 앉은 좌석을 향하고 두 손을 쭉 뻗고 안내를 한다. 박수 소리 회장이 떠나갈 것 같다.

3. 주악 귀뚜라미, 여치, 하늘밥도둑

귀뚜라미, 여치, 하늘밥도둑들이 죽 늘어서더니, 귀뚜라미는

귀뚤 귀뚤 귀뚤뚤
귀뚜람 귀뚜람 귀뚜람

을 연방 부르고, 여치는

　벳쨍 벳쨍 벳쨍쨍
　쨍재라 쨍쨍쨍

을 몰아쳐 부르고, 하늘밥도둑은

　똘똘똘 또레미야
　똘똘똘 또르를……

을 곡조 맞추어 서로 한참 부르고 들어간다. (박수……)
　원숭이 회장이 또 일어서더니
"그다음은 쓰르라미 군의 독창이올시다" 하고 쓰르라미를 안내한다.

4. 독창 쓰르라미

쓰르라미가 단 위에 사뿟 날아 앉으니 박수 소리 요란하다.

　쓰르람 쓰르람 자유의 낙원
　청정하기 짝이 없네
　쓰르람 쓰르람 저 진세塵世는
　누추하기 짝이 없네
　저녁 이슬 아침 바람은

자유국의 양식이요
무릉도원 별세계는
우리들의 자유 공원
불쌍하다, 저 인생들
홍일 염천 찌는 날에
땀 흘리며 무엇 하노
쓰르람 쓰르람 쓰르를……

하고 그치니 박수 소리 천지진동하며 사방에서 한마디만 더 하라고 소요하다.

원숭이 회장이 일어나서 좌석을 정돈시킨 후

"그다음은 매미군의 합창이올시다" 하고 매미를 안내한다.

5. 합창 매미

매미 두 마리가 사뿟 날아 단 위에 오르니 박수 소리 요란하다.

맴맴맴맴맴……
무정하다, 가는 세월
살보다도 더 빠르구나
가자 가자 어서 가자
일분 일각이 곧 천금이다
주색잡기에 침몰하여

때 가는 줄 모르는 인생들아

이기주의에 몰두하여

골육상쟁하는 인생들아

네가 살면 얼마나 사니

죽어지면 허사니라

맴맴맴맴맴……

하고 그치니 박수 소리 회장이 떠나갈 듯하다.

원숭이 회장이 또 일어서서 기침을 몇 번 하더니

"이로부터는 인류 성토의 연설을 시작하겠사오니 사양들 마시고 힘껏 성토하여 주시기를 바랍니다" 한즉 맨 뒤에서 곱지 못한 목소리로 회장을 부르고 꿀꿀 하며 단 위로 올라오더니 칠 푼 길이 꽁지를 홰홰 두르며 머리를 끄떡하고 읍하니 박수 소리 요란하다.

6. 주색의 인류 사회 _{돼지}

"나는 돼지올시다. '주색의 인류 사회'라는 문제를 가지고 몇 마디 말씀하고자 하오니 조용히 들어 주시기를 바랍니다.

세상 사람들이 속담에 이르기를 '돼지는 물 끝이라'고 하는 말이 있습니다. 이것은 다른 말이 아니라 돼지는 아무짝에도 소용이 없는 것이란 말이올시다. 나는 그 말에 대하여는 구태여 변명하려고 하지 않습니다. 그래도 하늘이 우리를 내셨을 때는 하다못하여 반찬감에라도 소용이 되겠기에 내셨겠지요. 그러나 우리 돼지는 죽어서 수십 원어치 값이 나가지만도 사람은 죽어지면 엽전 한 푼어치 값이 못 나갑디다. (하하하……. 웃음 소리 벅적.)

오늘 내가 주색이란 문제를 가지고 몇 마디 말씀하고자 하는 것은 '돼지 새끼는 나온 지 석 달이면 주색에 곯아 죽는다'는 억울한 말이올시다. 나는 이 말을 고치어 '사람의 새끼는 주색에 곯아 죽는다'고 하고 싶습니다. 이것은 사실이요 조금도 내가 꾸며 말하는 것이 아니올시다. 연전에 어느 술집에서 '내고 한 잔 내오' 하는 소리가 났었는데 술장수가 술을 부어 놓고 암만 돌아보아도 사람의 형체가 아니 보이더랍니다. 하도 이상하여 벌떡 일어나서 '한잔 놓았소' 소리를 크게 질렀더니 '귀먹지 않았소' 하고 쏙 나서는데 어찌 키가 작던지 술상에 가리어 보이지도 않는 어린 녀석이었습니다. 사람은 나오기가 무섭게 술에다 몸을 적시어 밥은 굶어도 술은 못 먹고는 못 삽니다. 그러므로 이것이 사교에 유일한 필수품이 되어서 무슨 일을 도모하려면 반드시 술이 아니고는 될 수 없습니다.

그러면 술이 사람에게 어떠한 이해가 있는가를 잠깐 말할 것 같으면 이는 조금도 없고 해독은 끔찍끔찍합니다. 어떤 과학자의 말을 들은즉 술 많이 먹는 사람은 정소精巢, 즉 불알 알맹이가 점점 줄어들어서 정세포精細胞도 눈에 뵈지 않는다고 합니다. 그러므로 술 많이 먹는 사람은 자식을 똑똑히 못 낳고 병신이나 백치나 부스럼꾸러기를 많이 낳습니다. 또한 잘 자라지도 못합니다. 술을 먹지 않는 사람의 자식은 100 사람이면 75인은 기를 수 있지만도 술 많이 먹는 사람의 자식은 100에 50 기르기가 어렵습니다. 서양의 아다율게라 하는 계집은 도적년인데 술을 썩 잘 먹습니다. 어떤 학자가 그 혈통을 받은 자손 834인 중에서 709인을 찾아 가지고 조사하여 본즉 조산早産이 106인이요 거지가 142인이요 고아가 64인이요 갈보가 181인이요 범죄자가 76인이요 살인범이 7인이더랍니다.

여러분, 술이 얼마나 해독의 물건인 것은 더 자세히 말 아니 하여도 다아시리다. 그렇게 고약한 물건을 못 먹고는 못 배기겠다는 것들은 사람이 올시다. 미국 같은 나라에서는 법률로 술을 금하고 취체를 엄중히 하건만도 새새틈틈이 별별 짓을 다 합니다. 명색이 신사라고 자처하는 자가 단장 속에다가 술을 넣어 가지고 다니면서 숨어 숨어 먹기, 배낭에 술을 넣어 가지고 옷 속으로 짊어지고 다니면서 몰래 먹기, 심하면 다른 나라로 도망하는 사람도 있습니다. 제일 우스운 것은 어느 해 여름에 금주 선전자가 선전지를 한 뭉치 끼고 술집에 들어서서 술 먹는 것을 본 일이올시다. 얼마나 술에 감질이 든 것들이오니까? 그러기에 1년에 술값이 조그마한 조선 안에서만 1억 3천만 원이나 됩니다.

그러면 술 이야기는 고만하고 색 이야기를 좀 하겠습니다. 사람이란 것은 색마올시다. 우리 동물은 반드시 생식을 하기 위하여 일정한 때에 남녀 교접을 하는 것이지만도 사람은 이것을 오락의 일종으로 알고 날마다 밥 먹듯 합니다. 대가리에 피도 아니 마른 것들을 짝을 지어 주어서 한창 발육할 때에 조잡[2]이 들어서 콧병 든 병아리 모양으로 골골하다가 필경에는 시들어 죽습니다. 그래서 아홉 살 먹은 과부와 일곱 살 먹은 홀아비가 생깁니다. 게다가 돈냥이나 있는 자는 계집을 네다섯씩 두고 주야 흥청거립니다. (옳소…… . 박수.)

우리 돼지를, 난 지 석 달이면 주색에 곯아 죽는다는 말은 다름 아니올시다. 여러분이 다 아시는 바와 같이 우리의 양식은 지게미요 낳은 지 서너 달 되면 응석으로 어미 등에 업히려고 뛰어오르는 것을 색마의 사람은 그것을 음란히 보고 그와 같은 말을 합니다. 그러나 우리 돼지는 사람

---

2 제대로 자라지 못하고 쇠하여짐.

과 같이 윤리를 모르고 색이라면 함부로 덤비는 것은 아니올시다. 사람은 장모 붙는 놈도 있고 어미 붙는 놈도 있습니다. 딸 붙는 놈도 있고 며느리 붙는 놈도 있습니다. 제일 기막힌 일은 월전에 신문에 났던 일인데, 네 살 먹은 어린 계집아이를 강간하려다가 뜻을 못 이룬 잡놈이 있습니다. 이 것이 만물지령萬物之靈 되는 자의 소위올시다. 이 얼마나 색마의 짓입니까? 그러므로 인류 사회에는 집집이 술집이요 곳곳에 인육시장이 공개되어 있습니다. (옳소……. 박수.)

좀 더 말씀하고 싶으나 시간도 없고 또한 이 뒤에 다른 분의 고명하신 말씀이 묶였기로 고만두겠습니다" 하고 고개를 끄떡하니 박수 소리 회장 이 떠나갈 듯하다. 저편 모퉁이에서 갉아 잡아당기는 목소리로 회장을 부 르고 나오는 것은 양이다. 단 위로 성큼 올라서더니 뿔 달린 머리를 공순 히 굽혀 읍한다. 박수 소리 요란하다.

7. 불효막심의 인류 사회 양

"나는 양이올시다. '불효막심의 인류 사회'라는 문제로 두어 마디 말씀 하겠습니다.

세상 만물에 어떠한 것을 물론하고 근본 없는 것은 하나도 없습니다. 식물로 말할지라도 뿌리 없는 나무가 없으며 동물로 말할지라도 부모 없 는 자식이 없습니다. 이 몸이 어디서 났습니까? 부모의 혈육이올시다. 10 삭을 태육胎育하여 가지고 생이육지生而育之할 때 엄동설한에 방이 차면 품 속에 넣어 기르고 삼복염천 더운 날에는 부채질하여 가며 젖은 자리 바 꿔 뉘고 밥상 받고 똥을 치우되 더러운 줄 모릅니다. 젖 먹일 제 이 죽이고 맛있는 것 골라 먹이기에 기한飢寒이 노골하되 내 입을 모릅니다. 역질, 홍역, 제구실[3]에 행여나 어떠할까 조심조심하여 가며 옥이냐 금이냐, 불면 날까 만지면 꺼질까, 오륙십을 먹여 놓아도 못 기를까 염려하며 임종토록 그 걱정에 유언까지 하고 갑니다. 그 은공이 얼마나 높으며 깊습니까? 그러나 사람들은 이 은공을 모릅니다. 입으로는 효도, 효도 합디다마는 나는 증자曾子가 돌아가신 이후로 인간에 효자 있단 말을 듣지 못하였습니다. (옳소……. 박수.) 대가리에 피도 아니 마른 것들이 제가 저절로 생겨난 듯이 부모를 알기를 이웃집 행랑아범같이 여기고 옳은 말이면 망령으로 돌리며, 부모의 명령을 거스르며 대사를 제 마음대로 행하고, 늙은 부모 봉양커녕 잔뼈가 굵도록 뜯어먹고 나중에 더 뜯어먹을 것이 없으면 내버리고 저 혼자 도망하는 놈도 있고, 아직도 재산이 좀 남아 있으면 부모를 죽이고 그 재산을 빼앗아 쓰는 놈이 있습니다. 출필고반필면出必告反必面[4]이란 옛 성인의 교훈은 다만 간판으로만 있는 말이요 제 마음대로 나돌아 다니다가 혹 부모에게 꾸지람이나 맞으면 자유 권리인데 너무 자유를 구속한다고 막 들어서는 놈이 많습니다. 여러분, 이것이 만물의 영 되는 자의 행할 일이오니까? (박수…….)

우리는 비록 동물일망정 태산같이 높고 하해같이 깊은 부모의 은공을 잘 압니다. 그러므로 우리는 젖을 먹을 때에도 반드시 두 무릎을 공순히 꿇고 먹습니다. 우리는 천성이 유순하여 어떠한 고초를 받든지, 더 심하게 말하면 죽더라도 결코 반항은 않습니다. 이것을 기화로 아는 인간은 우리 무리를 막 잡아 없앱니다. 얼마나 악독한 것들입니까? 항용 우리를 제향祭享에 많이 잡아 쓰는데, 이 제도가 언제부터 생겼느냐 하면 무식한

---

3   어린아이들이 으레 치르는 병.
4   나갈 때 반드시 아뢰고, 돌아와 반드시 얼굴을 뵘.

제齊 선왕宣王이 흔종釁鐘, 흔종은 그때 풍속에 종을 새로 짓고 피를 바르는 것이라에 쓰려고 소를 끌고 가는 것을 보고 그 죽으러 나가는 것이 측은타 하여 양으로 바꾸라 한 것이 그 시초올시다. 소나 양이나 죽이기는 일반이겠는데 어찌하여 하필 양으로 바꾸라고 하였습니까? 한 나라를 다스리는 임금 된 자가 지각이 그러하니 더 말할 것 무엇 있습니까? 사람이 우리를 막 잡아먹는 것은 아마도 우리의 효를 미워하는 것 같습니다. 오히려 내가 그것들의 불효를 말하는 것이 도리어 나의 자랑이 되고 말 것이기로 고만두겠습니다"하고 읍하니 박수 소리 산악을 울린다.

양이 단에서 내린 후 한참 있다가 맨 앞에서 고운 목소리로 회장을 부르고 사르를 날아오르더니 고개를 까닥하고 예한다. 박수 소리 요란하다.

8. 잔인무도한 인류 사회 (1) 파리

"나는 파리올시다. 여러 선생님의 고명하신 말씀 끝에 변변치 못한 것이 '잔인무도한 인류 사회'라는 문제를 가지고 몇 마디 말씀을 드리고자 하오니 잠깐 들어 주시기를 바랍니다.

대저 이 지구상에 사는 생물은 어떤 것이든지 그 제일의 목적은 종족의 번식이올시다. 그런데 오늘날 인류 사회를 보면 남의 생명 없애기를 담배 한 대 태우듯 합니다. 이 얼마나 한심한 일이오니까? 남의 말은 고만두고 나의 고초 겪는 이야기를 잠깐 하겠습니다. 우리 파리는 천성이 강직하여 남을 손톱 끝만치라도 속이는 일이 없습니다. 그러므로 우리는 흰 곳에는 검은 똥을 누고 검은 곳에는 흰 똥을 눕니다. 사람같이 제 허물을 감추는 것이 아니라 나타냅니다. 그러나 사람들은 이것을 미워합니다. 또

한 우리는 공존공영을 위주하는 고로 항상 하나님께 손발이 닳도록 빕니다. 그러나 사람은 우리를 보면 막 잡아 죽이기로 일을 삼으니 이 얼마나 기막힌 일입니까?

사람이 우리 파리를 미워하는 원인을 잠깐 말씀하오면 첫째는 낮잠을 못 자게 얼굴에 앉는 것을 미워하고, 둘째는 흰옷에는 검은 똥을 누고 검은 옷에는 흰 똥을 누는 것을 미워하고, 셋째는 음식물에 앉아 전염병을 매개한다고 미워합니다. 서력 1882년까지도 우리 파리가 전염병의 매개되는 것은 세계에서 아무도 몰랐습니다. 1883년에 독일의 세균학자 로베르트 코흐란 이가 병원균을 발견한 후로부터 우리 파리는 세계적으로 박멸을 당합니다. 실로 코흐는 우리의 원수올시다. 실상 우리 파리가 인류를 해하고자 일부러 그러한 병균을 가지고 다닐 것 같으면 조금도 원통할 것도 없고 또한 하늘이 벌을 주실 것이지요마는 이것은 그렇지 않고 자연히 먹을 것을 구하느라고 더러운 곳, 정한 곳을 함부로 다니므로 그러한 병균이 발에 묻는 것이올시다.

나는 코흐도 학자의 가치가 없다고 합니다. 왜 그러냐 하면 자기는 만물의 영 되는 사람으로 그중에도 뛰어난 학자로서 그러한 병균을 발견하였을 것 같으면 더 일층 깊이 연구를 하여 가지고 그 병균을 없앨 도리를 강구하여야 완전한 발견이요 또한 병균의 근절이 될 것이 아니오니까? 그런데 학자라는 이가 다 같은 동물로서 그와 같은 잔인한 일을 가르쳐서 오늘날에는 소학교 생도에게까지 파리는 잡아 죽이라고 천진난만한 어린이에게 살육술을 가르칩니다. (옳소……. 박수.) 아, 얼마나 잔인합니까? 그뿐만 아니라 경찰서, 부청府廳 같은 곳에서는 몇 마리에 얼마씩 돈을 주고 사들입니다. 돈이라면 눈이 선지피가 되는 사람들은 위생은 고사하고 돈 벌기에 목이 말라서 파리 백정 짓을 합니다. 우리가 저희의 눈곱이나 땀국을 빨아 먹으면 '깍쟁이, 다랍게도 빨아 먹는다'고 골을 내고 쫓습디다마는 파리 몇백 마리를 잡아다가 엽전 몇 푼 받아먹는 그들의 소위는 얼마나 다랍습니까? 한번은 어떤 경찰서에 날마다 한 녀석이 파리를 몇만 마리씩 갖다 팔므로 경찰서에서도 하도 이상하여 '네가 파리 무역상이냐? 어째서 너 혼자만 날마다 몇만 마리씩 잡아오니? 대관절 너의 직업이 무엇이냐?'고 물었더니 그자의 대답이 음식점 영업을 하는 자라고 하였습니다. 경찰서에는 눈을 크게 뜨고 '너는 명일부터 영업장 바치고 문 닫아라. 이렇게 파리가 많은 집 음식을 팔게 하면 민중 위생에 큰 해독이 끼치겠다'고 영업장 빼앗은 일이 있습니다. 이때 우리는 쌍수를 들어 하나님께 감사하였습니다. 단돈 몇 푼에 팔려서 남의 생명을 그와 같이 빼앗는 놈을 하나님이 용서하실 리가 만무합니다. (옳소……. 박수.)

그러면 이와 같이 세계적으로 박멸을 받는 우리 파리는 영영 씨가 없어지고 말겠느냐 하면 결코 그러할 일은 없을 줄로 믿습니다. 우리 파리의 번식력은 실로 놀랍습니다. 어미 배에서 알이 되어 세상에 나온 지 30분 동안이면 완전한 파리가 됩니다. 그래서 한 마리의 파리가 1년 동안이면 1억 2천만 마리가 됩니다. 아무리 우리의 씨를 없애려고 애를 써도 결코 멸종은 아니 됩니다. 여러분, 유태가 망한 지 몇천 년이로되 아직도 그 종족은 남아 있지 않습니까? 그러면 1년에 하나씩 낳는 사람의 씨도 몇천 년이 가도록 남아 있거든 하물며 1년에 1억 마리씩 낳는 파리의 씨가 없어지겠습니까? 지난 일로 미루어 봅시다. 우리 파리가 세계적으로 박멸을 당하여 온 지가 벌써 40여 년인데 오늘날 우리 동포의 통계 수를 볼 것 같으면 그래도 그때보다는 많이 늘었습니다.

좀 더 말씀을 하였으면 좋겠는데 감기가 들어서 목이 몹시 아프고 음성이 탁하여 들으시기에 곤란하시겠기로 고만두겠습니다" 하고 단에서 내리니 박수 소리 요란하다.

어디서 우렁찬 늙은이 목소리로 회장을 부르는 소리가 나더니 한참 만에 뒤뚱뒤뚱하고 걸어 나와 쾅 하고 단을 구르고 서더니 뿔난 머리를 끄떡한다. 박수 소리 회장이 떠나갈 듯하다.

9. 잔인무도한 인류 사회 (2) 소

"나는 이름을 소라고 합니다. 오늘날 만고에 없던 이 대회가 열리고 보니 피차에 기쁜 마음이야 무엇에 비할 수 있겠습니까? 원래 나는 무식하여 문제도 무엇이라고 낼 수 없으니 파리 군이 내놓은 문제에 따라서 몇 마디 나의 하소연이나 하겠습니다.

이미 파리 군이 인류의 잔인 악독한 말씀은 다 하셨으니 더 말할 것도 없습니다. 그러나 너무도 잔인하니깐 너무도 원통하여 견딜 수 없습니다. 여러분도 다 아시는 바거니와 우리 소가 인류 사회에 바치는 공헌이 얼마나 많습니까? 사람의 힘으로 운반할 수 없는 모든 무거운 짐은 모두 우리가 나릅니다. 삼복염천에 무거운 짐을 싣고 더위를 못 이기어 혀를 닷 발이나 빼물고 숨이 턱에 닿아서 헐떡거리어도 무도한 인간은 채찍질을 하며 '이랴' 소리를 귀청이 떨어지게 지릅니다. 목이 말라야 물 한 방울 아니 먹이고 길 가다가 오줌똥을 조금만 누어도 채찍으로 후려칩니다. 춘하추동 사시절에 어느 때 한시 편안히 노는 때가 없습니다. 봄이면 밭 갈리고 여름이면 짐 실리고 가을이면 추수시키고 겨울이면 나무 장사를 시키다가 나중에 하다 하다 못하면 도수장屠獸場으로 끌고 가서 가슴에 말뚝 박고 가지가지 육포를 켜 가지고 등심, 볼기는 고기로 먹고 대가리, 족통,

내장은 설렁탕 끓여 먹고 뼈다귀는 단추, 물부리, 거름하고 기름 발라 초 만들고 피 받아 선짓국 끓여 먹고 가죽 벗겨 신발 만들어 신고 털 뜯어 보료 속 넣고 침과 똥 받아 약에 쓰고 내버리는 것은 다만 하품밖에 없답니다. 이 얼마나 끔찍끔찍합니까? 제 아비나 제 어미 죽인 원수가 아니거든 어쩌면 이와 같이 악독합니까?

그래도 꿈에 우리를 보면 조상 만나 보았다고 좋아합니다. 그것은 웬 말인고 하니 이전에 순임금이 역산歷山에서 밭 갈 때에 우리 소와 같이 갈아 창생을 먹고살게 한 까닭이올시다. 그러면 그만한 지각이 있을 것 같으면 생시에도 조상으로 섬겨야지 어쩌면 그러한 끔찍한 짓을 합니까? 나는 미국이 박애를 주창하는 나라라기에 연전에 한번 가 보았더니 그 박애란 박 자가 넓을 박博 자가 아니라 박살한다는 칠 박撲 자인가 봅디다. 대낮에 흑인종 죽이기를 빈대 죽이듯 합디다. 아무리 잔인한 나라라도 입 때까지 계집 백정은 못 보았는데 독일이란 나라에는 꽃 같은 미인의 백정이 있어 남자 볼쥐어지르게 재주가 있답디다. 내가 시러베아들 녀석이지 임금을 죽이고 부모를 죽이는 인류 사회에 박애가 무슨 곤장을 맞을 박애가 있으리라고 머나먼 태평양을 건너갔었습니까? 다만 나는 하나님에게 이것이 천리냐고 묻고 싶습니다.

할 줄 모르는 연설은 간단한 것이 장기이므로 고만두고 들어가겠습니다” 하고 읍하니 박수 소리 산악을 울린다. 중간 좌석에서 회장을 부르더니 휙 날아 단 위에 서서 “비요” 하더니 고개를 까딱하고 읍한다. 박수 소리 요란하다.

10. 침략주의의 인류 사회 솔개

박수 소리에 놀라 눈알을 떼굴떼굴 굴리더니

"나는 솔개올시다. '침략주의의 인류 사회'라는 문제로 몇 마디 말씀을 하겠습니다.

세상 사람들이 나를 보면 침략주의자라고 조롱합니다. 그래서 건뜻하면 '까치집 솔개가 빼앗듯 한다'고 합니다. 나는 이 말을 들을 때마다 우습습니다. 여러분, 우리 금수 사회가 그와 같이 침략주의일 것 같으면 오늘날 우리 사회에 약한 자는 집도 없고 종족도 남아 있을 수 없을 것이 아니오니까? 그러나 우리 사회는 절대적 공존공영이기 때문에 침략주의자는 하나도 없습니다. 물론 우리 솔개 중에도 고약한 놈은 까치집도 빼앗는 일이 있겠지요. 아주 없다고는 단언할 수 없습니다.

그러나 인류 사회는 철두철미 침략주의올시다. 그것은 내가 길게 지껄이는 것보다도 여러분이 역사상으로 상고하셔도 다 알 것이요 또한 세계의 현상을 보아도 곧 알 수 있습니다. 여러분은 우리 사회에는 약한 종족이 살아 있지만도 인류 사회에는 약소민족의 나라 이름 있는 것을 못 보았습니다. (옳소…… 박수.) 없습니다, 없어요. 만약에 있다 하면 그것은 어느 놈이 혼자 삼킬 수 없는 영세 중립국뿐이올시다.

오늘날 세계에서 눈알을 떼굴떼굴 굴리며 어느 나라가 힘 안 들이고 잘 삼켜질까 하는 침략주의가 세 가지가 있습니다. 하나는 군국주의자의 침략이오. 즉 백성에게 세납을 거두어다가 자꾸 병장기만 만들어 가지고 남의 나라를 짓부수고 그 영토를 빼앗는 것이오. 또 하나는 아편주의자의 침략이올시다. 즉 아편을 자꾸 먹여서 그 민족을 모두 시들어 죽여 가지고 숨소리도 없이 남의 나라를 집어삼키고자 하는 것이올시다. 또 하나는 자본주의자의 침략이올시다. 즉 어떠한 돈 많은 나라가 약하고 빈한한 나라를 가장 보호하는 듯이 차관도 변리 없이 주고 상공업도 그저 보좌를 하여 주다가 나중에는 모든 빚을 돌라매어 가지고 남의 나라를 빼앗는 것이올시다. 오늘날 세계에 이 세 가지 침략주의가 똑같이 진행하는데, 그중에도 병장기를 가지고 공명정대하게 싸워서 빼앗는 군국주의자 카이저 같은 사람은 세계적 죄인이란 죄명을 쓰고 화란和蘭, 네덜란드으로 쫓겨났으되 아편의 연기로 남의 민족을 시들어 죽이는 아편주의자는 아무 허물이 없고 구밀복검口蜜腹劍으로 외면으로는 덕의도 있고 인자도 하고 청백도 하되 속에는 엉큼 대왕이 들어앉아서 모든 자금의 조달을 하는 자본주의자는 양귀비같이 귀염을 받습니다. 이것이 국제간만이 아니올시다. 개인 간에도 모든 일이 달떡 만들고 별떡 만들다가 나중에는 구멍 돈 치는 격이올시다. 그래서 보호국이 조금 지나면 병탄이 되고 보좌인이 조금 자라면 주인이 됩니다.

여러분, 솔개가 까치집 빼앗는 것이 침략입니까? (아니요……) 그것은 혹 그 내용이 채권 채무가 있든지 그렇지 아니하면 무슨 연유가 있는 것이겠는데, 사람은 그것을 알지도 못하고 침략이라고 합니다. 그러나 인류 사회에는 약한 자의 나라는 아마 무조건으로 빼앗나 봅디다. 만약에 그렇지 않을 것 같으면 어째서 지구상에 약한 자의 나라를 찾아볼 수가 없습니까? 만약에 있거든 있다시오. (없소……) 강한 놈은 약한 자의 것을 빼앗고 어른은 어린아이 것을 빼앗습니다. 참으로 인류 사회는 약육강식의 수라장이올시다.

더 심하게 말씀 좀 하고 싶습니다마는 사람을 곁에다 두고 너무 논박하는 것이 손님 대접이 아니겠기로 그만두겠습니다" 하고 나저자를 비꼰다. 박수 소리 회장이 무너질 듯하니 공순히 읍하고 훌쩍 날아 제자리로 간다.

고양이가 회장을 부르고 꽁지를 축 처뜨리고 아장아장 걸어 나와 깡충 단 위에 올라서더니 "야옹" 하고 읍한다. 박수 소리 요란하다.

11. 고양이는 반찬 가게를 보여도 사람은 보이지 마라 고양이

"나는 고양이올시다. 산중 영웅이라 일컫는 호랑이와 사촌간인데 어째 인간에 가까이 나와 살았다가 이제는 아주 남 보듯 하게 되었습니다. 그러나 나도 쥐구멍 앞에서는 영웅이라고 할 수 있습니다. 지금 솔개 군의 연설을 듣고 보니 나도 몇 마디 하소연을 하고 싶어서 나왔습니다. 무식하여 문제를 낼 수가 없사오니 육담肉談으로 '고양이는 반찬 가게를 보여도 사람은 보이지 마라'라고 하여 봅시다.

사람이 항용 말하기를 '고양이 반찬가게 보인 셈이라'고 합니다. 이 말은 다른 말이 아니라 신용하고 맡겼더니 다 집어먹었다는 말이올시다. 그러나 이 말은 옳지 못한 말이오. 사람은 믿고 맡기면 돌아설 새 없이 집어 삼키되 우리 고양이는 결코 그렇지 않소. 친구 간에 믿고 맡기면 제 것같이 집어삼키고 친족 간에 믿고 맡기면 옳다구나 하고 집어셉니다. 국제간에도 약한 나라가 강한 나라를 믿고 보호를 청하면 마치 어린아이 소꿉질하듯 처음에는 달떡을 만들고 다음에는 조금 줄여서 별떡을 만들고 차차차차 줄여 가다가 나중에는 구멍 돈 치는 셈으로 갖은 수단을 다 부려 필경은 집어삼키고 맙니다.

우리 고양이는 한번 맡긴 것이면 어디까지든지 성심성의로 보아주지 결코 사람같이 달떡이나 별떡은 만들지 않습니다. 맡기기 전에는 집어도 가고 훔쳐도 먹되 한번 맡긴 이상이면 굶어 죽을지언정 배신은 않습니다. 그러기에 주인의 집에 닭을 놓아 새끼를 쳐서 기름이 뚝뚝 듣는 병아리가 아장아장 마당으로 걸어 다닐 때에 목구멍에서는 나막신 신고 고개 넘어가는 소리가 나건만도 주인이 나를 믿고 맡겼거니 하는 신용을 생각하고 욕심을 억제합니다. (옳소……)

신용할 수 없는 것은 사람이올시다. 어찌하든지 남을 속이기로만 위주요 빼앗아 먹기로만 일삼는 것들이올시다. 그래서 날마다 생기는 일이 사기 아니면 횡령이요 강도가 아니면 절도며 도박이 아니면 간통이올시다. 그러면 여러분, 반찬 가게를 고양이를 보이겠습니까, 사람을 보이겠습니까? 결코 사람은 보일 수 없는 것이올시다.

워낙 먼 곳에서 오느라고 노독이 나서 어찌 몹시 요통이 나는지 더 오래 있을 수가 없으므로 고만두겠습니다" 하고 고개를 까딱하니 박수 소리 요란하다.

고양이가 단에서 내리자 벌이 회장을 부르고 살짝 날아 단에 오르니 박수 소리 천지를 움직인다.

12. 노동은 우주의 생명 _벌

"나는 이름을 벌이라고 합니다. 여러분이 소진蘇秦의 웅변으로 만장의 기염을 토하시는 것을 보니 나도 하고 싶어서 나왔습니다. 문제는 '노동은 우주의 생명'이라고 내어 봅시다.

사람이란 것은 원래 놀고먹기를 좋아하는 것인 고로 노동을 몹시 싫어합니다. 그뿐 아니라 또한 몹시 천히 압니다. 그래서 중국 사람은 옷소매

를 길게 하여 입고 손톱을 닷 발씩 기르며 여자는 발을 어린아이 주먹만
하게 졸여 놓아 바람 부는 날은 걸음도 마음대로 못 걷게 하는 것도 노동
않는 양반이란 것을 표하는 것이요 조선 사람이 흰옷을 입고 친구가 인
사말로 요사이 무엇으로 소일하느냐고 물으면 논다고 대답하는 것도 노
동 않는 양반이란 말이올시다. 이 얼마나 무식한 일입니까?

노동이라 하는 것은 결코 천한 것이 아니올시다. 이 세상에는 어느 것
이든지 노동 아니 하는 것은 없습니다. 노동이 없으면 우주란 죽은 물건
이 되고 말 것이올시다. 첫째, 우리가 사는 지구부터도 날마다 서쪽에서
동쪽으로 도는 노동을 주야 쉬지 않고 합니다. 그러면 거기 웅거하여 사
는 생물이야 더 말할 것 있습니까? 물고기도 살기를 위하여 노동을 하며,
날짐승, 길버러지도 다 살기를 위하여 노동하는 것이며, 식물도 살기를
위하여 호흡 작용이라는 노동을 합니다. 우리는 그중에서도 노동의 대왕
이라는 별명이 있는 노동 전제국의 백성이오. 우리는 노동을 우주의 생명
으로 알고 문화의 원동력으로 압니다. 그래서 법률을 강하게 세우고 노동
않는 백성은 곧 목을 베어 죽입니다.

인류 사회를 보면 모두 강도, 절도, 거지의 사회올시다. 왜 그러냐 하면
이 우주에 있는 생물은 어떤 것이든지 살아가는 데 세 가지 요소가 있습
니다. 생물이라는 것은 첫째, 먹어야 사는데 먹자면 노동을 하거나 거지
짓을 하거나 도적질을 하거나 이 세 가지 중에 어떤 것이든지 하여야만
살 것이지 그렇지 않고는 결코 살 수 없습니다. 그런데 사람은 노동을 아
니 하고 먹고살려고 한즉 거지 짓이나 도적질을 하고 살 것이올시다. 그
러면 우리는 사람보다 몇 배 나은 양반이올시다. (옳소…….)

또 사람은 우리를 가리켜 구밀복검이라고 합니다. 즉 다시 말하면 입에
는 꿀을 담아 붓고 뱃속에는 칼을 품었다고 합니다. 이것은 우리가 간악

하여 그런 것이 아니라 날마다 노동을 하노라니깐 자연히 입에 꿀이 남아 있는 것이요 뱃속에 칼을 품은 것은 우리를 해코자 하는 자가 있으면 정당방위로 쓰는 최후의 무기이지 결코 사람 모양으로 공연히 무기만 만들어 가지고 남과 싸우고자 하는 것은 아니올시다.

변변치 못한 말로 너무 오래 여러분의 귀를 더레서 죄송만만이올시다" 하고 고개를 까딱하니 박수 소리 귀청이 떨어질 듯하다.

벌이 단에서 내린 후 한참 조용하더니 원앙이 일어서 회장을 부르고 단정히 단에 올라 공순히 읍하니 박수 소리 귀가 아프다.

13. 인류 사회의 연애관 _{원앙}

"나는 원앙이올시다. '인류 사회의 연애관'이란 문제로 두어 마디 말씀을 하겠습니다. 사람이란 것은 지혜가 우리보다 나아서 도덕이니 정조니 하고 떠듭디다마는 나는 암만 보아도 도덕다운 도덕이 없고 정조다운 정조가 없습디다. 만약에 도덕이란 도道 자를 도적 도盜 자로 고치고 정조란 조操 자를 이리 뛰고 저리 뛰는 벼룩 조蚤 자로 고칠 것 같으면 그것은 많이 있습니다. 도덕군자란 자가 모두 도적놈이요 정조 찾는 계집이 모두 이놈 저놈 골라잡기로 일을 삼으니 어찌 그렇지 않습니까? (옳소…….)

근일에 여자 해방이니 남녀평등이니 하고 지껄이더니 또 연애 자유를 부르짖고 이 서방 저 서방 마음에 맞는 대로 고르러 다니는 계집이 많습니다. 소위 지식 있다는 사람은 그것을 가리켜 금수 같다고 합니다. 그러나 나는 비록 금수로되 연애란 뜻을 사람같이 모르지 않습니다. 사람아, 귀 있거든 자세히 들어라! 연애란 것은 일시적 색욕이 연애가 아니다. 또

한 너희들이 주장하는 바와 같이 자식을 낳기 위하거나 기르기 위하여 연애를 하는 것도 아니다. 연애란 지극히 신성한 것이올시다. 공연히 이 계집도 좋아, 저 서방도 좋아 하는 희롱적 연애는 연애가 아니올시다. 연애는 나의 모든 마음을 통히 바치는 전심적全心的이 아니면 안 되고 예술적이 아니면 안 됩니다.

그런데 사람들은 연애는 자유라는 간판만 내세우고 한 놈이 계집을 네다섯씩 두고, 한 년이 서방을 칠팔 명씩 두기를 예사로 알며, 꿀 같은 단 말로 백 년을 해로하자고 굳은 계약을 하여 놓았다가도 며칠이 못 가서 순결한 고운 몸에 상처만 내어 놓고 이혼하기 일쑤니 이 어찌 사람다운 행위라 할 수 있습니까? 우리 원앙은 한번 연애를 한 이상이면 결코 그따위 음란한 짓을 않습니다. 이전에 어떤 사냥꾼이 숫원앙 한 마리를 잡았었습니다. 그 이듬해에 또 한 마리를 잡아 본즉 그 겨드랑 밑에 숫원앙의 모가지가 있더랍니다. 이것은 먼젓번에 숫원앙이 사냥꾼의 총에 맞아 죽는 것을 보고 그 목을 베어 날개 밑에 차고 절개를 지켜 오던 과부 원앙이었습니다. 포악한 사냥꾼도 그 절개를 기특히 여기어 그 원앙을 잘 파묻어 주었다는 일도 있습니다. 인류 사회에 이러한 일이 있습니까? (없소…….)

송나라 강왕康王이 그 대부大夫 한빙韓憑을 옥에 가두어 죽이고 그 처 한씨를 빼앗고자 할새 한씨 분함을 참지 못하여 청루대靑樓臺에 떨어져 죽고 글을 끼치어 자기 남편 한빙과 합장하기를 청하였으나 색마의 강왕은 듣지 않고 분노하여 두 시체를 각각 묻었더니 하룻밤 동안에 재梓라 하는 나무가 나서 뿌리는 아래로 얽히고 가지는 위로 연連한 일이 있었을 뿐이요 그 후로는 다시 그런 말을 못 들어 보았습니다.

연애라 하는 것은 동물에만 있는 것이 아니라 식물에도 있습니다. 식물의 연애는 꽃이올시다. 남아메리카에 있는 라분후라와라 하는 나무는 50

년 만에 꽃이 한 번 핍니다. 피었다가 곧 죽습니다. 연애란 이렇게 전심적이올시다. 50년 동안의 정력을 모아 가지고 한번 연애를 하고 죽습니다. 대나무도 그렇습니다. 꽃이 한번 피면 곧 죽습니다.

연애란 이러한 것이오. 연애는 신사회의 창조요 연애는 예술이요 우주의 예술이올시다. 꽃은 뜻 없이 피는 것이 아니라 깊은 땅속에서 노력에 노력을 다하여 가지고 비로소 꽃이 피는 것이올시다. 북풍 설한에 절개를 자랑하는 매화를 보시오. 그 얼마나 전심적 노력인가. 자유에 주린 인간아, 연애의 자유만 찾지 말고 연애란 신성한 것임을 깊이 깨달으라.

흥분된 끝에 너무도 말을 삼가지 못하여 오신 손님께 죄를 많이 지은 것 같습니다. 용서하시기를 바라고 고만 들어가겠습니다" 하고 읍하니 박수 소리 산악을 울린다.

원앙이 단에서 막 내리자 빽 지르는 소리로 회장을 부르고 앵 하고 날아오는데 안질 앓는 사람의 눈에는 보이지도 않을 것이 소리만 몹시 크다. 뒤에 앉은 것들은 눈에 잘 보이지는 않고 목소리는 엔간히 크므로 궁금하여 "누구야", "누구야" 하고 지껄한다. 고개 한 번을 까딱하고 읍하니 박수 소리 투드럭투드럭한다. 눈에 보이지 않기 때문에 누구냐고 묻느라고 박수도 정성껏 못 하였다.

14. 지상공문의 만민 평등 모기

"여러분, 그렇게 궁금하십니까? 나는 원래 형체가 작아서 그렇습니다. 자세히 들으시오. 나의 이름은 모기올시다. 형체는 작아 여러분이 잘 보지 못하시지만도 목소리는 남만 못하지 아니하니깐 듣기에는 힘드실 것 없으리다. (하하하……. 웃음소리 일어난다.) 문제는 '지상공문紙上空文의 만민 평등'이라고 하나 내어 보겠습니다.

근일 인류 사회에는 이전에 못 듣던 평등 소리가 매우 높습니다. 남녀 평등이니 인종 평등이니 합니다. 나는 그 말을 들을 때마다 우습습니다. 왜 우스우냐 하면 만민 평등은 천칙天則인데 누가 차별을 하여서 평등, 평등 합니까? 사람들이 하는 짓은 모두 자승자박이올시다. 되지못한 지식이 좀 우리보다 낫다고 제도니 법률이니 하는 것을 만들어 가지고 발광을 치다가 이제야 그 잘못된 것을 깨닫고 무엇이니 무엇이니 합니다. 그러면 이때까지 철옹성같이 지내 오던 차별이 얼른 철폐가 됩니까? 도저히 그렇게 못 되나 봅디다. 국제간에는 인종적 차별이 그대로 있고 개인 간에는 계급적 차별이 그대로 있습니다. 입으로는 정의니 인도니 하고 글 강 외듯 하는 나라에서도 대낮에 흑인종 때려죽이기를 개장 개 잡듯 합니다. 이 얼마나 끔찍끔찍한 일입니까? 민족 자결이란 말은 구주 대전쟁 후 미국서 나온 말인데 그 말이 난 지 벌써 육칠 년이 되었으되 아직도 약소국은 약소국이요 비율빈比律賓, 필리핀 독립은 말이 나기가 무섭게 시켜 준다면서도 이때까지 미국의 영토로 두고 있습니다. (옳소…….)

눈이 있거든 우리 사회를 보라. 참으로 만민 평등이다. 강한 호랑이 나라나 약한 모기 나라나 다 일반이다. 만약에 우리 사회도 인류 사회와 같이 입으로만 외는 평등 같을진댄 도저히 나 같은 모기나 하루살이 같은 물건이 이름인들 어찌 남아 있겠습니까? 도시가 사람은 실행이 없이 떠들기만 하는 것들이올시다. 우리 모기가 저희 귀밑으로 앵 하고 지나면 조그마한 것이 소리도 크다고 제 손으로 제 뺨을 때립디다마는 실상 실행 없이 큰소리만 하는 것은 사람이올시다. 근일에 문화란 문 자가 썩 많이 유행하는데 걸핏하면 문화 정치, 문화적 사업 합디다만도 소리뿐이지

하나도 실행하는 것은 못 보았소. 우리 모기가 소리가 크다고 별명을 지으니 그러면 이후부터 문화란 문文 자를 모기 문蚊 자로 고쳤으면 적당할 줄로 믿습니다.

좀 더 말씀하였으면 좋겠는데 여러분이 나를 쳐다보시기에 너무도 목이 아프실 듯하여 고만두겠습니다” 하고 읍하니 박수 소리 요란하다.

전신이 시커먼 것이 회장을 부르고 날아 단에 올라서더니 고개를 까딱하고 읍한다. 박수 소리 산악을 울린다.

15. 미신에 젖은 인간아, 죽은 부모보다 산 부모를 섬기라 까마귀

“나는 까마귀올시다. 아무것도 아는 것은 없으나 ‘미신에 젖은 인간아, 죽은 부모보다 산 부모를 섬기라’ 하는 문제로 변변치 못한 말씀을 몇 마디 하여 보겠습니다.

자칭 만물지영장이라고 하는 인간은 미신의 뭉치요 불효의 수령이올시다. 우리 까마귀는 결코 놀고먹기를 즐겨 아니합니다. 그래서 아침저녁으로 먹을 것을 구하러 까옥까옥하고 벗을 부르며 인가 가까이 내려오면 미신에 빠진 사람들은 ‘소금 장수, 까마귀 잡아가오’, ‘이놈의 까마귀, 너나 가거라’ 하고 진언眞言을 합니다. 그뿐만 아니라 사람이 앓아서 죽게 된 때 공교히 그 근처를 지나가다가 울면 자기네가 병구완을 잘못하여 죽었거나 그렇지 아니하면 그 사람의 정력이 다되어서 죽은 것을 알지 못하고 우리 까마귀가 울어서 죽었다고 하니 이런 어리석은 일이 어디 있습니까? 그래, 동물은 일반이겠는데 하늘이 정하신 목숨을 우리 까마귀가 마음대로 죽이려면 죽이고 살리려면 살릴 수 있겠습니까? (옳소……. 박수.)

그런 미신의 말이 어디 있습니까? 봉황이라고 하는 새는 요순 때에도 나왔고 왕망王莽이 때에도 나왔습니다. 그런데 요순 때의 봉황은 상서로운 새라 하고 왕망이 때의 봉황은 흉조로 알지 아니하였습니까? 왜 그래요. 같은 봉황을 가지고 상서니 흉이니 하는 말이 어디서 나온 말입니까? 도시가 무엇이든지 길할 때 들으면 길한 것이요 흉할 때 들으면 흉한 것이올시다.

또 한 가지 사람의 흠점을 말할 것은 효도올시다. 이전에 맹자는 무엇이라고 하였습니까? '사지를 게을리하여 부모의 봉양을 돌보지 아니하는 자는 불효의 첫째라'고 아니 하셨습니까? 진실로 부모의 은덕을 생각하면 산보다도 높고 바다보다도 깊습니다. 그런데 사람들은 부모의 봉양은 고사하고 실컷 빨아먹다가 늙으면 어서 죽기나 바랍니다. 그중에도 부랑자 같은 놈은 부모의 재산을 훔쳐 내기 위하여 죽이는 놈도 있습니다. 이얼마나 포악한 일입니까? 이것이 만물의 영 되는 사람의 행실이올시다. 그리고 부모 생전에는 갖은 걱정을 다 시키고 학대를 하다가 죽은 뒤면 제사도 정성껏 지내고 거상居喪도 정성껏 입습니다. '죽은 정승이 산 개만 못하다'는데 죽은 뒤에 용미봉탕龍尾鳳湯[5]이 살아서 숭늉 찌끼만 하며, 죽은 뒤의 거상이 형식적이지 살아서 문안 한마디만 합니까? 이것은 모두 형식이나 지켜 가지고 자식에게 가장 효자다운 태도를 보여 가지고 자식의 효를 받아 볼까 하는 간특한 수단이올시다. (옳소…….)

그러나 천리는 어길 수 없는 것이올시다. 콩 심은 데 콩 나지 팥이나 녹두 날 리 만무합니다. 우리 까마귀는 천성의 효도올시다. 그러므로 출천

5　용과 봉황으로 만든 음식. 맛이 매우 좋은 음식.

지효出天之孝를 우리 까마귀에 비합니다. 우리는 늙은 부모를 위하여 먹은 것을 토하여 봉양합니다. 그런 고로 까마귀는 반포지효反哺之孝가 있다고 합니다. 중국 문장 백낙천白樂天은 우리 까마귀를 가리켜 새 중의 증자曾子라고 하였습니다. 증자라 하는 양반은 효자로 유명한 양반이올시다.

우리가 떼를 지어 논밭으로 다니면 사람들은 곡식을 파먹는 줄로 아나 결코 그런 것이 아니올시다. 효자 까마귀가 남의 적공이나 은혜를 모를 리가 있겠습니까? 우리는 알뜰살뜰히 곡식에 해 되는 버러지를 잡아먹고 곡식은 조금도 해치지 않습니다. 이것은 나 혼자의 변명이 아니라 일찍이 미국의 조류학자 필이라 하는 이가 우리 까마귀를 수백 마리 잡아다가 해부하여 본 결과 까마귀는 곡식을 해치는 것이 아니라 해충을 잡아먹는 익조益鳥라고 발표한 것이 있습니다.

고소성姑蘇城 한산사寒山寺 서리 찬 밤에 쇠북을 주둥이로 쪼아 종소리를 내어서 대망大蟒에게 죽게 된 것을 살려 준 은혜를 갚은 것도 우리 까마귀요 한나라 효무제孝武帝가 아홉 살 때에 그 부모는 왕망의 난리에 죽고 효무제 혼자 달아날새 날이 저물어 길을 잃은 것을 인도하여 준 것도 우리 까마귀요 진문공晉文公이 개자추介子推를 찾으려고 면상산綿上山에 불을 놓을새 우리가 그 연기를 에워싸고 타지 못하게 하였더니 그 후에 진나라 사람이 그 산에다가 은연대隱煙臺라는 집을 짓고 우리 까마귀의 은덕을 기념하였습니다. 그러나 만물의 영 되는 사람들 중에서 이런 일이 있다는 것은 나는 듣지 못하였습니다.

이후에 또 여러분의 재미있는 말씀이 많겠기로 고만두겠습니다” 하고 읍하니 박수 소리 귀가 아프다.

맨 앞에서 개미가 회장을 부르고 단에 올라 읍하니 박수 소리 회장이 떠나갈 듯하다.

16. 저축심이 없고 예의가 무너진 인류 사회 개미

"나는 개미올시다. 사람의 비행을 여러 가지로 성토하는 데 대하여 나도 몇 가지 소감을 '저축심이 없고 예의가 무너진 인류 사회'라는 문제로 잠깐 지껄여 보겠습니다.

사람은 저축심이 없습니다. 그저 날마다 버는 대로 1원이면 1원, 2원이면 2원을 생기는 대로 몽땅몽땅 집어쓰고 가다가 옹색한 일이 생기거나 벌이가 없어지면 곧 굶어 죽을 지경이올시다. 이것을 왜 그러냐 하면 모두 외화外華만 좋아하기 때문이올시다. 내가 우스운 이야기 하나 들은 것이 있습니다. 한 달에 월급 30원 타는 자가 80원짜리 외투를 사 입고 다닌다는 말이올시다. 물론 월급은 단돈 10원을 탈지라도 제 재산이 넉넉히 있으면 말할 것도 없지만도 단지 월급만 바라고 사는 자가 80원짜리 외투를 사 입었으니 이 얼마나 허영의 짓입니까? 외투 값을 갚으려면 두 달 20일의 월급을 내어놓아야 할 터이니 그동안은 곰이라 발바닥 핥고 지내겠습니까? 그따위 짓을 하기 때문에 점점 가난하여집니다.

우리 개미는 결코 그렇지 않습니다. 먹을 것이 둘이 생기면 하나는 먹고 하나는 저축을 하였다가 엄동설한 깊은 겨울에 늙은 부모와 어린 처자 데리고 무사히 지내 갑니다. 사람은 그와 같이 허영에 떠서 저축을 않고 분수에 넘치게 쓰기 때문에 사기와 횡령 죄인이 생기고 절도와 강도가 납니다. (옳소……) 그러므로 모든 것을 약탈로써 일을 삼고 강한 자는 약한 자를 집어삼키려고만 합니다.

사람이 우리 개미를 이르되 군국주의자라고 합니다. 그러나 우리의 군국주의와 사람의 군국주의와는 조금 다릅니다. 나는 결코 우리 사회를 군국주의라고 하는 말을 부인치 않습니다. 과연 우리는 절대 군국주의자요 우리 사회의 조직은 의벽이라는 임금을 두고 노동으로 생명을 삼는 노동 제국이올시다. 그러면 노동으로 국시를 삼는 즉 공산주의 나라에서 군국주의가 웬일이냐고 깜짝 놀라시리다. 우리의 군국주의는 사람의 그것과 같이 야심적이 아니올시다. 야심 뭉치 카이저는 세계를 삼키고자 하던 군국주의자로되 우리는 결단코 남을 해코자 하는 것이 아니라 남이 나를 침범할 때, 즉 제삼국이 우리의 영토를 침범할 때나 또는 국가의 질서를 보존할 수 없을 때는 조금도 용서 않고 거국일치하여 육전肉戰을 하고 맙니다.

사람이 우리를 흉보기를 너무도 잔혹한 벌레라고 합니다. 그러나 이것은 우리의 법강法綱이요 아시는 바와 같이 우리는 노동 전제국인 까닭에 노동 않는 놈은 용서 없이 목을 베어 죽입니다. 그러므로 산업이 잘 발전이 되고 예술도 상당히 발전이 되어서 집도 당당하게 몇 층 집을 짓고 삽니다.

또 우리는 예의를 잘 아는 고로 양생송사養生送死[6]의 도가 사람만 못하지 않습니다. 자식은 낳아 기르는 법이라든지 죽으면 장사 지내는 법은 참 기가 막힙니다. 만약에 부모의 상을 당하거나 국상이 날 때는 그 근신하는 태도가 여간 놀랍지 않습니다. 사람은 어미 아비를 뻗쳐 놓고 술 먹으러 다니는 일도 있으며 국상이 나도 노래 부르는 자가 있습니다. (옳소…….) 이것이 만물의 영 되는 자의 할 짓이오니까? 진정으로 말이지 우리 개미만 못한 것들이올시다.

연전에 우리 이웃에서 본 이야기 한마디 하겠습니다. 뒷집 사는 사람이 당고當姑[7]를 당하였는데 그 친구들이 인사를 하려고 와 본즉 상가에 상주가 없습니다. 사방으로 찾아본즉 그 건넛집 이발소에서 면모를 하고 앉

---

6   부모를 생전에는 잘 봉양하고 사후에는 후하게 장사를 지냄.
7   부모의 상을 당함.

았더랍니다. (하하하……. 웃음소리와 박수 요란하다.) 이것이 상주요? (닐니리골 김 상주요 하고 조롱하는 소리 난다.) 이전 예법으로 보면 상주란 죄인이라 상립喪笠을 쓰고 일월을 못 보는 법이며, 3년 동안을 머리를 못 빗고 손톱 발톱 하나 못 베는 법이올시다. 실상 우리가 부모의 은덕을 생각하면 그것만으로도 족지 못합니다.

너무 시간을 많이 허비하여 미안합니다. 이왕 우스운 이야기가 났던 끝이니 또 한마디 하겠습니다. 한번 어디서 상여가 나가는 것을 보았는데 꽤 장합디다. 상주가 서넛 되고 복재기[8]도 꽤 있고, 수상隨喪[9] 가는 사람도 상당히 많습디다. 그런데 어디쯤 가더니 별안간에 수상 가는 사람들이 쫙 헤어져 달아나기에 궁금하여 가 본즉 중도에서 어떤 상주 한 분이 술이 먹고 싶어서 삿갓가마를 내리고 빠져나와서 빈 가마만 상여 뒤를 따르게 하고 한 잔 두 잔 먹느라고 상여에 멀리 뒤졌다가 다 먹고 상여를 쫓아가느라고 대지팡이를 휘두르고 달려오는 것을 수상 온 사람들은 편쌈꾼이 쫓아오는 줄 알고 모두 도망을 하였더랍니다.” (하하하……. 박수갈채.)

개미가 읍하고 단에서 내리니 사자가 우렁찬 목소리로 회장을 부르고 성큼 단에 올라 읍하니 박수 소리 요란하다.

17. 가소로운 애타주의 사자

“나는 사자올시다. ‘가소로운 애타주의’라는 문제로 몇 마디 말씀하겠습니다.

8　　1년이 안 되게 상복을 입는 사람. 복인(服人).
9　　장사 지내는 데 따라감.

애타愛他라 하는 말은 사람이 항용 하는 말이올시다. 더구나 종교가들 입에서는 떠날 새가 없습니다. 그러나 나는 공자가 이 세상을 떠난 지 2,400여 년이 되도록 참된 인仁을 보지 못하였고, 석가가 극락세계를 간 지 2,900년이 가까워 오도록 참된 자비를 못 보았으며, 그리스도가 천당을 간 지 1,800여 년이 되도록 참된 박애를 못 보았습니다. 애타란 말은 남을 사랑한다는 뜻이올시다. 남을 사랑하는 것은 동물의 본능이올시다. 우리가 불쌍한 것을 볼 때에 가엾은 생각이 나서 그것을 도와주고자 하는 것이 곧 애타올시다. 그러면 이것은 우리 금수보다도 만물의 영 되는 사람은 물론 그 뜻을 잘 알 줄로 생각합니다.

애타라 하는 말은 다만 인간에게만 대하여 쓰는 말이 아니올시다. 금수 초목도 생물인 이상에는 그것에게도 사랑이라는 것을 아니 하면 안 됩니다. 그러기 때문에 석가 같은 이는 미물의 버러지까지도 죽이지 말라고 금하셨습니다. 여러분, 오뉴월 염천에 무거운 짐을 지고 땀을 흘리며 숨이 차서 헐떡거리고 가는 소나 말을 무도한 사람은 '이랴' 소리로 재촉을 하며 채찍으로 막 훔칩니다. 이 얼마나 불쌍한 일입니까? 여기에 애타란 것이 어디 있습니까? 만약에 손톱 끝만치라도 애타심이 있을 것 같으면 적어도 처처에 그늘을 만들어 놓고 물을 먹이며 짐 싣는 분량도 어느 정도까지는 제한을 하여야 할 것이올시다. 그러나 이것은 오히려 약과올시다. 같은 동물로서 살기를 즐겨 하기는 사람이나 짐승이나 마찬가지겠는데 잔인무도한 사람은 펄펄 뛰는 우리를 함부로 때려잡습니다. 그리하여 날마다 조석 밥상이 모두 살육의 시장이올시다.

사람은 이와 같이 악독하여 간 결과 필경에는 사람이 사람을 잡아먹는 경우에까지 이르렀습니다. 이것은 신문 지상에 공개되었던 사실이오. 노서아露西亞, 러시아 해삼위海蔘威, 블라디보스토크라는 곳에서 어떤 몹쓸 놈이 꽃 같은 소년 소녀 60여 명을 잡아먹다가 경관에게 발각된 일이 있습니다. 이 얼마나 끔찍끔찍한 일입니까? 나는 너무도 악독하여서 입으로 옮길 수가 없습니다. 이래도 만물의 영장이요 애타심이 있습니까? 나는 곧 이 자리에 계신 양반에게 묻고 싶습니다. (옳소……. 박수.)

더욱이 참혹한 일은 우리의 자손을 잡아먹는 일이올시다. 사람의 새끼도 막 잡아먹는 악독한 무리니깐 더 말할 것도 없지만도 자식 사랑하기에는 일반이겠는데 새끼 밴 소 잡아 송치[10] 고기 나긋나긋하다고 먹기, 새끼 밴 돼지 잡아 가지고 돼지 새끼 요통에 좋다고 대가리에서부터 뭉텅뭉텅 잘라 먹기, 알 한 주머니에 몇만 마리씩 들어 있는 북어 알을 명란젓 담가 가지고 한 끼에 몇만 마리씩 먹기, 알 낳은 닭 밀어젖히고 달걀 빼앗아 먹기, 별별 고약한 짓을 다 합니다. 생물의 목적이 번식일진댄 자손의 번식은 다 같이 바랄 것이 아닙니까? 진정한 애타심이 있다 할 것 같으면 모든 것이 죄악이올시다.

식물의 자손은 종자올시다. 참으로 자식 사랑하는 마음이 있을 것 같으면 맹자는 무엇이라고 하였습니까? 유오유幼吾幼하여 이급인지유以及人之幼[11]라고 아니 하셨습니까? 내 자식을 사랑할 것 같으면 남의 자식도 사랑하여야 할 것이올시다. 그런데 사람은 날마다 벼의 자식 되는 쌀을 한 끼에 몇만 새끼씩 잡아먹으니 얼마나 악독한 것들입니까? (옳소……. 박수.) 그래도 입으로만 박애니 애타니 하고 지껄입니다. 그러고도 우리 사자를 보고 횡포한 놈이라고 합니다.

그러나 우리는 결코 사람 같지 않습니다. 이 세상에서 가장 인자하고 애정 많고 우의 있기로는 아마 우리 사자밖에 없을 줄로 믿습니다. 전례

---

10   암소 배 속에 든 새끼.
11   내 아이를 사랑하는 마음으로 남의 아이를 사랑함.

를 들어 여러분 앞에 한마디 말씀하겠습니다. 이전에 인도에서 우리 이웃에 원숭이가 있었는데 불행히 새끼 한 마리를 낳고 어미가 죽었습니다. 홀아비 원숭이가 어린 새끼 보아주느라고 꼼짝을 못 합니다. 먹기는 하여야 살겠는데 자식 때문에 꿈쩍을 못 하겠고 가만히 자식만 데리고 들어앉았다가는 둘이 다 굶어 죽겠고 그렇다고 어린것만 두고 나갔다가는 어느 놈의 밥이 될는지 알 수 없을 지경이므로 곰곰 생각다가 우리 할아버지를 찾아보고 '사자 아저씨, 자식 지키고 들어앉았다가는 아비까지 굶어 죽겠사오니 저 없는 동안에 자식놈 좀 보아줍시사'고 간청을 하였습니다. 이때 우리 할아버지께서 그 정상을 측은히 생각하시고 곧 대답하셨습니다. 그리하여 아비 원숭이는 먹을 것을 구하러 가고 새끼 원숭이는 양지 바른 잔디밭에서 우리 할아버지를 모시고 놀다가 연만하신 이라 따뜻한 볕에 졸음이 와서 잠깐 졸 동안에 독수리 한 놈이 원숭이 새끼를 홱 차 가지고 높은 나무 위로 올라갔습니다. 원숭이 새끼는 깩깩 소리를 지르며 할아버지, 살려 달라고 하는 통에 깜짝 놀라 깨어 본즉 과연 독수리 한 놈이 원숭이 새끼를 차 가지고 나무 위에 앉았으므로 '여보게, 독수리, 놓아주게. 그것이 매우 불쌍한 것일세. 또한 그뿐 아니라 내가 그 아비에게 부탁을 받은 일이 있으니 내 청으로 놓아주게' 한즉 무도한 독수리 놈은 조금도 듣지 않고 '나는 굶고?' 합니다. 이때 우리 할아버지께서 '그러면 대신 먹을 것을 내가 줌세' 하여도 '그러면 먹을 것을 먼저 주어야 놓아주겠다' 하므로 당신의 볼기짝에서 큼직한 고기 한 점을 떼어 주고 원숭이 새끼를 살려 준 일이 있습니다. 여러분, 인류 사회에 이러한 일 있단 말씀 들어보셨습니까? 만약에 그러한 부탁이 있으면 유인자제誘引子弟[12]는 잘하

---

12   남의 자식을 그른 길로 꾀어냄.

리다."

박수 소리 천지가 움직이는 듯한데 사자는 점잖게 읍하고 단에서 내린다.

저편 구석에서 썩 서투른 목소리로 회장을 부르고 쑥 나서서 뚜벅뚜벅 나오는 것은 형체가 말보다 훨씬 크고 목이 닷 발이나 길게 쭉 뻗쳤으며 몸에 얼룩덜룩한 점이 있고 빛이 누르께하며 머리 위에 뿔난 것은 녹용 비슷하다. 길쯤한 고개를 끄떡하니 청중이 모두 이상히 여겨 눈만 떼굴떼굴 굴리고 박수도 정성껏 않는다.

18. 상업화한 종교 기린

"나는 이름을 기린이라 합니다. 우리가 같은 종족 간에 오늘 처음 상면하는 이도 많습니다. 몇 마디 말씀하고자 하는 것은 '상업화한 종교'란 문제올시다.

인류 사회에는 우리 사회와 달라서 소위 정신생활을 한다고 종교란 것이 있습니다. 말은 옳은 말이지요. 만물지영장 되는 사람으로서 밥 먹는 것으로만 일을 삼을 것 같으면 무엇이 금수와 다름이 있겠습니까? 또한 그뿐만 아니라 국가적 생활도 될 수 없습니다. 그런데 근자에 그 종교라 하는 것이 모두 상업으로 화하고 말았습니다. 원래 종교란 것은 도덕심을 잘 길러 아무쪼록 법률에 저촉이 안 되도록 하고, 고상한 인격자를 숭배하여 그를 모방하게 하며, 영원한 미래를 가르쳐 심신의 위안을 주는 것이 종교올시다. 그런데 근일의 종교란 것을 보면 모두 상업적이요 사기적이올시다. 원래 돈에 목이 마른 것들이라 어떠한 수단을 쓰든지 돈 생길

구멍에만 눈이 빨개서 무식한 민중의 피 흘리고 땀 짜서 번 돈냥을 빨아먹습니다.

내가 한번 어떤 종교 단체를 들어가 보니깐 장부가 즐비하게 놓였는데 경기도, 경상남도, 경상북도, 강원도 하고 13도로 분별하여 놓았습디다. 나는 처음에 그것을 신도의 명부로 알았더니 나중에 알고 본즉 그것이 함빡 돈 받아들이는 수금책이라니 이것이 종교 단체요, 상업 회사요? (옳소…….) 이와 같이 종교가 상업화되기 때문에 근자에 종교 단체가 버쩍 늘었습니다. 무슨 교, 무슨 교 하고 돈에 쿵쿵증이 난 자들이 자꾸 간판을 내붙입니다. 이러한 수단으로 무식한 민중의 돈을 빼앗아다가 교주란 자가 첩을 몇씩 두고 거드럭거립니다. 이것이 종교입니까? 월전에 신문을 본즉 백백교白白敎인지 오리소리교인지 하는 교의 교주 되는 자는 잔돈푼 갉아먹기만으로는 만족지 못하였던지 무슨 사기를 또 겸하여 필경 그 죄악이 탄로된 모양인데, 첩을 조사하여 본즉 사십 몇 명이랍디다. 아마 그 종교의 교지敎旨는 첩을 많이 두어야 천당을 가는가 봅디다. (옳소…….)

나는 그자들의 소위는 종교의 탈을 쓴 사기한詐欺漢이라 더 말할 것 없지만도 그 꾐에 빠져서 피 나오는 돈을 빼앗기는 민중의 무식한 것이 가엾습니다. 어떤 종교는 갑자 사월 초파일에 차천자車天子[13]가 계룡산에 등극을 한다고 어리석은 민중을 꾀었습니다. 종교란 것은 적어도 국가를 초탈한 것이라야만 할 것인데, 설령 차천자가 등극을 하기로 그것이 무슨 종교 될 가치가 있습니까? 도시가 민중이 무식한 까닭이올시다. 갑자년 등극이 을축년이 다 지나도록 감감하니 실로 혹세무민도 심합니다.

요사이 또 신식 하이칼라 종교가 하나 생겨나서 여자의 단발교가 차즘

---

13   보천교 교주 차경석.

차츰 유행되는 모양입디다. 누가 연구한 종교인지 모르거니와 남녀평등을 주창하는 때에 돈벌이 구멍을 바로 뚫었다고 아니할 수 없습니다. (옳소……. 박수.)

나는 원래 도덕이 높아서 한번 이 세상에 나오면 백성이 태평을 누립니다. 그러므로 황제 헌원씨軒轅氏 때에 그 동산에 한번 나와 놀았었고, 제요帝堯 도당씨陶唐氏 시절에 들에 나와 그 성덕을 한번 하례하였으며, 그 후 공자가 『춘추』를 지을 적에 그 깊은 뜻에 감동하여 노나라 들에 한번 나가 본 일이 있습니다. 그 후로는 나날이 인간의 도덕이 퇴패되어 삼강오륜이 없어지고 인의예지가 무너지므로 나는 점점 깊은 곳으로 숨어 들어가서 지금은 동아프리카 우간다라는 곳에서 세상을 탄식하고 지냅니다.

아, 불쌍한 것은 사람이요 미련한 것은 사람이올시다. 밀가루로 뭉친 부처가 복을 줄 수 있으며, 차천자가 어찌 정신생활을 지배할 수 있습니까? 내가 세상에 자주 나오던 때는 종교란 이름이 없었어도 백성이 모두 도덕군자였었습니다. 죽은 정승이 산 개만 못하다는데, 죽어서 잘된다는 것을 믿는 것은 미신이올시다. 상업과 사기 수단으로 종교의 탈을 쓰고 사람을 속이는 자는 구미호보다도 더 간특한 놈이니 일찍이 잡아 없애라. 사람이란 죽어지면 정신은 가고 육체만 남는 것인데 천당은 어디며 극락은 어디냐? 나는 지구상 육대주 오대양에서 천당은 무슨 주에 있고 극락은 어느 주에 있다는 것을 못 보았습니다. 부질없이 죽어 천당이나 극락 가기를 바라지 말고 살아서 배불리 먹고 따뜻이 입기를 힘쓰라. 그것이 즉 극락 생활이올시다.

종교란 것은 과학적으로 말하면 미신의 뭉치올시다. 그러므로 나는 미신을 종교의 요소로 압니다. 어떠한 종교를 물론하고 미신이 없이는 성립될 수 없습니다. 보시오. 밀가루 뭉치에게 절을 하고 '나무아미타불'을 부르는 것은 미신이 아니며, 머리를 숙이고 '천상천하에 유일무이하신 독생자'를 부르는 것은 미신이 아니며, 손바닥을 딱딱 치고 '가미사마神様'14를 부르는 것은 미신이 아닙니까?

원래가 사람은 미신 뭉치인 까닭에 참으로 얼굴 뜨거운 짓을 다 합니다. 인도의 어떤 종교는 속죄한다고 몇십 리 되는 교당까지를 뻘거벗고 땅바닥으로 떼굴떼굴 굴러갑니다. 이 얼마나 미신의 짓입니까? 이전에 공자는 무엇이라고 하셨습니까? 획죄어천獲罪於天이면 무소도지無所禱之라고 아니 하셨습니까? 즉 죄를 하늘에 얻으면 빌 곳이 없다고 하셨습니다. 그래, 죄를 하늘에 짓고 땅바닥에다가 몸부림을 하면 속죄가 되겠습니까? 옳아, 하늘은 아버지요 땅은 어머니라니깐 아비에게 죄짓고 어미 조르기도 괴이치는 않은 일이다. 미련한 인간아, 또 한마디 들으라. 죄라는 것은 무형한 것이다. 몸에 붙은 때를 죄로 아느냐? 그렇지 않으면 왜 땅바닥에다가 문지르느냐? 미신에 잠자는 인간아, 귀를 기울여 들으라. 종교가 무슨 필요가 있는 것이냐? 종교가 만일 인생 생활에 도덕상 필요한 것일 것 같으면 어째서 종교는 날로 늘되 도덕은 날로 쇠잔하여집니까? 참으로 한심한 일이올시다.

변변치 못한 말로 너무 오래 지껄여서 죄송합니다" 하고 긴 고개를 끄떡하니 박수 소리 산악이 무너지는 듯하다.

기린이 내리자 방정맞은 목소리로 회장을 부르더니 꽁지를 축 처뜨리고 핼끔핼끔 좌우를 돌아보며 깡창 단 위로 뛰어올라서더니 기침을 몇 번 캥캥하고 고개를 까딱하며 읍한다. 박수 소리 요란하다.

---

14 신을 높여 부르는 일본말.

19. 간특한 인류 사회 여우

"나는 여우올시다. 오늘날 만고에 없던 대회에 나와 보니 기쁜 말씀 무엇이라고 비할 수 없습니다. 변변치 못한 말씀이오나 '간특한 인류 사회'란 문제로 몇 마디 말씀하고자 하오니 용서하시기를 바랍니다.

사람이 항용 간사한 것을 가리켜 여우와 같은 놈이라고 합니다. 왜 그런 말을 하느냐 하면 이것은 역사 있는 이야기올시다. 옛적에 호랑이가 모든 짐승을 잡아먹으려고 할 때 먼저 여우를 만났었습니다. 이때에 여우는 꼭 죽게 되었으므로 한 계교를 내어 호랑이더러 말하기를 '나는 모든 짐승의 왕이니 감히 네가 잡아먹지 못하리라. 만약에 내 말을 믿지 못하겠거든 내 뒤를 따라와 보라. 모든 짐승이 나를 두려워하나 아니하나' 한즉 호랑이가 여우의 말을 듣고 뒤를 따라가니 과연 모든 짐승이 벌벌 떨고 두려워하므로 여우의 말이 정말 같아서 잡아먹지를 못하였습니다. 실상은 여우를 무서워한 것이 아니라 호랑이가 무서워서 그런 것이지만도 뒤에서 보는 호랑이 눈에는 앞선 여우를 무서워하는 줄만 안 것이올시다. 여러분, 이것이 간교한 수단이오니까? (쾌 약소……) 남이 나를 죽이려고 하는 때는 내가 그놈을 죽여도 법률은 이것을 정당방위로 용서하거늘 하물며 지혜로써 묘책을 꾸며 생명을 구한 것이 무슨 간특한 일입니까? 실로 장한 일이올시다.

지금 인류 사회를 보면 별별 고약한 일이 다 많습니다. 나날이 늘어 가는 것은 사기 아니면 횡령이요 강도가 아니면 절도며 길에 널린 것이 간특한 웃음 파는 계집들이올시다. 나는 한번 어느 책사를 들어가 본즉 『하룻밤을 잘까, 오천 석을 빼앗을까』 하는 책이 있습디다. 그 내용은 보지 못하였습니다마는 제목으로 볼지라도 물론 계집의 간특한 수단으로 오천 석지기 부자를 놀려낸 사실인 듯합니다. 또 한 가지 기막힌 일을 신문에서 보았습니다. 요전에 조선 서울 삼판통三坂通[15]이라는 곳에서 조그마한 싸전에 도적이 들어가서 그 주인을 목을 매어 죽이고 약간의 돈냥을 훔쳐 가려다가 발각이 되어 잡혀간 놈이 있습니다. 이 얼마나 악독한 일입니까? 우리 사회에는 없는 일이올시다.

진정한 이목을 가지고 인류 사회를 볼 것 같으면 사기의 수라장이올시다. 같은 동포끼리도 사기요 국제간에도 사기올시다. 미국 같은 나라는 언필칭 인도, 정의를 부르짖되 실상은 그것이 사기적 간판이올시다. 그래서 세계 평화란 말은 각국이 다 말하되 실상은 그 평화가 사기적 평화요 무장적武裝的 평화올시다. 나는 연전에 우스운 일을 보았습니다. 구주 대전쟁이 한참 어우러져 들어갈 때 세계적 영웅이라 하는 카이저는 전선을 노서아 모스크바까지 뻗으므로 연합국에서는 연합군을 해삼위로 보내게 되었었습니다. 그런데 그때 『대판大阪, 오사카 파크』라는 신문을 본즉 일본 군사는 함빡 상륙을 하였고 미국 군사와 영국 군사에게는 발뒤꿈치에다가 쇠뭉치 매단 형상을 그려 놓았습데다. 그러면 일본 군사만 상륙을 시키고 양첨지洋僉知들은 목침 베었다는 의미가 아닙니까? 이 얼마나 간특한 행위이오니까? 무엇이 여우보다 낫습니까? 우리는 생명이 위태하였을 때에 최후의 수단으로 쓴 것이지 결코 남을 속인 것은 아니올시다. (옳소……. 박수.)

우리 여우는 결코 간특한 것이 아니요 지혜 있고 영리한 것이올시다. 진나라 이세二世 황제의 무도함을 보고 밤에 성황당에 들어가 '진승왕천하陳勝王天下' 하리라고 크게 울어 필경 진승이 병사를 일으켜 수화 중에 든

15　지금의 용산구 후암동.

백성을 구원한 일이 있으니 그 공이 얼마나 큽니까? 그렇건만도 그 공은 조금도 모르고 여우는 간특한 것이라 하니 참으로 사람같이 뻔뻔한 것은 없는 줄로 압니다.

변변치 못한 말로 너무 오래 지껄여서 미안합니다” 하고 읍하니 박수 소리 귀가 아프다.

개가 회장을 부르고 설렁설렁 걸어 나와 단 위로 껑청 뛰어오르더니 점잖게 읍한다. 박수 소리 요란하다.

20. 황금만능의 인류 사회 개

“나는 개올시다. 여러 선생님이 고명한 말씀을 많이 하셨는데 변변치 못한 것이 ‘황금만능의 인류 사회’라는 문제를 가지고 여러분의 귀를 더 레고자 합니다.

대저 돈이라 하는 것은 화폐학상으로 말하면 가격의 척도라 합니다. 즉 다시 말하면 물건의 값을 정하는 자나 저울이란 말이올시다. 경제가 유치한 시대에는 물물 교환이라고 물건과 물건을 가지고 서로 바꾸었습니다. 그러하던 것이 차차 발달되어 나가니 경제도 점점 복잡하여지므로 돈이란 것을 만들어 가지고 물건과 물건의 값을 정하여 쓰게 된 것이올시다. 그런데 오늘날 인류 사회에는 이것이 큰 보배가 되어 이것이 없는 자는 고생과 학대가 말할 수 없고, 이것을 가진 자는 세상에 무서울 것이 없고 못 할 것이 없습니다. 그리하여 모든 제도도 돈 있는 놈을 위하는 제도요 법률도 돈 있는 놈을 위하는 법률이올시다. 그러므로 사람이란 것들은 자나 깨나 돈에만 뜻을 두는 까닭에 부자간에도 소송이 생기고 형제간에도 싸움이 나며 부부간에도 이혼이 생기고 친구 간에 사기, 횡령이 일어나고 백주에 강도질도 하며 민족과 나라를 망케 하는 매국적賣國賊도 있습니다. 그러므로 개도 돈만 있으면 멍첨지라고 부르고 빈한한 선비들은 무전천지소영웅無錢天地小英雄을 읊고 세상을 한탄합니다.

어리석은 인간아! 돈이란 것은 경제의 매개물이다. 또한 그것은 어떠한 사람에게 한하여 가지게 한 것도 아니다. 아무리 소유권 제도가 확실한 인류 사회라도 돈만은 무주물無主物임을 알아라. 나는 자고로 돈 가지고 극락 갔다는 사람 있단 말은 못 들었습니다. 그러면 공수래공수거空手來空手去는 우주의 만고불변하는 큰 이치가 아닙니까? 우리는 비록 금수일망정 돈에 욕심을 내어 다투어 본 적은 한 번도 없습니다. 간사한 인간들은 별별 교묘한 제도를 다 만들어 놓고 부자니 가난뱅이니 구별을 하기 때문에 도덕이 없고 윤리가 인멸되어 날마다 이름 좋은 생존 경쟁이란 간판하에서 약육강식을 일삼으니 참으로 불쌍한 무리들이올시다.

우리가 사람의 집을 지키고 숭늉 찌끼 낱이나 얻어먹는 것을 아주 신선같이 부러워하는 모양이올시다. 그래서 팔자 좋은 사람을 개 팔자 같다고 조롱합니다. 이 말을 들을 때에 우리는 억울도 하고 또 한편으로는 불쌍도 합니다. 왜 그러냐 하면 어리석은 사람들은 우리의 낮잠 자는 것을 보고 팔자 좋다고 부러워합니다. 그러나 밤에는 도적을 지키려니깐 도저히 잠을 잘 수가 있습니까? 불가불 낮잠을 안 잘 수가 없는 것이지 결코 팔자가 좋아서 낮잠을 자는 것이 아니올시다. 여간 쉰밥 덩이, 숭늉 찌끼 먹는 것도 아무것도 않고 먹는 것은 결코 아니올시다. 반드시 주인을 섬길 줄 알고 도울 줄도 압니다. 아마 역사상으로 여러분도 이미 아시겠지요만도 우리 10대조 할아버지께서 제나라 양생楊生이란 사람을 도울 적에 하루는 양생이 어디 갔다가 술이 대취하여 풀밭에 누웠는데 불이 나서 사면으로 붙어 오므로 주인의 생명이 위태함을 염려하여 힘껏 짖었으되 양생은 술이 몹시 취하여 깨우지 못하므로 할 수 없어 얼른 시냇가로 내려가서 전신에 물을 적시어 가지고 불 위로 굴러 그 불을 꺼서 양생의 목숨을 구한 것은 누구나 다 아는 일이올시다. 결코 우리가 팔자 좋게 주인이 주는 밥만 얻어먹고 있는 것이 아니올시다. 반드시 그 은혜를 아는 것이올시다.

그러기에 오늘날 북극 눈 나라에서는 우리가 모든 물건의 운반을 하며 사람도 태워 나릅니다. 구주 전쟁 때에도 군수품의 운반은 우리가 많이 하였습니다. 또한 탐정견探偵犬은 각국에서 모두 채용하는데 그 성적이 사람의 경관보다 훨씬 낫습니다. 북극 눈 나라에서 짐 끌기가 여간 용이한 일이 아니며, 탐정이란 것도 여간 골 빠지는 일이 아니올시다. 밤에 순경 도는 것도 사람은 못 할 일이올시다.

그런데 우리를 보고 팔자 좋다는 인생은 실로 불쌍한 것입니다. 왜 그러냐 하면 황금만능이라는 인류 사회에서 돈 없는 자의 탄식이니 그가 얼마큼 고달프고 기가 막혀서 우리 개를 부러워하겠습니까? 실로 불쌍한 인생이올시다. 그러기에 혹 어떤 사람들은 죽어서 개로나 태어났으면 좋겠다고 원하는 사람도 있습니다. 돈이라면 못 할 짓 없이 다 하는 인류 사회에서는 어떻게 하든지 돈을 좀 잡아 보고 싶어서 연전에 축견세畜犬稅란 세를 마련하였습니다. 즉 우리 개를 기르는 사람에게는 사치세의 일종으로 개 세를 받게 되었습니다. 이 세제가 발표된 뒤로 세금 바치는 개에게는 목도리를 하게 되었는데, 돈이면 사족을 못 쓰는 사람이라 1년에 얼마씩 생돈이 없어지게 되니깐 개보다 더한 신주라도 내버리게 되었습니다. 그 후부터 야견野犬 취체령이 생겨나서 목도리 없는 개는 야견으로 간주하고 잡아 죽여도 관계가 없게 되었소. 무식한 백정 놈은 이것이 천재

일시千載一時나 만난 듯이 닥치는 대로 잡아 죽이고 심한 놈은 목도리 있는 것도 잡아다가 목도리를 떼어 버립니다. 아, 아, 돈만 아는 인간아! 돈도 돈이려니와 우리는 멸종이 되란 말이냐?" 하고 눈물을 흘리며

"더 좀 말씀하겠더니 가슴이 메어서 말이 안 나오니 고만두겠습니다" 하고 읍하고 나간다. 박수 소리 요란하다.

어디서 회장 부르는 소리가 나더니 소댕뚜껑[16] 같은 것이 어기죽어기죽 기어 나와 간신히 단에 올라서더니 뱀의 대가리 같은 것을 쭉 내뽑고 읍한다. 박수 소리 요란하다.

21. 글자만 남은 충군애국 자라

"나의 이름은 자라올시다. 뭍에 사시는 여러분이 고명한 말씀을 청산유수같이 하시는데 우리 물에 사는 동무 중에서는 아무도 말씀하시는 이가 없어서 대단히 섭섭하기로 변변치 못한 것이 지식의 천박함도 불고不顧하고 당돌히 몇 마디 지껄이자고 나왔습니다. 문제는 '글자만 남은 충군애국'이라고 냈습니다.

우리 동물 사회에는 아직도 규칙적으로 나라가 조직되지 못한 까닭에 충군애국을 말할 수 없습니다. 그러나 개미와 벌 같은 나라는 분명히 나라가 조직되어 법강이 엄숙합니다. 인류 사회에는 나라라는 것이 완전히 조직되어 국체에도 군주국체니 공화국체니 하는 구별이 있고, 정체에도 전제정체니 입헌정체니 하는 구별이 있습니다. 그러면 우리 사회보다 국

---

16   솥뚜껑.

체에도 종류가 여럿이 있고 정체에도 구별이 여럿이 있으니깐 물론 정사도 잘할 것이요 임금도 잘 섬길 것이요 나라도 잘 사랑할 것이올시다. 그러나 사실은 그렇지 않습니다. 신하 된 자가 임금을 우습게 알고 나라라는 관념은 엽전 한 푼어치도 없습니다. 그러므로 자기의 뜻을 못 이룰 때에는 임금을 약사발을 안겨 죽이고 돈만 생긴다면 나라도 팔아먹습니다.

내가 그중 참혹하게 여기는 것은 노서아 혁명 때의 일이올시다. 아무리 윤리가 쇠퇴되고 삼강오륜이 없기로 어쩌면 임금을 육시처참戮屍處斬을 합니까? 임금만 그런 것이 아니라 전 가족을 모두 육시하였습니다. 이것이 도저히 하늘 아래에서 할 수 있는 일입니까? 초목금수 미물들도 이 천지의 우로雨露 받아먹고 살지 않습니까? 그러면 사람이란 영물은 그 조정에 벼슬 살고 그 땅에 농사지어 가며 부모 처자 살려 내니 임금께 충성하고 나라를 사랑함이 본분이 될 터인데 재물만 중히 여겨 임금 죽이기를 빈대 죽이듯 하고 나라 팔아먹기를 헌 넝마 팔아먹듯 하니 참으로 한심한 것들이올시다.

우리 수궁水宮은 비록 나라 조직이 변변치 못하지만도 우리 40대조 할아버지께서는 남해 광리왕廣利王을 섬기실 때에 왕이 영덕전靈德殿 낙성연에서 이십사번풍二十四番風[17]을 잔뜩 쏘여 일신이 부증浮症이 나서 백약이 무효요 진나라 편작扁鵲, 한나라 화태和泰, 송나라 장중경張仲景, 명의란 명의는 다 청하여 보았으나 도무지 효험을 못 보았는데 하루는 선관仙官이 내려와서 인간 산중에 사는 천연 토간兎肝이 약이라 하여 모든 신하를 다 부르시되 한 녀석 나서는 녀석이 없었습니다. 다만 우리 할아버지 한 분이 만고에 없는 충성된 뜻으로 용감하게 나섰었습니다. 여러분, 내가 우리

---

17   소한(小寒)에서 곡우(穀雨)까지 이십사후(二十四候) 사이에 닷새마다 새로운 꽃이 피는 것을 알려 주는 봄바람.

선조를 자랑하고자 하는 말이 아니라 인류 사회에 이만한 충성 있는 자가 있습니까? (없소……) 없습니다. 만약에 충신이란 충忠 자를 버리지 충蟲 자로 고치고, 애국이란 국國 자를 움킬 국掬 자로 고칠 것 같으면 구더기같이 파먹고 쓰리같이 훔쳐 먹는 충군애국자는 많이 있습니다.

우리 용궁은 바람이 심한 곳이라 멀리 오느라고 바람을 많이 쏘였더니 어째 목이 좀 아픕니다. 말을 다 하여야만 맛이 아니라 그만하여도 대강은 말씀하였기로 고만두겠습니다” 하고 읍하니 박수 소리 회장이 들썩들썩한다.

비둘기가 회장을 부르고 푸드득 날아 단 위에 올라서더니 공순히 읍한다. 박수 소리 요란하다.

22. 과학 문명은 살인술의 조장 비둘기

“나는 이름을 비둘기라 합니다. ‘과학 문명은 살인술의 조장’이란 문제로 잠깐 말씀하겠습니다.

사람은 지혜가 우리 금수보다 나아서 모든 문명이 과학적이올시다. 그러므로 오늘날은 과학이 문명의 뿌리가 되어 있습니다. 과학이란 것은 참으로 놀라운 것이올시다. 그 힘은 능히 자연을 정복하였습니다. 나도 과학 문명에 일조가 되어 일찍이 전서구傳書鳩라는 이름을 가지고 일국의 통신을 맡아본 일이 있었습니다. 그러나 나는 지금 여러분 앞에서 인류의 과학 문명을 칭찬하고자 하는 것은 아니올시다. 그 흠점을 들어 인류의 죄악을 말하고자 하는 바올시다.

근자에 인류 사회에서는 ‘과학! 과학!!’ 하고 과학에 대한 지식욕이 대단합니다. 왜 그러냐 하면 무장 평화를 숭상하는 인간이라 첫대 무력을 늘려 나라를 강케 하고자 함이요 둘째는 돈을 모아 보자는 목적이올시다. 그러므로 과학을 응용하여 가지고 밤낮 만드는 것이 사람 죽일 기구, 기계올시다. 하늘이 사람에게 특별한 지혜를 주어 과학을 응용케 하였을 것 같으면 정의와 인도를 위주하여 만물의 영 되는 본분을 지켜야 될 것인데 조금도 그것은 생각지 않고 총이나 칼을 만들지 아니하면 비행기나 잠항정이요 폭탄이 아니면 독와사毒瓦斯[18] 같은 것을 만들어 가지고 어떻게 하면 적군을 많이 잡아 죽일까, 얼마나 만들면 다른 나라가 두려워할까, 주야 연구가 이것뿐이올시다.

이와 같이 과학을 응용하여 가지고 가지각색으로 사람 죽일 무기만 만들더니 이제는 또 영국 사람 그린넬 매슈스라고 하는 사람이 살인 광선이란 것을 발명하였는데, 이것은 전기 작용으로 광선을 비추는 것인데 집이거니 대포거니 군함이거니 비행기거니 사람이거니 그 광선을 한번 비추면 헌솜 모양으로 는적는적 녹아떨어지는 것이올시다. 발명자 매슈스는 이것을 발명하여 가지고 실험하다가 왼눈이 멀고 또 오른편 눈도 위태하다는 전보가 있습디다. 이전에 공자는 용俑, 즉 허수아비을 만든 자는 뒤가 없으리라고 하셨습니다. 그까짓 용 만든 자를 뒤가 없으리라고 하셨는데 사람을 죽이는 광선 만든 자야 하늘이 용서하실 리가 있습니까? 두 눈을 다 멀려도 과치 않습니다. 그런데 시방 각국이 다투어 가며 이 발명권을 사려고 애를 씁니다. 그 발명권의 값은 요전에 불란서에서 700만 원까지 보았었습니다. 그러나 발명자는 그 값에 응치 않더니 무슨 야심이 생겼던지 월전에 미국서는 그것을 실지로 시험을 하여 보았습니다. 평화

---

18 독가스.

론자도 살인 광선을 사 보려고 시험까지 하니 사람을 다 죽인 뒤에 혼자 평화를 하려는지요? (옳소……. 박수갈채.)

나도 구주 전쟁 때에 전선 중에서 편지를 가지고 포연탄우砲煙彈雨를 무릅쓰고 다녀본 일이 있습니다. 이것도 역시 저희의 생명을 아끼기 위하여 우리를 이용하여 가지고 그러한 위험한 곳을 보내는 것이올시다. 사람은 과학 문명을 자랑하되 우리 인간은 이제야 완전히 자연을 정복하였다고 뽐냅디다마는 과학을 전혀 사람 죽이는 곳에만 이용할 것 같으면 미구에 하나님에게 벌을 받을 줄로 믿습니다" 하고 읍하니 박수 소리 요란하다.

닭이 회장을 부르고 아장아장 걸어 나와 단에 올라 읍하니 박수 소리 요란하다.

23. 모순된 남녀평등 닭

"나는 닭이올시다. '모순된 남녀평등'이란 문제로 두어 마디 말씀하겠습니다.

세상에 남녀란 것이 있는 것은 즉 하늘과 땅을 본받은 것이올시다. 사나이는 하늘이요 계집은 땅이올시다. 이와 같이 남자는 높고 여자는 낮은 것은 하늘이 정하신 바올시다. 그러므로 남자는 한 가정의 어른이요 여자는 그것의 내조자가 되어 집안을 잘 다스리고 어린아이 기르는 것이 천직이겠는데, 인류 사회에는 근자에 남녀평등이니 여자 해방이니 하고 남편 알기를 우습게 알고 여자도 사람인데 권리가 똑같지 못하다고 함부로 날뜁니다.

소위 신진 여자라는 것들은 검정 치마 흰 저고리에 트레머리나 틀어 없고 무도나 배우고 음악이나 배워 가지고 노래나 부르고 춤이나 추러 다니며 시부모 있는 곳에 시집가기 싫어하고 제 마음에 맞는 대로 이놈 저놈 골라잡고 뜻에 아니 맞으면 한 달에 몇 번씩 이혼하며 경제는 돌보지 않고 사치로만 일을 삼습니다. 너무도 남녀평등을 주창하기 때문에 강연회 단상에서 난봉가 부르기가 일쑤요 머리 깎고 단장 짚고 나오기가 예사올시다.

남녀평등이란 될 수 없는 일이올시다.

첫째, 경제적으로 될 수 없습니다. 남자는 벌이를 하여다가 한 집안 살림을 하는데 여자도 그와 같이 돈을 벌어들일 수 있습니까? 설령 어떠한 직업이 있어 벌어들일 수 있다 할지라도 가정생활을 아니 하면 모르거니와 그렇지 아니한 이상에는 집안 살림을 할 수 없을 터이니 안 될 일이오.

둘째는 인격적으로 될 수 없습니다. 남자나 여자나 인격을 똑같이 주어야 할 것인데 지식 정도는 하여간 법률상으로도 차등이 되어 있습니다. 사내자식이나 딸자식이나 자식은 일반인데 아들자식은 상속권이 있고 딸자식은 상속권이 없으며 남의 처 된 자는 행위 능력이 없습니다.

셋째는 정조적으로 될 수 없습니다. 남녀평등이 되자면 정조도 평등이 되지 아니하면 안 됩니다. 그런데 이것도 법률상으로 평등이 못 됩니다. 즉 남자는 여자의 간통죄를 고소할 수 있으되 여자는 남편이 아무리 오입을 하여도 그것을 고소할 권리가 없습니다. 설령 이것이 법률의 개정으로 완전히 평등이 될지라도 또 한 가지 되지 못할 일이 있습니다.

가령 남자더러 남녀평등이니 나더러만 아이를 낳으라 말고 당신도 아이 하나 낳으라고 할 것 같으면 자궁이 없는 남자가 어떻게 아이를 낳겠습니까? (옳소……) 도저히 될 수 없는 일이올시다. 그러므로 남녀평등론이 높아지면 여자가 아이 낳기를 싫어합니다. 자식을 낳으면 고만 그것

기르기에 몸을 빼쳐 날 수가 없어 자유 활동이 될 수가 없으므로 남편에게 주지 않는 구속을 받습니다. 그러므로 미국 같은 나라에는 여자가 어찌 평등을 주창하는지 모두 자식을 낳지 않아서 인구가 점점 줄어들므로 연전 구주 대전쟁 통에 불란서 과부를 많이 데려왔습니다. 일국의 국민 된 자가 국민의 의무 되는 자식 낳기를 싫어하면 첫째는 죄인이요 둘째는 나라를 망칠 장본이올시다. 일국의 흥망은 그 나라 국민의 증감으로 아는 것이 아니오니까?

이것은 너무도 남녀평등의 의미를 심하게 해석하는 것 같습니다. 남녀평등이란 말은 이때까지 몹쓸 제도 밑에서 노예로 취급하던 것을 없애고 인격적으로 평등의 대우를 하여 달라는 것이지 절대 평등을 주창하고 시집도 아니 가고 아이도 아니 낳으면 어찌 가정이 조직되며 나라가 어찌 흥할 수 있겠습니까? (옳소…….)

남녀평등의 사회를 보려거든 우리의 사회를 보시오. 우리는 철두철미 남녀평등이올시다.

변변치 못한 말로 너무 장황하게 지껄여서 죄송합니다" 하고 읍하니 박수 소리 요란하다.

맨 앞에서 무엇이 회장을 부르더니 엉성한 발가락을 일으켜 세우고 모로 걸어 나온다. 단 위에 기어 올라오더니 읍한다. 박수 소리 시끄럽다.

24. 사치와 허영의 인류 사회 게

"나는 게올시다. '사치와 허영의 인류 사회'라는 문제를 가지고 잠깐 말씀하겠습니다.

사람이 우리 게를 보고 무장공자無腸公子라고 합니다. 즉 오장 없는 것이란 말이올시다. 그러면 오장 있는 사람은 얼마나 영물이고 얼마나 영물다운 짓을 하나 잠깐 말씀하겠습니다.

사람이란 것은 도시가 허영의 뭉치요 사치꾸러기올시다. 그래서 사회가 음란하여집니다. 꽃이 향내를 피우는 것은 나비나 벌을 부르기 위함이올시다. 그러면 꽃이 나비를 불러 무엇 합니까? 식물의 열매는 꽃만 피어 가지고 열리는 것이 아니올시다. 암꽃, 수꽃이 교접이 되어야 됩니다. 벌이나 나비 부르는 것은 교접을 하기 위하여 부르는 것이올시다. 사람이 모양내는 것도 꽃이 향내 피우는 것과 일반이올시다. 남자가 모양내는 것은 여자를 후리고자 함이요 여자가 모양내는 것은 남자를 후리고자 함이올시다. 그러므로 길에 널린 것이 논다니요 건달이올시다. 또한 어떤 것이 여염집 어미며 어느 것이 논다닌지 구별할 수도 없습니다.

소위 신진 여자라는 것들은 흰 저고리 검정 치마에 구쓰[19] 신고 백금 반지, 보석 반지 손가락에 끼고 소매 걷고 팔뚝시계[20] 감아야 출입할 줄 알고 허영의 마음이 탱중하여 속에는 소학 정도의 지식밖에 없는 것이 대학 출신의 돈 있고 얼굴 고운 남편만 꿈꾸고, 여염집 어미란 것들은 머리 빗기에 오정을 치고 이마 털 뽑기에 해소일[21]을 합니다. 웃음 파는 간교한 것들은 가지각색으로 별별 화장을 다 하고 청년의 마음을 간질입니다.

남자란 것들은 여간 돈냥 벌어 가지고 제 몸치장하랴 계집 뒤치다꺼리하랴 골이 빠집니다. 그래서 밥은 굶어도 모양은 안 내고는 못 삽니다. 이러므로 근검저축이 없고 한 번에 몇만 원 벌기를 꿈꾸는 고로 도박이 늘

---

19   구두.

20   손목시계.

21   쓸데없는 일로 날을 보냄.

고 사기와 횡령죄가 나날이 늘어 갑니다. 오장 있는 사람은 분수를 지킬 줄 모릅니다. 나라가 망하는 것도 분수를 지키지 못함이요 집안이 망하는 것도 분수를 지키지 못함이올시다. 한 달에 100원 수입 있는 놈이 200원씩 써 나가면 지탱하겠습니까? 못 됩니다. 한 번에 몇만 원 잡고자 하는 것도 허영이요 분수에 넘치는 남편을 바라는 것도 허영이올시다.

사치가 극도에 달한 것은 말로 다 형용할 수 없으니 한 전례를 들겠습니다. 모양을 내지 못하여 지랄을 하는 인간들은 별별 짓을 다 합니다. 팔에 팔깍지[22]도 끼고 귀에다 귀고리도 걸고 머리에다 도자전끼子塵도 내고 양말에다 수도 놓아 신더니 근자에 미국에서는 여배우의 다리를 넓적다리까지 내어놓게 하고 거기다가 그림으로 수를 놓습디다. 좀 더 있으면 무슨 짓을 할는지 알 수 없습니다.

또 한 가지 우스운 이야기를 하겠습니다. 사치로 일삼는 인간은 장님도 시계를 찹디다. 이 얼마나 우스운 일입니까? 시계란 것은 시간을 보기 위하여 차는 것인데 앞 못 보는 장님이 시계는 무엇 하자는 것입니까? 시간의 관념이 없는 것들이라 시계를 장식품으로 압니다.

우리는 비록 오장이 없을망정 결단코 분수에 넘치는 짓은 않습니다. 그러기에 사람은 나라 없는 자가 있으되 게는 다 제집을 지키고 있습니다.

할 줄 모르는 연설은 짤막하게 하여야 듣는 이가 싫증이 안 나므로 고만두겠습니다" 하고 읍하니 박수 소리 귀청이 떨어질 듯하다.

개구리가 회장을 부르고 깡창깡창 뛰어나와 단에 올라서더니 읍한다. 박수 소리 요란하다.

---

22 팔찌.

25. 자승자박의 인류 사회 개구리

"나는 개구리올시다. '자승자박의 인류 사회'라는 문제로 몇 마디 말씀하겠습니다.

사람은 지혜가 우리보다 나아서 사회란 것을 조직하여 가지고 산답디다. 무슨 질서니 치안이니 하는 법규도 상당히 많은 모양이올시다. 내가 한번 어느 토론회를 가 보았더니 '권리란 법률의 창설이냐'라는 문제로 옳거니 그르거니 하고 설전이 굉장합디다. 나는 그때에 코웃음을 웃었습니다. 권리라 하는 것은 하늘이 품부稟賦하여 주신 것이란 말은 일찍이 불란서 사람 루소가 천부 인권설을 주창한 것이 아닙니까? 당초부터 우리나 사람이나 다 자유 권리올시다. 이 천지가 우리 생물을 위하여 개벽된 것이라 할 것 같으면 어디까지든지 자유올시다. 누가 그 자유를 막을 자가 있겠습니까? 그러기에 우리는 모두 자유 평등이요 조금도 권리의 구속을 주는 자도 없고 받지도 않습니다.

그런데 사람은 제도니 법률이니 하는 것을 만들어서 점점 자유를 속박합니다. 길에 다니는 것도 도로 취체법이란 것을 만들어 놓고 반드시 왼편으로만 다니라니 만약에 오른편에 볼일이 있어서 오른편으로 갈 것 같으면 법률에 저촉이 됩니다. 그러면 오른편 볼일은 못 볼 것이 아닙니까? 그러지 말고 모두 수족을 묶어 놓거나 차꼬를 채워 놓았으면 교통 순사는 절약이 될 것이 아닙니까?

전차라 하는 것은 누구든지 돈 5전만 내면 한 구역을 타는 것인데 천금 같은 돈을 주고도 자유의 구속을 받습니다. 물론 전차는 영리적이니까 전기 회사는 상인이요 타는 사람은 손님인즉 어디까지든지 타는 이가 권리가 많을 터인데 실상은 돈 주고 구검拘檢[23] 당하는 격이올시다. 전차를 탄 이상에는 전차 규칙이란 것을 꼭 지켜야 하는데 그 규칙에는 걸어앉되 다리를 도사리지도 못하고 담배도 못 먹는 법이요 해소咳嗽에 걸려 담痰이 동이동이 나오는 사람이라도 타구唾具 하나 설비 없는 전차 속에서 침 한 방울 못 뱉는 법이요 같은 5전을 내어도 의복이 남루한 사람과 술 취한 사람은 태우지 않는 법이요 동물은 태우지 않는 법이라 하니 사람도 역시 동물인데 어떤 동물을 아니 태운단 말인지 알 수 없소. 아무리 황금 만능의 인류 사회지만도 같은 5전 내기는 마찬가지겠는데 의복이 남루한 사람은 태우지 않는다니 돈 없는 사람하고는 좌석도 같이 아니 하려고 하는 것이 아닙니까?

이와 같이 모든 것을 법률이란 철사로 꼭꼭 묶어 놓으니 자유가 어디 있고 권리가 어디 있겠습니까? 법률이란 것은 자유의 속박이요 권리의 제한이올시다. 이것이 자승자박이 아니고 무엇입니까? 우리 개구리는 절대 자유올시다. 춘사월 호시절에 만화방창하고 온갖 방초芳草 속잎 날 때는 풀 속에서 깃들이고, 삼복염천 찌는 날에는 청량한 물속에서 헤엄치며 선유船遊하고, 한 가정이 단란하게 어린 자식 재롱 봅니다. 이 얼마나 자유오니까? 뭍에서 살려면 뭍에서 살고 물에서 살려면 물에서 삽니다. 그러나 사람이란 것들은 여기서 조기만 가려도 여행권이 없이는 못 다닙니다. 말하자면 마소 새끼같이 발목을 꼭 매어 놓은 것이 사람이올시다.

연구한 것이 없어서 고만 그치겠습니다” 하고 읍하니 박수 소리 산악을 울린다.

개구리가 단에서 내린 후 한참 동안 조용하더니 맨 뒤에서 어흥 하고

---

23   말이나 행동을 함부로 하지 못하게 단속함.

기침 한 번을 크게 하고 회장을 부른다. 그 소리에 깜짝 놀란 좌중은 모두 꽁지를 사타구니에다가 끼고 고개가 움츠러진다. 어슬렁어슬렁 걸어 나와 단 위에 서더니 고개 한 번을 끄떡한다. 박수 소리 요란하다.

26. 인류의 평화는 무장 평화 호랑이

"나는 호랑이오. '인류의 평화는 무장 평화'라는 문제로 잠깐 말씀하겠습니다.

세상 사람들이 말하기를 제일 포악한 자는 호랑이라고 일컫습니다. 그러나 호랑이는 결코 포악한 것이 아니올시다. 만일에 나의 천성이 포악할진댄 오늘날 이 대회도 진행될 수 없습니다. 여러분이 모두 나의 밥이라 할 것 같으면 한 번에 모두 집어삼켜 포식이나 하고 말 것이 아닙니까? 그러나 우리는 꼭 하나님의 명령만 복종하는 까닭에 아무리 먹을 것이 있을지라도 하나님의 명령이 아니 계시면 못 합니다. 그러므로 우리 금수 사회는 가장 평화하게 지내 갑니다. 사람은 우리 사회를 가리켜 약육강식이니 호랑이 놈은 포악한 놈이니 하나 실상은 인류 사회가 약육강식이요 사람이 모두 포악한 것들이올시다.

우리 호랑이는 효성이 지극하므로 순임금은 그 효를 본받기 위하여 옷 위에 호랑이 형상을 수놓아 입으셨고, 초나라 때 자문子文이란 사람이 생겨나매 그 어미가 몽택夢澤이란 곳에 버리거늘 우리 20대조 할머니가 젖을 먹여 길러 준 일이 잇습니다. 그러므로 혼인할 때에 사인교 위에 호피를 씌우는 것은 옛 성인이 그 효도를 본받으라는 의미로 쓰게 한 것인데, 미신에 젖은 사람들은 잡귀가 범치 말라고 씌우는 줄로 아니 실로 한심한 일이올시다.

만약에 우리가 포악하고 또한 우리 사회가 약육강식일 것 같으면 도저히 오늘날 약한 동물이란 씨가 남아 있을 수 없습니다. 그러나 우리 사회의 약소 종족은 보존되어 있지만도 인류 사회의 약소민족은 모두 멸망된 것을 볼 것 같으면 정말 약육강식하는 사회는 인류 사회올시다. 명색이 사람이라 되지못한 지식은 좀 있어서 말로만은 정의니 인도니 평화니 하고 지껄이기만 하되 그 평화라고 하는 것은 순전한 무장적 평화올시다.

1915년부터 다섯 해 동안을 두고 통탕거리던 구주 대전쟁은 참으로 우리가 이전에 보지 못하던 큰 전쟁이었습니다. 수백만의 생명을 없애고 전비戰費 매일 군사 한 명에 19원 70전씩을 허비하여 수억만 금전을 풀을 쑤고 본즉 암만하여도 평화 않고는 못살 줄 알았나 봅디다. 그래서 미국 대통령 윌슨이라는 이가 주창하여 국제 연맹이라는 것을 하고 화성돈華盛頓, 워싱턴에다가 군비 축소 회의를 열고 세계 평화를 하여 보자고 조약을 단단히 한 모양입니다. 하여간에 전쟁은 끝이 났습니다.

그러나 그 후에 세계 각국에서 하는 것을 보면 갑이란 나라에서 군함 한 척을 지으면 을이란 나라에서는 군함 두 척을 짓고, 이 나라에서 비행기 한 채를 만들면 저 나라에서는 비행선 두 채를 만들되 모두 눈 가리고 아웅 하는 격으로 이름은 모두 각각 상선이니 여행용이니 하고 짓습니다. 이와 같이 서로 다투어 병장기를 짓기 시작하더니 근자에는 조약 무엇 할 것 없이 대포도 마음대로 짓고 잠항정도 마음대로 짓습니다.

군비 축소된 이후에 각국의 현상을 보면 모두 국민 개병주의가 되어 실상은 군비 축소가 아니라 군비 확충이 되었습니다. 왜 그러냐 하면 이전에는 육해군의 정원이 있어 군인 된 자에게만 군사 교육을 시키던 것인데 군비 축소를 주창한 미국부터 여학생에게까지 사격 연습을 시키는 까닭에 각국은 눈을 크게 뜨고 중등학교에서부터 군사 교육을 시행하니 이것이 국민 개병주의가 아니고 무엇입니까? 그러면 이와 같은 무장적 평화가 몇 해나 평화롭게 지나가겠습니까? 얼마 아니 가서 또 한 번 큰 싸움이 벌어질 것이올시다. 아아! 얼마나 포악한 것들입니까? 실로 사람은 포악한 것이올시다.

우리는 천리를 좇기 때문에 하나님의 명령하에서 하늘이 품부하여 주신 천연의 발톱과 이빨로 잡아먹을 것을 잡아먹되 사람은 고약한 병장기를 이용하여 가지고 죽입니다. 이전에 맹자는 사람을 죽이되 정사로 죽이는 것과 칼로 죽이는 것이 다름이 있느냐고 양혜왕梁惠王에게 물으신 일이 있습니다. 그러면 병장기로 사람을 몇만 명씩 죽이는 놈이 포악합니까, 배가 고파 충복充腹하느라고 한두 마리 잡아먹는 것이 포악합니까? 이까짓 한두 마리 잡아먹는 것은 사람도 역시 잡아먹습니다. 1년 통계를 보면 조그마한 조선 안에서만 소가 31만 5천 마리요 돼지가 19만 2천 마리를 잡아먹는다고 합니다.

또 한 가지 절통한 말을 하겠습니다. 되지못하게 글자나 하는 자는 양호유환養虎有患이라고 호랑이 새끼를 기르면 후환이 있다고 합니다. 실상 호랑이 새끼는 길러 가지고 돈벌이한 사람은 있으되 사람의 새끼 길러 가지고는 가슴 안 찢는 사람이 없습니다."

소리를 버럭 지르고 어흥 하는 바람에 깜짝 놀라 깨어 보니 병중일몽病中一夢이다. 서산에 걸리었던 해는 다 넘어가고 방 안에 전등 빛이 환한데, 우리 어머니는 잠 깨우기가 애처로워서 저녁 먹으란 말씀을 차마 못 하시고 옆에서 정신없이 내려다만 보시고 앉으셨더라.

제4장

익살 주머니

1. 운동을 너무 하면 밥이 안 들어간다.

아비가 자식을 훈계하여 가로되 "얘야, 운동만 하면은 밥이 안 들어가니 알맞추 하라" 하였더니 자식의 대답이 "아니올시다, 운동을 한 뒤에는 밥이 두 그릇이나 더 먹히는데요."

2. 안약에 입가심 달라고

약 먹은 뒤에 입가심으로 사탕을 항상 먹어 본 아이가 있는데 한번은 안질이 나서 대단하므로 안약을 좀 넣자고 하였더니 "그러면 이번에는 입가심을 썩 맛있는 것으로 줄 터이오" 하더라.

3. 소 도적놈

재판장이 소도적놈더러 "이놈, 너는 소 도적질함이 적실하니 바로 알리라"고 호령을 땅방울같이 하니 도적놈이 두 소매를 활활 떨며 왈 "명찰明察하신 재판장은 자세히 봅소서. 어디 있습니까. 이래도 의심이 계시다면 빨가벗겠습니다."

4. 무식한 자의 남대문 현판 평

낫 놓고 기역 자도 모르는 시골 작자가 남대문 현판을 쳐다보고 하는 말이 "참, '남대문'이라고 잘 썼다" 하거늘 곁에 섰던 사람이 그 건너 이발소에 '본일 휴업'이라 써서 붙인 것을 가리키며 "저것은 무엇이라고 썼느냐" 물은즉 시골 작자 대답이 "그것은 사글세 집이란 말이오."

5. 신식 소포법

서울 은행에 다니는 아들에게서 구두가 다 해졌으니 속히 사서 보내라고 편지가 왔다.

"여보, 마누라, 큰애한테서 이러한 편지가 왔는데 빨리 사서 보내야 하겠지."

"이를 말씀이오."

"그런데 어떻게 부쳐야 빨리 갈까."

"글쎄, 요새 기차가 꽤 빠르답디다. 아니, 참, 무슨 전보라든가 전신이라는 것이 썩 속하답디다."

"옳지, 참, 그 전보라는 것은 저 철 줄로 다니는 것이지. 그러면 두서너 시간밖에 안 걸리겠다" 하고 새로 사 온 구두를 맞매어 가지고 전봇줄 앞에 와서 이어 채서 넣으마 하고 뺑줄[1]을 쳐 놓고

"두서너 시간만 있으면 우리 애한테 도착하리라" 하고 집으로 돌아왔더니 마침 그곳을 지나던 행인이 얼른 이것을 보고

"애, 이것이 웬 떡이냐. 마침 내 구두가 다 해진 판에 잘되었다. 임자가 따로 있나, 아무나 먼저 가지면 임자지" 하고 끌러 내려 가지고 떡 바꾸어 신고 감쪽같이 저 신었던 헌 구두를 매달아 놓고 갔다. 조금 있다가 아비는

"그만하면 서울이나 갔을까" 하고 와서 본즉 딴은 벌써 헌 구두가 내려와 걸려 있는지라.

"애, 참 전보라는 것은 빠르구나. 나는 그동안에 서울이나 갔을까 하였더니 벌써 헌 구두까지 내려왔담메……. 흥, 기막힌 세상이로군. 이것이 모두 학문이 고상한 이들이 뇌를 썩인 결과로구나."

6. 볼기 맞고 거슬러 달라고

재판장이 노름꾼에게 태^笞 10도의 선고를 하고 속전^{贖錢}을 바치려거든 돈 10원을 바치라 하였더니

"소인이 요사이 밑천이 한 푼도 없으니 그러면 볼기를 열다섯을 때리시고 5원은 거슬러 주시오."

---

1   남의 물건을 중간에 가로챔.

7. 아무도 안 계십니다고 여쭈어라

객 "이리 오너라……."
주부 "아무도 안 계십니다고 여쭈어라."
객 "그 말하는 양반은 누구냐고 여쭈어라."
주부 "사내 양반 안 계십니다고 여쭈어라."

8. 날랑은 턴 하더라도 널랑은 천 하여라

평안도 선생이 제자에게 천자千字를 가르칠새 선생이 "하늘 턴天" 제자가 "하늘 턴" 하거늘 선생 왈 "날랑은 턴 하더라도 널랑은 천 하여라" 하였더니 또 제자가 "날랑은 턴 하여도 널랑은 천 하여라" 하는지라.

선생이 골이 나서 "예끼 놈, 너는 천자 못 배우겠다" 하니 제자 왈 "그럼 책 덮어요" 하거늘 선생 왈 "고만두고 육갑을 배우자. 갑자을축 하렷다." 제자가 "갑자을축 하렷다." 선생이 "하렷단 말은 말렷다." 제자가 "하렷단 말은 말렷다." 선생이 기가 막혀 "에구, 그놈, 천치로구나" 하니 제자가 "에구, 그놈, 천치로구나" 하는지라.

선생이 눈이 벌컥 뒤집혀서 하는 말이 "이놈아, 천치면 선생 노릇을 하겠니."

9. 하이칼라 자동차

　요사이 흔히 하이칼라, 하이칼라 하나 무엇을 가리켜 하이칼라라고 하는지 나는 도무지 알 수 없습니다. 우리 조선으로 말하자면 한 육칠십 년 전에는 서양 사람을 만나면 소위 양이攘夷 한다고 개장 개 잡듯 하였습니다. 그러나 만국이 통상하는 오늘날은 그때 그네들의 자손들이 외국의 유람이니 유학이니 하고 돌아오면 단박에 양첨지가 되어 버리고 아주 조선은 말할 것도 없다고 합니다. 그러나 그렇다고 살찐 놈 따라 붓듯이 조선 정신을 잊어버리고 보면 우리의 전정前程은 참 말할 것 없소.

　그런데 똥골 사는 어떤 청년은 영국 런던을 다녀온 후 썩 하이칼라가 되었다. 문패는 멋있게 가로 붙이고 대문 중문 짝은 다 떼어 버렸다.

　"이리 오너라."

　이것 보아라. 미닫이도 떼어 버렸다. 어디로 이사를 갔나. 사글세 돈을 안 냈던가. 대청결을 하였나. 이웃집은 아무 일 없는데 이것 참 이상하다.

　"나리는 안에 계십니다. 들어가십시오."

　"옳아, 딴은 하이칼란걸. 사선상 대신에 성냥 통을 세워 놓고 교의 대신에 발판을 깔고 앉은 것이 얼마큼 평안도 하겠다. 그런데 코안경을 썼으니 납작한 코에 안경이 얹힌 게 신통하다."

　"영감, 기운이 어떠십니까."

　"누구요. 남의 집을 함부로 들어오니. 엥, 그러기 때문에 나는 조선 사람을 싫어하오. 원래 남의 하우스를 방문할 때에는 문간에 벨이 있지. 아니, 우리 집에는 아직 벨을 준비치 못하였으나 그 대신에 양철통을 매달아 놓았으니 나무때기로 뚜들기시오."

　"하우스가 무엇이오."

"흥, 할 수 없군. 하우스는 우리 영국말에 집이고, 벨은 초인종이란 말이오."

"옳아, 초인종이란 말이야. 그러나 인제는 우리 둘이 대면을 하였으니깐 양철통 뚜들길 필요가 없지 않소."

"그렇지만 예의라는 것은 그렇지 않지요."

"그럼, 땡땡…… 더 치리까?"

"컴 인."

"무어, 컴 인이 무엇이야."

"들어오시란 말이오."

"그렇습니까. 컹컹하길래 나는 개가 짖는 줄 알았소. 그럼 들어가리까."

"여보, 여보, 남의 집에 신발을 신고 올라오면 어떻게 하오."

"그럼, 영감은 어째 신발을 신고 계시오."

"나는 구두거든."

"옳아, 구두는 관계치 않다."

"참, 개명도 못 하였다. 왜 구두를 안 신소."

"영감, 억지의 말씀 마시오. 왜 안 신다니. 그럼 구두를 예비 건으로 하나씩 차고 다니리까?"

"흥, 하릴없다. 그냥 들어오시오."

"들어오기는 왔는데 앉을 자리가 있어야지요."

"참, 할 수가 없군. 사람이라는 것은 맨바닥에 앉는 것이 아니니 교의에 걸어앉으시오."

"교의가 어디 있소."

"그거 아니오."

"어디 그것이 교의요. 발판이지. 어떻든 고맙소."

"너무 그렇게 절할 것 없소. 도무지 예의를 모르는 사람이로군."

"아니, 절하는 것이 무슨 실례요."

"조선은 공맹의 도를 숭상하여 그러하지만도 우리 구라파歐羅巴, 유럽는 모두 쉑핸드요."

"무어, 쉑핸드."

"허, 이런 사람 보았나. 손을 내미시오."

"고맙습니다."

"무엇을 주려고 그러는 것이 아니오. 한 손만 내미시오. 왼팔이 아니오. 바른팔을 내미시오. 자, 이렇게 붙들고 하우 아 유."

"무어, 항우項羽 아들야. 아뇨, 우리 아버지는 잔약孱弱한 선비올시다."

"아냐, 하우 아 유라 하는 말은 기운이 어떠시오, 하는 말이오. 쉑핸드는 악수란 말이오."

"옳아, 그렇단 말이야. 그럼, 영감, 하우 아 유."

"그런데 나는 영감이라는 소리가 정말 듣기 싫으니 이후부터는 미스터라 하시오."

"밑이 터지다니, 설사를 하시오."

"아니, 미스터는 곧 영감이란 말과 한가지요."

"그럼, 미스터 영감."

"그렇게 둘씩 포개 부를 것 없소."

"옳아, 참, 미스터, 언제 귀국하셨소."

"한 10여 일 전에 왔소."

"그래, 그곳 물정이 어떠합디까?"

"참, 정말 코리아는 유치하여 큰일 났소."

"무엇이 그리 고단 말이오."

"아니, 우리 영국말로 코리아는 조선이란 말이오. 우리 영국 런던을 가 보시오. 대하고루大廈高樓가 시가에 즐비하게 늘어서고 도로의 수축修築은 어찌 잘하였는지 혀로 핥아도 먼지가 안 묻소."

"그런데 조선 사람이 우리 런던이라니 어쩐 말이오."

"나는 조선서 났지만도 나의 정신은 영국에 있소. 제일 조선은 바람이 불면 먼지투성이요 비가 오면 길이 수렁인데, 또 한 가지는 안 된 것이 있소."

"무엇이오."

"조선 냄새가 나오."

"나는 어제 목욕하였는데."

"그러게 제 흉은 제가 모릅니다. 위선 학교로 말하더라도 소학교 학생들이 막 영어로 풀풀 수작을 하지."

"그게 무엇이 그리 신통하오. 제 나라말 제가 하기를 학교에 안 간들 모르겠소."

"그럼 당신은 왜 영어를 한마디도 못 하오."

"나는 조선 사람이지요."

"철도로 말하더라도 고가철도, 지하철도가 있고 공중에는 비행기가 어찌 많이 다니는지 낮에도 불을 켜야 견디는 터이오."

"아, 그렇습니까. 그러면 영국의 물정은 대강 짐작하겠습니다. 그래, 어쩐지 영감의 신관이 여우 얼굴같이 불그레하구려."

"아, 황인종의 조선 사람 같지 않지."

"육식을 많이 하셔서 그렇습니까."

"육식도 하려니와 그까짓 육식만 하여 가지고는 안 되오. 날마다 세수한 뒤에 북홍[2]을 바르지요."

---

2   매우 짙은 붉은색 물감.

"무어, 북홍을 바르다니 전각이니 채색 칠이오. 비둘기장에 태극을 놓소. 그런데 머리는 쇠털같이 토기스름하니 영국 가서 쇠털벙거지를 사 썼소."

"아냐, 머리는 날마다 소다로 씻지."

"옳아, 어쩐지 서답[3] 썩는 냄새가 나더라니. 그런데 영감, 아니, 참, 미스터, 코안경을 쓰셨으니 그 납작한 코에 떨어지지 않는 것이 신통하구려."

"응, 그것은 용수철이 강하니깐 붙어 있지. 좀 구경하려오. 자, 이렇게 생겼소."

"에구, 저런, 콧등에서 피가 나는구려."

"용수철이 세어서 그렇지. 여기 수건 있으니깐 씻으면 고만이지."

"나 보게는 모두 천작[4] 같소. 나는 웃돈을 몇만 냥 준대도 그따위 위험한 일은 아니 하겠소."

"그러기 때문에 우리 영국 사람들은 조선 사람과 다르오. 그런데 눈이 아직도 솔개 눈같이 못 되어서 요전에 안상호安商浩[5] 의사를 찾아가 보았더니 힘들 것 없다고 합디다."

"그래, 음식은 모두 조선 것을 잡수시오."

"천만에, 모두 서양 요리지. 이때껏 남대문 안 파밀 여관에서 갖다 먹었으나 돈이 너무 드는 고로 요새는 야주개 새로 난 한 그릇에 8전짜리 요리로 고쳤소. 그런데 값이 싸서 그런지 맛이 우리 영국 요리와 대단히 다릅디다."

"값이 있구려. 세상에 값싸고 맛 좋은 갈치자반이 어디 그렇게 있겠소.

---

3   빨래.
4   사람의 힘을 가하지 않고 하늘의 조화로 만들어짐. 또는 그렇게 만들어진 물건.
5   1902년 일본 도쿄자혜의학전문학교를 졸업하고 처음으로 일본 의사 자격증을 취득한 한국인 의사.

영감, 내 돈 안 드는 요릿집을 천거하여 주리까."

"그런 것이 어디 있소."

"있다 뿐이오."

"아, 어디 있어."

"경성 안에 그득하지요. 여러 말 말고 내일 한번 황 요릿집을 찾아가시오. 머리하고 아주 맞췄소."

"간판을 무엇이라고 붙였소."

"간판은 없지만도 황 요릿집을 찾으면 모를 사람이 없소."

"예끼, 고얀 사람, 황 요릿집이란 뒷간이 아닌가."

"왜 아냐. 하도 영감이 노란 것을 좋아하길래 그랬소, 허허허……. 그건 다 웃음의 말이오. 영감 수염은 참 보기 좋습니다."

"이 카이저발트[6] 말이오."

"무어가 제가 펄떡거려."

"참, 할 수 없는 사람이로군. 카이저발트란 말은 독일 황제의 수염이란 말이오."

참 좋다, 일난풍화日暖風和하고 만자천홍萬紫千紅이로구나.

"여보, 그대는 오토모빌을 좋아하시오."

"좋아하다 뿐이오. 요새 꽃밭 속에서 마개를 뻥 빼고 한잔 마시면 우리 둘이 먹다가 영감이 죽어도 모르지요."

"이게 무슨 소리요? 오토모빌은 자동차란 말이오."

"자동차라니, 이건 영감만 영어를 아시오. 나는 비루를 맥주로 배웠는데."

"그저 고만두어. 내가 더 알겠소, 그대가 잘 알겠소. 대관절 자동차 타

---

6   카이저수염(Kaiserbart).

본 일이 있소, 없소."

"말만 들었소."

"한번 태워 줄까. 참 기가 막히지. 한 번만 뿡 소리를 지르면 백 리는 가지."

"그럼 기차보다도 속하구려."

"그러게 비싸지."

"얼마나 갑니까."

"한 만 원 가지. 그래서 나도 아직 영국 것을 못 사고 일본서 한 채를 사 왔지."

"대관절 얼마나 주셨습니까."

"120원 주었소."

"그건 미친 갯값이로구려."

"그 대신에 몸살이 가끔 나지요. 어디 좀 타고 가 보려오."

"고맙습니다. 제주도에 우리 백부가 계시는데, 한번 가 보았으면 좋겠 습니다."

"제주도는 바다가 있어서 안 되겠소."

"그럼 우이동 꽃구경이나 갑시다. 그런데 운전수 노릇은 누가 하나."

"내가 하지."

"고만두시오. 그러다가 사람이나 다치면 큰코다치게?"

"염려 마시오. 운전수만은 못 하지만도 자동차 낱이나 만져 보았소. 영 국에 있을 때는 두서넛 치어 죽였지만도 조선 같은 곳은 아무 염려 없소."

"에구, 고만둡시다. 나는 싫소."

"왜, 왜 그래, 잘 가자다가 별안간 마마 그릇되듯 하여."

"관심만 잡고 고만두겠습니다."

"정말 싫거든 연전에 가져간 돈 200원이나 내게."

"이것 큰일 났구려. 자동차를 안 탈 터면 돈을 내라고. 웬 돈이 시방 있나요."

"왜 이렇게 멀거니 앉았어."

"아이고, 그러면 어디 가 봅시다."

"사내대장부가 왜 그렇게 겁이 많아. 자, 올라타시오. 단단히 붙드시오. 조심하시오."

"이것 참, 야단났군. 영감, 제발 천천히 갑시다."

"그럼 걸어가지. 자, 떠날 터이오."

"함부로 틀지 마시오."

"아따, 글랑 염려 마오. 잘못하면 사람밖에 더 칠라고."

뿡―뿡―뿡―.

"어떻소. 참 속하지."

"딴은 속한걸. 좌우 옆에 집들이 풀풀 나는 것 같은걸."

뿡―뿡―.

"애고, 어지러워, 애고, 무서워."

"염려 말아. 넘어지거나 사람 칠 염려는 손톱 끝만치도 없소. 미개한 조선 같은 데서 무슨 염려가 있소. 우리 영국을 가 보시오. 어찌 빨리 다니는지 가끔 전선 목에다 이마를 부딪지요."

"영감, 천천히 갑시다. 이것 보아라. 모자가 날아갔다. 정거 좀 하오."

"이왕 잃어버린 것을 할 수 있나. 일찍이 단념하지."

"어저께 13원 주고 샀는데."

"암만을 주었기로 어쩔 수 있나. 기계가 병이 나서 정거가 안 되는걸."

"큰일 났구려. 그런데 영감의 모자는 어떻게 저렇게 꼭 붙어 있소."

"그러게 멋쟁이지. 그런데 자네, 저 언덕 이름을 아나."

"모르겠소."

"좀 올라가기가 어려울까 보다. 에라, 여기서부터 전속력을 내야지 하겠다."

탁, 탁, 탁.

"애고 어지러워. 다시 자동차 탈 시러베아들 놈 없네."

"염려 말아. 아차, 고만 섰다! 이것 큰일 났군. 자네 좀 내리게."

"어떻게 하란 말이오."

"돌멩이를 집어다가 뒷바퀴를 괴게. 만약 그대로 두면 가재걸음을 칠 터이니 어찌하나. 조선은 참 아직도 미개하여 큰일 났소. 우리 영국 런던의 언덕은 모두 평탄하지."

"여보, 영감도 거짓말 고만하시오. 언덕 쳐 놓고 평탄한 나라가 어디 있소."

"그렇지만 이렇게 비탈은 안 지지. 그런데 이렇게 있으면 저절로 가지나. 자네가 좀 내려가서 뒤를 떼밀게."

"나더러 떼밀라고."

"옳다, 저기서 아이들이 웃는다. 애, 너희들 돈 10전씩 줄게 좀 떼밀어라. 여보게, 자네도 고만두고 올라타게. 잠깐만 이렇게 하면 도로 속력이 날 터일세."

탁탁탁…….

"옳다, 인제는 되었다."

"아, 저 아이들 돈 좀 안 주시오."

"줄 터니 따라오라지."

"이건 너무 빠르구려."

"내려가는 언덕이니깐 그렇지."

"그럼 큰일이나 안 나겠소."

“그건 나도 모르지.”

“큰일 났소, 큰일 났소. 이것 보아라. 늙은이 치었다. 순사가 쫓아온다.”

“암만 쫓아와도 소용없다” 하고 고동을 버썩 틀어 가지고 모퉁이를 돌다가 운전수가 서툴러서 내 속으로 풍덩 빠졌다.

“영감, 빠졌소. 나무아미타불, 다치지나 아니하였소.”

“왜 이런 곳에다 내를 내었어. 그러기 때문에 나는 조선을 싫어하오.”

10. 하품은 방귀 형님

선생이 학생에게 생리학을 가르치다가 하품이라 하는 것은 방귀와 같은 이치니 하품과 방귀는 형제지간이라 하였더니 학생 왈“선생님, 그러면 하품은 위에서 나오니깐 형이고 방귀는 아래서 나오니깐 아우올시다그려.”

“옳지, 옳지.”

그 후 저의 부친이 친구를 모시고 이야기하다가 하품을 하였더니

“아버지, 손님을 모시고 방귀 형님을 뀌십니까” 하였다.

11. 공동변소에 명승 과차

강원도 사는 강 동지는 서울 구경을 왔다가 공동변소에 들어가서 ‘강 동지 과차過次[7]’라고 대서특필하였다.

---

7   지나가는 길.

12. 아씨는 노랑 밥을 잡수네

어떤 까치 배 바닥 같은 아씨가 가장 자기 집에서는 조밥을 안 먹는 것 같이 천하에 사람 못 먹을 것은 조밥이라고 흰소리를 하였더니 짓궂은 이웃집 행랑어멈이 아침때를 맞춰 가서 조밥 먹는 것을 보고
"아씨는 노랑 밥을 잡수네."
"아냐, 기장밥이야."

13. 오늘은 뒷간이 어째 이리 멀어

동대문 안 두 다리목 김 서방은 첫 다리목으로 뒤를 보러 가다가 나뭇바리에 탁 치어서 몸이 슬쩍 돌려진 것을 모르고 한없이 올라와서 종로 공동변소에서 뒤를 보고 하는 말이
"오늘은 뒷간이 어째 이리 멀어."

14. 여보, 며칠이면 가겠소

어떤 시골 골짜가 편지를 우체통에다 집어넣고서 "여보, 여보" 하고 몸이 달아 우체통을 부른다. 지나가는 사람이 그 연유를 물으니 며칠 동안이면 편지가 우리 집에 가겠나 물어보려 한다고 하더라.

15. 참, 도덕심이 대단한걸

학자 한 분이 힘 안 들이고 돈을 벌어 보려고 고목나무 사이로 내민 호랑이 꼬리를 붙잡고 앉았다가 지나가는 중더러 호랑이를 때려잡으라 하니 중의 말이 "여보시오, 중도 살행합디까" 하고 뒤도 아니 돌아보거늘 학자의 말이 "대사, 그러면 내 말이나 좀 들으시오. 나는 기운이 시진하여 암만하여도 놓치겠는데, 만일 이것을 놓치고 보면 우리 두 사람은 귀신 몰래 죽을 터이니 대사가 좀 대신 붙잡고 있으면 내가 때려잡겠노라"고 애걸하기로 중이 곧 승낙하고 대신 붙잡아 주었더니 학자는 뒤도 안 돌아다보고 삼십육계를 하는지라. 중이 고성으로 학자님을 부르니 학자의 말이 "공맹지도를 닦은 학자도 살행하더냐……."

16. 나는 맞돈인 줄 알았구려

건넛집 만보는 심통이 고약한 자라. 일일은 술을 외상으로 먹으러 갔다가 못 먹고 심사를 부리고자 기둥 모퉁이에 우두커니 섰을새 마침 그 집 개가 젯밥을 먹는지라. 어찌 마음에 고소한지 보고도 모른 체하고 있다 주인 노파가 나오다 보고 "여보, 거기서 번연히 보면서 쫓지를 않는단 말이오" 하니 만보의 대답이 "나는 맞돈인 줄 알았구려."

17. 우리 마누라 좀 통간通姦해 다오

문명한 오늘날은 이러한 일이 없겠지만도 요 몇 해 전만 하여도 호랑이가 담배를 먹었습니다.

"여보소, 자네가 춘보 아닌가."

"아, 이거 얼마 만인가."

"그간 어디 갔던가."

"돈 좀 잡으려고 만주로 갔다가 돈도 못 잡고 어찌 추운지 하마터면 불알이 탱탱이 얼 뻔하였네."

"시방 어디 있나."

"지금 여기 있네."

"아니, 집이 어디냐 말일세."

"집이라고는 똥집밖에 없네."

"왜 그렇게 사람이 실없어."

"요새 간동 배나무집에 유留하네. 그런데 그 뒷집에 나이 지긋한 갈짜 한 분이 있데그려."

"응, 그 사람이 우리 마누랄세."

"정말인가. 칭찬하기를 잘하였네그려. 만일 욕을 하였더라면 뺨따귀에 고깃점이나 붙을 뻔하였네그려. 그런데 그 부인이 영감이 있었는데."

"작년 독감에 깨졌지."

"그래, 그 뒤를 자네가 대 섰나."

"아냐, 그런 게 아니라 전부터 친구 간이므로 장사 범절을 모두 내가 보아주었지. 그 후에 나도 집이 없으므로 그 위층을 빌려 가지고 있었더니 주인도 또한 영감을 잃고 적적한 터이라 대단히 반기데그려."

"옳아."

"그래, 그럭저럭 지내다가 겨울을 당도하니 덮개가 변변치 못하여 밤이면 오줌 누러 다니게 볼일을 못 보았지."

"그래서."

"아, 그랬더니 하루는 주인이 '김 서방, 왜 그렇게 오르내리시오' 하고 묻데그려. 그래, 오줌이 자주 마려워서 큰일 났다고 그랬지. 그러니깐 주인 말이 '아마 덮개가 얇아서 그런가 보구려. 이리 들어와 주무시오' 하데그려."

"흥, 수 났네그려."

"그 말에 우연히 제비 똥이 되어서 인제는 아주 부부가 되었는데 다행히 돈냥이나 가져서 의식주에 아무 걱정이 없고 하루 용돈 이삼십 원쯤은 아무 염려 없지."

"땡 떴네그려. 이 사람 자네 마누라에게 절하게."

"참, 자네하고 말이지 엎친 데 덮치기로 요새 또 하나 작은마누라가 생겨 몸뚱이가 째지게 되었네. 그런데 이 계집은 방년 18세의 어여쁜 하이칼라로 시방 기생이 되려고 가무를 공부하는 중인데 나한테 방아타령에 반하여서 죽으면 꼭 죽었지 못 놓겠다네."

"나 듣기는 양철통 뚜드리는 소리 같은데."

"여보게, 좋은 수가 있네."

"옥수수."

"자네가 좀 우리 큰마누라를 간통을 하여 주게."

"이거 참, 웬 떡인가. 자네가 허가한 담에야 물어볼 것 무엇 있나."

"자네가 똑 내 말대로만 하여야 큰마누라를 몸뚱이만 내보낼 터일세."

"그렇지만 잘못하다 콩밥 신세나 안 지을까. 그러나저러나 이런 일은 맑은 정신으로는 하기 어려운걸."

"옜네, 돈 2원 줄게 한잔 먹고, 몇 잔 병에 사 가지고 가게. 무어, 사정 볼 것 없네. 막다스리게. 그러고 10시만 치거든 그저 ○○○만 *끄르게그려.* 나는 건너 술집에 마침 앉았다가 칼을 가지고 달려들 터이니."

"옳아, 칼로 막 유정을 진다."

"그때 나는 한 놈 잡았다고 떠들 터이니 실없이 웃지 말게. 그러고 칼등으로 여기저기 후려칠 터이니 가장 아픈 체하고 엄살을 하게."

"그러면 나는 일찍이 소지 빼겠네."

"에그, 사람도 못도 났다. 그까짓 몸뚱이 하나둘쯤 어때."

"하나님 맙소사, 이것도 말인가."

"그럼 내가 칼을 집어 던지고 호통할게 얼른 치마만 집어 가지고 줄행랑하게. 그럼 치마만 팔아도 돈냥이나 착실히 될 터이니 혼자 먹지 말고 우리 둘이 반분하게."

"그것은 고마운 말일세. 반분은 하든지 나 혼자 먹든지 간에."

"그럼 술 한 병 사 가지고 가서 나하고 이전부터 친구라 하게."

"이리 오너라."

"어디서 오셨나 여쭈어보아라."

"만보 형님 댁이 여긴가 여쭈어보아라."

"그렇습니다고 여쭈어라."

"아, 형님 계신가. 아주머니만 계셔. 나는 주인 양반의 아우 되는 춘보올시다. 그간 바람 잡으러 다니느라고 상우례相遇禮[8]가 대단히 늦었습니다."

"천만의 말씀을 다 하셔요. 늘 말씀은 들었지요."

---

8   신랑이나 신부가 처가나 시가의 친척과 정식으로 처음 만나 보는 예식.

"형님이 항상 술을 좋아하시기에 변변치 못한 술이나마 한 병 두었다 드리십시오."

"별말을 다 하셔요. 혼자 적적하신데 따라 잡수시오."

"언제 돌아오실까요."

"글쎄올시다, 언제 돌아오실는지요. 천천히 기다리시구려."

"아이고, 야심한데 아무리 형제간이라도 재미없습니다. 고만 인천으로 가겠습니다."

"무엇 하게 밤에 가셔요. 어서 약주나 잡수시오."

"그럼 관계치 않겠소. 어디 한잔 먹어 볼까? 한잔 따라 주구려."

"이건 망령이오. 누구더러 따르라시오."

"견이불식見而不食은 활동사진이라는데 보기만 하란 말이냐."

"왜 이렇게 달려드시오."

"그래도 나는 만보보다 훨씬 낫다."

"이이가 미쳤나, 왜 이래."

딱.

"애고, 아파……."

"아픈 것을 왜 그따위 짓을 하오."

"난들 이따위 짓을 하고 싶어서 하는 것이 아니라 네 서방이 하도 애걸을 하길래 10시로 약속을 하고 왔다."

"애고, 하나님 맙소사, 천하에 죽일 놈도 다 많지. 이놈을 어찌하나. 대단히 가엾습니다."

"말로만 가엾다면 고만이야. 대장부를 막 때리고도."

"여보시오, 내가 작년에 과부가 되어 홀로 살 수가 없으므로 개가를 한 것이 눈이 멀어서 그까짓 개 같은 놈하고 이때껏 살았구려. 대단히 잘못하였습니다. 용서하십시오."

"그래도 이면치레[9]는 멀쩡한데 아무 짓을 하였든지 잘못만 하였다면 고만이야."

"그저 용서합시오. 어찌 분하고 절통한지 눈물 한 줌 안 나옵니다. 그런데 당신은 아낙이 계십니까."

"바깥채도 없는 놈이 아낙이 다 무엇이오."

"아뇨, 내상內相이 계십니까."

"나는 볕에 서야 두 몸뚱이요."

"그럼 나하고 사시려오."

"얘, 이것 보아라. 별안간 이렇게 변해. 아까는 얼굴을 대패로 밀고 오라더니 금세 요렇게 다정하여졌어."

"그런 말씀은 마시오. 지난 일은 개론할 것 없이 오늘부터 우리 영감으로 정합시다."

"정말이냐."

"두말 마시오. 비록 내가 아무것도 없으나 우리가 부부가 된 이상에는 저따위 의복은 몸에 안 걸도록 할 터이니."

"옳아, 옷도 많이 해 줄 터이야. 흥, 이게 웬 떡이냐."

어언간 시계는 10시를 친다. 만보는 약속대로 소리를 지른다.

"일 다 그릇되었다."

"이놈아, 그릇되다니, 웬 소리냐."

"이놈아, 멀쩡한 놈을 죄를 씌우려니 되겠니."

"무어, 어째."

---

9 체면이 서도록 일부러 어떤 행동을 함. 또는 그 행동.

"이놈아, 다친다. 칼은 왜 이리 두르느냐."

"얘, 이놈아, 춘보야, 약속한 일은 다 어찌 되었니."

"젬병 두둑이 부쳤다."

"웬 소리냐, 응."

"이놈아, 너 하라는 대로 해 보았더니 담배통으로 골통을 어찌 몹시 패는지 살 수가 있더냐. 만일 그렇게 10시까지 끌다가는 내 대가리가 안 남아 나겠길래 모두 바로 쏟았다."

"예끼, 개 같은 놈."

"이놈아 내가 개 같으냐. 이 탓 저 탓 하여 무엇 하니. 도무지 네가 못나서 그런 일이니깐 어서 다른 볼일 보아라."

18. 너희 댁 대감은 수만금을 삼키고도 무사하다

어떤 입바른 선비가 재상의 집 사랑에서 찬밥을 치우고 있을새 하루는 하인배들이 벅적하기로 그 연유를 물은즉 어린아이가 돈 한 푼을 삼켰으니 암만하여도 큰일 났다 하거늘 선비 왈 "염려 없다. 너희 댁 대감은 수만금을 삼키고도 이때껏 꿋꿋하기만 하다."

19. 우표를 더 붙이면 더 무거우라고

무식한 사람이 편지를 부치려고 우편국으로 가지고 와서 "이 편지는 얼마면 가겠습니까" 물은즉 국원 왈 "중량이 무거우니 6전짜리 우표를

사 붙이시오” 한 대답 왈 “무거운 편지에 우표를 더 붙이면 더 무겁지 않
겠소.”

20. 베개는 개 아니냐

남산골샌님 한 분이 어찌 밑이 째지게 가난하던지 굶기를 부잣집 밥
먹듯 한다. 하루는 곰곰 생각다가 상놈 속여 먹을 의견이 나서 백장의 집
을 찾아가서 보고 “우리 집에 흰 개 한 마리가 몹시 사나운 놈이 있으니
사 가라” 하니 백장이 반기며 갯값도 선셈을 하는지라. 샌님 왈 “내일 아
침에 일찍이 올라오면 내가 목을 얽어 줄 터이니 잘못하다가 물리지 말
고 조심하라”고 십분 단속을 한다.

이튿날 아침에 흰 베개를 얽어매어 주고 나간다 소리를 지르니 백장
놈이 마침 문밖에 대령하고 섰다가 뒤도 안 돌아다보고 광교廣橋까지 달
려와서 다리 아래다 뚝 떨어트리고 보니 베개 하나를 이때껏 끌고 왔더
라. 곧 쫓아가서 샌님을 불러 책을 하니 얌체 없는 샌님은 그래도 다기多氣
있게 베개는 개 아니냐고.

21. 말썽스러운 학생

학생이 화초를 가지고 기차를 타려고 할새 역부 왈 “여보시오, 기차 속
에 화초를 가지고 들어오지 마시오” 하니 학생 왈 “그러면 단장 끝에 걸어
가지고 창밖에 내놓겠소.” 또 한 학생이 개를 데리고 들어오려 할새 역부

왈 "여보시오, 한 장 표에 동물을 데리고 들어오시면 안 되겠소" 하니 학
생 왈 "요러한 작은 개쯤은 표 없기로 어떻소" 하니 역부 왈 "아무리 작아
도 동물은 데리고 들어가지 못하오" 하니 학생이 골딱지가 나서 옷을 훨
훨 벗어부치며 "내 몸뚱이에 있는 이 수효를 세어 내어라. 모두 각각 표를
살 터이다."

22. 비지 전골은 전골 아니냐

냉수 마시고 이 쑤시는 우대[10] 친구 한 분이 하루는 비지를 사 먹고 트
림을 인왕산이 울리도록 한다. 동리 사람들이 깜짝 놀라 나와 보니 배를
문지르고 트림을 그다지 지독하게 하는지라. 그중에 정다운 친구가 "무
엇을 먹고 그리 배가 불렀느냐" 물어본즉 "전골을 먹었더니 그리 트림이
굉장하다"고 일부러 자꾸 하다가 필경에 입에서 비지가 튀어나오니 동리
사람들이 박장대소 왈 "무슨 전골을 먹었길래 비지가 나오느냐" 하거늘
그 사람 대답이 "비지 전골은 전골이 아니냐" 하더라.

23. 아롱아롱한 것이 정녕 호랑이 꼬리다

둘째 아들이 산에 나무 갔다가 꿩의 털 하나를 얻어 가지고 와서
"형님, 이것이 너무 좁으니 아마 토끼 꼬린가 보오."

---

10 위가 되는 쪽. 서울 도성 안 서북쪽, 인왕산 부근의 동네.

"아니다, 토끼 꼬리가 이렇게 길 리가 만무하다. 아마 노루 꼬린가 보다" 하거늘 아비가 자식들의 무식함을 개탄하여 가로되

"큰일 났다. 나 죽은 뒤에는 꼬리 이름들도 모르겠구나. 이 미련한 자식들아, 그 아롱아롱한 것을 보아라. 정녕 호랑이 꼬리가 분명치 않으냐."

24. 어린아이의 순사 속임

어떤 어린아이가 파출소에 달려와서 "지금 저 어른들이 발가벗고 섰으니 잡아가시오" 하거늘 순사가 곧 쫓아가 보니 목욕탕이더라.

25. 태양도 따뜻한 걸 좋아한다

갑 "봄이 되면 태양이 점점 북쪽으로 오는 것은 무슨 까닭인가."
을 "태양도 따뜻한 것을 좋아하는 까닭이지."

26. 생의 집에도 군이 아홉이오

오늘날 우리는 자유니 평등이니 하고 상하의 계급이 없이 지내지만도 요 몇 해 전만 하여도 상인들은 어린아이 오줌 뉘는 소리가 나면 밥보다도 더 즐기는 담뱃대도 집어 감추고 죄 없이 길가에 꿇어앉아서 고개도 마음대로 들지를 못하였습니다. 그렇게 반상을 지독하게 구별하던 판에

도 최천보 같은 엉터리가 있었습니다. 장안에서 최천보라 하면 어린아이도 다 아는 터인데, 이 사람은 어떻게 험구요 망나니인지 감옥소로 집을 삼고 차꼬로 신발을 삼는 터이올시다. 하루는 이 작자가 도포를 빌려 입고 어떤 재상의 집을 찾아가서

"대감, 처음 뵙겠습니다" 하고 절을 날아가는 듯이 하니 재상도 또한 어디서 선비가 왔나 보다 하고 절을 하였다.

"뉘 댁이시오."

"생生은 이 뒷집 사는 최천보올시다."

"이놈, 그래, 네가 내 절을 받고 생이라니. 저런 목 벨 놈 보았나!"

"아니, 대감만 양반이오. 생의 집에도 군君이 아홉이고 대감이 하나이오."

"이놈아, 네 집에 군이 웬 군이냐?"

"들어보시려오. 큰아들 놈은 상두꾼이지요 우리 가친께서는 교군꾼이지요 둘째 놈은 담꾼이지요 아우 놈은 등영꾼이지요 셋째 놈은 지게꾼이지요 넷째 놈은 땅꾼이지요 다섯째 놈은 노름꾼이지요 생은 목도꾼[11]이지요 생의 마누라는 주얌질꾼이지요 장질長姪 놈은 망근방으로 사진仕進하는 뚝발이 대감이오. 왜, 문벌이 대감만 못하오."

27. 그 양반 낯이 매우 익다

갑"그 양반 낯이 매우 익다."

을"콧구멍에다 불을 때었남……."

---

11 무거운 물건을 목도하여 나르는 것을 직업으로 하는 사람. '목도'는 두 사람 이상이 짝이 되어 무거운 물건이나 돌덩이를 얽어맨 밧줄에 몽둥이를 꿰어 어깨에 메고 나르는 일.

28. 자식의 아비 자랑

청년 사오 인이 모여서 놀다가 한 사람이 말하기를 "우리 가친께서는 후생 발원發願으로 날마다 절에만 다니신다"고 한즉 모든 사람이 여출일 구로 참 그것은 기특한 일이라고 칭찬을 하였더니 옆에 있던 지각망나니 한 분이 쑥 나서며 하는 말이 "우리 가친께서는 출생 이래로 이때껏 계집 에게 살을 대 보신 일이 없다"고 자랑을 하였더니 좌중 일동이 흥이 나서 "그러면 당신은 양자요" 물은즉 지각망나니 대답이 "아니요, 적자올시다" 하니 좌중이 "그러면 당신은 어떻게 생겼단 말이오" 하니 옆에 있던 입심 꾼이 "땅까불[12]을 하였남……."

29. 아이는 정직하다

어떤 사람이 아이를 데리고 기차를 타려고 표를 살새 "이 아이는 네 살 이니깐 돈을 안 받겠지요" 하고 물었더니 그 아이가 말깃을 달아 "아버지, 나는 여섯 살이오" 하였더라.

12　암탉이 혼자서 몸을 땅바닥에 대고 비비적거림. 또는 그렇게 하는 짓.

30. 마음에 맞기만 하면 좋아서

바느질 쳐 놓고 막힐 것 없다는 아씨 한 분이 있는데, 하루는 남편이 오른편 옷고름이 떨어졌으므로 고쳐 달아 달라 하였더니 안섶에다가 달았거늘 남편이 하도 기가 막혀 껄껄 웃었더니 "마음에 맞게만 해 주면 좋아하지……."

31. 부채는 들고 도리질만 하여라

어떤 경제학자가 자식을 경계하여 가로되 "애, 이놈아, 해마다 부채를 한 자루씩 없애니 어찌하잔 말이냐. 요다음부터는 부채는 들고 도리질만 하여라."

32. 대동강을 문서 하였다

어떤 먹통 한 분이 대동강에다 여물을 썰어 넣고 바싹 언 뒤에 논이라고 속이고 문서를 내었더니 돈만이나 착실히 되었더라.

33. 떡 넘어가니 잡수시오

송곳으로 이마를 뚫어도 진물 한 점 안 나오고 이발소에 가서 면모를 하면 면도칼을 빨아들이는 구두쇠 양반이 남 안 주고 혼자 먹으려고 떡을 쪄서 보자기에 싸 가지고 기둥에다 탁탁 치다가 보자기가 쭉 찢어지며 떡 한 덩이가 뒷집으로 넘어가니 고만 기가 막혀 생색이나 내자 하고 "떡 넘어가니 잡수시오……" 하니라.

34. 계집은 강짜를 부려야 어여쁘다

강짜라 하는 것은 여자 쳐 놓고 없는 사람이 없습니다. 더구나 근일 여자 해방을 주장하는 하이칼라 아씨들은 언필칭 남녀평등이요 조금만 부족하면 서방님의 멱살을 쥐고 어젯밤은 어디 갔더냐고 도적놈 밥 내듯 하는 일이 종종 있습니다. 그러나 그따위 강짜는 잘못하다가 방망이 맛볼 강짜니 조금도 본뜰 것이 아니요 강짜를 부리되 틀거지 있고 멋있게 부리면 도리어 어여쁘고 귀염을 받습니다. 조그마한 일에도 입에서 거품이 부글부글 게 밥 짓듯 하고 남의 계집과 이야기하는 것만 보아도 파랗게 질리는 것은 구박받을 강짜요 구름 속에서 달 나오듯이 울연히 강짜를 부려 불쾌한 기상으로 낯빛을 선앵두 빛을 만들어 가지고 고개를 푹 숙이고 곁눈질을 흘끗하면 이러한 강짜는 안 내니보다도 더욱 귀하고 어여쁜 맛이 있는 것이올시다.

대저 여자가 강짜를 부림은 결단코 자기의 야심이 아니라 남편의 전정을 생각하고 가정을 위함이올시다. 그러나 강짜를 너무 부려도 좋지 못하고 아주 안 부려도 언짢습니다. 남편이 기생집을 가거니 작첩을 하거니 도무지 눈도 아니 떠 보는 것은 도리어 안 된 것이오.

어떤 실업가 나리 한 분이 계신데 한 가지 걱정이 자기의 아내는 인물도 절색인데 도무지 강짜를 안 부려서 큰 걱정이올시다. 놀러 나갔다가 늦게 들어와도 아무 바가지를 아니 긁고 혹 남의 계집과 같이 어디를 가도 아무 소리가 없소. 그러면 이 가정은 아주 원만한 가정이올시다. 그러나 이 사람은 도무지 아무 맛이 없다고 강짜를 안 부릴 터이거든 입이라도 한번 쑥 내밀어 보였으면 좋겠다고 성화를 하다가

"옳다, 하룻밤 나가 자 보면 혹 볼이나 퉁퉁할까?" 하고 하룻밤 나가 자고 이튿날 돌아와도 아무렇지 않고 이틀 밤을 나가 자도 여전히 태연무심이라.

"에라, 어디, 이번에는 한 칠팔일 나가 자 보리라" 하고 사면으로 돌아다니다가 이레 만에 돌아와 보니 여전히 태연무심이다.

"여보, 그까짓 바느질은 마누라가 하지 않기로 할 사람이 없겠소. 집안의 가장이 칠팔일씩 안 돌아와도 적적지 않습디까."

"집안에 사람이 그득한데 적적하기는 무엇이 적적하여요. 오히려 임자가 안 계시니깐 마음대로들 떠들어서 더 법석합디다."

"그래도 걱정은 되겠지."

"걱정이 무슨 걱정이오. 여러 회사의 중역을 보시니깐 자연히 바쁘실 터이요 또 무슨 사고가 계시면 전화라도 있을 것이 아니오."

"그도 그렇지만 내외 사는 재미란 남편이 하루라도 나가 자면 어디 갔더냐고 쫑코[13]를 내고 바가지를 긁어야 맛이 있지."

---

13 핀잔.

“쫑코를 어떻게 내오.”

“어떻다고 보일 수야 있나. 남편이 하루라도 나가 자면 샘을 내어서 살점이라도 꼬집어 뜯어야 사는 재미니.”

“네, 그래요, 그러면 두둑한 볼기짝을 꼬집으리다.”

“인제 꼬집어서야 무슨 재미가 있나. 우리가 만나기를 열여덟 살에 만났는데 어려서 부모가 하는 것도 못 보았나.”

“우리 집에서는 예전부터 우물물 먹으면 샘 많다고 물까지 수돗물만 먹었으니 알 까닭이 있소.”

“그럼 한번 구경을 시켜야 하겠군.”

“어디서 파는 집이 있소.”

“팔다니 물건인가. 남 하는 것을 구경을 시킬 터이야. 저 똥골 사는 신주사 댁내가 강짜로는 쏠쏠하니.”

“네, 그래요.”

“얘, 인력거 두 채만 불러라. 얘, 인력거야 똥골로 가자.”

“아기 어머니 오시오. 혼자 오셨소.”

“아니올시다.”

“내외하는 이 없습니다. 들어오십시오.”

“인성이는 없습니까.”

“아직 초저녁이올시다. 여보, 좀 어서 일어나오. 해가 일고삼장하였소. 손님 오셨소.”

“응, 운식인가. 오셨습니까. 여보게, 물 한 그릇 주게.”

“물……, 그런데 어젯밤에는 어디 갔었소.”

“쉬, 고만두어. 다 이따 이야기할 터이니.”

“그 어른은 모르시나. 필경 어떤 년의 집에 가서 반밤을 샜지.”

이때 실업가는 자기 아내더러

"자, 똑 조렇게 하란 말이야" 하고 이른다.

"무어, 편지가 왔어. 이리 내게."

"나 좀 먼저 보고. 어떤 년이 하였나."

"아냐, 필적이 사내 글씨인데."

"그래, 속도 사내 글씨야. 능청스러운 년들이 겉봉만 사내 글씨로 썼지. 하는 짓이 모두 요따위 짓이야!"

"아, 이게 무슨 짓이야, 남부끄럽게. 아야, 방망이는 왜 가지고 이래."

이때 실업가는 자기 아내더러 "자, 저것이 맛있는 사랑싸움이야."

"여보게, 운식이, 저것 좀 뺐게."

"아주머니, 고만두시오. 인성이, 어서 달아나게."

실업가 나리는 싸움이 끝난 뒤에

"여보, 다 잘 보았소. 똑 그대로만 하오."

"네, 그러면 요다음부터 나는 절굿공이를 들고 나서겠소."

35. 방정맞은 며느리

시어머니가 방정맞은 며느리더러 매사를 경솔히 말고 삼가라고 일렀더니 하루는 부엌에서 불난 것을 보고도 아무 말도 아니 하여 소지^{燒紙}를 올렸으므로 시어머니가 책망하여 가로되 "네가 불난 것을 보고도 아무 말도 아니 하니 웬일이냐" 한즉 며느리 대답이 "어머니께서 매사를 경솔히 말라 하시기로 다 타거든 여쭈려고 그랬습니다" 하는지라. 시어머니가 다시 일러 가로되 "다른 일은 그리하려니와 불난 것을 보고야 말 아니 하여 쓰겠느냐" 하였더니 그 후 며느리는 남산의 봉화를 보고 "불이야" 소리를 질러서 동리 집 사람들이 편쌈꾼 몰려들듯 하였더라.

36. 사람은 겉보다 속이 정하여야 한다

한 사람이 세수를 할새 저먼[14] 비누를 먹거늘 곁에 있던 사람이 "낯 씻는데 비누를 왜 먹소" 물은즉 그 사람 대답이 "우리 선생님 말씀이 사람은 겉보다 속이 정淨하여야 한다고 하시기로 속 때 먼저 씻느라고 그랬다"더라.

37. 이다음부터는 답장을 몇 장씩 써 놓아라

어느 곳에 무식한 아비가 있는데 남에게서 편지가 오면 자식이 없는 때는 답장을 못 하는 터이라. 하루는 어디서 급한 편지가 왔는데 암만 보려니 볼 수가 있나, 답장을 하려니 쓸 수가 있나. 남 보게는 가장 유식한 체하고 봉피封皮는 뚝 떼었으나 무슨 말인지 흰 종이에 까만 글자뿐이므로 심술이 잔뜩 나서 앉은 차에 마침 자식이 돌아오거늘 가장 점잖은 태도로 이르는 말이 "이후부터는 어디를 가거든 답장을 두서너 장씩 써 놓고 나가거라" 하니 자식이 기가 막혀 대답하는 말이 "아버님은 유식하시니깐 그러하시려니와 저야 무식하여서 어찌 미리 쓸 수가 있습니까."

---

14 독일.

38. 아버지는 면상만 남으셨네

어떤 사람의 아버지가 호랑이에게 물려 간지라. 아들과 사위가 찾아 나갔다가 수풀 속에 머리만 남아 있는 것을 보고 급히 매부를 불러 가로되 "아버지는 면상만 남으셨구려" 하니 매부 대답이 "아, 거기서 장기를 두시나……."[15]

39. 어젯밤 벼룩도 조반 먹여라

20여 세 된 뉘 집 아들이 어느 날 밤에 수상한 계집을 데려다가 비밀히 무슨 이야기를 서로 할새 그 어머니가 이상히 생각하고 자식의 방문 앞에 와서 "무엇이라고 중얼거리느냐. 왜 속이 불평하냐" 물은즉 자식이 깜짝 놀라 계집을 얼른 병풍 뒤에다 감추고 "들어오지 마십시오. 나 벗었습니다. 어찌 벼룩이 많은지 잠잘 수 없어요" 하고 밝기 전에 계집을 돌려보냈더니 미구에 날이 밝아 아침을 먹을새 눈치 빠른 아비는 말하되 "애, 어젯밤 벼룩도 아침 먹여라" 하더라.

40. 이 집 굿에는 춤을 앉아 추나 서서 추나

모 "애, 무엇을 그렇게 생각하느냐."

---

15 '면상(面相, 面像)'은 얼굴 생김새, '면상(面象)'은 장기에서 상(象)을 궁(宮)의 앞에 놓는 것.

녀 "어머니는 궁둥이가 무겁다 하시고 동리 사람들은 궁둥이가 가볍다고들 하니 어떻게 하면 좋담……."

41. 폐회포

청년들이 모여 놀다가 모두 가려고 일어섰는데 그중에 추한 작자 한 분이 기지개를 켜다가 뿡 — 하고 방귀를 뀌니 익살꾼 하나가 쑥 나서며 하는 말이 "다치리다. 비켜들 나시오. 자동차가 오나 보오" 하니 방귀 주인이 답 왈 "아니요, 이것은 우리가 폐회한다는 폐회포요" 하더라.

42. 봉홧불에 김 굽다

왕십리 색시더러 시어머니가 "애, 김은 먼 불에 구워야 맛이 있다" 하였더니 봉홧불에다 구우려고 저녁때에 김을 들고 남산만 쳐다보더라.

43. 엿방망이가 아니라 지어땡이올시다

노름으로 패가한 집 어미가 자식더러 간고懇告 왈
"애, 제발 엿방망이[16] 좀 마라. 집안을 이렇게 탕진시키고도 또 하느냐"

16　투전이나 골패 노름의 하나.

하니 자식의 대답이

"다시야 또 하겠습니까?" 하더니 그런지 시각이 못 되어 또 노름을 하는지라. 어미가 고만 눈이 벌컥 뒤집혀서

"이 녀석아, 그래도 또 하느냐" 한즉 자식의 대답이

"아니올시다, 이것은 지어땡[17]이지 어디 엿방망이오니까……."

44. 웬 부인이시기에 나더러 인사를 하시오

어떤 선비가 서울로 과거를 보러 나귀를 타고 오다가 글 생각을 하고 오느라고 나귀 가는 대로 내버려두었더니 꾀바른 나귀는 집으로 도로 돌아온지라. 아내는 남편이 돌아오는 것을 보고 기쁘게 맞으니 선비는 부채로 낯을 가리고 "뉘 집 부인이신데 나더러 인사를 하십니까" 하더라.

45. 당신만 마수걸이요

어떤 망나니 한 분이 정월 초하룻날 아침에 술집에 가서 술을 먹고 술값을 내지 않거늘 술장수 말이 "여보, 정월 초하룻날 마수걸이[18]에 외상이 어디 있단 말이오" 하니 망나니 대답이 "당신만 마수걸이요. 나도 마수걸이니깐 정월 초하룻날 외상 마수걸이를 잘하여야 온 일 년 외상을 잘 먹을 터이니깐 어쩔 수 없소."

---

17 짓고땡. 도리짓고땡. 화투 노름의 하나.
18 맨 처음으로 물건을 파는 일.

46. 아버지는 눈뜬장님이라고

아무리 사나이라도 이삼일씩 나가 자고는 맨입으로 집에 들어가기는
어렵소. 얼큰하게 한잔 먹고 들어가야 여편네에게 바가지도 좀 덜 긁히는
것이올시다.

"어, 우리 쇠동인가. 그래, 그동안 잘 있었나."

"쇠똥인지 개똥인지 이틀 사흘씩 어디 갔습디까."

"강 참봉 집 연반延燔[19] 갔었지."

"연반은 백 리를 갔었소, 천리를 갔었소."

"그 양반이 돌아가실 때 나더러 회장會葬까지 보아 달라고 유언을 하셨
거든."

"그런데 무엇 하려고 김 서방한테 돈 10원을 취하여 갔소."

"용 쓰려고 가지고 갔다가 앞집 신 서방을 만나서 연반 갔다가 곧 돌아
가면 귀신이 붙어 오니 신맞이 구경을 가자길래 끌려갔다가 하루 이틀
지냈네."

"참 팔자 좋구려."

"할 것 다 하고 노는데 계집년이 아니꼽게 말이 무슨 말이냐."

"할 것 다 한 게 무엇이오. 젊은 계집 어린 자식에게 날마다 먹이는 게
비지요 춘하추동 사시절에 거적자리를 면해 보지 못하는 것이 할 것 다
한 것이야."

"아따, 고년, 주둥이를 훑어 놓나. 이년아, 비지는 달리 먹였니. 살찌라
고 먹였지. 거적, 거적 하니 정승의 자식도 처음 나올 때는 다 거적자리에

---

19   장사 지내러 갈 때 등(燈)을 들고 감.

떨어졌다."

"터진 입으로 말이야 시원하군. 도무지 나는 싫어요. 오늘부터 이혼합시다."

"요 꼴에 이혼을 해 달라고."

"나는 정말 진저리가 나. 이팔청춘 젊은 년이 어디 가기로 밥 세 끼야 못 얻어먹을라고. 어서 옷깃이라도 베어 주오."

"생 옷깃은 왜 베어. 오늘날 이혼법은 민적만 가르면 고만이지."

"어디 나 간 뒤에 얼마나 잘사나 봅시다. 애, 쇠동아, 너는 누구하고 살려느냐."

"아버지는 무서워. 어머니하고 살 터이야."

"그럼 나하고 같이 가자" 하고 어린아이를 데리고 나갔다.

이혼한 지 수일 만에 갈보 하나를 떼어 들여다가 살림을 하려 하나 어떤 눈먼 년이 거적자리 잠을 자려고 아니하더라. 이것저것 갈아들여서 알뜰한 살림살이나마 탕진하고 집이라고는 똥집밖에 없고 놋그릇이라고는 담뱃통밖에 안 남았더라. 가만히 생각하니 각금시이작비覺今是而昨非[20]로다. 새 정신을 불끈 차려 즐기던 술도 끊고 부지런히 벌이를 하여 다시 돈냥이나 궁굴리니 이곳저곳에서 얌전한 색시 있다고 귀가 아프다. 그러나 항상 생각은 쇠동 어미에게 있어 다른 말은 귀에 들리지 않고 왜떡 가게 문 앞을 지날 때마다 쇠동이 생각이 나서 가슴이 아프다. 어느 날 길에서 쇠동이를 만났다.

"애, 쇠동아, 이리 오너라. 내가 너의 아범이다. 시방 어디서 사느냐."

"저 싸전 뒷집에서 살아요."

---

20   지난날의 삶이 그릇되었음을 이제야 비로소 깨달음.

“그래, 너의 어머니도 잘 계시냐.”

“어머니는 날마다 바느질하셔요. 나하고 같이 가십시다.”

“아니다, 오늘날은 너의 어머니와 남남이다. 길에서 만나더라도 외면할 처지라. 그래, 학교나 다니느냐.”

“날마다 다녀요. 저, 어머니가 사내가 글 못하면 못쓴다고 하셔요.”

“암, 글 잘 배워라.”

“접때 어머니가 너의 아버지는 일도 잘하고 신수도 좋으나 한 가지 아까운 것은 눈뜬장님이라고 하시니 정말 나 여기 있는 것이 아니 뵈셔요.”

“아니, 다 부러 그런다. 애, 쇠동아, 새아버지가 너를 귀해 하더냐.”

“새아버지면 참새요.”

“아니, 새로 생긴 아버지 말이다.”

“아, 우스워 죽겠네. 아무리 문명한 세상이기로 자식이 먼저 생기고 아비가 나중 생기는 일이 어디 있어요.”

“그럼, 어머니 혼자 있더냐.”

“나하고 둘이지.”

“응, 그래. 옛다, 이것 가지고 가서 붓이나 사 써라.”

“에구, 1원짜릴세. 우리 아버지도 꽤 돈이 많다.”

“쇠동아, 내일 이맘때 이리로 오너라. 너 잘 먹는 인절미 사 주마. 그런데 이마는 왜 그랬니.”

“뒷집 옥돌이가 돌멩이질을 하여서 다쳤어요.”

“그거 큰일 날 뻔하였구나.”

“그래, 어머니가 아비 없는 자식이니깐 막 때리는구나. 주추광대나마 너의 아버지가 있으면 그럴 리가 있느냐구.”

“예끼 놈, 그럴 리가 있니. 고만두어라. 너의 어머니한테 아무 말 마라.”

"그럼 눈뜬장님이라도 보기만 잘하더라고 할까……."

47. 대갈님에 검불님이 붙었습니다

말버릇 없는 하인 하나가 있는데 항상 주인 도련님더러 "도령, 도령" 하는지라. 주인 양반이 하루는 대단히 꾸짖어 왈 "이놈아, 어째 그렇게 말버릇이 없단 말이냐. 으레 윗사람에게는 님 자를 붙이는 법이라"고 단단히 단속을 하였더니 어느 때 주인 나리 머리에 검불이 붙은 것을 보고 "나리님, 대갈님에 검불님이 붙었습니다" 하더라.

48. 해가 동글지 길다니

갑 "요새는 해가 참 꽤 긴걸……."
을 "이 사람아, 자네도 거짓말 작작 하게. 내 눈에는 암만 보아도 똥그래……."

49. 사람보다 새가 더 무섭다

어떤 농부가 씨앗을 뿌릴새 한 사람이 지나가다 보고 고성으로 "여보, 그 무엇 심소" 하니 농부는 벙어리같이 손짓만 설설 하며 "가만히, 가만히" 하거늘 아 사람이 하도 이상하여 가까이 가서 물어본즉 농부의 대답이 "콩을 심노라. 만일 당신과 같이 고성으로 대답을 하고 보면 새와 까치가 알아듣고 모두 파먹을까 두려워서 손짓을 하였노라" 하더라.

50. 부자가 다 천치로다

어떤 바보의 자식이 달밤에 작대기를 가지고 발돋움을 하면서 몸이 달아서 공중을 치받거늘 그 아비가 이것을 보고 물어 가로되 "너는 무엇을 하느냐" 한즉 자식의 대답이 "별을 하나 따고자 합니다" 하니 아비 왈 "이 소견 없는 자식아. 땅에서 그것이 닿겠느냐. 지붕 위로 올라가거라."

51. 도적질도 무식하면 못 한다

학자 한 분이 계신데 어떻게 오활迂闊하던지[21] 말끝마다 문자는 고사하고 글자의 고하高下까지 대단히 가리는데, 하루는 도적놈이 들어 왔는지라 "도적이야" 하고 외쳐야만 할 터인데 도적이라는 도 자가 고음인지 저음인지를 알 수가 없으므로 아들을 불러 옥편을 가져오라 하니 도적놈이 무식하여 옥편이 철편鐵鞭[22]보다 더 지독한 물건으로 알고 뺑소니 하였다더라.

21　사리에 어둡고 세상 물정을 잘 모르다.
22　쇠로 된 채찍.

52. 그년 어디로 가더냐, 그년 저리 갑디다

　두 양주 싸움을 하다가 계집이 피하니 남편 된 자 골이 벌컥 나서 쫓아 나가다가 마침 사위를 만난지라. 골김의 말로 "그년 어디로 가더냐" 물은 즉 사위 대답이 "그년 저리 갑디다……."

53. 옳다, 참 경단 말이다

　천치의 시골뜨기가 처갓집을 갔다가 생외에 처음으로 경단 맛을 보고 그 이름이 무엇이냐 물은즉 장모 왈 "그것은 경단이라 하는 것인데 자네 처가 썩 잘 만드나니 집에 가거든 만들어 먹어라" 하거늘 길로 오면서 "경단, 경단" 하다가 개천 건널 때에 "이여차" 소리를 지른 까닭에 경단이란 말은 잊어버리고 "이여차, 이여차"를 연방 부르면서 집에 돌아와 아내더러 "이여차"를 만들어 달라 하니 계집은 하도 이상하여 "그런 것은 만들어 보지 못하였소" 하니 천치 왈 "장모님한테 다 들었다" 하거늘 계집이 하도 기가 막혀 "이여차가 무슨 지여차란 말이오" 하였더니 천치가 골이 나서 "그래도 그년이 앙탈을 해" 하고 담배통으로 대가리를 때리니 별안간 밤톨같이 부르터 오르거늘 계집이 울며 "애고, 아파. 어쩌면 경단같이 부르터 올랐구려" 하니 천치 왈 "옳다, 옳다, 그래, 그 경단 말이다."

54. 사람 죽일 경제가

주인이 하녀더러 "지금 아기가 동전 한 푼을 삼켰으니 얼른 의사를 불러오라" 하였더니 하녀의 대답이 "나리님, 그까짓 동전 한 푼을 찾으려고 의사를 불러오면 진찰비가 적어도 1원은 줄걸요."

55. 귤 도적놈 정성도 지극하다

도적놈이 귤나무에 올라가서 도적질을 하다가 주인에게 들켰다. 주인이 고성으로 "이놈, 누구냐, 귤 도적질 마라" 하니 도적놈 대답이 "아니요, 시방 땅에 떨어졌길래 붙이러 올라왔소."

56. 장사는 화수분이다

어미가 자식에게 돈 열 냥을 주고 앵두 장사하라 하였더니 종일토록 주워 먹고 단돈 닷 냥이 남은지라. 저녁에 돌아와서 모자가 셈을 볼새 자식이 기쁜 낯으로 "어머니, 참 장사가 화수분이로구려" 하니 어미는 듣기에 매우 이가 많이 남은 줄 알고 "그래, 얼마나 남았느냐" 하니 "이것 남았소" 하고 단돈 닷 냥을 내놓거늘 어미 왈 "열 냥이 닷 냥 남았으면 밑졌지 이 남았느냐" 하니 자식이 답 왈 "열 냥은 아침에 앵두장수[23] 맡겼지요" 하더라.

23　잘못을 저지르고 어디론지 자취를 감춘 사람을 가리키는 말.

57. 그래도 쌀이 많지요

두 양주 밥을 먹다가 돌을 깨물고 화가 나서 "응, 돌도 많다. 바람에 날아갈까 봐 돌밥을 지었나" 하니 마누라 대답이 "그래도 내 눈에는 쌀이 많은데 그러오."

58. 경제적 신년 세배

20세기 세계적 대전쟁은 아무 관계 없는 우리 조선까지 간접적으로 괴로움을 끼쳐 물가의 고등이란 진실로 비행기 탄 모양이다. 이렇게 고등한 물가에 세배 손님을 다 치르자 하면 없는 전답을 문서 하여야 하겠고, 주정받이 하기 싫으며, 또한 제일 질색할 것은 어린아이 세뱃돈이다. 보조화補助貨가 결핍한 이때에 푼돈이란 구지부득求之不得인데, 철모르는 어린아이들은 돈 안 준다고 목을 놓고 울 터이니 정월 초하룻날 요렇게 방속거린 일이 어디 있으며, 그렇다고 웬 돈이 흔해서 지전장紙錢張을 막 내줄 수도 없고 경제를 하자고 사조전私造錢을 만들었다가는 쇠토시 끼고 콩밥 맛보기에 세배도 못 받을 터이니 어찌하면 좋을까. 두 내외 의논을 한다.

"여보, 마누라, 좋은 수 있소. 유성기에다 세배 인사를 집어넣고 고동만 틉시다."

"그럼 얼굴은 부채로 가려요."

"아냐, 사랑 장지 앞에다 유성기를 놓고 안에 들어앉아서 고동만 틀지."

"아참, 그러면 되었소."

"어디 한번 시험으로 틀어 볼까. '…… 과세나 안녕히 지내 곕시오. 새해는 소원 성취하십시오……' 아하하, 되었다, 되었다. 이런 귀신이 곡할 일 보았나. 참 옛날 늙은이들 불쌍하다. 이런 구경을 다 못하였으니."

"애고, 신통하여라. 똑 영감의 목소리 같구려."

복스러운 새해를 재촉하는 복조리 장수는 초저녁부터 복조리 사라는 소리에 귀가 아프다. 잠자면 눈썹 셀까 조심하는 아이들은 앞집 뒷집에서 때때옷 입혀 달라고 벅적한데

"영감, 계십시오."

"…… 과세나 안녕히 지내 겝시오. 새해는 소원 성취하십시오……."

"아, 왜 어디가 편치 않으십니까. 그럼 여기서 여쭙니다. 새해는 소원 성취하십시오."

또 조금 있다가 한 사람이 집을 물어보러 들어왔다.

"이리 오너라."

"…… 과세나 안녕히 지내 겝시오……."

"아니요, 말씀 좀 여쭈어봅시다."

"…… 새해는 소원 성취하십시오……."

"이건 미친 사람인가. 세배 인사만 자꾸 하니" 하고 골이 나서 가 버렸다.

조금 있다가 거지가 와서 "나리마님, 적선합시오."

"…… 과세나 안녕히 지내 겝시오……."

"거지 놈이올시다. 적선합시오."

"…… 새해는 소원 성취하십시오……."

"이 양반이 실성을 하셨나. 거지한테 무슨 말씀을 이렇게 존대를 하여. 벌써 눈치가 일 글렀다. 고만두어라. 소원 성취하라니 돈보다 낫다" 하고 돌아갔다.

또 조금 있다가 순사가 독감에 별고가 없나 호구 조사를 나왔다.

"여보, 주인 있소."

"…… 과세나 안녕히 지내 곕시오……."

"무엇, 세배까지 할 것 없소. 집안에 별고 없소."

"…… 새해는 소원 성취하십시오……."

"그 누구요. 미친 사람인가."

"…… 과세나 안녕히 지내 곕시오……."

순사는 자기를 놀리는 줄 알고 골이 벌컥 나서 문을 열고 들어가 보니 유성기에서는 자꾸 "과세나 안녕히"를 연발한다. 장지를 열고 보니 주인은 이불을 덮고 드러누워서 유성기만 틀고 있는지라. 순사는 눈이 똥그래서 "옳다, 이놈이 필경 독감 앓는 전염병자라" 하고 들것에 담아다가 피병원避病院[24]으로 모시고 의복 금침은 시루떡 찌듯이 찌고 장독들은 회독이 되었다.

59. 점쟁이도 모르십니까

여러 아이들이 모여 놀다가 점쟁이 집 창문을 찢었더니 점쟁이가 골이 나서 "어떤 놈이 찢었느냐" 하니 아이들이 놀리며 가로되 "다른 것은 다 알아도 그것은 모르십니까."

---

24 전염병 환자를 격리 수용하는 병원.

60. 사월 팔일의 도밋국

뉘 집 며느리 한 분이 4월 8일 날 도미 장수를 불러 가지고 거짓 도미를 산다고 흠썩 주무르다가 국 솥에다 손을 씻었더니 시어머니가 "오늘 웬 돈이 있어서 도밋국을 끓였느냐" 하니 며느리 답 왈 "도미 주무르던 손을 씻었더니 국 맛이 그리 좋습니다그려" 하니 시어머니 말이 "그러면 장독에다 씻었더라면 두고두고 도밋국을 맛볼 걸 그랬구나" 하니 이웃집 노파 왈 "당신은 욕심도 많소. 그것을 우물에다 씻었으면 온 동리가 모두 도밋국 잔치를 할 것이 아니오" 하더라.

61. 개구리는 구리 아니냐

남산골샌님이 굶기를 부잣집 밥 먹듯 하는데, 하루는 쇠 장수와 의논을 하고 "우리 집에 구리 독이나 있으니 값은 나중에 셈하고 위선 돈 백 냥만 먼저 치르고 내일 아침에 일찍이 올라오면 곧 내줄 터이니 우리 마누라 몰래 가져가라"고 약속을 한 후 돈 백 냥을 받아먹고, 그 이튿날 아침에 뒷동산에 올라가서 청개구리 한 삼태기를 담아다가 내주고 어서 가라고 선동을 하니 쇠 장수 언뜻 보기에 구리 같으므로 휑하게 돌아와 보니 모두 팔딱팔딱 뛰는 청개구리라. 급히 회정하여 돈으로 도로 달라 하니 샌님 대답이 "이 사람아, 개구리는 구리 아닌가. 돈은 벌써 구멍 돈 쳤네……."

62. 경신년 사월 우박

경신년¹⁹²⁰ 4월 11일 경성 부근에 온 우박은 실로 우리 중년자의 처음 보는 우박이다. 이날 날이 개자 길에서 두 사람이 서로 만났다.

갑 "춘삼이, 어디를 이렇게 급히 가나."

을 "우박에 머리가 터져서 병원으로 치료 가네. 자네는 어디 가나."

갑 "바람에 뒷집 돌절구가 날아와서 우리 집 거미줄에 걸렸으니 무서워 살 수가 있나. 그래서 지금 큰집으로 피란 가는 길일세."

63. 장님은 우리보다 눈이 밝다

갑 "장님은 우리보다 더 잘 보이는 거야."

을 "왜……."

갑 "캄캄한 밤에도 등불 없이 탄평으로 걸어가지 않나."

64. 선생의 음흉과 제자의 꾀

선생이 연시를 두고 어디를 갈 터인데 제자들만 두고 가기가 의심이 나서 하는 말이 "이것은 즉사과即死果라 하는 과실이니 먹으면 곧 죽느니라" 하고 일렀더니 그중에 장난 괴수 놈이 함빡 꺼내 먹고 선생의 벼루를 깨트려 놓았더라. 선생이 돌아오니 이 아이 꿇어앉아 고^告 왈 "선생님의 사랑하시는 벼루를 깨트리고 다시 뵈올 낯이 없어 죽기를 결심하고 벽장 속에 있는 즉사과를 함빡 꺼내 먹었사오나 모진 목숨이 죽지 않고 살았 사오니 원컨대 선생님은 살려 주시옵소서" 하니 선생이 기가 막혀 입맛 만 쩍—쩍—.

65. 지각망나니의 불 청구

어떤 지각망나니가 화재 난 집에 가서 불 한 등걸만 달라 하니 주인이 눈이 뒤집혀 소리를 질렀더니 지각망나니가 하는 말이 "응, 이렇게 인색하 담. 불 한 등걸에 수백 원 가나. 우리 집 불나거든 불 한 등걸 주나 보아라."

66. 그래도 해도 보고 달도 보는데

갑 "자네는 근시안이니깐 먼 데 있는 것은 안 보일 터이지."
을 "그렇지 않아. 저렇게 멀리 있는 해도 보고 달도 보는데……."

67. 양반 엿 먹어라

우리는 몇 해 전까지도 계급 생활을 하여 내려왔습니다. 20세기 평등 바람 부는 오늘은 아주 양반이라는 글자도 없어졌으나, 그러나 아직도 때 모르고 잠자는 양반 작자들이 적잖이 있는 모양이오.

어느 곳 나루에서 상투는 꼭 군밤 먹고 눈 똥 같은 작자가 다 찢어진 탕

건을 잡숫고 배에 턱 올라타더니

"여, 사공, 성냥 하나 다오."

"우리는 사공일세. 성냥 장수인 줄 아나."

"에, 고얀 놈이로군. 양반한테 그게 무슨 말본새야."

"그래도 잠이 덜 깨었나. 양반이 닷 돈 세 뭉치냐."

"에, 세상은 어서 망해야지."

"다 망해 놓고 더 어떻게 망하라니."

양반은 고만 개골이 벌컥 나서 주머니 속을 쑤석쑤석하더니 부싯깃을 꺼내 가지고 화가 상투 끝까지 나서 담배를 뻑뻑 피운다. 짓궂은 사공 놈은 양반을 놀리느라고 연해 빈정댄다.

"샌님, 불 좀 붙입시다. 성냥이 없어서 안 드렸지 있고야 그럴 리가 있습니까."

"이놈아, 그러기로 말버릇조차 그 본새란 말이냐."

"무지막지한 상놈이 무엇을 압니까. 잘못하였습니다. 황송하오나 부싯깃 좀 주십시오."

"이놈, 다시 그랬단 보아라. 목을 벨 터이니."

"다시야 어디 가서 그래 보겠습니까. 오늘뿐이지요."

"옜다."

"네, 황송하외다."

"불을 붙였으면 부싯깃은 보내야지."

"어린아이 모양으로 주었다 도로 빼앗나. 정 그렇거든 옜다, 도로 가져가거라."

"이놈아, 누구더러 해라를 하느냐."

"아, 이건 전만복이가 덜 식었나. 으레 불붙일 때 다르고 붙인 뒤가 다른 것이지."

"저런 죽일 놈 보았나. 양반을 몰라보고, 응."

딱딱…… 골이 나서 담뱃재를 떨다가 고만 담배통이 쑥 빠져서 물속으로 풍덩…….

"아차, 담배통이 빠졌다. 여보게, 사공, 지금 여기다가 담배통을 빠트렸는데 꺼낼 수 없겠나."

"왜 못 꺼내. 들어가 꺼내지."

"과히 깊지 않은가."

"깊기는 무엇이 깊어. 한 50길 되지."

"에구, 그렇게 깊어. 그럼 조리로 건져 볼까."

"이런 미친 아이 보게. 무엇으로 건져 보겠대."

"이놈, 이 목을 벨 놈. 남은 삼대째 내려오던 은담뱃대 통을 잃고 속이 졸여 죽겠는데 양반더러 미친 아이라니. 이놈, 이리 오너라."

"아, 이놈아, 양반은 다 없어진 무슨 양반이냐. 목은 이놈아, 뉘 목을 베겠다니. 이리 오너라" 하고 번쩍 들어 둘러메치니 풍덩 부그르르…….

만보 "여보게, 춘보, 이게 무슨 짓인가? 사람 살리오……."

만보 "이것을 붙드시오, 이것을."

"이놈아, 또 양반 찾으련."

"아니올시다, 담배통 찾으러 들어가 보았습니다."

68. 쑥갓은 갓 아닌가

어떤 시골 사람이 남의 갓을 빌려 쓰고 서울 왔다가 술이 대취하여 남대문으로 나올새 암만 보아도 남대문이 돈짝만 하여서 남의 갓을 쓰고 나가기가 염려스러워서 갓을 벗어 허리띠 속에다 꼭 끼고 나와서 고맙단 치하를 하고 갓을 갖다 주니 주인이 대로하여 "이거 어떻게 하여서 쑥갓을 만들었나" 하니 그 사람 대답이 "쑥갓은 갓 아닌가" 하더라.

69. 담배를 잡수시니깐 그렇지요

남편이 아내더러 "너는 내가 집에 있으면 냄새를 내는 모양이로구나" 하니 아내 대답이 "나 싫어하는 담배를 잡수시니깐 그렇지요……."

70. 장인을 항아리 감투를 씌웠다

촌 신랑이 처가에 와서 나박김치 맛을 보고 어찌 맛이 좋던지 밤에 몰래 김치 항아리를 집어 가지고 뚜껑을 벗기려 하나 도무지 아니 열리므로 얻다 부딪쳐 보려고 이 구석 저 구석 찾다가 장인의 이마빼기가 매끈매끈하여 흡사히 바둑돌 같으므로 "옳다, 여기 바둑돌 있다" 하고 번쩍 들어 메다치니 "아야, 아야" 소리 집안이 모두 일어나서 물 끓듯 할새 장모가 웬일이냐 물은즉 사위 대답이 장인이 이때껏 백두로 계시기에 항아리 감투를 씌우고자 하였노라.

71. 뜨물 먹고 주정

남편이 술만 먹으면 주정을 하거늘 하루는 뜨물을 술이라 주었더니 또한 주정을 하는지라. 계집이 하도 우스워 뜨물도 취하느냐 물은즉 남편이 껄껄 웃으며 가로되 "내 어쩐지 주정이 싱겁더라니."

72. 좀 오래된 일인가

두 사람이 활동사진 구경을 갔다가 나파륜拿破崙, 나폴레옹 전쟁 일판을 보고 "어째 이렇게 희미한가" 하니, 같이 갔던 사람의 대답이 "아, 이 사람아, 좀 오래된 일인가."

73. 오늘은 네가 내 속으로 들어갔다

한 사람이 집을 팔아 술을 먹고 호기가 만장하여 집을 보고 하는 말이 "어제까지는 내가 네 속에 들어 있었지만도 오늘부터는 네가 내 속으로 들어오지 아니하였느냐."

74. 익살 문답

문 "밥 아니 먹고 사는 법 없소."

답 “발바닥을 핥으시오.”

문 “부부 화목하게 되는 약은 무엇이오.”

답 “원앙을 태워 잡수시오.”

문 “안질眼疾에는 무엇이 약이오.”

답 “고춧가루가 약이오.”

문 “무식한 자는 무엇이 약이오.”

답 “사서삼경을 태워 잡수시오.”

문 “주근깨 없애는 법이 없소.”

답 “얼굴을 대패로 미시오.”

75. 내 어쩐지 맛이 누리더라니

어떤 사람이 장기에 미쳐서 주머니 속에 넣었던 망건을 잎담배로 알고
뿌드득 쥐어뜯어 담배통에 담아 가지고 먹을새 옆에 있던 사람이 “여보,
망건을 뜯어 먹소” 하니 그 사람 대답이 “내 어쩐지 맛이 누리더라니.”

76. 뉘 집 고양이를 먹인다오

까치 배 바닥같이 흰 아씨가 어린아이를 데리고 관에 가서 “고양이 먹
일 것이니 값싼 고기로 양반어치만 주오” 하니 따라갔던 어린아이 말이
“어머니, 된장찌개 한다더니 뉘 집 고양이를 먹인다오.”

77. 평생 버릇도 고치려면 고쳐

박 오장이란 작자는 말버릇이 고약하여 며느리의 이름을 부르는지라. 막내며느리가 들어오니 맏동서가 묻는 말이 "자네 이름은 무엇인가. 우리 시아버님께서는 며느리의 이름을 부르시나니" 한데 막내며느리 대답이 "그런데 제 이름은 이상하여 무엇이라 하면 좋을는지요."

하루는 시아버님 명령이라. "얘, 새아기 있느냐. 이리 오너라. 우리 집 습관이 이상하여 나는 며느리의 이름을 부르나니 너의 이름은 무엇이냐" 한데 답 왈 "제 이름은 하도 이상하와 무엇이라 할 수 없삽나이다. 집에서 쥐며느리라고 부르셔요" 하거늘 박 오장이 가만히 생각하니 이름을 부르자니 자기가 속절없이 쥐가 되겠으므로 일일은 모든 며느리를 불러 가지고 "차후로는 너희들의 이름을 부르지 않겠노라" 하더라.

78. 돈이 없으니 삼등 타겠다

시골 사람이 기차를 탈새 삼등 표를 가지고 일등을 탔다가 차장에게 혼이 났는지라. 서울 와서 인력거를 탈새 발판에 걸어앉아 올라가지 않거늘 차부 왈 "올라앉으십시오" 하니 답 왈 "나는 돈이 얼마 없으니깐 삼등을 타겠노라."

79. 개 짖는 데 묘한 방법

어떤 사람이 개 짖는 데는 손바닥에다 호랑이 호^{虎} 자를 써서 보이면 안 짖는다 하기로 들은 사람이 어느 때 손바닥에다 호랑이 호 자를 대서 특필하여 가지고 짖는 개 눈에다 대었더니 손바닥까지 물어뜯는지라. 방법 낸 이에게 그 연고를 물은즉 그 사람 대답이 "그 개는 무식한 개던 게지" 하더라.

80. 목욕할 때는 발 먼저 씻는다

어떤 시골 손님이 여관에서 세숫물에 발을 먼저 씻고 나중에 얼굴을 씻거늘 주인이 그것을 보고 웃으며 왈 "흙발 씻으신 물에다 세수를 하시오" 하니 객 왈 "그럼 당신은 목욕탕에 가서 머리 먼저 들여보내오."

81. 아버지 머리에 이불이 붙었소

가난한 사람이 있는데 이부자리가 없어서 항상 짚북데기로 요를 삼고 거적으로 이불을 삼더라. 그러나 남부끄럼을 속일 양으로 늘 자식을 가르치되 "만일 누가 묻거든 이불 덮고 잔다 하라"고 일렀더니 어느 날 아침에 손님이 와서 저의 아버지와 이야기를 할새 마침 머리에 짚풀이 하나 붙었거늘 그 아이 곁에 있다가 "아버지 머리에 이불이 하나 붙었습니다" 하더라.

82. 없는 물건은 없소

5년 동안 지루하게 싸워 오던 세계적 대전쟁은 고만 종식이 되고 평화의 서광이 사해에 비칠새 우리 조선에도 만물이 소생하고 각종 사업이 발발하여 회사 상점이 장마통에 버섯 나듯 하는데, 그중에는 내용이 충실한 자도 있거니와 혹은 간판만 크게 붙인 간상배도 없지 않은 터이라. 어느 곳에 가게 터는 모두 측량을 하여야 삼간밖에 못 되는 집에다 이와 같은 큰 간판을 붙였더라.

특별 염가로 파오.

만물상점

없는 물건은 없소.

어떤 입심 좋은 서방님이 개시에 승강이차로 들어섰다.

"어서 오십시오."

"예, 이 가게에는 무엇이든지 다 있소."

"예, 없는 물건은 없습니다."

"은수저 한 벌만 주오."

"없습니다."

"생선 낙지 열 개만 주오."

"그런 것은 없습니다."

"그러면 펄펄 끓는 빙수 한 그릇 주오."

"더운 얼음이 어디 있습니까."

"처녀 불알 있소."

"금시초문이올시다."

"그럼 토끼 뿔 있소."

"녹용도 없습니다."

"그러면 잠자리 눈곱 있소."

"보지도 못하였습니다."

"성냥 하나 주오. 담배 좀 붙이게."

"그것은 공것이니깐 없습니다."

"아니, 그럼 간판만 크게 붙이고 속 빈 강정이로구려."

"이 양반이 그렇게 무식한가. 그러길래 '없는 물건은 없다'고 하지 아니
하였소."

83. 모두 벌레가 먹었어요

시어머니가 며느리더러 연근 장아찌를 만들라 하였더니 도무지 꿩 구
워 먹은 자리라. 며느리를 불러 가지고 "연근 장아찌는 어찌 되었느냐" 물
은즉 며느리가 부리나케 연근 한 도막을 집어 가지고 하는 말이 "모두 이
렇게 벌레가 먹었길래 다 쓸어 버렸습니다."

84. 서양 사람은 야만이다

청인이 서양 사람더러 문 왈 "당신네는 기침한 뒤에 무엇을 먼저 하느
냐" 한즉 서양 사람 대답이 "세수를 먼저 한다" 하니 청인이 가로되 "서양

사람은 야만이로다. 우리 청국 사람은 기침한 뒤에 옷 입고 세수한다”고.

85. 지독한 경제가와 고명한 의사

어떤 경제가 한 분이 공연히 두 눈을 다 쓰니보다 한 눈은 빼어 두었다가 한 눈이 어둡거든 보려고 의사를 찾아가서 왼편 눈을 빼어 달라 하니 의사가 깜짝 놀라며 그 연유를 물은즉 답 왈 “공연히 두 눈을 함께 씀은 불경제이므로 하나는 빼어 두었다 이다음에 늙거든 쓰려 하노라” 하니 의사의 말이 “그러면 진찰비도 안 들고 좋은 수가 있으니 집에 돌아가서 방망이로 왼편 뒤통수를 후려치면 총알같이 나오리다.”

86. 옳아, 꿩 탕

학동이 천자를 배울새 꿩 총鶩 자에 꿩이라는 새김만 알고 총이라는 음을 모르거늘 하루는 선생이 물건을 비유하여 가르친다. “낮이면 오정포란 총을 놓지 않느냐. 그 총을 생각하여라” 하였더니 그 이튿날 낮에 또 글을 읽다가 꿩 총 자를 잊어버리고 “꿩, 꿩” 하는 판에 마침 시간이 열두 시가 되어 오포를 탕 하고 놓거늘 학동이 무릎을 탁 치며 “옳아, 꿩 탕” 하더라.

87. 하루가 몇 시간인지 아나

갑 "여보게, 자네 하루가 몇 시간인지 아나."

을 "알다 뿐인가. 어머님 말씀이 '요사이는 해가 한 시간가량이나 길었다' 하시니 요사이는 25시간이겠지."

88. 삼 형제 망발

아비 생일에 개를 잡으려 하는데 마침 아비가 뒷간을 가자 개도 쫓아 들어간지라. 맏아들이 하인을 불러 명하되 "뒷간 문 앞에 섰다가 노영감이 나오시거든 곧 얽어라."

가운데 아들은 개고기를 먹고 뜰에 뼈다귀를 내던지니 여러 개들이 다투며 먹는지라 웃으며 가로되 "오늘은 참, 너희들이 생일이로구나."

셋째 아들이 아침밥을 먹고 자기 집에 돌아와서 뒤를 볼새 하인들이 서로 노영감의 저녁 진지는 어느 댁에서 짓느냐고 공론이 자자하거늘 뒷간에 있는 셋째 아들 말이 "노영감의 저녁 진지는 여기서 한다."

89. 너도 벙어리냐

두 사람이 밤에 어디 갔다 오다가 순라군에게 잡힌지라 한 계교를 내어 벙어리 행세를 할새 순라군이 그 거동을 보고 "예끼 놈, 벙어리로구나. 어서 가거라" 하는지라. 또 한 사람이 그 거동을 보고 벙어리 행세를 할새 순라군 왈 "이놈, 너도 벙어리냐" 하니, 그 사람 대답이 "네" 하는지라. "이놈 보아라. 말하는 벙어리 새로 났다" 하고 곧 잡아가니라.

90. 올통불통

통안 사는 통 서방의 아들 통 도령이 통골 통 생원 집으로 통학을 다니다가 첫 통에 불통을 하여 담배통으로 골통을 때리니 올통불통…….

91. 밤참을 만드는 줄 알았더니

서울 건달이 금강산 유람차로 강원도를 지나다가 주막집에 들어 울적한 심사를 위로코자 이야기책을 꺼내 가지고 청산유수같이 한번 내리읽었더니 좌중이 모두 넋이 풀어지고 부엌에서는 불 때는 소리가 "딱딱" 하기로 "아마 밤참을 만드나 보다" 하고 더욱 멋있게 보아도 도무지 음식을 가져오지 아니하므로 하도 궁금하여 문을 열고 내다보니 밤참은 아니 만들고 바지를 말리더라.

92. 동문서답

미나리 사 가지고 가는 노인을 보고 동리 젊은 사람이 "안녕히 주무셔 곕시오" 하니 노인 대답이 "한 뭇에 5전 주었네" 젊은 사람 웃으며 "밤새

기운이 어떠합셔요" 하니 노인 왈 "비쌀 것 없네. 이 가뭄에 그만큼 된 것
이 신통하이."

93. 아직 한 페이지도 못 보았다

책 보다 조는 사람을 흔들며 "여보, 여보, 얼마 동안을 조시오" 하니 그
사람 대답이 "얼마 동안이라니, 무엇이 그렇게 오래되었소" 하면서 책장
을 뒤적뒤적하더니 "아직 한 장도 못 보았는데……."

94. 겨울에는 더운물을 뿌리지요

엄동설한에 어떤 상인이 문전을 쓸고 물을 뿌릴새 순사 왈 "여보, 물을
뿌리면 빙판이 되니 고만두라" 하였더니 상인의 대답이 "이것은 더운물
이니깐 관계치 않습니다."

95. 올 말이 고와야 갈 말이 곱지

어떤 양반이 생치生雉[25] 장수가 많이 다님을 보고 "오늘은 생치 장수가 개
쏘다니듯 하네" 하였더니 생치 장수의 말이 "돼지같이 먹으니깐 그렇지요."

---

25 익히거나 말리지 않은 꿩고기.

96. 복 방귀도 너무 뀌어서는 재미없다

신부가 초례를 지내고 시아비를 뵐새 우연히 방귀 소리가 뽕— 하거늘 시아비가 무릎을 치며 왈 "참 복 방귀로다!" 하니 사돈이 곁에 있다가 그 이유를 묻는데 시아비 왈 "내가 손자 셋은 무려無慮히 얻었는걸요." 사돈 왈 "어찌 그렇게 미리 아시오" 한즉 시아비 왈 "우리 조모께서 이런 방귀를 뀌시더니 우리 아버지 삼 형제를 낳으셨지요" 하니 그 말이 채 그치지 못하여 신부는 뽕 — 뽕 — 방귀를 연발하거늘 시아비 왈 "얘, 그만하여도 자손 만당滿堂이다."

97. 그럼 요다음부터 먹겠습니다

어떤 병자가 의사에게 진찰을 받은 후 "이 약은 쓰지 않습니까" 물은즉 의사 왈 "처음에는 조금 쓰지만도 두 번째부터는 매우 먹기가 좋으리다" 한데 병자 왈 "그럼 나는 둘째 번부터 먹겠습니다."

98. 안전한 식당

어느 절 중이 메주콩을 쑤어 놓고 맛을 보니 둘이 먹다가 하나가 죽어도 모르겠더라. 그러나 상좌 놈이 있어서 도무지 혼자 먹을 수가 없으므로 상좌 놈을 심부름을 보내고 혼자 먹을새 도무지 마음이 아니 놓이므로 으슥한 곳을 찾아가서 먹고 있을새 상좌가 다녀와 본즉 스승이 어디

가고 없는지라. "이것 참 땡잡았다" 하고 메주콩을 집어 먹다가 스승에게 들킬까 염려가 되므로 한 바가지 듬뿍 퍼 가지고 뒷간으로 피란을 하려고 문을 여니 스승이 그 속에서 맛있게 쩍쩍거리거늘 상좌 깜짝 놀라 움찔하니 스승 왈 "얘, 왜 그러느냐" 상좌 얼른 뒷짐을 지고 "스승님, 무엇을 그렇게 맛있게 잡수십니까." 스승의 대답이 "옛일을 생각하니 모든 일이 나의 실수이기로 입맛이 써서 쩍쩍거렸다."

99. 알지 못하는 말 말게

시골뜨기 두 사람이 서울 구경을 왔다가 처음으로 물 뿌리는 구루마[26]를 보았더라. 한 사람이 고성으로 구루마꾼을 부르며 "물이 샌다" 하니 같이 가던 시골뜨기 말이 "여보게, 알지 못하는 말 말게. 남부끄러우이. 저것은 아이들이 매달릴까 봐 일부러 물을 뿜는 것이라네."

100. 금득의 궁둥이는 무겁다

아씨 "얘, 금득아, 너같이 궁둥이 무거운 것은 처음 보겠다."
금득 "먼저 하인은 궁둥이가 너무 가벼워서 고질을 대셨다길래 엿을 사 붙였지요."

---

26 수레의 일본말.

101. 군함이 쇠인데 물에 뜨다니

늙은 노인과 젊은 청년이 시속 이야기를 하다가 청년이 물질적 문명의 기막힘을 탄복하고 수만 톤의 군함도 물 위에 떠다닌다 하였더니 노인 왈 "애, 거짓말 마라. 아무리 나이 먹은 사람이라도 그런 것은 안다. 군함이 쇠로 만들었다면 물에 뜨다니 그럴 리가 없다. 길게 말할 것 없이 당장에 시험으로 동전 한 푼을 물에 넣어 보아라. 쇠라는 것은 크고 작고 간에 반드시 가라앉나니 이것은 만고불변의 이치니라."

102. 옳지, 떡은 내 것이다

두 양주가 말 아니 하는 사람이 떡 먹기 내기를 하고 있을새 마침 도적놈이 들어왔다가 말 아니 하는 것을 보니 대단히 저를 두려워하는 모양이라 마음 턱 놓고 의복 집물什物을 마음대로 싸 가지고 천천히 대문 밖으로 나가거늘 처가 참다못하여 "도적이야" 소리를 지르니 남편이 기꺼워하는 말이 "옳지, 떡은 내 것 되었네."

103. 하이칼라 선생의 무안당함

어떤 하이칼라 박물학 교사가 생도에게 박물학을 가르치다가 "꽃이 곱게 피어서 향내를 내는 것은 곤충을 꾀어서 수정 작용의 매개를 시키기 위함이요 또 새가 고운 털을 쓰고 아름다운 소리를 내는 것도 암새를 가

까이하고자 함이라” 하였더니 한 생도가 고성으로 묻되 “사람이 향수를
바르며 의복을 사치하는 것도 같은 이치지요” 하였더니 하이칼라 선생이
얼굴이 시뻘게지며 “그렇지, 응 —, 그것은 아 —, 조금 저 —.”

104. 갓 벗고 인사해

촌사람이 서울 와 보니 인사할 때는 모두 머리에 쓴 것을 벗는지라 자
기 이모 집을 찾아가서 갓을 벗고 절을 할새 이모 왈 “애, 갓은 왜 벗느냐”
한즉 촌사람 대답이 “성인도 종시속從時俗이라니요.”

105. 성냥 한 개비인들 왜 버려

갑, 을 두 구두쇠가 있는데 어느 날 밤에 갑이 을의 집을 갔더니 불을
아니 켜고 캄캄한 방에서 이야기를 하다가 갑이 가려고 할 때 성냥을 그
어서 신발을 찾아 주니라. 그 이튿날 밤에 을 구두쇠가 갑 구두쇠 집에 와
놀새 역시 기름을 아끼느라고 불을 아니 켜고 있다가 을이 가려 할새 마
루까지 따라와서 주먹으로 을의 눈퉁이를 후려치니 을이 대로하는지라.

갑 왈 “성냥 한 개비인들 공연히 버릴 것이 무엇인가. 눈엣불로 신발을
찾으면 성냥 한 개비도 경제가 아닌가.”

106. 스승의 군밤 먹기

어느 절 스승이 군밤이 먹고 싶은데 상좌 놈이 곁에 있으므로 미워 죽겠던 판에 마침 불종 소리가 멀리 나거늘 스승이 가장 황망한 태도로 "아, 이것 큰일 났군. 어디서 불났나 보다. 너 빨리 가 보고 오너라" 하고 딱지 시킨 후에 밤을 구워 가지고 막 먹으려 하는 판에 상좌 놈이 헐떡거리고 들어오는지라. 이것 큰일 났다 하고 밤을 모두 재 속에 파묻고

스승 "갔다 왔느냐."

상좌 "네, 갔다 왔습니다."

스승 "그래, 불이 어떻더냐."

상좌 "많이 탔어요."

스승 "저런, 어디서 어떻게 탄 모양이란 말이냐."

상좌 "어떻게 된고 하니 이 모양으로 탔습니다"

하고 상좌 놈은 화로 옆에 바싹 들어앉아서 화젓가락을 집어 가지고 "처음에 불 시초는 여기서 났습니다. 그래 가지고 불똥이 이쪽으로 튀어 와서" 하면서 재 속을 휘둘러서 밤을 꾹 찔러 가지고 "여기도 하나" 하고 밤을 꺼내고 "그래 가지고 또 이렇게 타 와서 불똥이 이쪽으로, 이것 보아라, 여기도 하나" 하고 밤을 꺼내어 이렇게 밤 꺼내고는 이야기하고 이야기하고는 밤을 꺼내니 스승이 기가 막혀 하는 말이 "너 주려고 구웠으니 어서 먹어라."

107. 언청이가 되려거든 쌍언청이가 되어라

어떤 언청이가 술집에 들어갔더니 한 사람이 부채로 입을 가리고 하는 말이 "저런 인물을 가지고 뒷간 출입인들 어찌한단 말이오" 하니 언청이 말이 "이왕 병신 된 것도 원통한데 남의 흉을 보느냐" 한즉 그자가 부채를 딱 떼고 하는 말이 "이왕에 언청이가 되거든 나같이 쌍언청이가 되지요."

108. 거울 첩

촌사람이 서울 왔다가 거울 한 개를 사 가지고 가서 하도 이상하여 이 구석에서 가 꺼내 보고 씽끗 웃고 저 구석에 가서 꺼내 보고 씽끗 웃거늘 마누라가 하도 수상하여 뺏어 가지고 보니 과연 계집 하나를 사 가지고 왔는지라. 계집이 대로하여 서울 가더니 첩을 사 왔다고 싸움을 대가리가 깨지도록 하더라.

109. 내가 내려가 먹겠다

원이 도임한 후 반빗아치[27]가 상을 올릴새 토인[28] 놈이 상을 받다가 기둥을 안고 받아 가지고 어쩔 줄 모르고 쩔쩔맬새 집사 왈 "그럴 것 무엇 있느냐. 기둥을 베어 버리려무나" 하니 사또 왈 "아서라, 기둥을 베었다가

---

27   반찬 만드는 일을 맡아 하는 여자 하인.
28   수령의 잔심부름을 하는 하인.

는 내가 치어 죽을 터이니 내가 내려가서 먹겠다."

110. 동관, 이것 좀 보아줘

뉘 집에 밤에 큰 고양이가 들어와서 장난을 할새 주인이 도적놈이 들어온 줄 알고 경찰서에 가서 순사 두 사람을 불러왔더니 순사가 문 앞에 와서는 서로 다툰다.

"네가 먼저 들어가거라. 내가 문 파수 볼 터이니."

"내가 문 파수를 볼 터이니 네가 먼저 들어가거라" 하고 한참 다투다가 그중에 용맹 있는 순사가 칼을 빼어 들고 먼저 들어가다가 중문 옆에 세워 놓은 괭이를 밟아서 괭이자루로 이마빼기를 얻어맞고

"애고, 애고, 피난다. 동관이, 이것 좀 보아줘" 소리를 고성으로 지르니 고양이 한 놈이 깜짝 놀라 왈칵 뛰어 달아나는 바람에 파수 보던 순사는 악 하고 놀라 자빠지니라.

111. 내 중병에 제일이다

시골 사람이 서울 왔다가 물 풀을 보고 "이것이 무엇이오" 물은즉 풀 장수가 웃으며 물 떡이라 하였더니 시골 사람이 곧 닷 냥어치를 사 놓고 먹거늘 지나가던 사람이 이것을 보고 하는 말이 "이 어리석은 놈아, 풀을 사 먹는단 말이냐" 한즉 시골 사람 대답이 "서울 자식이 무엇을 알겠니. 풀이 속병에 선약이란다" 하였더니 서울 사람은 본래 속병으로 신고하던 자라 약

된단 말을 듣고 곧 사 먹거늘 시골 사람이 깔깔 웃어 왈 "이놈아, 나는 풀인 줄 모르고 먹었거니와 풀인 줄 알고 먹는 네 꼴이야 참으로 가소롭다."

112. 귀는 먹었거니와 눈은 밝다

한 노인이 소년을 만나 인사하되 "시방 어떤가" 하니 소년이 노인의 귀 먹은 것을 업수이 여기고 "오—" 하고 대답하였더니 노인이 대로하는지라. 소년 왈 "제가 지금 '예—' 하고 대답하였는데 왜 역정을 내십니까" 한즉 노인 왈 "이 자식, 내가 귀는 먹었거니와 눈도 어두운 줄 아느냐. 지금 네 입이 둥그레졌었으니깐 필시 '오—' 하였지 '예—' 하였을 리가 만무하다."

113. 그러면 맥을 볼 것도 없소

환자 "어제 점심 먹은 후로 어쩐 까닭인지 얼마를 먹고도 먹을수록 배가 고프니 진찰 좀 하여 주시오."
의사 "그때 무엇을 잡수셨소."
환자 "늘 먹는 밥 먹고 반찬은 연근 장아찌를 먹었습니다."
의사 "그러면 맥을 볼 것도 없소."
환자 "왜, 죽을 장본이오니까."
의사 "밥이 온통 연근 속으로 들어간 까닭이오."

114. 모두 소인에게로 왔습니다

여름 더운 날 주인이 상노를 명하여 부채질을 시켰더니 잠깐 동안에 땀이 걷히고 시원한지라. 주인 왈 "고만두어라. 고만 땀이 다 어디로 갔구나" 하니 상노 대답이 "예, 영감의 땀은 모두 소인에게로 왔습니다."

115. 아주 몹시 쉬었어요

시골 사람이 서울 와서 뉘 집 잔치에 갔다가 증편[29]을 먹고 가장 불평한 낯으로 옆의 친구에게 일러 가로되 "저 떡은 아주 몹시 쉬었으니 잡숫지 마시오" 하여 좌중이 박장대소하니라.

116. 전화의 발명도 조선이 으뜸이다

옛날은 기후도 달랐던지 강원도 근처에는 겨울이 되면 눈이 몇십 척씩 와서 지붕을 덮어 앞집 뒷집에서 사는 친척과 붕우의 소식도 알 수가 없으므로 오늘날 우리가 보는 전화와 같은 것이 발명이 되었다. 이 전화는 썩 간단한 것이니 눈 오기 전에 기후를 관측하여 긴 댓가지를 가로 꽂아 놓고 날마다 아침이면 "안녕히 주무셨소" 하고 안부를 묻는데, 어느 해는 추위가 지독하여 눈이 얼어붙어서 말이 통치 못하는지라. 암만 안녕히

---

29 막걸리를 조금 탄 뜨거운 물로 멥쌀가루를 묽게 반죽하여 더운 방에서 부풀려 밤, 대추, 잣 따위의 고명을 얹고 틀에 넣어 찐 여름 떡.

주무셨느냐 하여도 대답이 없으므로 골딱지가 나서 힘껏 "안녕히 주무셨
소" 소리를 질렀더니 얼음이 깨져서 벽에 가 붙더니 그 이듬해 봄에 얼음
이 녹는 대로 "안녕히 주무셨소, 안녕히 주무셨소" 하더라.

117. 바람이 불어 꺼졌다

전깃불 꺼지는 것을 보고 "이것도 꺼지나" 하였더니 시골 사람의 말이
"지금 바람이 불더니 꺼졌구려……."

118. 나는 무안 보았지

항상 신자더러 술을 먹지 말라고 권고하던 목사님이 하루는 술이 대취
하여 오다가 신자를 만났다. "선생님, 신관이 어째 저리 붉으십니까" 한즉
목사의 대답이 "나는 지금 무안을 보고 왔다"고.

119. 아씨도 거짓말하세요?

어떤 아씨가 하인더러 사람은 진실하여야 쓴다고 하였더니, 하루는 집
주인이 사글세 돈을 받으러 왔는데 안방에 계신 나리를 안 계시다 하라
하였더니 하인의 말이 "아씨도 거짓말하셔요."

120. 상통하질

어떤 아이가 충치를 앓는데 하루는 저의 아버지더러 치질이 나서 죽겠다 하였더니 아비가 자식의 무식함을 책하고 병 이름은 상통하질上痛下疾이니 위에 난 병은 통痛이요 아래 난 병은 질疾이라고 하였더니, 그 후 저의 모친이 눈병이 대단함을 보고 약국에 가서 목통에 신효한 약을 달라고 하였더니 의사의 말이 40여 년 의사 노릇을 하여도 목통이라는 병명은 금시초문이라 하니 그 아이 말이 "저렇게 무식한 의사한테 약 지으러 온 내가 그르지……."

제2부

인물과 시대

제1장

카이저 실기

서

　영웅의 기인欺人 수단이란 실로 측량키 어렵도다. 소년 시대에 골생원骨生員이니 혹은 '바보'의 현대적 청년이니 하고 조롱을 받던 그彼는 일단一旦 독일 연방국의 제왕이 되자 일찍이 세계를 통일코자 하는 대야심이 있어 군국주의를 표방하고 내치외교에 열강에게 부끄럽지 아니할 만큼 치국한 그彼는 항상 자국이 구라파歐羅巴, 유럽 열강 중에 개재介在하여 세계에 웅비키 어려움을 개탄하고 열강의 동정만 관찰하다가 오태리墺太利, 오스트리아 보스니아주 사라예보 가로街路에 네 방四發의 육혈포 탄을 동기를 삼아 가지고 4개년의 장구한 세월에 귀중한 거다鉅多의 생명을 희생에 공供하고 막대한 자재를 탕진하면서도 백절불요와 종시일관의 정신으로 용전맹투하여서 천지를 요탕搖盪하고 만방을 전율케 한 그彼는 동정서벌에 일보도 적에게 침범을 당치 않고 북으로 아라사露西亞, 러시아를 격파하고, 남으로 이태리伊太利, 이탈리아를 방조防阻하고, 인방隣邦의 백이의白耳義, 벨기에를 유린하고, 멀리 불란서佛蘭西, 프랑스를 위협하였으며, 또 비행기로 영국 윤돈倫敦, 런던까지 습격한 그彼의 견갑이병堅甲利兵과 육도삼략六韜三略은 가위 세계적 영웅의 모책謀策이라 하겠도다. 그러나 그彼는 시대를 못 만난 영웅이라. 그 같은 영기英氣와 귀신같은 전술로 세계의 태반을 대항하여서 나파륜奈巴崙, 나폴레옹 이상의 세계적 영웅이라는 칭호를 받았었으나 필경 자국의 혁명으로 인하여 퇴위까지 하고 도리어 세계의 죄인이라는 이름名까지 얻었도다. 오호라, 독일을 위하여 30 유有 1년간을 발분망식發憤忘食하던 열광적 제왕 정치가에 이러한 말로가 있을 줄 뉘 알았으리오. 용진역갈勇盡力竭한 그彼가 다만 뜨거운 눈물과 목메는 한심寒心으로 퇴위를 할 때 그 용 못된 이무기를 위하여 뉘 아니 동정하리오. 본서는 단지 그彼의 유시幼時로부터 퇴위까지의 행사行事를 간단명료히 평전評傳함에 불과함이나 여러 가지 사정으로 인하여 독자의 만족을 얻지 못할 점이 다多하온바 재판에는 사조思潮의 바람을 따라 일대 수정을 가加코자 하노라.

대정大正 8년1919 12월 일

편자 지識

1. 서론

　동서고금의 역사를 보건대 어느 나라何國 어느 시대何時代를 물론하고 자기가 통치하는 국토와 민족을 거느리고 일세에 웅비하여 그其 위풍이 사해를 압도하는 제왕 정치가가 나타나지出現치 아니함이 없지 아니하였나니, 구라파로 논할지라도 16세기에는 오태리의 칼 5세, 17세기에는 불란서의 루이 14세, 18세기에는 보로서普魯西, 프로이센의 프리드리히厚禮斗益 2세와 또又 19세기에 이르러는 나파륜의 백질伯侄이 일시 구라파 대륙에 패권을 주창하였으나 그들彼等의 장관이 한번 꺼진 후 구라파는 잠시 소위 무장적 평화의 세상으로 50여 년간을 태평세계로 지내었더라.

　대정 3년1914 6월 28일 오태리墺國 보스니아주 사라예보 가로에서 세르비아塞耳維 청년 고등학교 생도 가브릴로 프린치프19세가 동 시市에 행계行啓하는 오태리 황태자 프란츠 페르디난트 대공大公과及 초테크 비妃 전하를 암살한 원인으로 50여 년간 안온하던 구라파 천지는 대풍파가 일어나며 카이저의 명망은 더욱 사해에 진동하니라. 원래 독일 황제 빌헬름 2세카이저는 19세기 말엽부터 현금에 이르기까지 국제 정국의 중추가 되어 가장 탁월한 제왕 정치가러라. 독일이 이번 전쟁에 참여參加하여 세계 열강을 대적 삼아 5년간을 활동한 카이저의 용맹은 진실實로 나파륜에 비할 바 아니러라.

2. 소년 시대의 카이저

　현대의 준걸로 장래 역사상에 가장 탁월한 역사적 인물이 될 빌헬름 2세 카이저의 소년 시대는 과연 어떠如何하였는지 이今에 그其 유년 시대를 잠깐 기록하건대 그彼는 유년 시대부터 자신력自信力이 강대하여 고집이 불통이며 심술이 망나니莫難므로 무엇이든지 자기 의견대로만 주장하여 가끔往往 부모의 교훈과 명령을 위반하는 일事도 많았으며, 신체는 대단히 잔약하여 골생원이라는 별명은 면치 못하나 장난이 험구險口며 남의 일에 간섭을 잘하더니 점점 장성하매 운동을 좋아嗜好하고 여행과 사냥狩獵을 즐기며, 육군을 좋아하여 항상 병대의 장난을 하며, 연설을 좋아하여 학교의 식일式日과 토론회에 열심으로 참여하여 연설을 하나니 원래 자신력이 강대하고 고집불통의 인물이므로 토론 같은 것은 실로 그彼의 특징되는 바러라. 대저 사람人의 심리는 그자其者의 처지 변동을 따라 여러 가지種種 기적이라고도 말曰할 만한 급격한 변화가 있나니, 부잣집富家의 방탕한 자손이 그其 집안一家을 탕진하고 비로소 잘못昨非을 깨닫覺今하고 별안간 완전한 사람人이 되어 새살림新生涯을 하는 사실은 우리吾人의 가끔往往 목도하는 바니 이를 곧卽 성격의 변동이라. 일국의 군주도 이와 같은如斯한 경우가 적지 아니不尠하니 황태자 시時에는 책임이 없으므로 범인凡人과 다름이 없으나 한번一次 군주의 위位에 등극한 이상은 조금少許도 전일의 태도가 없고 내치안도內治安堵하고 대외무치對外無恥함은 현저한 변화라. 카이저는 어려서幼時부터 범상한 인물이 아니므로 세상 사람世人의 지목指하는 바는 결코 역산歷山, 알렉산더 대왕도 나파륜만은 못하였지만 그彼도 또한 그其 정도나 갈는지 의심할 만한 인물로 보였더라.

　황태자 시대의 카이저는 신체가 잔약하였으므로 세인의 동정물이 되었더니 그彼가 본 대학을 졸업한 후는 허영의 청년이라는 세평을 받았더라. 그其 후 그彼는 지방 행정을 견학하기 위하여 모 고등관의 수하가 되어 여러 가지로 경험을 쌓은바 이此 관계로 그彼의 인격은 다소 세상에 광고가 되었더라. 고로 그該 고등관은 타일 태자를 평하여 왈 '근대적 인물'이라 말稱하였나니 이른 소위 근대적 인물이라 함은 결단코 칭찬의 미사美辭가 아니라 즉 조롱의 언사러라. 가만히 그彼의 행사를 보니 매사에 경박하며 탐탁지 못한데 헛명망만 취코자 하는 바보의 인물이므로 그該 고등관은 "제 버릇 개 주랴" 하고 황태자에게 이와 같은如此한 경조사輕佻詞를 관冠하여 그彼가 만승萬乘의 존위를 점할지라도 별로 개전改悛할 줄은 몰랐더라. 그彼가 조부와 엄부父를 한 해同年에 상喪하고 거국 애도 중에 제위에 등극한 후 금일까지의 치세지적治世之蹟은 세인으로 하여금 태자 때時의 세평을 초월하였더라.

그彼는 1918년 6월 15일이 즉위 31년의 축일이니 곧卽 그彼의 치세는 30 유有 1년대정 7년까지이니 재위는 별로 장구한 바 아니라. 이今에 제국諸國 황제의 역대를 약기略記하건대 빅토리아 여황은 64년이요 명치明治 천황은 45년이요 나마니羅馬尼, 루마니아 왕 카를로스는 48년이요 오태리 황제 프란츠 요제프 1세는 재위 66년이니 카이저의 치세는 금일 세계의 군주의 재위 연수에 비하면 별로 장구한 것은 없으나, 그러나然하나 그彼의 치세 30 유有 1년간의 독일 국력의 발달은 세계에 전무한 신기록을 생生하니 그其 정치상, 경제상, 기타 각반各般의 문명은 침침히駸駸然 진보하여 독일의 국력은 날日로 팽창하므로 열강의 각국은 고침高枕에 단잠을 이루지 못하게 되었더라.

3. 즉위 당시의 카이저

카이저의 소질을 분석할진대 그彼 자신이 자기는 낙천가라 하는 쾌활한 기상과 예술을 사랑愛하는 천성은 그其 부친 프리드리히 3세 제帝에게 받은 바요 해군을 좋아하고 호외戶外 유희를 즐겨嗜好 함은 그其 모친母后에게 전수한 바며 또又 군인적 본능은 조부 황제의 직전直傳한 바라. 이와 같은如斯한 소질을 받은 그彼는 호엔촐레른가家카이저家의 가례家例를 타파하고 그其 아우弟 하인리히와 같이共히 소학교에 입학하여 평민의 자제와 책상을 같同이하고 초등교육을 수학受하였으며, 또又 15세로 18세까지는 카셀 중학교에 입학한 지 2년 후에 그其 부친의 모교 되는 본 대학에 입학하니라.

그彼의 형제가 평민 소학교에 입학함은 전혀 그其 모친의 지도니, 볼見할지어다. 어려서幼時부터 항상 평민에 근접하던 그彼는 스스로 하정下情에 통하여 평민에 대한 동정이 돈독할지라. 그러하나然하나 그彼는 의외에 철두철미한 비평민적 인물이 되었더라.

그彼의 부친父은 천성도 있고 또又 영국 출생의 부인의 민주적 감화도 유有하여 관후寬厚한 하민下民에 대한 동정이 섬부贍富한 사람人이었으나 카이저는 그其 부모와 판이하고 조부 노제老帝의 무인적 귀족적 기질을 많이 닮으니라.

카이저 즉위 시에 시정의 한一 상인이 진정한 축의를 표코자 하여 장려한 관포冠袍를 진상하였더니 그彼는 이것此을 보고 간단한 답서를 첨부添하여 즉시 퇴각返還하니, 그其 뜻意은 문관 입는之服 관포는 이때껏由來 호엔촐레른가의 군주는 입服지 않는다 함이러라. 중고 봉건 시대의 도적 무사로 출신한 호엔촐레른가는 순전한 무변武邊으로 세상에 서니라. 1713년에 프리드리히 빌헬름이 처음初에 보로서의 왕위를 밟은踐한 이후 역대의 군주는 군복으로 그其 일생을 졸卒하니 카이저도 조선祖先의 유전을 인습하니라. 그彼는 즉위일에 부친父의 부음을 독일 육군에게 고한 글 끝文末에 왈 "짐은 엄서嚴誓하건대 우리我 종조宗朝의 눈眼이 항상 군국상에 있음을 잊지 아니不忘하노니 타일 우리我 육군의 광영과及 영예를 고할 날日이 있으리라" 하였고, 또又 3일 후에 일반 국민에게 똑같은同一한 칙어勅語를 내리니 이론는 진실實로 자기가 군대를 중히 여기는 일事을 표명함이러라. 그彼는 30 유有 1년간의 치세 중에도 항상 "짐의 옥좌는 육군으로 기초를 삼는다" 하였고, 또又 가끔或時 연설에 왈 "우리我 독일 제국을 통일 종합함은 국회의 다수당의 힘力이 아니라 우리我 병사와及 군대라. 고로 짐은 우리我 군대에게 신뢰함을 마지않노라" 하니라.

자기의 입지立志를 수행코자 할진댄 국회의 변설자辯說者에게 의뢰할 것이 아니요 다만 충의 용맹한 병사의 힘力이 아니면 불능하다 함은 다소 나파륜의 기상이 있더라. 비사맥比斯麥, 비스마르크이 사직 후 자기彼가 추천하여 대재상에 임任한 자는 일개 무사에 지나지 아니不過하는 카프리비며, 가장 총애하는 신하도 발더제 원수 같은 군인이며, 또又 그彼는 비사맥과는 불합不合하였으나 몰트케와는 대단히 의합意合하여 필경은 몰트케의 생질을 참모총장의 중직까지 탁託하였으며, 민활한 외교가도 그彼의 중히 여기는바 군인이었나니 외교가에 강력의 후원을 주는 군인 됨은 가위 국보라 하겠더라.

이같이 군사에 몰두한 카이저에게도 화란이 적지 아니하였나니 독일 황제 등극 당시에 불란서에서는 불랑제 장군과 기타 일류의 국권당 들等이 독일의 원수를 보복고자 절규하였고, 독일에서는 건국의 호걸 비사맥과 몰트케 들等이 위대한 전투 기관을 이용하여 불란서를 재격再擊하니 군국주의를 주장한 공로가 여기 나타나니라. 그其 후 그彼는 의외에 평화 정략을 취探하고 부동不動하니 이是는 연소기예年少氣銳한 무모無謀의 위험을 자각함이라. 당시 구라파 제왕 간에 아라사의 알렉산더 3세는 평화의 지지자로 음연陰然한 계책이 있으므로 연소한 카이저는 그其 세력하에 굴하게 되었었으나 알렉산더 제帝가 죽은逝 후 그彼는 맹연猛然히 기起하여 구라파의 지도자 되는 지위를 차지占하고서 금일의 명망을 날리니라.

4. 카이저의 세계 정책

비사맥으로 통일 독일의 이상가理想家라 할진대 카이저는 정히 팽창 독일의 의기 정신을 대표하는 자라 하겠도다. 1870~1880년께頃까지도 독일인의 공명功名은 지리상 빈말空名 됨에 불과하더니 돌연히 조각보 같은 독일은 정치적으로 통일하여서 구라파 대륙에 일대 웅국雄國을 건설하여 내적으로 종합 편제하여 통일하고 또又 자유 자치의 신생활로 말미암아 현저히 팽창하게 된 국민의 실력은 어디何處로 기울고자傾注코자 하는지 카이저의 사명은 대개 이此 문제의 해결에 있느니라. 그帝의 소위 세계 정책은 실로 어웅한 수단이니 그彼는 공명심으로 산출된 걸물이라고만 이르지云치 못하겠고 도시都是 물질적 상태의 결과니, 그 소이연所以然을 설명코자 하면 최근 독일의 경제적 사정을 약설略說할 필요가 있느니라.

제일, 근래 독일 인구의 자연적 증가가 현저함은 문명 각국 중에 첫째首位가 되나니 카이저 즉위 후 2년에 당하는 1890년에는 4,940만이더니 10년 후 되는 1900년에는 5,630만이 되었나니 이此 10년간의 평균 증가가 1년에 69만이더니 지금今에는 해마다每年 90만의 증가를 수數함에 이르니라. 고로 쉬모라 교수는 왈 "만일 이此 비례로 인구가 해마다年

年 증가할진댄 자금自今 50년 후 되는 1960년에는 1억에 달하리라" 하였고, 힛베슈레덴 씨는 왈 "1980년에는 1억 4천만이 되리라" 하였고, 또又 불란서의 루로아포르 씨는 왈 "독일의 인구가 해마다每年 이같이如此이 증가할진대 20세기 말2000에는 3억만에 달하리라"고 추측하니라. 그러나然而 독일의 면적은 겨우僅纔 20만 방 마일方哩이니 이此 땅에서 수확될 식료품은 총인구의 여덟 달 동안8個月間의 양식이 못 되므로 여하히 하든지 영토를 팽창할 방법 외에는 그此 기근을 구제할 도리가 전무無한데, 독일은 지리상 동서에는 아라사와 불란서의 강대한 두二 동맹국이 접근接하여 도저히 돌파키 불능하고, 또又 그其 이웃四隣이 전략상, 통상상 가장 중요한 지점은 모두皆 벌써旣爲 타국이 차지占領하였고, 북쪽北方의 유틀란트 반도에는 슐레스비히, 홀슈타인의 요지를 할취割取하였으나 덴마크丁抹의 남은 땅殘部은 동해와 북해 간에 끼었으며, 화란과 백이의는 독일 최대의 상로商路 되는 라인 하구河口를 제制하고, 남으로는 천험天險한 서서瑞西, 스위스가 색塞하였으니, 독일이 만약 덴마크를 병탄코자 할진댄 그其 해안에 양호한 신항만을 차지得한 후에야 비로소 그其 힘力이 증가할지요 또又 서서에 그其 영토를 확장코자 할진댄 이태리와 오태리의 두二 나라國를 억제하여야만 할 터인데, 금일 구라파 대륙의 현상은 열국이 균세均勢이므로 잘못하다가는 큰大 화근을 일으키겠는 고로 일조일석에 이것此을 실현키 어려웠더라.

제이, 산업의 현상을 보건대 독일은 원래 농업국으로서 공업국이 된 고로 국민의 반수 이상은 제조업으로 의식을 경영營하나니, 면화와 양모와 철과 구리銅 들等을 수입하여 이此로 무명木綿과 모직과 기타 기계류를 제조하여 외국에 수출하고 금화를 흡수하나니, 이 모든是等 각종 중요한 제조업은 함빡皆 라인 하구와及 그其 지류 반畔에 집중하여 수출 수입이 화란과 백이의를 경유치 아니함이 없나니, 고로 로테르담과及 앙베르스안트베르펜, 앤트워프는 대외의 독일 산업상 가장 중요한 항구가 되므로 화란 사람人과 백이의 사람人은 그其 천부天賦한 좋은好 지위를 신뢰하고 독일 산업의 중개자가 되어 더욱益益 독일의 부력을 증가케 하니라. 고로 독일의 국민적 사가史家 드로이젠 씨는 왈 "하중지왕河中之王은 라인 하河니 실로 우리我 독일의 자연적 보물이라. 그러하나然하나 이此 보물 중에 가장 중요한 부분은 우리我의 과실過失로 인하여 남人의 장중掌中에 들어가니라" 하였고, 씨는 또又 말하되曰 "만약 그其 하구를 독일 수중에 회복지 못할진댄 독일과 화란 간에 경제상 조약을 체결치 아니함은 불가하다"고 열심으로 창도唱道하니라.

카이저는 제위에 등극하자 위선 화란에 대한 정책을 일변하여 그것此에 경제상 압박을 가하니 1892년에는 도르트문트, 엠덴 간의 교통 요로를 개착開鑿하여 독일의 철과 석탄의 중심을 엠덴항과 연결케 하니 독일의 상인은 점점 화란에 들어가고 화란에 대한 독일의 정치적 세력은 더욱더益益 증장하니 이是 카이저의 세계적 정책으로 이같이如此히 하여 화란을 잠식하고 라인 하구를 독일 소유를 만들고자 함이니 카이저가 이같이如此히 북해 연안을 욕망한 소이所以는 물론 독일의 상권을 확장하여 그其 해군의 근거를 공고케 하여서 해외에 발전코자 함이니 이것是이 소위 카이저의 세계 정책이라.

독일의 식민 열은 근년지사近年之事니 비사맥 공작公이든지 카프리비 백작伯이든지 모두皆 독일을 대륙국이라 하여 그其 힘力을 내국 농공업에 경주하였더니, 1890년에 카프리비 백작伯이 독일 식민지 중에 유망한 잔지바르와 기타 식민지를 영국의 헬골란트와 교환할 때時에는 다만 후이쿠 교수가 반대하였을 뿐이요 별로 반대론자도 없었으나, 일청전쟁으로 인하여 동양에 파란이 일어난 후로 독일의 해외 열은 맹렬히 창일漲溢[1]하여 예의銳意한 카이저는 브라질과 서남아세아와 산동山東, 산동 등지에 그其 세력을 확장코자 하였으나 열강의 눈 큰 자가 있으므로 팽창적 독일은 고사하고 과잉한 인구도 이주할 토지가 없으니, 비옥한 온대지는 영국의 영토가 되었고 독일의 면화와 향료를 공급하는 열대 지방까지도 지금은 촌토寸土의 여유가 없으매 카이저는 경제상 또는 정치상에 영국을 적수로 주목하고 용맹심을 야기하여 영국과 경쟁하게 되니라. 원래 독일이 영국을 배척함은 금일이 시초가 아니라 비사맥 당시에도 주장하였으나 그때其時의 배척 열은 다만 황태자와及 빅토리아 여황의 딸女 되는 황태자비를 중심을 삼던 자유사상을 배척하고 독일의 국권주의를 옹호코자 함에 불과하였으나 금일의 배척주의는 독일의 강력으로써 영국을 억제하고 해상에 그其 세력을 격파하여서 독일의 신운명을 개척고자 함이러라.

5. 카이저의 해군 창설

육군국陸軍國 되는 독일에 해군을 창시코자 하는 사상은 빌헬름 2세 카이저의 발명이 아니라 이미既爲 거금 70년 전 국민 운동이 심하였을 당시에 자유 민권을 창도하던 시인 헤르베크 씨와及 프라일리그라트 씨 등은 해양으로 자유의 표치標幟를 삼는다는 의미로 독일의 장래가 대서양에 있으리라는 노래歌를 부른 일事도 있었나니, 1848년부터 1849년경에는 독일의 국민회의가 새로 해군을 창설할 법령을 제정한 일이 있었고, 그其 후

---

1   물이 불어 넘침. 의욕 따위가 왕성하게 일어남.

도 해군의 계획이 독일인 간에 고안이 되었었으나 모두 결과를 이루지 못하였더라. 카이저는 원래 강대한 육군은 조부에게 승계하였으나 해군은 전혀 그帝의 창시라. 해군 확장은 독일 역대의 신기원이니, 청년 시대의 카이저는 육군에만 흥미를 두었으므로 해군에는 아무何等 관계가 없었으나 그帝는 영국과 친근할 때時에 영국의 해군을 시찰하고 또又 영국에서 발행한 해군의 정책에 관한 저서를 섭렵한 후 예민한 그彼의 두뇌는 심대한 격동을 받았더라. 옛적昔時에 시인 하이네 씨는 왈 "지상 제국은 불란서 사람ㅅ이요 공중 제국은 독일 사람ㅅ이요 해상 제국은 영국 사람ㅅ의 소유라" 하였으나 카이저는 독일인의 제국 되는 공중 제국을 불긍不肯하고 분발하여 해상 제국 되는 영국인의 지위를 탈취코자 하여 그其 신민을 격동시키니라.

카이저가 해국을 주창함은 1895년 초러라. 이해是歲 정월에 그帝는 제국의회의 의원 일동을 만찬회에 초대하고 약 두二 시간이나 해군 대확장의 급박함을 연설하였고, 그其 후 수 주일 만에 백림伯林, 베를린 육군대학교에서 육해군의 관계를 특히 일청전쟁을 대조하여 강연한 바 있었고, 또又 그 이듬해翌年에는 독일 제국 창업 25년 기념회에서 해외에 산재한 독일인을 종합할 의무를 말述하니 이른는 독일 제국이 금일에 세계적 제국 된 소이라. 1899년 10월 18일에 또又 해군에 대하여 연설하여 왈 "짐은 간절히 강대한 해군을 요要하나니, 만약 짐의 즉위 초년에 짐의 요구한 해군 예산 증가액에 조롱의 반대가 없었다면 우리나라我國 무역상 또又는 해외에 대한 우리나라我國 이익상에 여하히 편리하였음을 난측難測이라" 통론痛論하였고, 1900년 1월 1일에도 "짐은 짐의 조부가 육군을 편제함과 동일한 방법으로 해군을 편제하고, 이此를 우리我 육군과 동일 평면에 입立게 하여 그其 위대한 힘力으로 우리我 독일 제국이 기망소望하던 지위를 확취

攫取케 하고자 하노라" 하였으며, 남아프리카南阿弗利加 사건에 독일의 강대한 함대가 없으므로 그其 전쟁에 간섭을 못 하였고 화란인의 유망한 나라國는 함빡皆 영국에 병탄이 되니 옛날宿昔에 이상 되던 화란령을 병탄하여 제이第二 독일을 남아프리카에 건설을 못 하였다고 하였고, 그其 후 해군 신예산이 제국의회에 의사議事될 적마다 그彼는 그其 세력으로 반대당을 억제도 하고 또又 만찬회를 배설하고 간담懇談도 하며 보수당과及 국민자유당으로 하여금 그帝의 해군 정책의 신뢰자가 되도록 회심도 시키며, 또又는 친필로 열강 각국의 해군 확장 표를 제작하여 제국의회에 보내기寄送도 하며, 연설의 기회가 있을 때마다 육군국 되는 독일인은 해양과는 관계가 없다는 오해를 타파하도록 노력하니라. 카이저 군측君側의 뷜로 재상과及 티르피츠 해상海相은 어명을 준봉遵奉하여 해군의 필요를 민중에게 선시宣示하며, 또 제諸 대학의 교수까지도 이구동성으로 해군 확장의 급무를 주장하였고, 라첼 교수는 지리학상으로 해양을 설명하였고, 쉬모라 교수는 왈 "독일은 아라사와 영국과 경쟁상 구라파의 균세를 보전할 연형連衡의 중심 세력이 아니 되지 못할지니, 연즉然則[2] 우수한 해군이 필요요 또又 여하한 고가로 막대한 금전을 요할지라도 남방 브라질에 이삼천만의 독일인을 용납할 만한 신독일을 건설치 아니치 못할지며, 또又 화란에 향하여 경제상 동맹을 강청強請할 것은 아니나 화란인 된 자가 후일을 생각하고 자기의 귀중한 식민지를 보전하려거든 모름지기 와서 우리我 동맹 중에 참가치 아니함이 불가하다고 신信하노라" 주창하였고, 쉴레 교수와及 슐츠 게후아닛 교수도 다皆 경제상으로 영국 배척의 사상을 고취하니라. 이같이如斯히 독일 넓은 천지의 해군 열은 그其 결과 1898년 4월에 해군협

---

2 그런즉.

회를 생生하니, 이是는 세계에 최대하고 가장最 유력한 국민적 결사라. 그其 발달의 급속함을 견見하건대 창립 후 겨우 2년 되는 1900년 8월에 회원 수가 60만여러니, 금일에는 분회 수가 약 500여요 회원 총수가 100만을 산算하는 성황이니라.

카이저의 즉위 시에는 영국의 해군은 지구 표면의 수역水域, 여하한 공해公海, 내만內灣을 물론하고 그其 당당한 위력을 날리지 아니함이 없으며 거대한 무역은 이此 위력에 보호되어 대서양을 질주하며 거선巨船, 양함良艦도 모두 영국 배艦 아님이 없으니 누구든지 해상의 영국 세력을 보고 저항할 생각은 고사하고 하품 아니 하는 자 없었으나, 용맹 무쌍하고 허영심 많은 카이저는 가만히 생각건대 해상의 세력은 이위己爲 영국의 세계가 되어 도저히 금일부터 창시되는 독일의 해군으로는 세계를 경동驚動시킬 수 없으므로 예민한 카이저는 소수의 군함과 신설의 해군으로써 세계에 신기록을 작作할 만한 일 모책謀策을 안출案出하여 필경 1900년 가을秋에는 함부르크漢堡 아메리카亞米利加, 米國 선선船線의 도이칠란트호를 제조하여 위선 속도로써 대서양 항해의 신기록을 만들고 그其 후 3년에 그帝는 친히 3만 톤噸의 기선 빌헬름 2세호를 진수하여 톤수로써 세계를 압박하니, 당시 세계에 막강 되는 영국은 이것을 묵시할 수 없으므로 필경은 독일과 영국 간에 해권海權 경쟁이 일어나서 영국은 3만 5천 톤의 루시타니아, 모리타니아의 2척을 제조하여 독일을 압박하였으나 영국의 상하 인심은 그래도 만족지 못하여 또 4만 5천 톤의 타이타닉, 올림픽의 자매선을 제조하였으나 불행히 타이타닉호는 초항初航 중 빙산과 충돌하여 비참한 침몰을 당하여 대선大船의 경쟁 열은 일시 꺼졌으나, 그러나 세계를 압박고자 하는 카이저의 야심은 간단없으므로 독일은 또 5만 톤의 임페라토르호를 제조하여 열강으로 하여금 하품을 하게 하니 이 같은如斯 불요

불굴의 노력은 10년 동안에 독일로 하여금 해상海商과 해군에 세계 제2위를 차지占하게 하니 카이저의 정력은 또한 크다 하겠도다.

6. 외교가의 카이저

19세기의 최후 10년으로 금일에 이르기까지 약 30년간의 구라파 제왕을 평판評하건대 위선 영국의 선왕 에드워드 7세와 독일 황제 카이저로 가장 탁월한 외교가라 하겠도다. 이此 두兩 숙질이 서로互相 종횡의 기략機略으로 구라파 외교계를 활보함은 실로 절세의 장관이더니 이제今 에드워드는 별세逝去하고 카이저 홀로 최대한 제왕 외교가가 되어 세계에 웅비하니라.

카이저의 외교상 시설施設을 보건대 오태리와 게르만 대동맹을 유지함은 비사맥이 수립한 외교 정책을 답습함이나 그其 외에 시시로 발생하는 외교에 대하여 행하는 일은 아무何等 궁리도 없고 연구도 없이 실로 의향대로 민첩히 처리하나니, 육군은 막론하고 해군은 그帝의 공명심을 충족할 만큼 확장이 못 되었으므로 항상 그帝는 외교 문제를 피하고 제삼자가 되어 남他의 쟁론을 관망하다가 까치집을 솔개가 빼앗듯 하는 고로 국외外國 신문에 "독일의 외교 정략은 불난 곳火災場에 도적과 같다"는 냉평冷評까지 받는 흉물이라. 그彼는 어떠한如何한 문제에 대하든지 강잉強仍[3]히 상대자에 대하는 일事이 없고 내숭內凶한 수단으로 물귀신같이 타국을 끌어넣고 자기는 아주 후원하는 체하며, 또又 혹은 표면에 서서 반항의反抗

3　마지못하여 참거나 견딤.

的 태도를 쓰다가도 상대자가 지독히 달려들 때에는 슬며시 피하고 시치미 딱 떼는 음흉한陰凶的 인물이라. 일청전쟁과 북청北淸 원정[4] 때時에도 아라사를 달래어 이국 동맹으로 간섭하여 일본 제국으로 하여금 요동반도를 청국에 환부還付할 여의餘儀가 없도록 한 자도 그彼며, 가뷔데의 해전 때時에는 독일의 함대는 미국 데우웨 제독의 행동을 방해코자 하였으며, 북청 사건에는 그彼는 영국과 독일의 협상을 체결하고 청국의 영토의 보전을 표방하였으나 1900년 1월에 만주는 그該 협상의 범위 이외 됨을 공언하였으므로 아라사를 부추거 필경 극동의 대전쟁을 야기케 하였으며, 남아프리카의 화란인의 공화국은 그彼의 이위 침을 흘리던 바라 트란스발의 대통령 크뤼거의 탄생일에 그彼는 데라고아만에 있는 독일 순향함으로 하여금 축포를 놓放게 하여 공화국의 대환영을 받았으며, 또又 제임슨 박사의 음모가 폭로되어 부르인和蘭人[5]에게 사로잡힌 바 되매 그彼는 즉시 크뤼거 대통령에게 전보打電하여 이此 일을 경하하니 이튫는 영국 세력에 대하여 독일과 화란은 일 연형을 결성코자 함이라. 당시 독일 외무대신 비벨슈타인 남작은 공연히 남아프리카 공화국의 독립을 유지함은 독일의 이익이라 말論하고 부르인和蘭人에 향하여 그彼는 아라사가 토이기土耳其, 터키를 원조함과 같如은 후원을 하고자 하였으나 불구不久에 남아프리카 공화국은 대패하여 크뤼거 대통령도 구라파에 피난치 아니치 못할 부득이한 경우에 이르러 카이저 황제를 폐현陛見코자 할새 그帝는 이것此을 거절하고 문전의 걸인 대접하듯 하였으니 전일 대통령의 탄신날誕生日에 축포를 놓을 때와는 너무 야박하도다. 1904년 3월에는 그彼는 모로코 문제에

---

4   청나라의 의화단운동(義和團運動)을 진압한 사건.
5   보어인. 아프리카너. 남아프리카 지역으로 이민하여 정착한 네덜란드계 사람들과 그
     후손들.

관하여 영국과 불란서의 협상은 독일에 이해관계가 전혀 없음을 말述하고 암연히 이것을 승낙하는 태도를 보였으나 1년 후 1905년 3월에 이국 동맹의 한 나라一國 되는 아라사가 일로전쟁에 봉천奉天, 펑톈에서 대패한 후 그其 태도를 일변하여 모로코 문제의 낙착은 그류 영국과 불란서의 두 나라二國가 자유로 처단할 바 아니라 이류는 불가불 구라파의 관계 열국 회의에 부付하여 토의치 아니함이 불가하다 주장하고, 전패여얼戰敗餘孼이 상존한 불란서가 군비가 충분치 못하여 도저히 전쟁할 능력이 없음을 추측하고 외교상에 독일을 고립 지위에 입ㅍ게 하고자 하던 정략 주인의 불란서 외무대신 델카세 씨를 격퇴하니, 카이저는 이此 발동적 외교의 결과로 알헤시라스 회의가 개開하게 되었으나 다행히 회의는 무사히 종말을 고하니라.

간 곳마다 파란을 일으키는 빌헬름 2세 카이저는 단지 이상 기록한 것으로만 볼지라도 여하히 천려淺慮하고 소疎한지를 추측할지라. 그러나 그彼는 결단決코 공연히 남他의 반정反情을 도발하여 이류로 쾌락을 삼는 무신경의 인물은 아니러라. 이로 볼진댄由此觀之 그彼는 실로 남他ㅅ의 악감을 위무 회유함에 고심초려苦心焦慮하나니 스스로 자기의 격노 공분奮昻하는 정情을 억제치 못하여 충돌적 외교로 남他ㅅ을 격분忿激케 하고 다시 그의 심로心怒를 위안코자 고심참담함은 침착하고 지려智慮 있는 자가 밎지 못할不及 바나, 그러나 영기英氣 정력이 충만치 못한 자는 도저히 불능한 일事이라. 그彼는 마닐라馬尼羅 만두灣頭의 발생 사事 이후 4년 되는 1902년 1월에 미국米國 조선소에 부탁託하여 일 개의 놀잇배遊艇를 제조하고 이름은 미국 대통령의 영랑令郞에게 청걸하고 그其 진수식에는 아우愚弟 하인리히를 파견하고, 그해同年 5월에 미국 사람ㅅ이 불란서 로샹보 장군의 동상을 화성돈에 세우고 장군이 미국 독립전쟁 때時에 미국 사람ㅅ을 위하여 진력한 의협의 덕을 표정表旌할새 카이저는 이것此을 묵시치 않고 대항할對抗的 뜻意味으로 전일 하인리히 친왕카이저의 弟에 대한 미국인의 환영심을 보답고자 함이라 빙자하고 프리드리히 대왕의 동상을 화성돈 부府에 기부코자 루스벨트 대통령1919년 1월에 별세(逝去)한 미국 전 대통령에게 신청하니라. 그彼는 즉위 초년에는 그其 혈통상 관계로 거의 해마다每年 그其 조모 되는 빅토리아 여황을 문후하더니, 제임슨 박사 사건에 축전한 이래로 영국 조야에 비상한 반감을 샀으므로 한동안一時은 영국의 거동行幸을 중지하니라. 그其 후 그彼는 백방으로 영국인의 노염怒念을 풀고자 하여 인도의 흉년에는 막대한 기부도 하며, 또又 그其 총독에게 우악優渥[6]한 전보도 발發하여 그其 불행을 동정하며, 또又 영국의 황제가 친히 명예 대장이 된 영국 용기병대龍騎兵隊의 남아메리카南米利加 출정 시에는 멀리 예물을 진정贈하여 그其 사기를 고무하고, 또又 파스 원수가 남아메리카에서 개선할새 그彼는 국민 다수의 반대가 있음을 불구하고 보로서의 최고 훈장 되는 흑취장黑鷲章을 원수에 사송賜하고, 그其 후 조모 빅토리아 여황 장례식에는 오래간만에 영국을 건널새 가장 태도 있게 사인私人의 몸으로 흉중에 아무 울결鬱結[7] 없이 행동거지를 경쾌함은 영국인을 조롱하니 그帝는 여하한 지략智略의 인물됨을 가지可知하리라.

지모智謀 용출涌出하는 카이저는 출몰 변환을 예측기 어렵도다. 비사맥의 제자로 출세한 그彼는 즉시 그其 스승師을 구축驅逐하고 전연 비사맥 공의 내정, 외교에 관한 정책을 변하니라. 처음初에 카프리비로 하여금 자유로 수완을 발휘케 하던 그彼는 만기萬機를 친재親裁하니 처음初에는 식민 정책에 반대의 태도를 취採하여 괴벽怪僻한 헬골란트 고도孤島와 아메리카의 다망多望한 식민지와 교환하게 된 그彼는 지금은 가장 식민 정책의 발광자

---

6   은혜가 매우 넓고 두터움.
7   가슴이 답답하게 막힘.

가 되어 그彼의 치세 초에는 그彼는 사회 개혁 사업에 대하여 다대한 흥미를 감感하고 노동 시간이며 기타 조건을 상의하기 위하여 백림에 만국 회의를 소집까지 하니라. 그彼가 비사맥 공과 불합한 일一은 비사맥 공의 준엄한 사회당 진압책에 자기가 불찬성한 일事이라. 그러나然而 그其 후 그彼는 홀연히 비사맥 공 이상의 사회당 박멸자가 되어 사회민주당으로 하여금 독일 제국과及 그帝의 일가의 도적이라고까지 선언하더니 과연 금일의 카이저의 처지를 보건대 그其 폐제廢帝의 원인은 사회당에 있나니 그彼는 이제今에야 비사맥의 학대를 후회하리로다.

7. 카이저의 종교관

나파륜 같은 영웅도 동정서벌의 혁혁한 공명을 박博할 때時에 불란서佛國 혁명의 민권 자유주의를 빙자하였거든 현대적 준걸로 허영과 야심의 권화權化 되는 카이저야 무슨何等 군주 철학이 없을 리가 만무하도다. 그彼의 종교관은 가장 실제적이므로 고상하게 철학이라는 이름名은 붙일 수 없고 다만 한一 수신경修身經됨에 불과하니라. 그러하나然하나 그彼의 종교적 신앙은 프리드리히 대왕과 기타 조선祖先의 종교와는 판이하여 대단한 열성이므로 우주에 신성한 질서가 있음을 의심치 않나니 왈 "우리 모든 동포 공민의 모든 계급을 연결하는바 유일의 도道가 있으니 이是 즉 종교라. 그러나然而 짐의 소위 종교라 함은 협의의 단독적 의미를 가리킴이 아니요 인생에 직접 하는 광범한 실제적 의미를 가리킴이라. 이此 종교를 민간에 보급고자 할진댄 승려와 속인을 물론하고 공동 협력지 아니함이 불가하니 종교로 기초 삼지 못한 인생은 모두 미망迷妄하니라. 짐의 인민과 짐의 제국과 짐의 군대는 모름지기 짐의 자신과 짐의 일가의 통치하에 야소^{耶蘇, 예수} 그리스도 보호하에 입^立지 아니함이 불가하며 선량한 교도가 아니면 선량한 병사 되기 불능하다" 하니라. 그^彼는 정교파의 기독교도나 자유 관대함으로 자청하여 회회교^{回回敎, 이슬람교}의 보호자 토이기 황제로 벗^友ㅅ을 삼더라. 또^又 종교상 사항에 대하여는 그^彼는 강제치 않나니 신교국의 군주로서 그^彼는 결코 가톨릭교도를 학대하여 신교도의 이익을 도모하는 일^事이 없고 도리어 가톨릭교도를 위하여 예전^{昔日} 비사맥 공이 행한 문화쟁투의 상해^{傷害}를 치료코자 전력을 다^竭하니 그^彼가 이같이^{如此히} 가톨릭교를 관대함은 유력한 정치상 이유가 있는 소이라. 왜 그런고^{何則} 하니 그^彼의 정략은 전연 라인 제 주외^{諸州及} 구 파란^{波蘭, 폴란드}령 보로서 근방의 가톨릭교도의 조력을 취득^得고자 함이라. 또^又 정치상 이유는 고사하고 원래 나마교^{羅馬敎, 로마교} 가톨릭교는 교권과^及 전설의 종교로 카이저의 정치상 주의에 적합하므로 그^彼는 일직이 이^此 교에 동정을 붙이게 되었더라.

8. 카이저의 정치상 근본 사상

카이저의 정치 철학은 위에 말함^{上述}과 같이 종교적 신앙으로 근거를 삼으니 200여 년 전에 불란서의 포쓰예 승정^{僧正}의 유명한 논문 "성경으로 기초 삼는 정치"와 방불한 군권신수설을 확신하므로 그^彼는 왈 "상제^{上帝}는 자기의 성의^{聖意}를 수행키 위하여 카이저를 이^此 세상에 보내셨다" 하니 나^余는 안^按컨대[8] 중고 시대의 열광적 신신^{信神}의 응고^{凝固} 나마^{羅馬, 로}

---

8   살피건대.

마 법왕法王이라도 카이저만큼 신성한 사명에 고집하는 자는 없으리라 하노라. 그彼는 신성한 직분을 신信하는 군주이므로 보통 이상의 고상한 관념을 회포懷함은 물론이라. 과연 카이저는 개인적 통치에는 달통하니 남을 압박壓하는 자존주의는 대개 이此에서 출出함이라. 이론상 그彼는 자신을 현대 진보의 대표라 인증認하지만도 실로 그彼는 자기의 의사 외에는 하인何人의 의사를 물론하고 승인치 않나니 국법이거니 공사의 생활이거니 모든 일을 자기自己만 잘하는 터니라. 나마 황제는 신앙에 관하여 잘못함이 없다고 주장하였으나 카이저 황제는 억천만사億千萬事에 잘못함이 없다는 자신력이 강대한 인물이라. 고로 카이저는 무조건의 복종을 요구하는 자라. 아무리 그彼에 대한 반대 운동이 적법하고 또는 입헌적으로 행할지라도 그彼는 한번 고집한 이상은 어디까지든지 이此를 억제코야 마는 성미라. 고로 그彼는 왈 "짐의 인사仁事에 훼방하는 자는 누구何人이든지 용서치 아니할지니 우리我 제국의 인군人君되는 자는 오직 한 사람一人뿐이리니 짐은 하인何人과 쌍립지 못할지라"고 그彼는 자기의 행사를 모두 정도正道로 확신하는 터이라. 그러므로 세계 전쟁에도 세계의 열강을 대적 삼아 가지고 5년간의 장구한 세월에 수천만의 생명을 희생하고 수천억의 국재國財를 탕진하였으나 수십 년 저축한 이상을 실현코자 조금도 굴치 아니하고 동벌서정東伐西征을 하니라.

독일의 국가를 건설한 자는 보로서의 호엔촐레른가 됨은 어느 사람何人이든지 주지하는 바라. 당시의 신료 중 독일 건설에 협력한 자는 비사맥과 몰트케 같은 호걸인데, 카이저는 이네輩等 건국 공신을 제왕諸王의 의지를 달達하던 유용의 기구로 평가하느니라. 빌헬름 1세는 일찍이 쾨니히스베르크에서 "보로서는 천우天佑의 왕국이요 호엔촐레른가는 신에게 이此 왕국을 받은 바라" 선언하였더니, 그其 손자孫되는 빌헬름 2세 카이저는 웅대한 노제老帝의 칙어에 감격하여 그其 조부를 대제大帝의 존호를 받들尊고자 천하에 발령하여 일반 국민으로 하여금 탄미숭앙嘆美崇揚케 하니라. 천우국의 황제요 신수神授의 국왕 되는 카이저는 물론 보수주의자에 반동주의자라. 그러나 그彼는 고대 나마 황제가 황제의 우상적 숭배를 그其 인민에게 구함과 같은 점이 있나니, 혹 그彼를 근왕적 정치가라 할는지 또는 절대의 복종을 요구하는 자라 할는지 그其 결론은 독자에 일임하노라.

9. 카이저의 세계전

20세기 초부터 과학의 진보는 비상하여 그其 응용은 공중에 비행기, 비행선을 날리고 수중에는 잠항정, 수뢰정이 생길새 열강의 각국은 갑국이 대포를 제조하면 을국은 군함을 제조하고, 일국이 잠항정을 장만製造하면 일국은 비행기를 장만製造하여 소위 무장적 평화로 50여 년간을 무사히 지내더니, 대정 3년 갑인서력 1914년 6월 28일에 오태리 보스니아주 사라예보 가로에서 세르비아 청년 19세의 고등학교 학생 가브릴로 프린치프가 동 시市에 행계하는 오태리 황태자 프란츠 페르디난트 대공과 동 비妃 초테크 전하를 암살한 사건이 발생할새 열강의 각국은 노란 눈을 크게 뜨고 소위 민족 보호니 동맹국이니 협상국이니 하고 서로互相 선전宣戰을 포고하니 구라파 대륙은 포연탄우에 시산혈하尸山血河가 되고 세계의 형세는 더욱 흉흉하게 되니라. 카이저는 등극 초부터 군국주의를 주장하여 육군이 완전하고 해군을 창설하여 해군력이 세계에 두서너째二三位가 되고 동양에는 청국支那 교주만膠州灣, 자오저우만에 군항을 축축築하고 팽창적 독일을 실현코자 인국隣國의 거동만 주목하던 차에 마침 이와 같은 동기를 만나니라.

황태자와 태자비를 암살당한 오태리국은 7월 23일에 세르비아국에 향하여 최후통첩을 발하자 아라사露國에서는 즉시 어전 회의를 개開하고 25일에는 구라파 아라사의 모든全 군사軍에 동원령을 하下하고 그 밤同夜 어전 회의에서 전비를 정돈하기로 결의하니라. 7월 27일 영국 외상 서[9] 에드워드 그레이는 오墺, 새塞 양국 간의 분의紛議를 조정키 위하여 영, 불, 독, 이의 4국 대사大使 회의를 개開코자 제의하였더니 카이저 황제는 왈 "오, 새 양국의 일事은 그其 양국으로 하여금 해결케 함이 가可하다" 하고 거절하니라. 그러나 전쟁은 벌써 시작되어 오태리국에서도 31일에는 전국에 동원을 행하니, 강태공이 위수渭水, 웨이수이강에서 시절을 낚듯이 팽창적 독일의 이상을 실현코자 시기만 고대하던 카이저가 어찌 이 광경을 묵시하리오. 그彼는 즉시 독일 국내에 계엄령을 포고하고 타국과 통신을 단절하는 동시에 7월 30일 저녁夕에 아라사에 향하여 동원의 이유를 문책하고 그其 정지를 요구하였으나 기위旣爲 동원까지 한 아라사의 결심은 단연 부동不動하고 독일의 요구를 무시할새 독일은 원래 전쟁을 중지시키고자 함이 아니므로 8월 1일 오후 7시 30분에 주노駐露 독일 대사 폰 푸르탈레스 백작은 아라사露國 사조노프 외상에게 전쟁 선언서를 교부交付하고 8월 2일 아침朝에 그곳露都을 철거하니라. 그러나 아라사가 이위 독일의 적이 된 이상은 불란서도 노불 동맹의 관계상 독일을 대항치 아니치 못할지라. 고로 카이저는 벌써 불란서 방면에 대하여 7월 25일에 전비를 급히 하고 8월 1일에 대노對露 선전과 함께 불란서 간의 도로, 철도, 전화, 전신 등의 모든一切 교통을 단절하고 예비병 6개년 병까지 동원을 명하여 불란서로 수송할새 불란서는 원래 나파륜의 모스크바莫斯科 실패 후 아라사와 갈등

---

9   경(Sir).

이 되었었으나 보불전쟁普佛戰爭 후 독일의 철혈 재상 비사맥이 1879년에 오태리와 동맹한 후 다시 이태리를 가입하여 1883년에 3국 동맹이 성립함을 보고 필경 불란서도 자위상 아라사와 1890년에 동맹을 하였으므로 보불전쟁의 원수를 보복고자 하던 차이라. 불란서에서는 8월 1일에 육군에 총동원령을 하下하고 8월 2일로서 동원 제1일로 정하니라.

그러나 독일 군대는 벌써 세 군데三個所 불란서 영토에 침입하여 영세 중립국 되는 룩셈부르크 대공국의 중립을 침해하고 8월 3일에는 독일 비행기가 불란서에 침입하니 불란서 천지는 청천백일에 폭발탄의 우박이 참혹히 왔더라. 이와 같이 양국이 이미 교전 중에 있건만도 불란서는 독일의 포횡暴橫을 대항치 아니하고 은닉隱匿의 태도를 보임은 영국의 후원을 받고자 전쟁의 발단을 독일에 씌우고자 하는 정책이었었으나, 그러나 카이저는 벌써 이此와 반대로 8월 3일 오후 5시에 "불란서 육군 비행가는 독일국 상에 비행하여 폭발탄을 투하하니 독일과 불란서와는 전쟁 됨이라"는 사실을 구조할새 8월 4일에 불란서 정부는 임시 의회를 소집하고 필경 독일에 대하여 선전을 포고하니라. 그러나然而 독불 국경 알자스-로렌의 불국 국방은 극히 완비하여 도저히 대항할 수 없고 불란서 북부는 릴, 모뵈주 등의 요새가 있으나 다만 백이의 중립만 의뢰하고 완전한 방비를 못 하였거늘 카이저는 형세를 돌려 백이의의 중립을 침입할 묘책으로 8월 2일에 그彼는 백이의에 통고 왈 "확실한 보도를 들은즉 불란서 군은 나뮈르에서 뫼즈하河에 진군하는 듯한데, 백이의는 남他의 원조가 없이는 불군을 격퇴치 못할지라. 만일 백이의가 독군의 진군을 방해할진댄 무력으로써 결決하리라" 하였으나 벨기에는 그其 음모에 빠지지 아니하고 8월 4일에 단연 거절하니 독일은 그날同日 오후 8시 30분에 백이의에 향하여 선전을 고하니라. 노국이 동원령을 하下하자 7월 29일에 독일은 영국에 향하여 "가령 백이의의 중립을 침해할지라도 그其 독립을 위태히 할 목적이 아니요 또又 영국이 중립을 지킬진댄 독일은 불란서를 격파할지라도 그其 본국을 침범犯치 않고자 하노니 과연 중립을 고수守하겠느냐, 못하겠느냐" 하는 조회까지 있었으나, 원래 영국은 게르만 민족의 두목 되는 독일 황제 빌헬름 2세 카이저가 항상 "독일의 장래는 해상에 있다"고 비사맥의 소극주의를 배척하고 굉장히 해외 발전을 도모하여 백림으로부터 파사波斯, 페르시아에 이르는 바그다드 철도를 경영하고, 아프리카의 불란서 영토를 강탈하고, 청국 교주만에 군항을 축築하고, 본국에서는 성대히 해군 확장을 단행하여 영국을 압박고자 1920년까지에 40척의 대양 함대를 완성코자 계획함을 보고 독일 해군의 확장이 완성하기 전에 한 방一擊을 놓與고자 잔뜩 준비하였던 차이라. 8월 5일에 백이의 중립을 파괴하는 독일의 행동을 묵시할 수 없어 영불 협상을 빙자하고 독일에 향하여 선전을 포고告할새 영국은 원래 해군국이므로 영독 전쟁은 해전이 많았나니多하였나니 독함獨艦 엠덴호는 인도양에서 영함英艦 5척을 격침하고 1척을 포획하였으며, 대서양에서는 독함 카를스루에호는 영국 상선 13척을 격침하고, 또 독함 엠덴호는 인도 벵골만 내에서 영함 5척을 격침하여 대단한 명예를 날리다가 필경 호주 함대 시드니호에게 격파를 당하였으나 독일의 잠항정은 대서양, 태평양, 지중해, 애란도愛蘭島, 아일랜드, 북해도, 인도양 등의 해양을 빈삭頻數[10]히 출입하니 해상의 형세는 더욱 위험하여지고 독일의 세력은 더욱 공고하여 필경 독일의 비행기는 영국에 입入하여 위협까지 하니라.

　아라사와 국교가 단절된 후 카이저는 노군露軍의 동원이 지체함을 이용

10　도수度數가 매우 잦음.

하여 위선 불란서 국경으로 그其 병졸을 집중할새 일격에 불란서 야전군을 격파하고, 그其 후 1주간에 서부에 있는 100만의 병졸을 동부에 이전할 만한 완전한 철도를 가설하여 동방으로 파란에서 당당히 노군과 자웅을 결決코자 계획하였으므로 현재 집중된 3개 군단12만의 군사로써 국경을 넘어 백이의에 침입하여 백이의를 격파하고, 불란서를 침입할 계교로 위선 육칠만의 병사로써 8월 5일에 백이의 리에주 요새를 포위하였으나 공성포攻城砲를 갖지 못하였으므로 전군의 3분지 1의 생명을 실失하고 일시 백이의군에 향하여 휴전을 청하였으나 백이의는 그其 휴전에 응할 리가 없었더라. 이玆에 독군獨軍은 12문의 42센티珊 공성포를 운반하여 리에주 요새를 함락하고 수부首府 브뤼셀을 점령한 후 앤트워프 요새의 공격에 4만 5천여의 병졸을 희생하였으나 "어떠한 희생을 할지라도 앤트워프 요새는 공격하라"는 카이저의 명령으로 6만여의 백군白軍을 섬멸하고 용전 맹습하여 필경 앤트워프 요새를 함락하니라.

카이저는 친히 진두에 서서 불란서 침입군의 일부, 즉 32만의 병사를 분할割하여 8월 28일부터 동부로 수송을 시작하여 불란서 방면에 있는 연합군을 추격하고, 9월 1일에는 콩피에뉴로 향진向進하니 파리와 상거相距가 불과 30마일哩이라. 독군은 빈삭히 비행선과 비행기로써 파리를 위협할새 불란서 정부는 9월 3일에 서반아西班牙, 에스파냐 국경에 근접한 보르도로 이전하니 독군은 베르됭 요새를 파격하고 10월 12일에 독일 비행기는 파리에 침입하여 무인지경을 만들고 전선을 동북으로 이전하여 아라사로 진행하니 노독 간 전쟁은 이從此로 접전이 되며 8월 13일에는 노군의 승세로 동보로서東普魯西 쾨니히스베르크 요새까지 포위를 당하였었으나 불란서 방면에서 수운輸運한 새新 병졸軍卒은 중포重砲로서 노군을 공격하여 포로 9만을 획獲하고 파란에 침입하여 카이저는 인심을 얻고자 파란을 독립시키고 필경은 세계의 영웅이라 칭하던 나파륜도 패배한 모스크바까지 점령하니라.

동양에서 구라파歐洲, 유럽 전쟁에 참여한 나라國는 오직 일본뿐이니 카이저의 팽창적 독일을 주창하고 세계를 압도코자 하는 정략은 점점 동양에 그其 세력을 펴고자 청국 교주만으로써 동양의 근거지를 삼을새 일본은 항상 이것此을 동양의 화근으로 생각하던 차에 구라파 전쟁의 형세를 보니 연합국 쪽側은 영, 불, 노, 새요 협상국 쪽側은 독, 오로써 전쟁이 되었으므로 8월 16일에 일본 정부는 독일 정부에 향하여 독일이 청국 교주만을 동양의 근거지를 삼음은 동양의 평화 유지상 유해하니 1914년대정 3년 9월 15일 위한爲限하고 무조건으로 일본에 교부하라고 요구하고 그其 회답을 8월 23일 정오까지로 한하였으나 독일은 아무何等 회답이 없으므로 일본 정부는 8월 23일 정오에 선전의 조칙詔勅을 발표하고 8월 27일에는 가등加藤, 가토 제2함대 사령장관은 교주만을 봉쇄하고 선언할새 그날同日 오태리 제국은 일본에 향하여 선전을 포고하니 양국 국교가 단절이 되어 고천수환高千穗丸, 다카치호마루은 독일 수뢰정에게 격침을 당하고 독일 구축함 90호는 교주만을 탈출하였으나 필경 일본에게 패하고 발덱 총독 이하 수백 명은 포로가 되니라.

이와 같이 영, 불, 백을 정벌한 후 전력을 아라사로 집중하여 필경 노도露都까지 침범하게 되니 아라사의 혁명 과격파가 기起하여 노독 단독 강화를 체결하고 독, 오 부로俘虜로 부동符同이 되어 관군과 전쟁이 일어나니 연합국의 형세보다도 동양의 형세는 더욱 급박하게 되어 일본 정부는 서백리아西伯利亞, 시베리아에 출병을 하게 되고 독일은 필경 내란이 기起하여 카이저 황제는 퇴위가 되고 열강의 전쟁은 미국 대통령의 14조목의 휴전 조약으로써 방금 정지 상태에 있느니라.

10. 카이저의 개인적 극단 정치

독일의 헌법은 일개 종합물이니 대철학자 헤겔의 논법에 즉하여 독재주의와及 민주주의의 모순을 합한 이상한 종합 조정이라. 그러나然而 이此를 자세히 천착할진대 그중其中에 민주주의의 분자도 새벽별曉星같이 보이나 그 실其實은 외관뿐이요 헌법의 정신은 순전한 전제적이라. 고로 황제의 권력만 비상히 대大하니 헌법 제11조에 왈 "황제는 선전, 강화, 동맹, 기타 조약의 체결을 하며 또又는 대사를 임任하여 이此를 행케 함을 득得함", 제12조에 왈 "연방 참의원과參議院及 제국의회를 소집, 개회, 연회延會, 또又는 해산함을 득함", 제17조에 왈 "법률을 발행하며, 공포하며, 그其 집행을 감독함을 득함", 제18조에 왈 "황제는 문관을 임면任免함을 득함. 또又 그彼는 제국의 관리를 임명하는 외에 육해군의 사관과及 연방 각국 소속 군대의 고급 사관을 임함을 득"하느니라.

이此를 영국 왕의 권력에 비교할진대 독일 황제의 내정, 외교에 대한 권력은 거의 무한이라 하겠는데, 카이저는 그래도 부족하여 내각과 제국의회의 권한까지도 차지하여 전혀 자기의 권력만 팽창하니라. 원래 입헌 군주국에서는 독재주의와 민주주의의 쟁투는 면키 어려운 바라. 역사상으로 볼지라도 영국의 헨리 8세와 엘리자베스 여왕의 시대에 국회와 왕 간에 쟁투가 있었고, 또 제임스 1세와 찰스 1세의 시대에는 흉악한 성질을 현출現出한지라. 자존 자신의 완강한 카이저는 자기의 의사를 절대 무상無上을 삼고자 필경은 헌법 제17조와 같은 재상宰相의 부서副署가 없이 칙령을 발포하게까지 하니 이로 말미암아 비사맥이 분노함을 이기지 못하여 그帝와 항쟁을 하고 그其 결과 두 사람二人 사이間는 분열이 되었더라. 대저 독일의 재상이 칙령에 부서한다 함은 그其 재상이 독립의 권능이 있음이 아니라 제명帝命을 봉종奉從하는 괴뢰에 불과하나니 그彼 부서를 요함은 유명무실의 형식뿐이니라. 고로 독일의 유력한 신문은 카이저의 극단의 개인적 정치를 근심憂慮하여 이此를 통론痛論하여 왈 "카이저 황제는 반동주의의 인물만 그其 군측에 친근하고 그들此輩의 언론만 경청傾聽하므로 우리나라我國의 책임 있는 정치가는 하나ㅅ도 제帝의 친자親炙[11]를 받지 못하니 흡사히 토이기와 술탄斯坦의 대신들等과 같도다. 그其 주장하는 바를 볼진대 정치상 각항사各項事는 황제의 명령이면 책임 재상도 동의치 아니치 못하느니라. 모든 정략이 이와 같이 황제의 자유이므로 혹시는 법률에 금지하는 일事도 도리어 장려하는 일이 있으며, 또又 그彼는 보로서 왕국과 연방국의 정무까지 간섭함은 그帝의 특권이나 그其 연방국의 내사內事까지 참섭함은 너무 심하도다."

그彼의 개인적 정치는 신문, 잡지, 기타 문학상에 다대한 악영향을 및게 하였나니 독일 제국 헌법은 언론의 자유, 출판의 자유 등에 장애를 할 뿐 아니라 실로 압박을 한다 하여도 가하도다. 카이저 즉위 후 독일 전국의 재판소는 제명帝命만 봉준奉遵하여 전혀 자유주의의 운동을 압박하기를 시작하여 신문을 정벌하며 언론을 압박하는 편협한 국가주의로 인하여 독일 국민의 자유 활동과 정치적 사상은 심히 축소하니 벌제위명伐齊爲名[12]으로 이름名은 입헌이나 실은 순전한 전제 정치를 강행하니라. 그彼의 개인적 세력은 거의 무소부지無所不至니 위선 군사상으로 볼지라도 그彼는 항상 육해군을 빈삭히 방문하여 육군 사관 2만 5천 중 그其 반수 이상은 개인적으로 알며 해군에도 1,500여의 사관을 거의 다 아나니 제帝의 개인적 근친은 실로 육해군의 근왕적 진충심盡忠心을 격려함이 적지 않도다. 구주

11　스승에게서 직접 가르침을 받음.
12　겉으로는 어떤 일을 하는 체하고 속으로는 딴짓을 함.

전쟁에 독일군의 용맹이 무쌍함도 그其 연고니라.

그彼는 육해군뿐 아니라 관리 사회, 교육 사회, 교수자회, 또ㅈ는 중류 사회와 각 동리 방방곡곡까지 이와 같은 개인적 사교술로 득인심得人心을 하여 독일 국민 중의 다대수多大數는 황제의 명령이라면 조금少許도 거역지 못하게 되니 이와 같은 개인적 정치는 현대 독일의 특유한 현상이라 하겠도다. 그彼는 민주적 풍조가 미만彌滿하고 개인의 의식이 고상한 지금 세상에 입헌적 형식 정치가 아니면 도저히 민심을 수습할 수 없음을 모르는 바 아니나 다만 그彼는 민주적 형식의 미명하에서 개인적 독재 정치를 행코자 함에 불과하니 그其 이상은 가장 충실하나 이를는 카이저 같은 영웅의 자질이 아니면 도저히 실행키 불능하니라.

11. 연설가의 카이저

카이저의 개인적 정치는 소진蘇秦, 장의張儀도 가히 항복할 만한 그彼의 변설辯舌은 색채를 띠었나니 대저 군주의 연설은 몽회무색曚晦無色으로 평범함을 위주하며 그其 언사는 통속되고 사실의 진정眞正을 표명치 않도록 하되 군주 자기 의견을 말述함이 없고 수상과 정치의 권형權衡 되는 정당政黨의 의견을 표할 뿐이건마는 그彼는 당당한 식견과 만강滿腔의 사상은 일언일구가 수미철저首尾徹底하여 가장 담대한 기상으로 노골을 표명하나니 그彼의 연설을 청강聽하는 자는 그其 강강剛强한 사상을 탄복지 않는 자 없더라.

그彼의 연설은 대단히 여러夥 방면에 긍亘하여 사람人人의 감흥심을 야기하며 또한 그彼를 특이한 인격으로 인정함에 유력한 재료가 되므로 세인은 그彼를 역사적, 정치적 인물로 과대히 견見하기 용이하였더라. 나파륜과 비사맥네等의 연설은 그 일언일구가 중요한 정치적 의의를 가졌으므로 그네들其人等의 언사는 직접으로 국민의 사상을 감발感發시키며 일언척구一言隻句가 실행할 능력이 있었으나 카이저의 연설은 실행의 준비가 아니라 자기의 정력을 토설함에 지나지 아니하니 그彼는 불언不言 실행자가 아니라 다언多言 불실행자라 하겠도다. 그彼는 자기의 신념으로 무던한 용기를 가졌으나 그彼의 믿는 바와 말하는 바는 국민을 대표하여 그其 희망과 의지를 말함이 없더라. 그러나 전혀 없다고 단언할 수는 없나니 트란스발 대통령 크뤼거에게 전보한 사事는 그其 신민의 부르 사람人을 위하여 감정을 대표함이라. 또又 그彼의 해군 연설은 신독일의 요구를 변명코자 하였음이나, 그러나 독일의 생활, 독일의 정치에 대한 일반적 태도는 너무 전제로 행하였다 하여도 가하되 국민에게 배척을 아니 당함은 단지 그彼의 능란한 개인적 사교술과 청산유수 같은 이언감설利言甘說의 연설로 입헌 군주국에서 전제 정치를 행하였더라.

12. 방언가放言家의 카이저

상술과 같이 카이저는 다변多辯 불실행자라. 독일 헌법상 비사맥의 정한 규정을 볼진대 "황제의 연설과及 칙어는 문어와 구어 됨을 막론하고 일절 제국 재상의 검열을 지난 후가 아니면 정부가 스스로 발發치 못한다"는 형식을 채용하였으나 카이저는 전연 이此 법규를 무시하고 자기의 재질才質만 믿고 경우는 무엇이며 시기는 무엇이냐 하고 연설만 시작하면 촌설寸舌이 척설尺舌이 되어 자기의 지위도 불고不顧하고 언사도 조심 없이 신이 나서 하는 연설은 가끔往往 국민의 사상과 모순이 되며 외국에 대하여도 재미없는 감정을 사서 외교상 분쟁도 한두一二 번이 아님은 과거의 몇몇幾多 사실로 명증明證하는 바라. 1908년 10월 28일 발행의 『데일리 텔레그래프』 신문지에 게재한 카이저의 회화는 가장 극단의 언사러라. 『데일리 텔레그래프』 신문은 카이저가 영국 모 외교가의 직접 담화 중 극단의 수구數句를 게재하니 왈

"…… 짐은 항상 영국과 친구 됨을 공언하나 영국 신문은 짐을 미워嫉妬하며 시기할 뿐 아니라 그其 인민으로 하여금 카이저의 수중에는 칼劍을 감추었으니 결단決코 악수지례握手之禮에 응치 말라고 가르치니 짐을 멸시함이 태심太甚하도다. 짐은 대단히 유감으로 생각하노라. 거듭 말하노니 짐은 영국의 친구親友라. 진정으로 말言하건대 우리我 독일은 중등 사회와 及 하등 계급의 대부분은 영국과 친친함을 좋아 아니하나 짐은 나라國의 소수자라 할지나, 그러나 그其 소수는 국민 중 가장 선량한 분자로 성립된 자라. 짐은 군주가 되어 될 수 있는 대로 명백히 짐의 영국에 대한 성의를 표하였나니 천언千言이 불여일행不如一行으로 짐이 여하히 영국에 대하여 호의를 둘지라도 현저한 증거가 없으면 신용키 어려우니 그其 증거의 일단을 말擧하건대 남아프리카 전쟁 때時에 우리我 독일의 여론이 영국에 향하여 대적한 일事은 사실이라. 그러나 이른는 신문과 사인私人 간의 일시 낭설이요 관료계는 결단決코 배영排英의 태도를 가진 바 없나니 부르인의 총대總代가 구라파를 순회하여 각국의 간섭을 간걸懇乞할 때時에 화란과 불란서는 빈삭히 이此를 환대하였으나 우리我 정부는 짐에게 알현을 요구함도 거절하였나니 이로 볼지라도由此觀之 독일이 영국에 대하여 대적의 뜻이 없음을 알지로다.

이와 같은 짐의 호의는 이뿐 아니라 남아프카 전역戰役 때時에 우리我 독일 정부는 아라사, 불란서의 두二 정부와 함께 연형하여 영국을 협박하

고 그其 전쟁을 중지코자 하는 권고를 받았으나 짐은 그때其時에 대답答하여 왈 영국 같은 해군국과 갈등될 정책은 짐은 감히 능치 못한不能한 바라고 거절하였으며 또又 1899년 12월 사변에 영국의 원정군이 트란스발에서 연전연패하여 영국의 상하는 우민憂悶에 침륜沈淪이 되었을 때에 짐의 조모 빅토리아 여황은 실망의 비한悲翰을 짐에게 발發하실새 짐은 위선 위안의 답서를 발하고 즉시 일 장교를 명하여 남아프리카에 전국戰局 상황을 자세히 조사를 시킨 후 이此를 기초로 삼아 짐이 스스로 적당한 작전 계획을 안출하여 참모 본부로 하여금 한번一應 비평을 받은 후 이것을 영국에 보내었더니 그其 후로 파스 원수의 주공奏功한바 작전 계획은 우연히 짐의 안출한 바와 대동소이함을 발견하니라. 만일 영국의 불행을 기도하는 자면 이 같은如此한 친절을 행하였으리오. 족하足下, 혹은 독일의 해군 확장으로써 영국을 위협고자 하는 유일의 목적이라 하나, 그러나 우리我 독일은 연소한 나라國가 아니리오. 그其 상업상 이익은 신속히 세계 각 방면에 팽창하여 독일인의 향상심, 치부욕致富慾은 제한할 수가 없나니 고로 우리나라我國는 반드시 우수한 함대로써 독일의 해외의 이익을 보호케 아니치 못할지라. 팽창적 독일은 그 전도가 무한이 망망하여 불원한 장래에 동양에 대사건이 일어날는지도 보증할 수 없노라. 고로 우리들我等은 이此에 향하여 미리豫先 준비치 아니치 못할지라. 만약 태평양 안岸에 대한 문제가 어떠하게如何하게 중대한가, 이此를 정당히 판단할진대 반드시 성공한 일본의 발흥과 혹은 성공코자 하는 청국의 각성을 볼 것이요 태평양의 장래를 결단決코자 할진댄 대해군을 가진 귀국이 아니면 불능할지라. 고로 독일은 해군을 대확장할 필요가 있나니 독일과 영국이 쌍립雙立하여 처사할 때時는 아마 귀국에서도 독일의 대해군 있음을 대단히 흔열欣悅하리다, 하하하"라 하였더라.

카이저의 이상의 담화가 우국友國 교제상에 여하히 거침없이 방약무인 됨을 일독一讀에 명백하도다. 이此 기사가 『데일리 텔레그래프』 신문 지상에 한번一次 발표되자 열국의 언론계는 효효囂囂한 험담의 성聲이 일시 대소동을 일으켰더라. 그其 후 독일 제국의회에서는 각 당 명사는 일치하여 그彼의 독재 외교를 부인하여 장래의 후환을 예방코자 책임의 귀착점을 명백히 하고자 제의하고 뷜로 재상은 책임을 일신에 부담하고 황제를 알현 후 거세巨細의 사정을 상주하고 사직을 하고자 하였더니 카이저도 감각한 바가 있었으므로 이후는 입헌 책임의 원칙하에서 제국의 정치를 행하겠노라고 보증하고 뷜로 재상을 유임케 하고 그其 후부터는 다변의 입口을 봉하고 언사를 근신한 지 수년이러라.

13. 총명 다재의 카이저

원래 재사 중에는 민첩한 두뇌로 정사득실正邪得失을 판단함이 준속駿速할지라도 매사를 심침정중深沈鄭重히 전후를 고려하여 용이히 발發치 아니하는 성질도 있고 또꼬는 반발적, 충동적으로 접물처사接物處事에 총명 재기의 기상으로 항상 활발하여 경솔한 태도를 보임도 있나니 그其 폐해는 사상의 원만을 흠결欠缺하나니 카이저는 이此 두二 개 성질을 겸전兼全하였다 하여도 가하도다. 안按컨대 고금 동서양의 허다한 왕조는 흥망성쇠의 급격한 역사가 있으나 호엔촐레른가같이 비교적 명군 영주가 연속한 예는 세계에 희한한 바라. 금今에 그彼의 대선거후大選擧侯[13]의 역사를 보건대

---

13 선거후(選擧侯) 혹은 선제후(選帝侯)는 신성 로마 제국에서 독일 황제의 선거권을 가진 일곱 명의 제후.

보로서 일부의 애국자가 우리我 보로서는 전혀 호엔촐레른가 군주의 창건한 바라 과언誇言하는 소연所然은 결단決코 우연이 아님을 깨닫겠도다. 그러나 제제濟濟의 현군 중 카이저는 특히 특별한 지위를 차지占한 인격이라 하겠도다. 하즉何則고 하면 그彼의 두뇌가 다방면으로 활동함이니 그其 총민한 두뇌의 활동은 과언過言이 아니라 실로 비견할 자 없을지라. 그彼의 선조 프리드리히 대왕은 보로서의 국위를 구라파 천지에 날리던 인물로 다만 전진戰陣의 웅雄 될 뿐 아니라 또한 문사에도 재사더라. 그彼는 당시 보로서 신사로 알지 아니치 못할 불란서 어학에도 숙달하여 문학을 애송하며 시도 지으며 또又 불란서의 문학상 쟁쟁한 문사 철학자와 친친한 교제가 있어 그其 신사상에 감동되어 내정의 각 방면에도 여러 가지 쇄신 개혁을 시施하였으나 그其 두뇌의 민첩함과 교묘한 수단은 도저히 카이저에 밎지 못할지라.

카이저는 어떠한如何한 사물이든지 외적 상태를 신속히 파악하는 비상한 능력이 있나니 그彼의 두뇌는 어떠한如何한 사실이든지 상당한 적응력을 나타냄이 그彼의 천품이니 정치 외교는 물론하고 육해군의 전문적 사건에도 왕왕 전문가로 하여금 하품을 하도록 의견을 발표하는 인물이라. 또又 과학과 공예의 장려에 노력하며 문학예술에 간섭하며 또 철학과 종교의 유현심원幽玄深遠한 문제에도 하르나크 교수와 데리히 교수 같은 석학자와 감히 그其 논論을 다투나니 이로 볼지라도由此觀之 그彼의 박식을 추측하리로다. 여행을 좋아하고 사냥狩獵을 즐기며 연설을 좋아하며 방문을 자주 하기에 실로 분주 다망하고, 그彼는 연회니 명명식이니 결혼식이니 장례식이니 연습의 시찰이거니 거의 한가한 날日이 없는 그彼는 한거정좌閑居靜坐하여 고금의 서적을 한 번이라도 펴 보아서 정신상 양식을 취할 여가가 전무한 터인데, 백과 학문 기예에 통효通曉하여 전문가로 하여금 하품을 하게 하니 실로 그彼는 생이지지生而知之라 하겠도다.

그彼는 다재 총명의 특징 외에 경탄할 만한 미질美質이 있나니 그彼는 자기가 군주 된 직분과 책임을 깊이 깨닫고 국가를 위하여 진력하니라. 군주도 인간이니 천품의 능불능能不能은 이론 실로 인력으로 좌우할 수 없는 바니 명군현주名君賢主라고 반드시 어진賢 황자를 낳生지 못할 뿐 아니라 세상에는 도리어 범군용주凡君庸主가 많多은 터니라. 고로 군주 전제 정치보다도 입헌 민주 정치가 많으니 이론는 위험을 적게 하고자 함이라. 옛적昔者의 간단한 정치 시대와 달라 금일 같은 복잡한 정치에는 각각 특수한 지식을 요하나니 아무리 영매英邁한 군주라도 단독으로 만기萬機를 친재親裁코자 함은 실제 불능한 일이니 이론 민주 제도의 정치가 수입된 일 원인이라 하겠도다. 그러나然而 카이저는 금일의 대세 되는 민주적 문명 중에 생生하여 명의名義와 실질이 남의 자식을 통치하는 일국의 군주가 되어 자자孜孜히 침식을 망각하도록 국사國事를 진력하니라.

왕고往古 16세기의 불란서의 루이 14세도 또한 명의와 실질이 인군의 지위에 수치가 안 될 만큼 정사에 정려精勵하였으나 그其 시대에는 매우 무리무명無理無名의 전쟁이 가끔往往 일어나서 국민의 부담이 중하게 되어 일반 국민은 비상한 곤란을 당하였으나 왕은 열심으로 국가와 국민을 위하여 극력을 하였으므로 국민도 또한 그其 고통國痛을 참아 왕의 치세 간은 평온히 지내니라. 카이저 제帝의 현대적 독일은 다소 이와 같은 의취가 있도다. 제帝는 그其 정력이 범인보다 우월하니 여행이니 연설이니 군대의 방문이니 실로 시일이 부족될 만한 그帝는 군주로는 가장 열심가라. 그彼가 여하히 군주의 과중한 부담과 중대한 책임을 자각함은 그帝의 연설할 때마다 발현되는 바라. 미국의 전 대통령 루스벨트는 대단한 활동가로서 대통령을 사직하고 잡지 기자로 변하였다가 또又 남아프리카에 사자 사냥狩獵을 가며 아메리카와 구라파에 연설 여행을 하고 귀국하여 정치상 운동에 여념 없이 대통령의 선거에는 후보자로 피선이 되었었고 다시 남아메리카를 탐험하여 그其 일일日日의 행동이 노력적 생활을 실천궁행하였으나, 그러나 이로써 도저히 카이저의 활동에 비할 수 없도다.

14. 문예에 대한 극단의 간섭

사람의 일장일단은 이지자연理之自然이라. 카이저는 자신력이 강대하고 총명 다재하나 한 가지 단처가 있으니 그彼는 항상 매사에 간섭하여 가끔往往 폐해를 일으킴이 적지 아니하니라. 그중其中 무용의 간섭으로 국가에 폐해를 끼치는 바는 문예 방면에 현저하도다. 불란서의 나파륜은 군대 출신으로 문예의 사상이 없었으므로 혹 문예 과학에 간섭한다 할지라도 그其 이치를 캘 수가 없었으나 카이저는 나파륜과 판이하여 상당히 문예의 지식이 있어 시도 지으며 음악의 곡보曲譜도 꾸미며 자기가 친히 조각도 하므로 항상 적당치 못한 간섭을 하여 문예 유지자有志者에게 불쾌한 감정을 사니라.

그彼의 문예관은 애국적, 국민적, 철학적으로 모든 소설이거니 희곡이거니 애국적 사상을 고취함이 아니면 마음이 풀리지 못하는 터이라. 그彼의 가장 기호嗜好하는 바는 애국자를 주인공을 삼는 역사적 인물 실질의 문학가와 같은 자라. 고로 독일 현대의 문호 주더만과及 하웁트만과及 예술자로 유명한 푸크린, 리파만, 클링거, 도미와及 쓰쿠 같은 자는 모두 그彼의 미워憎惡하는 바라. 더욱이 주더만과 같은 노동자를 동정하는 서적을 저술하는 자와 인상적 화가는 그彼의 제일 미워憎惡하는 바니 세인트루이스 박람회 때에는 자기의 미워憎惡하는바 문인, 화가의 작품은 이此를 출품치 못하게 극단의 간섭을 하였으며, 전문가의 심사 위원이 하웁트만의 희곡으로써 실러 기념의 상전賞典을 수여할 가치가 있다고 결의함을 불구하고 이此를 작소繳消하여 그其 결의를 무효시킨 일도 있으며, 건축가의 위원이 관청 건축의 현상 도안을 모집하여 그중其中 상당한 도안이 당선될 때時는 그其 도안까지 없애는 심사心事니 그彼 주지는 문명을 압박고자 함이 아니라 자기의 이상과 부합지 못함이라.

그彼는 자기의 조선祖先을 숭배코자 그彼 개선로를 백림 티어가르텐 동남부에 만들고 그곳에 브란덴부르크의 선거후選擧侯와 보로서 왕의 32인의 대리석상을 세우니 이是 1898년으로 1901년의 일事이라. 안按컨대 이것은 카이저 생각에는 문예의 주요한 목적은 도화圖畵든지 시든지 연극이든지 또는 대리석의 상이거니 청동의 상이거니 국민적 공업功業을 실현하여 독일인의 국민적 정신을 함양케 할 자료를 삼고자 함이라. 고로 그彼는 연극에도 보호를 주나 그其 본지는 1898년에 이위 말한 바라, 왈 "우리我 황립 극장은 군주의 기관 될 자라. 고로 여기 종사하는 예술가는 황제를 보필하고 신령께 의뢰하여 이상주의로 노력하여 금일 독일 극장의 불행히 타락된바 물질주의와 비독일적 분자를 배척지 아니함이 불가하다"고 하였으며 또又 그彼는 문학이거니 예술이거니 세상만사를 모두 한 가지 법칙으로 행코자 하므로 작물作物은 반드시 평범 단조할지요 천재 귀공天才鬼工의 신작神作은 절대적 없애고자 하므로 비사맥 이하 국민적 사가史家로서 고명한 폰 지벨과及 드로이젠과及 몸젠의 배輩가 의사가 불합함도 그其 원인이 여기 있느니라.

15. 카이저의 교육 정책

카이저의 문예에 대한 간섭은 폐해를 일으킴이 적지 아니하였으나, 그러나 교육 정책은 가장 시폐時弊를 구제하는 의견이 고매하였나니, 종래 독일 학교에서는 라틴羅甸의 사어死語가 학생의 정력을 적지 아니 감축시킬 뿐 아니라 교수 시간의 반수는 라틴어羅甸語가 차지占하였으므로 교육상 폐해가 막대하였더라. 이兹에 카이저는 무용의 라틴어를 절대로 반대하여 즉위 초부터 이此를 광정匡正코자 라틴어 대신代에 독일어와 독일의 국민사를 장려하여 이此 두二 학과로써 교화의 중심을 삼고 상공업의 실용적 학과로써 국민의 상식을 삼고자 주장하니라.

그彼의 사상은 즉 인문적 이상을 포기하고 애국적, 국민적 이상을 준거함이니, 고로 1890년에 백림에 소집된 교육 대회에 임하여 그彼는 소진, 장의도 항복할 만한 웅변으로 대연설을 하니라. 그彼는 몸젠과及 헬름홀츠 들等의 대학사大學士의 보수적 고전주의 고어 교육을 배척하고 뵈르니오 배輩와 같이 근세어를 위중爲重하여 중학교에도 대학교 입학의 특전을 줌은 대개 그彼의 교육 정책의 승리를 보임이니 그 위대한 성공은 실로 경탄할 만한 가치가 있도다.

1890년에 그彼는 대연설을 하여 왈 "독일어는 모든 교육의 중심되지 아니치 못할지니라. 우리余輩는 중등 교육을 독일어로 기초를 삼을지니 이를卽 곧卽 우리余輩는 독일의 소년을 교육고자 함이요 결단決코 영국과 나마의 소년을 교육고자 함이 아님이라. 독일 국문의 논문으로 매사를 결정하는 표준을 삼을지니 졸업 논문에 완전한 독일문을 쓰는 소년은 과연 정신상 양능良能이 발달됨을 가지可知하리로다. 짐은 역사거니 지리거니 신전神傳이거니 모두 국민적, 애국적 됨을 즐기고 기호하는 바라" 하니라.

16. 카이저의 상공 정책

원래 독일 사람人은 구라파 국민 중 가장 지둔遲鈍한 국민이므로 임기 응변이라든지 재각才覺이 없고 모두 방식대로 또는 지도하는 대로 그其 궤도를 벗어나지 아니하나니, 고로 카이저의 전제적 입헌 정치도 능히 행하게 되고 또한 독일의 급격한 문명도 이루었으며 단결력이 강하고, 연구적 정신이 치열하여 사물을 연구함에도 철저적 해결을 하고야 마는 국민이므로 세계의 신발명품은 독일의 연구물이 되어 가장 완전한 물건을 제조하느니라. 40년 전의 독일의 교육 방침은 공상적 무용의 라틴말羅甸語, 희랍말希臘語, 그리스어의 학과를 한 주일 교수 30시간 중에 15시간을 차지占하였으므로 대학에는 문학, 신학, 철학이 가장 융성하였으나 카이저 등극 이래 독일의 교육 정책은 실용학을 주장하여 상공업에 주안을 두었으므로 자自 소학교로부터 간이한 상업학과 수공手工을 교수하고 지방 지방에 청년단을 조직하고 야간과 방학기를 이용하여 공업 지식을 습득게 하고 내국의 상공업을 장려할새 항해업과 같은 교통업은 보조금이 없이 자연 발달주의를 취採하고 철도는 모두 국유로 하니 그其 목적은 국고 수입을 증가코자 함이 아니라 수출품에 대하여 품삯運賃을 저렴케 하고자 함이라.

원래 독일은 농업국이므로 그其 국민은 거반 농업에 종사하고 혹은 문학이나 연구하여 관리가 될 뿐이었으나 독일 인구의 급격한 증식은 비상히 상공업을 고대하던 차에 이와 같은 카이저의 상공 정책이 실현되매 독일인의 기풍은 일변하여 20여 년의 단시일로써 필경 선진의 영, 불을 대항하고 그其 판로까지 침략하니라. 농업국의 독일에 상공 정책을 신립新立한 카이저는 선진의 상공국 되는 영, 불을 대항하느라고 비상한 고통을 맛보고, 필경 변통적 방법을 안출하여 모험적으로 은행의 옹유擁有한 자본을 공업 자금으로 사용하니 불구에 독일 공업 회사는 이삼의 유력한 은행의 후원을 받게 되니라. 고로 열강에게 독일의 공업은 은행의 노예라는 평판까지 받았더라.

이와 같이 급격한 문명을 기도하는 열광적 정치가 카이저는 독일에 상공 정책을 입立한 후 국민을 다수히 선진국 되는 영, 불에 견학게 하고, 또 매년 전문가로 하여금 각국에 파견하여 상공업을 시찰케 하며 인정 풍속과 상업 습관을 조사하여 그其 인정 풍속에 적합한 물품을 제조하여 저렴한 운임으로 그其 상업 습관에 의하여 거래하니니, 자연히 독일의 상공업은 진보되어 필경 남미, 인도, 아세아, 남양南洋 등 각지의 영, 불의 판로까지 침략하니라.

17. 허영의 권화 카이저

카이저의 한 가지 특질은 허영이라 하겠도다. 원래 호엔촐레른가는 전혀 호반武族이므로 질박質朴으로써 그其 고유의 가풍을 삼고 근검의 미덕으로써 금일의 지위를 조성하니라. 빌헬름 대제의 연승 건국의 가장 득의得意 시대에도 그其 조정은 군인적 실질을 불변하고 조금도 사치와 교만이 없었더라. 그러나 빌헬름 2세 카이저의 시대에는 다소 시세의 추이라고도 하겠지만도 조정은 전혀 그其 면목을 일신하여 그其 궁전의 화려 찬란함은 별유천지며 수없는 연회의 사치는 가경可驚할 만하도다. 카이저 평생은 무인武人의 독일 대원수로 그其 조부 빌헬름 1세를 존숭尊崇하는 터이나 그其 활발한 성질도 조부 제帝를 닮았더라.

그彼는 원래 대허영가로 외양 치려致麗를 대단히 하므로 300여의 의복을 반드시 자기의 근처에 비치하였나니 필요할 때마다 이들是等 의복을 준비함은 의방장衣房長의 골 빠질 일이라. 또 그彼는 시신侍臣과 대화할 때에 군주적 존대를 가져서 그런지 어쩐지 언사가 분명치 못하므로 시신의 곤란은 말할 수 없나니, 원래 독일 왕궁의 예의는 군주의 말씀을 질문하거나 군주로 하여금 한 말씀을 거듭하게 함은 대단히 예의에 위반되는 바라. 고로 분명치 못한 명령을 받았을 때는 추량하여 매사를 조처할 수밖에 없는 터이라. 또 카이저 제帝의 외출할 때와 여행할 때에는 그其 목적지를 따라 의방장은 그其 지방 지방의 연대복聯隊服을 준비치 아니하면 불가하나니, 만약 그其 준비가 못 될 때時는 방축을 당하나니 의방장의 직무가 용이치 못함을 가지可知하리라. 이와 같은 사치를 누리는 카이저는 그其 위풍이 전혀 수염에 있나니 이 여덟 팔八 자 수염에 통주발周鉢[14] 모자에 엄중한 군복을 입고 백마 은안銀鞍에 올라타면 그其 위풍은 참으로 일세의 걸물이라 하겠도다.

18. 여행과 운동을 기호하는 카이저

총명 다재한 카이저도 여러 가지 난봉이 있었나니 그其 난봉은 주색잡기로 망신 패국할 난봉이 아니라 정신상 난봉이라 할 만한 여행 난봉이니, 고로 독일 국민은 카이저를 별명하여 왈 여행제旅行帝라 하니라. 그彼가 즉위 후 즉위 인사로 연방 각국과 열강의 조정을 역방歷訪하니 1888년 6

14　품질이 낮은 놋쇠로 만든 주발.

월 중순에 즉위하고 그해同年 8월부터 1890년 5월까지의 1년 유有 10개월 간에 그彼의 여행의 멍에駕를 머무른駐한 도시는 도합 서른일곱 곳37處인데 그중其中에도 한同 지방을 삼사 차 거듭 간 곳도 있느니라.

금일에는 독일 사람人이 해외에 나와서 세계 도처에 여행을 하나 카이 저의 즉위 초까지도 독일 사람人은 영국인만큼 여행 사상이 없었으므로 황제의 여행이 장구한 세월을 요함을 대단히 염려하니라. 이와 같이 1년 여 동안間씩 여행을 하는 카이저는 불란서와 에스파냐만 못 가고 기타 구 라파 각국에는 안 가 본 곳이 없는 터인데, 이와 같은 여행 중에는 1898 년 가을秋의 팔레스티나 순례와 토이기 여행과 또 1905년 3월의 토고 방 문과 같은 다대한 정치상 의미를 포함하고 또는 구라파의 국제 정국상 저대著大한 영향을 미치게 한 일도 있었으나, 여행마다 정치적 의미를 포 함함은 아니나 자기의 주견은 각국 지방의 인정 풍속을 시찰하여 해외의 신발명품과 기타 신지식을 수입하여서 내국의 상공업과 정치상 유일의 참고를 삼고 일면으로는 독일의 국가를 세계에 광고코자 함이라.

그彼는 또한 해양을 기호하므로 연년이 노르웨이諾威 해안에 항해를 시 키며 또 그彼는 1889년부터 1895년까지의 7년 동안間은 매년 영국에 가 서 와이트섬 카우스 지방에서 행하는 경조회競漕會에 출석하고 1893년에 는 자기自身가 스스로 쾌유정快遊艇 메테올호를 조종하여 가지고 카우스 경 조회에 참석하여 대승리를 하고 빅토리아 여왕에게 상잔賞盃까지 받았나 니 이와 같이 쾌유정과 기타 해상의 기술을 친히 연구하여 그其 장처를 수입하니 금일 독일에 현행하는 단정端艇 경조는 카이저가 독일 학생의 운동을 억겁憶劫하는 비굴한 풍습을 타파코자 일생의 심력을 다竭하여 장 려한 결과라.

그彼는 사냥狩獵도 매우 즐기나니 노르웨이 북갑北岬에 야생하는 사슴鹿과

맹수를 축逐하며 북빙양의 고래鯨요 아라사 동원冬原과及 카르파티아산맥에
는 곰熊을 사냥獵하며 또又 스코틀랜드蘇格蘭의 소지沼地에는 사슴鹿을 사냥狩
하니 그彼의 기상이 강건强堅함은 이로써由此 가지可知하리라. 그彼는 탄생 시
에 왼팔左腕을 상하여 지금껏 자유가 못 되는 모양이나, 그러나 승마도 잘
하며 사격도 교묘하니 실로 그彼는 범상한 인물이 아니라 하겠도다.

19. 향촌 거사居士의 카이저

  세계에 가장 큰最大 육군국으로 그其 국력이 침침駸駸히 진보되는 독일
제국의 통치자 되는 카이저도 의외의 현상이 있었나니, 그彼는 보로서 동
북 변비邊鄙의 일 촌락 카티넨 이궁離宮에서 지내던 생활은 보로서의 봉건
신사와 호말毫末도 다름이 없이 후원의 채소로 주찬을 삼으며 질그릇陶器
의 제조 판매로 그其 생활비의 얼마幾分를 보충하니라.

  카이저가 일개의 정자를 건축고자 선정한 카티넨은 인구도 희소하고
특별한 부자도 없는 가장 청빈한 선비촌으로 경치가 좋기로는 독일의 제
일 되는 순전한 시골鄕里이라. 금일은 조선업으로 고명한 에르빈은 단치
히군郡에 있나니 카티넨은 에르빈과 상거가 멀지 아니한 지방으로 청산
은 울울하고 벽계碧溪는 잔잔한데 안하眼下의 평원광야는 일층 풍경을 더
하더라. 에르빈 조선장에서 카티넨을 통하는 3조條의 도로는 좌우 곁側으
로 식목을 하여 먼 산에 아지랑이 낄 봄 새春季에는 만자천홍萬紫千紅의 꽃
밭花林 속中에서 황금 같은 꾀꼬리와 백설 같은 호접蝴蝶으로 벗을 삼고 홍
일염천 성하盛夏 시에는 선성蟬聲의 녹음 밑下에서 혹은 책을 들고 문학도
연구하며 혹은 시작하면 그칠 줄 모르는 연설도 하며 혹은 총을 메고 산

보도 할 때는 실로 진세塵世를 떠난 신선 같기도 하더라. 카티넨에서 카이저 하면 모를 사람이 없나니 그彼는 그其 지방에서 상당한 토지를 가진 지주요 일가의 가장이며 상당한 인격이 있을 뿐 아니라 그其 지방 400여의 주민 중 거반은 카이저 집에 와서 혹은 양화洋靴도 만들며 혹은 전답도 갈고 혹은 사기陶器도 구우며 혹은 목수 노릇도 하여 품삯貰金을 받는 터이므로 자연히 안면이 있는 터인데, 원래 개인적 사상이 풍부한 카이저는 조금도 엄숙한 태도 없이 평범히 교제를 하니라.

카이저의 주거는 지극히 한적한 지방에서 실로 검소한 생활을 하였으되 카티넨 지방 백성住民들은 이것此에 훌륭한誇大한 명사를 붙여 어전이라 하니라. 그러나 실제 이此 어전을 볼진대 런던倫敦 같은 지방에서는 1년 사글세家賃 천 원가량이면 이보다 훌륭하리라. 금일 허영의 권화니 사치 교만이니 하는 카이저는 어찌 그다지 검소하였던지 소위 어전이라 하는 가옥은 명색이 2층인데 층계를 올라가려면 삐걱빼각의 제물 장단이요 교의라 하는 것은 모두 한편으로 목침을 베고 병풍은 수 첩이 있으나 아무가 보아도 고물로 사 갈만 하겠더라. 고로 『피가로』기자는 "이러한 곳에 빌헬름 2세라 하시는 이가 계실 줄을 몰랐다" 하였나니 과연 그러하니라. 카이저의 부호와 황실의 거대한 비용은 그이彼로 하여금 호사의 생활을 불허하였던지 보로서 국회가 그其 왕 되는 카이저의 불여의不如意를 실제 알지 못하였던가. 안按컨대 보로서의 봉건적 신사는 모두 질박한 생활을 하였으므로 봉건적 신사 되는 카이저도 역시 관례를 지키느라고 그와 같은 검소를 보였던지 혹은 영웅의 기인欺人 수단이라 할는지도 모르겠도다.

카이저 평생의 교사화미驕奢華美는 보로서 봉건당 중에서 생활할 때에 한하여 실로 지방 신사의 생활보다 더욱 빈한히 지내었으나 그其 위인爲人으로 볼진댄 결단決코 자기의 본심이 아니라 하겠도다. 소속의 토지도 광활치 못하나 경작할 여가도 없고 풀무간에는 질그릇陶器 조각이 즐비하며 소위 식당이라 하는 곳은 파상破傷한 기명器皿과 이지러진 고뿌[15] 몇 개요 벽에 붙은 도배지는 신문지 쪽이 아니면 의지를 못 하고 식상食床은 그其 토지의 풍속을 따라 마루 위에 거멀못 한 제물 소반이요 유리창은 다 깨지고 신문지 창이 되었더라. 각설, 이때 카이저의 생활은 실로 노력주의로 대단히 분주하니 그때其時의 기상은 전연 실업적으로 세계에 최대한 도기陶器 상인이 되어 자자영영孜孜營營하였나니 그彼는 매일 아침每朝 7시 반에 커피차珈琲茶와 검정 면보黑麵麭[16] 몇 조각數片으로 간단한 조반을 삼았으며 가장 기호하는 요리는 고구마馬鈴薯[17] 전유煎油[18]러라. 이와 같은 식사를 마친 후는 오정까지는 가축과 농사에 여러 가지 지도를 하나니, 이때에 그彼는 밭도 갈고 물방아도 찧으며 가축의 젖乳으로 버터도 만드나 자존적 간섭성 많은 그彼는 일상 소작인들에게 귀찮은 간섭을 하나니, 이때에 소작인이 온순한 자면 이르거니와 만일 주인과 같이 고집불통의 작자면 필경 격론이 일어나서 승부가 판단이 못 되면 재판소까지 수고를 시키는 터이라. 그彼는 혹 사건 소송에 패하고 배상금까지 지불한 일事이 있었나니 카티넨 사기陶器 제조소에서도 그其 공장주 되는 카이저와 그其 지배인 간에 격렬한 의견이 충돌되어 가끔往往 요란이 일어났으며, 또 그彼는 원래 자존주의가 강대하여 전문의 기술상까지도 무용의 간섭을 하므로 농업상과 도기 제조업상에 항상 쟁론이 있어 매양 남에게 논박을 당하나 그其 역亦 탄평이요 간혹 카티넨 정자로 쟁론한 자를 청요請邀하여 주

---

15 컵의 일본말.
16 면보는 포르투갈어 빵(pão)을 중국식으로 읽은 면포(麵麭)가 변형된 말.
17 감자. 북감저(北甘藷).
18 전. 지짐이.

안酒案의 간담으로 화해도 하니라.

그彼는 즉위 후 카티넨 이궁의 행계는 보통 행계와 대이大異하게 극極 간
단히 자동차로 백림에서 떠날새 일상 좋아하는 금색 찬란한 군복은 세비
로[19] 보통복으로 바꾸어 입고 머리에는 회색 수피제獸皮製의 모자를 쓰고 황
후와 황녀와 말자末子로 행계를 같이하였나니, 장성한 자녀들은 카티넨 같
은 벽촌은 너무 한적하여 부자유라 하고 잘 따르지 않는 모양이라. 고로 카
티넨 촌민들은 특별히 행계 시에는 남녀노소 수백 인이 국기 행렬의 만세
로 봉영奉迎하면 차車 상의 황후는 차를 머무르고 촌민의 자녀를 반가이 맞
아 악수하고 입도 맞추며 황제는 모자를 벗어들고 만세로 화답을 하니라.

20. 가정의 카이저

미움도 많이 받고 칭찬도 많이 받는 카이저는 인간 오복이 구비하다
하여도 가하도다. 그彼는 6남 1녀를 두었나니, 장남 프리드리히 빌헬름 황
태자는 1882년 5월생이요 차남 아이텔 프리드리히는 1883년 7월생이
요 3남 아달베르트는 1884년 7월생이요 4남 아우구스트 빌헬름은 1887
년 1월생이요 5남 오스카르는 1888년 7월생이요 6남 요아힘은 1890년
12월생이요 말녀末女 빅토리아 루이제는 1892년 9월생이라. 이와 같이
유복한 카이저는 가정에 현처와 애자愛子를 두고 그其 청정무구한 생활은
엄숙한 기독교를 가정의 궤범軌範을 삼더라. 19세기 말로 20세기 초에 구
라파 군주 중에 호걸을 찾자면 위선 카이저가 아니면 백이의 선왕 레오

---

19 신사복의 일본말.

폴드 2세를 가리키겠는데, 레오폴드 왕은 그其 호걸의 자질이 백이의를 위하여 그其 정력을 다盡하여 필경은 큰大 식민지까지 건설하였고 또 국토가 구라파 요지에 위치함을 이용하여 상공업을 장려한 결과로 그其 국토는 비록 소小하나 타국에 경멸을 안 당하고 구라파 열강의 천하에 당당한 세력이 있게 독립을 유지한 사적事蹟은 가위 위인이라 하겠으나, 그러나 그彼는 음란유탕淫亂遊蕩하여 파리의 천부賤婦를 작첩作妾하고 정조의 현처를 박대하여 자손에게까지 미움을 받았으므로 왕이 명목瞑目하자 그其 자손들은 벽첩嬖妾에 대하여 재산 분쟁의 소송을 법정에 제기함에 이르렀나니 실로 가정의 문란을 세상에까지 광고한 일 누추한 왕이라 하겠으나, 카이저는 추호도 음탕한 일은 없었나니 그彼의 가정생활은 대단히 순결하여 가정에 큰소리가 없었고 이상한 여자를 가까이 아니하며 선조를 위하며 국가를 위하며 또又는 독일 국민을 위하여 정진망식精進忘食하는 그彼의 고상한 이상은 실로 세계의 모범이 되겠더라.

순결한 카이저의 가정에 현철한 주부 되는 이는 슐레스비히홀슈타인 존더부르크 아우구스텐부르크 공公 프리드리히 8세의 장녀 아우구스트 빅토리아니 1881년 2월에 입내入內하여 황태자비로 책립冊立이 되니 황후의 나이年齡는 카이저보다 석 달三個月이 존장尊長이러라. 그러나然而 이此 혼인에는 한一 조건이 있나니 대저 슐레스비히, 홀스타인의 두 고을二州은 금일은 보로서 왕국에 속하였으나 원래 덴마크국丁抹國의 봉건 군주의 영지로 독일 연방에 입적入籍하니라. 그러나然而 그其 두 고을二州의 남방에는 독일 사람人이 다수히 내왕하므로 그들彼等은 독일 연방의 독일 사람人과 내외 부합이 되어 이此를 덴마크와 분리코자 운동한 결과 19세기 중엽에는 독일에 일대 문제가 되었더니 1863년에 두 고을二州의 공公이 된 자는 슐레스비히홀슈타인 존더부르크 아우구스텐부르크가의 프리드리히 8세의 자子 에른스트 권터러니 불구에 보로서와及 오태리는 덴마크를 격파하고 두 고을二州을 취한 후 계속하여 보로서와 오태리가 전쟁한 결과 두 고을二州은 다시 보로서 왕국에 병합이 되니 그 고을二州의 최후 공公 되었던 에른스트 권터는 보로서의 강제 압박하에서 매년 15만 원의 연금을 받기로 약속하고 그 고을二州의 정습공正襲公 되는 권리를 호엔촐레른가카이저家에 양도하게 되니 그其 공가公家의 원한과 시신侍臣의 통분함은 물론이더라. 고로 빌헬름 1세 제帝는 그 고을二州 공가를 설원시키고 호엔촐레른가와 화해할 계책으로 황태손의 결혼 문제가 생生하였더라. 그 고을二州 공가의 생활은 그 후其後 빈한한 귀족이 되었으므로 쌍방의 지위와 신분은 결단決코 결혼할 자격이 못 되나 독일 연방의 내부를 통일하여 단결력을 공고케 하고자 할진댄 반드시 이 정략적 결혼이 필요하였더라.

카이저도 조부와 같은 정략적 결혼을 행한 사事이 있나니 1913년대정 2년 6월 16일의 즉위 25년 기념 축전 후 열흘一旬 만에 그彼의 가장 사랑하는 6남 1녀의 고명딸 빅토리아 루이제를 브라운슈바이크 뤼네부르크 후候 에른스트 아우구스트와 결혼을 하니라. 독일 봉건 군주로 출신하여 현금 구라파 대륙에서 대군주로 그其 이름을 사해에 날리는 자가 넷四이니, 제1은 오태리의 합스부르크가요 제2는 독일의 호엔촐레른가요 제3은 덴마크와 희랍의 군가君家가 되었던 올덴부르크가요 제4는 일찍이 하노버에 군림하여 현금 영국 왕의 명통名統 되는 벨프가라. 벨프가는 카를의 대제大帝 시대의 벨프 1세의 이름名으로 기起하여 독일 제국諸國의 군주 된 자가 적지 아니하니 13세기에는 차가此家에서 출出한 일一 공公은 브라운슈바이크와及 뤼네부르크 후候가 되고 또 하노버까지 자기의 영토를 삼으니라. 뤼네부르크 공국이 승격하여 하노버 선거국選擧國[20]이 됨은 1692년지사年之事니 그其 제2 선거후는 영국의 왕이 되어 하노버의 후위候位를 겸하였더라. 이此 후국侯國은 나파륜 대란 중에는 흥폐무쌍興廢無雙이더니 빈 회의의 결과 왕국으로 승격되니라. 1837년에는 전혀 영국과 관계를 끊고 독립 군주국이 되었더니 1866년 전쟁 시에 하노버는 오태리와 한편이 되고 보로서와 갈등이 되었으므로 필경 보로서에게 그其 영토를 몰수를 당하고 그其 왕 되는 장남長男의 게오르크 5세는 비妃와 함께 망명하여 각국에 유리할새 항상 호엔촐레른가의 무정함을 분히 여기는 정신은 골수에 맺혀 원한을 먹고 필경 1878년에 몰歿하니라. 그其 아들子 컴벌랜드 후侯라는 이름名으로 벨프가의 신대표자가 되었는데, 후侯의 비는 영국, 아라사 두兩 황태후의 누이實妹러라. 각설, 벨프가의 계통 되는 브라운슈바이크 후국侯國에는 후위侯位 연면불절連綿不絕하게 1885년까지 지내었으나 그해同年에 그其 계통이 단절하게 되자 후위 계승권은 당연히 벨프의 별계別系 되는 컴벌랜드 후에게로 돌아갈 것인데, 본인의 후는 부왕의 유지를 승承하여 하노버에 대한 권리를 포기함을 불긍不肯하고 보로서에 향하여 공연 대적의 태도를 가지고 굴屈치 아니하니라. 고로 독일의 연방 참의원은 컴벌랜드 후의 브라운슈바이크 후위 계승을 부인하고 브라운슈바이크 후국의 섭정으로 별인別人을 천거하였더니 그其 섭정도 1906년에 망하였으므로 컴벌랜드 후와 호엔촐레른가 간에는 우금于今껏 구수仇讎로 지내다가 1913년大正 2년에는 컴벌랜드 후의 장남이 사망하고 차남 에른스트 아우구스트가 벨프가의 상속인이 되었으므로 카이저는 이玆에 호엔촐레른과及 벨프 양 군가의 조정할 시기가 도래하였다 하고 가장 사랑하는 고명딸을 평생 보로서 왕실을 원망하는 적인敵人의 손자로 하여금 서랑壻郎을 삼으니 이此 정략적 화해의 결혼이 성립된 후 연방 참의원은 보로서 쪽便의 제

의로 컴벌랜드 후 에른스트 아우구스트의 브라운슈바이크 후위의 취임을 인정하기로 결의가 되었으므로 카이저의 애서愛壻 되는 에른스트 아우구스트 후는 신부를 동반하고 1913년 11월에 브라운슈바이크 도都에 들어와서 즉위식을 거행하니라.

이상의 역사를 아는 자는 그其 혼인을 뉘 아니 정략적 결혼이라 하리오. 왕조적 적개심은 차츰차츰步一步 소멸되고 진정한 국가적 통일을 성립함은 실로 호엔촐레른가를 위할 뿐 아니라 독일 국민을 위하여 경하치 아니치 못할지라.

21. 독일의 혁명과 카이저의 퇴위

다년 군국주의를 표방하고 세계 통일의 패업霸業을 세우고자樹코자 사해를 압박하여서 유사 이래 미증유의 대전란을 야기한 카이저는 간과干戈를 교交하기 실로 1,550일에 교전국 수 33개국이요 동원병 수 약 4,500만이며, 전사병 수 800만인연합국 쪽(側) 500만, 독, 오 쪽(側) 300만이며, 부상자 약 3,000만인, 사상자 약 4,000만여요 전비 3,000억 원연합국 쪽(側) 2,000억 원, 독, 오 쪽(側) 1,000억 원이며, 또 교전 각국의 상실한 배船舶 수 약 8,000척, 총톤수 2,000만 톤을 없애었나니, 이此 전쟁으로 말미암아 세계에 미친 생명과 손해금額은 거의 계산할 수 없나니 전쟁은 문명의 파괴며 전화戰禍는 실로 참혹하도다. 이와 같은 카이저의 광고曠古[21]의 대전은 세계의 태반을 대적 삼아 가지고 4년 3개월의 장구한 전쟁은 북으로 아라사를 함락하고 남으

---

21   이전에는 그와 비슷한 일이 없음.

로 이태리를 막고 인경隣境의 백이의를 유린하고 불란서 파리를 협박하고 멀리 비행기로 영국을 습격하여 적으로 하여금 일보도 자국 국경에 부접付接을 못 하게 한 카이저의 육도삼략六韜三略[22]은 열강으로 하여금 수색羞色을 띠게 하였나니 실로 그其 민활한 전략은 추상推賞할 가치가 있으나 물자의 궁핍은 날로 더하여 국민의 생활이 극도에 달하고 독일의 장래를 책임진 아동의 발육을 해하게 됨에 이르니 아무리 카이저가 군국주의를 고취하고 자기의 야심을 이루고자遂成코자 할지라도 전쟁의 참독慘毒을 극단으로 입은 독일 국민은 고만 맹전용투할 여력이 없으므로 애국 사상도 고사하고 자기의 생존 문제로 유의하게 되니 필경 독일 연방 중 가장 유력한 파위巴威, 바이에른 왕국이 공화의 선언을 발發하는 동시에 국내의 혁명이 발발하여 전쟁의 책임을 카이저에게 돌리고 분열의 기운을 촉진할새 필경 사회당에 입각되는 민중 정부가 조직되어 카이저의 퇴위를 핍박逼迫하니 흥망성쇠는 천연의 이치라. 영웅의 카이저인들 시운에야 어찌하리오. 그러나 애국적 열광 정치가 카이저는 그其 위位를 보기를 헌 신敝履같이 보고 "짐의 퇴위가 독일을 위하여 유리할진댄 짐은 흔열히 퇴위하리라" 선언하고 퇴위를 승낙하니 전쟁은 1918년 11월 11일 오전 5시에 파리에서 조인한 대독 휴전 조약에 의하여 사실상 종결을 고하고 사회당의 혁명은 에베르트로 대통령을 삼고 공화국이 되었으나 다년 군국 정치와 입헌적 전제 정치로 지내던 독일 제국이 급전직하하여 공화국을 영구히 지탱할는지는 의문이로다.

천지를 요탕하여 만방을 진섭震慴시키고 패업을 천하에 행코자 하던 카이저는 필경 사회당의 혁명으로 말미암아 퇴위를 승인하게 되매 평생을

---

22   중국의 병서 『육도』와 『삼략』을 아울러 이르는 말.

즐기던 웅변으로 시신侍臣과 기타 원로들等에게 고별의 사詞와 독일의 장래를 연설하고 황후와 황태자를 동반하고 자동차로 화란으로 향하니 호엔촐레른가는 카이저로 말막末幕을 고하니 재위 30 유有 1년이요 당년 61이러라.

22. 결론

국가 최상의 지위에 거居하여 우상적 허위에 만족지 않는 그彼는 재위 30 유有 1년간을 애국적 노력주의로 정진하여서 독일로 하여금 세계 열강 중 백중伯仲의 위를 차지占케 한 기질과 구주 전쟁에 세계를 대항하던 귀신같은 전략은 가위 절세의 영웅이라 하겠도다. 그러나 사람人은 장처가 있으면 단처도 있나니 세계적 영웅이라 하던 나파륜의 혼백을 경악시키는 카이저도 다소의 결점이 있었나니 별로 국풍 민속을 괴란壞亂케 할 대단한 결점이 아니라 단지 그彼는 고집이 강한 까닭에 자제심이 적고 호걸의 기질에 무사적 기상이 있으므로 맹단성猛斷性이 과하여 충돌적 위험이 있으며 열광적 애국가로 급격한 문명을 기도하므로 너무 조급하여 혹 그其 진퇴의 절節을 그릇誤하므로 경거망동이니 불근신不謹愼이라는 평판을 면치 못하는 터이라. 고로 그彼는 과거 31년간 치세에 대단한 곤란을 맛보고 자제自制가 군주의 가장 중요한 도덕 됨을 각오하니라.

조그마한 국토로 열강 천하에 개재한 신흥의 군국으로 감히 세계 열강을 습격하여 적국으로 하여금 일보도 국경을 침범치 못하게 함은 실로 카이저의 전략이 아니면 불능하도다. 그러나 그彼는 이此 전쟁으로 말미암아 세계적 영웅 됨을 천추千秋에 광고도 되었고 또한 그彼의 비밀의 비밀 되는 근본도 탄로가 되었나니, 그彼는 원래 호엔촐레른가의 혈통자가 아니라 시종侍從 레마난의 자子이라. 당시 독일 황실에서 출산한 아兒는 여 아니 독일 황위 계승령에 내친왕內親王은 황위를 계승치 못하므로 철혈 재 상 비사맥의 주선으로 동일同日 시종 레마난가의 출산한 남아와 교환하고 비밀의 누설을 방알防遏[23]코자 레마난 부인에게 다액의 연금을 주고 향리 에서 안락한 생활을 누리도록 우대하고 내친왕 빌헬미네 낭孃을 암자로 방축하고 국력으로써 압박하였으나 빌헬미네 낭孃에게는 이와 같은 원한 이 있어 일생을 구수仇讐로 보더니 필경 1916년 가을秋에 전쟁의 기회를 승乘하여 자기의 불평을 설원하고 카이저의 비밀을 광고코자 하여 신문 지상에 레마난 시종과 카이저의 사진까지 대조하여 그其 용모가 유사함 과 일족 됨을 게재하였으나 당시 독일 정부는 그其 기사의 게재를 금지하 고 국법으로써 이此 법에 위반하는 자는 48년의 종신 금고에 처한다는 엄 령까지 발포하니라.

　오호라, 인생에 백년지수百年之壽 없고 국가에 천년지령千年之齡이 없도다. 세계 통일의 패업을 성취코자 30여 년간 정력을 다竭하여 군국주의와 관 료 정치로써 국가를 다스리던 그彼는 구주 전쟁의 발흥으로써 야심 성취 의 서광을 생각하고 4년 3개월의 맹전용투의 공이 수포가 되고 필경 혁 명으로 말미암아 퇴위까지 당하고 화란 몽진蒙塵에 은거하게 될 줄 누가 상상하였으리오. 안雁컨대 일국의 흥망성쇠는 국민의 사상 여부에 기인 하나니 고로 천하는 천하의 천하일지요 군국주의, 관료주의자의 천하가 아니요 일국의 정치는 국민의 사상으로 이此를 행할 것이라 하노라.

23　막음.

제2장

장작림 실기

1. 장작림의 생장 아비 적부터 팔난봉의 대수석

장작림張作霖은 호號를 우정雨亭이라 하는데, 그의 선조는 직례성直隸省 하간부河間府라 하는 곳에 살았다고 한다. 그의 할아비는 땅이나 파먹는 농부였었는데, 청나라 도광道光 초년에 직례성에 큰 흉년이 들어 그 조부는 필경 살 수가 없으므로 남부여대하고 정처 없이 나간 것이 만주로 들어가서 봉천성奉天省 해성현海城顯 한구석 가장 가난뱅이 많이 사는 촌인 가장사촌家掌寺村에 다다라서 역시 농사로 일을 삼았었다. 그 아들, 즉 장작림의 아비 백락伯樂은 팔난봉[1]의 대수석으로 날마다 하는 일이 노름 아니면 도적질로 세월을 보냈다 한다.

백락이 일찍이 두 아들을 두었으니 맏아들은 작복作福이요 다음 아들이 작림이다. 장작림은 광서光緒 원년 을해1875 음력 2월 열이튿날이 그의 생일이다. 형 작복이는 그 아비를 많이 닮아 무뢰한인데, 제1혁명 후에 진안현鎭安縣 이도구二道溝 근방에서 살았는데 마적 김수산과 싸우다가 죽었다. 그 아비가 팔난봉의 대수석으로 노름과 도적질로 세월을 보냈다 함을 보아도 장작림의 가세는 서 발 막대 거칠 것 없었던 것은 가히 알 일이다. 장작림이 여덟 살 때에 그 아비는 병들어 죽었는데, 수의 한 벌 못 입히고

---

1   가지각색의 온갖 난봉을 부리는 사람.

알송장으로 장사를 지냈다고 한다.

남은 그더러 무뢰한이니 팔난봉이니 하여도 장작림의 아비는 그 집의 가장이다. 가장을 잃은 장작림의 어미는 어린 두 자식을 데리고 단배[2]를 주리며 갖은 고생을 다 하나 도저히 살 도리가 없었다. 그리하여 필경 두 자식을 안고 거리에서 헤매다가 어떤 사람의 중매로 그 근처 고간자高坎子라는 곳에서 농사도 짓고 마의馬醫 노릇도 하는 장숙방張叔方이란 사람에게로 두 자식을 데리고 개가하게 되었었다. 모자 세 사람은 이로부터 단배는 주리지 않게 되었으나 장작림의 어미 속상한 일이야 미루어 알 일이다. 자식들이나 얌전하였으면 한걱정은 없겠는데 자식조차 얌전치 못하였었다.

2. 소년 시대의 장작림 장난은 망나니로되 도량은 크다

푸성귀 될 것은 떡잎부터 알아보는 법이요 사람 될 것은 세 살 적부터 아는 것이다. 장작림은 장래의 영웅 될 사람이다. 그의 소년 시대의 행동이 비범하였을 리가 만무하다. 어려서부터 장난이 여간 심하지 아니하였었다. 동리 처녀의 얼굴에 똥칠하기, 자는 사람의 얼굴에 먹칠하기, 늙은이 낮잠 자는 데 가서 댕기 꼬랑이 붙들어 매어 놓고 "불이야!" 소리 지르기이때의 중국 사람은 모두 머리를 땋았었다, 갖은 험구의 짓을 다 하며 동무와 놀 때는 반드시 전쟁 싸움으로 소일이다. 그리하여 동리 사람들이 모두 일컫기를 "저놈은 이담에 자라면 큰굿 할 놈이라"고 하였었다. 어려서부터 도량이

2　입맛이 당겨 음식을 달게 많이 먹을 수 있는 배.

여간 크지 아니하며 의리를 알고 사랑의 마음이 깊었다 한다. 장작림은 나이 여덟 살 때에 아비를 잃었다. 두 자식을 데리고 고생을 떡 덩이 먹듯 하는 그 어미는 깨알 같은 세월을 호구하여 가기가 극난이었었다. 이 집 저 집으로 다니며 품팔이하기, 아쉬운 소리 하고 돈냥 꾸어 쓰기, 어떻든 입에 풀칠만 하기에 골몰이었었다.

하루는 장작림이 나가 놀다가 들어오니 그 어미가 수심이 만면하여 한 숨만 쉬고 있는지라 그 연유를 물은즉 이웃집에서 취하여 간 돈 내라고 어찌 몹시 조르는지 욕을 단단히 보았다고 한다. 장작림은 그 말을 듣고 곧 나가서 그 집 돼지를 몰아내어다가 개천 속에다 집어넣고 멀찌가니 달아나서 시치미 딱 떼고 있었다. 돼지 한 놈은 죽겠다고 소리를 자꾸 지르니 구경꾼이 장꾼 모이듯 하였다. 이때 장작림이 구경하는 것같이 가서 보다가 옷을 벗고 들어가서 돼지를 건져 내었다. 돼지는 살았다. 구경꾼 이 모두 칭찬이요 돼지 주인도 고맙다고 치사하며 꾸어 준 돈도 탕감하 였다 한다.

장작림의 어미는 남편의 3년상을 마친 뒤, 즉 장작림이 열 살 때에 개 가하였는데, 이때도 역시 장난이 심하여 그 어미가 여간 속이 상하지 아 니하였다고 한다. 글은 배우라면 책을 똘똘 말아 굴뚝 속에 넣고 부지깽 이 들고 나서서 현덕玄德이니 장비張飛니 하고 장난이며 병 보러 온 말 끌 어내어다가 마적 장난하기가 일쑤였었다.

3. 15세에 마적 두 놈을 참斬 요놈, 큰굿 할 놈이로구나

시골 사람의 하는 일은 농사 때 농사짓고 틈 있으면 새끼 꼬는 것이 일이다. 장작림이 형제도 밤이면 늦도록 새끼를 꼰다. 하루는 장작림이 늦도록 새끼를 꼬다가 깜박 졸려니깐 어디서 난데없는 총소리가 난다. 조금 있더니 징 울리는 소리가 난다. 원래 그곳은 마적이 가끔 출몰하여 인명을 살상하고 재산을 약탈하므로 동리 동리마다 청년단 같은 것이 있어 마적이 들어오면 징을 울리고 경계한다.

장작림은 눈을 비비고 "에구머니, 마적 들어왔구나" 할 동안에 벌써 마적 떼는 다다라 징 울리던 사람을 죽이고 이 집 저 집 들어가서 돼지, 말, 닭, 돈, 쌀 함부로 빼앗고 항거하는 사람은 잡아 죽인다. 이때 장작림의 집에는 의부 장숙방과 형 작복이는 말 병 보러 50리 밖에 나가 있고 집에 남아 있는 사람은 장작림과 그의 어미뿐이었었다. 장작림은 급히 안으로 뛰어 들어가서 "어머니, 마적 들어왔으니 숨으시오" 하고 고성으로 외쳤다.

자다가 놀란 장작림의 어미는 어쩔 줄을 모르고 쩔쩔매다가 나무 광에 들어가서 숨었었다. 조금 있더니 세 사람의 마적은 장작림의 집 문을 박차고 들어서서 눈을 부릅뜨고 장작림의 댕기 꼬랑이를 휘어잡고 "요놈, 너의 집은 말 의사라지? 말이 몇 마리나 있느냐? 다 내어놓아라" 하고 한 손으로 칼을 번쩍 드는데, 달밤에 번쩍 비치는 칼 빛에 소름이 쪽 끼쳤었다. 장작림은 하릴없어 마부간[3]을 가르쳐 주었었다. 이때 마부간에는 말 두 마리가 있었는데, 두 마리가 다 사나운 말이다. 그리하여 어떤 사람의

---

3   마구간.

부탁으로 한 달 동안이나 고치고 있는 말이다. 이때 마적 한 사람은 안으로 들어가서 세간 집물을 뒤지고, 또 한 사람은 컴컴하게 장작림의 어미 찾느라고 눈을 매방울 돌리듯 하고 사방으로 찾으며, 한 사람만 장작림의 댕기 꼬랑이를 휘어잡고 마부간으로 갔었다. 원래 사나운 말이라 심야에 사람이 들어오니깐 아항 소리를 지르고 앞발을 번쩍 들고 덤비었다. 마적은 하도 위급하므로 잡았던 댕기를 놓고 고삐를 잡으려 하였으나 말이 여간 사납지 아니하여 고만 자빠졌었다.

이때 장작림은 죽을힘을 다하여 마적의 칼을 빼앗아 가지고 한번 내리치니 마적의 목이 두 동강이 났다. 장작림은 사람 하나를 죽이고 보니 용맹이 백배나 더 난다. "이깟 놈들, 마저 죽이자. 어디로 갔노" 하고 안으로 들어오려니깐 자기 어머니의 울음소리가 난다. 나무 광으로 쫓아 들어가니 마적 한 놈이 자기 어미의 머리채를 휘어잡고 끌고 나오는지라 뒤로 가서 한번 내리치니 푹 고꾸라졌다. 다시 한번 배때기를 내리쳤더니 돼지 순대 나오듯 오장이 쏟아져 나왔다. 이때에 말은 사방으로 날뛰고 바깥이 소요하므로 안에 들어갔던 마적이 나와 보니 동지가 죽어 자빠졌는지라. 곧 총을 들어 한 방 놓았으나 말이 맞고 장작림은 무사하였다. 사람을 두 사람이나 죽이고 보니 총도 두려울 것 없다. 그대로 칼을 들고 막 덤비었더니 마적은 "요놈, 큰굿 할 놈이로구나" 하고 도망하여 버렸다.

4. 장작림의 졸병 생활 3원짜리 병정에 목숨 바치기는?

장작림이 나이 열여섯 살이 되니 지각이 났다. 눈총 맞는 의부의 밥 얻어먹는 것도 부끄럽고 또한 땅이나 판대야 죽을 때까지 농부요 설령 말

병 고치는 의사가 된대야 역시 골생원이다. 장부가 세상에 나서 요 모양으로 늙어 죽는대서야 무슨 값이 있으랴, 어디 한번 나서 보겠다고 나선 것이 그 근촌近村 도하보圖河堡라 하는 곳 어떤 보행객줏집 심부름꾼이 되었다. 보행객줏집은 여러 사람이 드나드는 곳이라 별별 소문이 들린다. 때가 더욱 일청전쟁이 일어나려 하는 판이라 청국의 천지는 내우외환에 싸여 의론이 물 끓듯 하는 판이다. 장작림은 비록 무식은 하되 그 소문이 뇌 속에 뜨끔뜨끔 새겨진다. 전쟁은 이제 시작되었다. 상비병이 모자라서 임시 용병을 뽑기 시작한다. 뜻있는 백성은 구름 모여들듯 한다. 장작림도 역시 청국의 일 분자라 나라를 위하여 가만히 있을 수 없어 보행객줏집을 하직하고 총을 메고 나섰다. 그는 평소부터 말을 잘 타는 고로 마대馬隊에 편입되어 조득승趙得勝의 종졸從卒이 되어 평양, 의주 간으로 다녔었다. 이때의 월급은 3원이다.

어느 날 밤에 장작림은 조 대장의 명령으로 부하 사오 인을 데리고 일본군의 군용 전선을 끊으러 나섰었다. 목적지에 다다라 일본군의 군용 전선을 끊고 전선주를 쓰러트렸었다. 이때에 어디서 사람의 발자취 소리가 나기에 장작림은 삼십육계를 불렀으나 팽 하는 총소리 한 방에 정신없이 엎드러졌었다. 조금 있다가 눈을 떠서 본즉 벌써 일본군에게 포박을 당하였다. 일본 대장은 장작림을 잡아다 놓고 한참 보더니 "애, 이놈, 대담한 놈이로구나. 얼굴은 꼭 여자 같은데" 하고 통역을 불러 성명을 물은 후 옥에 넣고 군사상 비밀을 물어보았으나 그는 결단코 말을 아니 하였었다. 이때 일본 대장은 "무던한 놈이다. 청국 병졸로는 가상한 놈이다" 하고 놓아주었다. 구사일생을 얻은 장작림은 코가 땅에 닿도록 예를 하고 대장의 성명을 묻고 온 일이 있었다. 그 후 그 대장은 관동도독부關東都督府에 있게 되고 장작림은 봉천왕이 되어 옛이야기 하여 가며 친밀히 지냈다고 한다.

방석放釋된 장작림은 일본군에게도 칭찬을 많이 받고 자기 나라 군사에게도 칭찬이 자자하였으며 조 대장에게도 귀염을 많이 받았었다. 그러나 나라를 위하여 그러한 모험의 일을 하였으되 청국 정부는 장작림에게 아무 보수가 없다. 목줄로 친 듯이 월급은 3원이다. 이때에 장작림은 불평이 생겼다. 그러자 전쟁도 흐지부지 끝이 날새 그는 병정을 내어놓고 고향으로 돌아왔었다.

5. 도박은 소일거리 밑천이 없기로 돼지야 훔치랴?

일청전쟁의 결과는 일본군이 대승이다. 청국의 해군은 전멸을 당하고 육군은 조각조각 헤어졌다. 당시 일본군의 용맹은 세계의 이목을 놀래었다. 요동반도는 일본이 차지하였었으나 그 후 삼국간섭이 있어 청국으로 돌려보냈으며, 그 대신 대만을 빼앗기고 거액의 배상을 물었었다. 그뿐만 아니라 삼국간섭의 공로자인 노서아露西亞, 러시아는 노청은행露淸銀行을 창설하고 동청철도東淸鐵道를 깔게 되고, 독일은 교주만膠州灣을 점령하고, 불란서는 광주만廣州灣을 점령하게 되며, 영국은 위해위威海衛를 점령하였었다. 청국은 참으로 삼분오열의 상태였다.

장작림은 청국의 현상을 생각하고 자기의 장래를 살펴보니 아무리 하여도 무슨 권도權道를 잡아 보아야 하겠다. 그리하여 이때부터 마적의 뜻을 두었었다. 그러나 졸지에 어찌할 수 없으므로 집에 돌아와서는 날마다 소일이 노름이다. 병정 다녀 여간 돈냥이나 모은 것을 노름하여 다 쐬었다. 몸이 달아 나중에는 그 어미의 용돈까지 모두 털어먹었었다. 이때에 그가 노름한 것은 돈에 욕심이 나서 한 것은 아니다. 무식한 속에도 나라 형편이 말이 아니요 자기를 써 주는 사람이 없으므로 화가 나서 소일로 한 것이다. 그러나 이 세상은 억천만사가 돈 아니 가지고는 안 된다. 돈을 모으자면 마적이 첩경이다. 돈이 생각날수록 마적 되고 싶은 마음은 굴뚝같았었다.

하루는 심심하여 산보를 나가려니깐 어디서 돼지 우는 소리가 난다. 장작림은 그 돼지 우는 소리가 몹시 듣기 싫었었다. 왜 그러냐 하면 일본 사람들은 청국 사람을 보면 돼지, 돼지 하고 욕하는 까닭이다. 딴은 그놈의 우는 소리가 망국의 소리 같다. "예끼, 경칠 놈의 돼지, 너는 먹기만 하였지 무엇에 쓰는 것이냐. 염치없고 더러운 것이 내가 일본 사람이라도 청국 놈보고 돼지라 하겠다" 하고 두 발을 반짝 들어 메다쳤었다. 돼지는 죽겠다고 소리를 빽빽 지른다. "이놈의 돼지, 어서 죽기나 하여라. 푸줏간에 갖다 팔아서 노름 밑천이나 하겠다" 하고 발로 한 번 더 찼었다. 이 말을 지나가던 행인이 들었다. 그 행인은 그 길로 곧 돼지 주인 되는 양楊 대장에게 일렀다. 양 대장은 그 말을 듣고 곧 하인을 명하여 장작림을 잡아다 놓고 "이놈, 노름에 실패하고 남의 돼지 도적하느냐"고 호통을 하더니 "저런 놈은 동리에 붙여 둘 수 없으니 곧 죽이라"고 호령이 서리 같았었다.

그 동리에서 반명班名[4]하는 노인 하나가 있는데, 그는 장작림을 잘 아는 사람이다. 장작림이 돼지 도적하다가 잡혀서 양 대장에게 죽는다는 소문을 듣고 지팡이를 거꾸로 짚고 와서 장작림의 정신을 잘 설명한 후 장작림은 돼지 도적할 사람이 아니라 평소에 일본 사람에게 욕 당하던 것이 절치부심하여 그런 일이니 천하에 이런 애국지사가 없다고 간곡히 사정을 말하여 두 번째 죽을 것을 면하였었다. 그 후 한참 동안 집에 들엎드려

---

4   양반이라고 이를 만한 명색.

있다가 필경 광녕廣寧 방면으로 도망하여 마적에 몸을 던지었다고 한다.

6. 마적 생활의 장작림 무엇보다도 계집 하나 집어 와야

결연히 마적에 뜻을 둔 장작림은 요서遼西 마적의 두목 되는 동대호董大虎의 부하가 되어 망망한 너른 벌판을 종횡무진이 달리며 약탈, 살인, 방화를 마음대로 하였었다. 마적이 된 지 미구에 그는 참연嶄然[5]히 여러 무리에서 뛰어나서 한 두목이 될새 중안보中安堡에 근거를 두고 신민부新民府 일대를 출몰하며 도적질과 살인, 방화를 마음대로 하였었다.

하루는 이웃 동리에 도당굿[6]이 있어 동리 사람들이 술이 많이 취하여 정신없는 틈을 타 가지고 부하 37인을 데리고 그 동리에 들어가서 그중에 제일 부자 되는 조의원調爾遠의 집을 들이쳤었다. 동리 청년단에서는 징을 아무리 두드리고 마적 들어온 것을 고하나 동리 사람들은 모두 술이 취하여 숨소리도 없다. 장작림은 청룡도를 들고 마당에 교의 타고 떡 걸어앉았는데 나이 50가량 되어 보이는 주인을 부하가 잡아내다가 장작림의 앞에 꿇어앉혔다. 한편으로는 여러 부하가 돈 2천 냥과 짭짤한 의복 가지, 금붙이, 은붙이를 산같이 갖다 쌓아 놓는다. 장작림은 한번 크게 기침을 하더니 서슴지 않고

"네가 주인이냐."

"예, 그렇습니다. 멀리 오시기에 얼마나 고단하십니까."

"응, 제법이다."

---

5   한층 높이 뛰어나 우뚝함.
6   동네 사람들이 도당(都堂)에 모여 그 마을의 수호신에게 복을 비는 굿.

"그저 바라는 바는 부등가리[7]까지 가져가시더라도 사람만 해치지 마시옵소서."

이때에 안에서 아버지 소리를 외치고 뛰어나와 주인의 어깨를 얼싸안는 열 칠팔 세 되어 보이는 어여쁜 계집아이가 있었다. 달빛에 흘긋 보니 참으로 돌아 오는 반달 같다. 장작림은 별안간 얼이 빠져서

"여보, 그 계집아이가 누구요?" 하였다.

"예, 내 딸년이올시다."

"이름이 무엇이오."

"이름은 양주良珠라 합니다."

"참 어여쁘구려. 나하고 혼인하려오?"

"……."

"왜 대답이 없소. 싫거든 싫다지."

"예, 제 집안 재산은 다 가져가시더라도 이 자식 하나는 남겨 주십시오. 맏아들은 북경으로 유학 가고 마누라는 연전에 죽고 다만 부녀가 서로 의지하고 있는 터인데, 그 자식을 내놓고야 늙은 놈이 어찌합니까."

"아마 주인 생각에 내가 마적 생활하는 놈이니깐 뜻에 들지 아니하리지마는 나도 청운의 뜻을 둔 사람이요 어느 때까지 마적 노릇할 것도 아니오. 장래에 나도 크게 될 사람이며 사랑하는 아내는 결단코 내가 범연히 할 사람이 아니니 우리가 관공關羽 앞에서 굳게 맹세하고 약혼합시다."

"예, 그렇습니까."

이때 조씨의 형편으로 말하면 거절한대야 폭력으로 막 잡아갈 터이니 순순히 내놓을 수밖에 없다고 눈물을 먹었었다.

---

7 아궁이의 불을 담아내어 옮길 때 부삽 대신에 쓰는 도구.

"그러나 딸애의 생각이 어떠한지 좀 들어보겠사오니 잠깐만 고대하십시오."

"그러우" 하고 고개를 끄떡였다.

조씨는 그 딸 양주를 데리고 내방內房에 들어갔다가 한참 만에 빙글빙글 웃으며 나오더니

"대인, 경사 났습니다. 지금 들어가서 점을 하나 쳐 보았더니 그 괘가 풍택중부風澤中孚의 불변효不變爻가 나오겠지요. 이 괘를 풀면 '학이 우니 자식이 화'하는 괘니, 중부는 신信이라 천지 양육하고 만물이 안거安居하며 택이 초목에 입고 신은 돈어豚魚에 미치니 큰 내를 건너면 이利하리라고 하였습니다. 옛날에 신군辛君 장군이 매비梅妃를 아내로 맞을 때에 이 괘가 나왔는데 그 후로 형세가 융성하였습니다. 참, 혼인하면 대길하겠습니다, 하하하."

"아, 그렇소? 딸아이도 들었소?"

"예, 저도 가기를 즐겨 합니다."

이것이야말로 소설이다. 그러나 중국이 아니면 이러한 일을 보기 드물리라.

장작림은 그날 주인과 작별하고 돌아와서 다시 택일하여 가지고 15원의 선채先綵[8]를 싸서 정식으로 혼인을 하였다. 이 혼인의 매파는 그의 의동생 장작상張作相이라 한다. 장작림은 몸을 마적에 던진 후 예전 『삼국지』에 도원의 결의형제 맺듯이 장경혜張景惠, 장작상으로 더불어 의형제를 맺었다. 그리하여 경혜가 형이 되고 작상이가 아우가 되었다.

이 부인이 장작림의 제1 부인 되는 조 씨다. 그는 처음으로 아내를 맞아 가

---

8   혼례를 치르기 전에 신랑집에서 신붓집으로 보내는 채단.

지고 꿀 같은 사랑을 1년 동안 맛보다가 뜻밖에 큰일이 생겼었다. 어느 날 "여보게, 작림이, 자네 아라사를 위하여 한번 나서 보려나. 돈 많이 생기네" 하는 사람이 있었다. 이 사람은 정가둔鄭家屯에 근거를 두고 만주에서 활약하고 있는 마적의 두목 김수산金壽山인데, 일찍이 천진天津 무비학당武備學堂을 졸업하고 정식의 군대 교육을 받은 강한 사람이다.

7. 구사일생한 장작림 (1) 정조만 생각 말고 남의 어미 된 의무도

광서 26년 경자1900에 단비사건團匪事件[9]이 낙착된 뒤로 아라사는 만주에 손을 대고 동삼성東三省을 세력권 내에 넣고 방약무인의 태도로 발전할 새 이때 아라사로서 가장 긴절緊切[10]한 정책은 마적을 주물러 가지고 이용하는 것이 제일 상책이었었다. 그리하여 첫대 김수산을 사 가지고 선봉을 삼은 후 모든 토비를 그 휘하에 넣으려고 하였으나 세력 있는 마적의 풍덕인馮德麟이니 장경혜니 홍복신洪福臣이니 진음당陳蔭棠이니 하는 배노파排露派의 두목들은 아무리 달래고 금덩이를 안겨도 응치 아니하였었다. 그리하여 풍덕인은 포박하여 북화태北樺太 알렉산드롭스키로 귀양 보내고 김수산을 내명來命하여 장작림을 집어넣어 가지고 장경혜, 홍복신을 토벌시킬 계획이었었다. 그리하여 김수산은 일부러 중안보로 장작림을 찾아와서 조건을 붙인 것인데, 장작림은 입을 비쭉하고 대답도 아니 하였었다.

"여보게, 작림이, 어찌하려나."

"……."

---

9   의화단운동.
10   매우 필요하고 절실함.

"자네가 대답만 하면 곧 수가 나네."

"예끼, 미친놈, 수 난다고 러시아 편들 놈이 어디 있니."

"무어, 어째" 하고 김수산은 얼굴이 빨개졌었다.

"이놈아, 객스러운 소리 말고 어서 가거라."

"오냐, 네가 내 얼굴에 침을 뱉는다."

"마음대로 하여라."

"이놈, 어디 보자. 1중대만 데리고 나오면 네 따위 놈쯤은 콩가루를 만들 것이다" 하고 김수산은 곧 돌아가서 아라사 카자크 기병 1개 중대를 거느리고 대포 1문을 끌고 나왔다.

이때 장작림의 부인 조양주는 뱃속에 학량學良을 배었다. 장작림은 이것이 귀여워서 날마다 손꼽아 기다리던 판이다. 별안간 어디서 총소리가 나더니 아라사 병정과 마적의 연합군이 중안보를 에워싼다. 장작림의 부하는 적병이 들어온다는 보고로 징을 쨍쨍 울린다. "애, 야단났다" 하고 부하를 동독하여 말을 끌어내어 세우니 모두 100명밖에 아니 된다. 전술로 말하여도 적을 당치 못할 터인데 군사조차 수효가 적으니 큰일 났다. 장작림은 급히 집으로 돌아와 부인을 찾으니 내방에서 울고 엎드렸는지라.

"부인, 어서 일어나오. 큰일 났소."

"아니에요. 나는 집을 떠날 수 없으니깐 적이 만일 들어오거든 이 칼로 찔러 죽어 정조나 상치 않겠소."

"그게 무슨 소리요. 임자는 한 몸이 아니요 뱃속에 또 한 사람이 있소. 여자로서 정절만 지키면 고만이오? 남의 어미 된 의무도 지켜야지 않소."

"네, 딴은 그렇구려. 그러면 가장과 생사를 같이합시다" 하고 벌떡 일어났다. 장작림은 부인을 왼편 겨드랑이에 끼고 말에 올라 오른손에 육혈포를 들고 포연탄우를 뚫고 달아났다. 이것을 안 김수산은 기병 30명을 거느리고 뒤를 쫓을새 탄환은 팽팽 하며 장작림의 귀밑을 스친다.

"부인, 정신 차리오. 아무 일 없소" 하고 몸을 돌리어 총을 놓으며 보니 종자 8기騎에서 3기는 죽었고, 김수산의 부하 용장 유모劉某란 자 한 사람은 혼자 앞을 서서 30척가량 가까이 와서 청룡도로 육박하는지라. 장작림은 눈이 벌컥 뒤집히어 '이놈, 누가 죽나 하여 보자' 하고 한 방 놓았더니 다행히 바로 들어맞아 말 위에서 곤두박질하는지라. 이리하여 죽을 고비를 넘기고 남은 부하 네 사람을 데리고 오륙십 리 달아난 것이 길을 잘못 들어 진안현 산중으로 들어갔다. 아무리 찾아야 길은 없고 층암절벽이 내닫는다. 큰일 났다. 앞길은 절벽이요 뒤에서는 적이 전속력으로 쫓아온다.

그러나 장작림의 한 가지 칭찬할 일은 어떠한 곤경을 당하든지 낙심 않는 것은 참 신통한 일이다. 앞길은 막혀 층암절벽이요 뒤에서는 적이 쫓아 꼭 죽게 된 때에도 조금도 낙심치 아니하였었다.

"여보아라, 이 산을 넘으면 어디로 빠지느냐. 누구 아는 사람 없느냐" 한즉 부하 한 사람이 내달으며

"예, 소인이 압니다. 이곳은 흑산대계黑山垈溪라 하는 곳인데 이 산을 넘으면 강가둔姜家屯이올시다" 한다.

"그러면 넘어갈밖에 없다. 모두 말에서 내려라" 한즉 부하는 모두 말에게서 내리어 멍멍히 서서 산만 쳐다본다. '참, 이것이야말로 단암절벽斷巖絕壁이로구나. 깎아 세운 듯한 저 산을 넘자니 대인도 실성을 하셨나. 우리를 다람쥐나 원숭이로 아시나' 하고 장작림의 얼굴만 물끄러미 쳐다본다.

장작림은 부하 중에 높은 데 잘 올라가는 이모李某를 불러 가지고 말고삐를 모두 끌러 이어 주고 이것을 허리에 차고 저 위로 올라가라고 명령하였다. 이모는 위험을 무릅쓰고 바위 위로 기어 올라갔다. 올라가다가

몇 번 미끄러졌었다. 그러나 원래 높은 곳에 잘 올라가는 사람이라 20분 동안에 다 올라갔다. 그리하여 한끝을 나무에 비틀어 매고 한끝을 내려트렸다.

"자, 되었다. 인제는 살았다. 하나씩 올라오시오."

"대인, 먼저 올라가십시오."

"아니다, 나는 맨 나중에 올라갈 터이다."

"그럼 적이 몹시 쫓으니 아씨 먼저 올라가시게 하시지요."

"여러 말 마라. 위험할수록 너희 먼저 살려야 한다. 어서 올라가거라."

장작림이 부하를 사랑함이 얼마나 두터운가는 이 말 한마디에서 알 일이다. 가련한 네 사람의 생명을 자기 이상으로 사랑하는 부인보다도 더한다는 정서가 여기서 나타나고 보옥같이 아름다운 빛이 빛났다. 이에 모든 부하는 감격함을 이기지 못하고 줄에 달려 올라갔다. 맨 나중에 부인을 먼저 올려 보내려고 할 때에 앙항항 하고 우는 말의 소리가 귀청을 울린다. 적이 멀지 아니 온 것이 분명하다.

"부인, 부인, 어서 업히오. 두 사람이 각각 올라가려다가는 기어이 잡혀 죽을 터이니 업고 올라갑시다" 하고 부인을 둘러업고 줄에 달려 올라간다. 위에서 부하는 줄을 잡아당긴다. 한 중턱쯤 올라갔을 때에 장작림 군이 끌러 놓은 말을 발견하고 김수산 군은 쫓아온다. 줄에 달린 장작림의 부처는 필경 김수산의 눈에 띄었다.

"애, 이놈, 경처라" 하고 김수산은 아라사식 총을 들고 한 방 갈겼었다. 그 탄환은 장작림의 발밑에서 다섯 치가량 되는 곳의 바위를 맞고서 떨어졌다. 김수산은 재우쳐 한 방을 갈겼으나 이때는 장작림이 깜짝 놀라고 겁이 나서 줄을 놓쳐 대여섯 자가량 미끄러진 까닭에 다행히 무사하였다. 김수산은 제3발을 부인의 잔등이를 겨냥하고 놓은 것이 너무 급히 놓느라고 옆으로 탄환이 나갔다. 이때에 장작림의 부처는 상상봉上上峯에다 올라섰다. 네 사람의 부하는 울며 느끼며 "대인! 아씨!" 미칠 것같이 기뻐하였다. 이때에 시간은 황혼 때라 김수산도 총을 잘 놓는 사람이지만도 날이 저문 까닭에 물체의 겨냥을 똑바로 하는 수가 없었다.

행운아의 장작림은 구사의 일생을 얻어 가지고 부하와 함께 여섯 사람이 산을 넘고 물을 건너 강가둔에 다다라 홍복신, 진음당의 소굴에 들어가니 홍과 진은 힘껏 그를 동정하고 부하를 보호시켜 팔각당八角堂 장경혜에게로 보내주었다. 그 후로 배노파의 군을 모아 가지고 진안현 홍라산紅螺山에 웅거하던 마적의 두목 탕옥린湯玉麟과 일치하여 회회교의 마적 항소자項昭子와 싸워 항소자를 참한 후로 장작림의 이름은 더욱더욱 높아질새 사린四隣의 작은 마적을 정복하고 탕옥린, 장경혜와 삼각 동맹을 맺고 만주에서 패를 세웠었다.

장작림은 마적 생활을 아홉 해 동안을 하였었다. 광서 29년 계묘1903에 신민부 지사知事 증온增韞이란 사람이 사방에서 날뛰는 마적을 회유할 책으로 초강선무사招降宣撫使를 장작림에게 보내어 귀순하기를 꾀었었다 (어떤 책자에는 그가 마적으로는 아무리 하여도 성공할 수가 없음을 깨닫고 자진하여 귀순하였다고 한다). 어쨌든 그는 청국 정부에 귀순하여 부하의 마적 토병 230명을 기병 일영一營으로 편성하고, 자기는 관대관管帶官이 되어 그것을 통솔하고 신민부의 치안 유지를 맡았었다. 그리하여 장작림은 아홉 해 동안의 마적 생활을 고만두고 관군의 일 무관이 되어 청조의 녹을 먹다가 필경은 대원수까지 되고 말았다.

8. 구사일생의 장작림 (2) 총알이 무섭지 아니하냐?

때는 광서 31년 을사¹⁹⁰⁵ 봄이다. 일로전쟁이 한창 어우러질 때다. 일본의 총 군사는 90만이요 전선은 3천 유여 리를 뻗쳤었다. 전쟁의 형세는 아라사가 자주 패하고 일본 군사는 승승장구하여 북으로 러시아를 쫓고 서로 신민청新民廳을 빼앗고 동으로 무순撫順을 침략할 때에 신민청의 보안 유지의 책임을 맡은 장작림은 일본 군대의 노염을 사서 내목乃木 대장의 제3군 좌종대左縱隊인 제1사단 모 중대의 손에 잡히어 군영으로 갔었다. 이때에 중국에 오랫동안 머물러 있어 중국 사정을 잘 아는 복도福島 소장은 동무 몇 사람과 지나가다가 포박한 중국 사람을 발견하고

"왜 그러느냐"고 물어보았다.

"예, 여러 가지 사실이 있사오나 간략히 말하자면 우리의 비밀을 탐정하여 아라사에 알리고 또는 우리 군사의 행진을 방해한 일이 있습니다."

"응, 그래" 하고 복도 소장은 고개만 끄떡끄떡하였었다.

"됨됨이를 보십시오. 아주 고약한 놈이올시다."

"그래도 꽤 세력 있는 자지?"

"예, 250명의 기병을 거느린 중위라 합니다."

"흥, 사람도 영리하게 생겼는데?"

"영리하면 무엇 합니까. 이번에는 총살시킬걸요."

일본말 모르는 장작림이도 저를 총살한다는 데는 그 눈치가 수상히 보였던 모양이다. 눈을 똑바로 뜨고 복도 소장을 쳐다보았다.

이때 복도 소장의 눈과 마주치니 장작림의 눈에서 광채가 금빛같이 나는지라 소장은 한참 장작림을 노려보다가

"여보아라, 잠깐 통역을 불러오너라. 그자의 말이나 좀 들어보자."

조금 있더니 종졸은 통역생 한 사람을 데리고 왔다. 이 사람은 일본서 외국어학교 교사로 여러 해 있다가 이번 전쟁에 통역으로 뽑혀 나온 우충한于沖漢이라 하는 중국 사람이다. 소장은 우 통역을 시켜 문답을 시작하였다. 이 사람의 일언일구는 장작림의 죽고 사는 가장 큰 운명의 열쇠였었다.

"너는 어째서 동종동문同種同文[11]이요 순치보거脣齒輔車[12]의 관계있는 일본을 배반하고 아라사의 구주拘走가 되느뇨."

"예, 그것은 나도 잘 아는 바이오. 그러나 오늘날 우리 중국은 일이 큽니다. 큰 나라 앞에 머리를 숙이지 아니하면 부지할 수 없는 형편이요 또 우리 지방은 지금까지 아라사의 세력 범위 안에 있은즉 그 명령을 거역하면 우리는 죽습니다. 죽어도 일본을 위하여 죽어라 하는 것은 응할 수 없습니다."

"그러면 일본의 세력 범위 안에 들어갈 것 같으면 그때는 일본을 위하여 진력할까."

"그것은 그때 당하여 보아야 알 일이지요."

"하하하, 담력이 꽤 찬데? 그런데 너를 조금 있다가 총살시킨다니 처자에게 유언할 말 있거든 불러 주랴."

"유언 없소."

"총살이 무섭지 아니하냐?"

"아뇨, 유쾌하오. 죽을 때는 선뜻 죽어야지요" 하고 껄껄 웃었다.

소장은 그길로 본부로 돌아갔다. 저녁때에 통역 우충한은 동포 한 사람

---

11 서로 다른 두 나라의 인종이 같고 문자도 같음.
12 입술과 이, 수레의 덧방나무와 바퀴처럼 서로 없어서는 안 될 깊은 관계.

을 살리려는 정성된 마음으로 복도 소장을 찾아보고 잔생이[13] 사정을 말하고 목숨 하나 살려 달라고 애걸하였었다. 그러나 소장은 부처 모양으로 아무 말도 없다. 우충한은 빌다 못하여 한숨만 휘 쉬고 밤 깊게 집으로 돌아왔었다. 이때 그의 가슴이 얼마나 아팠으랴. 아니다, 그의 한숨은 가슴 타는 연기 빼는 소리다.

이튿날 아침에 일본 병정은 쾌재를 부르고 장작림을 끌고 넓은 벌판 큼직한 버드나무에 비틀어 매어 놓았다. 이곳이 사형장인 모양이다. 장작림은 태연자약 왼편 눈도 깜짝거리지 않고 가만히 섰다. 총수銃手는 30척 가량 거리 되는 곳에서 총을 겨냥하고 호령 내리기만 고대하고 있다. 지휘관 소천小川 소위는 막 호령을 하려고 하는데, 뒤에서 말 달리는 소리가 나며 가만있으라고 외치는 사람이 있다. 깜짝 놀라 돌아보니 복도 소장에게서 오는 전령사다. 그 보고를 받아 본 소천 소위는 얼굴빛이 별안간 변하며

"총 놓지 마라! 뒤로 물럿!!" 하였다.

장작림은 살았다. 아마 본인도 꿈인지 생시인지 정신이 아뜩하였을 것이다.

이때 복도 소장은 장작림의 인물, 열력閱歷 등을 십분 조사하고

"괴상한 놈이다. 이놈을 살려 두면 이다음 만주에서 일할 때에 많은 도움이 되리니 유위有爲 인물을 죽이기 아깝다. 살려라" 하였었다. 우충한의 애걸도 보람이 있었고 복도 소장도 영웅이던 모양이다.

장작림이 동삼성을 손아귀에 넣고 일본을 극력 찬조한 것은 이러한 까닭이 있기 때문이다. 그는 복도 소장의 은혜를 각골난망하였던 모양이다.

---

13 애걸복걸하는 모양.

소장의 부음을 듣고는 특히 조문사弔問使까지 일본에 파견하고 영전에 부의賻儀도 많이 하였다 한다.

9. 마적 출신으로 대원수 3천 궁녀를 데리고 북경의 단꿈도 1년

마적이란 이름이 고약하지 장작림에게는 마적 생활이 앞길을 열어 주는 큰 열쇠가 되었다. 요서의 넓은 벌판을 치달리던 동안에 그는 기지를 연마하고 담략을 길렀다. 이것이 점점 자라서 필경에는 대원수까지 되고 만 것이다. 마적 생활을 하던 그는 한번 무관이 되더니 욱일승천의 형세로 나날이 영달이 된다. 기병대장이 되더니 얼마 있다가 순방통대관巡防統帶官이 되고 또 얼마 있다가 봉천전로순방대통령奉天前路巡防隊統領이 되었었고 선통宣統 말년 임자1912 제1혁명 때에는 동삼성 총판總辦 조이손趙爾巽의 명령으로 봉천성으로 옮기었었다. 민국 원년 임자1912에는 대번에 육군 중장이 되어 제27사단장이 되었다. 이때에 그의 나이는 서른아홉 살이다.

사단장이 되어 봉천에 머무르게 된 후의 장작림은 권세를 잡고자 하는 야심이 부쩍 치밀어서 자기의 영달과 지반을 확장하려고 열심하였었다. 그래서 자기의 앞길을 막는 자면 내쫓기도 하고 목도 베었었다. 민국 4년 을묘1915 가을에 원세개袁世凱의 제정帝政 운동에 찬성하여 1등 자작子爵을 타고 민국 5년 병진1916 봄에는 원세개가 실각하는 틈을 타서 원세개의 고굉股肱[14] 되는 봉천 장군 단지귀段芝貴를 내쫓고 자기가 봉천 장군이 된 뒤로는 더욱 그의 야심은 심하였었다. 이것은 장작림뿐만 아니라 난세

14　다리와 팔처럼 중요하고 신임하는 부하.

에서 패霸를 세우려 하는 자로서는 당연한 수단이다.

　사람의 욕심이란 한도가 없는 것이다. 배고플 때에는 밥만 생각하되 밥이 생기면 또 딴 욕심이 나는 것은 사람의 떳떳한 정리다. 사단장이 되고 봉천 장군이 된 그는 동삼성의 실권을 잡아 보려고 민국 6년 정사丁巳[1917] 여름에 심복 포귀경鮑貴卿을 흑룡강독군黑龍江督軍을 시키고, 민국 7년 무오[1918] 봄에는 안휘파安徽派의 준재 서수쟁徐樹錚과 함께 남정南征 군사를 일으켜 성공하고 드디어 동삼성 순열사巡閱使가 되고, 그 이듬해 기미년[1919]에는 강적 맹은원孟恩遠을 몰아내고 포귀경을 길림吉林으로 옮기고 손열신孫烈臣을 흑룡강독군을 시켜 가지고 동삼성 병마의 권兵馬權을 완전히 손아귀에 집어넣고 말았다.

　장작림이 북경으로 나서기는 민국 8년 기미[1919] 안직전쟁安直戰爭에 무장 해제를 한 때다. 구주歐洲 전쟁으로부터 민국 8년까지는 북경의 정계는 단기서段祺瑞를 수령 삼은 안복파安福派의 황금 시대였었다. 풍부한 자금으로 일본 사관을 고빙雇聘[15]하여다가 그 손에 훈련받은 변방군邊防軍의 실력을 가지고 있어 방약무인할 때에 21개조 사건[16]으로 조여림曹汝霖의 집을 불 지르고 중원衆怨이 일당으로 몰릴 때에 호남湖南에 머물러 있는 남방파南方派와 기맥을 통한 오패부吳佩孚는 문장의 글로 단기서 일파를 탄핵하고 안직전쟁의 막幕은 닫혀졌었다.

　이때 단기서에게 호감을 가진 장작림은 수병手兵 300명을 거느리고 조정調停의 이름을 내붙이고 북경으로 들어갔었다. 이때 단기서는 정국군총

15　학식이나 기술이 뛰어난 사람에게 어떤 일을 맡기려고 예의를 갖추어 모셔 옴.
16　제1차 세계대전이 발발한 직후인 1915년 일본이 중국에 대한 이권을 일방적으로 차지하기 위해 위안스카이(袁世凱)의 북양(北洋) 정부에 강압적인 요구 사항을 제출한 사건.

사령定國軍總司令으로 북해국성北海國城이란 곳에 있었으나 장작림은 단신으로 단기서를 찾아보고 간곡히 전쟁이 옳지 못함을 권고하였더니 단기서는 기호의 세騎虎之勢[17]로 그 말을 거절하였었다. 그때에 단기서의 부하로 가장 권모가權謀家라 일컫는 서수쟁은 "장작림을 그대로 놓아 보내는 것은 호랑이를 들로 내놓는 것과 같으니 잡아 죽이자"고 권하였었으나 단기서는 그 말을 좇지 아니하였었다.

장작림과 단기서의 회견을 마치고 장작림은 곧 봉천으로 돌아왔었다. 며칠 후에 봉천에서 자객을 포박하였는데, 그 자객은 안복파에서 보낸 것이 판명되었다. 어시호於是乎[18] 장작림은 크게 분노하여 군사를 일으켜 가지고 천진을 들이치니, 단기서는 스스로 나와 죄를 빌었었고 서수쟁 이하의 모든 장수는 일본 병영으로 도망하고 그 나머지 몇 사람은 잡아 죽였었다.

민국 9년 경신1920 여름에 안휘, 직례의 두 파가 서로 싸울새 장작림은 직례파에 가담하여 안휘파를 짓부수고 조곤曹錕과 함께 북경 정국의 실권을 잡고 근운붕靳雲鵬으로 하여금 내각을 조직시켰으며, 그 이듬해 신유1921에는 스스로 몽강경략사蒙彊經略使가 되어 열하熱河, 찰합원察哈原, 수원綏遠의 세 특별 행정구역을 새로이 자기 세력 범위에 집어넣고 만몽滿蒙 왕국의 주인공이 되었었다.

보라! 장작림은 얼마나 큰 야심 뭉치냐. 마적으로부터 여기까지 올라온 도정을 비교하여 말하자면 백척간두에 다다른 것이다. 지각 있는 인물 같으면 이만하고 고만둘 일인데, 그래도 만족지 못하여 북경 정권을 혼자 차지하여 보려다가 민국 11년 임술1922 봄에 남북통일의 큰 야심을 가지고 10만 대병을 거느리고 관내關內에 나아갔다가 직례파의 요장 오패부와 싸

---

17 호랑이를 타고 달리듯이 이미 시작한 일을 중도에서 그만둘 수 없는 형세.

18 이에 즈음하여.

위 참패하고 관외關外로 쫓겨났었다. 그러나 그는 이까짓 일쯤은 조금도 까딱 않는다. 북경 정부에게 관직을 빼앗겼으되 태연히 중앙 정부와 관계를 끊고 동삼성 연성자치聯省自治를 성명하고 자칭 동삼성 보안총사령保安總司令이라 하고 오패부의 원수를 갚고자 군비 충실에 일심전력하였었다.

그 후 3년 동안 가만히 들엎드렸다가 민국 13년 갑자1924에 제2봉직전쟁奉直戰爭을 시작하여 가지고 용장 풍옥상馮玉祥의 모반으로 말미암아 뜻밖에 승전을 하고 직례파를 짓부숴 원수를 갚고 드디어 단기서를 세워 임시 집정執政 정부를 설립시키고 직례, 산동山東을 새로이 손에 넣고 이경림李景林과 장종창張宗昌을 각각 봉하였었다.

직례파를 무찔러 오패부의 원수를 갚은 그는 다시 북경 정국의 실제 주인공이 되어 득의양양하던 때가 민국 14년 을축1925이다. 이해 봄에 다시 강소江蘇, 안휘의 지반을 얻어 양우정楊宇霆과 강등두姜登逗를 각각 나누어 맡기고 세력을 상해上海에 뻗었었다. 그러나 이해 가을에 절강浙江에 손전방孫傳芳이 일어나매 양우정은 강남江南을 버리고 도망하니 강소, 안휘의 두 땅을 다시 잃어버리게 될 때에 돌연히 풍옥상의 국민군國民軍이 일어나 경진京津을 빼앗으니 봉천파의 세력은 한풀 꺾였었다. 이때겨울에 장작림의 부하의 제일 용장 곽송령郭松齡이 반기를 들고 일어나니 장작림과 그 아들 학량은 거의 사지死地에 빠졌었으나 운수 좋은 장작림은 요행히 이번에 폭발탄 맞고 같이 죽은 오준승吳俊陞의 구원을 입어 구사일생을 얻어 가지고 곽 군을 물리치고 곽송령의 목을 베어 뒷근심을 없이하였었다. 이 사건이 장작림이 출생 이후에 제일 큰일이다. 그러나 그는 의연히 대담하고 조금도 겁이 없었다 한다. 이것이야말로 마적의 보짱19이다.

---

19 마음속에 품은 꿋꿋한 생각이나 요량.

곽송령이 이반離叛하는 뒷등에는 풍옥상이가 있다. 그러므로 나중에는 장작림과 풍옥상의 관계는 험악하여질 것이요 동시에 장작림과 오패부의 관계는 도리어 좋아졌다. 그래서 이번에는 장작림과 오패부가 형제의 의를 맺고 국민군을 데리고 풍옥상을 치려 들새 풍옥상은 대세가 비틀어짐을 깨닫고 서북국민총사령西北國民總司令을 사직하고 노서아로 갔었다. 나머지 국민군도 장작림과 오패부에게 쫓겨 북경을 떠나 삭북朔北으로 물러났었다. 어시호 장작림은 세 번째 북경의 정권을 잡고 민국 15년 병인1926 11월에 대원수의 열列에 뛰어 천하는 통일되었다고 천진에 출마하여 스스로 안국군총사령安國軍總司令이라 일컫고, 민국 16년 정묘1927에는 당당히 북경에 들어가서 6월 18일에 북경 회인당懷仁堂에서 대원수의 취임식을 성대하게 거행하고 거주좌와居住座臥를 황제와 같이 하였었다. 이때의 그의 나이는 쉰세 살이다.

장작림 본인은 이것을 득의만면하였겠지만도 그것을 구경하는 사람은 누구나 다 "너의 영화는 대원수 취임으로 문을 닫는구나" 하였을 것이다. 왜 그러냐 하면 이때의 중국 형편이 봉천파의 인기는 이미 참락慘落[20]한 데다가 15년1926 병인 7월 28일부터 장개석蔣介石 군이 북벌의 길을 떠나 파죽지세로 북진하는 판인 까닭이다. 그래서 장작림의 대원수는 길어야 한 달밖에 더 못 가리라고 추측하였더니 북벌군의 우군友軍 염석산閻錫山과 풍옥상 군의 북경 진격이 뜻밖에 고장이 생기고 남방파는 장강長江에서 내홍內訌이 생기어 북벌이 휴식 상태가 되고 보니 장작림의 대원수는 의외로 수명이 길어 왔다. 17년 무진1928 4월에 장개석은 제2차 혁명군을 일으켜 가지고 풍옥상과 공동하여 군사를 북방으로 내니 연전연승이다.

---

20   값어치가 형편없이 떨어짐.

5월에 이르러 염석산이 또 이에 가담하니 대세는 이미 비뚤어졌다. 아무리 억세고 줄기찬 장작림이라도 이제는 하릴없어 6월 3일 밤에 북경을 떠나 옛집 봉천으로 달아나다가 열차 속에서 폭발탄 세례를 받고 오준승과 함께 황천객이 되었다.

북경 궁궐에서 3천 궁녀를 데리고 천하를 호령하려던 장작림은 조물이 시기하는 데는 어찌할 수 없었던지 북경에서 최후의 작별을 고하고 다시 옛집으로 돌아오다가 객사하니 때는 민국 17년 무진[1928] 6월 4일이요 대원수 노릇한 날짜는 350일이며 향년은 54세다.

간략하나마 이것으로써 장작림의 54년간의 약력을 끝막고, 다시 붓끝을 돌리어 일대 풍운아의 풍모, 성격을 써 보려 한다.

10. 장작림의 풍모 외면은 볼 것 없으되 흉도는 크다

처음 장작림의 풍모를 보는 사람은 누구나 깜짝 놀라지 않는 사람이 없다고 한다. 신장은 5척 일이 촌에 뼈만 앙상한 말라깽이에 얼굴빛은 희고 실눈이라 아무가 보든지 이것이 마적으로서 한 번에 대원수가 되다니 하지 않을 사람이 없다. 안광은 조금 광채가 있다. 그러나 그렇다고 사람을 쏠 만하지는 못하다. 남과 이야기할 때는 거의 그 사람의 얼굴을 바로 보지 않고 딴 곳을 보며 말소리도 크지 못하다. 이 점으로 보아서는 보통 사람이지 어디가 영웅의 기상이 있으랴. 그러나 그의 흉도胸度[21]는 기지가 가득하고 대담강복大膽剛腹하여 사람을 사람같이 아니 여기는 흉도를 가지

---

21 마음의 도량.

고 있는 것은 참으로 놀랄 만한 일이다.

장작림이도 역시 중국 사람이다. 돈을 사랑하는 것은 남만 못하지 않다. 가렴주구가 그 도가 없으며 사재私財를 모으기 몇만 원이 넘되 인정은 많은 사람이라 그 재산을 헤치어 부하를 사랑하기에는 아끼지 않는다 한다. 이것이 장작림의 사람 쓰는 최면술이요 따라서 오늘날 대업을 이룬 것이다. 다만 그는 불행히 가난한 집에 태어나서 글을 배우지 못하였다. 그러므로 오직 천성의 총민으로 매사를 처리할 뿐이니 어찌 천하의 대세야 달관할 수 있을쏘냐. 그는 남방의 세력이 중국 천지를 휩쓸 이유 있는 것을 이해치 못하고, 국민 혁명의 표어에 대하기를 적적赤賊 토벌로써 하고 있었다. 타계他界에 있는 장작림이여, 너는 실로 시대를 모르는 간웅奸雄이다. 시대의 조수潮水를 척수尺水[22]로 막으려 하였으니 실패할 것은 정한 일이요 얼마나 어리석은 일이냐. 그의 좌우에는 지자知者가 없는 것도 아니다. 양우정이도 있고 장남 학량이도 있다. 이들은 대세를 잘 아는 자들이다. 그러나 고집 센 장작림이는 한번 고집이 난 담에는 여간하여서 남의 말은 듣지 않는다. 이번에 북경을 떠날 때도 남의 말을 들었더라면 폭발탄 세례도 받지 아니하였을는지도 모를 것이다.

11. 겁쟁이 장작림 출입할 때 경계를 엄중히 한다

영웅의 사람 속이는 수단이란 다 한 가지씩 있는 것이다. 예전에 원세개는 어떤 나라 공사하고 이야기하다가 자기는 뇌성 소리를 대단히 무서

22　얼마 안 되는 물.

위한다고 하였다. 그래서 그 공사가 그 후에 어떤 사람에게 말하기를 원세개가 영웅이라더니 어디 뇌성 무서워하는 것 보니깐 영웅 자격이 있더냐고 한 말이 있다. 장작림은 겁이 매우 많다. 장작림도 영웅이라면 이것도 일종의 사람 속이는 수단인지도 모르겠다. 그는 첩을 아홉을 두고 날마다 잠자리를 바꾼다 한다. 그러고 바람 몹시 부는 날 나무 흔들리는 소리만 심하여도 잠을 못 이루고, 쥐만 바스락거려도 목을 길게 빼며, 출입할 때에는 사람을 삼지위겹하여 가지고 경계를 엄중히 하며, 기차를 탈 때에도 속사포까지 비치하고, 자동차에도 속사포를 모시고 다니는 큰 겁쟁이다. 과연 이것이 사실이라면 그것은 도처에 자기의 적이 많이 있는 까닭일 것이다.

나는 장작림이 담대한 것을 일로전쟁 때에 알았었다. 이때 일본 군사는 그를 잡아다 놓고 필경 총살을 하게 될 때 그는 사형장 되는 큰 버드나무에 붙들어 매어 놓고 총수가 십 미터*㉾ 밖에서 총을 들고 겨냥을 할 때에도 왼편 눈도 깜짝거린 일이 없었다.

12. 정력의 남비자^{濫費者} 게다가 아편까지 곁들여

장작림이 노름 좋아하는 것은 누구나 다 아는 일이다. 오죽하면 마적 되기 전에는 노름에 몸이 달아 남의 집 돼지까지 훔쳐 내었으랴. 그러나 사람이 달^達하면 예전 버릇을 고쳐야 할 일인데 대원수의 신분을 가지고도 날마다 밤을 낮을 삼아 가며 마작^{노름 이름}에 몰두하는 것은 옳지 못한 일이다. 독자 여러분은 다만 글로 이렇게 쓰니깐 장작림이 아마 소견으로 노름을 즐기나 보다 하리라. 그러나 노름에 한창 몸 달 때에는 북벌군이 어디까지 쳐들어온다는 보고가 와도 받아 보지도 않고 노름에 골몰이라 한다.

영웅호색이란 말은 동서양은 물론하고 고금을 통틀어 이것이 원칙인지는 알 수 없으나 영웅이란 영웅의 전기를 다 보아도 이것 하나는 똑같이 즐기는 모양이다. 장작림도 영웅이다. 첩이 아홉이라 한다. 그러나 첩의 수효로써 영웅을 자질[23] 한다 할 것 같으면 원세개는 첩이 스물넷이었으니 이것에 비교하면 장작림은 졸장부밖에 더 못 될 것이다. 그뿐 아니라 제주도는 인구가 남자보다 여자가 많아서 남자 한 사람이 계집 오륙 명씩은 항용 데리고 산다니 이곳은 영웅촌이라야 가할 것이다.

장작림의 제1부인, 학량의 어미 조 씨가 죽은 뒤에 제2부인 오 씨吳氏가 지금은 제1 부인 노릇을 한다. 제3부인은 도 씨陶氏요 제4부인은 일본 여자 소령小鈴이요 제5부인은 왕 씨王氏다. 왕 씨의 몸에서는 5남매의 소생이 있다 한다. 그다음은 시시하니 낱낱이 성씨를 들 필요도 없다. 제4 부인 소령은 장작림이 사단장으로 있을 때에 봉천 성내의 일본 유지 신사들이 연회를 꾸미고 일본 요릿집 금룡정金龍亭으로 초청하였을 때에 기생 소령의 아리따운 태도에 눈이 감기고 침이 흘렀었다. 그래서 그는 즉시 요릿집 주인을 불러 가지고 서투른 일본말로

"아레 다이헨니 요로시이 마타 구루고토 하나시다노무" 하고 귓속을 하였었다. 말인즉 저 계집이 매우 어여쁘다, 요다음 또 올 터이니 한번 보게 하여 달라는 말이다. 그리하여 장작림은 필경 그 계집을 수천금을 주고 떼여 들여다가 제4 부인을 삼고 순전히 중국 복색에 순금 귀고리, 보석 팔깍지를 끼워 놓고 세월 가는 줄을 몰랐다 한다.

---

23   자로 물건을 잼.

나는 일찍이 어느 책자를 저술하다가 사회의 풍파는 무뢰한이 일으키고 가정의 풍파는 베갯밑송사에서 일어난다고 쓴 일이 있다. 세계적 의문의 괴걸怪傑로서 4억만 대중 위에서 대원수라는 이름으로 400여 주를 호령하는 장작림도 베갯밑송사는 어찌할 수 없었던지 여러 부인의 등쌀에 필경은 소령 부인과 뜨거운 악수로 이별을 하였다 한다. 그 이별된 이유는 여러 부인이 입을 모으고 일본 여자를 사랑하면 우리나라의 비밀이 샌다고 하고 한편으로는 소령 부인을 암살한다는 소문이 자자하여 소령 부인은 그 뜻을 장작림에게 말하고 이별한 것이다.

이때 장작림은 놓기가 애처로워서 여러 가지로 달래었으나 소령은 도저히 응치 아니하므로 장작림도 하릴없어 돈 3천 원을 내주고

"나는 무인이라 어느 때 자객의 손에 죽을지 알 수 없으리니 너는 그때 나의 무덤에나 와 다오. 그러고 어디로 가든지 서신이나 끊지 마라" 하고 한숨을 휘 쉬었다 한다.

날마다 일과가 아편이요 낮잠이요 노름이요 색이다. 밤이면 노름하랴 잠자리하랴 밤을 꼬빡 새우고 보니 제가 장비라도 낮잠 아니 자고는 못 배길 것이다. 그리하여 정력은 다 쇠하였다. 한번 어떤 외국 사람이 장작림과 악수를 하다가 손이 어찌 몹시 찬지 뱀 만지는 것같이 징그러워서 뿌리친 일까지 있다고 한다. 그러므로 오래 살고자 하는 욕심은 있어서 인삼과 녹용으로 장복長服하는데, 그 값이 한 달에 1,500원씩 된다고 한다.

13. 재정과 외교의 수완가 무엇이든지 하여 돈 먼저 준비하자

장작림이 동삼성에서 병마의 권을 잡은 후에는 제일 급무가 군비 확장이다. 그러나 이 군비 확장에는 돈이 많이 든다. 그러므로 재정장財政長을 돈 많은 왕영강王永江을 시키고 재정 계획으로 동삼성의 소금세鹽稅를 목표 삼았었다. 중국의 소금세는 단비사건의 배상금과 기타 외국의 차관으로 담보가 되어 있는지라. 그래서 이 염세 사무는 외국 사람이 감독하는 것인데, 당시 동삼성에서 바치는 소금세는 약 800만 원이라 그것만 북경 정부에 바칠 것 같으면 그 외의 것은 동삼성에서 자유로 사용하여도 관계없기로 약속을 하고 장작림은 소금의 밀매를 엄중히 취체하였었다. 그리하였더니 소금세는 단박에 1,600만 원이 된다. 그리하여 이것에서 매년 800만 원씩 따 먹으니 외국에서는 문제를 일으킨다. 그리하여 북경 정부는 "그것은 봉천의 일이니 봉천과 직접 교섭하라" 하여 한참 말썽이 되었었으나 장작림은 어디까지 항거하고 "우리는 규정의 세금만 물면 고만이라"고 교섭을 거절하였었다.

그다음에는 경봉선京奉線을 빼앗아 가지고 철도 수입을 늘였었다. 경봉선은 영국의 차관으로 간 것인데, 장작림은 이것을 빼앗아 자기의 재원을 만들었다. 그리하여 영국 정부의 항의가 있었으나 "그 철도가 차관으로 된 것이라 연년이 변리만 내고 연부금만 갚아 가면 고만이지 영국이 무슨 간섭할 필요가 있느냐" 하여 영국이 코를 떼었다 한다.

봉천 전장錢莊으로 하여금 지폐를 함부로 발행하게 하여 봉천표奉天票의 시세를 떨어트린 것은 역시 전선을 넓히기 위하여 어쩔 수 없이 한 일이다. 그는 돈을 만들기 위하여 전당포도 경영하였고, 대금업도 경영하였으며, 기름 장사도 하여 보았고, 곡물 장사도 하여 보았다. 이것은 자기가 실제로 경영한 것이 아니라 돈을 만들기 위하여 각 방면으로 경영시켰던 것이다.

외교로 말하면 장작림은 일찍부터 일본과 친밀하여야 제일 이익이 될 줄을 믿었었다. 그리하여 노서아를 배척하고 동청철도를 회수하였다. 동청철도는 원래 노서아와 합판合辦[24]으로 경영하는 것인데 은연히 노서아의 것이 되고 말았다. 그러므로 장작림은 동청철도의 중역을 내쫓고 동시에 노서아의 행정권, 수비대권守備隊權을 중국에서 차지하고 중국의 철도를 만들었다. 그리하여 노서아의 항의가 매우 심하였었으나 장작림은 어디까지 자기주장대로 나아갔었다. 이 때문에 노서아는 장작림을 몹시 미워한다.

그다음 몽고蒙古, 몽골에 대하여는 각지에 흩어져 있는 몽고 왕족을 위압, 회유하고 일면으로 몽고에 철도를 깔고 도로를 닦으며 개간을 조성하여 실제상 중국 통치하에 둔 일도 또한 특서特書할 만한 공적이라 아니 할 수 없다.

14. 가정의 장작림 아홉 첩에 자녀가 열 사람

남의 집 귀동딸을 훔쳐다가 혼인한 최초의 조씨 부인은 첫사랑이라 정은 몹시 깊었던 모양이다. 그러나 그는 불행히 세상을 떠났으되 그의 가정은 가장 행복답다. 아니, 자본주의 시대에는 돈 있으면 가정도 평화로운 것이요 돈 없으면 가난이라 그런지 저런지 그는 아홉 사람의 첩이 있

---

24 공동으로 사업을 경영함. 합작.

고 장학량을 비롯하여 여덟 사람의 아들과 딸 둘이 있으며, 학량이도 이미 네 사람의 자녀가 있어 자녀손이 만당이다. 욕심 뭉치니 마적 출신이니 하여도 가정에서는 선량한 가장이요 자애한 어버이며 할아비다. 집안은 항상 평화로운 기운이 자욱하다. 신분도 영달하였고 돈도 거만巨萬을 가졌으니 조금 생각이 있어야 할 것인데, 아직 도적을 잡으면 죽이기를 빈대 죽이듯 하니 아마 바탕이 있는 때문인가 보다.

15. 고독한 장작림 고우故友는 오준승, 장작상, 급금순

장작림은 거의 혼자 힘으로 대원수까지 되었다. 아니, 그를 위하여 견마의 노勞를 하지 아니한 자가 없는 것은 아니로되 물리치고 죽이고 하여 자연히 장작림과 사이가 멀어진다. 그래서 그의 좌우는 아주 적적하다. 장작림의 가장 오랜 친구로는 최근에 흑룡강독판黑龍江督辦으로 있던 오준승과 길림독판으로 있단 장작상과 급금순汲金純의 세 사람뿐이다. 그런데 오준승은 장작림과 같은 차 타고 오다가 폭발탄에 맞아 같이 죽고 말았다. 근자에 사귄 친구로는 양우정과 왕영강 두 사람이다. 그런데 왕영강도 먼저 죽고 남은 사람은 양우정 한 사람이다. 이 외에 왕수쟁王樹錚과 張煥相장환상의 두 사람이 있으나 이 두 사람은 믿을 수 없다.

16. 어린아이 같은 장작림 죽은 호랑이 타고 소꿉질하기

고금을 물론하고 비범한 입신출세자에는 어린이 짓 하는 사람이 적지 않다. 장작림이도 어느 때는 어린아이 같은 짓을 곧잘 한다. 거번에 오패부를 쓰러트리고 풍옥상 군을 깨트리던 때는 껑청껑청 뛰고 좋아하였다 하며, 또 노름에 몇 번만 연하여 이겨도 기뻐서 꼰대 짓을 한다. 장작림의 응접실에는 죽은 호랑이剝製虎 두 마리를 장식하여 세워 놓고 날마다 어루만지고 논다 한다. 그 꼴은 흡사히 어린아이의 소꿉질이다. 제27사단장으로 있을 때에는 관저 객실에다가 비싼 옛 도기를 늘어놓고 오는 손에게마다 구경을 시키고 자랑하였다. 컴컴한 객은 그것을 훨씬 칭찬하면 "어떤 것이든지 마음에 드는 것 있거든 가져가라" 한다. 그래서 값나가는 것은 다 잃어버리고 나중에는 궤지기[25]만 남는다.

또 그는 아첨을 좋아한다. 죽을죄를 지은 사람이라도 자기 앞에 와서 장 원수라고 올려 세우고 사죄만 하면 그 죄를 사하고 자기 사람을 만드는 일이 많다. 어떤 때에는 만금의 진물을 받고도 조금도 기쁜 낯을 내지 아니하며 어떤 때는 이삼 원의 장난감을 받고도 좋아하는 일이 있다. 그러므로 근년에 장작림이 일본을 배척하고 만철滿鐵[26] 회사와 싸움도 하는 것을 보고 혹 어떤 사람들은 장작림이도 철이 났나 보다고 비웃는 일이 있다.

---

25   좋은 것은 다 고르고 찌끼만 남아서 쓸데가 없는 물건.
26   일본 국책 회사인 남만주철도주식회사.

17. 심술 많은 장작림 한번 노하면 사람을 빈대 죽이듯

장작림이 고집이 세고 심술 많은 것은 세상이 다 아는 바이다. 그는 한번 노하면 사람의 목 베기를 파리 모가지 자르듯 한다. 나의 적 되는 자를 잡기만 하면 불문곡직하고 총을 놓아 죽이기를 찬밥 먹듯 한다. 그러나 한 가지 이상한 일은 항복하는 때는 용서하기를 결코 아끼지 않는다. 일찍이 자기를 배반한 자라든지 혹은 자기의 생명을 빼앗으려고 하였던 자라도 그 죄를 용서하기를 꺼리지 않고 다시 쓴다. 탕옥린이라든지 급금순 같은 사람도 모두 그리한 것이다. 이것만은 진실로 그의 비범한 점이다.

무식한 장작림이도 어디서 항자불살降者不殺이란 말은 얻어들은 모양이다. 항복하는 자를 죽이지 않고 또한 자기에게 위험한 사람을 죄를 사하고 다시 쓰는 것은 제법 영웅다운 점이 있다. 아니다, 그보다도 그 사람을 살려 가지고 쓰는 것이 자기에게 무슨 유익한 점이 있기 때문일 것이다.

18. 태연자약의 장작림 죽는 것쯤은 두려워 않는다

장작림은 고집이 세어 그러한지 알 수 없으되 한번 실패하면 단념한다. 이것은 신통한 일이다. 제1봉직전쟁 때는 곽송령이 신민둔新民屯까지 쳐들어오매 장작림은 하릴없어 봉천을 내던지고 도망하지 아니하면 안 될 때도 그는 태연자약 조금도 꼼짝을 아니 하였으며 이번 북경을 떠날 때도 꼼짝 않고 버티다가 어찌 생각이 들었던지 한번 봉천으로 돌아가기로 결심한 때에는 곧 떠났었다. 그런즉 태연자약이라기보다는 고집불통이란 말이 적당할 것이다.

옛집 봉천으로 돌아오다가 열차 속에서 폭발탄의 세례를 받은 장작림은 역시 태연자약 꼼짝 않고 황천으로 갔을 것이다. 그러나 담은 크다. 연전에 서소변문西小邊門에 폭발탄을 던지고 소동하던 때도 태연히 집으로 돌아갔으며, 또한 재작년1926에 그가 아옥兒玉 관동장관關東長官과 안광安廣 만철 사장에게 답례하기 위하여 여순旅順, 대련大連을 방문할 때는 남방의 암살대가 만주에 들어와서 잔뜩 벼르고 활약하던 판이라 물론 일본의 수비대, 관동청關東廳의 경찰관, 헌병대가 연도沿道에 늘어서서 엄중한 경계도 하였지만도 장작림은 태연히 연도를 구경하며 왕복을 무사히 하였다 한다. 젊어서부터 몸을 천군만마 간에 던진 그는 위기일발의 모험쯤이야 엿죽으로 알 것이다.

19. 의리 아는 장작림 그것은 제법이나 민중의 피 빠는 것이 걱정

도적에도 의적이 있는 것이다. 장작림이 마적 출신이라고 으레 악덕가로 아는 것은 오해다. 그는 친척도 알고 친구도 알고 은인도 안다. 또는 부하도 안다. 그래서 민중의 피 빤 몇억의 사유 재산으로 부하도 나누어 주고 친척도 주며 또한 친구도 주고 은인에게도 준다. 그뿐만 아니라 상장上長27의 예도 안다. 그리하여 조이손에게도 상장의 예를 다하고, 장석란張錫鸞에게도 상장의 예를 다한다. 장석란은 나이 늙고 가세가 매우 가긍하므로 매년 얼마씩 생계비를 보내 준다고 한다.

장작림은 의리를 알기 때문에 일본을 위하여 진력하였다. 복도 소장의

---

27   자기보다 나이가 많거나 지위가 높은 사람.

은혜를 알기 때문에 그의 부음을 듣고 천금의 부의를 아끼지 않고 조문사까지 멀리 보내었었다.

20. 사십 문장의 장작림 불치하문하는 것은 제법이다

장작림은 이미 말한 바와 같이 문벌이 남과 같지 못한 데다가 또한 생장을 온전한 길로 하지 못하여 글이란 낫 놓고 기역ㄱ 자도 모른다. 마적 생활을 할 때에는 글을 배울 필요도 없었었다. 그리하여 항상 하는 말이 "무인武人은 부지서不知書"라고 호어豪語[28]하였었다. 그러나 자기의 지위가 점점 영달하여 오고 보니 어려서 글 못 배운 것이 크게 뉘우쳤던 모양이다. 그리하여 40부터 글 배우기를 시작하여 이제는 글씨도 제법 잘 쓰고 일본말도 듣기는 거반 다 하고 말도 대강 쉬운 말은 한다고 한다. 이것으로 보면 그는 불치하문不恥下問[29]하는 사람이요 또 무엇이든지 한번 하고자 하면 기어이 하고야 마는 인물이다. 그러나 공부는 아무리 열심으로 하여도 먹은 나이가 있어 기억이 잘못되는지 알 수 없으나 지금도 신문 같은 것은 읽지 못하고 읽혀 듣고 있다고 한다.

28　의기양양하여 호기롭게 말함.
29　손아랫사람이나 지위와 학식이 자기만 못한 사람에게 모르는 것을 묻는 일을 부끄러워하지 아니함.

21. 대중의 피 빼는 장작림 휴지로 돈 바꾸고 물건은 농민이 낸다

산동에 노동자는 30만 인이 있는데, 그 대부분은 만주에 나가서 일한다. 그들은 장작림의 잡병雜兵으로 전선에도 나가며 혹은 만주의 여러 산업에 사역使役된다. 그들의 생활 상태는 돼지 생활과 다를 것이 없다. 장작림은 30만의 돼지를 쳐 가지고 그것의 피를 빨아다가 군사적, 경제적 경략經略[30]도 하고 호사도 한다. 또 한 가지 기막힌 일은 장작림이 사유 은행 관은호官銀號라는 것을 세워 놓고 바꾸어 주지 않는不換紙幣 봉천표라는 지폐를 발행하여 가지고 농민의 피를 빼는 것이다.

장작림은 봉천표를 무제한으로 발행하여 가지고 일본 돈과 바꾸어 군기軍器도 사들이고 다른 물화도 사들인다. 일본 수입상輸入商은 일본 돈을 봉천표로 바꾸어 가지고 콩大豆과 기타의 만주 소산물을 사 가지고 그 값을 봉천표로 치른다. 이 중간에서 게도 구력도 잃고 하늘만 쳐다보는 자는 농민뿐이다. 왜 그러냐 하면 봉천표란 장작림이가 발행하는 돈은 휴지에 지나지 못하는 것이다. 제1봉직전쟁 때 장작림이가 대패하였을 적에는 봉천표의 시세가 일본 돈 100원에 대하여 154원元의 시세였었고, 최근의 시세는 일본 돈 100원에 대하여 2,790원이라 하니 이 돈을 받고 물건을 판 농민은 몇억 만금을 가졌을지라도 뒤지감밖에 못 되리니 얼마나 불쌍한 일이냐.

(이하 삭제)

---

30   나라를 경영하고 다스림.

22. 사면초가의 장작림 백성이 싫어하고 부하가 손가락질

영웅이 세상에 나서 한번 활약하는 데는 왕천하王天下도 좋은 것이요 패천하覇天下도 좋은 것이다. 다만 한 가지 요소 되는 것은 인심의 수습이다. 이것만 잘할 것 같으면 좋을 것이다. 그런데 무식한 장작림은 대세에 어두운 까닭에 나라 다스리는 것은 고사하고 백성의 피나 빨아다가 제 배때기만 불리기로 일삼고 정치나 외교보다 노름과 색을 일과 삼기 때문에 같은 당파인 봉천파 중에서도 반대 분자가 많았었다 하며, 백성들은 가렴주구와 봉천표 하락에 살 수 없어 "장 돼지는 죽이는 사람도 없나" 소리를 질렀으며, 봉천파의 대관大官 중에도 장작림의 정책이 옳지 못한 것을 비난하는 자가 많이 있었으나 이자들은 그러한 말을 입 밖에 낼 용맹이 없었다. 왜 그러냐 하면 사람 죽이기를 빈대 죽이듯 하는 장작림이라 만일에 그러한 말만 하였다가는 모가지를 돌릴 터인 까닭이다.

남방 국민정부로 말하면 손일선孫逸仙, 쑨원이 일찍이 근대정신에 눈을 뜨고 혁명 운동을 일으킨 지 이미 34년이다. 그동안 인명의 희생이 부지기수요 금전의 손실이 부지기수이다. 그리하여 간신히 지금으로부터 17년 전1911에 청조를 물리치고 중화민국을 건설하였으나 당시 원세개, 단기서 같은 완고배頑固輩의 혜살을 입어 뜻과 같이 진행이 못 되므로 그 두 사람을 물리치기에 여간 긴 세월을 허비한 것이 아닌데, 지금에 또 장작림이란 자가 시대를 깨닫지 못하고 방자히 대원수니 황제니 하고 북방을 웅거하고 있으므로 이자를 마저 없애려고 여간 고심하였던 것이 아니다. 그리하여 이번 북벌을 성공한 것이다.

이웃 나라 일본에게 다대한 원조를 입어 나오던 것은 일본이 장작림을 위하느니보다는 일본의 이익을 위하여 원조하였던 것이다. 그것은 사실이다. 그러나 장작림은 일본의 이러한 원조 받는 것은 고맙게 여기지 않고 중국에서 일본의 이권이 확대되는 것을 밉게 여겨 가끔 다른 나라를 충동하여 배일을 하는 까닭에 근일에는 일본 사람들도 장작림을 미워한다. 그리하여 이번 폭발탄 사건에도 일본 사람의 소위인가 보다 하는 의심까지 있었다.

그다음 노서아로 말하면 지금 세계에 없는 노농勞農 국가를 건설하고 세계적으로 공산주의를 선전하고자 백방으로 운동하는 나라이다. 중국으로 말할지라도 남방에 있는 공산파와 일반 국민은 모두 그 주의를 환영하는데, 북방에 있는 장작림이 오직 그 주의를 배척하고 적적 방지라는 간판 아래에서 혹은 노서아 대사관까지 수색하므로 항상 장작림을 미워하고 또한 장작림을 대적 삼는 일에는 극력으로 원조하였었다.

이와 같이 사면초가 중에 있는 장작림이 제아무리 억세고 줄기찬들 고성낙일孤城落日에 넘어가는 해야 어찌할 수 있을쏘냐. 350일 동안 대원수 노릇에 폭발탄 상을 받고 황천으로 전근轉勤되었다.

23. 중국 통일자는 임상林上에 괘궁掛弓
장작림이란 말이 틀림없다

중국 24조朝의 역성혁명易姓革命은 모두 토비적土匪的 공쟁이벌攻爭異伐이라 하여도 과한 말이 아니다. 한 시대의 말기에는 반드시 뭇 도적이 벌 떼 일어나듯 하여 그중에서 강한 자가 약한 자를 정복하고 드디어 천하를 취하고 제왕이라 일컫는다. 이것을 후세의 곡학자들이 태조太祖니 성조聖祖니 부르게 하였다. 이 사실은 확실한 일이다. 이번 봉곽전쟁奉郭戰爭 뒤에도 어떠한 만주 노인이 주역 팔괘를 풀어 가지고 중국은 머지않은 장래에 덕 있는 군자가 평화 통일하리라, 그 천자 될 사람은 수풀林 위에 활弓을 걸어 놓은 사람이라 하였다. 그 뜻을 풀어 보니 장작림이란 베풀 장張 자가 활 궁弓 변이요 임霖 자가 비 우雨 밑에 수풀 임林한 자라 장작림이란 말이 틀림없다. 그래서 그 사람은 장작림에게 큰 상을 받고 무한한 사랑을 받았다 한다. 그리하여 장작림은 이때부터 의헌懿憲 황제 되기를 도모하였었다. 그래서 작년1927 정월에 좌우가 모두 반대하는 것을 물리치고 동삼성의 낙원을 집어던지고 개미지옥 될 북경으로 들어가서 대원수라 자칭하고 명청 양조兩朝의 흉갓집인 궁전에서 황의黃衣를 입고 3천 궁녀의 시위를 받은 것은 사리에 맞고 아니 맞는 것은 하늘에 맡겨 두고 사실상 전제 군주가 아닌 것은 아니다. 그러나 장작림은 시대를 알지 못하는 썩은 인물이다. 시대의 사조가 어디로 흐르는 것을 알지 못하는 장님이다. 북경 함락당할 최후의 순간까지도 장개석과 염석산을 악수만 하면 중국 천지는 제 것이 될 줄만 믿었었다.

24. 지각망나니 장작림 시대 지난 전제 정치를 쓰려고

사람이란 몸이 귀하여질수록 뒤를 돌아보아야 하는 법이다. 마적의 이름을 가지고 동서로 치주馳走하며 약탈, 방화, 살인으로 일삼던 몸이 엄청나게 영웅이니 봉천왕이니 일컫게 되었으니 조금 생각이 있어야 할 터인데 장작림은 털끝만치도 그러한 생각은 없다. 중국 천지를 제 것으로 알고 날마다 일과가 노름, 여색, 아편이요 가렴주구로 일을 삼아 사유 재산 만들기에 눈이 빨갰으니 어찌 하늘이 무심하랴.

전제 정치는 19세기에서 행하던 일이다. 20세기 오늘날 이것이 어찌 될 뻔이나 한 일이냐. 지각이 없어도 분수가 있지 민국 14년 을축1925 겨울에 곽송령의 반란이 일어나던 때에는 어찌 몹시 겁이 났던지 1,000만 원의 현금을 남만주철도회사에 맡기고 만일에 쫓겨나는 날이면 이것으로 먹고살 작정까지 한 일이 있다고 한다.

25. 장작림과 일본 친일을 할 수도 없고 말 수도 없다

일본이 특별히 장작림을 원조한다는 것은 장작림 그자를 위하여 하는 것이 아니라 만주에 있는 이권을 확보하고 치안을 유지하기 위하여 뜻을 쓰지 아니할 수 없는 일이요 장작림이 친일파라 하는 것은 만주의 정권을 자기의 손아귀에 집어넣자면 일본의 세력을 빌리지 아니할 수 없기 때문이다. 장작림이 동삼성을 통일하고 중앙으로 나설 때까지 십수 년 동안 그 지위를 보존한 것은 일본의 세력을 이용한 까닭이다. 일본의 세력은 관동주關東州와 남만철도南滿鐵道를 중심 삼아 있고 장작림의 세력도 봉천을 중심 삼아 있다. 그러므로 장작림은 일본의 세력을 교묘하게 이용하여 동삼성에 있는 그 위치를 튼튼히 하였다. 장작림의 정책은 어떠냐 하면 항상 일본의 뜻을 맞추고 자기의 반대파와 일본과의 사이를 이간하고 자기 혼자 일본의 총애를 독점하려고 하였었다.

그런데 만주에는 중국에서 제일가는 철도가 있어 그 연선沿線의 백성이 날로 늘새 산업은 개발되며, 또 관은호라고 하는 사설 은행이 있어 돈은 마음대로 돌려쓰며, 물산은 소牛, 계란卵, 소금塩, 석탄石炭, 낙화생落花生 31

---

31 땅콩.

밀小麥, 면화棉花 들이 많은지라. 장작림은 자본가 이상의 자본가요 정치가 이상의 전제 군주며 군인 이상의 군벌軍閥이다. 그러기 때문에 모두 장작림을 물리치려고 하는 것이다.

장작림은 친일파라면 친일파요, 배일파排日派라면 배일파다. 그는 일본의 장처도 잘 알고 약점도 잘 안다. 그래서 일본의 노서아에 대한 경계 심리를 교묘하게 보아 가지고 자기가 만주에 있는 것을 일본의 적화赤化 방지상으로 보아 안전지대와 같이 믿고 맹렬히 노서아를 배척한다. 동지철도東支鐵道 문제 같은 것은 항상 노서아가 받는 고초다.

그러나 한번 동삼성의 통일을 완성하고 중앙으로 나서더니 일본에 대한 태도가 갑자기 변하였다. 그는 중앙 무대에서 대원수도 되고 혹은 대총통이니 황제니 하고 별별 꿈을 다 꾸어 보았으나 동삼성을 내어놓으면 자기의 생존 문제인 것을 알았다. 그래서 일본과 인연을 아주 끊는 것은 자기의 지위를 보지保持하는 데 큰 관계가 되겠는데, 일본의 세력이 너무도 몹시 만주로 퍼지는 것은 장작림으로서도 차마 볼 수 없었던 모양이다. 그래서 겉으로는 일본에게 호의를 표하고 속으로는 일본의 세력을 꺾으려고 극력하였었다. 그래서 그는 별별 짓을 다 하여 보았다. 비밀히 배일령排日令도 내려서 일본의 이권을 유린도 하고 또 다른 나라를 끌어다가 이간도 붙여 보았었다. 그 때문에 일본 사람 사이에는 장작림 반대설이 한참 성행하였던 것도 사실이다.

26. 배노파의 장작림 남방파가 먼저 악수한 뒤니?

노서아에 대하여는 그는 명백히 배노적排露的이었었다. 실제 문제로는 그가 노서아에 대하여 구할 것이 없었다. 동지철도 외의 몇 가지가 이권 회수라는 것이 그의 노서아에 대한 교섭의 대부분이었었다. 그런데 형편이 노서아에서 하나를 구하게 되면 일본에게 잃는 것은 열 가지다. 그러므로 노서아와는 친하려 할 수도 없는 일이다. 그뿐 아니라 그의 적수 되는 남방은 이미 노서아와 깊이 악수를 한 고로 그는 노서아와 이제 친한대야 아무 이익이 없게 되었다. 정신적으로 말하더라도 그가 취하는 봉건적 세력은 공산국인 노서아와는 주의, 정신이 절대로 맞지 않는다. 오히려 구하려 하는 자는 노서아다. 노서아는 전전긍긍히 이 만주의 폭왕暴王 장작림을 대하였었다. 일본, 영국, 미국은 가장 중국의 적화를 두려워하였었다. 그러므로 장작림의 배노적 태도는 열국의 환심을 샀었다.

27. 장작림의 사死와 일본의 특수 이익
제2 장작림이가 나기 전에는?

장작림이 죽은 뒤에 일본에 미치는 영향은 어떠할꼬. 장작림이 죽은 것은 일본의 만몽 문제에 대하여 한 팔 잃은 것과 같을 것이다. 그러므로 이점은 없고 해점害點이 많을 것은 다시 말할 필요도 없다. 일본 사람은 혹 말하기를 장작림은 너무 완만하고 고집이 세었다고 한다. 그러나 고집은 세어도 싹싹할 때는 봉산 참배[32] 보다도 나았었다. 한번 약속한 이상이면 어김없이 꼭 지켰었다. 일본이 요구하는 일이면 무엇이든지 응하였었다.

이것은 일본을 위하는 것보다도 자기의 지위를 유지하려고 그런 것이다. 중국에 아무리 인물이 많다 하여도 만주에서는 장작림이만 한 호걸이 없다. 그가 죽은 뒤에 또 어떤 마적의 두목이 나서서 일본의 호의를 줄는지는 아직 알 수 없으나, 그러나 그의 자식 되는 장학량이도 아비의 뒤를 이을 것 같지 않다. 왜 그러냐 하면 학량이는 신진 청년이요 영어도 통할 줄 알고 또한 세계의 대세를 잘 안다. 더욱 신사상과 손일선의 삼민주의三民主義[33]도 잘 안다. 그리하여 일찍부터 아비의 주의가 온당치 못한 것을 잘 알던 사람이다. 그러므로 그는 보경안민保境安民이란 간판을 가지고 대중을 도탄에 넣지는 아니하리라고 믿는다.

국민정부의 북벌은 파죽지세로 북경을 점령하여 6월 3일 밤에 장작림이 봇짐 싼 후로는 청천백일기靑天白日旗[34]가 도처에 휘날린다. 이로부터는 일본의 이권 문제가 큰 문제다. 지금 일본 자본이 중국에 들어가서 있는 것이 25억 원이다. 이것에서 생기는 이익을 생각하면 끔찍끔찍하다. 그런데 중국 남방파는 항상 배일, 타도 일본 제국주의, 불평등 조약의 철폐를 부르짖어 왔었다. 그런데 이제 남방파가 중국 천하를 통일하였으니 그 앞길이 험할 것은 말 아니 하여도 가히 알 일이다.

일청日淸 불평등 조약인 21개조 중에 항상 문제 되는 조목은

1. 여순, 대련 조차租借와 남만 봉안철도奉安鐵道 이권

2. 남만주의 토지 소유권, 임차권

3. 광산 채굴권

---

32 황해도 봉산에서 나는 참배처럼 아무런 흠이 없음.

33 민족주의, 민권주의, 민생주의를 3원칙으로 삼은 중국 근대 혁명의 기본 이념.

34 중화민국의 국기. 청천백일만지홍기(靑天白日滿地紅旗).

4. 일청日淸 합판 사업의 일본 자본의 우월

이 몇 가지 골자가 되어 있다. 다른 것은 다 고만두고 만주철도는 어떠한 이익이 있나 보자. 그 회사는 창립 이후의 순이익금이 3억 5천만 원인데, 그동안에 일본 정부와 각 주주에게 분배한 돈이 1억 8,400만 원이다. 이것은 회사에 관계되는 중역, 사무원, 무엇 무엇이 다 뜯어먹고 나머지로 배당하는 것이 이러하다.

이러한 특수 이익 있는 것을 아는 중국 민중이 가만히 있을 리가 만무다. 일본의 식자도 걱정하는 바이지만도 앞길은 험할 것이다. 어쨌든 장작림의 죽음은 일본으로서는 한 팔 잃은 격이라 아니할 수 없다.

제3장

손일선 실기

1. 손일선의 출생

시대가 사람을 만든다고도 하고 사람이 시대를 만든다고도 한다. 과연 어떠한 말이 옳은지는 알 수 없으나, 그러나 시대는 항상 사람을 기다리는 것이요 사람은 또한 시대를 따라 나아가고자 하는 것이다. 서력 1866년 청국 동치同治 5년 병인 시월 초엿새날 청국 광동廣東 향산현香山縣 취형촌翠亨村에서는 장래에 큰 혁명가가 될 손일선이란 사람이 났다. 손씨의 이름은 문文이요 자는 일선逸仙이요 호는 중산中山이라 하는데, 중산이란 말은 호가 아니라 그가 일본으로 망명 갔을 때에 일본 이름으로 거짓 일컫던 것이 후일에 호가 되고 말았다고 한다. 그의 아버지는 도천道川이요 어머니는 양씨楊氏인데, 그 아버지 도천은 일찍이 오문澳門, 마카오에서 재봉 직공 노릇을 하다가 다시 고향으로 돌아와서 농사를 힘썼었다. 가세는 가난하나 부부 금슬은 원앙만 못하지 아니하여 3남 2녀를 두었었다. 손일선은 그의 막내아들이다. 그 장형長兄 미미眉, 자는 덕창德彰은 사람됨이 영리하여 부조의 업을 받아 호미 자루 쥐기를 즐겨 아니하여 큰 배포를 속에 품고 포와布哇, 하와이를 건너가서 장사를 시작하여 얼마 아니 되는 동안에 큰 부자가 되었었고, 다음 형은 불행히 요절하였었으므로 그는 두 누이를 데리고 양친 슬하에서 농업을 도왔었다. 그러나 조금만 틈이 있으면 동리 아이들을 모아 가지고 산 같은 곳에 올라가서 병대 장난하기에 침식을 잊었었다고 한다.

그가 어려서 즐겨 한 장난은 연날리기와 줄넘기와 팽이 돌리기를 좋아하였으며, 또한 새를 제일 사랑하였다고 한다.

2. 손일선의 부모

세계적 혁명가 손일선의 부모는 어떠한 인격자이었던가를 잠깐 소개할 필요가 있다. 손일선의 아버지는 일찍 재봉업을 견습하려고 오문이란 곳으로 나갔었다. 오문은 땅은 중국 땅이로되 포도아葡萄牙, 포르투갈의 영지가 되어 있는 곳이다. 이때의 중국 청년들은 직업을 구하려 많이 오문으로 왔었다. 그러나 한번 오면 다시 돌아가지는 못한다. 왜 그러냐 하면 포도아 사람들이 중국의 노동자와 자본가를 붙들어 앉힐 계획으로 오문을 주색의 환락장을 만들어 놓은 까닭이다. 중국의 청년들은 한번 이 땅에 발을 넣으면 꽃 본 나비 같아서 좀처럼 몸을 못 빼치고 마는 이 세상의 지옥이다. 손일선의 아버지는 그러한 환락장에서 주색에 몸을 아니 적시고 몇 해 동안에 재봉 일을 다 배우고 약간의 저금을 하여 가지고 쓸쓸한 고향으로 호미 자루 쥐려고 돌아왔다. 얼마나 극기심이 강한 사람이냐. 손일선의 위대한 도덕적 힘은 그 부친의 교훈이 많은 줄로 생각한다.

손일선의 아버지는 3형제였었다. 그 맏아우는 미국으로 간다고 나가더니 상해에서 죽고, 다음 아우는 미국 가주加州, 캘리포니아주 금광에서 죽었다. 그리하여 계수 두 사람도 한집안에 데리고 있었다. 손일선의 어머니는 과부 동서 두 사람을 데리고 한집안의 주재자가 되었으되 1년 360일에 큰소리 한 번이 없었으며, 또한 미신을 조금도 믿지 아니하였다고 한다.

3. 선생을 항복 받은 손일선

손일선이 어렸을 때에 취형촌 글방에서 처음 배운 것이 『삼자경三字經』과 『천자문』이었었다. 원래 총기가 있어 한번 배우면 잊지를 않고 하나를 배우면 열을 안다. 날마다 아침이면 책을 덮어 놓고 선생 앞에 돌라앉아서 어제 배운 글을 외는 법인데 하루는 글을 외고 나서 선생더러 질문을 하였다. "날마다 가르치는 대로 외기는 잘합니다마는 이따위 글은 백년 배우기로 무슨 의사가 나겠습니까?" 선생이 깜짝 놀라 싸릿가지로 등줄기를 때리며 "요놈, 조끄만 놈이 그게 무슨 말이냐. 성현의 말씀을 배워야 사람이 되지" 하고 호령을 통통히 하였다. 그러나 손일선은 그 말에 응치 않는다. 선생은 그를 달래다 못하여 필경 그의 아버지를 청하여다가 그 연유를 말하니 그도 역시 완고라 일선을 종아리 치며 선생님 가르치는 대로 배우라고 일렀었다. 그래도 무가내다. 선생이 또 이르기를 "사람의 자식이 성현의 글을 많이 배워야 사람이 되는 법이라"고 한즉 그보다도 세상 이치를 알고 의견 넓어질 글을 가르쳐 달라고 청한 일이 있었다.

옛말에 푸성귀 될 것은 떡잎 적에 알아보는 것이요 사람 될 것은 세 살 적부터 알아본다는 말이 꼭 옳은 말이다. 세계적 혁명가가 될 손일선이 케케묵은 공자 왈 맹자 왈만 배우고 있을 리가 있을쏘냐. 지각망나니 선생은 그를 반역자로 보고 때렸으며 완고의 그 부친은 후레자식이라고 종아리를 쳤다. 그가 그 매를 맞을 때에 속마음으로 얼마나 울었을 것이냐. 아, 아, 가석한 일이다. 사람 되겠다는 것을 사람 되지 말라고 때림이 얼마나 불합리한 일이랴. 만일에 그 선생이 지금까지 살아 있었다면 삼민주의와 오권헌법五權憲法[1]의 창안을 보고 얼마나 옛일을 뉘우쳤을쏘냐.

4. 벽력이 내려도 꼼짝 않는 손일선

　손일선이 어렸을 때 글방에서 글을 읽고 있는데 어디서 별안간 쿵쿵하고 담 무느는 소리가 난다. 이것은 앞집에 해적이 들어온 것이다. 그 집주인은 일찍이 미국 가서 여러 해 장사하여 돈을 많이 벌어 가지고 온 사람인데 집도 양옥집으로 튼튼히 지었다. 그러나 도적의 손에 튼튼한 집이 어디 있으랴. 도적은 필경 문을 어기고 집 안으로 들어와 금은보패를 집어내니 집안사람들은 혼비백산하여 모두 달아나고 이웃 사람들도 달아났었다. 글방의 선생도 달아나고 아이들도 모두 달아났었다. 손일선은 꼼짝달싹 아니하고 가만히 앉아서 그 도적의 거동만 넘겨다보고 있었다. 도적이 그 거동을 보고 "요놈, 담차다" 하고 장작개비를 집어던졌더니 눈도 깜짝 아니 한다. 도적은 이에 아니 놀랄 수 없었다. 아무리 어린아이라도 담이 너무 차니 가만히 둘 수가 없어 다시 또 돌멩이질을 하였으나 여전히 꼼짝 않고 가만히 섰다. 나중에는 하는 수 없어 칼 가진 놈 몇 놈이 손일선의 앞으로 다가와서 "요놈아, 꼼짝하면 모가지 벤다" 하고 칼로 을러도 가만히 있었다. 이에 도적은 금은보패를 집어 가지고 급급히 배를 타고 도망하며 "어린 녀석이 벼락이라"고 하였다. 이때 손일선은 비록 나이는 어리나 속마음에는 나라의 법률이 밝지 못하여 대낮에 도적이 횡행하되 이것을 금치 못하니 이러고야 어찌 백성이 살 수 있으랴 한 것이다.

1　삼민주의를 바탕으로 입법, 사법, 행정, 고시, 감찰의 권력을 분립하여 민권의 기초를 공고히 하기 위한 헌법.

5. 어려서부터 궁량이 컸다

손일선은 막내아들이라 그 어머니가 더욱 사랑하였었다. 일선이 글방에 다녀오면 그의 어머니는 그것이 몹시 귀여워서 배운 글도 읽혀 보고 모르는 일도 물어보았었다. 하루는 일선이 그 어머니더러 "만세, 만세 하니 만세가 무엇이오?" 하고 물어보았다. 그 어머니는 그것이 귀여워서 "만세란 말은 오래란 말이다. 나라의 만세는 그 나라가 망치 말란 말이요 인군人君더러 만세란 말은 오래 사시라는 말이다" 하였더니, 일선이 대답하되 "나라의 만세는 길 것이 없으되 인군의 만세는 살 사람이 없겠소" 하였다.

또 어느 날은 그 어머니더러 "하늘이 어째서 푸릅니까?" 하고 물었다. 그 어머니는 대답을 못 하고 선생님께 물어보라고 미룬 일이 있으며, 또 어느 날은 "사람이 죽으면 어디로 갑니까?" 하고 물었더니 그 어머니는 "사람은 죽으면 저승으로 간다"고 대답하였다. "저승은 어디 있습니까?" 하고 또 물었더니 그 어머니는 대답을 못 하였었다. 이때 일선은 그 어머니를 쳐다보고 "나는 이다음에 죽으면 저승으로 아니 가고 이승에 있겠다"고 한 일이 있다. 이것으로 보면 그는 어려서부터도 자기의 정신은 영원히 이 세상에 남겨 두려고 하였던 큰 인물이다.

6. 악풍 개선의 손일선

중국의 풍속은 여자의 발을 어려서부터 가죽 버선을 신겨 가지고 여우 발같이 만드는 것이 양반이요 미인이다. 손일선의 어머니도 물론 그 풍속을 좇았으며, 그의 누이들도 그 풍속을 좇을 것은 자연한 일이다. 일선은 일찍이 그들의 걸음 못 걷고 발 아파하는 것을 몹시 애석히 여기고 또한 자연에 위반되는 일임을 깨닫고 용감히 그 풍속 폐하기를 그 어머니에게 말하였었다. 그러나 이것이 몇백 년 풍속이 된 것이라 도저히 안 될 일이라고 꾸지람을 톡톡히 한다. 일선은 다시 항의하였었다. 양풍미속良風美俗은 바랄 것이 아니로되 악풍추속惡風醜俗이야 바꾸지 못할 이유가 어디 있으며 발을 주리 틀어 병신 만드는 것이 무엇에 당하며 신체 발육에 얼마나 해가 될 것이냐고 누누이 조르고 청하여 필경은 그의 누이의 발을 풀어 주고 말았다. 이것이 사회 개조의 첫걸음이다.

중국 400여 주를 혁명하고 4억의 민중을 청천백일기 밑에 집어넣을 손일선이 그까짓 풍속쯤이야 개량치 못할 리가 있을쏘냐. 이것은 중국 풍속사에 대서특필할 일이다.

7. 탐관오리를 응징

취형촌에 부자 3형제가 사는데 손일선의 집과 대단히 정분이 두터웠다. 그래서 손일선은 날마다 그 집 사랑에 가서 놀았다. 어느 날 손일선이 마당에서 줄넘기를 하려니 간수 10인의 군인과 관리가 몰려들어 와서 주인 3형제를 염주 엮듯이 묶어 가지고 간다. 그리고 그 집 재산을 함빡 몰수한 후 큰형 되는 사람은 죽이고 나머지 두 사람은 옥에 가두었다. 그 사람의 죄는 돈 모은 죄다. 이것은 예전에 조선에도 있던 일이다. 동리 사람들은 방구석에서만 관리가 못된 놈이니 국법이 그르니 하였지 누구나 한 사람 나서서 그 비리를 당당히 관가에 말하는 사람이 없었다. 이때 손일선이 내가 한번 항의를 하여 보리라 하고 나섰다. 어린 손일선은 아장아장 걸어 3형제 사는 집을 들어섰다. 아하, 한심할사, 그 집은 쑥밭이 되었다. 집안 식구는 그림자도 보이지 않고 다만 칼 찬 군인 한 사람이 나서며 "웬 놈이냐?" 한다. "이 집은 우리 아는 집이에요. 놀러 왔어요" 한즉 "나가 놀아라. 여기서 못 논다" 하고 눈을 부릅뜬다. 이에 손일선은 안차게 서서 "사람 죽이고, 돈 빼앗고, 또 남의 집까지 빼앗소?" 하였더니 "요런 찢어 죽일 자식이 있나" 하고 쫓아 나왔다. 손일선은 빨리 뛰어나와 집에 와서 "나밖에 관리의 부정행위를 응징한 사람이 없다"고 유쾌히 생각하였다.

8. 어려서부터 노예 해방

취형촌은 비록 넉넉한 촌이 못 되나 그래도 양반이 많이 있어 종 부리는 집이 세 집이 있었다. 옛이야기에도 "종의 새끼 부리듯 한다"니 사람같이 대우 않고 개돼지같이 부리는 것이 종이다. 그때 일선이 이웃 양반의 집에서 종을 잡아 놓고 매 때리는 것을 보았다. 무슨 일을 잘못하였는지 그는 자세히 알 수 없으되 매는 몹시 때렸다. 그 연유를 물은즉 종의 새끼란 아무렇게 하여도 관계없다고 하므로 일선은 그 제도가 옳지 못함을 극력 반대하며 사람이 사람을 사다가 마소 부리듯 하는 것은 인도상에 옳지 못한 일이니 이러한 일은 없이하는 것이 옳다고 노예 해방을 주장하였었다. 그리하여 모든 촌중村衆이 눈을 크게 뜨고 늙은이들은 깜짝 놀랐었다. 몇백 년 내려오는 풍속을 어린놈이 어찌 그것을 고친단 말이냐고 야단이 났었다. 그러나 일선은 종시 듣지 않고 사람은 똑같은 권리가 있나니 양반이 어찌 그것을 무시하고 학대하겠느냐고 종시 반대하였었다.

9. 혁명의 뜻 두기는 동리 노인에게

손일선이 중국을 혁명코자 하는 사상은 어디서 생겼느뇨. 이것은 그가 일찍이 스스로 대답한 일이 있다. "내가 혁명 사상을 조직적으로 일을 꾸미기는 뒷날의 일이요 혁명을 처음 생각하기는 어렸을 때에 동리 늙은이에게 들은 이야기라"고 하였다 그 늙은이는 장발적長髮賊의 난리에 홍수전洪秀全과 같이 태평천국군太平天國軍에 종사하다가 패잔한 늙은이다. 푸성귀 될 것은 떡잎 적에 알아보는 것이다. 손일선은 아직 삼척동자지만도 영특한 기운은 양미간에 넘치고 담량은 뭇사람에 뛰어날새 그 늙은이는 장래의 일꾼은 일선이밖에 없으리라 하고 항상 사랑하고 겨를 있는 때마다 일선을 무릎 위에 앉히고 그때의 형편이며 홍수전의 위인을 말하고 흥이 나서 "너는 반드시 제2의 홍수전이 되라"고 가르쳤었다고 한다. 그래서 손일선은 어린 마음에도 속마음으로 "나는 제2의 홍수전이다" 하였었다. 그러고 그 늙은이의 혁명담을 일상 재미있게 들었다. 손일선은 어려서 가난뱅이 집에서 혁명의 공기를 마시며 자라났다. 그가 점점 장성하매 여러 가지로 이지理智는 발달되어 토지 문제를 말할 때마다 "만일 내가 가난한 농부의 집에 태어나지 아니하였더라면 이러한 중대한 문제를 등한히 보았을는지 모르겠다"고까지 하였었다. 진실로 그는 혁명가로서의 출발점은 이론상의 발견뿐만 아니라 당시 그의 신변에 핍박한 정치적 억압과 경제적 빈한에서 진실로 느낀 것이다. 그가 장성한 후 첫대 머릿속에 떠오른 의문은 자기의 처지였었다. 그는 말하되 "나는 어찌하여야 이 처지를 벗어날꼬" 하고 생각하였었다. 그러고 자기의 처지를 벗어난 뒤에는 다시 나아가 4억의 민중을 영생적永生的 노예의 처지에서 벗어나게 하고자 하는 피와 눈물의 혁명적 노력으로 나아가고자 하였었다.

10. 포와를 보고 놀란 손일선

손일선의 나이 열네 살이 되니 지각이 나고 또한 시대가 공자 왈 맹자 왈만 읽고 앉았을 때가 아님을 깨달았다. 그리하여 부모의 반대도 불구하고 광서 5년 기묘[1879]에 그 형이 사는 포와로 건너가서 형의 상점의 일도 보고 영어도 공부하기로 하였다. 배를 타고 20일 만에 호놀룰루에 도착하니 제일 먼저 눈에 띄는 것이 우편국이었었다. 참으로 촌계관청村鷄官廳[2]이다. "우편국이 어쩌면 저리 큰고?" 하였다. 무엇보다도 그가 제일 느낀 것은 질서가 정제하고 법률의 보호가 충분한 것을 보고 참으로 이곳이 사람 살 곳이라 하였다. "태평양 건너 있는 미국의 법률이 어쩌면 포와에 와서 카나카[3] 사람을 지배하노? 이것은 법률이 있기 때문이다. 이곳에는 대낮에 해적도 없고, 사람 죽이고 돈 빼앗는 관리도 없다. 아아, 참으로 이곳은 낙원이다" 하였다. 그는 미국의 노래와 역사를 조금 배운 후 미국은 참으로 자유의 나라요 용감한 사람의 나라라고 우러러보고 "나도 이다음에 중국을 미국 같은 나라를 만들겠다"고 하였다.

손일선의 형 덕창은 일찍이 포와에서 동향 친구의 아들을 양자養子하여 비숍 스쿨[4]이란 전도傳道 학교에 입학시킨 일이 있었다. 그 교육이 외국 교육이지만도 소년에게 나쁜 영향은 주지 않는 고로 손일선도 그 학교에 입학시켰었다.

---

2   촌닭을 관청에 잡아다 놓은 것처럼 경험이 없는 일을 당하여 어리둥절하고 있음.
3   남태평양 폴리네시아와 멜라네시아 일부에 사는 원주민.
4   이올라니 스쿨('Iolani School).

11. 포와의 학생 생활

처음 입학한 손일선은 영어를 모르는 까닭에 벙어리 모양으로 가만히 앉아서 구경만 하였다. 선생도 그 못 알아듣는 것이 딱하여 손짓 입짓으로 흉내만 내었었다. 이렇게 열흘 동안 다니더니 남모를 큰 사실을 발견하였다. 그것은 다른 것이 아니라 한자와 영자의 조직이 다른 것을 발견하였다. 그리하여 영어의 읽는 법과 쓰는 법이 비상히 속히 진보되었고 또한 산술도 잘 안다. 선생은 일선의 총기 있음을 매우 기뻐하였다.

이때의 손일선은 머리를 땋고 학교를 다녔다. 학생 동무들이 노는 시간이면 돼지 꼬리 같다고 잡아당기고 놀리되 손일선은 한 번도 그것을 대거리 않고 점잖게 꾸짖기만 하였었다. 이렇게 3년 동안 다닌 손일선은 충분히 현대인이 되었다. 그는 재학 중에 교칙을 잘 지키고 학업에 출중하여 졸업 때에 영문학의 성적이 우수하다고 포와 국왕이 상품까지 주었었다.

졸업한 후 반년 동안은 형의 상점 일을 돌보다가 다시 성로이^{聖路易, 세인트루이스} 고등학교에 입학하여 1학기 동안 배우다가 다시 포와 대학에서 고등 학술을 닦았었다. 손일선이 멀리 외국에 와서 형의 보조를 받아 가며 공부하는 목적은 자기 속마음에 있는 의문을 해결코자 함이다. 다시 말하면 4억의 민중을 영생적 노예의 처지를 벗어나게 할 방책을 연구코자 함이었다. 그런데 그에게는 뜻밖의 비운이 생겼다. 지금도 그렇지만도 그때의 중국 사람들은 공맹의 도를 많이 숭상하는 터이라 그의 형 덕창이도 열심으로 공맹의 도를 닦는데, 손일선은 야소교^{耶蘇敎, 예수교}를 믿고 항상 형으로 하여금 야소 믿기를 권하였었다. 형은 천좌쟁이[5] 말 듣기 싫다

---

5   가톨릭교도. 천주학쟁이가 변한 말.

고 도리질을 하되 종시 듣지 않고, 유교는 썩은 교니 하루바삐 야소교를
믿으라고 권타가 필경 형에게 노염을 사게 되어 "너는 외국 교육을 받더
니 중국 정신이 없어졌다"는 이유로 퇴학을 시키고 고국으로 쫓았다.

12. 미신 타파의 제일보

형에게 쫓겨 온 손일선은 다시 호미 자루를 쥐고 옛 굴레를 쓰게 되었
다. 이때 그의 나이는 열일곱 살이다. 지각없는 그의 부모는 사랑하는 자
식이 슬하에 돌아온 것만 고맙게 여겨 노씨盧氏란 색시를 맞아 장가를 들
였다. 4년 동안 외국 풍조를 보고 온 그는 자기 나라의 형편을 돌아보니
기가 막혔다. 도적은 처처에 벌 떼 일듯 하고, 관리는 제 배때기만 채우기
에 눈이 빨갛고, 정치는 썩어지고, 백성은 무식하며, 미신이 민중의 생활
을 지배하는지라. 손일선은 이에 촌민으로 하여금 정부의 잘못을 선전하
고 한편으로는 미신 타파에 힘썼었다. 그때 마침 그 촌에서 가장 위하는
북제묘北帝廟가 있었는데, 그 묘가 몹시 퇴락하여 중수重修하기를 일동이
의논할새 일선이 몇몇 청년을 데리고 묘에 가서 정성 들이고 절하는 사
람을 고작을 들이 잡아 제치고 곧 그 목상木像의 손가락 하나를 꺾어 들고
여러 사람에게 일장 연설을 하였다.

"여러분, 보십시오. 지금 나는 이놈의 손가락을 꺾었습니다. 그러나 이
놈은 나를 대항하지 않습니다. 만일에 내가 여러분 중에 누구의 손가락을
꺾었다면 그 사람이 나를 가만두겠습니까? 생각하여 보십시오. 이것은
미신이올시다. 제 손가락을 꺾이고도 아무 대항을 못 하는 것이 어찌 사
람에게 수壽와 복福을 줄 수 있겠습니까? 여러분은 미신을 깨치시오. 미신

은 나라를 망치는 것이올시다.”

이때 군중은 와글와글하며 모두 달아나며 “손일선은 독신瀆神[6] 행위를 하였으니깐 큰 벌을 받는다”고 모두 도망하였다.

소문은 한 입 건너 두 입, 온 동리가 다 알았다. 모든 사람이 손일선을 고얀 놈이라고 한다. 그의 아버지는 곧 그 목상을 수리하고 동리 노인을 찾아보고 잘못한 사과를 하였으나 필경 손일선을 내쫓으라는 결의로 해결이 되었다. 그리하여 할 수 없이 손일선은 그 고향에서 쫓겨났었다.

13. 고향에 돌아와 자치 행정

일선이 몇 해 전에 어떤 외국 사람에게 그때의 형편을 말하되 “내가 돌아와서 부모 슬하에 있게 되니 촌 늙은이와 죽마고우들이 나를 에워싸고 외국에 가서 보고 들은 이야기를 하라고 조르기로 포와에서 본 바를 일일이 이야기하였더니 그들은 필경 나를 장로회의長老會議 의원으로 추천하고 모든 자치 행정을 내 말대로 하였었다. 그리하여 나는 첫대 길을 닦고 거리마다 불을 켜고 도적을 막기 위하여 장정을 뽑아 가지고 밤이면 순경을 돌게 하였었다. 순경 도는 장정에게는 총을 갖게 하였었다. 이때 만일 내가 오늘과 같은 생각이 있었더라면 차즘차즘 그 실력을 넓혀 현縣에서 주州로 넓히고 주에서 성省으로 넓혀 이를 공동 자위에 붙이고, 병기를 사들여 장정을 훈련하여 가지고 기회를 보아 일어났었더라면 일은 쉽게 성공하였을 터인데, 그때 나의 나이 어린 까닭에 좋은 기회를 놓치고 말

---

6   신을 모독함.

았다"고 후회한 일이 있다. 포와에서 형에게 쫓겨 와서 1년 동안 고향에 와 있다가 미신 타파를 시키다가 촌맹村氓에게 손도損徒[7] 맞은 그는 광동에 의학교가 신설된다는 말을 듣고 "옳다, 의술은 인술이다. 내가 이것을 배워 가지고 썩어 가는 중국을 살려 보겠다" 하고 광동으로 가서 중아의학당中亞醫學堂에 입학하였었다.

14. 욕심 없는 손일선

손일선이 포와에 가서 형의 장사를 돌보아 줄 때 월급 대신에 이익을 반분하기로 동업 계약을 어떤 변호사에게 써 둔 일이 있었다. 장사는 점점 잘되어 이익은 연년이 늘었었다. 그러면 그 이익을 손일선이 고국으로 쫓겨 갈 때 나누어 주지 아니한 이유는 일후에 그가 일가를 건설하고 딴살림할 때에 나누어 주겠다고 하였다. 왜 그러냐 하면 일선이 너무 서양 문명에 취하여 사람까지 서양 사람이 되고 마니간 그것을 막기 위하여 한 일이라 한다. 그런 것이 고국에 돌아가서도 양인의 짓을 하다가 쫓겨난다는 소식을 듣고는 "안 되겠다. 일선에게 재산을 나누어 주면 위험하니 하루라도 바삐 그 권리를 빼앗아 버려야 하겠다" 하고 곧 전보를 놓아 포와로 오라고 하였다. 형의 전보를 받아 보고는 손일선은 형의 태도가 돌변한 것을 알았다. 저녁밥을 형제 맛있게 마친 후에 일선을 별실로 인도하더니 첫대 꾸지람이 신령에게 욕보였다는 것이다. "우리가 교육은 서양 교육을 받을지언정 정신까지 서양인이 되는 것은 옳지 않은 것이다.

---

7   도덕적으로 잘못한 사람을 그 지역에서 내쫓음.

조상 적부터 위하는 신령님을 네 어찌 그러한 고약한 짓을 하여 부모에 게까지 그 욕이 미치게 하느냐. 네가 정 그리할 것 같으면 너는 우리 중국 사람이 아니요 또한 우리 조상을 받들지 못할 사람이니깐 섭섭하지만도 기왕 네 앞으로 권리 주었던 재산의 반분을 주지 못하겠다"고 한다.

손일선은 한참 형의 말을 잠자코 듣다가 "형님, 너무 욕을 보셔서 죄송 합니다. 그러나 나는 중국의 예전 사람이 밟아 온 길은 다시 밟아 갈 수가 없습니다. 인격을 망치는 습관과 도덕은 지킬 수 없습니다. 형님이 내 앞 으로 주셨던 돈을 빼앗으신다는 것은 나는 조금도 욕심내지 않습니다. 형 님이 다 차지하십시오. 나는 돈에 욕심 있는 사람이 아니올시다. 돈은 중 국을 망치는 근본이요 또한 내 몸을 망치는 근본이 될 것이올시다. 염려 마시고 형님이 차지하십시오" 하였다. 형은 곧 일선을 데리고 변호사 사 무소로 가서 일선이 모든 권리를 포기한다는 수속을 마치었다. 그 수속을 마치고 길을 나오다가 두 사람의 형제는 씽끗 웃었다. 형은 일선을 "미친 아이지. 돈을 싫다고 하다니" 하고 웃었고, 일선은 "무거운 짐을 벗었으니 깐 인제는 자유의 몸이 되었다"고 웃은 것이다.

15. 혁명에 미친 손일선

큰 뜻을 품고 의학교에 입학한 그는 항상 "나는 제2 홍수전이다" 하는 관념은 변치 아니하였었다. 그리하여 그는 사람 만나는 대로 청국을 혁명 시킬 이야기다. 교사거니 상인이거니 직공이거니 학생이거니 찬성커니 찬성치 않거니 그저 만나는 대로 "우리나라는 혁명시켜야 된다"고 하였 다. 그래서 모든 사람은 그를 혁명에 미쳤다고 하였었다. 다행히 관헌도 미친 사람으로 여기고 간섭지 아니하였었다. 그때 같은 학생 중에 오직 한 사람이 그의 말을 열심으로 듣고 속마음으로 동정하고 공경하는 사람이 있었다. 그러나 그 사람은 일선의 말만 열심으로 듣기만 하지 한 번도 자기의 주장을 말하는 일이 없었다. 일선도 그 사람을 이상히 여겼으나 매우 사랑은 하였었다. 그 사람은 누구냐 하면 삼합회三合會의 두목으로 비밀 결사를 꾸며 가지고 후일 혁명의 음모를 같이하던 정필신鄭弼臣, 일명 士良이란 사람이다.

그때 광동에 구씨區氏란 야소교 전도사가 있는데, 일선은 항상 그 전도사에게 가서 교리를 연구하였었다. 이때도 일선은 전도사에게 혁명을 이야기하였다. 그러나 아무 실행적 계획은 세우지 못하고 책상 위의 빈말로 쾌담快談만 하였었다. 그러나 후일 일선이 혁명의 총두목이 되었을 때에 구씨는 회계장會計長이 되며 모든 계획에 후원을 하였었다.

세상일은 기약하여 가지고 되는 것보다는 우연히 되는 일이 많은 것이다. 일선이 혁명을 말한 것은 꼭 동지를 얻기 위하여 한 것이 아니라 다만 자기가 말하고자 하는 심사를 솔직히 말하였을 뿐이다. 어떤 사람은 그를 미친 사람으로 보았지만도 정필신 한 사람은 그를 결단코 미친 사람으로 보지 않고 항상 그의 행동을 주의하고 후일에 반드시 중국의 은인이 될 줄을 알았다. 그러나 일선은 이것을 도무지 모르고 정씨를 이상한 사람으로만 보았었다. 구씨는 나이 많은 노인이었었다. 그러나 연하 제자 일선의 혁명담을 듣고 입이 벌어지고 장래 큰 인물 될 줄을 알았었으나 용이히 자기 흉중에 있는 비밀은 누설치 아니하였었다. 그래서 일선은 구씨의 인물을 알 수가 없었다. 당시의 일선은 참으로 중국 혁명의 예언자로서 사오 년 후에 혁명을 실행할 사람으로는 일선 자기도 몰랐을 것이다. 그는 광동의 학당에 와서 이미 두 사람의 중요한 동지를 얻었으되 그는 이것을 깨닫지 못하였었다.

16. 고학하여 가며 동지 규합

광동의 학당은 순전한 서양식의 교육이 못 되고 반은 중국식이요 반은 서양식이었었다. 원체 일선은 문명의 학문을 닦고자 하는 생각이 간절하였던 터라 모든 것이 마음에 들지 않아서 더 좋은 학교를 찾으며 1년 동안 지냈었다. 이때 마침 향항香港, 홍콩에 의학교가 신설된다는 소문을 듣고 곧 광동을 떠나 향항으로 갔었다. 향항의 의학당은 박제의원博濟醫院 부속 학교인데, 캔틀리 박사가 주재하고 그 외에 중요한 서양 의사가 모두 선생이 되어 가르치는 방법이 순 서양식이요 모든 설비가 정돈되어 도저히 광동의 학당에 비할 것이 아니었었다. 일선은 이 학교에 입학하고 속마음은 매우 기뻤었다.

그러나 한 가지 슬픈 일은 원수의 돈이다. 그는 원래 가난한 농부의 자식이다. 처음 포와 유학은 형의 덕으로 한 것이요 그다음 광동에서 유학할 때는 시골집에서 매일 학비로 6전씩밖에 더 보내 주지 않는다. 더 보낼 능력도 없다. 향항이란 곳은 외국 사람이 사는 곳이라 물가가 비싸서 도저히 6전 가지고는 학비커녕 먹고 지낼 수도 없었다. 그리하여 학자의 공급을 포와 있는 형에게 의뢰하였으나 그 형은 일선이가 야소 믿는 것이 미워서 엽전 샐닢[8] 안 보내 준다. 큰일 났다. 공부를 중도에 고만두자니 앞일이 말 아니 될 것이요 그대로 배워 나가자니 학비보다도 배가

---

[8] 쇠천 반 푼만큼 매우 적은 액수의 돈.

고파 할 수 없다. 어느 날 일선은 학교장을 찾아보고 그 사유를 말하고 학교 사무를 간간이 보게 하여 달라고 하였더니 학교장은 그 정성을 기특히 여기고 쾌락한다. 그리하여 약간의 월급을 받아 학비를 보충하고 친구에게 밥술이나 얻어먹어 가며 의학교를 졸업하게 되었었다. 이러한 고학을 하는 동안에도 그는 혁명론자의 태도를 조금도 변치 아니하였었다. 오히려 실행적 혁명의 급선봉 될 요소는 그동안에 익어 간 듯하다.

일선이 일찍이 그 당시의 일을 말하되 "내가 향항의 학교로 전학한 후 2년이 못 가서 동창생 중에서 혁명의 동지 우소환尤少紈, 진소백陳少白, 양학령楊鶴齡의 세 사람을 얻었다. 이 세 사람은 모두 주장이 같으므로 모여 앉으면 거침없이 관헌의 이목도 꺼리지 않고 혁명담을 하였다. 나중에는 한 덩이가 되어 잠도 한곳에서 자고 먹기도 한곳에서 먹으며 출입도 같이하였다. 형제보다도 의가 좋았다. 그리하여 세상 사람들은 우리를 사대관四大冠이라고 일컬었었다. 그때 정필신은 광동 의학당에 있었으므로 가끔 와서 사대관 속에 끼었었다. 이렇게 점점 사귀어 나가는 동안에 비로소 정필신이 삼합회의 두목인 것을 알았다. 그러고 그 회가 중국의 비밀 결사인 것을 알았다. 그 덕에 나는 실행적 계획의 큰 참고를 얻고 담론 시대에서 실행 시대로 옮기게 되었었다"고 한다.

일선은 이 의학교에서 다섯 해 동안을 고학하여 가며 혁명 선전을 계속하였다. 그러나 학업은 우등의 성적으로 마치고 외과 득업생得業生9이 되었었다.

---

9   의과 대학을 마치고 면허장을 얻은 사람.

17. 의술을 개업하고 인심 수람收攬

향항에서 배를 타고 일곱 시간 동안 가면 광동하廣東河 근처에 조그마한 섬이 있으니 이곳이 오문이라는 땅이다. 이 땅은 370여 년 전 포도아라는 나라의 영지가 되어 있으되 인구는 그 태반이 중국 사람이다. 포도아 사람은 전 인구의 10분지 3밖에 아니 된다. 이 땅은 기후가 좋아서 열대 지방 사람들은 낙원이라 일컫는다. 외과 의술 득업생이 된 손일선은 이 낙원에다 의술을 개업하니 그곳 외국 사람의 병원에서 봉직하는 중국 사람들은 열심으로 찬조하여 주며 하다못하여 약제, 기계까지 얻어 줄새 일선은 자유로 자기의 재주를 발휘하였었다. 이제 일선은 영생적 노예의 옛 처지를 벗어나고 독립 자주의 백성이 되었다. 그러나 제2 홍수전이 되고자 함은 의연히 뇌 속에 박혀 있다.

일선의 명성은 날로 높아 간다. 의술도 융隆하고 박시제중博施濟衆[10]도 실행하기 때문이다. 이전에 자기 지내던 처지를 생각하고 가난한 사람에게는 돈을 아니 받고 치료하여 주니 노동자와 가난뱅이들은 손 선생을 하늘같이 존경한다. 일선은 돈 없는 사람일수록 정성껏 치료하여 주고 간간이 중국의 형편을 말하며 혁명하여야 될 일을 일러 주었다. 그들은 손씨의 말을 듣고 뜨거운 눈물을 흘렸었다. 또한 부자에게도 자주 불려 간다. 부자의 병도 본 연후에는 역시 혁명담을 꺼내었다. 부자도 그를 존경하고 눈물을 흘린다. 차츰차츰 손 씨의 세력은 커지고 병자는 약만 먹으면 곧 낫는다. 참으로 백발백중이다. 날마다 병자가 구름 모이듯 한다. 이때에도 동지 정필신, 우소환, 진소백 들이 자주 왕래하여 그 세력이 광동에서

---

10 널리 사랑과 은혜를 베풀어서 뭇사람을 구제함.

향항까지 미쳤었다.

좋은 일에 마가 많다는 말은 누가 낸 말인지 고금의 철언哲言이다. 잘 자라나 가는 일선에게 별안간 큰 문제가 생겼다. 그것은 다른 것이 아니라 포도아 의사들이 자기네의 업이 쇠퇴하여 가니간 입을 모으고 손일선을 내쫓자는 것이다. 원래 포도아의 법률로 말하면 본국 정부의 인허장이 없으면 그 영지 안에서 의술을 개업지 못하는 규정이다. 그뿐만 아니라 약방문을 가진 자에게 약도 지어 주지 못하는 법인데 포도아 정부의 인허장 없는 손일선이 건방지게 오문에서 의술을 개업할 수 있느냐 하여 필경 포도아 정부에 그 뜻을 보고하니 단박에 손일선은 퇴거 명령을 받았다. 그리하여 약간의 동지를 데리고 광동 성성省城[11]으로 옮겨 왔었다. 광동성으로 쫓겨 온 일선과 그 동지는 겉으로는 의술을 표방하고 속으로는 혁명 운동에 몰두하였었다. 그리하여 이미 중산 계급과 노동 계급 사이에 많은 동지가 생기고 또 삼합회의 정필신과 서로 결탁하였다. 인제는 관리 사회만 마저 집어넣으면 고만이다. 그중에도 육해군의 군인을 집어넣어야 되겠다고 하였다.

18. 흥중회를 조직하고 무기도 사들여

이미 많은 동지를 얻어 한 뭉치를 만든 그는 비밀회의를 열고 주장과 강령을 정하고 손일선은 중망衆望에 의지하여 두령이 되었었다. 이것이 흥중회興中會란 것이다. 이제 광동 지방의 연락은 이미 다 되었으나 그의

11　성(省)의 중심 도시. 성도(省都). 광동성의 성성은 광저우(廣州).

목적은 다만 광동의 혁명뿐이 아니다. 실로 대지나大支那의 혁명이다. 그런고로 일선은 그런 연락을 확장하고자 각처로 돌아다니며 유세하고 비밀 연락을 맺어 가지고 천진으로 왔을 때에 일대 경보가 그의 귀청을 울렸었다. 때는 광서 20년 갑오[1894]다. 일선의 나이 스물아홉 살 적인데, 일청전쟁이 선전宣戰되었다는 소문이 들렸다. 그는 이 소문을 듣고 빙그레 웃으며 왈 "천재일시다. 이 기회를 놓쳐서는 안 되겠다" 하고 곧 천진을 떠나 상해를 거쳐 일본으로 건너갔다가 다시 포와로 갔었다. 그는 몇십 년 동안 혁명을 선전하고 또한 사람과 혁명을 결합시키기에 노력하였었으나 이제는 동지 중에 육해군인도 있고 지휘관도 있으며 참모도 있고 행정관도 있다. 중국 천지의 인물은 다 모아 놓았다. 이제는 다만 기회와 무기만 얻었으면 고만인데, 하늘은 그에게 큰 기회를 주니 이제는 무기만 얻었으면 고만이다. 그러나 무기는 돈이 있어야 사들이는 것이다. 그는 일찍이 오문에서 의술을 개업하고 있을 때에 돈도 많이 생겼지마는 그는 오른손으로 돈을 받아 왼손으로 헤쳐 버렸다. 저축이라고는 피천[12] 한 푼 아니 하였었다. 그 대신에 각처에 은행은 많이 만들어 놓았다. 그 은행은 부자의 동정가들이다. 여러 부자들은 주머니 끈을 끌러 놓고 때를 기다리고 있었다. 중국의 부자는 어찌 그리 인심이 좋으냐고 의심 낼 독자도 있을 것이다. 그러나 거기에는 이유가 있다. 손일선 혁명 운동에 돈 대려고 주머니 끈 끄르고 기다리는 부자의 동정가는 함빡 해외에 있는 상인들이다.

중국 사람 중에 해외에 많이 나와 있는 사람은 광동 사는 상인이다. 이 상인들은 외국에 나와 있는 것이 생명, 재산에 큰 안전이다. 본국에 있으면 위에는 폭관오리暴官汚吏의 압박이 있고 아래에는 강도, 절도의 걱정이

12　매우 적은 액수의 돈.

한두 가지가 아니다. 해외에 나와 구미의 문화를 보니 자기 나라도 어떤 영웅이 나와 혁명을 시켜야만 될 것을 깊이 느꼈기 때문이다. 이러한 사정을 잘 아는 일선은 일찍이 그들 부호 거상과 연락을 맺고 있었다. 남양에 정모鄭某라 하는 사람이 있는데, 그는 오랫동안 포와에서 큰 장사를 경영하더니 일선의 주의를 찬성하고 온 재산을 다 바친 사람이다. 정씨는 말하되 "나는 이미 혁명을 위하여 전 재산을 탕진하고 나머지 있는 것은 이 늙은 몸뚱이뿐이니 이제는 이 몸뚱이마저 혁명에 바치겠다"고 하였다. 일선은 해외에만 부자의 동정가가 있는 것이 아니다. 향항에도 있고 광동에도 있다. 그러므로 돈에는 조금도 걱정이 없다. 다만 한 가지 걱정은 무기를 비밀히 사들일 일이다. "하늘은 스스로 돕는 자를 돕는다." 4억의 대중을 살리려는 일선에게 그만한 천혜天惠가 없을 리가 있으랴. 향항은 자유 무역항이라 세관의 설비가 없다. 그러므로 화물을 검사하는 일이 없다. 이것이 일이 되는 판이다. 포와에서 돌아온 일선은 몸소 향항으로 가서 무기를 샀다. 그러나 이것을 광동까지 옮기기가 큰 곤란이다. 향항은 자유항이지만도 광동은 엄중한 세관이 있다. 세관리稅關吏는 화물을 낱낱이 조사한다. 일선은 어떠한 수단으로 그 난관을 돌파하고 많은 무기를 수입하였던고. 이것은 실로 어려운 문제요 또한 흥미 있는 문제나 여기에 그것을 다 쓸 수가 없으니 유감이다. 하여간 그는 6,000여 정의 무기와 탄약과 폭발탄을 광동으로 갖다 놓았다. 이것을 옮기느라고 반년이란 긴 세월을 허비하였으니 그의 고생과 밀계는 미루어 알 일이다.

19. 손일선의 최초의 복안

　일선의 최초의 복안腹案은 이러하다. 먼저 백 사람의 실행 위원을 뽑아 가지고 하룻밤 사이에 총독 이하의 장관을 죽이고 그 새벽에 신정부新政府를 세운 후 민심을 안정시키고, 신정부에서 육해군을 머물러 두고 한편으로는 전일부터 비밀을 통하던 관군을 이끌고 또 한편으로는 동지병同志兵을 거느리고 곧 나아가 중원을 무찌르고자 하였었다. 그러나 그때의 대세가 도저히 흉중의 계획대로 나아가게 아니하였었다. 당시 일청전쟁은 비상히 그의 혁명 활동을 도와주었다. 더욱 만군滿軍의 패전은 일반 인민과 관군의 마음을 충동시킬새 그들은 조수같이 비밀 단체로 밀려들었다. 이것은 실로 그때의 대세다. 하늘을 쓰고 도리질할 사람이 있더라도 이 사조思潮의 흐름이야 막을 자가 없을 것이다. 이에 그들은 술집에 모여 혁명을 말하고 한 뭉치가 되어 모반코자 하였었다. 관리는 그 싹을 알고 그들을 잡으려 에워쌌었다. 일선 이하 본부원들은 분화산상噴火山上에서 계획하는 셈이었었다. 이때 마침 일청전쟁이 끝나니 몇몇 군대의 해산이 생겼다. 그 해산당한 군사들은 모두 무직자가 되어 호구할 길이 없다. 그들은 모두 불평을 품고 혁명당파에게로 모여들었었다.

　이때 양광총독兩廣總督 이범장李範章의 생일이 가까워져 올새 관리들은 장관의 눈에 들려고 여러 가지 수단으로 백성의 재물을 훑었었다. 그 결과 부호 상인에게 무리한 요구를 하고 재물을 강탈하며, 심지어 고린내 나는 선비의 돈까지 빼앗느라고 학위 하나에 500원 씩을 받고 팔았었다. 정세가 이리되고 보니 백성의 마음은 극도로 긴장되어 나무 덤불 위에 석유 끼얹은 격이 되었다. 이제 성냥 한 개비만 그어 대면 혁명의 봉화는 일어날 것이다. 이때 제일 번화한 곳은 주사청루酒肆靑樓[13]다. 일반 민중은 날마다 그곳에 모여 술로써 화를 풀고 시국에 대한 조처 방법을 의논하였었다. 그곳에 순사의 일대가 비밀을 탐정코자 변복을 하고 시민 중에 섞일새 노기충천하게 된 민중은 그들을 잡아다가 회관에 가두었더니 정복 순사 한 대隊가 그것을 구원하러 회관으로 몰려와서 격투가 시작되어 약간의 사상자가 날새 그들은 교섭 위원을 뽑아 총독에게 직접 교섭고자 하였더니 "너희는 장관을 위협하고 모반코자 하는 놈이라"고 잡아 가두니 혁명의 암류暗流는 더욱 급하였었다.

손일선의 최초의 흉산胸算[14]은 먼저 말한 바와 같거니와 이제 일이 급하게 되니 먼저 계획대로는 행할 수가 없다. 이제는 정정당당하게 진을 쳐가지고 한 번에 광동성을 무찌를 책을 취하였다. 그래서 음모 본부를 성성省城 중앙으로 옮기고 손일선 이하 참모는 모두 그곳으로 와 있었다. 그들은 먼저 폭발의 날짜와 시간을 정하고 군사를 세 대隊로 나누어 한 대는 산두汕頭 방면에서, 또 한 대는 서하西河 방면에서, 나머지 한 대는 구원군으로 향항에서 정한 시각에 광동 성성을 일제히 무찌르게 하고 동시에 성성의 동지들도 총과 칼을 가지고 나서게 되었다. 만일 관군이 산두 방면이나 서하 방면이나 또는 두 곳에서 일시에 막을 때는 성성의 동지와 향항의 구원군은 그 틈을 타서 성성을 무찌르게 하였었다. 이것이 그 계획의 대요다.

---

20. 비밀 폭로, 모든 계획은 수포 되다

예정의 날짜는 돌아왔다. 정각은 가까워져 왔다. 남군南軍은 시가에 가까이 와서 둔屯을 치고 30명의 주행대走行隊를 성성에 보내어 내일 아침의 준비를 보고하고 음모 본부에서는 만사를 정돈하고 때가 오기만 기다렸었다. 이때 전보 한 장이 본부원 아무에게로 왔다. 그 사연인즉 행진군이 중지를 당하고 참모의 한 사람인 육호동陸皓東이 잡혀갔다는 급보다. 조금 있더니 또 한 장의 전보가 온다. 지금 관병이 우리의 음모를 알고 본부를 탐지코자 역습하는 중이라는 정보다. 본부의 모든 간부들은 두 장 전보에 대경실색하여 어찌할 줄을 몰랐었다. 일선도 어찌할 묘책이 없었다. 하릴없이 일선은 모든 부원에게 각각 도망하라고 명하고 자기 혼자 처져서 뒷일을 정돈하고, 비밀이 발각된 사유를 향항에 있는 위원에게 전보하고, 모든 서류를 불 지르고 총기, 탄환은 다른 곳으로 옮기고, 정필신과 두 사람이 변복하고 본부를 나서 하구河口로 내려가 기선을 타고 오문으로 달아나서 하루 동안 묵다가 다시 배를 타고 향항으로 달아났었다. 슬프다, 향항에 있던 400의 구원군은 비밀이 발각되었다는 전보가 도착되기 수 분 전에 벌써 만강滿腔의 희망을 가지고 배를 타고 광동으로 떠났다. 그들의 운명은 화약을 지고 불로 들어간 격이 되었다. 광동 부두에 도착하자 구원군의 위원 되는 주귀전朱貴全과 구유사邱維四는 즉시 포박하여다가 곧 사형하였다. 이리되고 보니 대사는 와해되고 말았다.

당시의 일을 후일 정필신이 말하여 가로되 "나는 항상 손씨의 식견과 굉량宏量[15]에 감복하였소. 그러나 담력은 아직 잘 알지 못하였더니 비로소

---

15 넓은 도량.

패망 당시의 거동을 본즉 일동은 황당 실색하는데 손씨 혼자 태연자약히 '여러분은 다 도망하시오. 나 혼자 뒷일을 정리하리다' 하고 무기를 감추고 각처 동지에게 전보를 놓으며 서류를 불 질러 본부를 소탕한 후 유유히 나하고 시중市中으로 걸어 나올 때에 나는 따라 나오면서도 발이 땅에서 떨어지지 아니하였소" 하더라.

21. 망명객의 손일선

하늘은 손일선에게 아직 중국의 혁명을 허락지 아니하였던지 일청전쟁 후 절호의 기회를 만나 가지고 비상한 고심과 교묘한 준비로 계획한 광동의 음모는 꽃이 피려다가 서리 맞은 격이 되었다. 때는 광서 21년 을미1895 10월이다. 화약을 지고 불로 들어간 구원군은 낱낱이 잡혀가고 이제는 일선의 신변에는 위험이 각각으로 핍박하여 온다. 진실로 그의 운명은 풍전등화 같다. 대담하고 명민한 그의 머릿속에는 수라장을 이룬 광동 시중과 살기등등한 그 속에서 악전고투하는 동지의 현상이 활동사진같이 보인다. 그는 긴 한숨 한 번에 모든 걱정을 잊어버리고 다시 제2차의 계획을 도모하였다. 그러나 이제는 때를 놓쳤으니 타일을 기다리고 망명하는 수밖에 다른 도리가 없다고 결심하였었다.

뒷날을 기약하고 구사일생을 얻은 그는 향항에 있는 두서너 친구를 찾아본 후 옛 스승 캔틀리 선생을 찾아가서 제1차 계획이 발각되어 실패한 일을 말하고 또한 위험이 신변에 박두하였으니 어찌하면 좋을 일을 의논하였다. 캔틀리 선생은 매우 그 처지를 걱정하고 다시 그의 친구 데니스란 사람을 소개하여 법률상의 판단을 구하였더니 시각을 머무르지 말고 도망하는 것이 상책이라 한다. 일이 이만큼 급하게 되고 보니 일선은 다시 캔틀리 선생을 찾아볼 사이도 없이 곧 도망할 준비를 급히 하고 진소백과 같이 일본 기선을 타고 망명의 길을 떠났었다.

회천回天[16]의 큰 업을 아직 이루지 못하고 동지를 산산이 헤치고 자기도 또한 헛되이 몸을 이향의 배에다 싣고 고국산천을 이별할 때에 고국의 전도와 국민의 휴척休戚[17]을 근심하고 닭의똥 같은 뜨거운 눈물을 흘렸었다. 아하, 이것이 천명이냐! 만일 천명이라면 성공 깃들 날은 어느 날인고? 그는 배 속에서 진소백과 같이 앉아 지난 일을 뉘우치고 장래 일을 의논하며 다시 기회 올 것을 상상하였었다. 배 속에서 이레 동안을 지내니 배는 무사히 신호神戶, 고배에 닿았다. 손일선과 진소백은 신호에서 이틀 동안 머물러 있다가 다시 횡빈橫濱, 요코하마으로 떠났었다. 횡빈에 상륙하는 즉시로 두 사람은 곧 머리를 깎고 양복을 하니 훌륭한 서양 신사가 되었다. 횡빈에 도착한 두 사람은 아무도 아는 사람이 없다. 일본 사람의 친구도 없고 중국 사람의 친구도 없다. 다만 캔틀리 선생의 친구 되는 영국 사람의 선교사가 횡빈에 있단 말을 듣고 먼저 그 선교사를 찾아보았었다. 그때 그 선교사의 소개로 일본 사람 목사 하나를 알게 되었었다. 이것이 일본과 관계를 맺게 된 시초다.

두 사람은 무슨 의논을 하였던지 진소백은 횡빈에 머물러 있게 하고 일선은 단신으로 포와로 건너갔었다. 포와에는 늙은 어머니와 형이 있고 또한 그의 처자도 벌써 도망하여 와 있다. 이제는 포와가 제2의 고향 같다. 포와에 건너와서 머무르고 있는 일선은 모든 근심을 잊기 위하여 어느 날은 단장을 끌고 호놀룰루란 곳으로 산보를 가려니깐 어디서 여자의

---

16   하늘을 휘돌림.
17   편안함과 근심.

목소리로 자기를 부르는 소리가 난다. 이상하여 돌아다보니 어린아이 안은 일본 여자가 일본말로 무엇이라고 한다. 그러나 그는 일본말을 모르므로 벙벙히 섰었다. 그 여자는 비로소 그가 일본 사람 아닌 것을 알고 조금 부끄러워하는 낯빛으로 사과를 한다. 다시 그 여자를 자세히 보니 향항에 있을 때에 캔틀리 선생의 집 하인의 얼굴과 똑같다. 일선은 하도 이상하여 세상에 같은 사람도 많다 하고 한참 서서 그 여자 가는 거동을 보고 선 동안에 뒤에서 인력거 소리가 나기로 몸을 피하려니깐 캔틀리 선생 부처가 무슨 재미있는 이야기를 하며 자기 앞을 지나간다. 아하! 이것, 얼마나 반가운 일이냐. 그들은 일선이 양복한 까닭에 누군지를 알지 못하였던 모양이다. 일선은 엎드러질 듯이 "선생님!" 하고 소리치니, 그 부처는 깜짝 놀라 세 사람은 뜨거운 악수로 무사한 것을 축복하였었다. 캔틀리 선생은 고국으로 돌아가는 길에 잠깐 포와를 거쳤던 터이다.

손일선은 포와에서 반년 동안 머물다가 미국 상항桑港, 샌프란시스코으로 건너가서 월여 동안 중국 사람에게 혁명을 선전하여 환대를 받고 다시 두 달 동안 미국 작은 도시를 시찰한 후 영국 런던倫敦으로 건너왔었다. 때는 광서 22년 병신1896이다. 런던에 도착한 그는 해안통 어느 여관에서 피로한 몸을 쉬고 그 이튿날 포틀랜드[18]에 사는 캔틀리 선생을 찾아갔었다. 캔틀리 선생 부처는 망명의 고객孤客 된 제자를 친자식같이 사랑하고 손일선도 그 부처를 부모같이 섬겼었다. 유숙하는 곳은 따로 정하고 있으되 밤낮 선생의 곁은 떠나지 아니하였었다. 런던은 세계적 대도시의 한복판이다. 이곳에 와 있는 손일선에게는 모든 사물이 이목을 놀래지 않는 것이 없다. 그러나 그의 흉중에는 움직이려야 움직일 수 없는 주장과 신념

---

18 런던의 포틀랜드 플레이스.

이 있다. 런던은 참으로 번화하고 모든 설비가 성대하다. 물질문명은 더할 수 없이 되었다. 그렇지만 정치 조직은 손일선의 흉산에 맞지 않는다. 그리하여 정치 조직은 늘 냉소하였었다. 그는 정치 문제든지 인생 문제든지 보고 듣는 대로 자기의 본령에 참작한다. 즉 자기가 이상하고 있는 흉산에 비추어 본다. 이것은 후일 중국을 혁명하고 활용하자는 것이다. 맨슨 박사는 그때 런던에 돌아와 있으므로 가끔가끔 찾아가서 옛정도 눅이고 새로이 연구도 하였었다. 그리하여 일선은 가장 즐겁게 망명 생활을 하여 가니 참으로 태평세월이지 조금도 자기 신변을 음습陰襲할 운명이 있을 줄을 몰랐었다.

22. 공사에게 잡힌 손일선

미국 주차駐箚의 청국 공사는 수구파의 한 사람이다. 공사는 손일선이 미국을 떠날 때에 영국 있는 청국 공사에게 손일선을 잡으라고 전보를 놓았었다. 그러나 이 일은 영국 정부에서 알게 되면 반드시 간섭이 있을 터이므로 가장 비밀히 하였었다. 귀신이 아닌 일선이 이 일을 어찌 알 수 있으랴. 일선은 날마다 캔틀리 선생 집에 가서 노는 것으로 낙을 삼았었다. 어느 날 일선은 선생의 가족들과 같이 밥상을 받았을 때 캔틀리 선생은 일선더러 웃음의 말로

"귀국 공사관이 여기서 멀지 아니하니 한번 찾아보는 것이 어떠뇨?" 하고 웃었더니, 부인이 대경실색하며 새파란 눈을 떼굴떼굴 굴리며

"천만에, 가지 마오. 그 근처로 지나다니기도 위험하오. 까딱 잘못하면 손 군은 잡혀갈 것이니 꿈에라도 가지 마시오" 하고 말려 일좌一座가 홍소

哄笑한 일이 있었다. 농가성진弄假成眞[19]이라더니 머지 아니하여 수운愁雲은 일선의 몸을 에워쌌었다.

일요일이면 손일선은 맨슨 박사와 같이 늘 교당에 가서 예배 보러 다닌다. 10월 11일의 일요일에도 그는 예배 보려고 아침 10시 반에 맨슨 박사를 찾아 데번서 길거리로 걸어가려니깐 뒤에서 중국 사람 하나가 영어로 말 묻는 자가 있다. 발을 멈추니 그는

"노형은 일본 사람이시오, 중국 사람이시오?" 한다. 손일선은 탄평히

"나는 중국 사람이오" 한즉 그는 또 묻되

"고향이 어디시오?" 한다. 일선은 또 평심서기平心舒氣[20]로

"나는 광동서 왔소이다" 한즉 그는 가장 기꺼운 낯을 내며

"그러면 우리 같은 고향 친구로구려. 나도 광동 삽니다. 만리타국에서 동향 친구를 만나니 대단히 반갑소. 나는 아무 곳에 유留하고 있으니 같이 가서 고국 형편이나 이야기 좀 하십시다" 한다. 또 한 사람이 바싹 다가서며

"참 대단히 반갑소. 우리 같이 갑시다" 한다. 두 사람이 좌우에 서서 같이 가기를 꾄다. 그래도 일선은 조금도 의심치 아니하였었다. 다만 교당에 가는 시간이 늦을까 두려워하여 이다음 찾아가겠다고 하나 종시 듣지 않더니 또 한 사람이 나서며 친절한 어조로

"만리타국에서 동향 사람을 만나니 죽은 부모를 만나기로 이에서 더 기쁠 수가 있소. 잠깐 가서 집이나 알고 가라"고 간청하므로 일선은 마지 못하여 몇 발 떼어 놓은 것이 어언간 어느 집을 왔다. 이때까지도 일선은 탄평이었었다. 다만 교당에 갈 시간이 바쁘므로 이담에 찾아올 터이니 고만 작별하자고 하였더니 잠깐 있으라고 나가서 문을 잠근다. '큰일 났다.

---

19   장난삼아 한 것이 진심으로 한 것같이 됨.
20   마음이 평온하고 순화로움.

이놈이 필경 무슨 일낼 놈인가 보다' 하고 놀랐었으나 때는 이미 늦었다. 가만히 생각하니 청국 공사관이 분명하다. 얼마 동안 있더니 모발이 하얀 서양 노인이 들어온다. 그 노인은 됨됨이가 시골 사람 같다. 노인의 첫인사가

"이곳은 당신에게는 중국이란 나라요 지금 당신은 고국에 있는 셈이니 그리 아시오" 하고 교의에 앉더니 심문을 시작한다.

"성명이 무엇이오?"

"손일선이오."

"우리는 미국 주찰駐札 청국 공사의 전보가 있어 당신을 잡아 가두는 것이니 그리 아시오" 한다.

이때 일선은 분기를 버럭 내며

"이게 무슨 소리요? 나는 당신의 말을 알아들을 수가 없소" 하였더니 노인은 얼굴빛을 고치고 말하되

"그대는 전일 개혁 청원서를 초草하여 북경에 있는 이홍장李泓章에게 보내어 황제께 집주執奏21를 청한 일이 있지 않소. 그 청원한 뜻이 진실로 가합하다 하여 이홍장이 그대를 한번 만나 보려고 하였으나 그는 황제의 윤허가 없이는 못 하는 법이므로 황제의 윤허 있을 때까지 그대를 이곳에 유치하는 것이니 그리 아시오" 한다. 일선이 생각하니 일은 틀렸다.

"내가 지금 이곳에 있는 것을 친구에게 통지하여야 하겠는데 관계없겠소?" 한즉 노인은 고갯짓을 하며

"안 되오, 안 되오. 다만 여관으로 편지하여 짐이나 찾아오는 것은 관계치 않소" 한다.

---

21   임금에게 아룀.

이에 일선은 노인더러 붓과 종이를 달래 가지고 맨슨 박사에게 지금 몸이 청국 공사관에 유치되었다고 통지하고 아울러 캔틀리 선생에게 행리行李[22] 보내 달라는 의뢰장을 썼었다. 노인은 그 편지 속의 '유치'란 말을 다른 말로 고치라고 하므로 '있다'라고 고쳤더니 노인은 잠깐 묵묵히 있더니 다시 입을 열어

"그대는 지금 친구에게 편지를 보내려는 것이 아니오. 친구에게는 편지 못 할 것이니 직접 여관으로 편지하여 행리나 찾아오시오."

"나는 여관에 있지 아니하였소. 내가 유숙하던 곳은 캔틀리란 사람의 집이오" 하였다. 노인은 그 편지를 받아 들고 중국 사람의 공모자를 탐지코자 하였었다. 일선은 편지를 써 주고 반드시 전하여 줄 줄로 믿었었다.

일선의 편지를 받아 든 노인은 문을 닫고 나가더니 자물쇠를 채운다. 일선은 철창의 죄수가 되었다. 조금 있더니 문 깨트리는 소리가 난다. '이것, 웬일일까' 하고 엿들으니 첩을 박는 모양이다. 아하! 슬프다, 혁명아 손일선은 농籠에 든 새가 되었구나.

문밖에는 영국 사람 하나, 중국 사람 하나, 두 사람이 파수를 본다. 어떤 때에는 세 사람이 볼 적도 있었다. 처음 갇힌 지 일주일 동안은 중국 사람 문지기가 가끔 들어와서 잡지 같은 것도 갖다주었다. 그러나 손일선이 무슨 이유로 갇힌 것은 모르는 모양이다. 일선도 구차히 갇힌 이유를 말하고자 아니하였었다. 그를 가두고 나간 사람은 공사관 고문의 핼리데이 매카트니라는 영국 사람인 것만 물어 알았었다.

일선이 갇힌 지 두어 시간 후에 중국 사람 둘이 들어오더니

"지금 마馬 공사 각하께서 그대의 몸을 수색하라 하셨소" 하고 일선의

---

22   여행할 때 쓰는 물건과 차림.

몸을 뒤지더니 열쇠와 연필과 창칼을 빼앗아 가지고 간다. 다행히 양복바지에 넣은 소절수小切手[23]는 꺼내 가지 아니하였었다.

23. 편지 한 장만 전하였으면 살겠는데

낮에는 반드시 두 사람의 영국 하인이 번갈아 가며 나누어 석탄을 넣으러 들어오고 또한 실내도 소제하여 준다. 일선은 처음 들어온 하인에게 은근히 편지 한 장 전하여 달라고 하였더니 곧 승낙한다. 일선은 하인의 연필을 빌려 가지고 소절수에다가 데번셔가街 46번지 캔틀리 선생에게 전하여 달라고 하였다. 그러나 이 하인이 꼭 전하여 줄는지가 의심이 나서 또 한 장을 써서 다른 하인에게 부탁하니 그 역시 승낙한다. 이 편지가 가고 아니 가는 것은 일선의 생명에 큰 관계가 있는 것이다. 두 하인이 꼭 전하였는지 아니하였는지 반신반의다. 그뿐만 아니라 속았는지도 알 수 없다.

일선이 처음 갇히던 날 일요일 저녁때에 영국 부인 하나가 들어와서 와상과 침구를 갖다주었으나 그는 그 부인에게 아무 말도 아니 하였었다. 이역異域서 철창에 몸을 넣은 그는 그날 밤을 꼭 새우고 말았다. 그 이튿날 10월 12일 월요일에 영국 하인 두 사람이 또 석탄, 물, 식물食物을 가지고 드나든다. 먼저 부탁한 하인더러 편지 전하였느냐 물은즉 전하였다고 한다. 또 한 사람더러 물은즉 틈이 없어서 나가지 못하였다고 한다. 그 이튿날 10월 13일 화요일에 그는 편지 전하였다는 하인을 붙들고 과연 캔틀

---

23 수표.

리 선생에게 편지를 전하였느냐 물은즉 확실히 전하였다고 한다. 말을 좀 크게 하였으면 충분히 물어보겠지마는 바깥에 파수 보는 사람이 있으므로 귓속말을 하려니깐 여러 말을 할 수가 없었다. 아무리 생각하여도 의심이 난다. '편지 간 지가 벌써 사흘인데 선생이 그 편지 보고 입때껏 아니 찾아올 리가 있나.' 다시 편지를 하여야 하겠는데 이제는 종이가 없다. 손수건에다가 연필로 급한 말 몇 마디만 쓰고 돈 5원을 하인의 손에 쥐어 주고 부디 전하여 달라고 하였다.

그 이튿날 되는 10월 14일 수요일에 일선을 길에서 만나 동향 사람이라고 철창으로 꾀어 온 자성은 당가(唐哥)라 한다가 찾아왔다. 일선은 분함을 참지 못하여 낯빛을 붉히고 꾸짖었더니 그자는 가장 아첨하는 태도로

"내가 당신을 이곳으로 꾀어 온 것은 직무상 어찌할 수 없는 일이니 그대는 얼른 손일선이라고 자백하시오. 아무리 감추어도 아무 이익 없으리니. 그대로 말하면 명성이 사해에 진동하여 황제든지 이홍장이든지 그대의 경력을 잘 아는 것이오. 그대는 천추에 이름 둘 혁명가가 아니시오. 그럴진대 죽음쯤이야 무엇이 두렵겠소. 지금 이곳은 그대의 생사를 판단하는 지경인 줄이나 아시오" 한다. 일선은 분기충천하여 높은 목소리로

"어째서 생사의 분기점이란 말이오. 이곳은 영국이오. 중국이 아니오. 그대들이 만일 나를 본국으로 잡아 보내려면 영국 정부의 윤허가 없으면 안 될 것이오. 그러면 영국 정부가 나를 호락호락히 중국으로 넘길 줄 아오?" 한즉 당가 왈

"우리는 그대를 정식으로 본국에 보내고자 아니하오. 벌써 준비는 다 되었으니깐 시간만 되면 수족 하나 꼼짝 못 하고 쥐 소리도 못 하게 하여 배에 담아 가지고 광동으로 갈 터이오. 광동은 곧 그대의 사형장이오" 한다.

일선은 속마음으로 '오냐, 배 속에는 영국 사람이 많이 있을 터이니 그

사람들에게 알려서 무선 전신으로라도 영국 정부에 알리겠다' 하였었다.

일선의 목숨은 참으로 풍전등화보다도 더 급하다. 그래도 태연자약히 빙그레 웃으며

"광동까지 가게 되면 나를 죽일지 모르거니와 영국 안에서는 내 목숨이 스러질 리가 없을 줄로 믿소" 하니 당가는 골을 벌컥 내며

"지금이라도 그대를 죽일 수 있소. 공사관은 중국 한가지니깐 누가 간섭할 사람이 없을 것이오. 그대도 아는 바거니와 조선의 망명객 김옥균金玉均은 오래 일본에 와 있다가 그 본국 사람 홍종우의 꾐에 빠져 상해를 끌려와서 영국 거류지 안에서 암살당하지 아니하였소. 그 후 그 신체는 중국 정부가 조선으로 보내어 육단六斷의 형벌을 받고 홍종우는 상을 후히 받고 높은 벼슬을 받지 아니하였소" 한다.

손일선은 태연히 웃고 있다가 당가의 이 말을 듣고 '이놈이 사람 죽이고 상 타려 하는 고약한 잡놈이로구나' 하고 분이 벌컥 났다.

"당신은 어째서 사람 죽이기를 좋아하시오?" 한즉 당가는 평심서기로

"그는 황제의 칙령이니깐 나로서는 그 칙령을 잘 받들어야 하지 않소?" 한다.

이에 손일선은 김옥균 암살 사건이 단서가 되어 일청전쟁이 일어난 것을 말하고 자기가 영국에서 잡혀 사형을 받게 되는 날에는 영국과 중국 사이에 중대한 문제가 일어날 것을 국제법상으로 절절히 설명하고 영국 정부가 이 일을 알게 되면 청국 공사관원은 엄중한 처분을 받을 것이요 또한 당가는 동향 사람이라니 사실이면 너의 가족은 우리 당파의 손에 씨가 남지 못할 것을 설명하였더니 겁쟁이 당가는 단박에 한풀 꺾이어

"나의 행동은 모두 공사관의 명령을 디디는 것이지 조금도 내 마음대로 하는 것은 아니니 나를 원망치는 마시오" 하고 나간다.

그날 밤 12시쯤 되어 당가는 또 들어온다. 그리하여 된 소리 안된 소리 지껄인다. 일선은 이에

"그대와 나와 살부지원殺父之怨 없겠는데 왜 나를 죽이려 하오. 나는 중국 4억의 동포를 살리고자 하는 사람이오. 그대가 만일 나를 동향 친구로 알진대 지금 나를 구할 도리가 없을까?" 당가는 목소리를 낮추며

"내가 깊은 밤에 들어온 것은 그 까닭이오. 나는 특별히 전력을 다하여 그대를 구원하여 보고자 하오. 그래서 오늘 대장간에 가서 맞열쇠를 하나를 맞추었소" 한다. 정말인지 거짓말인지 모르나 그 말을 듣고야 가만히 있을 도리는 못 된다.

"대단히 고맙소. 그러면 나를 어느 날 구원하시려오?"

"내일은 좀 어렵지만 모레는 꼭 구원하리다. 그날은 도망할 준비를 하여 놓으시오" 하고 나간다.

그 이튿날, 즉 10월 15일 목요일 오후에 당가가 또 오더니 또 된 소리 안된 소리 지껄인다. 말말끝에 일선은 당가더러 나를 구원할 희망이 있느냐 물은즉 당가는 의기양양하게

"있고말고. 나 하라는 대로 하면 꼭 될 것이니 이렇게 하시오. 그대는 공사에게 탄원서를 올리시면 되리다" 하고 당가는 하인을 불러 지필을 갖다가 주었다. 일선은 그 말대로 탄원서를 한문으로 썼더니 당가는 영문으로 고쳐 쓰라고 한다. 일선은 그 이유를 물으니 당가 왈 공사는 허수아비요 모든 실권은 매카트니 고문이 가지고 있다고 한다. 일선은 그때 다시 물었다.

"그러면 영문으로 고쳐 쓸 터이니 무엇이라고 썼으면 좋겠소?" 한즉

"그대가 광동서 음모하던 일은 하나도 쓰지 말고, 오직 관헌의 참소를 입은 것이니 그 원을 풀어 달라고 쓰시오" 한다.

일선은 그대로 써서 주니 당가는 아무 말 없이 가지고 나간다.

나간 뒤에는 다시 오지 않는다. 일선은 당가의 태도를 심히 의심하였다. '저놈의 보짱이 어찌 된 놈일까. 처음 나를 잡아 오기는 어째 잡아 오고 이제는 나를 빼내려고 하니 그 심사를 알 수 없도다. 그러나 나 역시 살고자 하여 저를 믿는 것은 아니다. 생명이란 것은 초로草露 같은 것이요 또 살길이 열리면 우스운 것이다. 물에 빠진 제 머리카락 하나가 걸리어 사는 수도 있는 것이니깐 되나 아니 되나 할 일은 하여 보아야 하겠다' 하고 한숨만 휘 쉬었었다.

당가가 별안간 무슨 정성이 그리 많아서 일선을 살릴 묘책을 꾸몄으랴. 겁 많은 당가는 일선이 죽고 보면 그의 당파가 가서 저의 가족을 전멸시킨다는 호통에 제 허물을 발뺌하느라고 일시 손일선을 속인 것이다.

탄원서를 가지고 나온 당가는 곧 하인을 불러 불 질러 버렸다. 이것을 기다리고 있는 일선의 신세는 절망이다.

일이 이리되고 보니 일선은 가만히 앉아서 천명만 기다릴 수가 없다. 뇌심초려惱心焦慮 만일의 요행을 바라느라고 별별 수단을 다 부려 보았다. 그는 잡지 책장을 찢어 가지고 연필로 자기의 사정을 써서 동전에 싸서 길가로 내던지고자 하였으나 불행히 길 쪽으로는 창이 없다. 여러 개를 만들어 하인 편에 부탁하였더니 모두 몰수를 당하였다. 하릴없어 또 몇 개를 만들어 가지고 창문을 열고 한길 쪽으로 팔매를 쳤더니 모두 남의 지붕 위에 얹히고 만다. 나중에는 1원짜리 은전을 싸서 던졌더니 불행히 공사관 마당에 떨어져서 파수 보던 사람이 주워다가 그 내용을 관원에게 밀고하여 들창을 마저 첩을 박는다. 이제는 참으로 절망이다. 나는 새면 어찌하랴.

손일선은 이제는 살아날 희망이 없게 되었다. 그는 진실로 독 안에 든

쥐요 도마 위에 오른 고기다. 살기는 틀렸으니 마음이나 편안히 하는 수밖에 없다. 그는 가만히 앉아서 운명만 기다리었었다. 사방이 고요하여 숨소리도 없고 초목도 잠자는 깊은 밤에 그의 마음은 하늘에 통하고 하늘은 또한 그의 심중에 잠겨 눈이 스르르 감길 때에 하인이 석탄을 넣으러 들어왔다.

24. 구사일생한 손일선

손일선은 눈을 번쩍 뜨고 일어앉아 또 한 번 구조를 청하였었다.

"그대는 어떻게 나를 구원할 도리가 없소?" 한즉 하인이 한참 일선을 노려보더니

"대관절 당신은 어떠한 사람이시오?" 하고 묻는다. 이 하인의 이름은 콜이다.

"나는 중국 혁명가요."

일선은 이렇게 대답하고 또 그 하인이 혁명가가 무엇인지를 알지 못할까 염려하여 다시 말을 고쳐 가지고

"그대는 아르메니아亞爾米泥亞 사람에 대하여 들은 말이 없소?" 한즉 콜은

"있소" 한다. 일선은 이에 그 이야기를 이어 한다.

"들어 보소. 토이기의 예전 황제는 야소교도를 미워한 고로 아르메니아의 야소교도를 모두 참살하려고 하였었소. 이것은 아르메니아의 학살이라고 세계에 유명한 사실이오. 우리 청국 황제도 야소교도를 미워하고 문명한 정치를 좋아 아니하오. 나는 야소교도의 한 사람이요 또한 정치를 혁명코자 하는 정치가의 한 사람이오. 그런 고로 청국 황제는 나를 잡아

죽이려고 하는 것이오. 한즉 이 아르메니아에 동정하고 토이기 황제의 조
처를 분히 여기던 영국 사람이 나의 처지를 만일 알고 보면 반드시 만강
의 동정을 표하고 구조할 것이오" 하였다.

손일선의 이 말은 참으로 최후의 비명이라 참으로 비창코 열렬하였었
다. 콜은 한참 동안 멀거니 앉아서 듣더니

"영국 정부가 당신을 구원할지 아니할지는 의문이 아니겠소" 한다. 일
선은 다시 말을 이어

"아니요, 그것은 결단코 의문 될 것이 없소. 확실하오. 지금 청국 공사
관에서 나를 이렇게 엄중히 가두는 것은 영국 정부의 간섭을 두려워하기
때문이오. 만일 그렇지 아니할 것 같으면 청국 공사는 공연히 영국 정부
에 교섭하여 법률상의 형벌을 집행할 것이 아니겠소."

콜은 잠자코 고개만 푹 숙이고 무슨 생각을 하는 모양 같다. 일선은 또
다시 말을 이어

"나의 생명은 그대의 장중掌中에 있소. 그대가 만일 나의 간힌 일을 바깥
에 알려만 주면 나는 살 것이요 그렇지 아니하면 나는 사형대 위의 이슬
이 되고 말 것이오. 사람의 생명을 구원하는 것과 죽이는 것이 어떤 것이
착한 일이겠소. 또한 하나님께 대한 의무와 주인에게 대한 의무를 비교하
면 어떤 것이 존중하겠소. 정의를 존중히 여기는 영국 정부와 잔학을 일
삼는 청국 정부와 비교하면 어느 나라가 존중하겠소. 원컨대 그대는 깊이
생각하여 주시오. 나는 그대가 이다음 들어올 때는 확실한 대답이 있을
줄로 믿소" 하였다.

콜은 역시 잠자코 나갔다. 웬일인지 밤이 깊도록 들어오지 않는다. 길
보吉報가 있을까, 흉보凶報가 있을까 일선의 가슴은 조인다. 속마음으로는
죽었다 살았다 하는 활동사진이 논다. 그 이튿날 아침에 콜이 들어오더니

난로에 석탄을 넣으면서 무슨 종이쪽 하나를 떨어트리고 입을 쫑긋하며 암시를 한다. 이때 일선의 가슴은 울렁거렸다. 일선의 생명은 그 종이쪽에 달린 까닭이다. 콜이 나간 뒤에 얼른 그 종이쪽을 집어 본즉

"당신의 정상을 잘 알았소. 당신의 편지를 당신 친구에게 전하여 줄 터이니 편지를 써 놓으시오. 그런데 편지는 드러누워서 쓰시오. 파수꾼이 늘 문틈으로 들여다보고 있으므로 앉아서 쓰다가는 비밀이 탄로되기 쉽소이다" 하였다.

일선은 이제야 살길을 얻었다. 콜이 이른 대로 드러누워서 그 종이 뒷등에다가 캔틀리 선생에게 편지를 썼었다. 오정 때쯤 되어 콜이 또 들어온다. 일선이 대단히 반가웠었다. 죽은 조상 만나느니보다도 더 반가웠었다. 편지 있는 곳을 눈짓하였더니 콜은 슬며시 집어넣었다. 하늘은 아직 일선을 버리지 아니하였던지 일선의 일심이 하늘에 통하였던지 일루의 광명을 얻은 일선은 마음으로 기쁨을 금할 수 없어 당시 주머니에 있던 200원의 돈을 꺼내어 콜을 주었었다. 콜은 태연히 나갔다.

얼마 후에 콜이 또 들어와 석탄을 넣고 편지 한 장을 떨어트리고 입짓을 하고 나간다. 일선은 행여나 뉘게 들킬까 마음을 졸이며 몰래 집어 보니 반가울사, 캔틀리 선생의 답장이다. 모로 드러누워 뜯어보니

"안심하시오. 영국 정부는 지금 그대를 위하여 교섭 중이니 늦어도 수일 내에 자유의 몸이 되리다" 하였다.

일선은 살았다. 기꺼운 마음은 가슴을 울렁거린다. 눈물을 씻고 꿇어앉아서 하나님께 감사의 기도를 올렸었다.

손일선은 옥에 갇힌 후로 캔틀리 선생의 답장을 보기 전까지는 한 번도 옷을 끄르고 편안히 잠을 자 본 일이 없었다. 다만 몹쓸 졸음이 퍼부을 때면 깜박깜박 코방아나 찧었을 뿐이었었다. 오늘은 반가운 선생의 편지

를 보니 마음이 턱 놓여서 처음으로 옷끈을 끄르고 편안히 잠을 잤었다.

대저 사람이 사는 것은 희망이 있기 때문이다. 희망이 없을 것 같으면 생사를 가릴 것이 없을 것이다. 일선의 희망은 오직 중국을 혁명코자 함에 있다. 그가 죽고 사는 살판[24]에 서서 그래도 살아 보려고 애쓰는 것은 모두 혁명에 관한 걱정이었었다. 만일에 그가 그대로 중국으로 잡혀가서 사형장에서 이슬로 사라질 것 같으면 중국의 혁명은 한풀 꺾였을 것이다. 그는 또 여관에 있는 행구行具가 만일 공사관으로 몰수되면 여러 동지에게 화가 미칠까 크게 근심하였더니 다행히 그것은 캔틀리 선생의 부인이 안전한 곳으로 돌려 빼었기 때문에 여러 동지의 비밀은 관헌에게 알리지 아니하였었다.

런던은 영국의 영토다. 더구나 왕도王都다. 이곳에서 청국 공사관이 망명객을 잡아 가두는 것은 영국의 국권을 무시하는 일이다. 그 일을 영국 정부에서 알기만 하면 국제상 큰 문제가 일어날 일이다. 그러기 때문에 청국 공사는 가장 비밀히 일을 꾸민 것이다. 손일선이 자기가 잡혀 간힌 사실을 바깥 사람에게 알리고자 고심하는 것도 그 때문이었었다. 콜의 손을 거쳐 캔틀리 선생에게 기별이 가니 캔틀리 선생 부부와 맨슨 박사는 시각을 머무르지 않고 경찰에 교섭하며 『타임스』 신문에 투서하고 또 청국 공사관 고문 매카트니의 집을 수색하고 손일선을 혹 배로 옮길까 염려하여 모든 기선을 간수시키며, 또 한편으로는 외무성에 그 일을 알리니 영국 정부는 곧 청국 공사관에 교섭을 시작하였다. 이제는 살았다. 죽었던 손일선은 다시 세상을 구경하게 되었다. 그러나 옥중에 있는 손일선은 바깥에서 이러한 일이 있는 것을 전연 몰랐었다. 때는 광서 22년 병신[1896] 10

월 22일 목요일이다. 콜이 석탄을 넣으러 들어오더니 신문지 한쪽을 떨어 트리고 나간다. 몰래 집어 보니

'청국 공사의 폭거! 런던에서 망명객을 잡아 가두어!'라는 제목이 났 다. 신문지가 다 찢어져서 기사는 볼 수 없으되 사실인즉 자기의 것이 분 명하다. 이제는 살았다. 오늘이나 소식이 있을까 하고 밤이 깊도록 기다 려도 아무 소식이 없었다. 그날 밤을 밝히니 10월 23일 금요일이 되었다. 역시 오정 때까지 아무 소식이 없다. 웬일인가 하고 입맛을 다시려니간 문 여는 소리가 나더니 문지기 두 사람이 들어와서 매카트니 고문이 면 회코자 하시니 모자 쓰고 신 신고 외투 입으라고 한다. 손일선은 더욱 깜 짝 놀랐었다. '아마 바깥소문이 대단하니깐 나를 지하실 같은 곳으로 갖 다 숨기려나 보다' 하였더니 과연 지하실로 데리고 간다. '이것 큰일 났구 나' 하였더니 들어가 본즉 아하, 반가울사, 캔틀리 선생과 외무성에서 파 견한 자비스 경부가 뜨거운 악수를 준다. 풍전등화 같은 생명을 살린 선 생의 은공을 생각하니 말 없는 뜨거운 눈물만 뚝뚝 떨어졌었다. 이에 매 카트니 고문은 손일선에게서 몰수한 여러 가지 물품을 도로 내어놓고 자 비스 경부더러

"나는 공사관의 특권과 외교상 권리에 아무 간섭을 받지 않는 조건하 에서 이 사람을 인도하오" 하며 손일선더러

"그대는 이제부터 자유의 사람이오" 한다.

말은 매우 무례한 말이나 선생의 진력과 영국 정부의 감사로 구사의 일생을 얻은 일선은 잠자코 한 말의 항의도 않고 자비스 경부의 호위와 캔틀리 선생의 따뜻한 손을 잡고 청국 공사관 뒷문으로 나왔었다. 문밖을 나서 보니 마차 한 대가 그를 기다리고 있는데, 그 마차 전후좌우로는 사 람이 산을 이루고 바다를 이루었으며, 신문 기자들은 옥에 갇혔던 전말顚

朮을 묻고 사진반들은 이곳저곳에서 사진을 박기에 분주하다. 손일선 일행은 간신히 그 사람 바다를 벗어나 와서 마차를 타고 스코틀랜드 야드란 곳에 와서 요릿집에 들어가 잠깐 목을 축이고 캔틀리 선생의 집으로 돌아갔었다.

25. 때는 왔으나 일은 실패다

손일선은 그 뒤에 3년 동안 런던과 구라파로 다니며 정치 제도와 풍속을 시찰하고, 한편으로 조야의 명사들을 사귀고 고국 지사에게는 혁명을 고취하며, 또한 비율빈 독립당 수령의 탄환 사들이는 일에도 힘을 많이 도와주었었다. 이것은 약소민족을 부조하자는 뜻이었었다. 구주의 정치 제도를 몇 해 동안 연구한 결과 중국을 혁명하고 영원히 이상의 나라를 건설하자면 민족 혁명주의만 가지고는 안 될 것을 깨닫고 그것에 민권주의와 민생주의를 더하여 소위 삼민주의를 완성하여 놓은 뒤에 그는 영국 정부와 영국 인사에게 죽었던 목숨 살려 준 은혜를 사례코자 『유수幽囚의 전말』[25]이란 조그마한 책자를 저술하여 세상에 공개하고, 영국을 하직하고 단신으로 일본으로 건너가서 일본 민당民黨의 수령 되는 견양의犬養毅와 청년 지사 정객의 궁기宮崎, 두만頭滿, 부도副島 등으로 더불어 사귀고, 고국 지사들에게는 청국 정부를 뒤집어엎고 공화 민국 건설할 혁명주의를 열심으로 선전하였었다. 그러나 강유위康有爲가 해외에다 보황당保皇堂[26]을 두

---

25 Sun Yat-sen, *Kidnapped in London: Being the Story of My Capture by, Detention at, and Release from The Chinese Legation, London*, Bristol: J. W. Arrowsmith & London: Simpkin & Marshall, Hamilton, Kent and Company Limited, 1897.

26 1899년 캐나다에서 조직한 보황회(保皇會). 중국유신회(中國維新會).

고 혁명을 반대하며 공화를 반대하여 손일선의 사업은 더욱 방해가 되었었다. 이에 진소백을 향항에 파견하여 『중국보中國報』라는 신문을 발간하여 사상을 고취케 하고 사견여史堅如와 정필신을 장강으로 파견하여 회당會黨을 연락한 결과 장강 회당과 양광兩廣,[27] 복건福建 등지의 회당은 흥중회에 합병하여 준비를 하였었다.

광서 26년 경자1900에 의화단사건이 발생되어 8국 연합군이 북경을 들이치니 손일선은 큰 기회를 만났다. 정필신을 혜주惠州로 보내어 동란을 꾀하게 하고 사견여를 광주로 들여보내고 손일선은 몰래 향항으로 들어갔었으나 중도에 비밀이 영국 관헌에게 발각되어 상륙을 못 하고, 다시 일본을 거쳐 대만으로 가서 당시 대만 총독 아옥兒玉과 민정청 장관 후등後藤의 후원을 얻어 가지고 군관軍官과 군비를 얻어 광동 해안 일대를 점령하여 30여 일을 지탱하다가 불행히 일본의 정변이 있어 후원이 끊어지니 일은 자연히 실패에 돌아가고 말았다. 이때에 동지 사견여는 죽었다. 이것이 손일선의 두 번째의 실패다. 그러나 첫 번 실패에 비교하면 일은 매우 진보된 셈이다. 첫 번 실패에는 모든 사람이 그를 대역大逆으로 보고 독사맹수毒蛇猛獸와 같이 멀리하였지마는 둘째 번 실패에는 그 실패를 아깝게 여기는 사람이 많았었다. 이때의 그의 나이는 서른다섯 살이었었다.

---

27 광둥(廣東)과 광시(廣西).

26. 동맹회 시대의 손일선

일청전쟁에 외채가 생기고 의화단사건에 4억 원의 배상을 물게 되니 재정에 큰 파탄이 생겼다. 그리하여 정부는 외채를 갚기 위하여 관세를 외국에게 관리케 하고 한편으로 백성에게 세금을 더 부담시켰었다. 지세地稅 같은 것은 엄청나게 받았으며 부가세에 또 부가세를 받아 가지고 지방 관리들은 사복私腹을 채웠었다. 이것이 청조의 멸망을 재촉하고 혁명의 봉화를 들게 한 큰 원인이 되었었다. 조정의 신하들은 정치 군사는 돌아보지 않고 사리사욕에 눈이 빨갛고 음락관현淫樂管絃에 빠져서 아편 빨기에 골몰일새 뜻있는 청년들은 모두 혁명파로 몰렸었다. 그리하여 일본으로 유학 가는 자가 날로 늘고, 혁명을 주창하는 자도 또한 맹렬하였으며, 각종 신서적의 출판과 연설회가 자못 성하였으며, 신문의 간행도 많았었다. 이것은 모두 혁명을 주창하는 것이었었다.

두 번째 실패한 손일선은 다시 일본으로 망명하였었다. 비록 거사는 참패하였다 할지라도 민기民氣는 왕성하고 혁명의 기분은 외국에 있는 유학생에게까지 미쳐 청조의 운명은 목첩간目睫間[28]에 있었다. 이로부터 손일선은 10년 동안을 일본, 안남安南, 베트남, 포와, 미국, 구라파로 돌아다니며 동지를 모으고 혁명 사상을 고취하였었다. 그리하여 세계 각국에 동지 없는 곳이 없고, 중국 18성에 감숙성甘肅省만 빼놓고 열일곱 성에는 모두 동지가 있게 되었다. 이에 손일선은 일본 동경에서 황흥黃興을 만나 가지고 다음에 장병린章炳麟과 세 사람이 악수한 후 광서 31년 을사[1905]에 혁명동맹회革命同盟會를 조직하였었다. 말하자면 동맹회는 세 개의 비밀 단체

---

28 아주 가까운 때나 장소.

가 합동한 것이다. 즉 손일선파의 흥중회와 황흥파의 화흥회華興會와 장병린파의 광복회光復會가 합동한 것이다. 흥중회와 동맹회의 다른 점은 무엇이냐 하면 흥중회는 점진적으로 혁명을 실행코자 함이요 동맹회는 급진적으로 직접 행동을 취하여 혁명의 목적을 달코자 함이다. 동맹회의 주의 강령은 여섯 가지 조목이다.

1. 현금의 정부를 뒤집어엎을 일.

2. 공화 민국을 건설할 일.

3. 세계의 진정한 평화를 유지할 일.

4. 토지 국유를 주장할 일.

5. 일지日支 양국의 국민적 연합을 주장할 일.

6. 세계 열국列國에게 중국 혁명 사업에 대한 찬성을 요구할 일.

등이다. 관헌의 눈을 피하느라고 혁명동맹회라고 공연히 이름을 못 부르고 다만 동맹회라고는 하나 세력은 세계에 퍼져 남양 각지에까지 지부를 설치하였었다.

27. 백절불굴의 손일선

동맹회가 성립된 뒤에 손일선은 곧 회원을 중국 각 성으로 들여보내어 조사케 하고 호한민胡漢民, 왕정위汪精衛 등은 동경에서 『민보民報』란 신문을 박아 가지고 혁명주의를 고취하니 동맹회에 가입한 자가 만여 명이 되었다. 국내에 있는 회원들이 평풍萍豐에서 또 난을 일으키니 청국 정부는 더욱 두려워서 일본 정부와 교섭하여 동경에 있는 동맹회 본부를 해산시키고 손일선 일파를 내쫓게 하니 손일선은 하릴없이 왕정위, 호한민 두 사람을 데리고 안남으로 가서 하내河內, 하노이에 본부를 두고 친히 독사督師하여 조주潮州를 점령하려다가 또 실패하였었다. 이것이 세 번째의 실패요 때는 광서 33년 정미1907다. 그해 여름에 또 등자유鄧子瑜를 명하여 혜주에서 난을 일으키다가 실패하니 이것이 넷째 번 실패다. 그해 가을에 흠렴欽廉 지방의 향단鄕團과 내통하고 일본으로 사람을 보내어 군기를 사다가 방성防城을 부수고자 하였다가 군기가 일본서 오지 아니한 까닭에 또 실패하니 이것이 다섯 번째의 실패다. 손일선은 다시 친히 황흥, 호한민 등 100여 명을 거느리고 진남관鎭南關을 습격하고 요새를 점령하려다가 관병과 7주야晝夜를 싸우고 필경 패하여 안남으로 물러나니 이것이 여섯 번째의 실패다. 일선은 이로 말미암아 안남, 불란서 관헌에게 쫓겨나게 되니 이태 동안 고심한 그의 계획은 물거품이 되고 말았다.

손일선이 안남서 쫓겨 신가파新嘉坡, 싱가포르로 갈 때 황흥을 머물러 두고 그로 하여금 나머지 군사를 수습하여 거사토록 명하였었다. 황흥은 손일선 떠난 뒤에 200여 명의 부하를 데리고 흠렴, 상사上思 지방에서 두서너 번 하구 지방을 침입고자 하였으나 탄환이 없어지고 후원이 끊기니 성공은 될 리가 만무하다. 이것이 일곱 번째의 실패다. 그 이듬해에 손일선은 황명당黃明堂을 명하여 하구를 습격게 하고 황흥을 명하여 그것을 지휘케 하였더니 중도에 황흥은 불란서 관헌에게 잡힌 바 되니 지휘 없는 황명당이 거느린 군사는 드디어 헤어지고 말았다. 이것이 여덟 번째의 실패다. 이때에 손일선의 나이 45세다.

혁명에 뜻을 둔 지 25년인데 모든 계획이 실패만 되고 가는 곳마다 쫓아내니 동아東亞 넓은 천지에 발붙일 곳이 없게 되었다. 일본서도 쫓아내고, 안남서도 쫓아내고, 향항서도 쫓아낸다. 하릴없이 구라파로 건너가서 자금 모집에 힘을 쓰고 중국 안의 일은 황흥, 호한민에게 맡겼었다. 선통 2년 경술1910 정월에 황흥, 호한민, 조백선趙伯先, 예영전倪映典, 주집신朱執信, 진형명陳炯明, 요우평姚雨平 등이 향항을 근거 삼아 가지고 광동성을 짓부수려다가 패하고 예영전만 죽었다. 이것이 아홉 번째의 실패다. 이때 왕정위는 하구에서 실패한 후 북경으로 가서 섭정왕을 죽이려다가 성공치 못하고 잡히었었다. 그리하여 혁명의 실력은 모두 소모되고 거의 와해될 지경에 이르렀었다.

그러므로 손일선은 황흥, 호한민, 조백선 등과 비밀히 약속하고 비율빈에서 비밀회의를 열고 권토중래捲土重來를 도모하였었다. 그러나 모인 사람이 모두 희색이 없고 수심만 얼굴에 가득하며 꿀 먹은 벙어리 모양으로 아무 말이 없이 서로 얼굴만 쳐다보고 있다. 실로 혁명 운동은 위태한 경우에 있었다. 손일선은 더욱 동지를 동독하며 자금 모집을 힘써 한 결과 수일 동안에 6만 원의 거액을 모아 놓으니 동지들은 다시 원기가 생기었다. 그리하여 동지들은 모두 향항으로 보내고, 손일선은 섬라暹羅, 시암 즉 타이로 가다가 관헌에게 쫓겨나 다시 미국으로 떠났었다. 선통 3년 신해1911 음력 3월 29일에 황흥, 조백선 등이 광주에서 거사하다가 관군의 맹렬한 습격으로 동지 72인만 죽이고 실패하였었다. 이것이 열 번째의 실패다. 난이 그친 뒤에 동지 72인은 황화강黃花岡이란 곳에 장사 지내니 이것이 72 열사烈士란 것이다. 그 죽은 이들은 모두 외국에 유학한 청년들이라 손일선의 가슴도 아팠거니와 또한 온 세상 사람들도 혁명당의 세력을 놀랐었다.

28. 임시 대총통이 된 손일선

황흥이 광주에서 난을 일으켜 72 열사가 난 뒤로는 혁명당의 세력은 천하를 움직이었었다. 그리하여 혁명당의 세력은 날로 팽창하여지고 민중은 혁명당으로 자꾸 쏠릴 때에 철도 국유책에 대한 사천성민四川省民의 반대가 있었다. 그러나 조정에서는 민의를 무시하고 탄압책을 쓸새 사천성 백성들은 난을 일으키어 사천성은 아수라장이 되었었다. 이때 10월 9일에 무창武昌, 한구漢口에 숨어 있던 혁명당원 몇 사람이 한구 노서아 조계에서 잡히니 혁명당원은 일이 탄로될까 두려워서 곧 그 이튿날 10월 10일에 무창의 군대를 이용하여 가지고 난을 일으켰었다. 당시 여단장으로 있는 여원홍黎元洪을 악군대도독鄂軍大都督을 삼고 14일에는 무창 군정부軍政府를 세웠었다. 이것이 신해혁명辛亥革命이란 것이다. 그 후 석 달 동안에 독립을 선언한 곳이 16성에 이르고 혁명군이 벌 떼 일어나듯 하니 정부에서는 곧 무한武漢 토벌령을 내리는 동시에 간웅 원세개를 기용起用하여 시국을 안정코자 하였었다.

정부가 원세개를 기용하는 뜻은 혁명을 묵주머니[29] 만들자는 것이다. 그러나 원세개는 일찍이 큰 야심을 가지고 천하를 취하려면 병권을 잡아야 될 줄을 깨닫고 많은 군사를 신식 군법을 훈련시켜 두었었다. 그뿐만 아니라 이번 출려出廬[30]하기 전에도 그 군사를 시켜 여러 가지 일을 하여 자기의 지보地步[31]를 튼튼히 하여 놓고 천천히 나선 것이다. 원세개는 군사를 남쪽으로 내려보내 가지고 한구를 취하고 한양漢陽을 침략하면서도 혁

---

29   뭉개거나 짓이겨 못 쓰게 만든 물건.
30   은퇴했던 사람이 다시 세상에 나가 활동함.
31   자기가 처해 있는 지위, 입장, 위치.

명군 근거지 되는 무창은 건드리지 아니하였었다. 그때의 원세개 군의 무력으로 보면 혁명군의 근거지쯤 콩가루 만들기는 손바닥 뒤집기보다도 쉬운 일인데, 엉큼 대왕의 원세개는 혁명군의 근거지를 가만두었었다. 이것은 나중에 천하를 자기 손아귀에 넣어 보려는 야심이 있기 때문이다. 그리하여 원세개는 11월 2일에 한구에 가서 사자를 무창에 보내어 여원홍에게 강화를 권고하고, 북경으로 돌아와서 원세개 내각을 조직하고 섭정왕을 퇴위시키고 정권을 자기 손아귀에 넣고 북방의 주인공이 되었었다.

그동안에 혁명군의 세력은 무럭무럭 자라고 마음대로 일이 되어 12월 2일에는 혁명군이 남경을 점령하고 각 성 대표가 모여서 임시정부를 조직하고 급히 전보를 놓아 손일선을 불러다가 임시 대총통을 삼았었다. 중화민국 원년[1912] 1월 1일에 대총통 취임식을 거행하고 전국에 포고하여 양력을 쓰게 하고, 친히 제장諸將 군사를 거느리고 명 효릉孝陵에 가서 만주 조정을 짓부수고 혁명군이 성공한 것을 제사하였었다. 이때에 손일선의 나이 47세요 혁명의 뜻을 둔 지 27년이며 직접 일을 거사한 지 17년의 긴 세월을 허비하였다.

이때에 상해에서 남북군 사이에 강화 회의가 열렸었다.이로부터는 혁명군을 남군이라 하고 정부군을 북군이라고 부름 남군은 만주 조정의 폐지, 공화 정체의 채용을 제의하고, 원세개는 국민회의를 소집하고 정체 문제를 해결코자 네 조목의 조약을 정하였으나 그 조약은 누구나 응할 리 없어 남군은 자꾸 공화 정부의 건설을 하여 나아가고, 북방에서는 남군을 토벌하자는 의론이 성하였었다. 북방의 병권을 쥐고 있는 원세개는 청조를 옹호한다는 방패를 내세우고 남방에 무력을 가하려고 하고, 또 한편으로는 남방의 혁명을 이용하여 청조의 살활권殺活權[32]을 쥐고 있었다. 대세가 이리되고 보니 아무리 하여도 원세개를 없애거나 그렇지 아니하면 한때 원세개에게 정권을 맡기는 것이 도리어 혁명군에게 큰 도움이 되겠는 고로 손일선은 한 계교를 꾸미어 원세개를 달랬었다. 즉 "그대가 우리가 계획하는 황제의 퇴위에 동의만 할 것 같으면 나는 황제 퇴위 후에 대총통을 사직하고 그대로 대총통을 삼겠노라" 하였었다. 원세개는 원래 큰 야심가라 곧 황태후에게 알현하고 대세가 이러하니 부득이 퇴위함이 옳은 일을 주청하고 남북 각 장령將領 맡은 여섯 사람의 연서로 공화 강청強請의 전보를 띄우게 하니 조정은 대경실색하여 감히 어떤 신하 하나 입 벌리는 자가 없었다. 원세개는 청정淸庭 우대 조건에 대하여 남경 정부와 약간의 교섭을 하였으나 별 고장이 없이 다 승낙되었었다. 2월 열이튿날 청국 황제 부의傅儀가 퇴위하니 그 이튿날 손일선은 사표를 제출하고 원세개에게 정권을 넘기니 혁명은 완전히 성공되고 공화 민국이 건설되었었다.

혁명이 이렇게 쉽게 성공된 것은 원세개의 힘이 적지 않은 것이다. 그러나 원세개가 혁명당을 원조하는 것은 그 뒤에 큰 야심이 있기 때문이다. 황제 퇴위에 얼른 응한 것은 처음부터 인군을 물리치고 자기가 그 자리에 앉아 보려는 야심이 있기 때문이요 손일선이 원세개를 이용하여 황제를 퇴위시킨 것도 성공 후에는 원세개를 꾹 눌러놓고 공화제를 실행코자 하여 취한 수단이다. 그런 까닭에 황제 퇴위 시킨 뒤에 손일선은 먼저 약속을 어기지 않고 곧 사직하고 원세개를 대총통으로 추천한 것이다. 그러나 뒷일을 염려하여 원세개로 하여금 자유행동을 못 하도록 첫대 임시 정부는 남경에 두기로 정하고 총통은 남경에 와서 취직하기로 하였다. 이것은 원세개를 북경에 두기가 위험하여 남경으로 옮겨 오게 함이다. 비교하여 말하자면 뭍에 난 고기를 만들자고 함이다. 둘째는 임시 약법約法이

---

32   살리고 죽일 수 있는 권리.

란 것을 정하였다. 이 약법은 3월 열흘날 원세개가 대총통에 취임하고 열하룻날 당소의唐紹儀 내각이 성립하던 날에 발표한 것인데, 그 목적은 원세개를 속박하는 것인 고로 대총통의 권한을 극도로 줄여 놓는 동시에 의회의 권력을 크게 하도록 힘쓴 것이다. 이제 그 몇 조목을 보아도 미루어 알 것이다.

1. 임시 대총통은 참의원參議院의 동의를 받아 가지고 선전宣戰, 강화講和와 조약을 체결할 수 있음.
2. 임시 대총통은 문무백관을 임면할 수 있음. 다만 국무원國務員과 외교 대사의 임면은 참의원의 동의를 얻어야 함.
3. 참의원이 임시 대총통에 대하여 모반의 행위가 있을 때는 총원 5분지 4 이상의 출석, 출석원 4분지 3 이상의 가결로써 그것을 탄핵할 수 있음.

그리고 대총통에게는 참의원의 해산권도 없다. 참의원은 모두 남방의 혁명파다. 셋째 조목은 원세개를 오늘 취임시키고 내일 혹 불어세우려고 하였던 것이다. 그러나 엉큼 대왕 원세개가 그 꾀에 넘어갈 리가 만무하다. 원세개는 한 꾀를 내어 "남경에 가서 취직함이 옳기는 옳으나 북경의 방비를 하루인들 폐할 수 없다" 하고 목침 베고 누워서 북경을 떠나지 않는다. 이에 손일선은 원 총통 환영 전사專使를 북경에 보내어 원세개를 어서 남경으로 오게 하였으나 전사가 북경에 도착한 지 이틀 만에 병변兵變이 일어나 전사의 여관을 습격하니 도저히 원세개는 남경으로 가기가 어려웠다. 그리하여 손일선은 임시 통일 정부를 북경에 두기로 승낙하였다. 이것은 모두 원세개의 수단이다. 그리하여 정부를 북경으로 옮겨 놓고 약법을 무시하고 황제가 되려고 꿈을 꾸었었다.

29. 철로독판 시대의 손일선

손일선은 임시 대총통의 자리를 원세개에게 넘겨주고 일개 평민이 되어 교육을 진흥하고 실업을 발달시킴에 몸을 바치어서 민국 국가 백년의 근본을 삼고자 하였으나 동지의 반대가 있고 또한 원세개가 철로독판鐵路督瓣을 맡기므로 손일선은 마지못하여 독판의 벼슬을 보아 가며 각 성으로 다니며 주의 선전에 노력하였으며, 철로 정책은 전국을 여섯으로 나누어 길이 10만 영리英里, 마일의 큰 철로를 깔 계획을 하였나니 그 계통은 서북 철로 계통, 서남 철로 계통, 중앙 철로 계통, 동남 철로 계통, 동북 철로 계통, 고원高原 철로 계통 등이요 이것의 지분맥肢分脈 관통이 가장 정제하여 전국을 철로로 에워쌌다고 한다.

임시정부를 북경으로 옮겨 둔 후로는 남방파에서는 송교인宋敎仁을 정식으로 선거하여 총리대신을 삼으니 송교인은 원세개를 꼼짝 못 하도록 수족을 얽으려 할새 원세개는 최후의 수단을 써서 송교인을 암살하니 남방파는 눈을 크게 뜨고 원세개 토벌군을 일으키었었다. 그러나 원세개는 왼편 눈도 깜작 않고 마음대로 5국 차관이란 빚을 얻어 가지고 육군을 운송하며 해군을 연결하며 남방의 각 도독都督을 파면하니 까치집 솔개가 빼앗는 격이다. 손일선은 원세개를 속여 이용하려다가 되속아 자빠지니 참으로 눈에서 피가 나왔다. 그러나 그는 다시 국민당을 개조하여 중화혁명당을 조직하여 가지고 또 이로부터 열일곱 해 동안 군벌과 악전고투를 하게 되었다.

원세개는 차즘차즘 남방파의 관료를 면직시키고 국회를 없애고 약법을 고치고 자기가 황제 될 준비를 하여 가니 그 세력이 자못 굉장하여 도저히 혁명당의 힘으로는 원세개를 토벌할 수가 없었다. 그리하여 민국 2

년 계축1913에 손일선은 동지를 데리고 일본으로 건너갔었다.

30. 대원수 시대의 손일선

손일선의 약속을 무시하고 북경에서 모든 음모를 꾸며 황제의 위位에 올라 가지고 연호까지 홍헌洪憲으로 펴려던 원세개는 뜻밖에 염라대왕의 호출을 받아 이 세상을 떠나니 여원홍이 대총통이 되었다. 그러나 여원홍은 새로 된 총통이라 아무 실력이 없이 허위虛位만 지키고 있고, 그 실권은 국무총리 단기서의 손에 있게 되니 단기서의 앞에는 북방독군단北方督軍團이 그를 에워싸고 춤을 춘다. 그리하여 여원홍과 단기서 사이에 충돌이 생기고 그 충돌로 말미암아 독군단이 머리를 들고 나서 국회를 해산시키고 정치에 참섭하며, 장훈張勳은 청국 황제를 복벽復辟시키고자 소동이 일어났었다. 이때 손일선은 다시 돌아와서 해군을 거느리고 광주로 들어와서 약법 지킴이 옳음을 선언하고 서남에 호령하니, 때는 민국 6년 정사1917요 그의 나이 쉰두 살이다.

임시 약법은 임시 참의원에서 만든 것인데, 몹쓸 원세개가 이것을 지키지 않고 황제가 되려 하였던 것이다. 이에 광주에서 비상 국회를 열고 군정부의 대강大綱을 제정하고 손일선을 육해군 대원수로 선정한 후 그의 명의로 단기서 토벌을 꾀하였었다. 북벌北伐의 이름은 이때에 처음 생긴 것이다. 그러나 당시 양광兩廣의 무장 잠춘훤岑春煊, 육영정陸榮定, 당계요唐繼堯 등은 혁명의 주의보다도 할거割據의 욕심을 많이 가져 북양北洋 군벌과 대동소이하였는 고로 손일선의 뜻과 맞지 못하였다. 그리하여 마침내 그는 대원수를 사직하고 상해에 칩거하게 되니, 이것이 민국을 이룬 후 두 번째의 실패다.

손일선이 상해에 있을 때에는 선전 사업에 노력하고 대계도戴季陶, 주집신朱執信, 호한민, 요중개廖仲愷 등의 동지를 명하여 잡지를 발행하고, 자기는 또한 저술에 전력하여 민국 7년1918 겨울에는『손문학설孫文學說』,『삼민주의』,『행이지난行易知難』 등의 명저를 발표하였으며, 또 이때는 마침 구주 전쟁이 한창 어우러지던 판이므로 손일선은 그 전시를 이용하여 각국의 산업 발달과 정치 조직을 참작하여 중국 실업 발달에 도움이 될『국제 공동 발전 중국 실업 계획』이란 명저를 발표하여 각국 정부에도 보낸 일이 있었는데 그 규모의 굉대宏大와 경위 만단萬端을 각국이 칭찬 않는 나라가 없었다. 그러나 이것을 실행치 못한 일은 가석한 일이다. 상해에 있기 4년 동안에 구주 전쟁도 휴전이 되고 군벌은 그동안 매국 행위를 마음대로 하였다. 그래서 가뜩이나 망하여 가는 중국은 더욱 망하여지고, 손일선의 나이 50이 넘었으니 앞일을 생각하면 눈이 캄캄하다. 이에 군사 행동을 집어던지고 현縣 자치의 실시와 병공兵工 정책으로 점진적 개혁을 도모하려 하였었다.

31. 대총통 시대의 손일선

민국 9년 경신1920은 손일선의 나이 쉰다섯 살이다. 이때 서남 군벌의 내부가 휴이携貳[33]하고 호법護法에 성의가 없으므로 손일선은 광주 군정부의 무효를 전보하니 그해 10월에 잠춘훤, 육영정 등이 드디어 자주自主 취

---

33 서로 다른 마음을 가져 어그러져 믿지 않음.

소를 선언하고 군정부를 해산하여 버렸었다. 손일선은 허숭지許崇智, 진형명을 명하여 군사를 거느리고 향항으로 가고 잠춘훤, 육영정 등은 모두 도망하였었다. 손일선이 다시 광주로 돌아와서 정무政務 회의를 여니 모든 의원들이 그를 대총통으로 선거하는지라 민국 10년 5월 5일에 손일선은 대총통에 취직하니, 이해 노서아에서는 대표를 보내어 치하까지 하였었다. 이때는 이미 중국의 백성들이 큰 전쟁을 겪고 새로이 깨닫기 시작하는 판이요 또한 이웃 나라 노서아의 혁명으로 신사조가 팽창하여 오사운동이 일어나고 강화 조약의 서명 거절과 배외 운동이 일어나서 전국에 백성의 기운이 가장 왕성하였었다. 손일선은 이 기회를 타서 북벌을 하고자 하나 진형명이 모반의 뜻을 가지고 좇지 아니하므로 친히 군사를 거느리고 계림桂林으로 나와 반년 동안을 진력하고 간절히 진형명을 이르되 종시 듣지 아니하므로 부득이 민국 11년 4월에 군사를 돌이키고 다시 이열균李烈鈞, 허숭지 등을 명하여 강서江西를 치게 하고 진형명의 벼슬을 떼었더니, 진형명이 반심叛心을 먹고 그 부하 섭거葉擧 등으로 더불어 총통부를 포격하니 손일선은 하릴없어 영풍함永豐艦이란 군함으로 달아나서 군함 영삭永朔, 광옥廣玉, 예장豫章, 초예楚豫 등을 거느리고 백아담白鵝潭에서 50여 일을 싸울새 군량이 핍진하고 탄환이 끊기며, 또한 구원하는 자가 없고 겸하여 허숭지 군이 강서에서 싸우다가 패하고 돌아오니 일은 모두 실패에 돌아간지라 8월 초순에 영국 배를 잡아타고 상해로 도망하였었다. 이것이 군벌과 싸우기 세 번째의 실패다.

손일선은 다시 상해에 들어앉아서 4년 동안 저술에 힘을 썼었다. 이 4년 동안이야말로 손일선의 사상에는 큰 전기를 주었으니 군벌과 싸우다가 제국주의 없애자는 길로 한 걸음 더 나아간 것도 이때의 일이요 의회 정치의 이상에서 이당치국以黨治國의 원리를 세운 것도 이때의 일이다. 그뿐만 아니라 그가 죽을 때에 유촉遺囑[34]에도 말한 바와 같이 혁명을 성공하려면 먼저 민중을 일으키고 세계상에 평등 얻으려는 민족과 같이 싸워야만 된다는 진리를 깨달은 것도 이때의 일이다.

이보다 먼저 4월에 북방에서 봉직전쟁이 일어나서 직계 군벌이 이기고 다시 여원홍을 맞아 총통을 삼고 구국회를 회복하며, 또한 도독을 폐지하고 군사를 마련할새 손일선이 상해에 오니 북방에서 앞서거니 뒤서거니 사자를 보내어 맞아 가고자 하였으나 손일선은 영영 거절하고 큰 뜻을 발표 선언하니 가로되

1. 국회를 법에 맞게 하되 마땅히 집회를 자유롭게 하고 직권을 행사할 일.
2. 약법을 파괴한 죄인의 두목은 중벌할 일.
3. 병공兵工 계획을 실시할 일.
4. 실업을 발전하고 인민의 생계를 개선할 일.
5. 전민全民 정치를 실행하고 군벌 가탁假託과 할거를 용납지 못하게 할 일.

이라 하였으니 이것이 호법 사업의 완결을 고한 것이다.

32. 사면수적四面受敵의 손일선

민국 12년 계해[1923]는 그의 나이 쉰여덟 살이라. 모든 노력이 물거품이 되고 세상은 날로 어지러울새 당의 조직을 고치고 다시 혁명으로써 중국

34　죽은 뒤의 일을 부탁함.

을 건지고자 힘썼었다. 그해 정월에 중국국민당의 선언서를 발표하고, 중국이 지금 열강 각국의 식민지의 지위에 빠졌으니 모름지기 민족주의를 펴고 교육 보급을 힘쓸 것이며 또한 불평등 조약을 개정할 일을 설명하고, 현금 행하는 계급 선거의 대의 제도는 민권 진의眞義에 맞지 아니하니 보통 선거를 마땅히 행하되 인민의 직접 투표로 할 것이요 인민에게 여러 가지 자유권을 확장하였으며, 생민지도生民之道에 대하여는 실업 국영國營과 평균지권平均地權과 화폐 개혁과 농공부녀의 권리 보장을 주장하였었다. 그때 양희민楊希閔, 유진환劉震寰 등이 손일선의 명령을 받들어 광서에서 진형명을 토벌하여 물리치고 2월에 손일선이 다시 광주로 오니 모든 군공이 그를 들어 대원수를 삼았었다. 이때 오패부가 바야흐로 무력 통일을 주장하고 손일선의 혁명 정부를 없애고자 도모하여 강동江東은 진형명의 나머지 군사를 맡기고, 북강北江, 서강西江은 심홍영沈鴻英 등의 나머지 군사를 맡기고, 남로南路는 등본은鄧本殷 등을 맡기어 사방으로 쳐들어오니 손일선은 사면으로 적을 받게 되었었다. 그러나 그는 여전히 북벌을 계속다가 필경 실패하니, 이것이 군벌과 싸워 네 번째 실패다.

민국 13년1924 1월에 다시 전국 국민당 대표 대회를 광주에서 열고 조직을 전부 고치고 중국국민당 제1차 전국 대표 대회의 선언서를 발표하고 건국 대강을 제정하니 그 선언에는 중국의 정치 경제가 제국주의에 압박받는 진상과 10여 년 동안 국내의 입헌파立憲派, 연성자치파聯省自治派, 화평회의파和平會議派, 상인정부파商人政府派의 주장이 그릇된 것을 지적하고, 오직 삼민주의를 실행하는 것이 중국의 살길이라고 하였었다.

33. 최후의 노력

민국 12년1923 겨울에 손일선은 향항 해관海關35 차관을 빼앗고자 영국과 충돌이 되어 필경 영국에서 군함까지 파견하여 압박을 하였으나 그는 종시 굴치 아니하였나니 이것이 제국주의와 싸우기 시초다. 이 일로 말미암아 국민에게 동정을 많이 얻을새 그는 다시 국민으로 하여금 해관 세권 회수하는 것이 중국 민족 독립의 중요한 관계있는 것을 알려주었었다. 민국 13년1924 7월에 손일선이 농공소상인으로 하여금 영국 영사가 반포하는 세금을 바치지 못하게 반대하니 영국 영사는 분을 품고 몰래 회풍은행장匯豐銀行長 진염백陳廉佰이란 사람을 사 가지고 광주 상업 자본가를 이용하여 제국주의적 상단商團을 조직하고 병기를 공급하여 주고 혁명 정부 뒤집어엎을 일을 지휘하였었다. 그리하여 손일선은 한참 동안 상단과 충돌하여 전시全市에 총파업까지 일어나니 영국 영사는 본국 정부로 급히 고하여 영국 해군까지 충돌이 될새 손일선은 분함을 참지 못하여 영국 수상에게 항의를 제출하고 시가를 에워싸고 포격하여 상단을 진압시켰었다.

손일선이 밖으로 제국주의와 저항할 때에 안으로 군벌 응징할 마음이 또한 적지 아니하였을 것이다. 그러나 각 군 장졸이 모두 오만하여 명령을 거역하니 기율이 서지 못하고 반변叛變이 때때 일어나므로 번번이 북벌을 성공치 못하였었다. 그리하여 그는 다시 먼저 군인으로 하여금 주의를 명백히 하고 일편으로는 당인黨人을 훈련하며, 군대로 하여금 당이 되게 하고 당으로 하여금 군대가 되게 하면 군기軍紀, 당기黨紀가 함께 엄숙

---

35 개항장에 설치한 세관.

하여지리라 하고, 이에 군관학교를 창설하고 각 성 학생을 입학게 하여 엄격히 훈련하고 여가 있을 때면 돌아다니며 연설로 혁명을 선전하였었다. 또 그가 광주 대학에 있을 때는 친히 삼민주의를 강연하였으며, 또한 직공과 농부의 단결을 촉진시키기에 노력하여 창공회倡工會, 농민협회 등을 창립하였으며, 또한 반제국주의자와 연합기 위하여 노서아와 친선을 맺은 일도 있었다.

그해 가을에 손일선은 허숭지로 하여금 광주군을 거느리게 하고, 장개석으로 하여금 학생군을 거느리게 하고, 호사순으로 하여금 진군滇軍을 거느리게 하여 숙청肅淸, 동강東江을 치게 명하고, 담연국潭延國, 번종수樊鍾秀 등으로 상예湘豫 각 군을 거느리고 강서를 치게 명하고, 또 동지 초역당焦易堂을 명하여 몰래 풍옥상 등의 서북 국민군과 결탁게 하여 가지고 북방에서 거사케 하였었다. 이때 마침 북경에 정변이 일어나서 조곤曹錕을 잡아 가두고 단기서가 임시 집정執政이 될새 손일선은 인민 단체 소집할 일과 국민회의 열 일과 인민의 생계 개선할 일과 불평등 조약 폐제廢除할 일을 주장하고 전국에 크게 선언하였었다. 11월에 서북 국민군과 단기서의 초청을 받아 의연히 북상할새 천진에 이르러서부터 병이 생겼으나 그는 약간의 아픔을 참고 북경에 들어가니 벌써 단기서는 군인 관료의 대표 회의를 열고 선후책을 의논하는지라 손일선은 인민 단체의 대표라 하고 참가하였었다.

34. 오호라, 거성은 떨어지다

민국 회의 소집, 불평등 조약 폐제, 인민 생계의 개선 등 세 가지 큰 정강을 세우고 이것을 실현하러 북상한 손일선은 아직 한 가지 주장도 실현하기 전에 몹쓸 병마에 걸려서 다시 일어나지 못하고 불귀의 객이 되고 마니 하늘도 야속다 아니할 수 없다. 원래 손일선은 방랑 생활을 한 사람이라 열대 지방에 있을 때에 간질병이 생겼는데, 그것이 여러 해가 되어 적이 되었다. 동서 의사가 번갈아 가며 치료하나 백약이 무효하다. 손일선은 그 병이 죽을병인 줄 알고 동지에게 유촉을 하고 14년 을축¹⁹²⁵ 3월 12일 오전 9시 반에 북경 손행원孫行轅 안에서 세상을 떠나니 향년이 60이다. 서산西山 벽운사碧雲寺에 빈殯하였다가 그의 유언에 의하여 남경 자금산紫金山에 장사 지내었다.

손일선의 초취 부인은 노씨인데, 아들 3형제를 낳으니 장자의 이름은 과科요 자字는 철생哲生인데 미국 캘리포니아 대학과 컬럼비아 대학을 졸업하고 지금 국민정부의 위원으로 복무하며, 둘째 아들은 일찍이 죽고, 셋째 아들은 이름이 안安인데 지금 미국에서 공부 중이며, 후취 송 부인의 이름은 경령慶齡이라 하는데 손일선의 혁명 사업에 보필의 공이 적지 아니하다고 한다. 지금 그는 노서아에서 ○○○○를 연구 중이다.

35. 눈 못 감는 유촉

60 평생을 혁명으로 마치는 손일선은 참으로 죽음의 길을 떠나기가 아까웠었다. 그러나 이 길은 인력으로 안 가지 못하는 길이다. 백약이 무효하고 갈 길이 바빠 도저히 회생치 못할 것을 각오한 그는 2월 24일에 몇몇 동지를 모아 놓고 유언을 하고 왕정위로 하여금 그것을 필기를 시켰나니 그 유언에 가로되

"내가 국민 혁명을 위하여 힘을 쓰기 40년인데, 그 목적인즉 중국의 자

유 평등을 구코자 함이요 40년 동안 경험한 바로 보건대 이 목적을 도달코자 할 것 같으면 반드시 민중을 환기喚起하고 세계에서 중국을 평등으로 대우하는 민족과 연합하여 공동으로 분투치 아니하면 안 될지라. 지금 혁명이 아직 성공치 못하였으니 우리 동지들은 모름지기 내가 지은 『건국방략建國方略』과 『건국 대강』과 『삼민주의』와 제1차 전국 대표 대회 선언을 지키고 계속 노력하여서 목적을 관철할지며, 최근에 주장하던 민회의 개최와 불평등 조약의 폐제는 더욱 짧은 기간 안에 실현시킬지어다. 이것이 나의 부탁이로다"

하고, 또 가정에 대한 몇 마디 유언은 다음과 같다.

"내가 나라를 위하여 몸을 바치기에 가산을 다스릴 여가가 없었도다. 가산인즉 몇 권의 서적과 의복과 집 한 채뿐이니, 이것은 모두 나의 아내 송경령을 주어 기념케 하라. 나의 자식들은 모두 이미 장성하여 능히 자립할 힘이 있으니 부디 내 말대로 할지어다."

36. 손일선의 영원한 기념

손일선의 혁명주의는 다만 중국에만 적용코자 한 것이 아니다. 널리 온 세계에까지 적용하려 하였었다. 그러므로 그는 다만 중국의 위인이 아니라 세계적 위인이다. 비록 그의 육체는 세상을 떠났으되 그의 정신은 천추에 살아 있다. 그리하여 중국 천지에는 그의 기념물이 아래와 같이 있다.

1. 국민당 중앙 집행위원회의 결의로 50만 원의 의연금을 걷어 가지고 광주시 월수산越秀山 밑에다가 중산기념中山은 손일선의 호과 도서관을 건축하고

산상에는 기념비를 세웠으며

2. 광주 관음산觀音山에는 중산공원을 신설하고 기념정을 세우고 동상을 세웠으며

3. 민국 14년[1925] 4월 13일에는 그가 생시에 타던 군함 영풍함을 중산함이라 이름을 고치고 가장 성대하고 비장하게 명명식을 거행하였으며

4. 그가 출생한 광동성 향산현을 중산현이라고 고치고, 동리 이름은 민족, 민권, 민생, 오권五權 등의 글자로 고쳤으며

5. 광주에 중산대학이 있고, 무창에 제2 중산대학이 있으며, 석강浙江에 제3 중산대학이 있고, 남경에 제4 중산대학이 있으며, 노서아 모스크바에 손일선대학이 있으며

6. 화교 의원議員 황백요黃伯耀의 발기로 의연금 11만 원을 모아 북경에 중산 동상을 세우고, 상해 북참北站에도 중산 동상을 세웠으며

7. 손일선의 영구가 잠깐 북경 서산에서 머물러 있을 때에 서산 각 학술 단체에서는 그를 영원히 기념키 위하여 서산 벽운사 곁에다가 식수장植樹場을 크게 베풀고 중산기념림이라 일컫고 매년 식림을 계속하여 위대한 삼림을 만들었으며

8. 손일선의 능묘는 남경 자금산 중모파中茅坡라는 곳에 있는데 3개의 묘문墓門을 만들고 민족, 민권, 민생의 세 낱 현판을 달았으며, 자금산을 중산이라 고치고 석두성石頭城을 중산성이라 고치어 영원한 기념을 삼더라.

37. 대담부적大膽不敵의 손일선

손일선이 제일 많이 피난 간 곳은 일본이다. 왜 그러냐 하면 비밀히 가기가 좋고, 또는 그곳만 가면 각 무역항에 있는 중국 상인에게 원조와 보호받기가 편리하며, 또는 일본 사람 중에도 그의 운동에 동정하는 사람이 있기 때문이다. 광서 25년 기해1899 여름에 손일선은 일본으로 망명하였다. 이때에 일본은 손일선에게는 하늘이 주신 피난지다. 왜 그러냐 하면 그해 7월에 일본에는 치외법권이 철폐가 되었다. 이 기회에 청국 정부를 뒤집어엎으려고 결심한 일선은 횡빈으로 가서 청국 영사관 소재지를 전략적 목표를 삼아 가지고 영사관에서 가장 가까운 집 한 채를 빌려 들었었다. 이 집이 횡빈 산하정山下町 121번지다. 그는 이 집에다 본부를 두고 적의 턱살밑에서 혁명 운동을 하였었다. 얼마나 대담한 일이냐. 이때 청국 관헌도 이맛살만 찌푸리고 머리를 내둘렀었다. 손일선을 잡아 죽였다가는 영사관원 전부가 암살을 당할 것이요 그렇다고 내버려두자니 손일선의 세력을 승인하는 모양이 되기 때문이다.

치외법권 철폐하기 전 같으면 청국 영사관은 어느 때든지 손일선을 잡아 사형에 처할 수가 있지마는 치외법권이 철폐되었기 때문에 그러할 수가 없고, 또한 손일선 한 사람만 죽이면 그 동지들이 반드시 복수를 할 터이니 참으로 양난兩難이었었다. 그리하여 손일선의 모가지는 나날이 값이 올라갔고 동지들의 활동은 더욱 생기가 났었다.

38. 손일선의 삼민주의

삼민주의는 손일선이 창안한 정치적 주의 강령이다. 지금의 중국은 이것이 기치가 되고 표어가 되어 있다. 손일선은 일찍이 미국의 교육을 받아 미국의 민주주의를 연구하고, 또 노서아와 접근하여 그 공산주의, 사회주의를 연구하여 가지고 혼합 절충하여 만든 것이 삼민주의다. 삼민이라 함은 즉 민족, 민권, 민생의 세 주의를 이름이니 이것을 나누어 설명하면 아래와 같다.

1) 민족주의

중국은 원래 만주 사람과 몽고 사람과 서장西藏, 티베트 사람과 달단韃靼, 타르 사람과 한나라 사람 등으로서 조직된 나라다. 그런즉 대중화민국은 이 다섯 민족으로 조직함이 옳다고 함이다. 손일선이 처음 중국의 혁명을 목표 삼은 것은 만주족을 멸하고 한나라를 다시 일으키고자 한 것이었었는데, 그 후 민족 자결주의에 사상이 좌우되어 민족주의를 주장하게 된 것이다.

2) 민권주의

민주주의를 근본 관념을 삼고 천부 인권론에 의지하여 사람은 세상에 나올 때부터 평등의 권리를 가진 것이라 남녀의 차별이 있을 이치가 없은즉 정치는 남녀평등의 전민 정치로 하지 아니하면 안 될 것이라 하여 백성에게 선거권을 주어 그 선거된 사람으로 일체의 정치 기관을 조직하고, 또 정부의 잘못을 가리기 위하여 백성에게 창제권創制權과 부결권復決權[36]과 파면권罷免權을 주었다.

3) 민생주의

모든 사람은 생존의 권리가 있다 하여 먼저 노동자와 자본가의 계급을 타파하고 사회 경제를 조절키 위하여 나라의 부원富源은 모든 백성으로 하여금 개발케 하고 재물의 분배를 공평케 하자는 주장 아래에서 실업을 나라가 경영하며 지권地權의 평균을 도모하여서 모든 사람의 생존 권리를 보장코자 함이다.

39. 손일선의 연설

손일선은 큰 웅변가다. 그가 40여 년 동안 혁명에 종사할 적에 무기라고는 오직 세 치에 지나지 못하는 혀舌 하나밖에 없었다. 부평초 모양으로 이리로 떠다니고 저리로 떠다니며 혁명을 선전하고 동지를 모은 것이 모두 그의 혀의 힘이다. 그의 연설은 수가 없다. 지금 독자 여러분에게 소개코자 하는 연설은 민국 10년1921 3월에 제1차 북벌의 장한 길을 떠나려고 할 때 광동국민당 대본영大本營 안에서 여러 동지에게 한 광고曠古의 대웅변이다. 이 연설은 삼민주의의 전폭全幅을 말한 것이므로 매우 참고될 점이 많이 있으니 독자는 숙독하라.

그는 단상에 올라 엄숙히 읍한 후에

"동지 여러분! 생각건대 10년 전에 우리 동지들은 만주족의 청조를 뒤집어엎고 중화 공화국을 세운 후 제1차 중국국민당을 창립하지 아니하였습니까. 우리 당의 강령으로 말하면 안으로는 북방 관료, 북양 군벌의 폭

---

36   의회에서 의결된 법안을 국민이 재차 투표해서 표결하는 권리.

압을 응징하고 밖으로는 외국의 침략과 탈취를 막아 중화 4억 국민으로 하여금 참된 독립의 나라를 만들고자 한 것이지 명말 청초에 명조의 충신들이 청국 뒤집어엎고 명나라를 세우고자 목적하던 단순한 민족 혁명과는 동기가 다릅니다. 우리 당의 주장하는 바는 어디까지 삼민주의 실현이올시다. 썩어 가는 중국을 건지려면 민족, 민권, 민생의 삼민주의가 아니면 다른 도리가 없을 것입니다” 하고 첫마디를 말한 후 한번 동지의 얼굴을 돌라보고 다시 민족주의를 말한다.

“우리나라는 400여 주의 큰 판도를 가지니만치 세계 민족 중에 가장 큰 민족을 가진 나라올시다. 몽고족, 만주족, 달단족, 서장족, 한족의 다섯 가지 민족으로 뭉친 4억의 인구를 가진 나라올시다. 진실로 크기로는 세계에 제일이올시다. 그러나 나라로 말하면 반독립국? 아니, 반식민지半植民地의 굴욕적 지위에 있으니 이 얼마나 가련한 일입니까. 눈을 뜨고 보십시오. 만주는 이미 일본의 장중에 들어갔고, 몽고는 노서아의 세력 범위에 있으며, 서장도 또한 영국의 낭중물囊中物이 되지 아니하였습니까. 그러면 이것이 모두 무슨 까닭입니까. 말할 것도 없이 아까 말씀한 모든 민족들이 자위의 능력이 없기 때문이올시다. 과연 그러할진댄 중화 5 민족에서 가장 수효 많은 4억의 우리 한족이 앞서서 모든 민족을 향도동화嚮導同化하여 한 뭉치의 큰 민족주의 국가를 이루는 것이 각하閣下의 급무가 아니겠습니까. 나는 이것을 우리 한족의 큰 천직이라고 믿습니다. 여러분! 미국을 보십시오. 오늘날 세계에서 가장 장하고 높은 민족 국가가 아닙니까. 그 조성한 민족 중에는 흑인종도 있고 백인종도 있으며, 순전한 미국 사람이라고 하는 사람 중에도 앵글로 색슨, 게르만, 데유튼, 오란다,[37] 노서아 등의

---

37   네덜란드를 가리키는 일본말.

여러 민족의 피를 섞어 된 것이 아닙니까. 그렇지만도 미국은 결단코 제 나라를 영화불독로미英和佛獨露米 나라라고 부르지 않고 분명히 아메리카 합중국이라고 일컫지 않습니까. 그런즉 우리들도 속히 한족을 중심 삼아 가지고 만주, 몽고, 달단, 서장의 모든 민족을 융화시켜서 우리의 건국 조직에 참가시키어 미국의 민족주의를 모범하여야 되겠습니다. 그리하여야 신흥의 중화민국은 비로소 기초가 튼튼할 것이요 태평양 건너 미국과 같이 동서 양반구兩半球에 큰 민족주의의 국가를 자랑할 것이올시다.

여러분! 내가 주장하는 삼민주의는 내외 각국의 학설을 집성하고 세계적 사상의 조류에 순응하도록 만든 것이라서 링컨전일에 미국 대통령 지낸 사람이 주장하던 '인민을 위하여의 인민의 정치'란 말과 꼭 같은 점이 있습니다. 나는 그것을 번역하여 민유民有, 민치民治, 민향民享이라고 하였습니다. 즉 내가 주장하는 민족, 민권, 민생과 거의 같은 것인데, 미국의 오늘날 부강은 링컨의 음덕이 많습니다."

손일선은 열네 살 때부터 포와에 건너가서 미국의 교육을 받았었다. 총명한 젊은 혁명아는 일찍이 그 나라의 정치 조직을 흠앙欽仰하였던 모양이다. 청산유수같이 민족주의를 모방하자고 열변을 토한 후 말머리를 돌리어 민권주의를 꺼낸다.

"동지 여러분! 저 서서瑞西, 스위스는 민권주의가 가장 발달한 나라라고 합디다마는 나는 서서의 대의제 같은 것은 결단코 참된 인권이라고 할 수 없습니다. 참된 인권이란 것은 인민이 직접으로 참정권을 행사하는 직접 민권 외에는 없을 것입니다. 영국, 미국, 불란서 등이 또한 민권주의를 자랑하나 그것도 역시 직접 민권은 아니올시다. 그들에게 있는 간접 민권을 얻기에도 여간 힘이 든 것이 아니올시다. 역사를 보면 그들의 간접 민권은 피 흘린 대가라고 할 수 있습니다. 그만한 권리 얻기에 그 나라의 민중들은 여간 피를 흘린 것이 아니올시다. 그런즉 우리들도 우리의 직접 민권을 얻기에는 모름지기 막대한 희생을 미리 생각하지 아니하면 안 될 것이올시다.”

“옳소” 하는 청중의 소리에 박수가 일어난다. 일선은 유연히 말을 이어

“여러분! 직접 민권의 하나는 선거권이올시다. 인민이 한번 직접 선거권을 얻을 것 같으면 그 동시에 또한 관리를 파면할 수 있는 파관권罷官權도 아울러 얻지 아니하면 안 됩니다. 즉 관리를 뽑는 것도 백성에게 있고 그것을 파면시키는 것도 또한 백성에게 있습니다. 또 법을 입법부에 위임하여 한낱 법률을 제정케 하였을지라도 타일에 인민이 그것을 불편하게 알게 될 때는 곧 그것을 폐지하지 아니하면 안 됩니다. 이것이 즉 폐법부결권廢法復決權이올시다. 그다음에 인민에게는 창제권을 갖지 아니하면 안 됩니다. 즉 인민에게 법률을 창제하는 권리를 주자는 말씀이올시다. 직접 민권이란 것은 지금 말씀하온 선거건, 파면권, 부결권, 창제권의 네 가지 권리를 인민에게 주자는 것이올시다. 이것이 내가 주창하는 진정한 민권 주의올시다.”

일선의 말은 더욱 술술 나오고 그의 민권주의는 참으로 혁명적이다. 청중은 취한 사람 모양으로 모두 넋이 풀렸었다. 논봉論鋒은 다시 민생주의로 들어가고 손일선은 더욱 신이 난다.

“동지 여러분! 이제는 민생주의가 무엇인 것을 말씀코자 합니다. 민생주의란 것은 소위 사회주의올시다. 그런데 이것을 실행코자 하는 것은 부자와 가난뱅이의 불평균을 바로잡자는 것이올시다. 세상에 오늘날같이 빈부의 현격이 심한 시대가 어디 있겠습니까. 철옹성같이 단단한 부자 계급에게 가난뱅이 계급은 압박을 받지 않습니까. 이 현상이 어째서 생겨났느냐 하면 옛날과 오늘날의 생산이 다른 까닭이올시다. 보시오! 오늘날

과학, 공업의 발달은 기계가 사람의 지위를 빼앗고 말았습니다. 노동이라고 하는 육체적 자본을 가지고 생산을 도모하는 가난뱅이 계급은 기계를 가지고 한 번에 많은 생산을 하는 부자 계급에게 먹을 것을 함빡 빼앗기고 말았습니다. 어떤 사람은 말하기를 중국에는 아직 독점적 큰 자본이 없다고 합디다. 과연 우리나라는 국토가 넓고 국민이 많지마는 자본은 수천 만금을 사유한 재전국在錢國의 백인이 못 될 것이올시다. 그러나 그렇다고 중국에는 민생주의가 필요치 않다는 것은 큰 오해올시다. 오늘날 구미 선진 각국이 자본주의가 발달한 결과로 빈부의 현격이 심하여져서 사회적 큰 결함을 일으키므로 식자들은 눈살을 찌푸리고 있는 것은 사실이 증명하는 것이 아닙니까. 우리들은 마땅히 재앙을 미연에 막을 방법을 강구치 아니하면 안 됩니다. 그 방법은 무엇이냐 하면 즉 내가 주창하는 민생주의에 의지하여 토지와 자본에 적당한 조절을 줄 일이올시다.

토지 문제로 말씀하면 첫째 평균지권이 되어야 합니다. 영국의 예를 들 것 같으면 영국에는 지가地價 설정의 관청이 있습니다. 그리하여 인민이 법정 지가에 복종치 못할 이유가 있는 때는 곧 공소控訴할 수 있습니다. 우리 중국도 마땅히 그 식을 모방하여 반드시 토지 소유자는 자기가 그 소유 토지를 평가하여 등기케 하되 정부는 그것을 두 가지의 조건을 규정할 것입니다. 그 하나는 등기한 토지 평가에 따라 100분지 1의 세금을 받거나 그렇지 아니하면 그 평가대로 정부가 그것을 살 일이올시다. 이러하고 보면 당국을 속이거나 혹은 거짓이나 은닉의 평가 등기를 할 수 없는 것이며, 많은 토지 가진 자가 적게 보고할 수도 없고 적은 토지 가진 자가 많게 보고할 수도 없을 터이며, 또는 세납을 두려워해서 헐한 값으로 보고할 것 같으면 정부는 곧 그 값으로 매수하여 소유주를 골릴 것이요 이와 반대로 부당하게 비싼 값으로 등기하는 자에게는 그 비싼 값에 따라 세금도 비싸게 받을 것이니 조금인들 속일 수가 있겠습니까. 이러하고 보면 세계에 자랑할 만한 지선至善의 방법이 힘 안 들이고 될 것이올시다.

다음에 자본 문제로 말씀하면 현금의 가장 크고 가장 어려운 문제올시다. 이 문제는 선진 각국도 모두 그 해결에 머리를 앓는 터이올시다. 우리나라는 다행히 자본주의가 아직 발달치 못하였다고 하지만도 전거前車의 복철覆轍[38]이란 옛말이 있으니 미리 준비하지 아니할 수 없습니다. 그 해결 방법으로는 첫대 외국 자본을 수입하여 생산 사업 건설에 종사할 일이올시다. 즉 시장을 개방하고 각종 공창工廠을 진흥하며 철도를 깔고 운하를 수축하며 광산을 개척하는 동시에 모든 천연 물산은 모두 공유를 만들고 각종 신사업의 이익은 총히 국유를 만들 것이올시다.

예전에 북경 정부는 외국 자본을 빌려다가 철도를 수축하였습니다. 경한京漢, 경장京張, 진포津浦의 각 철도가 그것이올시다. 그러나 다 각각 막대한 이익을 보았습니다. 지금 중국의 철도는 아직도 매우 소규모올시다. 총 길이가 경우 6,000마일哩밖에 못 됩니다. 그래도 그 수입은 1년에 8,000만 원이나 되며 총세입 중에 제1위로 꼽습니다. 이제 다시 또 외국 자본으로 천산물天産物을 측량할 수 없는 우리나라의 광산을 개발할 것 같으면 또한 큰 이익이 있을 것은 여러분도 이미 다 아시는 바가 아닙니까. 내가 주장하는 소위 외국 자본 수입이라는 것은 외국 자본주의의 노예가 되어 그 분배하여 주는 것을 얻어먹자는 것이 아니라 외국의 기계력을 빌려다 이용하여 스스로 우리나라의 식산 공업에 힘쓰자는 말이올시다.”

청중은 손일선의 연설에 취하였다. 하루바삐 그의 말대로 이상향이 건설되었으면 하고 넋을 잃고 손일선만 쳐다본다. 희세의 웅변가 손일선은

---

38 앞의 수레가 엎어진 것을 보고 뒤의 수레가 미리 경계함.

다시 목소리를 가다듬고

"동지 여러분! 최후로 한마디 더 할 말씀은 자칭 이상적이라고 자랑하는 저 영미 양국의 정치도 나는 결단코 완전한 것이라고는 못하겠습니다. 화려평정華麗平靜한 속에 숨어 있는 사회적 불안이야말로 어떻게 음울하고 험악한지 알 수 없습니다. 이것이 무슨 까닭이냐 하면 다른 것이 아니라 내가 주창하는 민생주의가 아직 완전히 실행되지 못한 까닭이올시다.

우리 중국국민당은 일찍이 배만排滿 혁명에 성공하여 혼쭐나게 민족주의의 일부는 실현하였지만도 민권, 민생의 두 주의 달성은 아직 앞길이 멀다고 할 수 있습니다. 그렇지만도 우리 당의 본래의 최대 목적은 어디까지 민족, 민권, 민생의 삼민주의를 동시에 완성하여 진정한 국리민복國利民福을 일조에 달성치 아니하면 안 될 것이올시다.

동지 여러분! 천하만사는 오직 노력이올시다. 노력하여 안 될 일은 하나도 없습니다. 다행히 광동성은 지금 우리 당의 결속하에 있습니다. 원컨대 여러분은 이 형세를 틈타 곧 전국 400여 주 4억의 동포를 하나도 빼지 말고 모두 삼민주의의 깃발 밑으로 결속게 합시다!" 하고 읍하니, 우레 같은 박수 소리와 노도 같은 찬탄의 소리는 혁명의 아버지를 반기는 듯하였다.

40. 손일선과 황흥

손일선과 황흥은 어떠한 관계가 있었으며 또한 어떠한 사람인 것을 잠깐 소개하자.

손일선은 외교가다. 창시자다. 눈을 멀리 신세계로 뜨고 보는 정치적 발견자다. 황흥은 일각이라도 싸움을 잊지 않는 군인이다. 그는 경험으로 승패를 타산하였지만도 그 용감한 천성은 호소할 기회가 있으면 어느 때든지 생명의 위험을 무릅쓰기를 사양치 아니하였었다. 손일선은 말로써 몇천 명의 마음을 움직이었었다. 황흥은 그들 몇천 명을 거느리고 싸웠었다. 황흥은 하늘이 낸 지휘자요. 손일선도 그러하다. 그렇지만도 두 사람의 심기는 다르다. 그러므로 하늘은 인류의 복지를 위하여 두 사람을 같이 노력하도록 맞붙여 주었다. 황을 군함 앞에 내세울 것 같으면 그는 강단과 무용으로 모든 수군을 거느릴 것이요 손을 군함 앞에 내세울 것 같으면 그는 그 심의적心意的 자력磁力을 놀리어 모든 수군을 지휘할 것이다. 황의 손은 항상 칼을 쥐고 도전挑戰은 전광같이 속하였다. 그러나 손은 절충의 여지가 있는 동안은 결단코 무력을 쓰지 아니하였었다.

황은 광서 원년 을해1875생이니 손보다 열 살이 아래다. 황은 손을 선생으로 섬겼다. 그것은 나이 많아서 그런 것이 아니라 손은 동양과 서양의 산물인데 황은 중국 양호학당兩湖學堂을 졸업한 후 동경제국대학을 마친 학사다. 즉 순전한 동양 산물이다. 조금도 서양 교육을 받지 못한 호남 사람으로서 광동 사람인 손일선을 지휘자로 섬긴 것은 중국은 손일선의 손으로 개발될 것을 안 까닭이다. 또 손일선이 황흥을 믿는 것은 자기가 쫓겨날 때면 그동안은 황흥의 힘으로 혁명 계획을 계속하려고 한 것이다. 세월이 갈수록 손일선은 더욱더욱 엄중한 감시를 받더니 청국 정부는 필경 국외로 내쫓고 말았다. 광서 30년 갑진년1904은 서태후의 70회 탄신이라 혁명당원의 특사 포고가 있었으나 손일선, 강유위, 양계초梁啓超의 세 사람은 특사를 거절하였다. 그 까닭에 손일선은 더욱 황흥의 힘을 빌렸다.

손일선과 황흥은 일본에 망명 가서 동맹회를 조직하였었다. 손일선은 하루바삐 광동 총독부를 점령하여 보려고 몇 번 공격을 계획하였다가 실패하고 말았다. 이때 손일선은 "황흥이 같으면 훌륭히 성공할 일인데" 하고 한숨을 쉰 일이 있다. 선통 3년 신해¹⁹¹¹ 음력 3월 29일^{양력 4월 27일}에 황흥은 드디어 동지를 모아 가지고 큰일을 결행하여 질풍신뢰적疾風迅雷的으로 습격을 시작하였다가 관군의 대항을 받았으나 황흥은 조금도 퇴각지 않고 자기가 친히 진두에 서서 포연탄우를 무릅쓰고 악전고투하였다. 이것은 고금에 드문 가장 큰 접전으로 황흥의 무용이 세계에 으뜸이었었다.

제3부

시사와 생활

제3부

시사와 생활

제1장

현대 노동 문제

서

현대 자본주의적 경제 조직하에서는 모든 권력이 자본가의 수중에 집중되어 생산 분배는 총히 자본가가 사적私的으로 행하므로 노동자는 기其 권력하에서 말할 수 없는 고통과 압박과 학대를 받는도다. 이것이 무슨 까닭이냐 하면 노동자가 우매하여 노동의 신성과 정의 인도와 만민 평등임을 깨닫지 못한 연고로다.

오호라, 노동자 제군이여! 참혹하고 비통한 과거를 회고하라. 혈용육약血湧肉躍의 비분과 장탄태식長歎太息의 체루涕淚가 방타滂沱[1] 할 따름이 아니라 천생만민天生萬民의 필수 직업이라 업은 다 각각 다를지언정 사람이란 명목은 자본가나 노동자나 일야一也이겠는데, 어찌하여 우리는 과거, 아니, 현재에도 이와 같은 빈한한 생계에 억울한 압박과 학대를 받아 가느뇨?

새벽 서리 찬바람에 성星을 대戴하고 공장에 들어가서 허리띠를 졸라매고 기갈역진氣竭力盡으로써 병독을 마시어 가며 야심토록 노동타가 월보귀가月步歸家하면 거처는 냉풍이 쌀쌀하고 소식所食은 강조밥에 된장 덩이가 아니뇨. 이것이 현대 사회 제도의 현상이다.

그러면 우리는 어느 때까지든지 이 대우를 감수할 것이냐 하면 결코

---

1   눈물이 뚝뚝 떨어짐.

그렇지 않다. 노동이 우주의 생명이요 문명의 원동력이라 할 것 같으면 노동자 된 우리도 반드시 자존 자립하여 이 문제를 잘 해결하여 가지고 사람다운 생활을 하여 보아야 하겠도다.

그런데 우리 조선에는 아직도 이 문제를 위험시하고 또한 상조尙早라 하는 자가 다多하도다. 위험이 무슨 위험이뇨. 사람이 사람다운 생활 하여 보겠다고 기其 처지와 지위를 향상코자 함이 무슨 위험성이 있으리오. 만민 평등을 부르짖는 이때에 당연한 귀결이로다.

상조론자尙早論者여, 눈을 크게 뜨고 우주를 살펴보라. 세계는 개조되었도다. 수고數罟를 썼던 새는 구천에 날고 함정에 빠졌던 맹수는 산야에 횡주橫走하지 않느뇨. 권력 시대, 황금 시대는 다 지나가고 이제는 실로 노동 만능 시대가 아니뇨.

노동자 제군이여! 그러면 우리는 노동의 목적을 생계를 위하여 임은賃銀[2]을 벌고자 한다든지 또는 자본가를 위하여 하는 줄로 생각지 말고 일보를 진進하여 사회 문명에 공헌코자 함인 줄을 깊이 깨달아야 하겠도다.

나 같은 자가 노동 문제라는 중대한 사회 문제를 저술함은 실로 망발이다. 연然이나 조선의 학자는 이때껏 이 문제에 유의치 아니하므로 나는 천학박식淺學薄識함을 불구하고, 더욱이 다망한 몸으로 업여業餘의 촌극寸隙을 이용하여 편찬한 것이라. 물론 조잡두선粗雜杜選의 감이 불무不無할지니 독자는 양찰諒察할지어다.

임술1922 7월 13일

편자 지識

---

2   임금(賃金).

1. 서론

강화講和 이전에는 동양에 노동 문제라는 것이 없다 하여도 과언이 아니다. 설령 있다 하더라도 소수의 학자들이 학계 일우一隅에서 절규하였을 뿐이고, 세인은 노동 문제라 하면 단지 동맹 파업으로만 알았도다. 5년 동안 지루하게 시산혈해屍山血海를 이루던 대전쟁이 끝나고 강화가 되자 기其 조약 중에 노동 규약이 정하여질새 동양에도 장야長夜의 단잠을 깨 가지고 좋든지 언짢든지 남이 하니깐 나도 하는 체하게 되었도다. 연然이나 노동 문제는 근세에 창작된 신문제가 아니라 우주에 인류가 창조되는 동시에 노동이 있었나니 노동이 아니면 인류의 종족은 유전치 못하였을 것이라. 왜 그러냐 하면 인생은 의식주가 있어야 기其 생명을 보존할 것인데, 기其 의식주를 공급하는 원동력은 노동인 까닭이라.

이 우주에는 어느 것이 노동 아닌 것이 없나니 주야의 별別도 지구의 노동이요, 주수비금走獸飛禽과 연충영어蠕虫泳魚도 노동치 아니하고는 생존할 자 없으며, 대순大舜도 역산歷山에서 밭 갈고 하빈河濱에서 도기陶器 굽고 뇌택雷澤에서 어부의 노동을 하셨고, 우리 시조 단군 한배님도 팽우彭虞로 더불어 도산준천導山濬川하시며 고시高矢로 더불어 경가오곡耕稼五穀의 노동을 하셨으며, 근세 제왕 정치가로 세계적 대야심을 가지고 천하를 요탕하던 독일 황제 카이저도 카티넨에서 밭도 갈고 도기도 구웠으며, 귀선龜船으로 천심해저千尋海底를 종횡케 한 것도 이순신의 노동이며, 비행기로 구만리 장천을 정복케 한 것도 정구평鄭九平의 노동이며, 전기로 백주白晝를 능가케 한 것도 프랭클린의 노동이며, 증기로 일일치행기만리一日馳行幾萬里를 만든 것도 와트의 노동이요, 종두種痘의 발명으로 미인 세계를 만든 것도 제너의 노동이니라. 상제의 노동으로 세계가 창조되고, 지구의 노동으로 주야가 분별되고, 민중의 노동으로 국가가 생기고, 부조父祖의 노동으로 자손이 있고, 야만의 노동으로 문명이 되고, 빈자가 노동하여 부자가 되나니 실로 노동은 만능이로다. 과거 역사를 보더라도 석기가 철기 되고, 혈거목처穴居木處가 고루거각高樓巨閣이 되었으며, 여피작복儷皮作服이 능라주단綾羅綢緞이 되고, 초의목식草衣木食이 고량진미가 되고, 보교도행步轎徒行하던 것이 기차, 자동차, 비행기가 되었으며, 천우궁극千羽弓戟이 38식, 5연발, 속사포, 공성포로 변한 것이 모두 노동의 결과이니라.

유차관지由此觀之컨대[3] 노동은 우주의 생명이요 문명의 원동력이로다. 그런데 세상 사람은 공연히 부자만 숭배하고 노동자는 기계시하며 상품시하며 노예시하나니 너무도 애석하도다. 묻노라, 부자의 소유한 황금은 어디서 나왔느뇨? 천강지물天降之物이냐, 지용지보地湧之寶냐?

기소목출其所目出을 연구하고 보면 모두 노동자가 만든 것이니 우리는 반드시 노동자를 숭배하여야 하겠다. 우리 조선에는 반상의 계급이 획연劃然하여 가족 중 10촌, 8촌만 출사出仕하여도 양반 자처하고 노동을 아니 하며 노동자를 금수시禽獸視하였기 때문에 오늘날 문명의 낙오자가 되어 사람다운 대접을 못 받고 행복다운 생활을 못 하는도다. 조선 민중아, 우리는 모름지기 부패한 사상을 집어 버리고 노동하여야 하겠다. 눈이 있거든 남의 나라를 보라. 노동 많이 하는 나라는 문명국이요 부강국이 아니뇨.

그러면 노동은 신성하고 귀한 것이다. 세계는 개조되고 만물이 혁신하는 이때에 우리 노동자도 자각하여야 하겠다. 하늘이 인생을 내실새 만민 평등으로 인권을 부여하셨거늘 어찌 인위로 부자니 노동자니 구별을 정하리오. 천생만민의 필수 직업이라 다 각각 업은 다를지언정 노동은 일반

---

3   이로써 보건대.

이며, 사람은 일야^{日夜}이거늘 어찌 노동자라고 불합리하고 몰인정한 대우 하에서 무한한 고통을 받고 희생을 바치리오. 노동자도 사람이다. 더욱이 생산의 요소 되는 노력을 제공하는 사람이다. 노력은 팔지언정 육체까지 팔린 노예는 아니며, 사회를 위하는 노동자요 부자의 전유물은 아니다. 노동자 제군아, 노동은 결단코 비천한 것이 아니니 공연히 황금의 압박하 에서 억울한 고통을 받을 것이 아니라 우리도 반드시 자존 자립하여 정 당한 노동 조건하에서 자유로운 노동을 하여 보아야 하겠다.

2. 노동 문제의 본질

1) 노동 문제는 일시적 현상이 아니라

최근 세계에 가장 현저한 현상은 노동 문제의 고조라 하겠도다. 그런데 이 노동 문제라 하는 것은 사회 일부 인사의 생각과 같이 소수 호사자의 선동의 결과도 아니요 또는 일시적 소요도 아님은 깊이 주의할 필요가 있다. 대개 현금 문명 각국에 현출한 노동 운동은 결코 노동자가 단지 자 기의 경제적 고통과 정신적, 육체적 압박을 탈각하고 쾌락과 사치를 요구 하는 이기적 동기로 발생한 것이 아니라. 금일의 노동자는 기其 직접 수단 으로는 노동 임은의 향상과 노동 시간의 단축을 요구함이나, 연然이나 시 등等 사항은 단지 기其 목적을 관철하는 수단에 불과하고 자신의 목적은 아니다. 실로 금일 세계에 창일한 노동 불안의 진수는 계급적 의식에 각 성한 노동자가 피등彼等 일상 하는바 노동으로 하여금 인류 사회의 문명 에 공헌코자 하는바 윤리적 동기로조차 발생한 것이라. 즉 금일 노동자의 욕망하는 바는 노동자도 역亦 인류 사회의 일 요소로 주야 간단없이 진보하는 현대 문명의 이익에 균점均霑할 뿐 아니라 기其 진보에 참여 공헌코자 함이라. 고로 금일 노동 운동의 근저는 노동자가 단지 물질적 충실을 요구할 뿐 아니라 민본적 이상이 요소가 됨을 잊지 말지어다.

2) 산업적 봉건 제도의 폐해

안按컨대 자본주의적 생산의 진보는 현금 산업 조직을 극단으로 봉건적, 전제적으로 만들었음은 다투지 못할 사실이라. 그러나 근래 문명 각국의 정치계는 거반 국민은 법률 아래에서는 모두 평등이요 이론상으로는 적어도 참정권을 유有하고 국가 제반의 시설은 국민 대다수의 찬동을 따라 집행하는데, 자꾸 사회화하는 현대 사업계의 생산 집행은 극단으로 전제적, 독단적 되는 것은 가경可驚할 사실이라. 즉 생산 방침과 경영은 모두 소수 자본가가 전혀 지배하는바 되고 생산 집행상 가장 필요한 노동을 제공하는 노동자는 아무것도 참여할 권능이 없으며, 또한 노동자가 자본가와 노동 계약을 체결할 때에도 노동자는 노동의 본질상 기其 사회적, 경제적 약자의 지위에 있기 때문에 항상 자본가가 독단적으로 결정한 조건하에 복종치 아니치 못할 가련한 운명에 빠져 기其 결과는 단지 일개의 임은 노예가 될 뿐 아니라 사회적 패잔지경敗殘之境에 침륜沈淪하여 필경은 현대 문명의 이익을 충분히 맛보지 못하게 되었도다. 이와 같이 노예적 대우와 금수적 학대를 받던 노동자가 만일에 향상적 정신이 결핍할 것 같으면 어느 때까지든지 학대와 압박의 상태는 영속되고 말 것이지만도 금수가 아닌 노동자는 민본적 사상의 침윤浸潤과 보통교육 보급의 결과 기其 계급적 의식을 각성하고 분기하여 오랫동안 고초를 받던 자본가의 불합리적 압박을 배제하고 유린되었던 권리의 복구 신장을 도모하여서 인류 공동의 소유 되는 현대 문명의 은택을 욕浴하고 스스로 기其 발전에 지질(至質)하게 됨은 당연한 일이라. 어찌 다 같은 사람으로서 빈자라고 금수시하는 이(理)가 있으리오. 실상 현대 문명의 요소는 노동이요 또한 노동자는 문명의 원동력이라. 이 같은 고상한 목적을 관철하기 위하여 발생한 것이 소위 노동조합의 운동이라. 그러나 노동조합은 특히 독단적, 아리적 我利的인 방책을 농롱(弄)하는 일이 있지만도 기(其) 종국의 이상은 진실로 상찬할 가치가 있느니라.

3) 노동 운동 발생의 필수성

영, 독, 불 제국諸國의 노동조합은 기(其) 발전의 과정과 주장이 다소 차이가 있으나 기(其) 단결은 '역力'이라는 진리로 기인하여 기(其) 결합적 세력으로서 노동 계급의 해방을 계획고자 함은 모두 동일하니 과거 수 세기에 긍亘하여 노동자가 이 기관으로 말미암아 기(其) 사회적과 경제적 지위의 향상 발전을 성취함이 심대함은 하인何人이든지 인용認容하는 바이라. 금일 구미 제국 노동자의 지위는 기(其) 대부분이 여사如斯히 하여 획득하였다 하여도 과언이 아니라. 그러나 이와 같은 심대한 가치가 있는 노동조합은 금일과 같은 지위와 세력을 획득하기까지에 바친바 노동자의 희생과 노력은 실로 용이한 일이 아니었었다. 시험차로 오인吾人은 구미 노동사를 번견繙見하건대 구미 제국에서 노동조합 운동에 대하여 집행한 제국의 정책은 이상스럽게도 기(其) 궤도를 한결같이 하였음을 발견하겠나니 즉 노동자가 여사한 단결 운동을 기도하자 최초에 제국 관헌은 극력 차此를 억압하기에만 노력하고 또한 그것이 성취치 못할 줄로 요해하고 묵인주의를 유지하다가 다시 여사한 운동이 필경 강대하게 되매 드디어 공인치 아니치 못하게 되니라. 이리하여 노동조합은 기(其) 회원의 증가와 기(其) 기초가 공고히 됨을 따라 기(其) 세력은 더욱더욱 강성하게 되니라. 그리하여 거번 구주 대전에 교전국의 노동자가 기其 단결적 세력과 지위를 이용하여 전쟁의 수행상 다대한 노력을 아끼지 아니하였음은 세인의 주지하는 사실이라. 고로 교전 제국 중에도 영, 불, 미, 이와 같은 나라는 전쟁 중 노동자에게 대하여 전쟁 종식 후에는 사회적과 경제적 진보에 관하여 혹 정도의 보장을 맹세치 아니치 못하게 하였음은 무리한 일이 아니라. 기其 결과는 오인이 보는 바와 같이 노동자 요구의 기초적 조건 되는 것이 국제연맹 중에 가입되어 노동자의 권리와 요구는 일부분 관철하게 되니라.

4) 노동 운동의 문화적 가치

이와 같이 현대 노동 문제의 본질은 계급적 의식에 눈을 뜬 노동자가 여러 가지 곤란을 배제하고 자기와 같은 처지와 지위에 있는 다른 노동자와 단결하여 사람다운 생활을 하여 보고자 하는 요구 운동이므로 문화적 가치를 유有하느니라. 고로 오인은 생각하되 노동 문제라 하는 것은 결코 구복口腹 문제가 아니요 기실은 문화 문제라 하노라. 환언하면 노동 문제의 본질은 감정적이 아니라 이상적이라. 만약 노동 문제가 단지 물질적, 감정적인 것이라 할 것 같으면 금일과 같이 자본주의적 생산의 진보함을 따라 노동 운동 같은 것은 감축減縮할 터이라. 왜 그러냐 하면 노동자의 물질적 조건은 자본주의적 생산 증가가 진행함을 따라 개선이 되어 감은 사실이라. 노동 문제는 자본주의적 생산이 진보할수록 더욱더욱 고조되는 소이는 금일의 노동 운동이 결코 물질적, 아리적我利的이 아니요 윤리적, 도덕적 요소에서 생生하였음을 명백히 증명할 수 있도다. 더욱 현대 노동 운동의 발생은 기其 주의로 말하면 모든 노동자가 이와 같은 목적을 이해치 못하였는지는 부지不知하겠도다. 그뿐 아니라 노동자 자신이 시작한 것이 아니라 노동 계급 이외의 지식 계급의 자者가 노동자의 비참한 상태를 동정하여 노동자를 위하여 기其 지위와 처지를 개선코자 진력하니라. 그러나 진실하고 견실한 노동 문제는 계급적 의식을 자각한 노동자가 기其 자치적 훈련과 조직 있는 행동으로써 사회의 불합리적 압박을 반항하고 사회적 정의를 요구할 때에 시작된 것이라. 예例하면 1802년 영국 최초의 공장법은 결코 노동자의 요구에 응하여 작성된 것이 아니라 사회 상류 계급의 유식자가 참혹한 노동자의 상태를 동정하여 노동자를 보호할 목적으로 제정한 것이라. 연然이나 노동 문제에 대한 여론의 고조와 교육의 보급은 점차 노동자의 각성을 유기誘起하여 필경 자각한 노동자는 자기에게 가하던 불합리적 압박에 대하여 반항하고 드디어 일치단결하여 기其 자조적自助的 기관에 의하여 기其 권리를 주장하게 되었나니 시是 금일 영국 노동조합의 기원이라. 여사히 노동 운동의 진보는 현대 여하한 산업국에서든지 회피치 못할 현상임은 명백한 사실이라.

3. 노동 문제의 기원

1) 영국의 노동 문제

근세의 노동 문제는 기其 원천을 저 18세기 말엽으로 19세기 초두 간에 기起한 산업혁명에 구할 수 있도다. 대저 산업혁명이라 하는 것은 일국의 산업이 수공업에서 공장 공업으로 추이推移함을 시示함이니 왕고往古 일국의 산업 상태가 유치하였을 때에는 기其 생산은 주인과 기其 수하에 수인數人의 제자 되는 자가 있어서 매일 작업장에서 소규모의 생산을 하고 기其 생산한 물건을 스스로 판매하거나 혹은 타인으로 하여금 판매를 시켜 기일其日의 생활을 유지하였나니 이와 같이 단순한 생산 조직 시대에는 노동 문제가 일어날 리가 없었더라.

연이然而 노동 문제의 기원을 설명함에 당하여 구미 제국의 경험을 일일이 상술할 수 없으므로 오인은 영국을 중심 삼아 노동 문제 발생의 경우를 약술코자 하노라. 안按컨대 18세기 초두에 영국의 산업계라 하는 것은 진실로 일대 비약을 하지 아니하면 아니 될 상태이었었도다. 즉 영국의 해외 무역이라 하는 것은 점차 융성하여지고 기其 무역 관계가 확대함을 따라서 종래와 같은 산업 조직은 도저히 화물貨物의 수요를 만족히 할 수가 없으므로 자玆에 영국 정부는 어떻게든지 하여 기其 산업 조직을 개선코자 노력하였더라. 그런데 18세기 말엽에 이르러 일편으로는 기계의 발명이 성행하여 산업계의 개선을 현저히 하였나니 이삼의 예를 들 것 같으면 1770년에 제임스 하그리브스라는 일 직공은 방적 기계를 발명하고, 기其 익년에 아크라이트는 방적 기계 공장을 건조하고 방적 기계를 운전시켰으며, 또 1779년에는 크럼프턴은 이상의 2종 기계를 개량하여 비상히 진보적 기계를 제조하였고, 갱更히 1785년에는 카트라이트라 하는 일 종교가까지도 직물 기계를 발명한다는 형편이었으므로 여러 가지 개선한 기계가 많이 발명되었을 뿐 아니라 1769년에는 저 유명한 제임스 와트가 증기기관을 발명하니 이것이 방적 기계에 적용하게 되어 비상히 생산율이 증가하니라. 또한 증기기관의 발명은 영국의 증기선, 기차 같은 교통기관의 발달을 방조하게 되어 영국의 산업계는 비상한 발달을 수성遂成하니 종래 소규모의 작업장에서 생산하던 것은 전혀 변하여 여러 가지 대규모의 공장이 속출하고 그곳에 다수한 노동자가 구집驅集하여 대조직의 생산이 행하게 되니라. 차此 상태는 일편으로는 영국의 부라 하는 것은 비상히 증진하였으나 타방他方에는 영국이 아직 경험치 못한바 비상한 사회적과 경제적인 폐해를 유치하였나니, 즉 종래의 주인과 제자의 관계는 밀접하여 하등 사회적 현격이 없더니 대규모의 자본주의적 생산이 확립되자 자본을 가지고 사업을 경영하여 노동자를 사용하는 소위 고주雇主와 노력을 제공하는 노동자 사이에 절대의 구거溝渠[4]가 생기었다 함이 근세 노동 문제 발생의 일 원인이 되니라. 즉 종래의 노동자는 세월이 갈수록 자기는 고주 될 지위에 나아갈 수가 있고, 또한 일개의 독립한 생산자 될 만한 가능성이 충분히 있었느니라. 연然이나 자본주의적 생산이 성대히 되면 노동자는 대규모의 공장을 건설할 비용도 없고 또 고가의 기계를 구할 자본도 없으므로 부득이 공장에 가서 약간의 임은을 받는 노동자가 되고 만다. 이와 같이 한번 노동자가 된 이상은 고만 일생을 노동자로 마치고 말 뿐 아니라 기其 자손까지도 또한 노동자가 되어 노동 생활을 하지 아니치 못하게 사회 상태가 되었도다. 그뿐 아니라 당시 공장 생활이라 하는 것은 극히 불완전하여 설비도 열악한 어둠침침한 처소에서 남녀노소를 불문하고 일상 과중한 노동에 종사한 결과 의외에 사회적 폐해를 조장하였으므로 노동자의 생활 상태는 극히 참담하였나니 자본가는 비상한 부를 획득하고 기其 부의 획득은 사회적 잠세력潛勢力[5]을 득하게되어 부호라 하는 돈 많은 자가 속출하여 대하고루大廈高樓에서 호사 생활을 영위하는데, 노동자는 어둠침침한 공장 속에서 창백한 얼굴과 파리한 몸뚱이로 한출여우汗出如雨하는 참혹한 사회 상태를 현출하였나니 이것이 자본주의적 생산이 조성한 최초의 사회적 형체라.

또 노동 문제 발생의 제2의 요소는 근세의 자유 독립 사상의 진보라. 이 사상의 발로가 불란서 혁명이 되어 발발하였나니 기其 세력이 진실로 구주 천지에 창일할 때에 산업혁명이라는 것이 경제계에 일어나서 사회

---

4 도랑.
5 겉으로 드러나지 않고 숨어 있는 세력. 잠재력.

의 인민은 자본가와 노동자의 이 계급으로 분리하여 노동자는 참혹한 상태에 침륜하게 되니라. 그러나 자유 독립의 민주적 사상이 보급한 결과로 여사한 결함은 산업 조직과 사회 조직에 대한 불평불만의 성聲이 사방에 용출하게 되었음은 당연한 일이라. 그러므로 영국 사회의 상류 계급은 위선 참혹한 노동자의 처지를 동정하고 기其 열악한 상태를 개선코자 노력하게 되니라. 기其 결과 노동 문제라 하는 것이 고조되었다. 보통교육의 진보와 민주 사상의 파급은 점차 노동자의 뇌리에 침윤되어 필경 노동자 자신이 불합리한 사회 압박에 대하여 분기하고 동일한 처지와 지위에 있는 노동자와 단결하여 기其 단결력으로써 자기의 사회적과 경제적 처지를 개선하게 되었나니 이것이 현대 노동 운동의 기원이라.

이와 같이 노동 운동의 발달은 자본주의적 생산이 기起한 각국에서는 필연적으로 일어날 것이요 이것을 회피하기는 도저히 불가능하니라. 노동 운동의 주의 주장은 기其 국정 풍속을 따라 다소 차이가 있으나 기其 발생의 과정은 전혀 동일하나니, 예하면 영국 초기의 노동 운동은 극히 단순하여 기其 목적은 단지 각성한 노동자가 자조적 단결로써 고용 조건의 유지 혹은 개선을 목적 삼았나니, 즉 노동자는 직공 조합이라는 단결적 세력을 이용하여 사회적과 경제적인 지위와 처지를 향상 신장코자 도모하니라. 고로 당시 영국의 노동 운동의 목적은 이로써 노동자의 경제적과 사회적 생활의 개선을 위코자 함이었고 현대 사회조직을 변경코자 함과 같은 것은 기其 목적이 아니었으므로 기其 수단 방책도 극히 온건 착실하여 아무쪼록 동맹 파업이나 보이콧동맹 절교, boycott 같은 권력적 수단을 피하고 자본가에 대하여 극력 협조적 태도를 취하고, 일편으로는 거액의 괘금掛金6을 각출醵出하여 공제 상조共濟相助하기에 여념이 없었나니 저 1850년에 성립한 기계 직공 조합은 그 가장 대표적 조합이라. 그리하여 30년간 영국의 노동자는 자본 노동의 조화, 공제 상조의 정신으로 기其 경제적 지위 향상에 노력하여 기其 효과도 결코 불선不尠하니라. 연이然而 1850년경이 되자 영국에 사회주의적 사상은 현저히 침윤되어 영국의 노동자는 종래와 같은 미온적 방책으로는 도저히 자본가에 대항할 수 없음을 깨닫게 되어 영국의 노동 운동은 현저한 계급 쟁투가 되니 기其 결과는 동맹 파업과 동맹 절교가 족생簇生하게 되니라. 더욱 1889년 파호장破戶場 노동자의 동맹 파공罷工의 승리는 명백히 종래 숙련 노동자만 독점물과 같이 생각하던 직공 조합의 운동이 불숙련한 노동자 간에도 가능하고 또한 유효함이 증거가 된 결과 영국 노동 운동의 범위 세력은 비상히 확대되었더라. 그래서 기其 불숙련한 노동자는 기其 임은이 극히 소액 됨과 지위가 불확정하고 불안전함으로써 숙련 노동자가 조직한 직공 조합과 같이 다액의 고금股金을 내서 공제 기관을 설립할 수 없으므로 자연히 기其 역力을 동맹 파공이나 동맹 절교 같은 권력 수단에 호소치 아니치 못하게 되었다. 기其 결과 피등은 걸핏하면 유일의 무기 되는 동맹 파업만 행코자 하였더라.

이와 같이 하여 영국 노동 운동은 진보하였는데, 거번 전쟁에 영국 노동자가 다년 축적하였던 기其 세력과 기其 지위를 이용하여 전쟁 수행에 여與한바 힘이 적지 아니하였고, 또한 전후戰後 산업 조직 개선에 당하여 피등도 또한 참여권을 획득하여 차즘차즘 노동자의 향상 발달에 치력致力한 사事는 명백하며, 또 금일 영국 노동자는 종래와 같이 단지 노동자의 물질적 욕망을 만족고자 함이 아니라 산업 조직과 사회 조직을 변경하여 노동자도 신문명 조성에 참가를 요구하고 또한 그것을 위하여 노력하는 사事는 명백한 사실이니라.

---

6   보험료.

2) 불란서의 노동 문제

불란서의 노동 운동은 사회주의에 의하였나니 나파륜 3세는 제정帝政의 기초를 공고히 하기 위하여 자본가의 세력을 배척하며 노동자의 환심을 매買하기에 노력하고 예의銳意히 각종 사회 정책을 실행하였다. 그래서 실업 노동자의 구제, 국립 노동 보험국의 설립, 노동조합에 대한 보호 장려 등은 피彼의 수手로 허하였고 노동자의 처지는 차차 개선이 되었더라. 그러나 1860년대에 침입한 마르크스의 사회주의는 오래 기其 세력을 실추推하였던 불란서 사회주의에 대하여 부활의 기운을 여與하였나니 사회당은 이로 말미암아 그 주장이 새로운 학리적 근거를 득하여 성盛히 각 지방에서 동맹 파업을 도발하였다. 파리, 루베, 소트빌 등지에는 사회당의 선동으로 인하여 육속陸續[7] 대규모의 동맹 파공이 행할새 나파륜 3세는 이 추세를 보고 다시 자본 계급과 결탁하여 사회 정책을 일척一擲[8]하고 노동 운동 억압에 노력하였더라. 고로 노동자의 마음은 전혀 나파륜 3세와 분리하여 피등은 정치상의 제정을 불평히 생각하는 자와 결탁하여 재차 정치 혁명과 동시에 사회 혁명을 일으키려고 하였더니, 마침 나파륜 3세의 외교상 실패와 독일의 영토적 야심으로 인하여 일어난 보불전쟁은 불란서의 패배로 마치고 제정은 전복되고 나파륜 3세는 망명하고 파리에는 일대 내란이 일어나니라. 기其 내란은 전후에 불란서의 정권을 중앙 집권적인 공화 정치로 하는 것이 가하냐, 지방 분권적인 공화 정치로 하는 것이 가하냐 하는 문제로 인하여 기起한 쟁투라. 사회당은 지방 분권설을 주창하고 유산 계급은 중앙 집권설을 주창하여 1871년 3월에 사회당은 기其 주장을 실행키 위하여 대활동을 일으키니 정부는 일시 파리를 피등

---

7   끊이지 않고 계속함.
8   한 번에 내던지거나 버림.

에게 맡기고 베르사유로 퇴거하였더라. 그래서 파리에는 사회당의 정부가 따로 수립되고 사회주의 실행의 단서로 각종의 획책을 입^立할새 법률로써 노동자의 최저 임은을 정하고 기^其 이하의 임은을 받는 자에게 대하여는 정부가 보조금을 여^與할 사^事, 파리를 도망한 공장주의 소유 공장은 몰수하여 노동자의 생산조합에 하부^{下附}할 사^事, 각 제조소에 있는 제자의 야업^{夜業}을 폐할 사^事 등은 기중^{其中}에 가장 중요한 일이라. 파리에 있는 자본가는 상솔^{相率}하여 베르사유로 도망하고 파리는 전혀 노동자에게 점령이 되었다. 베르사유 정부는 병^兵으로써 파리를 습^襲하니 노동자는 미증유의 대시가전을 연출하고 부녀까지 광열^{狂熱}한 저항을 하여 보았으나 필경은 역부족으로 베르사유 정부가 다시 파리를 회복하고 내란은 진정이 되었더라. 그러나 기어이 개혁지 아니하면 마지아니하기로 결심한 노동자는 병력과 부월^{斧鉞}[9]을 두려워 아니하고 혁연^{赫然}히 기^起하여 왕권 만능과 황금주의를 타파하고 자유의 신생로를 개척하니 암흑천지에 일월이 비치고 대한^{大旱}에 감우^{甘雨}가 오매 만물이 소생하였으며 기^其 사조는 문득 세계에 파급하니라.

3) 독일의 노동 문제

독일 노동자의 운동은 영국의 그것보다 심히 기^其 취지를 크게 달리하였나니 영국 직공의 노동조합 운동은 기^其 발달이 최초부터 순연한 경제적 운동이었는데 독일 노동조합의 운동은 그와 반대로 최초부터 사회주의적 기분이 창일하였고 또한 기^其 역^力을 항상 정치 운동에 경주한 결과 현저히 노동자의 정치적 세력을 증진하니라.

---

9   형구로 쓰는 작은 도끼와 큰 도끼.

독일의 산업혁명은 영, 불 양국보다 심히 완만하였나니 1840년으로 50년에 지至하는 간間에 기其 단서를 개開하였도다. 당시 독일은 다수한 연방에 특별한 관세법을 유有하고 호상互相 무역의 경쟁을 행하였으므로 공업의 규모가 심소甚少하였고, 또한 기其 조직을 변경하는 시기가 아직 도달치 아니한 까닭이라. 연然이나 금야今也의 산업혁명은 필경 독일에도 파급하여 중세의 유물인 조합 제도는 폐지되고 대규모의 공업은 각처에 발흥하여 자본가와 노동자의 대항은 또한 영, 불과 같이 실현되었더라. 사회주의는 이 형세를 타 가지고 독일에 출현하였다. 그리하여 정부가 1848년 2월 혁명의 영향을 받아 국내에 혁명 운동이 발발하는 것을 억압하고 민심을 속박하기 위하여 전대의 구주의舊主義, 구이상, 구도덕, 구제도를 부활하고 이로써 방종한 신사조를 압도하려 하였나니, 차此에 대하여 사회주의는 기其 반동으로 크게 발전하고 세력을 득하게 되었더라.

당시 라살은 천성이 연然함과 같은 열혈 남자라 기지와 협기를 겸비하여 철혈 재상 비사맥으로 하여금 충심으로 경애의 염念을 금치 못하게 한 인물이라. 피彼는 당시 자본가의 횡포와 노동자의 가련한 처지를 보고 사회공산당을 조직하여 시세의 비위非違를 교정코자 1862년에 노동 문제에 관한 의견을 발표하였다. 그러고 노동자의 지위를 개량하려면 노동자로 하여금 각종 산업에 취就하여 생산조합을 조직함이 필요하며, 또 국가는 시등 생산조합에 대하여 상당한 보조금을 여與함을 요하였나니, 이것은 생산조합으로써 자본가의 기업을 압박게 하기 위하여 필요한 수단이요 또한 국가로 하여금 이 의무를 준행遵行케 하려면 노동자로 하여금 정권에 참여케 하지 아니하면 아니 될 것이요, 노동자로 하여금 정권에 참여케 하려면 보통 선거법을 채용하는 것이 제일 양책良策이요 이 목적을 달하기 위하여는 노동자도 정당을 조직하고 정치적 운동을 행치 아니하면 아니 된다고 하였나니, 피彼는 루이플랑이 불란서에서 실행하다가 실패한 것을 독일에 부활코자 하였도다. 피彼는 이와 같이 하여 1863년에 라이프치히에서 노동자의 대회를 개開하고 교묘히 피등을 조종하여 일거에 독일노동당을 조직하고 기其 회장으로 추대되었나니, 차此는 실로 독일 사회민주당의 기원이니라.

독일노동당이 성립되자 각 지방 공업지에서는 다수의 가맹자를 득하고 불구에 한보漢堡, 함부르크 등지에 기其 지부를 치置하니 기其 세력은 가모可侮치 못할 현상이므로 철혈 재상 비사맥은 여러 가지 수단으로써 노동자의 운동을 압박하였으나, 연然이나 독일의 노동자는 착착 발전하여 필경은 거번 구주 대전쟁을 이용하여 전제 군주 되는 카이저까지 방축放逐하고 노동자의 천하를 만든 사事는 세인의 숙지하는 바라.

4) 노서아의 노동 문제

최근 세계 각국 중에 노동 운동이 극단으로 발전된 나라는 노서아라. 원래 노서아의 국민은 극히 평화적과 인도적 기풍이 다대한 국민이라. 고로 동국同國 노동 운동의 정신도 역시 기풍이 다소 창일하여 노국의 노동자는 다만 자본가의 압박에서 탈각고자 할 뿐 아니라 모든 사람으로 하여금 사회의 불합리적 압박에서 해방코자 하는 인류적 열렬한 희망이 있었더라. 그러나 이 열렬한 희망을 관철코자 하는 의사가 점점 강렬하여짐을 따라 걸핏하면 기其 수단의 여하한 것을 불고不顧하는 경향이 있었더라. 더욱 이와 같은 파괴적 수단이 생生하게 된 기其 원인은 노서아의 극단적 전제 정치라 하겠도다. 가혹한 전제 정치하에서 금수의 대우를 받고 간신히 잔명을 보전하여 오던 노동자는 점점 각성하여 1899년부터는 빈삭히 동맹 파업을 일으키더니 1905년에 일로전쟁에 연패의 참상을 당할새 농공상업이 모두 부진 상태에 함陷하여 노동자의 생계는 더욱 말 아니라. 고로 성피득보聖彼得堡, 상트페테르부르크 조선소에서는 직공의 총동맹 파업이 기起하여 수령 카본은 부하를 거느리고 궁성에 박迫하여 황제에게 탄원하려다가 군대와 충돌하여 필경 카본은 참사하였더라. 그런데 마침 또 일본해에서 노국 함대가 전멸을 당하였다는 보도를 듣고 오데사에서 수병의 소동이 기起할새 수백만의 노동자는 구음口音을 상합相合하여 정치상의 자유를 맹렬히 요구하였더라. 그러나 정부는 한갓 강압 수단으로써 피등을 평정코자 하였으나 도저히 진압지 못하고 동년 8월까지 날마다 선혈의 참사만 연출하였으며, 동년 10월에는 철도와 전신 사업에 종사하는 노동자들이 총동맹 파업을 단행하여 남로南路는 일시 외국과 교통을 단절치 아니치 못할 비경悲境에 함陷하여 태殆히 무정부 상태가 되었더라. 그러나 노동자의 운동은 세월이 갈수록 더욱 위험하여지고 정부의 압박은 날로 우심尤甚하여 호상 반목으로 지낼새 분노와 불평에 싸인 노동자들은 다시 호기회 오기만 고대하다가 구주 대전쟁이 발발할새 피등은 천재일시라 하고 의연 궐기하여 극단으로 실행하여 필경은 황제까지 사형을 하고 금일에는 노동자의 전제 정치를 현출하니라.

5) 미국의 노동 문제

미국 노동 운동의 발생도 또한 그 나라의 자본주의적 생산의 여영餘映으로 남북전쟁 이래 미국 산업계의 발달은 위대한 대규모의 산업이 되었으므로 무수한 노동자가 단결하여 자기 처지의 발달 개선을 도모하게 됨은 영국 노동 운동의 과정과 전혀 동일하니라. 원래 미국은 공화 정치의 나라요 또 세계 각국 중 자유와 평등주의가 제일 발달된 나라이므로 물론 노동자의 압박은 다소간 다른 나라보다 심치 아니할지라. 금일 미국 노동자의 단체로 가장 유력한 자는 미국노동연합회인데 기其 회원이 거의 300만이나 되며 기其 회장 되는 이는 유명한 감퍼스 씨라. 정정당당히 노동자의 요구를 주장하고 노동 계급의 이익을 신장하는 일은 천하의 위관偉觀이라 하겠도다. 더욱 최근 동국同國에는 IWW[10]라 하는 과격한 노동자의 단결이 생겨 가지고 신속한 세력으로써 확대하여 가는 것은 장래에 비상히 흥미 있을 현상이라.

6) 일본 내지內地의 노동 문제

일본은 명치유신 이래로 식산흥업의 목적으로써 여러 가지 태서泰西 문명을 수입하고 더욱이 대규모 생산 조직의 진보를 하여 보고자 노력하는 일본에 최근 노동 문제라는 것이 고조하여짐은 실로 당연한 귀결이요 조금도 이상할 것이 없다. 그러나 세계대전의 강화 회의가 열리기 전까지도 일본의 노동 문제는 금일과 같이 고조되지 못하였고, 또한 금일에도 진실로 노동자 자신의 자각으로 일어나는 문제는 희소하고 거의 맹목적으로 남에게 끌리거나 또는 선동을 입어 가지고 단지 생활 문제로 공전工錢이나 한 푼 두 푼 승급시켜 달라는 동맹 파업에 지나지 못하였다. 그러나 일본의 노동자도 금후 더욱더욱 발전이 될 것이요 결코 근저가 천박한 일시적 성질의 것은 아니니라. 오인은 안按컨대 일본의 노동 문제는 아직도 발전의 초기요 금후 기다한 파란곡절을 경經하리라고 사료하노라.

여하간 일본의 노동 계급도 기분간幾分間[11] 자각함은 사실이다. 대정 8년1919 7월경의 물가 폭등은 조석으로 노동자의 생활을 위협할새 각처의

---

10   세계산업노동자연맹(Industrial Workers of the World).

11   얼마간.

노동자는 부득이 증급^{增給} 운동으로 동맹 파업을 일으켰더라. 그런데 기중^{其中}에도 가장 현저하게 세인으로 하여금 노동이 생산의 요소요 문명의 원동력임을 감각게 하고 또한 운동다운 운동을 한 자는 인쇄 직공의 동맹 파업이다. 동년 7월 21일 하오 5시에 박문관^{博文館} 인쇄 직공 남녀 1천여 명은 일제히 동맹 파업을 행하였는데, 기^其 요구한 조목은 일급을 3할 증가할 사^事, 위생적 설비를 철저적으로 완전히 할 사^事, 여공의 보호와 남공의 대우를 개선할 사^事 등이니 이 운동은 가장 주목할 만한 운동의 하나인 동시에 이로 말미암아 그 불똥은 동경 각 신문사 직공에게까지 튀어 가서 동경의 16 신문사는 4일 간이나 신문을 휴간하게 되어 동경 전시^{全市}는 아연히 암흑천지가 되었더라.

7) 조선의 노동 문제

오인은 안^按컨대 세계 각국 중 우리 조선같이 계급 사상이 발달된 곳은 없으리라고 생각한다. 기천 년간 두뇌에 젖은 계급 사상은 필경 관존민비로 말미암아 생긴 듯하도다. 천하가 사람의 활무대^{活舞臺}라 할 것 같으면 어찌 양반과 상한^{常漢}의 차별이 있으며 자본가와 노동자의 구별이 있으리오. 그런데 우리 조선은 정체가 자고로 전제 정치라 기^其 전제하에서 사는 인민의 고통이란 형언할 수 없었거늘 황차^{況且} 노동자야 노예적 천역^{賤役}으로 금수와 같이 멸시하였도다. 그러나 만근^{挽近}[12] 외국 문명이 수입되어 자연히 평등의 기색이 점점 농후하여지고 산업도 선진국을 모방함을 따라 노동자의 지위도 다소 향상이 되고 문명의 여잉^{餘殊}으로 생활난의 소리가 높아지니, 노동자의 호소할 곳은 다만 자본가에게 승급이나 요구할

---

12 최근 몇 년. 근년.

수밖에 다른 도리가 없도다.

고로 대정 8년¹⁹¹⁹ 이래로 조선에도 노동 운동이 일어났나니 경성의 전차 차장의 동맹 파업, 활동사진 변사의 동맹 파업, 양복 직공의 동맹 파업, 칠목漆木 직공의 동맹 파업, 활판活版 직공의 소파업과 부산 인부의 대파업 등이 기其 주요한 자라. 기其 목적인즉 단순한 승급 운동에 불과하나 하여 간 이것도 노동자의 각성이라 하겠도다. 그러나 아직도 조선에서는 노동을 상품같이 처리한다. 즉 자본가는 노동을 수요 공급에 의하여 임은을 상하上下하나니 금일의 노동은 결코 상품이 아니다. 조선의 노동자여, 우리는 반드시 각성하여야 하겠다. 우리는 아직도 구투를 탈각지 못하였구나. 세상만사는 자본가와 노동자가 공동 협력하여야 될 것이다. 그런즉 조선에도 노동 문제의 해결이 필요하나니, 위선 기其 전제로 구미 제국에서 노동자의 자조 기관으로 실행되는 노동조합 같은 것을 일으킴이 필요하도다. 왜 그러냐 하면 노동조합이 없는 노동 운동은 극히 비조직적이요 불통일적이므로 도저히 유효한 노동 문제의 해결을 할 수 없나니, 거번 영국 삼각 동맹을 보면 자연히 알리라.

4. 노동 문제에 대한 제諸 사조

1) 노동 문제 해결의 필요

노동 문제가 고조됨을 따라 노동 문제 해결의 필요가 빈삭히 창도唱導된 결과 종종의 제諸 사조가 발생하니라. 연然이나 노동 문제의 본질이 극히 근저가 깊고 또한 복잡한 고로 기其 해결도 역시 단순치는 못하나니, 대개 현대의 노동 문제는 전술함과 같이 계급적 의식을 각성한 노동자가 자기의 위位를 누르는 사회적 압박에서 탈퇴하고 기其 경제적과 사회적 해방을 도모코자 하는 노력 문제라. 즉 노동자의 목표는 금일과 같이 자본가의 독단적 생산 경영을 배척하고 산업 조직을 민본화民本化하여서 단지 자본가만 위하여 생산에 종사하지 아니하고 사회적 공헌의 목적을 위하여 노동코자 함이라. 그래서 기其 종말에 도달하는 수단으로 피등은 임은의 증가와 노동 시간의 단축과 혹은 기타 필요한 사항을 요구하나니, 고로 피등의 요구하는 바는 다만 노동 생활의 개선뿐 아니라 산업 조직의 근본적 개선이므로 허다한 간난艱難과 고통을 배척하고 노동 운동의 최종 사명은 금일부터 사람이 살기에 적당한 신사회를 조직고자 함이라. 그런 고로 기其 해결은 반드시 철저적으로 하지 아니하면 도저히 건전한 해결은 될 수 없도다. 종래 노동 문제의 해결책으로 주장한 바가 결코 적지 아니하나 기其 주요한 것을 거擧하면 개인주의, 온정주의, 사회주의, 사회 개량주의 등이라. 금今에 오인은 시등 제 주의를 항을 별別하여 간단히 설명코자 하노라.

2) 개인주의

개인주의를 준봉하는 자는 왈 개인이라는 자는 창조옹이 부여한바 타인 불가범不可犯의 권리를 전제 삼아 가지고 자기의 이익을 잘 이해하여 개인의 이익을 극력 진전하리니 기其 필연의 결과로 사회의 이익도 증진되리라고 주장하고 개인의 이익과 사회의 이익이 일치할 것을 주장하니라. 그러므로 시등 논자는 국가의 관념과 직장職掌[13]에 대하여는 극히 기묘한 생각을 가졌나니, 피등은 국가의 직장을 극히 제한하여 개인의 자유를 무한히 진전시키고자 하는 소위 자유 경쟁을 극단으로 발전시키고자

---

13 담당하는 직무의 분담.

함이라.

연然이나 오인은 이와 같은 극단의 자유 경쟁은 한낱 양육강식적 사회 상태를 유치하여 건실한 국민 생활을 진전코자 하는 소이가 아님을 신信하는 고로 개인주의자의 주장을 동의할 수 없도다. 그뿐 아니라 개인주의자는 개인의 자유 활동을 무제한으로 발전코자 하는 결과 노동자가 노동조합 같은 것을 설립하고 자본가를 압박하는 것을 비상히 공격하나, 연然이나 여사한 공격은 아무 근거 없는 일이요 무제한의 자유 경쟁이 금일 사회적 폐해를 일으킴은 과거 역사가 명백히 증명하는 바라. 연즉 개인주의는 도저히 금일 노동 문제의 해결을 하지 못하리라.

3) 온정주의

노동 문제의 해결책으로 우리 조선에 다소 세력을 가진 것은 소위 온정주의라. 이 주의의 신자信者는 항상 우리 조선에 특유 미풍 되는 주종의 관계를 노동 문제에 적용하여 왕고 시대에 미풍이라 칭하던 관습을 현금 공장 생활에 인용하여 고주雇主는 기其 사용하는 노동자를 자기의 자손과 같이 자애하고 노동자는 고주를 자기의 부모와 같이 경모敬慕할 것 같으면 금일의 노동 문제는 곧 원만히 해결되며 극히 화기애애한 속에서 생산에 종사할 수가 있다고 신信하는 것이다.

그러나 이 주의는 시대에 뒤진 유론謬論이라. 조금이라도 현대 노동 문제의 본질을 이해할 것 같으면 도저히 이것으로써 금일의 노동 문제를 해결할 수 없으리라. 기술既述함과 같이 현대 노동 문제는 사회의 약자 되는 노동자가 자본가에게 기其 가련한 정상을 호소하는 감정 문제가 아니다. 아무리 노동자가 빈한하여 기其 일상생활에 곤란할지라도 피등은 자본가에게 대하여 은혜를 베풀라 함이 아니라. 피등의 하고자 하는 바는 자신의 힘으로 당연히 획득할 권리를 요구하는 것이므로 순연한 권리 의무의 문제라. 그런데 걸핏하면 이러한 일을 유물적 주관적 문제로 생각하고 자본가는 노동 문제를 자선 문제로 노동자에게 다소 시혜를 하여 가지고 금일의 노동 문제를 해결할 줄로 사료함은 시대사조에 암흑함을 증명하는도다. 즉 이 주의가 구체화할 것 같으면 노동자에게는 원유회園遊會도 되고 노동자의 주택 대여도 될지며 또는 노동자의 위로회도 되겠지만도 실은 미봉적으로 노동자를 농락하기 때문에 결코 이 주의는 노동 문제를 해결할 수 없으며, 또 이 주의는 조선 자본가가 창조한 것이 아니라 자고로 구주 제국에서도 창도하던 유론으로 영국에서는 카렐, 불란서에서는 르부레 등이 주장한 것인데, 왕고 산업 조직에는 여사한 소극적 방책이 성공하였지만도 금일과 같은 사회에서는 도저히 이와 같은 시대착오적인 태도로는 노동자에게 임할 수 없도다.

그러므로 이 주의는 구미 제국에서 일찍이 타파 붕괴되었지만도 동양의 명명冥冥한 자본가와 곡학아부曲學阿富의 고용 학자와 자본가의 수족 되는 완명몽매頑冥朦昧한 ○○들은 성盛히 차此 주의를 농락하여서 노동자를 기만코자 계획하고, 타방으로는 노동자가 스스로 단결하여 노동조합 같은 것을 설립하는 것을 극력으로 방해코자 하였도다. 또한 일보를 양讓하여 설령 이 주의로써 자본가 대 노동 문제가 원만히 해결이 된다 할지라도 모든 자본가가 다 자선가라고는 할 수 없고 기중其中에는 악랄 험악한 자본가 있을지니 온정주의는 노동 문제의 해결책이라고는 반 푼의 가치도 없으리라.

4) 사회주의

대저 사회주의라는 것은 기其 종류도 많고 이론도 극히 복잡한 고로 도저히 세밀히 설명할 수는 없으나 요컨대 사회주의자는 현금과 같은 자유 경쟁 제도와 사유 재산 제도상에 세운 사회를 근본적으로 파괴하고 기其 대신에 모든 생산 수단을 공유를 만드는 신사회를 건설코자 하는 주의라. 종래 사회주의에는 종종의 학파 계통이 있어 기其 내력도 심히 요원하나 근세에는 영국에 오언이 있고, 불란서에는 생시몽, 푸리에, 블랑이 있고, 독일에는 라살, 마르크스, 로드벨트스, 야게조가 있었는데, 시등 학파의 입론의 전제는 다소 기其 취지를 이異히 한 바가 있으되 다 같이 현금의 사회를 파괴하고 기其 대신 신사회를 건설코자 하는 이상은 동일하니라.

사회주의의 이상을 상언詳言하면 현대 산업 제도의 위대한 발달은 여러 세기의 공업功業이며 전 인류의 상속물일 뿐 아니라 생산과 분배의 위대한 각종 기구는 노동 계급의 지력과 근면이 종합되어 산출한 것인즉 모든 생산 사업, 즉 농업이든지 공업이든지 철도업이든지 또는 광산업이든지 또는 산림업이든지 혹은 수산업이든지 상업이든지 세상의 업이란 업은 모두 들어서 관업官業을 만들자는 것이니, 흡사히 현금 각국에서 행하는 전매 사업과 같이 정부 사업으로 경영하고 인민은 모두 노동자가 되어 차此에 사역하고 기其 사업에서 생生하는바 이익은 정부의 수익을 삼고 사유 재산에 관하여는 소비 물건에만 한하여 혹 범위까지 사유 재산을 인認하되 생산 물건, 즉 토지, 자본 등은 모두 관유 재산을 만들고 사유 재산을 불허하는 이상으로써 신사회를 조성코자 하는 것이 즉 사회주의의 목적이라. 요컨대 빈부 현격을 제거하고 인민에게 평등 관계를 유有케 하고 정부가 기其 상上에 서서 만능을 발휘하여 일국의 산업을 총괄 통일하여서 사회 문제를 해결코자 함이라.

사회주의의 주장하는 바는 현 사회에서는 도저히 사회 문제를 해결할 방법이 없음을 전제 삼아 가지고 신사회를 건설하여서 그 문제를 해결코자 함이라. 그런데 현 사회에서는 사회 문제를 해결할 방법이 전혀 없다고 단정하는 사회주의자 중에 마르크스의 설이 가장 유력하니, 기其 설의 주안은 현 사회의 일 대원칙의 불가쟁不可爭할 것은 산업의 집중이라. 농업이든지 공업이든지 기타 어떠한 산업이든지 소규모의 경영은 대규모의 경영에 압도되고 또다시 대규모의 경영은 대규모의 경영을 압도하나니 이와 같이 대규모의 경영이 우자優者의 지위에 입立하고 소규모의 경영은 기其 경쟁에 견디지 못하게 될지니 이 추세가 점점 진보할 것 같으면 종말에는 일국의 산업은 극히 소수 되는 자본가의 장중掌中에 함입陷入하는 동시에 인민의 대부분은 그들에게 사용使傭되는바 노동자가 되고 말지라. 예하면 방적 공장에서 최초에는 5천 추錘의 공장과 1만 추의 공장이 경쟁하여 1만 추의 공장이 5천 추의 공장을 압도하고, 그다음에는 2만 추의 공장이 일어나서 1만 추의 공장을 압도하고, 또다시 5만 추의 공장이 일어나서 2만 추의 공장을 압도하게 되나니 차此 사실은 즉 산업 집중의 이법理法이라. 이 이법의 결과 전술함과 같은 사실을 야기하여 이삼의 자본가가 전국 각종의 산업을 모두 기其 장중에 걷어 넣고 기타의 인민은 모두 노동자가 되고 마는 사회 상태가 반드시 일어나고 말지니, 차라리 최초부터 모든 산업을 정부의 사업을 만들어 가지고 전 국민을 노동자로 삼는 신사회를 조성함이 도리어 사회 전체의 이익과 인민 전체의 행복이 되리라 하는 전제로써 사회주의자는 현 사회에서는 도저히 사회 문제를 해결할 희망이 없을 뿐 아니라 현금 산업 발달의 추세는 스스로 신사회의 건설을 최촉催促하는 것이니 자연히 건설되어 오기를 고대할 것이 아니라 모름지기 곧 실행하여 속히 신사회를 건설할 것 같으면 현 사회에서 빈부의 관계로 말미암아 일어나는 폐해는 모두 제거되고 말 것이라 함이라.

혹자는 이 주장을 재산의 몰수니 혁명적이니 공상적이니 하고 비난과 조소를 하는 자가 유有하도다. 그러면 노예 제도의 폐지도 몰수며, 노서아의 레닌 정부도 공상이며, 18세기경에 현대 자본 계급들이 특권 계급의 폐지를 주장하는 것도 조소를 받을 것이 아니뇨. 대개 사회의 진보와 발달은 완전한 민주주의에 향하여 동動하는 일종의 운동이라. 금今의 문명사를 대관大觀하면 인류 사회의 각종 특권이 점차로 기其 적跡이 멸滅하여 가고 이 천하는 차차 노동자의 천하가 되어 가는 것은 명확한 사실이라. 만민 평등으로 특권 계급에 굴복할 필요와 도리가 없다 할 것 같으면 어찌 자본가에겐들 공경하고 복종할 이유가 있으리오. 목하의 사회 상태를 관찰하면 부호의 자손은 과거 귀족의 자손과 같이 특별한 지위를 점령하고 기其 부력으로써 동포의 다수 민중을 지배하나니 기其 불합리하고 불타당한 것이야 양자가 동일한즉 이 어찌 진정한 민주주의적 대운동에 서야 가히 용인할 바리오. 그러면 민주주의는 무엇이뇨. 민주주의란 모든 사람이 평등한 지위에 출생하고 동연同然한 권리와 동연한 기회를 향유하는 것을 주장하는 것이니 현대의 자본 계급이 그 현대의 지위를 점유케 된 혁명의 원리도 차此 민주주의적 정신에서 출出하였으며 현대의 노동 계급이 기其 생활과 지위를 향상하기 위하여 자본 계급에게 도전하는 주의 주장도 역시 이 민주주의적 정신에서 출出한 것이니라.

최후에 오인이 일언을 첨부할 것은 가령 사회주의의 이상대로 신사회가 성립할 것 같으면 한 가지 곤란한 문제가 있다 하노니, 즉 직업의 분배가 시是라. 인민은 모두 노동자라는 신사회에서도 각종의 노력은 필요할지니, 다만 생산 사업의 노력뿐 아니라 기외其外에 행정 기관을 운전하는 관리도 필요하고, 인민의 도덕 풍기를 유지하는 종교가도 필요하며, 또는 교육에 당국當局한 교사도 필요한데, 시등 정신적 노력과 생산 사업에 종사하는 육체적 노력의 분배를 인민 각개各個에 향하여 여하히 정하여야 가할는지. 누구든지 관리나 종교가나 교사 되기를 좋아하고 광산의 노동자나 공장의 노동자 되기를 불긍不肯함은 인지상정이라. 연즉 만일 직업의 분배를 인민의 임의로 방임하고 기其 지망을 따라 정할 것 같으면 관리와 종교가와 교사는 항상 만원이 될지요 공장과 광산의 노동자는 구지부득求之不得일지라. 그러하면 이 직업의 분배 방법을 시험 제도를 채용함이 가할까. 원래 시험 제도는 현 사회에서도 여러 가지 폐해가 반출伴出하여 공평히 처치하기가 극히 곤란할 뿐 아니라 신사회에서 시험 방법으로 너는 공장으로 가고, 너는 광산으로 가고, 너는 교사가 되고, 너는 관리가 되라고 정할 때에 정부는 도저히 공평한 태도를 취할 수 없을 것이요 또 관리와 교사와 종교가의 정신노동은 소수이므로 항상 응시원이 과잉이 될지라. 연즉 아무리 지식이 과인過人하고 용맹이 발군拔群한 자라도 정신적 노동이 만원이 된 때는 불가불 육체적 노동에 복종치 아니할 수 없다. 그러므로 불평은 항상 떠나지 아니하리니 정부는 종말에 인민의 원부怨府가 되고 말지라. 요컨대 자유방임을 하든지 또는 시험 방법을 취하든지 도저히 완전한 직업의 분배는 될 수 없도다.

또 한 가지 신사회에 곤란한 문제는 인민으로 하여금 노동에 종사케 하는 방법이라. 현 사회에서는 각 개인은 자기 생활상의 핍박을 받아 노동에 종사하되 신사회에서는 정부는 인민에게 생활의 최저 한도까지는 노력 유무를 불계하고 생활의 필요품을 지급하는 고로 인민은 노동을 하든지 아니 하든지 먹고살기는 걱정 없고 기其 이상의 생활을 하기 위하여 노동을 하게 되는 고로 나타懦惰한 자는 정부에서 주는 최저 한도의 생활비로 만족하고 유의도식遊衣徒食할지며, 신사회의 이상은 빈부의 차별을 절대적으로 제거코자 하는 자이므로 아무리 생계를 절약할지라도 자본의 저축은 할 수 없고 종從하여 자본가나 부호도 도저히 될 수 없으므로 구태여 신체를 피곤케 할 필요가 없다. 그래서 노동의 원동력은 인민의 두뇌에서 거의 없어지고 말지라. 그런데 정부에서는 모든 생산 사업을 관업을 만들어 가지고 국민 소비에 필요한 물품은 통統히 정부가 생산시키는 고로 정부는 미리 예산을 세워 가지고 기其 연도 내에 생산할 물품의 수량을 정하고 기其 예정대로 각인이 종사할 노력의 정도를 정하나니 만약 인민의 기분幾分이 태타怠惰하여 노동치 않는 경우에는 그만큼 생산은 부족되어 인민의 소비를 만족게 할 수 없는 결과를 정呈할지라. 금今에 실례를 거擧하건대 인민은 아무쪼록 노동을 않고자 하고 정부는 예정 생산을 욕위欲爲코자 할 것 같으면 반드시 인민을 강제로 노동시키지 아니하면 아니 될지라. 불연즉不然則[14] 신사회에 생산 소비의 권형權衡을 보존치 못할지라. 과연이면 인민은 노동을 강제하게 되어 여하한 사정이 있을지라도 신체만 건강할 것 같으면 정부의 명령을 반대하고 노동을 아니 할 수 없나니 흡사히 감옥에 간힌 죄수 모양으로 압제적 정부 처치에 복종치 아니할 수 없다. 현 사회에서는 자유의사로 노동을 하는데, 신사회에서는 정부의 강제에 끌려 노동을 면할 수 없게 되리라.

　사회주의에 또 한 가지 실행키 곤란한 것은 임은의 작정이라. 신사회의 정부는 인민에게 대하여 일편으로 생활의 최저 한도까지는 보장하여 주고 일편으로 자본의 저축을 불허하며 기其 중간에서 임은을 정하나니, 사회주의자는 차此 방법에 관하여 2종의 견해를 유有하니라. 일파의 설은 노력 공정功程에 응하여 임은을 정할 것이라 하고, 또 일파의 설은 노력의 공정 여하를 불구하고 생활상 필요에 응하여 기其 임은을 정할 것이라고 하

14　그렇지 않으면.

는 것이라. 제1의 방법, 즉 노력 공정에 응하여 임은을 정할 때는 극히 정교 탁월한 노동자에 대하여 보통 일반 노동자보다는 기배幾倍의 임은을 급여치 아니치 못할지요 또 기其 급여하는바 임은은 소비물 됨을 요하고 자본으로는 이용치 못할지라도 기위旣爲 임은의 고저가 있는 이상은 빈부의 등차는 자연히 생生치 아니할 수 없을지니 사회적 등차를 절멸시키고자 하는 사회주의의 이상과 모순됨이 아니라. 제2의 방법, 즉 생활상 필요에 응하여 임은을 정할 것 같으면 여하히 탁월한 노동자라도 일반 보통 노동자에 비하여 기其 받는 임은에 아무 차등도 없고, 또 일반 노동자로서 다수한 가족을 유有할 시時는 생활의 필요 도수度數가 고高한 고로 다액의 임은을 받아야 하겠고, 또 우등 노동자로서 생활의 필요가 소少한 자는 도리어 소액의 임은을 받는 결과 기간其間에 현저한 불공평을 생生할지라. 연즉 노동에 관한 경쟁은 전혀 소실되고 기其 결과 생산의 진보 발달은 도저히 가망이 없으리로다.

사회주의가 세계 개조의 일대 요소가 되고 노동 운동에 큰 도움이 된 사事는 다투지 못할 사실이다. 그러나 오인은 사회주의가 금일의 노동 문제를 완전히 해결할 수 없을 줄로 사료하노니 노동 문제는 갱更히 문화적과 윤리적인 동기와 본질을 가진 것으로 사료하노라.

5) 사회 개량주의

사회 개량주의의 이상은 자유 경쟁과 사유 재산을 원칙 삼은 현 사회를 그대로 두고 사회 문제를 해결코자 함이니 자유 경쟁과 사유 재산은 현 사회의 경제 조직의 전제前提가 되고 사회 조직의 근저가 되는 것이라. 차此 2대 원칙을 폐지한 사회주의를 가공의 계획이라 할 것 같으면 사회 문제의 해결은 반드시 현 사회의 범위 내에서 행치 아니함이 불가하니,

연즉 사회 개량주의는 자유방임의 주의와 같이 자유 경쟁을 극단으로 수행하고 사유 재산을 무제한으로 확장코자 함이 아니라 단지 자유 경쟁과 사유 재산에 향하여 특정한 범위에서 제한을 붙이는 것으로써 기其 이상을 삼나니, 대저 현 사회에서 빈부 관계로 말미암아 생生하는바 폐해, 즉 사회 문제라는 것은 자유 경쟁과 사유 재산의 2대 원칙의 직접 결과가 아니요 자유 경쟁과 사유 재산을 무제한으로 확장한 결과에서 출出한 것이라. 고로 사회 문제를 해결코자 할진댄 구태여 자유 경쟁과 사유 재산을 절멸시킬 것이 아니라 다만 그것을 상당한 범위로 제한함이 족하리라.

사회 문제를 해결키 위하여 자유 경쟁과 사유 재산 제도를 폐지코자 함은 각角을 교矯하려다가 우牛를 실殺하는 유類와 같도다. 연즉 현 사회 조직에다가 상당한 제한만 붙일 것 같으면 사회 문제의 해결은 원만히 될 수 있으리라. 예하면 노동자와 자본가 간 관계에 자유 경쟁을 절대적으로 인정할 것 같으면 원래 약자의 지위에 있는 노동자는 강자의 지위에 있는 자본가에게 대항할 능력이 없는 고로 자연히 자본가에게 제어됨을 면치 못하고, 또한 노동 계약에도 노동자는 극히 불익不益한 사실을 생生하게 될지라. 연然이나 이러한 노자勞資 관계에 대하여 상당한 법률을 제정하고, 일편으로는 강자의 권력을 억압하고 또 한편으로는 약자의 권력을 신장하게 하면 양자의 관계는 대등이 되어 노동 계약으로 말미암아 일어나는바 제반 폐해를 피할 수 있으리라. 대범 사회 개량책의 제일 착보着步 되는 공장법과 같은 것은 이 필요로 제정된 것이라. 또 사유 재산에 대하여 사고컨대 모든 산업, 모든 재산에 향하여 소유권을 인정함은 사회 문제의 일 원인이 되는 것이라. 기其 사업의 성질이 독점의 경향을 유有하고 일차 특정한 사인私人으로 하여금 경영케 한 이상은 차此 대하여 하등의 구속을 가할 수 없음과 같이 소위 독점 사업에 대하여 사유 재산을 인

認하는 경우에는 부익부 빈익빈의 결과를 생生하여 재산 분배에 현저한 불공평을 면할 수 없으리니, 여사한 경우에는 사유 재산에 상당한 제한을 부付하여 차此를 절대 무한의 제도를 만들기에 면려勉勵치 아니치 못할지라. 철도 국유론 같은 것은 이 논거로 인하여 기起한 것이라. 요컨대 자유방임주의론자는 사회 문제에 대하여 극히 냉담한 태도를 집執하고 생존 경쟁과 적자생존의 이법을 경제 문제에 적용하여 기其 결과 여하한 폐해가 생生할지라도 차此를 불고하고 자유 경쟁과 사유 재산의 원칙에 향하여 추호도 제한을 가加치 않고 자연 상태로 방임코자 하는 것이니, 도저히 이 주의로는 사회 문제를 해결할 수 없느니라. 또 이 2대 원칙을 절멸시키고 신사회를 조성코자 하는 사회주의의 계획도 도저히 실행될 것이 아니고 기其 중간에서 사회 개량주의라는 것이 일어나서 기其 2대 원칙에 상당한 제한을 붙여 가지고 사회 문제를 해결코자 하게 되니라.

　차此에 설명을 요할 바는 현 사회에서 사회 문제의 해결이 능히 될 수 있느냐 없느냐 하는 문제라. 사회주의설을 종從할 것 같으면 신사회 건설은 현 사회의 경제 발달의 필연한 결과로 기起하는 것인즉 여하한 처치를 하고 여하한 수단을 부릴지라도 면치 못할 사실이요 사회 개량주의 같은 것은 필경 무익의 것이라 하나니, 시是 전장前章에서 술述함과 같이 현 사회에는 산업 집중의 원칙이 있어 기其 결과로 일국의 자본은 소수 자본가의 수중에 회집會集되고 마는 현 사회의 근본 관념에서 기起한 것이라. 대저 산업의 집중은 현 사회 각종 산업에 적용할 이법이냐 아니냐. 오인의 소견대로 말하면 산업은 기其 종류를 따라 집중될 추세가 있는 것이 다다多多하나, 연然이나 각종 산업이 모두 이 추세로 집중된다고는 단언할 수 없도다. 왜 그러냐 하면 특정 산업은 도리어 이와 반대로 분산하는 경향 있는 것이 불소不少하나니, 농업에는 집중의 경향보다 도리어 분산의 추세가 있다. 상언하면 농업은 소농제에서 대농제로 진보치 아니하고 대농제에서 차제次第로 소농제에 진進하나니 시륜 농업 진보의 대세 됨은 다수 학자의 단정하는 바라. 또 공업에도 보통 공업은 소규모의 공업 조직에서 차제로 대규모의 공업 조직으로 진보하는데, 정교 공업은 이와 반대로 대규모의 공업 조직보다는 도리어 소규모의 공업 조직이 기其 공업의 성질상 적당한 점이 있어 영구 소규모로 행하는 일이 불소하나니, 차此 집중이라는 사실은 특정한 범위에서 인정할 것이요 이로써 각반各般 산업에 적용할 이법이라고 단언하는 것은 대단한 조계무計라 운云치 아니할 수 없도다. 또한 집중의 경향을 가진 산업에 대하여도 산업의 집중과 자본의 집중은 각기 별문제이므로 산업이 집중한다고 곧 자본이 집중한다고는 논결論結할 수 없나니, 대규모의 산업 조직에도 주식회사의 형식을 취하면 여하한 소자본가와 노동자라도 기其 회사의 주주가 되어 기其 사업에서 생生하는 이익 분배에 참여할 수 있나니, 연즉 산업 집중의 결과로 대자본가가 되어짐은 다언多言을 불사不俟하겠지만도 소자본가나 혹은 노동자가 대규모 공업 경영에 참여하여 기其 이익의 기분幾分을 받을 수 있으므로 산업의 집중은 반드시 자본의 집중의 초래한다고 단언할 수 없나니, 거반 대규모의 공업은 대자본가가 경영함이 상례라. 연然이나 전술함과 같은 사실로써 보건대 산업이 집중함을 따라 다수 민중도 기其 산업의 이익을 받을 수 있게 되리라.

요컨대 산업의 집중은 일반의 이법이 아니요 산업의 집중과 자본의 집중은 별문제라 할 것 같으면 사회주의의 예언과 같이 현 사회의 경제 발전의 결과로 신사회의 건설을 촉성促成할 수 없도다. 과연이면 현 사회에서 사회 문제를 해결할 방법이 없다 함은 대단한 오해라. 오인은 현 사회에서 자유 경쟁과 사유 재산에 제한을 붙이고 적당한 방법으로 사회 문제를 해결하기를 희망하나니, 시是 즉 사회 개량주의의 본령이라.

사회 개량주의의 실행에는 3종의 방침이 있나니, 제1은 국가적 방침이요 제2는 자혜적慈惠的 방침이요 제3은 개인적 방침이라.

(1) 국가적 방침

국가적 방침이라 하는 것은 사회 문제 해결에 대하여 국가의 권력으로 행정, 입법의 수단으로써 사회 개량의 목적을 달하는 것이라. 이 사상은 독일에서 가장 성행하여 독일 황제 호엔촐레른가의 가훈을 기초 삼아 역대 황제가 모두 실행하던 역사적 원인도 있고, 또 근시近時[15] 학자가 사회 문제 해결에는 국가가 상당히 진력함이 국가의 당연한 직무요 또한 시세의 필요를 응할 사事를 설명한 결과러라. 이 사상은 동양에서는 유교에서 볼 수 있나니 문무文武, 주공周公의 정政이라든지 왕자王者의 정이라든지 혹은 인정仁政 같은 유교가의 항상 고취하는 사상이 그것이라. 오인은 생각하되 사회 문제의 해결은 국가의 당연한 직무라 하노라. 스타인은 왈 "사회의 원칙은 불평등이요 국가의 원칙은 평등이라. 국가하에서 속屬지 아니한 사회 상태를 상상컨대 개인의 관계는 극히 불평등하여 우승열패의 이법으로 적자생존의 사실은 절대적으로 행하리라. 연然이나 국가가 성립한 이후는 사회의 불평등한 원칙에 반대 사실을 야기하고 각 인간의 평등 관계를 보존하게 되었나니, 즉 약자를 부扶하고 강자를 억抑함은 국가의 이상이요 국가의 원칙은 평등이다" 하였나니, 안按컨대 사회 문제를 경제상 강자와 약자의 충돌이라 할 것 같으면 국가가 약자를 조助하고 강자를 제억制抑함은 당연한 일이요 또한 사회 개량의 획책으로 차此를 개인

---

15 요사이.

에게 방임하면 도저히 기其 목적을 달達할 수 없을지니 반드시 국가의 권력으로써 강제치 아니치 못할지라. 연즉 국가는 행정, 입법으로써 차此를 해결함이 필요하도다.

(2) 자혜적 방침

자혜적 방침이라는 것은 자선 사업을 장려코자 함이니 시斯는 특별한 근대 산물이 아니라 왕고로부터 존재한 것이라. 부호와 자본가가 기其 사재私財를 여與하여 빈자나 노동자를 구제하는 것은 쌍방 간에 원만한 관계를 보유하며 사회 평화를 위함에 가장 필요한 일이다. 불란서 학자 르프레는 자본가와 노동자 간의 관계를 노력 매매의 사실로 인정치 아니하고 가족 관계로써 양자를 연락할 사事를 주장하였나니, 즉 가족 제도는 르프레의 이상이라. 가족 제도를 이상이라 할 것 같으면 자본가는 가장이요 노동자는 가족이라. 연즉 자본가는 노동자의 이해휴척利害休戚에 대하여 열심으로 동정할지니 노동자는 단지 일시적 고인雇人이 아니며 노력의 판매자도 아니요 영원한 관계를 보유할 가족이라는 관념을 발휘케 하여서 사회 문제를 해결코자 함이라.

(3) 개인적 방침

개인적 방침은 노동자로 하여금 독립 자영自營의 염念을 가지고 상호 구제의 목적으로 각종 단체를 조직하여 기其 이익을 보호케 하고 기其 지위를 개량코자 함이라. 예하면 직공 조합이나 소비조합이나 혹은 공제 조합을 조직하여 노동자가 자본가의 힘을 빌리지 않고 또는 정부 권력에도 호소치 않고, 각자의 자영심에 구하여 기其 지위를 진전하고 이익을 도모함은 사회 개량상 필요한 일이라. 아무리 정부가 사회 개량의 제도를 설

設하고 또 자본가가 자혜적 설비를 세울지라도 노동자 자신이 스스로 기其 지위를 개량할 생각이 없을 것 같으면 사회 개량의 효과는 완전히 될 수 없으리라. 영국의 노동자는 공업 혁신 시기 이래 거의 100년의 성상星霜을 겪은 금일까지 각종 조합을 설립하여 기其 효과가 현저함은 학자 급及 실무가의 부인치 못할 사실이라. 직공 조합과 소비조합은 최근 60년간의 산물로서 금일에는 전국 노동자의 과반을 망라하여 노동자의 저축은 증가하고 임은은 앙등昂騰하여 기其 생활 상태는 거의 소자본가와 다를 바가 없이 되었나니 시륜是는 모두 차종此種 조합의 혜택이라. 독일 노동자는 영국 노동자보다 독립 자영심이 결핍하여 조합을 조직하기를 불호不好하고 혹은 정부의 보호 간섭을 희망하는 일이 다多하나니 시륜是 국풍이 다른 결과로다. 연然이나 독일에도 근대에는 개인적 방침의 획책이 점점 발전하여 소비조합과 직공 조합이 유망한 전도前途로 진보하는 모양이라.

상술한 사회 개량주의의 3종 방침은 모두 사회 개량주의의 실행상 필요한 것인데, 기중其中 일 방침으로써 기其 목적을 완전히 도달키는 불능하고 반드시 3자가 상대相待하여야 완전한 효과를 주奏하리로다. 국정 민풍이 수이殊異[16]함을 따라 국가적 방침이 성행하는 곳도 있고, 혹은 개인적 방침이 성행하는 곳도 있으며, 또는 각파의 학설을 좇아 3자 중 일一만 위중爲重하고 기타는 경시하는 일도 있으나 사회 문제의 대체大體를 달관할 시時는 차此 3종의 방침을 병행하여 모두 이 방침을 실행함은 사회 개량주의의 목적을 달함에 가장 필요하고 당연한 일이라.

---

16   특별히 다름.

6) 노동 문제 해결책 여하

이와 같은 여러 가지 주의로써 노동 문제를 해결코자 하는 자가 생生하였다. 오인은 시등 노동 문제를 해결함에 당하여 상술한 일개 주의로는 도저히 해결치 못하리라고 사료하노라. 개인주의와 온정주의의 오류는 물론이나 사회주의는 과연 다대한 진리를 포장하고 세계 개조의 일대 요소가 되었으며, 현금 노서아는 이 주의로써 재래의 전제 군주국을 파괴하고 완전한 노동 전제국을 건설하였지만도 단지 이 주의만 가지고는 원만한 사회를 조성할 수 없고, 또한 미봉적 사회 개량주의로도 금일의 노동 문제는 해결할 수 없음은 사실이라. 하즉何則고 하면 금일의 자본 대 노동 문제는 다만 노동자가 비싼 임은과 짧은 노동 시간을 요구할 뿐이 아니라 금일의 산업 조직을 개조하고 노동자 계급의 해방을 목적하는 것이므로 기其 근저는 자못 복잡하고 심각하나니, 이것을 해결코자 할 것 같으면 반드시 미봉책을 배제하고 근본적 사회 개조가 필요하며, 또한 사회를 개조하여 노동자가 사람다운 생활을 충분히 할 수 있는 신사회를 차차 수립할 필요가 있느니라. 이와 같이 원만한 해결을 하고자 할 것 같으면 산전수전을 다 겪은 구미 제국의 제도를 모방하여 기其 장처를 취하고 단처를 기기棄한 후 그 위에 전인미개前人未開의 신이상을 가미하여서 건전한 신사회가 진보하도록 노력함이 가장 중대한 일이라.

5. 노동조합

1) 노동조합의 사명

노동조합의 사명은 노동자가 단결의 역力으로써 노동자 계급의 해방을 도모하고 대등의 관계로 자본가에게 대항할 목적으로 조직하는 단체라. 노동 조건은 노력에 관한 매매 조건이요 또한 상품에 관한 매매 조건과 같다. 대저 노력은 일종의 상품이니 이것을 파는 자는 노동자요 사는 자는 자본가라. 연즉 노동자는 가장 고가로 노력을 팔고자 하고 자본가는 가장 염가로 노력을 사고자 하는 점은 상품 매매와 호말毫末도 다름이 없도다. 그러나 노력과 상품은 원래 기其 성질이 다른 바라. 그러므로 매매의 관계도 또한 다르지 아니치 못할지라. 안按컨대 노력이라 하는 것은 노동자의 신체에 부착한 무형적 상품인 고로 노력의 공급은 즉 노동자의 공급이라. 그런 고로 노동자 공급의 증감은 각종 사회 사정에 의하여 정하여질 것이요 노동자 자신으로는 어찌할 수 없으되 상품은 불연不然하니, 상품의 공급이 수요에 초과하여 가격이 하락될 경우에는 생산자는 생산을 감소하고 공급을 제한하여 수요와 균형을 보존케 하고 기其 가격을 유지함이 용이하지만도 노력은 이와 같은 굴신력屈伸力이 없음으로써 공급이 수요에 초과하는 경우, 즉 노동자는 다多하고 사용처는 없을 경우에는 자본가의 마음대로 임은을 하락시킬지라. 그뿐만 아니라 또 상품은 일 지방에서 수요가 감소하여 가격이 하락될 경우에는 기其 물건을 타 지방으로 수송하여 고가로 판매할 수 있으되 노동자는 하루만 노동을 못하여도 부모 처자의 기근을 면할 수 없으므로 도저히 직업을 구하러 기백 리 밖으로 주소를 이사할 수도 없거니와 무슨 저축이 있어 여비를 당할 수 있으리오. 또한 노동자는 노력이 일일日日의 생계를 지탱하는 유일의 원천이 되므로 상품과 같이 사는 사람의 보는 가격이 파는 사람의 뜻에 불만족할 때는 판매를 거절하고 타일의 호기회를 기다림과 같은 상략商略이 없나니, 이러므로 노동자는 노력을 판매할 때에 기일其日의 충복充腹을 하기에 급급하여 저렴한 임은이라도 달게 여기고 노동하는 결과 기간其間에 경쟁이 부절不絶함은 실로 축견畜犬의 밥 싸움과 다름이 없도다. 그런데 자본가는 이 경쟁을 이용하여 마음대로 임은을 저하하나니 이것이 빈민의 고혈을 빠는 것이 아니고 무엇이랴. 요컨대 노력은 상품과는 기其 성질이 상이하니 상품 매매에는 매매 주主의 지위가 대등하지만도 노력 매매에는 자본가는 노동자를 노예시하며 금수시하는 능가력凌駕力이 있느니라.

노동 조건을 정함에 당하여 노동자와 자본가의 관계가 과연 여사할진댄 노동자를 위하여 여하히 하면 가할는지 노동 조건 중 특정한 사항에 관하여는 어느 정도까지는 정부의 권력에 호소하여 자본가의 압박을 방지할 수 있으나, 연然이나 노동 조건의 가장 중요한 임은의 고저는 정부의 권력이 밎지 못할지니 반드시 노자 양방의 자유의사로 정할 것이라. 그런데 노동자와 자본가의 지위는 상술함과 같이 강약이 판이하므로 노동자가 독립한 개인으로는 도저히 자본가를 대항키 불능할 뿐 아니라 설혹 대항한다 할지라도 기其 효과는 없을지니 반드시 단결력으로써 대항치 아니치 못할지라. 고로 노동조합은 이 목적을 달達키 위하여 일어난 것인데, 기其 당초의 목적은 단순한 노동 조건의 유지 급 개선이더니 금일 노동조합의 종국의 사명은 단지 노동 조건의 유지와 개선뿐 아니라 노동자 계급의 해방이라는 일대 사회적과 경제적인 사명을 대帶하게 되나니라.

2) 노동조합의 구성

노동조합의 구성은 조합의 종류를 따라, 또는 기其 체양體樣을 따라 다소 이동異同이 유有하니, 금今에 기其 대강을 설명하면 최초 유치한 시대에는 조합원 전부가 순수한 조합 사무에 전력하고 기其 조직도 극히 단순하였으나 점차 사업이 조직화하고 복잡함을 따라 노동조합의 구성도 또한 비상히 번잡하게 되느니라. 고로 현금 노동조합의 입법 기관이라 할 만한 것은 각지에 지부를 두고 각 지부에서 선발된 대의원의 매년 1회식 개최하는 총회가 이것이라. 이 총회에서 노동조합의 1개년 간의 방침을 결정하며 또 조합에서 결의한 사항을 실행하는 기관은 이사회니, 이사회의 조직은 노동조합장, 부조합장, 회계, 서기 등으로 성립하느니라. 노동조합이 진보 발전함을 따라 각종의 조합이 연락 공동할 필요를 감각하고 연합 혹은 합동하는 일이 있으니, 미국의 노동연합회라든지 또는 영국의 직공조합총연합회 같은 것은 노동조합 간의 공동적 보조를 취함에 가장 필요한 결과를 발생하는 것이요 또한 각국의 노동조합이 세계적으로 공동할 필요상 국제적 단결과 결의가 되었느니라.

3) 노동조합의 방법

노동조합은 기其 목적을 관철키 위하여 각종 방법을 강구하나니 기其 허다한 방법을 분류하면 평상 방법과 비상 방법의 2종으로 말할 수 있도다. 보통 수단으로 행하는 방법은 허다하나 기其 주요한 자를 거擧하면 제1에는 노동 조건의 표준을 설정할 일이니, 즉 노동조합은 노동 조건에 관한 일정한 표준을 규정하여 기其 이하에서는 노동에 종사치 못하기로 규정함이니, 가령 임은으로 논하자면 일정한 임은의 표준율을 정하고 기其 이하에서는 노동 계약을 거절하는 일이라. 과소寡少한 임은으로 노동자가 노동에 종사하는 경우에는 다만 노동자가 사람다운 생활을 할 수 없을 뿐 아니라 도저히 노동자의 해방이라는 것은 꿈에도 생각해 볼 수 없도다. 그러므로 노동자가 개인적으로 자본가와 계약을 체결할 때에는 도저히 표준 임은 같은 것을 약정할 수가 없으므로 조합이라는 단결을 배경 삼아 가지고 표준 임은 같은 것을 주장하겠다 하는 것은 조금도 고약한 일은 아니다. 또 노동조합이 기其 수단의 일一로 노동 시간을 제한하여 근년에는 거반 노동조합은 1일의 최장 노동 시간을 8시간으로 정하였나니, 이것도 노동자의 자위상 당연한 일이요 노동자가 아침에는 밝기 전부터 저녁에는 어둡기까지 노동을 하여서는 쇠 아닌 사람의 몸으로는 도저히 감내키도 어렵거니와 신체상의 휴양도 얻을 수 없고 사람다운 수양과 훈련도 불가능할지니, 1일의 노동 시간을 제한하여 기其 시간의 여유로써 사회적과 경제적 지위를 향상하는 수양 계발에 자資코자 함은 가장 경하할 일이로다. 제2에는 노동조합은 항상 노동자의 노력 공급과 수요의 관계에 대하여 비상히 면밀한 주의를 하나니, 아무쪼록 조합원이 실업의 기회가 없도록 또는 노동 임은이 비싸도록 노력하느니라. 제3에는 금일 노동조합의 대다수는 평생 조합원 상호 간에 기다幾多의 경제적과 사회적인 시설을 조직하고 호상 보조의 목적을 달코자 하나니, 예하면 노동 소개, 노동 보험, 소비조합 등을 경영함은 즉 이 때문이라. 여사한 방법은 노동조합이 평생 노력하여 마지아니하는 바나, 연然이나 이것만으로는 도저히 노동조합의 목적을 관철할 수 없는 경우가 다多하니, 즉 노동조합에서 주장하는 사항이 자본가에게 거절을 당할 때에는 노동조합은 기其 비상 수단으로 동맹 파공이나 혹은 보이콧동맹절교 등의 방법을 취하나니, 대저 동맹 파공이라 하는 것은 노동자가 자본가에게 정신적과 물질적인 압박을 가하여 혹 특정한 목적을 관철하는 권력 수단이라. 물론 동맹 파공에도 여러 가지 종류가 있나니 단지 경제적 목적으로 동맹 파공을 할 뿐만 아니라 정치적 목적을 관철키 위하여 동맹 파공을 일으키는 경우도 있느니라. 연然이나 보통 노동조합이 행하는 동맹 파업은 이와 같은 목적을 가진 것이 아니라 다만 혹 특정한 목적을 달達키 위하는 수단이라. 또한 동맹 파공에는 공격적 동맹 파공과 방어적 동맹 파공이 있나니, 공격적 동맹 파공은 노동 조건을 개선하기 위하여 행하는 것이요 방어적 동맹 파공은 노동 조건의 현상을 유지하기 위하여 행하는 것이라. 또 노동자는 왕왕 자기에게 직접 이해관계 없는 다른 동맹 파공에도 동정하여 동맹 파공을 일으키는 경우가 있나니, 시^是 즉 동정적 동맹 파공이라. 동맹 파공은 근래 비상히 기^其 수가 빈삭하나 연^然이나 왕고에도 있던 일이며, 여사한 수단은 결코 죄악도 아니요 또는 폭행도 아니며 금일 자유 계약 시대에는 당연한 노동자의 무기며 권리에 속하는 최후의 수단이라. 원래 노동자가 서로 단결하여 일정한 노동 조건하가 아니면 기^其 노력을 판매치 않겠다 함은 아무 이상한 일이 아니니 혹 상품을 일정한 가격을 받지 못하면 기^其 물품을 판매치 아니함과 소허^{少許}도 다름이 없느니라. 연즉 동맹 파공에 불법 행위가 반출한다든지 또는 사회의 존립을 위태케 할 염려가 없는 이외에는 이것을 압박한다든지 혹은 방해하는 것은 극히 부정한 태도이니라. 더욱이 노동조합이 발달치 못하였을 때에는 동맹 파공을 하는 경우에 노동자는 매우 난폭한 행동을 하였으나 노동조합의 기초가 공고하여지고 노동자의 각성이 진보함을 따라 동맹 파공도 질서적이 되어 정정당당히 자본가와 시비를 다투게 되었나니, 금일 구미 제국에서는 노동자의 동맹 파공권이라는 권리를 법제상으로 인정하는 터이라.

이와 같이 동맹 파공은 노동조합의 최후 수단으로, 또한 정당한 권력 방법임은 상술함과 같이 명백한 사실이나, 연^然이나 동맹 파공을 하지 않고 노동자가 기^其 주장을 관철할 수가 있으면 더욱 만행^{萬幸}이므로 동맹 파공을 일으키기 전에 노동자의 주장을 관철하도록 하는 것이 극히 긴요한 일이라. 또 동맹 파공 외에 노동조합이 유^有한 권력 방법으로 보이콧^{Boycott}이라 하는 것이 있나니, 보이콧이라 하는 것은 노동자가 단결하여 어떠한 특정 요구를 거절한 고주에게 대하여 기其 생산한 화물을 동맹하고 구매치 아니하는 소위 불매 동맹이라. 원래 보이콧이라 하는 것은 1880년 하夏에 애란愛蘭, 아일랜드 모 지방의 지주 에른이라 하는 사람의 차인差人을 보던 보이콧이란 자가 있었는데, 기자其者가 자못 참혹한 남자이었으므로 기其 수하에 있는 소작인을 심히 학대하여 살 수 없을새 파넬이라 하는 남자가 기其 잔인무도한 행위를 사회 여론에 호소하여 보이콧과 일절 사교적 관계를 단절하기를 권하였나니, 이 까닭에 보이콧은 비상한 곤란에 빠져 필경은 기其 지방에서 도주치 아니치 못할 지경이 되었더라. 기후其後로부터 혹 특정한 일이나 또는 특정한 단체에 대하여 사교적과 경제적 관계를 중단하는 것을 보이콧이라고 쓰게 되었느니라. 또 보이콧은 노동자의 권력 수단으로 매우 참혹한 일이나, 연然이나 시역是亦 금일 경제 조직에는 결코 부당한 일이라 할 수 없는 노동자의 무기니라.

동맹 파공과 보이콧은 노동조합의 주요한 비상 수단이나 차외此外에도 몇 가지 여사한 수단이 있으니 노동조합은 기其 목적을 관철하기 위하여 여러 가지 수단을 써서 노동조합원의 이익을 도모하느니라.

4) 노동조합의 영향

사회의 약자인 노동자가 노동조합이라는 것을 조직하고 기其 계급적 이익을 도모코자 함은 노동자에게는 비상히 유리한 일이라. 기술既述함과 같이 노동자가 개개별별이 자본가와 노동 계약을 체결하는 경우에는 반드시 불리한 처지에 입入하게 되므로 자기와 동일한 경우에 있는 다른 노동자와 단결하여 기其 단체적 노력으로써 자본가에 대할 것 같으면 개인으로 성립지 못할 것도 용이히 성립될 수 있나니, 노동자가 노동조합을 운용함에 당하여 자치적 정신을 조장함은 하인何人이든지 막을 수 없는 바

니, 시루는 노동조합이 사회 정책과 사회 교육적 효과와 심대한 관계가 있
느니라. 원래 사회 정책이라는 것은 한갓 국가의 시설만 고대할 것이 아
니므로 노동자가 자치적으로 기其 단체적 생활을 개선하여서 얻는바 이익
은 무한하되 노동조합을 반대하는 사람은 노동조합이라 하는 것은 조합
을 조직한 노동자에게는 유리하되 조합 외의 노동자에게는 비상한 불리
라 하는 자가 있도다. 그러나 이것은 오해니, 노동조합을 조직지 못한 노
동자도 조합을 조직한 노동자로 말미암아 받게 되는 이익은 실로 불소하
도다. 과거 사실에 징徵할지라도 노동 조건이 개선하게 됨은 조합원의 노
력이 흥한 힘이라. 기其 노력의 결과를 조합 외의 노동자가 평등 균점均霑
함은 의심 없는 사실이라. 더욱이 과거에는 조합을 조직한 노동자가 조합
외의 노동자를 종종의 방법으로 압박한 사事는 사실이나, 연然이나 금일
에는 노동조합을 설립한 노동자들도 조합 이외의 노동자에 대하여 극히
포용적 태도를 가지게 됨은 실로 가상한 일이라. 차次에 노동조합에 대하
여 반대하는 자는 자본가인데, 자본가는 노동자가 노동조합이라는 단체
를 조직하여 자본가의 사업에 간섭함은 사유 재산 제도에 기초를 두는 금
일 사회 조직에는 극히 불합당하다고 주장하나, 연然이나 이와 같은 의론
은 가장 오해니 금일의 생산이라 하는 것은 사회적 현상이요 사회적 사항
이라 자본가가 독단적으로 기其 경영을 하는 것은 합당치 못하나니, 나의
공장은 나의 것인즉 내가 자유로 하겠다는 완고 사상은 금일 같은 사회
적 생산의 사회에서는 허락할 수 없는 일이라. 고로 노동자는 조합을 조
직하고 노동 조건을 결정하는 경우에도 참여하며, 또한 사회적 생산인 생
산 관리에 대하여도 참여권을 주장함이 당연하니, 자본가는 시등 사항에
관하여 노동자와 공동적으로 또는 민본적으로 생산에 종사할 것이라. 연
然이나 우리 동양의 자본가들은 아직도 미몽을 깨지 못하고 노동자의 단

결을 여러 가지 수단 방법으로써 저지코자 하나니 시뤈는 시대사조를 이해치 못하는 완명한 태도라. 최후로 일언코자 하는 바는 노동조합은 사회 일반 공중에 대하여도 다대한 효과를 유有하나니 사회 민중의 대다수를 점한 노동자가 자치적 단체로써 기其 경제적과 사회적 향상을 도모하여서 사람다운 생활을 완성코자 함은 가장 경하할 일이요 또는 장려할 일이라.

5) 노동조합의 연혁 급 현상

각국 노동조합의 연혁은 차此를 3기에 분分할 수 있나니, 제1기는 정부가 노동조합을 금지하고 노동자에게 결사의 자유를 여與치 아니하며 조합을 발기하는 자에게 제재를 가하던 시대요 제2기는 노동자에게 결사의 자유를 허하고 하등 간섭을 가加치 아니하던 시대요 제3기는 정부에서 특히 노동조합법을 제정하여 조합에 법인 자격을 부여하고서 보호하던 시대라. 방금 각국 노동조합에는 2파의 구별이 있나니, 일一은 사회 개량주의를 취하는 것이요 일一은 사회주의를 취하는 것이라. 사회 개량주의는 노동조합으로써 일종의 사회 정책을 삼아 조합의 세력을 자藉하여 노동 조건을 개량함으로써 기其 이상을 삼는 것이요 사회주의는 조합 본래의 사업은 경시하고 다만 차此로써 사회주의 선포의 기관을 삼나니, 고로 사회주의는 노동 보험이나 노동 소개 같은 건전하고 질서 있는 사업을 경영치 않고 또 노동 조건에 관하여도 빈삭히 극단의 요구를 하고 함부로 동맹 파공을 일으켜 가지고 계급 알력의 염念을 배양하기에 급급하느니라. 영국의 노동조합은 사회 개량주의를 취하는 일이 많고 대륙 제국, 특히 독, 불 양국은 차此와 반대로 사회주의를 취하는 추세가 있느니라.

금今에 각국 노동조합의 연혁 급 기其 현상을 악술하건대 영국 노동조합의 맹아는 18세기 말엽에 발생하여 19세기 초엽부터 점차 기其 수를 증가하였나니 제본공, 활판공, 주물공 등이 조직한 조합 같은 것은 기其 주요한 자者라. 당시 영국에서는 엄밀한 결사법이 존재하였나니 이 법률은 종래 수공업의 제자가 단결하여 기其 사장師匠에게 대항하는 것을 금지하기 위하여 제정하였던 것인데, 공업 혁신 시대에도 또다시 그것을 공장 노동자에게 적용하여 노동자는 조합을 조직하다가 형벽刑辟[17]에 걸린 자가 불소하였더라. 고로 당시의 노동조합은 비밀 결사로 하든지 그렇지 아니하면 공제 조합, 직공 구락부 등의 명칭을 관용하더니 1824년에 결사법이 폐지되고 노동자에게 처음으로 결사의 자유를 공인한 후로 노동조합의 조직은 각종 공업이 상종이기相踵而起하니라. 현금 영국 노동조합의 모범 될 만한 기계 직공 조합은 그때에 창립된 것이다. 당시 노동조합의 조직은 심히 불완전하여 기其 활동도 동첩動輒 즉 궤격詭激에 실失하여 한갓 동맹 파공을 일으켜 자본가를 박해하기에만 노력하고 질서적, 평화적으로 노동자의 이익을 도모하는 일이 소少하였나니, 시是는 사회주의가 당시 노동자 간에 미만彌漫하여 그 주의를 취하는 조합이 다多한 연고라. 연然이나 50년 시대에 이르러 사회주의는 거의 기其 적跡을 염斂하고 노동조합은 자차自此로 순연한 경제상 운동이 되며 노동 보험, 노동 소개 등 각종 유익한 사업이 차차 기其 단서를 보이게 되고, 자본가에 대한 태도도 차제로 변화하여 아무쪼록 중재 조정의 방법으로 쟁의를 해결하고 부득이한 경우가 아니면 동맹 파공을 하지 아니하며 설혹 동맹 파공을 일으킬지라도 이전과 같이 폭력을 용用하여 협박하는 일이 없고 일정한 기간을 동맹 파공하여 자본가를 굴복시키기만 위주하더라. 기후其後 1871년에 정부는 노동조합법을 제정하여 노동조합에 법인의 자격을 부여한 이후로 노동

---

17   죄지은 사람을 형법에 따라 죽임.

조합은 장족의 진보를 하여 기其 세력은 멸시치 못하게 되매 자본가는 물론하고 일반 사회에서도 노동조합에 대한 감정은 차차 변화하여 종래 차此를 선동의 기관이나 충돌의 원인으로 혐의하던 자도 지금에는 도리어 노동 문제를 해결하는 데 가장 필요한 방법으로 환영하게 되나라.

현금 영국의 노동조합은 2파에 분分하였나니, 일一은 구파 조합이요 일一은 신파 조합이라. 구파 조합은 사회 개량주의를 주장하여 다년의 연혁을 경經하여 발달한 것이지만도 신파 조합은 사회주의에 의하여 최근 10여 년간에 기起한 노동 운동인데 벤티체트가 창설한 조선 직공 조합과 톰만, 밴스 등이 경영하는 철도 직공 조합, 와사瓦斯[18] 직공 조합, 수부水夫 조합 등이 가장 유력한 자라. 영국 노동조합에 속한 노동자의 총수는 약 150만 인인데 기其 다수는 구파 조합원이요 또 신파 조합원은 사회주의 전파에만 노력함은 사실이나 근래 직공연합회에서 사회주의적 의안이 왕왕 통과함을 볼진대 또한 신파 조합의 세력도 경시할 것이 아니로다.

불란서의 노동조합은 기其 발달이 영국에 및지 못하나니, 안按컨대 노동조합은 결사의 자유가 없으면 기其 발달을 기期치 못하느니라. 그런데 불국 정부가 노동자에게 이 자유를 여與하기는 나파륜 3세 시대라. 원래 불란서 사람은 각개 독립의 기상이 풍부하여 합동 운동을 하기도 부적당하고 또한 일을 당하면 냉열冷熱이 더욱 심하고 견인불발堅忍不拔의 지조가 결핍한 고로 노동자도 사회주의에 범犯하는 자가 다多하고 자본가를 원수시하며 동맹 파공으로써 일종의 상략을 삼지 않고 도리어 계급 알력의 수단을 삼나니, 고로 직공 조합의 다수는 사회당의 분파가 되어 사회 개량주의를 표방하는 자는 노동자의 동정을 득得하기 심난甚難하나니, 이것

---

18 가스.

이 영국 노동조합과 기其 취지가 다른 바라.

불란서 노동조합의 연혁은 제19세기 1860년대에 기其 맹아를 발發하였 나니 선시先是하여 혁명 시대에 제정된 르샤플리에 법이라는 것이 있어 노 동자의 결사는 총總히 금지하였더라. 연然이나 나파륜 3세는 1864년에 르 샤플리에 법을 개정하고 노동자에게 결사의 자유를 공인하였나니, 이 법 률이 제정된 이후로 노동조합은 각기 공업을 따라 다수히 조직될새 모든 제도를 영국을 모범하여 평온한 수단으로 자본가에 대항키를 주안 삼더 니, 마르크스의 열국 사회당이 기起하자 노동자의 다수는 그것에 좌단左袒[19] 하여 노동조합은 필경 고유한 성질을 실失하고 사회당의 기관이 되었나니, 1860년대 말엽에 격렬한 동맹 파공이 각지에 봉기함도 전혀 이 때문이었 더라. 어시호於是乎 나파륜 3세는 노동조합에 대한 방침을 일변하여 진압 에 전력할새 노동조합에는 창천벽력蒼川霹靂이 내려 보불전쟁 후 수년 동안 은 기其 형세가 심히 미진하더니 1875년 필라델피아 세계 대박람회의 열 국 노동자 회의의 영향으로 기其 쇠운을 만회하고 차차 새로 조직되는 조 합 수는 연년 증가하니라. 기후其後 1884년에 정부는 다시 노동자의 결사 에 관한 법률을 제정하고 노동조합에 법인의 자격을 허여許與한 이후로 노 동조합의 발달은 장족의 진보가 되었더라. 현금 불란서 노동조합에는 사 회주의를 주장하는 자와 사회 개량주의를 주장하는 자의 2파가 있음도 또 한 영국의 신구 양파가 있음과 같고 노동조합연합회 같은 것도 1879년 이 래로 2자가 분리하여 서로 쟁투하나니, 금今에 차此 2파의 세력 소장消長을 보건대 노동조합 총수의 3분지 2는 사회주의에 속하고 기其 3분지 1은 사 회 개량주의에 속하는데, 조합원의 총수는 약 100만 명이라더라.

---

19 한쪽에 편들어 동의함.

독일의 노동조합은 전 세기 말엽까지도 기其 진보가 완만하고 세력도 미약하더니 근시에는 위대한 발달을 하여 거의 영국 노동조합만 못하지 아니하니라. 연然이나 시是는 사회주의의 조합이 증가한 연고요 사회 개량주의의 조합은 다소간 진보는 되었지만도 대체로 말하면 의연히 전일과 같다고 운云치 아니치 못하겠나니, 시是 실로 독일 사회사상社會史上의 특징이라. 안按컨대 독일 사회주의의 발전은 현저한 사실로서 사회주의의 조합이 기其 수를 증가함은 필연한 일이지만도 사회 개량주의의 조합이 영, 불 양국보다 진보가 지遲한 소이는 독일의 특별한 사정이 있나니, 원래 독일 노동자의 안중에는 만능의 정부만 있을 뿐이요 활동하는 개인이 없으므로 사회 개량의 획책도 피등은 자진하여 단체적 세력으로 자본가를 대항하기를 불긍不肯하고 정부 권력에 호소하여 자기의 이익을 보전코자 하므로 노동조합의 위미부진萎微不振[20]함도 역시 부득이한 일이라. 또한 노동조합은 노동 보험을 기其 사업의 일一로 가입지 아니하면 건전한 발달을 할 수 없음은 영국의 실례가 명백히 증명하는 바라. 그런데 독일에는 근시 노동 보험제라는 것이 실행되어 노동 보험의 사업은 해該 법률에 의하여 조합이 아니면 차此를 경영하지 못하게 되었으므로 노동조합은 시등 사업을 경영을 할 수 없게 되었나니, 이러한 사정으로 인하여 독일 노동조합의 운동은 기其 진보가 심히 지지遲遲하게 되었도다.

독일 정부가 노동자에게 결사의 자유를 인허認許하기는 1867년에 보로서普魯西 개정 공업법으로서 효시를 삼나니, 독일 제국 성립 후에 해該 법률은 각 연방 간에도 행하나니라. 선시先是하여 라살과 마르크스 등의 사회당은 노동조합 창립에 진력하여 각종 명목으로 조직하였었으나 모두

실패로 마치고, 또 사회 개량주의자들도 노동조합의 필요를 창도한 자가 불소하였나니 플렌타노와 힐스는 영국에 부赴하여 노동조합의 실상을 조사하고 기其 제도를 본국에 이식고자 기도하였으나, 연然이나 기其 결과는 보잘것없었더라. 보불전쟁 이후에 노동조합은 점차 각지에 창립되어 차종 노동 운동의 전도는 차제로 유망하게 되었다. 방금 독일의 노동조합은 영, 불과 같이 사회 개량주의와 사회주의의 2파가 있는데, 사회주의는 사회 개량주의보다 위대한 진보를 하였나니 대저 이 조합은 모두 사회당의 기관이므로 사회당이 당세를 확장하는 대로 기其 발달을 보게 되었더라. 근시 독일 사회당의 세력은 도도하여 저지할 바를 알지 못하겠으며, 조합원의 총수는 1891년에는 20여 만이더니 1908년에는 180만에 달하였더라.

6. 실업 문제

1) 실업이라 함은 무엇이뇨

대저 세상이 풍성하여 모든 산업이 익익益益 번창할 때는 실업 문제 같은 것은 그다지 세인의 주의를 야기치 않나니, 즉 이때는 노동자의 수요가 격심한 때라. 고로 노동자는 한번 기其 직업을 실失할지라도 타직他職을 구하기에 조금도 곤란이 없으리라. 그러나 일조一朝 산업계에 전황錢荒이 생길 것 같으면 자본가 중에는 심하게 말하자면 혹은 파산을 당하는 자도 속출하나니, 이때 실업 노동자는 비상히 증가하여 당일 벌어 생계를 유지하는 노동자의 참상은 세인의 주의를 환기하여 자玆에 실업 문제가 사회 전선에 현출되느니라. 우리 조선에도 구주 전쟁의 결과로 부끄러운 말이나 전에 없던 여러 가지 공업이 은성殷盛하여 기其 결과로 노동자가 부족이 되어 도처에서 노동자의 쟁탈이 행하여 노동자의 생활 상태는 외관으로는 기분간 향상한 듯하였도다. 연然이나 강화가 된 이후로 기其 역전기逆轉期가 서서히 도래하여 실업 상태에 함陷하는 노동자가 차차 증가하게 되었나니, 기其 결과 실업 문제라 하는 것도 역시 세인의 주의를 환기하게 됨은 면치 못할 사실이라.

실업이라 함은 노동코자 하는 의사와 노동 능력을 가진 임은 노동자가 직업을 구하되 자기 근무 능력에 적당한 업무를 얻을 수 없는 상태를 운云함이라. 고로 자玆에 오인이 의미하는 실업은 다만 임은 노동자에 관한 것을 가리킴이요 기타 계급에 속한 무직자에 대하여는 논급論及지 않나니, 소위 고등유민高等遊民[21]이라는 것은 오인의 연구 범위 외外라. 또 설령 임은 노동자라 할지라도 노동을 기피하는 자라든지 정신상 육체노동 능력의 감퇴, 소위 노동 불능자는 포함치 아니하노라. 종래 실업 문제는 현대 경제적으로 반기伴起할 필연한 폐해니 여하한 사회든지 실업자의 군집은 다 있느니라. 연즉 실업 문제는 현금 사회 문제의 근저가 되나니 기其 폐해가 파대頗大함을 가지可知할 바로되 실업에 관한 조사와 통계는 심히 복잡하고 불완전하여 정확한 재료가 극소하도다. 그러나 기其 불안전한 실업 통계로 볼지라도 여하한 나라, 여하한 시기든지 실업자가 없지 아니함은 다투지 못할 사실이라.

2) 실업의 원인

대저 노동자가 실업되는 원인은 여러 가지 종류가 있으나 대별하면 개인적 원인과 사회적 원인의 두 가지로 분류할 수 있도다. 개인적 원인

21　고등 교육을 받고도 일정한 직업이 없이 놀며 지내는 사람. 고등실업자. 고등룸펜.

이라 하는 것은 노동자 자신의 원인이니 예하면 질병, 상해, 직업의 변경, 교육의 부족, 노동자의 임의적 퇴거 등이라. 차중此中에 질병은 모든 직업에 종사하는 노동자의 특히 면할 수 없는 바니, 미국 학자 피서 씨의 계산을 거據하건대 개인의 질병은 1개년에 13일간이 된다 하였으나, 연然이나 노동자의 질병은 다소 기其 직업을 따라 차이가 있겠지만도 설비 불안전한 공장 혹은 협애한 거주 생활을 하는 자, 또는 과도한 노동에 종사하는 노동자에게 질병이 다多함은 물론이니 이러한 노동자가 질병이나 상해나 직업 변경이나 기타 상술한 개인적 원인으로 말미암아 실업자가 되는 것은 면할 수 없는 사실인 동시에 일편으로는 사회적 원인으로 인하여 실업자가 되는 일이 있음을 망각지 말지어다. 자茲에 사회적 원인이라 함은 노동자 자신에는 전혀 관계가 없는 현재 사회 조직의 면할 수 없는 현상이니 기其 원인도 각종이 있으나 대별하면 좌左의 4종으로 분류할 수 있도다.

① 노동 사용의 기절적期節的 변동

② 산업계의 순환적 전황錢荒

③ 일용 노동자의 존재

④ 기술 급 조직의 진보로 생산 과정의 변화

금今에 차此를 각별히 설명하리라.

(1) 노동 사용의 기절적 변동

여하한 직업이든지 기절을 따라 번한繁閑의 정도를 이異히 함은 면치 못할 사실이라. 기其 결과 노동 사용에 다소가 생기어 실업자를 생生하는 일이 불선不嬋하니 예하면 농업으로 말할지라도 파종 급 수확의 기절은 농업 노동자에 대한 수요가 다多하되 기타 기절에는 수용처가 없으므로 실업자가 다多할지요 혹은 사회의 유행, 시대의 기호嗜好, 피서 등의 영향을 받아 실업하는 자도 있을지라. 고로 다수한 노동자 중에는 연년이 이로 말미암아 일시 호구糊口의 도途를 실失하고 수삭數朔씩 취직을 못 하는 일이 있느니라. 연然이나 기절적 원인으로 실업하는 자는 과히 폐해는 없나니, 하즉何則고 하면 모든 직업은 기절을 따라 변동되는 일이 많고 또 기其 변동은 1년 중 각각 다른 기절에 생生하리니 1년간에는 일 직업이 비상히 한산한 동시에 타 직업은 이와 반대로 극히 번망繁忙할 때가 있으리니 노동자는 기其 변동을 좇아 자기를 조정하기도 어렵지 아니하리라. 다만 숙련 노동자는 용이히 일 직업에서 타 직업으로 전환하기가 곤란하지만도 차종 노동자는 평소 임은도 비교적 다多하리니 기其 다망한 기절에는 수입의 일부를 저축하여 1년 중 실업 시의 준비도 할 수 있으리라.

(2) 산업계의 순환적 전황

대개 경제 사회에는 순환적으로 풍성과 전황의 현상을 생生함은 과거 경제사가 증명하는 바라. 연이然而 일조에 산업계에 전황이 습래襲來[22]하면 모든 경제적 활동은 위축하여 생산액이 감퇴하고 무역이 두절되며, 기其 결과 회사 공장에서는 노동자를 해고하여 다수한 노동자는 즉시 실업자가 되리라. 차종 실업은 전자보다도 가공할 폐해를 일으키는 경제상 중대한 자라.

22　습격하여 옴.

(3) 일용 노동자의 존재

일용 노동자라 하는 것은 하등 일정한 직업이 없이 다만 매일 공장이나 제조 회사 부근을 배회하여 임시로 노력을 파는 근소僅少 임은의 노동자라. 연이然而 시등 노동자는 하등 조직적 직업이 없는 결과, 또는 기其 수효와 공급이 다수인 까닭에 항상 노동에 대한 공급이 수요를 초과하여 기其 일부분의 자는 직업을 구할 수 없게 되리니 이로 말미암아 실업자가 다생多生함은 명백한 일이라.

(4) 기술 급 조직의 진보로 생산 과정의 변화

만근輓近 인지 발달과 산업계의 진전을 따라 여러 가지 기계가 발명되고 혹은 기술이 개선됨을 따라 산업 제도라는 것도 점차 변경하여 오나니, 기其 결과 종래의 숙련 노동자는 기계 발명으로 인하여 기其 숙련 노동이 불필요가 되어 자연히 실업되는 일이 종종 있느니라. 고로 과거의 노동자가 기계 발명을 비상히 증오하고 기계를 노동자의 적으로 생각하였나니, 실로 기계의 발명은 작업의 과정을 단순히 하는 결과 임은은 저렴하여지고 또한 부녀자와 유년자가 사용되어 청년 남공은 비상한 실업 상태에 함입하는 일이 많음은 다투지 못할 사실이라.

3) 실업 구제책

여사히 실업의 현상은 다만 개인적 원인으로 말미암아 일어나는 일도 불소하나 대부분은 노동자가 어찌할 수 없는 사회적 원인으로 말미암아 일어나나니, 실업 문제에 수반하는 폐해가 다대함은 자茲에 노노呶呶할 필요도 없도다. 실로 노동자가 일단 기其 직업을 실失할 것 같으면 노동자는 참혹한 고통을 받을 뿐 아니라 연連하여 사회 각 방면에 여러 가지 폐해를 야기하는 경향이 있음은 하인何人이든지 부정치 못할 사실이라. 고로 이것을 구제함은 다만 노동자의 행복을 증진시킴에 필요할 뿐 아니라 건실한 사회생활의 진보상에도 가장 중요한 급무라. 연이然而 실업자의 구제책으로는 여러 가지 종류가 있으나 대체 3종으로 구별할 수 있나니, 기일其一은 공공적 사업의 조절이요 기이其二는 노동 소개 제도의 확립이요 기삼其三은 실업 보험 제도라.

(1) 공공적 사업의 조절

현대 경제계의 실업자 발생은 도저히 면할 수 없는 현상이라. 연즉 정부가 도로의 개척 혹은 수선, 축항, 관사의 건축 등 공공적 사업으로 교묘히 조절할 것 같으면 실업자를 다소 구제할 수 있나니, 즉 정부는 경제계에 전황이 생生할 때마다 시등 사업에 착수하여 실업 노동자를 사용하면 일편으로 경제도 되고 일편으로는 실업자의 구제도 되리라. 연然이나 이 조절책은 실업자를 구제하는 효용이 극히 사소하니, 다시 실업자의 구제책을 조직화하자면 역시 근대에 비상히 진보한 노동 소개 제도의 확립이 필요하도다.

(2) 노동 소개 제도의 확립

노동 소개라 하는 것은 노동의 수요 공급의 연락을 도모하며 기其 평형을 보유하며 균등을 도모하며 노동자로 하여금 실업 기회를 감소케 하여서 기其 지위의 안고安固[23]를 확보코자 하는 것이 기其 주안이라. 대저 업을 잃은 노동자는 의지할 곳 없는 유아가 부모를 잃음과 같이 생계의 원천을 잃은지라 이 공장 저 공장으로 배회하며 직업을 구걸하러 다닐 때에 기其 정력과 시간의 공비空費는 어떠하며 생활의 곤란은 여하하리오. 이와 같은 현상은 노동 수요를 도모하는 소이가 아닌즉 일층 더 노동의 수요 공급을 조절할 기관을 설립하여서 이 기관에서 노동의 수용 조절과 공급 조절을 도모함이 필요하도다. 연이^{然而} 노동자를 소개하는 기관의 종류가 허다하나 대별하면 좌^左의 5종이 있느니라.

① 영리 사업의 노동 소개
② 동업 조합의 소동 소개
③ 노동조합의 노동 소개
④ 자선 단체 우^又는 공익 단체의 노동 소개
⑤ 자치 단체 우^又는 국가의 노동 소개

오인은 차^次에 이상 5 제도의 장단을 논코자 하노라.

① 영리 사업의 노동 소개

영리 사업의 노동 소개는 용인^{傭人} 입구소^{入口所}라 칭하는 영리를 목적하는 노동 소개 제도라. 고로 공공적 성질을 유^有하는 노동 소개 제도로는 극히 부적당함은 명백한 일이라. 이 제도는 단지 이익을 얻기에만 악착하여 실업자의 이익을 불고하는 일이 다^多하므로 여러 가지 폐해가 있나니, 고로 구미 제국에서는 차종 노동 소개소를 엄중한 감독을 하며 혹은 점차 폐지할 정책을 취하나니, 1910년에 독일의 일 법령은 필요 없는 경우에는 영리적 노동 소개소의 설립을 허가치 않는다 하였으며, 또 1904년에 불란서의 일 법률은 인구 1만 이상의 도시에는 시영^{市營} 노동 소개소를

---

23 안전하고 튼튼함.

설치할 일을 명하고 혹은 도시에 현존한 영리적 노동 소개소는 손해 배상금을 여與하고 5개년 이내에 기其 업을 금지할 수 있으며, 주사酒肆, 요리점에서 노동 소개업을 경영치 못하며, 또한 노동 소개소의 수수료는 고주雇主가 부담하기로 정하였더라.

② 동업 조합의 노동 소개

동업 조합의 노동 소개는 자본가의 단체 되는 동업 조합이 노동 소개소를 설치하고 자기들의 소용되는 노동자를 얻고자 하는 제도라. 이 제도는 영리적 노동 소개소보다 폐해가 극소하고, 또한 노동자의 기술과 지위를 조화시키는 점은 이 제도의 장처라 하겠으나, 연然이나 이 제도의 노동 소개는 노동자를 편벽하는 태도를 취하기 쉬우니, 동업 조합의 노동 소개소는 자본가가 조직한 것이므로 자본가에게 불리한 노동자예하면 동맹 파공을 행한 노동자에게는 직업의 소개를 거절하며 또는 취직지 못하도록 방해하는 일이 종종 있으므로 일반 노동자는 이 제도를 불긍不肯하나니, 원래 이 노동 소개소는 기其 설립의 취지가 노동자를 제어코자 함이므로 자본가는 여러 가지 농락을 부려 항상 노동자의 공급을 수요보다 초과시켜서 임은을 저하케 하는 동시에 다수 지원자 중에서 가장 적당한 자만 선발 채용하는 폐단이 적지 아니하니라.

③ 노동조합의 노동 소개

노동조합이 경영하는 노동 소개는 지위와 경우가 동일한 노동자가 단결하여 자기의 사회적과 경제적 개선을 욕구하는 노동조합의 일 직장職掌으로 행하는 제도니, 노동자의 실업 구제로는 가장 심후深厚한 동정을 유有함은 췌론贅論을 불사할 바나 노동조합은 조합원 되는 노동자의 실업 구제로써 기其 임무를 삼으므로 노동 소개의 효과를 완전히 하고 아무쪼록 실업자를 감소하기를 도모함은 조합 경영상 필요한 일이라. 연然이나 이 제도도 폐해가 없지 아니하나니, 노동조합은 다만 기其 조합원 되는 노동자에게만 노동을 소개하고 조합원 이외의 자, 소위 불숙련 노동자는 숙련 노동자보다 실업의 기회가 다多하되 노동을 소개치 아니하며, 또한 노동조합은 노동 시장에서 노동의 공급을 수요에 초과치 않고서 자본가를 제어하기에 급급한 결과 조합 가입에 종종種種한 제한을 붙여 조합원의 증가를 일정한 한도로 막는 폐해를 면치 못할지요 또 노동 수요 공급의 평형을 보전키 위하여 항상 조합원 되는 노동자로만 수요에 적합하도록 면려하여 조합원 이외는 안중에 두지 않고 기其 이해휴척을 경시하는 사실이 종종 있나니, 요컨대 노동조합으로 노동 소개업을 경영케 함은 이익이 없는 바는 아니나 이것을 전연 노동조합에 맡겨 둠은 가可치 못하도다.

④ 자선 단체 우又는 공익 단체의 노동 소개

자선 단체 혹은 기타 공익 단체가 기其 사업의 일부로 노동 소개를 행하는 것이니 구세군, 청년회관 같은 데서 행하는 것이 그것이라. 이 노동 소개소의 효과도 결코 적지는 아니하나 한 가지 결점 되는 바는 기其 경영비는 개인의 기부금으로 쓰고 기其 성질은 거반 자선적이 되는 것이라. 원래 노동 소개는 기其 본질이 자선적으로 행할 것이 아니므로 개인의 기부 혹은 자선심의 발로로 기초 삼는 공익 단체 혹은 자선 단체가 경영하는 노동 소개 제도는 과히 긴緊치 못한 제도라.

⑤ 자치 단체 우又는 국가의 노동 소개

이 제도는 소개 비용을 공비公費로 쓸 뿐 아니라 자본가가 납입한 수수료로써 충용充用하여 노동자에게는 호말의 보수를 요치 않나니 영리 사업의 노동 소개와 같은 폐해는 없을지요 또한 노동자의 이익을 보호함으로써 주안을 삼으므로 자본가가 경영하는 동업 조합의 노동 소개와 같이 자본가의 전횡도 없을지며, 또한 노동조합의 노동 소개와 같이 조합원의 이익만 위주하여 조합원을 제한하는 편벽도 없으리라. 연然이나 한 가지 결점 되는 바는 노동조합만큼 소개할 노동자의 기술과 성행性行을 충분히 판단할 수 없으므로 적자를 적소에 소개치 못하는 결과 자본가와 노동자는 불안지심이 생生하여 이 제도를 이용치 않고자 하리라. 고로 숙련 노동자는 자연히 노동조합의 소개를 구하고, 보통 노동자만 자치 단체의 소개소로 위집蝟集[24]하게 되리라.

　노동 소개의 목적을 달하는 데는 자치 단체의 경영이 필요할 뿐 아니라 자치체는 궁민窮民 구조법의 관계상 노동 소개업을 경영함이 정당하도다. 안按컨대 구미 각국 중 궁민 구조법을 실행하는 곳에서는 자치체로 하여금 궁민 구조의 책임을 부담케 함이 상례라. 그런데 소위 궁민 중에는 실업 노동자가 태반인데, 이 실업 노동자는 모두 불구, 폐질廢疾[25]의 노동 능력이 없는 자냐 하면 결코 그렇지 않다. 기중其中에는 건강한 신체를 가지고 노동 능력이 완전한 자도 적지 아니하나니, 이러한 노동자를 노동 소개 방법으로 적당한 직업을 구하여 주는 것은 즉 공공 부담될 궁민의 수를 감하는 소이가 아니랴. 연즉 자치체로 하여금 궁민의 구조를 위爲케 하는 동시에 노동 소개업을 경영케 할 것 같으면 자연히 궁민 구조에 요하는 비용을 절약할지요 또한 궁민 구조는 원래 기其 조사가 곤란하므로 남혜濫惠의 폐단이 다多하여 궁민 구조의 주안을 그릇하는 일이 종종 있나

24　한꺼번에 번잡하게 모여듦.
25　고칠 수 없는 병.

니, 금今에 자치체가 노동을 소개할 것 같으면 궁민의 종류를 명백히 하여 남혜의 폐해를 없이하리라. 요컨대 노동 소개제는 궁민 구조법과 밀접한 관계를 가진 것이라 궁민 구조가 이미 자치체의 책임인 이상에는 자치체로 하여금 노동 소개업을 경영케 함은 지당한 조처라 하노라.

구주 각국 자치체의 노동 소개 제도의 현상을 보건대 독일은 전국 도처의 대도시에는 거의 이 설비가 다 되었나니, 기중其中 슈투트가르트시는 일찍이 이 조직이 완비하기로는 유명하여 자치체 노동 소개제의 모범이 되었으며, 불란서의 시설市設 노동 소개서의 시설은 아직 충분히 발달치 못하였으나 1898년 불란서 노동국 조사를 거據하면 노동 소개소 있는 시의 총수가 39시인데, 기중其中 중요한 곳은 파리, 리용, 오를레앙 등이라. 수년 전에 파리에서 시업市業으로 노동 취인소取引所[26]를 창설하였더니 기其 창립 취지의 위반으로 말미암아 필경은 폐멸廢滅되고 마니라. 영국이 대규모의 노동 소개 제도를 설립하기로 결정하기는 1909년이니 동년에 국립노동소개소법을 제정하여 국가가 친히 노동 소개를 하게 되었나니, 금今에 기其 조직을 약술하면 노동 소개의 중앙사무국을 윤돈倫敦, 런던에 두고 전국에 산재한 노동 소개소의 조직과 통계의 수집을 장리掌理[27]하며, 또 중앙사무국 하에 전국을 11구역으로 분分하고 매 구역에 1명의 직원을 임명하여 기其 구역 내에 있는 소개소의 업무를 처리케 하였는데, 기其 11구역 내에 설치할 노동 소개소는 기其 지방의 인구 다소를 따라 소개 사무의 범위를 정하였나니, 소개소를 설치할 도회는 인구 2만 5천 이상의 도회가 아니면 불가하니라. 연然이나 소개소의 이익을 받지 못하는 변비邊鄙한 지방에는 기其 대신에 두 가지 편리한 법이 설정되었나니, 기일其

---

26   거래소.
27   일을 주관하여 처리함.

一은 노동 소개소의 등록이니 변비한 지방에 있는 실업자는 기기其 근방 우편국에 가서 등록 용지를 얻어 가지고 그것에 적당한 기입을 하여 우편으로 소개소 있는 곳에 송부만 하면 족한 것이요 기이其二는 변비 지방의 면소面所의 일실一室을 사무소로 정하고 매주 일이 회씩 부근 노동 소개소에서 직원이 출장하여 실업자를 인도하는 것이라. 기타 영국의 소개소 사무는 극히 간단하여 과반過般[28] 전쟁 중에도 노동자의 수요 공급의 조절을 교묘히 한 것은 모두 국립 노동 소개 제도의 효과니라.

일본의 공공적 노동 소개 제도는 동경시가 경영하는 직업 소개소가 있는데, 명치 44년1911에 천초淺草와 지芝에 설립하여 기후其後 소석천小石川, 신전神田 등지에 증설되다가 중도에 신전 소개소는 폐쇄되고 기타는 전혀 실업자의 소개, 무숙자無宿者의 숙박 등 사무를 집행하는데, 기기其 성적이 극히 불호不好한 모양이다. 기기其 이유는 제일에 규모가 불완전하여 사무가 통일치 못하며, 또는 아직도 반상班常을 가리는 정신없는 자들이 있어서 직업 소개원의 태도가 너무 교만하여 사회 정책적 이해가 없는 까닭이라.

(3) 실업 보험 제도

실업 문제 구제책으로 실업 보험의 효과는 종래 여러 가지 의론이 있었으나 금일에는 기기其 효과가 심대함을 의심할 자가 거의 없다 하여도 과언이 아니라. 차此에 대한 이유와 자세한 설명은 노동 보험 장에 상술하겠기로 차此에는 생략하노라.

대범大凡 인류 사회에는 결코 만능 약은 없을지라. 다만 오인은 가장 유효한 것을 선정함으로써 만족지 아니할 수 없나니, 본 장에 술述한바

28　지난번.

실업 문제도 기其 원인이 자못 복잡하므로 따라서 기其 구제법도 용이치 못함은 명백한 일이라. 연然이나 이상에 술述한바 구제책으로는 도저히 실업 문제를 완전히 해결할 수 없다 할지라도 다소간 감소케 할 효과는 적지 아니하리라. 연즉 금일과 같이 실업자가 익익 증가하고 개인적이나 사회적 폐해가 점점 다대하여지는 경향이 있는 때는 국가는 공연히 주저준순躕躇逡巡[29]치 말고 진보적 시설을 속히 하여 실업 문제를 해결함이 금일 초미의 급무로 신信하노라.

7. 노동 보험

1) 노동 보험의 목적 급 효능

노동 보험의 목적은 보험의 방법을 따라 노동자가 노동 능력을 감실減失하고 필경 궁민 오伍에 입入함을 예방하는 것이라. 환언하면 노동자의 생계 안고安固를 도모함이 노동 보험의 주안이라. 노동자가 노동 능력을 감실하는 사정이 일이一二가 아니나 금금今에 기其 중요한 자를 거擧하면 재액, 실업, 질병, 노쇠 급 폐질 등인데, 기중其中에도 실업은 노동 사회에 없지 못할 사실이요 또 재액은 원래 노동에 반伴하는바 특종 사정으로 노동자 이외의 사회 계급에는 희유한 일이라. 더구나 기계적 공업 시대에는 면치 못할 사실이므로 공업에 기계 응용이 진보함을 따라 재액자가 익익 증가함은 자연지세라. 안按컨대 업무 재액의 결과가 경미하면 노동자는 자기의 자력資力으로써 처치하려니와 만약에 중대할 것 같으면 피등은

---

29 머뭇거리며 망설임. 우물쭈물하거나 멈칫멈칫 뒤로 물러남.

궁민이 되어 타인의 보호를 받든지 그렇지 아니하면 공공의 구조를 받을 수밖에 타他 도리가 없을지요 또 질병, 노쇠, 폐질 등의 사정은 일반 사람이라도 면치 못할 바요 노동자의 특유한 것은 아니나, 연然이나 노동의 종류를 따라 특유한 질병도 있으며, 또는 노쇠, 폐질의 사정도 노동의 종류 성질을 따라 일반 사람보다 노동자의 노쇠기는 속速할지며 폐질 되는 기회도 다多하리니, 이와 같은 사정으로 말미암아 노동 불능 되는 노동자는 어떻게 자력自力으로써 기其 생계를 지탱하겠으며, 단기 질병은 치지불문置之不問할지라도 장구長久 질병에 걸린 자는 치료, 회춘의 방법이 없을지며, 더욱 노쇠, 폐질은 영구히 기其 노동 능력을 회복하기 절망이며 다른 수입도 없으므로 필경은 궁민이 되고 말리라.

노동자로 하여금 궁민이 안 되도록 예방하는 방법은 시등 사정에 대하여 미리 구제의 도途를 개開하여 생계의 안고를 도모함에 있느니라. 혹자는 왈 천天은 자조자自助者를 조助하나니 노동자로서 궁민 되기 싫거든 평시에 저금을 잘하여 불시지액不時之厄을 방비하라 하는도다. 오인도 노동자의 저금이 필요한 줄은 논자만 못 하지 않다. 연然이나 노동 불능에 처한 자의 구제 방법으로는 저금제보다 보험제를 채용함이 유효하리라. 금今에 노동 불능에 대한 구제 방법으로 2자를 비교컨대 저금제는 기其 금액이 부족하여 충분한 구제를 시施할 수 없으되 보험제는 특정한 사정이 발생하는 때는 기위 지불한 보험료의 다과多寡를 불구하고 정액 보험금을 수취하는 까닭에 곧 기其 목적을 달할 수 있으며, 또 보험제는 저금보다는 저축의 강제력이 있음은 사실이라. 저금제로 말하면 저금의 다과는 본인의 자유이므로 걸핏하면 방탕하기 쉬우며, 또는 다른 사정으로 인하여 간혹 중지하는 일이 있으되 보험제는 정액의 보험료를 지불치 아니하면 보험의 이익을 받지 못하므로 기其 정액에 달하기까지는 본인의 사정 여하도 불고하고 열심으로 기其 소득 중에서 추출할 것은 인지상정이라.

2) 노동 보험의 조직

노동 보험의 조직은 각종이 있으나 자玆에 구주 각국에서 행하는바 실례를 열거하면 영업 보험, 단독 보험, 상호 보험, 관업官業 보험의 대략 4종이 있느니라.

(1) 영업 보험

영업 보험은 노동 보험과 기其 성질이 상이하니, 대개 영업 보험은 영리를 목적하고 성립하는 것이므로 아무쪼록 보험료를 다액으로 하고 보험 이익을 적게 함이 상례나 노동 보험은 사회 개량의 사상으로 생生한 것인 고로 영리를 목적하는 일이 적으니라. 그러므로 영업 보험은 중산 이상자, 더욱 자본가를 고객의 범위로 삼고 노동자를 불호함은 괴이치 않은 일이라.

(2) 단독 보험

단독 보험은 대공장주가 다만 자기가 사용使傭하는 노동자에게만 행하는 보험이니 노동 보험의 조직으로는 원래 간연間然할 바 없으나, 연然이나 자선심이 많고 항상 노동자의 휴척을 염려하는 공장주가 아니면 기망企望할 수 없는 일이라.

(3) 상호 보험

상호 보험에는 ① 노동자가 공제의 목적으로 설립하는 조합과 ② 공업주가 노동자를 구제키 위하여 조직하는 조합과 ③ 노동자와 공장주가 협동하여 노동자를 구제코자 조직하는 조합 등의 3종이 있느니라.

상호 보험은 노동 보험의 조직으로 가장 널리 행하는 바라. 대개 상호 보험은 영업 보험과 같이 피보험인 이외의 영업자가 이익을 차지하지 못하고 각자 공동으로 기其 비용을 부담하고 기其 이익을 향수享受함으로써 주안을 삼느니라. 연이然而 전게前揭한 상호 보험에 관한 3종 조직 중 어떤 것이 제일 가可하냐 할 것 같으면 나는 일언으로 단정할 수 없나니, 요컨대 보험의 종류를 따라 상이한 고故이라. 재액 보험은 각국이 거반 제2종의 조직을 취하고, 질병에 대한 보험은 제1종 조직과 제3종 조직은 상반相半하게 채採하는 듯하며, 노쇠 급 폐질에 대한 보험은 제3종 조직으로써 경영함이 통상이니 이 보험은 비용을 다요多要하는 고로 도저히 노동자의 단독력으로는 감당키 난難한 연고라.

(4) 관업 보험

관업 보험은 정부가 스스로 경영하는 보험 조직이니, 노동 보험의 사상을 충족함에 적당하기는 상호 보험만 못하지 않다. 더욱 노쇠 급 폐질에 대한 보험은 아무리 하여도 관업 보험만 한 자가 없으리라. 대저 이 보험은 기其 구제가 영구하므로 사업私業으로 경영키는 위험의 염려가 없지 못할지며, 또 기其 구제 비용은 거액이 될지니 정부가 다소간 보조치 아니하면 노동자는 도저히 보험료의 부담을 감당치 못할 우려도 없지 않나니, 이러한 이유로 노쇠, 폐질에 대한 관업 보험은 점차 각국에 행하여지니라.

노동 보험주의에는 현금 구주 각국의 실례를 보면 임의 보험과 강제 보험의 2종이 있나니, 차此 2 주의가 구별된 소이는 강제 가입 유무에 있도다. 상언하면 정부는 노동자 혹은 자본가에 대하여 노동 보험에 가입할 의무를 부담시키는 여부에 있나니, 일파의 학설은 강제 보험의 조건으로는 강제 가입 외에 또한 강제 설비를 가^加치 아니치 못하나니, 즉 정부가 노동자나 혹은 자본가에게 법정法定의 설비를 강행하고 또한 차此의 가입을 강행치 아니하면 강제 보험의 성질을 결缺한다 하였으나, 그러나 만일 강제 보험의 실행을 종극까지 수행코자 할 것 같으면 이 두 조건을 충족지 아니치 못하겠지만도 강제 보험은 반드시 강제 설비를 기대하여 가지고 비로소 행하는 것이 아니라 강제 설비 없는 경우에도 특정 조건으로 공인되는 보험 설비에 강제 가입을 강행하여도 강제 보험의 목적을 달達키 어렵지 아니하리라. 이와 반대로 다만 강제 설비만 있고 강제 가입을 수행치 아니하는 경우에는 강제 보험은 그 무엇으로 목적을 달하리오. 유차관지由此觀之컨대 강제 보험의 조건은 다만 강제 가입주의를 고수함에 있고 기其 설비는 강제나 임의를 불문할 바라.

　임의 보험과 강제 보험을 비교하여 기其 우열을 단정하기는 용이한 일이 아니라. 강제 보험의 이해利害를 판단코자 하면 국민의 기풍을 참작함이 필요하도다. 영국인과 같이 자존 독립의 기풍이 섬부贍富[30]하여 정부의 간섭을 피코자 하는 자에게는 도저히 강제 보험은 행치 못할지요 설령 행할지라도 도리어 유해무익이 될지라. 연然이나 이와 반대의 기상을 가진 독일인에게 임의주의任意主義를 채採할 것 같으면 노동 보험의 발달은 심히 완만하여 시세지급時勢之急을 응치 못하리니, 여사한 국민에게 강제주의를 채採함은 부득이한 일이라. 금금今今에 가령 이 논점을 이離하여 일반 강제 보험의 이해를 설명컨대 노동 보험을 보급함에는 강제 보험이 유리함은 다투지 못할 사실이라. 연然이나 강제 보험은 노동자의 가입이 보험의 필요를 자각한 것이 아니라 다만 정부의 명령이 무서워서 가입하는

30　넉넉하고 풍부함.

것인 고로 입법의 정신은 피등 간에 분명치 못하여 사회 조직에 대한 노동자의 불평, 자차咨嗟[31]를 진정할 힘이 없으리라. 다시 강제 보험에 대한 자본가의 태도를 보건대 피등이 노동 보험에 관하여 다소의 부담을 하는 것은 피등의 임의에서 출出하는 것이 아니라 강제의 결과로 나오는 것이니, 이러한 사정은 강제 보험의 폐해라 하겠도다. 요컨대 강제 보험이 사회 개량의 실효가 있음은 물론이나 다만 윤리적, 도덕적 기초를 퇴패頹敗[32]하는 염려가 없지 아니하니라.

노동 보험에 관한 비용 부담은 보험의 조직 급 종류를 따라 기其 취지가 다를지나 개언概言하면 노동자, 자본가와 국가의 공동 부담으로 함이 각국 입법의 추세라. 안按컨대 노동 보험의 피보험인으로 보험의 이익을 수受하는 자는 노동자임으로써 보험료의 부담도 노동자가 단독 부담함이 당연이지만도 노동자의 근소僅少한 소득을 할割하여 보험료를 지출케 하여서는 도저히 충분한 구제를 할 수 없으며, 더욱 노쇠 보험 같은 거액의 비용을 요하는 것은 물론이로다. 연즉 자본가로 하여금 이것을 분담케 하고 또한 국가로 하여금 상당한 보조를 위爲케 할 필요가 기起하니라.

오인은 상술한 실업, 질병, 재액 급 노폐老癈의 4종 보험에 대하여 각국의 실례를 대략 술述코자 하노라.

3) 재액 보험

근시 각국의 사회 입법에는 업무 재액에 관한 책임을 대개 공장주에게 귀歸케 하는 동시에 보험 제도로 피해 노동자를 구제함으로써 통칙을 삼으나 기전其前에는 업무 재액의 성질이 아직 입법자 간에 분명치 못하여

---

31 한숨을 쉬며 한탄함. 자탄.
32 쇠퇴하여 무너짐.

기타 구제는 다만 민법의 규정을 준거하여 극히 협애한 범위에서 노동자는 공업주工業主에게 대하여 손해 배상을 청구하는 방법이 있을 뿐이러라. 연然이나 각국 민법의 규정은 사회 정책의 목적을 달할 수 없고 노동자의 질고疾苦는 필경 구제할 길이 없으므로 차차 특별법을 설設하여 손해 배상의 범위를 확장하게 되니라. 이 특별법은 민법보다는 기분간 사회 정책상 효과가 있으되 이것만으로는 도저히 충분한 효과를 주奏하지 못하였더라. 어시호 재액 보험 제도가 기起하여 노동자에게는 구제를 구할 범위를 확대하고 공업주에게는 혹은 임의, 혹은 강제의 보험 방법으로 기타 부담을 용이케 하여서 2자의 이익을 조정하기로 도모하니라.

구주 각국의 재액 보험 제도는 기타 주의를 따라 임의 보험과 강제 보험의 2종이 있고 임의 보험에는 또 2종의 구별이 있나니, 일一은 법률로써 다만 노동자가 공업주에게 대하여 요구할 배상의 범위와 정도를 정하고 아무쪼록 보험 방법으로 구제를 하게 함이니 영국, 불란서, 정말丁抹, 덴마크에서 행하는 제도요 일一은 재액에 관하여 공업주와 노동자 간에 권리 의무의 관계를 정하는 동시에 관업으로 재액 보험업을 경영하여 공업주로 하여금 아무쪼록 이것을 채용토록 하는 방침이니 서서瑞西, 스위스에서 행하는 제도가 이것이라. 강제 보험에도 또한 2종의 구별이 있는데, 일一은 강제 가입주의만 취하고 강제 설비주의를 취치 아니하는 것이니 이태리, 화란和蘭, 네덜란드의 현행법이 그것이요 일一은 시등 2 주의를 병행하는 것이니 독일, 오태리墺太利, 오스트리아, 낙위諾威, 노르웨이의 현행법이 그것이라. 이태리와 화란에서는 관업 재액 보험국을 설립하고 또한 특정한 조건하에 영업 보험과 상호 보험을 공인하고 공업주에게는 반드시 보험의 가입을 강행하되 기타 가입할 노동 조직에 대하여는 공업주의 임의로 하고 정부가 간섭지 아니하며, 독일과 오태리에서는 공업주로 하여금 동업의 관계를 표준 삼아 보험 조합을 조직하고 재액 보험을 경영케 하며, 낙위에서는 관립 보험국을 설設하고 모든 공업주의 가입을 강제하느니라.

4) 실업 보험

실업 보험의 발전은 가장 최근지사最近之事인데, 이것이 아직 장족의 진보가 못 된 이유는 이 보험은 다른 노동 보험 즉 재액 보험, 질병 보험, 노폐 보험 등보다 기其 본질에 몇 가지 곤란한 점이 있나니, 즉 실업 보험을 하는 데는 실업의 진상 판별과 위험의 선택과 노동 쟁의에 대한 태도 등 여러 가지 난관이 있어 이 보험의 발달을 방해하는 일이 적지 않도다. 예하면 피보험자가 질병에 걸리어 보험금을 청구하는 경우에 그 사람의 질병 진부眞否는 의학이 진보된 금일에는 의사의 진단이면 곧 판별할 수가 있으되 피보험자가 실업하였다고 보험금을 청구하는 경우에는 과연 그 사람이 진정 실업을 하였는지 또는 본인의 태타怠惰[33]로 인한 자작지얼自作之孽[34]인지를 판별하기는 매우 곤란한 일이라. 그런데 실업 보험을 가장 일찍이 실행하기는 노동조합이었었는데 기其 성적도 매우 현저하였더라. 연然이나 실업 보험은 노동조합에서 경영하는 타 종류의 공제적 설비보다 기其 위험의 분배와 부담이 심히 수이殊異하므로 노동조합의 힘으로는 십분 만족한 효과를 주奏하지 못할 뿐 아니라 실업은 기其 영향 소급所及이 광범한 고로 기其 구제 조직 같은 것도 다만 노동조합에만 방임할 것이 아니니라. 고로 만근挽近 구주 각국에서는 혹은 노동조합의 실업 보험을 자치체가 보조하여 기其 완성을 기期하는 제도가 있나니 백이의白耳義, 벨기에

33　몹시 게으름.
34　자기가 저지른 일 때문에 생긴 재앙.

의 헨트시가 그것이요 혹은 자치체가 스스로 경영하는 일도 있나니 서서의 베른, 독일의 쾰른시에서 행하는 것이 그것이니라.

연이然而 영국에서는 1911년에 강제적 국립 실업 보험 제도를 설設하고 세계에 솔선하여 실시 단행하였나니, 즉 이 제도는 모든 직업을 포용한 것이 아니라 각종 실업상 위험이 가장 다대한 건축 토목업, 조선업, 기계업, 제철업, 제차업製車業 급 목만업木挽業35 등에 종사하는 노동자로 정하였으나, 연然이나 정부 필요에 응하여 기其 적용 범위를 확대할 수 있나니 거번 전쟁 중 영국 정부는 기其 적용 범위를 비상히 확대하였더라. 또한 기其 조직은 영국 정부의 직영이므로 정부는 실업 보험국을 설치하고 실업 보험 기금을 설設하여 차此에 모든 보험료, 기타 보조금을 집합하여서 구제금의 재원을 삼으며, 또한 실업 보험국은 노동조합과 연락을 유지하여 보조와 공동을 얻어 기其 경영을 원만히 행하며, 또한 실업 보험의 실행 방법을 보건대 극히 간단하니 즉 실업 보험의 보험료 납입은 고주雇主에게 위탁한 인지印紙 첩용貼用36으로 족한데, 보험료는 고주와 노동자는 매주에 10전을 갹출하고 정부는 고주와 노동자 납입금의 3분지 1을 보조하나니 여사히 하여 노동자가 실업에 제회際會37하는 때는 1개년 15주간 이내는 매주에 6원 50전씩의 구제금을 받을 수 있느니라. 연然이나 이 구제금은 실업한 최초 주간은 받지 못하며, 또한 보험에 가입한 지 6개월간은 실업 구제금을 받을 자격이 없느니라. 기타 노동자와 고주에 대하여 여러 가지 편리와 유리한 조항이 있어 이 보험의 이용을 용이케 하나니, 예하면 고주는 자기가 사용하는 노동자를 45주간 이상을 해고치 아

---

35   제재업(製材業).
36   붙여서 사용함.
37   때를 당하여 만남.

니하는 경우에는 정부는 고주에게 기불 부담한 보험료의 3분지 1을 환급하는 것과 노동자가 60세에 달한 경우에는 기자其者가 종래 납입한 보험료 중에서 기간其間 실업한 일이 있으면 기불 실업 시에 실업 급여금으로받은 금액을 제감除減하고 잉여금을 환급하되 연리 2푼分 5리厘의 이자를붙여 주느니라.

5) 질병 보험

질병 보험은 각종 노동 보험 중 가장 오랜 역사를 가지고 또한 널리 행하였나니, 대저 질병 보험은 기불 발생 당초부터 임의 보험 방법으로 현금까지 오히려 기불 구투를 고치지 못하느니라. 구주 각국 중 이것을 강제보험으로 행하는 나라는 단지 독일, 오태리의 2국뿐인데, 질병이라 하는사정은 실업, 노폐보다 보험의 경영이 극히 용이하여 기불 계산상 강强히대수代數로 평균을 득得할 필요도 없고 협애한 지역에서 소수 인원으로도조직할 수 있음이라. 그뿐 아니라 구제상에도 거액의 비용을 지출할 필요도 없고 근소한 보험료를 징수하여 구제의 목적을 달할 수 있나니, 시등이유로 질병 보험에는 강제주의를 적용치 아니하여도 임의 보험으로 발달하게 되니라.

구주 각국의 노동조합은 질병 보험을 경영하는 자 다多하니, 원래 노동조합의 주안은 단체 세력으로써 자본가에게 대항하여 조합원의 노동 조건을 개량함에 있으나, 연然이나 이 목적을 달達키 위하여 행하는 운동은임시로 일어나는 경우가 다多한데 그것을 모두 조합의 상업常業을 삼을 수는 없으므로 어시호 조합의 상업으로 노동 보험을 경영하게 되니라. 그래서 각종 보험 중 질병 보험은 가장 경이輕易하고 실행키 용이하여 이 보험이 성행하느니라.

질병 보험에 강제주의를 채용한 나라는 독일이 효시가 되나니 1883년에 제정한 질병 보험법이 그것이라. 그다음에 오태리는 독일을 모방하여 질병 보험법을 제정하였나니 독, 오 양국의 질병 보험법은 강제 가입주의에 강제 설비주의를 취하였더라. 즉 법률 범위 내에 있는 노동자에게 특히 상호 보험의 설비를 위爲하고 그것에 가입할 의무를 부담케 하는 동시에 공업주에게 자기 사용使傭하는 노동자와 함께 보험에 가입함을 강제하되 공업주는 노동자를 위하여 비용을 부담할 뿐이요 보험의 이익은 받지 못하느니라. 보험의 설비는 동일한 자치구에 거주할 사事, 동일한 공장, 광산 등에 사용使傭할 사事, 혹은 동일한 수공업 조합에 속하는 등 여러 가지 표준으로 특별한 조합을 조직하며, 또 특정한 조건하에 기위 존재한 공제 조합으로 대행함을 허하니라.

6) 노폐 보험

노폐 보험은 궁민 구조제와 밀접한 관계를 유有한 각종 노동 보험 중 가장 중요한 것이라. 방금 구주 각국에도 노폐 보험의 발달은 아직 유치하여 다른 노동 보험같이 널리 행치 못하고 다만 약간 국國에서 관업 보험으로 혹은 임의주의 혹은 강제주의로 실행하나니, 안按컨대 노폐 보험은 영구히 노동력을 실失한 노동자를 구제함이 목적이라. 이러한 노동자를 구제코자 하면 종신 연금을 급여하든지 그렇지 아니하면 다액의 일시금을 급여치 아니하면 안 되겠는데, 이 비용을 지출코자 하면 비교적 고액의 보험료를 징수치 아니치 못하겠도다. 그런데 노동자로서는 도저히 그와 같은 거액의 보험료를 감당할 수 없으며, 또 노폐 보험의 비용이 거액이 되는 결과 확실한 경영을 하자면 보험 기술상 아무쪼록 피보험인의 수효를 다과多寡하여 이것으로써 계산의 평균을 보존할 필요가 있으므로 질병 보험과 같이 소수 노동자로써 협애한 지역에서 조직할 수 없고 반드시 대규모의 보험 조직으로 하여야만 되나니 이 또한 노동자로는 할 수 없는 일이라. 고로 각국의 노폐 보험은 관업으로 경영하는 자 다多하니 독일에서는 상호 보험과 관업 보험을 절충하여 기其 조직을 세우니라.

노폐 보험에도 역시 임의주의와 강제주의의 구별이 있나니 이태리, 백이의, 불란서는 정부가 노폐 보험국을 설치하고 보험 사업을 경영하되 보험에 가입하고 아니함은 노동자의 자유로 방임하고, 가입자에게 구제를 행하는 경우에는 정부는 특정한 준칙準則에 의하여 보조금을 급여하고 기其 징수한 보험료에 상당한 정도를 초超하여 보험의 이익을 받도록 함이 상례라. 노폐에 대한 강제 보험의 실례는 독일에서 볼 수 있나니 독일의 노폐 보험법은 가입의 강제를 실행하는 동시에 설비의 강제를 실행하며, 또 기其 보험 조직은 노동자와 공업주로써 조합원을 삼는 상호 보험임은 질병 보험과 기其 취지가 동일하니라. 연然이나 이 조합에 대한 정부의 감독은 극히 엄중하여 기관 구성은 관리가 참가하여 거의 반관반사半官半私의 관觀이 있느니라. 또 조합의 범위는 아무쪼록 널리 일 연방으로서 일 조합의 지역을 삼으며 혹은 수 연방을 합하여 일 조합의 지역을 삼는 일도 있으며, 보험료의 부담은 노동자와 공업주가 분담하고 정부는 연년이 거액의 보조금을 교부하여 피보험인의 이익을 도모하느니라.

8. 순익 분배제

1) 순익 분배제의 주지

순익 분배제의 주지主旨는 노동자로 하여금 공업에서 생生하는 순익의 분배를 얻게 함이니, 현금의 산업 조직은 공업의 순익이 전혀 자본가의 장중에 돌아가고 순익을 생산한 노동자는 기其 순익의 분배를 요구할 수 없고 다만 노력에 대한 보수로 일정한 임은을 받을 뿐이로다. 안按컨대 사회 문제는 생산의 결과를 노동자와 자본가 사이의 분배 관계로 말미암아 일어나나니 금今에 만약 노동자로 하여금 순익에 참여케 할 것 같으면 이와 같은 문제의 해결은 곤란치 아니하리라 하여 이 제도가 생기었나니, 순익 분배는 보통 회사나 공장에서 행하는 상여금과는 기其 본질이 다르도다. 상여금은 일종 증여에 불과하므로 이것을 주고 아니 줌은 자본가의 자유이므로 기其 분배액이 일정치 못하되 순익 분배는 기其 분배할 비례가 당사자 간에 미리 약속이 있으므로 자본가는 노동자와 다시 협의하기 전에는 기其 분배액을 좌우하지 못하느니라. 원래 순익 분배제는 현금 부의 분배가 불공평하여 그것을 균등케 하고자 설設한 것이 아니라. 순익 분배의 목적은 노동자로 하여금 기其 종사하는 사업에 흥미를 붙여 노동 능률을 증진하고 생산비를 감소하여 사업상 순익을 증가하여 자본가와 노동자의 수입을 증가코자 하는 일종의 경영책이라 하여도 과언이 아니라. 그런데 이 제도의 기원은 1842년에 불란서 파리의 실내 장식 직공으로 입신한 르클레르가 기其 공장에 실행하여 의외의 성공을 본 후 점차 구미 제국에 보급하여 영국에서는 1864년에 프릭스라 하는 사람이 자기 소유의 석탄광에 실행하였는데, 현금 이 제도가 가장 광범히 행하고 또한 성적이 양호한 곳은 불란서가 제일이요 영미가 기차其次라 하겠더라.

2) 순익 분배제의 실행 방법

순익 분배를 실행함에는 먼저 공장의 수지 계산에 대하여 순익액을 산출치 아니치 못할지라. 즉 공장 기계의 상각償却, 원료 가격, 임은, 봉급, 보험료 등의 각종 생산비를 계산하여 기其 제조품 가격에서 제감하고, 또한 자본의 이자를 일정한 이율로 계산하여 제지除之한 잔여금이 즉 자본가와 노동자가 분배할 순익이라. 순익을 분배하는 데는 자본가와 노동자 간에 분배될 금액을 결정함을 요하나니, 이것에는 여러 가지 방법이 있어 혹은 자본액과 매 영업 연도 내에 지출한 임은 총액의 비례로 분배율을 정하는 일이 있나니, 예하면 자본액이 100만 원이요 임은 총액이 50만 원이라 할 것 같으면 2와 1의 비례로 쌍방에 분배함이요 혹은 이러한 비례 관계없이 단지 순익의 기할幾割을 노동자에게 여與하고 기其 기할은 자본가에게 여與하기로 예정하는 일도 있느니라. 연이然而 이 순익 총액을 각종 노동자에게 배당하는 데는 여러 가지 사정을 짐작하여야 할지요 획일한 표준으로 분배를 할 것 같으면 필경 불공평한 결과를 생生할지라. 이 표준을 정하는 각 공장의 방침은 대요大要 좌초左와 같다.

(1) 임은의 다소

임은의 다소는 배당액을 정하는 데 가장 중요한 표준이라. 어떤 공장에서는 이것으로써 유일의 표준을 삼고 기타 사정은 치지불문置之不問하는 자가 있으나, 연然이나 다만 임의 다소로만 배당을 정하는 것은 불공평을 면치 못하리라.

(2) 근속 연한의 장단

어떤 공장에서든지 순익 분배의 일 조건으로 일정한 연한 이상의 근속을 요하나니, 이 연한은 혹은 반년 혹은 1년으로 구구히 분分하니라. 배당률을 정함에도 또한 이 연한의 장단을 짐작하여 연한이 장長한 자는 단短한 자보다 고율의 분배를 받음은 공장 경영상 고용 관계의 영속을 기期하는 필요한 일이니라.

(3) 집무의 근태와 성행의 양부

시등 사정은 간접으로 임은 고저에 영향을 여與함으로써 표준을 삼는 이상에는 특히 이것을 고량考量[38]할 필요가 없는 것 같되 임업급賃業給이 아니요 시간급時間給을 하는 경우에는 근태勤惰와 성행性行을 임은 고저에 아무 관계가 없으므로 순익 분배율을 정하는 데도 시등 사정을 짐작하여 기기其 등급을 설設함이 가可하니라.

이와 같은 사정을 짐작하여 배당의 표준을 정하고 노동자에게 순익 분배를 행하는 데도 여러 가지 방법이 또 있나니

(1) 현금으로 분배를 행하는 사事

이 방법은 극히 간이한 것이라. 연然이나 노동자가 결산기마다 임은 외에 현금으로 일시에 순익 분배를 받을 때에는 자연히 남비濫費[39]의 폐가 생기기 쉽고 혹은 이 수입을 예산하고 부채를 하는 위험이 있나니, 고로 순익 분배제를 실행하는 공장에서는 기기其 전부를 현금으로 지출치 않고 단지 기부분幾部分을 현금으로 지출하고 기타는 하기下記 방법으로써 처분함이 보통이니라.

(2) 노동 보험이나 기타 구제 기금으로 충당하는 사事

이 방법은 가장 널리 행하여 순익 분배제를 행하는 동시에 기기其 공장

---

38 생각하여 헤아림.
39 낭비(浪費).

내에 노동자의 공제 조합을 조직게 하고 위선 공장에서 약간의 기금을 증여하고, 또 연년이 분배하는 순익에서 기하幾何씩을 할취割取[40]하여 직접으로 이것을 기금에 가입하는 경우도 있으며, 혹은 이것을 각 노동자에게 분배하여 피등이 조합에 지출할 보험료로 충당하는 일도 있느니라.

(3) 주권의 매입을 위爲케 하는 사事

이 방법은 순익 분배제의 가장 진보한 것이라. 공장이 회사의 경영이 되는 때는 노동자에게 배당할 금액으로써 일시불 혹은 배기排期의 방법으로 기타其他 회사의 주권株券을 매입게 하며, 혹은 어떤 공장에서는 이것을 순익의 계약으로 명시하고 기타其他 액면 금액을 다 지출한 후가 아니면 각자에게 배당금을 교부치 아니하는 일이 있나니, 이 방법으로 주권을 매입게 하는 데는 기타其他 매매 양여讓與에 대하여 엄중한 제한을 붙임이 상례라. 연즉 이 방법은 노동자로 하여금 공장에 대하여 동정을 유有하고 밀접한 관계를 보존케 할 목적에서 나온 것이라.

순익 분배에 관한 제반 사항은 계약으로 명시하여 일편으로는 자본가로 하여금 임의 처치를 못 하게 방지하고 일편으로는 노동자로 하여금 기타其他 요지를 지실知悉[41]케 함이 필요하므로 혹은 또 노동자 중에서 선출한 대표자로 회사의 회계를 감독게 하느니라. 연然이나 이것은 자본가가 기타其他 영업의 비밀이 탄로될까 염려하여 반대하는 자도 있으나 다수 공장에서는 이 방법을 채용하느니라.

---

40   일부를 빼어 가짐.

41   모든 형편이나 사정을 자세히 앎. 죄다 앎.

3) 순익 분배제의 이해利害

　순익 분배의 이익을 주장하는 자는 이 제도로써 노동 문제를 평화하게 해결할 줄로 아나 노동조합은 이것을 반대하여 왈 순익 배당은 노동자의 자수심自守心과 독립심을 파괴하고 한갓 노동자의 의뢰심을 조장하는 미봉책이라고 절규하느니라. 위선 노동자의 이점을 말하면 노동자는 기위 보통 임은을 받는 외에 순익 배당을 받으므로 수입의 기분幾分을 증가함이 임은을 증가함과 다름이 없다. 그러나 노동자가 자본가에게 임은을 증가시키는 일은 용이한 일이 아니니 노동조합이 가장 발달하였다 하는 영국에서도 노동자의 요구는 빈삭히 거절되어 필경 동맹 파공이라는 최후의 무기를 써서 거액의 비용을 부담하고 다대한 손해를 입은 후에야 비로소 기其 목적을 달하나니, 연즉 노동조합의 발달이 아직 유치한 곳에서는 노동자는 자본가에게 대항할 실력이 없고 임은의 증가는 다만 자본가의 은혜를 바랄 뿐이요 노동자가 자진하여 강청强請할 수 없느니라. 연然이나 금수今에 순익 분배제가 있을 것 같으면 노동자는 자본가에게 특별히 요구를 제출할 필요도 없이 자연히 기其 순익의 분배를 받고 자본가에게 소호小毫의 압박도 안 받을지며, 자본가는 이 제도로 말미암아 당연히 자기 장중에 돌아올 순익의 기하幾何를 할割하여 노동자를 급여하는 고로 분배한 순익은 자기의 손실로 생각할 자 있으나, 연然이나 시是는 오해라. 이 제도가 실행하는 공장에서는 노동자는 임은 이외의 순익 분배액을 다대多大케 하고자 기계의 사용을 십분 주의하여 훼손치 않도록 할지며, 원료의 사용도 아무쪼록 절약하여 무용의 소모를 피할지며, 노동 능률도 증진하여 생산의 수량을 증가하고 품질의 개량을 득得할지며, 또한 노동자는 순익 분배에 맛을 붙여 용이히 공장을 떠나지 아니하리니 고용 관계의 영속을 기期하리라.

세상만사가 이利 있으면 해害도 있는 법이라. 순익 분배제도 기其 이익됨이 상술함과 같이 한두 가지가 아니나 또한 해점도 적지 아니하니, 순익 분배는 노동자가 너무 순익액을 다대케 하고자 하는 결과 과로의 노동을 하여 육체적과 정신적인 타격을 받는 일도 적지 아니하며, 또한 보통 순익 분배의 금액이라 하는 것은 각인에게 분배하고 보면 일 개인에 배당되는 금액은 극히 소액이므로 실상 노동자는 사소한 이익을 얻고자 다대한 희생을 제공하게 될지며, 순익 분배제를 철저히 실시하려면 노동자와 자본가가 서로 충분한 이해理解가 있어야 하겠는데 그리하자면 회사나 공장의 비밀까지도 노동자가 이해함이 필요하리라. 연然이나 자본가가 공장이나 회사의 비밀을 노동자에게 해방할 만한 포용력이 있을는지 의문이며 순익 분배는 왕왕 은혜적, 자선적이 되기 쉬우므로 노동자의 반감을 일으키는 일이 없지 아니하나니, 이 제도로써 노동 문제의 해결이 완전히 될 수는 없고 다만 노동자의 행복 증진의 설비가 아닌 일종의 노동자를 발목 잡는 정책이요 감정의 융화제融和劑라 할 수 있나니, 지금 노동 문제의 근본적 해결은 도저히 이것으로 될 수 없으리라.

9. 공장법

1) 공장법의 의의

공장법은 공장 노동자가 공장 생활로 말미암아 피被하는 해악을 제거하기를 목적하는 법률이라. 공장 생활의 해악을 말하자면 한두 가지가 아니나 대체로 분류하면 노동 조건으로 인하여 기起하는 것과 공장의 건축 설비로 인하여 기起하는 것의 2종이 있나니, 예하면 노동 시간의 과장過

툿이라든지 혹은 유아, 여자에 철야업徹夜業 같은 과격한 노동으로 인하여 생生하는 폐해는 전자에 속하고, 위험한 기계 장치에 적당한 예방 설비가 없다든지 혹은 유해한 와사, 유염산硫鹽酸 등을 함부로 사용케 한다든지 혹은 공장의 설비가 공기 유통이 부적不適하여 생生하는 폐해는 후자에 속하는 것이라. 또 공장 노동 생활이 사회에 영향하는 해악을 구별하면 혹은 공중위생이 해되는 것도 있고 혹은 국민 교육상에 해되는 것도 있고 혹은 선량한 풍속 습관을 문란할 염려도 있나니, 이와 같이 공장 생활의 해악은 가공할 것이므로 차此에 적당한 제재를 가하여 아무쪼록 기其 폐해를 제거코자 함이 공장법의 주안이며 생산 능률의 증진을 도모하고 또 한편으로는 건전한 국민 생활의 기초를 삼고자 함이라.

2) 공장법의 기원

공장법이 가장 발달한 나라는 영국이니, 영국은 제일 먼저 공업적 진보의 경험을 맛본 까닭이라. 대개 19세기 상반기에 산업혁명이 영국에 처음 일어나자 동국同國은 경제 조직을 전혀 근본적으로 개조하였나니, 즉 각종 기계를 속속 발명하여 증기력도 발명되며 종從하여 교통 운수의 편은 비상히 양호하게 되고 공업은 익익 융성할새 지금까지 옥내에서 하던 생산업은 이때부터 비상한 대규모로 변하여 도처에 대공장을 설립하고 생산업을 대규모로 하게 되니, 전국 노동자는 구집驅集[42]하여 공장에서 노동하게 되고 기其 결과 종래 소규모의 독립 생산업자는 점차 공장 노동자의 운명에 빠져 날마다 기계와 같이 노동하는 그들의 생활은 실로 참혹하였더라. 1833년 공장 조사회의 보고를 거據한즉 당시 영국의 방적 직공

---

42 몰아서 모음.

에는 9세 이하의 아동이 심다^{甚多}하고 7세 이하의 유아도 또한 적지 아니하였는데, 기^其 노동 시간은 16시간이 통상이요 왕왕 주야 교체의 방법을 취하는데 야업^{夜業} 조의 직공 중 결원이 있는 때는 주업^{晝業} 조의 직공으로 보충하여 기^其 노동 시간은 24시간이 되는 일도 종종 있었더라. 당시 에킨이라는 학자는 공장 생활의 참혹한 상황을 세상에 공개하였더니 부근 지방 인민들은 기^其 자녀를 직공 만들기를 불호^{不好}하여 직공 공급이 심히 결핍하였었으므로 공장주는 필경 빈민경^{貧民境}의 자녀를 고인^{雇人}하는 자가 다^多하더라. 금금^{今今}에 기^其 절차를 보건대 빈민경의 관리자는 공장주의 청구를 받아 가지고 약간의 빈아^{貧兒}를 선발하여 원방^{遠方} 공장에 보내면 공장주는 일일이 체격 검사를 행하여 합격자는 공장에 두고 견습 제자의 명의로 사용^{使傭}하나 폐의악식^{弊衣惡食}에 임은이라고는 엽전 한 푼 없고 노동은 과도히 시키되 만약 차^此에 복종치 아니하면 편달^{鞭撻}을 가하므로 빈아들은 이 고통을 감내할 수 없어 혹자는 도망하는 자도 있는데, 공장주는 도망하였던 자를 붙잡아다가 철쇄^{鐵鎖}로 발목을 붙들어 매 가지고 사역^{使役}하는 것은 마치 감옥에서 죄수 다루는 것과 다름이 없도다. 고로 피등 중에는 왕왕 영청^{囹圄}[43]에서 자살을 하고 공장의 고초를 면한 자도 있었더라.

이와 같이 자본가는 노동자를 몹시 학대하였을 뿐 아니라 사회의 부는 극소수인 자본가의 장중에 장악되고 다수의 노동자는 익익 빈핍^{貧乏}하였나니, 환언하면 빈부의 현격은 날이 갈수록 심하여지므로 자^玆에 사회의 자본 계급과 노동 계급이 생기어 기^其 양 계급이 호상 투쟁하게 되고 기^其 쟁투가 익익 격심하여 필경 사회의 조화를 교란하게 되니라. 그러므로 영

---

43 감옥의 변소.

국 정부는 사회의 약자 되는 노동자를 보호할 필요를 감각하고 1802년에 유년 노동자 보호법을 제정하고 유년 노동자를 보호하였나니, 이것이 영국 공장법의 효시라. 그런데 이 법률은 일반 공장에 적용한 것이 아니라 다만 폐해가 가장 현저한 방적업의 유년 노동자를 보호키 위하여 제정된 것이더니, 기후其後 여러 가지 공장법이 제정되어 필경 일반 공장에도 적용하게 되었나니, 즉 1833년 공장법의 보호는 면사 방적 이외의 섬유 공업에 종사하는 유년 급 청년 노동자에게도 적용하니 즉 공장법의 범위가 섬유 공업 전체에 확장하는 동시에 유년 노동자로부터 갱진更進하여 청년 노동자를 보호하게 되니라. 또 1844년에는 노동자 보호의 범위를 확장하여 부인 노동자에게까지 급及하였으며, 1864년에는 이때까지 섬유 공업에만 적용하던 공장법의 범위를 확장하여 모든 대규모의 공업에도 적용하게 되고, 기후其後 익익 기其 적용의 범위를 확대하여 드디어 1878년에는 전국 공업계의 모든 노동자를 보호하게 되었느니라. 이와 같이 영국의 공장법이 점차 완성되는 동시에 구미 제국도 영국을 모범하여 공장법을 설정하여 금일에는 구미 선진국은 물론이요 세계 각처 문명국에 공장법 없는 나라는 없느니라.

3) 공장법의 범위

공장법을 적용하는 범위에 대하여는 각국의 입법례立法例가 동일하나, 연然이나 대별하여 특수 공업에 적용하는 것과 일반 공업에 적용하는 것의 2종이 있나니, 영국은 전술함과 같이 위선 이것을 방적업에 적용하고 차제로 기其 적용의 범위를 확장하여 금일에는 일반 공업에 적용하게 되었고, 노국露國의 입법례는 영국과 흡사하여 법문法文도 자못 간단하고 부녀, 미성년자의 철야업을 금함에 불과하나, 연然이나 이같이 최초에는 특수 공업에 적용할 법률이었고 공장법은 극히 희소하여 거반 일반 공업에 적용할 목적으로 제정된 것이 多하더라. 일반 공업에 적용한다 하여도 모든 공업에 통統히 적용되지 아니하고 기其 범위의 한계가 있으며 기其 적용의 범위는 나라마다 다르나 거반 사용자 수, 동력의 유무, 업무의 성질을 표준 삼나니, 예하면 영국에서는 공업장, 작업장을 구별하여 이익을 득할 목적으로써 건설한 가옥 처소에서 기력汽力, 수력이나 또는 기타 기계를 사용하는 때는 공장이라 칭하고 공장법을 적용하며, 기타는 작업장이라 칭하고 공장법을 적용치 아니하며, 독일에서는 10인 이상의 직공을 두고 경영하는 공장에만 공장법을 적용하며, 불란서에서는 20인 이상의 노동자가 있는 공장에만 공장법을 적용하며, 일본에서는 갑, 을로 나누어 (갑) 15인 이상의 직공을 사용하는 자와 (을) 사업의 성질이 위험한 것 또는 위생상 유해할 염려가 있는 공장에 공장법을 적용하나니, 이와 같이 공장법을 적용하는 범위의 표준은 시時와 국國을 따라 상이하니 요컨대 일국의 공업 상태와 사회 사정에 의하여 기其 표준은 결정될 것이라.

4) 공장법의 내용

공장법의 내용은 각국의 법률이 상이하나 금今에 기其 중요한 실례와 입법의 이유를 거擧하면 좌左와 여如히 하니라.

(1) 직공의 최저 연령

각국의 공장법은 직공의 최저 연령을 정하고 기其 연령 이하의 자는 공장 노동을 금지하나니, 시是는 국민의 위생 보건상 필요함은 물론 국민 교육 보급상 심대한 관계가 있는 까닭이라. 또 유년자는 기其 발육이 아직 충분치 못한 자인데 그때부터 폐해 많은 공장 생활을 시키는 것은 도저히 완전한 발달을 할 수 없고 필경에는 국민의 건강을 몹시 저해하여 국가의 건전한 생존상 큰 염려가 될지며, 또한 국가도 국법으로 학령 아동의 취학 의무를 강제하는 이상에는 학령 아동이 공장 생활에 종사하는 것을 금지함은 당연한 일이라. 자玆에 구주 각국 공장법의 최저 연령을 초록抄錄하면 좌左와 여如하니라.

영국	11세	서반아(西班牙, 에스파냐)		10세
불란서	12세	흉아리(匈牙利, 헝가리)		12세
독일	13세	오태리	제1종 공업	14세
이태리	9세		제2종 공업	12세
정말(丁抹, 덴마크)	12세	서서(瑞西, 스위스)		14세
서전(瑞典, 스웨덴)	12세	백이의(白耳義, 벨기에)		12세
낙위(諾威, 노르웨이)	12세	화란(和蘭, 네덜란드)		13세
노서아	12세	일본		12세

(2) 직공의 분류

최저 연령 이상의 직공이 노동하는 데 대하여 공장법으로 완전하고 유효하게 직공 보호의 목적을 달達코자 할 것 같으면 반드시 장유長幼 남녀를 구별하여 보호의 정도를 각별히 아니 할 수 없나니, 즉 유자幼者는 장자長者보다 보호를 후히 하고 부녀는 남자보다 보호를 후히 하나니, 대개 직공에 대한 보호 정도를 정하는 것은 첫째, 직공이 유有한바 자위력의 강약, 즉 자유의사를 수행할 능력의 강약을 명백히 함을 요하나니, 이것은 장유 남녀를 따라 각각 상이한 바라 각국 공장법이 이 구별을 기초 삼아 가지고 직공의 분류를 하는 것은 당연한 처치니라. 구주 각국 공장법의 직공 분류 방법은 대개 2종으로 구별하였나니, 일一은 직공을 유년공, 소년공, 성년 여공, 성년 남공의 4종으로 분分하고, 일一은 직공을 유소년공, 성년 여공, 성년 남공의 3종으로 분分하였는데, 거반 유소년자에게는 남

녀의 구별을 하지 않고 동일한 보호를 하며 또 일정한 연령 이상자에게
는 비로소 남녀를 분(分)하여 보호의 정도를 달리함이 상례라.

제1종의 분류 방법을 채용하는 각국의 실례를 거(擧)하면

국가	유년공	소년공	성년 여공	성년 남공
영국	자(自) 11세 지(至) 14세	자(自) 14세 지(至) 18세	18세 이상	18세 이상
불란서	자(自) 12세 지(至) 13세	자(自) 13세 지(至) 18세	18세 이상	18세 이상
독일	자(自) 13세 지(至) 14세	자(自) 14세 지(至) 16세	16세 이상	16세 이상
이태리	자(自) 9세 지(至) 12세	자(自) 12세 지(至) 15세	15세 이상	15세 이상
정말	자(自) 12세 지(至) 14세	자(自) 14세 지(至) 18세	18세 이상	18세 이상
서전	자(自) 12세 지(至) 14세	자(自) 14세 지(至) 18세	18세 이상	18세 이상
낙위	자(自) 12세 지(至) 14세	자(自) 14세 지(至) 18세	18세 이상	18세 이상
노서아	자(自) 12세 지(至) 15세	자(自) 15세 지(至) 17세	17세 이상	17세 이상
서반아	남 자(自) 10세 지(至) 13세 여 자(自) 10세 지(至) 14세	자(自) 13세 지(至) 15세 자(自) 14세 지(至) 16세	16세 이상	15세 이상
흉아리	자(自) 12세 지(至) 14세	자(自) 14세 지(至) 16세	16세 이상	16세 이상

또 제2종의 분류 방법을 채용하는 각국의 실례를 거(擧)하면

국가	유소년공	성년 여공	성년 남공
서전	자(自) 14세 지(至) 18세	18세 이상	18세 이상
화란	자(自) 12세 지(至) 17세	17세 이상	17세 이상

국가	유소년공	성년 여공	성년 남공
백이의	남 자(自) 12세 지(至) 16세	21세 이상	16세 이상
	여 자(自) 11세 지(至) 21세		
오태리	제1종 공업 자(自) 12세 지(至) 14세	14세 이상	14세 이상
	제2종 공업 자(自) 14세 지(至) 16세	16세 이상	16세 이상

(3) 노동 시간의 제한

노동 시간의 제한이라 함은 1일간 노동에 종사하는 시간의 한도를 지칭함이니, 과장過長한 노동 시간은 업무 여하를 막론하고 위생상에 유해함은 명백한 일이라. 기중其中에도 공장 노동자에게 이 일이 현저하니, 밀폐한 실내에서 공기는 습윤하고 진애塵埃[44]는 비산飛散하며 기계 소리는 효효囂囂히 그치지 않는데 직공은 그 속에서 감독자의 독려에 쫓기고 이욕에 취하여 부지불식간에 과장한 노동을 하여 기其 건강을 해하는 일이 많으나, 그래도 성년 남공은 체질과 기타 저항력이 비교적 공고한 고로 큰 폐해는 없지만도 유년자와 부녀자는 저항력이 많치 못하므로 과장 노동의 폐해는 가장 심하리니 위생상 특별한 주의를 요할 뿐 아니라 유년자는 교육을 완료치 아니치 못할지요 부녀자는 일가를 정리할 책임이 있는 자인 고로 과장한 노동을 시키고 보면 사회상에 끼치는 폐해는 실로 적지 아니하겠으므로 어시호 노동 시간을 제한할 필요가 생生하니라.

노동 시간 제한에 대하여는 각국의 공장법은 직공의 종류를 따라 기其 정도가 상이하니, 유년공에 대하여는 각국이 모두 제한을 하고 여공에 대하여는 제한, 부제한이 상반相半하며, 성년 남공에 대하여는 서서, 오태리,

---

44 티끌과 먼지.

노서아, 불란서 등 국國을 제한 외에는 모두 무제한이며, 소년공에 대하여는 이태리를 제한 외에는 모두 상당한 제한을 붙이느니라. 노동 시간의 제한 방법은 각국 공장법에 직공의 종류 여하를 불구하고 동일한 제한을 하는 자와 불연不然한 자의 구별이 있는데, 불란서, 이태리, 서서는 전자의 방법을 채용하고 기타 제국은 후자의 방법을 채용하여 직공의 종류를 따라 제한의 정도를 달리하나니, 예하면 유년공은 6시간, 소년공, 성년 여공은 10시간, 성년 남공은 12시간으로 제한함이 이것이라.

휴게 시간의 규정은 노동 시간 제한과 밀접한 관계가 있는 직공 보호에 필요한 일이라. 고로 각국 법률에는 노동 시간의 제한이 있는 경우에는 반드시 휴게 시간의 준칙을 설設함이 상례라. 연이然而 휴게 시간의 규정에는 이것을 성규成規 노동 시간 중에 합산하는 것과 제외하는 것의 2종이 있느니라. 금今에 각국 노동 시간 제한의 실례를 거擧하건대

	유년공	소년공	성년 여공	성년 남공
영국	반일제(6시간) 휴게 30분 합산 혹 격일제(12시간) 휴게 1시간 합산	12시간 휴게 방적 공장은 2시간, 기타는 1시간 반 합산	좌동(左同) 휴게 좌동	무제한 광부에 대하여 8시간 반의 제한이 있느니라.
불란서	10시간 휴게 1시간 제외	좌동 휴게 좌동	좌동 휴게 좌동	무제한 단 전기(前記) 3종 직공 과 공히 노동하는 때는 동일 제한을 수(受)함.
독일	6시간 휴게 30분 합산	10시간 휴게 2시간 합산	11시간 휴게 1시간 합산	무제한
이태리	6시간 휴게 1시간 제외	무제한	무제한	무제한
정말	6시간 휴게 30분 합산	12시간 휴게 2시간 합산	무제한	무제한
서전	6시간 휴게 30분 합산	10시간 휴게 2시간 합산	무제한	무제한
낙위	6시간 휴게 30분 합산	10시간 휴게 1시간 합산	무제한	무제한

	유년공	소년공	성년 여공	성년 남공
노서아	8시간 휴게 1시간 제외 9시간(특종 공업) 휴게 1시간 제외	11시간 휴게 1시간 제외 10시간(좌동) 휴게 1시간 제외	좌동 좌동 휴게 좌동	좌동 좌동 휴게 좌동
서반아	5시간	8시간	무제한	무제한
흉아리	8시간 휴게 1시간 합산	10시간 휴게 1시간 합산	무제한	무제한

국가	유소년공	성년 여공	성년 남공
오태리	8시간(제1종 공업) 휴게 1시간 반 제외 11시간(제2종 공업) 휴게 1시간 반 제외	좌동 좌동 휴게 좌동	좌동 좌동 휴게 좌동
서서	11시간 휴게 1시간 반 합산	좌동 휴게 좌동	좌동 휴게 좌동
화란	10시간 휴게 1시간 합산	좌동 휴게 좌동	무제한
백이의	12시간 휴게 1시간 반 합산	무제한	무제한
일본	12시간 휴게 30분 내지 1시간	좌동	무제한

노동 시간의 장단은 노동자의 체질에 비상한 영향을 급及할 뿐 아니라 정신상, 도덕상에도 적지 아니한 관계가 있으며, 또한 노동 시간의 긴 것은 반드시 노동의 결과를 증진하는 것이 못 됨은 여러 가지 실험으로 증명하는 바라. 독일 예나라 하는 도회의 자이스 공장에서는 자금自今 1개년간 종래 9시간의 노동을 1시간 단축하여 8시간제를 채용하겠는데 만약 기其 결과가 양호할 것 같으면 당 공장의 작업 시간은 영구히 8시간제로 하겠노라고 선언한 후 1개년 후에 기其 성적을 본즉 의외의 양호로 생산액도 증진하고 직공의 수입도 1할 6푼이나 증가하였더라.

(4) 철야업의 금지

철야업이 위생에 해됨은 누구든지 의심할 자가 없으리라. 공장의 철야업이란 성년 남공은 오히려 인내할 수 있으되 발육이 아직 충분치 못한 유소년자와 체질이 잔약한 부녀자는 도저히 인위忍爲치 못할 염려되는 일이라. 그뿐만 아니라 철야업의 해는 노동에 종사하는 자만 입는 것이 아니라 기其 영아嬰兒 된 자도 또한 기其 발육을 저해하게 되리니 금今에 만약 기혼 부녀가 철야업에 종사할 것 같으면 야간 영아의 포육哺育을 할 자가 없어 기其 영양은 불충분하게 되어 필경 사망함을 면치 못할지요 설령 생존할지라도 도저히 건전한 발육은 못 되리라. 또 철야업이 재해의 원인 됨은 어느 나라든지 공장 생활에 경험 있는 자는 공인共認하는 바라. 대개 직공은 철야업으로 말미암아 기력이 약하여지고 주의력이 박약하여지며 왕왕 수미睡魔가 내습來襲하여 부지불식간에 기계 사용의 착오로 재해의 희생이 되는 일은 부녀, 유소자에 더욱 심하도다.

다시 풍교상으로 관찰하건대 또한 기其 폐해가 적지 아니하나니, 반야 인정半夜人靜에 기계 소리만 효효囂囂할 때에 공장의 일우一隅 전등 암영처暗影處에서 저성低聲 밀화密話가 누설되는 것은 공장에 있는 자의 항상 목격하는 사실이라. 또 부夫는 주간 노동을 마치고 박모薄暮에 귀가하면 처妻는 벌써 야업으로 공장에 가며 처가 익조翌朝에 귀가하면 부夫는 또다시 공장에 가게 되나니, 이러한 생활에 가정의 쾌락이 어디 있으며 풍기가 문란하여짐도 또한 부득이한 일이라. 이러한 이유로 말미암아 구주 각국의 공장법은 철야업을 금지함이 통칙이요 다만 각종 직공에 대하여 통統히 적용하는 것과 특종 직공에게만 적용하는 것의 구별 있을 뿐이고, 유년 직공에 대하여는 각국이 모두 금지하고 소년공에 대하여는 노서아를 제한 외에는 모두 금지하고, 성년 여공에 대하여는 금지와 무제한이 상반相

뉴하며, 성년 남공에 대하여는 다만 서서瑞西 1국이 금지할 뿐이라. 지兹에 구주 각국에서 실행하는 공장법의 철야업 규정을 초록하면

국가	유년공	소년공	성년 여공	성년 남공
영국	금지	좌동	좌동	무제한
불란서	금지	좌동	좌동	무제한
독일	금지	좌동	좌동	무제한
이태리	금지	좌동 단 6시간 이내는 허함	무제한	좌동
정말	금지	좌동	무제한	좌동
서전	금지	좌동	좌동	무제한
낙위	금지	좌동	좌동	무제한
노서아	금지	무제한 금지(특종 공업)	좌동	무제한
서반아	금지	좌동	무제한	좌동
흉아리	금지	좌동	무제한	좌동

국가	유소년공	성년 여공	성년 남공
오태리	금지	좌동	무제한
백이의	금지	무제한	좌동
화란	금지	좌동	무제한
서서	금지	좌동	좌동
일본	금지	좌동	무제한

(5) 정기 휴업일

구주 각국의 공장법은 대제일大祭日 외에 일요일로 정기 휴업일을 삼음이 상례요 다만 이태리와 서반아에서는 이것을 강제치 않고 혹은 별로이 일요 휴업의 규정을 설設치 않고 매주 1일을 여興하는 나라도 있나니 불란서와 백이의가 그것이라. 안按컨대 노동자에게 정기 휴업일을 여興하는 것은 위생상 긴요할 뿐 아니라 정신 수양상에도 가장 중요한 일이라. 독일 공장 감독관의 보고한 재액 통계표를 보건대 업무 재액은 각 요일 중 금요일과 토요일에 가장 많더라. 대저 재액의 원인이 여러 가지나 직공의

부주의로 인하여 생生하는 경우가 불소不少하나니, 이 부주의는 거반 심신의 피로로 인하여 생生하고 심신의 피로는 연일 노동을 계속한 까닭이라. 유차관지由此觀之컨대 정기 휴업이 위생상 여하히 필요함을 가지可知하리라. 또 풍교상으로 말하면 기독교국에는 일요 휴업이 국민 도덕에 막대한 영향을 여與함은 물론이요 설령 기독교국이 아닐지라도 정기 휴업일은 가정의 단락團樂을 보존함에 필요하도다. 대저 공장 생활은 가정의 관계를 문란함이 심하니, 가족의 다수가 직공 되는 경우에는 혹은 각각 공장이 상이할 것이요 혹은 주업에 종사하고 혹은 야업에 종사하여 말만 가족이지 수십 일씩 대면도 못 하는 일이 있으리로되 정기 휴업일이 있고 보면 1주일에 1일은 화기애연和氣靄然한 가정의 쾌락을 맛볼 수 있으리라. 차次에 각종 직공과 일요 휴업의 각국 실례를 게시하면

국가	유년공	소년공	성년 여공	성년 남공
영국	일요일	좌동	좌동	무제한
불란서	일요일	좌동	좌동	좌동
독일	일요일	좌동	좌동	좌동
이태리	무제한	좌동	좌동	좌동
정말	일요일	무제한	좌동	좌동
서전	일요일	좌동	무제한	좌동
낙위	일요일	좌동	좌동	좌동
노서아	일요일	좌동	좌동	좌동
서반아	무제한	좌동	좌동	좌동
흉아리	일요일	좌동	좌동	좌동

국가	유소년공	성년 여공	성년 남공
오태리	일요일	좌동	좌동
백이의	매주 1일	무제한	좌동
화란	일요일	좌동	무제한
서서	일요일	좌동	좌동
인도	일요일	좌동	좌동
일본	매월 2일	좌동	무제한

(6) 임은 지출의 방법

　직공의 임은은 기其 생산력의 다과多寡와 노동 수요 공급의 관계 등 경제적 자연 이법理法으로 정할 것이요 법률로 간섭함은 실로 지난한 일이라. 근시 법률로 임은의 최저 한도를 정하는 제도가 기起하였으나 호주의 약간 주와 영국 외에는 이 제도를 채용하는 나라가 없느니라. 연然이나 임은의 지출 방법은 각국 공장법에 모두 규정하였나니, 기중其中에도 영국, 백이의, 노서아 등 제국에서는 이것을 특별법으로 삼아 상밀詳密한 규정을 하였더라. 임은은 반드시 통화를 지출함이 가可하니 기타 물품으로 이것을 지출하는 것은 모두 무효로 함이 각국 법률의 통칙이라. 안按컨대 물품으로써 임은의 지출을 허할 것 같으면 기其 공장주는 통상의 시가市價로 조악한 물품을 공급하거나 혹은 시가 이상의 가격으로 강매하여 직접으로 물품에서 다소의 이익을 얻고 간접으로 임은의 감소를 도모하는 일이 없지 아니하리라. 고로 물품으로 임은을 지출하는 것은 공장주가 노동자를 기만하는 수단이 되리니 이 폐해를 광정匡正하기 위하여 각국의 법률은 금지하는 규정을 설設하니라.

　또 각국 법률에는 임은 지출의 처소를 제한하는 자가 다多하니 즉 주사酒肆, 음식점 같은 곳에서 임은을 지출하지 못하게 금지하는 것이라. 시분는 공장주가 기其 영업주와 연락을 통하고 부당한 이득을 사취私取하는 폐단을 방알防遏코자 함이요 또 임은의 지출 기일을 규정하는 나라도 있으니 노서아, 백이의가 그것이라. 백이의는 1887년에 임은의 지출, 차압, 양도에 관한 법률 제5조에 왈 "5법法, 프랑, 1법은 38전 7리 이하의 임은은 매월 2회 이상으로 지출하되 각 지출 기일의 간단間斷은 16일을 경과치 못할지며, 자택에서 노동하는 경우와 임업급賃業給으로 하는 노동 경우에는 임은의 지출은 기其 전부 됨과 일부 됨을 불문하고 매월 1회 이상 지출함을 요한다"고 하였더라. 이 규정은 노동자 보호상 필요한 일이니 만약 이것을 자유로 방임하면 공장주는 자기의 형편대로 임은을 지출하여 노동자에게 불이익이 될 우려도 적지 않도다.

(7) 집업 규칙

직공의 고용 계약에는 약속한 조항을 명문으로 정하는 경우가 심소甚少하고 단지 노동 시간과 임은 등의 중요한 사항만 계약에 명시하고 기타는 모두 공장주가 임의로 정하는 집업執業 규칙을 준수함이 일반적 사례라. 금今에 고용 계약을 감독고자 하면 반드시 집업 규칙을 감독할지니, 구주 각국의 공장법이 집업 규칙에 대하여 상당한 감독을 하는 것은 이 이유라. 혹은 기其 내용 되는 사항을 정한 것도 있고 혹은 그것을 신청 허가의 절차를 정한 것도 있으며 혹은 그것을 공장 내에 게시하여 직공으로 하여금 지실知悉케 하는 의무를 공장주에게 부담케 하는 것도 있어 각국의 법률이 각각 부동不同하나 지玆에 백이의 법률의 집업 규칙 요령을 적록摘錄[45]하면

제2조　집업 규칙에는 업무의 성질을 따라 상당한 범위에서 좌左의 규정을 설設치 아니치 못함.

가.　시업始業, 종업終業의 시각, 휴게 시간, 정기 휴업일

나.　임은 지출의 방법, 즉 시간급, 일급, 임업급, 도급都給[46] 등에 관한 사항

다.　임업급과 도급 경우에는 산정算定 급 감사監查의 방법

45　요점만 따서 적어 둠. 적바림.

46　일을 따로따로 나누지 않고 한데 합쳐서 일정한 기간이나 시간 안에 끝내기로 하는 방식.

라.　임은 지출 기일

제3조　집업 규칙에는 특종 업무에는 좌左의 규정을 설設치 아니치 못함.

가.　공장 감독자의 권한 급 직공이 공장 감독자의 처치에 대하여 불평
이 있을 경우에는 항의할 방법

나.　임은의 선용先用 제감에 관한 사항

다.　고용 해제의 예고 기간과 예고 없이 해고하는 경우

라.　징벌과 벌금의 제도를 설設한 공장에서는 벌금의 종류와 벌금의
최고액과 벌금의 사용 방법

(8) 위험 예방

각국 공장법에는 위험 예방의 규정을 거의 제정하였나니, 대저 이 규정
은 공업의 종류를 따라 기其 방법이 상이하고 또 각종 경우에 특별한 처
분을 하는 필요가 있으므로 법률은 기其 대체의 준칙만 정하고 상세한 사
항은 명령으로써 함이 각국 입법례의 통칙이라. 위험 예방이 직공 보호상
중요한 관계를 유有함은 다투지 못할 바나 이것은 원래 기술 문제에 속한
것이라 오인이 용훼容喙47할 수 없은즉 다만 각국 공장법 중 이것에 관련
되는 규정을 초록하여서 위험 예방이 무엇인 것을 보이고자 하노라.

불란서 공장법 제14조에 왈 "본 법 제1조의 조영물造營物과 그것에 부속
한 건물은 마땅히 청결물淸潔物로 하고 적당한 창호와 통풍의 설비를 하고
위생 급 보안상에 필요한 사정을 구비할 사事. 원동력을 사용하는 공장에
서는 차륜, 피혁, 접촉 부분 등에 위험한 염려가 있는 것은 노동자로 하여
금 근기近寄치 못하도록 설비를 할 사事. 정호井戶, 토교土窖, 계단의 강구降口

47　간섭하여 말참견함.

에는 위장圍障을 설設함을 요함"이라 하였고

독일 공업법 갑 제120조에 왈 "공업주는 사업의 성질이 허하는 범위 내에서 집업장 기계 급 기구 등의 설비 배열을 노동자의 생명 건강에 위해가 안 되도록 노력할 사事. 더욱 공장에 충분한 일광과 공기를 유통케 하고 집업할 제際에 생生하는 진애를 소제하고 연기와 와사가 실내에 침입지 않도록 방비하고 또한 이러한 것으로 인하여 생生하는 종종의 위해를 방지하기에 주의할지며, 기계의 전부 혹은 부분의 접촉으로 인하여 기起하는 위해와 집업장 혹은 집업의 성질로 인하여 생生하는 위해와 화재로 인하여 생生하는 위해에는 직공을 보호함에 필요한 설비를 요하며, 공업주는 집업의 정리와 노동자 행위에 관하여 위해 예방에 필요한 규칙을 설設함을 요함"이라 하였고

오태리 공업법 제74조에 왈 "공장주는 자기의 비용으로써 공장의 설계, 기계 기구의 배열 정리와 기타 업무, 혹은 공장 조직에 기인하여 노동자의 생명 건강을 보호키 위하여 필요한 설비를 위할지며, 공장주는 기계 기구의 전부 혹은 일부, 예하면 절동륜節動輪, 전도기傳導機, 차축, 가기중기架起重器, 대조大槽, 부釜 등에 위요圍繞를 시施하여 위해의 발생을 예방하는 설비를 할지며, 공장주는 사업의 정도를 따라 공장에 공기 유통을 선善히 하고 창호의 조명을 편케 하고 청결케 할지며, 화학 공업에는 직공의 위생을 위하여 특별한 설비를 요한다"고 하였더라.

10. 공업 재판 급 공업 조정

1) 의의

노동자와 자본가 간에 노동 조건으로 말미암아 일어나는 쟁의에는 2종이 있으니, 일一은 기위 계약한 노동 조건의 이행이요 일一은 새로 고용 계약을 개시하거나 혹은 변경할 때에 일어나는 것이니, 예하면 해고 조건으로 일정한 예고 기간을 약속한 경우에 자본가가 임시 해고를 명하여 일어나는 쟁의는 제1종에 속한 자요 부정기 고용 관계 경우에 임시로 일편에서 노동 조건을 변경코자 하여 일어나는 쟁의는 제2종에 속한 자니, 요컨대 제1종의 쟁의는 기존 고용 계약이므로 순전히 법률 문제에 붙여 민법 규정으로 해결하겠지만도 제2종의 쟁의는 장래의 고용 계약이므로 기간其間의 법률 관계는 호말도 없고 다만 쌍방의 이해를 절충 참작하여 중재 조건을 설設하고 쌍방의 양보로 해결될 것이라.

연이然而 제1종의 쟁의를 심판하는 기관을 공업 재판국이라 칭하고, 제2종의 쟁의를 해결하는 기관을 공업 조정국이라 칭하느니라. 제1종의 쟁의는 상술함과 같이 기其 성질이 보통 재판 사무와 다름이 없으므로 보통 재판소에서 심리함이 당연이겠지만도 원래 노동의 쟁의는 일반 민사 소송보다 가급적 신속히 결정할 필요가 있고 또한 그 절차를 간이하게 하고 소송 비용을 과소寡少히 함이 가可할 뿐 아니라 이 쟁의를 심판하는 데는 일반 공업 상황을 명백히 알고 노동자와 자본가의 관계를 상당히 알아야 처결할지니 보통 재판관으로는 할 수 없는 일이라. 이러한 이유로 공업 재판국이라 하는 특별한 재판 기관이 생기니라. 구주 각국 중 공업 재판국의 효시는 불란서가 1860년에 창립하였고, 독일은 1890년에 공업 재판법을 제정하고 해該 법에 준거하여 공업 재판국을 설치하였으며,

오태리는 1865년에 설치하고, 백이의는 1859년에 설치하고, 이태리는 1893년에 이 제도를 설設하니라.

2) 공업 재판국의 조직

공업 재판국의 조직은 각국 간에 다소 취지가 다르나 대체는 동일하니, 금今에 불, 독 양국 법률에 의하여 기其 요지를 설명하면

① 공업 재판국은 임의 설립의 기관이라. 즉 시촌市村의 자치 단체가 이것을 발의하여 정부의 허가를 얻어 가지고 설립함이 통칙이나 대저 공업 재판국의 제도는 공업지에서만 기其 필요를 보는 것이요 혹은 같은 공업지라도 공업 발달의 정도를 따라 필요치 아니한 경우도 있나니, 각 지방 자치체로 하여금 필요 있는 대로 점차 설립게 함이 적당한 방법이라.

② 공업 재판국은 자치체의 지역을 표준 삼아 설립하는 것이라. 불란서에서는 지방이 광대한 도시에는 공업의 종류를 따라 분할하여 동일 지역 내에 약간의 공업 재판국을 설設하는 일이 있느니라.

공업 재판국은 심판원 급 심판장으로서 조직하고, 심판원은 기其 지역 내의 노동자 급 자본가 중에서 무기명 선거법으로 각각 기其 반수를 선거하는 것이요 심판장은 불란서에서는 심판원의 호선互選으로 정부正副 심판장을 노동자와 자본가의 쌍방에서 선출하게 하고, 독일에서는 시촌장市村長 혹은 시촌회市村會가 노동자 급 자본가가 아닌 자로 선정하게 하니라. 안按컨대 공업 재판국이 자본가와 노동자의 대표로서 조직됨은 보통 재판 제도와 다른 특색이라. 이 제도로 심판을 할 것 같으면 공업상 쟁의는 비로소 정당한 판결을 받을지라. 연然이나 이 조직은 노동자와 자본가의

대표가 동수이므로 가부可否가 동수 되는 경우에는 단지 심판장의 의사로 이것을 결정할 수밖에 없을지니 연즉 심판장은 양방의 이해를 짐작하여 공평한 판단을 하下할 만한 자격이 있는 자라야 하겠으므로 각국의 당국자는 적당한 심판장을 구하기에 고심하는 바라.

공업 재판국의 판결도 보통 재판소의 판결과 같이 강제력을 유有하며, 특정한 경우 외에는 통統히 상소를 불허하고 상소를 허하는 경우에는 보통 재판소에 제기하나니 이것은 각국이 일반이라.

제2종 쟁의는 제1종보다 노동 문제상 주요한 관계를 유有하나니 동맹 파공과 동맹 해고 같은 것은 거반 제2종 쟁의로 말미암아 일어나나니, 이 쟁의의 성질은 법률 적용으로 해결할 것이 아니라 다만 권유적勸誘的으로 쌍방의 이해를 조화하여 평화의 해결을 할 수 있나니, 고로 차종此種 쟁의를 처분하는 방법은 근시 학자 급 실제가實際家 간에 일대 의문이 되어 각국에서는 여러 가지 방책으로 행하나 기其 귀결은 노동자와 자본가의 대표자로서 조직한 공업 조정국을 설設하고 기其 조정국에서 처결할 수밖에 없더라.

3) 공업 조정국의 내력 급 현상

공업 조정국은 19세기 1860년대에 비로소 영국에 기起하였나니 만델라 씨는 1860년에 노팅엄시에서 설립하고 기차其次에 게델 씨는 1865년에 워런햄프턴시에 창립하였나니 2씨의 창립한 공업 조정국은 대체로 동일한 주의라. 즉 일 지역 내에 있는 노동자와 자본가로 하여금 동수의 대표자를 선출케 하고 이로써 조정국을 조직하여 조정 사무를 처리하는 것이며, 또 시등 대표자는 노동자는 직공 조합의 임원으로 충당하고 자본가는 동업 조합의 임원으로 충당케 하느니라. 연然이나 심판장을 선택하는 데는 만델라파는 심판원 호선으로 하고 게델파는 심판원으로 하여금 쌍방에 이해관계 없는 제3자를 지명케 하니라. 또 조정의 실행을 보장키 위하여 게델파는 조정을 시작하기 전에 쌍방으로 하여금 만약 조정의 결과를 실행치 아니하는 때는 상당한 제재를 부담하기로 계약하나 만델라파는 차此에 하등 방법을 설設치 않고 조정의 결과가 실행되는 여부는 다만 쌍방의 자유로 방임하였나니, 차此 2파의 조정국은 창립 이래 기其 성적이 가히 볼 만한 점이 있으므로 노동자든지 자본가든지 모두 환영하고 정부도 또한 차此에 좌단左袒하여 조사위원회를 설립하고 기其 보급의 방법을 조사하더니 필경 1872년에 조정법이 제정되니라. 기其 조례를 보면 고용 계약의 고용에 관한 쟁의는 모두 조정국의 조정을 받을 조목이 있는 경우에는 임은에 관한 사항은 반드시 조정국에 제출할 사事를 강제하였느니, 안按컨대 이 조례의 제정은 공업 조정국 발달에 지대한 영향을 여與하는 자라. 또 1896년에 다시 조정법이 제정되었나니, 기其 요지는 상무관商務官은 노동 쟁의가 일어나는 경우에는 기其 원인 급 사실을 조사하여 기其 보고를 주무主務 대신에게 제출하고 또 쌍방으로 하여금 대표자를 선거케 하고 혹은 쌍방의 지명으로 조정자를 정하거나 혹은 상무관의 임명으로 조정자를 정하느니라.

독일 공업 조정국은 1890년 공업 재판법에 의하여 공업 재판국에 이것을 겸무兼務케 하고, 공업 재판국의 심판원 급 심판장은 공업 조정국의 심판원 급 심판장이 될 자로 하고 기其 조직과 선임은 상술과 동일하니라.

최근 공업 조정국의 입법으로 족히 볼만한 자는 1907년에 영령英領 가나다加奈陀, 캐나다에서 제정한 법률인데, 해該 법의 적용 범위는 공익에 직접 관계있는 업무 즉 철도, 와사, 전등, 석탄광 등이더라. 조정의 절차는 상기 업무에서 쟁의가 생生할 때는 당사자 일방이 정부에 향하여 사실의 심사를 하고 조정할 사事를 요구하는 경우에는 주무 대신은 위원회를 조직하고 심사 조정을 행하나니, 위원회는 3인의 위원으로 성립하는데 주무 대신이 임시로 임명하며 또 위원회는 최고 재판소의 권한을 유有하므로 당사자 급 보증인으로 하여금 선서를 위爲케 하고 장부 서류의 검열을 행하며 실지實地 임검臨檢도 할 수 있느니라.

위원회의 사무는 공개하느니라. 단 제조 기술에 비밀을 요하는 경우는 차한此限에 부재不在함. 위원회에서 조정이 성립지 못하는 경우에는 위원회는 조정 조건 급 위원회의 경과 보고를 주무 대신에게 제출하고 주무 대신은 이것을 공시公示하느니라. 위원회 개회 후 8주간 이내는 쌍방이 모두 동맹 파업이나 동맹 해고를 못 하나니 만약 위반하는 자는 처벌하느니라.

4) 결론

공업 조정의 장래를 말하는 자는 왈 방금 각국의 공업 조정 제도는 동맹 파공과 동맹 해고 같은 공업 쟁의를 감소함에 다대한 효력이 있음은 의심 없는 사실이라. 연然이나 이 제도로 하여금 충분한 효과를 출현코자 할 것 같으면 정부는 마땅히 강행력으로써 공업 재판과 같이 정부의 권력으로 조정 조건을 실행하리라고 한다. 대범 조정의 강행에는 2종 방법이 있나니, 일一은 조정 개시의 강행이요 일一은 조정 조건의 강행이라. 조정 개시의 강행이라 함은 당사자의 일방이 조정국에 향하여 조정 청원을 할 때에 조정국은 기其 상대자를 강행적으로 소환함을 득得함이니, 이것은 영국 조정법에 특정 조건하에서 기위 채용되고 영령 가나다의 신법에도 기其 규정이 있느니라. 이 방법은 공업 조정 실행에 지당한 방법이라. 연然이나 조정 조건의 강행은 호주 각방各邦 중 질랜드, 뉴사우스웨일스 등에 실행하는 외에는 별로 실례가 없고 또 실행하는 제국도 아직 시험 시대요 기其 이해관계는 명료치 못하니라. 안按컨대 조정 조건의 강행은 흡사히 법령으로 노동 조건을 정함과 일반이로다. 만약 이것을 실행할 것 같으면 기其 폐해는 심대할지라. 더욱 임은 같은 것은 기其 성질상 쌍방 의사에 방임할 것이라. 임은에 조정 조건을 강행한 일은 중고 시대에 영국에서 행하던 법정 임은 제도와 동일할지요 도저히 실행치 못할 일이라. 조정국에서 소정所定한 조정 조건에는 다소 실당지사失當之事[48]가 있을 뿐 아니라 정부 권력에 호소하여 이것을 강행함은 노동자나 자본가에 대하여 기其 권리를 침해하고 자유를 제한함이 심甚타 아니할 수 없도다.

11. 노동자의 거주

1) 노동자의 거주 문제의 필요

근시 구주 각국에는 노동 문제의 일종으로 거주 문제라는 것이 일어나서 빈삭히 사회 개량가를 고심초려케 하느니라. 안按컨대 노동자가 받는 임은은 각국이 다 점점 고등高騰하여 감은 사실이라. 연然이나 그것을 노동자가 소비하는 물품 가격으로 환산하고 보면 노동자의 소득은 실상 조금도 증가치 못하는도다. 대저 노동자의 소비품 중 의복의 가격은 점차 하락하고 식물食物 가격은 의연히 고저가 없으되 거주의 비용은 현저히 등귀騰貴하여 행랑방 한 칸에도 오륙 원씩 하지 않느뇨. 어느 나라 노동자를 물론하고 기其 가계의 평균을 보면 지출의 2할 내지 3할은 가임家賃, 집세으로 빼앗기는데, 그나마 가만있지 않고 연년이 등귀하나니 이것에 상당

---

48   이치나 도리에 맞지 않는 일.

한 획책을 세워 가지고 노동자의 생활 비용을 감소케 함은 노동 문제의 긴요한 일이라. 우리 조선에도 방금 주택난의 소리가 높아 빈민 부락의 건축이니 무엇이니 하고 떠들지만도 외국에 비하면 아직도 넉넉한 모양이니라.

2) 가임 등귀의 폐해

가임 등귀의 결과로 말미암아 일어나는 폐해는 종종種種이 있으나 위선 기其 현저한 자를 거擧하면 가옥 건축에 단독적 가옥이 감소하고 잡거적雜居的 가옥이 증가한 까닭이라. 대저 노동자의 가옥이 단독적 되고 잡거적 됨은 국민의 기풍을 따라 다르나니, 영국에는 단독적 가옥이 다多하고 대륙 제국에는 잡거적 가옥이 다多하니라. 연이然而 종래 각국 잡거적 가옥은 대도회지에만 행하고 소도회에는 단독적 가옥이 다多하였으나 근시 잡거적 가옥이 빈삭히 소도회에도 보급됨은 사실이라. 종래 대도회에서도 교외 가옥은 거반 단독적 가옥이더니 점차 교외에도 또한 잡거적 가옥이 건축되는 경향이 있느니라. 원래 잡거적 가옥은 3층, 4층으로써 극도를 삼더니 차차 층수를 증가하고 또한 지하에 거소를 만들어 소위 혈거穴居 인민의 옛사람을 만들게 되니라. 단독적 가옥은 노동자의 도의상, 위생상에 잡거적 가옥보다 우등하나니 대개 가옥의 관념과 토착의 사상은 도저히 잡거적 가옥으로는 발달할 여망이 없을지며, 또 잡거적 가옥에 지하나 고루상高樓上에 거주하는 사람은 여하히 위생상 위험한 상태에 있는가를 가지可知하리라. 그뿐 아니라 가임 등귀로 인하여 노동자는 도저히 충분한 가옥에서 거주하기 불능하므로 다수한 식구가 협애 두옥斗屋에 밀집하여 살아갈지니 이로 말미암아 생生하는 위생상 폐해는 실로 처참하니라.

가임 등귀에 대하여는 가옥에 관한 수요와 공급의 2 방면으로 관찰할 필요가 있나니, 위선 수요 방면으로 설명하건대 공업은 다만 조직상에만 집중하는 경향이 있을 뿐 아니라 소재상所在上에도 집중하는 경향이 있나니 기其 필연의 결과로 인구는 군촌郡村에서 도시로 이동하여 도시의 인구 증가는 도도히 기其 저지할 바를 알지 못하리라. 근시 구주 대도시의 가임 등귀는 거반 인구 증가의 결과로 생生하나니 안按컨대 시등 도시의 인구 증가로 말미암아 주가住家의 수요는 점차 증가하는데 주가의 공급이 그와 같이 증가치 못하므로 가임은 자연히 등귀될 뿐이로다.

금今에 갱更히 공급 방면으로 관찰하면 또한 여러 가지 사실을 분해할 수 있나니, 즉 주가의 사실과 택지의 사실이 이것이라.

주택 공급에 대하여 가임을 등귀케 하는 주요 원인은 건축 비용의 증가라. 즉 주택의 원료 되는 목재, 석재의 가격이 등귀하고 건축 노동자의 임은이 등귀하는 까닭으로 건축 비용은 차차 증가될새 가옥 소유자는 기其 비용을 보상할 필요상 부득이 가임을 등귀치 아니치 못하리라.

또한 사회가 문화함을 따라 건축의 설계 구조도 점점 정교하여지고 사치됨은 일반 사례라. 비록 노동자의 주가라도 기其 추세를 좇지 아니치 못할지니 건축의 비용은 자연히 증가하여 필경 가임의 등귀를 일으키고 마니라.

차次에 택지의 사실을 안按컨대 택지의 지가는 가임의 요소가 되므로 지가地價의 고저는 가임의 고저와 밀접한 관계를 유有하여 도시의 택지는 경지耕地보다 제한적 성질이 있고 기其 공급을 증가함이 경지와 같이 용이치 못하나니, 경지는 기其 지위보다 지미地味의 비척肥瘠을 요건을 삼되 택지는 기其 지위 여하로 택지의 자격을 생生하는 유일의 표준을 삼느니라. 연然이나 택지의 지위는 개언槪言하면 기其 택지가 도시의 중심에 대한 거리를 기초 삼아 기其 원근으로 자격을 정하나니, 연즉 도시의 택지는 독점적 성질을 가졌다 하여도 과언이 아니로다. 혹은 교통 기관의 발전을 따라 도시의 지역을 교외에 확장하고 택지의 면적을 증가할 수 있을지라도 그것은 일정한 한도가 있어 기其 범위를 과過치 못할지니, 연즉 택지의 공급은 수요만큼 증가할 수 없으므로 지가는 점점 고등하고 말리라.

택지가 제한적 성질을 유有한 결과 택지의 소유는 일종의 독점 사업이 되어 왕왕 투기의 목적물이 될 뿐 아니라 매점의 폐해도 또한 생기生起하리니 지주는 차지인借地人에게 대하여 기其 독점의 지위를 남용하고 부당한 지가를 요구하는 일이 누누이 있느니라. 고로 차지인이 기其 토지에 특별한 필요가 있는 때는 여하히 고가의 지가라도 지출키를 주저치 아니하리니 지가는 인위로 점점 등귀시키게 되리라.

3) 거주 문제의 해결 방법

(1) 가옥의 공급의 방법

이 방법에 2종이 있으니 일一은 대가貸家를 건축하고 저렴한 가임으로 노동자에게 공급고자 하는 것이요 일一은 노동자로 하여금 자기의 거주를 소유케 하고자 하는 것이니, 차此 2종 방법을 실행함에 당하여 기其 경영하는바 주체를 따라 분류 서술하리라.

① 노동자의 조합

이 방법은 노동자가 특히 거주 조합을 설립하고 정기로 소정 금액을 출금하여 이로써 자본을 삼아 가지고 조합 사업으로 가옥의 매입 혹은 건축을 하여 저렴한 가임으로 조합원에게 대여하거나 혹은 원가로 조합원에게 매도하는 것이니, 이 조합의 명칭은 미국에서는 건축 및 금융 조합이라 칭하고 독일에서는 건축 및 저금 조합이라 칭하느니라. 노동자의 조합으로 이러한 업무를 경영하는 것은 사회 개량상 칭양稱揚할 일이로되 여사한 조합을 조직함은 고등 노동자가 아니고는 도저히 경영할 수 없을 뿐 아니라 이 방법의 은택은 널리 일반에게 보급지 못하는 불편이 있으며, 또 가옥 매매에도 왕왕 투기적 사업을 경영하는 폐해가 있으며, 조합이 엄중한 감독을 하지 아니하면 매수인 된 노동자는 이익을 볼 작정으로 기其 가옥을 전매轉賣하는 폐해도 적지 아니하니라.

② 자본가의 시설

특정한 자본가가 자기가 사용使傭하는 노동자를 위하여 혹은 대가를 건축하여 저렴한 가임으로 대여하는 경우도 있고 혹은 가옥을 건축하여 연부年賦 상환 방법으로 방매放賣하는 경우도 있으며 또는 노동자에게 건축 자금을 대여하는 일도 있나니, 시등 실례는 각국에 기其 수 불소하나 기중其中에도 가장 현저한 자는 독일의 쿠르츠프 공장이니라.

자본가의 시설로 가옥을 건축하여 노동자에게 대가의 공급과 노동자의 소유를 만들어 줌은 자혜적 방침으로 칭찬할 가치가 있으나, 연然이나 자본가가 노동자를 압박하고 속박할 수단으로 미명의 재갈을 물리는 일이 왕왕 있나니 자본가의 자혜적 주택 공급은 깊이 주의할 필요가 있으며, 또 노동자로 하여금 자가 소유를 만들어 주는 데도 영구히 기其 가옥을 전매치 못하게 하고 투기에 빠지지 않도록 할 필요가 있느니라.

③ 자혜 단체의 사업

자혜 단체의 사업으로 노동자를 위하여 대가를 건축하고 혹은 노동자의 소유를 만드는 방법을 설設함은 근시 각국에 성행하나니, 이 시설은 노동자의 결합과 같이 자금의 부족을 감感할 리도 없고 또 자본가의 사업과 같이 노동자가 속박과 압박을 받는 폐해도 없으리라.

④ 도시의 사업

도시 사업으로 도시가 기其 사용使傭하는 노동자를 위하여 대가를 설設함은 기其 예 불소하니, 즉 도시가 자본가의 지위에 입立하여 대가업을 경영하는 것이라 기其 성질이 자본가의 시설과 동일하나, 연然이나 도시 행정 사항의 일一로 대가를 건축하는 경우는 기其 취지가 다르나니, 거주케 할 노동자는 도시 사업에 사용使傭하고 아니함을 불구하고 노동자면 모두 기其 은택에 욕浴게 함이라. 이 사업의 내력을 잠깐 말하건대 근시 구주 대도시에서는 종래 시내에 존재한 세민細民[49]의 주가는 극히 불완전하고 또한 불결하므로 공공 위생상 일소할 필요가 있었다. 그런데 다만 그것을 제거만 하고 기其 대신을 신축지 아니하면 세민의 불행이 막심하겠으므로 기其 제거한 지역에서 공공의 비용으로써 노동자 거주에 적당한 대가를 건축할 필요가 생기었는데, 기후其後 사회 개량책에 주의하는 곳에서는 모두 시업市業으로 대가를 건축게 되니라.

(2) 택지 공급의 방법

택지 방법의 주요한 자는 택지의 투기적 매매를 방지하는 것이라. 택지의 투기는 간혹 택지의 공급을 감소하는 경향이 있나니 대도시 부근에 장래 택지로 이용할 만한 토지가 투기업자 수중에 들어가면 장래 등귀할 줄 예상하고 공지空地대로 치지置之하는 일이 종종 있으며, 또 토지의 투기

---

49   수입이 적어 몹시 가난한 사람. 영세민.

적 매매는 토지 겸병성兼併性[50]을 순치馴致[51]하여 소수의 지주가 광활한 택지를 소유하는 결과 지가는 예기豫期 이상의 등귀가 되나니, 안按컨대 투기적 매매의 가격은 사실상 지가를 기초 삼아 가지고 계산하는 것이 아니라 투기업자의 용단으로 불상당不相當한 고가가 되며, 또한 대부貸付하는 데도 지주는 불상당한 지가를 표준 삼으므로 지가는 비상히 등귀하는 일이 종종 있느니라. 이 사실은 택지가 독점적 성질을 유有한 결과로 일어나는 것이므로 경지에는 없느니라. 시등 폐해를 교정키 위하여 각국에서 행하는 실례가 여러 가지 있는데, 자茲에 기其 주요한 것만 거擧하면

① 토지 매매에 등기세를 중과重課할 사事

이 방법은 백이의에서 행하는 방법인데 기其 효력은 현저하니라. 연然이나 이 방법은 토지의 투기적 매매라는 폐해는 방지되겠지만도 정당한 매매에도 과중한 부담을 시킴은 온당치 못한 일이라.

② 지조세법地租稅法의 개정

보로서普魯西, 프로이센에서는 종래 지방 세제에 자치체가 토지에 과세하는 경우에는 기其 토지의 수익으로써 과세의 표준을 삼았나니, 고로 건축 없는 토지는 하등 수익이 생生하지 않는다는 이유로 과세를 면제하였더라. 그런데 1893년 내무 대신 미겔 씨의 지방 세제 개정은 제일 이 점에 부월斧鉞을 가하였나니, 즉 자치체가 토지에 과세하는 경우에는 기其 수익 여하는 불문하고 토지 가격으로써 과세 표준을 삼았으므로 자차自此로 건축 없는 불생산의 토지도 건축 있는 토지와 같이 과세를 부담케 되니라.

50　둘 이상의 것을 하나로 합쳐 가짐.
51　목적한 상태로 차차 이르게 함.

③ 택지의 공용 징수

바덴에서는 건축 없는 토지에 대하여 지주가 건축도 않고 대부도 아니하는 경우에는 공익의 이유로 공용 징수법을 적용함을 득得할 법률을 제정하니라. 보로서에서도 이 문제는 빈삭히 일어났었으나 아직 법률의 제정은 못 보겠고 다만 프랑크푸르트시에서 시 조례로 실행하더라.

④ 토지 증가세

토지 증가세增價稅는 교통세의 일종으로 과거의 매매 가격과 현재의 매매 가격을 비교하여 기其 증가한 가액에 대하여 과세하는 방법이라. 기其 징수 방법은 매매할 제際에 부과함이 보통 등록세와 동일한데, 이 세목은 독일의 신영토 되었던 교주만膠州灣, 자오저우만이 제일 먼저 시행하였고 기후其後 점차 독일 본국에 파급하여 대도시에서는 시세市稅로 채용하는 일이 심다甚多하고, 영국에서는 1905년에 국세로 실시하였으며, 1911년에 독일에서는 제국帝國 조세로 채용하니라.

이 조세는 재정상으로 보아도 지당한 조세일 뿐 아니라 택지 정책으로도 필요한 자라. 근시 도회의 택지가 한갓 투기의 목적물이 되어 겸병兼幷의 폐해를 야기하여 지가가 부자연히 등귀됨은 은닉할 수 없는 사실이라. 이 폐해를 교정코자 하면 토지 매매에 과세를 중히 함이 상책인데, 다만 토지 매매에 과세를 중히 하면 정당한 매매에도 중세重稅를 부담시킬 염려가 있다 함은 백이의의 실례로 추지推知하리라. 연然이나 토지 증가세를 채용하여 기其 증가한 가격에만 과세를 할 것 같으면 투기적 매매에 과세하는 셈이 되며 입법의 목적을 달하기 용이하리라.

금今에 토지 증가세의 내용을 간단히 말하면 건축 있는 토지와 건축 없는 토지를 구별하여 건축 있는 토지에는 세율을 저렴하게 하고 건축 없는 토지에는 고율의 조세를 받으며, 증가 가격이 다액이 될 때는 고율의 과세를 하고 소액이 될 때는 저율의 과세를 하며, 또 매주賣主의 소유 기간을 짐작하여 장기간의 증가 가격이 단기간의 증가 가격과 동일할 때는 기其 세율을 저렴하게 하며, 과세할 증가 가격에도 최저 한도를 정하여 일정한 비례액 이상의 증가 가격에는 과세하고 기其 정도 이하는 과세를 면제한다 하였더라.

12. 노동자와 산업조합

구주 각국에서 노동자 간에 행하는 산업조합[52]의 종류를 거擧하면 소비조합과 생산조합의 2종이 있느니라.

1) 소비조합

소비조합이라 함은 조합원이 소비하는 생활상 필요품을 공동으로 구입하여 조합원에게 매팔賣捌함을 업무를 삼는 조합이라. 이 조합에는 2종의 구별이 있으니, 기其 구별은 조합원에게 물품을 매팔할 때에 기其 가격을 정하는 방법을 따라 구별한 것이라. 즉 기일其一은 조합이 구입한 원가에 다만 조합 경영에 필요한 비용만 첨가하여 일반 소매 가격보다 기분간 염가로 판매함을 목적하는 것이요 기이其二는 보통 소매 시가로 판매하여 조합원은 조합에서 구매하나 일반 소매상점에서 구매하나 가격을 동일히 하고 기其 소매에서 생生한 이익은 각각 기其 구매액에 응하여 조

---

52 협동조합의 일본식 용어.

합원에게 배당하되 기其 배당은 현금으로 지출하는 것이 아니라 각 조합원의 저금으로 조합에 보관하나니 소위 로치데일식이 이것이라. 방금 구주 각국에서 성행하는 소비조합은 대개 이 방법을 채용하나니, 연즉 나도 이 방법의 소비조합을 설명코자 하노라.

2) 소비조합의 기원

소비조합의 탄생지는 영국인데 기其 남상濫觴은 1844년 로치데일시 모포 직공이 창립한 것이라. 로치데일은 맨체스터 부근의 일 소도시라. 19세기 중엽에 이 지방의 모포 공업은 비상한 비경悲境에 침륜하여 실업 노동자는 기其 수 부지不知요 약간 공장에 취직하는 자도 임은이 저락低落하여 기其 생계의 곤란은 명상名狀[53]할 수 없더라. 이때 노동자는 구제책을 강구코자 종종 집회를 개開하고 여러 가지 계획을 세웠었다. 왕왕 해該 시에서는 사회당의 일파 되는 차티스트 당의 회합이 있더니, 화스라는 일 노동자가 기립하여 비로소 소비조합 안案을 연설하니라. 그러나 기其 대성大聲은 이이俚耳[54]에 입지 않고 기其 교묘한 고안도 다수의 찬동자를 얻지 못하고 말더니, 미구未久에 화스는 이삼의 동지자로 더불어 기其 지방의 노동자를 역방歷訪하고 가입을 권유하여 간신히 28명의 찬성자를 얻어 가지고 각각 1방磅, 파운드, 약 9원 76전 3리씩 출자하여 소비조합을 조직하니라. 28명의 조합원과 28방의 자본금으로써 창립된 소비조합은 70여 년을 경과한 금일에는 이미 영국은 물론 대륙 제국까지 보급하였나니, 이 창립자 되는 28명의 노동자가 소비조합의 조선祖先으로 기其 명성이 구주를 진동함이 어찌 우연이라 하리오.

---

[53] 사물의 상태를 말로 나타냄.

[54] 속인(俗人)의 귀.

로치데일 조합은 여사히 설립된 것이라. 업業을 개開하자 기其 공적은 차차 세상에 알게 되어 수년 후에는 회원 수가 600에 달하고, 기후其後 각 지방에도 이것을 모범하여 조합의 설립은 추년追年 증가하니라. 1862년의 의회 보고서를 거據한즉 조합 총수 450에 조합원의 총수는 9만 인에 달하며, 또 1864년에 영길리英吉利, 잉글랜드 각 지방의 조합은 호상 연합하여 맨체스터시에 중앙소비조합을 설設하고, 1868년에 소격란蘇格蘭, 스코틀랜드 각 지방의 조합은 글래스고시에 중앙소비조합을 설設하였나니, 이 중앙소비조합의 목적은 각 지방 조합이 요하는 물품을 공동으로 구입하여 각 지방 조합에 배부하나니 연합 기관 조직은 다시 소비조합 발달에 일대 자격刺擊을 여與함은 물론이라.

3) 소비조합의 조직 급 사업

소비조합은 동일한 지역에 거주하는 각종 노동자로 조직하고 직공 조합과 같이 직업의 이동異同은 치지불문하며, 또 대공장에서는 일 공장의 노동자만으로 조직하는 일이 있느니라. 소비조합은 조합원 간에만 물품 매팔을 위주하되 혹 조합에서는 조합원이 아닌 자에게도 물품을 매팔하는 일이 있나니, 이 경우에는 소매의 이익은 구매자에게 귀歸치 않고 조합에 떨어져서 조합원 간에 분배되느니라. 소비조합에서 매팔하는 물품은 음식물, 피복류, 가구, 잡화품 등의 제반 생활상 필요품이니라. 사치품은 노동자가 수요도 많이 하지 아니할 뿐 아니라 수요자의 기호를 따라 현저한 등차가 있고 또 이것을 사 놓자면 거액의 자본을 요하여 도저히 조합 사업 됨에 부적不適하므로 모두 이것은 경영치 아니하느니라. 물품의 판매는 총總히 현금매로 하고 외상매는 결단코 허락지 아니하나니, 시륜 조합 재정의 기초를 공고케 하기 위하여 반드시 취取치 아니할 수 없는 방침이라. 조합의 자본은 조합원의 출자액이므로 기其 출자액은 각 조합원에게 균일 됨이 통례니, 시是론 산업조합에 공통한 성질로서 각 조합원으로 하여금 대등의 권리를 유有케 할 필요가 있는 까닭이라. 이익 분배는 위선 출자액에 대하여 일정한 이식利息[55]을 지출하고 또 약간의 준비금을 제공 除控하고 기其 잔여액으로 조합원의 물품 구매액에 응하여 분배하느니라. 중앙소비조합의 발생은 소비조합의 연혁사상 가장 중요한 사실이라. 대저 중앙소비조합의 목적은 전술함과 같이 각 지방 소비조합을 위하여 도매업을 경영하나니, 기其 자금은 각 지방 조합의 출자로 되고 대표자는 기其 사무를 관리하느니라.

4) 소비조합의 이해

금今에 사회 문제상으로 소비조합을 관찰하건대 실로 칭찬할 만한 사회 개량책이라 위謂치 아니치 못하겠도다. 대범 노동자의 지위를 개량하려면 반드시 먼저 저금의 미풍을 장려하여야 되겠는데, 저금이라는 것은 소비 절약으로 인하여 생生하는 것이요 소비 절약은 용이히 행하여지는 것이 아니니라. 더구나 노동으로 생활하는 자에게는 더욱 극난한 일이라. 연이然而 소비조합의 조직은 조합원으로 하여금 소비의 절약을 위爲치 않고 종전과 동일한 생계를 하여 가면서 부지불식간에 저금을 하게 하는 방법이라.

라살파의 사회주의자는 생활 비용은 임은의 고저를 정하는 유일의 표준이라는 전제로 소비조합을 비난하여 왈 "소비조합은 생활 비용을 감소시키는 결과 임은의 저락을 만드나니 연즉 소비조합의 이익을 향수하는 자는 노동자가 아니라 자본가라"고 하나 대저 임은에 관한 라살의 전제

55　이자.

는 완전한 것이 아니라 다만 일부의 진리를 포함함에 불과하나니, 즉 생활 비용은 임은의 최저 한도를 정하는 일 원인이나 이것으로 임은 고저의 유일한 표준을 삼음은 오해됨을 면치 못하리라. 대개 소비조합에서 원가로 물품을 매팔할 것 같으면 소비조합은 다소 생활 비용을 감소시키는 결과가 생生하리로되 로치데일식 소비조합은 보통 시가로 물품을 방매함이 원칙인 고로 생활 비용에는 하등 영향이 없느니라.

혹은 소비조합이 발달됨을 따라 소매상이 점점 감소하는 사실을 보고 소비조합은 노동자를 이利하게 하는 동시에 소매상을 해롭게 하는 것이므로 사회 문제상 아무 소득이 없다고 논하는 자가 있나니, 이는 전연 부정할 수 없는 사실이라. 각국에서 소비조합이 생生할 때마다 소매상의 격렬한 반대가 있음은 족히 기其 사실을 증명하는 것이라. 연然이나 소비조합의 발달은 소매상을 절멸시키고 경제 조직을 일변할 단서를 가진 것도 아니니라. 안按컨대 소비조합이 소매상의 지위를 탈취함은 기其 범위가 극히 협애하나니 대개 소비조합에서 판매하는 물품의 종류는 선술先述함과 같이 식물, 피복류 등의 생활상 필수품이므로 기타의 물품은 소매상이 방매할 수 있으며, 또한 소비조합은 조합원에게만 물품을 방매함이 통칙이니라. 설혹 조합원 이외 자에게도 판매한다 할지라도 조합원이 아닌 자는 소호小毫도 이익이 돌아오지 아니하므로 물품을 살 때에 소비조합에서 사나 소매상에게서 사나 아무 이해관계가 없을지요 도리어 마음대로 골라 사기는 소매상점이 낫겠으므로 소매상에게 많이 사며, 또한 소비조합은 노동자로 조직하는 고로 기타 사회 계급을 고객 삼지 않나니 소매상은 노동자 이외의 다른 계급만 고객을 삼아도 생존의 여지는 작작綽綽[56]하리라.

---

56   빠듯하지 아니하고 넉넉함.

5) 생산조합

생산조합의 목적은 노동자로 하여금 조합을 설립하고 공동으로 생산 사업을 경영케 함이니, 이 조직은 조합원 된 노동자는 자본가로 자본을 제공하는 동시에 노동자로 노력을 제공하여서 생산 순익 전부의 분배를 받는 것이라. 금今에 각국에서 행하는바 생산조합의 조직을 보건대 약간의 노동자가 단결하여 각자 상당한 출자를 하고 이 자본으로써 공장의 설비, 기계의 장치, 원료 구입 등 비용에 충용하고, 조합원은 다시 노동자로 제조업에 종사하느니라. 간혹 필요에 응하여 조합원 이외의 노동자를 사용使傭하는 경우도 없지 아니하나 생산조합의 노동자는 조합원에 한함이 통칙이라. 손익 계산은 정기로 행하여 판매액에서 원료, 연료, 잡비용과 공장 기계 등의 상각, 수선비 등을 제감하고, 또 조합원 출자액에 대하여 일정한 이자를 지출하고 조합원의 노력에 대하여 일정한 임은을 지출하고 남은 돈을 순익금을 삼아 가지고 그것을 준비금, 기본금 급 배당금으로 분分하여 준비금, 기본금은 조합에 적립하고 배당금은 각 조합원의 임은액을 표준하여 분배하느니라.

구주에서 생산조합이 가장 성행하는 곳은 불란서요 영, 독 2국이 기차其次니, 시是는 무타無他[57]라 불란서 공업의 특색은 정교 공업에 있나니 기其 공업 조직은 영, 독 2국에 비하면 소규모의 것이 다多하므로 생산조합 발달에 기다幾多의 편의가 있는 고故라. 그뿐 아니라 수십 년 이래 해국該國 사회 개량가의 다수는 빈삭히 생산조합의 필요를 창도하고 기其 발달에 조력하는 사실도 역시 일 원인이 아닌 것은 아니나, 연然이나 개언槪言하면 생산조합의 운동은 다른 조합 사업보다 위미부진萎靡不振함은 각국이 동일하니라.

---

57 다른 까닭이 아님.

6) 생산조합의 성질

생산조합의 목적은 선술함과 같이 노동자로 하여금 노동자가 되는 동시에 또 자본가가 되게 함이니, 시투 자본가와 노동자의 구별이 획연劃然한 현대 경제 조직에 일 신례新例를 개開함이라. 그런데 구주에서 이것을 성대히 창도하고 또 실행한 자는 거반 사회주의자라. 안按컨대 시등 사회주의자는 생산조합에는 자본가와 노동자의 구별이 전혀 없음을 보고 이 조직을 점차 확장하여 각종 공업에 파급하고 널리 전국에 긍亘할 것 같으면 자기 등의 최종 이상 되는 공산적 사회가 자연히 성립될 줄 예상하고 생산조합의 발달로써 기其 이상을 수행하는 유일의 수단을 삼으니라. 연然이나 생산조합과 공산적 사회와는 기간其間에 아무 관계가 없는 자라. 대저 현시의 경제 조직과 공산적 사회의 구별은 자유 경쟁과 사유 재산이라는 2대 원칙의 존재 여부에 있나니, 생산조합이 과연 이 2대 원칙을 절멸시킬 힘이 있겠느냐 하면 나는 그렇지 못하다고 단언하노라. 생산조합을 조직한 노동자는 자본가와 노동자의 2종 자격을 유有함은 명백한 사실이라. 연然이나 조합의 자본은 조합 공유의 자본이 아니라 각 조합원의 사유이므로 조합을 해산하는 때에는 기其 자본금은 조합원의 사유 재산으로 분배될 것이요 또 조합 영업에서 생生하는 순익은 임은에 응하여 조합원 간에 배당함이 상례니, 이것은 조합원의 사유 재산을 인정함이 아니고 무엇이뇨. 그뿐 아니라 생산조합이 발달함을 따라 자본과 노력 간에 분배에 관한 자유 경쟁은 없을지라도 각 조합 간에 생산에 관한 자유 경쟁은 의연 존재할지요 이 경쟁의 결과로 빈부의 현격은 다시 신형식으로서 발생할 것은 물론이라.

또한 구주 각국의 실례를 보건대 생산조합의 내부에는 노동자와 자본가의 구역이 존재한 경우가 없지 아니하나니, 대개 생산조합 공장에서 노동에 종사하는 자는 모두 조합원 됨이 통칙이나 업무 한가한 때는 조합원 전수全數가 집무키 불능하리니 이 경우에는 자기 소속 조합에서 업을 실失한 노동자는 반드시 타 공장으로 가서 의식의 도途를 구求치 아니치 못할지며, 기其 반대로 사업이 번망繁忙하여 조합원만으로는 노력의 부족을 감感는 경우에는 조합원 이외의 노동자를 사용使傭치 아니치 못할지라. 또 노동자는 종신토록 동일한 업무를 집행하는 것이 아니라 종종種種한 원인으로 기其 업을 전轉하는 일도 있고 기其 자손도 또한 세습으로 부조父祖의 업을 종사하는 일은 희소하나니, 이것으로 보면 노동자는 반드시 기其 소속 생산조합을 변경치 아니치 못할지라. 이러한 사정으로 인하여 각국 생산조합은 기其 창립 취지대로 본래 목적을 실失치 않고 영구히 존속하는 자가 심소甚少하며, 혹은 조합원의 기부분幾部分은 주식회사 주주 모양으로 다만 지분만 가지고 이익의 배당만 받고 소호小毫도 노력지 않는 자도 있으며, 혹은 조합원 이외의 노동자 수가 너무 많아서 노동자와 조합 간에 노동 조건의 충돌이 빈삭히 일어남이 자본가의 공장이나 다름이 없느니라. 요컨대 생산조합 기其 본래의 성질이 사회주의와는 아무 관계 없고, 또 자유 경쟁과 사유 재산의 2대 원칙에도 저촉되는 것이 아니라. 현시 경제 조직에서는 이것으로써 노동자의 지위를 개량하고 복리를 증진할지니라.

7) 생산조합의 이해

생산조합의 성질이 전 장에 술述함과 같을진대 사회에 급及하는바 기其 효과는 자연 가지可知할지라. 대저 고용 관계로 자본가를 위하여 하는 노동은 기其 순익이 자본가에게 돌아가고 노동자는 다만 일정한 임은을 받을 뿐이나, 연然이나 생산조합은 조합원으로 노동에 종사하는 자는 보통 임은 받는 동시에 순익의 배당을 받으며, 또한 조합원으로 노동에 종사치 않고 다만 지분만 가진 자라도 순익 배당을 받을 수 있으며, 또 조합원이 아닌 자가 임시로 조합에 사용使傭되는 노동자는 자본가가 경영하는 공장에서 노동하는 자보다 노동 조건은 대단히 관대하리라.

구주 각국에도 아직 생산조합의 운동이 위미부진함은 하고何故뇨. 대범 생산조합은 공장 기계 설비에 거액의 고정 자본을 요하는 사업에는 발달할 수 없나니, 왜 그러냐 하면 이와 같이 거액의 자본을 갹출하기는 도저히 노동자의 힘이 및지 못하는 까닭이라. 시이是以로 생산조합은 대공업에 응용하기 심난甚難하고 다만 특정한 소공업으로써 기其 응용의 범위를 삼으며, 또한 기其 제조품의 가격은 격변하기 용이하고 판매의 경쟁이 심한 공업은 발달할 수 없나니, 대개 물가의 변동, 판로의 소장消長을 보아 가지고 기其에 적당한 처치를 함은 다년 상공업에 경험 있는 자본가라도 극난한 일이거늘 하물며 그러한 사실에 경험과 지식이 없는 노동자리오. 요컨대 생산조합을 응용할 공업은 특정한 범위에 국한되었다 아니 할 수 없으며, 또한 생산조합 경영상 가장 필요한 것은 적당한 관리자인데 이 관리자는 조합원 중에서 구求키 난難하고 혹은 조합원 이외의 사람을 용입傭入하여 기其 임任에 당當케 하는 방법도 있으나 이 관리자는 노동자 되는 조합원에 대하여 기其 사상 성행이 불합치하여 사업의 진보를 저해할 염려가 없지 않고, 또 적당한 관리자를 유有한 조합에서도 생산조합의 성질상 기其 영업 사항에는 조합원과 협의하여 종다수從多數 처결하는 것인 고로 아무리 재간 있는 관리자라도 임기응변하여 전결과단專決果斷의 처분을 할 수 없으며, 또한 생산조합의 사업이 일조一朝 불운에 향하여 거액의 손실을 양출釀出[58]할 제際에 기其 손실을 전보塡補[59]할 방법을 설設키 극난하

---

58 어떤 사건이나 현상을 빚어냄.
59 부족한 것을 메워서 채움.

나니, 왜 그러냐 하면 조합원은 원래 누만금 가진 자본가가 아니라 재산 없는 노동자이므로 지분 이외의 출자를 할 수 없는 연고이라. 혹은 준비 금 제도를 설設하고 그러한 폐해를 방비코자 하나 조합원은 순익이 다多 할 때는 아무쪼록 기其 배당을 많이 하고 충분한 준비금을 적립지 아니함 은 노동자의 지위로는 부득이한 일이라.

제2장

이십 세기 매도론

서

20세기는 어떠한 세상이냐. 모순의 세상이요 전도顚倒의 세상이며, 잔인 각박한 세상이요 패륜 잔상敗倫殘常된 세상이며, 허영의 세상이요 사기 횡령의 세상이며, 선전의 세상이요 장식의 세상이며, 허위의 세상이요 침략의 세상이며, 자본주의가 극도로 발달된 세상이요 여자 만능의 세상이며, 요탕遙蕩 하기 짝이 없는 세상이다.

문명이 극도에 달한 까닭인지 학자는 지구의 운명이 고만이라고 대담한 학설을 공개하고, 종교가는 심판받을 날이 머지 아니하였다고 떠들며, 또 근일에는 태양이 병환이 위중하여 금년에는 하계夏季가 없으리라고 하는 학자도 있다.

이 세계가 20세기로 문을 닫으려는지는 알 수 없으되 하여간 좋지 못한 말이다. 20세기 종말이래야 앞으로 70여 년밖에 아니 남았으니 기 쓰고 살아 볼밖에 별도리가 없을 것이다.

이 각박한 20세기, 이 시끄러운 20세기, 아니, 한편으로는 물질문명을 구가할 20세기, 어여쁘기도 한 20세기, 밉기도 한 20세기, 이 세기를 감사할 것이냐, 매도罵倒할 것이냐? 붓의 사명이 간간악악侃侃諤諤[1]에 있을진

---

1   성격이 곧아 거리낌 없이 바른말을 함.

댄 아무리 하여도 감사라고 써지지 않는다.

신은 전능이요 사람은 소능小能이다. 신이 아닌 사람은 인사백반人事百般을 다 잘할 수 없을 것이다. 그러기에 잘하는 일이 7이요 잘못하는 일이 3이라면 이것은 잘하는 편이 될 것이요 잘못하는 일이 7이요 잘하는 일이 3이면 이것은 잘못하는 편으로 가는 법이다.

만약에 금일 도덕군자가 있어 도덕안道德眼으로 이 세상을 볼 것 같으면 하루를 가만히 못 보고 도망할 것이다.

내가 매도론罵倒論을 술述하는 것은 혹 모순의 양면을 못 보았다는 죄가 있을지 모르되 공평한 비평안으로 보면 감사할 것이 3이요 매도할 것이 7인 줄은 자신하는 바이다.

병인1926 3월 일

저자 지識

1. 모순된 근검의 훈화

교육가거니 경제가거니 근검가거니 저축하라고 입이 시도록 떠든다. 그러나 길에 나서 보면 상점마다 진열품이 모두 사치품이요 신문을 보면 광고마다 무슨 백분白粉, 무슨 향수 하는 사치품의 광고다. 전차를 타도 그런 광고요 산보를 나서도 그러한 선전 삐라다. 한편에서는 근검저축을 하라고 권장하고, 한편에서는 사치하라고 온갖 수단을 다 부린다. 철저하게 지각 있는 자면 모르되 여간 웬만한 사람은 이 십자로에서 방황할 일이다.

소금 반찬에 밥 먹는 것보다는 고기전골에 먹는 것이 맛이 있을 것이요 목면 옷 입는 것보다 능라주의綾羅紬衣 입는 것이 가뜬하고 맵시도 있을 것이니, 성인군자면 모르거니와 평범한 현대인으로는 맛난 음식과 비단 옷은 누구나 마다할 사람이 없을 것이다.

맛있는 음식을 코에 대고 냄새도 맡지 말라 하고, 화려한 사치품을 눈앞에 놓고 눈도 뜨지 말라고 하는 것은 너무나 참혹한 일이 아니냐. 근검저축을 장려하려거든 사치적 기풍을 조장하며 혹은 그것을 유도하는 상점에 대하여 자발적 박멸책을 강구하거나 그렇지 못하겠거든 큰 광고나 좀 못 하도록 금하여야 아니하겠느냐.

일찍이 일본의 도전삼랑島田三郎, 시마다 사부로 씨는『대판매일신문大阪每日新聞』을 주재할 때에 자기는 금주론자이므로 일절 기其 신문 지상에 청주나 맥주의 광고를 게재치 못하게 엄금한 일이 있었다. 자기의 포지抱持한 주의 주장에 대하여는 이만큼 열성과 충실이 없으면 안 될 일이다.

위정자가 교육가나 경세가나 근검가의 입을 빌려 가지고 근검저축을 장려하고 사치는 흉내도 내지 말라고 아무리 애를 쓸지라도 한편에 사치를 권장하는 사치품의 제조자와 상점이 있는 이상에는 백만의 근검저축론도 헛염불이 되고 말 것이다.

2. 식충의 세계

식충이란 말은 밥만 먹고 똥만 누는 자다. 즉 세상에 소용없는 사람을 매도하는 말이다. 밥만 먹고 하는 것 없는 자는 도식徒食의 유민遊民이다. 그러나 그자더러 물어보면 한 가지 재주는 있다. 제가 무슨 재주? 백반 먹고 황분黃糞 누는 재주? 그러면 그자는 분뇨의 제조 기계이지 사람은 아닐 것이다.

천하에 밥벌레가 많기 때문에 해마다 곡물이 모자란다. 평년 수확 1,500만 석의 쌀과 잡곡 수백만 석이 부족되어 안남미安南米, 대만미臺灣米까지 수입을 하여다가 분뇨 제조를 장려시킨다. 이 많은 곡물을 분뇨 만드는 사람 중에 소위 무위무능無爲無能의 식충이 안 되고 실제의 유위유공有爲有功의 사람다운 자가 과연 몇 명이나 있느뇨. 즉 생존 활동의 의미를 명백히 아는 자가 2,000만 동포 중에 기할幾割이 있느뇨.

청컨대 빵을 달라고 하는 말은 걸인같이 밥을 빌어먹고 만족하자는 것이 아니라 빵으로 생명을 보존하고 무슨 의의 있는 존재를 영위코자 함이다. 다만 밥만 먹고 똥이나 싸다가 죽을 것 같으면 국가의 경제상 처음부터 먹이지 말고 그대로 굶겨 죽이는 것이 간편할 것이 아니뇨. 그런데 살아서 소용없고 죽어도 아깝지 아니한 자들이 밤낮 살 수 없다고 생활난을 절규하니 실로 식충의 세계로다.

3. 20세기 쳇병

20세기는 쳇병 환자의 세계다. 제군! 이 쳇병이란 제목을 소화 불량 병으로 알지 마시오. 원래 나는 의사가 아니므로 병리를 말하자는 것이 아니다. 이 체는 무슨 체인고 하니 제가 젠체라는 체다.

작은 지식 가지고 학자인 체, 포악한 놈이 군자인 체, 되지못한 것이 명인名人인 체, 조금만 알면 재사才士인 체, 아무것도 모르고 책사策士인 체, 갈보깨나 알면 오입쟁이誤入匠伊인 체, 술잔 먹으면 호걸인 체, 색주가가 기생인 체, 역사ㄲ士인 체, 영리한 체, 잘난 체, 아는 체, 체도 하고많아 일일이 다 쓸 수 없다. 원래 이 체하는 자는 양두구육羊頭狗肉의 멀쩡한 위조 인물이니 도덕상 절도 죄인이다.

도척 같은 놈이 자선가인 체, 포악한 놈이 군자인 체하고 세상을 속이고 사람을 속여도 그것을 발견치 못하니 금일의 사회는 속이기도 쉽고 속기도 쉬운 세상이다.

위조지폐는 곧 발견하고 검거하되 위조 인물은 나날이 늘되 오히려 세상이 이것을 환영하니 체하는 자가 볼 것 같으면 실제 정직한 자를 천치라고 비소鼻笑할 것이다. 같은 체하는 중에도 체의 표리表裏를 따라 칭찬할 점도 있다. 알고도 모르는 체, 잘나고도 못난 체, 있고도 없는 체, 이 몇 가지 체는 말하자면 소극적 체니 가장 칭찬할 것이다. 그러나 이 소극적 체 중에는 다만 한 가지밖에 없다. 즉 돈 있는 자가 없는 체하는 것 하나뿐이다. 어찌 생각하면 기특도 하지만도 이 체도 역시 자위自衛의 양두구육적 수단이니 오히려 가증한 체다.

4. 아유의 세계

아유^{阿諛}[2]를 미워하는 것은 이전 도덕이다. 금일의 사회에는 아유가 사교의 일 요소가 되었고 큰 도덕이 되었다. 그래서 군인에도 아유가 있고, 관리에도 아유가 있고, 학자에도 아유가 있고, 명사에도 아유가 있고, 실업가에도 아유가 있고, 정치가에도 아유가 있고, 직공에도 있고, 물질 이외의 문사文士에도 있다. 여덟팔자수염에 위풍이 당당한 자도 아유배阿諛輩다. 섣불리 이전 도덕을 고수하고 군자의 행할 바 아니라 하는 이는 시세를 알지 못하는 불융통不融通의 바보다. 도리어 큰코다칠 것이니 주의함이 가할 것이다.

각 학교의 교수 일람표를 보아도 아유학이란 것은 못 보았고 교과서를 일일이 검사하여도 아유의 과목을 찾아볼 수 없는데, 사회에 그득 찬 것이 아유배요 생도가 모두 아유의 수재들이다. 곡학아세曲學阿世란 문자는 이미 시대 지난 유치한 말이요 교언영색巧言令色의 해석과 설명은 가장 유감없이 실제實際로다 하였다.

어떤 피육가皮肉家[3]는 학생의 체조하는 것을 보고 머리를 숙이고 허리를 굽히고 무릎을 꿇리는 것은 무슨 까닭이냐, 저와 같이 사람을 뼈 없는 무럼생선[4]을 만들어 가지고 후일 아유의 명인을 만들고자 하는 공부가 아니냐고 하니 그러면 이것이 아유의 과목인가? 체육 선생이 들으면 불평이 적지 않을 것이다.

---

2   아첨.
3   빈정대거나 비꼬기 좋아하는 사람을 가리키는 일본말.
4   해파리. 몸이 허약하여 힘없이 보이는 사람. 줏대 없는 사람.

5. 장식의 인간

생 그대로의 천진난만을 너무 염치없이 발휘하던 나체 시대는 말할 것도 없고 인류의 향상을 따라 문화가 열린 금일 사람은 혹 정도까지는 장식을 아니 할 수 없다.

그러나 현대 사회는 인간의 장식이 아니라 장식의 인간이다. 모든 화장품은 사람을 위하여 제조되는 것이 아니라 사람이 모든 화장품에게 제조되는 세상이다. 그러므로 남녀가 모두 무대 면의 배우가 되려고 한다. 잘 드는 칼로 그 장식을 한 꺼풀 벗기고 보면 아마 인간의 가치를 완전히 구비한 자가 몇이 못 될 것이다.

아무리 시인은 야화野花의 이슬을 먹고 자연을 절규하며 천지 산천의 자연미를 존중히 여길지라도 산대도감山臺都監[5] 판 같은 현대 사회의 현상은 일야日夜 더욱더욱 인위적 장식의 부자연으로만 광분 뇌동狂奔雷同하는도다.

금일 교제비라고 하는 것은 두말할 것 없는 장식 비용이다. 그나마 자기의 처지를 따라 품위를 보존코자 하는 장식이 아니라 분수에 넘치는 허영의 장식이다.

여자의 범죄는 흔히 허영심에서 생生하고, 남자도 또한 여자의 허영심을 영접하느라고 죄를 범하는 자가 많다. 남녀가 서로 다투어 가며 장식전粧飾戰을 하는 것이 마치 낚시질하는 셈이다. 그 낚시에 걸리어 속은 자가 말할 자격 없고, 속여 가지고 낚은 자에게 죄나 벌이 없을 것이요 다만 화장의 졸교拙巧와 구변口辯 여하에 있을 것이다.

---

5   산대놀이하는 사람들의 단체.

가옥 정원의 장식, 서화 골동의 장식, 의복 조도調度[6]의 장식, 용모 태도의 표정적表情的으로부터 시계, 안경, 지환指環의 유행까지 현대 사회는 생존 경쟁에 들지 않는 장식의 경쟁을 하고 있다. 자나 깨나 이 이중 경쟁에 골몰이다. 그러므로 법률에 저촉만 안 될 일이면 도덕은 돌아보지 않고, 할 만한 악사惡事면 하는 자가 그득하다. 20세기 이러한 와중에서 군자 되기는 예전 질박質朴한 세상에서 군자 되기보다 썩 어렵다. 그러기에 군자는 절종切種이 되었다.

군자가 절종됨은 악인이 번식한 까닭이다. 그 악인이 유감없이 장식을 시施하고 위선의 껍질을 쓰고 천하를 횡행하니 현대의 장식이 어찌 그 외면만 속이는 물질상에만 그치랴. 조심 아니 하면 큰코다친다. 함부로 선인善人이라고 안심을 마라. 이전에 황희黃喜란 이는 눈을 뜨면 모두 도적놈이라 하여 항상 눈을 감고 다녔다는 말이 있다. 꼭 옳은 말이다. 만약에 그가 금일 생존하였더라면 대문 밖도 아니 나왔었을 터이다.

박애를 표방하는 자선 사업에 도리어 악랄한 이욕주의利慾主義가 있고, 국가의 중위重位를 맡은 정치가에 코를 짤 부패한腐敗漢이 있고, 강개지사慷慨之士에 무뢰한이 있고, 지명知名의 신사에 포악한 무리가 있고, 정직하다는 자에 먹통이 있고, 인협仁俠을 간판 삼는 자에 좀도적이 있고, 훌륭한 학자에 무학무식이 있고, 건듯하면 눈물 내는 동정자同情者에 도척 같은 무리가 있고, 실업가에 사기사詐欺師[7]가 있고, 시인에 속물이 있고, 문사에 문맹이 있고, 종교가에 음외淫猥[8]가 있다. 이 외에도 그런 유類를 들자면 한이 없다. 이것은 다 악용의 장식술로 자기의 이면을 싸 가지고 세상을 속

---

6   세간, 가장집물을 가리키는 일본말.

7   사기꾼.

8   음란하고 방탕함.

이는 자다.

같은 장식이지만도 개 볼기짝에다 횟박을 쓰고 미인이라고 자랑하는 여자는 도리어 담박한 장식이요 죄는 없을 것이다.

6. 중역은 황금의 화물

현대의 신명사新名詞인 중역重役이란 것을 어떤 험구險口는 말하되 팔자 좋은 도적놈이라고 한다. 맛있는 것도 마음대로 먹고, 고운 옷도 마음대로 입고, 재미있는 일도 마음대로 하고, 굉장하고 화려한 집 속에서 처첩에 거드럭거리고 세상의 호사라는 호사는 다 한다.

그러면 중역이란 것은 인간이 아니고 신선이냐 하면 결코 그렇지 않다. 역시 같은 민족으로서 조선의 물 먹고 조선의 쌀 먹는 동포다. 그 사람 있는 회사에는 기천백幾千百 명의 빈한한 직공이란 노동자가 새벽부터 밤중까지 땀을 흘리며 기름을 짜 가며 회사 일을 하되 한 달의 수입은 중역의 한 시간 급료만도 못하다.

중역과 직공의 다른 점은 중역은 그 회사의 주株를 가진 소위 출자자인 것이다. 중역은 회사에 출자한 주 외에 아무 공로도 없는 것이다. 그러나 말쑥한 양복에 금이나 백금 시계 차고, 자동차 아니면 꼼짝을 못 하고, 여송연 한 개에 몇십 전짜리 물고, 주지육림酒池肉林 속에서 미인 데리고 희롱 치며, 온갖 못된 짓을 다 하여 사회의 풍교를 문란하고 인심을 부패시키는 악마다.

그자들은 어디서 들은 말인지 말은 제법 한다. 우리는 국부國富의 증진을 도모하는 실업가요 국리민복國利民福을 주안 삼는 사업가라고 뽐낸다.

그러나 그자의 뱃속에는 시커먼 사욕이 가득하다. 너의 소위 국부란 국國 자는 움킬 국掬 자다. 나라를 위하는 국부가 아니라 사욕을 채우자는 국부掬富다. 즉 부의 도적이다. 국리민복이란 말도 이利를 도적하고 노동자의 고혈을 긁어 먹으니 국리민복掬利罠福으로 고쳐라. 이 뻔뻔한 황금의 화물化物아! 사기詐欺의 화물아!

7. 서생원의 회의

어느 집 찬광에 다수한 서생원鼠生員[9]이 쭉 둘러앉아서 찍찍하고 무슨 회의를 하는 것 같다.

"여보게, 근자에 사람의 인심이 어찌 인색한지 우리들도 살 수가 없네 그려."

"여보게, 사람들도 생활난으로 죽을 지경일세."

"그뿐 아니야. 되지못하게 위생 한다고 가끔 대청결을 하기 때문에 자식을 내놓을 수가 없지 않은가."

"그보다도 더 큰 문제가 있네. 흑사병의 원인이 우리에게 있다고 집집마다 쥐덫을 놓고 독약을 사방에 늘어놓으니 이런 위험한 일이 있나. 고양이만 걱정하고 살던 시대는 참 태평세계였었네."

"그래도 우리는 죽어도 영광일세. 만물지영장萬物之靈長이란 사람은 죽으면 장식葬式 비용만 들지 사해死骸는 엽전 한 푼어치가 못 되데. 우리는 죽으면 적어도 삼사 전어치는 되지 않나."

---

9   쥐를 의인화한 말.

"자네도 그 천치 소리 작작 하게. 삼사 전 말고 삼사 원의 값이 나간들 사람이 받아먹으니 우리에게 무슨 영광인가. 별수 없네. 인제는 극도에 달하였으니 생명을 돌보지 말고 막 들어서는 수밖에 없네. 닥치는 대로 쏠아 놓고 눈에 띄는 대로 훔쳐 먹는 수밖에 없네."

"어떤 고약한 놈은 우리의 죽은 것을 새끼에 매어 가지고 파출소에 가서 한 푼 두 푼 받아먹는 녀석도 있으니 이런 놈은 구렁이 잡는 깍정이[10]와 다를 것이 무엇 있나."

"쉬, 암말 마라. 사람의 자취 나는 것 같다."

"여보게, 자네, 요사이 어떤 집에 있나."

"나 말인가. 나 요사이 좋은 집에 있네. 뉘 첩의 집이야."

"그러면 재미있겠네그려."

"그런데 한 가지 재미없는 일이 있어. 첩이란 자가 고양이를 귀애해서 밤낮 그것이 아옹, 아옹 하는 쇠 질색이야. 그러나 고양이도 가난한 집 고양이와 달라 자라기를 첩의 무릎 위에서 호사로 자란 고로 그다지 우리를 노리지 않는 것만은 다행일세."

"그러면 고만이지 걱정될 것 무엇 있나. 첩은 몇 살인고."

"기생 작첩한 것이라는데, 나이는 이십오륙 세 될락 말락 할걸."

"주인은 누군가."

"주인이란 자는 모 회사의 중역이라나 하는데, 육십 내외의 적면독두 赤面禿頭[11]로 본집을 가 보면 40여 세 된 자질子姪이 있고 30 가까운 손자가 그득하다는데 날마다 첩의 집만 파고들데. 아마 노후老朽란 말은 색도色道에는 당치 않은 말인 거야, 하하하. 밤이면 잠 아니 자니깐 술 먹고 시조詩

---

10 땅꾼이나 뱀 장수. 포도청에서 심부름하며 도둑 잡는 일을 거드는 어린아이.
11 붉은 얼굴과 대머리.

調 시키고 흥청거리기에 으레 2시, 3시까지 지랄을 치고 또 무슨 짓을 하기 때문에 다 밝게야 잠을 자네. 나는 그때야 나돌아 다니지 않나.”

“그러면 먹을 것은 짭짤하겠네그려.”

“가다가 요리 접시나 맛보지.”

“여보게, 그 첩이 노후만 지키고 있던가. 혹 놈팡이 없을 때면 이상한 놈의 출입이 없던가.”

“왜 없겠나. 주인은 일요, 제축일祭祝日 이외에는 낮에 틈이 없는 고로 낮이면 30세 전후의 젊은 놈들이 누님이니 조카니 하고 꽤 드나드는데.”

“꽤 드나든다니 정부情夫가 여럿인가.”

“나 알게도 꽤 되는걸. 말승냥이[12] 같은 놈도 하나 있고, 활동사진 변사 퇴물인지 타락한 서생인지 분간할 수 없는 작자도 하나 있고, 신사같이 중산모 쓰고 드나드는 자도 하나 있고, 선생님 대접받는 율객律客도 하나 있고, 그 외에도 삼사 인 있어.”

“그래도 주인 작자는 모르나.”

“사람이란 것은 원래가 똥구멍을 우리들이 다 파먹어도 모르는 것이 아닌가.”

“자네는 어느 집에 있나.”

“나 말인가. 나야말로 좋은 집에 있네. 색주가 집에 있네.”

“애, 그것 할 만하구나.”

“할 만하고말고. 너무 할 만하여서 죽을 지경일세. 밤새도록 술 먹고 소리하고 지랄을 치니 밤인들 꼼짝할 수 있나. 낮이면 공부한다고 지껄이고 하루 몇 번씩 싸움이 나서 지끈지끈 막 부술 적이면 소름이 쪽 돋지 않나.

12　키가 볼품없이 크고 성질이 사나운 사람.

제일 못살 곳은 색주가 집일세."

"나 있는 집은 도박한賭博漢의 집인데 앞으로는 수목을 빽빽하게 심고 뒤뜰에다 별장같이 반양제半洋制로 반듯하게 지어 놓았는데, 첫대 오는 손님을 볼 것 같으면 대경실색할 일이지. 이전 같으면 무슨 대감 무슨 영감 하겠지만 지금 세상에야 벼슬커녕 청올치[13]도 없는 세상이니깐 그런 칭호는 못 듣겠고 항용 영감, 영감 하는데 이 영감은 모 회사의 취체역取締役 영감, 감사역監査役 영감, 은행 두취頭取[14] 영감, 재산가 영감들일세. 처음 들으면 설마 그 사람들이 그따위 짓을 할라고 하겠지만도 실은 그렇지 아니하니 일전에도 신문에 나지 아니하였던가. 가회동 어떤 은행 두취가 노름하다가 하룻밤에 40만 원 잃었단 말……. 그것들의 하는 짓을 보면 가소가소可笑可笑지. 처음에는 가장 청렴결백한 체하고 점잖은 체하지만도 몸이 달면 주먹 따귀가 풀풀 일어나고 친구는 무엇이고 노인은 다 무엇이냐, 곁에 칼이 있으면 하룻밤에 삼사 명 살인쯤은 예사일 것이니 참으로 비단보에 개똥일세."

"대관절 그 별장은 누구의 소유인가."

"문패는 무엇이라고 붙였데마는 실상 소유자는 없네. 순전히 판돈 뗀 것으로 집값을 다 치르고도 남았다는걸."

"그래, 그곳은 경찰도 없나."

"돈으로 사는 세상인데 돈 있는 자들 하는 짓이니깐 무슨 기탄 있겠나."

"아닐세, 근자에는 만세만 아니 부르면 고만이라데."

"나 있는 집은 길흉 판단한다는 매복가賣卜家[15]인데 50여 세 되는 주인

---

13   칡덩굴의 속껍질.

14   은행장.

15   점쟁이.

선생 망건을 도토리같이 쓰고 의관을 정제하고 앉아서 객을 대할 적마다 명목냉좌瞑目冷坐하는 꼴은 목상木像과 다름이 없는데.”

“그런데 점이란 것은 꼭 맞나.”

“맞기는 곤장을 맞아. 책권이나 늘어놓고 앉아서 된 소리 안된 소리 지껄여서 공교히 그것이 맞은 자는 두 번 세 번 찾아오고 빗맞은 자는 안 찾아오는 것이지. 제일 우스운 일이 하나 있네. 월전에 그 집에 도적이 들어와서 온통 분탕을 하여 갔네. 남의 몇십 년 전정前程을 판단하는 선생으로서 그날 밤 일을 모르고 얼굴이 쟁과리지 경찰서에 도난계를 어찌하나. 나는 그날 밤에 두 놈의 도적이 들어와서 마루 밑에 숨어 있었던 것까지 다 아네. 우리가 천정에서 바스락거리면 쉬쉬하고 소리를 치는 자가 머리맡에 놓은 돈궤를 집어 가도록 몰랐다니 이다음부터는 잠꾸러기 선생으로 고쳤으면 좋겠데.”

“자, 날이 저물었으니 고만 헤어집시다. 그런데 한꺼번에 나가다가는 고양이나 만나면 큰일이니 하나씩 헤어집시다.”

“이만큼 모였는데 고양이 한 마리쯤이야 무슨 걱정될 것 있소. 주먹을 단단히 쥐고 나서 봅시다.”

8. 선생의 천하

박사도 선생이요 학사도 선생이며, 대학의 강사도 선생이요 소학교의 교원도 선생이며, 면허장만 있으면 위험한 의사도 선생이요 감찰鑑札[16]만

---

16   관청이나 공적 기관에서 허가한 표시로 내주는 증표.

있으면 매복자賣卜者도 선생이며, 변호사도 선생이요 소설가도 선생이며, 신문 기자도 선생이요 회화, 조각, 기타 일체의 미술가도 선생이며, 기도 송경誦經하는 맹인도 선생이요 무대 생활하는 배우도 선생이며, 재봉에도 선생이요 요리에도 선생이며, 가무에도 선생이요 무술에도 선생이며, 장기에도 선생이요 위기圍碁[17]에도 선생이 있다. 까닭 모를 선생, 정체 모를 선생, 수효를 세고 보면 천차만별의 선생이 다 많다. 실로 20세기는 선생의 범위가 넓기도 하다.

그러나 금일 이 선생 중에는 여보, 선생 하고 부르는 헐한 선생도 있고, 딱한 선생이라고 조롱받는 선생도 있고, 할 수 없는 선생이라고 몰아세는 선생도 있고, 선생, 주의 좀 하라고 호령 받는 선생도 있고, 선생, 대관절 어찌할 셈이냐고 설유說諭 받는 선생도 있고, 귀찮으니 저리 물러나라고 꾸지람 받는 선생도 있으니 가엾이도 선생의 가치가 하락되었다.

일설에 왈 선생이란 말은 그 문자의 뜻과 같이 나보다 한 달이라도 먼저 나온 연장자면 선생이라 한다 하고, 또 일설에는 선생이라 함은 인人을 교敎하고 인人을 도導하는 사람이 아니라 그저 나보다 조금 나은 사람이라 하며, 또 일설에는 부지런히 일을 하되 남을 위하노라고 하는 빈한한 인자仁者의 총칭이라 하니, 그 말은 조금 선생의 값을 높이는 것 같다.

---

17   바둑.

9. 옥석 혼효의 미인관

예전과 지금에 미인이 어디가 많은가 하면 예전 미인은 역사에 오르고 시가에 전한 것만 있으므로 소위 절세의 미인이 많았던 것같이 상상되지만도 실제상 현대가 석일昔日보다 미인이 많은 것이다.

남녀칠세부동석이란 밀폐주의하에서 대문간 구경도 안 시키고 기르던 옛적과 달라 개방주의하에서 자유자재로 시時와 처소處所도 불관不關하고 막 내닫는 오늘날은 알지 못하는 남자와 도중에서 코를 마주쳐도 예사로 아는 때라 수효로 말할지라도 미인이 많을 것은 당연한 일이다. 더구나 여우적女優的으로 진보된 인공의 향분미香粉美를 대강이에서부터 발뒤꿈치까지 들씌워 가지고 사방으로 향내를 피우며 연애병에 특별한 경의를 표하러 다니는 자가 많다.

근자의 신문을 보면 수족만 성한 계집이 물에 빠져 죽거나 철도 자살을 하면 익사 미인이니 역사轢死[18] 미인이니 하고 제목을 붙인다. 단발을 하여도 단발 미인, 본부本夫를 죽여도 독살 미인, 참 미인의 시세도 엄청나게 떨어진 모양이다.

미용술의 진보와 부인의 개방주의는 옛적 미인으로 하여금 숨도 크게 못 쉬게 만들었고, 또한 미인의 표준이 자못 광의로 해석되기 때문에 웬만큼 때만 벗은 계집이면 모두 이것이 미인에 속할 것이다.

요하腰下의 무비일색無比一色[19]이란 말은 용모가 똑똑지 못한 계집이라도 청춘 묘령의 때면 계집으로 소용이 된다는 옛말이다. 어찌 생각하면 못생

---

18 차에 치이어 죽음.
19 비길 데 없이 뛰어난 미인.

긴 계집에게 동정하는 말 같다. 그러나 금일은 제명울이[20] 같은 계집이라도 천녀天女와 같이 숭배하는 시대라 얼굴에 횟박만 쓰면 모두 이것이 미인이다. 눈맵시가 어떠니 콧날이 어떠니 물을 여가 없이 덮어놓고 미인이다. 호박 굴퉁이[21] 같이 살찐 계집은 곡선미가 좋다고 덤비고 생리학 표본같이 뼈만 앙상하게 파리한 계집은 자세미姿勢美가 좋다고 덤빈다. 그저 얼굴에 주름살만 아니 잡히고 허리만 구부러지지 않은 여자면 모두 미인이라고 주린 호랑이 고기 본 것같이 침을 꿀떡꿀떡 삼킨다.

신문화가 수입된 이래로 비교적 회화 조각의 미술 사상은 꽤 발달이 되었는데 산 계집에 대한 미술안美術眼은 어째서 이와 같이 퇴보가 되노? 눈이 어두운 탓일까, 색마의 세계가 된 까닭일까. 가석, 가석한 일이다.

용모보다도 마음이 고와야 여자의 미라 하지만도 유형미, 무형미를 겸비하여 금상첨화가 되고 재색才色이 양전兩全한 여자는 참으로 유감없는 미인일 것이다. 그러나 용모도 추악하고 마음도 곱지 못한 계집을 미녀의 수에 넣는 것은 너무나 색마의 태도를 노출하는 것이요 옥석 혼효混淆의 미인관이다.

10. 현대는 허언의 뭉치

담화는 언어의 교환이요 언어는 의사의 발표인데, 사람은 짐승의 짖는 것이나 새의 우는 것과 같이 정직한 것이 아니라 일부러 반대의 의사를 발표하는 자가 많다. 언행의 불일치를 책責하는 것보다도 위선 선결문제

로 언의言意의 불일치를 조심치 아니하여서는 안 된다. 심한 자는 마음에도 없는 일을 입 밖에 낼 뿐 아니라 게다가 안면 태도의 표정을 나타내고 일부러 몸짓 손짓을 하여 가며 거짓말을 늘어놓는 자가 있다.

병의 수효를 404병[22]이라 하고 허언의 수효를 800이라 함은 옛적의 계산이요 금일은 의술이 진보됨을 따라 병 수효도 가경可驚할 만큼 증가한 것도 사실이요 사람이 못되어 감을 따라 거짓말이 수효도 또한 몇천만이 될지 알 수 없을 것이다.

현대를 거짓말의 뭉치라 함은 너무나 인생을 매도하는 것이지만도 이해력 없고 판단력 없고 다만 남의 담화를 모두 진실 정직히 알고 일일이 고개를 끄떡거리는 자는 가엾이도 한잔 먹을 적이 있을 것이다. 선철의 명저 같은 것도 그 글을 다 믿으면 그 글이 없느니만 같지 못하다는 말이 있거늘 하물며 방편과 책략을 가지고 시각 변동하는 금인今人의 담화 언론이야 가장 조심치 아니하면 안 될 일이다. 영웅이 사람을 속인다 하지만도 영웅의 속임은 타他에 큰 이유가 있다. 그러나 영웅이 못 되는 졸장부가 필요도 없이 임기응변으로 엉터리없는 거짓말을 하는 자가 많다.

금일 유행하는 소위 성공담이라는 것도 날카로운 칼로 해부하고 보면 그 반분은 진정한 골자를 가린 허언의 껍질이지만도 거짓말하는 자가 그 거짓말을 취소할 만한 지위와 처지가 있기 때문에 듣는 자의 귀에 옳게 들린다. 만약에 이 성공자도 중도에 실패할 것 같으면 여하한 명론탁설名論卓說이라도 보잘것없을 것이다.

아무리 확실한 성공담이라도 그 사람은 그때와 그 일과 그 경우에 성공한 사람일 뿐이니 그것을 타산他山의 석石으로 하는 것은 가하지만도 곧

---

22   사람의 오장에서 생기는 404종의 병.

그것을 취하여 자기도 곧 그같이 되고자 하는 것은 시시각각으로 간단없는 사회의 진보와 시세의 변천을 알지 못할 뿐 아니라 이것은 남이 지은 농사에 낫 가지고 덤비는 격이다.

말 잘하는 자는 흔히 일은 못한다. 말 같아서는 태산도 떠 오겠지만도 실제에 하는 짓은 모두 졸렬하다. 이따위 무리는 입만 깐 것들이다.

담화란 또한 많이는 본인의 담화가 아니라 그 근원을 캐고 보면 그 반 이상은 남에게 직접, 간접으로 들은 것을 그대로 쏟는다. 그나마도 틀림없이 그대로 쏟기만 하였으면 좋지만도 거기다가 덧붙이기 거짓말을 섞어 가지고 떠벌린다. 그뿐 아니라 그 말의 출처도 모르고 고만高慢히 그 말 낸 당자 앞에서 기염만장氣焰萬丈 하는 자도 있다. 이 얼마나 골계물이뇨. 기중其中에도 가증한 것은 고성古聖의 말씀에다가 자기의 담화를 도금鍍金하는 자다. 신분 불상응不相應의 의복 장식은 보고 웃되 인간 불상응의 담화는 발견하는 자가 적으니 실로 딱한 일이다.

교제가 상수上手란 말은 혹 의미로는 거짓말의 상수란 말이다. 만약에 외교사령外交辭令23과 같은 진실일 것 같으면 나라와 나라 사이에 전쟁이 일어날 리가 만무하고, 개인 간의 교제에도 담화 그대로의 진실이라 할 것 같으면 시비흑백是非黑白이 없을 것이다. 근일 소위 간담상조肝膽相照24란 말은 일편一片의 지상공문紙上空文이다. 현세니깐 이따위 놈들이 지저거리지 만약에 저승 같으면 염라대왕에게 혓바닥을 뽑힐 것이다.

---

23 자기의 감정을 감추고 상대편에게 듣기 좋게 말하는 사교적인 말.
24 서로 속마음을 털어놓고 친하게 사귐.

11. 모순의 세계

모순이란 말은 옛적에 모矛와 순盾을 파는 자가 있어 모를 팔 때는 나의 모는 어떠한 순이든지 뚫을 수 있다고 자랑하고 순을 팔 때는 나의 순은 어떠한 모든지 막을 수 있다고 자랑할새 혹인或人이 너의 모로 너의 순을 찌르면 어떤 것이 견디겠느냐고 물은즉 대답을 못 하였다는 지나支那의 전설이다.

현대 사회의 인사人事 백반百般은 모두 이 모순으로 성립이 되었다. 청년 시대라고 노후를 배척하면서도 정당政黨의 원로는 항상 젊은 놈을 휘두르고, 인습을 타파한다는 자가 의연히 계급을 찾으며, 공산주의를 절규하는 자가 뒷구멍으로 소유권을 딴딴히 하여 둔다. 여자 해방을 주창하는 자가 그 처는 구금하며, 공창公娼 폐지를 말하는 자가 밤이면 신정新町, 신마치 출입만 살살 한다. 살 수는 없다면서도 술은 먹고 비싼 매독梅毒은 사러 간다. 자연주의자에 부자연한 행위가 있고, 자선가에 도척이 있고, 처녀에게 상처 많은 것은 20세기 모순의 현저한 실례다.

비밀의 비밀이니 말 말라고 하면서 보는 사람마다 말하는 비밀가秘密家, 밤이면 무서워서 출입도 못 한다는 절도, 버러지 하나 못 죽여 보았다는 살인수殺人囚, 계집 싫어한다는 색마, 사나이 싫다는 음부淫婦, 약을 밥 먹듯 하는 위생가衛生家, 행주로 걸레질 치는 청결가, 서방질 잘하는 정부貞婦, 일일이 쓰자면 종이가 모자랄 것이다.

그러나 만사를 경우와 형편을 따라 편리만 위주하는 금일의 인정이라 서로 그러한 모순을 사세斯世의 보통 상사常事로 알므로 안전眼前의 계산만 치고 자기의 손익에만 관계가 안 되면 공중의 면전에서 백로를 까마귀라 하여도 괴이할 것이 없다. 구두 약속의 위반 같은 것은 무엇 그다지 대단할 것 없고, 금일 소위 수완가라 칭하는 신사의 모순이 아니다.

사회의 진보는 세상의 부정사不正事를 반출伴出하였고, 인간의 향상은 점점 낮바대기만 두텁게 하였다. 잘못 발달된 개인주의의 결과 법률이 진보됨을 따라 범죄도 진보됨과 같이 모순도 또한 예전 모순 가지고는 행세할 수 없는 세상이 되었다.

12. 여난과 남난

여난女難이란 말은 계집 때문에 뜻밖에 재난을 입는 의미니, 타인의 처를 횡연橫戀하거나 혹은 되지못한 계집에게 휘둘려 지낼 때에 일어나는 것이다.

그러나 세상 사람은 보통 나는 여난으로 하여서 항상 괴롭다 하는 자, 그 낮바대기를 보면 천하태평이요 아무리 보아도 여난 만난 남자 같지 않다. 실은 여난을 만나고 싶어서 밤낮 여난을 찾으러 다녀도 도리어 여난이 도망할 것 같은 자가 공연히 여난, 여난 하고 떠든다.

방탕하여 몸을 망치고 궁한 자는 여난이 아니다. 고금을 통하여 선례 있는 예정의 결과요 자승자박의 난이다. 소위 연애로 인하여 일신을 망치는 자 또한 여난이 아니다. 그것은 여난汝難이다. 네가 초치招致[25]한 난을 상대자 되는 여자에게 뒤집어씌우는 것은 옳지 못한 일이니, 연애에 단맛을 붙이고 선웃음 웃던 때를 생각하여 보라. 차인差引[26] 계산, 어디가 부족이 있으랴? 진리는 제일 산수算數에 명백하니라.

---

25   불러들임.
26   수입과 지출의 차액을 가리키는 일본말.

여난이란 말이 있을진댄 또한 남난男難이란 말이 없지 못하리라. 남자가 여자 때문에 이 모양이 되었다고 할 것 같으면 여자도 남자 때문에 요 모양이 되었다고 할 터인데, 쌍방이 서로 아무 일 없이 즐겁게 지낼 때에는 서로 얼싸안고 연戀의 신성을 구가하고 애愛의 신에게 감사하다가도 일조에 서로 헤어지면 갑자기 노방路傍[27]의 인시이 되어 저년 때문에 이 고생을 한다고 한하고, 저놈 때문에 요 꼴이 되었다고 울며불며한다.

억지로 정사情死를 하고자 하는 자는 지혜도 없고 생각도 없고 분별도 없는 놈이라 필경은 정사를 못 할지라도 어떻든 무사히 살지는 못할 놈이다.

남자로서 여자를 상관할 것 같으면 상관치 않는 것보다는 쾌락이 있을 것이요 또한 상관한 것만치 괴로움도 있으리라. 그 괴로움이 차차 자라면 갑자기 여난이라고 떠든다. 이따위 인물은 처음부터 여자를 상관할 자격이 없는 놈이다. 일리일해一利一害란 붙은 문자인데, 꿀같이 달 때는 움도 싹도 뵈지 않다가 단맛이 다 난 뒤에는 남에게 알리고 시끄럽게 떠드는 놈이 무슨 값이 있는 놈이랴.

실제에 여난, 남난은 청춘 남녀의 연애에 있는 것이 아니라 조용한 집안의 부부간에 많다. 아무리 자유 결혼을 허하여 서로 고르고 골라 유감이 없을지라도 그 유감없단 말은 아직 부부 되기 전까지의 선택이요 매파의 늘어놓는 말에 부모는 덮어놓고 옳아, 옳아, 얌전하다, 본인 또한 내심에 불같은 욕심이 치받치어 공연히 입이 벌어지니 무엇을 깊이 전의詮議[28]할 수 없다. 청춘 남녀가 남남이 처음으로 베개를 같이 베고 부부가 될 때는 쌍방의 운명을 제비 뽑는 셈이다. 인생의 쾌락과 가정의 원만이 거기 있을 것인데, 뜻밖에 예기豫期에 반反하여 부츠는 처 때문에 처는 부 때

---

27   길가.
28   내용을 분명히 밝히기 위하여 사리(事理)를 따져서 논의함.

문에 도리어 그 쾌락을 빼앗기고 그 원만을 실失하고 가정의 불행을 초치하여 비참한 지경에 빠지는 자가 적지 않다. 연애에 미친 청년 남녀의 조봉석별遭逢夕別과 같은 간편한 야합이 아니므로 세상에 대하여, 친척 지기에 대하여, 제일은 자기의 도덕심에 거리껴서, 무정 냉혹한 남편에게 잡혀서 일생을 울음으로 마치는 여자가 그 얼마뇨? 이것을 남난이라 한다. 일러도 무가내요 달래도 무가내인 처를 가지고 가슴만 두드리는 남자는 천하에 또 얼마나 있으랴. 이것을 여난이라 한다.

큰 통계적 안공眼孔[29]을 가지고 높은 곳에서 내려볼진댄 그렇게 걱정할 것이 아니다. 남녀의 양난이 서로 마찬가지인즉 원컨댄 서로 용서를 하여라. 하여간 현재 그 난을 당한 자는 실로 인생의 불행이다.

혹자는 말하되 10삭朔을 태육胎育하여 가지고 뼈가 부러지도록 길러 돈 한 푼 안 받고 주는 것인데 그만한 난도 없단 말이오, 만약에 난이 있거든 못생기게 싸우고 참지 말고 마음 편안하게 갈라서는 것이 피난의 제1 책策이라고 한다.

또 어떤 노경험자는 말하되 부부간에 여난, 남난 있을 리가 만무하다, 남난에 우는 처는 사랑으로써 남편을 위안치 못하고 성의로써 남편을 인도치 못하는 자요 여난에 괴로워하는 부夫는 성의로써 처를 인도치 못하고 사랑으로써 처를 동화시키지 못하는 자라고 한다. 딴은 부부의 싸움은 여난, 남난의 짝짜꿍이다.

그런 것을 고래로 다만 여난이란 말만 전하여 왔고 남난이란 숙어가 없는 것은 무슨 까닭이뇨? 문자상 일은 흔히 남자의 손으로 되기 때문인지, 사실상 또한 남난보다도 여난이 많았던 까닭인지, 혹은 남존여비의

---

29   눈구멍. 식견.

구사상으로 인하여 여자를 치우친 말인지, 여하간 오늘날 여난이란 말이 있는 이상에는 공평을 취取키 위하여도 남난이란 말이 없지 못할 것이다.

13. 말하는 금불상

어느 곳 큼직한 법당 안에 감중련坎中連[30] 하고 앉아서 중생에게 명과 복을 주는 금부처.

"이게 무엇이냐. 되지못한 계집년이로구나. 너 같은 잡년이 법당을 드나드니깐 세상에 별 소문이 다 나지 않겠느냐. 청정한 영장靈場을 더레는 자는 너희들이다. 너는 아무리 하여도 건질 수 없다. 여자 하나에 남자 하나씩 맞추어 주신 하늘을 원망하는 년이 무슨 소원이 있어 나한테 왔느냐. 웬 돈을 50전씩 던지느냐. 아무리 새전賽錢[31]을 놓아도 내가 갖는 것이 아니다. 무엇, 어째, 몸을 건강하게 하여 주고 돈 있는 손 많이 오게 하여 달라고. 애, 요사이는 어찌 소원자所願者가 많은지 내 손이 다 돌지 못한다. 너는 독이 전신에 가득 퍼져서 내 코에는 냄새가 난다. 마치 연시軟柿가 다 된 모양이다. 아깝다, 모처럼 이 세상에 태어난 몸을 어쩌면 저렇게 잡쳤느냐. 그러나 돈 있는 객은 눈에 띄거든 보내 주마. 아, 딱한 일이다. 부부를 맞추어 주었건만도 숨어 숨어 다니며 저렇게 더러운 계집을 천녀天女 같이 아는 놈들 돈지랄이니, 그런 자에게 돈 주는 것은 아무 효력 없는 일이다. 일찍이 빼앗고 후회 좀 하게 하리라."

"이것은 또 무엇이냐. 응, 술장사 계집이로군. 이것도 역시 먼저 계집과

30　감괘의 가운데 획이 이어져 틈이 막힘. 입을 다물고 말하지 않음.
31　신령이나 부처 앞에 바치는 돈.

오십보백보의 것이다. 물어볼 것 없이 가내안전家內安全 연명식재延命息災 상업번창商業繁昌을 빌러 왔겠지. 그러나 그렇게 안 된다. 너도 사람이거든 생각하여 보아라. 늘 맛있는 음식만 먹고 능라주의에 연극장 구경 아니면 꽃구경 가기, 온갖 호사를 다 하며 정부情夫는 숨겨 두고 남편은 학대虐待하기, 기침起寢은 오정이요 그러고도 낮잠 자기, 객이나 꾀어 가지고 여름에는 해수욕장, 겨울에는 온천 가기, 너의 자본이 얼마나 되니. 모두 털어야 설舌 일 매枚와 애교 푼어치밖에 더 있느냐. 요년, 너도 죽일 년이다. 가내안전 연명식재 상업번창이 다 무엇이냐. 네 상업을 번창시키다가는 세상 망치겠다."

"너는 누구냐. 응, 기특 기특하다. 시골 농부로구나. 무엇이야. 응, 일촌一村 무사하고 풍년 들게 하여 달라고. 아, 기특하다. 정권을 다투어 가며 일국의 재상 된 총리대신보다도 훨씬 공명정대하고 성의가 있다. 오냐, 조심하여 가거라. 다른 것은 다 못하여도 네 소원은 속히 이루어 주마."

"이것은 누구냐. 학생! 무슨 소원이냐. 이번 시험에 우등하게 하여 주십시오. 근일의 학생은 모두 네 따위들이다. 너희들은 공부란 공工 자를 빌 공空 자로 아는 자요 학생이란 학學 자를 학질 학瘧 자로 아는 자들이니, 우등優等할 생각을 말고 늘 그 반에만 매여 있을 읽을 우紆 자 우등紆等을 하여라."

"너는 누구냐. 응, 팔짱 끼고 앉아서 부자 되기 바라는 자로구나. 무엇이야, 돈 좀 생기게 하여 주십시오, 소원 성취하여 주시면 이 법당을 단청丹靑하여 드리겠습니다. 가만히 앉아서 돈 생기기를 바라는 것은 누워서 먹자고 하는 것이니 돼지의 소원이다. 너 같은 놈은 필경 친구를 속이고 친척과 싸우고 심하면 도적질도 할 놈이라 그 소원을 나한테 빌 것이 아니라 경찰서나 형무소로 들어가는 것이 첩경이다."

"요게 무엇이냐. 됨됨이는 곱게 길린 자식인데, 얼굴빛이 어째 광대 지친 것 같으냐. 무엇, 소원이 무엇이야, 아무 기생과 아무 창기를 사귀어 가지고 정이 깊이 들어 빼칠 수 없습니다, 당초에 제가 반한 것이 아니오라 계집이 먼저 반하여 지랄을 치고 안 데려가면 자살하겠다고 협박을 하오니 아무쪼록 아비의 마음을 돌려주사 두 계집 다 떼어 가도록 하여 주시옵소서. 나무아미타불 관세음보살! 이 쓸개 빠진 놈아, 죽는단 말이 그리 무섭더냐. 그러거든 시험차로 가난뱅이 복색을 하고 찾아가 보아라. 죽기커녕 어서 나가라고 몽둥이질할 것이다.”

“이것은 누구냐. 여덟팔자수염에 하이칼라 양복쟁이, 차소위此所謂[32] 신사란 것이로구나. 응, 무엇, 명일이 부 협의원 선거 당일이오니 아무쪼록 최고점 되게 하여 주시옵소서, 운동은 작년부터 하여 왔삽나이다. 응, 공명을 취取코자 하는 모양이로구나. 이 지각망나니야, 이조 500년 동안을 어떻게 지내왔나 돌아보아라. 너 같은 무리들이 헛공명만 취코자 하였기 때문에 망치지 아니하였느냐. 지금에 네가 설령 부 협의원이 된들 제웅[33]이지 무슨 소용이 있느냐. 공연히 헛비용만 쓰지 말고 단념하여라.”

“이것은 시골 청년이로구나. 무엇, 소원이 순사야. 학식은 보통학교를 졸업하였어? 너는 시골서 순사의 횡포를 퍽 부럽게 본 모양이로구나. 안 될 일이다. 너도 백동白銅 칼 자세藉勢[34]하고 무고한 양민 뺨치기, 술집 밥집 맡아 놓고 계집의 집마다 내 집 삼고, 반찬 가게, 미전米廛[35]은 네 창고요 부잣집을 네 은행 삼고자 하는 자니, 안될 일이다. 곧 돌아가서 공부를 더 하여라. 그러면 순사란 어떤 것인 줄 알리라.”

---

32   이야말로.

33   짚으로 만든 사람 모양의 물건. 분수를 모르는 사람.

34   어떤 권력이나 세력 또는 특수한 조건을 믿고 세도를 부림.

35   쌀가게. 싸전.

"오, 여학생이로구나. 무슨 소원이냐. 무엇, 이로써 이승은 고만이오니 저승에 가서 만나게 하여 주시옵소서. 나무아미타불 관세음보살. 요년, 무슨 짓을 하였느냐. 근래 여학생이란 것들 공부는 둘째요 애인 고르기에 열이 났으며, 그 일이 발각되어 부모에게 꾸지람이나 들으면 곧 자살을 도모하니, 무서운 것은 계집이다. 그래, 죽어 저승에 가서라도 만나야 하겠느냐. 애, 그 소원 이루어 주자면 정부情夫 놈마저 죽여야 될 터이니 부처 노릇도 못 하겠다."

14. 외국화 병

우리는 민족성이 그러한지 어째 그러한지 지식이 천박한 나로서는 그 것을 판단할 수 없으되 외국화外國化를 잘한다. 영어 마디나 지절거리는 자는 영국인화하고, 한어漢語 마디 하는 자는 한인화한다.

언어에만 그런 것이 아니라 이것이 큰 유행병이 되어 행위에도 그러하고 의식주에도 그러하다. 그리하여 의복도 말끔 양복화하고 음식도 함빡 외국 것을 즐기며 가옥도 점점 양옥화하여 간다.

그중에도 제일 큰일 난 것은 음식물의 외국화다. 이것도 역시 아편에 중독되듯 중독된 까닭인지는 의학의 지식 없는 나로는 단언할 수 없으되 하여간 술도 외국 것만 먹고 요리도 외국 것만 먹고 떡도 외국 것만 먹는다. 기왕에 외국화를 하려거든 돈 쓰는 것만 외국화하지 말고 돈 버는 것도 외국화하여 농업이나 공업이나 상업도 외국화하였으면 얼마나 다행이랴.

제일 큰 걱정 되는 것은 우리의 주식품인 쌀도 외국 것을 먹는 것이다. 이 말에 대하여는 혹 경제상 어쩔 수 없는 일이라고 반대론자도 있으리

라. 그러나 우리 쌀값과 매승每升에 삼사 전 차 날 때대정 15년(1926) 2월도 외미
外米를 찾는다.

벌이 구멍은 바늘구멍만 한데 생활은 말끔 외국식으로 의복도 외국 것,
음식도 외국 것, 술도 외국 것, 갈보도 외국 것, 주택도 외국 것, 쌀도 외국
것을 찾으니, 요것이 망할 장본이 아니고 무엇이랴.

15. 수전노

수전노란 의리를 모르고 인정을 모르고 또한 수치羞恥를 사는 자다. 수
전노를 또 혹 의미로 선석鮮釋하면 도적 지키는 고지기다. 다만 남의 부탁
을 받아 가지고 지키는 것과 자기의 소유물을 지키는 차만 있을 것이다.

의리를 알고 인정을 알고 세상의 수치를 안 사 가며 부를 얻은 자는 비
로소 유복자有福者라 칭하겠지만도 이 세 조건을 등지고 걸터듬어 모은 수
전노는 유재有財의 아귀다.

만약에 지폐 표면에다가 그 돈을 모은 간난艱難의 사실과 소유자의 성
명 기입을 허한다 할 것 같으면 조금도 더레지 않고 신주같이 모실 천하
의 통용물이다. 일생을 수전노로 마치는 자여, 그 돈이 뉘 손으로 갈 것인
줄 알고 생명을 희생하며 쥐고 있느냐. 너 하나 죽는 날이면 어느 녀석이
고맙단 말 한마디 없이 빼앗아 갈 것이니, 이런 못생긴 일이 어디 있느뇨.
차라리 대장성大藏省[36] 문지기나 조폐국 직공이나 조선은행 금고지기 됨만
같지 못하다. 자기의 돈을 자기가 지키고 밤낮 공포 병에 걸려서 쥐만 바

---

36   국가 예산의 관리와 기획, 조세와 금융 등을 총괄하는 일본의 중앙 행정 기관.

스락하여도 눈이 똥그래지고 사람을 보면 모두 도적놈으로 간주하는 불안심! 아아! 얼마나 불쌍한 것이며, 얼마나 천벌을 받는 것이냐.

그러나 본인은 결코 그 슬픔을 감感치 않는다. 삼춘에 꽃놀이, 추석에 달구경은 시인 묵객이 아니라도 다 좋아하지만도 수전노는 다만 돈 보는 것만으로 무상의 쾌락을 삼는다. 그러므로 먹을 것도 먹지 않고 입을 것도 입지 않고 돈님, 돈님 하고 조석으로 예배를 하니 참으로 불쌍한 것이다.

또한 돈의 처지로 볼 것 같으면 크게 경제계의 용사가 되어 시장의 출입을 성盛히 하여 활약 분투할 것을 운이 불길하여 수전노의 손에 들어가서 죄 없이 옥중에 갇혀 있으니 그 비분강개함이 얼마이랴. 돈이 소리내는 것은 돈이 많아서 나는 것이 아니라 돈의 자유를 속박하기 때문에 불평의 소리를 지르는 것이다.

돈이 생기면 하룻밤을 묵히지 않고 활활 쓰는 것도 너무나 돈에 대한 애상愛想이 적은 것이요 한번 들어오면 놓지 않는 집념이 심한 자도 돈에게는 반갑지 않은 것이다. 그것을 호자虎子 같이 귀히 해도 돈은 반겨 않고, 계지繼子37 같이 학대를 하여도 돈은 원망을 하니 사람 된 자가 골 빠질 일은 돈의 대우다.

지玆에 나는 재미있는 이야기를 한마디 하겠다. 어느 곳에 67세 된 엿장수가 하나 있었는데, 먹을 것을 먹지 않고 입을 것을 입지 않고 돈 드는 것이 겁이 나서 행랑방 한 칸을 얻어 가지고 독신 생활을 하여 가며 한 푼 두 푼 모은 것이 500원이 된 모양인데 그 돈인즉 모두 50전, 20전의 은화뿐이다. 지폐는 돈 같지 않아서 꼭 은화로만 모아 놓고 날마다 깊은 밤이면 방바닥에다 진열하여 놓고 수효를 맞추어 보는 것으로 낙을 삼더니,

---

37   양자 또는 의붓자식.

하루는 그 재미를 또 보느라고 아랫목에부터 좍 늘어놓아 나가다가 지게 문이 홱 열리니 땅바닥으로 물구나무를 쳐서 한참 동안 까무러졌다가 간신히 깨어났었으나 여러 해 영양 부족과 워낙 늙은 몸이라 필경은 그 동티로 한 달 만에 죽게 되는데, 죽을 때에 입을 벌리고 손짓을 하므로 동리 사람들이 그 거동을 보고 아무 친척 없는 이가 자꾸 손짓을 할 때는 아마 돈이 못 잊혀서 그러는 것이니 그 돈을 좀 갖다주어 보자고 은화 한 줌을 집어 준즉 그 돈을 입에 집어넣고 삼키려고 애를 쓰다가 까르륵 소리 한 번에 세상을 떠난 일이 있다.

이 말은 돈의 집착심을 유감없이 극단으로 나타낸 천만인 중의 한 사람이지만도 수전노는 거반 이따위 엿장수 유가 많다.

16. 원숭이 지혜

원숭이는 수류獸類 중에 가장 지혜 많은 것이므로 인간 중에 가장 천박한 지혜는 원숭이에 가깝다고 한다. 그러므로 원숭이가 사람 같은 것이 아니라 사람이 원숭이 같은 것을 원숭이 지혜라고 한다.

원숭이가 떼를 지어 가지고 산에서 들로 내려와서 밤에 몰래 남의 밭에 들어가서 무 같은 것을 도적할 때 위선 한 개를 뽑아 겨드랑이에 끼고 또 하나를 뽑으려다가 겨드랑이에 끼었던 것을 떨어트린다. 그래, 그 떨어지는 것을 알지 못하고 두 개만 가지고 갈 욕심에 밤새도록 뽑다가 필경에 날이 밝으면 단 한 개만 가지고 도망한다. 그러나 밤새도록 뽑아 놓은 무밭은 결딴이 났다. 이와 같이 죽을힘을 들여도 자기의 소득은 적고 남에게 해만 입히는 것을 원숭이 지혜라고 한다.

또 원숭이 기르는 이가 여러 가지 재주를 다 가르친 후 혹 객이 올 때에 다과의 심부름을 시키면 가지고 나오는 동안에 반드시 한두 개를 훔쳐 등 뒤에 감춘다 한다. 그러나 돌아갈 적에도 그대로 등 뒤에 감추어 가지고 가기 때문에 단박에 탄로가 되고 만다. 얼마나 요절할 일이냐. 이러한 것을 원숭이 지혜라고 한다.

현대 이 사회의 각 방면에 원숭이 지혜가 많대야 가할까, 없대야 가할까. 나는 아무리 생각하여도 없다고는 할 수 없다. 오히려 원숭이 지혜만도 못한 자가 많다.

원숭이는 제 궁둥이 붉은 것 모르고 남의 궁둥이 붉은 것을 웃는다. 이 것은 언어를 통치 못하기 때문이요 또한 다만 웃을 뿐이니, 말하는 사람이 알고도 모른 체하는 불인정, 불친절보다는 훨씬 낫다. 주의할 일을 주의치 않고 타인의 실책을 기뻐하며, 구할 때에 구치 않고 타인의 실패를 기도하며, 냇가에 선 사람 떼밀고 목맨 사람 발목 잡아당기는 것은 사람의 짓이다.

원숭이는 항상 떼를 지어 다니므로 골을 건너든지 나무를 오르든지 손과 손을 연連하고 발과 발을 접하여 위급 존망을 같이하되 사람은 입으로만 인도니 박애니 하지 심중에 칼이 있어 어떻게든지 남을 해코자 하니 이 얼마나 냉혹 잔인한 인정이뇨. 참으로 원숭이 대하기에 한안汗顏[38]의 감感이 없지 않다.

기왕 원숭이 칭찬하던 끝이니 또 한마디 하여 보자. 어떤 원숭이 기르는 이가 원숭이 한 마리를 기둥에 매어 놓고 잘못하면 장대로 때려 왔었다. 하루는 그 집 고사 날 끌러 놓았더니 대감 시루에 얹어 놓은 우족牛足

---

38   땀 흘리는 얼굴. 썩 부끄러워하는 얼굴.

을 훔쳐 먹다가 주인에게 들켰다. 원숭이는 곧 자기가 잘못한 줄로 알고 붙들어 매었던 줄과 장대를 집어 가지고 와서 주인 앞에 엎드려 꽥꽥 우는 것을 보고 주인도 눈물을 흘리고 필경에는 산에 놓아 주었다고 한다. 사람 없을 때에 집어 먹는 것은 수류의 자연욕自然慾이요 원숭이의 죄가 아니다. 그러나 주인의 얼굴을 보고 그 죄를 깨닫고, 깨달은 동시에 자기의 죄줄 형구까지 가지고 와서 으레 맞을 것으로 각오한 것은 얼마나 가엾으며 기특한 일이냐.

사람은 이와 반대로 당당한 신사 면面에 비겁 미련한 자도 있고, 일 점의 양심이 있으면 백일청천하에 나다니지도 못할 파렴치한이 공중의 앞에서 뽐내며, 자기의 죄악은 고양이 똥 감추듯 하고 남의 흠점만 찾아내며, 법망의 불비를 이용하여 먹통의 짓 하는 무리가 현대 이 사회에 얼마나 되는지 그 수를 헤아릴 수 없을 것이다. 원숭이를 웃지 마라. 사람이 도리어 원숭이에게 웃길 것이다.

17. 오입쟁이

어느 나라 어느 세상을 물론하고 도처에 변함이 없이 있는 것은 도적과 오입쟁이다. 오입쟁이 양반을 도적과 병칭並稱하여 듣기에 귀가 거슬리리라. 우리 조선에도 이조 말엽에 대원군이 기생집 갔다가 오입쟁이에게 주리를 틀리고 도망하였다는 이야기가 있다. 이전에는 오입쟁이라면 속이 훨씬 트이고 산전수전 다 겪은 자로 알기 때문에 언필칭 오입쟁이라 하였지만도 근자의 오입쟁이는 모두 벽창호뿐인지 어째 그 자격이 몹시 떨어져서 신명사를 부랑자라고 붙이더라.

세상의 오입쟁이는 모두 자화자찬의 오입쟁이다. 공평한 비평안으로 볼 것 같으면 오입쟁이다운 오입쟁이가 없고, 또한 상대자 되는 여자가 보기에 오입쟁이답지 못하여 십중팔구는 모두 자칭 오입쟁이다.

오입쟁이란 것을 분석하면 쓸개 빠진 자가 전체인데, 수치를 수치로 알지 않는 철면피가 3분이요 밥은 굶어도 몸치장만 하는 허영심이 2분이요 앉아서 입으로만 천 원, 만 원 부르는 거짓말이 2분이요 앞 못 보는 장님 모양으로 함부로 덤비는 것이 3분이다. 이상의 원소元素에 다소의 구변口辯을 합하여 가지고 성립된 것이므로 일 점의 추파도 저를 마음에 두는 줄 알고, 미인의 선연요조嬋妍窈窕는 모두 저를 어여쁘게 보는 줄만 알고, 무슨 말 한마디만 물어보아도 컴컴하게 넉장을 뽑고 진대를 붙이며, 왜 이 모양이냐고 툭탁쳐도[39] 손대는 것만 귀엽고 고마워서 침을 흘리고 웃는 작자, 몹시 때려서 눈에 불이 날지라도 표면으로는 웃음을 띠는 뻔뻔한 자다.

이전 오입쟁이는 냉수 먹고 이 쑤시고 엽전 샐닢 없어도 칭호는 오입쟁이였지만도 지금 세상에는 돈 없으면 오입쟁이가 될 자격부터 없다. 돈 주고 계집 비위 잘 맞추고 부끄럼 없고 뻔뻔하고 오장 없는 자가 오입쟁이다.

18. 문군의 대회

침침한 수풀 속에 문군蚊軍[40]의 대회가 열렸다.

"사람의 생활난은 자포자기지만도 우리의 생활난은 방어가 엄중한 까

39　옳고 그름을 가리지 아니하고 다 쓸어 없애다.

40　문군(蚊群). 모기떼.

닭일세. 이전의 방어는 톱밥 태우는 것뿐이더니 근자에는 문향선蚊香線[41]이니 제충국除蟲菊[42]이니 하는 것이 있고, 또 철옹성 같은 문장蚊帳[43]이 있으니 꼼짝할 수가 없구려.”

“그렇다고 설마 굶어야 죽겠소. 그래도 살길이 있겠지.”

“나는 원래 여행을 좋아하오. 그래서 일전에 어떤 사람이 야행 열차로 부산까지 가는 자가 있기에 종로서부터 그 몸에 붙어 가지고 갔다가 부산서 경성 오는 사람의 몸에 붙어 가지고 무사히 돌아온 일이 있는데, 아무리 생각하여 보아도 이로부터 우리의 살길은 기차 속밖에 다시없을 것 같습디다. 그 속에는 톱밥도 없고 제충국도 없고 문향선도 없고 문장도 없고, 다만 때가 여름이라 부채밖에 없습디다. 그까짓 부채야 두려울 것 무엇 있소. 잠깐 날면 고만이지. 더구나 여행 중의 인간은 피로가 심하여 반면반성半眠半醒이므로 여간 빨아먹어도 모르오. 또 한 가지 좋은 것은 걸상 밑 침침한 곳은 은신하기에 적당하고 더구나 침대차 같은 것이나 만나면 그때는 인간을 우리에게 희생한 셈이요 아무리 뜯어먹어도 꼼짝을 못 하니 태평세계란 말은 이곳을 이른 말인가 하오.”

“말씀은 매우 재미있는 말씀이오마는 한도限度 있는 기차와 여객에 대하여 무한한 다수의 우리가 다 어찌 먹고산단 말씀이오. 한즉 나도 반대는 아니니 가실 분은 가시오. 그러나 또 달리 안전한 방법은 없습니까.”

“내 생각 같아서는 날마다 새벽부터 밤중까지 노동하고 모깃불 하나 없이 마룻바닥, 땅바닥에서 자는 빈민굴의 노동자가 제일 안전한 줄로 압니다.”

---

41 모기향.
42 국화의 종류. 제충국의 꽃을 말려 가루로 만들어 살충제로 쓴다.
43 모기장.

"그러나 그것은 먹는 음식이 조악하여 피부가 단단하고 피 맛이 좋지 못할걸."

"기자감식飢者甘食이라니 시방 우리가 맞춰 줄 때요. 미주미식美酒美食의 자양분 있는 놈은 방비가 철옹성 같고 노인은 혈기가 적고 유아는 어른이 끼고 자니 안전하고 맛있는 일거양득을 어디 가 구하오."

"아니야, 그보다도 노동자는 불쌍한 것이니 우리도 동정하는 것이 좋겠소."

"우리의 구할 것은 아무리 하여도 청년 남녀밖에 없을 것이오. 그들은 처지의 여하와 신분의 여하를 돌보지 않고 밤이면 산보 간다는 간판하에 별별 비밀의 짓을 다 합디다. 일찍이 이러한 곳을 쫓아야 먹을 것이 많을 것이오."

"딴은 그도 그래. 첫대 혈기가 왕성한 것들이니깐 먹을 것이 풍부할걸."

"제일 빨아먹기에 힘이 안 들지요. 탑골 공원으로 말할지라도 나무도 많고 연못도 있으니 우리의 살기는 마침한 곳이요 청년 남녀의 산보대散步隊는 부르지 않아도 자연히 몰려들고, 혼자 천천히 산보하는 자도 남자는 여자에게 마음이 쏠렸고 여자는 남자에게 마음이 쏠려서 손등이나 얼굴쯤 여간 뜯어먹어야 정신 못 차리고, 양양삼삼兩兩三三이 짝을 지어 남녀가 손을 이끌고 다니는 것들은 아무리 덥더라도 바람 한 점 없는 깊숙한 숲속만 찾아와서 쏙살거리기에 얼굴을 물어도 정신없이 히히덕거리니 이런 것이야 맡아 놓은 밥이 아니오."

"그 말이 좋소. 기차 생활보다 훨씬 낫소. 연애에 미쳐서 우리가 물어도 감각도 없는 자는 죽은 나무와 한가지요 설령 우리의 이익이 없을지라도 귀밑에 가서 앵 하고 경세종警世鐘을 울려 자수타협自手打頰이라도 하게 하는 것이 버르장이도 가르칠 겸 좋소."

"그러한 문제로 찬성한다면 나도 한 곳 정하겠소. 나는 제일 좋은 곳을 활동사진관으로 아오. 송곳 박을 틈 없이 꼭 차게 늘어앉아서 정신없이 사진만 보고 있는 자 여간 뜯어먹어도 감각이 못 되며, 쓸개 빠진 녀석은 여자석 건너보기에 골몰하여 뺨따귀 살점을 다 떼어 가도 모르고 앉았으며, 목이 말라 된 소리 안된 소리 주워섬기는 변사의 콧등을 빨아먹는 것도 재미있소."

"그도 좋소. 자, 여러분, 이로부터는 그 길로 나갑시다. 해도 지고 날도 더워 일하기 좋으니 고만 헤어집시다. 가다가 조심들 하시오. 거미줄에 걸리리다."

19. 학교는 무위도식자의 양성소

학교란 것은 국가의 중견中堅인 제2 국민 될 청년을 가르쳐 유위有爲의 인격자를 만드는 곳이다. 그러하면 이곳에서 교육받은 자는 사회를 위하여 일하여야 할 것이다. 원래 업에 귀천이 없는 것이니 아무것이든지 하여라. 상업도 좋고 농업도 좋고 공업도 좋다. 정신적 노동도 좋고 근육노동도 좋다.

그러나 학교 마친 자를 보면 모두 비관이요 아무것도 않는다. 물으면 할 것이 없다고 한다. 할 것도 없기는 없다. 그러나 공상만 품고 놀 것은 아니다.

지금 우리 사회의 교육받은 청년으로 말하면 많이는 중등 교육을 마친 자다. 중등 교육은 국민 된 자의 보통 알아 둘 상식이다. 이것을 무슨 고등 학문이나 가진 듯이 뽐내고, 아무것도 않고 편편히 놀며 밥만 죽이는 것은 너무나 염치없는 일이 아니냐.

밥만 죽였으면 오히려 좋지만도 게다가 번민 난다고 기생집으로 위안 받으러 다니니 이것이 더욱 사람 잡치는 일이다.

교육이란 원래가 인생의 필연한 업무요 사회의 직책이다. 몇 푼어치 못 되는 지식을 가지고 고관대작을 꿈꾸는 것은 너무나 공상이 아니냐.

만약에 연년이 나오는 졸업생이 모두 이것에 감염될 것 같으면 실로 학교는 무위도식자無爲徒食者의 양성소보다도 부랑자의 양성소가 되고 말 것이다.

20. 20세기 연애병

이전 사람은 예의와 도덕을 잘 알았으므로 연애병이 생겨도 속에만 넣고 끙끙 앓기 때문에 피골이 상진相盡하는 자도 있었지만도 오늘날은 개방주의 쓰는 시대라 무슨 그까짓 연애병 같은 것을 속에 넣고 끙끙할 시대가 아니므로 한 녀석 연애병 앓는 녀석이 없다. 그러나 실연하고 자살하는 청년은 많다.

이전 사람은 자나 깨나 잊지 못하는 연인을 사모하여 신음하더니 금일의 연애병자는 연인을 찾고 연인을 만나기 전부터 그 병에 걸린 번민자煩悶者요 환자가 되어 가지고, 연애의 상대자는 혹은 남자요 혹은 여자라고 할 뿐이다.

이 환자는 무럭무럭 앓는 것도 아니요 자리에 눕는 것도 아니라 백일청천하에 펄펄 뛰는 건자健者요 전등 와사 불 밑으로 완보緩步하는 자다. 그자의 응급 시술소는 공원 수음樹蔭 밑에 설비한 걸상, 활동사진의 간막間幕,

대합소, 야시夜市의 산보요 치료소는 요리점, 식당, 승방僧房, 온천 등이다. 그러면 이 치료소에서 간병을 잘하였다고 완치가 되느냐 하면 그렇지 않다. 잠깐은 낫지만도 얼마 아니 가서 상대자를 바꾸어 가지고 병인이 된다. 그래서 그자는 필경 낫다 더쳤다 하고, 항상 그 병을 되풀이한다.

예전에 어떤 명문의 자손이 비가 오나 눈이 오나 밤을 낮을 삼아 가지고 계집의 집을 다니므로 하루는 그 형이 말하기를 "네가 그렇게 반한 계집이 있거든 그 계집을 떼어 들여라. 아무리 대금이 들지라도 일시의 돈과 너의 생애하고는 바꿀 수 없는 것이다" 한즉 아우 된 자가 껄껄 웃고 하는 말이 "한 계집에게 눈이 어두운 것이 아니라 나는 화류계를 현세의 극락으로 알고 다닌다"고 대답하므로 형이 칼을 빼어 목을 벤 일이 있다. 즉 한 계집에게 연애를 두고 죽자 살자 하는 것은 그 계집만 떼어 들이면 고만이겠지만도 화류계를 극락으로 알고 다니는 자는 화류계가 망키 전에는 사람 되기 어려운 자다.

금일에 연애를 구가하고 미쳐 돌아다니는 번민 환자는 거의 다 이 제弟와 같이 수없는 모든 남자와 여자를 연애의 병적病的을 삼는 자다. 염서艶書는 상인의 광고문과 같고, 추파는 너 나 할 것 없는 총회總花와 같다. 남녀 누구든지 그중에 손을 대는 자를 연戀이라 칭하고 애愛라 칭한다. 그러므로 연애의 목적은 유일무이의 인人이 아니라 어느 때든지 마음대로 바꿀 수 있는 수욕獸慾의 쾌미快味다.

근자에 소위 신문화가 수입된 이후로 일편에서 이것을 문자상으로 교사敎唆하고 도발하여 시적 취미로 찬미하며 종용慫慂하는 자가 있어 반광기半狂氣 반병인半病人의 환자를 만드는 자가 있다.

21. 전도의 세계

천지는 아직 전도顚倒되지 아니하였지만도 천지간에 있는 인사 만반은 함빡 전도가 되었다. 주객전도, 관리전도管履顚倒[44]는 문자상의 형용사이지만도 현대 사회는 그 이상의 실제를 연출하여 사사물물事事物物이 모두 상上을 하下라고 하는 전도의 세계다.

정치상의 전도는 언론의 자유 없는 자로서 섣불리 붓끝을 놀리다가는 큰코다칠 터이니 잠깐 고만두고, 사제간의 예의로 볼 것 같으면 학교의 강사 교원들은 생도의 비위 맞추기에 이마에서 땀이 난다. 잘못하면 꼴 못되고 쫓겨나니 이것은 사제의 전도요, 친자 간에는 시대사상의 신구 충돌로 부모 된 자가 자식 비위 맞추기에 여가가 없으니 이것은 인륜의 전도다. 장유의 전도, 부부의 전도, 일일이 매거枚擧할 수 없고, 부夫는 처妻의 하인이 되어 명령대로 그 허영심을 맞추어 주고 사치의 비용을 부담하는 충실한 노동자다. 과거의 유물인 정절을 가지고 금일의 부부간을 율律코자 하는 자는 우지천만愚之千萬이다. 주인 된 자가 하녀에게 잔말할 권리 없고 도리어 그 비위를 맞추지 아니하면 보통이 싸 가지고 가는 세상이다.

돌이 물에 뜨고 나뭇잎이 가라앉는다는 말은 고언古諺[45]의 전도지만도 70의 독두禿頭 노옹이 손녀 같은 미인을 데리고 지랄을 치며 20 전후의 젊은 녀석이 염세로 사死를 구하는 것은 금일의 상사常事요 반백이 되어 가는 늙은 계집이 남자의 냄새를 맡고 지랄 치는 것과 청춘의 처녀가 요릿집 출입하는 것은 근래에 드물지 않은 사실이다. 속에 똥만 든 자가 부와 지위를 가지고, 사상이 고상한 사람이 점점 빈한하고 지위가 낮아지는

---

44   관(冠)과 신의 위치를 바꿈. 앞뒤 순서를 뒤바꾸어 일을 그르침.
45   옛 속담.

것은 가장 개탄할 관리전도요 일부러 돈 써 가며 계집의 비위 맞추러 다니는 자는 주객전도자가 아니라 쓸개 빠진 자다.

22. 신명사의 신사

한참은 양반, 양반 하고 양반 천하더니 근자에는 양반으로 인하여 망하였다고 어찌어찌 양반 학대가 심한지 양반이란 명사까지 없어지고 신명사의 신사란 것이 생겼다.

신사란 것은 속은 똥만 들었을지라도 외면만 번지르르하고 용모 풍채만 훌륭한 것을 이름이니 아무 자격도 일없는 것이다.

실크해트絹帽에 연미복燕尾服 같은 것은 가장 신사 되는 필요품이요 능라주의에 중산모 또한 신사의 체면상 불가결할 것이다. 별장과 첩실妾室은 신사의 간판이요 유명한 요리점과 기생집은 애인의 대합소다. 설령 남의 빚에 재산 차압을 당할지라도 1년에 한 번은 반드시 피서 가고, 가슴은 쓰려도 자선적 기부는 응하는 것은 세상에 대하여 자기의 명성을 높이자는 광고술이다. 이익 있는 일이면 여간 병기病氣는 참고 교제장리交際場裡에 참여하지만도 만약에 자기를 개개는[46] 일이면 친척 고구故舊라도 대문간에서부터 딱지 시킨다.

원숭이에게 양복 입힌 것은 오히려 양첨지 같기나 하지만도 차부車夫 마정馬丁[47] 같은 자가 신사복 차린 것은 냉수에 기름같이 어울리지 않는다.

별장이란 것은 세 번 네 번 저당을 하고, 첩실에는 수상한 남자가 드나

---

46 성가시게 달라붙어 손해를 끼치다.

47 마부.

들며, 반찬 가게, 미전에서 외상값 받으러 풀 방구리에 쥐 드나들듯 하여
도 조끔도 신사의 체면에 걸리지 않으며, 편지 한 장 못 쓰고 신문 논설하
나 못 읽되 이 또한 신사의 부끄럼으로 알지 않으며, 약속을 위반하고 책
임을 포기하며 의무를 이행치 않는 것 같은 일은 신사 된 자의 당연히 행
하는 일이다.

인도를 지키고 덕의德義를 존중하며 이상을 높이고 향상하란 말은 고금
을 통하여 극난極難한 일이지만도 상기 조건으로 신사가 된다면 누워서
떡 먹기다.

23. 맥도 모르고 침통 흔드는 의사

의사가 용한 것이 아니라 의학의 진보와 의료 기계가 발달하기 때문이
요 의학이 진보하고 의료 기계가 발달된 것이 아니라 인구의 번식을 따
라 생존 경쟁에 피로하여 인간이 점점 약하여진 결과 시험적 재료를 공供
하는 병인이 많아진 까닭이다.

생선 많은 해안에는 그 좋은 생선이 풍부하되 요리법은 진보가 못 됨
과 같이 의학과 약제와 기계가 거의 유감없이 완비된 금일의 의사는 기其
수완이 도리어 졸렬하다.

의서 권이나 읽고 침 개나 만질 줄 알고 기계 낱이나 사용하여 보고 약
첩이나 지울 줄 알면 모두 의사다. 언필칭 이전에 어떠한 난병難病도 고쳤
고 고질痼疾도 고쳤다는 것은 남이 보지 못한 사실담이요 일종의 광고술
이다. 소위 진단이라고 장지로 이곳저곳 똑똑 두드려 보고 청진기로 숨
크게 쉬라고 몇 번 들으면 진찰료가 몇 원이요 물 한 병에 소다 가루 몇

숟가락 섞어 가지고 50전, 60전 딸기 따듯 한다. 이보다 더 심한 것은 의생醫生이란 특수 명칭을 가진 한방 의사다. 진맥한다고 주물럭주물럭하고 진찰료 받기, 체증 약 한 첩에도 20전을 받는다. 맥도 모르고 침통 흔든다는 말은 현대에 적당한 말이다. 병의 여하를 물론하고 1침 2약이라니 침 맞아야지 하는 침 의사, 아는지 모르는지 환자만 만나면 이곳저곳 함부로 쑤신다.

금일의 명의는 병원病源은 잘 알되 병인을 모르는 것 같다. 남의 행랑방에서 노동이나 하여 먹는 환자에게 영양이 부족하니 조석으로 포도주를 먹고 양즙胖汁을 먹으라는 등 한양閒養하여야 하겠으니 금강산 유람 가라기, 또는 보기에 환자의 가세가 웬만하여 보이면 한 종 뗄 작정으로 진단한 후 변변치 않는 병도 크게 호통하여 환자로 하여금 낙심케 하니 이러한 자는 병인을 치료하는 의사가 아니라 정신적으로 사람을 죽이는 자다.

사람이 병을 너무 우습게 아는 것도 아신我身을 모르는 백치이지만도 너무 질병을 두려워하여 빈대에게만 물려도 의사, 모기에만 물려도 의사를 찾는 것도 의사광醫師狂이다.

24. 오군烏群의 담화

앵화난만櫻花爛漫한 양춘陽春에 창경원昌慶苑 큰 솔나무 위에 오륙 마리의 까마귀가 모여 앉아서 무슨 이야기를 재미있게 한다.

"에구, 오늘은 사람도 퍽 들어오는구나."

"그럴 터이지. 사쿠라가 만발하자 마침 일요일이요 겸하여 일기가 쾌청하니깐 안 그렇겠나."

"생각하면 사람같이 팔자 좋은 것은 없어. 겨울이면 춥다고 방구석에 꼭 들어앉아서 창경원이란 창 자도 입 밖에 내지 않던 것들이 조금만 일기가 화창하면 꽃구경이니 산보니 하고 지랄을 친단 말이야."

"얘, 꽤 들어왔다. 오물오물하는구나. 사람이 물 끓듯 한다는 말은 아마 이러한 것을 가리키는 말인가 보다. 배꽃같이 하얗기만 하지 남녀를 분간할 수 없네. 우리를 가지고 수지오지자웅誰知烏之雌雄[48]이라지만도 이야말로 인간의 자웅을 알 수 없는걸."

"무얼, 인간의 자웅은 곧 알 수 있는 것일세. 우리가 너무 멀리 앉아서 그러하니 가까이 내려가서 되지못한 연놈에게 똥이나 깔겨 주세."

"그 말 좋은 말일세. 아무짝에 쓸데없는 것도 외양만 반반하면 귀애하고 우리같이 겉은 시커메도 속은 청백淸白하며 부모에게 효행 있는 것은 보는 대로 돌멩이로 때리고 쫓으며 까마귀 소리만 들으면 소금 장수 부르기가 일쑤니 이따위 무리는 양반을 모르는 자라. 이때에 우리는 똥물을 먹여 봅시다."

"우리 오륙 명이 똥을 깔기면 얼마나 깔기겠나. 이왕이면 말쑥한 하이칼라에게 깔기세. 그것들은 꽃구경 온 것이 아니라 제 꼴을 구경시키려고 온 것들일세."

"자, 내려갑시다. 이 나무가 좋구먼. 여기 앉아 보지."

"그럽시다."

"얘, 이자 보아라. 나이 40은 되었겠는데 이렇게 사람 많은 중에서 대낮에 비틀거리는구나. 필경 처자가 있을 것인데 저 모양이람. 사람같이 부끄럼 모르는 것은 없어."

---

48 누가 까마귀의 암수를 분간할 수 있겠는가. 사물의 옳고 그름을 가려내기 어려움.

"사람이란 것은 입만 깐 것인데 다시 말할 것 무엇 있나. 이 많은 사람 중에 의리 인정을 알 자가 몇이나 있을 줄 아나. 그저 유의유식遊衣遊食하고 사기나 잘하는 자가 성공자지. 수치나 외문外聞[49]을 생각하면 손가락 하나 까딱할 수 있겠나. 자식 팔아먹기를 헌 넝마 팔듯 하는 것들인데 다시 말하여 무엇 하나. 반포지효反哺之孝는 우리 사회에서나 볼 수 있는 일이지 인간 사회에서는 효가 절종切種된 지 이미 오랠세."

"딴은 그래. 1년에 한 번 꽃구경에도 이렇게 많은 사람 중에 노부의 손을 잡고 노모를 부축하고 온 자는 하나도 없고, 젊은 연놈이 팔을 얼싸안고 양양삼삼이 돌아다니는 것뿐이다."

"여보게, 자네, 모르는 말 말게. 지금은 효행이란 것이 친효행親孝行이 아니라 처효행妻孝行이니 자식을 두서넛 낳고 살다가 싫거든 이혼하자고 맹렬히 덤비네. 그러기에 부夫 된 자는 처 앞에서 벌벌 떨고 갖은 효를 다 한다네."

"이게 무엇이냐. 타락한 여학생이냐, 갈보냐. 정체를 알 수 없는 하이칼라가 하나 섰다. 동행한 놈팡이를 잃었나? 어떤 놈하고 이곳에서 만나기로 약속을 하였나? 아니다, 꼴을 보니 분내를 피워 가지고 어떤 놈을 달고 가려는 년이니 한번 깔겨 주자. 낯바닥에 깔겼으면 좋겠는데 되지못한 방석머리를 틀어 얹어서 얼굴에 깔기기가 곤란한데, 아무 데면 어떠냐. 깔겨라, 깔겨라."

"여기도 정체 모를 30 전후의 남자 하나 있네. 중산모에 대모玳瑁테[50] 안경 쓰고 인버네스[51]에 단장 짚고 궐련 물고 떡 서서 오고 가는 여자만 점

검하니 그놈도 한 그릇 먹이자. 깔겨라, 깔겨라."

"이놈은 낯바닥에다 깔겨 보세. 옳다, 바로 깔겼다."

똥물 먹고 깜짝 놀란 놈팡이 "이런 망할 것 보았나" 하고 수건으로 씻으며 "웅" 하고 입맛 다시고 홱 달아나는 것이 재미있었다.

25. 광고의 인간

문화가 진보함을 따라 광고술도 많이 진보되었다. 신문 광고, 인찰印札 광고, 전주電柱 광고, 게시 광고, 창식窓飾 광고, 진열의 광고, 전기 응용의 야간 광고, 악대 행렬의 광고, 대도大道 연설의 광고, 갖은 의장意匠을 다한 간판 광고, 광고의 수효도 적지 않다. 광고를 많이 이용하는 자는 매약상賣藥商과 화장품상이다. 그러나 그것은 상인의 번영책繁榮策이니 말할 것 없다.

현대는 인간 만사가 모두 광고의 세상이다. 아무리 천치라도 광고만 잘하면 성공하고, 천하를 가운어장可運於掌할 영웅이라도 광고를 못 하면 그대로 썩는다.

광고란 원래가 과장의 문구가 많이 섞이는 것이지만도 인간의 광고는 전혀 거짓말로 뭉친 것인즉 효력 없는 매약賣藥보다도 더 위험한 것이다.

인간이란 영리하고도 못생긴 것이다. 즉 못생긴 바탕에 영리한 칠漆한 것이 사람이다.

26. 비과학적 노동자

세계 중에 조선 사람같이 사람 부리기 좋아하는 국민은 없다. 세계에 제일가는 가난뱅이가 하인이란 것을 생활의 조건으로 안다. 광무光武 말년에 노예가 해방된 후 그 명사가 슬쩍 변하여 행랑아범, 어멈이 되었다.

이 비과학적 생활에는 당연 비과학적 노동자가 있지 아니하면 안 될 일이다. 그래서 하녀라는 노동자, 즉 주가主家의 장식품인 비과학적 노동자가 있다.

그 노동자는 하루 육칠 시간의 수면 시간을 제한 외에는 십오륙 시간을 노동한다. 즉 그는 깨었을 때는 노동하는 때요 쉴 때는 잠자는 때다. 즉 그들에게는 노동과 수면밖에 아무것도 없다.

그들에게는 일요일도 없고 경절慶節도 없고 깨 같은 날을 나리, 마님, 아씨, 서방님, 도련님, 아가씨 하고 굽실거리고 사니, 그 정태情態는 노은勞銀에 노동을 팔고 노동하기 때문에 의식衣食을 여與하는 것이 아니라 돈 주고 산 노예나 가축으로 취급한다.

나리, 도련님이 사람 망치는 명사다. 나리라는 칭호에 거리끼어 할 것을 못 하는 일이 얼마며 도련님, 아가씨란 명사가 천진天眞에게 어떠한 허영을 주는 것이냐.

하루 십오륙 시간의 과도한 노동을 하고 일생을 머리를 못 들되 월급은 불과 몇 푼이 못 된다. 그러고 못된 주인 놈이나 만나면 혹은 정조까지 희생하는 일이 많다.

구미에는 하녀에게도 일요일이 있고 노동 시간도 제한이 있으며 반일휴半日休도 있다. 그러고도 하녀의 조합이 있어 그 조합의 힘으로 주가主家의 의사를 굴복시키는 일이 있다. 조선에 이런 일이 있다면 나리란 작자,

호령을 톡톡히 할 것이다.

27. 언행 불일치의 20세기

현대 인간에게 언행일치를 주문하는 것은 두부 장수에게 석탑石塔을 주문함과 같은 일이다. 그러나 두부 장수는 엉터리없는 자일 것 같으면 두부 가는 맷돌을 깎아서라도 낼 수가 있으되 금일의 인간에게 언행일치를 강청强請하는 것은 연목구어緣木求魚의 주문이다.

선악을 물론하고 다만 의사를 발표하는 대로 전후를 전도하고 만족히 지껄이지 못하는 자가 많거든 하물며 실지상에는 더욱 불구자와 같이 수족도 못 내놓는 자가 많고, 언행 각별로도 완전한 인격이 못 된 자에게 언행일치를 하라는 것은 너무나 무리한 주문이다.

되지 않을 주문을 강청치 말고 가능성 있는 언심일치言心一致나 요구하여 보아라.

언심일치라 함은 마음에 먹은 일을 틀림없이 그대로나 입으로 내란 말이다. 이것은 다만 마음과 입만 일치하면 가可한 것이다. 그것을 실지로 행코 행치 않는 것은 제 마음대로 할 것이니 감히 물을 바 아니다.

금전을 차용할지라도 처음부터 떼어먹을 생각을 말고 그것을 갚고자 마음으로 생각하고 갚겠노라고 입으로 맹세할 것 같으면 설령 실제로 환보還報는 못 되더라도 좋다. 처음부터 속일 생각 없고 속인다고 말 아니 하였으면 후일 간고艱苦할 때 남의 물건 맡은 것 좀 팔아먹어도 좋다. 만사를 이 법칙대로 할 것 같으면 나중 행위로 인하여 생生하는 일체의 무책임은 그때 되어 가는 대로 하여도 관계없을지니 언행일치 난難에 비하면 파頗

히[52] 용이한 것이 아니랴.

그러나 금일의 사회는 이렇게 용이한 언심일치도 오히려 어렵다 하여 못 되거든 어찌 언행일치가 될 수 있으랴. 원래 입과 마음도 거의 반대다.

집어삼킬 생각으로 빚을 쓰고, 팔아먹을 작정으로 남의 것을 맡고, 속이려고 약속하고, 달아날 작정으로 책임지고, 내지 않을 생각으로 기부금 승낙하고, 수틀리면 이혼할 작정하고 부부를 맺으며, 지기 붕우 또한 언제든지 절교할 예산 두고 사귀나니, 딴은 금일의 인정으로는 언심일치도 용이한 일이 아니다.

언행일치는 절대 불가능이니 말할 것도 없고 언심일치도 어렵다니, 인간이란 것은 구口 각각, 심心 각각, 행行 각각, 세 가지가 따로 떨어진 것을 함께 조직한 것이다. 그러나 이耳, 목目, 구口, 비鼻가 각각 위치를 정하고 따로 떨어져 있지 않고 안면에 몰려 있는 것만은 제법 의합意合한 일이다.

28. 까닭 모를 학자

학자를 학문에 중독된 일종의 정신병자로 대접하는 것은 너무나 모욕되는 말이라 벌 받을 일이요 궤상机上의 공론가空論家니 가무家務 실행상의 장애물이니 하는 것도 너무나 버르장이 없는 말이다. "그자는 학자다", "제 왈 학자다" 하는 말도 무례한 말이다.

"무얼, 학자의 말이니깐 까닭 모를 일이다", "학자의 짓이니깐 무엇이 만족히 될 수 있나", "학자니깐 책이나 보고 잠이나 자는 외에 아무 재주

가 없을 것이다" 하는 말도 하는 말도 학자를 우습게 아는 것이다.

원래 이 학자라고 하는 숭고한 2자로 곧 우원迂遠[53]히 해석하고, 무위무능으로 생각하며, 사회의 식객과 같이 대접하는 것은 학자의 죄인지 학문의 죄인지 또는 도덕을 알지 못하는 세상의 죄인지 알 수 없다.

현미경을 쓰고 금일의 학자를 조사하여 보면 무욕담백無慾淡白의 간판을 걸고 돈만 모으려는 학자도 있고, 고상하고 유현幽玄한 학자 중에는 질투 편집偏執의 부녀보다도 심한 학자가 있으며, 고결 원대한 체하는 학자 중에는 취기臭氣[54] 분분한 학자도 있으며, 학자 탈 쓴 문맹도 있고, 학자 탈 쓴 고리대금업자도 있고, 학자 탈 쓴 사기사도 있고, 학자 탈 쓴 매파도 있고, 학자 탈 쓴 아유배도 있다.

학문의 신성과 학문의 권위는 이상의 학자로 말미암아 오손汚損되나니 타락된 이 사회에 도덕이 있을 곳이 없어 중유中有[55]에 헤매는 것 같다.

29. 심기일전

심기일전心機一轉, 이전, 삼전, 사전, 오전, 핑핑 시시각각으로 심기가 전도하여 칠전팔도七顚八倒한다. 이래서야 심기가 안정되는 때 없이 늘 전전하고만 말 것이다.

심기일전이라 함은 심령의 기축機軸이 일전一轉한다는 것도 아니요 소위 군자의 표변豹變도 아니요 또한 암闇을 거쵸하고 명明으로 취就하는 것도 아

니요 그 일전은 심기의 전도하는 최초의 일전을 말하는 것이다. 장단만 잘 맞으면 하루 몇 번은 회전廻轉할는지 알 수 없는 것이다. 환언하면 바람 부는 대로 물결치는 대로 심기가 변함을 말함이다.

배가 고파서 밥집을 찾던 자가 심기일전하여 술집으로 들어서고, 활동사진을 구경하고 집으로 돌아오려고 하던 자가 별안간 심기일전하여 신정新町으로 내빼며, 신성한 연애가 심기일전하여 홀연히 노방의 인人이 되며, 다년의 부부가 서로 심기일전하여 가정의 파란을 일으키고, 동지 협력의 굳은 약속이 심기일전하여 떡가루 헤어지듯 하는 일은 현대 사회의 심기일전을 사진으로 박아 놓은 것이다.

30. 복신의 규약서

인간은 서로 지지 않고 경쟁을 한다. 그 경쟁이란 것은 다른 것이 아니라 복신福神 쫓아가는 경쟁이다. 목이 말라 복신을 부르나 복신은 돌아보지도 않는다.

복신은 도저히 사람의 발로는 쫓아갈 수 없는 것이다. 복신이 노방에서 쉴 때에 들러붙는 자가 생존 경쟁의 승리자다.

그러나 복신은 그렇게 인간의 포로가 되어 붙잡혀 있는 것이 아니다. 다소간 복을 주다가 인사도 없이 달아나면 또다시는 아니 오는 것이다.

복신이 달아나다가 무슨 책 한 권을 떨어트렸기에 집어 본즉 복신의 규약서規約書러라.

제1조　　어떠한 사람에게든지 결코 만족한 행복을 주지 말 일.

제2조   대체의 표준은 선인에게 복을 주되 함부로 선인이라고 칭하는 자
는 주지 말 일.

제3조   이미 복운을 준 자는 항시 조사하여 만약에 온당치 못한 일이 있
거든 용사容赦 없이 꼭 빼앗을 일.

제4조   설사 사死로써 애소 탄원할지라도 그 일이 자작지얼로 생生한 비
참과 고통이거든 일절 구조치 말 일.

제5조   무학 문맹자거니 비천 용렬한 자거니 자기의 직분만 잘 지키고 게
으르지 아니한 자는 조선祖先의 여경餘慶[56]으로 포식난의飽食暖衣하
는 자의 것을 빼앗아 줄 일.

제6조   복운을 득할 자격 있는 자에게도 명예나 재산 중 하나만 주지 문
무겸전文武兼全은 못하게 할 일.

제7조   전 생애를 통하여 최후에 복을 주는 것과 일생을 평균 분배하여
주는 것의 그 비례는 실失치 말 일.

제8조   운은 천天에 있다고 자연히 오기만 고대하는 자는 알은체도 말 일.

제9조   노동은 항상 하여도 너무 이욕利慾이 많아 과분한 요구를 하는 자
는 상당相當보다도 차라리 상당 이하로 줄 일.

제10조   근면 방직方直[57]하고 성심성의 있는 자는 조금 부족한 점이 있을지
라도 용서하고 많이 줄 일.

제11조   아무리 노력하고 분투하는 자라도 자랑하고 사치하는 자는 복을
줄 때에 그 자랑하는 값과 사치하는 값을 반드시 제할 일.

제12조   간지奸智에 장長한 악인이 일시의 악랄 수단으로써 이유 없는 복분
福分을 강탈할 때는 후일 징계할 날이 있을 터이니 가만두었다가

---

56   남에게 좋은 일을 많이 한 보답으로 뒷날 그 자손이 받는 경사.
57   바르고 곧음.

교사방일驕奢放逸[58]한 후에 급전직하지세急轉直下之勢로 빼앗되 심혹深酷한 참담과 고통을 여與할 일.

제13조 　함부로 운명의 해결을 시賦하고 이것을 과학적으로 연구하며 숫자적으로 설명하는 자에게는 더욱 운명을 규지窺知[59]치 못할 변환 출몰을 여與하고 운명을 포착지 못할 실증 실례를 시示하여 인간으로 하여금 운명의 일단一端도 좌우치 못하게 할 일.

제14조 　근래의 인간은 걸핏하면 운명의 총아寵兒란 말을 쓰고 불행 불운이란 말을 쓰며 운명의 공평을 의심하고 운명의 흥탈興奪을 괴이히 생각하지만도 의심하는 자와 괴이쩍게 여기는 자에게 아무 암시도 할 것 없이 인간의 생애를 종합적 대관상大觀上으로 타산하여 개개의 정도와 분량에 응할 운명의 법칙은 고려할 것 없고 주저할 것 없이 인간의 희로애락을 돌파하고 어서어서 결행하고 수행하라.

제15조 　운명에 향하여 간단없이 악전고투를 계속하고 실패에 실패를 거듭하여도 굴치 않고 죽어야 고만둘 작정으로 일야日夜 맹진하는 자에게는 그 활동과 목적이 세상을 해치 않고 인ㅅ을 손損치 않거든 설령 다소의 결점이 있을지라도 무위무능의 선인보다는 훨씬 나으니 그 욕망의 기분幾分은 반드시 줄 일.

제16조 　과인過人한 선사善事 없고 노력이 없을지라도 유감없이 소원대로 행복을 줄 자는…….

유감이나 이 이하는 책장이 떨어져서 알 수 없다.

58　교만하고 사치하며, 제멋대로 거리낌 없이 방탕함.
59　엿보아 앎.

31. 20세기 사회상

현대의 사회상을 일일이 쓰자면 제한이 없을 것이니 위선 눈에 자주 띄는 것 몇 가지만 적어 보자.

- 늙어 소용없는 자연의 노후는 일하고자 하고, 젊은 놈은 은거하여 부자연의 노후가 되려는 것이 현대 사회상의 하나다.
- 미관말직 다니는 자도 숙박기宿泊記를 대서특필이요 문사, 소설가는 아호雅號만 살짝 적는다.
- 언론의 자유 없는 벙어리 세상.
- 금강산 석암에 "조선총독부 소사小使[60] 모某"라고 대서특필한 자가 있다니 소사도 총독부 소사는 명상名狀 거리.
- 되지 못할 운동하다 가산 탕진한 자와 아편에 중독되어 한 푼 두 푼 빌리러 다니는 자, 저울에 달면 어느 쪽이 기울까.
- 자본주의가 극도에 달하여 인격도 금전으로 척도尺度 한다.
- 책권이나 늘어놓으면 문사요 머리만 기르면 예술가다.
- 처음 맞는 시골 손님 염치 좋게 방바닥에 담뱃재 떠는 것과 그것을 보고 이맛살 찌푸리는 주인을 또 한 번 달면 어느 쪽이 기울까.
- 대가리에 피도 아니 마른 녀석이 술집 다니기, 십사오 세의 처녀가 서방질하기.
- 기생충 같은 화류계 계집을 자기 독점의 정부情婦로 아는 자가 많은 것도 현대 사회상의 하나다.

60　학교, 관청, 회사 등에서 잔심부름하는 사람.

- 며느리까지 보고 이혼하는 것도 20세기가 아니면 볼 수 없는 일.

- 술이 아니면 교제할 수 없고 뇌물이 아니면 일할 수 없는 세상.

- 강개지사는 수가 없으되 사회의 이점은 엽전 샐닢어치 없다.

- 근검저축고자 하는 자는 씨도 없고 일확천금만 꿈꾸는 자는 우물우물.

- 산보에도 여자, 꽃구경에도 여자, 극장에도 여자, 활동사진에도 여자, 이 세상은 여자의 천하.

- 밥은 굶어도 외양치레만 하는 세상.

- 걸레 조각 같아도 양복이면 행세.

- 부잣집 자식은 화류계 출입, 빈한한 집 자식은 공부코자 집중.

- 아비는 자식을 준금치산準禁治産 선고하고 자식은 아비 걸어 소송하는 세상.

- 사기와 횡령이 일종의 직업이 되고 강도, 절도가 백주에 횡행하는 세상.

32. 현대의 희생

국가의 희생, 사회의 희생, 인도의 희생, 어느 것이든지 고상한 사상의 결정체요 존중한 것이다. 생명이 100년을 못 가는 인간으로서 천재불멸千載不滅히 전하는 자는 또한 고결한 희생자다.

그러나 희생의 문자와 용어도 금일에는 그 값이 몹시 하락되어 함부로 희생, 희생한다.

자나 깨나 취직난을 부르짖던 자가 어찌하여 월급 푼이나 받게 되면 주자走字[61]를 닷 발이나 빼고, 당연히 행할 근무와 노력도 모두 희생이라

---

61 달아나거나 도망침.

칭하며, 자기가 낳은 자식 기르는 것도 내다 버린 자식 갖다 기르는 것같이 자녀의 희생에 공供한다고 한다. 가장 기막힌 일은 의복, 가구를 전당 잡혀 가지고 우음마식牛飮馬食[62]의 희생에 공하는 자도 있고, 닿기가 무섭게 남의 돈 잘라먹고, 꿈같은 일시의 쾌락과 허영의 희생에 공하는 자가 있다.

은인 선배나 부모 존장의 명령은 거역하지만도 계집의 명령이면 일분부시행一吩咐施行[63]이니, 이것은 여자에게 공하는 희생이다.

"소만왕림掃萬枉臨[64]하시기를 입사立俟하나이다" 한 편지는 보고 궁둥이가 안 떨어지되 오란 말 없는 계집의 집은 보고 싶어 실제의 만사를 제쳐 놓고 비가 오나 눈이 오나, 머나 가까우나 터덜거리고 가는 희생은 소위 현대의 희생이다.

당연히 할 일을 희생으로 알고 하지 아니할 일을 희생하는 자도 많지만도 또 한편에는 자기의 수하 사람을 모두 자기의 희생물로 알고 그 희생을 빚쟁이 빚받이하듯 엄하게 독촉하는 자도 있다.

네가 내 덕을 얼마나 보았는데 그 은혜를 생각지 않고 내 말을 듣지 않느냐고 무리한 희생을 주문하는 자가 그것이다. 이러한 자는 주판을 들고 셈을 따지고 보면 도리어 희생을 거슬러 낼 것이 있는 자다.

희생은 의무와 명예의 최고력最高力으로 발휘된 것이니 살신위인殺身爲仁 같은 대사大事에 있다. 설령 신身을 살殺치 아니할지라도 생애의 안락을 버리고 이익을 버리되 아까워 아니 하는 것이라야만 한다.

---

62 술을 소같이 많이 마시고, 음식을 말같이 많이 먹음.
63 한 번 시키면 곧 그대로 실행함.
64 모든 일을 제쳐 놓고 왕림함.

33. 무뜩 나오는 생각

심사묵고深思默考한 후, 고심참담故心慘憺한 후에 일을 하여도 잘못되기 쉬운 인간이 전후 아무 생각 없이 다만 그때 무뜩 나오는 생각으로 무슨 일을 하는 것은 너무나 경솔한 일이다.

그러나 사람이 점점 못되어 가고 컴컴하여지고 낯가죽이 두꺼워진 금일은 만사를 무뜩 나오는 생각대로 한다. 심한 자는 깊이 생각하고 한 일도 넉장뽑고 무뜩 나오는 생각에 그리되었다고 한다.

또 이것에 알코올을 가미하여 가지고 "술김에 무뜩 그랬지, 취중에 아무것도 모르고 그랬지" 한다. 이런 자는 처음부터 치욕과 외문外聞을 예방하고 대담한 행위를 하는 자니, 조심 아니 하면 큰코다친다.

살인, 강도, 절도, 사기, 횡령, 간통 같은 인도를 벗어난 법률상의 죄를 짓고도 무뜩 나오는 생각에 잘못되었다고 죄를 면하려 들며, 면치 못하면 얼마큼 정상 작량酌量의 할인이라도 받고자 하는 먹통 놈도 많다.

일시에 무뜩 나오는 생각을 단지 일시적 양심의 마비로 보는 것은 너무나 군자적 아량이요 만사를 악으로 위주하는 금일 그자에게는 다시없는 편리 지극의 해석이다.

즉 금일 소위 무뜩 나오는 생각이란 것은 무뜩 나는 생각에 자아를 망각하고 무의식으로 발하는 마음이 아니라 미리 다 알고 계속적으로 시종일관하는 것이다.

도리와 인정은 날로 축소하고 하락하고 쇠퇴하는 금일 이 무뜩이란 것만 점점 팽창하고 발달하고 진보하여 인사 백반이 모두 이 무뜩으로 좌우된다.

34. 투기사

　인간의 빈부 성패는 생애의 사업인데 그 생애의 빈부 성패를 즉 방울 굴리듯 날마다 운 도는 대로 돌리기 때문에 일확천금하는 자라면 곧 투기사投機師를 연상하고, 본인의 투기사 또한 늘 광기 혈안이 되어 그 구멍만 들여다본다.

　그러나 인간의 생애를 통通히 타산하면 시시각각으로 목전의 일확천금을 다투는 투기사에서는 부자가 나지 않고, 한 푼 두 푼 모으는 근검가에서 나는 것은 이상한 일이다. 이것을 간단히 말하자면 투기사의 재산은 대접의 물을 좌우로 기울임과 같기 때문이다.

　다시 그 승패를 일종의 비평안으로 볼 것 같으면 닭의 고기를 저미는 도마 밑에서 고깃점을 다투는 닭과 같다. 얼마 아니 있다가 제 몸도 그 도마 위의 고기가 될 것인데, 그것을 알지 못하고 고깃점을 다투어 먹는다. 이 얼마나 불쌍하고 비참한 일이냐.

　투기로 성공한 사람은 새벽별 보는 셈이다. 즉 만인 중에 한 사람 있을까 말까다. 이런 것을 욕심내고 가파 신망家破身亡하며 처자 이산離散의 비경非境에 빠지는 자가 얼마냐. 금일의 성공은 명일의 실패다. 내가 저놈을 쓰러트리면 저놈이 나를 쓰러트릴 것이다.

　투기사는 대목大木에 생生한 벌레와 같다. 그 벌레는 그 나무를 먹고 산다. 사방에서 오는 객은 그 나무의 비료가 되어 그 벌레의 이利 값을 만듦과 같다.

　또 투기는 불치의 병적病的이다. 한번 여기 발이 잠기면 도저히 빼낼 수 없다. 타락한 매음녀와 같아서 이마에 구멍이 뚫리고 코가 떨어지기 전에는 도저히 손 씻을 수 없는 것이다.

　경성의 명치정明治町, 메이지마치과 인천의 해안정海岸町, 가이간마치은 밑 빠진

도가니다. 아무리 막대한 금전이나 토지나 산림을 가지고 올지라도 한번 그 도가니에 들어가면 금방 용해하여 형체도 그림자도 없다. 하여간 재산 탕진하기에는 가장 간편하고 신속한 곳이다. 그러기에 투기장을 공개한 도박장이라고 한다.

이 도박장에 대하여 경찰은 항상 밥 위의 파리 쫓는 재주를 부리고 농상무성農商務省은 뿔 고치려다가 소 잡는 재주를 부린다.

경제의 원동력은 경성 명치정에서 발發하고 미곡의 집산력集散力은 인천 해안정에서 생生하는 것이라 하여 전연 그 존재를 부인할 수 없는 이유도 있지마는 금일의 미米와 주株를 당국자가 개선할 능력 없고 취인소取引所를 도박장 안 만들 수완이 없으니, 다만 공창公娼과 사창私娼을 취체取締하는 정도쯤밖에 안 될 것이요 투기사 또한 살 수는 없고 할 것은 없으니 자연히 그 구멍을 안 들여다볼 수 없다.

35. 호접의 이야기

먼 산에 아지랑이 끼고 불탄 잔디 속잎 날 때 화풍에 소리 없이 날아온 암수의 나비 한 쌍 뜰 앞에서 한참 서로 쫓고 쫓기고 희롱하더니 나뭇잎에 날개를 벌리고 쉰다.

"산을 넘고 내를 건너 멀리 왔더니 고생한 값이 나는구려. 꽃도 곱고 바람도 시원하오."

"참, 나도 억지로 왔는걸, 아아, 사람에게 징그럽다고 미움을 받던 버러지로서 번데기가 되어 가지고 나비가 되어 천생연분으로 그대의 향내를 맡고 멀리 찾아와 만나니 참으로 기껍고 반갑소."

"아마 사람도 이렇겠지요."

"웬걸, 사람이란 것은 우리보다 지혜는 있으되 박정하기는 말할 것 없소. 혼례 범절은 꽤 떠들고 검은 머리가 파뿌리 되도록 해로하자고 축수하나 그것은 다만 그때뿐이요 날이 가고 달이 갈수록 틈이 벌어져서 두 양주 싸움이 그칠 사이가 없소. 만물의 영장이라고 자만은 하면서도 일부일처주의를 모르고 날마다 싸움이 그 싸움이오."

"딴은 그래. 연애니 사랑이니 말뿐이지 잡되기는 퍽 잡된 모양이야."

"그러면 근래는 정조란 것은 아주 없는데, 그래서 변명하는 말이 사회 조직이 복잡하여졌다는 둥 생존 경쟁이 격렬하여졌다는 둥 별별 방패方牌를 다 내세우지. 복잡이 무슨 복잡이고 경쟁이 무얼 격렬하오. 예로부터 사람은 박정한 것이요 만약에 박정치 아니한 연戀이나 애愛가 있다면 그것은 정도正道를 벗어난 죄악의 연애겠지요. 그래도 주둥이는 까서 자연의 본능이니 신성이니 하고 고상 우미한 말을 늘어놓는 것이 더욱 우습소. 대체 사람이란 것들은 언어가 자유이기 때문에 별별 수사법을 다 쓰는 것이지."

"딴은 참 그런 거야."

"사람의 부부란 것은 다만 이부자리 속에 들어 있을 때만 부부지 그 밖을 나오면 어느 때 갈라설는지 합할는지 알 수 없는 것이오. 싸움을 하여 가면서도 같이 사는 것은 그중에도 양반이요 싸움도 않고 서로 헤어지는 우스운 것도 있고, 어떤 냉수冷水스러운[65] 자는 온다 간다 말없이 삼십육계 하는 자도 있고, 딸자식이 돈냥이나 받게 되었으면 같이 만든 자식을 혼자 데리고 도망하는 잡년도 있소."

"에구머니나, 저런 몹쓸 년이 있나."

65　사람이나 일이 싱겁고 재미없다. 맹물스럽다.

"그러기 때문에 사람은 자나 깨나 서로 의심뿐이오. 혹 나를 내쫓지나 아니할까, 혹은 나를 내버리고 도망이나 아니 할까 하여 부부가 아니라 원수같이 서로 흘겨보고 지낸다오. 그러기에 검은 머리가 파뿌리 되도록 살자고 굳은 약속 하여 놓고도 건뜻 하면 이혼 소송이 일어나오."

"에구머니나, 들을수록 얌전한 말뿐이구려. 그러고도 무슨 헌신적 애愛니 연戀이니 하니 참으로 입만 깐 것들이 아니오."

"그러게 사람이지. 말은 못 하여도 참으로 행하는 헌신적 애愛는 우리뿐이지. 생각하여 보소. 갖은 고생을 다 하고 지금 이곳에 와서 두 날개를 훨씬 펴고 즐겁게 노니 모든 고생은 다 잊었고, 고요한 나뭇잎에 즐거운 단꿈을 꾸고 몸을 맞추니 이만큼 조촐하고 만족한 것이 또 어디 있겠소. 사람은 우리를 보고 생식 작용만 마치면 곧 죽는다고 웃지만도 불규칙, 부자연한 인간 남녀 간의 생식기 작용 이외에 얼마나 알뜰한 가치가 있소. 그것들은 이것을 일종의 오락으로 알기 때문에 수욕을 채우려다가 죄를 범하거나 죽이는 자가 얼마인지를 알 수 없소. 제일 딱한 일은 자식 못 낳는 계집인 줄 알면서도 색욕에만 미쳐서 가산을 탕진하고 신명身命을 망치는 놈이 많이 있소."

"그러게 말이오. 어�쩐 셈인지 인간이라는 것은 죄악의 원인 될 여자만 좋아합디다."

"사람 중에도 지각 있는 자는 우리를 부러워하오. 그러기에 이전에 장주莊周 같은 이는 '나비가 아신我身인지 아신이 나비인지' 하고 노래를 읊지 아니하였소. 이런 사람은 매우 달관자요. 혼례 때에 수파련水波蓮[66] 위에 나비 놓는 것은 우리의 연애를 모범하라고 옛 성인이 가르친 것인데, 이

66　종이로 만든 연꽃.

것을 형식으로만 쓰고 혼인한 지 한 달이 못 되어 이혼을 풀풀 하니 사람의 연애를 비평할 가치가 없소."

"참 딱한 것은 사람이오. 부처에게 가내 화평을 빌지 말고 우리를 배우라 그러면 백년해로의 굳은 약속도 깨트릴 리 없고 부부간에 싸움도 없을 것이요 너무 재미가 깨도 쏟아지지 아니할 것이요 눈물짓고 원망도 아니 할 것이 아니오."

36. 계급 타파론

인도에 계급이 많다는 이는 우리 것을 자세히 모르는 이다. 인도의 계급도 어지간하거니와 조선의 계급도 인도만 못하지 않다. 우리의 계급은 우리 것이라 이것에 인습이 되어 느끼기를 덜함이다.

유래由來 우리 사회에는 계급의 차별이 사농공상士農工商의 네 가지로 나뉘어 있었다. 사士란 것은 정사를 맡아본다 하여 사회 계급의 제1위를 점하고, 농업은 천하지대본天下之大本이라 하여 농업국의 특징을 드러내느라고 제2위를 점하고, 그다음이 상업이요 그다음이 공업이다. 그래서 공工은 특별 명칭의 장匠이란 것을 붙였었다. 미장이, 땜장이가 그것이다.

노동으로 보면 어느 것이나 똑같은 노동이다. 다만 정신노동과 근육노동의 별別만 있을 것인데, 사士란 계급, 즉 양반이란 것이 문화의 원동력이 될 농, 공, 상을 천시하고 자기 홀로 높은 체하여 오다가 요 모양으로 망쳐 놓았다.

20세기의 세계적 대전쟁으로 인하여 세계의 모든 불합리는 확청廓淸[67]되었다. 그래서 이때까지 금수의 대우 받던 특수 부락에서도 형평衡平 운동이란 운동을 일으켰다. 우리가 다 같이 한 조선祖先의 자손일진대 직업의 여하로 차별을 정하는 것은 옳지 못한 일이다. 동포란 말을 말면이거니와 동포 형제라면서 금수로 취급고자 하는 것은 망발이다.

형평 운동이 일어난 후로 왕왕 각 지방에서 충돌이 생기는 것을 듣고 나는 매우 유감으로 생각하였다. 묻노라, 충돌하는 제군이여! 금일의 노동 운동은 노동을 예술화하자는 것이 아니뇨. 그러면 형평 운동은 그의 직업을 노동화하자는 것인데 어째서 그 운동을 억압하느뇨?

소로 씨는 말하되 "유태 사람이 세계에 있는 것은 약국 탁자에 극약이 놓인 것과 같아서 사람이 그것을 볼 적마다 놀란다"고 하였다. 실로 유태 사람은 국토 없는 강자다. 그러면 유태 사람이 어째서 극약이 되었느뇨. 그것은 구라파 사람이 특종적特種的으로 경멸하고 학대하였기 때문에 양약良藥이 극약으로 변한 것이다.

기압도 심하면 폭풍우가 일어나는 것이요 사상도 몹시 누르면 가로 터지는 것이다. 금일의 형평 운동도 이전에 그리 압박을 아니 하였더라면 오늘날 그 운동이 맹렬할 리도 없고 일어날 리도 없었을 것이다. 즉 이를 극약 만든 자는 양반이다.

우리의 계급은 얼마나 되노. 양반에도 노론, 소론이 있고, 걸인에도 거지, 깍정이, 땅꾼이 있고, 밥에도 대감은 백반, 곳감은 팥밥의 계급이 있고, 시저匙箸68에도 누구는 은시저, 누구는 백동 시저의 별別이 있고, 가옥에도 차별이 있었다. 이와 같이 알뜰살뜰히 계급의 계급을 만들어 놓고 대대손손이 양반 노릇을 하려다가 저 망하고 대중 망하여 놓으니 시원할 것 많겠다.

---

67 지저분하고 더러운 물건이나 폐단 따위를 없애서 깨끗하게 함.
68 수저.

제3장

과학적 돈 모으는 법

돈아 말 물어보자

다시 한번 물어보자

둥글둥글 네 형체는

철환천하轍環天下하련마는

어찌타 우리에게는

엽전葉錢 샐닢이 없단 말고

서

생활난의 탄성嘆聲은 나날이 높아 온다. 이것이 사회 제도의 죄냐? 우리의 죄냐? 물론 빈부 현격의 제도의 죄도 있지만도 도시都是가 자포자기로 말미암은 우리의 죄다. 나날이 나가는 것은 남부여대男負女戴하고 북만주로 쫓겨 가는 것이요 길에 깔린 것이 걸개乞丐[1]이다. 어쩌면 요렇게 알뜰살뜰히 알거지가 되었노. 죽을병에도 명의를 만나는 일이 있고, 사형수에게도 감형의 은전이 내리는 일이 있다. 천불생天不生 무록지인無

---

1 거지.

祿之人² 이라는데 설마 우리인들 하늘이 굶겨 죽일 리가 있으랴.

우리의 요 모양 된 원인을 소고溯考³하여 보면 500년 동안 유타遊惰⁴의 기풍이 젖어서 견인불발堅忍不拔의 정신이 없고, 자기의 노력으로 광휘 있는 인생을 개척할 생각이 몰유沒有한 까닭이다. 이제 와서 돈은 욕심이 나고 일하기는 싫으니간 사회의 제도를 원망하고 그것을 파괴코자 하나 그렇게 용이히 파괴도 안 되는 것이요 그것이 파괴가 된다고 곧 자기가 부자 되는 것도 아니다. 물론 제도의 결함도 있기는 있다. 그러나 그것만 바라고 앉았는 것도 되지못할 일이다.

나는 결코 자본주의를 구가하는 자가 아니다. 본서를 술述하는 목적은 경제적으로 숨넘어가는 조선에 응급 주사를 하여 보자는 것이다. 나날이 생활난이 핍박하여 오니 장차 어찌 살꼬? 대중아, 정신 차리라. 20세기는 도저히 유타하고는 못 사는 시대다. 생존 경쟁이 극도에 달한 시대다. 이로부터 우리도 생활 전선에 들어서서 용감히 싸우지 아니하면 다 굶어 죽고 말 것이다.

대중아! 굶어 죽으려느냐, 살려느냐. 죽어도 무의식하게 죽어서는 아무 가치 없는 죽음이다. 기회가 없다고 탄식을 마라. 기회는 언제든지 있는 것이다. 금일도 있고 장래도 있다. 과거에도 있었다. 다 같은 사람으로서 남이 한 일을 난들 못할 리 있으랴 하는 강건한 의기를 가지고 나설 것 같으면 귀신이라도 항복시킬 수 있고 태산도 뜰 수 있을 것이다. 치부致富 성공쯤이야 무엇이 그리 어려우랴.

---

2   하늘은 아무 가진 것 없는 사람을 낳지 않는다. 누구든 제가 먹고살 것을 타고나거나 저만의 재능이 있게 마련이다.

3   옛일을 거슬러 올라가서 자세히 고찰함.

4   빈들빈들 놀기만 좋아하고 게으름.

돈은 우주에 가득하고 발길에 탁탁 차인다. 돈이 없는 것이 아니라 우리가 그것을 잡을 줄을 모른다. 본서는 아무라도 할 수 있는 과학적인 돈 모으는 법이다. 이대로 실행만 하면 누구든지 곧 부자가 될 것이다.

병인1926 4월 일

저자 지識

1. 서론

목하目下 우리의 생활난은 말할 수 없이 극도에 달하였다. 이 원인이 어디 있느냐 하면 수원수구誰怨誰仇할 것 없이 우리에게 있다. 모든 것이 우리는 자포자기다. 그리하여 필경에는 요 모양으로 세계적 가난뱅이가 되고 말았다. 나날이 동포 수는 늘어 가는데 벌이 구멍은 꼭 막혔으니 장차 어찌 살아간단 말인냐. ○○○ 그러면 우리는 가만히 앉아서 굶어 죽고 말 것이냐? 하늘이 굶어 죽을 인간을 내었을 리가 만무하다. 사람 살 곳은 곳곳이 있다. 신은 지공무사至公無私한 것이다. 사람에게 똑같은 행복을 주었건만도 우리가 못나서 요 지경이 된 것이다. 과거의 일을 돌아보라. 우리의 금일 이 처지 된 것이 모두 자작지얼自作之孽이다. 정치상 일은 언론의 자유도 없거니와 본서의 목적이 아니니 고만두고 경제상으로 말하면 모두 자포자기다. 상업도 그렇고 공업도 그렇고 노동까지도 그렇다.

적자생존의 소리가 높아지매 약자의 존립을 허락지 않는다. 못된 인습에 눌려서 수수방관할 것이 아니다. 팔 걷고 나서서 생활 전선에 들어서지 아니하면 큰일 난다. 가만히 앉아서 생활난만 절규하면 무슨 소용이 있느냐. 이 모양으로 가다가는 미구에 모두 굶어 죽고 말 것이니 눈을 크게 뜨고 생활 전선으로 나서 보자. 노동도 좋고 군밤 장사도 좋다. 무엇이든지 하면 한 푼의 돈이라도 생길 것이지 없어질 것은 아니다.

우리 조선 사람같이 돈의 관념 적은 사람은 없다. 무슨 고약한 짓이나 하여야 돈이 생기는 줄만 안다. 그래서 빈한한 사람을 보고 청빈에 안安한다고 도리어 상찬한다. 이것은 경제사상이 공허하기 때문이요 또는 구도덕, 즉 유교의 사상에 침윤된 까닭이다. 돈이란 것은 인간의 영양제다. 고기는 물이 없으면 죽을 것이요 사람은 돈이 없으면 죽는다. 그러나 이것은 누구든지 가질 수 있는 것이요 누구든지 행사할 수 있는 것이다. 천지간에 그뜩한 것이 돈이요 발길에 툭툭 채는 것이 모두 돈이다. 그러나 그것을 잡는 법을 모른다.

정치적으로 망한 민족은 회복할 희망이 있으되 경제적으로 망한 민족은 회복할 희망이 없는 것이다. 전자는 유태가 그것이요 후자는 안남安南, 베트남이 그것이다. 이 얼마나 끔찍끔찍한 철칙이냐. 우리는 아직도 돈 모을 기회가 많이 있다. 공연히 비관 낙담을 말고 치부 성공의 길로 용감히 돌진하여 보자. 탄식만 하고 앉았다가는 정말 생존 경쟁장리競爭場裡에서 구축驅逐을 당하고 말 것이다.

2. 돈

20세기는 돈만 있으면 천당도 가는 세상이다. 그러면 이 돈이란 것은 어떠한 것이냐. 돈의 근본은 금화다. 금화는 제일 작은 것이 5원짜리요 그보다 조금 큰 것이 10원짜리요 그보다 큰 것이 20원짜리다. 5원짜리는 한 돈쭝重이요 10원짜리는 두 돈쭝이요 20원짜리는 네 돈쭝이다.

문명한 나라의 돈은 모두 금화가 본위화本位貨가 되어 있다. 일본의 돈도 금화가 본위다. 그러나 지나支那, 중국의 돈은 은화가 본위화로 되어 있다. 금 본위화 쓰는 나라에는 어느 때든지 금값의 변동이 심치 않고 늘 5원대에 있다. 지나는 은 본위화를 쓰므로 은값의 변동이 심치 않고 금의 시세가 늘 변동이 된다. 그러므로 지나에서 금값이 폭등될 때는 일본의 금화를 막 녹여 가지고 금으로 팔면 돈이 많이 남을 것이다. 그러기 때문에 금화는 일본은행이 맡고, 그 대신 금화 맡은 증서로 지폐를 발행한다.

지폐는 종잇장에 5원이니 10원이니 100원이니 쓴 것인데, 이것은 일본은행조선에는 조선은행이 발행할 때에 5원짜리 지폐면 5원의 금이나 금화를 준비하여 놓고 언제든지 바꾸어 달라는 사람이 있으면 바꾸어 주게 마련이 되어 있다. 그러므로 이것을 태환권兌換券이라고 한다.

5원짜리 금화를 녹여서 지환指環이나 비녀를 만들면 5원짜리 지환이나 비녀가 되지만도 50전짜리 은화나 20전짜리 은화를 녹여 가지고 지환이나 비녀를 만들면 이것은 몇 푼어치가 못 된다. 왜 그러냐 하면 은화, 백동화, 청동화는 보조 화폐라 하는 것이니, 이것은 실제 가격이 표기 가격만 못 하여도 국가의 힘으로 강제 통용을 시키는 것이기 때문이다.

3. 죽은 돈과 산 돈

돈이면 다 돈이 아니라 돈에는 죽은 돈과 산 돈이 있다. 1원짜리 지폐는 조선은행에 있으나 내가 가지고 있으나 여러분이 가지고 있으나 같은 1원의 가치가 있느냐 하면 결코 그렇지 않다. 돈이란 것은 산 물건이다. 자기를 살려 주는 어진 주인을 찾는 것이다. 같은 돈이로되 수전노의 주머니에 들어간 돈은 일생을 감옥 생활을 하고 마는 것이다. 돈이란 것은 그것을 사용하는 주인만 잘 만나면 얼마든지 새끼를 치는 것이다. 1원의 돈이 100원도 되고 1,000원도 되고 10,000원도 된다. 돈이란 것은 모으기만 한다고 느는 것이 아니다. 그것을 잘 이용하여 사회를 위하여 공존공영을 위하여 잘 불려야 될 것이다. 우리가 돈을 욕구하는 것은 돈 자신을 욕구하는 것이 아니다. 돈으로 구구購求[5]할 수 있는 것이 하고 싶어서 돈을 욕구하는 것이다. 현대는 돈만 있으면 못 할 일이 없는 세상이다. 아무리 효자라도 돈이 없으면 효행을 할 수 없는 세상이다. 말하자면 인간이란 허수아비는 돈의 원동력으로 일체의 행동을 하는 것이다. 그러므로 영웅도 돈 없으면 죽은 물건이다.

4. 돈은 공중누각에서 생긴다

돈을 모으자고 하는 사람은 첫대 낙심을 마라. "나는 일생 돈 못 모아 보고 죽나 보다" 하고 탄성을 입 밖에 내지 말며 "나는 암만하여도 가난뱅

---

5   물건을 구하여 삼.

이로 늙나 보다", "아무리 안달을 하여도 돈이 붙지 않으니 할 수 없다"고 낙심을 마라. 또 누구는 잘되고 누구는 허리띠 끌렀다고 남을 원망도 마라. 누가 그대더러 가난뱅이로 늙으랬느냐. "구하라. 그러면 주마"라 하는 말은 옛적이나 지금이나 변치 않는 진리다. 나사렛의 철인哲人은 "만약 사람에게 겨자씨만 한 신념이 있을 것 같으면 이 산을 저리로 옮겨라 명할지라도 꼭 옮길 수 있다"고 단언하고 신념력信念力의 위대한 것을 가르쳤다. 돈은 모으리라고 믿기만 하면 꼭 모여지는 것이요 돈이 아니 모여지는 것은 아니며 성공할 길이 없는 것이 아니다. 근본적으로 신념이 없기 때문이다.

지玆에 미국의 노먼 리드란 사람의 실화를 인용하여 신념이란 것이 어떻게 위대한 힘이 있는 것을 잠깐 이야기하겠다. 노먼 리드는 넝마장수다. 말할 수 없는 가긍한 사람이었다. 세상에 나서 요 모양으로 살 것 같으면 차라리 일찍 죽느니만 못하다고 육혈포 자살을 결심하였었다. 사실 산대야 조석朝夕이 없다. 나중에는 그 푼푼한 넝마 밑천까지 다 들어먹었다. 어느 날 밤에 남모르게 물 깊은 다리 위에 서서 육혈포 주둥이를 양미간에 대고 방아쇠를 잡아당겼더니 아직 죽을 때가 못 되었던지 탄환이 스치고만 나가서 생명에는 관계가 없고 총소리에 놀란 이웃 사람들은 곧 달려와서 병원으로 데려갔었다. 그는 병실에서 크게 깨달은 바가 있었다. "하늘이 나를 아니 죽이실 때는 죽고자 한 내가 어리석은 놈이다. 나의 생활이 곤핍함은 성력誠力이 부족한 까닭이니 이로부터 다시 한번 결심할밖에 없다" 하고 병원을 나와 새벽부터 밤중까지 "헌 넝마 삽시다"를 부르고 방방곡곡이 다녔었다. 일이 되느라고 그때 마침 대전쟁이 일어나 통탕거리니 세상에 돈이 질펀질펀하고, 또 생활난으로 자살하려던 리드란 소문이 경향京鄕에 퍼져서 어떤 자본가가 성심으로 뒤를 보아줄새 때가 전시라 넝마, 파철을 다뿍 사 두었다가 한 번에 4천만 원이란 큰돈을 잡았다. 보라, 돈이란 것은 이러한 것이다. 당장에 궁하다고 결코 낙심할 것이 아니다.

5. 돈은 인간의 영양물

고기는 물이 없으면 죽고, 사람은 돈이 없으면 못 산다. 돈의 사람에 대한 관계는 공기와 수水와 일광의 식물에 대한 관계와 한가지다. 식물이 수水나 일광을 영양물로 섭취하는 것이 자연적 본능임과 같이 인간도 또한 돈이라 하는 경제적 영양물을 섭취하는 것은 자연적인 욕망이요 당연한 권리다. 조물주는 인간의 번롱자飜弄者가 아니다. 남자에게 여자를 주고 여자에게 남자를 주어 자연의 욕망을 채우게 하였는데, 생활에 필요한 돈을 주지 아니할 이치가 없다. 신은 인간에게 돈을 주고 행사케 하고 모으게 한 것이다. 그런데 이 천부의 능력을 활용하여 부를 획득지 아니하는 것은 인간의 잘못이다.

6. 돈 모으는 목표는 결심 하나

돈이란 것은 행사하는 것이 좋고 많이 모으는 것이 좋다. 인간 도처에 돈 없는 곳 없다. 아무리 가난한 사람이라도 결심 하나로 부호도 되는 것이다. 세상에는 흔히 벌써 나는 나이가 있으니깐 돈 모으기는 상했다고 비관하는 이가 많다. 묻노니 그대는 금년에 연치가 얼마뇨? 신은 60, 70의 노인에게도 부를 주는 것이다. 일본의 대창희팔랑大倉喜八郎, 오쿠라 기하치로은 60세까지도 엽전 한 푼 없던 사람이다. 일청전쟁 당시는 파산에 빈瀕하였었다. 그러나 60 노구로 일청, 일로의 양대 전쟁을 겪고 성공하였다. 여러분은 결코 비관 마시오. 남의 일을 보면 나이도 비관할 것이 아니다. 혹은 우리의 환경이 그렇지 못하다고 하리라. 상권이 있나, 상업의 보좌 기관이 있나, 심하게 말하자면 월급 먹을 구멍 하나 변변히 없는데. 그도 그렇다. 그러나 그리할수록 작은 것을 작다 말고 강건한 의지를 가지고 생활 전선에 들어서지 아니하면 안 될 일이다. 앉아서 죽는다면이거니와 그렇지 아니할진댄 양양한 희망을 가지고 용왕매진하여 보자. 자력資力 있는 이는 사회 민중을 위하여 있는 돈을 제공하여 다시 그 돈을 크게 불리고, 자력 없는 이는 돈 좀 잡아 볼 생각으로 용맹을 내어 보자.

7. 돈 끄는 법칙

돈을 모으고자 하는 자는 위선 자기중심의 확신부터 가지지 아니하면 안 된다. 열성이 없으면 안 된다. 타인에 대하여 호인상好印象을 여여與하지 아니하면 안 된다. 조끔이라도 열패자劣敗者의 태도를 가져서는 안 된다. 낙담하여서는 안 된다. 무기력하게 보여도 안 된다. 첫대 자신이 있고 용기가 있고 열성이 있고 담력이 있고 정력이 있어 인人과 면회하는 순간에 그 사람이 유쾌한 정신에 깜박 반하여 이 사람이면 무슨 사업이든지 같이할 만하다고 덤비게 되지 아니하면 안 된다.

세상에 인력의 법칙 있는 것은 제군도 아시는 바거니와 치부 성공의 열쇠는 실로 이 인력의 법칙을 응용함에 있다. 인간의 마음은 자석과 같은 것이므로 심중에 "나는 꼭 돈을 모아 보겠다"는 확신이 있을 것 같으면 그 마음의 자석은 꼭 돈을 불러 줄 것이다. 마음만 단단할 것 같으면 돈 모으는 데 보조자 될 사람들이 그대의 주위에 운집하여 돈을 흡수하게 하여 주고 성공의 기회를 줄 것이다.

8. 돈은 벗을 부른다

대기 중에 기류가 있고 해양 중에 해류가 있는 것과 같이 사람의 마음 중에도 사상의 유流가 있다. 예하면 마음 중에는 악사상惡思想의 유와 선사상善思想의 유가 있고, 공포 사상의 유와 용기 사상의 유가 있으며, 미운 사상의 유와 귀여운 사상의 유가 있다. 그러므로 빈한을 생각하고 빈한을 말하며 빈한을 예기豫期하는 사람은 빈한한 사상 중에 싸여 들어가서 같은 빈한한 사람들과 축을 지으므로 그 사람의 일생은 빈한으로 마치게 된다. 또 이와 반대로 돈 모을 일을 생각하고 부자가 되면 어떻게 유쾌할 것을 말하는 사람은 자연히 부호와 한패가 되어 돈을 끌어내게 되며 이利 있는 사업을 상의도 하므로 드디어 성공하고 만다.

그런즉 제군은 낙심을 마라. 무엇이든지 '불가능'이란 말을 입 밖에 내지 말고 "나는 가난뱅이로 늙고 말겠다"는 말도 하지 마라. 그따위 소극적 정신은 일소一掃하여라. 그리고 유쾌한 정신을 가지고 적극적으로 나서 보자. 공상도 좋다. 방귀가 잦으면 똥 나오는 격으로 공상도 자라면 이상이 될 것이요 실현도 될 것이다.

9. 공포심이 생기면 돈은 도망한다

인간 생활의 제1할 되는 것은 소극적 표징表徵인 공포의 염念이다. 일상생활에 공포심이 생길 것 같으면 차라리 인간 노릇을 아니 함만 같지 못하다.

공포심으로 말미암아 파생하는 모든 소극적 정서는 대업에 제일 유해한 것이다. 공포심 있는 사람은 돈 잡을 수 없는 것이다. 공포심은 유용한 노력을 마비시키는 것이다. 공포심은 선량한 사업을 방해시키는 것이다. 공포심은 절호의 기회를 놓치게 하는 것이다. 교묘히 안출된 계획을 저애阻礙하는 것이다. 공포심은 실로 인류에 붙어 다니는 요괴며 기천만의 인간의 생명을 파멸시키는 것이다.

공포심의 종형제 될 만한 것이 하나 있다. 이것은 걱정이란 것이다. 걱정이 한번 사람의 마음에 집을 짓고 들어앉으면 돈이 또한 도망한다. 공포심과 걱정이란 소극적 요소가 인간의 마음을 점령하면 그 사람은 정신적 패배자가 될 뿐 아니라 육체적으로도 병약의 인人이 되어 필경은 생존경쟁의 낙오자가 되고 만다.

그러나 세상에는 이따위 인물이 많다. 이것이 용기 있는 진취적 인人의 주목을 요하는 점이다. 세상 사람이 모두 진취적 용기 있는 사람일 것 같으면 성공할 사람이 별로 많지 않겠지만도 이 따위 소극적 인물이 많은 때문에 조그마한 담력 있는 사람도 용이히 성공을 한다. 이것은 내가 노노呶呶할 것 없이 사실이 증명하는 바가 아니냐. 보라, 조선의 대중이 모두 그따위 소극적 인물이 아닌가. 그러기에 변변치 않은 외국 사람이 들어오기만 하면 성공하는 것이다.

10. 걱정 퇴치법

세상에는 변변치 않은 일을 걱정하는 사람이 적지 않다 그 걱정이란 것을 보면 대부분은 실제로 생기지 아니할 일을 생걱정하고 있다. 예로부터 궁즉달窮則達이란 말이 있다. 천天은 우리에게 견딜 수 없는 고통을 여與하는 것이 아니라 어떠한 대사건이든지 반드시 피할 도리가 있는 것이다. 실상 걱정하는 일을 보면 그렇게 중대한 일이 아니다. 1일의 고로苦勞는 1일로써 족하다는데 명일 일, 명후일明後日[6] 일까지 고로에 고로를 중첩하는 것은 도저히 견딜 수 없는 것이다.

신은 우리에게 간단없이 정력을 공급하여 날마다 습래襲來하는 각종 문제와 싸우고 그것을 정복하도록 하였거늘 어리석은 인간은 실제 일어나지도 아니할 가공의 걱정을 하고 공포심을 조장하며 존귀한 정력을 낭비하며 정신적인 파산을 당하니 가탄可嘆할 일이다.

걱정을 퇴치코자 할 것 같으면 비굴한 감정과 공포심을 버리라. 그러면 불행에 우는 사람도 행복이 될 것이요 희망 없는 생활에도 광명이 날 것이며 무기력, 무자신無自信한 사람도 성공할 수 있으리라.

11. 공포심을 버려야 돈이 생긴다

공포심을 버리면 정신부터 맑아진다. 그래서 인人과 대화할지라도 그 사람에게 호인상好印象을 여與하고 항상 유쾌하게 말이 나오므로 적극적으

---

6   모레.

로 사업을 계획할 사람과 자연히 교제가 되어 그러한 자신 있고 활기 횡일橫溢[7]하는 인물에게 돈을 대부하여 보겠다는 자본주가 생길 것이다.

그러면 어떻게 하여야 공포심을 박멸할까? 그 방법은 가장 간단하다. 가령 제군이 시방 어느 암실에 있다고 가정하자. 그러면 그 속이 몹시 캄캄하니 어찌하면 밝아질꼬. 그 방법은 아주 간단하다. 다만 창을 열고 태양의 광선을 받았으면 고만일 것이다. 마음의 암실에서 광명을 취코자 하는 것도 같은 방법으로 할 것이다. 제군의 심창心窓을 열고 용기, 자신, 담력 등의 사상, 감정, 이상을 제군의 심중으로 영입하면 고만이다. 심중에 있는 걱정에 눌려서는 어느 때까지 걱정 놓을 날이 없을 것이다. 늘 생각하기를 용기 있고 자신 있고 담력 있는 체하여 보아라. 그러면 자연히 공포심이 없어질 것이다.

12. 무엇이든지 하면 된다

라벨이란 사람은 "인간 속에 내재한 이상한 영력靈力은 무한하다. 사람은 가경可驚할 잠세력潛勢力을 소유하고 있다. 그런데 다대수의 사람은 자기 속에 잠재한 역力을 알 기회가 없이 죽는다"고 한다.

실로 그 말이 옳다. 우리는 자기가 얼마만한 능력을 가지고 있는지 알지 못한다. 그러나 화재나 기타 위급한 때에 연약한 여자라도 가경할 용력勇力을 내는 것을 보면 단지 마음 하나로 자기 속에 숨어 있는 위대한 힘을 환기할 수 있는 것이다.

---

7   물이 가로 흘러넘침.

이상의 사실을 증명키 위하여 에드워드 필즈라 하는 사람의 이야기를 소개하겠다.

그의 우인友人에 유명한 저술가가 있었다. 필즈는 38세까지 시정市井의 일 상인으로 지내다가 상업에 실패하고 생활난에 빠졌는데, 그의 집에는 처자가 있어 날마다 조석이 어려우므로 어느 잡지사의 교정원으로 고용이 되었었다. 그런데 어느 날 편집장이 원고가 부족되어 쩔쩔맨다. 참다못하여 신입생 교정원더러 "그대는 원고 써 본 일이 있느냐"고 물었다. 필즈는 이때까지 상인이었으므로 원고를 쓸 수가 없다. 그러나 편집장이 너무 애를 쓰고 또한 무엇이든지 하나 써 달라고 재삼 간청하므로 이때까지 원고 한 장 써 본 일이 없던 필즈는 슬며시 용기가 났다. "에라, 나도 사람인데 원고 한 장 못 쓴다니. 어디 한번 하여 보자" 하고 "그러시오. 한 장 써 보리다" 하였다. 나도 사람이란 결심을 가지고 붓대를 든 필즈는 일심정력을 다하여 쓴 것이 몇 장의 논문이 되었다. "정신일도精神一到에 하사불성何事不成이랴"란 말이 이것이다. 그 논문이 당당한 논문이 되어 사회에 큰 환영을 받고 그의 명성이 높아져서 그 후 12책의 저술을 공개하였는데 모두 성공이었었다. 그중에도 어떤 책자는 호평 책책嘖嘖[8]으로 50여 판을 거듭한 일이 있다 한다.

보라, 이 얼마나 이상한 기적이뇨. 1행의 원고도 써 본 일 없던 사람이 우연히 호기회를 만나 가지고 명문을 내어놓지 아니하였느뇨. 만약에 이 사람이 그 명령을 받을 때에 나는 못 쓴다고 주저하였다면 그와 같은 성공은 못 하였을 것이다. 그의 성공은 '불가능'이란 장해를 분쇄한 용기가 있기 때문에 자기가 예상치 못한 능력을 발견하였다.

---

8   칭찬하는 것이 떠들썩하게 큼.

이 사실은 우리가 곤란에 직면한 이때에 좋은 교훈이요 동시에 우리가 자각지 못하는 이상한 능력 있는 것을 웅변으로 말하는 것이다.

13. 부자는 누구든지 될 수 있다

세상에는 의외의 사람이 성공하는 일이 많다. 그래서 항용 하는 말이 "신이 눈이 멀었나. 저따위에게 복을 주며 명예를 주니" 하고 그 사람의 재산과 명예를 기적으로 아는 일이 많다. 사람인 이상에는 누구든지 부자 될 자격이 있다. 빈자의 집에 태어났다고 일생을 가난뱅이로 마친다는 법률도 없고 그따위 도덕도 없다. 신은 일절 평등이다. 부잣집 자식이라고 복을 주며 빈자의 자식이라고 복을 아니 주는 것이 아니다졸저 『이십 세기 매도론』의 「복신의 규약서」 장 참조. 전술함과 같이 우리의 속에는 이상한 영력이 잠재하다 이 영력이 욕망에 자극되어 한번 활약하는 때는 소위 치부 성공이 되는 것이다.

인간 일생에는 반드시 한번 성공자가 되는 기회가 있다. 아니, 한 번뿐이나 두 번뿐이 아니다. 열 번 스무 번 거의 매년 그러한 호기회가 있다. 그러나 세인은 흔히 소극적, 비관적으로 교양되기 때문에 이러한 호기회를 잡지 못한다.

14. 야심이란 것은 무엇이냐

종래 야심이란 말을 악의미^{惡意味}로 사용하였다. 예하면 "저 사람은 야심이 있다", "아무개는 야심가야" 한다. 만약에 그 사람이 관리나 회사원일 것 같으면 상관이나 동료를 배척하고 자기의 지위를 유리하게 하고자 하는 것을 연상한다. 이것은 야심의 진의의^{眞意義}를 알지 못하는 것이다.

야심이란 것은 물^物에 대한 열망을 가리키는 것이다. 다만 이것만이 야심의 전체가 아니다. 야심의 의미는 사람이 심중에 계획한 혹 이상을 실현코자 하는 심오한 욕망을 일으키는 것이다. 그러므로 사람은 야심을 감^感하기 전에 먼저 그 야심을 일으킬 기갈^{飢渴}의 염念을 가지지 아니하면 안 된다.

야심에도 여러 가지가 있다. 자기는 대정치가가 되고 싶다는 사람, 대교육가가 되고 싶다는 사람, 또 무엇, 무엇, 그 야심은 천차만별이나 여기 말하고자 하는 것은 다만 사업가에 대하여만 말하고자 한다.

"사업가가 되고 싶다"고 하는 것도 한 야심이요 한 정신적 기갈이다. 아무리 하여도 현재의 상태로는 만족할 수 없다. 자기의 지금 처지는 무엇이냐. 소^小 관리요 저급 회사원이요 소상인이다. 요 모양으로 지내다가는 시들어 죽을 터이니 어디 한번 크게 분발하여 현상을 타파하고 한번 사업가가 되어 사회에 나서 보자고 하는 것이 즉 야심이요 정신적 기갈이다. 예를 들어 말하자면 우리의 위액이 맛있는 식물^{食物}을 보거나 맛있는 냄새를 맡거나 그것을 생각하고 자극이 되어 분비하는 것과 같이 우리의 정신적 위액이 남의 고등 생활하는 것을 보고 자극되는 것이 즉 야심이다.

우리의 사회생활이 향상하면 할수록 우리의 야심은 강렬하여진다. 무지한 야만인에는 야심이 없다. 그들은 몽둥이로 지면을 경작하되 진보된 농구를 구^求코자 하는 욕망이 없다. 그들은 다만 고식^{姑息}만 지키고 조선

祖先 전래의 방법만 묵수墨守하고 있다. 진보한 농구를 욕구치 아니함은 눈에 보이지 않기 때문이다. 만약에 누구든지 한번 철서鐵鋤[9]를 가지고 가서 밭을 갈아 보일 것 같으면 그 야만인은 이상히 보고 깜짝 놀랄 것이요 그 중에도 비교적 현명한 자는 그 기구를 취코자 하는 마음이 날 것이니, 이것이 소위 정신적 기갈이요 즉 야심이다.

이 야만인과 같이 아직 소유한 경험이 없는 자에게는 정신적 기갈이 없다. 또 한마디 실례를 말할 것 같으면 여러분이 신문 광고에서 늘 보시는바 '색백色白하여지는 약'의 이야기다. 이 약의 목적은 검은 살빛을 희게 하는 것이니깐 살빛 검은 사람이 사용하여야 할 것인데, 실제 약장수에게 물어보면 도리어 살빛 흰 사람이 많이 사용한다고 한다. 이것도 역시 살빛 검은 사람은 살빛 흰 사람보다 희고자 하는 욕망이 희박한 까닭이다.

돈을 모으자고 하는 욕망도 역시 한가지다. 돈 없는 사람에게는 그 욕망이 없고, 돈 있는 사람일수록 치부의 욕망이 강렬한 것은 재미있는 일이다. 돈 모으는 것은 얼마를 모으든지 수의隨意다. 일생에 백만의 부를 만들거나 천만의 자산을 만들거나 임의任意지만도 본서의 목적은 돈 없는 사람에게 돈을 모으도록 하여 주자는 것이다. 이미 상당한 부호 된 사람에게는 이식법利殖法을 설교할 필요도 없다. 그에게는 다만 그 돈을 유의의有意義하게 사용하여 주기를 바란다. 돈의 돈 된 사명을 완전히 하여 주기를 바란다.

---

9   쇠 호미.

15. 치부 성공자는 맹렬한 야심가

어떠한 계급, 어떠한 직업의 사람이든지 성공자라고 칭하는 사람을 자세히 관찰하면 그 사람은 반드시 강대한 야심의 소유자임이 판명하다. 그들은 모두 그 물物에 대한 맹렬한 욕망의 소유자다. 이전에 시저나 나폴레옹이 맹렬한 야심의 소유자이던 것과 같이 20세기의 치부 성공자도 또한 그와 같은 야심의 소유자 됨은 진실로 당연한 귀결이다.

다수한 사람의 가난히 지내는 폐弊는 그 욕망이 너무 적은 까닭이다. 다만 고것만으로 만족하기 때문이다. 이것은 인간 자연의 도道가 아니다. 천天은 모든 생물에게 그 생존과 안태安泰를 위하여 필요한 욕망과 그 필요를 채우기 위하여 강렬한 의지를 부여하였다.

식물은 일광과 수水와 공기로 보육媒育되고 생생 번무繁茂[10]함과 같이 우리 인간도 또한 야심과 욕망에 자극되어 백열적白熱的[11] 활동을 하는 것이다.

남의 고등 생활을 보고 선망羨望의 감感이 생기거든 자기도 곧 발분發奮 노력하여 그것을 능가할 부를 만들라. 이 세계는 인생에 필요한 것은 얼마든지 있다. 모든 필요한 것은 우리를 위하여 천지간에 그뜩 찼다. 누구든지 손만 내밀면 구할 것이다.

10　무성함. 번성.
11　기운이나 열정이 최고 상태에 달함.

16. 돈의 증식력은 위대하다

자연의 법칙이란 것은 인간이 와서 이용하기를 기다리고 있다. 만약에 제군이 일대一代에 거만巨萬의 부를 획득고자 뜻하고 그것을 실행키 위하여 위선 제1보로부터 밟아 나간다고 가정하자. 그러면 제군은 첫대 "날은 저물었고 갈 길은 멀었는데" 명호창창嗚呼蒼蒼하다고 아니 할 사람이 없다. 금일 우리의 생활은 몹시 핍박하였다. 아닌 것이 아니라 이로부터 모을 일을 생각하면 참으로 창창하다. 그러나 시작이 반이다. 이로부터라도 실행을 하여야지 그렇지 못하면 우리의 생애는 큰일이다. 가령 한 달에 10원씩을 저금한다 하면 은행에 예금하여 가지고는 연 5푼 이칙利밖에 안 되니간 그 증식률이 지지遲遲하지만도 이것을 연 2할로 복리複利를 계산한다 하면 그 증식력은 가경할 것이다.

자茲에 원금 100원에 대한 복리 계산표를 시示하노니 자세히 보라.

〈복리 계산표 1〉

연수	5푼	6푼	7푼
1년	105원	106원	107원
2년	110원 25전	112원 36전	114원 49전
3년	115원 76전	119원 10전	120원 50전
4년	121원 55전	126원 25전	131원 8전
5년	127원 63전	133원 82전	140원 26전
6년	134원 1전	141원 85전	150원 7전
7년	140원 71전	150원 36전	160원 58전
8년	147원 75전	159원 38전	171원 82전
9년	155원 13전	168원 95전	183원 85전
10년	162원 89전	179원 8전	196원 72전
11년	171원 3전	189원 83전	210원 49전
12년	179원 59전	201원 22전	225원 22전
13년	188원 56전	213원 29전	240원 98전

연수	5푼	6푼	7푼
14년	197원 99전	226원 9전	257원 85전
15년	207원 89전	239원 36전	275원 90전
16년	218원 29전	254원 4전	295원 22전
17년	229원 20전	269원 38전	315원 88전
18년	240원 66전	285원 43전	337원 9전
19년	251원 70전	302원 56전	361원 95전
20년	265원 33전	320원 71전	386원 90전
21년	278원 60전	339원 96전	414원 6전
22년	292원 53전	360원 35전	443원 3전
23년	307원 15전	381원 97전	474원 5전
24년	322원 51전	404원 89전	507원 24전
25년	338원 60전	429원 19전	542원 74전
26년	355원 57전	454원 94전	580원 74전
27년	373원 35전	482원 23전	621원 39전
28년	392원 1전	511원 17전	664원 88전
29년	411원 61전	541원 84전	711원 43전
30년	432원 19전	570원 35전	761원 23전
31년	453원 80전	608원 81전	814원 51전
32년	476원 49전	645원 34전	871원 53전
33년	500원 32전	684원 6전	932원 53전
34년	525원 33전	725원 4전	997원 81전
35년	551원 60전	768원 61전	1,067원 66전
36년	579원 18전	814원 73전	1,142원 39전
37년	608원 14전	863원 61전	1,222원 36전
38년	638원 55전	915원 43전	1,307원 93전
39년	670원 48전	970원 35전	1,399원 10전
40년	704원	1,028원 57전	1,497원 45전
41년	739원 20전	1,090원 29전	1,602원 27전
42년	776원 16전	1,155원 70전	1,714원 43전
43년	804원 97전	1,225원 5전	1,834원 44전
44년	855원 70전	1,298원 55전	1,962원 85전
45년	898원 50전	1,376원 40전	2,100원 25전
46년	943원 43전	1,469원 5전	2,247원 26전
47년	990원 60전	1,549원 59전	2,400원 57전

연수	5푼	6푼	7푼
48년	1,040원 13전	1,639원 39전	2,573원 89전
49년	1,092원 13전	1,739원 75전	2,752원 99전
50년	1,146원 74전	1,842원 2전	2,945원 70전

<복리 계산표 2>

연수	8푼	9푼	1할
1년	108원	109원	110원
2년	116원 66전	118원 81전	121원
3년	125원 97전	129원 50전	133원 10전
4년	136원 5전	141원 16전	146원 41전
5년	146원 93전	153원 86전	161원 5전
6년	158원 69전	167원 71전	177원 16전
7년	171원 38전	182원 80전	194원 87전
8년	185원 9전	199원 26전	214원 36전
9년	199원 90전	217원 19전	235원 79전
10년	215원 87전	236원 74전	259원 37전
11년	233원 16전	258원 4전	285원 31전
12년	251원 82전	281원 10전	313원 84전
13년	271원 96전	306원 58전	345원 23전
14년	293원 72전	334원 17전	379원 73전
15년	317원 22전	364원 45전	417원 72전
16년	342원 59전	397원 3전	459원 50전
17년	370원	432원 76전	505원 45전
18년	399원 60전	471원 61전	555원 99전
19년	431원 57전	514원 17전	611원 59전
20년	466원 10전	560원 44전	672원 75전
21년	503원 38전	610원 88전	740원 2전
22년	543원 65전	665원 86전	814원 3전
23년	587원 15전	725원 79전	895원 43전
24년	634원 12전	791원 11전	984원 97전
25년	684원 85전	862원 31전	1,083원 47전
26년	739원 64전	939원 92전	1,191원 82전
27년	798원 81전	1,024원 51전	1,311원
28년	862원 71전	1,116원 71전	1,442원 10전

연수	8푼	9푼	1할
29년	931원 73전	1,217원 22전	1,586원 31전
30년	1,006원 27전	1,326원 77전	1,744원 94전
31년	1,086원 77전	1,446원 18전	1,919원 43전
32년	1,173원 71전	1,576원 33전	2,111원 38전
33년	1,267원 60전	1,718원 20전	2,322원 52전
34년	1,369원 1전	1,872원 84전	2,554원 77전
35년	1,478원 53전	2,041원 40전	2,810원 24전
36년	1,596원 83전	2,225원 38전	3,091원 27전
37년	1,724원 56전	2,423원 38전	3,400원 39전
38년	1,862원 53전	2,643원 67전	3,740원 43전
39년	2,011원 53전	2,881원 60전	4,114원 48전
40년	2,172원 45전	3,140원 94전	4,535원 93전
41년	2,346원 25전	3,423원 63전	4,978원 52전
42년	2,533원 95전	3,731원 75전	5,476원 37전
43년	2,726원 76전	4,067원 61전	6,024원 1전
44년	2,955원 60전	4,433원 70전	6,626원 41전
45년	3,192원 4전	4,832원 73전	7,289원 5전
46년	3,447원 41전	5,267원 66전	8,017원 95전
47년	3,723원 20전	5,741원 76전	8,819원 75전
48년	4,021원 6전	6,258원 52전	9,701원 72전
49년	4,312원 74전	6,821원 79전	10,671원 90전
50년	4,690원 16전	7,435원 75전	11,735원 9전

〈복리 계산표 3〉

연수	1할 2푼	1할 5푼	2할
1년	112원	115원	120원
2년	125원 40전	132원 25전	144원
3년	140원 49전	152원 9전	172원 80전
4년	157원 35전	174원 90전	207원 36전
5년	176원 23전	201원 14전	248원 83전
6년	197원 38전	231원 31전	298원 59전
7년	221원 7전	266원 1전	358원 31전
8년	247원 60전	305원 91전	429원 97전
9년	277원 31전	351원 90전	519원 96전

연수	1할 2푼	1할 5푼	2할
10년	310원 59전	404원 57전	619원 15전
11년	347원 86전	465원 26전	742원 98전
12년	389원 60전	535원 5전	891원 58전
13년	436원 35전	615원 31전	1,069원 90전
14년	488원 71전	707원 31전	1,283원 88전
15년	547원 36전	813원 75전	1,540원 66전
16년	613원 4전	935원 81전	1,848원 79전
17년	686원 60전	1,076원 18전	2,218원 55전
18년	768원 99전	1,237원 61전	2,662원 26전
19년	861원 27전	1,423원 25전	3,294원 71전
20년	964원 62전	1,636원 74전	3,832원 65전
21년	1,080원 37전	1,882원 25전	4,600원 38전
22년	1,210원 1전	2,164원 59전	5,520원 46전
23년	1,355원 21전	2,489원 10전	6,624원 55전
24년	1,517원 84전	2,862원 66전	7,949원 46전
25년	1,699원 98전	3,292원 7전	9,539원 32전
26년	1,903원 98전	3,785원 88전	11,447원 22전
27년	2,132원 16전	4,353원 76전	13,736원 66전
28년	2,388원 36전	5,006원 82전	16,483원 66전
29년	2,674원 96전	5,757원 84전	19,780원 76전
30년	2,995원 96전	6,621원 52전	23,736원 95전
31년	3,355원 48전	7,614원 72전	28,484원 34전
32년	3,758원 14전	8,756원 96전	34,181원 21전
33년	4,209원 12전	10,070원 50전	41,017원 45전
34년	4,714원 21전	11,580원	49,260원 94전
35년	5,279원 92전	13,382원 14전	59,015원 13전
36년	5,913원 51전	15,315원 98전	70,878원 15전
37년	6,623원 13전	17,613원 38전	85,053원 79전
38년	7,417원 91전	20,255원 39전	102,064원 55전
39년	3,808원 6전	23,293원 71전	122,447원 46전
40년	9,305원 3전	26,787원 76전	146,972원 93전
41년	10,421원 63전	30,805원 92전	176,367원 54전
42년	11,672원 23전	35,436원 81전	211,641원 4전
43년	13,072원 90전	40,740원 82전	253,969원 10전

연수	1할 2푼	1할 5푼	2할
44년	14,641원 65전	46,851원 95전	304,769원 11전
45년	16,398원 65전	53,879원 74전	367,715원 73전
46년	18,366원 49전	61,261원 70전	433,858원 88전
47년	20,570원 47전	71,255원 96전	526,630원 60전
48년	23,038원 93전	81,944원 35전	631,956원 79전
49년	25,803원 60전	94,236원	758,348원 15전
50년	28,900원 3전	108,371원 40전	910,017원 78전

17. 100원의 돈이 91만 원 되는 법

돈이란 것은 잘만 불리고 보면 엄청나게 는다. 이것은 무슨 특별한 이식법이 아니라 합리적으로 복리를 계산한 것이다.

원금 100원이란 돈으로

연리 3푼을 주면 50년 후에 438원 39전

연리 4푼을 주면 50년 후에 710원 67전

연리 5푼을 주면 50년 후에 1,046원 74전

연리 6푼을 주면 50년 후에 1,842원 2전

연리 7푼을 주면 50년 후에 2,945원 70전

연리 8푼을 주면 50년 후에 4,690원 16전

연리 9푼을 주면 50년 후에 7,435원 75전

연리 1할을 주면 50년 후에 11,739원 9전

연리 1할 2푼을 주면 50년 후에 28,900원 3전

연리 1할 5푼을 주면 50년 후에 108,371원 40전

연리 2할을 주면 50년 후에 910,017원 78전

이 된다. 돈이란 이렇게 무섭게 느는 것이다. 만약에 의심이 있거든 복리 계산표를 참조하라.

18. 마음이란 기관차에 욕망의 불을 때라

　기관차를 움직이는 힘은 화火와 수水다. 즉 석탄이 불을 태우고 물이 증기가 되어 동작을 시킨다. 나는 이과를 설명코자 하는 것이 아니라 이것을 사람의 마음에 비유하여 보고자 한다. 마음이란 것은 흡사히 물 담은 기관차와 같고 욕망은 혁혁히 타오르는 불과 같다. 물은 열을 가加치 아니하면 어느 때까지든지 물대로 있을 것이요 기관차는 움직이지 아니할 것이다. 인간의 마음도 이와 같다. 일조에 염염炎炎한 욕망의 불길이 타오르기 시작하면 물은 갑자기 증기로 변하여 강대한 차륜을 돌리고 강대한 기관차를 움직이고 기차, 기선을 운전시킴과 같이 인간도 또한 욕망의 불길이 타오르면 위대한 사업을 성취할 수 있다.

　세인은 흔히 남의 성취한 사업의 외형만 보고 그 원동력 되는 욕망의 불길이 강대한 것을 모른다. 가령 제군의 지인 중에 큰 성공한 자가 있다 하면 제군의 우인들은 모여 앉아 이야기가 "아무개는 무얼로 모았노? 미두米豆[12]로 모았나, 주식으로 모았나, 광산으로 모았나, 황화방으로 모았나, 대금업으로 모았나, 토지 장사로 모았나" 하고 돈 모은 외형적 조건만

12　현물 없이 쌀을 사고파는 투기 거래.

말할 것은 정한 일이다. 그다음에 나오는 말은 "별장을 몇십만 원 들여 짓는다던가, 자동차가 두 채라데" 하는 비평이다.

그러나 이것은 서과西瓜[13] 겉핥기다. 그러한 성공자를 볼 때는 그 사람이 자기 면전에 전개하여 온 기회를 어떻게 민활히 포착하였나, 어떻게 그 사업을 달성하기에 열광적이었었나, 그 사업에 직면하였을 때에 그의 욕망의 불길이 얼마큼 강대하였던가를 연구할 것이다.

마음은 물과 같아서 변하기 쉽고 동하기 쉬우며 혹시는 대파란도 일으키고 혹시는 거울같이 환한 날도 있다. 욕망은 불같아서 늘 끊임없이 염열炎熱을 발發하고 활활 타서 마음이란 물에 열을 가하여 '의지의 증기'를 발산시켜 가지고 어떠한 난사업難事業이든지 반드시 성취시키고 만다. 그런즉 우리는 마음이란 물 담은 기관汽罐에 끊임없이 욕망의 불을 때어 보자. 증기만 발산하면 성공은 갈데없을 것이다.

19. 치부의 열차는 중도의 하차를 불허한다

장도長途의 여행을 하여 본 이는 알 일이다. 가령 부산에서 봉천奉天, 펑톈까지의 기차 여행을 하는 자가 아무리 급행이라도 2일이 걸리니 갑갑하기 말할 수 없는 것이다. 그래서 긴급한 일 아닌 자는 중도에서 하차하여 쉰다. 그러나 그 쉬는 것이 한이 없다. 경성 같은 곳에서 하루 묵자고 예정한 것이 하루, 이틀, 사흘, 나흘, 이 구경 저 구경 다 하게 된다.

그러나 치부의 열차는 중도의 하차를 허락지 않는다. 마음이란 물에 욕

---

13 수박.

망의 불을 때어 의지의 증기를 발산하는 기관차가 맹렬히 달아날 것 같으면 목적지에 도달하기까지는 결코 중도에서 하차를 허락지 않는다. 목적지는 어디냐. 10만 원이란 역이냐, 100만 원이란 역이냐. 위선 제군은 가고자 하는 목적지를 정하라. 그리고 그 목적지에 도달하기 전에는 하차를 마라. 10만 원이란 역까지 가기로 목적한 자가 중도에서 갑갑하다고 5만 원이란 역에서 하차하면 안 된다. 이 열차는 서서瑞西, 스위스의 등산 철도 모양으로 항상 언덕으로만 올라가는 길이다. 만약에 중도에서 욕망의 불을 아니 땔 것 같으면 열차는 뒤로 물러 내려올 것이다.

20. 돈은 공도로 모으라

산을 올라갈 때에 본도本道와 지름길이 있는 것과 같이 돈 모으는 데도 본도와 지름길이 있다. 근일의 부호는 많이는 이 지름길로 모은 자다. 그 수단의 선악을 불문하고 어떻게든지 돈만 모으면 고만이라는 사상이 근년에 더욱더욱 심하여진다. 그래서 혹자는 법률에 저촉되는 짓까지 하는 자가 있다. 이것이 사회를 위하여 걱정되는 일이다. 이러한 치부는 소위 공도公道가 아니라 권도權道[14]다. 진실로 피할 일이다. 속성속패速成速敗란 말은 예로부터 전래하는 말이다. 권도로 모은 돈은 가치도 없는 것이요 치부한 유쾌도 없는 것이며 또한 오래 지탱도 못 한다. 돈이란 합리적으로 모으지 아니하면 안 된다. 천하의 공도를 배반하면 안 된다. 그러면 무엇을 합리적이라 하느뇨? 즉 노력하여 가지고 부를 득하는 것이다. 경제학

---

14 목적 달성을 위하여 그때그때의 형편에 따라 임기응변으로 일을 처리하는 방도.

상의 원칙으로 말하면 최소의 노력으로 최대의 효과를 얻는 것이지만도 인간의 생활은 경제생활로만 사는 것이 아니다. 즉 경제생활이 생활의 전부가 아니라 또 일면에 정신생활이란 것이 있다. 인간은 이렇게 양면 생활을 유有하므로 사람으로서 완전한 생활을 하고자 하는 자는 경제상 원칙에 다시 정신상 원칙을 가미 참작하여 치부의 방법을 고려치 아니하면 안 된다.

21. 치부의 공도는 자연에 있다

우리가 부를 얻고자 하는 데 그 노력이 크면 클수록 그 가치가 클 것이지만도 그 노력은 자연에 대한 노력 됨을 요한다. 제군은 활동사진의 탐정극을 보고 그 악한이 자기의 목적을 달성하기 위하여 어떠한 노력을 하는 것을 보았으리라. 그들은 최초부터 생명을 내던지고 일하러 나선 자이므로 모든 모험, 갖은 수단, 온갖 지혜를 경도傾倒하고 부를 얻고자 노력한다. 이와 같이 그들은 그 목적을 달성하기 위하여는 모든 노력을 아까워 아니 한다. 그러나 그들의 노력은 아무 가치 없는 노력이다. 현대 실업가는 흔히 활동사진 식이다. 모으기를 목적하였으면 어떠한 모험이든지 감히 행하고 갖은 간악한 수단을 다 부린다. 인ㅅ을 모함하고 세상을 속이는 것으로 신조를 삼는다.

가장 훌륭하게 부를 득하려면 자연을 상대하여 노력하는 것이 좋다. 농부가 전지田地에 씨를 뿌리고 공업가가 기계를 제작하며 물物을 발명하는 것은 이 모두 자연을 상대 삼는 노력이다. 광산업 같은 것은 지하에 매몰된 부를 채굴하는 것이니 말하자면 투기적 행위요 아무 노력도 안 드는 것 같아서 혹 이것을 치부의 공도에 반하는 것같이 보나 사실은 결코 그렇지 않다. 탐광探鑛을 하는 데는 인적미답人跡未踏의 지地를 답사하며 갖은 고로苦勞를 다 겪은 것이니, 이 또한 천하의 공도에 반하는 것이 아니다. 금일은 전기 만능의 시대다. 수력 전기로 전등을 켜고 전차를 운전시키고 선풍기를 돌리니 그 이용이 실로 수가 없다. 최초에 전기를 발명한 사람은 무던한 사람이다. 이와 같이 자연의 세계에는 아직도 미발견, 미발명의 많은 부가 매장되어 있다. 이것을 발견하여 세상을 이롭게 하고 자기도 돈 모으는 것은 실로 훌륭한 일이다. 이야말로 이상적 돈 모으는 법이다. 그러나 만인에게 발명하라고 권할지라도 실행이 불가능할 것이요 더구나 과학 지식이 결핍한 우리에게 그 실행을 권하는 것이 좀 무리한 일로 안다.

그러면 우리는 인간을 상대 삼아 가지고 돈 모으기를 노력하여 보자. 이 인간을 상대 삼는 치부법은 즉 상업이다. 이 상업이란 것이 매우 곤란한 일이다. 심상일양尋常一樣[15]히 하여서는 남는 것이 적다. 그러므로 장사하여 가지고 돈 모으고자 할 것 같으면 위선 호기회를 포착할 필요가 있다. 시장에서 무엇을 요구하나, 시가市價의 전도前途는 여하히 변동될까 등의 여러 가지 상적商的 지식을 필요하나니 이것도 또한 훌륭한 치부법이다. 그러나 인간을 상대하여 가지고 돈을 모으려면 부도덕에 빠지기 쉽다. 장사란 것은 상대자 되는 객客에게도 편리를 주고 자기도 남기고자 하는 것만은 좋은 일이지만도 인간의 욕망이란 것은 한도가 없으므로 정도를 밟아 가지고는 돈이 남지 아니할 때는 타인이 해를 입고 안 입는 것을 불계하고 자기만 남기려고 부정한 짓도 한다.

---

15   대수롭지 않고 한결같은 모양.

22. 돈은 남성적으로 모으라

세상 사람은 흔히 확실성 가진 사람을 존경하고 모험적, 남성적인 용기 많은 사람을 반겨 하지 않는다. 그래서 "아무개는 단단해", "아무개는 굼 튼튼해"[16] 하면 모든 일을 신용하고 맡긴다. 그러나 단단한 사람이 반드시 수완 있는 사업가는 아니다. 성서에도 맡은 돈을 금고 중에 사장死藏하여 둔 사람을 매도하고 사업에 투자하여 3할, 4할로 불린 이식가利殖家를 영리한 사람이라 하여 정신계에 인조引照[17]하지 아니하였느뇨. 4푼이나 5푼의 이자를 따먹자고 은행에 돈을 맡기고 있는 사람은 이상적인 사람이라고 존경할 수 없다. 튼튼한 사람, 조금도 위태한 다리를 건너가지 않는 사람만이 무던한 사람이요 장한 사람이라고 사람의 가치를 그것으로 계산할 것 같으면 세계에는 성공담도 없을 것이요 입신양명의 미담도 없을 것이다. 오늘날 세계의 대성공자나 대부호를 보라. 누가 모험가 아닌 사람이 있으랴. 그러므로 돈을 모으는 데는 모험성이 없이는 아니 된다. 미국 사업계의 활약을 보라. 참으로 기가 막히다. 이같이 활기 횡일하는 미국 사업계에도 투기의 분자를 제외하고 보면 보잘것이 없을 것이요 또한 과거 100년 동안을 엄중히 튼튼으로만 제일을 삼는 석교주의石橋主義를 실행하였더라면 아마 오늘날 유육紐育, 뉴욕에서 태평양 연안까지 철도도 관통이 못 되었을 것이요 전 미국에 연통煙筒이 임립충천林立沖天[18]도 못 되었을 것이며, 또한 이때까지 미국은 맹수가 날뛰는 황야로 있었을 것이다. 이미 생활의 중하重荷를 벗어 놓고 활사회活社會에서 은퇴코자 하는 노인이

16　성격이 굳어서 재물에 대하여 헤프지 아니하고 튼튼함.

17　비교하여 대조함.

18　숲의 나무처럼 빽빽하게 죽 늘어서서 하늘 높이 솟음.

나 거부트富는 석교주의도 필요할 것이요 또한 이미 상당한 돈을 모아 가지고 상당한 지위를 획득하여 생활상 필요 비용을 이자로 충당하는 이는 4푼이나 5푼의 은행 예금도 만족하겠지만도 미래에 큰 기대를 가진 활기횡일하는 장년자壯年者는 이 예금주의를 취할 것이 아니다.

23. 큰일 났다, 각성하라

최근 10년간에 생활비는 실로 10할의 증가를 시示하였다. 과연 그러면 우리의 부도 또한 10할의 증가를 시示치 아니하면 10년 전과 동양同樣의 생활은 못 될 것이다. 이것을 생활의 향상이라고 구가하는 자는 오장五臟 없는 자다. 돈 생기는 것 없이 생활만 향상하는 것은 망할 장본이다. 돈의 가치는 물가의 등귀와 반대로 감하는 법이다. 이것은 경제학상의 원리다. 우리는 현재 생활난의 대문제에 봉착하였다. 장차 어찌 살꼬 하는 것이 문제다. 다만 견실주의堅實主義를 묵수할 것이냐, 또는 위험을 무릅쓰고 남성적으로 활약할 것이냐. 미국의 사업계를 별견瞥見[19]하면 그들은 모두 남성적으로 대담하게 유망한 사업에 투자를 단행하였다. 그들은 모든 위험을 무릅쓰고 큰 용기와 치밀한 연구와 총명한 판단으로써 돈의 활용법을 강구하였다. 안전제일이란 유행어같이 사람을 잡치는 말은 없다. 필경이 말은 현대 재계에 위험 분자가 많이 있기 때문에 그런 말이 의외로 환영을 받지만도 안전제일이란 말같이 사람을 위축시키는 말은 없다. 사업에 대하여 치밀한 연구와 진실한 태도와 만난萬難을 돌파할 용기를 병유

---

19   얼른 슬쩍 봄.

倂有[20] 한 사람은 다소 위험을 무릅쓰고 사업을 경영하고자 하는 결심이 있는 것이다. 예로부터 산에 가야 범을 잡는다는 말이 있거늘 지금에 안전 제일이란 여성적 말에 눌려서 극단의 석교주의를 묵수하는 것은 결코 可치 못한 일이다.

24. 치부 성공은 맘먹게 달렸다

우리는 부를 욕구한다. 돈을 모으고자 하는 마음은 현대인의 생활에 가장 주요한 부분이다. 정신적 요구, 즉 훌륭한 인격자가 되고자 하는 요구, 이것은 훌륭한 숭고한 요구다. 그러면 어떻게 하여야 부를 잡을까. 맨주먹으로 거만巨萬의 부를 잡을 묘안이 어디 있느뇨. 그 길은 다만 한 곳밖에 없다. 즉 "너만 부호냐. 나도 부호다" 하는 마음을 먹어라. 사람은 항용 말하기를 돈 없는 자는 돈 있는 자에게 사용되는 수밖에 없다고 한다. 그러나 아무리 부잣집 고용을 몇십 년 할지라도 부자는 못 되는 것이다. 즉 노동자의 보수와 자본가의 이익은 균등 분배가 못 되는 까닭이다. 그러나 거만의 부를 치致한 사람은 모두 맨주먹으로 성공한 자니 이것은 무슨 까닭이뇨. 마음 하나를 단단히 먹은 까닭이다.

나는 예를 미국에 들려고 한다. 조선의 부자란 것은 전국의 부자의 재산을 모두 합친대야 외국 부호 한 사람의 재산이 못 될 터이요 또한 현재 부자란 자의 부가 근검 역행力行으로 된 것이 적고 많이는 권력 시대에 양반 자세藉勢하고 무고한 양민의 재산을 약탈한 강도의 부다. 이것을 들어

치부의 요결要訣[21]을 말하는 것은 치부의 공도가 아니기 때문이다.

유명한 대부호 록펠러는 잡화상의 점원이었었고, 카네기는 모 사무소의 급사였으며, 밴더빌트는 하급 선원이었었고, 허스트는 갱부坑夫였었다. 이 사람들은 모태에서 나올 적에 단돈 1전을 손에 쥐고 나온 것이 아니다. 다만 가지고 나온 것은 일할 두 주먹밖에 없다. 신은 어디까지 평등이다. 누구나 다 같이 양수兩手지 세계 어느 곳에 손 셋 가진 사람 있단 말 못 들어 보았다. 하필 우리만 가난뱅이 만들 이치가 있으랴. 평범한 생활에 감착甘著하는 자는 항상 평범한 인간으로 일생을 마칠 것이요 "옳다, 되었다. 내 한번 성공하고 말리라" 결심하고, 남은 금의옥식錦衣玉食을 하되 나는 악의악식惡衣惡食을 하여 가며 극기 근검하여 기분幾分의 저축을 하고, 그 저축한 돈을 대담하게 사업에 투자하여 가지고 성공한 것이 아니냐. 생각하여 보면 그다지 어려운 일이 아니다. 이러한 기회는 지금 우리의 목전에도 그득하다. 다만 문제는 그 기회를 포착할 용기가 있느냐 하는 것이다.

25. 치부 성공의 비밀

실업 철학자라 운위云謂하는 허버트 코프먼은 "기회를 득하는 최량의 방법은 어떠한 기회든지 포착하는 데 있고, 확실을 바라는 것은 제한을 바라는 것이며, 이익을 내는 것은 항상 위험을 무릅씀을 의미한다"고 절규하였나니 치부 성공의 비밀은 대부분이 여기 있다. 세상에 담력 적은 사람

21　가장 중요한 방법이나 긴요한 뜻.

이 많은 것은 돈 모으는 사람에게는 큰 행복이다. 위정자나 가면의 실업가가 진심으로 근검저축을 고취할 것 같으면 그 효과가 작지 않을 것이로되 맛있는 음식을 먹지 마라, 소금의 반찬이라도 먹고 저축하라 하는 것은 너무나 소극적 교훈이다. 나는 결코 사치를 장려코자 하는 것은 아니다. 극기심을 양성하기 위하여 소극적인 근검저축을 장려하는 것도 물론 좋기는 하지만도 극단으로 그러한 교훈을 전도할 것 같으면 정당한 기회도 포착할 용기를 실狀하는 사람이 생기나니 이 얼마나 딱한 일이냐. 그러나 한편으로 용기 있는 사람에게는 큰 행복이 될 것이다. 호랑이 없는 골에는 토끼가 선생이라고 그렇게 용기 없는 사람 있는 곳에는 조그마한 용기 있는 사람도 활동할 여지가 있다. 그래서 변변치 않은 용기 있는 자가 막대한 이익을 수득收得한다.

앤드루 카네기가 만약에 당초부터 그 모은 돈을 튼튼한 은행만 찾아 예금만 하였을 것 같으면 아미리가亞米利加, 아메리카에 하나 가는 대부호도 못 되었을 것이요 따라서 철저적으로 대규모의 자선 사업도 못 하였을 것이요 세계적 학술 연구소도 창설치 못하고 평평범범한 소상인으로 이 세상을 마치고 말았을 것이다. 또 록펠러가 다만 대금貸金의 이자만 따먹고 있었더라면 금일의 미국은 저와 같이 저렴한 석유를 사용치 못하였을 것이요 석유왕이란 이름도 생기지 못하고 역시 평범한 일 실업가로 한세상을 보내었을 것이다.

만일에 이러한 모험적 실업가가 미국에 없었더라면 오늘날 대철도의 관통도 기대할 수 없었을 것이다. 요컨대 각종의 문명적 시설은 모두 모험적 실업가의 힘으로 창설되는 것이요 인생 일세에 대부호가 되는 것도 또한 모험의 음덕蔭德이 아니랴. 그런데 다소의 폐해 있는 것을 겁내고 도연徒然22히 소극적 주의를 고취하는 것은 우지심愚之甚23이라 아니 할 수 없다.

모든 사람의 면전에 기회는 널렸다. 그 기회를 기민하게 포착하여 만년晩年의 부와 평안을 얻는 사람은 행복이다. 자玆에 나는 적극적 돈 모으는 법을 반복하여 말하려 한다. 혹 이 말에 반대도 있을 것이다. ○○○○○○○○○○○○○○○○○ 우리로서 무엇을 하여서 돈 벌 길이 있느냐고 하리라. 이것은 반대가 아니라 나도 동감이다. 나는 일찍이 어느 책자에 "아무리 묘기를 가진 배우라도 무대가 없으면 그 재주를 부리지 못한다"는 말을 쓴 일이 있다. 그렇다, 과연 그렇다. 영웅도 그 경우의 영웅이지 아무 때나 영웅이 아니다. 그러나 우리의 경제는 지금도 그렇게 수족 하나 놀릴 수 없게 되지는 않았다. 결코 내가 무리한 주문을 하는 것이 아니니 주먹을 단단히 쥐고 기운차고 용기 있게 나아가서 기회를 붙잡으라. 업에 귀천이 없나니 무엇이든지 약간의 위험을 몸 살피지 말고 실행하여라. 거기종고擧旗鍾鼓[24]란 말은 모험적인 말이다. 우리는 실로 거기종고 않고는 안 된다. 이러하여야 죽어 가는 우리 생활에 신서광新曙光이 비칠 것이다.

26. 기회는 언제든지 있다

기회는 항상 있는 것이다. 전일도 있었고 금일도 있고 후일에도 있는 것이다. "이제는 돈 모을 기회 다 지났는걸" 하는 사람은 용기 없는 잠꼬대하는 사람이다. 어떤 미국 사람은 말하되 1세기 동안에 열 가지의 중요

---

22   아무 일 없이 심심함.
23   어리석음이 심함.
24   깃발을 들고 종과 북을 울림.

한 특허를 발명할 것 같으면 그 특허권으로 말미암아 크게 돈 벌 일이 생긴다고 한다. 과연 그렇다. 가령 와트란 사람이 증기의 운용을 발명하였는데, 그 발명으로 말미암아 기차가 생기고 기선이 생기고, 그 기차, 기선을 제작하는 공장이 생기고, 또 그 재료를 공급하는 공장이 생기며, 그 공장은 철과 목재를 수요하는 고로 철광산의 채굴이 생기고 제재소가 설립되고, 또 그 광산이나 제재소에 물자를 공급하기 위하여 각종의 물자가 소용되나니, 결국 돈 모으는 기회는 순환적으로 많이 생긴다. 다시 전기의 발명으로 볼지라도 그 전기 하나로 말미암아 전신, 전화가 생기고 전등이 생기고, 전력을 이용하는 각종 기계가 생겨서 전기라 하는 것 하나 발명으로 인하여 세계에 기백만, 기천만 인이 돈 모을 기회를 잡았는지 알 수 없는 것이다. 금후도 인지人智의 발달을 따라 우리에게 돈 모을 기회가 얼마 있을는지 예측할 수 없는 것이다.

27. 50원의 월급으로 500만 원

미국 클리브랜드주에 사는 엘레베스라는 사람은 50원의 월급에서 매월 15원씩 저금하여 필경 500만 원의 자산가 된 일이 있다. 이것은 너무 엄청난 사실이라 깜짝 놀랄 이가 있을지도 모르겠다. 월급 생활하는 이는 주의하여 읽으시오. 일생을 남에게 매여 기계적 인물이 되다가 늙어지면 돈 한 푼 모은 것 없고 수족 없어 어떠한 곤경에 빠지느뇨. 당장에 돈냥이나 생긴다고 의복이나 반지르르하게 입지 말고 광휘 있는 운명을 개척하여라. 50원의 월급 타는 사람이 500만 원 모았다는 것이 사실 같지 않거든 그의 고백을 잠깐 소개하리라.

피彼는 왈 "나는 원래 50원의 월급쟁이였었다. 말년의 처지를 생각하고 매월 50원 중에서 15원씩을 저금하여 1년에 180원이 되었었다. 나는 이 180원이란 돈을 가지고 비로소 나 다니는 회사의 주식을 한 주 샀었다. 그해에 그 주가 연 7할의 배당이 돌아왔었다. 그래서 먼저 산 한 주를 은행에 담보로 제공하고 차금借金한 돈과 1년 동안 모은 돈을 합하여 가지고 다시 두 주를 샀었다. 이와 같이 해마다 1년 동안 모은 돈과 배당을 합하여 가지고는 주를 사고 또 사고 점점 그 방법을 대규모로 하였더니 부지불식지간에 돈이 그렇게 늘었다"고 한다. 이 이야기를 듣고 보면 별로 신기할 것 없는 이식법이요 누구든지 할 수 있는 일이다.

28. 실패는 성공의 밑천

돈 모을 것은 많이 있다. 돈 모을 것은 도처에 있다. 돈 모을 것은 발길에 툭툭 차인다. 그러나 그 돈 모을 것을 적당히 감별하고 성공을 하려면 상당한 수업료가 든다. 이 수업료란 것이 즉 실패다.

세계의 치부 성공자를 보라. 그들은 어떠한 파란중첩한 생활을 하였나. 일본의 대창희팔랑으로 볼지라도 그는 나이 60세에 파산을 당하게 되었었다. 그러나 그는 아직도 희망 있음을 자신하고 그 실패를 밑천 삼아 가지고 맹연猛然 약진하여 필경 금일의 부를 득하지 아니하였느뇨. 그런즉 여간 실패를 낙심 말고 그 실패를 밑천 삼아 가지고 분투할 것이다.

29. 빈부의 분기점

세상에 부자가 많으냐, 빈자가 많으냐 하면 물론 빈자가 많다. 그래서 불평이 있고 불만이 있는 것은 실로 부득이한 일이다. 그 불평을 완화하기 위하여 아무쪼록 부의 분배가 공평하게 되도록 사회의 조직과 제도를 개선하는 것은 물론 좋은 일이다. 이치는 그러하지만도 자기의 힘으로 자기의 지위를 향상하고자 하는 노력이 없을 것 같으면 아무리 사회의 제도가 그 사람을 위하여 개선이 될지라도 결코 행복된 생활은 못 하여 보고 말 것이다.

그런즉 사회 제도의 개선에도 힘을 쓰려니와 자기 자신의 생활을 행복되게 하려면 자기 자신이 발분 노력하여 그 진로를 개척지 아니하면 안 된다. 즉 빈부의 분기점이요 우리의 결심을 필요로 하는 바이다. 사회 제도가 고약하여 부자 될 기회가 없다는 것은 거짓말이다. 아무리 돈 있는 자의 횡포가 심하고 아무리 그들이 발호跋扈할지라도 그까짓 일은 문제될 것 없다.

30. 청근 장사도 좋고 군밤 장사도 좋다

사회의 현상을 이용하여 부를 획득하는 것도 좋은 일이다. 말하자면 '돈의 위대한 번식력'만 배우면 고만이다. 우편 저금이나 은행 예금 같은 것은 이식력이 제한되어 있나니, 이것은 소극적이요 보수적이다. 그러면 우리는 돈의 전능력全能力을 발휘하는 적극적으로 나서는 것이 좋을 것이다.

자茲에 하차荷車25를 끌고 청근菁根26 팔러 다니는 사람이 있다고 가정하

자. 그 사람이 10원의 자본으로 매일 2원씩 이利를 남긴다 할 것 같으면 자본에 대한 이익 보합步合[27]은 연 730할이 된다. 이 얼마나 가경할 이식의 비밀이냐. 만약에 그가 발분하여 돈 불리기로 전심전력할 것 같으면 10년 후면 반드시 부호가 되고 말 것이다. 그러나 우리는 아직까지도 머릿속에 계급의 관념이 아직 남아 있어서 청근 장사나 군밤 장사를 천히 여기고 있다. 이 어찌하자는 주의뇨. 공업은 지식이 부치어 못 하고, 벼슬은 구멍이 없고, 대상업은 밑천이 없고, 청근 장사는 천하여 싫고, 무엇을 하고 살잔 말이냐. 우리 조선이 농업국이라 할 것 같으면 우리의 조선祖先은 모두 농부다. 농부의 자손으로서 청근 장사하는 것이 무슨 체면 상할 것이 있느냐. 요거나마 외국인의 손에 들어가게 말고 우리가 하여 보자.

31. 의지만 강대하면 태산도 뜰 수 있다

"아아, 의지가 강고한 자는 행복이라" 한 말은 유명한 시인 테니슨의 노래의 일절이다. 이것은 강대한 의지력, 즉 절대한 정신력에 대한 찬미의 성聲을 모든 인간을 대신하여 부른 것이다.

인간의 의지란 것은 실재적인 것이다. 이것은 발랄한 역力이다. 대자연의 본원에서 발로하는 활동력이다. 또 이것은 전술한 인력과 같이 우주에 실재한바 정력이다. 사업가에는 위선 제일로 일을 하고자 하는 욕망이 일어나고 그다음에 그것을 할 의지가 생긴다. 만약에 사람 사람이 "나는 꼭

---

25   짐수레.

26   무.

27   어떤 수량의 다른 수량에 대한 비율의 값.

하리라. 단행하리라" 하는 강고한 의지를 가질 것 같으면 그 사람에게는
불가능이란 일은 하나도 없을 것이요 태산이라도 뜰 수 있을 것이다. 그
런데 우리의 현상은 어떠하뇨. 강대한 의지 있는 사람은 하나도 볼 수 없
고 모두 의기소침하여 다 죽어 다니니 이런 통탄할 일이 어디 있느뇨. 단
하루를 살다 죽더라도 활발한 기상을 가져 보자.

32. 보이지 않는 힘과 보이는 힘

돈은 누구의 눈에든지 보인다. 세상 사람은 거반 이 눈에 보이는 돈을 욕
구하되 돈의 배후에 있는 보이지 않는 힘을 믿지 못하니 참 딱한 일이다.

이 보이지 않는 힘만 있으면 돈은 없어도 좋다. 가령 어떤 사람이 혹 사
업을 일으키고자 할 때에 어떤 유력자의 후원을 받아야만 1만 원의 현금
을 차용할 수 있다 하면 물론 돈보다도 신용을 빌리는 것이 더 큰일이다.

그러면 신용이란 것은 무엇이냐 하면 양자의 정신의 융합이요 의지의
합치다. 연즉 진심으로 돈을 활용하여 대사업을 성취코자 하는 사람은 도
연히 목전의 소금小金만 주목지 말고 널리 사회 민중에 향하여 의지의 공
명共鳴을 도모하라.

은행의 금고 문을 여는 데 밤중에 육혈포를 가지고 행원을 협박하고
금전을 강탈하면 곧 형무소로 가서 콩밥을 먹지만도 육혈포 대신에 신용
을 가지고 갈 것 같으면 백주에도 공공연히 은행에 들어가서 금고에 든
지폐를 꺼내 올 수가 있다. 그러면 신용이란 것은 무엇이냐. 의지의 소통
이다. 요컨대 돈을 운용하는 사람에게는 돈은 문제 될 것 없다. 그보다도
긴절緊切한 것은 무형의 힘인 신용이 제일이다.

33. 치부 성공은 자기 개조가 첫째

돈을 잘 운용하여 치부 성공코자 하는 자는 첫째 자기 개조를 아니 하면 안 된다. 제1에 돈 보기를 종래와 달리 신의의新意義로 돈을 관찰치 아니하면 안 된다. 제2에는 마음 갖는 법을 변경치 아니하면 안 되나니 절대로 비관적인 마음은 염두에도 내지 말고 항상 펄펄 뛰는 기분을 갖지 아니하면 안 된다. 제3에는 공포심을 정신 계통에서 일소치 아니하면 안 된다. 생걱정을 하고 공포심을 가지고 있는 사람은 대성공하였다는 예가 없다. 제4에는 심중에 신념을 배양치 아니하면 안 되나니 신념 없는 사람은 성공을 못 한다. 제5에는 자기의 마음속에 있는 잠세력을 활약시킬 사고를 아니 하면 안 되나니 사람의 마음속에는 가경할 영력이 잠재하여 그 힘을 잘 쓰는 자는 반드시 성공하는 것이다. 제6에는 각자가 가지고 있는 야심을 잘 배양하여 적의適宜하게 교육하여 가지고 대성공이라는 목표로 향하여 돌진할 필요가 있다. 제7에는 인사의 욕망을 교양 신전伸展[28] 시킬 필요가 있다. 제8에는 강고한 의지를 배양하고 일대 신념하에서 맹연히 기起치 아니하면 안 된다.

이상의 8개조를 충실히 실행할 것 같으면 누구든지 치부 성공의 승리자 되기는 의심 없으리니, 이 8개조는 실로 치부 성공의 황금률이요 오인吾人의 신조다.

---

28 늘여서 펼침.

34. 치부 성공의 실행법

인간의 성공 불성공은 상술한 8개조를 실행하고 실행치 않는 데 의하여 분기될 것이니 간단히 말하자면 결심 하나다. 이 결심이 누구나 늦은 것은 아니다. 돈의 증식력이란 말할 수 없이 신속한 것이다. 40도 좋고 50도 좋다. 60도 늦었다고 비관하지 마라. 대창희팔랑이 웅변으로 증명한다.

다만 문제는 "이 정신적 개조를 어떻게 할 것인가"다. 이야말로 실로 치부 철학의 진수라고도 볼 점이다. 나는 이 문제를 해결하기 위하여 위선 과학자가 연구의 연구를 거듭한 '자기 암시'란 문제를 들어 그 질문을 답고자 한다.

최근 심리학자는 "암시란 것은 무엇이냐"라는 질문에 답하여 왈 "타인의 심상心上에 여興한 인상印象"이라 한다. 우리는 누구든지 타인의 심상에 암시를 여興할 수 있다는 말이다. 즉 우리가 어떤 사람에게 향하여 "나는 정직한 사람이다", "나는 진실한 사람이다", "나는 신용할 만한 사람이다" 하는 암시를 여興하면 저 사람이 믿게 되는 것이다.

이와 같은 이치로 자기 자신에 대하여도 자기가 암시를 여興할 수 있는 것은 물론이다. 이것을 심리학상에서 '자기 암시'라고 한다. 예하면 자기 자신에 향하여

나는 강자다.

내가 하고자 하는 일은 무엇이든지 된다.

내가 뜻한 일은 무엇이든지 된다.

이 사업에 방해 있을 리 만무하다.

설령 무슨 고장이 있을지라도 나는 그것을 정복할 힘이 있다.

나는 꼭 성공하고 만다.

고 이와 같은 자기 암시를 날마다 되풀이하면 반드시 성공한다.

35. 자기 암시로 자기 개조된 실례

저 유명한 햄릿은 최초에 광인 복장을 하고 광인 같은 동작을 흉내 내었더니 농가성진弄假成眞[29]으로 필경에 참말로 광인이 되고 말았다. 자기 암시로 인하여 자기 개조가 가능한 것은 이것을 보아도 명백한 일이 아니냐. 항상 그는 자기에게 광인의 암시를 하였기 때문에 필경에는 광인이 되고 말았다.

자기 개조의 구체적 방법을 약간 술述하여 보자. 제군이 대실업가 되기를 희망하거든 위선 첫째로 입에부터 올려 가지고 "나는 대실업가가 된다", "나는 대실업가가 된다" 하고 단언하라. 그러고 대실업가의 전기를 읽고 그는 어떻게 성공하였으며 어떠한 기회에 어떠한 활약을 하였으며 그 일상의 성행은 어떠하였던가를 세심 주의하여 가지고 그 사람의 언행을 흉내 내어라.

29　장난삼아 한 것이 진심으로 한 것같이 됨.

36. 치부 성공도 계단을 밟으라

이와 같이 하여 마음의 훈련을 쌓아 갈 것 같으면 그 사람의 성격은 반드시 대실업가가 될 것은 물론이다. 이 말은 실로 우스운 것같이 생각할 일이로되 세계의 유명한 심리학자가 훌륭히 증명한 사실이니 실로 동動할 수 없는 과학적 사실이요 기천만 인의 성격 개조의 근거가 되는 동動할 수 없는 사실이다. 그런데 치부의 도정道程도 제자梯子[30]에 올라가는 것과 같아서 엽등躐等[31]은 못 하는 것이니 위선 1만 원을 이식한 사람의 실험담을 듣는 것이 좋다. 그래서 1만 원에 달하거든 10만 원, 그다음에 100만 원, 1,000만 원, 점차 욕망을 증대하여 가는 것이 좋다. 욕망이란 클수록 좋은 것이다.

"사람은 일생에 100만 원의 부를 이룰 수 있느냐"고 하는 질문은 "사람은 일생에 1만 원의 부를 이룰 수 있느냐" 하는 말과 같다. 금전 증식의 속도는 최초 1만 원에 달하기까지가 시일이 걸리는 것이지 그다음부터는 매우 신속한 것이다. 가령 1만 원을 모으기에 5년의 시일이 걸렸다 할 것 같으면 그다음 5년째에는 1만 원이란 돈이 10만 원이 될 수 있고 그다음 5년째에는 100만 원도 될 수 있다. 만약에 이 말이 허탄히 들리거든 시험차로 여가 있을 때에 2할이나 3할의 복리 증식 표를 만들어 보라. 최초 오륙 년은 지지하지만도 십육칠 년째 들어서면 깜짝 놀랄 만치 증식할 것이다.

30　사다리.
31　등급을 건너뛰어 올라감.

37. 백만의 부도 공상에서

아무리 대건축물이라도 그것에 제일 대절大切[32]한 것은 설계다. 세인은 혹 대건축물을 볼 때에 누구나 그 위대함을 경탄하고 혹은 그 장려함을 찬미하되 그 건축물이 어찌하여 되었는지는 모른다. 미국의 마천각摩天閣[33] 같은 대건축물도 그 제1보는 건축사의 두뇌 속에 있는 일 공상에 지나지 않는다.

1척에 기천만 원을 요하는 군함도 그러하고 비행기도 그러하고 기타 모든 물체는 형形을 성成하기 전에 먼저 그 발명자의 머릿속에서 창조되었던 것인 줄 알 것 같으면 고만이다. 그런데 어찌 돈만 홀로 그렇지 아니할 이치가 있을쏘냐. 돈 모으는 것도 그 제1보는 공상이다.

38. 치부 성공의 설계서

우리는 위선 부를 공상하고 뇌리에 그것을 깊이 새겨 두지 않으면 안 된다. 나는 어찌하면 돈을 모을꼬. 위선 그 도정을 공상하여 보는 것이 좋다. 이것은 실로 유쾌한 일이다. 실상 돈이란 것은 모아 놓으면 보잘것없는 것이다. 차라리 그 모을 도정이 즐겁고 재미있는 것이다. "이것을 몇천 원 모으리라", "저것을 몇만 원 모으리라" 하고 공상하는 즐거움은 도저히 타他에 상상할 수 없는 일이다. 다시 성공한 후 몇십만 원의 부를 획득한 후에는 어찌하면 이것을 헤쳐 볼꼬 하는 공상이 시작되면 3시간

---

32 중요함을 뜻하는 일본말.
33 하늘을 찌를 듯이 솟은 고층 건물. 마천루.

이나 4시간 동안에 꿈결같이 없어져 버린다.

그런데 만약에 건축물의 설계자가 그 설계를 잘못하면 어떨꼬. 교량의 설계자가 그 설계를 잘못하면 어떨꼬. 군함의 설계자가 그 설계를 잘못하면 어떨꼬. 그들이 완전한 설계하에서 건조치 않고 다만 그 재료를 모아 놓기만 하였다면 위험이 이에서 더 심할 자가 없을 것이다. 치부 성공의 설계도 또한 같은 이치니 만일 그 당초에 설계를 잘못할 것 같으면 단지 그 목적을 달성치 못할 뿐만 아니라 일보를 잘못하면 그 때문에 대실패를 초치하고 혹은 형사상의 죄인이 되며 형무소에 가서 콩밥이나 먹지 않을는지도 알 수 없는 일이다. 그러한즉 치부 성공의 설계서 작성은 가장 큰일이다. 완전한 설계서가 아닐 것 같으면 돈은 결코 산 돈으로 완전한 활동은 못 할 것이다.

39. 정신적으로 돈을 창조하라

세상 사람은 흔히 가만히 앉아서 팔짱 끼고 돈 모으기를 생각한다. 그러나 돈은 그따위 누워먹으려는 자의 집은 찾아오지 않는다. 제군이 만일 진실로 돈이 욕심 나거든, 큰 부자가 되고 싶거든 제군은 먼저 자기의 뇌리에다가 정신적으로 돈을 창조치 아니하면 안 된다. 이리이리하면 될 것이요 저리하면 될 것이라고 마치 건축가가 설계도를 작성할 때 같은 순서로 자기의 뇌리에다가 돈 모으는 구체적 방법을 공상하고 구도構圖하여 한때 천석지기도 되어 보고 한때 100만 원의 부호도 되어 보지 아니하면 안 된다. 이것이 무엇보다도 필요한 조건이다.

제군 중에는 가옥을 신축하여 보신 이도 있을 것이요 또는 신축고자 하는 이도 있을 것이다. 우리가 가옥을 신축고자 할 때는 밤에도 잠이 아니 오고 유쾌하다. 사랑은 어찌어찌하고 대청은 어찌어찌하고 복도는 어디로 놓고 하는 설계가 순차로 공상을 일으킨 후에 대체의 예정을 하여 가지고 설계자를 불러다가 자기의 계획을 말하고 다시 전문가의 고안을 가하여야 비로소 구체적인 설계가 되는 것이다. 그다음에는 재료만 사 가지고 일으켜 세우면 일자도 얼마 아니 걸릴 것이다. 그와 같이 공사가 진행되면 우리는 공사 감독자가 아니지만도 날마다 공사장에 서서 그것을 유쾌하게 보고 있다. 이것이 인정의 자연이다.

　돈 모으는 것도 역시 이와 같다. 사람은 자기가 욕구하는 것을 구체화하기 전에 자기가 욕구하는 것이 과연 무엇인지를 정밀히 알 필요가 있다. 세계의 위대한 성공자는 모두 이와 같은 상상력이 교묘한 사람이다.

　콜럼버스가 아미리가 대륙을 발견한 것도 역시 이 상상력의 결정結晶이다. 대양 저편에는 반드시 일대 육지가 있을 터이라는 '일 상상'으로부터 발족하여 가지고 세계적 대탐험을 결행하기까지에 그의 공상은 얼마나 그의 뇌리를 돌아다녔으랴. 아아, 신대륙! 그곳에는 과연 어떠한 인종이 서식할까? 맹수가 횡행하는 황야나 아닐까? 혹은 천사가 무유舞遊하는 에덴의 화원이나 아닐까? 하고, 그는 대모험을 결행하기 전까지는 몇 해 동안을 두고 속살거리던 오랜 공상의 기간이 있었다. 그런즉 아미리가 대륙의 발견이라는 위대한 대사업도 단지 콜럼버스의 공상이 구체화한 것에 불과한 것이다.

40. 치부 성공은 정신적 집주에 있다

제군은 유년 시에 소위 화경火鏡[34]이라고 하는 안경알 같은 초자硝子[35]를 가지고 태양의 광선을 집주集注[36]하여 인촌燐寸[37]에 불도 일으켜 보고 종이쪽도 태워 본 일이 있을 줄로 안다. 태양의 광선을 혹 중심점에 집주시키면 무슨 물건이든지 용이히 태울 수 있는 것이다. 보라! 태양과 우리 사는 지구의 거리는 3억 8천만 리다. 한 시간에 500리 속력 있는 비행기를 타고 가더라도 87년이란 긴 세월이 걸릴 것이다. 그렇게 먼 곳에 있는 태양의 광선도 혹 일 점에 집주시키면 불이 일어난다. 이것이 평범한 사실이지만도 깊이 생각하면 이상한 현상이 아니랴.

치부 성공코자 하는 자도 이 집주의 역力을 생각지 아니하면 안 된다. 우리는 부라는 무형의 집을 건축기 위하여 위선 마음속에 공상의 집을 건축하고 그다음에 우리가 할 일은 이 정신적 집주에 있다. 우리는 그 전 노력을 우리가 하고자 하는 사물상에 집주시키지 아니하면 안 될 것이다. 밤낮 확실한 역力을 집주치 아니하면 안 된다. 잘 곳 없는 개 모양으로 이 집 저 집 헤매는 태도를 가져서는 하나도 성공을 못 할 것이다.

세상에는 물에 뜬 부평초 모양으로 일정한 목적이 없이 주의력이 산만하여 이리 갔다 저리 갔다 하는 사람이 많다. 이것은 즉 정식적 야견野犬이다. 이따위 인물은 조그마한 성공도 꿈도 못 꿀 자다. 사람은 집주력의 양성을 간요肝要[38]한 의무로 생각지 아니하면 안 된다. 그 습관의 양성에는

---

34   볼록 렌즈.

35   유리.

36   한곳으로 모아들임.

37   성냥개비.

38   매우 요긴함.

먼저 일시에 일물一物에 주의하는 습관을 붙이고 그다음 그 물상物上에 주의력을 집중할 줄 알아야 한다. 이리하여 반드시 일물 완성에 노력하도록 습관을 기르지 아니하면 안 된다. 은행원이 지폐를 셀 때에 다만 지폐 계산만 하였으면 좋지만도 입으로 하나둘을 부르고 마음으로는 기생을 생각하면 셈이 틀린다. 자동차의 운전수는 어떻게 운전할까만 생각하면 좋을 것인데 핸들을 잡고 앉아서 노방의 미인에게 눈이 쏠리면 사람이 치여 죽어도 모른다. 미국 격언에는 "빵 굽는 여자는 빵만 생각하라"는 말이 있다. 이것이 일물에 주의력을 집주하라는 활교훈活敎訓이다.

어떤 사람은 말하기를 "사람은 자기가 가장 강렬한 흥미를 가진 것이나 또는 가장 열렬히 사랑하는 것에는 전신전령全身全靈을 들여 마음의 집주를 할 것이라"고 한다. 부의 왕국을 들어가고자 하는 자는 젊은 남성이 젊은 여성을 연애함과 같은 열렬을 가지지 아니하면 안 될 것이다.

남자가 한번 이 세상에 난 이상에는 부는 한번 획득하지 아니하면 안 된다. "돈만 있으면……" 마음대로 효도도 될 것이요 자식의 교육도 시킬 것이며, 민중을 위하여 유의의한 사회적 사업도 할 수 있고 국가에 충성도 할 수 있다. 명일明日이 내무진來無盡[39]이란 말은 사람 망칠 소극적인 말이다. 우리는 시각이 바쁘니 경제적 독립으로 향하여 정신의 집주를 하여 보자.

---

39 내일은 계속 와서 끝이 없음.

41. 부호는 누구며, 나는 누구냐

세상에는 나는 돈 모으기 상傷하였다고 자기 홀로 단정하는 사람이 있나니 이 얼마나 골계의 일이냐. 어째서 그 사람은 돈 모으기 상하였다고 독단적 결정을 하느뇨. 다만 그 사람은 자기는 운이 불길하다든가 빈한한 집에 태어났으니깐 일생을 길 못 펴 보겠다 하며, 또는 자기는 돈을 운용할 재능이 없다는 등 하나도 이유답지 못한 이유다. 재능이 있고 없는 것은 누가 정할 수 있는 것이냐. 세상의 소위 성공자라고 칭하는 사람들은 신문 기자나 잡지 기자에게 방문을 받을 때에 "당신의 고심담을 들려주십시오. 후진의 자극이 될 만한 성공담을 원합니다" 하는 선동을 입어 가지고 소위 미담이란 것을 지어 놓는 것이다. 무슨 특별한 남다른 성공담이 있을 이치가 없을 것이다. 그것은 천 인이면 천 인, 만 인이면 만 인이 누구든지 흉내 낼 수 있는 성공담이다. 그런즉 그 사람이 한 일을 자기는 할 수 없을 이치가 없을 것이다. 또 빈한한 집에 태어나거나 불운한 경우의 사람일수록 도리어 신운명을 개척하기가 좋은 것이다.

세상에는 무엇이든지 내가 소유하기에 과분한 것은 하나도 있을 이치가 없다. 이 말에 대하여는 불란서 혁명 때의 이야기를 잠깐 소개하려 한다. 전령 부대에서 무슨 중요한 보고를 가지고 온 일 병졸은 자기가 탔던 마馬가 탄환을 맞아 죽을새 그는 다시 용기를 내어 가지고 몇백 리哩를 걸어와서 필경 나파륜에게 도착하였다. 나파륜은 그 보고를 받아 보고 곧 답서를 쓴 후 자기 탔던 마馬를 끌어내어 그 고삐를 병졸의 손에 쥐어 주고 "사랑하는 친구여, 이 마馬를 타고 가라" 하였더니 병졸은 대경실색하여 "천만에, 황송합니다. 그렇게 훌륭한 마馬는 소인에게는 너무 분수에 넘칩니다" 하므로 나파륜이 대성질타大聲叱咤 왈 "불란서 군인에게 너무 훌룽할 것은 세상에 하나도 없다" 하였다. 이 불란서 군인에게 너무 훌륭한 것은 하나도 없다는 말이 곧 전군의 귀에 들리니 피로하였던 전 군대는 신선한 정력과 이상한 영력이 생겨 모든 병졸은 자기의 가치 있음을 자각하고 그 결과 기적이라 할 만한 행동을 하였다 한다.

사람이라 하는 것은 너는 변변치 못한 인물이라고 주위의 사람이 일컬으면 자기는 전혀 변변치 못한 인간으로 사료되는 것이요 너는 무던하다, 너는 대사업을 할 수 있는 인물이라고 일컬을 것 같으면 참 나는 꽤 무던한 인물인가 보다고 사료하게 된다.

신은 모든 생존 권리를 주장하는 강자를 사랑한다. 천天은 자조자自助者를 조助하는 것이다. 신은 비관적 인물을 돕지 않는다. 신은 구하는 인간에게 풍족히 주는 것이다. 연이然而 인간 자신이 "나는 운이 나쁘니, 나는 돈 모을 용력이 없느니" 하고 이 풍족한 자연의 은혜를 거절코자 하는 것은 우지골정愚之骨頂[40]이다.

그런즉 사람은 남자답게 당당히 소유를 요구할 것이다. 만물은 우리의 것이다. "카네기가 몇억의 부를 가졌다면 나도 또한 몇억의 부를 소유할 수 있다"고 고성절규高聲絶叫하여도 좋다.

42. 돈의 운용과 그 처소

자茲에 한 가지 주의할 것은 돈의 운용과 그 처소라고 하는 것이다. 비譬하면 그 사람이 아무리 돈의 운용 법칙을 숙지하였다 할지라도 그 사람

---

40   더없이 어리석음을 뜻하는 일본말.

이 절해고도나 사하라 사막 같은 곳에 살 것 같으면 그것을 활용할 길이 없을 것이다. 또 절해고도나 사막이 아닐지라도 아무 수완 부릴 여지 없는 한촌 벽지에 사는 사람도 그 기회가 없을 것이다. 그러나 그렇다고 절망될 것은 아니다. 그러한 곳에 사는 이에게도 한 방법이 있나니, 만일에 그러한 곳에 사는 이는 자기가 신뢰할 만한 사업가에게 자금을 맡기거나 돈의 활용을 위탁하는 것이 그것이다.

43. 과학에 눈뜨고 계급을 타파하라

20세기는 과학의 시대다. 모든 문화가 과학적이다. 생존 경쟁도 과학적이다. 그러나 우리는 과학 지식이 없기 때문에 그 경쟁의 열패자가 되고 만다. 보라, 일상생활의 천만 가지가 우리 손으로 된 것이 무엇 하나 있나. 이래서는 도저히 살아갈 수 없다. 물산 장려니 국산 장려니 하는 운동이 있었지만도 그것이 계속적이 못 되고 마는 것은 근본적으로 과학 지식을 배양시키지 않고 지엽枝葉을 만지기 까닭이다. 치부 성공코자 하는 이는 먼저 과학에 눈을 뜨라. 모든 것이 돈 생길 것이다. 수공품의 제작도 좋고 발명, 신안新案도 좋다. 무엇이든지 힘써 만들어 보라. 설령 그것이 제 당대에 못 되고 말아도 좋다. 또 그것을 이을 사람이 있을 것이니, 천하만사가 그렇게 용이한 것이 아니다. 그러기에 나는 완구 하나라도 허술히 보지 않는다. 변변치 못한 것일지라도 그것을 처음 만든 사람은 여간 고심한 것이 아니다.

우리가 용기 있게 사업계에 나서지 못하는 원인은 계급에 있다. 나는 이 계급으로 인하여 거의 성병成病이 될 지경이다. 제발 좀 계급 사상을 머릿속에서 집어 버리라. 만약에 이까짓 일을 우리가 단행치 못하면 우리 자손에게 또 그 누가 끼쳐질 것이다. 여간 무슨 일을 좀 하고 싶어도 계급 이란 인습에 끌려서 못 하고 만다. 20세기 청년으로서 이까짓 인습 하나 타파치 못할 것 같으면 불알 달린 남아의 가치가 없을 것이다. 도덕이 시 대를 따라 변하는 것은 누구나 다 아는 일이다. 그러면 현대의 양반은 손 바닥에 못 박인 노동자가 양반일 것이다. 아아, 사랑하는 동포여, 눈을 크 게 뜨고 세계의 대세를 살펴보라.

실로 우리의 경제는 숨만 겨우 보존되었다. 이때 두 주먹을 불끈 쥐고 생활 전선에 들어서서 과학의 탄환과 계급 타파의 무기를 들고 용감히 싸우지 아니하면 안 될 것이다.

44. 적극주의와 소극주의

돈 모으는 데는 적극주의와 소극주의의 두 가지가 있다. 환언하면 전 자는 산출 저금이요 후자는 절약 저금이다. 산출 저금은 한도가 없이 얼 마든지 할 수 있으되 절약 저금은 한도가 있어 그 한도 이상 더할 수 없는 것이다. 그러므로 본서의 목적도 적극주의로 실행코자 하는 바이나 정 할 수 없는 이는 소극적 저금이라도 하여라. 그 이식도 적지 않은 것이다.

사람은 맨주먹만 가지고 성공한다지만도 자본이란 돈 몇 원이라도 없 어 가지고는 안 된다. 강하江河의 고기 낚는 것은 밑천 안 드는 장사지만도 이것에도 이餌[41] 값이란 밑천이 드는 것이요 산야에 시목柴木[42]이 깔렸을

41　고기밥. 미끼.
42　땔나무.

지라도 그것을 단절할 톱이나 도끼가 있어야 될 것이다. 그러기에 아무리 자연의 부가 많은 나라라도 그것을 개척할 지식과 자본이 없으면 그대로 썩히는 것이다. 그러면 우리는 먼저 맨주먹만 들고 나서서 군밤 장사의 자본이라도 자본을 만들어 보자.

45. 누구든지 될 수 있는 만 원 저금법

가난이란 아픈 일이다. 참으로 못살 일이다. 그러나 모진 목숨은 얼른 끊어지지 않는다. 목숨 끊을 생각을 말고 가난을 끊을 도리를 연구할 것이다. 그 도리는 다만 근검의 도道 하나뿐이다. 남보다 한 시간이나 두 시간 일찍 일어나서 상인이면 저자[43]를 일찍 열고, 직공이면 일을 더 하고, 농부면 김이라도 일찍 매고, 밤에도 상당히 일을 하면 한 달에 5원 하나쯤은 남보다 더 벌 수가 있을 것이다. 그것에다 또 한 달 생활비 30원 가지고 사는 사람이면 그것의 1할, 즉 3원 하나쯤 절약하여 보려면 그다지 어려울 것 없을 것이다. 밥 먹던 것 죽 좀 먹어도 관계없다. 누구든지 금일부터 곧 실행할 수 있는 일이다. 그러면 매월 5원씩 더 버는 것과 절약한 돈 3원을 합하면 한 달에 8원이요 일 년에 96원이다. 100원 이상이 되거든 연리 1할 2푼으로 이식하면 5년 후에는 벌써 636원이라는 기막힌 돈이 된다. 제군 중에는 첫해 1년 동안에 살 돈만 모였지 식리殖利 못 되는 것을 아깝게 여기리라. 딴은 그렇다. 한 달에 8원에 대한 이자도 1년이면 6원 24전이다. 그러면 첫해에 102원 24전이 된다. 참 돈이란 무섭게 느는 것이다.

---

43 가게. 시장.

그러나 요러한 소액을 누구를 주며, 누가 그러한 소액을 차용하랴. 만약에 그러한 걱정 있는 이는 문화사로 보내시오. 돈 받을 적마다 반드시 차용증 교부하고 성심성의로 식리를 도모하여 드리겠소. 또 찾아가시는 것은 자유다. 1년 만에 찾아다가 달리 활용하시려거든 1년 만에 원리합계元利合計를 찾아가시고, 10,812원 찾아가시려거든 25년 후에 찾아가시고, 636원 찾아가시려거든 5년 후에 찾아가시고, 그 중간에 어느 때든지 찾아가시려거든 1개월 전에 반환 청구를 하시오. 또 본사를 신용 못 하겠거든 우편 저금도 좋고 은행 예금도 좋다. 꼭 본사로 보내 달라는 주문도 아니다. 어떻게 하든지 실행만 하라는 것이다. 우편 저금도 매월 8원씩 하면 1년 후에 98원 8전이 된다. 즉 1년 동안에 2원 8전밖에 식리가 못 된다.

한 달에 8원의 돈을 5년간 모아 보려면 누구든지 못 할 사람은 없을 것이다. 이 돈을 5년 동안 연리 1할 2푼으로 불리면 636원이 되고, 25년 후면 10,812원이 되나니, 1만원 저금쯤은 이와 같이 용이한 것이다.

만일에 또 여유가 좀 더 있는 사람은 매월 15원씩 5년 동안만 저금하여 보라. 5년 후면 1,078원이 되고, 20년 후면 11,367원이 된다.

또 더 여유 있는 이는 매월 25원씩 5년 동안만 저금하여 보라. 5년 후면 1,996원이 되고, 15년 후면 11,016원 12전이 된다.

이상의 세 가지 방법 중에서 어떠한 방법이든지 자기의 힘 있는 대로 실행하여 보라. 5년 동안만 계속하여 모으고 그다음부터는 가만히 앉아서도 또 1만 원이 되나니, 실로 1만 원의 치부쯤이야 우스운 일이다.

이 세 가지 방법을 표로 보이면 이러하다.

매월 8원 저금	5년 후면 636원	25년 후면 10,812원
매월 15원 저금	5년 후면 1,078원	20년 후면 11,367원
매월 25원 저금	5년 후면 1,916원	15년 후면 11,018원

실행만 하면 무엇이든지 된다. 그러나 다달이 많은 돈을 저금한다고 그 효과도 그와 같아지는 것은 아니다. 8원의 3배 이상인 25원씩 저금하여도 그 효과는 다만 10년 동안밖에 일러지지 못한다. 요컨대 저금보다도 식리殖利다. 식리를 잘못하면 모처럼 모은 저금도 죽은 돈이 되고 만다.

본서를 읽은 이면 누구든지 만 원쯤 모으려면 이렇구나 하고 확신이 있겠지만도 이것을 모르는 이는 단지 매월 10원씩 저금한대야 1년에 120원, 10년에 1,200원밖에 안 되는 줄로 안다. 이것이 식리법을 모르는 까닭이다. 수반數盤[44]을 들고 계산하여 보라. 매월 8원의 저금은 1년에 96원이요 5년에 480원이다. 그러나 5년간만 8원씩 저금하면 그 후는 가만히 앉아 있어도 1만 원이 되니, 차소위 얼굴보다 코가 큰 격이다. 얼굴보다 코가 커도 분수가 있지

원금은 480원이요
이자가 9,520원이다.

이 얼마나 기막힌 일이냐. 우리가 입으로 만 원 부르기가 쉽지 이 돈이 여간 큰돈이 아니다. 이것을 연리 1할 2푼으로 늘릴 것 같으면 1년에 1,200원이요 하루에 3원 30전이며 한 달에 100원이니, 중류 이상의 생활은 할 수 있을 것이다.

---

44   주판.

46. 우편 저금

　돈 모으는 시작은 우편 저금도 좋다. 우편 국소局所[45]는 도처에 있다. 어느 시골이든지 있다. 그러므로 맡기기도 편리하고 찾아내기도 편리하다. 만일 우편국이 먼 곳에 있을 것 같으면 절수切手[46] 저금을 하였다가 인편 있는 대로 우편 국소에 가서 소인消印만 하여 두면 고만이다. 그러고 절수 저금은 1전이든지 2전이든지 절수만 사서 대장臺帳에 붙여 두었다가 20매 된 때에 우편국으로 가지고 가서 통장에 기입하는 것인즉 어린아이도 이것을 응용하면 10전 이하의 저금도 될 수 있다.

　우편 저금은 절수 저금 이외에는 10전 이하의 돈은 맡지 않는다. 그러나 11전이든지 13전이든지 10전 이상의 돈이면 맡는 법이다. 또 너무 많은 돈도 안 맡는다. 많은 돈은 2,000원까지밖에 안 맡는 법이다. 2,000원 이상이 될 때는 2,000원까지만 이자를 붙여 주고 2,000원 이상의 돈에는 이자를 붙여 주지 않는다. 그런즉 2,000원 이상이 될 때는 찾아다가 은행에 맡기는 것이 좋다.

　우편 저금의 이자는 연리 4푼 8리다. 4푼 8리란 이자가 계산하기 귀찮을 듯하지만도 실은 가장 계산하기 편리한 이자다.

　연 4푼 8리라 하면 1원을 1년 두면 4전 8리요 한 달이면 4리다. 50전을 한 달 두면 2리요 25전을 한 달 두면 1리다. 그런데 또 맡기는 달과 찾아가는 달은 이자가 없다. 즉 1월 1일에 맡겼다가 12월 31일에 찾아가도 이자는 10개월분밖에 아니 주는 법이다.

　우편 저금에는 또 거치 저금이라는 저금이 있다. 즉 은행으로 말하면

45　사무소.

46　수표.

정기 예금 같은 것이다. 이것은 기한을 3년, 5년, 10년으로 정하고 그 중도에 찾아가지 못하는 약속하에 맡기는 것이다. 이자는 연 5푼 4리다. 즉 1원에 대하여 매월 4리 2모의 이자다.

이 외에 규약 저금, 공동 저금의 유가 있다. 요컨대 우편 저금의 특장特長은 돈 맡기기가 편리하고 제일 확실하며 소액의 돈이라도 맡길 수 있는 점이다. 대정 12년1923 9월 1일 동경 대진재大震災[47]에도 동경이 쑥밭이 되어 은행들은 일시 예금의 지불을 중지하였지만도 우편 저금은 중지치 않고 또한 통장 잃은 사람에게도 매인에 10원씩을 치러 주었다. 이러한 것은 정부가 하는 우편국이 아니면 될 수 없는 일이다.

좌左에 매월 1원씩 맡기는 우편 저금의 적산積算 표를 게揭하나니, 매월 3원 맡길 이는 그것을 3배 하여 보고, 매월 60전밖에 못 할 이는 그것을 6으로 승乘하고 단위를 한 자리 내려 찍어 보라.

〈매월 1원의 우편 저금 적산 표〉

1년	12원 26전	26년	608원 69전
2년	23원 10전	27년	650원 16전
3년	38원 56전	28년	693원 62전
4년	52원 67전	29년	739원 17전
5년	67원 43전	30년	786원 91전
6년	82원 94전	31년	836원 94전
7년	99원 18전	32년	889원 37전
8년	116원 20전	33년	944원 32전
9년	134원 4전	34년	1,001원 91전
10년	152원 73전	35년	1,062원 26전
11년	172원 32전	36년	1,125원 50전
12년	192원 85전	37년	1,191원 78전
13년	214원 36전	38년	1,261원 24전
14년	236원 91전	39년	1,334원 4전

---

47 관동대진재關東大震災, 즉 간토 대지진.

15년	260원 54전	40년	1,410원 33전
16년	285원 30전	41년	1,490원 28전
17년	311원 25전	42년	1,574원 7전
18년	338원 15전	43년	1,661원 88전
19년	366원 95전	44년	1,753원 91전
20년	396원 82전	45년	1,850원 36전
21년	428원 13전	46년	1,951원 43전
22년	460원 94전	47년	2,057원 36전
23년	493원 32전	48년	2,168원 37전
24년	531원 53전	49년	2,284원 71전
25년	569원 11전	50년	2,406원 63전

거치 저금을 하고 도중에 찾아오지 아니하면 5푼 4모가 된다. 기푀 적
산 표는 좌초와 같다.

5년	67원 82전	30년	820원 50전
10년	134원 55전	35년	1,117원 1전
15년	265원 46전	40년	1,496원 17전
20년	407원 28전	45년	1,981원
25년	688원 61전	50년	2,600원 96전

47. 은행 예금

은행에는 두 가지 종류가 있다. 하나는 보통 은행이요 또 하나는 저축
은행이다. 보통 은행은 일반 상인이 거래하기 적당한 곳이니, 취체역도
절대 책임이 없는 유한 책임의 사원이다. 저축 은행은 우편국과 같이 영
쇄零碎[48]한 돈을 저축시키는 곳이니, 한 번에 1전 이상 2전, 3전이라도 맡
고 그 맡은 돈을 다시 정부에 맡겨 두지 아니하면 안 되는 법이요 또 중

48 　잘게 부스러짐.

역도 무한 책임의 사원이다. 만일 은행이 무슨 일이 있을 때는 중역 일동은 자기의 전 사유 재산을 바치는 절대 책임이 있는 것이다. 그러나 조선에는 저축 은행이 없다. 모두 보통 은행이다.

은행 예금에는 네 가지 종류가 있다.

<은행 예금의 종류>

특별 당좌 예금	일보 1전 4리
당좌 예금	일보 7리
통지 예금	일보 1전 7리
정기 예금	연리 7푼

특별 당좌 예금이란 것은 일일이 통장을 은행에 가지고 가서 돈을 꺼내고 넣고 하는 것이니 한 달에 10회나 15회쯤 돈을 출입하는 사람에게 적당한 것인데, 이자는 일보日步[49]이므로 맡긴 날로부터 찾아오는 전날까지 붙여 준다. 그러나 100원 이하의 돈에는 99원이라도 이자가 없다. 또 180원이라도 100원에는 이자가 있어도 80원에는 이자가 없다.

당좌 예금은 전표傳票로 입금시키고 소절수小切手로 찾아내는 것이다. 고로 통장은 한 달에 일이 회 맞추어 보면 고만이요 또한 금전 지불할 곳에 소절수를 지불하고 말므로 일일이 본인이 은행을 가지 아니하여도 좋다. 그러므로 당좌 예금은 상인 같은 금전 출입이 빈번한 사람에게 적당한 것이다. 돈의 출입이 빈번하므로 이자가 싸다. 일보 7리厘밖에 아니 된다.

통지 예금은 돈이 필요할 때에 이삼일 전 기期하여 은행에 통지하는 예금이니, 은행 편으로 말하면 그 통지 오기 전까지 안심하고 운용할 수 있는 것이므로 이자가 조금 비싸다.

정기 예금은 반년이나 1년 동안 불용의 돈이 있을 때에 맡기는 것이니

---

49   날로 계산하여 일정하게 무는 이자. 날변.

20원 이상부터 맡고 예입과 인출에는 1매의 증서로 한다. 이자는 연 7푼 가량이다.

근자에 조선에도 저금 장려의 목적으로 각 은행에서 월괘月掛[50] 정기 적금이란 저금이 생겼다. 이것은 매월 몇 원씩 저금하는 자에게는 3년 후면 얼마를 준다는 것이다. 즉 좌左 표와 같다.

매월 2원 52전	3년 후 100원
매월 5원 4전	3년 후 200원
매월 7원 56전	3년 후 300원
매월 12원 60전	3년 후 500원
매월 17원 64전	3년 후 700원
매월 25원 20전	3년 후 1,000원
매월 50원 40전	3년 후 2,000원

48. 자본 없는 자의 취할 직업

맨주먹 하나를 자본 삼아 가지고 성공코자 하는 사람의 직업은 물건과 물건을 전매하여 이익을 보는 것이 아니다. 자기의 몸뚱이가 자본이라고 자각한 건전한 정신을 가진 이는 뼈가 부러지도록 분투하여 볼 것이다. 이들의 취할 직업은 노동이다. 남이 천히 보는 직업에 이익이 많은 법이다. 오늘날 대부호라고 뽐내는 사람들도 몇 해 전에는 별별 고생 다 하던 사람이다. 그러나 그들은 그 고생을 참고 자본을 저축하여 금일의 성공을 한 것이 아니냐. 이것이 치부의 초정初程[51]이니 무엇이든지 하여 가지고 하다 못하여 강하의 고기 잡을 이餌 값의 자본이라도 만들어 보자.

---

50 다달이 일정한 돈을 부어 나간다는 뜻의 일본말.

51 첫걸음.

1) 고용인

남의 수족이 되고 산 사람이 기계가 되어 지내기는 참 싫다. 그러나 이 것은 첫대 돈 없는 탓이요 둘째는 후일 성공의 자극제도 되고 방편도 된 다. 고용인이라 하면 그 범위가 좀 넓다. 그러나 남에 사역使役되는 것은 모두 고용이다. 그런즉 고용인이 될 때는 첫대 자기가 장래에 하고자 하 는 직업가에 고용하는 것이 좋다. 만일에 일시에 의식을 바라고 지내서는 일생을 고용인으로 마치고 말 것이다. 그래서 사람 부리는 법도 연구하고 영업의 비밀, 상품의 매입법, 판매법 등을 잘 알아 둘 일이요 둘째는 인내 다. 사람을 부리는 사람 중에는 별별 사람이 다 있고 별별 아니꼬움도 다 있을 것이다. 그런즉 어떠한 고초와 어떠한 아니꼬움을 볼지라도 인내할 각오가 없으면 안 된다. 그러고 한 달에 몇 푼이 생기든지 이것은 꼭 저금 하여야 한다. 이전에 없던 셈 잡고 따로 모으려 한 푼 두 푼 쓰면 일생을 남의 종노릇으로 마친다. 고용인은 결코 천한 것이 아니다. 말하자면 활 사회의 실업 학교 생도다. 자비심自卑心[52]을 타파하고 크게 분투하라.

2) 우유 배달

이것도 고용인의 하나다. 이것은 원래 고학생이 많이 하는 것이다. 시 간의 여유가 많은 업무니, 매조每朝 2시경에 목장에서 가져온 우유를 병에 넣어 가지고 자기가 맡은 구역 100집쯤 배달하자면 오전 7시경까지면 마친다. 그러고 사오 시간 수면하고 오후 4시부터 또 배달을 시작하여 6 시경에 마치면 그 후는 학교를 가든지 집에서 놀든지 자유요 수입도 1년 에 100원 저금쯤은 용이하다.

---

52 스스로 자기 자신을 남보다 낮추어 보거나 못하다고 여기는 마음.

3) 신문 배달

신문은 대개 발행일 전일 오후 사오 시면 인쇄를 마친다. 이전에는 그 것을 일일이 접어 가지고 배달하였지만도 근자에는 자동 절첩기折疊機[53]가 많아서 제물에 접혀 나오므로 그대로 자기 맡은 구역만 배달하면 고만이다. 수입은 맡은 구역의 독자 수효로 다르나 한 달에 30원가량은 된다. 그런데 이것은 약간의 보증금을 요한다.

이 외에도 보증인을 요치 않는 것이 많이 있다. 다만 우리는 인습에 끌려서 "그것을 어찌하나" 하고 자포자기하기 때문에 요러한 가난뱅이가 된 것이다. 지금도 그러한 말하는 자는 희망이 없는 자요 광명이 없을 자다. 맨주먹으로 성공을 기期하는 대장부가 그까짓 인습을 타파치 못한대서야 될 수 있는 말이냐. 궁서窮鼠[54]가 기갈이 극도에 달하면 사람에게로 막 덤빈다. 사람이 죽게 된 때에 수화水火를 어찌 가리랴. 다만 법률에 저촉되지 않는 일이면 무엇이든지 할 것이다.

49. 소자본자의 취할 실업

맨주먹을 가지고 근검저축을 1년 내지 2년을 한 후 약간의 자본이 되거든 무슨 실업을 경영할 것이다. 좌左의 최고 100원 최저 10원쯤의 자본으로 경영할 상업을 선택하여 참고에 공供코자 한다. 자茲에 한마디 부언할 것은, 사람은 욕심이 있다. 만일의 요행을 꿈꾸고 소자본으로 수천 원의 이익을 보려는 사람이 있다. 이것은 인간의 본능이라 부득이한 일이

53　인쇄된 신문지를 접어 내거나 편지, 광고지 등을 봉투에 넣기 좋도록 접어 내는 기계.
54　궁지에 몰린 쥐.

다. 결코 투기적 직업은 취할 것이 아니다. 성공의 계단도 사다리 올라가는 격이니 한 단 두 단 차츰차츰 올라갈 것이다. 그리하여야 경험도 쌓고 타일의 대사업도 할 수 있는 것이다.

1) 미米 행상

장사가 많다 하여도 아직까지도 이 장사는 없다. 하차荷車에 쌀을 싣고 조석으로 빈민굴을 찾아다니면 많이 팔릴 것이다. 빈민은 그날그날을 사는 사람이라 저녁때에 많이 팔릴 것이니 어둡도록 다녀도 좋다. 소용되는 미米는 궂은쌀이나 외미外米가 많이 팔릴 것이요 소요량은 1승升,되, 5합合, 홉이 많을 것이다. 자본금은 하차까지 장만하려면 100원가량 들 것이요 이익은 매일 적어도 3원은 될 것이다.

2) 고구마, 빙수

계절을 따라 변하는 장사다. 여름에는 빙수, 겨울에는 고구마. 이익은 빙수는 7할이요 고구마는 3할은 남을 것이다. 삼복 허리에 10일간만 볕이 내리쪼이면 1년간의 생활비는 장만할 것이다. 매입할 때에는 1관에 얼마요 팔 때는 한 잔에 5전, 10전, 15전이니 이 남을 것은 가지可知다.

3) 서적 행상

이것도 조선에는 아직 없는 일이다. 이것이 도시都是 우리의 용기가 없는 까닭이다. 문화가 진보함을 따라 독서열이 높아지는 것은 사실이다. 문예서류, 전기, 기타의 볼 만한 서적을 싸 가지고 상점, 회사, 여관 같은 곳으로 다니며 팔면 상당한 수입이 있을 것이다. 이것은 남자보다도 여자가 더욱 좋다. 여자는 가정 방문을 자유로 하기 때문이다. 자본은 10원이면 족하고 수입은 매일 이삼 원은 될 것이다. 희망자는 문화사로 오라. 친절히 지도하고 열성으로 도와주리라.

4) 세책貰冊 순회업

이것도 아직 조선에 없는 업이다. 신구소설 몇십 권 보퉁이에 끼고 다니며 세줄 것 같으면 불과 몇 날이 못 되어 책가冊價의 원금은 나올 것이요 자본이래야 30원 내외이면 족할 것이다.

5) 매약賣藥 행상

이것도 아주 간단한 업이다. 가방 하나에 자본 20원가량이면 오륙 할의 이익은 얻는 것이다.

6) 호떡 장사

보기에 우스운 듯하여도 맹랑한 장사다. 말하자면 무산자의 주머니는 이놈이 함빡 훑어가는 것이다. 이까짓 장사야 자본이 몇 푼 들며 기술이 무엇 들 것이냐. 그 수요를 보면 기가 막히다. 배가 고파도 호떡, 군것질로도 호떡, 실로 호떡은 무산자의 큰 양식이요 유일의 과자다.

7) 이飴[55] 행상

이것은 자본이래야 불과 10원이면 족하고 이익은 아무리 적어도 매일 1원 이상은 될 것이다.

---

55 엿.

8) 상식상床食商

밥장사도 하고많지만도 상밥 장사쯤 경영하려면 50원의 자본만 가져도 할 수 있다. 반찬을 여러 그릇 놓을 생각 말고 단 한 그릇을 놓더라도 입에 맞도록 하여 가지고 빈민이 많이 오도록 밥을 좀 낫게 담아 주면 많이 팔릴 것이다.

9) 석감상石鹼商[56]

화장품이 이익 많은 것은 누구나 다 아는 바다. 이것을 도매상에게 사다가 팔 것 같으면 자본은 30원가량 들 것이요 이익은 적어도 3할은 될 것이다.

10) 노점 모자옥帽子屋

각 도매상의 유행 지난 모자를 사다가 벌여 놓고 싸구려를 부를 것 같으면 객이 구름같이 모일 것이다.

50. 지방에서 성공할 실업

지방의 사람은 도회로 오고자 하는 성벽性癖이 있다. 이것은 인정이라 할 수 없는 일이나 도회는 인구가 조밀하므로 돈 잡기도 용이하지만도 생활도 곤란하다. 그런즉 애쓰고 도회로 나올 것 없이 지방에서도 성공할 방법만 알면 고만이 아니랴. 지방에서 성공할 실업도 수효가 너무 많아

---

56 석감(石鹼)은 비누.

일일이 매거枚擧키 장황하나 가장 소자본으로 성공할 것 몇 가지를 좌左에 게揭하노라.

문방구 행상, 방물 행상, 넝마헌옷 행상, 과자 행상, 과물상果物商, 발면發綿, 맥고麥藁 세공細工,[57] 모필毛筆 제조, 음식점, 어魚 행상, 이발관, 탄소炭燒, 두부상, 왜면상倭麵商, 양돈, 양봉, 양이養鯉, 마차업, 석유 행상, 발명품 행상, 램프洋燈 행상, 약초 재배, 과수 재배, 수차업물방아, 양토養兎, 양조업.

51. 확실 유리한 부업

1) 전분澱粉 제조

원래 전분이라 하는 것은 그 용도가 심히 많은 것이다. 이전 말로 갈분葛粉이 즉 그것이다. 이것은 원료가 구하기 쉽고 제조법이 간단하여 아이라도 할 수 있는 것이다. 이것의 원료는 모든 곡물에 포함되어 있지만도 하필 고가의 것을 취할 것이 아니라 값싼 마령서馬鈴薯[58]로 만드는 것이 좋다. 마령서를 물에 말짱히 씻어 가지고 맷돌에 갈아 조리로 건지고 또 체로 거른 후 수 시간 정지하여 두면 전분만 가라앉으리니 물을 따라 버리고 다시 맑은 물을 갈아 붓고 몹시 저어 가지고 1주야 동안 정치靜置하기를 이삼 회 한 후에 가라앉은 전분만 건조상乾燥箱에 펴 말리면 고만이다.

---

57   밀짚이나 보릿짚을 염색하거나 잘라서 하는 세공.
58   감자. 북감저.

2) 죽추^{竹箒59} 제조

죽추를 제조하는 데는 지방을 따라 자본 한 푼 안 드는 곳도 있다. 원료되는 죽지^{竹枝}는 자기 집 울타리에도 그득한 곳이 있다. 그렇지 못하고 산다 할지라도 몇 푼 안 될 것이요 제조법도 용이하여 아무라도 만들 것이다. 값으로 말하면 경성 같은 곳에서는 소매에 40전이나 하고 용도도 자못 많다.

3) 소채^{蔬菜60} 건조

소채 건조는 지방인의 가장 유리한 부업이다. 원료란 것은 엽전 한 푼 안 주고 갖다가 나무 동이나 때어 삶아 가지고 볕에 말리면 고만이다. 고사리, 고비, 두릅, 취, 도라지 같은 것은 제일 많이 팔리는 것이다.

4) 과실 건조

소채는 삶기나 하되 과실은 생으로 일광에 말리는 것이니 노인이나 소아도 용이히 할 수 있는 일이다. 황률,⁶¹ 건시, 포도 같은 것은 그중 판로가 넓은 것이다.

5) 단장 제조

문명한 금일은 누구나 산보에 단장 아니 가지고 나오는 이가 없다. 그뿐만 아니라 여행가에도 없지 못할 것이다. 그 원료란 것은 부근 산야에 있는 나뭇가지를 적당하게 잘라 가지고 유수^{流水} 격심한 하저^{河底}에 담가

59　대나무 비.

60　심어 가꾸는 푸성귀와 나물.

61　말려서 껍질과 보늬를 벗긴 밤. 황밤.

두었다가 수피樹皮를 벗기고 목적木賊, 속새[62]으로 문지르면 고만이다. 또 꾸부러진 것은 수분 마르기 전에 기둥 같은 곳에 비틀어 매 두어 자연히 펴지게 하고 또는 화력을 이용하여 목木을 열 내어 꼿꼿하게 펴는 것도 좋다.

6) 라무네[63] 제조

라무네라 하는 것은 여름 한철 청량 음료수로 팔리는 것이다. 사람 많이 왕래하는 노변에서는 여자라도 즉석에서 만들어 팔 수 있는 것이다. 오히려 이것이 신선하고 맛이 좋다. 그러나 이것은 기계가 필요하다. 기계 값은 2원 70전밖에 안 된다. 원료란 것은 중탄산重炭酸[64] 조달曹達,[65] 주석산酒石酸[66]과 사탕인데, 1승升의 라무네에 요하는 원료는 5전밖에 안 되고 파는 값은 1합合에 2전씩은 받을 수 있다. 그러면 1승에 15전이 남는다. 즉 3곱 장사다. 기계를 사고자 하는 이는 동경시 신전구神田區 서소천정西小川町 2정목丁目 1번지番地 대일본실업연구회로 주문하라.

7) 양말 제조

양말은 유망한 업이다. 그러나 자본이 좀 든다. 기계가機械價만 한 대에 40원을 요하고 원료 되는 사絲도 몇 다스 거리는 있어야 된다. 제조법은 기계 설명서에 분명히 써 있고, 수익은 모든 공임工賃을 다 제하고도 매일 70전의 순익은 있을 것이다.

---

62   사포.
63   레모네이드. 일본 탄산음료.
64   탄산수소.
65   탄산나트륨. 소다.
66   타타르산.

8) 추어鰍魚[67] 양식

추수 후에 답畓을 무엇에 응용할까 하는 문제는 농가의 가장 큰 문제다. 혹인或人은 양리養鯉[68]가 좋다 하는 사람도 있고 양추養鰍[69]가 좋다 하는 사람도 있다. 그러나 가장 적당한 것은 양추일 것이다. 이것은 첫대 자본이 안 들고 또한 이餌 값 줄 필요도 없다. 자연에 맡겨 두면 부지불식간에 대이익을 볼 수 있을 것이다. 그 양식 방법은 추수 후에 교맥蕎麥[70] 짚을 1관貫가량씩을 답畓의 삼사 곳에 파묻어 두면 익년 춘경春耕 시까지에는 1단보段步에서 5두斗,말 이상의 추어를 잡아낼 수 있다. 추어는 우스운 것 같아도 비쌀 때는 한 사발에 2원 50전까지 한다. 그뿐 아니라 양추는 일거양득이다. 수익도 되려니와 추어의 배출물은 자연히 큰 비료가 되나니, 농업에 종사하는 이는 어서어서 하여 볼 일이다. 그러나 이것은 기후의 관계로 혹 할 수 없을 지방도 있을 것이다.

9) 양압養鴨[71]

오리는 난 지 석 달이면 큰 오리가 되므로 곧 시장에 내다 팔 수 있다. 단시일에 자본금의 회수가 용이하고 또한 이익이 있나니 이만한 장사도 없다. 더구나 농가에서는 모낸 뒤에 논에 방사放飼하여 곤충, 엽충葉蟲을 잡아먹게 하면 이餌 값도 들지 않고 해충 박멸도 되리니 이것도 일거양득이다. 이것을 1년에 3회만 알을 깨면 적어도 100원의 순익은 볼 것이다.

---

67 미꾸라지.
68 잉어 양식.
69 미꾸라지 양식.
70 메밀.
71 오리 양식.

10) 양리養鯉

양리는 양어養魚 중에 가장 유망한 것이니 수익도 제일 많은 것이다. 더욱이 농가에서는 논에 기르면 이餌 값도 들지 않고 해충도 구제驅除하며 이분鯉糞은 벼에 유리한 비료가 되나니 농가에서는 반드시 실행할 필요가 있다. 처음 사들일 때에 자본이 좀 들 뿐이요 그 후는 엽전 한 푼 안 들고 다만 하루 이삼 회 식물食物의 가감만 보아 주면 족하다.

11) 양계養鷄

양계는 부업으로는 가장 적절한 것인즉 금후 더욱더욱 장려치 아니하면 안 된다. 더구나 농가 같은 데서는 낟알이 많이 떨어지나니 그것만 먹여도 별로 모이 걱정은 아니 할 것이요 여름 한철은 제멋대로 다니며 벌레도 잡아먹나니 가장 부업에 적절한 것이다.

기타 양잠, 양봉, 양토도 지방 부업으로는 좋은 것이다. 그중에도 양잠 같은 것은 수익도 막대한 것이니 농가에서는 반드시 행하라.

12) 인조미의 제조

인조미에도 여러 가지가 있지만도 부업으로 가장 간이하고 자본도 많이 안 드는 자택 제조법을 말하려 한다. 이것은 마령서로 미米 만드는 법이다. 먼저 마령서를 조달曹達에 5분 동안 담가 두면 껍질이 제물에 훌훌 벗겨진다. 그것을 휘두르면 껍질이 말쑥하게 벗겨진다. 그다음에 그것을 쌀알보다 좀 크게 썰어 열탕에 5시간 동안 삶은 후 건져 가지고 냉수에 씻은 후 약의 작용으로 변질시켜 펴 말리면 훌륭한 쌀이 된다. 그 약을 알고자 하는 분은 금 4원만 대일본실업회로 보내면 가르쳐 준다. 쌀 한 되를 만들자면 마령서가 1관 500문匁, 돈쭝이 드는데 그 값은 7전 5리밖에 안 되고 쌀값은 15전만 받아도 갑절 장사가 된다.

13) 포도수^{葡萄樹} 재배

처음에는 묘목을 살 필요가 있지만도 제2회부터는 분주^{分株}하면 좋다. 분주에는 접목법^{接木法}과 채목법^{採木法}이 있는데, 결과는 채목법이 좋다. 채목법은 초춘^{初春} 초목이 싹 날 때에 나뭇가지 하나를 잡아당겨다가 땅을 1척^尺쯤 파고 묻어 두었다가 가을 때쯤 뽑아보면 뿌리가 훌륭하게 내렸으리니 이때에 그 줄기를 잘라 이식하면 잘 자란다. 보통 종자를 심으면 적어도 3년 안에는 결실이 못 되지만도 채목법으로 이식하면 당년부터 결실이 된다. 이 나무는 덩굴이 잘 벋는 것이니 시렁을 매여 줄 뿐이요 다른 수공^{手工}은 들 것 없다. 겨울에는 한기 막기 위하여 시렁을 젖히고 덩굴을 끌어내려다가 똘똘 말아 짚으로 싸 두면 고만이다. 포도는 과용^{果用}, 주용^{酒用}으로 그 용도가 자못 넓고 값도 상당하다.

52. 저금에 대한 명담

고래로 저금에 대한 명담^{名談}이 많이 있으되 모두 소극적 저금을 말한 것뿐이다. 좌^左에 그 몇 가지를 소개하노라.

어떤 사람은 자식을 교훈하되 야간에 불을 끄고 앉아서 "지금 우리 부자가 이 암실에서 얼굴을 서로 못 본다. 그러나 1전이면 몇백 개 살 수 있는 성냥 한 개비면 얼굴을 서로 볼 수 있는 것이다. 돈이란 이렇게 귀한 것이라"고 가르친 사람이 있다.

어떤 노인에게 저금의 비결을 물은즉 그의 대답이 "개자식 소리 3년만 들으면 부자가 된다"고 하였다. 이것은 예의를 모른 체하여야 돈을 모은다는 말이다. 체면이 반패가半敗家란 말과 한 짝이다.

어떤 노인에게 치부법을 물은즉 뒷동산으로 데리고 가서 큰 나무 위로 올려 보낸 후 한 손을 놓으라 하기로 한 손을 놓았더니 또 한 손을 마저 놓으라기로 "그러면 죽으라고요" 하였더니 "그러면 내려오라. 네가 이로부터 엽전 한 푼을 쓸 때라도 지금 손 하나마저 놓으면 죽는 것과 같은 생각을 하면 부자가 되리라"고 하였다. 이것은 돈의 집착심을 잘 가르친 말이다.

콩나물죽 3년을 먹으면 부자가 된다기에 3년 동안을 날마다 콩나물죽만 먹어도 엽전 샐닢 안 모였다고. 절약만 하고 실행을 못 하면 콩나물죽 말고 비지죽을 먹어도 부자는 못 되어 볼 것이다.

"돈이 생기거든 쓰지를 마라. 그리하여야 부자가 되리라." 이것은 지나인支那人의 저금법이다.

"개같이 벌어 정승같이 먹자." 이 말은 적극적인 저금을 말한 것이다. 우리는 이 말을 깊이 새겨 둘 필요가 있다.

어떤 지독한 절약가는 친우가 내방來訪하였는데 불도 켜지 않고 접대를 하다가 돌아갈 때 마루 끝까지 전송할새 신발이 보이지 아니하여 하도 애를 쓰므로 주먹으로 그 친우의 눈퉁이를 후려쳐서 그 눈의 불로 신발을 찾게 한 일이 있다. 이것은 졸저 『익살 주머니』에서 꺼내 온 재담이다.

제4부

사전과 기타

제1장

최신 백과 신사전

서

언어는 사상의 대표요 사서辭書는 언어의 보고다. 고로 기其 내용 여하로 곧 사회의 발달을 복ㅏ하고 문화의 정도를 규지窺知할 수 있다.

그런데 우리 조선에는 만근輓近 신문화가 수입된 이래로 백반百般 과학의 술어術語·신어·숙어·외국어가 많이 유행하되 이때껏 그것에 적당한 사서가 없음은 학계를 위하여 가석한 일이다.

저자는 자玆에 감感한 바 있어 박학천식薄學淺識됨을 불구하고 업여業餘의 촌음을 이용하여 당돌히 『백과 신사전』이라 명명하고 과학 술어·신어·숙어·제도·외국어 등을 수집蒐輯 해석하여 신문화의 만일萬一을 보報코자 한다.

갑자甲子1924 정월 21일

편자 지識

범례

- 본서는 소위 신학문 상에 나타나는 과학 술어·신어·숙어·외국어를 수집하고 그것에 평이한 해석을 가하여 초학자의 편의를 보補코자 함.
- 어語의 배열은 가나다 음순音順으로 하고 편의상 외국어는 모두 장수章首에 치置하다.
- 어수語數는 가급적 다수多蒐하고 해석은 상세를 위주 하였으므로 사전의 양식으로는 혹 결점이 있을지언정 해석은 유감이 없도록 힘쓰다.
- 외국어와 외국어의 역어譯語는 원어·원음을 대조키 위하여 일일이 원어를 대조하다.
- 외국어는 색인에 편리키 위하여 유행 음으로 많이 배열하다.

제2장

최신 백과 신사전 광고

거세擧世 갈망하던 신사전 출래

송완식 선생 편『백과 신사전』

사륙판 6호 활자 500여 엽頁, 총 클로스 금문자 입 양장, 정가 3원, 송료 27전

동양대학당, 경성부 종로 1정목, 진체 경성 752번

신문화의 명성 『백과 신사전』 출래
조선에 처음 되는 사전, 내용도 자못 충실하다

사전이 일국 문화에 대한 관계있는 것은 다시 말할 필요도 없는 것이다. 더욱이 생존 경쟁이 심한 20세기 현대에서 남과 같이 살아 나아가려면 일상의 신지식을 계발치 아니하면 안 될 것이요 일상의 신지식을 계발하려면 사전이 아니고는 구할 곳이 없을 것이다. 그런데 우리 조선에는 반만년의 역사는 찬연히 살아 있으되 이때까지 사전이란 것이 없어 암흑천지에서 모르는 것을 알아보려고 헤매는 대중이 막대 잃은 장님 같이 애를 썼으나 그네에게 지팡이 주는 자가 없었다. 만근 30년 이래로 신문화가 수입되어 만반 과학의 술어와 숙어, 현대어, 유행어, 외국어 등은 나날이 늘어 반도 강산을 휩쓸되 이것 역시 사전이란 것이 없기 때문에 대중은 그것을 무슨 의미도 모르고 그대로 설사를 하고 지내 왔다. 그리하여 나날이 신문화의 소화 불량자만 늘어 갔었다. 이것을 기막히게 생

각한 송완식 씨는 5년의 긴 세월을 고심 편찬하여 이제 비로소 『백과 신사전』이란 것을 완성하여 놓았다. 이것이야말로 어두운 밤에 밝은 등이요 장님의 지팡이며 소화 불량자의 건위산健胃散[1]이다. 그뿐 아니라 이것으로 반도 문화사의 한 페이지를 차지할 큰 기록이요 우리가 쌍수를 들어 축하치 아니할 수 없는 민족적 자랑거리라.

그 사전의 내용은 우리 조선 사람의 가장 필요한 온갖 과학을 토대 삼아 가지고 정치, 경제, 법률, 제도, 지리, 역사, 군사, 교육, 철학, 종교, 천문, 물리, 화학, 식물, 동물, 광물, 윤리, 논리, 생리, 위생, 심리, 수학 등의 술어와 숙어, 현대어, 유행어, 외국어 등을 가나다 음순으로 가장 간단명료하게 해석하여 목동 초부라도 한번 보면 능히 알게 되었으며, 또 외국어는 낱낱이 원어를 대조하였는데 세계 만국 말 어느 것 안 든 것이 없으며, 체재는 사륙판 양장 금문자 박은 것인데 종이가 상등이요 인쇄도 자못 선명하더라.

이 책은 어떠한 사회, 어떠한 계급의 사람을 물론하고 누구나 반드시 한 권 사 둘 필요가 있음을 말하여 둔다. 더구나 학생에게는 약에 감초는 뺄지언정 이 책 한 권은 빼지 못할 줄로 믿는다.

문화를 위하여 저작권을 희생
조선 문화를 위하여 저작권 희생한다고

별항에 기재한 바와 같이 『백과 신사전』을 편찬한 송완식 씨는 그것을 완성하기까지에 5년의 세월이 걸렸다는데, 그 5년 동안은 잠자는 시간이라고는 매일 네 시간밖에 없었다 한다. 이것으로 보아도 그 내용이 얼마나 충실한 것을 가히 알 수 있는 것이다. 그러나 빈약한 우리 출판계에

---

1   위의 작용을 돕는 가루약.

서는 모두 그것을 욕심은 내나 도무지 그것을 출판하여 가지고는 예산이 못 된다고 입맛만 다시었었다. 왜 그러냐 하면 원래 출판물이란 것은 많이 박을수록 이익이 있는 것이요 적게 박을수록 셈이 못 되는 법인 데다가 사전이란 것은 정가를 많이 못 매기는 까닭이다. 그런데 저작권을 얼마로 정할 수도 없고 또한 막대한 돈을 주고 저작권을 사 가지고는 도저히 본전도 장만할 수 없으므로 감히 생의를 못 하였었다. 이제 저작자는 "사실 저작권에 구애되어 출판할 수 없을진댄 나는 그것을 희생하겠다"고 쾌락하여 비로소 암흑한 반도 강산에 신문화의 서광이 비치게 되었다. 우리는 조선에 사전이 처음 나옴을 반기는 동시에 송 씨의 큰 뜻을 칭찬 아니 할 수 없다.

사형받은 『자유와 평등』

사람은 원래가 자유의 동물인데 불합리한 제도와 강자의 입법권 하에서 자유가 속박이 되고 평등이 유린되는 것을 목하의 제도와 법률의 조문을 일일이 대조하여 가며 흥분된 붓끝으로 짓부순 송완식 선생 저의 『자유와 평등』이란 책은 그간 검열망에 걸리어 여러 달 동안 신고하다가 필경 불허가 처분을 받고 원고까지 압수당하였다더라.

출판계의 혁명아, 문화사의 대용단
사전의 민중화를 위하여, 3개월의 월부 판매 개시

고적한 반도에서 우렁찬 소리로 고고의 성呱呱聲을 지르고 경성 금화산 밑에서 나온 문화사文化社는 신문화 보급의 큰 사명을 띠고 이 세상에 나오자 일찍이 1만 원의 사회봉사를 단행하여 사회 유지에게 총애를 받아 옴은 일반이 다 아시는 바거니와 이제 『백과 신사전』이 반도에 처음으로 출판됨을 기회 삼아 가지고 사전의 민중화를 위하여 아직껏 반도 출판에서 보지 못하던 월부 판매를 개시하였다는데, 그 규정은 다음과 같다더라.

- 사전의 정가는 3원이요 송료가 27전인즉 합계 3원 27전이라.
- 월부로 사고자 하시는 분은 매삭 1원 9전씩 보내면 돈 받는 대로 영수증을 보냄.
- 1원 9전씩 두 번만 보내면 책을 보내 줌.
- 두 달 치를 함께 2원 18전 보낼지라도 책은 곧 보냄.
- 책 받은 지 한 달 후에 나머지 돈 1원 9전은 보낼 일.

이와 같이 간단한 규정으로 전액을 삼분하여 그 이분을 받고 책을 보내고 나머지 1회 분은 책 받은 지 한 달 후에 내기로 규정되었다 한다.

문화사는 경성부 교남동 50번지_{진체 경성 6334번}에 있는데 원래 그 사의 목적이 영리보다는 조선 문화를 위하여 여러 가지로 애쓰는 곳이요 또한 신용도 확실하며 지금 또 민중의 과학 사상을 보급시키기 위하여 순 과학 잡지를 발행코자 계획 중이라더라.

월사月謝 불요不要의 가정교사, 민중 본위의 백과 전당

생존 경쟁이 격렬한 현대에서 남과 같이 살려면 모름지기 일상의 신지식을 계발치 아니하면 안 될 것이요 그 신지식을 계발하려면 사전이 없어서는 안 될 일이다. 그러나 우리 조선은 반만년의 역사를 가지고 상고의 문화는 남만 못하지 아니하였으되 우금껏 사전이란 것이 없었다. 그리하여 암흑천지에서 헤매는 대중은 모르는 것을 알아보려야 알 길이 없었다. 자兹에 저자는 뜻한 바 있어 5개 성상을 두고 뇌가 마르고 붓끝이 닳도록 고심 편찬하여 비로소 반도에 『백과 신사전』이란 것을 완성하여 놓았다. 내용은 순전히 만종 과학을 토대 삼아 가지고 정치, 경제, 법률, 제도, 지리, 역사, 군사, 교육, 철학, 종교, 천문, 물리, 화학, 식물, 동물, 광물, 윤리, 논리, 생리, 위생, 심리, 수학 등의 술어와 숙어, 현대어, 유행어, 외국어 등을 가장 간명하게 해석하여 놓은 것이라. 아무나 본서 1책만 좌우座右에 비치할 것 같으면 일상생활에 모를 것이 없을 것이니 실로 본서는 무언의 박사博士요 월사금 받지 않는 가정교사다.

백론이 불여일증不如一證이니 원문을 보라

(사진 생략)

노도와 같은 찬사

본서는 조선 초유의 신사전이요 만인 필비의 일상의 활活 고문顧問이라. 만천하의 환호성은 대지를 움직이고 홍수와 같이 밀려드는 주문서는 태산을 이루었으며 또한 각지 명사의 찬사도 노도 같습니다. 본서의 내용이 얼마나 충실함은 내용 견본도 보시려니와 이것으로 보아도 넉넉히 알 일이다.

명사의 찬사의 일부 초抄

『새벗』 평북 지사 최종범崔宗範

반도 강산 수려한데	이천만이 민족 되어
기운 있고 빛난 것은	사천 년의 역사로다
고왕금래 오늘까지	금수강산 바라보며
도성 덕립 이뤄 놓고	아름다이 사는 우리

깊이깊이 생각하면	백의민족 사랑홉다
버금버금 차례 따라	우리 겨레 힘이 자라
한결같이 살게 되니	생각사록 기쁘도다
다 같이들 한뜻으로	좋은 서적 구해 보자
우주천하 전 세계에	이곳저곳 다 비해도
리리理理 가가家家 귀엽기는	우리 강산뿐이로다
서책이란 모두 모두	이리저리 뒤적여도
적다운 것 하나 없어	나도 또한 개탄하며
사회마다 비관터니	행여 오늘 이르러서
회합 동지 뜻을 모아	신사전이 출판되어
의미 깊이 환영함은	송완식 씨 힘이로다
백천만사 필요한 것	이 책 중에 모두 있고
과학상에 깨달을 것	자세하게 편술되니
사서총림 보벌寶筏이요	가정상에 선생 되네
전가 범칙 좋은 글을	대대손손 전해 주세
이 시대의 밝은 이치	한번 보고 알게 되니
발명 연구 모든 학리	박사같이 깨닫고서
행신 처사 옳게 하며	문화생활 하게 되니
되어 가는 가정 즐김	이 책 한 권 은공일세
미려하고 선명하게	활자로써 박아 내니
여러분들 어서 빨리	읽고 외워 깨달으세[2]

『매일신보』, 1927.10.9, 6면; 1927.10.16, 4면

---

2   각 구절의 첫 글자를 이어서 읽으면 "반기고도 기뻐한다 우리 서적 사회의 백과사전이 발행됨이여"라는 문장이 된다.

신수新修 선한鮮漢 백과 대사전

증보에 임하여

내가 본서를 초草하기는 기미 삼일운동이 일어난 후다. 이때에 급격한 신문화는 시시각각으로 반도 강산을 휩쓸었었다. 따라서 그것에 대한 백반 과학의 술어·신어·외국어가 그대로 유행하여 학계는 실로 혼돈 세계였었다. 이에 느낀 바 있어 신문화의 적절한 사전을 화속火速히 편찬코자 한 것이 시간의 여유가 없고 또한 재료 수집에 시일 걸리어 간신히 갑자1924 정월에야 탈고가 되었었다. 이때의 나의 주지主틑는 종래의 중국으로부터 받아 온 숙어는 이제 국어와 같이 되었으므로 그것은 해석할 필요가 별로 없을 줄로 사고하였었다. 그뿐만 아니라 그것까지 종합하자면 빈약한 조선 출판계에서 간행될 수 없었다. 그리하여 목하 대중의 급무 되는 신문화 상에 나타나는 술어·숙어·외국어만 수집하였었다. 그러나 출판업자는 모두 원고를 갖다 놓고 침만 삼키지 하나도 착수하는 자가 없다가 정묘1927 4월에야 동양대학당에서 간행케 되었다. 책자가 완성된 후에 보니 남의 사전에 비한즉 빈약하기 한량이 없고 또한 우리의 일상생활에는 오히려 중국으로부터 받은 숙어가 언어의 본本이 되어 도저히 이것을 도외시할 수가 없다. 이것이 나로 하여금 증보의 붓을 잡게 한 것이다. 이어俚語에 얼굴보다 코가 크단 말은 사물의 본보다 말末이 크다는 비유다. 내가 일찍이 외국 서적에서 원문보다 증보가 많은 것을 보고 웃은 일이 있었다. 이제 내가 이 일을 당하고 보니 남을 웃지 말라는 선철先哲의 훈어訓語를 깨닫게 되었다.

증보를 초할 때 200엽頁에 달할 줄은 실로 예상외다. 100엽 미만으로 예정한 것이 차츰차츰 이것저것 어쩔 수 없이 이리된 것이다. 혹 색인에 불편할는지는 모르되 아무쪼록 불편이 적도록 종래의 숙어는 따로 편찬하였으니 독자는 양지諒知하라.

색인에 편리를 조助키 위하여 정수丁數를 쌍서雙書하였으니 목적한 숙어를 색인할 때 일방의 정수만 찾아보지 말고 쌍방으로 찾아보라. 예하면 가 부部의 혹어或語를 찾아볼 때에 우편 1엽을 찾아보아 없거든 또 좌편 1엽을 찾아보라.

정묘1927 11월 일

편자 지識

제4장

동양대학당 기사

동양대학당 서점의 개업 기념 확장
서적을 할인하고 기념품을 무료 진정

　시내 종로 1정목에 있는 서적상 동양대학당은 개업 이래로 시대의 요구를 따라 다수한 서적을 출판 발매하여 일반 독서가의 많은 편의를 도모하였다는바 금반에 그 서점에서는 창립 3주년 기념을 임하여 종래의 임무를 일층 대확장하고 내외국의 각종 신구서적을 일신 구비하여 성실한 주의로써 일반에 친절히 수응한다는데, 특히 금반의 기념 확장을 자축한다는 뜻으로 10일부터 1개월간에 한하여는 서적을 특별한 할인으로 발매하여 5원 이상의 서적을 주문한 고객에게는 가정에 필요한 기념품을 무료로 증정한다는데, 동 점에서는 일반 애독가 제씨의 다수히 청구하기를 바란다고.

『조선일보』, 1925.11.10, 2면

동양대학당 서점의 개업 기념 확장
서적을 할인하고 기념품 무료 증정

시내 종로 1정목에 있는 서적상 동양대학당은 개업 이래로 시대의 요구를 따라 다수한 서적을 출판 발매하여 일반 독서가의 많은 편의를 도모하여 오던 바 이번에 그 서점에서는 창립 3주년 기념을 임하여 종래의 임무를 일층 확장하고 내외국의 각종 신구서적을 일신 구비하여 성실한 주의로써 일반에 친절히 수응한다는데, 특히 금반의 기념 확장을 자축한다는 뜻으로 금 5일부터 1개월간에 한하여는 서적을 특별한 할인으로 발매하여 5원 이상의 서적을 주문하는 객에게는 가정에 필요한 기념품을 무료로 증정한다는데, 일반 애독가 제씨의 다수 청구하기를 바란다더라.

『매일신보』, 1925.12.5, 2면

염세증의 청년 출가 철학 연구 끝에 세상을 비관함인가

지난 3일 경성 시내 종로통 동양대학당 주인 왕세화(26)라는 자가 집안 사람이 자는 틈을 타서 집을 떠나 지금까지 돌아오지 아니하여 가족들은 사방으로 그의 종적을 찾으나 아직도 간 곳을 모른다는데, 전기 왕세화가 나갈 때에 새 옷을 벗어 놓고 헌옷을 전부 그대로 남기어 놓고 구두조차 벗어 버리고 고무신을 신고 나갔다 하며 그의 친구의 말을 들으면 그는 최근에 이르러 철학을 연구하던 끝에 염세증에 걸리어 그와 같이 모든 것에 절망하고 집을 떠나간 듯하다는데, 자살이나 한 것이 아닌가 하고 가족은 사방으로 종적을 수색 중이라더라.

전방塵房 순례 동양대학당

종로통은 상업의 집중지인 만큼 각양의 전포가 즐비하여 부상富商 대고大賈의 경쟁으로 소자본의 상고商賈는 모두 경영난에 함하여 전개책에 급급하는 중이다. 1정목 의수당宜壽堂이라는 약방 월편越便에 동양대학당이라는 큰 간판이 있어 보는 사람으로 하여금 내용도 간판과 같은가 하는 의문을 가지게 한다.

그 취급하는 것은 신구서적으로 종류는 그리 많지 못하나 상계의 활동은 상당하다. 전주塵主는 미곡상으로 신身을 기起하여 일시는 어떤 정도까지 지반을 축조하였으나 재계 불황으로 상략이 적중치 못하여 단연 차此를 폐지하고 서적상으로 변하고 말았다. 전주는 저술에 다소 취미를 가진 까닭에 서적을 취급하게 되었으니 경험은 없다 하여도 취미에 적합한 영업이므로 상권 확장에도 상당한 수단을 농弄하여 시정에 재在한 신용은 노포에 뒤지지 아니한다.

전주는 용모는 그리 미묘치 못하나 대인 접객에 애교가 많아 가위 전형적 시정인이라 할 수 있다. 자금 관關인지 아직 설비가 불충분하여 일류 동업자와 견肩을 비比치 못하는 것은 일반이 인정하는 바이니 금今에 일층 적극으로 진進하면 예기한 바의 성공은 결코 난사가 아니니 분투 맹진이 여하한가.

제5장

문화사 광고

신문화의 열쇠를 쥔 문화사文化社는 경성부 교남동 50번지에 있습니다. 무슨 서적이든지 없는 것 없습니다. 진체는 경성 6334번이올시다.

근고謹告

문화사는 대중에게 신문화를 보급시키기 위하여 나왔습니다. 빈약한 우리 사회에서 우렁찬 소리를 지르고 나설 때는 태산이 무너져도 눈도 깜작거리지 아니할 담력은 있습니다. 비록 그 사명이 중대는 하나 쇄골분신碎骨粉身이 되더라도 다하여 보겠습니다.

대영단大英斷

본사는 일찍이 생각한 바 있어 사회봉사와 희생적 제공의 이= 영단을 단행하였습니다. 이것은 종래 반도 출판계에서 보지 못하던 대용단이올시다. 자세한 내용은 도서 목록 청구하시면 알 수 있삽나이다. 반드시 한 번 청구하여 보십시오.

제6장

신문화 광고

성명 통신 감정

부귀공명을 누리는 것도 성명에 있고 단명, 이별, 위난危難도 성명에 있다. 성명이 사람의 운명을 지배하는 이유는 암시이기 때문이다. 예를 들 것 같으면 단명 격으로 성명이 된 사람이면 일상의 그 성명이 단명을 암시하기 때문에 필경은 일찍 죽고 마는 것이요 부귀 격으로 성명이 된 사람은 날마다 그 성명이 부귀를 암시하기 때문에 필경에는 부와 귀를 누리게 된다. 암시란 이와 같이 무서운 것이다. 탁월한 학식과 수완을 가지고도 한숨만 쉬고 있는 사람이 있고, 아무 지식 없는 사람도 부귀하는 것은 모두 성명 운명의 관계다. 이것을 미신이라 하는 사람은 암시 작용을 모르는 사람이다. 선천의 생년월일은 자유로 변경할 수 없으되 성명이야 얼마든지 개명할 수 있는 것이니 담배 세 갑만 경제하시고 곧 감정하여 나쁘거든 개명하여 전화위복의 행운을 개척하시오.

감정료는 30전

인데, 우편 절수切手라도 무방합니다.

감정을 희망하시는 분은 주소, 성명, 생년월일, 남녀별을 정서正書하고 우편 절수 30전 동봉하여 보내시면 감정하여 회답합니다.

생아生兒 명명료命名料 2원 야也

개명료 2원 야也

경성부 냉동 71의 9

문화사

『신문화』 6, 문화사, 1933.5.20, 6면

제7장

통속 조선 역사

서

역사는 사실의 기록이요 인문의 거울이다. 이것을 잘 아는 자는 흥하는 것이요 이것을 잘 알지 못하는 자는 망하는 것이다. 그러므로 애급埃及의 금자탑은 사막 벽공碧空에 솟아 있어 의연히 사천 년 전 문화를 자랑하되 금일의 애급은 망한 것이요 인도의 불사佛寺 가람伽藍은 지금도 찬연 혁혁하되 금일의 인도는 이름뿐이다. 우리도 상고上古 중고中古의 문화를 보면 찬연하지만도 역사를 알지 못한 까닭에 그 문화가 모두 남의 것이 되고 이 처지에 있는 것이다.

역사가 사실의 기록일진댄 사실은 역사의 생명이 될 것이다. 그런즉 역사가는 어디까지든지 사실에 입각하여 공평 정대한 단안斷案을 내리지 아니하면 안 될 것이다. 석자昔者에 공자는 『춘추』를 삭필削筆 수정할새 난신적자亂臣賊子가 모두 두려워하였다는 것도 그가 사실에 기基하여 시비를 밝히고 순역順逆을 정正히 하여 엄정한 포폄褒貶을 하下한 때문이다.

역사는 신성한 것이다. 결코 사의私意를 협挾하고 사실을 곡曲하여서는 못쓴다. 위정자의 정책이나 혹은 저자의 편견으로 사실을 무시하고 쓰지는 못하는 것이다. 왜 그러냐 하면 역사는 사실의 기록이요 인문의 거울이기 때문이다. 아무리 그것을 말소하려고 거울 면을 흐릴지라도 그 근본되는 사실의 뿌리를 뽑기 전에는 안 될 일이다.

우리 조선은 서북으로 대륙과 접양接壤하고 동남으로 일본 열도와 인隣한 관계상 반도 내에서 일어난 중요한 사건은 서로 영향하였나니 조선 역사를 편찬코자 할 것 같으면 지나支那와 일본의 사료를 참고치 아니할 수 없는 것이요 또한 최근사最近史에 이르러서는 서양사까지도 참고치 아니할 수 없는 것이다. 종래 유학자들은 지나의 사학은 많이 독파하여 왔으되 우리의 역사는 돌아보지도 아니하였었다.

그리하여 세계에 자랑할 만한 국문이 세종의 손에 창안이 되었으되 이것을 상놈이나 배울 언문이라고 배척하고, 찬연한 예술이 있으되 양반의 할 일 아니라고 천대하여 모든 문화는 쇠퇴하고, 국가가 위태하되 오직 음풍농월에 당파 싸움하기에 골몰이요 지나라면 다시없는 것으로 알고 중원이니 중화니 대국이니 하여 필경에는 제 나라의 이름까지 소중화小中華니 소화小華니 일컬었었다.

그래서 반만년의 우리 역사는 보옥寶玉이 이토泥土에 파묻힌 격으로 지내 왔다. 근자近者에 남의 손에 우리 조선祖先의 찬연한 문화가 속속 발굴된다. 이것이 암흑한 역사에 일 광명을 주는 것이다. 남의 손에 그것이 개척되는 것은 좀 유감이나, 그러나 우리는 이것을 가지고라도 많이 연구하여 녹슨 조선祖先의 역사를 닦아 광채 나게 하여야 하겠다.

병인1926 10월 일

편자 지識

제5부

해제

제1장

저술가 겸 편집자 송완식과
동양대학당의 출판 활동

박진영

1. 사전 편찬자의 초상

1927년 10월 둘째, 셋째 일요일 『매일신보』는 특이한 광고를 선보였다. 12단 전면을 통째로 차지한 광고는 영락없이 기사처럼 편집되었으되 일곱 꼭지의 크고 작은 틀이 성글게 배치되었을 뿐이다. 다만 3단 크기의 인물 사진을 초입에 놓고 상품명을 특호 활자로 박았으니 눈에 띄지 않을 수 없다. 두 차례에 걸쳐 대대적으로 선전된 품목은 동양대학당東洋大學堂에서 갓 출간된 『최신 백과 신사전』이며, 사진의 주인공은 편찬자 송완식宋完植이다.[1]

광고 대상이 3원짜리 책, 그나마 사전이라는 점도 파격이거니와 정작 콘텐츠보다 편찬자를 앞세운 전략이 눈길을 끈다. 상투적인 홍보 문구를 제치고 보자면 『최신 백과 신사전』은 "만반 과학의 술어와 숙어, 현대어, 유행어, 외국어"를 수습한 신어사전이다. 총 1만여 항의 표제어를 거느린 『최신 백과 신사전』은 최초의 공적은 아니되 백과를 망라하려는 의지에서든 당대의 신어를 그러모은 품에서든 가장 방대한 규모를 자랑하는 본격적인 신어사전임이 틀림없다. 근대 신어사전의 계보와 『최신

---

1   『매일신보』, 1927.10.9, 6면; 1927.10.16, 4면.

백과 신사전』의 성격은 이미 정곡을 얻은 바 있으니 다른 대목으로 눈길을 돌려 보자.[2]

무엇보다 놀라운 점은 편찬자가 실명을 내걸고 단독으로 결실을 맺었다는 사실이다. 신문 광고에 쓰인 초상은『최신 백과 신사전』첫머리에 수록된 사진인데, 막상 사진까지 내건 데 비해 송완식에 대해 파악할 수 있는 정보는 많지 않은 편이어서 몇 가지 실마리를 더듬어 가야 한다. 광고에 의하면『최신 백과 신사전』은 송완식이 5년 동안 잠을 아껴 가며 편찬에 매진해 내놓은 성과다. 송완식은 수지를 맞추기 위해 자신의 저작권을 과감히 포기하고 출판을 단행했다. 또『자유와 평등』이라는 저술을 내놓을 참이었으나 검열에 걸려 원고까지 압수당했다는 소식을 굳이 한 꼭지로 할애했다.

그런가 하면 전면 광고는 동양대학당의 이름으로 나왔지만 사전 판매의 주체가 문화사文化社라는 사실도 강조되었다. 금화산金華山 밑 교남동橋南洞에 자리 잡은 문화사는 진작 1만 원의 거액을 사회에 기부한 바 있으며, "사전의 민중화"를 위해 3개월 할부 예약 판매에 나섰다. 또 영리를 좇기보다 신문화 보급의 사명 의식을 지니고 장차 "순 과학 잡지"를 발행할 계획도 품고 있었다. 광고의 대미를 장식한 것은 첫 글자를 요령 있게 배치한 축시다. 찬가를 바친『새벗』평북 지사 최종범崔宗範은 일전에도 가나다 운자로 짜임새 있게 엮은 시를 선보인 평안북도 용천군의 청년 교사다.[3]

『최신 백과 신사전』은 왜 편찬자의 얼굴을 앞세웠으며, 송완식은 과연

---

2   박형익,『한국의 사전과 사전학』, 월인, 2004; 2006(재판), 139~144면; 허재영, 「송완식『백과 신사전』의 전문 용어에 대하여」,『한말연구』35, 한말연구학회, 2014, 317~340면; 박형익, 「송완식의『최신 백과 신사전』」,『한국사전학』25, 한국사전학회, 2015, 183~201면.

3   「독자 교정란(交情欄)」,『개벽』6, 개벽사, 1920.12, 109면.

누구일까? 또 동양대학당이라는 낯선 출판사 이름은 어디에서 왔을까? 동양대학당과 문화사는 어떤 관계일까? 앞질러 말하자면 『최신 백과 신사전』은 전문 편찬자의 출현과 본격적인 사전 출판의 가능성을 보여 준 셈인지도 모른다. 그렇다 하더라도 기실 송완식은 숱한 출판업자 가운데 하나일 따름이며, 동양대학당은 1920~1930년대에 명멸한 군소 영세 업체에 지나지 않는다. 다만 『최신 백과 신사전』이 송완식의 첫 저술이 아닐뿐더러 동양대학당도 간단치 않은 내력을 지녔으니 앞뒤 행보를 차분히 들여다볼 가치가 있다. 우리가 음미하고 싶은 바는 드문 이력을 지닌 출판인의 운명이자 1920년대 중반에 자생적으로 성장한 출판사의 풍경이다.

2. 저술가 겸 출판인 송완식

출판계에서 송완식의 이름이 처음 내보인 것은 1920년대 초의 일이다. 송완식은 『최신 백과 신사전』이 출간되기 전까지 8종의 저술을 선보였으니 중진 저술가라 일컬어야 마땅하다. 그런데 저술의 면면이 고르지 않은 데다가 당시의 출판 관행을 감안하면 실제로 송완식의 저술이 아닐 여지도 남겨 두어야 한다. 일단 송완식이 편집자 이상을 역할을 담당하면서 실제로 판권을 보유한 것은 분명하다. 왜냐하면 8종의 저술 모두 판권장에서 저작 겸 발행자가 아니라 일관성 있게 저작자로 송완식의 이름을 올렸고, 표지나 본문에서 각각 저·작·역·편을 명기했기 때문이다.[4]

송완식의 저술 8종 중에서 1926년 이전의 7종은 모두 영창서관永昌書館

---

4   실제 저작자와 판권장의 저작 겸 발행자 문제에 대해서는 박진영, 「이해조와 신소설의 판권」, 『책의 탄생과 이야기의 운명』, 소명출판, 2013, 195~232면.

에서 출판되었고, 판권 소유자인 발행자는 영창서관 사주 강의영姜義永이다. 판권장에서 줄곧 저작자와 발행자가 분리된 것은 몇 가지 가능성을 시사한다. 첫째, 저술 7종의 실제 저작자가 송완식일 수 있다. 둘째, 송완식이 영창서관에 전속되다시피 하거나 사주에 종속된 번역가 또는 편집자일 수 있다. 셋째, 영창서관과 모종의 제휴 관계를 맺은 송완식이 독자적인 편집자 겸 기획자로 활동한 것일 수 있다. 실제로 송완식의 저술 목록을 훑어보자면 저작 주체라는 측면에서 송완식은 첫 번째나 두 번째 가설에 가까워 보이지만 1926년에 이르러 발행 및 출판 주체로 전면에 나서게 된 경로가 뚜렷이 포착된다.

먼저 짚어 두어야 할 것은 〈표 1〉에서 알 수 있다시피 송완식의 시야가 국제 정세, 사회 문제, 소설이나 읽을거리와 같이 서로 이질적인 영역을

〈표 1〉 송완식의 저술 (1920~1926)

표제	저작자	출판사	출판 일자	기타
독일 황제 카이저 실기	송완식 편	영창서관	1920.1.10 (초판) 1920.5.1 (재판) 1924.8.15 (3판)	84면 국한문, 한글 훈독
요절초풍 익살 주머니	송완식 저	영창서관	1921.3.15 (초판) 1925.1.30 (재판) 1931.1.10	69면
사진소설 대활극 명금	송완식 역	영창서관	1921.7.28 (초판) 1923.3.20 (재판) 1930 (3판)	92면, 미완
현대 노동 문제	송완식 편	영창서관	1922.9.25 (초판) 1929.8.5 (재판)	172면
가정소설 의문의 시체	송완식 작	영창서관	1924.10.30 (초판)	222면
사회풍자 만국대회록 취미진진 금수대회록	송완식 저	영창서관 문화사	1926.2.5 (초판)	96면
		동양대학당	1926.2.5 (초판)	
이십 세기 매도론	송완식 저	영창서관 문화사	1926.9.20 (초판)	92면

넘나들었다는 점이다. 송완식은 1920년대 초반에 인기를 끌거나 시사적인 의제를 민첩하게 다루었다. 특히 『카이저 실기』, 『현대 노동 문제』, 『이십 세기 매도론』은 머리말을 부친 뒤 곧바로 출간이 완료되었다. 설령 순수한 창작이 아니더라도 번역이나 편집을 포함한 송완식의 안목과 역량이 남달랐다고 볼 만하다.

전문적인 분야에 천착하지 않은 만큼 송완식의 저술은 빼어난 깊이를 얻지 못했다.[5] 그나마 『명금』과 『만국대회록』은 독특한 양식 덕분에 학계에 알려져 있는 형편이다. 먼저 『명금』은 전 세계적으로 선풍적인 인기를 끈 연쇄 활극 시리즈를 바탕으로 삼은 이른바 영화소설이다. 프랜시스 포드 감독의 유니버설 필름 영화 〈명금〉[1915]은 이듬해 부산 상륙을 필두로 절찬리에 개봉되기 시작해서 1920년대 초반 "명금 대회"라는 명목으로 전국 순회 개봉까지 이어졌는데, 훗날 박태원과 이태준의 소설에서 어린 시절의 "명금 놀이"가 인상적으로 재현되기도 했다.[6] 『명금』이 주연 배우의 사진을 표지와 권두 화보에 내건 것도 이상한 일이 아니다.[7]

『만국대회록』은 동물 연설회를 통해 세태를 풍자한 우화소설이라는

---

5   송완식의 저작 활동을 처음으로 다룬 권철호는 『현대 노동 문제』, 『의문의 시체』, 『만국대회록』을 분석했다. 권철호, 「1920년대 딱지본 신소설 연구」, 서울대 석사논문, 2012, 120~132면.

6   박태원, 「오월의 훈풍」, 『조선문학』 1(3), 경성각, 1933.10, 8~17면; 이태준, 「사상의 월야」 74, 『매일신보』, 1941.6.4, 4면; 이태준, 『사상의 월야』, 을유문화사, 1946, 263면.

7   『명금』은 1920년 11월 18일 윤병조(尹秉祖)의 신명서림(新明書林)에서 처음 단행본으로 선보인 뒤 1934년 10월 10일 강하형(姜夏馨)의 태화서관(太華書館)에서 상하 합편으로 다시 출간되었다. 윤병조와 강하형은 실제 저작자가 아니라 저작 겸 발행자, 즉 출판업자다. 신명서림과 태화서관의 『명금』은 "탐정모험소설"이라는 쓰노가키(角書)를 붙였고, 역시 주연 배우의 사진을 내걸었다. 송완식의 『명금』이 미완인 것은 원작이 연속영화, 즉 시리즈다 보니 하권을 따로 출간하려고 했기 때문이다. 〈명금〉에 대해서는 구인모, 「근대기 한국의 대중 서사 기호와 향유 방식의 한 단면—영화 〈명금〉을 중심으로」, 『정신문화연구』 132, 한국학중앙연구원, 2013, 449~471면.

점에서 중요한데, 일찌감치 한일병합 이전에 선보인 안국선安國善의 『금수회의록』1908을 본뜬 데다가 1920년대에는 미상불 시효를 다한 이야기 양식이다. 그사이 현격하게 달라진 시대상을 반영한 것은 물론이려니와 같은 해 출간된 『이십 세기 매도론』과도 궤를 같이한다. 또 『익살 주머니』는 짤막한 우스갯소리 120편을 한데 모은 재담집이다. 가정소설이라 명명된 『의문의 시체』는 독부毒婦의 범죄 행각을 다룬 선정적인 추리소설인데, 식민지 시기의 장편 추리소설로서 매우 희귀할 뿐 아니라 1920년대에 단행본으로 출간된 최초의 사례라는 점에서 높이 사야 마땅하다.[8] 『만국대회록』과 『의문의 시체』는 단행본에서는 매우 이례적으로 여러 장의 사진과 삽화를 본문에 실었다는 점도 눈길을 끈다.

송완식과 영창서관의 관계에서 변화가 일어난 것은 『만국대회록』에서다. 〈표 1〉에 제시된 『만국대회록』의 두 가지 초판은 이본異本이라기보다 본문의 지형紙型을 그대로 이용하되 표지와 판권장만 바꿔치기한 사례다. 그사이에 발행소가 바뀌었으나 판권의 실질적 소유자는 변함없이 송완식이기 때문에 가능한 일이다.

실제로 먼저 제작·유통된 것은 영창서관·문화사 판본이다. 판권장에는 두 곳의 출판사가 공동 발행한 것으로 기재되어 있지만 발행자가 강의영이므로 실질적인 출판사는 영창서관이다. 그런데 이 판본의 뒤표지는 총발매원 역할을 맡은 문화사 명의로 "송완식 선생의 명저 소개"로 채

---

8   1920년대에 단행본으로 출간된 추리소설은 『의문의 시체』 외에 1926년 11월 25일 박병호(朴秉鎬)를 저작 겸 발행자로 삼아 울산인쇄소에서 펴낸 『혈가사(血袈裟)』가 유일하다. 『혈가사』는 1920년 경남 양산 통도사에서 발행된 월간지에 호관(濠觀)이라는 필명의 작가에 의해 분재되다가 중단된 뒤 1926년에 이르러서야 지역 종교계를 통해 출간되었다. 정혜영, 『탐정문학의 영역 – 식민지기의 환상과 현실』, 역락, 2011, 238~245면; 박진영, 『탐정의 탄생 – 한국 근대 추리소설의 기원과 역사』, 소명출판, 2018, 231~240면.

워졌다. 여기에는 앞선 저작 5종 외에 아직 확인되지 않은 『비사맥俾土麥과 독일 제국』, 약 600면 분량으로 인쇄 중인 『문학 신어사전文學新語辭典』이 보태져 있다. "학생 필휴必携"라는 쓰노가키角書가 붙은 『문학 신어사전』은 이듬해 출간된 『최신 백과 신사전』을 가리킨다. 이때에는 송완식이 3년의 시간을 바쳐 편찬했노라고 되어 있다가 막상 출간이 지연되면서 5년으로 늘어난 셈이다.

영창서관·문화사 판본은 권말 내지內紙에 영창서관에서 출간된 두 권의 책을 광고하고 있기 때문에 주도적인 역할을 맡은 것은 물론 영창서관이다. 그런데 판권장과 뒤표지 광고에 기재된 사항을 눈여겨본다면 문화사 대표가 바로 송완식임을 알아차릴 수 있다. 판권장에 기재된 문화사의 주소는 냉동冷洞 169번지이며 진체구좌振替口座는 경성 6334번인데, 얼마 뒤에 진체구좌 변경 없이 송완식의 주소인 교남동 50번지, 즉 『최신 백과 신사전』에 기재된 문화사의 주소로 바뀌기 때문이다.

한편 『만국대회록』의 동양대학당 판본은 한글 표제를 『금수대회록』으로 바꾸었으나 한자 표제는 그대로 『만국대회록』이며, 지형 역시 동일하다. 동양대학당 판본에서 저작자 송완식의 주소와 발행소 동양대학당의 주소가 종로 1정목 75번지로 일치하므로 동양대학당 대표가 곧 송완식임을 알 수 있다. 진중한 표지 디자인을 취한 영창서관·문화사 판본과 달리 흡사 딱지본처럼 장정된 동양대학당 판본은 인쇄도 동양대학당에서 이루어졌으며, 인쇄소 대표 송경환宋敬煥의 주소가 송완식의 주소와 일치한다. 송완식의 장남이 송경환이기 때문이다. 종로 1정목 75번지, 진체구좌 경성 752번의 동양대학당이 처음 간판을 내건 시점이다.

『이십 세기 매도론』도 영창서관이 출판을 실질적으로 주도하면서 문화사와 공동 발행된 경우다. 문화사 주소는 앞서 냉동 169번지에서 교남동 50번지로 바뀌며, 진체구좌는 그대로 경성 6334번이다. 또 이 책의 맨 뒤에는 『만국대회록』 광고와 함께 문화사 출범을 알리는 광고가 함께 덧붙었으니, 문화사가 실질적으로 독립한 시점이 바로 1926년 9월 무렵임을 알 수 있다.

그래서 〈표 3〉에서 보다시피 이듬해인 1927년 3월에 펴낸 『과학적 돈 모으는 법』과 『고통의 속박』 판권장에서 비로소 송완식이 저작 겸 발행자로 등장하며, 『최신 백과 신사전』의 실제 편찬자이자 판권 소유자로서 저작 겸 발행자도 모두 송완식으로 일치된다. 1927년 9월 15일 출간된 『최신 백과 신사전』 초판의 발행소 동양대학당, 총발매소 문화사의 대표가 송완식이거나 장남 송경환이기 때문이다.[9] 요컨대 『최신 백과 신사전』 편찬자 송완식은 1920년대 초반의 저술가인 동시에 출판인인 셈이다. 송완식의 전모에 다가가기 위해서는 『최신 백과 신사전』에 뒤이어 동양대학당에서 출간된 책을 일람해야 하는데, 실상 동양대학당이라는 이름이 그전에도 발견되기 때문에 조금 더 에돌아가야 한다.

지금까지 송완식은 대한제국 말기에 결성된 계몽 단체인 대한흥학회大韓興學會의 회원 명단에서 단 한 번 등장한 것 말고는 종적을 찾지 못한 마당이었다.[10] 그런데 마침 조부의 발자취를 좇고 있던 유족을 만나면서 송완식의 개인사를 둘러싼 몇 가지 궁금증을 풀 수 있었고, 망외의 정보도 확인되었다.[11] 필자는 2015~2016년 수차례에 걸쳐 송완식의 손녀인 이

9 　『최신 백과 신사전』은 출간 직후부터 1928년 말까지 수차례에 걸쳐 『동아일보』 하단에 소형 광고를 게재했다. 그중 한 군데에서만 총발매소가 현저동에 있는 희망사(希望社)라고 되어 있는데, 일시적인 착오인 것으로 판단된다. 『동아일보』, 1928.3.17, 2면.

10 　「회원록」, 『대한흥학보』 5, 대한흥학회, 1909.7.20, 84면. 대한흥학회는 재일본 한국 유학생 조직이 통합된 단체이며, 기관지 『대한흥학보』의 발행처는 도쿄다. 그러나 송완식이 일본에 유학했을 가능성은 그리 높지 않다.

11 　송완식에 대한 회고는 송기정, 「나의 조부 송완식」, 『근대서지』 14, 근대서지학회,

화여자대학교 불어불문학과 송기정 명예교수를 만나 중요한 단서와 증언을 얻었다.

송완식의 본관은 은진恩津이며, 1893년 1월 서울 입정동笠井洞에서 태어나 1965년 12월에 타계했다. 송완식은 관립 재동소학교齋洞小學校, 장통국어학교長通國語學校, 간이상업학교簡易商業學校를 거쳐 1914년 9월 보성전문학교 상과에 보결補缺로 입학한 뒤 1917년 3월 제5회 졸업생으로 교문을 나왔다. 송완식은 출판인 가운데 매우 드문 엘리트 출신인 셈이다.

보성전문학교 학적부에 기재된 장통국어학교의 정체는 모호한데, 막연하나마 전동磚洞 보성중학교지금의 종로구 수송동 46번지 조계사 자리 내에서 운영된 주시경周時經의 조선어강습원朝鮮語講習院을 가리키는 것으로 보인다. 유족이 간직하고 있는 자료 가운데 주시경과 송완식이 함께한 "배달말글몯음 둘째 보람" 기념사진이 포함되어 있거니와 송완식은 1912~1913년에 한글 교육 운동에 참여한 조선언문회朝鮮言文會 특별회원 중 일원이기 때문이다.[12] 또 1년제 야간 부설학교인 간이상업학교는 매동梅洞 공립보통학교

2016, 26~36면; 이 책의 제5부 제2장, 847~856면.

12 주시경의 행적과 한글 강습 이력을 소상하게 남긴 이규영(李奎榮)의『한글모 죽보기』(1917)를 참조하자면 기념사진은 주시경 타계 직전인 1914년 3월에 열린 조선어강습원 제2회 졸업식이다.『한글모 죽보기』에 수록된 "언문회원(言文會員) 일람"은 주시경을 포함한 10인의 통상회원(通常會員)과 고등과 졸업생인 116인의 특별회원으로 구분되어 있으며, 특별회원 명단에서 송완식의 이름을 찾아볼 수 있다. 송완식은 전동 보성중학교 내에서 주시경에게서 수업을 받았으며, 1913년 3월 중등과 제2회 수업생(총 38인), 1914년 3월 고등과 제2회 졸업생(총 21인)이다. 1908년 8월 31일에 창립된 국어연구학회는 1911년 9월 17일 배달말글몯음(朝鮮言文會), 1913년 4월 다시 한글모로 이름이 바뀌었다. 또 강습소는 1911년 9월 17일 조선어강습원, 1914년 4월 한글배곧으로 개칭되었다.『한글모 죽보기』에 대해서는 고영근,「개화기의 국어 연구 단체와 국문 보급 활동 —『한글모 죽보기』를 중심으로」,『한국학보』30, 일지사, 1983, 83~120면; 박지홍,「『한글모 죽보기』에 대하여」,『한힌샘주시경연구』9, 한글학회, 1996, 19~36면; 김병문,『언어적 근대의 기획 — 주시경과 그의 시대』, 소명출판, 2013,

에 부설된 간이실업학교를 가리키는 것으로 짐작된다. 송완식이 보성전문학교 상과로 진학한 점이나 훗날 동양대학당을 다룬 탐방 기사와도 부합한다.

다만 송완식이 21세 때인 1914년 이전에 수학한 학교의 정확한 명칭과 재학 시기, 1917년 보성전문학교 졸업 이후 출판계에 몸담을 때까지 수년 동안의 행적이 명료하게 드러나지 않아서 아쉽다. 한편 1930년대 말부터 1956년까지 송완식은 퇴계원退溪院으로 물러나 오랫동안 야학을 운영하면서 『최신 백과 신사전』 개찬改撰과 더불어 역사서의 원고를 수정·보완하고자 했다.[13] 송완식은 1926년 10월에 머리말을 부친 역사 저술을 "송완식 원고용지"에 남겼고, 장남 송경환은 가업을 잇지 않았다.

3. 동양대학당과 문화사의 성립

다시 송완식과 동양대학당의 관계로 눈길을 돌려 보자. 동양대학당이라는 특이한 명명의 출판사는 1920년대 초반 송완식이 영창서관을 통해 저술 활동을 시작한 배경과 결부되어 있을 뿐 아니라 출판계의 활기와 동력이 사그라지기 시작한 1920년대 후반의 풍경과도 연루되어 있기 때문에 중요하다.

290~305면.

13 송기정의 회고에 의하면 송완식은 해방 후에도 신어사전의 개찬에 열성을 바쳤다. 송기정, 앞의 글, 28면. 『통속 조선 역사』라는 제하의 수고(手稿)는 실제로 1927년경 동양대학당에서 『신정(新訂) 조선 역사』라는 표제로 출간된 단행본의 초고일 것이다. 송완식은 병인년(1926) 10월 저자가 아닌 편자로서 머리말을 부쳤는데, 몇 군데만 퇴고했을 뿐 해방 후의 시각으로 본문을 다시 쓰거나 고치는 작업은 진척되지 않은 듯하다.

먼저 영창서관에 대해 잘 알려지지 않은 사실 한두 가지를 환기해 둘 가치가 있다. 창업 25주년을 기념하여 전면 광고를 낸 시점으로 보아 영창서관은 1913년 3월경에 출판업에 뛰어들었다.[14] 영창서관은 동시대의 박문서관博文書館, 3·1운동 직후에 설립된 대형 자본인 한성도서주식회사漢城圖書株式會社와 더불어 가장 오랫동안, 그리고 지속적으로 성장한 손꼽히는 출판사다. 박문서관과 한성도서주식회사가 1920년대부터 근대문학과 번역문학에 집중하면서 전방위적으로 영역을 넓혀 갔다면 영창서관은 상대적으로 대중적인 색채를 띤 출판물에 주력했다.

영창서관의 설립자는 강의영이다. 그런데 강의영의 독자적인 자본으로 영창서관이 설립·운영된 것이 아니라 왕세창王世昌의 세창서관世昌書館과 동업 형태를 취하면서 전면에는 강의영이 나섰다. 기실 영창서관의 명명은 두 동업자의 이름에서 한 글자씩 딴 것이나 다름없다.[15] 강의영의 외종질 신태삼申泰三이 1930년대에 세창서관의 이름을 물려받으며 입신한 것도 우연이 아니다.[16] 송기정의 회고에 의하면 송완식은 만년에도 종로의 세창서관 사장과 왕래하며 친교를 이었으니 그가 바로 신태삼이다. 송완식은 『최신 백과 신사전』을 거듭 손질하여 세창서관에 원고를 넘겼으나 더 이상 출간되지는 못했다.[17]

14　『동아일보』, 1938.3.30, 7면.

15　방효순은 강의영과 왕세창의 동업 관계가 1917년경에 청산되었다가 일시적으로 공조한 것으로 보았는데, 실제로는 영창서관을 거점으로 오랫동안 협력 관계가 유지된 것으로 판단된다. 방효순, 「일제 시대 민간 서적 발행의 구조적 특성에 관한 연구」, 이화여대 박사논문, 2001, 51~53면.

16　최호석, 「영창서관의 고전소설 출판에 대한 연구」, 『우리어문연구』 37, 우리어문학회, 2010, 352~357면. 신태삼의 회고에 따르면 세창서관이 종로에서 간판을 처음 내건 것은 1922년 8월이다. 『경향신문』, 1982.10.13, 3면.

17　송기정, 앞의 글, 28면; 이 책의 제5부 제2장, 849면.

강의영은 1945년 5월 52세의 나이로 비명횡사했다.[18] 타계 직전인 1944년 4월 강의영은 57만 원의 거액을 투자하여 자신의 호를 딴 유하학원有廈學園을 창립하여 재정난에 빠진 이화고등여학교를 살려 냈으며, 해방 직후에는 강의영의 부인이 다시 유하학원에 600만 원을 보탰다. 유하학원의 후신이 지금의 학교법인 이화학원으로 이어져 왔다.[19] 한국전쟁 직후 이종익李鍾翊에 의해 설립된 신구문화사新丘文化社가 학교법인 신구학원을 세운 것이 1970년대인 것을 떠올리더라도 영창서관은 매우 선구적인 사례다.

강의영과 송완식의 숨은 연결 고리 가운데 하나는 상동교회尚洞敎會다. 강의영은 1894년생으로 송완식보다 한 살 아래인데, 1910년 3월 상동교회 내에 설립된 공옥학교攻玉學校를 졸업한 뒤 상동 청년학원靑年學院 중등과를 마쳤다.[20] 따라서 송완식과 영창서관의 인연이 주시경을 통해 맺어졌을 공산이 크다. 초창기에 주시경의 한글 강습이 이루어진 곳이 바로 공옥학교 교사校舍를 빌려 쓴 상동 청년학원이기 때문이다.[21]

그런가 하면 강의영은 영창서관을 설립하기 전에 노익형盧益亨의 박문서관에 몸담았는데, 출범 초기의 박문서관 역시 상동교회에 근거지를 마련했다. 주시경과 노익형은 일찍이 광무사光武社를 통해 국채보상운동에

---

18 고정일, 『한국 근현대 출판문화사 ─ 한국 출판 100년을 찾아서』, 정음사, 2012, 161면.

19 『동아일보』, 1947.5.17, 2면; 『경향신문』, 1947.5.17, 2면; 최호석, 앞의 글, 363~364면. 이화학당과 이화학원은 1933년에 분리되었으며, 유하학원은 1958년 이화학원으로 개칭되었다. 유하학원을 이끈 중심인물은 연희전문학교 문과와 도호쿠제국대학(東北帝國大學) 법문학부를 졸업한 에스페란티스토이자 1938년부터 이화고등여학교장을 지낸 신봉조(辛鳳祚)다. 이화학원(이화여고, 이화여자외고, 팔렬중고교)과 이화예술학원(예원학교, 서울예고)이 분리된 것은 1988년이다.

20 「공옥학교 졸업생」, 『대한매일신보』, 1910.3.31, 1면; 최호석, 앞의 글, 352~353면.

21 송완식은 1912년 4월부터 전동 보성중학교 내 조선어강습원에서 중등과와 고등과를 다녔으므로 연도나 교사 모두 강의영과 조금씩 엇갈린다.

함께 참여한 이력이 있으며, 송완식이 소액을 내놓은 기록이 있다.[22] 또 주시경이 순한글로 번역한 『월남망국사越南亡國史』가 1907년에 단행본으로 출간될 때 머리말을 부친 것도 박문서관 사주 노익형이다.[23] 송완식이 10대 시절에 상동교회나 상동 청년학원에 발을 들여놓았다면 어떤 경로로든 주시경, 노익형, 강의영과 마주치지 않을 수 없었을 터다.

이제 동양대학당의 발원지를 파고들어 보자. 동양대학당 이름으로 출판물이 나오기 시작한 것은 1923년 초부터다. 1923년 『봉선루』, 『최면술 독습』을 필두로 1924년 『법률 보감』, 『옥련 기담』, 『하진양문록』이 동양대학당에서 출간되었다. 구소설 『봉선루』의 판권장에 기재된 저작권 소유 겸 발행자는 왕세화王世華다. 왕세화와 동양대학당의 주소는 모두 종로 1정목 75번지인데, 진체구좌는 경성 12021번으로 앞서 확인한 송완식의 진체구좌와 다르다. 『최면술 독습』도 5판까지 발행자를 모두 왕세화로 기재하고 있다.

『법률 보감』은 1928년 송완식을 저작 겸 발행자로 삼아 적어도 5판까지 출간되었는데, 초판의 판권장을 확인하지 못했다. 다만 초판 출간 직후의 신간 소개에서 왕세화라는 명의를 확인할 수 있다.[24] 『하진양문록』은 1915년에 처음으로 전 3권의 연활자본으로 출간된 바 있는데, 1924년 11월 전 2권의 초판을 냈다가 1925년 2월 곧 단권 합본의 재판을 찍었다. 『하진양문록』이 송완식의 명의로 다시 출판된 것은 1928년 12월 3판에 이르러서다. 특이하게 일본인이 저작 겸 발행자로 기재된 『옥련

---

22 「국채보상 의무금 집송(集送) 인원 급(及) 액수」, 『황성신문』, 1907.5.29, 3면; 『황성신문』, 1907.7.24, 3면. 다만 송완식이라는 이름과 거주지로 보아 동일인이 아닐 가능성이 있다.

23 주시경, 『월남망국사』, 박문서관, 1907.11.30(초판); 1908.3.10(재판); 1908.6.15(3판).

24 「신간 소개」, 『동아일보』, 1924.8.25, 3면.

<표 2> 동양대학당 출판물 (1923~1926)

표제	저작자	출판사	출판 일자	기타
봉선루(逢仙樓)	저작권 소유 겸 발행자 왕세화	동양대학당	1923.3.19	86면
실지 응용 최면술 독습(獨習)	임홍기(林弘基) 저 발행자 왕세화	동양대학당	1923.9.10 (초판) 1924.6.1 (재판) 1924.12.15 (3판) 1925.3.17 (4판) 1928.6.30 (5판)	123면
문답 상해(詳解) 법률 보감	왕세화	동양대학당	1924.8.20 (초판) 1924.10.10 (재판) 1924.12.10 (3판) 1925.2.20 (4판)	207면
	저작 겸 발행자 송완식		1928.4.2 (5판)	
모범 고대소설 충의효열 하진양문록(河陳兩門錄)	저작 겸 발행자 왕세화	동양대학당	1924.11.28 (초판)	상 142면 하 140면
			1925.2.10 (재판)	단권 합본
	저작 겸 발행자 송완식		1928.12.23 (3판)	상 142면 하 140면
인정 비극 옥련 기담(奇談)	저작 겸 발행자 新原幸槌	동양대학당	1924.12.9 (초판)	92면
	송완식		1927	
웅변 전능 연설법 대방(大方)	현병주(玄丙周) 저술	동양대학당	1925 (초판) 1936 (3판)	209면
독습 실용 속산 비법(速算秘法)		동양대학당	1925	
신찬(新撰) 일선(日鮮) 작문법	이해조(李海朝)	동양대학당 광동서국	1925	116면
조선총독부 도 순사 간수 수험 준비서	저작 겸 발행자 橫山正士	동양대학당 세계서림	1926.2.15 (초판) 1927.1.30 (재판)	6부(部) 207면
		동양대학당	1929.1.6 (3판)	

기담』은 신작 구소설 뒤에 「신기한 이야기」 4편을 어설프게 접붙인 책
이다. 발행소와 인쇄소 주소는 모두 종로 1정목 75번지인데, 진체구좌
는 역시 경성 12021번이다. 여기에서도 왕세화는 동양대학당 인쇄부 대
표로 이름을 드러냈다. 『옥련 기담』과 『하진양문록』 재판의 발매소는 동

양대학당과 세계서림世界書林으로 기재되어 있는데, 1924~1926년경에 활동한 세계서림의 대표자가 바로 왕세창이다.

1926년 2월에 초판을 낸『수험 준비서』의 인쇄소 역시 동양대학당 인쇄부로 되어 있으며, 대표자는 왕세화다. 그런데 1925년 6월 15일 세계서림에서 발행된 책의 판권장과 광고에 의하면 세계서림의 위치는 동양대학당과 바로 이웃해 있는 종로 1정목 72번지이며, 진체구좌 경성 12704번, 전화번호 광화문 896번을 사용했다. "조선 문화 기관"이라는 수식어를 붙인 세계서림은 세계서화당世界書畵堂을 겸했으며, 사주는 왕세창이다.[25]

따라서 적어도 1926년 초까지 동양대학당 사주는 왕세화임을 알 수 있다. 단정하기 어렵지만 왕세창과 왕세화는 형제이거나 일가일 가능성이 매우 높다. 송완식은 영창서관의 강의영과 손잡고 저술 활동을 시작한 뒤 왕세화와 동업 관계를 맺으며 개업했거나 1926년경에 왕세화에게서 동양대학당을 인수하여 사주로 전면에 나섰을 터다. 〈표 2〉에 제시된 9종의 저술은 1926년 초까지 왕세화의 동양대학당에서 발행되었기 때문에 그중 일부를 송완식이 이어받아 판을 거듭했을 뿐이다.[26]

왕세화의 동양대학당이 종로에서 정식으로 문을 연 것은 1922년 11~12월경이다. 동양대학당은 1925년부터 1928년까지 세 차례에 걸쳐 매년 11~12월에 개업 기념행사의 일환으로 할인과 증정품 제공을 광고했다.[27] 다만 1926년에는 홍보 행사를 거를 수밖에 없었는데, 철학 연구

---

25 조선식산공업장려회(朝鮮殖産工業奬勵會) 편,『공산대전(工産大全)』, 세계서림, 1925.『공산대전』에는 "자유 이권(自由利權)"이라는 쓰노가키가 붙어 있으며, 발행 일자는 1925년 6월 15일이다. 판권장에는 지정 분매소로 동양대학당이 기재되어 있다.

26 1925년에 출간된『연설법 대방』,『속산 비법』,『일선 작문법』역시 이전의 판본을 물려받아 왕세화의 동양대학당에서 재간된 실용서다. 특히『일선 작문법』에 관해서는 박진영, 앞의 책, 2013, 227~228면.

27 『조선일보』, 1925.11.10, 2면;『매일신보』, 1925.12.5, 2면;『동아일보』, 1927.12.6, 1

에 몰두한 26세의 사주 왕세화가 염세증에 걸려 돌연 실종되었기 때문이다.[28] 따라서 1926년 말까지 동양대학당 사주는 왕세화임이 틀림없으며, 송완식이 영창서관에 의존하면서 문화사를 독립시킨 시점과도 잘 들어맞는다.

한편 1929년 초의 탐방 기사에서는 동양대학당의 위치가 종로 1정목의 약방 의수당宜壽堂 맞은편이며, 한때 미곡상으로 투신한 사주가 "저술에 다소 취미를 가진 까닭에" 전신했다고 밝히고 있다.[29] 비록 이름을 드러내지 않았으나 이 무렵의 동양대학당 사주는 송완식임이 틀림없으니 보성전문학교 상과 졸업 이후 상계로 진출하려던 송완식이 서적상으로 방향을 틀었음을 알 수 있다.

송완식이 사주로 나선 동양대학당의 첫 번째 출판물은 〈표 3〉에서 보다시피『최신 백과 신사전』이 아니다. 이미 1926년 말부터 1927년 초 사이에 자신의 저술 1종을 포함한 4종의 저술을 내놓았기 때문이다. 앞서 살펴본 대로『만국대회록』,『이십 세기 매도론』이 영창서관에서 문화사를 분리시키는 도정에서 출판되었다면 〈표 3〉에 제시된 4종은 완전히 자립한 동양대학당과 문화사의 출판물이다.

먼저 배성룡裴成龍의『조선 경제론』은 발행소와 발매소가 각각 동양대학당과 문화사로 기재되었다. 또 권말 내지에 송완식의『과학적 돈 모으는 법』,『이십 세기 매도론』을 비롯한 총 7종의 출판물이 광고되었다. 그 중에서 맨 첫자리에 놓인『과학적 돈 모으는 법』은 유독 문화사 발행으

면;『동아일보』, 1928.10.30, 3면.

28 『매일신보』, 1926.11.15, 2면. 이 기사에서도 왕세화가 중국인이라는 언급은 없다. 따라서 왕세창이 중국인이 아니라는 강의영 장남의 증언과 최호석의 추정은 설득력이 높다. 최호석, 앞의 글, 356면.

29 「전방(廛房) 순례 — 동양대학당」,『매일신보』, 1929.2.22, 4면.

〈표 3〉 송완식의 저술과 동양대학당 출판물 (1926~1927)

표제	저작자	출판사	출판 일자	기타
조선 경제론	배성룡 저 저작 겸 발행자 배성룡	동양대학당	1926.12.18 (초판)	156면
과학적 돈 모으는 법	송완식 저 저작 겸 발행자 송완식	문화사 동양대학당	1927.3.3 (초판)	98면
고통의 속박	저작권 소유 겸 발행자 송완식	동양대학당	1927.3.8 (초판)	113면
웅변의 상식	최화숙 술 저작 겸 발행자 최화숙	동양대학당	1927.4.19 (초판)	68면
최신 백과 신사전	송완식 편 저작 겸 발행자 송완식	동양대학당	1927.9.15 (초판)	510면
신수(新修) 선한(鮮漢) 백과 대사전	송완식 편 저작 겸 발행자 大山治永 (강의영)	영창서관	1937.4.6 (초판) 1938.2.10 (재판) 1943.6.15	490+204면

로 명시되었으며 『조선 경제론』의 자매편으로 소개되었다. 최화숙崔華淑의 『웅변의 상식』 발행소와 발매소 역시 각각 동양대학당과 문화사다. 권말 내지 광고에는 『조선 경제론』을 비롯한 10종의 출판물과 최화숙의 또 다른 저술 1종이 예고되었다. 한편 타고르 시집 『고통의 속박』은 1923년 4월 3일 평양 이문관以文館에서 발행된 김억의 『기탄잘리』 판권과 지형을 인수하고 표지와 판권장만 바꾸어 그대로 재간再刊된 시집이다.[30]

---

30 판권과 지형을 함께 거래하면서 발행자가 저작자 혹은 저작 겸 발행자로 표시되는 현상은 이례적인 것이 아니다. 박진영, 앞의 책, 2013, 199~204면. 그 밖에도 1923~1924년경 동양대학당 서적부라는 이름으로 공동 발행에 참여한 흔적이 포착되는데, 실제 출판보다는 분매소(分賣所) 몫을 맡은 것이 확실하므로 여기에서는 따로 언급하지 않기로 한다. 이를테면 헨리크 시엔키비치의 『쿠오바디스』를 홍난파가 번역한 『최후의 사랑』은 1921년 광익서관(廣益書館)에서 『어디로 가나?』라는 표제로 처음 출간된 뒤 1923년 3월 15일 『최후의 사랑』으로 표제를 바꾸어 경성서관(京城書館)과 동양대학당 서적부가 공동 발행했는데, 실질적인 판권은 경성서관 사주 김재덕(金在悳)이 소유하고

결국 동양대학당의 성장 경로에서 결정적인 분기점이 된 것은 송완식이 34세 때인 1927년 9월 출시된 『최신 백과 신사전』이다. 3년 동안 『문학 신어사전』, 5년 동안 『최신 백과 신사전』에 전심전력을 다했노라는 홍보 문구에 따르자면 송완식이 사전 편찬에 뛰어든 시점은 바로 1922년 말 왕세화에 의해 동양대학당이 설립된 시점이니 송완식이 1926년 말경 동양대학당을 넘겨받고 문화사를 세운 본의도 응당 『최신 백과 신사전』에 있을 터다.[31]

앞서 언급한 1927년 말과 1928년 말의 기념행사 광고에서 나열된 출판물은 각각 15종과 19종으로 중복된 경우를 빼면 총 23종이다. 그중에서 맨 첫자리에 놓인 책, 동양대학당의 주력 판매 상품 중에서 단연 으뜸으로 꼽힌 것은 다름 아닌 『최신 백과 신사전』이다.[32] 『최신 백과 신사전』은 1940년대까지 표제를 바꾸고 증보되면서 판을 거듭했으니 동양대학당의 명실상부한 대표 출판물이다.[33] 또 『최신 백과 신사전』과 『신수 선한 백과 대사전』에 비견할 만한 성과라면 1만 4천여 항의 표제어를 수습하여 1937년 8월에 출간된 이종극李鍾極의 『모던 조선 외래어 사전』까지

신명서림(新明書林)이 인쇄와 판매를 맡았다. 박진영, 『번역가의 탄생과 동아시아 세계문학』, 소명출판, 2019, 69면. 또 1925년 1월 25일 출간된 원종린(元鍾麟)의 『세계 공통어 에스페란토 독습』은 표지에 동양대학당 발행이라고 표기되어 있으나 판권장에는 발행소 문우당(文友堂), 발행자 전진현(全軫鉉)으로 기재되어 있어서 나중에 표지만 바꾸어 재간된 것으로 추정된다. 문우당 광고에서는 『독습용 교과용 에스페란토 연구』라는 표제가 눈에 띈다. 『동아일보』, 1925.3.20, 3면.

31 송완식이 『최신 백과 신사전』을 탈고하면서 머리말을 붙인 것은 갑자년(1924) 정월이며, 『신수 선한 백과 대사전』의 증보를 마무리한 것은 정묘년(1927) 11월이니 『최신 백과 신사전』이 출간된 때에는 이미 증보판 『신수 선한 백과 대사전』 원고가 정비된 상태였다. 송완식, 「증보에 임하여」·「서」, 『신수 선한 백과 대사전』, 영창서관, 1937; 1938(재판), 1~2면·1면.

32 『동아일보』, 1927.12.6, 1면; 『동아일보』, 1928.10.30, 3면.

33 박형익, 앞의 글, 183~185면.

기다려야 했다는 점을 기억할 가치가 있다.[34] 『모던 조선 외래어 사전』 역시 1933년 11월에 탈고된 뒤 한성도서주식회사에서 출간되기까지 4년이 걸렸다. 송완식의 신어사전이 1920년대를 대변한다면 이종극의 외래어 사전은 1930년대를 대변하는 셈이니 꼭 10년 만에 근대 어휘를 집성한 전문적인 사전의 세대교체가 진행되었다고 보아도 좋다.

그렇다면 동양대학당의 성격을 가늠하기 위한 관건은 『최신 백과 신사전』 출간 이후 송완식의 동양대학당과 문화사가 출판계에서 어떤 면모를 보여 주었는가 하는 데 있다. 앞질러 말하자면 송완식은 애초의 의욕과 달리 문화사보다 주로 동양대학당이라는 간판으로 1938년경까지 상호를 유지하다가 대표 주자인 『최신 백과 신사전』의 판권을 다시 영창서관에 넘겼다. 약 10년 남짓에 걸친 동양대학당의 활동은 전반적으로 보아 두드러진다고 말하기 어렵지만 그나마 끝까지 명맥을 유지한 것은 역시 사전 출판이라 할 수 있다.

4. 송완식과 동양대학당의 출판 활동

구소설 뒤표지에 광고된 동양대학당 판매 도서 목록을 참조하자면 종로 1정목 75번지의 동양대학당에서 1929년 12월에 최소한 64종, 1932년 12월에 최소한 88종의 출판물이 취급되었다.[35] 광고 목록은 여전히

---

34 순천공립보통학교 교사 이종극은 해방 후 정치가이자 헌법학자로 활동했다. 신어사전
    으로서 『모던 조선 외래어 사전』의 의의와 가치에 대해서는 황호덕, 「근대 한어와 모던
    신어, 개념으로 본 한중일 근대어의 재편―『모던 조선 외래어 사전』, 공유의 임계 혹은
    시작」, 『상허학보』 30, 상허학회, 2010, 263~305면.
35 『홍길동전』, 동양대학당, 1929; 『적벽가』, 동양대학당, 1932.

〈표 4〉 동양대학당 출판물 (1927~1938)

표제		저작자	출판 일자	기타
창호자전 (蒼虎子詮)	대정록(大正錄)	박천표 (朴天表)	1927.11.27	4권 2책
	소화록(昭和錄) 제1집		1930.3.20	6권 3책
	소화록(昭和錄) 제2집		1932.7.15	
	소화록(昭和錄) 제3집		1934.5.30	
	명경대전 급 창호자전 (明鏡大全及蒼虎子詮)		1938.7.20	11권 1책
옥산사유안(玉山祠儒案)			1927.12.28	
신정 의서 옥편(新訂醫書玉篇)		김홍제 (金弘濟)	1929.3.18	1책, 82면
무쌍 초간독(無雙草簡牘)		이주완 (李柱浣)	1929.8.20 (초판) 1930.6.10 (재판)	2책
수우당(守愚堂) 선생 실기		최영경 (崔永慶)	1936.3.20	5권 2책
만세력			1937	92면
회중(懷中) 실용 천자문			1938	64면

『최신 백과 신사전』을 첫머리에 놓았고, 동양대학당의 대표적인 출판물 30여 종을 나열하는 것으로 출발했다. 막상 대종을 차지한 것은 50여 종에 달하는 구소설이다. 구소설 중에는 타사 출판물이나 동양대학당에서 재간한 출판물이 섞여 있어 정확한 종수를 헤아리기 어려우나 『최신 백과 신사전』을 출시한 뒤 얼마 지나지 않아 동양대학당의 기조나 성격이 바뀐 것은 분명하다.

여러 군데에 흩어진 광고 목록을 짜깁는다면 1927년 이후 동양대학당 출판물의 총목록을 일별할 수 있을 터다. 그러나 지금까지 남아 있는 판본을 통해 정확한 출판 사항을 확인할 수 있는 경우는 그리 많지 않다. 또 광고 목록에 제시되지 않았으나 동양대학당에서 편집이나 인쇄를 맡은 선장본線裝本, 석인본石印本, 실용적인 목적의 수진본袖珍本도 눈에 띈다. 일단 직접 확인할 수 있는 연활자본鉛活字本을 중심으로 개략적인 면면을 짚어 두기로 한다.

『최신 백과 신사전』이 출간된 직후인 1927년 말 동양대학당이 가장 먼저 손댄 것은 뜻밖에도 보다시피 문집이다. 그 밖에는 광고 목록에 보이는 척독류尺牘類나 학습서를 비롯한 실용서, 창가집이 주종을 이루었는데, 앞선 경우와 매한가지로 실제로는 재간된 경우가 대거 포함된 것으로 추정된다. 예컨대 『신정 의서 옥편』은 이미 광동서국廣東書局, 1921.1.25에서 출간된 바 있으며, 나중에 명문당明文堂, 1944.6.15으로 판권이 넘어갔다. 『무쌍 초간독』도 1920년대 판본을 물려받은 것으로 보인다. 『신정 의서 옥편』의 저작 겸 발행자, 『무쌍 초간독』의 저작권 소유 겸 발행자는 각각 송경환과 송완식인데, 동양대학당의 주소는 일시적으로 서대문정 2정목 69번지지금의 종로구 신문로 2가 서울역사박물관 인근로 이전되었다.

송완식이 다시 저술가로 등장한 것은 『장작림 실기』와 『손일선 실기』에서다. 『장작림 실기』는 1928년 6월 열차에서 폭사한 중국 동북 지역 군벌 장쭤린張作霖의 일대기이며, 『손일선 실기』는 중화민국과 국민당의 지도자 쑨원孫文의 일대기다. 제1차 세계대전이 마무리되자마자 『카이저 실기』로 문필 활동을 시작한 송완식은 이번에도 정치적·외교적 격변의 한복판에 놓인 역사적 인물을 무대에 올렸다. 실기는 단순한 역사 인물전이나 계몽적 위인전기와 구별되는 독특한 이야기 양식인데, 장쭤린이나 쑨원처럼 동시대 중국의 인사를 실기의 주인공으로 삼은 것은 매우 이례적이다. 3종의 실기 모두 표지와 권두 화보를 사진으로 장식했다.

또 1929년 말에 최소한 6종 이상의 구소설이 동양대학당에서 쏟아져 나왔다. 〈표 5〉에 제시된 구소설은 발행 일자가 동일하거나 납본 문제 탓인지 날짜가 가필로 수정된 상태다. 1930년 9월 광고 목록에서 이미 상당수의 구소설이 열거된 것으로 미루어 보아 동양대학당은 1920년대 말

<표 5> 송완식의 저술과 동양대학당 출판물 (1929~1946)

표제	저작자	출판사	출판 일자	기타
괴걸 장작림 실기	송완식 저 저작 겸 발행자 송완식	동양대학당	1929.2.2 (초판) 1930.9.5 (재판)	58면
고대소설 당태종전	저작 겸 발행자 송경환	동양대학당	1929.12.3 (초판)	38면
장화홍련전	저작 겸 발행자 송경환	동양대학당	1929.12.3 (초판)	40면
고대소설 장풍운전	저작 겸 발행자 송경환	동양대학당	1929.12.3 (초판)	31면
홍길동전	저작 겸 발행자 송경환	동양대학당	1929.12.3 (초판)	37면
고대소설 옥단춘전	저작 겸 발행자 송경환	동양대학당	1929.12.3 (초판)	38면
양주봉전	저작 겸 발행자 송경환	동양대학당	1929.12.30 (초판)	65면
토정비결	저작 겸 발행자 송경환	동양대학당	1929	42면
최근 조선 웅변집	조선웅변사 편	동양대학당	1930.8.25 (초판)	121면
조선 일람	조선지리연구회 편	동양대학당 문화사	1931.10.31 (초판) 1937.11.30 (9판)	315면
	송완식 편		1939 (혁신 제1판)	350면
두레패 노래 농가월령가		동양대학당	1932.3.28	32면
적벽가	저작 겸 발행자 송경환	동양대학당	1932.12.15 (초판)	43면
손일선 실기	송완식 저 저작 겸 발행자 송완식	동양대학당 문화사 대창서원 보급서관	1933.2.17 (초판)	105면
자유 치료 만병통치법	동양대학당 편	동양대학당	1935	12면
최신 일선(日鮮) 대자전	송완식 편 이윤재 열	동양대학당 이문당	1935.1.19	502+66면
신수(新修) 일한선(日漢鮮) 대사전 한일선(漢日鮮) 대사전	송완식 편 저작 겸 발행권 양수인 강의영	영창서관	1937.11.27	55+847+34면

표제	저작자	출판사	출판 일자	기타
실용 일선 대사전	영창서관 편	영창서관	1938.1.7	55+847+34면
실용 선화(鮮和) 대사전	송완식 편 저작 겸 발행권 양 수인 강의영	영창서관	1938.3.6 (초판) 1940.11.28 (재판)	45+685면
한화선(漢和鮮) 신옥편	신태삼 편 이윤재 열	세창서관 삼천리서관	1942.5.10	502+66면
실용 내선(內鮮) 대사전	송완식 편	영창서관	1943.3.25	45+685면
최신판 실용 국한 대사전 신수(新修) 국한문 대사전	송완식 편	영창서관	1946.10.2	55+847+34면

부터 1930년대 초 사이에 40면 안팎의 낯익은 이야깃거리를 20전 안팎의 염가로 한꺼번에 내놓았을 것이다. 일간지에 공개된 출판 허가 목록이나 납본 내역을 살펴보면 1927년 9월 『도상圖像 심청전』, 1931년 1월 『유충렬전』, 『임경업전』이 실제로 출간되었음을 알 수 있다.[36] 동양대학당이 1920년대 말과 1930년대 초반에 영리를 취한 마당도 아마 구소설 출판이기 십상이다.

1931년에 처음 출간된 『조선 일람』은 전국을 대상으로 한 종합 인문 지리 정보서다. 1937년 9판을 돌파한 뒤 1939년 혁신 제1판까지 내놓은 것을 보면 동양대학당의 효자 종목 가운데 하나다. 그런데 『조선 일람』의 초판은 조선지리연구회朝鮮地理研究會 편으로 명시되었고, 혁신 제1판이 송완식에 의해 증보되었을 따름이므로 송완식의 저술이라고 볼 수 없다.

한편 1933년에 출간된 『손일선 실기』는 동양대학당과 문화사가 출판을 주도하고 실질적인 판권도 송완식이 갖고 있지만 대창서원大昌書院과

---

36 「금일의 출판 허가」, 『매일신보』, 1927.9.9, 3면; 「출판일보」, 『동아일보』, 1931.1.31, 4면. 그 밖에 73면 분량으로 출판된 『추풍감별곡』이 남아 있지만 판권장이 유실된 상태다.

보급서관普及書館이 공동 발행소로 올라 있는 점이 눈에 띈다. 같은 주소를 쓰면서 진체구좌가 서로 다른 대창서원과 보급서관은 기실 1910년대에 활동하다가 사실상 출판계에서 손을 떼거나 명목상의 서점 영업만 유지한 업체로 창업주는 각각 현공렴玄公廉과 김용준金容俊이다. 돌연 두 서점이 등장한 까닭을 짐작하기 어렵지만 그 무렵부터 동양대학당과 문화사가 편집, 인쇄, 영업, 판매를 독자적으로 진행하기 곤란해졌다고 볼 수 있다. 또 1935년에 출간된 『일선 대자전』에서도 이문당以文堂의 이름이 나란히 보이는데, 마찬가지 사정으로 짐작된다.[37]

결국 1937년에 이르면 송완식 자신이 편찬한 사전조차 동양대학당이나 문화사가 아니라 다시 영창서관에서 출간되었다. 앞선 〈표 3〉에서 보다시피 1927년 초판의 『최신 백과 신사전』은 1937년 『신수 선한 백과 대사전』으로 이름을 바꾸고 증보와 재판을 거듭하면서도 영창서관으로 발행소를 옮겼다. 또 〈표 5〉에서 제시된 『일한선 대사전』과 『선화 대사전』의 판권장에는 저작 겸 발행권 양수인讓受人으로 영창서관 사주 강의영이 명시되었다.[38] 독보적인 사전 편찬자 송완식이 득의의 물질적 기반을 잃은 대신 영창서관은 창업 25주년을 기념하는 전면 광고에서 송완식의 3대 대사전을 자신 있게 내세웠다.[39] 요컨대 『최신 백과 신사전』이래 만 10년 만에 출판사로서 동양대학당과 문화사의 생명력은 종지부를 찍은 셈이다.

---

37 김홍제의 『신정 의서 옥편』, 송완식이 펴낸 『일선 대자전』, 『일한선 대자전』에 대해서는 박형익, 『한국 자전의 해제와 목록』, 역락, 2016, 67~69·81~83·87~91면.

38 『일선 대자전』은 1929년에 탈고되었지만 실제로 출판된 것은 1935년 1월이다. 『일한선 대사전』과 『선화 대사전』은 『일선 대자전』을 뼈대로 삼아 첨삭·증보된 것이다. 송완식, 「서문」, 『일한선 대사전』, 영창서관, 1937, 1면; 박형익, 위의 책, 88~89면.

39 『동아일보』, 1938.3.30, 7면.

5. 자생적 출판 자본의 운명

마지막으로 두 가지 흥미로운 실마리를 덧붙이자. 앞서 송완식이 대대적으로 『최신 백과 신사전』을 홍보하기 위한 전면 광고에서 『자유와 평등』이라는 저술의 원고를 압수당했음을 표 나게 내세운 사실을 언급했다. "불합리한 제도와 강자의 입법권하에서 자유가 속박이 되고 평등이 유린되는 것을 목하의 제도와 법률의 조문을 일일이 대조하여 가며 흥분된 붓끝으로 짓부순" 바람에 "사형받은" 책의 실체가 무엇인지는 가늠하기 어렵다.

그런데 비슷한 사례가 1929년 1월과 3월에 잇달아 되풀이되었다. 동양대학당에서 출판 허가를 신청한 『노동자의 상식』과 『장한長恨의 청춘』이라는 책이 불허가 처분을 받았기 때문이다. 『노동자의 상식』은 송완식이 『현대 노동 문제』의 표제를 바꾸어 다시 출간하거나 그 연장선에서 시사적인 쟁점을 다루려고 시도한 것으로 추정된다.[40] 신작 구소설이나 연애 정사情死 사건을 다룬 것처럼 보이는 표제를 붙인 『장한의 청춘』이 불허된 이유는 1926년 12월 의열단원義烈團員 나석주羅錫疇가 조선식산은행, 동양척식주식회사, 조선철도주식회사를 폭파하려다 불발되고 황금정지금의 을지로 한복판에서 총격전을 벌인 의거를 배경으로 삼은 "불온 소설"이기 때문이다.[41] 사정이 그렇다면 애초에 검열을 무사히 통과할 리 없을 법하

---

40   『조선출판경찰월보』 5, 조선총독부 경무국 도서과, 1929.1; 국사편찬위원회 한국사 데이터베이스 http://db.history.go.kr/item/imageViewer.do?levelId=had_007_0130; 권철호, 앞의 글, 2012, 120~121면.

41   『조선출판경찰월보』 7, 조선총독부 경무국 도서과, 1929.3; 국사편찬위원회 한국사 데이터베이스 http://db.history.go.kr/item/imageViewer.do?levelId=had_009_0120; 권철호, 앞의 글, 121면.

지만 예컨대 이토 히로부미伊藤博文를 저격하고 순국한 안중근安重根의 고뇌를 다룬 하세가와 가이타로長谷川海太郎의 희곡이 1931년 5월 단행본으로 번역 출간된 뒤 오랫동안 합법적으로 유통된 사례를 떠올린다면 전혀 불가능한 시도는 아니었다.[42]

또 한 가지 눈여겨볼 자료는 1930년대 초중반에 문화사 명의로 월 1회 발간된 8면 타블로이드판 『신문화新文化』다. 지금으로서는 1933년 5월 20일에 발행된 제6호, 1935년 4월 5일에 발행된 제15호만 확인된다. 『신문화』에는 송완식의 「제갈공명」과 「현대 신어사전」, 백독보白獨步의 소설 「부활」이 연재되고, 다종다양한 글이 보태졌다. 지면의 하단 절반가량은 도서 광고로 채웠는데, 동양대학당의 주요 출판물은 물론이려니와 보급서관에서 취급하는 목록이 광고되었다.[43] 그보다 앞선 1931년에는 명문당에서 월간 홍보물 『별천지』를 낼 때 송완식이 글을 실은 바 있다.[44] 또 송완식의 『신문화』와 비슷한 사례를 1930년대 몇몇 서점이나 출판사 중에서 종종 찾아볼 수 있다. 예컨대 이문당의 『이문당』1931.3, 한성도서주식회사의 『학등學燈』1933.10과 『문예가文藝街』1936.5, 북성당北星堂의 『북성』1934.4, 박문서관의 『박문』1938.10, 영창서관의 『작품』1939.6이 그러한 경우다.[45]

지금으로서는 『신문화』의 전모를 그리기 어렵지만 저술가 겸 사전 편

---

42 『합이빈(哈爾賓) 역두(驛頭)의 총성』, 삼중당서점, 1931; 박진영, "안중근의 재구성", https://blog.naver.com/bookgram/220541577456, 2015.11.17; 최진석, 「1930년대 일본, 조선에서의 안중근 서사—「안중근」과 『하얼빈 역두의 총성』을 중심으로」, 『대동문화연구』94, 성균관대 대동문화연구원, 2016, 451~474면.

43 근대서지학회 오영식 회장이 『신문화』 제6호 일부를 제공했으며, 제15호에 대해서는 박형익, 앞의 글, 185~186면.

44 고정일, 앞의 책, 167면.

45 최덕교, 『한국 잡지 백 년』 2, 현암사, 2004, 306~312면; 최덕교, 『한국 잡지 백 년』 3, 현암사, 2004, 72~76면·110~113면·124~125면.

찬자로서 송완식은 자신의 본업이 서서히 내리막길에 접어든 1930년대 중반에도 새로운 "문화 기관"의 주역으로서 소임을 다하고자 한 것으로 보인다. 사실상 1인 편집자 겸 출판인으로서 동양대학당과 문화사를 이끈 송완식은 단행본 출판 외에도 독자적인 정기 간행 매체를 확보하고 이를 통해 신어사전을 포함한 자신의 저술을 꾸준히 축적할 수 있는 지면을 꿈꾸었을 터다. 초창기의 독보적인 편집자 최남선崔南善을 비롯하여 전문 번역가 김억金億과 홍난파洪蘭坡, 단행본 편집자 노자영盧子泳, 잡지 편집자 김동환金東煥, 평양의 에스페란티스토 김세휘金世徽가 한결같이 정기 간행 매체에 눈독을 들이지 않을 수 없었던 것은 당연한 노릇이다. 단순한 홍보 팸플릿을 넘어 새로운 필자를 발굴하거나 지속적으로 독자를 재생산하기 위해서다. 다만 사전 편찬자이자 군소 영세 업체의 사주 송완식으로서는 한층 더 모험적일 수밖에 없었을 것이다.

저술가 겸 사전 편찬자이자 출판인으로서 송완식의 면모는 어쩌면 3·1운동 직후 출판계에 뛰어든 엘리트 출신 지식인에게 예견된 행보의 하나일 수 있다. 또 동양대학당과 문화사의 부침 역시 1920~1930년대 출판계의 난맥상을 보여 주는 일례에 지나지 않을지 모른다. 그렇다 치더라도 문화계를 석권한 종합지나 문예지, 혹은 내로라하는 대형 출판 자본 틈에서 자신만의 고유한 노선을 실천해 간 경우를 찾아보기란 쉽지 않다. 무엇보다 중요한 것은 그러한 과정을 거쳐 독자의 손에 가닿은 책, 때때로 보잘것없어 보이는 한 권 한 권의 책이 지닌 가치를 다시 음미해 보는 일이다.

제2장

나의 조부 송완식

송기정

내 기억 속 할아버지는 단정한 한복 차림으로 안방의 낮은 책상 앞에 앉아 글을 쓰셨다. 아무리 더운 날에도 의관이 흐트러지는 법이 없었다. 할아버지는 늘 그렇게 그곳에 계셨다. 어린 시절 나는 할아버지가 무엇을 쓰시는지 알지 못했다. 그저 항상 책을 보시고 글을 쓰셨다는 것만 기억할 뿐이다. 학교에서 돌아오면 먼저 할아버지 책상 앞으로 갔다. 숙제도 했고, 질문도 했고, 할아버지가 해 주시는 이야기도 들었다. 그러고는 부지런히 밖으로 나갔다. 놀아야 했으니까.

내가 기억하는 할아버지는 한 번도, 단 한 번도 화를 내신 적이 없다. 그 격동의 시기에 화날 일이 어찌 없었을까? 어린 손주들에게 야단칠 일은 또 얼마나 많았을까? 그러나 할아버지는 그 누구에게도 큰소리를 치신 적이 없다. 짜증을 내신 적도 없다. 우리는 할아버지가 무섭다고 생각해 본 적이 없다. 아니, 우리 손주들은 할아버지가 너무너무 좋았다. 그저 좋았다. 우리는 종종 "할아버지, 심심해!" 하며 어리광을 부렸고, 그러면 할아버지는 그 말의 의미를 이해하셨다는 듯 껄껄 웃으시며 10원을 주셨다. 그 돈을 들고 쪼르르 가게로 달려가 사 먹던 왕사탕 맛은 지금도 잊지 못한다. 무슨 특별한 맛이 있었겠는가? 그저 가게로 달려가는 그 행위, 무얼 사 먹을까 고민하던 그 망설임 자체가 즐거운 놀이였을 터, 할아버지는 그런 우리의 마음을 잘 이해하셨던 것이다. 지금도 감미롭게 느껴지는 그 사탕 맛은 우리가 그토록 좋아했던 할아버지의 사랑 맛이리라.

할아버지와 무슨 대화를 나누었는지는 기억나지 않는다. 하지만 막연히 기억하는 것은 할아버지가 늘 칭찬하셨다는 것이다. 할아버지는 오빠가 어렸을 때부터 종손인 그에게 한문을 가르치셨다. 오빠 말에 의하면 할아버지의 교수법은 특별했다고 한다. 기초만 가르쳐 주신 후 본인이 스스로 응용할 시간을 충분히 주시고는 그 결과에 대해 언제나 크게 칭찬하셨다는 것이다. 어릴 때 배운 한문 덕분에 오빠의 한문 실력은 대단했었다. 나는 오빠가 한학이 아닌 공학을 전공한 것이 못내 아쉬웠다. 손녀인 나에게는 한문을 안 가르쳐 주신 것에 대해서는 살짝 원망스럽기도 하다. 하지만 나는 한 번도 할아버지가 오빠를 제일 아낀다고 생각해 본 적이 없다. 오히려 할아버지의 사랑을 독차지한 손주는 막내인 여동생이었다. 단지 막내여서가 아니라, 그 아이가 나보다 예뻐서가 아니라, 그 아이를 출산한 후 엄마가 아팠었기 때문이다. 출생 직후 엄마 곁에 있지 못했던 아가를 어여삐 여겨 유별한 사랑을 주셨을 것이다. 그러니까 우리 할아버지는 드러내 놓고 남아를 선호하지 않았다. 지금 생각해 보면 삼남매 중 할아버지의 사랑을 가장 적게 받았던 나조차 항상 넘치는 사랑을 느꼈으니 말이다.

초등학교 2학년이 끝나던 1965년 12월 5일, 할아버지가 돌아가셨다. 누상동에서 충정로로 이사하고 닷새 만의 일이었다. 이 세상이, 이 지구가, 이 우주가 와르르 무너지는 느낌이었다. 여덟 살 나이에 나는 그렇게 큰 상실을 경험했다. 그러나 그 후 할아버지는 어딘가에서 늘 나를 지켜 주는 수호신 같은 존재가 되었다. 기쁜 일이 있어도, 슬픈 일이 있어도 할아버지를 찾았다. 간절한 소망이 생겨도 할아버지를 불렀다. 대학을 졸업하고 스물셋이라는 어린 나이에 홀로 유학을 떠나서도 나를 든든히 지켜준 버팀목은 할아버지의 존재였다. 그곳에서도 나는 늘 할아버지를 찾았다. 도와 달라고, 위로해 달라고, 기뻐해 달라고…….

운명하시기 며칠 전 할아버지는 "본인이 원한다면" 나의 오빠인 기원이를 학자로 키우라고 말씀하셨다. 별다른 유언이 없었으니 말하자면 그것이 그분의 유언이었을 것이다. 할아버지 소망대로 오빠는 공학자가 되었다. 내가 오빠만큼 컸더라면^{오빠와 나는 두 살 차이다} 내게도 그런 소망을 남기셨을까? 알 수 없다. 하지만 할아버지는 분명 내가 인문학자가 된 것을 무척 기뻐하셨을 것이다.

할아버지는 외출을 거의 안 하셨다. 여행도 안 하셨다. 언제나 책상 앞에 앉아 계실 뿐 쉬시거나 노시는 것도 본 적이 없다. 내가 기억하는 유일한 할아버지의 외출은 출판사 친구분^{아마도 할아버지가 거래하시던 세창서관 사장님이었을 것이다}이 오시면 함께하시는 인왕산 나들이였다. 당시 우리는 인왕산의 수성동 계곡 바로 밑에서 살았기에 인왕산은 우리의 정원과 다름없었다. 며느리가 정성스레 챙겨 드린 안주와 술 한 병을 들고 두 분은 수성동 계곡으로 올라가셨다. 그리고 평평한 곳에 돗자리를 펴고 유유자적한 시간을 보내시곤 했다. 우리 손주들은 오로지 안주를 축내기 위해 할아버지를 따라가 옆에서 뛰놀았다. 얼마 전 나는 그곳에 다시 가 보았다. 할아버지와 출판사 할아버지가 담소하시던 곳은 지금도 그대로였다. 그분들은 그곳에서 옛 선비들의 풍류를 즐기셨던 것이리라.

마치 시간에 쫓기듯 할아버지는 돌아가시는 그 순간까지 원고를 놓지 않으셨다. 그것은 첫 판본에 이어 개정판을 낸 바 있는 『최신 백과 신사전』의 새로운 판본이었다. 결국 그 원고는 세창서관에 넘겨졌으나 그 후 사라져 버렸다. 할아버지가 돌아가시면서 자연스레 원고가 분실된 듯하다. 할아버지는 종종 며느리인 나의 어머니께 죽기 전에 꼭 해야 할 소명이 있다고 말씀하시곤 했다. 마지막 순간까지 붙들고 계셨던 그 원고가 세상에 빛을 보지 못한 것에 대해 후손으로서 부끄럽기 짝이 없다.

그 회한의 마음 때문이었을까? 언제부터인가 할아버지의 흔적을 찾아야겠다고 생각했다. 너무도 안타까운 것은 할아버지가 본인의 책을 하나도 남기시지 않았다는 사실이다. 본인이 어떤 마음으로 어떤 책을 쓰셨는지 이야기하신 적도 없다. 자신을 드러내지 않는 겸손한 성품 때문이었을까? 다 부질없다는 생각에서였을까? 그런 것들에 대해 호기심을 가지고 이것저것 질문하기에는 난 너무 어렸었고, 지금은 아버지도 삼촌들도 고모도 모두 세상을 떠나셨다. 부친을 세상에서 가장 존경하면서도 우리 아버지는 왜 할아버지에 대해 아무 말도 안 해 주셨을까? 보성전문학교까지 졸업했음에도 출셋길을 마다하고 가난하게 살았던 부친에 대한 원망의 마음 때문이었을까? 아버지는 결국 부친과는 완전히 다른 무역이라는 길을 택하셨으니 말이다. 알고 싶은 건 너무 많은데 아무에게도 물어볼 수 없다는 것이 안타깝고 답답하기만 하다.

아마도 1990년 무렵이었나 보다. 서울역사박물관에서 고서 전시회를 한다기에 혹시 할아버지 책을 볼 수 있을지도 모른다는 기대를 품고 그곳에 가 보았다. 거기에 있었다! 송완식 편 『최신 백과 신사전』 1927년 판본과 1937년 판본이 나란히 전시되어 있었다. 나는 두 판본을 비교하면서 1937년 판본에 훨씬 발전된 내용이 담겼음을 확인했다. 그리워만 하던 할아버지의 모습이 떠올라 잠시 울컥하기도 했다. 바로 그때부터 내가 할아버지를 찾는 작업을 시작했더라면 좋았을 것을, 감격만 했을 뿐 게으른 나는 그 후 아무런 행동도 취하지 않았다. 막 시작한 신참내기 교수 생활이 벅차기도 했을 터이지만, 순전히 나의 무지와 게으름 탓임을 부정할 수 없다.

그리고 나서 많은 세월이 흘렀다. 마음속 한구석에는 늘 할아버지에 대한 부채 의식이 남아 있었는지도 모른다. 그러던 중 2010년 올리브그린 출판사의 오종옥 사장을 만났다. 이런저런 이야기를 나누다가 그가 고서에 관심이 많다는 이야기를 듣고 할아버지 이야기를 꺼냈다. 그가 조사해 보겠노라 했다. 약속대로 그는 얼마 후 송완식 저, 송완식 편의 도서 목록을 내게 보내왔다. 그런데 이게 웬일인가! 소설, 실기, 법률 서적, 노동 문제에 관한 책 등등 수십 권의 송완식 관련 도서 목록이 작성된 것이다. 나는 너무 놀랐다. 이게 다 우리 할아버지 책이 맞을까 반신반의하기까지 했다. 그러나 일관되게 등장하는 동양대학당이라는 출판사가 할아버지와 밀접한 관계에 있었다는 점, 1920년대에 나온 몇몇 책들이 내 귀에 익은 영창서관에서 출판되었다는 점, 할아버지가 만년에 가까이하시던 세창서관이 영창서관과 각별한 관계에 있었다는 점 등으로 미루어 할아버지가 그 모든 책의 저자이거나 편집자이거나 적어도 발행인이라는 사실을 확인하게 되었다. 특히 송완식은 저술가로서뿐 아니라 동양대학당이라는 출판사의 경영자이기도 했다는 사실도 알게 되었다. 어릴 적 막연히 들은 이야기들은 그 사실을 뒷받침해 주었다. 그것은 옛날에 교남동에서 책방을 하셨다는 것, 책방 일에 관심이 별로 없던 아들, 즉 우리 아버지는 손님이 와도 그저 바이올린만 켜고 있었다는 것 등이었다.^{나의 아버지는 책이나 출판보다 음악을 좋아했던 청년이었다} 당시에는 출판사가 서점을 겸하는 경우가 많았다고 하니, 교남동에 있던 동양대학당이 할아버지의 출판사였다는 것은 확실해 보였다. 더욱 놀라운 것은 1920년대 동양대학당 출판물의 서지 사항에 나의 아버지 송경환이 인쇄인으로 등록되어 있다는 사실이었다. 그러니까 아버지가 젊은 시절 무역을 하고자 해외로 떠나기 전에는 부친의 출판업을 도왔던 것이다.

그 목록들을 보면서 나는 집에 남아 있는 할아버지의 고서들을 뒤져

보았다. 할아버지 책은 한 권도 없었다. 그런데 신문지로 덮여 있는 육필 원고를 펼치자 내 가슴은 마구 뛰었다. "송완식 원고용지"라고 인쇄된 종이에 써 내려간, 내게 익숙한 할아버지 필체! 『통속 조선 역사』라는 제목의 역사서 원고였다. 병인년 10월, 그러니까 1926년에 쓴 서문에는 역사를 아는 민족은 흥하고 역사를 모르는 민족은 망할지니 우리 역사를 알아야 한다는 절절함이 담겨 있었다. 나라 사랑의 마음과 나라 잃은 망국의 한이 저절로 느껴졌다. 나는 이화여자대학교 김경미 교수의 번역에 힘입어 이 책에 『통속 조선 역사』 서문을 실을 수 있었다.

그런데 이 원고는 왜 출판되지 못한 채 수십 년 동안 고서들 속에서 잠자고 있었던 것일까? 아마도 할아버지는 그 원고의 내용을 수정 보완하여 출판하고 싶으셨을 것이다. 그러나 당시로서는 한국사를 출판하는 일이 그리 쉽지 않았으리라 추측해 본다. 그 내용이 무척 궁금하다. 할아버지의 역사관은 무엇일까? 할아버지는 식민지 역사를 어떻게 쓰고 계실까? 한문 실력이 빈약할 뿐 아니라 그 시절 문체에 익숙지 않아 원고의 내용을 해득하지 못함이 안타까울 뿐이다.

그러고 나서도 또 많은 시간이 지났다. 할아버지 흔적 찾기 과업을 한 번도 잊은 적은 없지만 어디서 무엇부터 시작해야 할지 막연하기만 했다. 물론 나의 게으름 탓이지만, 아마도 같은 인문학일지라도 프랑스 문학이라는 나의 전공은 할아버지에 관한 연구와 거리가 있어 엄두를 못 내고 있었던 것 같다. 그러다 이화인문과학원장을 맡으면서 한국학에 큰 관심을 가지게 되었고, 이제 더 이상 할아버지 흔적 찾기 과업을 미룰 수 없다는 생각에 자료들을 찾아보았다. 할아버지의 『최신 백과 신사전』에 관한 논문이 여러 편 있었다. 나는 사전 분야 연구의 대가인 경기대학교 박형익 교수께서 『최신 백과 신사전』에 관해 몇 편의 논문을 발표했으며, 그 책의 의미와 가치를 높이 평가했다는 사실을 알게 되었다. 그렇게 기쁠 수가 없었다. 마침 우리 대학의 박창원 교수와 친분이 있어 함께 만나는 자리를 마련했다. 박형익 교수는 『최신 백과 신사전』의 광고문을 언급하면서 할아버지가 사전 편찬을 위해 5년간 하루 4시간만 자면서 고군분투한 사실에 대해 경의를 표하기도 했다. 그 책의 내용과 가치에 대해 들으면서 나는 얼마나 감격했는지 모른다. 게다가 박형익 교수는 고서 전문가이기도 했다. 고서는 내게 너무도 새롭고 신기한 세계였다. 박형익 교수가 너무도 고마웠다. 할아버지 흔적 찾기 작업이 구체성을 띠기 시작했고, 나는 희망에 들떴다.

그러던 중 오영식 선생을 만난 것은 내게 커다란 행운이었다. 이화인문과학원 지식총서 출판을 위해 소명출판 박성모 사장과 이야기를 나누던 중 나는 조부 이야기를 꺼냈고, 그는 바로 오영식 선생께 전화를 걸었다. 그런데 놀랍게도 오영식 선생은 나의 할아버지에 대해 이미 알고 계셨다. "아, 그 『최신 백과 신사전』의 송완식!" 내 할아버지를 오영식 선생이 알고 계시다니 놀랍고 기뻤다. 고서에 관한 오영식 선생의 해박한 지식과 수집 열정에 나는 저절로 고개가 숙여졌다. 고서 수집에 심혈을 기울이는 박형익 교수와 오영식 선생이야말로 진정한 애국자다. 그런 분들이 계시기에 지난한 역사의 와중에서도 귀중한 자료들이 고이 보존될 수 있었을 것이다. 오영식 선생의 도움으로 나는 본격적으로 할아버지의 흔적을 찾고 책들을 모으기 시작했다. 여러 도서관에 흩어져 보관되어 있는 책들을 찾아 복사하거나 스캔했고, 고서 사이트를 찾아 『최신 백과 신사전』, 『법률 보감』, 『조선 일람』, 『실용 선화 대사전』 등을 구입하기도 했다. 오영식 선생은 소중히 보관하고 계시던 할아버지의 『이십 세기 매도론』을 내게 선물하시기도 했고, 할아버지 책이 경매에 나왔다며 정보를 주시기도 했다. 보성전문학교 졸업 사진을 찾아 보내 주셨고, 할아버지 책과 관련된 신문 광고 지면을 복사해 보내 주시기도 했다. 내가 가진 정보 중 많은 부분은 그분 덕분에 알게 된 것이다.

또 한 번의 커다란 행운이 내게 찾아왔다. 이화인문과학원 김진희 교수의 도움으로 박진영 교수를 만난 것이 그것이다. 20세기 초 한국의 출판업에 관심을 가진 박진영 교수는 할아버지에 대해 많이 알고 있었다. 그는 특히 동양대학당 발행인 송완식에 주목했다. 박진영 교수와의 대화를 통해 나도 할아버지의 업적에 대해 많이 알게 되었다. 드디어 할아버지 흔적 찾기 프로젝트가 구체화되고 있었다. 박진영 교수가 연구한 서지 목록과 그간 내가 찾아본 목록들을 비교해 보았고, 서로 가진 자료들을 비교 검토했다. 나와 박진영 교수는 할아버지가 저술하신 책들을 모아 저서를 발간하자는 데 의견을 모았고 구체적인 작업을 논의했다. 며칠 후 그는『송완식과 동양대학당』기획안을 보내 주었다. 원고를 현대어로 입력하는 작업이 필요했다. 김경미 교수가 그 시대의 문학을 연구하는 국어국문학과 대학원생 박혜인 씨를 소개해 주었다. 고맙게도 그는 이 작업에 학문적 흥미를 느끼면서 너무도 성실하고 정확하게 원고를 현대어로 옮기는 작업을 맡아 주었다.

할아버지의 관심에는 경계가 없었다. 요즘 학문 체계에 따라 말하자면 문학, 사회학, 법학, 지리학, 역사학, 사전학 등 거침이 없었다. 문학의 경우 풍자소설『만국대회록』, 재담집『익살 주머니』, 탐정소설『명금』번역과『의문의 시체』, 전기『카이저 실기』,『장작림 실기』,『손일선 실기』등 장르를 넘나든다.『이십 세기 매도론』에서는 망할 놈의 20세기를 통렬히 비판하는가 하면『현대 노동 문제』는 노동 문제에 대한 학문적 연구서다. 그런가 하면『과학적 돈 버는 법』이라는 책을 통해 현대 사회에서 돈의 중요성을 역설하면서 부지런히 돈을 모을 것을 장려한다. 그러나 할아버지가 강조한 것은 도덕과 윤리다. 경계를 뛰어넘는 여러 책을 출판하셨지만, 그중에는 저서도 있고 편저도 있고 단순히 발행만 맡은 경우도 있다. 그러나 그 책들에서 공통적으로 느껴지는 것은 한국에 대한 사랑이요 한국 국민을 깨우쳐야 한다는 계몽 의식이다. 무지에서 벗어나야 한다는 생각이 할아버지의 일관된 소망이었던 듯하다. 『법률 보감』이라는 책을 편찬하여 일반 시민들이 접근하기 어려운 법률 상식을 소개한 것도, 『조선 일람』이라는 지리서를 출간하여 우리 땅에 관한 지식을 알리고자 한 것도 그런 노력의 일환이었으리라. 『법률 보감』의 경우 1924년부터 1928년까지, 『조선 일람』은 1931년 초판을 낸 후 1939년까지 꾸준히 판을 거듭한 것으로 보아 이 책들은 제법 잘 팔린 듯하다. 특히 호야지리박물관이 소장하고 있는 1939년판 『조선 일람』에는 독도가 우리 땅으로 표시되어 있어 중요한 역사적 자료의 역할을 하기도 한다.

할아버지는 그러한 계몽 의식에서 1930년대 말 양주군 구리면 사노리의 작은 마을에서 동네 청년들을 가르치셨을 것이다. 할아버지는 왜 평생 살던 서울을 버리고 연고도 없는 시골의 작은 마을로 거처를 옮기셨던 것일까? 나는 모른다. 그저 당시 역사적 상황으로 미루어 짐작할 뿐이다. 1937년경 당시는 중일전쟁이 시작되면서 일제의 탄압이 극심해졌던 시기다. 창씨개명이 강요되었고 언론에 대한 탄압이 심해졌을 터이다. 할아버지는 검열이 강화된 상황에서 출판업을 지속하기 어려웠을 뿐 아니라 창씨개명의 단속을 피하기 위해서도 연고가 없는 먼 곳으로 스스로 유배를 떠난 것이 아닐까? 실제로 할아버지가 창씨개명을 한 흔적은 어디에도 없다. 아마도 시골 구석구석까지 단속의 손길이 미치지는 않았을 것이다. 할아버지가 그곳에서 어떤 형식으로 교육 사업을 하셨는지는 모른다.

다만 처음에는 농사지을 시간을 빼앗아 간다며 불평하던 농민들이 글을 알게 되면서 여러 가지 생활의 편리함을 느끼게 됨에 따라 할아버지에게 고마움을 표시하고 할아버지를 무척 존경했다는 이야기를 들었을 뿐이다. 할아버지가 돌아가셨을 때 사노리 사람들이 무척 많이 문상을 와서 목 놓아 울던 것이 기억난다. 한국전쟁 당시 당신의 사촌 동생이 살던 오산으로 피난을 가실 때 제자들이 몸이 불편한 증조할머니, 즉 할아버지의 어머니를 업고 갔다는 일화를 통해서도 할아버지에 대한 그들의 존경심이 전해진다.

여러분들의 도움으로 드디어 책을 마련하게 되었다. 감격스러운 마음을 표현할 길이 없다. 이 책이 나오기까지 도움을 주신 모든 분께 감사드린다. 특히 박진영 교수께는 특별한 감사를 전한다. 이제야 비로소 후손의 도리를 다한 것 같다.

'동아시아 심포지아'와 '동아시아 메모리아'는 한국연구원과 성균관대학교 비교문화연구소가 공동으로 기획하여 출간하는 총서다. 향연을 뜻하는 라틴어에서 딴 심포지아는 플라톤의 『심포지온』에서 비롯되었으며, 오늘날 학술토론회를 뜻하는 심포지엄의 어원이자 복수형이기도 하다. 메모리아는 과거의 것을 기억하고 기념하기 위해 현재의 기록으로 남겨 미래에 물려주어야 할 값진 자원을 의미한다. 한국연구원과 성균관대학교 비교문화연구소는 지금까지 축적된 한국학의 역량을 바탕으로 새로운 동아시아 인문학의 제창에 뜻을 함께하며, 참신하고 도전적인 문제의식으로 학계를 선도하고 있는 신예 연구자의 저술을 적극적으로 지원하기 위해 학술 총서 '동아시아 심포지아'와 자료 총서 '동아시아 메모리아'를 펴낸다.

한국연구원은 학술의 불모 상태나 다름없는 1950년대에 최초의 한국학 도서관이자 인문사회 연구 기관으로 출범하여 기초 학문의 토대를 닦는 데 기여해 왔다. 급속도로 달라지고 있는 학술 환경 속에서 신진 학자와 미래 세대에 대한 후원에 공을 들이고 있는 한국연구원은 한국학의 질적인 쇄신과 도약을 향한 교두보로 성장했다. 성균관대학교 비교문화연구소는 2000년대 들어 인문학 연구의 일국적 경계와 폐쇄적인 분과 체제를 극복하기 위해 분투해 왔다. 제도화된 시각과 방법론의 틀을 벗어나기 위해서는 서로 다른 영역이 끊임없이 대화하고 소통하면서 실천적인 동력을 찾아내야 한다는 것이 성균관대학교 비교문화연구소가 지닌 문제의식이자 지향점이다. 대학의 안과 밖에서 선구적인 학술 풍토를 개척해 온 두 기관이 힘을 모음으로써 새로운 학문적 지평을 여는 뜻깊은 계기가 마련되리라 믿는다.

최근 들어 한국학을 비롯한 인문학 전반에 심각한 위기의식이 엄습했지만 마땅한 타개책을 찾지 못하고 있다. 한편으로는 낡은 대학 제도가 의욕과 재량이 넘치는 후속 세대를 감당하지 못한 채 활력을 고갈시킨 데에서 비롯되었고, 또 다른 한편으로는 시대의 변화를 선도하는 학문 정신과 기틀을 모색하지 못했기 때문이라는 것이 우리의 진단이자 자기반성이다. 의자 빼앗기나 다름없는 경쟁 체제, 정부 주도의 학술 지원 사업, 계량화된 관리와 통제 시스템이 학문 생태계를 피폐화시킨 주범임이 분명하지만 무엇보다 학계가 투철한 사명감으로 대응하지 못했을 뿐 아니라 오히려 자발적으로 길들여져 온 것이 엄연한 현실이다.

지금 우리에게 절실한 과제는 새로운 학문적 상상력과 성찰을 통해 자유롭고 혁신적인 학술 모델을 창출해 내는 일이다. 이를 위해서는 다음 시대의 학문을 고민하는 젊은 연구자에게 지원을 망설이지 않아야 하며, 한국학의 내포와 외연을 과감하게 넓혀 동아시아 인문학의 네트워크 속으로 뛰어들기를 두려워하지 말아야 한다. 그 첫걸음을 '동아시아 심포지아'와 '동아시아 메모리아'가 기꺼이 떠맡고자 한다. 우리가 함께 내놓는 학문적 실험에 아낌없는 지지와 성원, 그리고 따끔한 비판과 충고를 기다린다.

한국연구원·성균관대학교 비교문화연구소

동아시아 총서 기획위원회